〔波兰〕莱蒙特◎著

王　冠　曹　晨◎译

农　夫

（上）

海峡出版发行集团 THE STRAITS PUBLISHING & DISTRIBUTING GROUP | 海峡文艺出版社 Haixia Literature & Art Publishing House

图书在版编目(CIP)数据

农夫/(波)莱蒙特著；王冠，曹晨译. － 福州：海峡文艺出版社，2017.8
(2023.9 重印)
（诺贝尔文学奖大系）
ISBN 978-7-5550-1168-2

Ⅰ.①农… Ⅱ.①莱…②王…③曹… Ⅲ.①长篇小说－波兰－现代
Ⅳ.①I513.45

中国版本图书馆 CIP 数据核字(2017)第 144492 号

诺贝尔文学奖大系

农夫

[波兰]莱蒙特　著　王冠　曹晨　译

责任编辑　何　莉

出版发行　海峡文艺出版社

经　　销　福建新华发行(集团)有限责任公司

社　　址　福州市东水路 76 号 14 层

发 行 部　0591－87536797

印　　刷　福州俊丰彩印有限公司

地　　址　福州市晋安区鼓山镇鼓一村福光路 189 号

开　　本　889 毫米×1194 毫米　1/32

字　　数　796 千字

印　　张　35.5

版　　次　2017 年 8 月第 1 版

印　　次　2023 年 9 月第 3 次印刷

书　　号　ISBN 978-7-5550-1168-2

定　　价　198.00 元

如发现印装质量问题，请寄承印厂调换

颁奖辞

（因为1924年诺奖委员会并未举办颁奖仪式，因此没有颁奖辞，下文以霍尔斯陶穆先生写的关于《农夫》的论文代替。）

《农夫》是一部具有丰富的想象力的波兰小说，它的写作方式具有自然主义的渊源。作者受法国作家左拉的影响较深，在《农夫》的文学体裁上，我们能明显看到左拉的作品《大地》的影子。不过，莱蒙特并不是很欣赏这部作品，反而是非常激愤的。因为这本书在对社会中各阶层的人物描写上单一死板，粗劣而没有真实感，但是，书中的故事却是莱蒙特熟稔于心而非常珍惜的一些亲身经历，对于各种生活的体验，莱蒙特都是身体力行的。这就和左拉不一样，因为左拉只是依靠那些粗略草率的新闻资料，加入自己的很多主观臆断。莱蒙特追求的是尊重真实，他不允许真实被理论性的东西曲解。不过，他的实证风格最早还是受到左拉的影响。在《农夫》（1904-1909）中，左拉的影子随处可见，它展现了真实环境里群体内部的关系、群体与自然环境之间的关系，这种写作笔法，孕育于自然主义之中，但是体制却是真实的格局。

对于现代的人来说，一部叙事作品是不是史诗，识别的条件就是：体裁完整、和谐一贯格局，通篇运筹帷幄，更重要的是要讲述遭受苦难以及奋斗的故事。想要在这种限制和约束重重的体裁中描写出这么多的特色，并不是一件容易的事，这全靠作者的灵感和感悟。一般情况下，激荡的故事情节和人物的奋斗过程是环环相扣、步步展开的，让它们如同互相激荡的浪花，跳跃在安静的文字的围墙之外，情节必须要切合主题而不陷入伤感的套路之中，文章布局要真实准确，清晰而开阔，让每个出场人物都有机会展示出自己鲜明的个性。同时，拥有诗歌的和谐统一性也是不可忽略的。

对于史诗来说，永恒的主题就是不畏惧苦难——即使是因为现实生活与理想之间的差距而导致的绝望，也是要避免的，这是史诗的基本任务。

另外，史诗中的人物，即使他们经历着巨大的磨难，也不能表现得失魂落魄，他们肯定要显得昂扬向上、百折不挠，朝着目标齐头并进。出场的所有人物，不管是高尚之士，还是猥琐之徒，都应当描绘得入木三分。

这些要求，雷蒙特的《农夫》都拥有了。仔细揣度，我们现在的文学的确不容易在这种史诗文体上有什么作为，但是"农民"这个题材，却迎合了这种文体的需求。莱蒙特钟情于此种文体，于是他投入了极大的热情，小心翼翼，丝毫不敢懈怠，这就是这本书值得我们欣赏的地方。

这部作品中的主要人物——波兰的农民，具有典型的史诗人物应当具备的性格。他们真诚、朴实，保留了人类原始的面貌。不过，为了使这部作品符合史诗这一崇高文体的需要，于是也产生了很多的缺陷，使书中的人物个性不够鲜明，就算是值得去好好描绘一番的，作者也是晦涩不明。所有人物的英雄化形象集中表现为自律及责任，在集体主义的笼罩之下，个人的思想全部隐藏了起来。在全书中，我们看到村子里的人都为了一个目标活着，那就是维护他们赖以生存的共同土地，而对自己的私人财产从未有过心的维护。而女性角色的刻画也是如此，比如汉卡的殷勤柔顺，不过是村人对这片土地责任感的一个部分罢了。

　　农民们就生活在这块河流环抱着的低地上，他们好像也没有什么具体而清晰的道德标准，他们就像墙头草随风倒，火一来就燃烧，外界一鼓动，他们就热血沸腾不能自已。这块土地一直是他们赖以生存的地方，千万年来，他们一直和占有它的人抗争着。到了某一天，一些外来的主人不给他们土地的主权，仅仅让他们在这里耕作，他们也是不发一言，默默地接受这命运的安排。但是在那种无法逃脱的焦虑中，他们也会采取强硬的反抗行为，但是他们的行为无法让自己的自尊心得到维护——他们的自尊心中拥有几丝虚荣心的成分，但是这种脆弱的虚荣心根本无法支撑人性的尊严，他们就像是一群未经世事的孩子一样天真——不，他们本来就是这么坦诚真实的一群人，就是因为这样的性格，让故事显得很有趣。另外作者赋予这些人惊人的想象力，也让我们很好奇，也许，这些想象力能让他们在苦难而贫弱的生活中找到一个出口，能有一些美好温馨的梦想。

　　作者在书中安排了一座教堂，这是一个让他们去爱、去奉献及表达寄托的地方，在教堂里，他们可以得到救赎、祈祷新生。这一切，让整个故事充满了诗意。

　　让人遗憾的是，作品中并没有真正的英雄人物的出现，也难怪，这样题材的作品本来就很难写出、塑造出一个典型的英雄形象。这部作品中的英雄气概只是表现在农民对土地的执着上。土地给了他们生命，也给予了他们大自然的力量，是他们的挑战对象。从全书来看，这是一部具有真正史诗气质的作品，作者用秋、冬、春、夏季节的交替及平衡来暗喻着生命的真实意味，当岁月在不断的认识中渐渐流逝的时候，这些现象在我们的心里还是老而弥坚的——同样的情节在书中一次次反复出现，每一次反复都有它特殊的意义。

这本书也由于过多平淡的细节，容易让人感到单调或沉闷，幸亏莱蒙特匠心独运，在事件题材上寻找突破与创新，力求格调清新。它的色彩均衡周到，保持了统一的风格，而且个性化的塑造，也能在特定的情节中得到体现，生动的写实的理念，更是让人印象深刻。

值得注意的是，本书的女主人公雅歌娜是个标志性的人物，作者之所以突出这个人物，也是诗篇为了表达主题的需求，本质上，这是一篇描述波兰乡村与农村妇女的杰作。自然界的所有魔法、农民们盲目的工作劲头、他们的顺从及想象力，以及对于美的渴望，再加上一些微微的懒散，一切的缺点和优点，一切让人沉醉的繁华以及被乱世践踏着的美德，都全部赤裸裸地展现在我们的面前。她既集中表现出农民们的缺点，也表现了人性的多姿多彩，她可以说就是书中的悲剧女一号——作者一点也没有放松过对整本书的悲剧气氛的刻意营造。

总体来说，这是一部优秀的史诗作品。它运用高超的写作技巧，描绘得那么的鲜明、真实，所以我们能够如此肯定它永久的价值。不管是在波兰文学上，还是在所有的想象性的作品领域中，它都将是优秀而值得纪念的典型。

致答辞

（因 1924 年诺奖委员会并未举办颁奖仪式，故无致答辞）

目 录

农夫

农　夫

第一部　秋

第一章

"歌颂耶稣基督！""长久长久！亲爱的爱嘉莎！你此刻打算去哪里漂泊？""远离这里的世界，神父，去遥远的世界体验世界的宽广！"她嘴里念念有词，手里举的拐杖在空气里挥舞了一把。神父没有丝毫征兆地转而看向那里，正对着西方血红的太阳，闭上了眼帘。

之后他低沉着嗓音，略带迟疑地款款道来："是克伦巴他们把你驱逐出家门的？或者是你们吵架了？"她稍稍挺起胸部，先环顾了一下周围辽阔的原野以及被果树包围的村落，然后才轻启朱唇。"没有，克伦巴他们并没有将我驱逐出门，那怎么可能呢？他们那么善良，而且是我的亲人。至于我们有没有吵架，那也是不存在的事。仅仅是我感觉自己离开的时候到了。'宁可自己坠入深渊，也不可以阻挡别人的道路'，所以我应该走了，这里的活没有一份是留给我的。已经入冬了，可那又怎样呢？我自己不找活干养活自己，难道叫他们供养我不成？并且他们的牛儿才刚刚绝奶，因为天气越来越冷，晚上小鹅得在屋里歇息。我必须把自己住的地方腾出来。唉，人的出生由不得自己，而是上帝的恩赐……可是他们真的很善良，在夏天的时候他们让我住下，并且慷慨地给我他们住所的一角和赏我一口饭吃。冬天我可以去别的地方，乞求人们的慷慨解囊。我的需求不高，善良的人会施舍给我那一丁点东西的。并且有主耶稣的守护，我能够撑过整个冬天，所幸还能存些钱粮。毋庸置疑，仁慈善良的耶稣是不会抛弃他的子民的。"神父语气坚定地保证说："不，不会的。"随即塞给她一枚小小的钱币。"实在是感谢，太感谢了，仁慈的主会庇佑神父！"她对着神父深深地鞠了个躬，一颗战栗的脑袋低垂在神父的双膝面前，豆大的泪珠从脸部滑落，一副老泪纵横的模样。神父感到手足无措。"你走吧，仁慈的上帝会给你祝福，祝你一路平安。"他吞吞吐吐地说着，把她搀扶起来。她用她那颤抖不已的双手在胸前比画，画出一个十字。接着她拿起自己的行囊，手举着拐杖，沿着一路的车辙向远处的森林走去，时不时转过头望着村子。正值挖土豆的时候，田地里到处是土豆，麦梗上冉冉升起了炊烟。

　　神父原本坐在耕田机上，现在又回到原来坐的地方，拿起烟杆，翻开每天用来祈祷的书看。可是他的目光时不时从血红的字体上移开，环顾一眼深秋和谐的风光美景，或是抬眼望向蓝蓝的高空，对那些耕田的长工表示鄙夷。他叫嚷着："喂，瓦勒！你耕歪了！"并把身体挺直，目光死死盯着那两匹在田地里犁田的壮马。然后他的视线重新回归书本，嘴里念念有词，可是不知不觉地他的视线又移向犁田的马儿，或者是在新翻的田地里伸着脑袋、噘着嘴、谨慎跳跃的一群乌鸦，当马鞭响起，或者马儿换方向的时候，它们就一起飞起，之后沉稳地落在耕田机的后面，在新翻的田地里磨磨自己的嘴巴。"瓦勒，给你右边那匹母马来一鞭，它走慢了。"改正后，他扬起笑脸看着马儿拉得均匀，他跳起身轻轻拍打马脖子，两头畜生也很听话地把鼻子凑到神父面前，均匀地呼吸，反馈神父的轻拍。"嘿达，啊——"此刻瓦勒开始唱歌。他把光亮亮的犁头从黑乎乎的田地里翻出来，动作利索地拉起耕田机，把马儿调转方向，接着把亮晃晃的钢铁插在田地里。鞭子落在马背上，田野里发出一声响，马儿随着这一声响开始拖拽，被拖拉的木头发出咯吱咯吱的声响；他们没有停步，走过一大片田地，田地与道路之间呈直角，顺着那条如同用粗糙大麻编织的纺织品一样的坡度往下，延伸到硕果累累的果树间隐隐约约可见的矮小村舍。

　　已经是深秋时节了，可是天气照样很温暖，令人有昏睡的感觉。太阳依旧火辣辣地悬挂在南方偏西的森林之上，令灌木和梨树，甚至是干硬的泥土都映射出一片强大的清凉阴影。一种说不清道不明的香气与宁静弥散在空气里，刚刚丰收的农田里被金色阳光笼罩；湛蓝的天空里飘散着些许云朵，洁白又丰满，好似受尽强风摧残的巨大雪块。一路望过去，田野显现出一片黄褐色，远远望着像是一个巨型盆地，外面围着一片树林，像是给盆地镶上了一道深蓝色的花环，那蜿蜒在柳树和杨树之间的河流在阳光下闪烁着金色波光，好似一条金色丝带环绕着村舍，之后钻过丘陵之间的缝隙一路向北延伸。村子坐落在谷底，围着一潭湖水，阳光普照着各种果树，呈现出一片美丽的秋景。长长的耕地从村子末端一直延伸到森林边上，田野之间横亘着一些羊肠小道，种着些梨树山楂之类的；在那灰色的田野里零零碎碎地夹杂了一些开着花儿的金黄扁豆；或者是暗银色小溪的河床，又或者是耸立着一行行白杨的砂路，一直到丘陵和树林。神父静静观赏着这幅风景画，突然醒过来。

一阵牛叫从附近缓缓传来，惹得乌鸦蹿进空中，倾斜着飞向土豆采掘区，那些黑影在播种不到一半的农田里不断浮动。他举起手来将眼睛半遮住，遥看着挂着阳光的森林那边，眼看一个小姑娘向他款款走来。她手里牵着一条绳子，绳子的另一端是头大母牛，红色的。她靠近了，对神父说："歌颂耶稣基督！"她本想绕过来亲吻神父的手，可是那头母牛硬是阻挡她，还不适时地哞哞直叫。"你是要带它去市场吗？"神父发问。"不是的，我带它去推磨来着。你不要叫了，瘟牛！难道你还中邪了？"小姑娘气呼呼地叫着，想制服这头畜生，可是母牛拖着她，转眼消失在一团尘烟之中。不一会儿，一个拾荒的犹太人路过，推着一辆矮小的车，车里满载着货物，不时停下脚步歇歇。"摩什克，有哪些消息？"神父叫道。"哪些消息？对某些人而言是不错的消息。感谢上帝！土豆很丰富；麦子和白菜也收获不少。那些有土豆和白菜的人非常好。"拾荒人亲吻了神父的衣袖，调了调背带，接着顺着坡道向下走去，步履不似之前那么沉重了。在拾荒人来过之后是一个盲眼的乞讨者，在路中央缓行着，步履蹒跚，身后的灰尘也被扬起，他被一条很肥的狗牵着带路。之后是一位年轻人带着酒瓶，从森林那边走来，当看见路上的神父后，急忙躲开，绕道往酒馆走去。另外还有个别村的农民打算去磨坊，还有个犹太姑娘赶着鹅群，他们都经过神父所在的地方。他们都歌颂上苍；神父向他们说了好听的话，而且很和蔼的样子，他们就继续走路。

　　此时太阳已经靠山了。神父起身向着瓦勒大声地喊："你耕到那边的桦树就可以回去了。可怜马儿们累坏了。"神父在羊肠小道上走着，并小声地念着祷告词，时而用深情款款的双眼到处张望。一排排穿着红衣的农妇在挖土豆，装进箩筐，之后倒进车里。到处都是耕田的人，打算播种。犁过的地里有一群花色母牛认真地吃草。稻谷的新叶已经开始长出了，灰土里泛着些红彤彤的颜色。仔细修理之后的浅色草地上浮动着一些白鹅，如雪花一般。还有一阵低沉的哞哞叫的声响从远处的母牛那里传来。不知是谁点了火，麦田上空流窜起一条蓝色的长烟。还有个地方的耕田机没有停止运转，在后面留下一团昏暗的尘烟，向山脚落去。一位赤头赤脚的农民从烟雾里显现出来，像是从云彩里冒出来的一样，他的身上缠绕着谷袋，一副怡然自得的模样，很是闲情逸致地抓起一把把的谷物撒向大地，十足像个赐福的菩萨。他往已经犁过的农田尾端走去，转身缓缓走上斜坡。他的乱发从地平线上飘浮起来，之后肩膀冒出来，最后整个身子冒出来，还是一副庄重严肃的样子，将受过祝福的种子播撒在地里，视之为神奇之物——半圆形的种子错落有致地撒在他的周围。神父的神色显得越发悠闲：一会儿坐下歇息，一会儿注视他的两匹马，一会儿看向一群拿起石头扔向梨树的男孩们。他们成群结队地跑向他，不约而同地将双手背在身后，一个接一个地将吻献给他的祭司袍。他轻轻抚摸他们的黄色短发，对他们提出告诫："可要小心些，要是把树枝弄断了，你们明年想吃梨也没的吃哟。"有个大胆的男孩说："我们没有砸梨子，是那棵梨树上有一个鸟窝，里面住着红脚乌鸦。"神父笑脸盈盈地向那边挖土豆的人群走去。

他们均向他们喜爱的神父献以表达敬爱的吻手礼仪。"我想，今年上帝赐予了我们丰富的土豆。"他一边说着，一边将烟盒打开递给男人们，他们很恭敬地接纳了，但控制了自己即刻就抽的欲望。"是啊，那些土豆有猫头那么大，并且每株都会产出很多。""哦，那样的话，猪的价格一定会涨，你们想养几头啊？""猪价已经非常贵了，去年的猪瘟害得我们得去普鲁士买。""哦，哦！你们这是在给谁家挖土豆呢？""呵呵，自然是给波瑞纳他们家。""我没见着他的人，就不太肯定。""我男人和我爹在森林那里。""噢，汉卡，你也在啊，最近过得怎么样？"他对着一个美丽的少妇说着话。少妇头上绕着红巾，手上满是泥巴，用围裙包好，握住神父的手又是一个吻。"我在收获的季节给一个小男孩施过洗礼，他现在还好吧？""哦，上帝庇佑你，他十分健康活泼。""主与你们同在！""主也与神父同在！"他走向右边的墓地，墓地在村子尽头，隔着满是白杨的道路。他们默默无声地目送神父远去，直到他瘦削且略显佝偻的背影穿过矮石堆积的篱笆，走进红色枫树和黄色桦树之间的礼堂，他们才开始窃窃低语。一个女人开口道："他是这世界最好的人了。""对啊，他确实是这世上最好的人。"汉卡一边应和着她的话，一边把装满土豆的箩筐倒在土豆堆上，"上面的人要把他往城里调，我爹和其他的人都去求主教，他才没被调走。喂，你们快点挖土豆啊，挖啊，马上就要天黑了，也快挖完了。"他们又低头开始劳作，到处可以听见锄头在田地里磕着硬土的声响，时而会有锄头碰到石头的哐当声。劳作的人并不多，不超过二十个，大多数是老婆子和长工。近处有两个襁褓中的婴儿被托在交叉杆上面，正热烈地在吊篮里左右乱晃，时不时啼哭两声。

　　一会儿之后，雅固丝坦卡道："唉，老婆婆竟然这样离家出走了。""你指的是哪个老婆婆啊？"安娜起身反问。"还有谁，当然是爱嘉莎老婆婆啊。""你说什么？她去要饭了？""不然你以为是做什么？难道是游山玩水？她在亲戚家做苦力活，整个夏天都在伺候她们，如今居然叫她离开到外面透透气！她会在明年的春天回来，带回很多糖和茶叶，还会有一些现金。噢，等到那个时候她的亲戚会很喜欢她，叫她躺在松软的大床上，不让她干活，好好休息。噢，就是这样！他们会亲切地唤她'阿姨'，骗光她所有的钱。等到秋天的时候，又没有她的容身之所，即使走廊和猪舍也不能住。噢，他们真是没人性！"

雅固丝坦卡说这些话的时候，情绪起伏很大，脸色也是红一阵白一阵。一个五官不端正的老长工道："是这样的，有一句话说得好'寒风总是吹穷人'。"汉卡立刻制止他继续说下去："好了，好了，你赶紧挖吧。"她并不很乐意说这个话题。可是雅固丝坦卡就是话多，立马抬起头又开始说："帕奇斯他们这对兄弟，又老了些，头上的头发都没几根了。"然后有个女人接着说："可他们还没结婚。""这里的姑娘们渐渐变老，或者迫于无奈去别处当用人！""可是他们的田地有二十多亩，磨坊那边还有块草地。""对啊，挤牛奶的工作谁来做？谁来洗刷和照顾庄园和小猪啊？""对啊，可是你觉得姑娘们会答应他们的求婚吗？他们要是结合了，她怎么肯把自己的财产分给他们？""他们要帮母亲和雅歌娜看家。"雅固丝坦卡不怀好意地笑道，"并且寻人和她躺一张床上，只要是个健康的青年就行了。""约瑟夫·班德赫派两个男人去向女方求婚（要是献酒的时候女子接受，那这门亲事就算是订下了），可是把伏特加酒送去了，女方却不愿意嫁。""真是个娇生惯养的野丫头，该打！""老婆婆也是的，一直往礼堂跑，每年一度的教区狂欢，她都会铆足劲往那里钻，各个教区的节日她都不会错过！""她仍然称得上是个女巫。你们说，是谁让瓦夫瑞克家的母牛没有奶？哦，还有，亚什克的小伙子偷摘了她家的梅子，她低语了什么，之后小伙子就患了怪病，手脚歪了，连身体也萎缩了？""哦，上帝怎么会把福祉赐给有这种人居住的地方呢？"雅固丝坦卡道，"过去为家里看牛，总能看见这种人被驱逐。是啊，这样做对她们无害，自有保护她们的人。"

之后，雅固丝坦卡将声音放低，斜眼看了下在前面努力挖土豆的汉卡，跟旁边的人低声说着："汉卡的丈夫算是第一个会站出来保护她的人，他像条狗一样跟在雅歌娜后面。"那些爱八卦的女人小声说着，一边继续手里的挖土豆的活。"应该不止他一个吧？那些小伙子们像猫追老鼠一样地追着她。""不过，她真的生得美丽，体态丰盈得像小母牛，脸上白白净净的，一双亚麻花般的眼睛极具诱惑力，并且她的身体比很多男人壮实。""她又不用干活，只用吃饭睡觉，怎么会不美呢？"她们把装满土豆的箩筐搬到土豆堆旁，一起把土豆倒在土豆堆上面。静默了很长一段时间。后来转到别的话题上，等到波瑞纳家的姑娘幼姿卡跑步穿过农田，她们才停止八卦。她跑过来，大口喘气，大叫着汉卡道："喂，汉卡，要回去了，母牛出事了！""上帝啊！你指的是哪头牛啊？""花斑牛。"汉卡紧绷的神经舒缓了些。"上帝啊！差点没把我吓死！还以为是我家的牛呢。""怀特克刚把它带回家，森林的管理者就把他俩赶出去了。牛儿跑得快——又挺着肥肚子，跌倒在牛棚外面。又不吃草不喝水的，只是满地打滚和呻吟。上帝啊！""爹在不？""他还没回去。哦，老天啊！这头牛的贡献可大了，每次奉献的乳量都很充足。噢，快来啊！""知道了，要像闪电一样地跑回来！"她急忙用布把婴儿包裹起来，仓皇离开，之前因为要工作把衣裳卷起至膝盖处，现在也来不及放下。她跟在幼姿卡身后，一双白皙的大腿暴露在这片空气里。挖土豆的工人们用腿把锄头夹住，做事的速度放慢了不少，因为现在没有人会催促他们干活了。

夕阳如血,似乎为狂奔而热血沸腾,悬挂在高深的森林顶部。夜幕降临,包裹着一切的景色,映照着田地,时而隐匿在沟渠,时而密集在树林,一点点散播开来,待一切光彩淡去,最后只在树梢、屋顶、塔尖显露一抹壮丽。多数雇工已经回去了。有人谈笑风生,有牛马嘶鸣、车子碾过的咔咔声,割破了苍穹的宁静,四处传来低语祷告,如飘零的落叶打滚的声响。此刻放牛羊的孩儿们边唱边叫,各自把牛儿往家里赶,牛儿们乱窜,毫无秩序,弄得漫天灰尘,只隐约可见些牛角羊头。羊儿们四处乱叫,雁儿们一群接着一群离开牧场,消失在晚霞的红光中,在听见它们凄厉的尖叫之后,才知晓它们的行踪。"可怜花斑牛挺着大肚子。""还好波瑞纳家家境不错。""这么好的牛没了,还真让人心疼。""波瑞纳没有妻子,全部财产都像沙漏一样缓缓流逝。""你知道,是汉卡管不好家事。""不,她管得好,但前提是为她自己而管。他们住在父亲家里,就当自己是工人,大家都留意着从他那里得来的好处。至于波瑞纳家就叫狗去看着就好了!""波瑞纳那老头子干脆把土地送给安提克算了,你说是吧?"雅固丝坦卡强烈反驳她的话,"是哦,真这样的话,那之后他的生活就不用愁了,只消他们施舍他一点吃的。瓦夫瑞克,你也不小了,怎么脑子还这么不好使。"

"哈哈!波瑞纳还不算太老,可以再娶媳妇。要是他把财产都交给自己的后代,那才叫傻咧。""可是他已经六十多岁了。""这个你放心,瓦夫瑞克,只要他肯,是个女孩都愿意嫁的。""可是他已经结过两次婚了,两个妻子都死了。""那就希望他还有给第三个妻子送葬的机会,愿主保佑!他没有机会把土地留给子孙,即使是一丁点都不可以。臭虫！他们会供他吃穿，会吗？强迫他去田地干农活，不听话就不给饭吃，再或者去远方讨饭！是啊，把财产留给你的子女，他们会慷慨地回赠你一丁点买绳子的钱，让你去上吊，又或者把脖子绑在大石上勒死！"雅固丝坦卡总是说别家子女的坏话。"好了，时候不早了，要回去了。""对啊，太阳都快下山了，我们要回去了。"然后她们收拾好农具，提着箩筐和饭盒，扛着锄头，在小道上排成一条长线。另一条道上有位姑娘赶着一群猪，跟她们同向回家，她尖着嗓子叫："噢，千万别靠近车，也别玩车轴，更别让男孩亲到你，即使他很会说话！听个傻子乱唱，简直像被刮皮！"

第二章

波瑞纳家围了很多人，院子的一面是果园和小径，另三面被农舍包围。花斑牛就在牛棚外的一堆肥料上滚来滚去，几个姑娘七嘴八舌地建议着，惊讶地看着花斑牛。一只脱毛的跛狗时而闻下母牛，对它狂吠两声，时而奔到围墙边把偷看的小男孩小女孩吓跑，时而靠近正在喂小猪的母猪，一边轻轻哼着。

汉卡一到家就直奔母牛，用手感受它的脸和脑袋。"这头可怜的花斑牛！"她满脸泪痕，不断哀叫。时而有女人提出医牛的新法子。一会儿给母牛喝盐水，一会儿在母牛的乳房上挤弄。有人说把乳汁和肥皂水混在一起给它喝，有人说要放血。可这些方法都用了也不见什么效果。母牛时而抬起头，带着哀怨的目光，哞哞直叫，粉红大眼逐渐模糊。之后，母牛疼得没有力气了，低垂着脑袋，舔舔汉卡的手。有个女人问："安布罗斯有没有办法？""对啊，对啊，他知道很多病症的。""幼姿卡去找他了，他刚刚在祈祷，现在应该在教堂那里。哦，上帝！要是爹回来看见这一切不知道会怎么样！"

汉卡抽噎着,"可是责任不在我们啊!"说完,她坐到门槛上,露出白皙丰满的乳房,给不断啼哭的婴儿喂奶,同时用害怕的眼神看着备受煎熬的花斑牛,想着波瑞纳就快来了,忐忑地望向入口处。

没过多久,幼姿卡回来告诉大家,安布罗斯正在来的路上。他已经快一百岁了,把拐杖当腿走路,身体却直直地挺着。他的整张脸看起来像晒干的土豆,没有一点水分和营养,皱巴巴地袒露着几道伤疤,头上飘飞着雪花般纯白的头发,有几缕发丝飘落在额前,或是跌落在肩头。他径直走向母牛,细心观察着。说道:"哟呵!这下你们可有新鲜牛肉吃了。"幼西亚(幼姿卡的正名)说:"噢,您可千万让它活过来啊,它的价值可大了,并且现在肚子里还怀了一个!您得救救它啊!哦,我的上帝,上帝啊!"安布罗斯一声不吭地拿出一把手术刀,并且磨了磨,对着光看是否足够锋利,之后在花斑母牛的肚皮上割破一条血管。麻利的动作令母牛的鲜血来不及往外喷射,而是以几滴暗黑带泡沫的血水缓慢地流出。一群人站立在一边,伸着脖子,不敢呼吸地看着。他悲伤地表示:"唉!迟了,迟了,这牛就要死了。肯定跟发瘟有关。你们发现有问题的时候,就该立刻去找我。女人呐!脾气不好又只知道哭鼻子!真正有事的时候只会像羊一样乱叫。真是一群母羊!"他歧视地吐了吐口水,再次看了看母牛的神态,沾满鲜血的手在牛肚子上抹了抹,起身要离开。"我不会为它送葬。但是,你们会敲着锅碗瓢盆去送它。""瞧,是爹和安提克!"幼姿卡立刻去迎接,此时,水池那边有隆隆声响传来,接着出现一辆超大板车,在落日斜晖的映衬下,慢慢靠近。她叫着:"爹,爹!花斑母牛不行了!"他从水池那边走过来,安提克从后面下车,板车上面有棵大松树,他们得扶着。"别乱说,浪费口水!"

他用鞭子抽在马儿身上，大声喊。"安布罗斯来过了，可是没有什么用。我们用了很多种方法都没有效果，很有可能是牛瘟。怀特克说森林的看护者把他们赶走了，然后花斑牛就突然躺倒一边打滚一边哀叫，他就带它回来了。""花斑牛，可是我们所有牛里面最好的！你们一群蠢货！你们照顾不好它，上帝不会宽恕你们的！"他气呼呼地把缰绳扔给安提克，拿着鞭子跑来，人群纷纷散开。牧童怀特克之前一直不动声响地忙前忙后，此刻吓得藏起来了。汉卡也一脸困惑哀伤地站在门槛上。波瑞纳老头子注视了母牛很长时间，才叫起来："不错，它的确没救了，都是因为她们！一群母羊！只知道吃东西，让她们留心照顾家里，真是异想天开！可怜这么好的牛！只要家里没人，准会出事。"汉卡自我辩解地说："可是我整个下午都在农田里干活啊。"他生气地转头看她："你？你何曾发现事情哪里不对头？你何曾重视过我的东西？这头牛很难得啊。对的，即使是家世显赫的人家里也难以找到！"他再次唉声叹气了一会儿，看看母牛，希望它可以再站起来，又看了看它的嘴唇。它沉重地呼吸着，喉咙处发出咯咯的声音，血液已经凝固，凝结成像黑色渣滓一样的硬块。"如何是好呢？必须杀了它，好歹我也要得到一点利润。"

他决心已定，去仓库拿来刀具，在牛棚外面的磨刀石上磨了一阵，再把外衣脱下、袖子卷起，开始做一件黑心的难事。花斑牛似乎知道自己快死了，吃力地将头部抬起，不断哀叫，喉咙上突然多了道口子，接着它便不再动弹了，汉卡和幼姿卡哭了起来。它的四肢有一两次抽搐。早已垂涎的老狗去品尝开始凝聚的血液。安提克一进来，看着哭哭啼啼的妻子，便道："你个蠢货，哭个什么劲？那牛是爹的，牛死了，该哭的也是他，不是我们！"牧童怀特克把马儿安置在马厩里，安提克把马具拿下。波瑞纳老头一边洗手，一边问话："土豆收获多少？"他回答："好得很，有二十多袋咧。""今天要移到屋里。"安提克随即道："那个你自己弄吧。我实在太累了，要歇息了。有匹马的腿也瘸了。""幼姿卡，你去跟库巴说声，叫他别挖了，用小母马代替那匹瘸马，先把土豆运回来。这天气怕是有雨下。"波瑞纳感觉愤怒和屈辱。他时不时去看看那头花斑牛，狠狠地骂几句。之后昂首阔步走过庭院，视察牛棚、粮仓以及其他棚舍，因为受损失而心烦意乱，不晓得自己在做什么。"怀特克！怀特克！"他终于抑制不住叫喊道，并解开皮带。可是怀特克没有回应。邻居也不在了，想到他受到这么大的损失可能会伤人，而且波瑞纳并不是不喜欢动用武力的人。可是，现在他只是想骂骂人罢了。他走近住所，隔着窗户大叫："汉卡，弄些吃的来！"之后跨进自己的房里。这所房子很一般，被一条走道隔成两边。一边对着庭院，窗户对着果园和小道。波瑞纳老头跟女儿幼姿卡住在对着果园的那边，安提克跟他的妻子住另一边，牛童和工人就住马厩。现在房间里一片昏暗，小小的窗户外面又被屋檐遮住，往外还有果树，光线难以靠近房间。墙壁上挂满用玻璃罩住的圣像，摇晃晃地显些光亮。虽然房间并不小，可是因为房梁低，又架着个大横梁，家具也很多，所以视觉上感觉房间有些小，只在走廊附近的大壁炉处有些活动空间。波瑞纳老头将靴子脱了，走进光线模糊的杂物室，关上房门，拉开一扇小窗的窗帘，室内立刻显露出夕阳的余晖。杂物室里堆满了家用的东西。不少竹竿横着胡乱摆放，布匹和波兰人穿的长外套随意地挂着，有几堆线球，几捆肮脏的羊毛和几袋羽毛。他拿了白色的长衣和红色腰带，之后在盛满稻谷的盘里摸索，在屋里杂乱堆放着各种铁制和皮制器具的角落里摸索。可是，他听见汉卡的声音从隔壁房里传来，立即把窗帘放下，之后又在盘里摸索。

晚餐时间，他那份是丰盛的猪肉卷心菜，放在他工作用的桌子上。空气里混合着各色菜香。"今早怀特克去什么地方放牛了？"他手里切着面包，嘴里问着。"那个贵族小树林，森林管理者驱逐了他们。""臭虫！花斑牛就是因为他们死的。""就是，天气太热，它跑太快，又累，身体里有个地方发了炎。""这些吃屎的狗！难道我们就不能去那里放牛了？十分庞大的黑色字体清清楚楚地写在白纸上。可是他们还是会把我们赶出那里，声称我们没有资格在那里放牛。""他们并不是针对我们。以前瓦勒的孩子还被他们打过。""噢！我要把他们告上法庭，或者可以去找官员。要是谈它的价值，可有三百兹罗提①。"汉卡道："那是，那是！"眼见公公对自己不是那么气愤了，不由得神经有些舒缓。"跟安提克说一声，等他们把土豆运进来，就立刻去处理母牛，把牛皮剥下来，切成肉片。我先去一趟社区，回来之后来搭把手。记得把牛屁股上的肉悬挂在屋檐下面，免得被别的禽畜吃了。"他吃好了，站起来换了一件衣服，打算去社区，但是走之前感觉头很昏，有些乏，就回床上眯了一会儿。汉卡清理餐具，时而从窗户那里偷看门廊处的安提克，他在那里吃晚饭，一副很斯文的样子，跟饭碗离了一段距离，一口一口地把饭菜放进嘴里，懒散却用力地刮着盘子的边缘。他时不时地往水池那边看看，水面波光粼粼，泛着点点金光，在夕阳下晕染出一片紫色。一群白鹅在水面嬉戏，像是白云环绕着彩虹一般。白鹅的嘴又尖又红，时而喷出血色珠帘。村子里显得生机勃勃，人来人往。水池两岸的道路上飞扬着尘土，

---

①波兰货币单位。

不断传来板车碾过的咔咔声响，有几只牛儿站在浅水区里，悠闲地喝水，时而抬起笨重的脑袋哞哞直叫，水滴从嘴唇渗出，慢慢下淌，像是营养丰富的蛋白质。水池的那边是一位农妇，在桥头洗衣，棒槌敲打桥面的声音有节奏地响着。"安提克，麻烦你帮我劈柴，我没力气了。"他妻子弱弱地请求。安提克有事没事就骂她，有时还动手打她。他不出声，当作耳边风。她害怕再求他，就自个儿去捡些能够劈的柴。

他呢，也累了一天，疲惫烦闷，坐着观看水池的那边，那也是一栋大楼，白色的墙面和窗户反射着夕阳余晖，显得十分养眼。石头堆砌的篱笆围绕着花园，几株牡丹和天竺伸出墙头随风摇曳，因为后面是白色墙壁，所以花儿更显得鲜艳。有个高高的影子走出果树，消失在小径上，看不清是哪个。安提克静坐在门廊，听见屋里爹打鼾的声音，就狠狠喊了几句："老头子在歇息，你啊，你一个长工，好好干活，别偷懒，别偷懒！"他又来到院子里，看花斑母牛。对妻子说，"虽然牛是爹的，但我们也损失了。"她去劈柴了，立在库巴驾回来的板车旁。"地窖还没腾出来，土豆暂时随意找块空地放吧。""可是爹交代了，你得去给牛剥皮，在打谷场上把牛分成块，库巴会做帮手。"库巴把谷仓的门打开，嘀咕着："牛和土豆都可以放。"安提克道："居然让我剥牛皮，分牛尸，难道我是屠夫不成？"大家不再言语。

土豆倒在打谷场上发出咚咚声响。太阳躲进山里了，但是山上还环绕着一层血色余晖，倒映在水池中，平静的水面时而波动，泛出点点猩红的光波。没过多久，全村都笼罩在一片黑暗里，沉浸在秋的寂寞中。房屋好似更加玲珑小巧了些，似乎潜到地下，或者爬上如梦如烟的树尖，或者隐藏在一片灰色的篱笆中。安提克和库巴忙着运土豆。汉卡和幼姿卡正在忙家里的事，把鹅群赶回家，或者给那些饿慌了的猪喂饲料，还要给母牛挤奶。怀特克刚把牛群带回，准备了些干草，直到给它们挤奶的时候才不那么吵。幼姿卡刚给牛挤奶的时候，怀特克用打战的声音悄声问："幼姿卡，老爷是什么反应啊？""哦噢，天啊！对哦！他想揍你！"她边说边把脸转向别处，伸出手来，母牛被蚊子咬得受不了了，胡乱挥舞着尾巴，不小心抽到她。"森林管理人驱逐我们，也不能怪我啊，他原想连我也打的，可是我躲过了。母牛在地上又是打滚又是乱叫的，我只好把它带回来。"他没有说更多的话，可是感受到他在默默吸气和抽泣。"怀特克！你哭得像头小牛。你别哭了！爹又不是第一次打你。""说实在话，我不是无法忍受被打的滋味，但我仍旧害怕。""真笨！都多大了，还怕这怕那的，反正我会把事情跟爹说清楚的。""是吗，幼姿卡？"他十分兴奋。

"是的，怀特克。你不用害怕！""你要是愿意，我送你只小鸟。"他雀跃着，对着她的耳朵说，而且从兜里拿出一个神奇的玩具，"你看看是怎么玩的，自动的哦！"他将玩具放在门槛处，给它上发条。鸟儿把腿抬高，摆摆小脑袋，往前踏步。"噢，天哪！居然是只会像活鸟一样活动的鹳！"她十分惊讶，扔下牛奶桶，蹲下来仔细瞧它。"噢，你居然连这个也能做出来，你实在太有才了！它会自己动的，是不是？""是的，幼姿卡。只需要给它上发条。你瞧！它活动自如，就像刚用过晚膳的绅士一样昂首阔步！"他把鹳掉过头来。鸟儿走路的样子十分神气，叫人看着想笑，它高抬起脚，每走一步脖子也跟着前后晃晃。他们看着鹳鸟的动作觉得好玩，一起笑了，幼姿卡时而对这放牛娃投以敬佩的眼神。忽然，波瑞纳在屋外大喊幼姿卡。"啊？什么事啊？"她答道。"你来一下。""我现在忙着挤牛奶。"他道："那好吧，我得去趟社区。"一边在牛棚附近到处看看说："那个，那个浑球，跑哪里去了？""噢，您指怀特克吗？跟安提克在一起。"她慌忙回答，心里紧张，因为怀特克很害怕地藏在她后面。"他居然跑了，真是个下贱的畜生。把我的牛给整死了！"他厉声说着，进屋换了件新的白色大衣，戴上黑色高冠，红色腰带系在腰间，去了磨坊那边。

他一边走路一边小声算着："今年的事情可真多啊。冬天就要到了，得准备好足够过冬用的柴火，还有几亩地的种子没播撒完，卷心菜还没收！种土豆和燕麦的田地都要犁了。天哪！为什么总是有干不完的事情呢？他就像是上了发条的钟，一刻不停息地转动。还记得那件诉讼案子！她真是个婊子，跟她睡了一晚，还真当回事了！希望她的舌头打结，坏坯子！"他狰狞的脸上透露着怒火，给自己装好烟斗，拿着一根不够干燥的火柴在身上摩擦，好半天才弄出点火花来。于是他行走的速度很慢，思考着自己经历的困难和母牛死的原因。现在他寂寞得像块路牌。没有人来听他的诉苦和哀怨，他必须考虑很多事情，决定很多事情，照看每件事，真是惨淡的生活！他没有人可以交谈，没有谁会来告诫他或者是帮助他，因此最后重复遭到损失！

黑暗慢慢笼罩村子。窗户敞开着，透过窗户可以看见炉火，显得那样炽热，土豆炖肉的香味从窗户飘过来。屋外有很多人吃晚饭，汤匙在盘里摩擦的声响和人们谈笑的声音混合在一起。波瑞纳走得越发慢了，最近天天都有烦心事，弄得他精疲力竭，他突然想念起春天过世的妻子来，心里一阵难过。"噢，不！要是她在该有多好，现在我想念她，对她的记忆是那么清晰！要是她还在的话，花斑母牛是不会死的。她是管家的妇女，真的是一位难得的管家妇女。对了，她说话不给人留情面，可是她的确是位好妻子，把家里照看得好好的。"随即他小声祈祷安抚她的亡灵，忆起过去的光阴，强忍着不哭。以往回到家里，身体因为过于劳累而倦怠，她会为他提供最好的居家生活，会多次趁儿女不注意的时候，偷偷留下好吃的东西给他吃。也不明白是怎么回事，妻子在的时候，什么事情都很顺利。牛啊、鹅啊、猪啊都产量丰富，等到赶集的时候有很多货物可以带去卖，手里总会有多余的钱，阴雨连绵的日子不用愁没钱花。可是此刻呢？安提克总是我行我素，打铁的女婿也不好，总琢磨着从他手里搜刮些东西。幼姿卡又是一个意志不坚定的女孩，不会动脑子，不过也不奇怪，她现在还小，不到十岁。媳妇汉卡总像只飞蛾一样左飞飞右飞飞，不知道一天到晚在烦恼些什么，学着狗一样乱吠。于是所有的事情都不像以前，那天的情形，花斑牛不得不死，收获季节里死了一头猪，小鹅被乌鸦叼走，没剩下多少，损失这么惨重！灾祸不断！他的钱财不断消耗着，像筛子被水洗过一样，干干净净的！他几乎大声喊出来："可是我不能就这样认命！我还很健康，哪怕是一亩田地我也不会放弃！""歌颂耶稣基督！"什么人经过，招呼他。"长长久久！"他机械地答道，从大路拐进长长的小巷。社区就在巷子尽头，隔着一段公路的距离，窗户擦得很亮。

波瑞纳跨进最豪华的地方，狗在一旁乱叫。"你家男人在吗？"他向一位蹲着给摇篮里的孩子哺乳的胖女人问话。"出去了，过会儿就回来。你先坐会儿吧，马西亚斯，还有别人也在等着他呢。"壁炉里正热烈地燃烧着，发出耀眼的红光，映衬着他刮过胡子的脸，光秃秃的头顶，睁得大大的双眸，眼球被一层白纱一样的东西笼罩，在一对灰色眉毛下停止转动。波瑞纳坐到火炉旁，问："上帝把你从什么地方带来的？""从遥远的地方，乡亲！我只有这样，没有别的办法。"那人用缓慢的语气陈述着。他仔细地听着，拿出鼻烟盒。"乡亲，你也来点？"马西亚斯·波瑞纳很识趣地拿了很多，吸了三次，呛得流眼泪。"这是好东西，"他一边说一边抹掉眼泪。"这烟是彼得堡产的，有利于眼睛。希望是这样，我的意思是针对你的眼睛！""明天去我家，可以吗？我杀了头牛。""天主赐福于你。你是姓波瑞纳吧？我猜。""哦！你猜得真对。""我还记得你的声音和说话方式。"

　　"噢，从遥远的地方来，有什么消息呢？""哦！也没有什么，有好事，有坏事，也有不相干的事。世界没有改变。等到给要饭的施舍一点东西的时候，大家都叫苦，可他们却有钱喝昂贵的酒。""不错，正如你所说。""哈哈！在天主的这片领土上我走了太远的路，知道一些事情。"社区长太太问他："去年你带来的那个弃儿还好吗？""噢，那个坏小子！跑掉了，还偷了我的钱。是些好心人给我的钱，打算带去给钦斯托合娲城的圣母，请人做弥撒，可是那小子把钱拿跑了。别叫，布瑞克！我猜社区长来了。"

　　他牵牵狗绳，狗就不吠了。猜对了。社区长进屋，往门槛上一站，对着墙角扔下皮鞭，大叫："太太！我饿了，晚饭好了没？近来可好，马西亚斯？你呢，要什么？""我想知道我那件案子怎么样了。""大人，至于我，你就随便安置。可以放在走廊里，我照样可以睡那里，我已经不再年轻，安置在火炉边也很好，我能够取暖。我吃得很少，一点面包或者土豆就行，我会向上帝诉说你的伟大，就当作你送了我百分之一的卢布或者更多。""你坐吧，要是不嫌弃可以在这里吃晚饭，要是乐意的话，也可以在这里过夜。"社区长坐下，吃着香喷喷的土豆，里面放了很多肉丁，还冒着热气，旁边放着牛奶。社区长太太摆好汤匙，很有诚意地说："坐吧，马西亚斯，一起吃吧。""不用了，我从森林那边走，吃过一顿美食了。"可也得吃一些啊，夜晚很漫长的。"乞丐突然插话说出一句经典："祈祷多了，食物多了，无害于人，总是有好处的。"波瑞纳礼让了一会儿，终于禁不住饭菜香味的诱惑，于是跟他们一道坐下享用。他吃得很细心，慢条斯理的。盲眼老头的狗到处窜来窜去，叫着要吃的。

"别叫，布瑞克！现在主人在享用晚餐。不缺你那份，不用担心。"盲眼老头在炉火旁取暖，闻到肉香味，对狗说这些话。已经不似先前那么饥饿了，社区长对马西亚斯·波瑞纳说："伊娃要告你。""她？这就奇怪了！我又不是没给她工钱，天主圣明，我给了她工钱，而且比她应得的多些。对了，她生了个孩子，在给孩子施洗的时候我还代她向神父贡献了燕麦！""可是她说……""噢，她简直是胡说八道！太荒谬了，她是不是疯了？在发狂吗？""啊！你虽然上了年纪，还是蛮能干的！"社区长夫妇忽而大笑起来。盲眼老头子插嘴说道："这人的经历多了，自然所听闻的事情也就多了。""我看她就是一个人尽可夫的坏女人，满嘴的胡话。我连她的一根汗毛都没有触碰过，这个小蹄子。要不是我看她可怜，没有落脚的地方，我才不会收留她，给她吃饱饭，让她在冬天有地方可以睡觉。其实我不想收留她的，如果不是我那好心肠的亡妻，我早就赶走她了。本是打算让她在家里做点零星的小事。但是现在我家里的用人已经够多了，我没有必要再请一个，多个人就多口饭，何况，冬季不比农忙本来就是闲时，没有活可以做了。"

社区长的夫人说："其实你根本就不用着急的，她每天都有很多事情做的，比如说织布，就像是棉布还有帆布之类的。""够了，她这样子在我们家里住着，只见她的身体越来越好了；这还没过多久，她就已经怀上孩子了。不过我很想知道，到底是谁让她怀上孩子的呢？""其实从她的意思来看的话，是你让她怀孕的。""她居然敢污蔑我，这个贱人，我要杀了她！""总之，这件事情你是一定要出庭的！""那是当然，很感谢你将这件事情告诉我了，老天会庇佑你的！在我看来，工资都算不上是什么事情。其实我还有一个证人，他完全可以为我作证，说明我已经给她了！这个女人，真是该死！哦，我的天呀，最近烦心事真多。还有那头母牛，我也得赶紧杀掉，还有田事那么多。现在我又是一个人了，都没有一个人可以来帮助我！"瞎老头说道："一定要为自己去世的妻子哀悼的人，必定会像一只已经被狼群围住的小羊！""其实关于这头母牛的事情，我也是听说过的。""其实这件事情，我可以起诉那些贵族领地的人。林务官想要将我的母牛赶走，但是我不会让他得逞的，那是我最值钱的一头牛，它还怀着一只小牛，由于跑得太辛苦了，现在都累出病了，我只好将它杀了，但是官司我是一定要打的，不会善罢甘休的。"

奇怪了，怎么自己之前就没有想过再找一个老婆呢？其实要是自己想找的话，应该是可以找得到的。瞎老头这个时候又开始说了："可能有的时候会傻傻的，有时候会跟你吵吵嘴，甚至还会拉拉小孩子的头发，但是自己身边有个女人总是好的。""可是，我要是再娶一个的话，人家会怎么看我呢？"波瑞纳开始担心了。"人家的看法对你来说并没有什么影响，他们又不会帮你做事，只会说说而已！"

社区长这个时候打趣地说道："我们这边小姑娘有不少，男人在这周边走的时候，都很难受呢！""哦，你们看看这个人，整天在想着什么事情呢？""其实乔治的小女儿苏菲就挺好的，而且她家里很富裕！""我们的马西亚斯可是一个有钱人呢，还会缺钱吗？"瞎老头有点疑问地说道："这些东西谁都不会觉得多了的！"

　　社区长觉得苏菲还是太年轻了一些，可能跟他不般配。这个时候，他太太很快地补充道："我们这里还有凯瑟琳呀，就是那个安德鲁的女儿！""太晚了，人家都已经订婚了！""那还有薇伦卡呀！""那个不行的，太喜欢讲话了，而且屁股那里还有点儿畸形！""那既然这样的话，那就试试找个寡妇，那个汤玛士家的如何？""几个孩子、几亩地？""要是这个不行的话，看看尤里西亚！""那个可能不行吧！那个姑娘跟年轻的单身汉在一起会比较好！""其实大家都忘记了一个很好的人选，就是那个雅歌娜，十分能干，什么都会做的一个姑娘！"一直没有说话的波瑞纳这个时候开口了："大家不是都说她不检点吗？"社区太太好像跟她的关系很好的样子，维护地说道："你听谁说的呀？有些人这样说人家就是忌妒心理！""这个不是我说的，但是很多人都知道的事情！行了，我还有事呢，先回去啦！"

　　波瑞纳抽了两口烟，将自己的衣服整理了一下，问道："那个法庭的传票写的是几点钟呢？""九点吧！不过要是想走过去的话，可能得起早点！""可以啊，我到时候要用我的小马拉着车过去，谢谢你们对我的建议，上帝会保佑你们这些好心人的！""你也一样，希望你可以认真想一想我们的话，那些姑娘都还是不错的！要是你愿意的话，我们很快就可以帮你完成一场盛大的婚礼！"

　　波瑞纳这个时候没有再说话，只是看了他们一眼。瞎老头将嘴里边的东西吃完之后说道："这种老少搭配的婚姻，是最让魔鬼高兴的,他可以获利不少！"波瑞纳从那边出来之后一直在想着这个问题，其实他的内心还是有点想法的，只是刚刚在人家面前没有表现出来，再怎么说自己也是一个元老级的农民了，怎么可以那么轻易显露出来？

天色已经很晚了，天上的星星一闪一闪的，整个世界好像都沉静下来了，时不时会听见一两声的狗吠。晚上的雾气有点大，风一吹，就将树林间的湿气带出来了，发出阵阵响声。又是这座桥，桥下水声依旧，波瑞纳不知道已经在这里走过多少遍了，虽然天色已晚，但是池塘里的水还是将他的影子倒映出来了，当然还有天上的星星，一闪一闪的。

波瑞纳其实没有直接回家，就连他自己也不清楚自己是怎么了，好像是要经过雅歌娜的房子，也许自己只是想将紊乱的思绪好好地理顺一下吧！"想想也是，自己要是再找一个老婆的话，其实也挺好的，再说雅歌娜确实挺不错的！"旁边就是水塘，可能会有点冷，波瑞纳自顾自地想着，"我现在是一个人了，要么死掉，要么就将家产全部留给我的孩子！"之后他又十分兴奋地想着："雅歌娜是个很不错的姑娘。我今天已经失去了我的母牛，或许我找个老婆的话，会很好！雅歌娜自己可以拥有五英亩的土地，另外还有牲口等等，最棒的是她就在我的旁边，加进我的土地里总共就有了三十五英亩。这真的是很令人高兴的事情啊！"只见波瑞纳十分高兴地叫道："哈哈，以后就只有磨坊主会比我富有了，我要种很多东西，还要买一头牛，买一只羊，不过我的雅歌娜一定会带着她的牛过来的……"

波瑞纳就这样算计着，以自己这么多年的经验精打细算着，沉浸在自己的美梦中，后来都觉得自己的脑袋有点受不了了。突然他想到了自己的儿女，一下子变得十分亢奋起来了，大叫道："不行，孩子们一定会反对的！"不过自己的想法很坚定，谁也改变不了。"你们要是不喜欢就滚，不要分我的财产，土地是我的……"说到这里，波瑞纳才发现自己这个时候正对着雅歌娜的房子。

　　她房间的灯还没有熄，有些昏暗的灯光透过窗户射到了外面，波瑞纳此时站在暗处，眼睛盯着屋子里面。房间很大，里面的壁炉正在燃烧着，柴火燃烧的声音都可以听见，有个年纪很大的老婆婆蹲在那里，而女主人公雅歌娜此时正在给一只鹅拔毛，看着健壮勤劳的雅歌娜，波瑞纳不由得赞叹道："真是个美好的姑娘！"雅歌娜时而听听自己母亲朗诵诗歌，时而又深深地叹气，无奈手中的鹅必须解决，所以只好低头拔毛，鹅肯定不听使唤，在房间里面到处乱窜，但是后来还是被她制服了。看到这里波瑞纳又不得不赞美了一句，不过这次他好像想到了什么，大步地离开了雅歌娜的房子。

　　波瑞纳大步地往回走，边走还边扯自己的束带，这个时候他回到了自己的家里，忍不住又转身看看雅歌娜的家，他们两个的家仅隔着一个池塘。这个时候正好有人开门出来，只见一道很亮的光照在了湖面上，没过一会儿，在夹杂着雾气和草香的夜色里，波瑞纳听见了一曲很美妙的歌：真是悲哀，我的爱人，居然在这儿送上了我的吻，我应该要将我的吻印在树叶上，让它飘到你的身边……

　　站在自己门口，波瑞纳听了好长的时间，直到后来房间的灯都熄掉了。皎洁明亮的月亮挂在天空上，映在湖面上，或者是照进人家里，深沉的夜幕将整个村子笼罩起来了。

　　波瑞纳最后将自己家的院子看了一遍，看看自己的牲畜是否都安好。可能是天气太热的原因吧，牛舍的门没有关得很严实，那头母牛还在发出一种声音。波瑞纳把什么都整理好了之后就上床躺下了。躺在床上，他的思绪如飞，自己到底该不该再找一个，要是在以前的话，自己遇到烦恼还能跟自己的老婆说说，可是现在自己身边已经少了一个人……

　　孩子安静地躺在身边睡着，看上去睡得很好。自己此时已经是一个孤孤单单的老人了，没有了妻子，也就没有人可以给自己什么好的建议了。想到这里，他觉得自己有必要为自己的妻子祈祷一下，于是念了几句："圣母玛利亚！"

第三章

曙光将暮色赶走了，天上的星辰也黯然失色了，不过这个时候已经有人开始为波瑞纳工作了。勤劳的库巴懒懒地伸了一个懒腰，准备到牛房去叫醒怀特克。现在已经要开始工作了，但是那个小伙子还在睡觉，他听见叫声之后只是很慵懒地回答道："很快的，我很快就起来了！"但是他说完之后，还是没有能够起来，库巴只好很同情地说道："好吧！可怜的孩子，就让你多睡会儿吧！"之后库巴就离开了。

库巴是个可怜的人，他曾经中过枪伤，留下了残疾，导致现在走路很不方便。他每天早上起来之后都会像今天一样，跪在外面为大家祈祷。虽然在祈祷着，但是他的眼神一一扫过院子里的一切，包括窗户、树干、果园等等。之后他发现老狗拉帕居然还在睡觉，就朝它扔过去一个东西，之后拉帕呜咽了两声，一边走着，还一边在梳理着自己的毛发。库巴看见这只狗懒洋洋的样子，忍不住捶胸说道："你这个懒惰的家伙，还在这里搔首弄姿，以为自己是马上要成亲的姑娘吗？"

库巴一天的工作马上就要开始了，从喂马儿开始，接着是将板车拉出来，上点油，看着马儿吃着自己拌好的食物，库巴很高兴地说道："多吃点东西吧，你马上就要下崽了！"他很爱惜地摸摸马的鼻梁，马儿也很乖，时不时地用嘴蹭蹭库巴。"我们今天的任务就是要把那些马铃薯弄到屋子里来，不要担心它们很重，你可以拉得动！"

除了母马之外还有一匹阉马，这个时候它也将脑袋探出来了，但是库巴并不想搭理它，说道："你就等着挨打吧！懒惰的家伙！总是那样的懒惰，还想吃好的燕麦！"之后库巴又走到另外一边，这里养的是一只小马，它看见库巴过来了，叫了一声，库巴看着它说道："不要着急，你的在这里呢！不过在你吃饱之后你要带着我们主人去一趟城里边。"库巴一边说着，一边在旁边找了一些草将小马身上的那些泥巴弄干净了，嘴里面还唠叨着："明明就已经到了快要交配的时候了，可是为什么总是这么脏呢？"

之后他要将猪圈里面的那些猪仔放出来，后面的那条老狗一直跟在他的身后，也许又是看出了它想要吃点东西吧，于是扔给了它一块面包，拉帕一接到面包就赶紧跑回了自己的狗窝，应该是怕那些猪仔过来跟自己抢食的原因吧！猪圈里面的猪还在那里尖叫着，库巴大声说道："你们呀！就跟某些人差不多，整天都在算计着怎样将别人的东西抢过来！"走进谷仓，将一大块肉拿下来，库巴说道："你们这些愚蠢的家伙，明天就要被宰了，真是可怜啊！"库巴看看天上的太阳，觉得自己应该过去将怀特克叫起来了，尽管他还是那么不想起来，睡眼蒙眬地站起来。

主人到这个时候都还没有起来，怀特克自己也不知道应该做些什么，看着天上的太阳，再看看那边的房间，还是没有人出来。他就这样蹲在外面，看着麻雀飞来飞去，突然他想到了屋顶上的那个燕子窝，今天燕子们没有声音，会不会是被冻死了？想到这里，怀特克赶紧拿过来一把梯子，将屋顶上那几只僵硬的燕子拿下来，放在自己暖和的胸前，之后大声对着库巴说，这些燕子死掉了。精明的库巴才不会相信燕子死掉了，库巴将燕子接过来，然后就对着它们吹气，之后说道："你真是个笨蛋，燕子还活着，只是被冻僵了而已！"之后库巴就走了，剩下怀特克在这边暖和燕子，等到它们都恢复了体力之后，怀特克说道："你们都走吧！到暖和的地方去吧！"

怀特克就这样将每只小燕子都救活了，然后看着它们一只一只地飞走，时不时地还跟着叫几声，但是他却没有意识到自己的主人这个时候已经站在自己的身后了，他只是在很专注地跟燕子玩耍。"大清早的不做事，居然还在玩鸟！你这个蠢货！"只见波瑞纳很生气地过来，还一边将自己的皮带解下来，抽打在怀特克的身上，"哦，主人，求求你，不要再打了！"怀特克只好乞求道，但是波瑞纳好像很生气，大声吼道："你让我损失了一头那么值钱的母牛，你真是个白痴！""老爷，不要再打了，我知错了！求求你！"就在这个时候，汉卡也伸出脑袋来看看到底发生了什么事情。

库巴看见老爷又在教训别人，只觉得很恶心，看了一眼之后就又回到了自己的工作上。波瑞纳觉得损失掉马的原因都是怀特克造成的，所以这个时候他很愤怒，恨不得将他抽死。不过最后怀特克还是逃脱了，他痛苦地喊着："我要死了！主人要将我打死了！"波瑞纳回到房间，看见自己的儿子还在睡觉，大叫道："赶紧起来，等会儿我要出去上法庭，你自己将马铃薯弄回来，然后在外面把御寒的护板弄起来！"在波兰，农民们为了抵御寒冷，都会在外面修筑一道坚固的护板。安提克慵懒地说道："我要睡觉，要弄你自己弄吧！""好吧！这个冬天你就冻死吧！"波瑞纳说完之后就很生气地离开了。

看见幼姿卡出来了，波瑞纳说道："赶紧去准备早餐！""不行，我得去挤牛奶，怎么能同时做两件事情呢？"说完就直接走开了。波瑞纳这个时候要被气死了，大声嚷道："为什么每一个人都要跟我作对呢？"自己的儿女都不听自己的话，儿子还天天跟自己拌嘴。波瑞纳自顾自地换着衣服，将脚上的皮靴踢到一边去，说道："这些孩子非得要人来打他们一顿才会听话！"波瑞纳这个姓是一个大姓，他想着自己也不是那种很卑贱的人，之后又马上想起了当铁匠的女婿，就是那个一直催着自己的岳父给自己一些地的那个男人。这个时候幼姿卡挤完了牛奶，不一会儿早餐就做好了。波瑞纳对她说道："明天我们又要卖肉了，这件事情就交给你了！不过要记住，后面的大腿跟臀部的肉，我们要自己留着吃的！""到时候铁匠女婿一定会过来的！""他也许会带走一份！""还有玛格达一点东西都没有分到，这该是多么凄惨呀！""那你到时候就给他一份吧！""爸爸，你真是太善良了！""我亲爱的女儿，等会我回来的时候会给你带好吃的东西的！"

他美美地享用了一顿早餐之后，将自己的衣服、头发整理了一下，在屋子里面踱着步子问道："我应该没有落下什么东西吧？"不过看见幼姿卡正看着自己，他只好祈祷了一句就离开了。等到后来坐上那个马车之后，波瑞纳又说了一句："叫他们弄完马铃薯之后，再去靶点草营，对了，还要一些小冷杉和铁树之类的，等到冬天来了我们还要用的。"波瑞纳的车子才刚刚到围墙那边，就看见了怀特克，他正站在那边不知道在唠叨什么，波瑞纳说道："对了，怀特克，你要好好地将牛牵到草地那边去，否则你又会受皮肉之苦的。"怀特克还在那边咒骂着。"你给我小心点……你这个蠢货！"波瑞纳看见他那样子，十分生气，大叫道。

太阳已经高高地挂在屋顶上了，昨晚还很浓的雾气现在变得十分稀薄了，波瑞纳慢慢地走进了通往教堂的那条小路。新的一天开始了，村子里面的人们也要开始劳动了，这种天气特别适合劳动。有些人正扛着锄具去农田里面，有些人已经开始在田间耕作了，还有的人正赶着自己的牛车到别的地方去。没过多久，池塘两边就全是人了，本来经过一个晚上已经沉下来的灰尘这个时候又开始沸腾起来了。

路上的牛一直很多，波瑞纳只好很小心地走过，为了避开那些牛群，他有的时候也会挥一下鞭子，后来终于快要到教堂了。这里有大片大片的树林，其中不乏法国梧桐等，波瑞纳这个时候走上了一条十分宽阔的大路了，这里种的主要是白杨树。远处已经飘来了钟声，他知道弥撒已经开始了，于是伸手将自己头上的帽子脱掉，虔诚地祈祷了一会儿。虽然这条路十分荒芜，但是地上却很漂亮，全部都被树叶遮盖住了。这边的环境给人一种很慵懒的感觉，所以波瑞纳一直都很想睡觉，但是他会极力想象一些别的事情让自己赶走睡意，但是没什么作用，后来他索性盯着毒辣辣的太阳看着，才终于将睡意驱散了。看着眼前的大片田地，波瑞纳不由得惊叹了一声："这些植物长得真好，真是太好了，而且还跟我的那一片土地挨得这么近，不过这些麦子应该是才种下不久的吧！"他很想将这片田地据为己有，但这是别人的，轻轻地叹了一口气后，波瑞纳就离开了。

这边仍然有很多树，不过都是松树，不时还有阵阵凉意袭来，正好将波瑞纳刚刚的美梦给打破了。这些树都是很古老的树了，其中当然还有一些很矮小的树木，他们都挤在松树的周围，层层叠叠的树叶交织在一起，将天空的阳光都挡住了，所以树林里面十分阴暗，见不到阳光。波瑞纳十分高兴地说道："哈哈，这些都是我的田地！"抬头看看这些树木，他又继续说道："谁也别想欺负我，那些贵族都觉得我们已经有很多的东西了，但是我自己觉得还是不够。我的田地，到时候再加上亲爱的雅歌娜的那些田地，哦！真是太好了……你这个蠢货，居然会害怕一只这样的鸟！"看着自己的小母马有些害怕的样子，波瑞纳十分生气地说道："赶紧走吧！"说完之后还抽了几鞭子，之后这只小马才开始加快了速度。

　　等到波瑞纳到达的时候，时间已经是八点多钟了。这是一个很小的镇子，周围的房子很脏，到处都是垃圾，还有那些像是乞丐一样的犹太人，看见波瑞纳的车子过来了，就纷纷围上来，波瑞纳愤怒地大叫道："给我滚开，你们这些不要脸的东西。"一边大喊着，一边将车子赶到了市场那边。波瑞纳把自己的车子都安排好了之后，就像往常一样来到了那个理发匠的屋子里面，没过多久就好像是换了一个人的样子出来了，之前的胡子都没有了，整个人都变得十分干净，但是下巴那边好像被刮伤了一点。其实这个时候离开庭还有很长的时间，但是他看看法庭那边，已经围着很多人了，有的坐在那边的台阶上面，看上去那个台阶已经有很长时间都没有人维修过了。

　　他注意到那边有一些女人，本该在她们头上的那些红色的围巾这个时候已经掉到了肩膀上面，之后他看见了那个讨厌的女人——伊娃，还有她的儿子。看到这里，波瑞纳很不屑地呸了一声就退到了一旁的走廊那边。此时，那个亚瑟克出现了，他是一个男仆，只见他手上拿着一个茶壶，好像还带着一个炭炉，亚瑟克好像用了很大的劲在吹着。之后从那条走廊的另一头传来了十分粗暴的喊叫声："嘿，我们小姐的鞋子呢？"亚瑟克也大声回应着："这儿呢，马上过来！""还有这边的，我们老爷洗脸的热水！""知道啦！我马上就送过来了！"亚瑟克这个时候已经是满头大汗了，他手上的茶壶烧得滚烫滚烫的，亚瑟克一边吹着茶壶，一边奔波着。就这样，波瑞纳看着他一直在忙着，直到法庭开庭，门口的这群人才进去。在大厅里面，波瑞纳又看见了亚瑟克，他的脸上还在流着汗，不过这个时候他的角色是庭丁，身上的衣服还是那个样子，没有变化。他的脸特别得红，有时候他会偷偷地用袖子擦一下，他的头发也许是太长了的原因，会掉进眼睛里面，所以有时候会甩脑袋为了防止这种事情发生，有时候会先悄悄地看一下旁边的房间，之后就会坐下来，让自己休息一下。外面来了很多的人，将整个栅栏那边都挤得满满的，整个屋子里面就像是炸开了锅一般的吵闹。

　　法庭外面那些犹太人在吵吵嚷嚷的，法庭里面也是人在说话，大家好像都有天大的委屈一般，特别是那些女人，但是没有人会刻意去听他们在说些什么。法庭里面人挤着人，就好像是紧紧挨着的植物一般，风一吹，就会发出响声。这个时候伊娃看见了一直没有说话的波瑞纳，就开始咒骂起来了，当然波瑞纳也不是个省油的灯，就这样，两个人隔着人群开始对骂。之后伊娃本来是想要过来打波瑞纳的，但是由于一些别的原因没有过来。"够了，都安静下来！马上要开庭了！"亚瑟克一句话说完，整个法庭都安静下来了。再看看上面的那个大老爷——拉西伯罗魏斯大地主，有两名助理跟在他的身后，另外一边有个秘书在整理文件。坐下来之后大家都将金柬挂在了脖子上面。此时法庭里面异常安静，几乎就连人的呼吸声都可以听见。

终于开庭了，在波瑞纳的案子前面还有很多别人的案子没有审理，比如有个案子是一个警官告一个经商的小商人在他家院子里便溺，这个案子最后的结果是缺席审判。后面还有一个案子是和解的，原因是一个年轻人放马的时候跑去吃面条了，审判结果是赔给母亲一些钱。后面还有几个案子，结果也都差不多是这样子，但是这样的结果都令他们不满意，他们都在大声叫嚷着要上诉。亚瑟克很会看眼色，这个时候马上大叫一声："都安静下来，这里是法庭！"之后就安静了一些，但是时不时地还是会有人说几句抱怨的话，不过都会被亚瑟克制止。由于里面的人很多，所以很闷热，法官让他们将窗户打开了。接下来审理的案子是丽卜卡村的巴特克·柯齐尔案，他被指控的原因是因为偷了马蒂安娜·帕奇斯的母猪，还有几个证人，他们是她的儿子。"有没有证人上庭？"一位助理问道。"我们都在这边等着呢！"马蒂安娜的儿子们大声说道。

这个时候波瑞纳看见了帕奇斯太太，也就是雅歌娜的母亲，就跟她打了一个招呼。"把被告带到栅栏这边！"就在这个时候一个长得很矮小的农夫挤过来了。一位法官问道："你是巴特克·柯齐尔吗？"这个农夫好像还没有反应过来的样子，傻乎乎地抓着自己的头发，眼睛还滴溜溜地看着一个个法官。看他这个样子，法官只好再问一遍："请回答，你是不是巴特克·柯齐尔？"就在大家还在等着他的回答的时候，一个女人大声尖叫道："法官大人，他就是的！我可以证明！"只见这个女人对着法官深深地鞠了一躬。"那么请问您是证人吗？"

法官很认真地问道。"哦，这个不是，但是……""庭丁，把这个女人带出去！"亚瑟克赶紧过来将这个女人拖出去了。

这个女人还是不愿意出去，一边大叫，一边挣扎着喊道："尊敬的法官，我丈夫的耳朵好像有点不好使！""赶紧出去，不然我就动手了！"亚瑟克很凶地叫道。"你不用担心这个事情，我们的声音会很大的！"就在这个时候庭审已经开始了。"原告，请说出你的名字！""你刚刚不是叫过了吗？尊敬的法官大人。"巴特克·柯齐尔说道。"蠢货，快点报出你的名字！""是的，法官大人。我叫巴特克·柯齐尔！""今年多大了？""老伴，我年龄是多少？""到明年就是五十二岁了！""你是一个农场主，对吧？""是的，这个我记得，我是一个很不错的农民！""你坐过牢吗？""哦，这个我得问问，老伴，我坐过牢吗？"

"当然有啊！你忘记了？就是那几个可恶的贵族害的！""嗯，那我就坐过！那天，我去草地边，结果看见了一只死羊躺在那边，我当时就在想，要是不把它拿走的话难道要等着野狗叼走吗？于是我就拿走了，后来就有人告我说是偷了他们的羊，可是我是真的被冤枉的，法官大人，您一定要为我洗清冤情呀！"看着一旁的太太，他大声说道。"还有就是马蒂安娜·帕奇斯控告你偷了他们家的一头母猪，你如何辩解？""那件事情也是被冤枉的，我真的没有偷！""怎么，你居然没有反证吗？""啊？什么反证？老伴，快教教我怎么说！我真的没有偷他们的母猪，她是说谎的！""唉！有些人真的是说谎都不眨眼睛哦！"多明尼克的遗孀很无奈地说道。"那么你如何证明为什么他们家的猪会在你的家里呢？""啊？在我家？老伴儿，怎么办？"他看了一眼自己的老婆，很惊慌地问道。"法官大人说的就是那天跟着你回来的那只小猪！""嗯嗯，对了，我记起来了，是的，那不是一只母猪，明明就是一只很小的猪呀！我还记得它的尾巴上有一点很深的毛。""行了，那么为什么它会在你家里呢？""没有到我家呀？这个多明尼克太太就是一个十足的泼妇，只会说谎话！""你这个坏东西，上帝会惩罚你的！"可怜的多明尼克太太在一旁说。

之后也许是无法忍受了吧，她将自己那瘦骨嶙峋的手抬起来大叫道："你在那边胡说什么？你就是一个贼！无赖！"越说越激动，恨不得用手去抓他。可是就在这个时候，他的太太也开始骂道："你这个疯子，你休想过来！""都给我安静点！这里是法庭！""不要再喧哗了，不然你们两个就到外面去！"亚瑟克也大声附和着法官。

他们两个说完之后，现场就变得很安静了。刚刚还张牙舞爪的两个老太婆这个时候也停下来了，但是脸上都是恨不得对方死的表情。巴特克太太大声说道："你赶紧将所有的事实都说给法官大人听！"说完之后又加上一句："可要想清楚呀！不能忘掉什么事情！""知道了，我会的！"巴特克回答道。"还记得那天我一个人在外面走着，那是晚上的时候。没过一会儿我就听见身后有什么声音，有点害怕，就想着赶紧回家去！可是后来那个声音一直跟着我，我担心是不是什么鬼怪之类的，后来就悄悄地躲到一边的苜蓿地里，结果就看见了一只白色的动物，眼睛还发着光！我要害怕死了，于是走得更快。我都搞不明白那是什么东西，大家都很清楚这一片地方经常闹鬼的。"就在这个时候他那个讨厌的太太又开始说话了："是的，以前我还听过有一个人在那边走的时候被袭击过呢！""你给我闭嘴吧！让我来讲给法官大人听！后来我就一直走，那个东西还在跟着我，后来在有月光的地方我才看清楚了，原来就是一只小猪呀！这个蠢货为什么要跟着我呢？于是我就对着它扔过去了一根棍子，之后我就离开了。但是它还在跟着我，我做什么它就做什么，我就觉得很奇怪，它是不是有病呢？后来我把它抓住了，但是后来它又逃脱了。我站起身来，它又跑到我的面前来了，我大叫道：'你这个蠢货，赶紧给我滚开！'可是它不但没有离开，反而跑到了我的家里。尊敬的法官大人，你们一定要听我的话啊！我说的可都是真话啊！""那只猪跑到你家之后，你就把它吃掉了，对吧？"法官看着他说道。

"吃掉？是的，但是我们也没有办法呀！您想想，那么大的一只猪，天天在我们家里吃喝，我们也是穷人啊。就这样子过了一个星期、两个星期之后，它还留在我们家里。公正的法官大人，你也要为我们穷人想一想呀，我是一个孤儿，又没有很多的田地，怎么能够养得起一只猪呢？所以最后的结果就是我们将它吃掉，或者是我们因为这只猪饿死。由于想到我们可能会被吃垮，所以只好将它杀掉了，但是我们都没有吃多少。最后有人向多明尼克的遗孀说了这件事情，然后村长就知道了，最后他们那些人将所有的猪肉都带走了。"

本来在一旁还没有说话的多明尼克的遗孀这个时候实在是听不下去了，大叫道："你就撒谎吧！连法官大人都敢欺骗，那只猪的臀肉还有后腿的肉我们都没有看见！""这个我们就不知道了，你得去问问那只狗了，那些猪肉都是它在看着的！""还有前面你就开始撒谎，我家的猪怎么会自己跟着你走？你以前干过什么事情自己清楚，村子里面的人也很清楚，你就不要再为自己狡辩了！""你哪只眼睛看见了是我偷的？你说呀！"这个时候柯齐尔太太已经开始动手了，但是马蒂安娜的嘴里依然在说着："不知道是谁偷过马铃薯地窖，还有村子里面所有丢失的东西，你敢说你没有做过吗？""你这个娼妇，不要再血口喷人了，你也不是什么好东西，现在你家的那个雅歌娜也是，整天跟那些小伙子混在一起，一点都不检点！"一听见对方骂自己的女儿，多明尼克的遗孀就更加来气了，很愤怒地叫道："不准说我家的雅歌娜，不然我就将你满嘴的牙齿打掉！""够了，你们这些疯女人，赶紧消停下来！"亚瑟克这个时候也大声制止道。

到这里之后就可以传证人了。首先是多明尼克大妈说话，她没有像巴特克那样子激动，而是很平静地讲述了事情的经过，期间还让圣母过来做过见证人。她很肯定地说那猪就是她的，但是后来被柯齐尔偷走了，她用一种很宽容的语气说着自己不会追究那么多，相反，只希望法官可以让他在炼狱待的时间长一点，不过（就在这个时候，多明尼克大妈的声音突然就变大了），他刚刚对我说出那么恶毒的话语，完全是不可原谅的，他还侮辱我的女儿——雅歌娜，我觉得光从这一点来看的话就应该对他判刑。这个时候多明尼克大妈的儿子也开始说话了，只见他很虔诚地将双手合在自己的胸前，然后非常认真地看着法官说道："我完全可以证明那只猪绝对是属于我母亲的，它身上的所有特征都符合，最明显的就是它只有一只耳朵，因为另外一只被别的狗给咬伤了，我永远都记得它那天在谷仓的时候惨叫的声音。"

在法庭里面发生的事情也就无非是那些，大家都在下面听着他们的谈话，时不时地会评论几句，不过有的时候也会大笑几声，可是这个时候亚瑟克往往会很大声地呵斥他们，然后大家就会安静下来。多明尼克太太的案子还没有完呢，等到证人们一一上来做过证之后，法官们好像都很相信他们的话，不过多明尼克大妈一直都很淡定，她很虔诚地看着圣像，但一旁的玛格达就不是了，他一直都在咒骂着什么，反正没有停下来过。

这是波瑞纳前面的最后一个案子。开庭了，只见伊娃带着她的孩子站在庭内，她的脸上全部都是泪水，在那里讲述自己在波瑞纳家里受到的虐待，说自己从来都没有一天好日子过，每天干活干到累死，最后波瑞纳还不给她工钱，所以自己只能带着孩子到外面生活。说到悲痛的时候，伊娃一下子扑倒在法官的前面，大叫道："尊敬的法官大人，您看看这个人，他就是个魔鬼，连自己的亲生孩子都不要！""你这个贱人，不要在这里污蔑我，你就是个娼妇！""你还骂我。难道你不记得你以前给我买过什么东西？还很亲昵地叫我！""好吧，你这个娼妇，你为什么不直接说我给你买了一大床羽毛被子呢？"听到这里，全场的人都哄笑起来了。

"笑什么？难道你之前没有跟我说过这些话吗？"这个时候波瑞纳很郁闷地说着："见鬼，为什么老天没有将她打死呢？""我刚刚说的那些事情，整个村子里面的人都可以为我作证。"怕法官不相信自己的话，伊娃又很大声地叫道。最后她甚至还把自己的孩子抱起来给法官看，说："这个就是他的孩子，你们可以鉴定一下。"

观众看见这一幕，就纷纷看向伊娃还有她的孩子，因为大家都很好奇这个孩子到底是不是她的，还有就是这个时候伊娃一直在叫嚷着孩子长得跟波瑞纳很像。"这个孩子长得还挺好看的……""哎呀！这还不简单，反正波瑞纳现在也已经是一个人了，为什么不干脆把她娶回家呢？""哎哟，这孩子长得还不错哦，要是把他放在稻田里面说不定连鸟儿都不敢过来了啊！哈哈……"

这些人一个接一个地挖苦着伊娃，刚刚还很嚣张的伊娃这个时候已经面如死灰了，她的脑袋里面也不知道在想着什么事情，只是没有了那种泼妇的样子。此时，多明尼克大妈说道："你们还有没有良心，这样骂一个可怜的女人！"这话一说出来，现场都安静了，也许是他们感觉到自己有点过分了吧！不过最后对波瑞纳的指控没有生效。其实就在刚刚伊娃一直吵闹的时候，波瑞纳是很害怕的，他不希望法官将自己判刑，更不希望法官让自己抚养那个孩子，所以最后结果出来的时候，他很开心。他很自信地走出来了，不过还是在外面等着多明尼克大妈，他还要好好地商量一下这件事情呢。

之后波瑞纳跟多明尼克大妈在喝酒的时候，多明尼克大妈看出来波瑞纳的心事，他其实也在怀疑伊娃怎么会过来指控自己呢？于是多明尼克就指点他说道："其实你要是仔细想一想的话就知道了，这件事情肯定是那个铁匠女婿指使她做的！""可是这又是为什么呢？"波瑞纳还是想不通。多明尼克大妈耐心地说道："铁匠女婿就是一个坏蛋，他恨不得所有的人都不好过，只是为了让他自己不那么无聊！""可是我觉得伊娃不会害我，我从来都没有做过对不起她的事情，反而我觉得自己对她还挺不错的，在她的孩子满月的时候，我还送给她东西了！""但是你忽略了一件事情，就是她是给磨坊主做事的，而磨坊主跟那个铁匠女婿关系很好！""好吧！我还是觉得想不通！""那就别想了，我们再来喝一杯吧！"就这样，他们一直在那里喝酒，

后来他们一起上路，大家都只是随便说说而已，没有说很深的东西，大家也只是为了不让自己睡着。波瑞纳使劲地赶着小马驹，也许是因为天气太热了的原因，小马走得有点慢，不过波瑞纳也没有管它，他自己心中不知道在想着什么事情。时不时地他会看看自

己旁边的那个老太婆，她真的是很老了，脸上的皮肤完全干掉了，一点水分都没有。老太婆把系在脖子上的围巾拉下来了，因为外面的太阳实在是很晒人，那样的话就只能看见她的两只眼睛动了。

就在大家都没有说话的时候，多明尼克太太终于开口了，她说道："你们家的马铃薯怎么样了？挖出来了没有？""嗯，差不多都已经挖出来了，看上去还不错！""嗯，那就好了，这样一来你要是养猪的话就会方便不少了！""嗯，是的呀！对了，那天我听他们说好像有人去你家提亲了呢！""这是事实，当然还有别人过来过，但是我才不会让我的女儿嫁给他们那种货色！"说到这件事情的时候，她突然将脑袋抬起来了，眼睛直直地看着波瑞纳，好像要将他看穿一样。但是波瑞纳好歹也是几十岁的人了，一点都不担心，他的眼神十分镇定，这两个人就这个样子在那里耗着，都没有再说话了。

波瑞纳好歹也是丽卜卡村里面一个比较有地位的人，肯定不可能直接说明自己喜欢上了她的女儿，但是他自己的心事不说出来又特别难受，总觉得有一团火在自己的心口烧着，所以总想说些什么。当然旁边的多明尼克大妈是很清楚的，但是她又偏偏不说破，反而一直那样看着波瑞纳，不过最后还是她先说话："你是不是很热呢？""是啊！难道你不觉得这天气有点热吗？"不过这个时候的天气也确实是很热，四周的森林很密，一点儿风都没有，池塘里面的水也都干掉了，其中还有一些发霉的树叶散发出一股刺鼻的味道。

"你为什么不愿意做官呢？一般像你这样有钱有势的人都会对做官这件事情很有兴趣的，难道你就没有那方面的欲望吗？"多明尼克太太问道。"你说对了，我真的是没有做官的欲望，其实以前我做过官，但是那会浪费我很多金钱还有精力，后来我的太太还因为这件事情跟我闹矛盾了。""你的太太是明智的，当官的话不仅可以赚到钱，还能够使你变得更加出名。""但是我不喜欢，做官的话什么事情都要管，到头来出什么事情还是会责怪村长，为了那些事情，我不知道送出去多少钱跟东西呢！""是的，你说的那也是事实，不过我们现在的社区长好像还过得去，他得到了一大块地！""这也没错，但是要是他不再做社区长了，会怎么样呢？""你的意思是……""他会活得很痛苦，不过也说不准，关键是他的太太很厉害，什么事情都是由她来做主的！"

之后两个人又安静了，都没有话说了。终于又是她开口说话了："你的太太已经不在了，难道你没有想过要再娶一位小姐吗？""我都是这个年纪的人了，哪里还会想着要去娶媳妇呢？""你现在还健壮，还没有到要整天躺在床上的地步，我之前看见过你扛一大袋东西的样子。""是吗？可是也没有人肯嫁给我这样的糟老头呀！""你都没有试过，又怎么知道呢？""孩子都这么大了，再娶老婆很麻烦！""没事的，只要你给她们足够的聘礼的话，一定会有人愿意的！""是吗？但是我们男人呢？总不能娶一个没有嫁妆的女人吧！"

听到这里，多明尼克太太不再说话了。她只是狠狠地抽了一下鞭子，让小马跑得更快一点。过了好长时间，波瑞纳才开始说话，他大叫道："现在也不知道是怎么了，干什么都得花钱，还有家里的孩子都不听父母的话，大家都变得自私，都想要害别人！""对啊！这些人脑子都进水了，不想一下，终有一天我们都是要进坟墓的！""现在的一些孩子，都只知道要父母的家产，从来都不会说一句孝顺的话给父母听。真是混账东西！""放心吧！有一天上帝会惩罚他们的！""不过可以想象到在那天来到之前我们有很多人都会变坏！""是的，现在世道这么差，我跟我的铁匠女婿之间也有很多矛盾，对于我这个岳父，他根本就不放在心上。很多人都因为时局的变化改变了自己，变得很邪恶了。铁匠于我来说跟那种毒药差不多，我对他是敬而远之。"就这样子，他们你一句我一句地说着话，马车也越来越靠近村子了。

现在正是村子里面的女人打亚麻的时候，他们刚刚走进村子里面，就看见一大群女人弯着腰在那边用打禾器在劳作。"我的雅歌娜在那边呢，我要下去跟她们聊聊天！""好吧！那我就把你送到那边去吧！""你的心地真是太善良了！"只见这个老女人很狡猾地笑着说道。波瑞纳的马车穿过偏道，来到了田野上，现在空气里面还有一丝雾气，在那里可以看见很多小坑，里面都点着火，上面则是竿柱，有很多亚麻是湿的，所以就倒挂在那里烘烤。这一群农妇都特别有劲，只见她们快速地动作着，过一段时间之后，会有一个人站起来将最下面的那一撮亚麻给卷起来，然后很熟练地抛到她前面的那块麻布上面。

天上的太阳现在特别毒辣，阳光射在这些女人的脸上，不过她们好像一点儿都不觉得很晒的样子，依旧很认真地工作着。看见美丽的雅歌娜，也许是因为很热的原因吧，她的身上现在穿着很少的衣服，波瑞纳忍不住说道："勤劳的姑娘，上帝会保佑你的！""您也是的！"雅歌娜抬起头来看了一眼波瑞纳，大方地笑道。"这些亚麻应该很干了吧！我亲爱的孩子！"她母亲这个时候也走过来了，笑着说道，并且摸了一下打好的亚麻。"是的，还是脆脆的呢！"说话间雅歌娜又看了一眼老头儿，看得波瑞纳一阵兴奋，自顾自地说道："真是一个美丽的姑娘！"

第四章

又是星期天了，外面阳光明媚。在波瑞纳家里，库巴正在看着那些牲口吃东西，还在一边教怀特克如何做祷告。他的表情很严肃、很认真地看着怀特克，说道："你得注意听我说的每一个字！""好吧！库巴，我已经做好准备了，会很认真的！""可是为什么我看见你的眼神总是盯着别的地方呢？""我刚刚发现克伦巴家的那棵树上结满了苹果。""你怎么可以这样？那是人家的东西，怎么能够心存觊觎呢？赶紧的，将使徒信条重新给我念一遍！""但是你之前还不是将那些鹧鸪全部都带回来了！那些也不是你养的呀？"怀特克很郁闷地说道。"那些是不一样的，鹧鸪是天主养的，可是你看中的那些苹果是克伦巴家里的！""但是养鹧鸪的那些土地也是属于天主的呢！""好吧！你实在是一点儿都不愚蠢的！不过你还是要将使徒信条再念一遍！"后来怀特克很不情愿地念了一遍，他心中很难受，他一边念着，一边又看着小母马，突然大声叫道："它要跑了，我得去追它！"说着就要站起来了，但是库巴很冷酷地说道："继续你的祈祷文吧！不要想着逃跑！"最后怀特克费了好大的劲才念完了，但是一时半会儿也站不起来，索性就那样子待着了。

怀特克注意到在旁边的那棵树上有很多麻雀停在那里，于是他就捡起一块土块朝着那个方向扔了过去，但是之后马上就后悔了，大叫道："怎么办？刚刚念过的献祭文呢？"说到这里，他就马上跳起来了，"要是把这些鸟儿拿去烤的话，肯定会很好吃的！""你手上已经有马铃薯了，还有什么要求呀？""快看呐！他们都已经走到教堂这边来了！"怀特克一边大声叫着，一边看着那边不断闪动着的身影。

今天大家看上去都格外地兴奋，再加上现在天气也很暖和了，到处都可以看见人，他们都在梳妆打扮，有些人起来得比较早一点，他们身穿华丽的衣裳。大家都兴致勃勃地走向教堂，所有的一切都在暗示着今天是礼拜天，大家都应该将手中的活儿放下来，好好地休息一天，然后虔诚地在教堂里面祷告。敲钟的任务是交给了库巴的，但是他这个时候已经忍不住了，恨不得马上就赶到教堂里面去，所以很着急地说道："怀特克，你赶紧的，将钟敲完了之后就马上到教堂这边来吧！我先走了！"

库巴的脚本来就很跛，再加上这个时候他又很着急地想要赶到教堂去，所以显得特别滑稽。地上到处都是金黄色的树叶，库巴整个人就像是在一大块美丽的地毯上走着。教堂跟神父的家就在隔壁，他们家的门廊上面长满了那种野生的藤蔓。库巴这个时候呆呆地站在门外，不知道自己该不该进去，于是他就这样子站着，看着周围那些漂亮的花儿，还散发出一股很清香的味道，有的时候还会有一些白鸽从门前飞过。

在这一天，神父早早地就起来了。他穿着华丽的衣服，但是却在摇着结满果实的大树，之后就用自己的衣服将那些散落在地上的果子捡起来，包在衣服里面。就在这个时候，库巴笑嘻嘻地走上前去了，"哇！是波瑞纳家里的库巴呀？""嗯呢，是我，我今天特地带了几只鹧鸪过来给您！""你真是太好了，感谢你！快到这边来吧！"库巴听了很激动，但是他却不敢过去，因为此时映入他眼帘的是一副很神圣的画面，他觉得自己好脏，生怕走过去的话弄脏了地板。就在这个时候神父出来了，他拿出来了一大袋钱币，说道："拿着吧！这是上帝给你的赏金，这么长时间以来，你都没有缺席过，每次做礼拜的时候你都会过来！"。看着眼前的那一袋钱，库巴都不知道高兴成什么样了，那么几只小鸟，就换来了这么大的一袋钱，真的是很划算呢！神父真是好人，以后我还要送更多的东西过来，还要说更多好听的话给他听。在这个村子里面，所有的人都嘲笑他，叫他是"跛子""废物"，除了神父之外好像都没有人会用这种尊敬的语气跟他说话。他每天都跟动物待在一起，只有它们会真心地喜欢自己。得到了神父友好的接待，库巴这个时候觉得自己应该要自信起来，于是抬起头，挺起胸，想着自己也是一个农场主的孩子，也是从好人家出来的人，不是什么弃儿。他将帽子戴在头上，学着那种农场主的模样，将双手插在口袋里面，他今天不想再跟以前一样做一个卑微的仆人了。他今天还来到了贴近高坛的栏杆这边，平时他都不敢过来的，但是这个时候库巴很自信地站在这里。他再也不用害怕别人嘲笑自己了，手上攥着大把大把的金钱，库巴的心中甭提有多高兴了，他甚至觉得这个时候自己已经被洗礼过了一样，可是事实上圣礼才刚刚开始。

库巴十分虔诚地看着圣坛，因为那里有天父的圣像，在上面可以看见一个长得像是地主的人，样子十分严肃，还有一个衣着华丽的圣母也在一旁看着他。在他们的身边是金子跟蜡烛，闪闪发着光，圣像四周像是有很多的光圈在照射一般，十分好看。远远一看，好像那些圣像都在看着库巴，那光束就像是从天边射进来的一样，照在库巴的脸上，有一种很神圣的感觉。当然这个时候的库巴十分兴奋，他觉得自己太幸运了，他用一种很敬畏的眼神看着圣母，嘴巴里还在一直念着诗文，这首诗文库巴不知道念过多少遍了，但今天念得格外用心。库巴的声音十分沙哑，所以在这里念的时候特别突出，有人不满地说道："库巴，你的声音真难听，就像是一只山羊在叫一样！""我这是在为圣母和耶稣祷告！"库巴根本就不在乎他的话，很自信地说道。就在这个时候，神父慢慢地走上了讲坛，就这样一天的礼拜开始了。神父身上穿着白色的袈裟，将只属于星期天的那个福音念给大家听。听着神父的布道，很多人都想到了自己做的事情，有的人很虔诚地听着，有的人却在为自己这段时间做的坏事而痛苦。

　　库巴无法相信这个神圣的人就是刚刚给了自己一大袋金钱的人，实在是太神奇了，所以他的眼睛一直都没有离开过神父。神父这个时候在大家的眼中就是一个天使，身穿白衣，散发出神圣的光芒。他的声音特别洪亮，大声呵斥着那些罪恶的人们，之后他就会哀求人们改掉自己的恶行，希望他们能够悔过。库巴听着神父说到的这些事情，觉得真的是太可悲了，不禁哭出来了。当然哭的还有很多人，不仅仅是妇女，还有很多平时看上去很强壮的农夫们，在这里大家都将自己内心那个最真实的自我展示出来了，整个教堂都笼罩在一股悲伤的气氛中。在礼拜快要结束的时候，神父念了一篇《忏悔诏书》，大家都跟着他的转身而跪倒在地上，他们这个时候都在衷心地祈祷，希望上帝可以原谅自己的罪行，同时还有风琴在演奏着一种很沉闷的低音，库巴觉得这个时候是最幸福的，他的心像要炸开了一样。

就在库巴欣喜若狂的时候，神父的声音突然传过来了，还连同外面的钟声，还有熏香，将整个教堂里的人都笼罩在一种芬芳的氛围中。这个时候的库巴依然还是很高兴的，他甚至有些手舞足蹈了，大声叫道："尊敬的耶稣呀！你就是我的神！"就在礼拜结束的时候，安布罗斯端着一个盘子过来了，意思是要大家捐一些钱，今天库巴十分大方，他很自信地在自己的钱袋子里面拿出来了一枚兹罗提币放在了上面，然后学着以前的那些农场主的样子，在盘子里面拿回了几戈比，这些做完之后他很高兴地听见安布罗斯说道："上帝一定会庇佑你的！"后来有人端过来了蜡烛跟面包，这个时候大家要围着整个教堂走一圈，本来库巴是想拿一根很大的蜡烛的，但是不小心瞥见了多明尼克大妈那冷冰冰的眼神，所以很无奈地选了一根小的。

看见神父已经转过身来了，库巴赶紧将手上的蜡烛点燃。这个时候司仪神父慢慢地走上了圣坛台阶，所有的信徒这个时候都已经排好队了，形成了一条由鲜花、蜡烛还有嗡嗡声组成的通道。教堂里的风琴还在大声地唱着，大家跟蜡烛都在慢慢地往前面移动着，他们后面是神圣的圣像，虽然用亚麻布隔开了，但还是可以看见它的光芒。之后游行队列来到了教堂门前，灿烂的阳光射进来，将教堂里面的熏香照得特别明显，就这样子，一大队人围着教堂走着，库巴慢慢地跛着脚很虔诚地跟在神父的身后，而神父头上的那个大大的红色天篷棚则是由波瑞纳、铁匠还有社区长等人撑起来的。

阳光射在圣体匣子上面，散发出一种很神圣的光芒。由于库巴游行的时候太专心了，所以经常踩到别人的脚，当然每当这个时候他就会受到责骂，他们骂他是跛子、是低贱的人。但是这些对于他来说已经不是什么事儿了，这个时候的库巴已经完全变成了一个虔诚的教徒。头顶上的音乐声还是持续不断，连树枝上的树叶都在为之颤动，在教堂上空还有一群洁白的鸽子盘旋着。等到礼拜做完了之后，所有人都会转移到公墓那边去，当然库巴也是要去的。他时不时地跟几个熟人说说话，安提克跟他的太太两个人按照惯例在那里跟别人聊着天。铁匠的衣着总是最抢眼的，正如他的人一样，俏皮的话语总是能够让那个被说的人脸面尽失。他平时说话的声音就很大，当然笑的时候声音也是很大的。

波瑞纳这个时候也是在听着铁匠讲话，铁匠就是一个十分冷血的人，他甚至会为了妻子的嫁妆跟岳父闹别扭，这样的人他还会放过谁？所以波瑞纳常常都不将他的话放在心上。再说这个时候波瑞纳的心中有更加重要的事情，那就是雅歌娜，她现在正跟着她的母亲走过来了。她真的是一个大美人，高挑的身材，讲究的衣着，还有那独特的风采，确实是很出众的，就连很多乡绅家的女儿都没法儿跟她相比。多明尼克大妈很虔诚地跟神父交流了几句，雅歌娜这个时候看着自己的周围，当然看她的人更多，很多长工都在盯着她看。她今天穿的是一件彩色的裙子，纯白色的袜子，还有绚丽的胸衣，这些都将她衬托得更加漂亮。还有很多路人，甚至是已婚妇女，她们或者羡慕她的裙子，或者觉得她的鞋子很好看，不过也有的人是忌妒雅歌娜的魅力。

不过雅歌娜根本就不会在意这些人的眼光，她在乎的是安提克，就在她那漂亮的深蓝色眼睛注意到安提克的时候，马上就有一朵红云飞上了她的脸颊，她害羞得想要回家了，于是扯了扯多明尼克大妈的袖子，但是她母亲这个时候正聊得起劲，怎么舍得回去呢？"亲爱的，我现在还没说完呢，你再等等！"说完之后，多明尼克大妈就跟波瑞纳打着招呼。雅歌娜想要离开，但是根本就没有地方让她挪脚。雅歌娜跟库巴站在一起，两个人形成鲜明的对比，好像是一幅画。库巴这个时候想起自己还有事情没有做，于是赶紧回去了。之后他在门廊上坐着说道："的确，她美极了，活生生地就像是一幅美女图！"幼姿卡这个时候刚好经过听见了库巴的话，问道："说的是谁？"库巴没有回答她的话，他不想让自己心中的想法被别人知道，于是沉默不语。后来的餐点很不错，所以没有过多长时间，他就已经忘记了这件事情。

他们细细地品味着美味的食物，都没有说话，后来大家都吃得差不多了，才开始有了一些交谈。今天幼姿卡就像是一个家庭主妇一般，等到食物快要见底的时候她就会到厨房里面再端一盘出来。在这种美好的天气里，他们显然是坐在门廊这边吃饭的，主人们都在用餐，不过拉帕没有吃的，它一直跑来跑去，只希望主人们可以给自己一口饭吃。门口路过的人会对着他们祝福，当然波瑞纳的家人都会很高兴地回敬。"你今天是不是给神父送了几只鸟？"波瑞纳看着库巴说道。"嗯，对的！"库巴将手中的勺子放下来，然后回答道。之后他还说了神父那边有大量的书籍。"可是他每天有那么多事情要忙，怎么还会有时间看书呢？"幼姿卡觉得很是奇怪。"这有什么，他一般都会在傍晚的时候做这些事情！""反正都是一些关于信仰的书籍！"库巴怕幼姿卡不明白，又加上了一句。汉卡的丈夫说："其实他看的那些都只是报纸而已！我们大家都是因为看了报纸才了解到很多外面的事情！""对呀！不过对于那个冷酷的铁匠来说，他的报纸肯定是专门定做的！"波瑞纳一想到铁匠那张可恶的嘴，就冷冷地说道。"没有啊，你刚好说错了，他看的也是神父看的那种报纸！"安提克好像特别喜欢顶撞他的父亲一样，大声说道。"你就这么清楚，你看过他的报纸吗？""是的，我亲眼见过！"安提克还是毫不示弱的样子。"好了，你每次都要跟我吵，今天我不想发脾气了！"波瑞纳很气愤地叫道，"不要忘记了你嘴里吃的面包是从哪里来的？""是哦，我宁愿不要吃这种快要将我的喉咙扎破的面包！""那你就自己去找更好的面包吧！""行啊，不过我只要马铃薯，再说了，任何一个人都不会舍不得扔给我一个马铃薯！""难道我就小气了吗？""难道没有吗？我每天为你干活，可是你从来都不说一句好听的话给我！""好吧，你就到别的地方去，那里的东西都是免费的！""当然，而且还更加自在！""那你就滚吧！""你休想我这样离开，空着手离开！""我会给你一根硬邦邦的木棍的！""爹……"就在这个时候安提克就像是发了疯一般地站起来了，一会之后又很快地坐在了椅子上面，这是因为汉卡死死地将他的腰抱住，迫使他坐下来的。

　　波瑞克狠狠地看着安提克，之后很无奈地在自己的胸前画了一个十字，放下手中的碗筷，直接往自己的房间走去，同时很严厉地说道："你们休想吞掉我的财产，我是不会退休的！"之后大家都走掉了，只有安提克一个人坐在那边。库巴也管不了那么多，他只知道自己有该做的事情，他将马牵去吃东西了。之后就坐在门槛上昏昏欲睡，不过没有睡着，他脑海里面突然浮现出一幅画面，自己拥有一支枪，可以打到很多的鸟儿，其中还有很多的兔子。这真是太好了，到时候都可以献给神父。对了，铁匠好像会铸枪啊，不过他收费是很贵的。到时候自己还得买棉袄、买皮靴，还有裤子跟衬衣这些东西。

　　到时候这些穿的东西就要将自己仅剩的十卢布给花完了，库巴觉得自己的生活又一下子跌到了谷底，所以他很郁闷，很沮丧地在自己的口袋里面掏出最后一点烟丝，不过上帝保佑，他居然还摸到了一点现金，这下子库巴变得异常兴奋。听着不远处传来的音乐声，他觉得也没有刚刚那么刺耳了，并且还估摸着自己今天傍晚要不要也去酒店，买点烟丝回来。他就这个样子坐在门槛上，时不时地看看自己手上的那一点钱，时不时地看看天上的太阳。今天是礼拜天，仿佛太阳也需要休息了一样，它正在慢慢地走下去。库巴这个时候特别想去那边的酒店，不过最后还是忍住了。安提克跟汉卡在自己后面慢慢地走上来了。安提克一个人在前面走着，后面是汉卡跟孩子。

　　他们就这样不慌不忙地走着，有时候还会谈谈关于田地的事情。安提克看见了自己的那几亩地，说道："长得不错！"他知道这些收成到时候都是自己的，不过自己的地还是没有父亲的地长得好。"假如我们有更多的牛的话，田地就可以得到更多的肥料了！""就是说呀，我们还有一匹马呢！"说起来，到时候我们就可以多养一些牲畜，等到它们长大了就带到市场上去卖掉！那样的话岂不是能赚更多的钱吗？但是爹他太小气了，什么都跟我们计较！"说到这里，安提克已经受不了了，他受不了自己亲生父亲的小气，忍了一会儿之后，他又说道："最好的情况就是我们可以分到八英亩的土地，因为跟我们分家产的人太多了，所以肯定不会超过这个数字的！""假如我想要保留房子跟这些土地，直接付现金给铁匠呢？""难道你认为你手上现在还有现金吗？"安提克提醒她道。听见自己的丈夫说得这么现实，汉卡感觉自己的生活好无助，瞬间眼泪就涌上来了，一想到那块比金子还值钱的土地，眼泪就止不住地往下流。"给我把眼泪擦掉，想一想，那八亩地绝对是我们的！除了这个，我们还有房子跟那个菜园呢！"安提克其实想得还是比较开的，他安慰着自己的妻子说道。

后来孩子开始吵闹了，也许是饿了，他们两个就坐在一棵树边，汉卡就开始给孩子喂奶。在安提克的眼里，女人是目光短浅的人，有很多事情跟她们说了也是无济于事的，所以这个时候尽管自己心中很难受，但是也绝不会跟自己的太太说一个字的。汉卡得空的时候又开始说话了："你知道爹的手上现在还有现金吗？""当然有。""对了，他经常给幼姿卡买东西，就前一段时间他还买回来一条很贵的珊瑚珠子呢！"安提克都知道这些事情，但是没有说什么，他现在正在想着别的事情。汉卡一个人在旁边抱怨着波瑞纳的小气，她觉得自己做一个媳妇太委屈了，什么东西都没有得到。说了好久之后见安提克还是没有什么反应，她自己也觉得很无聊，于是轻轻地推了一下安提克，说道："你到底听没听我说话呢？""肯定在听啊，你都说出来吧！心里面怎么想的就怎么说吧！"其实这个时候汉卡早就哭成了一个泪人儿，她的眼泪本来就多，何况说到伤心处了，关键是自己跟安提克说话的时候，他总是一副爱理不理的样子，并且对自己的孩子一点儿都不关心。

"够了，你说给它们听吧！"安提克突然一下子站了起来，看了一眼树上的那些鸟儿说道，然后就走开了。看见安提克走开了，汉卡马上就喊道："安提克，你要去哪儿？"可是安提克好像根本就听不见的样子，自顾自地往前面走着。最后汉卡只好自己带着孩子回家了，她甚至有时候觉得自己一点儿都不了解自己的丈夫，他好像就知道干活，每一天除了干活还是干活，从来都不会关心自己还有孩子，想一想跟自己差不多的那些女人都可以在外面的酒店玩耍，有时候还出去参加一下婚礼什么的，但是她却总是待在家里看着孩子。再看看安提克，虽然有的时候他对自己还是很温柔的，但是大多数时候他总是冷冰冰的，甚至都不看自己一眼。

或许安提克总是在想着自己的心事。说来也是，在别人家里，父亲到这个年龄之后都会将家里的产业交给自己的儿子还有儿媳妇，但是波瑞纳却不是这样的，他什么事情都想要自己来做。要是爹肯将自己手上的事情放下的话，她肯定会像对待自己的亲爹一般孝顺爹的。她想，要不要跟库巴谈一下这件事情，但是却发现库巴一直在睡觉。其实库巴根本就没有睡着，他只是闭着眼睛而已，就在汉卡消失的那一瞬间，库巴就起来了。然后就径直往酒店那边走去了。但其实很多人都不愿意去酒店的，他们都会在外面嬉戏打闹，很多房间的屋椽经过长时间的熏烤，都已经变成了黑色的，到现在都没有人进去住，偶尔会有一点阳光射进去，从外面可以看见厚厚的一层灰尘。

在酒店里面经常可以看见雅固丝坦卡，不过她在这里是很讨人厌的一个人。她总是将自己的怨气带给别人，这些都是因为她的孩子不愿意抚养她，导致她只能在外面自己找事做。每到这个时候，雅固丝坦卡就会走进小暗室，这里就只剩下几个男人了，他们往往会围成一个小圈，正如今天一样。大家都看着铁匠，他的眼睛总是那样的红，不过今天他的嗓子没有那么大，声音很小。外面的琴声不断地飘进来，有时候很刺耳，有时候又很温和，但是这一切过后整个世界又会变得特别的安静。

　　酒店老板颜喀尔是犹太人，他今天戴着一顶瓜皮帽，这个时候站在台子后面。库巴朝他那边走过去，但其实他的心总是会有些忐忑的，他在计算着自己的钱，有时候会突然停在那里不动了。这个时候，颜喀尔也看见了库巴在那边犹豫不决的样子。最后他还是下定决心说道："八分之一升——不掺水！""好的，是要用玻璃杯装吗？"颜喀尔问道，同时也伸出手来拿钱。之后库巴就退过来了，等着自己的酒。第一杯做好之后他很快就喝完了，喝完几杯酒之后，库巴好像变得更加大胆了，又连续叫了几杯酒，甚至还要了一包烟。伏特加酒现在使他的身上暖洋洋的，他觉得自己现在十分自信，再也不会自卑了，不用管别人怎么说自己了。"库巴，今天波瑞纳给你发工资了吗？""库巴，今天好像没有过节吧？"大家纷纷问道。"不过没有问题，要是没有钱的话我可以先给你赊账的！"酒店老板说道。"不会啊，我才不会赊账的！他们都是一些没有钱买面包的人！"说这话的时候库巴的脸上没有什么特别的神情，颜喀尔这个时候将属于他的那杯酒推了过去。

　　本来库巴是准备不喝了的，但是甜酒对自己的诱惑实在是太大了，所以他还是将那一杯酒喝掉了。"库巴，说吧！你的钱是从哪里来的？"颜喀尔还是不愿意放弃这个机会，继续追问道。"其实也就是用几只鹧鸪跟神父换的！六只鹧鸪可以换来一兹罗提。"库巴很老实地说道。"是吗？不过要是我的话，我会出更高的价钱，一只鹧鸪我就会给你五戈比。"库巴对于这个价钱很惊讶，他对一个犹太人居然买这么多的鹧鸪，感到很奇怪，说道："可是这个鹧鸪好像不是很适合你们犹太人吧？""这个你就不用管了，反正你给我鹧鸪的话，我就可以给你钱，并且你喝的酒也可以算在里面的！""是吗？""我说的都是实话，你不用怀疑的！""到时候你可以换多少酒，还有青鱼、卷饼，还有烟，这些你都想过吗？""我知道的，我又不是笨蛋！"其实这个时候库巴已经有些晕乎乎的了。"这些都没有问题，只要你给我一支枪就可以了！"想到自己打鸟的时候需要的工具，库巴好像变得清醒了一些，他继续说道："我还要羊皮袄，你知道的，到了冬天会很冷的！到时候你还得给我加工钱，因为我还要买靴子之类的。"库巴一边想着，一边说出了自己的要求。

库巴一边说着，颜喀尔一边用笔很快地罗列着他的要求，之后说道："你会射兔子吗？""要是你给我枪的话，那是没有问题的！"库巴大声说道。"很好，那你射得准吗？""这个您不用怀疑，你知道为什么我的腿会变成这个样子吗？就是因为以前跟着老爷在外面出征的时候被射到的！""当然，要是你的技术很不错的话，我肯定会为你准备一支枪，还有必不可少的弹药！不过你到时候得到的猎物全部都要拿过来给我，一只母兔可以换走一卢布，听见没？这可是很大的一笔钱哦！到时候弹药我就直接在你的钱里面扣掉了！"颜喀尔开出了这个条件，他觉得一定可以诱惑到库巴的。其实那些库巴都不在乎，但是有一个细节他注意到了，他问道："难道到时候我要去跟马儿抢燕麦吗？""你为什么要这么实诚呢？你知道为什么那些人都比你有钱吗？就是因为他们也是这样做的！""不会的！我又不是小偷，怎么会做这种事情？"库巴好像一下子被人触到了底线一般，大声叫道。

"什么，库巴！你还在对我发脾气，要么你就滚出去，不要喝酒了！"颜喀尔看见库巴的样子，一下子很愤怒地说道。但是库巴并没有离开，他也许是在苦恼自己应该怎么办，之后颜喀尔的态度也有了一些好转，给库巴倒了一杯酒，两个人都没有再说话了。随着外面的天越来越黑，来酒店喝酒的人越来越多了，里面的音乐也越来越吵闹了，不像刚来的时候是那么轻缓了。来这里喝酒的人一般都是比较粗鲁的，他们大声地说着、笑着，大家互相敬酒，不过没有人酗酒。今天是星期天，稍稍放纵一下可以，但是不可以太过了，不然就是冒犯上苍了。

神父都做不到，何况是普通人呢？神父做完礼拜之后都要休息的，更别说是这些长年累月都在田地里工作的农民了。当然酒店这边不缺少女人，她们都穿得挺漂亮的，就像是花儿一般。整个酒店里面弥漫着小提琴跟铙钹混在一起的声音，还有烟的味道。这边还有跳舞的人，但不是很多，他们的脚踢踢踏踏地踩着地板，发出十分欢快的声音。

其实大家在酒店里面就是活动一下，说起来是跳舞，不过就是大家聚在一起伸伸腿、聊聊天，为了将工作的烦恼去除掉。现在都到了季末的时候，有很多小伙子要出去从军，他们不愿意去，但是没有办法拒绝。其中在社区长家里表现得最为激烈，他们一起应召入伍的还有马丁·拜亚勒克、汤玛士·西科拉、保罗·波瑞纳（他跟安提克是一家的，是他的堂弟），他们都没有心情跳舞。其中有一个小伙子最喜欢调戏女孩子，他叫法兰克，所以他的身上经常带着伤。

看看他，这个时候又是跟那个玛格达搅在一起。这个女人现在已经有了身孕，但是法兰克根本就不关心她，他不想娶玛格达，因为他知道自己马上就要离开村子，到外面去服兵役了，尽管神父曾经也说过让法兰克将玛格达娶回家来。他们两个在酒店的一角，玛格达脸上都是泪水，但是法兰克还是那种态度，他觉得自己和玛格达是你情我愿的，谁也没有强迫谁，所以他不想负责任。再加上今天他有点晕了，所以更加过分，他居然将怀孕六个月的玛格达推在地上，之后就走出去喝酒了。反正这里的人都愿意请他喝酒，因为他是在磨坊工作的，大家为了各种理由都会争着请他喝酒。

　　人一醉就会胡说八道，这个时候的法兰克就是这个样子的，他在所有人面前吹嘘自己的本事，他甚至还说自己知道怎样让面粉生虫子。就在这个时候雅固丝坦卡又出现了，只要人一多起来，她就会出现，她大声说道："你休想这样子对我！不然的话你会得到很严厉的惩罚的！"大家每到这个时候都不会说什么，所以尽管这个时候法兰克醉醺醺的，但还是没有说什么。对于长舌妇，最好的办法就是什么都不说。雅固丝坦卡这个时候也是醉得有点厉害了，她一个人在那边手舞足蹈的。这个时候铁匠说道："你们一定要相信我的话，外面的报纸都已经刊登出来了，我们永远都是被地主压着，我们每天干那么多活儿，可还是只有那么一点钱，可是那些农场主得到的却是那么多！听说明天我们的土地就要重新分配了。""是吗？那分配的是谁的土地呢？""很明显是那些有钱的农场主的呀！"

　　雅固丝坦卡这个时候也走过来了，她又要开始打岔了，不过铁匠才不会理她呢，他继续着自己的话题："那些人都有自己的政府，每个人都接受很好的教育，变成一个绅士！""是吗？"雅固丝坦卡继续问道："你说的这个地方在哪里？"他看着安提克说道，"那是一个在温带的国家！""这个可恶的人真是冷血，他自己都不去，但是却到这边来欺骗你们！"雅固丝坦卡不知道为什么突然一下子咆哮起来了。"你赶紧走吧！这里不是你应该来的地方！"铁匠很郁闷地说道。"我不会走的，你这个恶魔！你没有权力让我离开，你就是一个吹牛大王！你看见大地主就对他们点头哈腰，你真是……算了，就这样吧！我也没什么好说的了！"雅固丝坦卡终于停止了。

铁匠实在是忍无可忍了，走过去一把将她抱起来，直接扔到了另外一个房间里面，不过雅固丝坦卡居然没有生气，反而说自己宁愿有这样一个强壮如牛的丈夫。所有人都被她的这句话给逗乐了，最后只剩下她一个人在那边咒骂。晚上仍然很暖和，不过大家这个时候都已经回去了，在这边留下的只有一些新兵，其中安布罗斯喝得最多，他一个人在外面晃荡。铁匠也离开了，酒店老板颜喀尔将灯都熄灭了，这些新兵依依不舍地离开了，不过他们也没有回家，而是在外面大声地吼叫着。

所有的人都离开了，只有库巴还在这里，看见他睡得那么熟，颜喀尔不得不将他叫醒。但是库巴已经醉得一塌糊涂了，大声叫嚷着："滚！我爱怎样就怎样，你这个流氓给我走开！"老板没有办法，只好往他身上泼了一桶水。之后颜喀尔跟他说他刚刚在这里消费了一卢布，库巴惊呆了，他不相信自己居然花了这么多钱。不过最后还是相信了颜喀尔的话，还有他们两个关于猎物的商量，不过他始终都没有答应给颜喀尔燕麦。"我们家里人都是那样的正直，我不可能为了这件事情去偷人家的东西！"库巴一个人趔趔趄趄地往外面走去，嘴巴里面还在不断地叫嚣着。

他醉醺醺的一个人回家，时不时地就撞到树木或者是堆放在路边的木头上，他还以为那是有人在挡路，就出口骂道："你们这些醉鬼，大半夜的不睡觉，还在这里挡我的路，上帝会惩罚你们的！是啊，神父、上帝这些人都会来惩罚你们的，神父……"就在这个时候，库巴一下自己停住了，他好像想起了神父，一下子变得清醒了，然后他就试图去找一个很硬的东西，但是很快他就又改变了，他貌似清醒过来了，知道自己刚刚做了一些什么事情。他将自己的头发狠狠地抓着，之后还使劲地捶打自己，大声骂道："你这个笨蛋，怎么可以喝掉整整一个卢布的酒？你真的是不知死活！就连畜生都会比你好一百倍。"他现在恨死自己了，一个人蹲在路边大声痛哭。现在已经是午夜了，天上剩下的几颗星星十分明亮，晚上的雾气有点大，罩在池塘上面，有一种很朦胧的感觉。路上这个时候也没有几个人了，只有那个安布罗斯还很郁闷地在路边游荡，他嘴里还在唱着歌，直到后来他的酒醒了才不再叫嚣了。

第五章

现在离秋天也没有多长时间了，天气也越来越寒冷了。日子还是照常过着，但是显得那样的无趣，似乎每一天都是一样的，并且越来越安静了，有一种沧桑的感觉在里面。每当太阳升起来之后，大地就会慢慢地醒过来，前一天晚上的寒冷都会被驱散。在东方的那些鸟儿也会慢慢地飞过来，它们掠过田野，发出很凄惨的叫声，就好像是在给谁送葬一般。秋风接二连三地吹来，每到这种天气的时候，树叶就开始飘落，它们就像是即将离开的夏季在做垂死的挣扎一样。由于天气变冷了，农夫们起床的时间也越来越晚了。人们都好像变得没有精神了一样，就连那些男人说话的声音都变了。他们不再那么辛勤地劳作了，而是经常待在自己家门口，眺望着远方的天空。在那一片被秋风扫过的草地上，时不时地还有几头牲畜会抬起头，看看周围的景物。

牲畜们的眼神也是那样的空洞，没有焦点，时不时地会叫几声，叫声穿过那空旷的田野，显得格外得凄凉。现在的凌晨变得越来越晚，越来越黑了，不像之前的夏天那样明亮。随着天气的寒冷，到村子里面来御寒的鸟儿也变多了，它们一般都会待在农民们的房檐上。在中午的时候，一般会有太阳，那样的话气温就会上升很多，在村子里面很多地方都散发着一种肃杀的气氛，也许这就是属于秋天的风景吧！大家在田间的工作完成了，慢慢地往自己家里走去，时不时地会回头看看自己的那几亩田，似乎是在期待着来年春天快点到来。秋天来了之后，好像更加喜欢下雨了，一般都是在黄昏之前就开始下，这个时候人们往往都不会出来，所以地上的水坑总是像一面镜子一般明亮。波瑞纳家的怀特克依旧是那样的善良，看见有一只翅膀折断了的鹤停留在草地上，就会给它喂东西吃。

由波兰文中一个单词引申出来的一个形容乞丐的词语，就是"化缘叟"（"化缘叟"一词最先是在波兰语种中出现的，意思是祖父、老人或者是祖先）。不过他们跟普通类型的乞丐是不一样的，他们之中不乏那种背着行囊、到处乞讨的乞丐，但是也有很多别的种类的乞丐。他们一般都去过很多地方，比如说熟悉钦斯托合娲、奥斯特罗布拉玛和卡伐瑞亚等地方，他们从村子经过的时候会滔滔不绝地跟村民们说着自己的经历，村民们都会很认真地听着，但是大家往往都不会相信他们的话。到了秋天，人们的心情好像也被压抑了，那些美好欢快的事物全部都离开了，剩下的只有呼啸的狂风，还有冰冷的雨水，当然还有在打谷场上连绵不断的敲击声，一天盖过一天。

秋天大抵是真的来了，不过值得欣慰的是路面现在还没有变得很糟糕，没有软化成那种泥沼，可能到市集那天都会一直持续这个状态。每次到了赶集的时候，全村的人都会过去参加，因为这是圣诞节之前最后一次市集了。每到这个时候，大家都会想着自己明天应该拖些什么东西过去卖呢？还有自己应该买些什么东西回来呢？不过有些家庭却会为了这件事吵得不可开交，因为大家手上都没有多少钱了。再加上现在也是交税的时候了，有些富有的人还得给仆人发工资，干什么都得花钱。因此，很多人将自己家的母牛牵出来，将它喂得饱饱的，或者是给它吃马铃薯，那样的话它会变得更加胖一些。当然有些人家里只有那种眼睛瞎了而且干不了什么活儿的老马，他们也会在这匹马身上下点功夫，尽量让它看起来好一点。

　　当然波瑞纳家里面现在也很忙，大家都有自己的事情做。库巴帮着老头儿将所有的小麦都打完了，幼姿卡则是跟汉卡一起喂猪。由于现在天气经常下雨，所以安提克要提前去捡一些干树枝回来，这件事情是由怀特克协助他完成的。大家就这样一直工作着，直到市集开始的前一天晚上，他们才有时间坐下来好好地吃一顿饭。吃饭的时候大家都没有说话，但是等到所有的餐具都被清理走了之后，波瑞纳开始说道："我们明天得早一点过去！""是的，爹，不能在落在人家后面了！"安提克总算有一次跟他父亲的意见是统一的。就在他们说话的时候，库巴正在削打禾棍，怀特克则在准备明天需要用的马铃薯，他还不时地逗一下拉帕。

　　这段时间里面，大家都没有说话，房子里面很安静，只有木板燃烧的声音，还有蟋蟀的叫声可以听见。就在这个时候，波瑞纳问道："库巴，你明年还在我们家做事吗？"库巴没有马上回答，他继续削着木棍，波瑞纳又问了一遍，他才回答说："您一直对我都挺不错的，但是……"就在这时波瑞纳有一种不好的预感，他马上说道："幼姿卡，拿点吃的还有伏特加过来，我们要边喝酒边聊天！"不一会儿，幼姿卡就将吃的东西拿过来了。"吃吧！库巴，并且说说你心中的想法，让我听听！"波瑞纳将一盘吃的推到库巴那边。"谢谢老爷，其实我很愿意留在你这里，但是能不能给我长点工资呢？您看我的衣服全都破损了，以后要是穿着这种衣服怎么去教堂做祷告呢？"库巴小心翼翼地说道。"是吗？我前几天看你还站在首席人物才能站的地方呢？怎么就不能这样去教堂呢？"波瑞纳看着库巴十分冷淡地说道。"那天……是的，您看见的都是真的，但是……"库巴一下子变得面红耳赤了。

"来，库巴！我们两个喝一杯吧，然后我好好跟你说说。其实从我们生下来的时候就已经注定了的，每个人都是有身份地位的，就好像长工永远都比不过地主农夫。你应该好好地待在属于自己的地方，不能妄想爬到别人的地位上去，这些话神父一定也是同意的！""您说的这些我都明白。""行，你明白就好了，只要记住不要爬到别人的头上就可以了！""可是我那样做只是想要离上帝更近一些！""其实只要你有心的话，上帝都会看见的。再说了，这里的每一个人都认识你，你没有必要挤到首席人物的台子上去！"波瑞纳冷冷地说着。"是的，老爷，您说得对，我要是一个农场主的话，就可以做你们做的事情了，跟在神父的身边！"库巴很沮丧地说道。"是的，库巴，这是你的命运，没有人可以改变的。""我没有办法改变自己的地位，这是事实！""好吧！说说看，你希望我给你涨多少工资呢？"波瑞纳一双狡猾的眼睛死死地盯着库巴说道。

库巴喝了一点酒，之后就有些醉了，开始说胡话了，他觉得自己现在可以跟老爷平等地交谈了。只见他将外套解开了两颗扣子，伸了一个懒腰，大声说道："你要是能给我加上五卢布我就留在这里，其中四卢布的纸币，一卢布的银币！"波瑞纳很愤怒地说道："我看你是疯了吧！"可是库巴这个时候已经醉得不行了，他没有听见波瑞纳的话，依然很大声地说道："你不给我涨工资，我就到别的地方去工作，反正我的能力没有人会怀疑的，大家都很清楚我是一个什么样的人！"从来没有见过库巴这个样子，波瑞纳这个时候已经气得要死了，大吼道："你这个跛子不要太嚣张了！"就是这一声大吼，让库巴一下子就清醒过来了。

不过库巴只是不说话了，但是他的条件还是没有改变，最后波瑞纳没有办法，只好慢慢地跟他商量，最终两个人达成了协议，就是给库巴涨三卢布的工资，除了这个还给他两件衬衣。虽然最后两个人都高高兴兴的，但其实波瑞纳的心中是很不高兴的，他不想给库巴加工资，虽然他很清楚库巴是值得加这么多钱的，但是还是为自己不得不多出这么多工钱而懊恼。事情解决之后，库巴就要回去睡觉了，但是他还提了一个要求，就是让波瑞纳不要将那匹小母马卖掉。不过波瑞纳否认了自己要将母马卖掉的说法。"可是我听见有人在说你会将它卖掉的事情！"库巴狡辩着。"我从来没有说过这句话！不要老是听某些人在背后嚼舌根！"波瑞纳说道。

库巴今天特别高兴，自己的工资涨了三卢布，而且老爷还答应自己不会卖掉那匹母马。要是他够胆量的话，肯定会将老爷抱起来的。想到明天还要去赶集，他就很快睡着了。到了第二天，天还没有亮，好多人就开始行动了。因为很早的时候下过一场雨，所以地上有点湿湿的，小径上有很多水坑。他们早早地就从村子里走出去了。路边都是高高的白杨树，他们都驾着自己的车子沿着白杨树走着，路上的人很多，感觉整个村子的人都出来了，穷一点的农夫还有女人孩子都是走路去赶集的。这次赶集还有一个很重要的意义就是，对于那些想要换雇主或者是想找另外一份工作的人是一个很好的机会。

在这浩浩荡荡的人群里面，有人去买东西，也有人去卖东西，还有人完全是去赶集的。有人牵着牛，有人赶着喂得肥肥的猪，还有人抱着白鹅，各种各样的东西都有人带着。车上也装满了各种各样的东西，有公鸡、猪仔，每次那些猪仔叫唤的时候，外面的白鹅就会被吓到，就会嘎嘎地叫着，这个时候跟在主人身边的狗也会吠叫。不过波瑞纳很晚才起来去赶集，反正他们家的东西早就被幼姿卡和汉卡带到集市上去了，安提克将小麦还有苜蓿已经带出去了。最后只剩下了库巴、怀特克还有那个讨人厌的老太婆雅固丝坦卡。

其实怀特克是不想待在家里的，他也想去市集，所以就在外面大哭起来了，波瑞纳很奇怪地问道："你个蠢货又怎么了？"不过说完之后也没有管他，自己一个人往外面走了，祈祷着等会儿有人会将自己带一程。就在他走了之后不久，风琴师就驾着马车过来了。"马西亚斯，难道你准备走路过去吗？"看见波瑞纳一个人走着，风琴师问道。"是的，我想要活动活动！"波瑞纳回答道。"上来吧！我们车上还有位置给你坐。"风琴师的太太好心地说道。波瑞纳说了一句客气话之后还是上去了，上来之后他看见了风琴师的儿子，于是问道："亚涅克不上学了吗？""怎么可能？我刚好回来参加集会的！"那个风琴师的儿子亚涅克回答道。风琴师拿出来一包烟递给波瑞纳，说道："这是法国鼻烟，试一试吧！""好吧！你今天要买什么东西吗？""没什么东西呀！要卖的东西已经让我的女儿带出去了！"风琴师太太说道："来，亚涅克，将这件衣服披在身上，外面的天气好像有点冷哦！"亚涅克觉得没有必要，但她还是坚持要他穿上。

波瑞纳说道："我真是命苦啊，甚至连出行的路费都没有！"风琴师说道："你就知足吧！拥有的已经很多了！"波瑞纳不希望自己在长工面前被数落，所以赶紧转移话题说道："亚涅克还要在学校待多长时间呢？""待到复活节的时候就可以回来了！""那到时候准备怎么办呢？""应该不会让他待在家里的，我们这边都没有几亩地！他要是留在家里的话生活会很艰难的。"波瑞纳听后讽刺地说道："是吗？你们这边葬礼不是很多吗？""那又怎么样呢？我们根本就赚不到一点钱！"风琴师太太也说道："而且现在做还愿弥撒的人也越来越少了，还跟我们讲价！"波瑞纳说，还是因为现在大家手上都没有什么钱，所以才会这样的。"就是说呀！现在我们在贵族领地那边拿到的钱也越来越少了，以前我们在收获的时候还有献威化饼的时候，他们或多或少地都会给我们一点钱的，但是现在什么都没有了。有时候有人会给我们一点黑麦，但是那一定是坏的，要么就是被老鼠啃过的！"说完之后，他又将鼻烟盒拿过来给波瑞纳。

波瑞纳附和着，但是他心口不一，心中完全不是这样子认为的。风琴师是一个很有钱的人，他的钱一部分放在银行里面，还有一部分是借给别人收利息。所以刚刚风琴师诉苦的时候，波瑞纳脸上都是笑容，他一点儿都不相信。之后他又问道："亚涅克，你是不是想要当书记呢？""不会呀！我为了培养他成为一个有出息的人，省吃俭用，并不是说一定要他进入上流社会，他可以去做神父！"风琴师说道。"啊？神父？"波瑞纳很吃惊地问道。"是啊，有什么问题吗？""没有，这个肯定没有问题！"波瑞纳很认真地回答道，同时转过去看了一眼亚涅克，"做神父可以说是一种极大的荣誉呢！"波瑞纳又继续说道，"有人说那个磨坊主的儿子也要去进神学校呢，可是据我所知他好像是在学医啊！""像他那种生活放荡的人怎么可以做神父，简直是笑话。我家那个女仆的孩子就是他的。""但是大家都说那是他们家的仆人干的，并不是他的儿子！""那只是他母亲为他开脱的理由，他那种人只适合做医生。""就是说啊，神父这么神圣的工作怎么可以由那种浪子来做呢？"波瑞纳好像是为了讨风琴师太太高兴一样，继续说道。他们两个就这样子聊着天，不过风琴师并没有参与他们的谈话，他很高兴地跟路人打着招呼。

别看亚涅克小小年纪，他的驾车技术还是很不错的。他驾着车很熟练地在林间穿行着，这边没有刚才的小径那么拥挤，在这儿，他们的车行驶得很快，就连多明尼克大妈都被他们超过了。他们的车上绑着一头牛，还有许多白鹅在车上，嘎嘎地乱叫着。他们彼此看见了对方，然后互相打招呼。"嘿，你们得快一点啊！不然就要迟到了！"波瑞纳说道。"没事，我们有的是时间。"他们看见雅歌娜依然是很高兴的样子，后来他们很轻松地就超到前面去了，之后亚涅克一直回过头来看雅歌娜，还一直问道："那个是雅歌娜，对吧？""是的！正是她！"波瑞纳回答道。他的眼睛这个时候还是看着雅歌娜，"我还记得以前看见她的时候她还是一个很年轻的小姑娘啊！现在长得真是壮实了很多！""是的，她长得很漂亮，很多人都喜欢她！""但是她的母亲不愿意她嫁给这些人，她觉得雅歌娜应该嫁给有钱的地主才行！"风琴师太太这个时候有点恶毒地说道。"她这么好，即使是做一个大农场主妇也不为过！""是的，马西亚斯，要是你喜欢的话，可以找一个人去提亲！"他看着雅歌娜说道。

在这之后波瑞纳就不想说话了，他自己心里在想："这些人生长在都市里面，来到我们村子之后就以为自己是什么大人物了，居然还敢嘲笑我们。你们就是想来这里多得到一些东西罢了！你们最好不要招惹我的雅歌娜！"他脸上的表情表示出他现在很不高兴。一下子又瞥见了多明尼克大妈的车子，不过她们的车子很快就离风琴师的车子很远了。亚涅克很卖力地赶着车子，他使劲地抽打着马儿。车上的主妇还在不断地说着话，但是波瑞纳这个时候已经没有心情来回应了，他要么就是很含糊地应付几声。后来分手的时候，风琴师太太还问波瑞纳晚上要不要一起走，波瑞纳很讽刺地说道："不用了，我自己也有车的，到时候别人看见了又会说我是看中了你们家风琴箱操作员的位置。可是事实上，我对音乐是一窍不通的！"

来到集市这边，他们就各自分头走了。这边的集市很不错，当然街上就十分拥挤了。今天所有的人都将自己家的东西拿出来卖，各种各样的东西都有。人们就像是洪水一般涌进集市里面，房子里面也全都是人，最后他们又全部涌向了寺院那边。在城区那边路上的泥巴会少很多，可是这边的话就有很多泥，在马车的碾压下，到处都是飞溅的泥浆。时不时地还有一些牲畜吼叫几声。"化缘叟"这个时候也会跟着凑热闹，但事实上什么都听不清楚，因为这里的人实在是太多了，大家说话的声音都听不见。后来波瑞纳花了好长的时间才挤出来，他看见集市上摆放的东西都吓呆了，无法用言语来形容。

最先映入眼帘的就是那边高高地挂着帆布的摊子，他们摆放在修道院的旁边。上面放着的全部都是给女人用的东西，其中有麻布、围巾等等，大部分是红色的，就好像鲜红的罂粟一般耀眼。还有别家的挂着的是黄色的，当然还有别的家的，那边的是一种更深的红色。这里全部都是女人，其中有小女孩，还有妇女，她们都在挑着自己喜欢的东西，讨价还价，想要挤进去看看简直是不可能的。各种各样的东西，镜子、装饰品，还有鲜花等等，实在是叫人眼花缭乱。波瑞纳最后还是很努力地挤进去了，因为他答应要给幼姿卡买一条围巾的，最后他是在另一头出来的，不过他走得很慢。这边人很多，他想快也快不了，并且一路上有很多有趣的东西，所以他逗留了很长的时间。就像卖帽子的店家甚至在自家的门口搭了一条梯子，在上面挂满了帽子。卖靴子的商人则是在把手上面挂满了靴子，用自己的台架还有马匹开出了一条小小的巷道。这里面有很多种类的靴子，有的是很普通的那种，还有的是暗釉色的，擦得发亮；当然还有女人穿的靴子，有高跟的，还有漂亮的带子，漂亮极了。往那边再过去一点就是马鞍商了，还有绳索制造商，等等。他们都想尽各种办法将自己要卖的东西放在最抢眼的地方，吸引更多的顾客过来。

这边还有很多卖吃的的，有粗粗的腊肠，跟系船索差不多粗，它们都很整齐地摆放在桌子上面。那边还有用烟熏的猪肋骨，由于这些东西很多，所以不得不堆在一起，一层一层的。还有的摊子是直接将一头猪挂在门口，猪的嘴巴张得大大的，十分恐怖，但是野狗们喜欢这样，于是都围过来了，卖肉的人不得不将它们都赶走。旁边就是卖面包的，一大块一大块的面包也是堆放在那儿，就好像是不要钱的一样。除了这个之外，还有很多的蛋糕，上面涂满了各种各样的奶油、蛋黄等，当然还有很多饼干等吃的东西。再过去一点就是卖书的，什么类型的书籍这里都有卖的；再过去一点就是卖乐器的，像口哨、口琴、泥土塑的尖音，还有小铜鼓，各种吵闹的声音让人的脑袋都恨不得裂开。

在市场中央这边又是卖别的东西的商贩，他们之中有铜匠、锡匠，还有卖陶器的。因为地上很多锅碗瓢盆，所以人很不容易从这边过去。还有各种衣橱、柜子，反正到处都是人，特别是女人，只要是能够站得下的地方，都会有人。他们面前都摆放着各式各样的商品，有自己在家里面做的那种布料，还有精心准备的蛋糕、蘑菇、奶油之类的。旁边还有人在卖马铃薯和白鹅；再过去一点就有人卖亚麻线了，那些亚麻线都是用绳子束好了的。当没有客人的时候大家就很高兴地聊着天儿，但是只要有顾客过来，他们马上就会变得端庄起来，很认真地为顾客挑选商品。在货车和棚子这边，有人在卖熟食，比如说熟茶，还有炸香肠、煮熟的马铃薯之类的。只要是有吃的地方就少不了"化缘叟"，他们拿着自己的行囊，站在一旁乞讨，有的人还会用自己身上的乐器来演奏一曲。他们很卑微地站在马车旁边或者是墙角边，只是为了讨得一点小钱或者是一口饭吃。

波瑞纳一直在这边闲逛，有时候遇到熟人就会寒暄几句，他对于这种场景赞叹不绝，觉得很不错。最后波瑞纳到了猪市这边，他想看看自己家的猪仔有没有被卖出去。这边就是一大块沙地，屈指可数的几栋房子，不过这边有很多马车，大家都是过来卖猪的，也有过来买猪的。波瑞纳看见了汉卡和幼姿卡，赶紧过去问了一下今天的情况，结果汉卡说："有人过来问过价格，不过我觉得他们出的钱太少了。""猪价怎么样？高吗？""怎么可能呢？我们带过来这么多的猪，但是来买的人实在是太少了！""那别的人家有带猪过来卖吗？""嗯，多明尼克家带了，克伦巴家里也有人带猪仔过来卖！""行，只要你们赶紧将猪卖掉，就可以出去逛集市了！""我们已经没有耐心了，他们给母猪的价钱是三十卢布的纸币，就是因为猪的骨头很大，而且没什么脂肪。""真是好笑，怎么可能没有脂肪呢？"波瑞纳拍了拍自家的猪，很气愤地说道，"这两只小猪仔没什么肉，但是他们身上有很多脂肪呀！"猪仔在沙堆里面打着滚儿。波瑞纳说："要是有人出三十五卢布的话，你们就将它卖掉吧！对了，你们要是饿的话，我就给你们带一点香肠过来，但是要记得将猪卖掉哦！""好的，爹，我们带过来的面包已经吃完了。但是，爹，你还记得今年春天你答应过我的事情吗？那条围巾！"幼姿卡很期待地说着，波瑞纳听完之后将手伸进了衣服里面，可是就在那一瞬间他停住了，没有将围巾拿出来，之后和蔼地说道："放心，爹会给你买的！"

波瑞纳看见了雅歌娜，他很高兴地朝她走过去，但是还没有到她的面前，雅歌娜就不见了，所以他只好去找安提克了。从猪市到广场之间到处都是货车，人根本就走不动。后来波瑞纳看见了几只家禽，它们正坐在几包小麦上面，犹太人正在轻轻鞭打着它们。他们正在讨价还价："你要是能够出七卢布的话，我就卖给你了！""不行，我最多出六卢布！""我的小麦这么好，你怎么能够说它有问题呢？""或许你说得对，但是它都是湿湿的，我等会儿要用斗量一下！""不行，你称完重量还是要用七卢布的钱来买的！""为什么你一定要还价呢？不管我买不买你的东西，肯定都是要讲价的，对吧？""你如果觉得很好玩的话，那你就还吧！"安提克这个时候也不管了，随便他们怎么做。"安提克，我等会儿要去找村子里面的代书，马上就会回来的！""是吗？难道你要去告贵族领地的人吗？""难道你觉得我是那种受了委屈不去申冤的人吗？""我以后只要逮住了森林管理员，一定好好地惩罚他，到时候你就不会觉得冤屈了！""这样的人是应该要好好地惩罚一下，不过贵族领地的人也同样要被惩罚！"安提克伸出手来很冷淡地说道："给我一点钱！""干吗？""我饿了，想去买点东西吃！""你这个坏蛋，总是找你爹要钱！"

看见波瑞纳的态度不好，安提克很生气地背过头去了。不过波瑞纳虽然很不情愿，但是最后还是拿出来一些钱给了安提克。他把钱给了安提克之后就走了，然后就拐到了旁边的一家酒店。代书是一个很不讲究的人，他很少整理自己的形象，身上只穿了一件衬衣，嘴里面还在抽着烟，波瑞纳注意到他的房间里面躺着一个女人，她的身上只盖了一件大衣蔽体。

　　"赶紧坐会儿！"代书将椅子上的衣服随便扔到了一个地方，然后让波瑞纳坐在那儿，之后波瑞纳就跟他说明了整个事情的来龙去脉，代书听完之后很自信地说道："你一定会赢得这场官司的，我们有足够的获胜的证据！""但是牛童一直都是好好的呀？""你不能否认他不会生病吧！反正这样的话对我们来说是很有利的。""其实我只是想要一个公平的结果。""好的，我会将你的东西写成诉状。对了！法兰卡，你还不起来吗？"说话的时候他还踢了一下那边的床垫子，大声叫嚷道。"可是我手上都没有钱，我怕他们不会赊给我，你觉得呢？"那个女人抬起脑袋，波瑞纳注意到她的头发就像是一团乱糟糟的稻草，还一边打着哈欠一边伸着懒腰。

　　她一站起来就看出来是一个很强壮的女人，但是她的声音却完全不同，很细，就好像小孩子的声音一样。后来代书就开始工作了，波瑞纳就在旁边看着，有时候代书还会将双手搓一下，看看那个法兰卡。代书是一个很彪悍的男人，他脸上满是黑黑的胡须，还有很多粉刺，嘴唇也是那种很恐怖的青色。不一会儿，代书就将诉状写好了，波瑞纳应该付给他两卢布，其中还有印花钱，到时候代书将它送到法庭上去的话还要再加上三卢布的钱。这次波瑞纳十分爽快，因为他很相信代书的话，相信贵族领地那边之后肯定会加倍地将钱还给自己。"反正我一定会帮你打赢的，要是这次不行的话我们还可以到合议庭去试试，我一定不会让您吃亏的。""是的，我也不会轻易地将我的权利放弃的。"之后波瑞纳就出来了，在卖帽子的小摊前面，他又看见了雅歌娜，那个美丽善良的姑娘。

雅歌娜这个时候正在买帽子。她头上戴着一顶，还在谈论着另外一顶的价钱。"快看呀！马西亚斯，他居然说这是上好的帽子，我觉得这个'黄胚'肯定是在骗我！"雅歌娜看见了波瑞纳大声说道。"这个帽子还挺不错的哦！是给别人买的吗？""嗯，西蒙已经有帽子了，是给安德鲁买的。""但是，他的头那么大，带这个帽子不会觉得很小吗？""不会，他应该能够戴得下。"雅歌娜的声音很好听，她说话的时候将帽子歪歪地戴在头上。"好吧！你可以到我家里去工作了。""可是我很贵的，你请不起的！""我好歹也是一个农场主，还是可以请得起你的！""你错了，我是不会到田里去工作的。"波瑞纳说话的时候眼睛灼热地盯着雅歌娜，吓得她往后退了一点。"你家的那只牛应该卖掉了吧！"后来两人都没有说话，过了好长时间，波瑞纳问道。

也许是因为刚喝完酒的原因，所以波瑞纳会有一点冲动。"嗯，我家的那只母牛被买走了，据说是为神父买的！""我们不如去喝一点酒吧，你觉得呢？""啊？""你不是很冷吗？喝一点酒的话也许会让你变得更加暖和一点的。""可是我还要找我的娘呀，她们去雇长工了。""没事的，我可以帮你一起找她。"波瑞纳很殷勤地说着，同时还在前面为雅歌娜开出了一条路，这样的话他们就能很轻松地走过去了。后来波瑞纳发现雅歌娜的步子变得更慢了一些，原来是她看见了很漂亮的货品，在她的眼神里面，波瑞纳看见了闪闪的光芒。

她情不自禁地过去将一条好看的缎带挂在自己的头上，很是欢喜。"亲爱的雅歌娜，你可以选择一条你喜欢的。""但是这个好贵的，可能会花掉一卢布！""这个你就不要操心了，只要选择你喜欢的就行了。"波瑞纳很大方地说道。不过最后雅歌娜还是没有买那条缎带，她走到了别的摊子前面。当然波瑞纳还是跟在她的后面。

她现在已经又被别的东西吸引住了，看着那些漂亮的胸衣还有短袄，雅歌娜不禁叫出声来："这些真是太漂亮了。"她的双手已经开始颤抖了，轻轻地摸着那些丝滑的缎带或者衣服，眼睛里面充满了雾气。这些缎带都有着鲜艳的颜色，特别是那种金色的绸缎，还有深蓝色的，看起来就像是天空一般好看，在阳光的照耀下，显得流光溢彩。雅歌娜觉得自己一定要试一试，戴上之后，她看了一眼镜子里面的自己，实在是太好看了，跟自己很相配。就在这个时候，路过的人都忍不住盯着她看，她确实是美极了，那条缎带将她的脸色还有眼睛衬得非常美丽，大家都以为她是哪家的千金。最后过了好半天，她才将它解下来，然后就跟老板谈论了一下价钱，好像没有买它的打算，欣赏了一会儿之后，雅歌娜就没有那么激动了，好像已经没什么热情了。

有一个犹太女人出的价钱比雅歌娜的更高，这个时候连波瑞纳都接受不了了。之后他们走到了卖珍珠的这边来了，各种各样的宝石，将他们的脸都照亮了，几乎每一个人都会被这些闪闪发亮的东西吸引住，那边还有美丽的珊瑚珠子，白色的大粒的珍珠。雅歌娜又变得很热情了，她一直不断地试着，最后她的眼光被一串漂亮的珊瑚珠子吸引住了，戴上之后问了一下波瑞纳的意见。"很适合你，真是美极了！"波瑞纳这个时候是真的觉得很美丽，"不过我们家里有很多这种珠子，那些都是我过世的太太留下来的，对于我来说没什么用处。"

听完他的话之后，雅歌娜的脸色变得很不好看了，马上就走开了并且说道："我要去找我娘了。""没事，她肯定不会自己一个人走的。今天的集市很难得看见的，好长时间才会有一次。"看了一眼自己刚刚路过的那些摊子，雅歌娜很伤心，"要是我是地主的女儿就好了，她们可以大把大把地买她们喜欢的东西，然后所有的东西都由仆人拿着，那种感觉真是太好了。""可是经常在外面逛街的话，很容易将家产消耗掉的。""但是这些在有钱人的身上根本就不是什么问题。""如果他们可以在犹太人面前借到钱的话。"波瑞纳说话的时候语气很冷淡，雅歌娜不知道自己该说些什么，所以就不再说话了。"我听说麦克之前向你求过婚，对吧？""是的，他真是一个傻瓜，居然会来我家求婚。"雅歌娜很不屑地说道。听到这句话之后，波瑞纳很快就站起来了，将衣服里面的那条围巾拿出来，递给雅歌娜说道："送给你，我现在要去看看安提克的情况了。"

"安提克？"雅歌娜顿时就高兴了，"他也过来了吗？""是的，在那边卖谷物呢！拿着吧，这个围巾是我送给你的。"波瑞纳说道。"你没有搞错吧，真的是送给我的吗？"雅歌娜将盒子打开之后看见了自己刚刚看中的那条围巾，大叫道："这个很贵的，你为什么会买来送给我呢？""这是真的，你一定要收下。对了，以后要是有人去你家提亲的话，千万不要心急啊！""你刚刚是说这些东西全部都是属于我的喽？""是的，我没有必要骗你呀！"雅歌娜又看了一眼手中的东西，大声说道："马西亚斯，真是太感谢你了！"然后波瑞纳就离开了。雅歌娜将手中所有的包裹全部都打开了，但是后来又一想不对，她怎么可以接受一个陌生人的东西呢？还是这么贵重的东西。于是想要将它们还给波瑞纳，但是已经找不到他的影子了，这边的人实在是多。所以她就将这些带回去了，去找她的母亲了。

看着怀里的东西，雅歌娜的脸上洋溢着兴奋，"亲爱的姑娘，你能够帮助一下我吗？你们全家都那么善良，请你帮助我一下！"雅歌娜还沉浸在自己的思绪中，但是有一个可怜的声音将她拉回了现实中。她仔细一看，原来是爱嘉莎在跟自己说话，这个时候爱嘉莎正坐在一堆杂草上面，这边的泥浆很深。看清楚之后，雅歌娜在自己口袋里面拿出来一点钱，发给了这个小姑娘，就在这个时候爱嘉莎好像看见了自己村子里面的人，她问道："克伦巴里有什么事情发生吗，最近？""你现在都成了这个样子，还关心那些将你赶出来的人干吗？"同村的人很不理解地问道。"没有啊，是我自己要出来的，他们并没有赶我呢！再说了我是他们的亲戚，关心一下也没什么的。""那你现在都做些什么呢？""我就到处乞讨呀，有时候会遇到很好的人，他们给我吃的，还会给我睡的地方。"之后她又说道："克伦巴一家人都很健康，你知道吗？""是的呀，但是你呢？""我的身体不行了，时不时地还会吐血，不过我会撑下来的，到时候死都要死在我的村子里面。""希望上帝保佑我爹！"雅歌娜说道，同时还给了爱嘉莎一点钱，"希望这些钱可以帮你度过一段时间，也为生活在地狱里的那些人祈祷！"爱嘉莎很感激地说道："不过，雅歌娜，你这么漂亮，难道就没有人去你家提亲吗？""有啊，但是我都不喜欢。"雅歌娜淡淡地说道，"我应该走了，愿上帝保佑你！"雅歌娜看见自己的母亲跟风琴师他们在一起，于是很高兴地走过去了。

波瑞纳默默地回去找自己的儿子——安提克，他的脑海里面都是雅歌娜。这边人很多，所以他没有很快找到安提克，却看见了铁匠女婿，他们打了一个招呼之后就不再说话了。之后还是铁匠先说话了："难道我们就要一直这样下去吗？不应该有个结果吗？"波瑞纳一下子就很气愤了，大声说道："你要什么结果呀？你有话要说的话可以回去村子里面说。""其实这些年大家都要我去上诉……""可以啊，我巴不得，我还可以介绍你去找那个代书，让他给你写一份诉状！"这个时候铁匠一直都很温和，他说道："我是想要用温和一点的方式来解决这件事情。""是吗？你是想得到更多东西吧！"波瑞纳看出了他心中的贪欲，很冷淡地说道，"不过你不会得逞的。""其实我经常跟我太太聊天，爹是一个很喜欢公平的人。""那是的，每一个人都希望上帝对自己公平。但是反正我也不会失去什么东西。"铁匠知道波瑞纳是铁了心不会跟自己和好的，于是在想着要不要将自己的态度转变。

　　他依旧是那样的冷静，笑着说道："能让我喝一杯酒吗？""那是当然，你想喝多少喝多少！"波瑞纳的语气中带着一丝嘲讽，之后他们两个就走进了一家酒店里面，结果在里面看见了安布罗斯，一个人在那里闷闷不乐的，他说道："我的身体已经开始不舒服了，可能马上就要变天了！"之后他们喝了一点，但是两个人都没有说话。"你们两个真没劲，就好像是在参加葬礼一样！"波瑞纳他们没有让安布罗斯喝酒，他们不想请他。"我们不会说话的，我的岳父今天又赚了一笔钱，他现在肯定在想着这些钱应该要给谁生利息呢！"安布罗斯看着波瑞纳大声说道："马西亚斯……听我说！""你这个笨蛋，我的名字你是不能够这样叫的。"波瑞纳很生气地说道。铁匠这个时候也许是喝得有点多了，他说道："看啊！阉猪还想要跟猪郎平起平坐呢，真是好笑！岳父，你现在还是不能跟我达成协议吗？""你给我好好听着，我是不会将我的土地放弃的，虽然我死了也带不走它。我不会依靠你们任何一个人生活，放心！""既然这样的话，你就直接给我现金吧！""好了，我的话就是这些，听见没有？"

就在这个时候，安布罗斯说："现在他已经开始寻找新一任的妻子了，孩子们对于他来说，什么都不是。""这件事情就不用你来管了，结不结婚是我自己的事情。""那是，我们肯定不会来干涉你的。""反正我已经决定好了，就是这几天了，我要是想娶哪一位姑娘，我就会去提亲的。""真是太好了，这种喜事我们肯定是不会反对的，反而为你高兴，那样的话我们还可以得到很多的东西呢。你是应该找个老婆好好地管理一下你的家务事了。""是吗？你们会这么说吗？""我怎么敢欺骗您呢？村子里面的人都是这样认为的。""不，我是不会相信你的，你就是一个十足的骗子。但是你到时候过来的话我可以考虑给你一些吃的东西。"说完话之后，他们又开始喝酒了，不过这次是由铁匠在请客，他让安布罗斯也一起过来了。最后的结果当然是皆大欢喜的，但是波瑞纳跟铁匠两个人的心中都很明了，他们都不相信对方说的话。

波瑞纳跟铁匠离开了，剩下的安布罗斯还在酒店里面待着，他好像还在期待着有人请他喝酒。一整天的天气都是阴晴不定的，太阳偶尔出来一下，但是很快就又进到云彩里面去，这应该是要下雨的前兆吧！果然，没过一会儿，天上就下起了雨，但是很细很细，像是丝线一般。集市就这样在雨中慢慢地散了，大家都带着自己的东西回去了。街上只剩下那些乞讨的"化缘叟"，今天波瑞纳一家收获还是不错的，他们带过来的东西全部都卖完了。安提克驾着马车，他很用力地打着马儿，希望它可以跑快一点。

　　由于外面在下雨，所以感觉有点冷，再说他们刚刚喝了许多酒。今天波瑞纳很大方，平时为了一"格罗希①"的钱都会斤斤计较，可是今天却请他们喝了很多酒，并且也不那样大呼小叫了。现在天色已经有些晚了，再加上雨越下越大，路上都没有几个人在行走了。只听得见车轮碾过的声音，偶尔还会听见有人踩过泥浆的脚步声。不知道安布罗斯喝了多少酒，他醉得一塌糊涂，走路的时候东倒西歪的，一不小心就会掉进泥潭里面，不过他很快就会站起来，然后继续大声地唱着歌儿，迈着欢快的步子一个人往前走着。

---

①波兰的货币单位，100格罗希=1兹罗提

第六章

雨越下越大了，刚刚热闹非凡的集市此时也像是被黑暗笼罩起来了一般，什么都看不见了，最多只能看见村子的轮廓。秋天的雨水已经有些冰凉了，好像永远都不想停的样子，大雨噼里啪啦地敲打着一切事物，它好像要浸透到每一样东西里面去，就连平时很顽强的小草这个时候都变得恐惧不安了，不停地战栗着。那些被黑暗遮住的田野时不时地会探出头来，路边的树木都被淋得透湿，就连树心恐怕也不是干的了。本来就没有多少人走的小路在大雨的冲击下行人变得更少了，特别是夜幕降临的时候，路上只剩下单调的雨声，一切都是静悄悄的，整个大地都是一片灰蒙蒙的颜色，没有一点儿生气。

秋天或许总是伴随着"悲哀"这两个字出现的，现在整片树林都貌似瘫痪的病人一般，没有一点儿活力，田野也变成了一片荒原。树叶沙沙地敲击着树木，就好像是在哭诉一般，听起来特别的悲伤。在那些常年没人修葺的房屋边上是一些孤坟，还有已经腐烂的十字架，在这个村子里面都是这样的情景，没有一点儿生气。只要一下雨，整个丽卜卡村就像是被一层朦胧的雾气笼罩起来了一样，只能看见那些暗暗的屋顶，还有每天的炊烟，几乎见不到一个人，不过可以听见他们在家里打谷的声音，村民们好像都在卷心菜园里面做事了。现在变得泥泞不堪的小路上也没有人走，时不时地会听见有鞋子踩过泥浆的声音。由于下雨的时间太长了，所以池塘里面的水位又涨高了一些，不过还没有淹掉波瑞纳家的这条小路。

人们都在忙着收卷心菜，他们都是用马车在运，所以村子里面到处都可以看见卷心菜。村民们都希望快点将那些菜砍完，因为时间长了之后，路上就会变得更加泥泞，到时候走都不能走了。今天他们是在多明尼克大妈家的卷心菜园里面砍菜，雅歌娜跟她的哥哥一直都在那边，而老太婆则是待在家里面等着他们的消息。不过这边自家的菜园里面还有活儿要做。雨水将菜全部都打湿了，在田埂之间会有一些脏水在里面。由于种菜的那块地不是很平整，所以有的地方是青色的，有的地方是红色的，那些女人都是穿着红色的裙子，她们正在堆放砍好的卷心菜。矮林那边是一些泥煤堆在那里，村民们的马车都停在那边，这边的土地太泥泞了，车子不好驶进来，所以大家不得不将包好的卷心菜放在自己的肩膀上扛过去，然后才能够用车子运出去。有的菜园里面的卷心菜已经砍好了，人们就将它们纷纷运回去了。人们说话的声音很大，在田野里都听得见。

雅歌娜一上午都在这边砍卷心菜，她现在已经饿得不行了，身上全是水。就连鞋子里都是水，后来她没有办法，只好将鞋子脱下来，然后把里面的水倒掉，最后实在是没有力气了，她才说道："西蒙，快点过来帮我一把，我觉得身体都已经僵硬了。"可是这个时候她看见自己哥哥连一个大包袱都背不动，便很不屑地说道："你真是的，像个女人一样，连这个都背不动。"说话间就将他身上的那包卷心菜抢过来，倒进了车子里面，雅歌娜的这个举动让西蒙很不好意思，不过他也只是小声地嘀咕了几句。夜幕来临了，天空现在是一片漆黑了，雨也没有要停的趋势，依旧叮叮咚咚地掉落在地上。

　　看了一眼幼姿卡，雅歌娜大声问道："你们的都砍完了吗？"他们也正在忙着装菜，便头也不回地说道："好了，这天气太糟糕了，我们马上就要回去了。""对的，我们也是马上就要回家了，明天再过来将剩下的那些菜带回去。哟，看看你们家的菜，真是很不错哦！""哪里！你们家的卷心菜也很好啊，你们的芫蕾可真是很大啊！""这个是神父从外面带回来的种子种的。"过了一会儿，幼姿卡大声叫道："雅歌娜，你听人说了吗？瓦勒明天要去玛丽·波西奥特克家里提亲呢。""那个姑娘还那么小，就可以出嫁了吗？我记得她还在看牛呢。""这有什么的，她家里有好多地，现在小伙子们都想要娶她呢！""不用羡慕，到时候你可以出嫁了，也会有很多人来你家提亲的。"就在这个时候，讨人厌的雅固丝坦卡又开始说话了："你爹要是再娶一个人的话，还有点希望。""你胡说什么？她娘才死了没多久。"汉卡很惊讶地说道。"你真是不了解男人呢，他们才不会管这么多呢。有些人在自己的老婆还在世的时候就跟别的女人混在一起了，比如说那个西科拉就是的。""也许他是为了照顾自己的孩子呢，你要知道他的前妻留下了五个孩子呢！""你不能完全相信这个，男人娶老婆可不完全是为了自己的孩子。"这个时候，幼姿卡再也听不下去了，她大叫道："我不会让我爹再娶的，坚决不答应。""你太天真了，你爹有足够的能力去决定他要不要再娶一个姑娘。""不过他也要为自己的孩子想一想，毕竟他们也是有权利的。"雅歌娜没有参与她们的对话，因为她突然想到了那天在集市的时候发生的事情，等到自家的车子装满了之后，她就要回去了。

"希望上帝保佑你们！"雅歌娜一边干活，一边说着。"是的，你也一样。对了，你愿意到我家来剥菜叶吗？""当然愿意啊，什么时候？""他们男人说下个星期天，就在克伦巴的家中。""好的，到时候我一定过去。"汉卡看着雅歌娜说道："如果看见了安提克的话，就叫他赶紧过来吧！""好的，我先走了！"看见自家的车子已经启动了，雅歌娜管不了那么多了，赶紧跑过去赶车子了。可是很不巧的事情是车子陷在泥浆里面了，很不好拉动，所以他们两个必须推着车子往前走。地上的泥浆很深，两个人都在使劲推车，都没有说话。雅歌娜这个时候虽然在帮着推车子，但是她心中想的却是到时候自己应该穿一件什么样的衣服去波瑞纳家里才好。天色慢慢地变暗了，雨这个时候好像变小了一点，但是雾气还是很大，再加上这边又是一个很陡的坡，雅歌娜听见有一个人说："你们的车子上面东西太多了，这匹马根本就拉不动的。""是安提克啊，汉卡他们正在等着你呢，不过你可不可以先帮我们拉一下车呢？""这有什么问题呢？不过我得先下来，等会儿啊！"之后他们的车子很快就推上去了，雅歌娜站在坡上说道："今天真是感谢你，你实在是太好了。"雅歌娜将纤纤细手伸出来与他握住。

他们两个人都没有说话，但事实上他们心中都特别高兴，因为看见对方而产生了激动的心情。"你现在是要回去吗？"雅歌娜忍不住问道，不过声音特别小。"是的，我们走到磨坊这边就要分开了。""是吗？那边是不是很黑？""你是害怕了吗？""我又怎么会害怕呢？"安提克的声音很近，这个时候两个人挨得很近，但是有一段时间都没有说话。"安提克,你的眼睛真是太亮了,有点像狼的眼睛!""对了,星期天的时候你会来克伦巴家里听音乐吗?""但是我娘可能不会让我过去哦!""没事,你过来嘛!"安提克此时的声音特别的性感,给人一种要窒息的感觉。"你真的那么想要我去吗?"看着他的眼睛,雅歌娜很温柔地问道。"我向上帝发誓,我请求克伦巴让我用她的房间,就是为了见到你。"安提克说话的时候离雅歌娜特别近,让她的心神荡漾,她赶紧后退一点,大声说道:"哦,你赶紧去找汉卡吧!他们还在田里等着你呢。""那你答应我到时候一定要过来啊!"之后安提克就走开了,雅歌娜一直看着他的背影,直到后来看不见了为止。雅歌娜不知道自己是怎么了,居然会全身发抖,她感觉到自己的心都要跳出来了,她伸出双手,想要抱住什么东西,但是却发现自己身边什么都没有,她想要大叫,但是却没有勇气。

之后她很快就追上了西蒙的车子,她并没有真的推车,所以后来有几颗卷心菜都掉出来了,雅歌娜心中现在全部都是安提克的那张脸和那明亮的双眼,实在是太好了。她甚至觉得安提克都不是凡人,他就像是一阵风,在世界上都找不出第二个这样的男人来了。马车驶到磨坊这边的时候雅歌娜才清醒过来,磨坊主家灯火通明,虽然隔着窗帘,但是还是很明亮。西蒙看见这个觉得很惊讶,大声说道:"真好,跟神父他们家一样!""他们都是有钱人,拥有那么多的田地,还将所有的钱都拿出去放贷。""这些人就是地主,他们只会敲诈我们的血汗,他们总是享受很好的生活,什么事情都不用做。"虽然雅歌娜心中也是这样想的,但是她却没有说出来。其实平时的时候西蒙也不爱说话,但是今天的话好像特别多。后来终于回到家了,看见安德鲁正在外面削马铃薯,而自己的母亲正在准备晚饭。

多明尼克太太看见自己的女儿回来了，问道："菜园里面的菜都砍完了吗？""今天的雨实在是太大了，明天再去砍，只剩下三包了。"这个时候雅歌娜已经换好衣服，从房间里面出来了。她觉得老头子很奇怪，他静静地坐在那里，手中的念珠一颗一颗地在他的手上滑过。后来吃饭的时候，老太婆为他准备了一把汤匙，可是他并没有留下来吃饭，他说自己以后还会过来的。"那个老人是谁呀？""是我认识的一个香客，他经常从很远的地方回来，每次都会给我带一些圣物回来……"话还没有说完，安布罗斯就过来了，他向每一个人问好，跟以前一样。"现在的天气真是太糟糕了，就连我的腿都开始有反应了。"他抱怨道。"那你完全可以待在家里的啊，为什么要出来呢？外面天气又冷。""我没事做，所以就想出来看看姑娘们在做什么事情。"顿了一下，他又继续说道："亲爱的雅歌娜，我首先就来你们家了。""其实你最应该去找的那个姑娘应该是死神！""原来是她呀，我刚刚还忘了，不过她更喜欢跟年轻人在一起跳舞。"多明尼克大妈说道："你说的是谁呢？""我刚刚看见神父去巴特克家里了！""他怎么了？""说到这件事情，真是让人气愤，她的女婿居然将他的肝脏都打裂了，真是太狠心了！""这是什么时候发生的事情啊？""还不是为了那几亩田啊，都半年了他们为了这件事情。"雅歌娜很惊讶地说道："这种人一定会受到上帝的惩罚的。"他母亲看了一眼雅歌娜很愤怒地说道："是的，但是死去的人不会活过来的！"安布罗斯轻声说道："既然来了就跟我们一起吃饭吧！""正好，我可以吃掉一大盘菜。""你这个人每天都不做正经事，天天到处说笑和胡扯！""那我应该怎样呢？在这个世界上，我什么都没有，除了每天到处闲逛，我还能干吗呢？"之后他们就开始吃饭了，桌子上有马铃薯还有酸奶，吃完会后马上就会有新的菜再端上来，安布罗斯还是那样的搞笑，不过总是他自己一个人在笑。"神父今天还在家里吗？""是啊，外面天气这么糟糕，只能待在家里了。他应该在家里看书吧！""真是一个好人，还那么爱学习！""是啊，神父是世界上最善良、最好的人了！"雅歌娜说道。"就是说啊，他从来都不会打扰别人，对自己的身体也照顾得很好！""安布罗斯，话可不能这样说。"吃晚饭之后大家又开始忙自己的事情了，雅歌娜帮助她的母亲安卷线杆，剩下的兄弟姐妹就在那边收拾碗筷，多明尼克总是要她的孩子们很勤快，让他们做那些女孩子做的事情，她不想要雅歌娜的手变得粗糙起来。安布罗斯是一个外人，这个时候他也没什么事情做，就一个人待在一旁，静静地抽着烟，看着这些忙碌的人。

　　他也许是在想着什么事情，过了好半天才问道："我觉得你们家里一定有人来提过亲的。""不止一两个，有很多呢！""我猜到了，你们家的雅歌娜这么美丽，追求她的人肯定很多啦！"雅歌娜听见有人在赞美自己，很高兴，但是又有一点害羞。"要是神父真的觉得我们家的雅歌娜没有人可以比得过的话，那真是太好了！希望他永远健康，上帝会保佑他的！"多明尼克太太听见对自己女儿的赞美，也是特别的激动。"有一个人想要来你家提亲，但是好像有点不好意思！""是吗？是谁？"多明尼克大妈很激动地问道。"是一个很有钱的人，但是他的妻子前不久去世了！""不行，我才不会嫁给一个鳏夫呢！"雅歌娜也在一旁听着，这个时候她很激动地大叫道。"我亲爱的女儿还这么年轻，我是不会让她嫁给一个糟老头的！""是吗？可是你知道吗？那些年轻人是很不错，很强壮，很年轻，但是他们干活的时候很会偷懒，而且每天睡到很晚才起床！""不，我的雅歌娜一定不会嫁给这种人的！""多明尼克太太，您真的是我们村子里面最精明的人了！"安布罗斯说道，顿了一会儿，他又说道："想想也是，老头儿不能给她很多的乐趣，但是年轻人就行了！！"听到这些话，多明尼克太太狠狠地看了一眼安布罗斯，有点生气地说道："你都这么大的人了，居然说话还是这样子，一点儿都不避讳一下！""那个人一直都很正直，他从来不要别人的钱！""可是那样的话很容易犯罪的！""是啊，不过他已经说过了在结婚之后会立一份婚后遗产协约！"他说这话的时候脸上的表情变得正式了许多。"雅歌娜已经有很多的财产了。""反正到时候那个人一定会付出很多的，一定比她要求的还要多！""你不要胡说了！""我没有胡说，这些事情都是我知道的！"说到这里之后，房子里又安静了，没人说话。

老太婆刚才其实是一直在工作着的，花了好长的时间才将亚麻理清楚了，继续问道："那么，这个人会带着伏特加来我们家里找她吗？""他？你指的是谁？""就是那边的波瑞纳呀！"安布罗斯说话的时候指了一下对面的波瑞纳家。"现在他的孩子们都已经成人了，会要求分他的财产的，再说了，他们一定会反对的！""这个不用担心，马西亚斯有权利来分配自己的财产，他那么虔诚，又是一个有钱的农场主，并且身体还很健壮呢！到时候只要是雅歌娜想要的东西，他都可以为她找来，不过除了鸽子奶这种东西。你们家的安德鲁明年就要去当兵了吧。波瑞纳知道很多人，对于公务也比较了解，到时候说不定可以帮很大的忙。""不过，亲爱的雅歌娜，你觉得怎么样呢？""我觉得没什么的，你决定就行了！"雅歌娜这个时候说话的声音很小，她美丽的大眼睛里面没有一丝光彩，就像是一个空洞的深渊一般。"您觉得怎么样呢？""到时候叫他的朋友们过来吧！

再说了结婚跟订婚根本就不是一回事儿！"之后,安布罗斯就离开了。雅歌娜就好像是被抽掉了魂儿一样,呆呆地坐在那里。"亲爱的,你怎么看？""反正我都没有决定权的,你要是觉得还不错的话,我就听你的,嫁给他了！"多明尼克太太还是继续工作着,她说道:"是的,他的年纪确实是有点大了,但是我希望为你找到一个好人家。他不像别人那样虚弱,还很健壮,并且他有很多的财产,到时候你就是女主人了,放心,我会好好地监督。反正你总是要嫁出去的,到时候看看村子里面那些不怀好意的人拿什么来诋毁你。"说到这里的时候,多明尼克太太一下子停住了,看看那边的雅歌娜,脸上什么表情都没有,好像现在说的事情跟她没有一点儿关系,她手中还在不断地纺着纱线。

其实这个时候雅歌娜心中的想法是很纠结的,自己这么长时间以来一直在母亲家里面,从来就没有人对自己说过一句难听的话。她对于那些财产、田地之类的东西根本就不放在心上,再说她也从没有担心过嫁人的事情,自家的门槛都要被踩坏了,可见追求自己的人有很多。慢慢地,她心中好像决定了,其实只要是自己的母亲喜欢波瑞纳的话,自己就嫁给他喽。想一想,波瑞纳其实也是不错的,他之前还给自己买了那么多的东西,可见他对自己是很不错的,但是,要是换作别人的话,看见那些东西也会买给自己的。算了,算了,一切都由母亲做主吧,她的脑袋瓜子比自己的好使,就让她去操心这些事情吧。

她瞥见窗外的一朵天竺牡丹,正在风中摇曳,不过很快她就将这些忘掉了。有一瞬间她甚至连自己都忘记了,整个人好像掉进了一种很迟钝的状态,就好像现在的天气一样,死一般的沉寂。雅歌娜的心很大，就有如大地一般，但是她却对自己的人生没有一点儿规划，她的心中没有意志，没有一种支持自己的但又是不朽的精神，有时候更像大地了，每一道疾风都可以在自己身上随意地掠过，无论是攻击自己还是怎样。当然在春天来临的时候，自己就可以享受到很多东西了，那个时候太阳会发出温暖的光，照在自己身上，将身体里面的欲望还有灵魂唤醒，这是不得不做的事情。雅歌娜的灵魂就跟大地一样。就这个样子，雅歌娜一直坐在那边，感觉整个人已经没有了一丝生气。突然有人将门推开了，这个时候她才苏醒过来。一看来人，原来是幼姿卡，只见她气喘吁吁地打开门："我们明天就要剥菜了，雅歌娜，你可以过来吗？""肯定啊！""不过我们是在一个大大的房间里面完成这项工作的。我爹这个时候正在跟安布罗斯聊着天，所以我才有机会跑出来的。到时候会有很多人都过来，还有那个彼德会带着他的小提琴一起过来。"

"但是，我没有听说过这个彼德，他是新来的吗？""不是，他就是麦克的儿子，只是他一直都不在村里待着，今年才刚刚服完兵役回来，他说话的时候口音有点奇怪，大家常常听不懂他在说些什么。"后来他们两个就这样聊了一会儿天，幼姿卡就离开了，接下来屋子里又只剩下一片寂静了。外面还在下着雨，雨水将窗户拍打得噼里啪啦地响，伴随着大雨的当然是狂风了，它们就像是小孩子一般在花园里面嬉闹着，将炉床这边燃烧着的木头打乱了，那些浓烟全部都到屋子里面来了。一天就要完了，大家又要开始唱圣歌了，首先由多明尼克太太带头唱："希望我们今天做的所有事情……"之后大家就一起唱起来了，他们唱圣歌的时候就连外面的家禽都在跟着附和。

第七章

　　第二天天气和前一天一样，黑沉沉的天空飘着阴雨，沉闷得吓人，时不时有人从屋里探出脑袋，焦急地瞅瞅天空，看天色是否好转，目光所能看到的就是黑压压的云朵，一片片仿佛就聚集在头顶，伸手即可触摸到。雨依旧下个没完没了，村民不能外出，心里头憋得慌。有一两个踩着泥泞的路到邻居家串门子，彼此有一搭没一搭地发些牢骚，比如谁家的牛粪还在森林里，来不及运回家，谁家尚未存些干柴。更多的是感叹昨晚池塘水满了，打开闸门让池水流入河里后，导致河水暴涨，田地都被淹了，远远看去，只能看到浑黄的洪水在卷心菜上面形成一个个像黑黝黝的孤岛的旋涡，连多明尼克大妈也没能及时将卷心菜砍收回家。

　　从早上开始，雅歌娜的心情就不好，她在屋子里面走来走去，来回踱着步子，时不时抬头看着窗外被洪水冲倒的天竺牡丹树，极目之处漫天的水让她烦躁不已。"天哪，真是烦得要死！"晚上她得动身到波瑞纳家去，如今，她实在没有耐心等下去了，时间一分一秒地流逝，像是老人在泥滩上行走——慢！看着阴沉的天气，她的心情愈加烦闷，整个人开始坐立不安。她不停地谩骂她的兄弟，将随手抓到的东西到处乱扔，头疼的老毛病开始发作，无奈只好在头顶敷了一层沾了醋的燕麦温药糊，疼痛才渐渐缓解。可是身体好了些，心情还是烦闷，手边的工作渐渐荒废。她不时地看向外面波涛汹涌的池塘，只觉得那塘面就像一只大鸟，张开笨重的翅膀，努力地扇动着向上腾飞，大概是太用力了，以至于不停地口吐白沫，终于塘水渐渐上升，使得整条路上到处都是水——那只大鸟就要飞上天了。

多明尼克大妈精通医术，会医不少病，所以，她大清早就被人请去为一个女人接生。雅歌娜觉得浑身不舒服，便想出门找人聊天，才将头巾戴在头上，一看到外面的泥泞和大雨时，就没了兴致。百无聊赖之际，她将衣橱里所有的假日服饰都摊在床上，条纹裙子、袄子和围裙衬得室内五彩缤纷。她神情恍恍地扫了眼那些衣物，然后从衣橱的底部取出波瑞纳送她的围巾和缎带，在镜子前佩戴起来。看着镜中的人，她满意地点点头："不错，今晚就这样打扮！"这时，围墙外传来脚步声，越来越近，她连忙将饰物取下。

是马修！雅歌娜惊叫出声，就是他与她在果园或是别的地方幽会多次，害得她被村民诽谤。他已经三十多岁，却还是单身，家里有个妹妹。雅固丝坦卡曾不无恶毒地说，他一直不结婚是因为小姑娘和邻居太太更对他的胃口。他块头很大，看起来像棵橡树，因为自信过头变得又自负又偏执，所以村民都怕他。马修很能干，会吹长笛、造车子、建造房屋、安炉灶，并且都做得很好，所以找他做事的人很多，收入也不少。但他经常喝酒、请客或是将钱借给朋友，导致手头上一直没有积蓄。人们叫他"鸽子"，但雅歌娜觉得他的眼神和火爆的脾气更像老鹰。

"马修！"

"是我，雅歌娜！"马修一把抓住她的手，灼热的眼神紧紧地锁住她的明眸。

雅歌娜被他看得脸颊通红，不安地看着房门口，结巴道："你离开了半年！"

"细算起来，是六个月又二十三天。"他紧紧地抓住她的手，不肯放开。

"要点灯了！"她挣了挣双手，天已经黑了，该点灯了。

他低声说道："雅歌娜，不向我问好吗？"同时伸出手臂想要搂她的腰，却被她闪身躲开。

她跑到壁炉边点火，怕母亲说她晚上和马修一起厮混。

可是，还没等到她反应过来，马修一下子抓住了她，搂进怀里狂吻，她像只被饿狼盯上的鸟儿，无论怎样挣扎，都挣不出他的掌控。他力气很大，勒得她肋骨咔咔作响，激烈而又疯狂的吻令她头晕目眩，眼前渐渐蒙上了一层薄雾，连呼吸都变得困难。

"马修，马修，请放开我！"

"就一会儿，雅歌娜，我们再来一次……我实在受不了了，"他吻得雅歌娜浑身虚软无力，不得不瘫倒在他的怀中。这时他听到走廊处传来脚步声，这才不得不放开她，走到壁炉边将手灯给点燃了，卷了支烟，盯着雅歌娜的目光亮晶晶的，显示出他心情极好。

安德鲁进来后将壁炉火吹成烈焰，然后在屋里来回磨蹭着。他俩很少说话，却用饥渴的目光看着对方。

又过了几分钟，多明尼克大妈回来了，她正心情不好，在走廊里大骂西蒙；看见马修的时候，她恶狠狠地瞪了他一眼，对他的问候视而不见，径直绕过他回到房间换衣服。

雅歌娜向马修哀求道："你快走吧，不然我妈待会儿会骂你的！"

马修不理会她的乞求，反而趁机对她提出外出幽会的无理要求。

就在这时，多明尼克大妈换好衣服走了出来，看到马修的时候惊愕不已："你……你怎么又回来了？"那口吻仿佛刚才没有看见他似的。

"是的，我又回来了，大妈！"马修柔声答道，想要轻吻她的手，却被她气冲冲地甩开。"你是疯狗，你也叫妈！"

她的口气很不好，几乎是吼出来的："你来做什么，我最后一次警告你，不要到我家来！"

"我又不是来找你，我是来找雅歌娜的！"马修的语气也渐渐不善，似乎也发火了。

"我警告你，离雅歌娜远些，若不是因为你，她也不会受到村民的诽谤！……滚，马上从我的眼前消失……"

"你叫这么大声做什么，想让全村的人都听见？"

"他们听见更好，这样他们就知道，是谁像狗尾巴一样死皮赖脸地粘着雅歌娜，不用火钳赶不走！"

"你要是男人，我绝对会让你为这句话付出代价！"

"好啊，我拭目以待，你这只癞皮狗、流氓、恶棍！"她边说边扬了扬手中的火钳。

好男不跟女斗，马修气恼地在地上吐了一口唾沫，拔腿就跑，经过门的时候重重地带上门。

多明尼克大妈追不上马修，便拿雅歌娜出气。雅歌娜一时没反应过来，愣愣地看着她，后来她越骂越难听，语气尖酸刻薄，不留半点情面，雅歌娜渐渐地受不了，伏在床边失声痛哭，诉说长久以来压抑的委屈……她到底做错了什么？……她甚至没有让他进屋……母亲还提到去年春天的事情……其实，那时他们在栅门边相遇……她被他灼热的目光看得头晕目眩，根本无力挣脱他的怀抱……后来……她完全避不开他……她总是这样，每当一个男人直视她的眼睛，或是用力抱紧她，她便战栗不已，失去了反抗的力气，她有错吗？

见她哭成这样，多明尼克大妈心头一软，走到她的身旁坐下，温柔地替她擦去脸上的泪水，抚摸着她的秀发，柔声安慰道："雅歌娜，不要哭，你看你的眼睛红得像兔子，待会儿怎么到波瑞纳家里去？"

过了一会儿，雅歌娜才止住哭，问道："现在就该去吗？"

"是的——去换身衣服好好打扮打扮——到时候会有很多人，你会被包括波瑞纳在内的很多人关注。"

听完她的话，雅歌娜立刻起身去整理仪容。

"要我热点牛奶吗？"

"不了，我不想喝！"

多明尼克大妈将最后一股气都发泄在儿子身上，冲西蒙吼道："西蒙，你这蠢货，还在烤火，饲料架空了，母牛早饿了！"

西蒙怕她打他，连忙逃走了。

她边帮雅歌娜换衣服边说："我看见铁匠从波瑞纳的农舍牵了一头小牛，我猜他们和好了。可惜了，那头小牛至少值十五卢布，但是，话说回来，他们还是和解的好，铁匠能说会道，又懂法……"她往后拉开身体，爱怜地看着雅歌娜："哎，柯齐尔那个小偷出狱了，我们得当心点，将门窗锁好。”

收拾好后雅歌娜便出发了，走了一段路还能听到母亲的骂声，无非就是安德鲁将阉猪放出猪栏，任由家禽停留在树丛里……

她赶到的时候，波瑞纳家里已经聚集了不少人，宽敞的房间被火光照得通明，玻璃书框也被火光衬得亮闪闪的，挂着许多圆球的屋顶已经被烟熏黑，那圆球是由彩色圣饼做的，在火光的照射下，一闪一闪，似乎在动。

许多少女和几位成年的妇女面向壁炉并肩坐着，围成一个半圆，在她们中央是一大堆卷心菜。此刻，她们正在剥掉卷心菜外面的枯叶，并将剩下的菜心放在铺在窗前的一张大布单上。雅歌娜先到壁炉边暖手，然后脱下木屐，开始做事，她的位置是队列的尾端，雅固丝坦卡的旁边。人越来越多，不一会儿，房间热闹起来……大部分男客一进来就只顾抽烟，聚在一起说笑，或是逗弄小姑娘，只有少数男客帮库巴到谷仓搬卷心菜。因为波瑞纳还没有回家，幼姿卡虽然只有十岁，却负责工作和玩乐的指挥，汉卡照例像飞蛾一样到处窜。

安提克将几个桶滚到走廊后，又将卷心菜切割机安置在壁炉边，并故意往一边偏了些，看着妇女们调笑道：“房间明艳得像是一片火红的罂粟花田！”

一个年长的妇女接口道：“他们刻意打扮的，弄得像是要参加婚礼似的。”

“雅歌娜似乎洗了牛奶浴！”雅固丝坦卡不无恶毒地嘲讽道。

雅歌娜满面羞红，压低声音道：“请不要说我！”

那老太婆仿佛没有听到她的话，继续说道：“姑娘们，四处漂泊的马修回来了。音乐、舞蹈，果然幽会的季节即将来临！”

提到马修，马上有人接口："这个夏天似乎没有看见他！"

"他在佛拉庄建一栋农舍。"一位农场工人回答，"可以建空中楼阁的伟大建筑师！"

"不到九个月就造出一个孩子！"雅固丝坦卡冷笑道。

一位姑娘受不了她的话语，抗议道："不要总是说别人的坏话！"

老太婆立马还嘴，威胁意味明显："当心我说你！"

"你们听说了吗？苦修者又到我们丽卜卡村了。"幼姿卡炫耀道，"他今晚要来我们家！"

"他离开了三年。"

"是，去了圣坟那里。"

雅固丝坦卡鄙夷道："别听他胡说，他像吉卜赛人一样喜欢撒谎。他和铁匠是一路货色，总吹嘘在报上看到的国外奇事。"

雅歌娜不同意她的看法："你别这么说，神父告诉我妈，他的确到过那儿。"

"是啊，谁不知道神父的住宅是多明尼克大妈的第二个家，神父每次胃难受，她都知道。"

话音刚落，周围又是一阵哄堂大笑，雅歌娜不作声，心里恨死她了。

这时，乔治的老婆尤丽西亚探出脑袋，向克伦巴大妈打听老流浪汉来自哪里。

"谁知道呢，遥远的地方。"她弯腰拿起一颗卷心菜，剥掉外面的枯叶，不觉拔高了声音，"他化名叫罗赫，真实身份是个'化缘叟'，可又算不得'化缘叟'，每三年的冬天都会到丽卜卡村来一次，住在波瑞纳家里。毫无疑问，他是个虔诚而又善良的人，只要头顶加个光环，就是画上的天使了。他脖子上挂着的那串念珠是碰过耶稣陵墓的，他送孩子们圣像，送大人前几代君主的画像，另外，他还收藏了《圣经》和一些包罗万象的书籍……我、我丈夫以及瓦勒都听他读过，只不过内容很深奥，我都忘记了……他是个虔诚的基督教信徒，每天都有一半的时间，跪在十字架前，或是在外面的田野祷告。平时他不去教堂，只有望弥撒他才去，神父请他住在他家里，却被拒绝，他说：'我的使命是与平民为伍，而不是住在精美的房子里。'虽然，他和我们说方言，但谁都知道他不是农夫，他很有才华，会德语，可以跟犹太人交谈，他还与一位曾到温带区域的国家养病的德嘉斯歌娃贵族小姐用外国话聊天呢！他不接受别人赠予的东西，只喝牛奶吃面包，不仅如此，他还教我们的孩子功课，听说……"

这时，突然爆发的一阵哄笑打断了她的话，原因是库巴用大布单扛卷心菜的时候，不知被谁推了一把，整个人趴倒在地，卷心菜滚得到处都是。他刚爬起来，又不知被谁推了一把，倒在地上，幸好幼姿卡护着他，才将他扶了起来，但此事明显惹怒了他，激得他放出重话。不一会儿，大家的兴趣又被转移到其他的方向，大家各说各的，闹哄哄的，活像正要离开蜂箱的蜂群。大家越说越兴奋，手上的动作越来越快，不断挥舞着刀砍菜茎，卷心菜如同火一样飞速地落在布单上，渐渐加高。壁炉边，安提克正用切割机切割卷心菜，他只着衬衫和条纹内裤，头发乱糟糟的，脸色酡红，汗水顺着俊美的脸颊流下，雅歌娜盯着他一时看痴了。安提克不时地停下来喘气，看向她，她脸色一红，连忙垂下眼脸。大家都在说笑，只有雅固丝坦卡注意到他们，她假装什么都没看到，心里却在盘算着一定要让所有人知道这个事情。

"马蒂安娜生孩子了！"克伦巴大妈边剥菜叶边说。

"这事年年有，早不是新鲜事了。"雅固丝坦卡接口道，"她根本就是头欧洲野牛，不怀孕会死！"要不是有人指责她在人前谈论这种事情，她肯定会说个不停。此刻，她只能为自己开脱："你们想多了，这些事情她们都懂，如今的孩子和以前不同了，现在你在鹅童面前提送子的鹳鸟，他还会笑。"

瓦夫瑞克的老妻对此不以为然，讥讽道："罢了，至少你当牛童的时候什么都懂，我至今都忘不了当年你看牛的那种眼神！"

雅固丝坦卡恼羞成怒，愤然道："你忘不了就吞进肚子里不要说出来！"

"我想想，是哪个时段呢？那个时候我已经结婚了。是和马修？不，是麦克，瓦夫瑞克是我的第三任。"瓦夫瑞克太太喃喃道，似乎陷入了沉思。

这时马修的妹妹，娜丝特卡气喘吁吁地进屋，大声说道："你们都在这里啊，你们知道发生什么事了吗？"

众人马上来了兴致，都盯着她询问发生了什么事。

她说："有人偷走了磨坊主的马儿！"

"时间？"

"就在两分钟以前，马修才听颜喀尔说的。"

"颜喀尔真是个百事通——他知晓事情或许比当事人还早。"

"在长工到磨坊去拿草料的时候，小偷偷走了马厩里的马儿和马具，还毒死了狗窝里的狗。"

"冬天总容易发生这样的怪事。"

"还不是当局纵容偷窃。被抓之后不仅不惩罚，还有温暖的牢房、足够的粮食，更能跟小偷同伴学到不少新伎俩，等他们被放出来，情况只会更糟。"

"要是谁偷我的马被捉住，我一定当场宰掉他。"一位长工愤愤地说道，"只有傻瓜才会报警寻求公道，但凡有本事的人，都会自己解决。"

"如果这家伙被众人逮住打死了，当局一定不会处罚这些人，因为法不责众！"瓦夫瑞克太太说，"我记起我们这里发生过的一件事……当时我跟第二任丈夫在一起——不对，我想想：那时马修还没死……"

接着，她再次陷入了沉思。

她的沉思被波瑞纳的到来打断。只见他心情颇好，"好热闹啊，水塘对面都能听见你们的声音！"

他脱下帽子，和客人一一打招呼。也许是太兴奋，他声音响亮，脸红得可以和甜菜根媲美；甚至破例解开头巾和外套的纽扣。因为他和雅歌娜的婚事还没有定下来，所以他不敢过去坐在她的身旁。只得远远地欣赏着她，——很漂亮，装扮得体——更让他兴奋的是，她还戴着他送她的围巾！

怀特克和库巴在炉火前摆放了一张长桌子，幼姿卡用一块干净的抹布擦完桌面，然后在上面摆些碟子和汤匙，这是晚餐时需要用到的。波瑞纳从厨房端出一个足足装了四夸脱伏特加的大肚酒瓶，逐一地敬酒，但姑娘们都佯装讨厌，扭扭捏捏地不肯上前。一个大嘴巴的长工说道："哪有猫不喜欢牛奶的？她们只不过是在故作矜持。"

"你以为人人都像你，整天泡在颜喀尔的酒馆里，简直是无可救药。"说完之后，她们不再躲闪，纷纷举起杯子，别开脸，用一只手遮住，小心地饮尽，还不忘遵从礼法将最后一滴酒滴在地板上。在将酒杯还给波瑞纳的时候都故意苦着脸，嘀咕道："好烈哦！"

只有雅歌娜没有喝，无论波瑞纳怎么邀请，她都不肯喝："我从没喝过伏特加，也不想喝。"

敬完酒后，波瑞纳邀请大家入座："各位亲朋好友，接下来请品尝我们特意为大家准备的晚餐。"基于礼貌，他们先故意推诿一番，然后才坐下来慢慢用餐，并不时地交谈着。餐点出人意料地美味可口，有马铃薯肉汤、大麦片炖肉、卷心菜配豌豆，主人不停地邀请大家多吃点，殷勤得近乎逼迫。

客人吃饭的时候，怀克特正在往炉灶里添干树根，熊熊的火苗烧得柴火噼啪作响。这时库巴进来了,他将一包新的卷心菜放在地上,贪婪地闻了一下桌上的美味，叹口气，低声嘟哝道："这些人，像是饿鬼投胎一样，说不定待会儿连根骨头都不剩。"

很快，晚餐结束了，大家起身对波瑞纳的款待表示感谢："愿上帝保佑你！"

波瑞纳回答："我衷心地希望你们喜欢这次晚餐。"

接下来的几分钟大家各做各的，有人外出呼吸新鲜空气，舒展一下筋骨，有人伸出脑袋看天色是否会好转，长工们则站在门廊边逗弄小姑娘。这时库巴一屁股坐在门槛上，抱着膝盖上的盘子狼吞虎咽，对一旁老狗拉帕的乞求视若无睹。拉帕只得去走廊那里，那里幼姿卡正在扔骨头给客人的家犬。

就在大家休息好了，正要再次进行工作的时候罗赫出现了："谢主耶稣！"

大家都回答："永远感谢主。"

波瑞纳引用成语欢迎他："趁盘里还有食物的时候来，不要太晚了。"

"面包和牛奶就行。"

汉卡怯生生地说："还剩下一些肉。"

"不用，谢谢，对于肉食我从不碰。"

刚开始的时候，大家都沉默不语，好奇地打量着罗赫，但是等他坐下来用餐的时候，他们便开始交谈，相处得十分融洽。

只有雅歌娜一直若有所思地盯着他，她很好奇，这样一个和平常人相差无几的老头，怎么会跑遍半个世界，到过耶稣的陵墓，看过那么多奇怪的事物？世界在他眼中是什么样子的呢？人们要往哪里走才能到那些地方？她周围除了村落、田地和松林还是村落、田地和松林。她想，得走很远，大概一百里格，甚至是一千里格①才能到那样的地方吧？她很想问，却不知如何开口，更怕大家的嘲笑。

拉法尔的儿子刚从军中退伍，他带了小提琴，校好琴音后开始拉曲子，屋子里突然鸦雀无声，只能听见淅淅沥沥的雨打在窗板上的声音，以及窗外群狗的哀号。

他不停地拉着，一曲接一曲，调子越来越新潮。起先似乎是为了向罗赫致敬，他专拉宗教曲子，他拉得很好，罗赫一直盯着他。接着他拉些比较通俗的曲子，比如女孩子下田常唱的《强尼去参战》，悲伤的曲调被他用小提琴拉出来，更显凄凉，听得人脊背发冷。雅歌娜本就对音乐敏感，此刻，眼泪像断线的珠子哗哗地流个不停。娜丝特卡见她如此，连忙嚷道："停下，你都把雅歌娜弄哭了！"

---

①里格是欧洲和拉丁美洲的一个古老的长度单位。在英语世界里面通常定义为1里格=3英里（约4.828千米，适用于陆地），即大约等于一个人步行一小时的距离；或定义为1里格=3海里（约5.556千米，适用于海上）。

雅歌娜用围裙遮脸，低声说："没关系，听音乐的时候，我总是不由自主地想流泪。"泪水停不下来，她根本就无法控制心底那股难以言说的奇异渴望。

小伙子继续拉着，琴声渐渐转为欢快，现在拉的是马祖卡舞曲和奥博塔舞曲。音乐很动感，让人不自觉地想要和着曲子动起来，姑娘们只得拼命地并紧颤抖的膝盖，小伙子们嘴里哼着歌，踏着节拍疯狂地跺脚，气氛一下子变得活跃，连玻璃窗都跳起来了。

突然，走廊里传来一声凄厉的狗吠，原本热闹的房间一下子安静下来。

"发生了什么？"罗赫倏地冲出去，动作太快，差点被卷心菜切割机绊倒。

安提克看着走廊，见怪不怪地嚷道："没什么大不了的，有人扯了一下狗尾巴！"

"肯定是怀特克干的！"波瑞纳接口道。

幼姿卡急忙为牛童辩解："怀特克不可能欺负一条狗！"

可能罗赫已经将那条狗放开了，此刻低低的哀号从门外的围墙边传来。罗赫进来的时候很激动，他说："狗也是上帝创造的，它和人一样，会痛，主也有一条爱犬，不许任何人欺负它。"

"不会吧，主耶稣也像人类一样养狗？"习惯怀疑的雅固丝坦卡对此十分怀疑。

"是真的，那条狗叫布瑞克。"

大家对他的话震惊不已，"竟然真有其事！"……

罗赫沉默了半晌，然后抬起那颗前面剪到额头、后面则留着长发的霜白脑袋。他的眼珠仿佛经过了泪水的洗礼，略显苍白，此刻，那双眼珠正一瞬不眨地盯着灯火，仿佛定格。他缓缓开口，一颗颗念珠从指尖滑过：

"我说的故事发生在很久以前，那时主耶稣上位升天，他亲自统治着世界，并在世间巡游。当他穿过炙热荒无人烟的沙漠前往姆斯托夫教区参加宴会的时候，空气炙热无比。四周没有任何遮阴或是避暑的物什，主忍着炎热艰难地前进。途中，他又渴又累，一只圣足已经累得失去知觉，他不得不多次停靠在长着少数毛蕊干茎的小丘上休息。可是那里更热，没有风，少量的树荫都不够飞鸟遮阳。这时，像矮翅鹰扑向疲惫的小鸟，恶灵盯上了主，它像在地上打滚的肮脏野狗，用蹄子搅起黄沙，满天的沙尘遮天蔽日，黑暗笼罩了世界。尽管主无法呼吸，不能视物，但他还是坚持前进，对恶灵企图让他迷路、无法到地方性的宴会拯救罪人的龌龊想法嗤之以鼻。

"主走啊走，终于穿过了沙漠，到达森林。

"他坐在树荫下，喝了点水，从头陀袋里找了点东西充饥……进森林前，他折了根树枝当拐杖，并在胸前画了个十字。

"那片古老而又阴森的森林是恶灵的家，里面布满巨大的深泥沼、复杂的乱丛和茂密的灌木，连飞鸟都进不去，但是主却进去了。

"卑鄙的恶灵怒声狂啸，摇撼森林，恶仆疾风助纣为虐，像狂吠的疯狗一样到处作恶，与恶灵一起掀倒橡树，折下枝条，将大树劈成两半。

"天是黑的，什么都看不到，四周或是喧嚣，或是嘈杂，或是旋风。许多地狱的小鬼露出长长的獠牙，瞪着眼睛发出凄厉的咆哮，在主的四周群魔乱舞，如果不是它们畏惧，定会用尖利的爪子去抓主的圣体。

"主急着赶去参加宴会，不想与这些傻恶魔继续纠缠，于是他在它们头顶画了一个十字，霎时，所有的恶灵和邪魔都消失了，眼前只剩下一只野狗——那时狗还不是人类的朋友呢！

"这只狗不仅不逃，反而跟在主的后面狂吠，撕扯他的头巾外衣，想要抢头陀袋里面的肉吃……仁慈的主不愿伤害自己创造的生物，便从袋子里拿出一块肉，扔给狗，'给你！'

"可是野狗不仅不感激，反而露出尖利的牙齿想要攻击主，还扯掉了他的头巾。

"笨狗，你忘记了主人，恩将仇报，因为你做了傻事，得当人类忠实的仆人，只有这样，你才不会无依无靠。

"主大声说完这句话后，野狗突然安静地坐下来，傻愣愣地夹着尾巴远走天涯。

"地方性的宴会上人多得像草地上的叶片，但教堂却一个人都没有。人们在酒店酗酒，在教堂的回廊里摆下集市，饮酒作乐，犯下了种种滔天罪行。事实上我们这个时代的人们也犯这样的过错。

"大弥撒结束后，主来了，人群像风中的稻谷，突然躁动不安，似乎看到了某种可怕的东西，女人和孩子们跌在树篱边或板车上，惊恐地哭叫着，有人挥舞皮鞭，有人拔下围墙上的木桩，有人找到了石头。

"他们惊惧不已，'疯狗！'

"人群自发地让开一条路，那条狗就吐着舌头直接冲到主的面前。

"主知道它是森林里遇到的那条狗，并不怕它，他脱下头巾外套，与狗交谈着，于是狗不再上前。

"主说：'布瑞克，这里比森林安全得多，不要怕，到我的身边来。'

"主把头巾外套盖在狗的身上，边抚摸它边说：'人类不要伤害它，它也是上帝创造的生物。却没有主人，食不果腹，还总被驱逐，真是可怜。'

"可是农夫反应很激烈，他们边用棍子敲打地面边哭诉：'它是野狗，不尊敬人类，作恶多端，不仅抓走白鹅和小羊，还咬人，除非带着棍子，否则我们根本没法出门，它必须死。'

"主怒道：'你们这些酒鬼，你们就怕狗，难道就不怕主吗？'

"主的声音威严又有魄力，人们害怕了。主接着说，因为他们行恶，所以被流放到这里，若是不知悔改，一味地酗酒行乐，偷盗虐待，必遭天谴。

"讲完了之后，主拿起拐杖准备离开。

"人们知道了他的身份，在他面前跪下，恸哭不已：'留下来吧，我们作恶多端，您可以处罚我们、打我们，但请不要放弃我们，我们会忠于您。'他们哭得伤心欲绝，不停地亲吻主的圣手和圣足。主心软了，逗留了一段时间，教习他们几篇祷文，赦免并赐福给他们。

"主临走时说：'这只狗不会再伤害你们，它会成为你们的忠实奴仆，帮你们看护鹅、驱赶羊、看守你们的财物。它是你们的朋友，你们不可以再虐待它。'

"主走了一段路突然回头，却见布瑞克依旧坐在他承诺会保护它的地方。'布瑞克，你是要继续发呆，还是跟我走？'

"狗站了起来，从此，它像所有的忠仆一样，安静、忠实、尽责，一直跟在主的身边。

"无论何时，大地出现饥荒的时候，它会为主人抓来小鸟、小鹅或是羔羊充饥。

"主疲倦休息的时候，它会为主赶走所有的坏人和恶兽。

"当主即将被可恶的犹太人和残忍的法利赛人处死的时候，忠心耿耿的布瑞克用牙齿保护着主，不让人靠近。

"在主舍身受难的树下，他低头对布瑞克说：'你救不了我，他们会受到比你的啃咬更重的良心的惩罚。'

"布瑞克坐在主被钉死的十字架旁边哀号，一直守在那里，不肯离开。第二天，所有的人，包括圣母和圣徒都离开了，它还在那里狂嗥，并亲吻着主被钉子钉透的圣足。

"第三天，主复活了，他俯视着布瑞克，眼神慈悲，用尽最后一口气说：'布瑞克，我们走。'

"它便停止了呼吸，跟随着主进入天堂。

"阿门。

"亲爱的朋友，事实就是这样！"罗赫画了个十字结束了自己愉快的谈话。他很累了，于是转到汉卡为他准备睡觉的住宅另一边。

大家都没有说话，一直沉浸在这个怪诞的故事里。雅歌娜、幼姿卡和娜丝特卡等几位姑娘对主的命运和布瑞克的忠实震撼不已，流下了泪水，并且布瑞克对主的忠诚竟将人类也比下去了，这令大家十分汗颜。大家开始小声地发表自己对于这个故事的观点。这时，一直听得很认真的雅固丝坦卡突然冷笑："这不过是个再平常不过的寓言，我给大家讲一个更好听的关于人类怎样制造阉牛的故事。在古代，人们拿起一把刀，刚出生的小公牛就变成了阉牛！"她大笑地说，"这个故事和罗赫一样真实。"大家被她逗乐了，屋子里突然热闹起来，人们讲着各种笑话、故事和奇闻逸事。

"雅固丝坦卡几乎无所不知！"

"她从她死去的三个丈夫那里学来的！"

"不错，她第一任丈夫清早用皮鞭抽打她，第二位中午用皮带打她，第三位晚上用棍子打她。"拉法尔大声地接口道。

"我还想找第四个丈夫，不过，无论如何都不会是你，你这样笨头笨脑，哪里配得上我！"

一位小伙子说："雅固丝坦卡这样恶毒，完全是欠揍，就像主的狗离不开人类，女人也离不开鞭打。"

雅固丝坦卡厉声吼道："警告你，寡妇不是你惹得起的，小心你偷你父亲的谷子给颜喀丽的事情被人看见。"

大家立马噤声，一时人人自危，生怕她将他们的秘密都抖出来。雅固丝坦卡性格偏执而又变态，她说出的话总是叫人毛骨悚然，浑身起鸡皮疙瘩。她无法无天，连神灵都不放在眼里，神父曾不止一次地警告他，却无济于事，甚至更糟，因为她在村里散布谣言，指责他的不是。她说："身正不怕影子歪，没有神父，我们依旧能够与上帝相处。他有闲心还是好好管教管教他行为不端、即将第三次偷偷堕胎的管家吧！"

她就是这样的人！

就在宴会结束、大家准备离开的时候，社区长和村长过来通知第二天去修磨坊旁边那条被雨水冲坏的路。社区长看着这群家世好、青春美貌的姑娘，顿时张开双臂，惊叹不已："老头子真有眼光，全村最漂亮的姑娘都在这里呢！"接着，社区长和波瑞纳小声交谈了一会儿，声音很小，没有人知道谈话的内容。

戏弄了姑娘们几句，社区长便到别处下达修路命令去了。

时间不早了，大家与主人依次作别，波瑞纳老头与每个人一一道别，甚至将年长的妇女送到门口。雅固丝坦卡临走前故意高声道：
"宴会很圆满，谢谢你的款待，不过还是少了点什么！"

"什么？"

"马西亚斯，你家需要一个女主人！"

"我知道，可惜红颜命薄，她去世了！"

"我们这边还有很多姑娘，她们每周四都在等你求婚呢！"雅固
丝坦卡小心地注视着波瑞纳的反应，想要探他的口风。

可是波瑞纳只是挠头傻笑，视线却不自觉地落到了刚出门的雅
歌娜的身上。其他的同伴都住在磨坊那边，雅歌娜得一人回家，安
提克等的就是这一刻，他连忙穿好衣服，事先溜到树篱边等她。看
到雅歌娜，他低声唤道，"雅歌娜！"

雅歌娜听出是他的声音，顿时心潮澎湃。

"我送送你。"天上没有星星，四周黑漆漆的，狂风呼啸，吹动
着树枝。他与雅歌娜贴得很近，一只手紧紧地搂住她的腰，两人一
起离开。

第八章

第二天，社区长到雅歌娜家为波瑞纳提亲，他警告自己的太太在消息未确切之前不准张扬此事。黄昏的时候，社区长太太借口借盐巴到一个好朋友家里串门子，并急忙将这个消息悄悄告诉她："我丈夫不许我说，我只告诉你一个人，你不要告诉别人，就在刚才，波瑞纳派人向雅歌娜提亲了！"

对方连连保证："放心，我绝对不告诉第三个人。"接着连声惊叹："波瑞纳年纪这么大，也不怕子女媳妇儿说闲话，他已经娶了两个太太了。"

社区长太太前脚离开，她后脚就将围裙包在头上，迫不及待地离开，然后去克伦巴家，借口也是借东西："我想借点刷东西的麻屑。"

"波瑞纳刚派人向雅歌娜提亲了！"

"不会吧，他这么老，女儿也成年了！"

"虽然年纪很大，但他是大名鼎鼎的农场主人，他们不会拒绝这样富有的人。"

"天哪，世上还有公理吗？包括我妹妹在内，有那么多未出阁的姑娘，怎么会偏偏选上了雅歌娜。她声名狼藉，不止与一个人关系暧昧，居然要当我们村最大农场的农场主夫人！"

"雅歌娜根本就不合适，那么多人，我的寡妇弟妹、柯普齐瓦的女儿，或者是娜丝特卡……都很优秀，怎么会是她呢？"

"她肯定在窃喜，像孔雀一样翘起尾巴，沾沾自喜。"

"运气太好，上帝会妒忌。你放心，铁匠或是波瑞纳的儿子儿媳一定不会接受她的。"

"那不一定，他们对此事也无可奈何，毕竟波瑞纳才是掌有土地、握有实权的那个。"

"法律是这样不错，但是按照公理，他们也享有土地。"

"别天真了，公理从来都是谁有权力谁说了算。"他们越说越气愤，看什么都不顺眼，不停地谩骂世道，最后不欢而散。

经过他们的一番折腾，所有人都知道了这件事。路面破损严重，到处是泥坑，人们也不急着修好，所以几乎每户都在家讨论这件婚事，每个人都是一副看好戏的心态。波瑞纳是个倔强的老头，他认准的事情，就算是神父也不能让他打消念头，而安提克很有骨气，不会轻易屈服。事情越来越有趣了，连修路的男人都因为谈论这件事情而中途停下手中的活计。他们滔滔不绝地发表自己的看法，最后，精明能干、说话很有分量的农场主克伦巴做出了一个残酷的论断："这件事情将会导致我们村情况恶化。"

有人说："家里又多了一张吃饭的嘴，安提克决不会答应。"

"那倒是其次，关键是会因为继承权发生矛盾。"

"不是有婚后遗产协约吗？"

"对，父母之爱子，必将为其计长远，连母狗都知道护犊，何况精明的多明尼克大妈？她一定会做好安排的。"

在这里，很早之前就掌有马西亚斯土地的波瑞纳家是望族。波瑞纳不仅继承了家族的财富，更继承了家族的精明，所以每个人不管是否发自真心，都不得不尊重他。这件婚事也在村民间传得沸沸扬扬，整整一个下午大家都没有离开这个话题。可是，波瑞纳家却没有听到任何风吹草动，甚至比平时还要安静。村民害怕他的儿女或是铁匠女婿因为太气愤而迁怒于报告的人，动手打人，所以才没将此事告诉他们。

雨过天晴，安提克、库巴和家里的女眷早餐后便到森林里找些松针做干燃料。从清早到现在，波瑞纳一直很烦躁，心情恶劣，为了发泄心中的不安与紧张，他四处找碴，责备怀特克没有在牛圈铺草而害得母牛的两肋整夜都泡在粪便中，并且暴打了他一顿；因为汉卡的儿子外出玩耍弄得浑身脏乱而辱骂汉卡，与安提克吵了一架；他甚至对小女儿幼姿卡说了重话。所有人都走光了，屋子里只剩下他和今天要代为看牛而昨晚留宿在此的雅固丝坦卡，他开始不知所措，渐渐地胡思乱想，虽然怀疑为了讨一杯伏特加酒而什么谎都撒的安布罗斯的人品，但波瑞纳还是为安布罗斯讲述多明尼克大妈接待他的情景而感到不安。

波瑞纳在屋里屋外来来回回地徘徊，宛如等待赈济的乞丐一样等着晚上的到来。他的视线由窗口，或是门廊看向雅歌娜家的方向。若不是雅固丝坦卡那一直盯着他的似嘲讽的眼神，他早去催社区长出门了。他看着老太婆那双像螺旋锥一样的眼睛，心中腹诽："母夜叉，你眼睛长钉了！"此刻，雅固丝坦卡正在做些零星的事情，先是纺纱，然后她拿起线，去看白鹅、阉猪和牛等牲畜，腋下夹着卷线杆，在屋子和走廊的四周出出进进。拉帕无精打采地跟在她后面。她深知波瑞纳烦躁的原因，可是波瑞纳却不仅不和她说话，反而催她在墙边立几根加筑冬天用的栅板墙的桩子。她不停地在波瑞纳眼前晃来晃去，最后终于忍不住先开口了："你今天根本就无心做事。"

"不错，我不打算做事，你给我滚！"

她边走开边腹诽："事情越来越好玩，这里将会变得一团糟。可是老头再娶是对的，老头要是不再娶，他的儿女一定会好吃好喝地供着他，就像我的儿女对待我一样，骗走我的十英亩好田。"她越想越愤怒，最后狠狠地啐了一口："害我沦落到出来做工、寄住在别人家里的下场！"

最后老头忍不住爆发了，一把扔了斧头，大吼一声："去做你的工作！"

"你心情烦躁？"

"是。"

"你应该不会有烦心事啊！"

"你不懂！"

将一条长线绕在纺锤上，雅固丝坦卡坐在墙边，看起来有点紧张地安慰道："不用担心，多明尼克大妈和雅歌娜精着呢！"

"真的？"波瑞纳心中一喜，连忙到她身边坐下来。

"根据我的发现是这样的。"

两人都沉默了，似乎都在等待对方先开口。

"你结婚的那天请我参加，我会为你们唱一首古老的节奏欢快的婚礼庆歌，祝福你们早生贵子！"发现波瑞纳变了脸色，她连忙停止漫无边际的胡诌，一本正经道，"我丈夫去世之后，我愚蠢地没有再嫁，而是信任儿女会赡养我，我将所有财产都交给他们，自己却落到了寄宿在别人家里的下场，所以，马西亚斯，你再娶是对的。"

波瑞纳用坚定的语气说道："别人休想觊觎我的土地。"

"是的，我就是因为放弃了自己的财产才会沦落到老来无所依，落到了不得不给人做全工当女仆的下场。我仅有的一点积蓄因为不停地上法庭告状而用尽，可是他们依然不为我做主。上周我想看一眼自己亲手种的果树，儿媳以为我偷窥她，竟然咒骂我！……我求神父在讲坛上公开斥责他们，却换回了一句'主会补偿我受的委屈'！上帝的恩典对于我这样一无所有的人固然重要，可是我要的是可以睡个好觉的有羽毛床的温暖房间、奶油和肥肉，以及可以随时消遣的生活！我要的是物质上的财富。"

她继续诉说着自己的不满，越说越偏激。傍晚将到来，波瑞纳没有耐心听她胡说，便起身去找社区长。

"该去提亲了吧？"

"等西蒙来了我们就出发。"

不一会儿，村长西蒙到了，三人到酒店买了一瓶甜酒作为求婚的献礼，并与先到那里的安布罗斯一起喝了一杯，波瑞纳一直催促他们快去，所以他们不能久坐。

待社区长和村长出门后，波瑞纳在后面大喊："走快点，她们要是回敬了，就带她们来这里找我！"

大地被深灰色的雾色笼罩，雾越来越浓，最后整个村庄都消失在雾色中，只能看到一盏盏闪烁的灯火，听到各家院落里低低的狗吠。两人就在泥泞的路上前进，过了一会儿，社区长开口道："西蒙！"

"什么事？"

"我猜这场婚礼一定非常热闹。"

对方不爱说话，只是粗鲁地答了几个字："或许吧！"

"绝对是这样的，我以社区长的身份向你保证，我们会成就一段了不起的姻缘……"

"你不怕母马因为对种马不满意而作乱？"

"那已经和我们无关了。"

"可他的儿女会迁怒于我们。"

"放心，不会有事的。"

他们到达的时候，多明尼克大妈家已经点了灯，屋子也清扫过了，看样子也在等他们。

两个求婚的人寒暄道："感谢上帝。"轮流向在场的每个人问好后，他们便坐在壁炉边，开始了谈话："气温突降，可能有霜。"

"或许，已经离春天很远了。"

"田里的卷心菜收好了吗？"

多明尼克大妈语气漠然："除了一些来不及收割的，大部分已经收好了。"她的视线落在了坐在窗边缠纺亚麻线的雅歌娜的身上。雅歌娜很漂亮，社区长正值壮年，几乎移不开眼，许久之后才说："夜风阴冷干涩，路面又难走，我和西蒙顺路到你家来坐坐，看在你这样热情款待的分上，或许我们得谈笔生意。"

"要谈生意也得有货啊！"

"你说得对，我们要谈的是你家最好的牲口。"

她顿时来了兴致，兴奋道："开始吧！"

"比如说，你们家的小母牛，你看要价多少？"

"哦？这可不是件随随便便拿根绳子就把她牵走了的小事！"

他从口袋里掏出备好的甜酒："你放心，我们已经备好了十个壮汉也拉不断的神圣银索，大妈，你要价多少？"

"不好说，她勤劳乖巧又年轻，到明年春天才十九岁，还可以在家待上一两年。"

"大妈，没有儿女的两年对于她来说完全是虚度。"西蒙低声道。

"她要不是这样乖巧，就算不嫁人也能生孩子。"社区长突然爆笑出声。

多明尼克大妈大怒："那好，我的女儿还可以在家待一两年，你们找别人去。"

"再也没有比她更漂亮、更有教养的人了。"

"你说怎么办？"

"我以社区长的身份向你保证，我是可以信任的。"接着，他往一只用头巾外套的下摆擦拭干净的玻璃杯里倒满甜酒，郑重其事道，"多明尼克大妈，你听好了，树上的鸟儿可以说话不算数，但是我和西蒙，我们担任公职，作为农场主人、村里能够说得上话的人和村长，绝对一言九鼎，现在请认真地看我们是什么样的人，有什么来意！"

"彼德，我看得很认真。"

"上帝规定，养儿育女不是为了自己，而是为了社会的福利。雅歌娜迟早会出嫁，建立自己的新家，你这样精明而又通情理的人绝对不会不明白这样的道理。"

"大妈，无论你怎么宠爱她都不得不把她嫁出去，祝福她的丈夫。"

"这是不可变更的自然规律，大妈，请共饮！"

"这事我做不了主，得询问雅歌娜的意见。雅歌娜，你要喝吗？"

"我不知道。"她将羞红的脸转向窗外，支支吾吾地低声道。

西蒙严肃地发表自己的看法："像温顺的小牛一样，她会幸福。"

"大妈，您要喝吗？"

"我想先知道是谁求婚！"遵照礼法，多明尼克大妈在使者没有道明之前假装什么都不知道。

社区长举起酒杯，大声说："当然是波瑞纳。"

基于母亲的义务，她佯装不满地大叫："他太老了，而且又丧偶。"

"他要是老怎么会被指控诱奸！"

"他们是在诽谤，那小孩和波瑞纳无关。"

"当然无关，波瑞纳这样有名望的人眼界很高的。大妈，请喝酒。"

"好，我喝，不过我还是有些担忧，波瑞纳年纪大了，很快就会离开人世，到时候她前妻的儿女要是赶雅歌娜走怎么办？"

西蒙插话进来："马西亚斯会立婚后遗产合约的。"

"合约会在婚前立好。"社区长斟满一杯酒递给雅歌娜，"别害羞，雅歌娜，我们祝愿你要嫁的人身强体壮，而你将会成为他的夫人、家业管理人以及全村的重要人物。"雅歌娜脸色羞红，她别过脸用围裙挡住喝了一小口，然后将剩下的都倒在地上。酒杯依次传下去，每个人都喝了酒。

多明尼克大妈准备了些烟熏的干腊肠、面包和盐当晚饭。

不多一会儿，他们喝高了，渐渐口无遮拦。多明尼克大妈想要进去看看早回内室哭得稀里哗啦的雅歌娜却被社区长拦住："相信我，没事的，就算是小牛离开旧窝也会哭泣，何况是人呢！再说你也不吃亏，她就嫁在本村，你们可以经常见面。"

"话是不错，可我多想要个外孙啊！"

"放心，你的外孙会比收获季节还要先到。"

“世事难料，我喝了她的订婚酒不仅不开心，反而心情沉重得像是参加葬礼似的。”

“你会为唯一的女儿要出嫁感到难过是正常的。波瑞纳一定在酒店等急了，我们去酒店再喝，可以吗？”

“我以社区长的身份向你保证，当然可以。”

就在多明尼克大妈和雅歌娜穿好最漂亮的衣服准备出门的时候，社区长发现她的兄弟们似乎有些失望，他说：“姐妹订婚的大喜日子，小伙子们也该去好好享受享受！”

“都走了，家里没人看护！”

“那么请克伦巴家的爱嘉莎过来帮忙看护吧！”

“我们另外找别人吧，爱嘉莎外出乞讨了。西蒙、安德鲁你们快点脱掉身上脏兮兮的衣服，换上干净的头巾外套，你们得照料母牛、捣马铃薯喂猪，不准喝醉了！”

他们连忙保证道：“妈，你放心，我们知道。”身高比得上田边的小桃树的他们，块头很大，却很怕多明尼克大妈。

大家准备好后立马出发。

秋雨中的夜色黑如柏油，寒风呼啸，树枝随风剧烈地摇晃，都快打到一旁的树篱了。酒店客人稀少，显得阴森恐怖，寒风透过一块打碎的玻璃灌了进来，吧台上空悬挂的小灯盏随风摇动，金晃晃的。看到他们进来，知道求婚成功，波瑞纳立马冲过去拥抱他们。

安布罗斯已经喝了一个多钟头的酒，如今舌头打结，走路都摇摇晃晃，说话怪声怪气：“主怕你寂寞，所以给你娶了个妻子！”

甜酒、甜伏特加酒和香精、青鱼、番红花调味的蛋糕及一些加罂粟子做成的高级点心马上被犹太店主呈了上来。

安布罗斯大大咧咧地劝客："好好享用美食吧，基督教徒，我也娶过妻子，但不记得是在法国、意大利或是别的什么地方，反正我现在孑然一身……我们的先祖曾叫'立正'！"

他的胡话被波瑞纳打断："尽情享用吧，彼德，你给大家带头。"

他把一兹罗提的焦糖放到雅歌娜的手心里："尝尝，很甜呢！"

雅歌娜推辞不要："太贵了！"

"放心，我有钱，和我在一起，你会很幸福，但凡用钱买得到的，鸽子奶我都会给你买。"他搂住她的细腰，逼迫她接受自己的一切。

雅歌娜的态度冷静得近乎漠然，好似今天订婚的不是她，而是别的无关的人。她只在心底暗自思忖："那串大家提到的珊瑚项链，他会不会送给我呢？"

他们开始大喝，越喝越兴奋，多明尼克大妈口若悬河地谈论很多事情，连社区长都惊叹她的智慧。安德鲁和彼德也被安布罗斯和社区长劝得喝了很多。"为了庆祝雅歌娜的订婚，一口干，小伙子！"

他们也兴奋不已，恨不得去吻这位教堂老职员的手："好，干。"

这时，多明尼克大妈直接将波瑞纳拉到一边谈判："马西亚斯，我同意你们的婚事了。"

"谢谢你成全，妈！"他热情地搂住她的脖子，拥抱她。

"你答应要为她立一张婚后遗产合约，这是真的吧？"

"没必要吧，我的就是她的。"

"有必要，否则她无法理直气壮地站在前妻儿女的面前。"

"所有的财产都是我的，也是雅歌娜的，他们一无所有，根本不敢管我的事情，否则我让他们好看。"

"话是不错，但你年纪大了，何况我们根本就无力阻挡贪婪而又眼盲的死神的到来，谁也不知道他会选上谁，羊或是人，你或是我。"

"我身体很好，再活二十年都没问题。"

"勇敢的人也会被野狼吞噬。"

"好吧，我们打开窗户说亮话，你是想让我把挨着洛克那块田的三英亩地分给她吧？"

"俗话说，'恶犬也不肯抓苍蝇'，何况我们不是恶犬，雅歌娜，不，雅歌那的父亲临死前将五英亩田和一英亩地赠给了她。我要立合约将你去年在路边种马铃薯的六英亩田送给她。"

"你挑了我所有田里面最好的一块！"

"你也挑了全村最优秀的姑娘！"

"正因为这样我才选中了她，不过您行行好，六英亩是一整个农场，太多了。"他为难地挠着脑袋，这么多的好田，要他送出去，简直比割他的肉还要让他心疼。

"你那么精明，自然可以想明白，这样的安排不过是给雅歌娜一种保障，对你一点坏处都没有。等到春天，我会请土地测量员过来量地，之后只要你活着，你的，包括雅歌娜继承的那片田地都是你的，我想你会乐于接受这样的安排的。"

"好吧，我同意立下合约。"

"在哪天？"

"你要是没有意见就明天吧！等等，周六，等我们做了结婚预告就直接进城立婚后遗产合约，毕竟'一只羊只有一次死的机会'！"

社区长正将雅歌娜逼向吧台，并说些有趣的话儿逗得她哈哈大笑。

"雅歌娜，过来！"她叫唤着被社区长逼向吧台、被他逗乐的趣话而哈哈大笑的雅歌娜，"马西亚斯路边那六英亩地将是你的，他会签约送给你。"

雅歌娜喃喃道，"谢谢"，并向他伸出了纤纤素手。

"我们举杯敬雅歌娜，为美好的雅歌娜送上祝贺！"大家举杯庆祝之后，马西亚斯搂着她的腰想带她去见另一边的客人，却被她溜了，她跑到正与安布罗斯畅饮的她兄弟的身旁。

酒店里的人越来越多，气氛也渐渐活跃，有被吵闹声吸引进来的，也有想蹭酒的。连瞎老头也由狗带路进来坐在显眼的位置，他时而默默地听人谈话，时而出声祷告。听见他的祷告，多明尼克大妈递给他一些酒食，并给了他几戈比的钱币。大家迅速地打成一片，继续狂欢畅饮。只有犹太店主默默地穿梭在客人中间，为他们送上烧酒和啤酒，并用粉笔在门后记账。

波瑞纳得意忘形，与客人畅饮，难得地变得口齿伶俐，不时拿精致的点心讨好雅歌娜，趁机摸摸她美丽的脸蛋，拉着她去无人经过的暗角。没多久，多明尼克大妈叫儿子们回家。西蒙喝得酩酊大醉，母亲叫他时，他趁着酒劲拉直腰带，握紧拳头使劲地捶桌子，咆哮道："滚，我是地主，我想走就走，想留就留，老板，再来一瓶伏特加。"

安德鲁也喝了不少，却保留着一丝清醒，他扯扯哥哥的外套，含泪喘息："西蒙，不要吵，小心妈揍你！"

多明尼克大妈大怒，厉声恐吓："走，回家！"

"滚，我被我妈管够了！你敢管我，我就撵你出去，打烂所有东西。我是地主，我想走就走，想留就留，谁也管不着。"

多明尼克大妈狠狠地一拳打在他胸口上，震得他一个趔趄，立马就清醒了。安德鲁给他戴上帽子，才扶他出了酒店。冷风一吹，西蒙东倒西歪地走了几步就撞到树篱上跌倒了，并赖在那里乱喊乱叫,不肯起来。

"大胆,我是有权有势的农场主人,我想做什么就做什么,谁管我,我就揍他走,老板,再来一瓶甜酒!"

安德鲁急得哭了起来:"西蒙,不要发酒疯了,快起来,妈马上就出来了。"

他猜对了,多明尼克大妈和雅歌娜上前将西蒙从树篱下拖了出来,他只挣扎了几下就不再动弹。

随着他们的离开,别的客人也相继离去,最后只剩下波瑞纳、两位求婚使者以及安布罗斯、盲人老头围在一起喝酒。酒店渐渐安静,安布罗斯开始发酒疯:"一个黑得像锅底的人打中了我……哪里呢?……我的刺刀在他身体里一转,耳边便传来汩汩的血流声……我们休战……司令带着部队来了,他大喊'弟兄们'!"

安布罗斯的声音苍老而又响亮:"立正!"随着口令他站得笔直,缓缓地后退,带动着桌子腿慢慢后移。"彼德,陪我这个孑然一身、无依无靠的人喝一杯!"他怪声怪气地叫着,才走到墙边,突然跑了出去。接着外面传来他像驴叫一样刺耳的歌声。

就在这个时候,高大魁梧的磨坊主进来了,他有一双锐利的小眼睛,面色红润,打扮得像城里人。"社区长、村长、波瑞纳,都在这里呢!是庆祝婚礼吗?"

"不是,磨坊主先生请坐下来喝一杯!"说完,波瑞纳又向店主要了些伏特加。

"行,趁着大家都到齐了,告诉你们一个惊天的消息,保准你们马上清醒!"

大家都不解地看着他,迷糊地等他接下来的话。

"就在刚才，维奇多利的森林开垦地被大地主卖掉了。"

波瑞纳狂怒地摔掉酒瓶："浑蛋，那是我们村的开垦地，他凭什么卖掉！"

西蒙几乎咬到自己的舌头，含糊不清地说道："不会吧？这是法律禁止的！"

"我用社区长的身份向你们保证，这不可能！"

"就算卖了，我们也可以守着不准人占领！"波瑞纳愤怒地咆哮着，一拳头重重地打在餐桌上。报告完消息，磨坊主就离开了，三人一直为此事商议对策，不停地谩骂贵族领地的人，直到深夜才离开。

第九章

雅歌娜订婚后没多久就是万灵节。丽卜卡村教堂的钟声忧郁而又悲哀，从清早开始就没有消停，沉重伤感的音符穿过荒凉凄冷的村庄田野，呼唤人们聚集在一起。惨白的太阳被浓雾笼罩遮掩，白雾一直延伸到很远的地方，与大地连成混沌的一片，朦胧迷幻，虚空不可知。

从东方升起的太阳，红彤彤的却毫无暖意。乌鸦和穴乌成群结队地从乌云深处飞出，消失在人眼看不到的遥远天空。人们听不到它们的哀啼，那声音狂暴中带着忧郁，宛如秋夜的泣歌。圣歌阴郁的音符伴着钟声从教堂传来，沉重得让人喘不过气来，它随着浓稠而又朦胧的空气传遍乡野，如同一支凄凉的挽歌，牵动着世间万物的心跳。鸟群突然多了起来，向被风吹散到空中的煤烟一样低低地压在头顶，其数量之多、飞翔高度之低令人惊叹之余更加恐惧。沉闷压抑的鼓翅声、啼叫声近在咫尺，响彻云霄，蕴含着毁天灭地的强势力量，像是暴风雨前的宁静。目及之处到处都是它们的身影，它们扇动着翅膀卷起落叶，飞过田野、村庄、树林，悬在白杨空空落落的枯干上、教堂周围的菩提树上以及墓地间的枝丫上。

大家似乎有预感："这个冬天不好过。"

"这些鸟儿是为了躲避雨雪才往林子里钻。"有不少鸟儿还成群结队地飞进人家里，以前从未有这种情况。情况太过反常，村民担心有噩运发生。信奉基督教的人还在眉心画十字，去教堂祷告。在教堂里，他们遇到了邻村过来祈祷的人。教堂的气氛庄严肃穆，沉闷得可怕，只有外面"化缘叟"的哀歌不时地打破寂静。这种凄凉的氛围渐渐感染了大家，他们不自觉地想起那些故去的亲人，他们的躯体就躺在桦树下，身旁斜立的十字架阴森恐怖。这些悲伤的往事，让每个人心中都涌起一股沉重而又悲凉的感觉，他们虔诚地祈祷、静静地献祭，以此打消恐惧，获得面对未来的勇气。

上个周六，也就是前天，波瑞纳已经带着雅歌娜进城进行婚后遗产公证了。之后他喝了酒，借着酒劲企图调戏雅歌娜，却不想被她抓花了脸。回家之后，他径直回房，连皮靴和羊毛袄都没脱倒头就睡。第二天，他心情突然好了起来，幼姿卡指责他醉酒弄脏了羽毛被，他不仅不生气，反而嬉笑道："幼姿卡，不过是弄脏了被褥，没什么大不了的，就算平时不喝酒也可能会弄脏嘛！"吃过早饭后，他没有告知家人，就在雅歌娜家里待了一整天。同一天，他们结婚的消息正式在讲坛上公布出来，波瑞纳的儿女这才知道这件事，顿时，整个家庭都笼罩在一层令人压抑的沉闷中。空气静谧得可怕，仿佛是暴风雨前的宁静。

今天，他比平时起得晚些，天亮之后才起床，穿上最漂亮的衣服和昨天穿过的、已经让怀特克用油擦拭好、并且铺了新割茅草的皮鞋。库巴为他刮好胡须后，他便戴上帽子，围上腰带，偷偷地溜了出去，之后到晚上才看到他的人影。

知道结婚的消息后，整个屋子里的人都很沉闷，不断有哭泣声传出，空气压抑得令人喘不过气来。幼姿卡一直哭，安提克整整一天都精神恍惚，不吃不喝不动，似乎变傻了。之后反应过来，他情绪低落，眼底蓄满泪水却哭不出来，可是他还是不得不咬紧牙关，生怕会突然失控地破口大骂。他烦躁、苦闷，时而走来走去，时而一动不动地呆坐上几个钟头。

除了拉帕这条老狗，没有人有心情干活，牛和猪从未关门的栏里跑了出来，肆无忌惮地在果园里溜达，甚至趴在窗户上看屋子里，拉帕狂吠不已，想要赶它们回去却无能为力。怀特克边细心地守护着院子，边满眼敬畏地盯着坐在马厩的推轮矮床上正在擦拭一杆枪的库巴。

"那时的枪声很大很响，我还以为射击的是大地主或森林管理员呢！"

"因为手生了，所以不小心放多了弹药，听起来像大炮一样。"

"等天黑了你就去树林边的贵族领地？"

"领地的一边有播过种刚长出叶芽的田地，雄糜子会去那里吃叶芽，我很早就藏在那里，直到天亮看得清东西的时候才动手。黎明的时候，在离我五步距离的地方出现了一只糜子，它体型太大，我没法扛动，只好放弃。又等了一会儿，大概是念几篇主祷文的工夫，来了几只雌兔，我瞄准其中最肥美的一只开了一枪，因为放的弹药过多，产生的巨大的反弹力震得我肩膀上的青紫到现在还没消呢！枪声很响，加上那只受伤的雌兔拼命地挣扎，发出了巨大的响声，我担心引来了森林管理员，便一刀结果了它。"

听完他的叙说，怀特克顿时激动不已。

"你没有带它回来，那它还是在那里？"

"你管我放哪里了，我警告你，你要是告诉别人……我叫你吃不了兜着走！"

"你不让我说我绝对不说，但是可不可以告诉幼姿卡？"

"不可以，你想让全村都知道？她可是个藏不住消息的大嘴巴……喏，给你五戈比，不要告诉别人！"

"你就算不给我钱，我也不会告诉别人，但是，库巴，我也想去！"怀特克的语气已经变为哀求。这时，幼姿卡出现在屋前："吃早饭了！"

"别担心，怀特克，我要是去的话会带上你的。"

怀特克继续哀求："你让我开一枪好不好？就一枪！"

"笨蛋，你以为弹药是免费的？"

"要钱？我有，库巴，我把上次去集市老爷给我的一兹罗提给你。我本来准备留着，等做追思的时候奉献出去，现在我给你……"

牛童的乞求打动了他，于是他拍拍怀特克的脑袋，低声道："成交，我教你怎么开枪！"

吃过早饭后，他们也去教堂，库巴一瘸一拐地走在前面，怀特克没有皮靴，只能光着脚丫子。他有些自惭形秽，便故意走在后面。许久之后，他低声道出了自己的担忧："光脚做礼拜主会不会生气？"

"傻小子，主在乎的是一个人的祷告，而不是他是否穿皮靴！"

"你说得对，不过我还是觉得这样的场合应该穿皮靴。"他与怀特克低声耳语，语气中带着深深的自卑。

"放心，总有一天你会有自己的皮靴的。"

"嗯，我听说城里人都有皮靴。只要我长到农场的工人那么大，我就去华沙的某家马行工作，到时候，我也可以穿上皮靴。"

"对——怀特克，你还记得华沙的事情？"

"嗯，记得，那时我五岁，柯齐尔大妈带我来到丽卜卡村的时候经过华沙，在走去车站的路上，到处都是灯光……很多房子都连成一片，大得像教堂！"

库巴冷笑："瞎说！"

"真的，我记得很清楚，那房子高得看不见顶，整面墙都是落地窗，到处都能听到钟声！哦，那应该是教堂，看来那边有很多教堂！"

"废话，不然哪来的钟声！"这时周围的人多起来，大家互相推挤，他们连忙闭嘴，原来不知不觉间已经到了教堂的墓地。人太多了，他们根本就挤不进去。

教堂的路边整整齐齐地排着"化缘叟"，他们分工明确，各司其职：或是哭嚷，或是尖叫，或是祈祷，或是化缘，有的边拉小提琴边唱着凄凉的圣歌，有的聚在一起吹奏像六孔琴、手拉琴这样震耳欲聋的乐器。做礼拜的地方摆着一张桌子，风琴师和他读过书的儿子伏在桌上记录追思者的名单，一个名字收三戈比，没有现金的也可以给等价的鸡蛋。周围到处都是人，他们被挤得紧贴着桌子。库巴强行挤了过去，念出了一大串逝去的亲友的名字，并交了钱。怀特克的光脚被人踩得生疼，虽然很慢，但他还是抓着钱币拼命地往前挤，好不容易挤到了风琴师的跟前，他突然一阵窘迫。

他惊恐地发现几乎全村的人都在这里，包括戴着一顶有边帽子、打扮得像地主婆的磨坊主太太、铁匠和社区长夫妇，他们念出各自家族父兄和先祖的名字，长长一串，足有二十多个。可是他呢，天呐，他根本就不知道自己的父母姓甚名谁，他甚至不知道该为谁祈福，他像个傻瓜一样站在那里，大张着嘴，却一个字都说不出。

他只觉得头晕目眩，整个人快支持不住了，心痛得无法呼吸，他恨不能立马死去。渐渐地，他被拥挤的人群推到一边屋角的圣水盆下，他只得顶着锡盆蹲下来避免摔倒。在无人看到的角落，泪水再也忍不住了，哗哗地流个不停，直到哭得精疲力竭，连站起来的力气都没有。他是个孤儿，从小就无父父母，他甚至不明白为什么别的孩子都有父母，唯独他父母双亡。"主啊！为什么，为什么？"他如同一只找不到出口的小鸟，深陷罗网，不可自拔，心中有个声音在疯狂地呐喊："妈妈……"如同一只只无形的手，将他的心脏撕得粉碎。

就在这时库巴找到他，问道："怀特克，你念了祈福者的名单没有？"他摇摇头："没有。"他突然来了精神，抹干眼泪，重新挤到桌边，孤儿就孤儿，有什么大不了的，就算他不知道父母的姓名，他还是可以追思，还是可以念出名字。他对着风琴师勇敢地念出了头脑中最先闪过的约瑟芬、玛丽安娜、安东尼等名字，接着付了钱，和库巴一起拿着找回的零头去教堂祈祷，听神父念出他追思的人名。

这时一辆载着一副棺木的灵车开了过来，人们将上面的棺材抬到教堂的中央，并在四周点上小蜡烛。神父站在讲坛上，念出一大串名字，偶尔停下来的时候，下面的人们会念主祷文、"万福玛利亚"或是信条等来悼念亡灵。库巴边数着念珠边念神父推荐的祷文，怀特克就跪在他身边，刚开始的时候还祈祷几句，不多一会儿，他就被一成不变的声音弄得昏昏欲睡，可能是刚才哭累了，加上教堂太暖和，他竟真的靠着库巴睡着了。

安提克一家子，铁匠一家子，雅固丝坦卡领着幼姿卡，以及跟在后面的怀特克和一瘸一拐的库巴，总之波瑞纳全家都来教堂墓地的礼拜堂参加晚祷，以纪念一年一度的万灵节。天色暗了下来，黄昏即将到来。风将腐叶散发出来的淡淡的臭味吹散开来。拖长的尾声带着几分忧郁。四周很安静，是那种这样周年哀悼日特有的沉沉的安静。悲痛的人们默默地四散开来，皮靴踩在地上发出沉闷的声音，回音缭绕，宛如来自地狱。村民到墓地的路上，两边的树木颤抖地摇晃着枝丫，发出凄然的沙沙声。在墓地牌坊之前、靠墙坟墓四周放置的桶子的旁边有许多"化缘叟"。夜幕渐渐降临，深灰色的暮色笼罩大地，远处乡下的奶油灯发出昏黄的光亮，在暮色中忽明忽暗。

到了教堂墓地，人们虔诚恭敬地从头陀袋里取出面包、奶酪、一片咸肉或是腊肠，有的人是拿一卷线或是梳好的亚麻线，也有人是拿一串安蘑菇，将它们放在墓地敞开的桶子里作为奉献品献给神父、看门人安布罗斯、风琴师，甚至是"化缘叟"。有的人没有奉献的物品，就放些戈比到"化缘叟"伸出的手掌中，低声念出要"化缘叟"代为祈福的亡灵的名字。这样，整个墓地上断断续续充斥的是祈祷声、吟唱声以及念人名的声音。村民来到各自要拜祭的坟墓，散落在密林、干草地的小灯盏发出颤抖而又微弱的光芒，像是一只只萤火虫。

沉寂被随处可听见的祈祷声打破，那声音低沉颤抖又满含敬畏，仿佛不是来自人口，而是发自大地。墓地不时地传来异样的声响，有时是令人心碎的叹息、叫人动容的哭泣，或者是划破云霄满含失望的惊叫，再或者是孩童如同羽翼未齐的幼鸟的稚嫩而又微弱的哭声。除此之外，这被凄凉阴郁笼罩着的墓地静谧得可怕，晚风吹来，树叶发出沙沙的声响，那声音仿佛是不明的使者，将把人们的悲哀和凄凉带上天堂。

人们静静地行走在墓地周围，用恐惧的眼神盯着遥远而又未知的地方，在心底认命地麻痹自己："谁都会死的！"接着，他们麻木地往前走，在先祖的坟前诵念祷文，或者如同没有灵魂的木偶一样，对生命的爱、死亡的恐惧无动于衷，甚至连痛感都没有。他们像树木一样，听天由命地在疾风中低头，濒死的时候会颤抖、会恐惧，可是他们对于这些已经麻木，失去了所有感觉。他们饱受命运摧残的灵魂不断地发出呐喊："主，耶稣，玛利亚！"可是他们的脸上却已经麻木得没有任何表情，如同一具行尸走肉，盯着十字架以及单调地摇来摇去的树枝的眼睛空洞无神。他们匍匐在耶稣受难的十字架前，道出心中的恐惧，留下无奈而又认命的泪水。

天黑以后，和怀特克一起走的库巴突然偷偷地溜到一片被人遗忘的旧坟区里，怀特克跟在他后面。那里并排埋着全家、整个村落包括整个年代的人，他们的事迹已经随着他们生活的时代的远离而消失得无影无踪，只有凶鸟发出粗嘎沙哑的鸣叫声，以及风吹动着枝丫发出的沙沙声。十字架已经腐朽，不会有人来祈祷、哭泣和点灯。夜风拂过，最后一片枯叶也离开了枝头，消失在夜色里。耳边似乎有人低泣，却又不是发自人声，身旁有影子晃动，难道是影子吗？被风肆意吹打的树枝，如同盲鸟一般哀号求情。

库巴从怀中拿出几片面包，那是他特意存起来的，他跪在地上，将面包撕成小片，扔在坟间。然后一本正经地低声说道："基督徒的亡灵，凡世的受难者，每天晚上我都会梦见你们，这些东西给你们吃！"

怀特克惊恐地看着他："他们会吃吗？"

"当然会，这是古时代遗传下来的习俗，在波兰还保留着。神父不许人这样做，说这是迷信，但是我相信，他们会吃的。Mickiewrcz（米基维克兹）在 Dziady（老叟传奇）就讲过类似的事情，他说人们放在桶里的东西都被神父和'化缘叟'饲养的猪吃了，基督徒的亡灵根本就什么都吃不到，只能饿着肚子四处漂泊！"

"那他们会不会到我们这边来？"

"会，所有的都会来，今天主会让这些受炼火折磨的幽灵回到世间，探望他们的亲人！"

"探望他们的亲人！"怀特克吓得浑身哆嗦。

"不要怕，今天是万灵节，追思奉献礼、灯光赶走了恶灵，他已经没有力量伤人，而且主也会来到人间察看，从人们中选择忠于自己的灵魂。"

"主今天真的会降临人间？"怀特克本能地看向周围。库巴压低声音说："只有圣徒才能帮蒙受大冤的人看见他，你看不见的！"

"那边有人，还有灯光！"突然怀特克指着树篱边的一大排坟墓，惊恐地叫了起来。

"那边是暴乱时被杀害的人，我妈以及以前的雇主都在那里，对，就是那里！"

他们用力地扒开两边的矮林，走到那片坟间跪下。坟上没有十字架，也没有种树，坟墓已经陷落得和旁边的地面一般高，很难辨认。四周一片死寂，空气中笼罩着死亡的气息，目之所及是一片光秃秃的沙地和几珠毛蕊花的干茎。安布罗斯、雅固丝坦卡以及老克伦巴就跪在这些破损的坟前，摆放在沙堆里的灯盏被寒风吹得忽明忽暗，祷告声在坟墓的上空飘散，渐渐地滑入夜色中。

"不错，我母亲就在这里！"库巴低低地诉说，更像是自言自语。

怀特克顿觉脊背发寒，默默地来到他的身边。

"我母亲叫玛格达丽娜，我父亲叫彼德，梭哈是他的姓氏，我也姓梭哈。他是贵族领地的车夫，他有自己的田产，只用重马拉车，而且只为老地主拉车……后来，我父亲死了……他的叔叔继承了他的田地，我不得不做了贵族领地的一个看猪郎……不错，是这样的……后来我和我父亲一样，成为大地主的马车的车夫……我经常陪老爷和别的有身份的人去猎场狩猎，就在那时，我学会了开枪，并且枪法精湛。大地主的儿子，也就是我的雇主，给了我一支枪……再后来，他们所有人参战，也带上了我。我打了一年的仗，杀了不止两条俄国灰犬，这时我的雇主被枪打中腹部，伤势很重，肠子都流出来了，我扛着他逃走……之后，他出国去了某个温带国家，临走的时候叫我带一封信给老主人。我答应了他，离开了战场去往庄园，路上我又累又饿，接着腿中了一枪。因为总是风餐露宿，后来还遇到了大雪、寒霜，我的腿就彻底地残了……一天半夜，我终于找到那个地方，我记得清清楚楚——眼前的情景我至今都记得——庄园、谷仓、树篱被一把火烧得精光，什么都没有了……老地主……老夫人……我的母亲……包括侍女尤瑟夫卡……都被人杀害了，他们就躺在花园里！……哦，主——不错，就是这样，我记得清清楚楚，哦，圣母玛利亚！"

说到最后，他几乎哭了出来，泪水哗哗地流个不停，他也不再掩饰，深深地一叹，那个恐怖的夜晚仿佛就在昨天。夜色越来越浓了，猛烈的狂风吹动着桦树惨白如死人的树干，长长的枝条打在附近的坟上。村民陆陆续续地离去，灯光逐渐地黯淡下来，"化缘叟"的圣歌越来越远，渐渐消失不见。坟墓间静谧得可怕，偶尔响起的怪异的沙沙声以及突然的低语都让人恐慌。墓地变得更加诡异，似乎到处都充斥着幽灵的身影、形状可疑的灌木、低低的呻吟、凄厉的颤抖、不明形体的移动声、压抑的呜咽，一切都让人不自觉地恐惧，心渐渐地下沉，冰凉一片。寂静的假日里，一切都是静悄悄的，衬得狗发出的长啸更加令人胆寒。大路上一个人都没有，酒店还在营业。朦胧的夜色中，有人在低低地吟唱圣歌，有人在大声地为死者祈福，有人惊恐地进进出出，动作小心翼翼，生怕撞见被上帝放回探亲的亡灵，看见他们在十字路口痛哭，或是站在窗外向屋里探视。村民将剩下的晚餐放到屋外邀请饿鬼进食，这是古代遗留下来的传统，人们在胸前画十字，饱受烈火煎熬的基督亡灵，请享用吧！万灵节的黄昏就在这样寂静和悲凉、怀念和恐惧中走到了尽头。

安提克的家里聚集了不少人，除了留在雅歌娜家里，一直到深夜才回来的波瑞纳，其他的人都在这里，包括安布罗斯、雅固丝坦卡、克伦巴以及库巴、怀特克、幼姿卡、娜丝特卡等。安提克一个人面对着窗户，其他的人都围着火炉坐在板凳上，屋子里静悄悄的，只能听见蟋蟀的叫声和松节燃烧发出的噼啪声。罗赫，这位虔诚的见过主陵墓的基督教信徒，正在诵读着许多神圣的故事，他不时地将拐杖伸到炉子里去扒红色的余烬。他的声音很低："死并不吓人，真的！""就像候鸟会飞往温暖的地方过冬，我们的灵魂也会在疲倦的时候飞向主。""冬天，树叶会落光，只剩下光秃秃的枝丫，但是到了春天，主会赐予它们绿色和香花。当我们的灵魂飞向主的时候，会发现他身边的美好，那里没有烦恼，只有快乐以及美妙的风景。""主会像太阳安抚因为长出果实而疲惫不堪的大地一样，安抚每个历经去年冬天的灵魂，使他们忘却痛苦和死亡。""阿门，这个世上只有烦恼、痛苦和不幸!""罪恶繁衍得像森林中的荆棘一样疯狂!""一切都是虚无,如同火绒木,如同微风在水面掀起的泡沫,我们无能为力……""除了信仰主,我们无依无靠,我们没有任何出路。"

第十章

狂风肆虐，用力地吹打着路面，吹得杨树弯下了腰，发出嗖嗖的响声。安提克闷闷地跟在神父的后面，听他喋喋不休地谈话。"这是我在讲坛上说的话，现在我对你也说一遍……"一阵狂风灌进他的气管，他顿时咳嗽不已，接下来的话也没法说下去。过了一会儿，神父才接着刚才没说完的话："它是匹瞎眼的母马，我带它去水塘喝水的时候走失的，它可能会迷失在某个小树林里，甚至可能已经瘸了。"想到这种可能，他顿时脸色惨白，重复着在每棵树下、每块野地中搜索马的身影，"它虽然瞎了，但是从来行动自如"！

"通往水塘的路它认得，只要人们看到它，给它一桶水喝，它就会自己回家……瓦勒！"他似乎看到一个人影，于是对着白杨树那边叫了出来。

"天色还早的时候，我在水塘紧挨着我们家的那边看见了瓦勒！瓦勒估计也是在找它，完了，被人捷足先登了。我来这里不久它就出生了，它陪了我二十多年了，我们有那么深的感情。主啊！千万不要发生什么意外！"

安提克再也忍不住了，心情败坏地大吼道："能有什么意外！"安提克原本是来诉苦的，不想却被神父狠狠地数落了一番，还被逼着帮助寻找走丢的瞎眼母马。好吧，母马已经老了，而且看不见东西，确实可怜，可是他不可怜吗？刚才的谈话渐渐在耳边响起："你记住，他是你的长辈、你的生父，你得忍着，不能咒骂他、怨恨他！"

安提克狼狈地答道："我明白！"

"无论是谁因为愤怒而伤害自己的生父，都会天怒人怨，再也不会得到神的庇佑！"

"我没有其他的意思，只是想为自己讨个说法而已！"

"不，你想报复……被我说中了吧！"

安提克一时不知如何作答。

"我顺便奉劝你一句：'乖巧得像小牛一样的人才会幸福！'"

"'乖巧'！这句话我听了很多年了，耳朵都起茧子了，凭什么我们作为儿女，只能忍受他的欺侮不能反抗！如果这就是所谓的制度，我宁愿打破它，逃得远远的，再也不回来。"

"那你逃啊，谁管得了你？"神父也突然怒了，大声吼道。

"我已经一无所有，没有任何值得牵挂的东西了，我会离开这里。"

"你在胡搅蛮缠，有多少人一无所有，却只因为有个地方可以留下来干活而感恩戴德；而你呢，年轻富有又有能力，我劝你别像个女人一样只会抱怨，有多余的精力还不如静下心来好好经营自己的产业……"神父讥讽道。

"三英亩的产业！"

"你不要忘记，你还有妻儿要照顾！"

这时他们到了酒店门口，灯光从窗户里面照射出来，里面传来聊天的声音。

"怎么又有酒席？"

"下个周日俄国人就要带这些夏天征招的新兵去偏远的地方出征，临行前他们在喝酒壮胆，企图获得点慰藉！"神父站在白杨树旁边透过窗户向里面眺望，惊讶地发现里面人很多："酒店的人很多呢！"

"他们在谈论维奇多利的那片森林开垦地，大地主会把它卖给犹太人。"

"卖的只是其中的一半。"

"只要我们不同意，一棵灌木都休想卖掉！"

"你什么意思？"神父急切地问道。

"我们不同意卖，我父亲想通过法庭讨回公道，但是克伦巴等人想要武力解决，他们不许别人动森林，必要的情况下，他们会拿起斧头来维护他们的权利。"

"天哪，但愿不要演变成流血事件！"

"别担心，为了讨回我们应有的东西，有几个贵族领地的人会脑袋搬家！"

"安提克，你疯了！天哪，不要说胡话！"他不想继续听下去，转身离开，过了一会儿，他听到车轮的声音以及母马的嘶鸣，便加快步伐赶回家。

为了避开雅歌娜，安提克选择走另一条路。至今，她的音容笑貌还存留在他的记忆里，如同已经化脓的伤口，永远都无法抹去。经过磨坊的时候，他远远地瞧见她家的灯还亮着，那里气氛很活跃。

他不自觉地停下来，心中有个念头在呼唤着他，看看她吧，就算是骂几句也好。

突然一阵冷风吹过，他不禁浑身一颤："她马上就是我的继母了！"他连忙走开，决定去找铁匠，并不奢望从他那里获得什么好的建议，只是不想见到父亲，想找个人发泄一下。提到发泄，安提克想到神父，伤口不在他身上，他根本不了解别人的痛！"你是有妻儿的人……"妻子！那个贪得无厌的女人，除了会哭就像个木头一样，若不是因为她……主啊，他多希望自己没有结婚！心头涌出一股悲哀，之后又被浓浓的怒意所替代。他想杀人，狠狠地掐住某个人的咽喉，将他撕成碎片。掐谁呢？他不知道，愤怒来得快也去得快。凉风嗖嗖的夜晚，他渐渐地陷入了迷惘。浓浓的悲哀、倦怠及无力感压得他喘不过气来，脚下的步子渐渐沉重，几乎倒下，他不知道何去何从，未来在何方。"她是我的继母——继母！"他一遍一遍地告诫自己，声音越来越低，仿佛要把那句话刻在心底！

打铁铺里，光着两臂的铁匠，穿着一件皮质围裙，他后脑勺上戴着一顶帽子，脸上脏兮兮的，正在铁砧边敲打一块通红的铁，铁砧发出哐哐的声音，四射的火星落在潮湿的地面，发出嘶嘶的声音。旁边一个小伙子正在卖力地拉风箱，风一吹，那忽明忽暗的余烬顷刻间变成了熊熊的大火。过了一会儿，铁匠才问道："哦？发生什么事了？"

有几架篮车坏了铁架，安提克就倚在其中的一架上，盯着火光嘀咕道："能有什么事！"铁匠边用力地捶打着红红的铁条，边估摸着火候，看是否需要帮小伙子拉风箱加大风力。他偶尔随意地打量着安提克，红胡须微微地动着，笑得恶毒："你又见神父了？有什么收获？”

“收获？丁点儿都没有，和平时上教堂听到的没什么区别！”

“他那样的人，你指望他说什么！”

安提克连忙帮着神父辩解：“也不是，他还是懂很多东西的！”

“是啊，很多，比起怎么收受馈赠，他无人能及，但是对于付出，却不一定！”

安提克没有心情听他继续说下去，直接道明目的：“我想去你家！”

铁匠沉默了片刻才开口：“去吧，烟丝在衣橱顶，我也快了，等会儿社区长会来找我。”

安提克直接去了对面的房子，铁匠的话他一个字都没听见。他的姐姐，铁匠的老婆正在做饭，铁匠的长子在桌前用一根尖棒指着每一个字母，大声地拼读，他面前是一本拼字书。

安提克问道，“他已经上学了吗？”

“对，你姐夫太忙了，所以请磨坊来的女老师教他。”

“昨天，罗赫在父亲居住的那边开办了学堂。”

“我知道，我原本想把强尼送去，但麦克说那位女士上过华沙的学校，知识更渊博，所以送去跟她学！”

“哦，这样很好！”他心不在焉地敷衍着。

“女老师说强尼学初级课程的速度快得不可思议。”

“那是自然，毕竟是铁匠那个聪明人的血统，怎么会不快呢！”

“你在讽刺他。但是，他对你说只要父亲还活着，合约就有可能发生变更，这句话不是很有道理吗？”

“是，很有道理，虎口夺食！……整整六英亩田，他随随便便地给了一个刚认识的女人，而把我和我太太当成长工一样！”

"只要你和父亲发生争执，起冲突，争取自己的利益，父亲就会将你逐出家门！"她边说边怯生生地看着门口的方向。

"谁告诉你的？"

"小点声，整个村都这么认为！"

"门都没有，他有本事动用武力，我会打官司，决不妥协！"

"是啊，你可以效仿公羊，用你那金刚不坏的脑袋，用它去撞墙！"这时铁匠的声音从门口传来。

"那我该怎么做？你那么有办法，告诉我，我该怎么做？"

"老头的地位是不可以撼动的。"他点燃烟斗，分析事态走向、权衡利弊，言语之中分明是在为波瑞纳辩解，和稀泥。安提克马上看出他的目的，打断他："你根本就和他是一丘之貉！"

"我是站在客观的角度！"

"你肯定从中捞到了不少油水！"

"和你有什么关系，反正不是从你那里！"

"这是我的合法利益，由不得你替我舍弃，你肯定拿到了不少摊付金，所以不急着用钱！"

"我拿到的不比你的多！"

"哦，是吗？那你分到的母牛肉，趁父亲不注意，顺手牵走的麻布和物件、鹅、小猪仔，以及其他的数不清的东西呢？那算什么？哦，对了，还有前几天给你的小牛，这些都不是吗？"

"这些你也可以拿啊！"

"我不是吉卜赛人，更不是窃贼！"

"窃贼，你居然这样骂我！"两个人都怒了，正准备冲上来干一场的时候，安提克先言和，两人立马熄了战火。安提克说："我没有针对你的意思，不过我的权利，即便要到废墟中去拾捡，我都不会放弃！"

铁匠连连冷笑："我猜你这么愤怒不是为了财产吧！"

"不为财产还会为什么？"

"为了雅歌娜，你喜欢她，才会因为失去她发狂！"铁匠大声说道。

"你怎么知道……"一语中的。

"自然有人看到……而且还不止一次！"

这时社区长进来了，安提克的声音很低，但还是说出来了："我诅咒他们的眼睛都瞎掉！"

社区长马上猜到他们争吵的原因，毫不犹豫地站在波瑞纳一边，为他说话。

"你当然会为他说话，不然怎么对得起吃过的腊肠、喝过的酒！"

"我警告你不要胡说，我是社区长！"

"社区长？别人畏惧你，我可不怕！"

"你再说一遍，我刚才耳背，没有听见你说什么！"

"何必装聋呢！你当然听到了，而且会听得更多！"

"你有种接着说！"

"说就说，有什么不敢的！——你给我听好了，你这嗜酒如命的家伙、走狗、诈骗犯，你挪用公款，大吃大喝，还勾结大地主，收受他们的贿赂，让他们卖我们的林地……还有，你想不想听？"安提克一把抓起一根棍子，气冲冲地吼道，"我还要用这根棍子说！"

"安提克，你别冲动，我可是官员！"

这时，铁匠挡在社区长的前面，大声吼道："要打去酒店打，这是我家！"

安提克怒火中烧，一把扔下凳子，甩门而去。

第二天早上，安提克边用餐边自言自语地嘀咕："如今每个人都和我作对！"这时，他突然看见了铁匠，不禁愣了一下。好似没事人一样，他们像往常一样打招呼。安提克去谷仓割草的时候，铁匠跟在后面，口气软了："我不知道我们怎么突然吵架了！……大概一时糊涂，说了什么不中听的话，所以先过来找你和解！"

虽然握手了，安提克却并不怎么信任他，道："不错，我们气急，彼此说了糊涂话，可是我没有生你的气，我气的是社区长……你告诉他，咸吃萝卜淡操心，我们的事他别管，要不然……"

"昨晚，你走后，他本来要跟上来的，却被我阻止了，当时我也是这么说的！"

"跟出来想挨揍！——他要记得，自去年收获季节到现在，他堂弟的伤还没全好呢！"

"我也警告过他这件事。"这时，铁匠突然偷瞟了他一眼，故作庄重地说，"你放心，我不会再和他来往……那个大人物，趾高气扬的小官，我会给他们点颜色瞧瞧，让他一辈子都记得我！"

"别理那样的人，不值得，我现在有个好主意要告诉你……今天下午，你和你姐姐就这件事去找你们的父亲，好好谈谈……背地里抱怨一点用处都没有，得面对面地谈谈，至少有一半成功的机会，反正问题总是要解决的。"

"如今连合约都立好了，还能怎么办？"

"靠吵架一点用处都没有，不错，虽然合约已经立好了，可是父亲还活着，合约就有可能发生变更。所以，现在我们不能忤逆他，凡事都顺着他，他要做什么就做什么，要结婚，要享受，随他吧！"

听到结婚两个字，安提克手头的工作突然停止了，他脸色苍白，只觉全身无力。

铁匠想了会儿，开口道："不要在公共场合说他的不是，凡事顺着他，他要立合约，赞成他做得对；但是，我们要他在证人面前承诺把剩下的土地分给我们——也就是你和我！"

安提克勉强打起精神，问道："我们，那么幼姿卡、乔治呢？"

"他们可以得到一笔钱，从当兵到现在，乔治每个月都得到了很多钱——我用性命担保，只要你按我说的做，绝对不会后悔，土地最后都会是我们的。"

"'只要羊还活着，靠缝羊皮，皮毛商得不到多少利益！'"

"一定要他当着证人的面许下诺言，真要上法庭我们也好有证人，另外不要忘了你娘的陪嫁土地。"

"整整四英亩，我和我姐姐两个人分！确实不少！"

"可是你们谁都没有得到！这些年他一直在那里耕种，从那里得了不少利益，他得付钱，另加利息……我再提醒你一次，千万不要忤逆老头子，参加婚礼的时候，千万要说好话。你放心，他斗不过我们的，他要是不肯许诺，法律会惩罚他。你和雅歌娜关系那么好，你可以请她帮忙为我们说话，她的话比任何人的都有用——好啦，我要走了，这事就这么说定了！"

"说完了就给我滚，不然我要你好看！"安提克突然变了脸色，咬牙切齿地说道。

"你……发什么疯？"铁匠被他的样子吓坏了，结结巴巴地问道。安提克目露凶光地扔下割草机冲过来，双目赤红，脸色白得吓人。"你这窃贼、走狗、魔鬼！"他恶狠狠地骂道，铁匠连忙逃跑。

到了宽敞的路上，他自言自语道："这人有病啊！我给他想了这么好的一个办法……他不仅不……难道这就是你的目的，你顾忌我是你的朋友兼姐夫，要和你平分土地，所以打我，赶我走，你的目的是……你想吃独食？做梦！那一天永远都不会到来，老弟，就算你套出了我的目的又能怎样？你别得意，我会让你痛不欲生，比得了最严重的疟疾都要痛上百倍！"想到他最担心的事情就要发生了，安提克可能会到波瑞纳那里打报告，说出他的阴谋，他心里更加愤怒。

"必须赶在他之前阻止他！"他打定主意，不顾安提克打他，再次回到波瑞纳家。他问屋子对面的怀特克："你们老爷呢？"

怀特克正向沙坑里扔石子，想要赶里面的白鹅上岸。"他去磨坊主那里邀请他们参加婚礼。"

铁匠自言自语道："如果我走那条路，或许会在路上遇到他。"所以他往通往磨坊主家的那条路走去，途中，他先回家了一趟，让妻子等中午宣告祈祷的钟声一响，马上穿上最好的衣服，带孩子们去安提克家里。"你不聪明，所以只需要听安提克的吩咐，千万不要自作主张，你只需要在恰当的时候抱住你父亲的膝盖放声大哭，求他……你一定要听清楚安提克说的话，和你父亲的答复。"接着，他又嘱咐了几句。

"我要去磨坊看看我们的面粉是否磨好了！"他心里烦躁，无法继续等下去，于是走出房门，慢慢地踱着步子，偶尔停下来思考些什么。"虽然安提克想要揍我，但我猜他或许会保持原计划，最好在场的是我的妻子，而不是我。他要是不照我的计划做只会和波瑞纳大吵一架，然后被逐出家门！"想到这里，他幽幽地笑了，这时塘面一阵冷风吹来，他连忙扶好帽子，头巾外套也系上了。

他站在桥头，看着天空飘过的像是一群满身泥泞、没洗澡的小羊的云朵，不禁猜测："这样冷，不下霜就会下暴雨。"水塘里的水不停地拍打着岸边，发出潺潺的声音，岸边的赤杨树枝条下垂，透着黑，柳树发出声声叹息，几个身着红衣的女人就散列在那些树中间，捶打着衣服，发出阵阵响亮的声音。路上一个人都没有，无数浑身脏兮兮的鹅在满是枯枝和垃圾的沟渠间穿来穿去。屋外的孩子胡乱地叫嚷着。连公鸡都在不停啼叫——看样子真是要变天了。"去磨坊找老头子吧！"他低咒一声，下坡离去。

赶走铁匠后，安提克疯狂地割草，企图通过割草忘记所有烦恼。从树林归来的库巴对着那堆草惊叫不已："你居然一下子割了足够一周的草料！"听到他的惊叫安提克才惊醒过来，一把扔掉手中的刀，舒缓了一下筋骨就进屋了。他开始思考："该来的也躲不掉，该和父亲谈谈了——铁匠，那个满嘴谎话的叛徒说的话也有一定的道理！"

罗赫正在波瑞纳的房里教二十个孩子念书。他手拿念珠，坐着耐心地听孩子们念书，解释书中的内容或提问。一听到他的问题，孩子们急忙异口同声地回答，气氛很活跃。他偶尔也会站起来巡视，不时纠正孩子的举止，或是拧拧某个学生的耳朵，或是拍拍谁的头。安提克往里面扫了一眼，就离开了。

汉卡的父亲白利特沙老头来了，他双手拄着拐杖，下巴靠在上面，头发已经全白了，嘴也歪了，一开口就气喘吁吁，连声音都哼哧哼哧地发颤，正因为体弱行动都困难，他很少来看汉卡。

"早饭吃了吗？"汉卡边准备午餐边问父亲。

"老实说，没有吃。"他回答道，"薇伦卡没给我饭吃，她的狗还因为挨饿经常到我那里找东西吃。"自从去年他的妻子离开人世后，大女儿薇伦卡抢走了母亲的所有遗产，她们姐妹便断了来往。

接着老头用微弱颤抖的声音为大女儿辩护："其实他们也很穷，一大家子那么多张嘴，马铃薯根本不够，你姐夫斯塔赫在风琴师那帮忙，每天也只能挣点口粮和二十戈比的零花钱。虽然他们有两头奶牛，可以产些奶油和奶酪进城卖钱，但是他们还是经常忘记给我饭吃，其实我真的吃不了多少，每天只要一丁点儿就够了……"

"那女人怎么那么对你？既然你过不下去，明年春天住我家吧！"

"我不会抱怨，无事生非，但是……"似乎想到了什么，他渐渐地不再开口。

"你可以帮我们看鹅、照顾孩子！"

老头低声说："我什么都愿意做！"

"我可以给你架一张床，让你睡得好。"

老头用颤抖的声音乞求道："只要可以不回他们家，即便是睡牛栏或是马厩我也愿意。他们说孩子们睡觉没有东西垫，拿走了我的羽毛被，我知道孩子们很冷，所以与他们共用；但是他们不让我用木柴在房间生火，我的羊皮袄又破破烂烂的，根本不保暖，所以我每天晚上都冷得睡不着。薇伦卡甚至对我吃的每一汤匙的东西都记得清清楚楚，还赶我出门，逼我讨饭，我现在爬进你们家都困难。"

"为什么从没听你提起过？"

"她是我的女儿，我能说什么？——你姐夫是个好心人，只是他们家实在是太穷了！"

"那个母夜叉，答应供你吃住骗走了母亲的遗产后居然这样对你，我们上法庭吧，之前说好的他们义务赡养你，而我们每年给你二十卢布，我们没给吗？"

"给了，我知道你们是好人。但是我没有办法，我的棺材板我辛辛苦苦存下来的几兹罗提也给他们抢走了。"他的声音越来越低，到最后竟然沉默不语，就如同一堆毫无生气的破布一样蹲在角落。

午饭后，安提克的姐姐带着孩子们来了，老头子偷偷地溜了，并且拿走汉卡给他准备的东西。

波瑞纳还没有回家，但是铁匠已经下定决心就算等到天黑也要见到波瑞纳。

汉卡将织布机架在窗边，她开始把大麻的纬线由一端拉到另一端。安提克和姐姐在一边互吐苦水，汉卡偶尔胆怯地插句话。这时雅固丝坦卡顺路进来了，状似不经意地说道："我刚在风琴师家帮忙洗刷的时候看到了马西亚斯和雅歌娜，他们正邀请风琴师参加婚礼呢。是啊，物以类聚，人以群分……富人的客人还是富人。他们还邀请神父参加。"

汉卡惊叫出来："不会吧，他们居然敢招惹神父！"

"新娘漂亮，菜肴丰富，酒水充足，神父又不是圣人，难道不可以来吗？他又没有直接拒绝。而且我在磨坊主和伊娃一起烹饪的时候听到磨坊主答应一家都会参加的消息，那时安布罗斯刚宰了一头猪，此刻正在灌肠呢！这将是丽卜卡村成立以来最隆重的一次婚礼……"说了半天，她发现所有人都沉默了，于是讷讷噤声。

她细心地观察每个人的表情，发现所有人都紧绷着脸，故意大声说："你们家将要出大事了！"

铁匠太太不满地吼道："这与你无关！"她刻薄的语气明显地惹得雅固丝坦卡不快，只见她站起身，去房子的另一边，恰好已经放学的幼姿卡正在那里整理桌椅。

周遭的气氛再次陷入令人压抑的沉默，大家都闷闷不语，只偶尔有人说两句什么，接着又不作声了。

"父亲对自己倒是大方得很！"铁匠太太的口气明显有些不满。

"谁不知道他富有！"汉卡刚说完，不期然对上丈夫恶狠狠的目光，连忙噤声。

"他经常卖东西又不怎么花钱，应该有不少积蓄。"安提克敷衍了铁匠太太后便走出房门，以缓解压抑的心情。他心中的不安毫无缘由地越来越沉重。他很矛盾，既希望父亲快点回来，他已经等得不耐烦了，同时又不希望父亲那么快回来，因为他还是害怕见他。

这时昨天铁匠说过的话再次在耳边响起："你愤怒不是因为财产，而是为了雅歌娜！"他心中恼怒，不禁大声喊道："那人满口谎言！"他开始工作，怀特克帮他用草堆搬草料，他则钉木骨胎当墙框，并把草荐填进去捣牢做房屋另一侧的外墙。可是他不由自主地双手发抖，经常停下手头的工作，站在墙上，透过光秃秃的枝丫遥望雅歌娜的家——他告诉自己，此刻，占领他心头的不是爱而是恨，他恨这个可恶的不懂得自尊自爱的坏女人。可是过去的情景如同洪水一样汹涌而来，迅速地占领他的脑海，怎么也挥不去。他顿时大汗淋漓，双目灼灼，

那感觉如此真实，现在都记得一清二楚！在种满果树的园子、森林里，从城里回来的那次！眼前仿佛又出现了那张有着深蓝色眼眸的布满红晕的脸，红唇丰满美好，翕动着，呼吸急促而又激动；她就在眼前，与他全身相贴，动情地呼喊着："安提克！安提克！"……安提克揉揉眼睛，赶走那些虚幻而甜蜜的幻影，渐渐地陷入了无止境的痛苦纠结中。时而冰冷愤怒，时而春回大地驱走寒冷，内心深

处的渴望时而痛苦时而甜蜜，强烈得让他痛不欲生。他想要发泄，无论是大声呼喊，抑或是承受剧痛，好让自己不再那么思念。他情不自禁地说道："我诅咒你被硫黄石打中！"接着，他立马清醒过来，四下张望，生怕被怀特克听出他诅咒的是谁。

对于现在的状况，他无能为力。整整三周，他只能期待奇迹的出现，最近某种念头像是疯长的野草一样占据他的心间。他常常跑出去，多少个夜晚，他忍受着风吹雨淋，在她的屋外苦等她，可是她存心不想见他。他越来越生气，渐渐地看什么都不顺眼。尤其不能忍受她将要嫁给他父亲！

这个女人，这个大胆的窃贼，神不知鬼不觉地占领了他的心，他恨不得她死！

曾多少次他几乎控制不住自己想要当面忤逆自己的父亲，告诉他："这个女人是我的，你不能娶！"可是这个念头才一冒出就被他掐灭，他顿时浑身冒冷汗。雅歌娜就要成为他的继母，也就是……母亲，怎么可以？这简直是大逆不道，会遭天谴。父亲会怎么看他？全村的人又会怎么看他？他不敢继续想下去了……再过一周就是婚礼了，胸口燃烧着一团火，他无法一言不发地保持沉默。

"老爷回来了！"听到怀特克的话，安提克心中一慌，禁不住全身颤抖。晚来天寒，刺骨的寒风呼呼地刮着，水塘对面牛群的啼声和脚步声，大门和汲水勺吱吱嘎嘎的声音，小孩和家犬的声音……十分清晰。地上已经结冰，天空如同下霜天一样晴朗。一轮红色的圆月从树林后面冉冉升起。一些人家已经点灯，在水面映出颀长破碎的影子，一闪一闪的。

波瑞纳一进门就查看自己的家业，经过院子的时候大声咒骂库巴和怀特克没有照看好小牛，让它们进了母牛栏。走进屋子发现有客人在等他。见他进来，大家飞快地看了他一眼就垂下眼皮，不作声。波瑞纳在房间中央站定，环视一周，嘲讽道："怎么，都来了，开声讨大会？"

铁匠太太颤抖地回答："不是，我们只是要求您一件事！"

"铁匠怎么没过来？"

"他没有时间！"

"哦！没有时间……是没有时间啊！"波瑞纳笑得意味深长。大家都不作声，看着他扔下头巾外套，脱掉脚下的靴子。气氛再次陷入了沉默。铁匠太太将孩子们拉到身边，汉卡坐在门槛上给她的儿子喂奶，眼睛却不安地看向坐在窗边紧张得浑身颤抖的安提克，此刻他正在苦苦思考着该怎么开口。所有人中只有在火边削着马铃薯的幼姿卡保持镇定。

见大家都不说话，波瑞纳终于爆发，厉声喝道："想说什么就说！"

铁匠太太支支吾吾道："安提克，你先谈谈遗产协定的事情，待会儿我们再说！"

"不妨让你们知道，婚礼就定在周日，遗产协定已经立好了！"

"我们来不是因为这！"

"那是为了什么？"

"她得到了整整六英亩田！"

"那又怎么样！只要我高兴可以把所有的东西都给她，你们信不信我现在就这么做！"

"你以为所有的东西都是你一个人的？"安提克喊道。

"当然是我的，不然还能是谁的？"

"我们，你的子女！"

"休想，所有的东西都是我一个人的，我有绝对的支配权。"

"有一部分不属于你，你不能随意支配！"

"你敢忤逆我——安提克？"

"我只想要回属于我们的东西，就算是对簿公堂也在所不惜！"

听到"公堂"两个字，波瑞纳顿时怒火中烧："你竟敢和我对簿公堂？——我劝你在我还没有动怒之前住嘴，否则我要你好看！"

这时汉卡直起身子，大声说道："你欺人太甚！"

"她有权利发言吗？——她想捞到什么好处？不过三英亩的沙地和一块帆布的嫁妆，凭什么在这里乱嚼舌根！"

"相比起来，安提克从你那里得到的更少，连他母亲的陪嫁都被你霸占了，在你眼中，我们不过是你的长工而已！"

"我将整整三英亩地的收成给你们了。"

"但我们为你赚了二十多英亩地的收入！"

"嫌待遇低上别家！"

安提克大喊："我们哪里都不去，这是我们的土地，是祖辈留给我们的！"

波瑞纳狠狠地瞪着他，控制着自己没有继续争吵下去。他默默地坐在火边，用拨火棒拨弄柴火，燃烧的火星四处飞溅。他的脸色暴红，头发在明亮的眼睛前面飘来飘去。这次沉默持续的时间很长，空气中只能听到彼此急促的呼吸。

"你可以再娶，我们没有意见！"

"就算你们有意见也没用！"

汉卡哭着说："请你变更遗产协约好吗？"

"你这固执的母狗，话像话唠一样多！"他突然加大拨火的力道，弄得到处都是火星。

"她不是保姆，你不能这样说她！"

"那就让她闭嘴！"

安提克抗议："她是在维护我们的合法权益，她有发言权。"

铁匠太太小声开口："你也可以保留协约，只是我们要剩下的财产！"

"我说过我绝对不放弃财产，等待你们赡养。想拿走我的东西，门都没有！"

"这是我们的合法权益，我们决不放弃！"

"你们是想挨揍吧！"

"你敢，我会让你的新娘子未婚先寡！"

吵架正式升级，双方都激动起来，边拍桌子边大声地谩骂着、威胁着、发泄着。

安提克已经怒不可遏，他用手抓波瑞纳的肩膀、咽喉，而波瑞纳还存有几分理性，为了避免打架将事情闹大，他只是推开安提克，偶尔才回骂两句。

尽管如此，混合着女人的哭骂声、孩子的哭叫声以及吵架声还是惊扰了院子以外的库巴和怀特克，他们赶过来透过窗户看热闹！

汉卡倚在烟囱附近的墙壁旁，哭嚷道："看来，这个家容不下我们了。主啊，我们辛辛苦苦、累死累活就是这样的结果？……上帝一定会为我们讨回公道的！你会遭报应的，你将婆婆的衣服和珊瑚串珠以及整整六英亩田都送给了那个荡妇……"

"你再说一遍！"波瑞纳已经气疯了，冲到汉卡的面前要动手。

"好，你听着，那个女人是荡妇，这个世界上只有你不知道！"

"闭上你的臭嘴，我要你死！"波瑞纳一把抓住她，拼命地摇晃着，但是安提克挡在她面前，对着父亲大叫："我也这么说，她就是荡妇，谁都可以碰的荡妇！"——他突然噤声。

波瑞纳狂怒，狠狠一耳光将他扇倒在地，一旁的玻璃柜砸在他的身上，打破了他的脑袋，一时血肉模糊。他不管不顾地扑向波瑞纳。

两人彻底得疯了，激烈地扭打在一起，脑袋撞在木铺、大柜子、墙壁上面，发出咚咚的声音，场面惨烈无比。女人想要拉开他们却无从使力，因为他们已经互掐脖子，倒在地上翻滚着、扭打着，根本拉不开。

这时邻居听到声音赶过来才扯开两人。安提克的伤口很深，导致失血过多，整个人看起来软绵绵的一点力气都没有。他被人推到自己的住处，往头上淋了一盆水。老头子只是短袄破了几个洞，气得苍白的脸上多了几条抓痕而已，根本就没受什么伤……

他将怒气撒在劝架的人身上，关上前门不准他们进屋。自己怒气冲冲地坐在火堆前，耳边反反复复的都是汉卡辱骂雅歌娜的话，顿时痛彻心扉。接着，他自言自语地谩骂着："那只疯狗，我绝不放过他，天哪，雅歌娜，他怎么可以这样对你！"——这时他想起以前村民责骂雅歌娜的话，心中涌起一股浓浓的悲凉之感，连呼吸都变得困难。

连他的儿子都这样说，何况是村民呢？那个浑蛋！想到这里，他浑身像烈火灼烧一样难受。

黑夜来临了，幼姿卡清扫满屋的狼藉，备好了晚餐。尽管很饿，波瑞纳却一口都吃不下，转身问库巴："喂马没有？"

"喂了！"

"怀特克去哪里了？"

"安提克的脑袋和脸肿得很厉害，他去请安布罗斯过来看看。"今晚月色正好，他决定去射击，所以急着离开，心中冷冷地哼了一声："两条疯狗闲得发慌才会互相折腾！"

波瑞纳心情沉重地外出闲逛，经过雅歌娜房间的时候发现那里亮着灯光，却拐弯去了磨坊而忍住没有进去看她。繁星满天，一片云都没有，星辉在水车池上镀上了一层银色的光辉，晶亮晶亮的。树木在空旷的路面映出长长的影子，随风摇曳。窗户里的灯光渐渐地熄灭，透过稀疏的果树可以清楚地瞧见白色的粉墙。黑暗笼罩了整个村落，四周静悄悄的，只能听见水车发出的单调的咔哒咔哒声，以及潺潺的水声。

波瑞纳过桥到村子的另一边，心情越来越愤怒，心中的恨渐渐地扩散开来，无限放大，他叫人请来社区长到酒店喝酒，一直喝到半夜才回去，但依旧消减不了心中的痛苦。于是他做出了一个决定，第二天早上一起床他就到屋子的另一边说道："这是我家，你们滚出去，马上从我眼前消失，想上法庭就随便，你们用自己谷粒播种的粮食，夏天可以来收割！"他大声吼道，原本躺在床上的安提克慢慢地起身，穿衣服，脸上的伤口还裹着一块破布，上面满是血迹。

波瑞纳走到过道的时候，突然回头："中午之前从我眼前消失！"安提克仍旧不搭理他，只当他是空气。

"幼姿卡，你去叫库巴用母马套上马车，载他们去想去的地方！"

"库巴生病了，他跛掉的那条腿很疼，在草垛上爬不起来。"

"好吃懒做的东西！"波瑞纳没有理他，料理自己的产业去了。

库巴的情况很糟糕，无论主人怎样逼问，他都不肯说出原因。怀特克提来水给他用，还偷偷地到河里清洗几块沾了血的破布。他躺在草垛上痛苦地呻吟着，动静很大，以至于马儿都过来舔他的脸。

　　安提克一家吸引了波瑞纳所有的注意力，以至于他根本就没有觉察到其他异常情况。安提克一家静静地收拾打包自己的物什，不吵不闹，默默地离开，汉卡难过得差点背过气去。安提克喂了她点水，然后催她动作快点，早点离开这个地方。他宁肯向克伦巴借马也不用波瑞纳的马，他将所有的东西都搬到了在酒店那一边的汉卡的娘家。

　　罗赫带着几位村民想要调解却被这对父子拒绝了。老头说："就让他自己去养自己吧！"安提克不仅不理他们的调停，反而举起拳头咒骂，罗赫脸色苍白地退到屋外妇女中间。那些女人有的来给汉卡助威，大部分是看热闹，边惋惜边说着不痛不痒的空话，出着毫无建设性的主意。幼姿卡给波瑞纳和罗赫端送午餐的时候，安提克一家正好离开。

　　安提克在胸前画了一个十字，发出一声长叹，然后抽打马儿头也不回地离开，因为车上重物太多，他用肩膀帮着推车。他脸上没有一丝血色，步伐艰难，眼底却闪动着固执的光芒，嘴唇紧闭，牙齿咔咔地颤抖着。汉卡表情冰冷地抱着小儿子跟在后面，一旁拉着她的裙摆哭嚷的是她的大儿子。她前面驱赶着一头牛、一群鹅和两头瘦猪，她的诅咒声引得所有村民的注意，并跟在他们身后。

　　波瑞纳一家默默地吃着午餐。老狗拉帕在门口狂吠，追在板车后面，又回来发出阵阵呜咽声，对于怀特克的呼叫无动于衷。它跑进已经搬空的房间，在里面跑了一两次，然后又跑进走廊不停地狂吠着、呜咽着，向幼姿卡乞求着，疯狂地乱跑一气后一动不动地蹲坐在地上。最后,它竟然追着安提克一家去了。

"连拉帕都离开了!"

她父亲软声安慰道:"别难过,他们没法养活它,它很快就会回到我们的身边。别哭了,给罗赫收拾一间房,我会叫雅固丝坦卡过来帮忙,以后你得管理家务……不要难过了!"他搂着女儿的脑袋放在胸前,不停地抚摸着,"我进城的时候会给你买双鞋。"

"你没有骗我?"

"没有,只要你乖乖地打理好家务,不仅是鞋子,我还会给你买很多东西!"

"我想要娜丝特卡的那种土耳其长衫!"

"亲爱的,我会给你买一件!"

"我还要长的发带,在你的婚礼上戴!"

"只要你想要的,我都会给你!"

第十一章

"雅歌娜，醒了吗？"

"想到今天举办婚礼，我睡不着，天一亮就醒了。"雅歌娜小声回答。

"亲爱的，你心里难过吗？"多明尼克大妈看着她的眼神夹杂着恐惧和希冀。

"当然不难过，不过从你家去自己的家而已。"

这句话说得多明尼心痛难当，一时说不出话来，她默默地穿好衣服去马厩，那里睡着她的两个儿子。波兰农村姑娘在婚前的一个晚上要邀请闺蜜参加一个名叫"解发宴"的小型家庭宴会，在宴会上解下发辫，做好婚后剪掉头发的准备。两个儿子就因为昨晚的"解发宴"而睡过了头。

天已大亮，白霜满地，万物都镀上了一层银色的光辉。卧室里却依旧灰蒙蒙的，看东西也很模糊，多明尼克大妈到走廊里洗好了脸，静静地来回走动，不时偷偷地打量雅歌娜不甚清晰的面容，她自言自语道："亲爱的，睡吧，好好睡吧，在自己家里的最后一次酣眠！"她垂涎已久的东西到手了，可是心底母爱和痛苦两种感情不停地争斗着，让她痛得不能自已，时不时地坐在床前发呆。她默默地安慰自己，波瑞纳心地善良，更重要的是他心里只有雅歌娜，会满足雅歌娜的所有愿望。

她担心的不是他，而是他前妻的子女：怎么能够在这个时候惹恼了安提克，将他们一家逐出家门？可是他要是不这么做情况会更糟，安提克和雅歌娜会经常见面，一定会发生天理不容的事情！罢了，连婚礼预告都出来了，宾客已经宴请了，酒食也在准备中，事情已经这样了，接下来要做的就是防患于未然，将遗产协定放在一个隐秘的地方收好……该来的躲不掉，只要她在世上一天，就会好好保护雅歌娜，这样想好，她开始出去骂儿子们，叫他们起床。

回来后，她觉得该喊雅歌娜起床了。可是雅歌娜再次沉沉地进入梦乡，看着床上女儿安详的睡颜，才压下的不安再次浮上心头，心好像被老鹰的利爪撕扯着，她开始怀疑自己的决定，某种不好的预感在心中蔓延。她红通通的眼睛盯着外面的朝霞，跪在窗前虔诚地祈祷。许久之后，力量和勇气又回来了，她站起身，做好随时接受挑战的准备。

"亲爱的，该起床了，帮忙做菜的伊娃马上就到了，还有许多事情等着我们做呢！"

雅歌娜抬起脑袋，昏昏沉沉地问道："天气如何？"

"下霜了，天气晴朗，马上就会有太阳。"

多明尼克大妈帮着雅歌娜快速穿好衣服，略一思索后说道："我把以前的话重复一遍，虽然波瑞纳脾气好，心地好，但是你也得注意点，别跟不三不四的人来往，别留下话柄，遭村里的那些疯狗取笑，你记住了吗？"

"记住了，我又不是小孩子，有辨别是非的能力。"

"这是为你好，牢牢地记住，要随时讨好波瑞纳，尊重他，对这点老头子比年轻人更敏感……说不准他一时高兴，会将所有的土地都给你，或者亲自给你一大笔！"

雅歌娜厌烦地打断她：我不在乎那些东西！"

"你还小，经历太少，你看看我们周围的这些人，他们拼命地争吵、忙碌图的是什么，都是为了土地和钱！你生来好命，没有吃什么苦，而这些都是我辛辛苦苦换来的。现在你要嫁人，要离开我了，只剩下我一个人，我很难过！"

"别担心，哥哥和弟弟会永远陪着你！"

"他们不是你，看到他们我就讨厌！"她擦掉眼泪接着说道，"你也得和他前妻的儿女好好相处。"

"乔治从军未归，幼姿卡很和善，而……"

"要小心防着铁匠！"

"他和马西亚斯一直相处得很好啊！"

"相信我没错，相处得好是有原因的，他可能包藏祸心。安提克一家情况更糟糕，昨天神父想帮忙调解，双方却都不肯让步。"

"马西亚斯真讨厌，竟然将他们逐出家门！"雅歌娜突然怒气冲冲地骂道。

"雅歌娜，你竟然还帮他说话，你知不知道安提克想撤销协约，他还骂了你，骂得很难听。"

"不可能，安提克不可能骂我，一定是传话的人乱说，我诅咒他们整个舌根都烂掉。"

"你为什么这么激动，还帮他说话？"母亲用怀疑的神情看着她，大声喝道，"我不是墙头草，谁给我东西我就帮谁说话，我知道波瑞纳受了委屈，他的子女都忤逆他！你是不是后悔了，想撤销遗产协约？"

雅歌娜没有答话，突然冲进房间放声大哭。

多明尼克大妈没有追上去，眼前的情景使她再次焦虑起来，可是她没有时间去思考这些，她得着手今天的准备工作了。伊娃来了，她的儿子们也走进了内廊。

时间一分一秒地过去，太阳升起来了。昨晚霜重，到处都结下一层厚厚的冰，小群家畜和家禽可以安然地从泥沼上跨过而不会陷进去。温度渐渐上升，霜也化了不少，只余下背光处才残存些，透明的水珠从屋顶慢慢滑落，雾气从沼泽上空升起。天空湛蓝，一朵云都没有。但乌鸦在房屋的周围盘旋，公鸡啼鸣，又要变天了！

今天是周日，早晨教堂的钟声还没响起，大家就像蜜蜂一样忙碌起来，每一户都闹哄哄的。为了参加波瑞纳和雅歌娜的婚礼，大家都将自己装扮一新，试戴饰品，换衣服，不时有欢声笑语从敞开的窗户和门里传出。

像所有嫁女儿的家庭一样，多明尼克大妈家热闹非凡，新粉刷的屋子远远地看着格外醒目。头一天已经有小伙子将松枝插在了屋顶和墙壁的缝隙中，并将枞木枝插在了围墙到门廊那一块，当饰物的绿树枝在屋子里散发出阵阵香气，好像是春天来了。这是圣灵降世周的做法，在此地格外盛行。

几位邻居和雅固丝坦卡正帮着磨坊主家的伊娃在平时堆放东西的地方——屋子的后厢做饭。在前厢，所有的东西都已经搬走，只有圣像依旧挂在墙上。屋子粉刷一新，一块蓝色的帐子架在了壁炉架上，小伙子们在房间的两边摆进了几张粗凳和长桌。

雅歌娜用马西亚斯从城里带回的彩纸剪出了各种各样的图形——有带穗子的圆圈，还有其他奇形怪状的东西，比如说主人拿着棍子追打追小羊的狗、有神父、飞扬的旗帜和高举圣像的教堂游行图……她剪得逼真形象，十分漂亮，解发宴上大家就对这些剪纸夸奖称赞不已，所以就在陈旧发黑的天花板上特别贴上了她的剪纸。只要是她看过的或是头脑中闪现过的东西她都可以剪出来，整个村子没有哪家不贴上几幅她的剪纸的。

她边打扮边剪纸，不时地将剪好的图形贴在唯一有足够空间贴下的圣像的下方。

"雅歌娜，宾客都来了，乐队马上就要游行了，你还在折腾你那些滑稽的图案！"

雅歌娜回答："还有时间！"

不贴图案，她便无所事事，时而在地板上撒着松针，在桌上铺好细麻布，时而和兄弟们交谈几句，再或者在屋子里溜达，偶尔眺望窗外。除了舞蹈、音乐，她再没有其他的爱好了。她的心像素白的秋日，肃穆庄重，不起一点波澜，如果不是一些事情提醒着她，她都忘记今天她要结婚了。在解发宴上波瑞纳送给她的他前两个妻子留下的八串珊瑚珠，如今正躺在箱底，她连戴的兴趣都没有。她突然觉得空虚，恨不能逃离这个地方。去哪儿呢？她只觉得诸事不顺，无处可去。她一直无法忘记母亲提到的安提克的事情，她不敢相信也不愿相信安提克竟然骂她。想到这里她就止不住想哭——但是，事情或许就是这样。昨天她洗衣服时候，安提克经过，连看都没有看她一眼；早上她和波瑞纳告解，安提克看到他们转身就走，像躲瘟疫一样……罢了，他想怎样随便他，她也开始讨厌他。这时她突然记起她去他们家剥卷心菜的夜晚，他送她回家，甜蜜的回忆使她沉醉在旧情复燃的火焰中，让她欲罢不能。

为了转移注意力，她大声对母亲说："我婚后依旧要留着头发！"

"胡闹，哪个姑娘婚后不剪头发的！"

"贵族领地和城里就有人婚后还留着长发。"

"是啊，她们留着长发假装是未婚的小姐，欺骗别人，就让那些蠢女人们去闹笑话吧，去效仿犹太女人吧！你和她们不同，你是祖传大地主的女儿，你的一言一行都得遵守我们这里的习俗。"

可是雅歌娜铁了心，怎么劝都劝不动。伊娃每年都和进香团一起去饮斯托荷娃朝圣，去过很多村子，她见多识广，阅历丰富，此刻她正在竭力地说服雅歌娜。

雅固丝坦卡也过来帮忙劝说，她的语气一如过去的刻薄尖酸，像是开玩笑一样提出自己的观点："你尽管留着吧，这样波瑞纳打你的时候可以抓住你的长发，更方便打你。到时候你会自愿剪掉头发的……曾经有一个女人……"怀特克匆匆地跑过来找她，她不得不停止剩下的话。

怀特克说："库巴找你，你快点。"

"我马上走——朋友们，我先去那边，马上就回来。"

幼姿卡还没长大，管理起来有些费力，所以安提克被波瑞纳逐出家门后，她就暂住在他家协助幼姿卡。今天一大早幼姿卡特意打扮一新，跑去了铁匠家。库巴又病着，老头子昏昏沉沉的，所以她既要帮伊娃做菜，还要不时地跑回去料理家务。

多明尼克警告道："雅歌娜，女傧相马上就到了，你动作快点。"

可是雅歌娜依旧像个木偶一样呆愣着，对于多明尼克大妈的话无动于衷。她手中的活已经停下，呆呆地看着窗外，神思已经飘到九霄云外，灵魂如同肆意漂流的水，不停地拍打着回忆的岸边，最后破碎成水花。屋里的人越来越多，气氛越来越嘈杂，一会儿是亲戚，一会儿是家庭主妇，大家按照传统，将带来的鸡鸭、面包、糕点、盐、面粉、咸肉片或是一卢布钱币，纷纷交到多明尼克大妈的手中。这是宾客用来弥补婚礼开销的礼金，大家都坐下喝了点甜伏特加酒，和多明尼克大妈说几句动听的话就匆匆离开了。

儿子们找着机会就会溜到社区长家里去与乐师和男傧相碰面。多明尼大妈为了使每件事都有条不紊地进行，不仅要亲自监督做菜，还要收拾东西，并不时地责骂偷懒的儿子。大部分的人都去观礼而没有参加大弥撒，为此神父十分生气，但是村民有着自己的决定，毕竟丽卜卡村很少有如此隆重热闹的婚礼。附近村子被邀请的客人一用过午餐就乘车过来了。深秋时节，阳光在原野上笼上了一层朦胧的色彩，太阳渐渐西移，气温下降，整个天地都笼罩在渐寒的氛围中和即将落下的太阳的余晖里。阳光照在好像有着水滴的地上闪耀出晶莹的光泽，照在水面波光粼粼，照在路边的沟渠银光闪闪。光阴如同即将耗尽的蜡烛，慢慢地被黑暗吞噬，但是整个丽卜卡村却有如赶集一般热闹非凡。

社区长家里的乐师和男傧相在晚祷钟响过第一回就走了出来，所有的乐器上都系着缎带。排在最前面的是小提琴手和长笛手，他们一对一地并肩走在队伍的最前列。接着是乐器上带着小铃铛的低音琴手和鼓手，他们步伐沉稳灵活，乐器上的缎带随风起舞。乐师后面是两名牵线的"男女方代表"和六名男傧相一共八个人。其中男傧相都是有着纯正的农场主血统的年轻人，他们面貌英俊，身材细腰宽肩，苗条健美，他们活泼大方，善歌舞，有激情，会维护自己的权利。此刻他们并排走在队伍的中央，眼神兴奋放肆，打扮时髦，迅速吸引了所有人的眼球。他们的帽子上的缎带随风飘扬，白色的头巾外套像天使的翅膀一样展开，下面是大红色的袄子，阳光下条纹裤一闪一闪的，皮靴在地上蹬出咔咔的声音，像是一座移动的小松林，随风发出沙沙的响声。他们哼着愉悦的曲子，尖叫着向前冲，脚下的步子和着节拍用力踏着。奏着波兰舞曲的客人挨家挨户地拜访，邀请客人去参加婚礼，接待他们的有时是伏特加酒，有时是请他们进屋，有时是回唱一首歌。受邀请的客人穿上漂亮的衣服加入人群中，使得队伍越来越热闹。

接女傧相的时候，大家在女傧相窗前齐声唱道：

女士们，迈开你的步子，参加婚礼！
听听我们愉悦的曲调！
听听我们的齐声高歌，带着响笛参加吧！
双簧管、低音簧，响起来吧！
我们来碰杯！
谁不愿意喝谁就是孬种！
喂塔达娜达娜，喂塔达娜达娜，喂塔达娜达娜！

歌声嘹亮，在田野、森林和村里久久回荡。村民们都站在门前或是果园里看热闹听音乐，就算没有被邀请的人也参加了这场游行盛会，因此，队伍还没有到目的地就已经引来了全村人的参加。孩子们在前面欢快地跑着，人山人海，拥挤而热闹。乐队先将来宾送到女方家门前，用一首欢快的曲子送他们进屋，接着就是迎接新郎。怀特克身穿短袄，刚才他和男傧相在一起，现在他赶在乐队之前跑到波瑞纳的窗前，大叫："老爷，人来了！"喊完之后，就跑去看库巴。

乐师在门廊伫立，演奏了很长时间波瑞纳才打开房门，请他们进屋坐，但是被乐队拒绝了，因为接下来他们该去教堂了。社区长和村长上前一左一右地挽住他的两条胳膊，将他拉到了雅歌娜家里。新郎步伐沉稳有力，看起来精神抖擞，容光焕发。他身穿新郎服，头发刚刚修剪过，胡子也刮干净了，十分英俊。另外，他肩膀宽阔，身材高大威武，面貌威仪不凡，远远看去英俊漂亮，格外引人注目。今天，他兴致很高，脸上一直挂着笑容，高高兴兴地与身旁的小伙子包括一直守候在他身旁的女婿铁匠聊天。

按照礼节，乐队送波瑞纳去女方家。欢呼声、乐器演奏的声音以及歌曲的声音交融在一起，十分热闹，波瑞纳穿过两边民众让开的一条路进入女方家中。年轻的男子使劲地敲门，可雅歌娜依旧没有出来，妇女们边替她装扮边将门闩得紧紧的，并仔细地把风不让人进来。于是大家透过在阻隔双方的木板上挖的小缝与女傧相开些乱七八糟的玩笑，笑骂声、惊叫声、老妇的责骂声不绝于耳。多明尼克大妈和她的两个儿子用伏特加酒招待来宾，按照尊卑顺序仔细地安排座位，扶长者到最好的位置就座。

来宾中没有一个平民，他们都是有地位的人物，富有、尊贵。乘车从大老远的地方来的外村人，要么是波瑞纳或是帕奇斯的亲戚、朋友，要么是他们的世交。俗话说："物以类聚，人以群分。"那些穷人，包括只有一亩地的克伦巴家、文西奥瑞克家，那些没有地位、替人做工、支持老克伦巴的小人物都不在邀请之列。

不久之后紧闭的房门打开，风琴师太太和磨坊主太太将雅歌娜推了出来。漂亮动人的女傧相围绕在美丽的新娘周围，形成解语花的形状，女傧相构成外面的花团，而新娘子则是花丛中最漂亮最显眼的玫瑰。像是教堂游行，人们像扛圣像一样将她围在中间，她头戴镶着金银花边的羽毛头饰、飘扬的缎带，是自马祖卡舞创始以来最华美的新娘。新娘子出来之后，所有的男傧相放开嗓子齐声高歌：

响吧，噢，小提琴，响吧！
（雅歌娜，现在求你的母亲原谅）
响吧，噢，六孔琴，响吧！
（雅歌娜，现在求你的兄弟原谅）

波瑞纳牵着她的手与她一起跪下，多明尼克大妈手持圣像在他们头顶画了一个十字，然后将圣水泼在他们身上。雅歌娜一下子扑到母亲的怀中，搂着她的膝盖，泣不成声；之后，她搂着其他女人的膝盖，与她们一一作别，并请求她们的宽恕。妇女们也哭得稀里哗啦的，大家依次抱她并传给下一位。幼姿卡一时想起了死去的母亲，哭得更凶。

教堂在雅歌娜家旁边的田野对面，大家列好队形从屋前走去那边。雅歌娜微笑着走到男傧相的中间，她的脸上还挂着泪珠，在睫毛上一颤一颤的。头发编成辫子盘在头顶，盘起的发丝上贴着一大堆亮片、孔雀眼和迷迭香树枝，五颜六色的缎带垂到颈边和肩部。她身穿一条腰部打了许多褶的白色裙子、镶着银蕾丝的蓝色天鹅绒胸衣，以及大蓬袖的衬衣，脖颈的位置有许多用深蓝色绣线绣出的各种图形做成的花边用来装饰，一串串的珊瑚和琥珀项链遮住了她大半个胸脯。如今的她美得如同春日里一棵开满鲜花的树，大家的注意力不约而同地被她吸引。

女傧相带着波瑞纳，如果说波瑞纳是一棵高大健壮的树，那么女傧相就是秀雅的松树，他们一前一后，形成一座移动的树林，跟在雅歌娜的后方。波瑞纳的步伐明快而有旋律，两旁分别是多明尼克大妈、男女方代表、铁匠、幼姿卡、磨坊主和风琴师的家人，以及一些有名望有地位的人，村民们则跟在队伍的后面。波瑞纳幻想着从人群中看到安提克的影子，所以眼角的余光不停地瞟向人群。

火红硕大的夕阳尚且高挂在树林上面，落日的余晖染红了道路、水塘和村庄，红彤彤的，有如鲜血一样笼罩了整个天地。红光中佩戴着缎带、孔雀羽毛和鲜花的人们组成的长裤是大红色的、衬裙是橘红色的、围巾是彩色的、头巾外套是雪白的队伍，让人移不开眼，仿佛是随风飘扬的花海。女傧相还用高音颤抖地唱小曲：

咔嗒咔嗒，篷车在奔跑，哎哟哎哟，我心满哀愁！
噢，雅歌娜，我们的歌声围绕着你，你却心黯然，哎哟！

多明尼克大妈用含泪的眼睛紧紧地注视着雅歌娜，一路哭着到了教堂。安布罗斯已经在那里点好了小蜡烛迎接他们，神父匆匆地从圣器室走出去看望一位病人的时候，大家正好按照顺序两两并肩走向高高的圣坛。

礼成，风琴师奏起了马祖卡舞曲、奥伯塔舞曲和库雅舞曲欢送他们出教堂。音乐很动感，节奏感极强，引得大家情不自禁地跟着用脚踩拍子，不少人差点跟着唱起歌来了，只因为这是教堂，所以不得不忍住。

回去的时候男傧相和女傧相同时唱歌，声音嘈杂响亮，闹哄哄的。

客人回到多明尼克大妈家里的时候，她已经先一步回来了，正站在门槛迎接两位新人，招待他们吃过面包和盐巴做的圣餐后再招待其他的客人，与他们一一拥抱，将他们迎进屋中。到了走廊的时候奏起了雄壮的波兰舞曲，于是每个人一踏进门槛就邀请见到的女人共舞，由波瑞纳和雅歌娜带头，一长列男女瞬间绕着房间翩翩起舞，旋转扭动。敲打地板的步子铿锵有力，节奏鲜明，人们排成紧密的队列，像优美的波浪一样来回摇摆、旋转，一个接一个地排列着，像是一条五彩缤纷不停扭动的长蛇。

烟囱旁边的灯火忽明忽暗，连墙壁都想要随着端庄优美的舞步舞动起来。按照传统习俗，这不过是持续几分钟的序曲而已，接下来是专门为新娘而奏的第一支舞曲，雅歌娜在由年轻男子围成的一个大圈里跳舞，其他的人则退到角落里或是贴着墙壁观看新娘跳舞。她一跨出脚步就觉得全身热血沸腾，她深蓝色的眼睛闪闪发光，牙齿洁白亮丽，脸上布满红晕。她要和每位舞伴和客人绕着房间至少跳一圈，所以她不停地跳。她精力旺盛，乐师奏乐奏得筋疲力尽，她却像是刚上场一样活跃。她的脸越来越红，越来越兴奋，越来越有劲，头上的缎带随风舞动着，打在身旁人的脸上，发出沙沙的声音；她的裙子随着旋转展开，形成一个大大的圆弧。

年轻人兴奋地拍着桌子大声叫嚷，雅歌娜与所有的客人跳过舞后才与新郎共舞。一旁的波瑞纳早就等不及了，轮到他的时候他像森林里迅猛的山猫一样扑向了她，搂着她的腰，带着她像飓风一样旋转起来。他对乐师们大喊："马祖卡舞曲，大家鼓足吃奶的力气用力拉。"这时，所有的乐器马上激烈亢奋地响起来。波瑞纳将头巾外套的下摆掀到两条手臂上、戴好头上的帽子后，就紧紧地搂着雅歌娜的腰，足跟嗒哒一声并拢，开始新的舞蹈。他动作快如旋风，跳得很好，时而旋转，时而后退，时而用力顿足，那力道踩得地面都跟着颤抖；然后他带着一起侧行，往前走，在房间各处旋转奔跑。旋转的时候，他们动作凌厉迅猛，带出一阵阵强风，远远看去，只能看到模糊的影子，像是绕着房间飞驰的缠满纱线的纺锤。

马祖卡舞曲被精神亢奋的乐师们演奏得激昂热烈。今晚的波瑞纳很兴奋，他的动作越来越紧凑快捷，挤在角落和墙边的群众对于他们的舞蹈既赞叹又惊奇。热闹的氛围感染了不少人，他们情不自禁地用脚打拍子，有的人甚至抛开礼数，抱住一个女孩就蹦跳起来。雅歌娜虽然年轻，身体健壮，却还是慢慢地感到虚弱无力。波瑞纳觉察到她的困乏，马上停止跳舞，与她一起去内室歇息。磨坊主伸手搂住波瑞纳的脖子，激动地大叫："波瑞纳，你真棒，以后我们就是兄弟了，我要当你们第一个孩子的教父，为他施洗。"

客人们很快熟络起来，打成一片。这时音乐停了，主人开始用酒食招待客人。多明尼克大妈母子、铁匠和雅固丝坦卡端着酒瓶和酒杯飞快地在人群中穿梭，陪客人喝酒，幼姿卡和多明尼克大妈的朋友们用筛子端着面包和糕点招待客人，气氛更加活跃。波瑞纳、磨坊主、社区长和风琴师等当地的名流坐在窗边的一条板凳上，喝着一瓶上等甜酒。人们三五成群地聚在一起，边喝伏特加酒，边热切地与亲友打招呼聊天。风琴师太太和磨坊主太太骄傲地坐在人群中，她们的脑袋高高地扬起，一副骄傲的样子。以她们为首领着主妇们在燃着从风琴师家借来的大灯盏的内室聚会，她们坐在铺了羊毛毯的五斗柜和板凳上，小口地抿着蜂蜜酒，捏甜糕的指头优雅讲究。

此刻，磨坊主太太正在谈儿女的事情，其他的人难得插嘴，正在认真地听着。很多人都聚集在走廊里，饭菜的香味从房屋的后厢传出，引得很多人已经流口水了，也有些贪吃的人想闯进后厨，却被伊娃赶了出来。

繁星满天的夜晚，寒风刺骨，房间、院子和果园里聚集了不少男女青年，他们高高兴兴地闲逛着，笑闹声、呼喊声、逃窜声、树木间追逐打闹的声音回荡不去。窗口传来年长妇女的警告声："大晚上的，你们去采花吗？作为姑娘，某些东西比花儿更珍贵，当心失去！"可是没有人理会她们的劝告。多明尼克大妈的长子西蒙正一眨不眨地盯着和雅歌娜在一起互相搂着腰在房间里踱步的娜丝特卡，只见她们正在小声说着话，偶尔爆发出几声大笑。西蒙不时地借口添酒与娜丝特卡搭讪。铁匠穿着一件黑头巾外套，裤腿扎进皮靴里，装扮得很时髦，他有着一头红色的头发，脸上满是雀斑。今晚，他兴致很高，来来回回地和每个人喝酒、交谈，从不在任何地方做长久的停留。

大家正在等着吃晚餐，偶尔也会有年轻人跳舞，但气氛不够活跃，持续时间也很短。另一边的名流正在绘声绘色地辩论着什么，说到激动处，社区长用拳头敲着桌子，声音提得老高，以官方的立场说道："我用社区长的身份向你们保证，我是可以信任的，作为相关官员，我已经收到一张令我召开劝解每位有地的人，以每英亩上缴半戈比的标准赞助办学校的公文。"

"你要是愿意，每英亩捐五戈比我们都没意见，反正我们是不参加的。"不知是谁突然吼道，"我们不同意！"

"这是官方通知。"

波瑞纳说："那种学校，我们没兴趣！"这句话说出了大家的心声。

（本书发行时间为第一次世界大战以前，那时波兰属于俄国，政府只允许学校教授俄文，不允许波兰文学校存在）

有人说："学校根本没用，我的孩子在佛拉庄的一所学校学了三年，却看不懂祈祷书。"

"我用社区长的身份告诉你们：祈祷和读书是两码事，祈祷母亲在家就可以教会孩子。"

"那要学校有什么用？"那位来自佛拉庄的人站起身来说道。

"我用社区长的身份告诉你……"他的话还没说完就被西蒙突然打断："买下那块森林开垦地的犹太人已经给那块地上的树木做好记号，他们会在地面可以走雪橇的时候过来砍树！"

波瑞纳插嘴道："做了记号又有什么用，想砍树，门都没有！"

"我们得将此事告知官厅委员，请他们为我们讨回公道。"

"没用的，他和贵族领地的大地主根本就是一丘之貉，我们得团结起来，驱逐森林里的人。"

"连棵树苗都不许他们动！"

"马西亚斯，我们喝酒吧，人们喝醉了酒就会做些大逆不道的事情，说些浑话，现在不适合开会。"磨坊主大叫着，为马西亚斯·波瑞纳斟酒，企图转移话题。他已经和犹太人拟好了砍下的树由他的锯木厂处理的协议，所以他不想讨论这样的话题。屋子里已经在准备餐桌和晚餐的相关物什，所以他们喝完酒就起身；但是，几位觉得遭遇不公平对待的农场主人还在讨论刚才的话题，只是为了避免被磨坊主听见，他们刻意压低了声音，并计划好到波瑞纳家里继续这个话题。

这时，被迫陪神父到三个村庄以外的克罗斯诺瓦去看望一个病人的安布罗斯走到了他们身边。他来晚了，错过了不少饮酒的珍贵时间，所以此刻，他狂喝酒，想弥补失去的时间，但是用餐的时间已经到了。年长的妇女齐声合唱道："男傧相，动起手来，请客人上餐桌。"

男傧相敲着板凳回唱道："尊贵的客人，请随我们入座，享用一席美味佳肴、琼浆玉液。"

客人们陆陆续续地上席。餐桌靠着墙摆设，其他三面摆着板凳，两位新人坐在主席，其他的人按照地位的高低、财产的多寡或是由长者到小姑娘和儿童的长幼顺序入座。此刻，客人还没完全入座，男傧相站在一边招待客人，乐师站在火炉边，准备弹奏曲子调节气氛。

所有宾客入座后，全场一片寂静，风琴师高声念完一篇祈祷文后，大家边传递着一个杯子，边说道："愿身体健康，心情愉悦！"

接着开始上菜，一大钵热腾腾的食物被厨师和男傧相端了上来，同时唱道："贵客们，'家禽炖米汤'，美味可口请君尝！"

第二盘："'胡椒煮内脏'，麻辣又很香，傻瓜才不尝。"

一曲曲轻柔的曲子倾泻出来，宾客们优雅斯文地品尝美食，空气中只能听见咀嚼声和汤匙的撞击声，很少有人开口打破沉默。等大家吃得差不多的时候，大家共饮着铁匠开的一瓶酒，并小声地交谈着，雅歌娜又累又热，看着眼前的菜肴一点食欲都没有。波瑞纳耐心地哄着她，却一点效果都没有，她甚至连吞下眼前的肉都困难。

"雅歌娜，亲爱的，你开心吗？我向你保证，婚后你会成为最美的贵妇，为了不让你太操劳，我会给你雇一个女佣，保证你像住在你的娘家一样。"波瑞纳用爱怜的眼神注视着雅歌娜，不顾别人的窃窃私语，压低声音说道。

人们开始肆无忌惮地取笑他："你看波瑞纳，活像盯住咸肉的猫儿。"

"老头儿淫劲儿上来了，连公鸡都自叹不如呢！"

"他正享受着呢！像森林里撒野的野狗一样肆无忌惮！"老西蒙语气恶毒，"波瑞纳老人家！"

他的话引得大家哄堂大笑。磨坊主笑得脸贴在桌上子，不停地用拳头捶打着桌子。

又一道菜："'猪油土耳其麦'，瘦子吃最痛快！"

坐在新郎旁边的社区长，用手拉雅歌娜的衣服："雅歌娜，我和你悄悄说句话，你探过头来。"

"你快点生个小孩，我要当他的教父！"他用灼灼的目光盯着雅歌娜瞬间通红的脸颊。

妇女们听见了，笑得更欢了。有人告诉她讨好丈夫的方法：

"为了不让他将你冻成冰块，每晚睡前你得蹲在火炉边替他暖好羽毛被。"

"多给他吃些肥肉，可保他身体健康。"

"用手臂搂住他的脖子，爱抚他。"

"用手轻轻地神不知鬼不觉地掌控他。"

屋子里的人笑得前仰后合。妇女们吃饱喝足了就会无所顾忌地乱嚼舌根，越来越放肆，越来越随便。最后实在是过火了，磨坊主太太开始以有小姑娘和孩子在场为由来训斥他们，风琴师则义正词严地说，教习不好的东西，会导致人犯错，是败坏德行的事情。

"不过是和神父在一起，还以为自己是圣徒呢！"

“不喜欢就堵住耳朵别听！”

他在村里没什么人缘，所以还有人说出更恶劣的话。

“我以社区长的身份向你们保证，婚礼上找乐子，开玩笑热闹热闹不算什么罪过。”

安布罗斯也郑重其事地赞同道：“主也曾参加婚礼吃酒席，所以这不算什么！”可是他已经醉醺醺地坐在门边，根本就没有人听清楚他说的是什么。

大家又开始聊天、开玩笑、喝酒、敞开肚皮吃着，为了吃得更多，大家不约而同地放缓速度；甚至有人将肚皮撑得鼓鼓的，不得不解开腰带，僵直地坐着。

厨师又进来了，嘴里依旧念着对称的句子：“曾乱哼乱掘，曾满园奔窜，造成的危害，现一并清算！”

宾客们一致认可，“这场婚礼办得很得体”。

“那是自然，各种费用加起来至少有一千兹罗提！”

“雅歌娜有钱嘛，她刚分得了六英亩的财产！”

“雅歌娜的脸色很阴沉。”

“波瑞纳盯着雅歌娜的眼睛贼亮贼亮的！”

“嘿，像有一团火焰在燃烧。”

“某人会为今天的事情流泪后悔。”

“不会，发生了事情那人会选择动手也不会哭泣。”

“上次和社区长太太聊天，她告诉我婚事敲定了的时候，我就这样说过。”

“啊，今天她怎么没有来？”

“她来不了，她随时可能分娩。”

"我用性命打赌，不用多长时间，狂欢节以前，雅歌娜就会私会年轻男子！"

"马修就盼着那一天呢！"

"他在酒店里对瓦夫瑞克太太说过这样的话！"

"因为他没有被邀请？"

"对，大家都知道，雅歌娜和马修关系暧昧，因为众所周知的原因，多明尼克大妈不同意波瑞纳请他！"

"大家都说有这回事，但是有谁亲眼看见了？"

"巴特克·柯齐尔说，春天看到他们就在树林里。"

"多明尼克大妈曾指控他偷猪，他们之间有私怨，而且巴特克·柯齐尔是个满嘴谎言的小偷，说的话未必可信！"

"还有其他的人瞧见！"

"我们拭目以待，现在发生的一切是不会有好结果的。站在局外人的角度，我对安提克一家深表同情。"

"也有人看到安提克和雅歌娜幽会，而且不止一次！"

骂女主人的声音渐渐放低，却越来越恶毒，不留半分情面，也越来越同情她的两个儿子。

"西蒙都三十岁了，已经是留须的大汉，可是多明尼克大妈却一直把他关在家里，也不让他结婚，这不是罪过吗？还经常为了一点小事打骂他！"

"这么魁梧的男人却做着女人的活计，真是耻辱！"

"她护着雅歌娜，不让她弄脏手！"

"结婚并不是件难事，毕竟她两个儿子各有五英亩地产！"

"可是我们周边又没有多少未婚姑娘！"

"怎么没有，你家的马蒂安娜田地离帕奇斯家那么近，难道等着变老姑娘不成？"

"那你的好女儿法兰卡呢？你要看好了，小心她与亚当一失足成千古恨！"

"这些笨蛋，连离开母亲的围裙吊带的勇气都没有！"

"已经有苗头了，你没看到西蒙一整晚目光都落在娜丝特西亚身上？"

"和他们的父亲一样的性子，连雅歌娜都比不过她母亲年轻的时候呢！"

"龙生龙凤生凤，老鼠的儿子专打洞！"

晚宴接近尾声的时候，乐师们停下了手上的乐器，到厨房用餐。不一会儿，人们大声地谈话、吼叫，整个房间闹哄哄的，谁也听不清别人在说什么。晚宴的最后阶段，主人用蜂蜜酒和加了香料的饮料招待特定嘉宾，其他的客人则用大量的烈性伏特加和啤酒招待。大家都喝得不省人事，此刻根本就不知道灌进去的是什么。他们尽情地放松发泄，解开头巾散热，用拳头使劲地敲着满是杯盘的桌子，互相勾肩搭背，人们宛如亲人一样随意地说着话，互诉衷肠！

"世态炎凉，人心不古，一无所有的我们整天活在悲哀中。"

"是啊，人们就像是抢夺骨头的狗自相残杀。"

"只有在宴会上，人们才能彼此商谈、发牢骚，无论得罪了人还是被人得罪，都能大方地互相原谅，只有这个时候，人们才能得到一点安慰。"

"就像今天这样的宴会，可惜只有一天！"

"除非在天堂，否则我们逃不开时间的束缚，它一直向前，不听任何人的使唤。就像是牛，它将牛轭架在我们肩上，用贫穷做鞭子，抽打我们，直到我们拖到牛轭血迹斑斑！"

"我们为什么这样不幸，为什么像狗一样为了一点蝇头小利自相残杀？"

"除了贫穷，还有一种弄瞎我们的眼睛，让我们无法辨认是非的邪恶力量！"

"不错，它让我们灵魂深处的贪欲、怨毒和一切邪恶死灰复燃！"

"不错，那些不听戒律的人马上听取了恶灵的召唤！"

"过去不是这样的，那时的子女都乖巧懂事、孝敬长辈，彼此相处融洽。"

"大家有牧地、草地和林地，并且能耕多少田就有多少。"

"根本就没有纳税这回事！"

"也不需要买木材，只管驾车到森林，随便什么树，随便多少，只管拿，森林属于大地主和农夫们共同所有。"

"现在它的主人变成了犹太人或是更恶劣的人，大地主和农夫都没分！"

"恶棍！喝酒，现在轮到你敬我了……他们霸占我们的土地，不肯离开。"

"朋友，祝身体健康！……只要时间允许，和兄弟们一起喝点伏特加根本就不算罪过，而且还可以清血并安定心神，对身体有益。"

"要喝酒就喝下一整夸脱，同样的道理，要疯就疯一整个礼拜日。说到礼拜日，朋友，你有没有事情做？如果有一定要卖力做，尽可能地做好，你不能保证不会遭受譬如你太太被人夺走、牛死了、家中失火的噩运。即便发生最糟糕的事情，死神的到来，你也逃不了，这些都是上帝的旨意，你无法逃避，哀叹也无济于事，你能做的就是耐心地信仰上帝，一切都在上帝的掌控中。"

"不错，天晓得哪天上帝会宣布：'孩子，这些过去是你的，现在我收回了！'"

"事实正是如此，即便是神父或是圣者，也不可能在瓜熟蒂落之前知晓上帝如同闪电的法旨！"

"朋友，主一定为他的每个仆人准备了薪酬，严格按照每个人的功过发放，你能做的就是按照上帝的旨意尽你的责任生活，凡事别想得太远。"

"这是波兰人一直信奉的法规，万世不灭，阿门！"

"是的，凭借耐心我们可以击败地狱之门。"

他们就这样边酗酒边交谈着，将自己长期压抑在心底的话全吐出来。安布罗斯说得最多，声音也最大。

伊娃和雅固丝坦卡拿着一个系了缎带装饰品的大勺子，隆重地出现在大家面前，后面一位拉小提琴的乐师为她们伴奏。她们唱道："好乡亲，请别忘记我们，今晚的厨师，退席前我们来了，每道菜请赏三戈比，作料另加十戈比！"

客人们酒足饭饱，心肠跟着软化，勺子传到面前时，甚至得到不少银币。接着人们陆续离席，在走廊或是房间里交谈、套交情，大家像互相抵触的公羊，走路摇摇摆摆，不时地撞上墙或是别的客人。

餐桌上只剩下吵得不可开交的社区长和磨坊主，就在他们快要动手的时候，安布罗斯请他们再喝伏特加调解。

社区长不领情地怒吼："走远些，你这低贱的老乞丐，哪里来上哪儿去。"

安布罗斯自讨没趣，愤然离开。他将酒瓶抱在胸前，步子踩得重重的，到处找人聊天和共饮。

年轻人或是手拉手在路边散步，或是追逐打闹、大声欢笑，散落在果园的四周。皎洁的月亮挂在水塘的上空，照得水面亮闪闪的，甚至可以分辨水面微弱的波纹；像要回报月亮的光辉，波纹如同孤独的盘蛇一样缓缓波动。

屋顶地面到处是白霜，硬邦邦的，脚踩在地上发出脆生生的声音。第一阵鸡鸣已经响起，午夜已经过了，现在主人开始布置大房间，作为再次跳舞的场地。

乐师们吃饱喝足，也休息够了，正弹奏低沉的曲调召唤客人。

贵妇们带着雅歌娜回到私室的时候，坐在门口附近的波瑞纳和多明尼克大妈，以及长凳上和角落里的长者正在讨论些事情。剩下几位姑娘无所事事地傻笑，不一会儿，大家决定玩游戏打发时间，"逗逗小伙子"。

首先是"狐狸出巡，到处摔跤"的游戏。亚斯叶克将羊皮祆翻过来穿，做狐狸。他是个绰号"颠三倒四"的弱智者，已经长大了却总是跟小孩子混在一起玩，他很傻，竟然喜欢所有的女孩，大家都喜欢拿他取乐。但是他是有十英亩地财产的独子，所有的宴会都会邀请他。幼姿卡·波瑞纳当兔子，是他的猎物。

大家故意伸腿，亚斯叶克一抬腿就摔倒，像木头一样咕咚一声趴在地上，幼姿卡轻而易举地就摆脱了他的束缚。她像兔子一样坐着，像兔子一样翕动嘴唇，模仿得十分逼真，逗得大家哄堂大笑。

接着是"鹌鹑"的游戏。由动作敏捷的娜丝特卡领头，大家谁也抓不住她，直到后来她为了与人共舞，故意让人抓住。最后，汤姆克·瓦尼克扮鹳鸟，他头上披着被单，手中拿着一根长棍当作鸟嘴，喀拉喀拉地边叫边跑，十分逼真。幼姿卡、怀特克和其他少年都跟在后面追，跟追活鸟一样。

喀拉喀拉，你娘在地狱！

她在地狱做什么？

给孩子做饭！

她做错了什么？

她的孩子肚子饿！

接着他猛地拍打翅膀，反过来追他们，并用尖嘴啄人。因为不得不给新婚夫妇腾地方进行别的典礼，这类游戏只持续了一个钟头左右的时间。

已婚妇女挽着雅歌娜从私室走了出来，她浑身缠满白布，坐在中央的一个揉面钵上，上面铺满羽毛被。这时女傧相企图冲过去抓住她，却被男士们隔开。最后她们无可奈何地站在对面唱歌：

你的花圈在哪里？

漂亮的新娘花圈！

今后，为了男人你得用一顶帽子遮住头发！

贵妇们揭开她的头罩，一顶已婚妇人的无边帽戴在了她厚厚的辫子上，不同的装扮，却是比以前更漂亮了。

乐队奏出的调子缓慢，全场无论老少，都和着调子齐声欢唱"跳跃歌"。之后，雅歌娜得和贵妇们在一起，陪她们跳舞……雅固丝坦卡两手叉在腰间，唱出即兴诗，她十分激动地唱道：雅歌娜要嫁给鳏夫了，早知道这样，我会用刺枪做成一顶花环。之后一首比一首恶毒，可是几乎没有人理会她。渐渐地音乐到了高潮部分，跳舞的宾客纷纷上场，一时到处是跺脚声。人们紧紧地挤在一起，大家的头巾外套大大地敞开，跟着快速的节奏狠狠地跺着拍子，帽子也跟着剧烈摇晃起来，不时有三两句歌跟着音乐蹦出来，女士们则跟着哼歌末尾的叠词"达达娜"。这时人们踩着节拍摇摆得更迅捷、更有力，速度令人晕眩，人们已经分不清旁边是什么人，只能跟着小提琴节奏分明的快拍同时跺脚、同时应声，仿佛是风擒住在场的一百个舞者让他们旋转，转得头巾、外套、裙子、围裙如同一群五彩缤纷飞来飞去的鸟儿一样沙沙地飞旋。

大家继续跳着，震得墙壁晃动，地板像鼓一样咚咚地响着，屋子像炸开了锅一样，热闹非凡，人们甚至不停下来歇口气，气氛越来越活跃，越来越激昂。

接着，人们停下来举行新娘收起迷迭花冠的仪式。首先是新娘走进贵妇圈，要付通行费。

接着是男士拿一根上面还留有麦穗的麦秸编成的长绳，小心他拉成一个大圆圈，将雅歌娜围在中央，旁边是保护她的女傧相。谁要是想和新娘共舞，就必须从绳子下面爬过，抢走新娘，不过大家会用绳子打他，他还得两脚打着拍子。

最后是收"帮衬金"。由磨坊主太太和瓦尼克大妈主持，社区长在盘里放了一枚金币打头阵，之后，银币像是下冰雹一样叮叮当当地丢进盘子，最后是像秋天的落叶一样纷纷飘落的纸币，总共有三百多卢布。多明尼克大妈见客人这么热心，感动得热泪盈眶，连忙叫儿子再拿些伏特加酒，她亲自为客人敬酒，并亲吻他们，感谢他们的盛情。"再喝一次，感谢大家的热情，我觉得心里暖暖的，好像春天又回来了，愿雅歌娜健康……"由于人很多很挤，她敬完之后，她的儿子和铁匠分别给客人敬酒。雅歌娜也拥抱长辈的膝盖，由衷地感谢他们的盛情。

屋子里十分热闹，觥筹交错，大家脸色泛红，眼睛亮闪闪的，彼此心意相通，各自抒发着自己的热忱与快乐。他们三五成群地站在一起，豪爽地喝酒聊天，大家的声音很大，以至于根本听不清别人在说什么，对此也没人在意。欢乐使人们团结一心和由衷的快乐。"今朝有酒今朝醉，烦恼留给明天解决吧，今晚大家尽情地享受朋友的陪伴，给灵魂一点慰藉，玩个痛快。夏季长完果实，主让土地休息，秋天忙完农事，人类也该休息。朋友们，你们那像金子一样珍贵的粮食已经在谷仓堆好，接下来是该好好休息、消除夏季的疲劳、补充体力了！"有人这样说，也有人再次想起心中的烦恼与不幸，但波瑞纳的想法与他们都不同，他满眼只看到雅歌娜一个人，由衷地为她的美丽而自豪悸动。随着气氛渐渐降温，琴声也越来越颓废，波瑞纳不时地给乐师几兹罗提，令他们打起精神用力地奏乐。

于是一首响亮激昂的奥博塔舞曲响了起来，激烈的曲调震得人脊髓都在颤抖。波瑞纳跳到雅歌娜的身边，一把抓住她共舞，钉了马蹄的鞋跟用力地踩着步子，脚下的地板也剧烈地晃动起来。他搂着雅歌娜从房间的一边飘到房间的另一边，他突然跪在雅歌娜的面前，突然又一跃而起，不时地吼出一嗓子，乐师配合着给他伴奏。他仍是领舞，其他的男女都学着他跳啊、唱啊、踩啊，宛如缠满各色羊毛线的纺锤一样飞速地旋转、扭动、回旋，速度越来越快，叫人分不清色调，看不清性别，眼前只余下一团团飞来飞去不停地变换颜色的物体，由目标驱使着不停地旋转。有时旋转带出的疾风吹熄了蜡烛，乐师们只得借助窗外射进的白色月光在黑暗中演奏，音乐不停，舞蹈继续。

月色朦胧，一个个人影在黑暗与银幕交织的暗室里飞快地穿梭，互相追逐，宛如黑暗中若隐若现的浪花，声音和光线朦胧地交织在一起，如同梦中的场景或是幻影一样缥缈。偶尔月光照在墙上涂了釉彩的圣像上，人影构筑的暗潮衬着白墙一起出现，下一刻又消失在黑暗中，在黑沉沉的房间里，只有沉重的呼吸、快速的脚步声和吼叫声提醒着他们是真实存在的。

一支舞接着一支，没有片刻停歇。当新的舞曲响起，新的舞者一跃而上，身子挺得如同树干一样笔直，动作激昂有力，疾如风，跺脚声、欢呼声响彻云霄，动作没有停留，狂野肆虐、癫狂激烈，执着得像是游走在生死边缘的挣扎。

他们跳得很用力很认真。

克拉科维安舞的曲调是鲜明清脆的快板，舞步轻快，只有跳、跃、蹦三个节拍；舞曲自由滑稽，如同编歌的农夫腰上围的亮片腰带一样热烈灿烂，旋律欢快奔放；让人不自觉地想起年轻人充满朝气的气息，他们精力旺盛，寻求刺激，勇敢地追求美好爱情，是血液的鼎盛时期。

马祖卡舞的曲调却是拖得长长的，既像是在穿越一马平川的平原，又空旷嘈杂得像是行走在一望无垠的野地；它低沉，却又有吻得到天空的高昂，忧郁而又放肆，壮观而又暗沉，端庄而又尖锐，亲和而又好战。总的来说，它处处充满冲突，好像农夫的天性一样，一旦穿上战袍，可以与森林融为一体，跳舞的时候浑身都是劲儿，某种奇妙的力量好似可以击溃十倍于己的敌人，不，甚至是踏平整个世界。就算劫数难逃，他们也不在乎，在地狱踩着马祖卡舞步，继续跳舞，嘴里吼道："喂，达娜达娜！"

奥博塔舞的曲调缺乏韵律，滴溜溜地转，狂热激烈而又缠绵多情，刺激勇猛而又像梦境一样忧伤无力，前一秒热血沸腾，后一秒满天冰雹，夹杂着亲切和善意的无情冰雹；亲昵的声音，深蓝的眼眸，春风携带着香气从果园飘来，宛如初春的田野，令人又哭又笑，心情欢愉。灵魂穿过广阔的原野、茂密的森林，世界万物，如同美梦成真一样喜极而唱"喂，达娜达娜！"的叠词。

无法形容的舞曲一个接一个，在波瑞纳和雅歌娜的婚礼上，农夫们及时行乐，尽情地狂欢。

时间在混乱嘈杂的喧嚣中、在人们的嬉闹狂舞中过去，不知不觉中东方露白，像流泉一样，日出的白光缓缓地注入黑暗中。月亮西沉，星光转黯，一阵微风拂过树林，渐渐地沉入越来越淡的黑暗中。窗口多节多簇的树上满是白霜，压得脑袋如同昏睡不醒的人一样沉沉地垂下。但是，门窗大开的屋内歌舞不休、声光颤抖，吱嘎声和呻吟声不时地传来，人们已经进入癫狂状态。在他们的眼中，树木、地面、星星、树篱和老旧的房间本身就是个扭动和旋转的回旋体。人们忘记了一切，麻木、沉醉、癫狂地跳着，从一个房间到另一个房间，从一面墙到另一面墙，从走廊的这头到那头，甚至从马路到大千世界，再到宇宙空间，最后消逝在东方长长的红霞中。

他们随着乐曲或是歌声继续跳着。低音提琴声音粗暴，粗声粗气的节奏宛如大黄蜂断断续续的嗡嗡声！长笛是乐队的领头，节奏像是在对咚咚的鼓声吹口哨和嘲笑。鼓铃则叮叮地响着，声音欢快，好似犹太人风中摇摆的胡须！小提琴像为舞剧引道的姑娘，首先大声地叫唱，仿佛要试音一样；接着琴弓演奏的动作变得辽阔、悲哀，令人心碎，好似被逐出家门的孤儿的叹息；接着琴声突变，奏出的是短促、战栗、尖锐的曲子，曲调轻快。一百位舞者的脚跟轻轻地点地，一百位嗓音饱满的少年嚷得浑身颤抖，气都喘不过来，再次转身，歌舞欢腾，活跃的气氛再次回来，像是极烈的酒，人们再次热气上脑，欲望叫嚣……之后像露珠浮上平原，调子悲哀婉转，又长又慢的曲调带出大家心底最深的渴望与柔情，如同魔魅般，所有的舞步都变成了马祖卡舞的旋律。

　　房间里充满暗灰色的晨光，白昼即将来临，烛光显得暗淡。但是人们仍在纵情肆意地玩乐，谁要是没有喝够，就叫人去酒店叫些伏特加酒，找人共饮。有些人已经离开，有些人累了在休息，有些人醉了在走廊或是门廊边睡觉醒酒，醉得更厉害的躺在树篱下。其他的人继续没完没了地跳着。几位还存着几分理智的人聚在门廊上，敲地板打拍子唱道：

　　　　回家吧，婚礼的客人！
　　　　云雀在唱歌，东方已露白。
　　　　丛林深且黑，归路远且长。
　　　　回家吧，婚礼的客人！
　　　　误时不安全，洪水肆又狂。
　　　　回家吧，婚礼的客人！
　　　　可是，根本就没人理会他们。

第十二章

雅固丝坦卡赶玩累了的怀特克回家。

他赶回去的时候已经拂晓，天空灰蒙蒙的。波瑞纳家里一盏守更灯还亮着，像萤火虫似的。怀特克透过窗户看到了老"化缘叟"罗赫，他正坐在餐桌前唱圣歌。怀特克悄悄地去马厩，正要伸手摸门扣时，一只狗猛地扑过来，发出低低的叫声，怀特克吓得立马缩回手，并发出一声惊叫："拉帕？可怜的拉帕，你回来了！"他坐在门口的台阶上，高兴地抱着拉帕。

"是不是很饿？"他从怀中掏出一块宴会中留下的腊肠，送到拉帕面前。

可是拉帕却不想吃东西，它的脑袋伏在怀特克的怀里，汪汪地叫着，鼻子发出愉悦的哼哧声。

他低声问道："他们不给你吃的，还赶你走？"他边说边打开牛栏的门，一下子倒在茅草铺上。

"今后，你将得到我的保护和照顾！"说完，他躺在厚厚的草堆里，很快就进入梦乡。拉帕在旁边用舌头舔他的脸，并发出轻轻的叫声，不一会儿也睡着了。隔壁马厩里的库巴虚弱地喊着怀特克，但是怀特克像是进入冬眠一样睡得死沉，他喊了半天都没有回应。不久之后，拉帕醒来了，开始狂吠，并撕扯着怀特克的外衣。

怀特克迷迷糊糊地问道："怎么了？"

"我发烧了，好热好渴，水……"

怀特克被吵醒了，很不高兴，但他还是提了一桶水，送到库巴的嘴边。

"我的病加重了，连呼吸都变得困难！……是什么在叫？"

"是拉帕，他回来了！"

"拉帕？"库巴摸索着碰到拉帕的脑袋，拉帕在旁边一个劲儿地蹦跳，想要跳到床上去。

"怀特克，马槽空了半天了，你帮我拿草料喂马，我动不了……"

库巴问正在往草料架上添草料的怀特克："宴会还没有散？"

"没有，直到中午他们才可能离开，有些人已经醉倒在路边了。"

"哦，那些老爷们正在享乐呢！"他深深地叹口气，"磨坊主在那里吗？"

"在，不过他离开得很早！"

"参加的人很多？"

"是啊，到处都是人，多得数都数不过来。"

"准备的东西足够大家都吃饱？"

"倒得到处都是伏特加酒、啤酒和蜂蜜酒，三个揉面槽才能装下的腊肠，肉是用很大的盘子盛的，一点都不比贵族领地请客差。"

"什么时候接新娘过来？"

"下午。"

"主啊，那些人还在吃，还在玩，我原以为这辈子可以饱餐一次，至少能啃一根骨头……如今却只能躺在这里，听别人谈论吃喝！"

怀特克回到自己的地方继续睡觉。

"只要让我看看那些好东西我就满足了！"他渐渐地沉默，为自己的软弱感到可悲，心中非常难过，渐渐涌出一股模糊而又微弱的不满。

最后他拍拍拉帕的脑袋，自言自语道："罢了，愿那些大吃大喝的人可以从中得到好处，可以享受到一点人生的乐趣！"

体温越来越高，他的头脑渐渐地一片混沌。他开始祈祷，将自己交给主，企图摆脱头脑中那些乱七八糟的东西。可是他一直在打盹儿，根本就不知道自己说了什么，只有眼泪随着祈祷由意识中点点滴滴地淌出来，像是一串数过的红色念珠上的颗粒。

他不时地惊醒，看着四周的目光茫然无措，懵懂无知，接着意识再次剥离，如死尸一样沉寂。

再次醒来的时候，他大声地呻吟，连马儿都猛拉缰绳，想要靠近他，听他说什么。

他的声音恐怖异常："主啊，保佑我能够活到天亮！"

他的目光转向窗口，透过窗户看向外面的世界，盯着天际即将来临的曙光。灰色的天幕上还挂着几颗星星，他就在这片死寂中寻找太阳。

马厩里，马儿的轮廓若隐若现，一片朦胧，惨白的月光透过窗缝照在草料架上，看上去好似一根根肋骨。

疼痛再次袭来，像有一根尖利的棒子狠狠地戳进他的大腿，越刺越深，钻心的痛令他无法入睡，一下子从床上跳起来，歇斯底里地尖叫着。怀特克被他的叫声吵醒，赶过来看他。

"痛……我受不了了……怀特克……请安布罗斯过来……或者雅固丝坦卡……我支持不下去了……我快要死了……"他突然大哭起来。

怀特克忍住想睡的欲望，跑到婚宴上找人。那里，人们跳得正酣，可是安布罗斯守在房子对面的马路上，已经醉得不省人事了，在马路和水塘之间摇摇晃晃地唱着同一首歌，完全不知身在何处，对怀特克的乞求听而不闻，怀特克猛拉他的袖子也无济于事。不得已，怀特克只好求助于略通医理的雅固丝坦卡，他在私室找到她的时候，她正边喝着一种由伏特加、开水、蜂蜜和香料混合而成的饮品，边与好友说笑，根本不听怀特克的话，最后她还将一直哭着纠缠她的怀特克赶了出去。

最后，怀特克谁也没有请到，哭着回到马厩。

他回来的时候库巴已经睡着了，于是他也钻进草堆，将一块布盖在头上，跟着睡着了。他被饥饿涨奶的母牛的叫声以及雅固丝坦卡的骂声吵醒时，早过了早餐时间。

雅固丝坦卡也不小心睡过了头，她将气撒在别人身上，责骂别人。等她的活计做得差不多了，她才过来看库巴。

库巴虚弱地说道："想想法子，救我！"

她冷笑着说风凉话："好啊，娶个年轻姑娘，你的病马上就好！"

可是视线在落在他浮肿发青的脸上时，她立马停止了玩笑，郑重其事地说道："依我看，你快要死了，医生也救不了你，你还不如请神父过来！"

"我非死不可？"

"这是上苍的意思，你抗拒不了死神的到来。"

"你说我真的会死？"

"一句话：到底要不要请神父？"

库巴惊叫道："请神父来看我？到马厩？"

"神父也是人，又不是糖做的，挨近马粪就化了，只要有人请神父去看病，神父就应该去！"

"主啊，我不敢！"

"你这只呆羊！"雅固丝坦卡耸耸肩，自顾离开。

库巴愤然道："这个女人尽胡说八道！"

雅固丝坦卡走后，只剩下他孤零零的一个人，别人好像都忘记了他的存在。怀特克不时地探身给马儿喂草和水，也给库巴喂水，不过很快又回到婚宴上，因为多明尼克大妈家正准备送新娘过来。幼姿卡多次闹腾着跑进来，拿一块糕饼给他，喋喋不休地说了许多话，使马厩一时充满声音，然后又匆匆离开。不错，她很忙，乐声、欢呼声、歌声透过层层墙壁传过来，大家正在附近玩得很开心。

库巴一动不动地躺在那里，心中涌出一股怪异的落寞。他用心听人家取乐，并跟一直守在身旁的拉帕一起吃幼姿卡送来的糕饼，并说着话。

接着他召唤马儿，也跟它们说话。马儿从马槽转过脑袋，发出阵阵愉悦的长嘶，小母马甚至挣开缰绳，走到他身旁的草堆，用湿热的鼻梁贴着他的脸，轻柔地爱抚他。

"可怜的家伙，你瘦了！"他温柔地拍着它，亲吻它宽大的鼻梁，"等我病好了，我一定好好喂你，让你长得胖胖的，哪怕你只吃燕麦！"

接着他再次陷入沉默，盯着圆木墙上发黑的节瘤发呆。一滴滴暗色的树脂从那里渗了出来，好似已经干涸的血泪。

微弱的阳光随着白昼悄悄地从裂缝溜进来，没有发出丝毫声音，只在敞开的门口照出一道夹杂着尘埃的光柱。

时间缓缓地前进，一个钟头，又一个钟头，好似蜗牛的爬行，又似又跛又瞎又聋的乞丐一步步痛苦地爬过沙床，又累又慢。

几只麻雀叽叽喳喳地飞到马厩，不时大着胆子走向食槽。

库巴说："聪明的小东西，上帝赐予它们知晓哪里有食物的智慧。拉帕，别吵，让它们填饱肚子保持体力好过冬。"

这时门口传来猪仔的尖叫声，它们满是泥泞的鼻子伸了进来。

"拉帕，赶这些贪得无厌的乞丐走！"

之后门口出现了许多家禽，发出呱呱的叫声。一只红色的大公鸡胆子最大，竟敢跨过门槛走到草料边，别的鸡鸭也跟着进来，却还没来得及吃饱，一群鹅就嘎嘎地过来了，大红的嘴晃来晃去，白色的颈项挺得直直的，前后摇摆，在门槛处发出嘶嘶的声音。

"滚出去，拉帕，赶它们走，这群吵嘴的女人！"

得到命令，拉帕高兴地追逐起来，一时尖叫声、翅膀拍打声响了起来，现场一片混乱，羽毛四散乱飞。

拉帕将舌头伸出来，喘着气回来，发出汪汪的愉悦叫声。

"不要吵！"

从住宅那边传来一阵怒骂声、跑步声和家具从一个房间搬到另一个房间的声音。

"他们正在为新娘子进门做准备呢！"

偶尔有人路过，这回是一辆伐木车，发出吱吱嘎嘎的声音。库巴认真地听着，猜想是谁："是克伦巴梯状结构的篷车，一匹马，我猜一定是去森林挖草，不错，之所以会吱吱嘎嘎地响是因为轮轴与车毂摩擦。"

路面不断有脚步声、说话声和其他很难听清的杂音，但是他听得清清楚楚，并且当场就能分辨是谁。

"那是即将去酒店的老皮特拉斯——接下来是瓦伦特大妈，大概是谁家的鹅跑到她田里去了，她边走边骂——她根本就是个母老虎，哪里是女人！……这个应该是柯齐尔大妈，边跑边叫——不错，就是她！……接下来是彼德，拉法尔的儿子……他说话的时候，嘴里总像含着什么。——这是神父的母马，它准备去喝水……它停下来了……一定是石头卡住了车轮。——它迟早会因此断掉一条腿。"

他继续猜测下去，每听到一种声音，就下意识地猜测是谁，他思维敏捷，内心火热，关心着整个村子的生活，也探究着这里的烦恼，竟然没有意识到天渐渐地黑了。门口的光线较差，照在马厩里模模糊糊的，墙壁的色泽渐渐地变暗。

安布罗斯回来的时候已经是傍晚，他的酒还没有醒彻底，走路摇摇晃晃的，说话很快，根本就听不清楚他在说什么："腿受伤了？看看什么情况！"他默默地解开缠在伤口上满是血渍的破布，血迹已经干涸，紧紧地粘着小腿，他扯布条的时候，库巴痛得大叫。

安布罗斯轻蔑道："女人分娩都没叫成你这样！"

"主啊，很痛，你扯得我很痛！"库巴差一点就如同动物一样发出长啸。

"喔嚯，你被狗咬了？伤得很严重啊！"看着他的伤口，安布罗斯惊叹道。那条腿血肉模糊，伤口已经严重化脓，肿得像水罐一样粗。

"请为我保守秘密，森林管理员对我开枪，打伤了我……"

"好——是从远处射中你的对吗？我听到骨头碎裂的声音，你的腿已经废了……你应该早点叫我过来！"

"我不敢……我怕被人发现是我在打野兔……可是我已经走出森林了，管理员依旧对我开枪！"

"我听他在酒店发牢骚，说有人闹事。"

"胡说，野兔又不是谁的私有财产！我中了他的陷阱……我是在原野，他却对我开了两枪——森林的走狗——你千万要替我保守秘密，我怕他们告我，没收我手上的枪，这支枪不是我的……我原以为伤口会自然愈合——救我，好痛，全身就要裂开了！"

"你这玩弄手段的骗子，好狡猾啊，偷偷地猎取森林的野兔，想从大地主那里分一杯羹！——你看，这条腿就是报应！"他又检查了一遍，神色黯然，"迟了，一切都迟了！"

库巴怕得要死，他痛苦地叫道："帮帮我！"

安布罗斯不说话，将袖口卷起，突然拿出一把锋利的折刀，一手抓住那条腿，他边取子弹，边挤出脓血；库巴像是待宰的牲畜一样拼命地号叫，后来嘴被安布罗斯用羊皮袄堵住，他痛得失去了意识。

安布罗斯处理好伤口后敷上药膏，绑上新的绷带，待包扎好后才弄醒他。

"你必须上医院。"安布罗斯低声说。

库巴意识还没有彻底清醒，嘴里问着："上医院？"其实根本不知道在说什么！

"腿锯掉之后你才可能好转！"

"我的腿？"

"嗯，化脓，烂掉了，已经废了！"

"锯掉？"库巴还没有弄懂他的意思。

"嗯，从膝盖锯掉，不会有事的，我的腿就是从大腿骨附近锯掉的。你看，我还活着！"

"锯掉受伤的躯体，我就可以好转？"

"对，就像用手剜掉痛处那样……但是你必须去医院！"

"我宁可死在这里也不去医院……那里……他们解剖活人的躯体……你为我锯腿，我会给你钱的，多少都可以！"

"那你只能等死，只有医生才能给你锯腿，我马上去社区长家让他明天用车子送你进城。"

"不，我不去！"库巴固执地喊道。

"笨蛋，反对无效，你以为你的话会有人听？"

安布罗斯离开后，库巴自言自语道："腿锯掉就可以好转！"腿在伤口处理后就不痛了，可是整条腿直到鼠蹊都是麻的，体侧刺痛。不过这些他都不理会，径自想着心事。

"我会好转—— 一定可以，安布罗斯整条腿都没了，他可以靠木腿走路。他说：'就像用手剜掉痛处一样……'可是波瑞纳不会要我……不错，谁会要一条腿的长工——无法犁田，也干不了别的事情——我会怎么样呢？只能看牛……或者沦为乞丐，四处流浪，或者做教堂门廊——主啊，大慈大悲的主啊！"突然，他清醒地认识到自己的处境，吓得一下子坐了起来。

接着，他痛苦而又软弱地低吟着，心在深渊徘徊，找不到出处。

"主啊，主啊！"他反复地叫唤着，心剧烈地起伏着，四肢在颤抖，内心极度痛苦。他奋力地尖叫、挣扎了很久，泪水和绝望一直伴随着他。尽管如此，他还是下定了决心，他想得越来越深，头脑也冷静下来，心情也渐渐平复。他想得太过入神，结果连四周喧嚣的乐器声、歌唱声以及吵闹声都没有听见，好似睡熟了一般。

这时新娘和前来祝贺的宾客都到了波瑞纳家里。贺客牵着一头漂亮的母牛走在前面开路，雅歌娜的箱橱和羽毛被以及收到的结婚贺礼都在牛车上。

太阳刚下山不久，黑夜带着渐渐升起的迷雾慢慢降临人间。一行人从多明尼克大妈家里出发，乐队在前，边拉边走，乐声嘹亮，接着是被母亲和亲友牵着的雅歌娜，她身穿新娘礼服；后面是零零散散的宾客，散漫地走着。

他们沿着塘边走，水光被越来越浓的雾气罩住，呈现出暗色，四周渐渐地沉寂幽暗，脚步声和乐声像是从水底发出的，如同裹着一层遮掩物一样朦胧。带着湿气的寒风冷冽刺骨，人们根本没心情笑闹，所以尽管不时有年轻人唱一首歌、中年妇女吟一首诗，或是农家少年喊一声"达娜达娜"，但下一瞬间就静默下来。

到了波瑞纳家的院子里，一首骊歌才被女傧相高声唱了起来：
赶赴婚礼，女郎哀泣，
燃起四根小蜡烛，弹奏风琴曲。
——女郎啊，你道是音乐永不息？
——昨日些许，今日些许，今后你将一身哀泣！
达娜达娜！……一身哀泣！

门槛前的廊下，波瑞纳、幼姿卡和男傧相已经在那里恭候大驾的到来。最先上前的是拿着一个包袱的多明尼克大妈，包袱中有一片面包、一撮盐、一小块儿煤炭、一小段圣烛节的蜡烛，还有圣母升天节被神父祝福过的麦穗。雅歌娜跨过门槛时，贵妇们为了祝福她一切繁荣昌盛、恶魔进不去，在她背后扔些布缝中扯出的细线和大麻茎的外衣。

他们互相问好、拥吻、喝光蜂蜜酒，并祝对方幸运、健康、享受上天赐予的福泽，接着才进入屋子。一时屋子里到处是人，挤满了每一张板凳、每一个角落。

乐师们已经调好乐器，为了不打扰波瑞纳即将进行的酒宴，他们故意放轻了力道弹奏。波瑞纳手持一个高脚杯，里面盛满了酒，走到年长的妇女面前，向每个人敬酒，逼迫她们喝酒，并与她们拥抱，另外的客人则由铁匠代他招待。幼姿卡为了讨好父亲，将自己用凝乳和蜂蜜烤的蛋糕用大盘子端了出来。妇女们尽义务很起劲地喝完酒，也吃香肠，但宴会还是很沉闷，没什么喜庆的气氛。从来都喜欢说笑的女人此刻呆坐在板凳上，或是七零八落地站在墙角，都不怎么说话。

雅歌娜到私室换了一套家常服出来，准备作为这一家的女主人亲自招待客人，可是她的母亲却不让她做事。

"孩子，大喜的日子就该好好享受，以后有你劳累的时候！"她一再流着泪将女儿搂在胸前。

这种属于母性的伤感遭到了客人的嘲笑。大家想起雅歌娜做了女主人，有大量的田地和财产的新身份，嘲笑更尖锐了。很多姑娘一想起来就气愤，她们的母亲则对雅歌娜十分不满。

她们查看安提克一家原先居住的房间的时候，伊娃和雅固丝坦卡正在那里生起熊熊大火，准备丰盛的晚餐，怀特克甚至来不及搬木柴，直接往大锅底下塞几根木头。

她们接着用羡慕的眼光察看整个房子。首先，房子粉刷成了白色，地上还铺了木板，高大又显眼，是全村最好的，在她们看来，可以和贵族领地的大厦媲美！其次，大房间里有二十尊上了釉彩的圣像，家具和日常用具很丰富！还有牛舍、马厩、谷仓和棚屋，牛舍里面有五头母牛和大量公牛，值不少钱，还有马匹、鹅和阉猪，更重要的是田地！看着眼前的一切，她们十分羡慕，却只能深深地叹气。

有人对身边的人说："主啊，为什么这一切会落到那个坏女人手里？"

"哦，他们真会赶猪仔上集！"

"主动出击的人总会得手！"

"你你家的尤丽西亚为什么不把握这个好机会？"

"她敬畏神灵，作风良好！"

"大家都一样！"

"她要是与小伙子晚上幽会，村民不会放过她，会将这个消息告诉所有人！"

"雅歌娜真幸运！"

"那是因为她无耻！"

她们的话被安德鲁的大声嚷嚷打断了："音乐响起来了，房间里半个穿裙衩的女人都没看见，连个舞伴都找不到！"

"你倒是想，你娘允许吗？"

"别急，小心弄掉了裤子，那可不雅！"

"小心绊倒了别人！"

"稻草人，你和瓦伦特大妈正好凑一对，你们一起跳吧！"

安德鲁咒骂一声，领着碰见的第一位姑娘滑开，将那有如黄蜂的嗡嗡叫声抛在脑后。

舞者很少，除了娜丝特西亚和西蒙·帕奇斯高兴地转来转去，大家跳得很慢很低调。他们事先约定好了，所以音乐一响，就紧紧地贴在一块儿狂跳。社区长因为送新兵去区管部，所以来晚了，他一来，气氛就变得热闹。他的酒量很大，与每位在场的农场主聊天，还跟两位新人开玩笑："你的脸像被单一样白，你的新娘却像她穿的红裙子一样红！"

"到了明天你就不会这样说了！"

"马西亚斯，你经验丰富，有没有错过今天的好春宵？"

"怎么可能，大家一直看着他，而且他又不是公鹅！"

"我不会和你赌，哪怕是赌半夸脱的酒说你的话有理！我用社区长的身份告诉你，鸟儿会因为扔进灌木丛的一粒小石子而飞出来！"

雅歌娜逃出房间，后面传来客人的哄笑声，气氛渐渐活跃起来，客人比刚才愉悦多了，女人开始随意地说些没有分寸的话。波瑞纳拿着酒瓶，请客人喝了好几巡酒。跳舞的人渐渐多了起来，舞步比较轻快，人们开始顿足唱歌，大家围成一个较大的圈子在房间转动着。后来，安布罗斯来了，他坐在门槛边，目光一直追随着酒瓶。

社区长叫道："你的脑袋肯定是朝着杯子发出响声的方向转的！"

他回答："就是为了酒，我口渴，请口渴的人喝酒是在做善事！"

"你这酒鬼，口渴喝水！"

"那是对牛有益的东西，对人却不一定，古语说：'偶尔喝水不要紧，却没听说美酒有害！'"

"既然你已经这么说了，喝点伏特加酒吧！"

"社区长，你先请，古语也说：'施洗用水，红事饮酒，白事洒泪！'"

"说得好，再来！"

"第三杯都没关系，一般情况下，我为第一任妻子喝一杯，为第二任妻子喝两杯！"

"哦？"

"庆祝她死得及时，让我有机会找第三个！"

"你还想女人？薄暮一来，你老眼昏花，连东西都瞧不清了。"

"不一定要瞧见！"

话音刚落就爆发出一阵笑声，女人笑道："若说喝酒耍嘴皮，这两人半斤八两！"

"俗话说：'妻子会说话，丈夫会做事，家很有发迹的希望！'"

社区长在安布罗斯身旁坐下，周边围了许多或站或坐的看热闹的人。大家也不顾忌是否会妨碍到别人跳舞，只是听着两人像连珠炮一样说了许多谚语、笑话和滑稽故事以及有趣的话，笑得前仰后合。安布罗斯是这方面公认第一的好手，他用幽默而又诙谐的话语当面戏弄听众，叫人忍俊不禁。女人中最幽默的要数瓦尼格大妈。安布罗斯是第一小提琴手，社区长则是低音提琴手，在他官威许可的范围内两人一问一答，诙谐幽默。

乐师们用力地弹奏着最活跃的曲子，跳舞的人也用力地跳啊、叫啊，足跟敏捷地轻触地面，他们跳得愉悦欢快，浑然忘我。这时有人看到了犹太人颜喀尔，他是酒店的老板，此刻正站在走廊上，人们立刻请他进来。

"黄胚！——非我门徒！——母马之子！"颜喀尔不理会大家给他起的绰号，脱掉帽子向在场的所有人问安。

社区长高声说道："大家静一静，我们一起敬他喝一杯上好的伏特加酒！"

"我不介意喝一杯伏特加酒，正好经过这里，顺便进来看看你们这些农户怎么度过这个特殊的日子。上帝庇佑你，社区长先生！——祝两位新人身体健康！"

面对波瑞纳的举杯邀请，颜喀尔用头巾外套的下摆擦了擦酒杯，掩面一饮而尽，接着又喝了第二杯。

大家兴奋地叫道："颜喀尔，留下来玩一会儿，我不会侮辱你的，乐师们，请为颜喀尔奏响犹太舞曲！"

"跳一曲又有什么关系呢？又不是罪过！"

可是在乐师们还不知道究竟在奏什么的时候，颜喀尔已经偷偷地溜到走廊，离开了庭院。

取回猎枪才是他到这里来的初衷！

几乎没有人发现他离开了，瓦尼格大妈等人正在听第一小提琴手安布罗斯伴奏，他的演出一直持续到晚餐的时候。乐师们停止奏乐，被推上来的餐桌上的瓷盆发出咔咔的声音，可是他依旧说个不停，人们也听得入神，对波瑞纳的邀请无动于衷。雅歌娜一再相邀，却被社区长握住纤手拉到圈内，在他身边坐下。

有着"颠三倒四"绰号的亚斯叶克大吼道："朋友们动手吃吧，菜都凉了！"

"不要吵，你这弱智，想吃的话自己用舌头去舔！"

"老安布罗斯，你以为我们不知道，你和吉卜赛人一样满嘴谎言。"

"亚斯叶克，我，你惹不起，你的长项就是饭来张口！"

"惹不起，那就试试！"傻亚斯叶克以为安布罗斯要和他打架，大声地嚷嚷。

"你做的事公牛也能做……而且可能比你更有能耐！"

"安布罗斯，你不过替神父倒夜壶而已，全天下就你聪明？"亚斯叶克的母亲设法维护儿子。

安布罗斯生气了，大吼道："一头从教堂出来的小牛也比得过他，傻子！"

厨师已经端上刚出炉的餐点，扑鼻的香气溢满整个屋子，安布罗斯最先入席，其他的人也跟着落座。多明尼克大妈母子坐在中间，男女傧相坐在一起。为了使一切都合乎礼节，他们严格按照新娘就职礼的顺序入座，两位新人则站在一旁招待客人。接下来的一段时间很安静，客人斯斯文文地埋头大吃，只能听见汤匙碰着盘子发出的叮当声、玻璃杯传递的哐啷声，以及窗外小孩子吵闹、打架的声音，拉帕在屋子和走廊周围兴奋的狂吠声。

雅歌娜不时地将某种美食放到每位客人面前，恭请大家随意，"喏，吃肉吧，喏，吃点别的好东西"，举止优美大方。她的美貌和得体的话语征服了所有人，赢得了很多在场男人的爱慕。她的母亲甚至放下汤匙，停下来瞻仰女儿忙碌的身影。

波瑞纳也被她吸引了，趁她进厨房的时候，跟了上去，在走廊里搂住她狂吻："亲爱的，你真是个称职的主妇，高贵端庄得像贵族领地的夫人，让人爱不释手！"

"那是自然，你现在回去，单独坐的古尔巴斯和西蒙心情不好，没怎么吃东西，你去陪他们喝一杯！"波瑞纳乖乖地听从她的命令。

雅歌娜心情很好，她知道自己是这家的女主人了，手上多多少少有些权力，她感觉到了权威、力量和尊严。她随意地在屋子里到处走动，用敏锐的目光注视着周遭发生的一切，并着手处理事情，经验老到。

伊娃对雅固丝坦卡嘀咕道："虽然纸包不住火，老头子迟早会看清她的，但那与我无关，就我个人观点，我认为她是个合格得体的女主人！"

雅固丝坦卡不无忌妒地说道："一旦得宠，谁都会变聪明，目前是这样，可是等某一天她厌倦了老头子，开始与年轻男子暧昧不清的时候，一切都会不一样！"

"是啊，马修一直在盼着那天到来呢！"

"他没机会了，会有人让他放弃！"

"谁？波瑞纳！"

她狡黠地笑笑："不，比他更有权力的人，过一段时间，你就知道了！怀特克，那只狗吵得我耳朵都疼了，你将它赶走，还有那些会打破玻璃以及闹事的男孩！"

听到命令，怀特克拿根棍子冲了出去。

过了一会儿，狗叫声消失了，但人声以及顽童的跑步声还在。将他们赶到路上后，他边弓着身子躲开他们扔过来的石子或是其他的杂物，边跑了回来。

罗赫从庭院一角的树荫下走了出来："怀特克，你叫安布罗斯过来，说我在门廊等他，十万火急！"

过了一会儿安布罗斯才赶来，刚好是上最好的莱——豌豆炖乳猪，他却被人叫下了餐桌，心情很差："什么十万火急，难道是教堂起火了？"

"别那么大声，库巴快要死了！"

"要死到一边去，不要打扰别人吃晚餐，我傍晚才看过他，告诉他得上医院锯掉腿才可能好转！"

"你说过这样的话？难怪，他大概是自己动手锯掉了腿！"

"哦，上帝——他——他自己动手？"

"快去看看，我刚走进院子，正要去牛栏睡觉的时候，拉帕突然冲过来，又是叫又是跳，还猛拉我的头巾外套，还跑到马厩，坐在门槛上哀号。我不知道它什么意思，只好跟着它到马厩，我看到库巴蜷缩在门口，一半身体露在外面，我以为他出来透气的时候晕倒了，于是动手将他搬到草堆上，点灯给他喂水的时候才发现他脸色惨白，腿上鲜血直喷，弄得满身都是。"

他们走进去，安布罗斯努力地弄醒他，可是他已经没有力气了，连吸气都困难，牙齿咬得很紧，隐约还能听到从牙缝传出的嘎嘎声，他们用刀子撬开他的牙关，才能给他喂水。

小腿从膝盖锯断了，还连着一层荡来荡去的皮，血流不止。门槛上有一大摊血迹，旁边是一把沾满血迹的斧头以及原本在屋檐下、如今倒在门边的磨刀石。

"不错，他自己动的手，他不想上医院，以为这样就可以。这个勇敢的傻子，真下得了手——主啊，自己砍腿！……难以想象……血流得太多了！"

就在这时，库巴醒了过来，他四处看看。"已经砍下来了？……我砍了两次，之后就晕过去了——"他虚弱地说道。

"痛吗？"

"不痛，现在虚弱得像水一样，却不后悔！"

库巴静静地躺着，任由安布罗斯为他清洗伤腿，用湿布包扎。罗赫手持灯笼，跪在地上诚心祷告。

库巴虚弱地笑笑，眼角还带着泪花，像是丢在荒野懵懂无知的弃婴，自顾自地欣赏着头上晃动的青草和阳光，伸手想抓住飞过的鸟儿，以独特的方式与万事万物沟通，只知道母亲不在身边，却不知道已经被她抛弃。

他现在就是这种感觉，轻松自在，没有痛苦，没有忧郁，以为一切都会好的，而且还在暗暗自豪：他把腿架在门槛上，用那把被他磨得锃亮锃亮的利斧一斧头砍下去，之后又砍了一斧头……他成功了，疼痛已经过去了——他只要再多一点力气，就可以爬起来参加婚宴，甚至是跳舞，而不会躺在地上发霉。他想吃东西了，他好饿啊！

"躺着别动，我去叫幼姿卡，你马上就有吃的了！"罗赫拍拍他的脸颊说道，之后就和安布罗斯一起走到院子里。

"他失血过多，活不到天亮，会像沉睡的小鸟一样死去！"

"趁他还清醒着，马上请神父！"

"神父今晚得去佛拉庄的官邸！"

"我去告诉他，十万火急，救人如救火！"

"来不及了，有五英里的路程，而且还要穿过森林。饭后要走的客人已经备好了车子，你搭便车过去吧！"

罗赫坐上了一辆在路上拦下的车子，临走的时候对安布罗斯大叫："好好照顾库巴，不要忘了！"

"知道了，我会照顾他的。"

他叫幼姿卡为库巴准备酒食，自己则回到餐桌上继续大吃大喝，不一会儿就将此事抛到脑后，什么都不记得了。

善良的幼姿卡立刻去厨房准备了整整一盘的美食、半夸脱的伏特加酒，送到库巴的面前："库巴，这些是给你的，快些吃吧！"

"谢谢你，愿主庇佑你！好香啊，应该是腊肠吧！"

"我替你炸过了，味道应该更好。"借着马厩的晦暗的光线，幼姿卡将盘子放在他的手中，"你先喝点酒！"

库巴将玻璃杯中的酒一饮而尽："你陪我一下好吗？只有我一个人！"

他将食物分成一小块一小块的，送入嘴中咀嚼，但是却怎么也咽不下去。"那边热闹吗？"

"很热闹，人是我一辈子都没见到的那么多！"

他自豪道："那是自然，也不看看是谁娶亲！"

"是啊，我父亲很高兴……一直围着雅歌娜转！"

"她很漂亮，看起来就像贵族领地的官太太。"

"多明尼克大妈的儿子西蒙对娜丝特卡有意！"

"他母亲一定不同意，娜丝特卡家里有十口人却只有三英亩地。"

"所以她一直注视着他们，不让他们有在一起的机会！"

"社区长呢？"

"他和安布罗斯在一起一唱一和地说了不少话，笑得大家肚子都痛了。"

"他这样的官员，又是这样的场合，说说笑笑也是理所应当！安提克怎么样了？"

"傍晚我带了些糕饼、肉和面包过去给他的儿子吃，却被他凶神恶煞般地赶了出来，东西也被扔了出来。他态度坚决，一点回旋的余地都没有。我听到有凄惨的哭声从他们的破屋里传出，听说汉卡经常和她的姐姐吵架，还差一点动手。"

他不回话，呼吸渐渐地变得沉重，沉默了一会儿才开口："幼姿卡，我听到那匹母马在呻吟，哼得很厉害，它快下崽了，从黄昏一直躺到现在，我浑身一点力气都没有，根本没法照顾它，你帮我弄点马铃薯酱给它吃！"几句话说得他精疲力竭，之后他再次沉默，像是睡着了。

幼姿卡匆匆起身离开，这时他突然清醒了，对母马说道："西丝，西丝，西丝！"

母马发生低低的嘶鸣，扯动缰绳，链子咣咣地发出清脆的响声。

"这辈子终于可以饱餐一顿了，拉帕，不用抱怨，也有你的！乖狗！"他试着吃香肠，可是食物卡在喉咙里根本咽不下去，"主啊，如此多的美味……我却无法吃下一口！"他无法吞咽，一点东西都吃不下去，草堆上的手无力地抓着那块香肠。

"我从来都没见过这么多免费的食物！"他突然觉得难过，"我先躺一会儿，恢复体力，醒来就可以享受美食了。"

可是醒来的时候他依旧无法吞咽，手上拿着香肠意识却渐渐地模糊，根本就没发现拉帕正在偷吃。

晚餐结束后，院子那边传来嘹亮的音乐声，震得马厩的墙壁都在晃动。家禽受到惊吓，都在咯咯地乱叫，巨大的响声吵醒了库巴，他凝神静听，那边的舞会气氛很浓，欢笑声、嬉闹声、顿足声不时穿过墙壁传过来，姑娘们的尖叫声响彻云霄。听着听着，他突然昏昏欲睡，意识都聚不到一块儿，仿佛是身在叮叮当当的地牢中，或是急速回旋的潺潺流水的下面。可是舞会很吵，令人颤抖的顿足声将他微微吵醒，他的灵魂从遗忘状态苏醒，从遥远的地方归来，从地牢偷窥、偷听外面的世界。他企图吃点食物，或是内心深处低低地叫着："西丝，西丝，西丝！"

最后，他的灵魂慢慢地剥离肉体，飞过无涯的时间，像只羽翼渐丰的圣鸟，起先还不会飞翔，飘飘忽忽地乱动，偶尔对大地的依恋复苏，身体飞累了，企图落在人类出没的地方平息死别时的痛苦，它回到大地，回到亲友的身边，哀声向他们求助。

可是，不一会儿，它被某种神圣慈悲的力量所驱使，变得坚强，它越飞越高，甚至飞到上帝赐予永恒温暖和无限快乐的广袤未耕地、神秘的常春乐土，然后它飞入了天国。那里没有烦恼、没有忧伤，也不见生命的互相倾轧，百合散发出阵阵芬芳，甜蜜的气息从绽放的花田飘向空中，百万种色泽的床基上星河打着滚儿，黑夜永远不会来临。

静静的祷告像阵阵扑鼻的熏香，如云一般缓缓上升。铃声叮当，风琴轻轻地弹奏着，神圣永恒的"圣教堂"之都，包括天使和圣徒在内赎过罪的人正唱着主的赞歌！

库巴的灵魂飞累了，想要休息，可是屋子里的人还在纵情恣意地享受欢愉和友情，还在跳舞。节目比昨天更精彩，酒菜比昨天更丰盛，主人也比昨天更热忱，大家玩得忘乎所以，一直跳到虚脱为止。屋里屋外，像炸开了锅一样闹哄哄的，如果气氛稍有冷却，乐师马上加大弹奏的力道，宾客会马上跳起来，再次兴奋地唱歌、跳舞、嬉闹，如同狂风拂过原野。他们的心被主人火山一般的热情感染，心跳加剧，热血沸腾，理智全无。在他们眼中，所有的动作都是舞蹈，所有的声音都是歌曲，所有的眼神都是狂喜。

人们通宵达旦地玩闹，直到第二天早上，黎明的亮光伴随着大片乌云一起出现。新的一天开始得阴沉又静谧。没有太阳的世界阴森暗沉，接着天空下雪了，起先像是树梢上被风吹落的松针，形成旋涡，稀稀疏疏地飘落下来，接着变成大雪，呈直角鳞片状，像是经筛子筛过一样，分布得很均匀。雪无声无息地下着，单调重复地落在屋顶、树梢、树篱和整个大地上，形成一片大的洁白的羽毛被单。

婚礼这才算真的结束了。人们陆续回家，但是约好晚上再去酒店聚聚，算是最后的压轴戏。男女傧相自称是两位新人的忠仆，由乐队带领在门廊上站好队，齐声唱一首祝人们晚安的短歌。当然，天已经亮了！此时，库巴的灵魂已经落在主的圣足边……

第二部　冬

第一章

寒冷的冬天又到了。

刚开始的时候，冬天只是想试验一下它的胆量——与秋天展开厮杀，在阴沉沉的远处嘶吼，如同一只饿坏了的野兽一般。

如今真正寒冷的时候才算是正式来临，阴暗而又悲凉，只能依赖那仅有的微弱的光线——如同行尸走肉一般。鸟儿惊慌地叫着向森林里逃去，河流与池塘也发出令人惊惧的响声，疲惫地向前流动着，好像被这严寒的天气冻结了；田野好像也在颤抖着，一切生物都怀着崇敬的心情看着北方以及那变幻莫测的阴霾。

冬天的夜晚与秋天没什么两样，依然布满了凄凉的感叹声与呼呼的风声，如同挣扎着的声音，抑或是突然袭来的寂静。狗的叫嗥声，树木吱呀作响的被冰冻的声音，搜寻避身之所的小鸟的悲泣声，黑夜里隐藏在森林与十字路口那恐怖的呼喊声，以及奇妙的动物双翅拍打的声音和躲藏在农民们住宅下的黑色身影发出的怪异的声音。

黄昏的时候，红色的落日不时地从西方探出头来，慢慢地消失在地平线下——如同一个火红的铁球，闪耀着鲜红的光芒。周围升起黑色的烟雾，如同雄伟而又凄凉的大火。

人们说："冬天越来越难度过了；狂风就快要刮来了。"

冬天确实越来越厉害，随着时间的消逝，它的威胁也在不停地增长着。

十二月的第四天是"神圣死亡的守护者圣芭芭拉"的纪念日。从那天过后，冬天的狂风便一阵阵地呼啸着吹来，扫过土地，发出的哀鸣声，如同正在与野兽激烈争斗的猎狗。狂风扫过耕耘过的土地，在丛林里怒吼，震落树枝上的积雪，并将它扯断，穿过马路，在河流上轻轻地闻着；不需要多大的力量，便足以击垮那些粗陋的茅草堆砌的房顶与墙壁；之后呼啸着躲进树林里，黄昏的时候狂风又席卷而来，在微薄的暮色中现身，气喘吁吁地伸出尖锐的长舌。

寒风刮了一整夜，如同哀号着经过田野的大群恶狼，震慑大地。天还没亮的时候，硬邦邦的土地上积雪已被吹得干干净净，只是在一些洼地和沟壑里还残存着一些积雪粘在围墙上，土地上留下一些晶莹的白色斑点；不过路面冻得硬邦邦的——就像石头一样——寒霜以尖锐的牙齿啃着土地，因此传来金属撞击般的脆响声。不过天亮了之后，狂风便一下子躲进树林里，在里边瑟瑟地颤抖着。

天空也满是阴沉沉的乌云，越来越黑暗。浓密的云层从遍布着的洞穴中溢出来，伸着巨大的头颅，展开纤长的羽翼，灰暗的鬃毛在风中飘荡着，暴露着隐形的大牙，排着长长的队伍前进——从北方汹涌而来，巨大又黑暗，歪歪扭扭地排成一长列，好像是无数被推翻的树木重叠在一起，中间又有深深的缝隙，上边好像挂着无数绿色的冰条。这些乌云奋力向前，沉重地呼啸着。而从西方缓缓过来的像铅一样的灰色的云朵，偶尔有一些如同火焰般耀眼；一团团地向前涌动着，没有停顿，如同成群结队的飞鸟。从东方游过来一些扁形的、颜色如同铁锈一样的蒸汽层，一直都是呆滞死板的，就像是滴着血的腐烂的尸体，看上去有些不吉利。南边也飘过来一些古旧朴拙的彩色云团，红得暗淡，很容易联想到将要燃尽的煤炭，有一些不规则的纹路与斑点，但是有些黯淡，就像是躲藏着害虫的洞一样。更高处也有一些云朵静静地停留在那里，就像是来自那惨白又失却了温度的太阳，阴沉沉地重叠在一起，抑或是以不同的颜色舒展着，如同就要熄灭的灰烬。它们一齐汹涌而来，堆叠成一座座的高山，将天空都淹没在这阴沉浑浊的巨流里。

天地忽然变得黑暗，到处都是黝黑而又寂静的，光线变得朦朦胧胧的，水流也变得浑浊了，人们屏息感叹。大地散发着对于未来的惊惧，寒霜已经冰冷到了骨髓，一切生物都害怕得瑟瑟发抖。人们见到野兔狂奔过村庄，身上的粗毛都竖了起来；见到乌鸦站在粮仓上咕咕叫着，甚至向屋里逃窜，狗在庭院里疯狂地嗥叫；村人恐慌地走在路上，希望快点回到家里躲避严寒；神父的瞎了眼睛的母马拉着破旧的马车在池塘边不停地走动着，猛烈地撞击着墙壁，凄厉地哀叫着想回到马棚里。

黑暗像潮水一样袭来，疯狂而又凄凉；云层越来越贴近地面了，从树林里涌出来，如同浓厚的灰尘卷起的柱子，又如同浑浊的狂流在田地里翻滚；接着涌到了村子里，让一切物体都蒙上肮脏而又冰冷的浓雾。忽然，天上现出一条缝隙，就像是幽深的井里射出来的蓝光；然后一阵疯狂的飓风呼呼吹散朦胧的云层，霎时间浓雾消散，从这破碎的通道里吹过第一阵呼啸的狂风，一阵又一阵，毫不停歇。

狂风一阵阵地怒吼着，就像是勇往直前的洪流，挣脱所有的束缚奔涌而来，喧嚷着，击溃那黯淡的光线，将它彻彻底底地驱赶、吞没，抑或像尘埃一样拂去。

　　当浓雾与狂风相遇，就如同泡沫一样在天空里破碎，混乱而又繁杂。

　　阴霾在狂风里被无情地碾碎，迅速逃逸，隐藏到一个个的树林里。天空终于恢复了清澈，虽然看上去沉重而且阴暗，不过光明依然显露出来，人们不由得轻松了一些。

　　周日，狂风又肆虐了整整一天，没有消停过或者减缓半分。白天里没有太过难熬，但是到了夜晚就有些难以忍受了。夜里天上星星闪亮，却也是狂风最猛烈的时候。人们不再像平时刮风时说："肯定会有人去上吊了！"；而是说："今天上吊的人一定不会少于一百个！"狂风凄厉地呼号，敲击，呼呼有声，就像是无数架空车在坚硬的冰上急速行驶着，没有人能安然入睡。

　　屋子也发出嘎吱嘎吱的响声。狂风不停地掀起屋角，冲击着茅草屋顶，击打着门窗，还时不时地撕破窗户灌进来。人们不得不在半夜起床，将枕头抵住寒风：如果狂风继续往里灌的话，就会发出杀猪似的怒吼——还带着彻骨的冰冷，即使裹着鸭绒被也会冻得瑟瑟发抖。

　　在那狂风肆虐的日日夜夜里，没有谁说得出乡亲们遭受了多少苦难。房屋外边的损失有多大也没人说得出来。狂风击垮了篱笆，吹掉了茅草屋顶，还吹垮了镇长家里一座全新的棚屋；将巴特克·柯齐尔家粮仓的屋顶吹走了，一直吹到两百米开外的田地里；击垮了文西奥瑞克家的烟囱；掀掉了磨坊顶的一块大木板；而那些小的损失和果园与树林里被吹倒的树木，又怎么算得明白呢？哦，仅是公路上被风给拔起来的二十棵白杨树，就躺在路中间如同被杀害与分解的尸体！

那些年迈的人怎么也想不起何时有过如此剧烈的狂风，带来过如此巨大的损失。

所以，居民们都愿意待在家里，在灰暗的屋檐下噘着嘴——想要出去逛一逛可是件非常复杂的事情。但是，还是有几个妇女忍耐不住，偶尔小心地走过篱笆，拜访喜欢聊天的邻居；他们看起来是想在一起做纺织活，事实上是想聊聊天，排解一下心里的郁闷。此时，男人们在紧闭的粮仓门后边百折不挠地碾麦子，一整天里，连枷一直在地上敲击着。寒霜将麦子冻裂了，所以轧起来也比较方便。

狂风使得天气越来越寒冷，河流与溪水都被冻结了，沼泽也变得坚硬，就连磨坊里的水车池上都结着薄薄的发蓝的冰层；仅有靠近小桥的深水区，才有流动的水；而在另一些靠近岸边的地方都结了厚厚的冰，要打水的话还得凿开冰层。

这样的天气一直持续到圣露西亚节才有了些变化。

在圣露西亚节的当天天气没有那么寒冷了，狂风也松懈了一些，风狂扫过大地的次数也没有之前那么多了，风的力量也减弱了不少。阴沉的天空就像是耕耘过的土地一样表面呈现出大麻色，很是平整光滑，压得极低，好像就在道路两旁的白杨树的树梢上。

不过在午后祷告的钟声过后，霜冻又多了一些，雪花大片大片地掉下来。

傍晚来得有些早，虽然雪花变得干燥了，像粉末一样，但是更加浓密了，一直持续到夜幕降临。

一直到次日的早上，积雪已经堆得很厚了，如同羊毛一样铺满了大地，到处都是白皑皑的，散着蓝色的光彩，雪依然在下着。

　　一切都是寂静无声的，没有任何声息打破这正在飘洒到地面的大块大块的茸毛。所有的东西都是安静的，没有任何声响，万物好像被什么神奇的东西震慑住了，敬畏地停在那里不敢动，倾听着几不可闻的雪花扑簌簌的飘落之声——一片片闪烁着朦胧白光毫不停歇地往下掉落着！

　　现在黑夜已经变成了浑浊的白色，一道如同珍珠般亮晶晶的透着神圣的曙光，宛如纯白的羊毛一样覆盖着大地。这道曙光来源于深渊的最深处——如同冰冻住的星光的色彩，从天堂上掉下来，凝聚成了灰尘——现在散落在漫山遍野；不一会儿松林就盖上了一个白色的被单，遮盖了草原，遮盖住马路，就连整个村庄也隐藏在这浓雾与尘埃里面，除去洋洋洒洒的被筛下来的安静、光滑而又柔软的雪花，如同月色中的樱花一样飘落之外，一切都看不清了。

　　无论是房子、树木、篱笆，还是人的面孔，在三步开外便什么也看不清楚了；只剩下人们的声音好比翅膀怪异的蝴蝶般，在这纯白得如同云朵般的大地上翩翩起舞。

　　这样的境况一直继续了整整两天。最终房子整个都被厚厚的积雪包围，好像一个个凸起的雪山，从上边飘着一缕缕的炊烟。公路和田野连成一片变成一个大大的平原。果园里满是积雪，甚至将围墙都淹没了；池塘也被崩塌的雪给掩埋住，土地更是被埋在底下，只剩下一片纯白、平坦、难以通过的神奇的丘陵。

　　大团大团的雪花仍旧在飘着，不过变得干燥了一些，也没有那么密集了。夜晚天空里亮起一颗颗的星星；而在白天，透过那些飘浮在空中的微尘，不时地闪现出蓝色的天空，人们的喧闹声也更加热闹了，不再像隔着一层纱似的沉闷。村庄好像活跃了起来，人们也开始运动起来了；甚至有人想驾着雪橇外出，不过道路还堵塞着，不久只得回去了。人们在房子与房子之间挖出一条路，每个人的心里都很愉悦，特别是那些小家伙们更是开心得不得了；狗也到处跑着、叫着、舔着雪，与调皮的孩子们玩耍着；孩子们都跑到路中间，或者在篱笆内闹着、嚷着、打着雪仗，用雪堆成恐怖魔鬼，坐在雪橇上互相拉着向前。他们欢快的喧嚷与愉悦的活动让所有的地方都充满喜悦。那一天罗赫只好不上课了，想将他们关在教室里念那些一级书本根本是不可能办到的。

在第三天的傍晚，终于不再下雪了，虽然还飘着零星的几片，只是如同一个空空的面粉袋里洒出来的碎末而已——可以忽略不计。不过天色依然阴沉，乌鸦在房子周围扑棱着，飞到路上；夜里也是阴沉的，星星不再出现，只剩下那些白色的积雪作为这黑暗里的唯一点缀——并且万物都归于静寂，好像用尽了所有力气。

"即使是一点点的风，都会引起暴风雪。"第二天的早上，老头儿察看着窗外，嘀咕着。

汉卡将灶火点了起来，然后往过道望了望，时候有些早，村里的公鸡都在鸣叫着。早晨光线依然很微弱，如同石灰与煤灰搅和在一起，然后涂在了天上；不过，在东方那边，却有一团好像是笼罩着一层火灰似的红色。

屋子里的寒气是如此的冷冽、潮湿，像是冷到了骨子里，汉卡在屋子里只好在光脚上再穿上一双木头制成的鞋子。灶里的火还没有生起来，带着青色的柏树根还在嘶嘶地冒着烟。汉卡又从木块上砍下些木屑，再填进一些干草，终于把火点燃了。

"这几天的雪可真大呢，即使是整个冬天的雪也差不多就是这样吧。"老白利特沙一边在结着厚厚的冰的窗户上吹着热气，一边说道。

如今刚满四岁的长子醒过来在床上大哭着，不一会儿从房屋的另一边斯塔赫的家里传来生气的责骂声、小孩的大哭声和愤怒的关门声。

"哎，薇伦卡都开始做晨祷了！"安提克一边将刚烤热的绷带缠到小腿上，一边嘲讽道。

"噢，由着她吧，"老头儿回应道，"自从她掌握了怎么开口讲话——就一直说着了。或许是说得多了一些，不过也没什么害处。"

"怎么没有？她惩罚小孩时，也是没有害处的吗？她从没有好好地与斯塔赫说过话，让他过着如此糟糕的连猪狗都不如的生活，也是没有害处的吗？"汉卡一边跪在幼儿的小床边给幼儿喂奶，一边回答道。幼儿正大哭着，两脚不停地胡乱踢打着。

"我们来到这里，差不多三个星期了，他们家每一天都在争吵、殴打与咒骂中度过。她也是个妇人吗？很明显，她更像是畜生——但是，斯塔赫也真是没有骨气，随便她打他骂他。他像牛马一般辛勤劳作着，而她对他都没有对一条狗那么仁慈。"

老头儿看了看汉卡，眼神里带着乞求。正想为薇伦卡辩解几句，却听到开门声，斯塔赫的肩上搁着连枷向屋里张望着。

"安提克，你现在想去打谷吗？风琴师托我替他找人给他打麦子，那些麦子既干燥又结实，不用费多大劲——本来菲利普卡想去的，但是如果你愿意的话，也可以让你去的。"

安提克回答道："谢谢你的好心，但是我不愿意去风琴师那里做事。我想菲利普卡就能胜任了。"

"也行。那么，再见。"

汉卡对于丈夫的回绝很是吃惊，忍不住暴跳起来。不过她立刻俯身望向摇篮，不想让他看到自己的眼泪。

"噢！在这个令人恐惧的季节里，我们如此贫困，只有这么一些土豆和盐，一点钱也没有了——别人给他找来差事，他竟然会不愿意！每天都是坐在家里，吸烟，发呆！要么就如同一个疯子，四处闲逛，找找……你是要寻找什么东西呢？不会是风神吧？啊，天哪！天哪！"她恼怒地一边哭一边埋怨着……"如今即使是颜喀尔也不让我们赊账了。我们只能将母牛卖掉……是的，他在其他人的田地里干活有失颜面——不过——我们又能怎么办呢？上帝啊，如果我是一个男人，我一定不会吝啬自己满身的力量，一定不会如此懒惰，我必定会去干活，一直干到胳膊都动不了……唉！我这个悲哀的人啊，该怎么办呢？"然后她继续做着杂事，偶尔悄悄打量着安提克，他在炉灶旁坐着，将自己的长子抱到腿上，将他紧紧地包在羊皮袄中，把自己的手烤热之后捂着孩子的双脚，同时有些烦恼地对着火光叹息。老头子正在窗外削着土豆皮。

他们都沉默了，烦恼地想着心里的事情，又由于这令人窒息的悲痛更加不想说话了。他们不愿看对方的眼神，只是沉默着；只怕一出口就会渐渐变成叹息，脸上的笑意也渐渐僵住了；悲痛的内心清晰地展现在惨白虚弱的脸上，愤怒的烈焰深埋在心里。他们被波瑞纳撵出来已超过三周了，已经过去那么多的日日夜夜，被撵出来的所有场景都牢记在心。伤痛依然像往日一样清晰，顽固的反抗意识也如往日一样激烈。

此时炉灶里的火烧得正旺，屋子里充满了暖意，窗玻璃上厚厚的霜冻终于消融了，房外缝隙中的积雪也融化了，雪水往下滴落着，硬邦邦的土地上也微微地湿润了些。

　　"犹太人……还会不会来？"她忍不住问道。

　　"听他们说会来的。"

　　然后又沉默了下来。的确，该由谁先说呢？汉卡可以先说吗？……她没有勇气先说出口；只怕一说起来，她心里的愤怒便会忍不住倾泻而出！——安提克先说？他又该怎么说？说他惨痛的遭遇？这些他们都很清楚。他一向不喜欢和别人成为朋友；对于倾诉自己的心事，即使是在自己的妻子面前，他也不会这么做！况且此刻他的心里满是愤怒的火焰，那些往事都令他气得咬牙切齿，真想将这村里的人都找过来出口气——这些他又该怎么说呢！

　　现在他再也不会将雅歌娜那美丽的回忆珍藏在心里了，就当自己从不曾见过她好了，就当从来没有拥抱过那个如今他希望撕成碎片的女人。

　　不过他的心里并没有憎恨。每当想到她，总会暗自思量着："某些女孩子就如同找不到路的狗，不论谁扔给它一大块骨头，抑或挥一挥棍子，它便会听话了。"即使是这种想法都很少有了。比起在父亲那里遭受的致命挫折，他根本就没有将她的背叛放在心上。所有的错都是由于那个老头子，好吧，都是因为他——那个恶魔，那个专制无道的统治者，那个犹如他身上化了脓的芒刺的人！——都是他的错！——都是他的错——才会给他带来那么多不幸的遭遇。

　　这些天他承受的所有灾难、所有悲痛，都深藏在心里，穿在一起形成一串恐怖的念珠；他在心里不断地一颗一颗地数着念珠，一遍遍地温习着那些记忆。

对于自己的穷困潦倒他并没放在心上。他是个健康壮硕的男子汉——即使只有个能遮风挡雨的地方就已足够。

他暗暗思量着："就让我的妻子照料孩子们吧。"最令他气愤的是村里人对他的误会，越想越是愤怒，就像是被玫瑰刺着了。怎么会这样！只是三个礼拜而已，村民们居然都将他看扁了，权当他是个陌路人一样。没有谁愿意与他讲话，没有谁愿意来他家与他聊天，甚至都没有谁愿意和他打招呼。他感到自己就如同一个被流放的犯人。

罢了，他们不愿意来，他也不会强求。不过他是不可能缩在屋角的——更不用说对哪个人服软了。如果他们想揍他的话，也好，大不了打他就好了……不过，怎么会有这样的事情呢？是由于他打过他的父亲？——哈哈！丽卜卡村就没有发生过这样的事情吗？约瑟夫·瓦尼克不是隔三岔五与他的父亲打架？斯塔赫·普罗什卡不是将他的父亲的腿打折过吗？不过怎么就没人指责过那两个人？村里人只对他的事情感到惊骇。确实"上帝爱护什么人，圣徒也会爱护什么人"，而波瑞纳老头就像是丽卜卡村的神灵！

他不断地说着想要复仇，心里想的也全是想要复仇。他生活在一种激昂而又兴奋的情绪里。他什么也不干，从不在乎自己的穷困，从不为明天考虑。由于极度的悲痛将他击垮，他只好到处静静地走动着，不停地折磨着自己。他经常在夜里起来，在道路上到处瞎逛，有时躲在暗处，幻想着自己的复仇计划，发誓一定要惩罚他的父亲。

他们坐在一起吃早餐，每个人都沉默着。他疑惑地睁着眼睛，反思着从前的事情——饭菜如同有着锋利的刺的苦草，无从下口！

时间慢慢地流逝着，炉火也快熄灭了。外面的积雪散发着冰冷的白光，从融化了一部分冰的窗户上射进来；阴森冰冷的光线将所有地方都照亮了，也照出了房间里一无所有的困窘。

天啊！与这间破旧的茅草屋比起来，波瑞纳家可以算得上是宫殿了。错了，即使是他父亲的一座附属的房子，甚至是牛栏都要比这个地方更适宜人住。这根本就是个脏兮兮的猪圈，怎么能住人呢！这里只有一堆腐烂的木头、一些干燥的粪便和一些没有任何用处的垃圾！赤裸裸的地面上连地板都没有，泥土地上坑坑洼洼，填充着冻得僵硬的泥巴与垃圾，每当生起炉火，屋子里温暖了一些，那些洼地就散发着比肥料还要恶臭的味道。如同沼泽的地面四周只有几面赤裸的墙壁，散发着霉味，因为返潮墙上湿湿的，阴湿的角落里还有未化的霜冻；墙上到处都是破洞，用黏土塞上了——有些地方只糊着一些干草。仅剩的一些家具、日用品以及墙上贴着的圣像稍稍遮掩了一些凄惨的穷困景象；衣柜里和屋子里晾衣服的竹竿，挡住了房间与牛棚之间的柳条栅栏……

汉卡没用多长时间，便料理好了一切杂活。她的所有牲畜就是两只大小母牛、一头小猪和几只鸡和鹅，事实上这也是她所有的家产。她给两个孩子收拾好，他们立马从过道奔到薇伦卡家与他们的小孩玩在一起，不一会儿从那边传过来他们欢快的声音。然后她稍稍将自己打扮了一下，预料着不久贩卖牲口的商人就要来了，过后她还要去村里。

她很希望事先能与安提克商讨一下关于卖牛的细节，不过她不想先说。他依然坐在已经没有温度的火炉旁，表情严肃地看着前面，让她有些害怕。

他到底在为什么心烦呢？

她将木底鞋子放在一边，担心鞋子拖在地上的声音让他不悦，她时不时地用怜惜而又担忧的眼神看看他。

她的心里想着："噢，他的心里比任何人更加难过，更加煎熬！"她突然就很想问问他，想知道他在心烦什么，她就可以与他一起叹息。她走到他的身旁，准备说点什么诚恳的关心他的话。不过他一点都没在意，就像她不在身旁似的，她又怎么和他说呢？她只得悲哀地叹息了一声。我的主啊！那么多的女人，有谁的情况比她更糟糕呢——即使没有一个容身之所，又算得了什么！如果他能大声责骂她——不，哪怕是动手修理自己——最少她可以确定这个人还活着，而不是一个冷冰冰的木头。"而他！……什么都不说！时不时地像条疯狗似的大吼几声——抑或眼神冰冷地盯着我看。我压根儿没机会在他面前开口，更不可能坦诚地与他聊一聊。妻子——在他的心里究竟是怎么看的呢？不过是一双专门为他整理房间、做饭、照顾小孩的手而已吧！他何时关心过我？他可有疼爱、抚慰过我，温柔地对待过我，或者与我交流过吗？对于这些他从来就没有任何兴趣，对于身边的人，他从没在乎过，总是将自己当成一个陌路人，对于身边的一切，他假装看不见。正是如此，他甘心让瘦弱的妻子承担所有的担子，让我一个人吃苦，为所有的事情操心；而他，就连一句好话都没有对我说过！"

她越想越悲痛，终于忍不住流出了眼泪，便走到隔板另一边的牛棚，靠在泔水桶旁静静地哭泣着；母牛克拉苏拉喘着粗气在她的头与肩上舔舐着，此时，她终于忍不住大声哭出来了。

"我就要将你卖掉了，我可怜的牛啊！……他们就要过来了……他们不久就会来了……他们就要为你斤斤计较……之后就要将你的角系起来……然后将为我们供应食物的你带走！"她轻声嘀咕着，抱着母牛的脖颈，将她受伤的爱怜之心转移到这只关怀她的牲口身上。——不，再也不能发生这种事了——母牛一定要卖，接下来他们该吃什么？……他竟然不愿意去干活！别人不是给他找了活儿吗？他不想去。干一天活或许能得到一些钱啊——最少总可以买些糖，再买点猪油，今后再也没有牛奶可以吃了。

她转身回到屋里，准备将心里的想法告诉他。

"安提克！"她用严厉、决绝的口吻喊道。

他沉默地以满是血丝的眼睛看着她，眼神里满是悲痛与绝望，她很害怕，心里不由得升起同情。

"听你说有人要买牛是吗？"

"他们应该还在路上；狗已经在那边狂叫起来了。"

"错了，狗叫声是从西科拉家的墙里边传出来的。"她出去看了看，转过来说道。

"他们说过上午来的，我们只有等着了。"

"啊，我们一定要卖掉母牛吗？"

"唉！我们已经没钱了，我们剩下的干草也不能满足克拉苏拉和小母牛了——是啊，必须要卖了，汉卡。不然又能怎样呢？我也不希望卖掉它的。"他依旧用低沉的声音说着，声音里满是温柔。汉卡好像着了魔一般，心里很是高兴，不由得又升起了期望。此时她不管有没有母牛，也不管别的什么灾难。她仔细地凝望着他那让人喜爱的脸，他的话仿佛火焰一般照亮了她的心扉，让她的心里充满了愉悦。

"噢，的确，我们是必须卖掉它。无所谓，我们还有小母牛嘛。

四旬斋的中旬它就要产下牛崽了，到那时我们就可以喝上牛奶了。"她随声应和着，希望他可以再说点什么。

"如果我们的草料不够，还能再买一些。"

"不如买一些燕麦秸，剩下的黑麦还可以用到明年的春天——父亲，希望您替我们将放土豆的地窖打开，我们想察看一下土豆有没有冻坏。"

"父亲，你不用忙了，这个活儿你扛不住，我来就行。"

他站了起来，从竹竿上拿过羊皮袄便出门了。

积雪差不多与房顶一般高了，由于这间房子所在的地方没有什么依靠，几乎在村庄外边，与大路还间隔着大块的田地，附近也没有什么围墙或者果园抵挡风雪。窗外只有几棵生病的野樱桃树，不过现在都被积雪掩埋了，只剩下一些歪扭的枝条还露在外边——今天清晨，老头儿就将门外的积雪铲走了，但是他也将储藏土豆的土窖给盖住了，现在几乎找不见了——安提克使劲地挖着，积雪差不多有一人多高，虽然刚下不久，不过都粘在了一块儿，硬邦邦的，需要一块块地铲出来。放土豆的地方还没有挖开，他就已经满身大汗了。不过他很愿意做这些，小孩在门外嬉戏着，偶尔他会向他们扔雪团。但是，他也会偶尔歇一歇，靠在篱笆上看看周围，然后重重地叹口气，好像灵魂又一次找不到方向一般。天上飘着低低的白色云团。举目四望，这些未融化的雪就像是一堆堆的柔软的羊毛，拼凑成一个广阔无垠的平原，纯白中泛着淡蓝；空气中还有一些凝结的小冰晶，看上去好像一层薄雾，如同一张美丽精致的纱布笼罩着天地。白利特沙老头的房子就在地面的凸起处，从这里可以俯视整个村庄。积雪堆成的雪丘如同巨大的鼹鼠做的窝一样，在池塘边排成长长的一串，每一个上边都覆盖着一层白色的积雪，那里都显露出粮仓黑漆漆的围墙，红棕色的烟雾升腾到空中，还有几棵树从周围细细的雪中探出身子，漫山遍野全都是一片银白。人们的说话声尖锐而又急促，与单一的连枷声相混合，就像是有人在地底下击鼓一样。道路也被积雪阻塞了，路上一个人也没有，也没有任何东西破坏这银白的田野。薄雾笼罩的前方融为一体，再也看不到天与地的界限，只剩下树林在这纯白的世界里泛着淡蓝的光彩，如同天地交界处的一片云。

安提克的视线在荒漠般的雪原上逗留了不久，便转过身搜寻着他父亲的房子。正寻找着的时候，突然被汉卡的一声叫喊惊扰，她正在土豆坑里。

"啊！都没被冻着！瓦尼克储藏的粮食冻得很严重，有很多只能用来喂牲畜，而我们的土豆都完好无损呢！"

"嗯，真不错——你快过来看看吧，如果没有看错，好像犹太人就要来了，我们该将母牛拉出牛棚了。"

"不错，他们终于来了——除了他们还会是谁？啊，正是——那些奇怪的人！"她厌恶地说道。

小路上都是积雪，只有通过辨认斯塔赫清晨出门时的足迹才能勉强找到路。此时那两个犹太人正从酒店走到那条小径上，拉拉扯扯的，村庄里差不多一半的狗都跟在他们后边，它们很是高兴地在后边对他们狂吠着。之后安提克还是去将那些狗赶跑了。

"啊，你们还好吧？——由于这场雪，让我们晚了些——好厚的积雪啊！——车子都动不了，就连步行也障碍重重，真的。只有将村民们全召集过来，树林里的那条大路才可以通过。"

他们还想说些什么，安提克没有理睬，只是让他们进屋里烤烤火。

汉卡将母牛肚皮上肮脏的地方擦拭干净，又将从清晨积蓄下来的牛奶挤出来，才将母牛从房间里牵到后边的院子里。母牛挣扎着，不愿意走，经过门槛时猛吸了口气，抬起头，舔了舔地上的积雪，接着忽然发出一阵悲泣的鸣叫声，使劲地拉扯着缰绳，几乎就要挣脱白利特沙老头的束缚了。

汉卡终于看不下去了。她的心里极度痛苦。她也大声哭了起来，小孩子也在旁边扯着她的衣服，和她一起大哭。

安提克的心里也很不好受，他皱着眉靠在墙壁上。此时在土豆洞旁边的雪堆上飞过来许多乌鸦，他直瞪瞪地望着它们。两个买牛的人用方言向对方轻声说着什么，走到跟前抚摸着母牛，仔细地察看着。

一家人的心情都很难受，转过头去不忍心看母牛，而它正在撕扯着缰绳，用一双惊恐的眼睛颓然地看着它的主人，徒劳地低声嘶吼着。

"啊，上帝啊！——克拉苏拉，我全心全意地抚养你，满足你的所有要求，难道就是想将你卖掉，让这些牛贩子将你送去屠宰场，将你杀了吗？"汉卡悲痛地在墙上撞着自己的脑袋。

噢！哭泣与叹息都是不顶事的，古话说得好："一定会降临的事情——是不可避免的。"

"你们想卖个什么价钱？"年长一些的长着灰色胡须的犹太人还是问道。

"三百个兹罗提吧。根据之后的生意，能换算出来三百兹罗提相当于四十五卢布。"

"笑话！那么骨瘦如柴的一头牛能值三百个兹罗提？安提克，你开玩笑的吧？"

"骨瘦如柴？你千万不要这么说，不然你可得后悔了！骨瘦如柴！你来瞧瞧——它还这么小——都没有五岁呀——而且又如此健壮结实！"汉卡生气地反驳。

"哎！哎！做买卖的人怎么可以因为几句话就生气呢。——那就三十个卢布吧！"

"我不会改价的。"

"我来出个价吧。三十一个卢布？……噢，三十一个半卢布——三十二个？就算它三十二个半……就这个价吧？"

"我还是那个价钱。"

"最后一次了，最多三十三个卢布！"年轻一些的那个犹太人懊丧地说道，"可以的话就成交，不行的话就算了！"一边转过头寻找着他的拐杖，年长一些的那个犹太人则正在穿上他的大衣。

白利特沙老头抚摸了一下母牛的脖子说道："真是头好牲口！啊，生意人，你们就不畏惧天主吗？这头母牛大得都比得上一个牛栏了！哈，仅仅是牛皮都不止十个卢布——啊，你们可真是骗子啊！你们这些谋害基督的刽子手啊！"

这时候犹太人终于开始锱铢必较了，语气很是强硬。安提克坚决按照最开始说的价钱；即使是让步也只是一点点。说实话，母牛克拉苏拉的确值得上这么多钱；如果在春天的时候转卖给其他的村民，最少也可以赚五十个卢布。不过"缺钱让你赶着出售，贫穷逼着你急于脱手"，犹太人可是很了解这些的；虽然他们的声音越来越大，越来越热情地与安提克握着手，希望早些做成这笔买卖，不过每次最多只加半个卢布而已。

最终，他们愤怒地转身想走，汉卡正准备将母牛拉回牛棚里，安提克也非常气愤，准备不卖了——你瞧瞧，他们还是回来了，气愤地说他们再也不会出比这更高的价钱了，又将手伸向了安提克……最后，安提克还是同意以四十卢布的价格卖给他们，另外再付给百利特杉老头两兹罗提小费，他负责将牛给他们牵过去。

犹太人立马就将钱付给了他们，老头儿与他们一起将牛牵到酒店，他们的雪橇在那里等着他们。汉卡与孩子们将母牛克拉苏拉一直送到马路上，一会儿抚摸一下它的头，很是怜惜地低头望着它，怎么也掩藏不了心里的悲痛……

在路边她站了好一会儿，一直到看不见克拉苏拉了，才大声斥骂着那些没有道德的"黄种人"。

居然卖掉了克拉苏拉这么一头优秀的母牛！——怪不得这悲伤的女人如此愤怒！

汉卡回家之后，便说道："真像我们的亲人中的一个被送去墓地了。"她还是忍不住常常往空空的牛棚里看去，或者是抬头看向窗外那条满是母牛足迹的小路，时常忍不住哀声痛哭，不停地流着泪。

安提克将钱放在桌子上，大声斥责道："喂，干吗还哭个不停？嘿，女人呐，压根就是一头牛，什么都不会做，只知道哭哭哭！"

汉卡应道："'没有吃过苦的人无论对谁都没有同情心。'你将孤苦伶仃的克拉苏拉任由他们宰割，竟然不觉得伤心。"

"嗯，难道你更愿意让别人宰了我去换钱吗？"

"如今我们已经沦落到当长工的地步了——像个乞丐一样——没有牛奶可以喝，更不用说有一丁点儿的安慰了！这便是我的家给我带来的好处！上帝啊，其他的男人都像公牛一样卖力地干活，赚点东西养家；而你却将我们最后的家产都拿去卖了——那母牛，陪我一起嫁到你家，它是我从娘家里带过来的唯一的家当啊！"她不断地说着，心情很是激动。

"你这个笨蛋，什么都不懂，你这么喜欢嚷嚷就嚷嚷去吧。——这些钱放在你这里，将欠款都还上，该买的东西也买上，其余的就存起来。"他将那些钱放到她跟前，却从里面拿走五卢布，放进了钱包里。

"你要拿这么多钱做什么？"

"做什么？你不会只让我拿根棍子出去吧。"

"出去？你要去哪儿？"

"随便哪儿，只要不是这里就好。我会去干活儿的，再在丽卜卡村待下去就要烂掉了。"

"走？乞丐走到哪里都不可能有鞋可穿的。——'穷人不管去到哪里，都会遇到逆风的'——噢，我就得一个人待在这里，是这样吗？"她尖着嗓子，带着一些威胁地走到他面前，她也不明白自己是怎么一回事；此时他拿过羊皮袄，系上腰带，正在找他的帽子，压根儿就不理睬她。

他又说道："想让我在这里给农民们做帮工？我是不会去的。即使饿死，我也不会去的！"

"风琴师正在找人替他打麦子。"

"那个高高在上的人！——不过是一头在唱诗班里乱叫的牛犊而已，除了这个，他可真是一无是处；他的双眼总是盯着农民的钱包，每天都依靠着祈求或者谎言骗农民的钱过活！"

"'常言道：'缺乏诚意的人只会逃开自己的责任！'"

"别说了！你真是没大没小！"他怒吼道。

"我说过反抗你的话吗？你总是想怎么做就怎么做，从没考虑过我！"

他马上用温柔的声音说道："我想去地主那里应征。我准备去问一下有没有什么活儿，或许可以在圣诞节之前有个结果。不过我更想去其他地方当一个最普通的农民，也不想在这里烂掉；在这里不管走到哪里，都会被人误会。我受不了这些。我已经待不下去了——再也受不了别人对我的可怜，受不了被人当成一个无赖！"说这些话的时候，他越来越气愤，汉卡惊呆了，傻傻地站在一旁动都不敢动；她还从没看见过他这个模样。

"再见啦。几天之后我就会回家的。"

"安提克！"——声音里透着些心灰意冷。

"又怎么了？"他在门口转过头问道。

"难道你就不能好好和我道个别？"

"你是希望我好好抚慰你吗？啊，现在我的心情不太好。"他重重地关上门转身走出去。

安提克咬着牙叹息了一声，扶着棍子快速地走过雪原，踩在被冻硬的积雪表层，发出咯吱咯吱的响声。他转过身看了一眼自己的房子，汉卡靠在墙上，泪流满面；薇伦卡正从另一边的窗户里悄悄望着他。

"每天就只知道哭！——还是快走吧，走出去吧！"他环视了一圈周围白皑皑的雪原，心里升起一种神奇的企盼，他感觉好像受到了鼓舞，一想到在那陌生的村庄和新鲜的世界里的新生活，心里就非常高兴振奋。这样的感觉忽然涌到他的心里，将他推向前方，如同忽然奔涌而至的洪流里漂浮着的一根朽木，朽木抗拒不了它，又不能保持在原地。

不过是一个小时而已，在之前他非但没想过离开，就连走出家门的想法都没有。噢，此刻他却如同一只飞在空中的鸟儿，无论去哪里都可以——飞到树林，不是，他是要飞到树林之外的即使是在梦里都没有去过的地方。是的，他干吗要留在这里浪费时间呢？在这里他还有什么希望呢？——神父是个不错的人，曾经很明确地跟他说过：想要与他父亲作对是不可能胜利的，况且上法庭也需要很多钱。——复仇？——还需要一个合适的时间，没有谁在伤害他之后还能安稳地生活。因此这个时候……他最好离开这里—— 一直往前走，只要不留在丽卜卡村，去哪里都行！

不过应该先去哪里呢？

这时候他正站在两旁满是白杨树的道路拐弯处，踌躇地看着前方灰蒙蒙的天空。"我得经过这个村子，沿着那条大路走到磨坊的另一边。"他立马向着那条大路走过去。

距离那条路还有半亩地的时候，他只好闪在一边；因为这时候从白杨树下的道路上飞快地驶过来一辆雪橇，扬起一片雪花，有叮叮当当的铃声传过来。

他认出他们是波瑞纳老头和雅歌娜。马使劲地向前奔跑着，雪橇在它们的后边就像羽毛一样摇摆着。老头儿更是用力挥鞭，要马跑得更快些。他居然还有说有笑的呢！雅歌娜也在高声说着什么，此时忽然望见了安提克。仅仅是一刹那，两人的眼睛彼此望着——随即便转向别的地方。雪橇如同闪电一般，转瞬便消失在那扬起的雪花中。安提克依然站在那儿，转过头望着他们，沉默着。他们的身影偶尔浮现出来，雅歌娜的红色外衣在风里很是鲜艳，铃声飘忽不定，到最后终于消失了，消失在那一片灰蒙蒙的雪原上，在那挂着冰霜的树梢上，在那两边黑漆漆的树干上……那些树好像也垂头丧气的，一直沿着通往树林的上坡沮丧地排列着。不过安提克的脑海中只有她那双眼睛，明亮的双眼好像就在他的面前，那双饱含惊恐和凄惨的眼睛就在这雪地上方——出现在所有的地方，迷茫而又愉快，神情尖锐，却饱含着对生命的热情！

他忽然感觉灵魂就要飘散，消失在这片混沌里，好像陷入了迷雾里，遍体生寒，不过那双蓝色的眼睛依然闪耀在他的心里。他低垂着头缓缓向前走去。时不时地回头张望，却只看见两边的白杨树，只看见那滚滚而起的雪花与那远去的铃声一起渐渐消失。

突然间他什么也记不起，好像由于一次神奇的际遇而失忆了一般。他沮丧地呆呆望着那边，不知如何是好——该去哪里呢……也不明白自己是怎么了。他好像在做梦一样——一个如此真实的梦，怎么也走不出来。

他不由自主地去了酒店。超过数十辆拖着人的雪橇，细细查看，却连一个认识的人都没有。

"那些人要去哪儿？"他向站在门口的颜喀尔问道。

"去法院。村民们因为一头牛的死和牧牛人被揍的事情将地主告了，这件事你听说过的吧。那些人都是去作证的；波瑞纳已经先去了。"

"他们会胜诉吗？"

"为什么要有人失败呢？他们告的是弗拉村的一个贵族，而审判官却是路德卡庄的贵族。贵族们哪里会有失败的？——并且村里人想要出门，想要修路，想要好好享受，而市民们也要做买卖的，因此每个人都会得到些益处的。"

安提克可不想听颜喀尔在这里吐苦水。他要了一杯高浓度的伏特加，靠在吧台上，在那里整整想了一个多小时，伏特加都没有动过。

"你有什么烦心事吗？"

"我怎么会有烦心事？——让我进包间里吧。"

"不行的。那些商人们都在里边——可都是大生意人呢，他们早就在贵族那里买走了维奇多利。他们想歇息一下，这时候应该在睡觉吧。"

安提克嚷嚷着："我要扯断那些浑蛋的胡子，将他们这些无耻之徒都赶出去！"他发了疯似的想冲进包间里，不过走在半路上，忽然就有了新的想法，拿着酒瓶去了一个最阴暗的地方。

酒店里没什么人，非常安静，只剩几个犹太人正说着地方话。颜喀尔正在接待他们，偶尔有人过来喝上一杯酒，喝完了便出去了。

此时已经过了中午，霜冻应该也变厚了，雪橇的轮子滚过积雪时发出咯吱咯吱的响声，酒店里也更加冷寂了。安提克静静地沉思着，浑然忘记了自己心里和周围的事物。

他一直大杯大杯地喝着酒，但是那一双明亮的眼睛啊，总是不停地闪现在他的眼前——浅蓝色、深蓝色！——距离他是这么近，差不多就碰触到他了。——喝完了三大杯酒后，那一双眼睛更加闪亮了，好像围绕在他的周围，如同灯光一样照亮了每一个角落！——他不由得颤抖了一下，惊慌地站起身。

颜喀尔拦在门口，说道："喂，先结账，先给钱吧！我可不会再让你赊账了。"

“一边去，你这该死的犹太人，不然我对你不客气了！”安提克愤怒地吼叫着，颜喀尔吓得脸色苍白，立刻闪在一边。

安提克使劲关上门，走了出去。

第二章

临近中午，天空渐渐明朗了些，不过光线只不过如同灯芯草蜡烛一般，在这一片阴沉里颤抖着；这一丝光线不一会儿就失去了，天空又变得一片阴沉，一场大雪好像又在酝酿着，准备再降临一次。

安提克家的房子更加黑暗阴冷和凄惨了。孩子们坐在床上嬉戏着，毫不厌倦地轻轻说着些什么。汉卡很是心烦，都不知如何是好。她坐在家里，心里异常烦躁，偶尔站在门口，用炽热的眼神望着积雪。不过道路或者田地里一个人也没有，只有几辆雪橇离开酒店，不一会儿便什么也看不见、什么也听不见了，消失在这漫无边际的雪原里。

她叹息了一声。即使是一个乞丐经过这里，她也可以与他聊一聊啊！

这时候她唤回那些又准备在樱桃树上过夜的家禽，将它们赶到鸡舍里。不过刚进家门便与姐姐薇伦卡争吵起来。这是怎么回事？她居然将猪食放在过道里给猪吃，那个脏兮兮的畜生把汤洒到了地上，汉卡房间的门前被弄得脏乱不堪！

汉卡站在门前,对着关上的大门嚷嚷道:"你这个自认为很了不起的女人,快过来瞧瞧你的猪吧,不然让你的孩子照看一下。我可不想因为你弄得满身脏污!"

"哈,她家的母牛没有了,因此在这里乱叫,是吧?阔太太,这时候就忍受不了脏污了!不过她不就是住在猪棚里吗!"

"不用你来担心我的房子或者母牛!"

"也不用你来担心我的猪,知不知道?"

汉卡用力关上自己家的大门,她又能怎么反驳呢?你回她一句,她可以回你二十句。——她将门反锁好,将钱拿出来,一遍遍地计算着,可每次都会出错。她的情绪有些混乱:一来是生薇伦卡的气,二来不放心安提克。她经常产生一种幻觉,感觉到克拉苏拉正在呼喊着;偶尔她会回忆起小时候在家里的一些事情。

她看了看房间,嘀咕着:"可是她确实没有说错,我们这房子还真的和猪圈没什么两样!"——但是,那里呢!……我们在地上铺着地板,墙是粉白色的,一切都那么整洁舒适而又温暖,想要什么就有什么……那里的家务又有多少呢?……吃完饭幼姿卡洗碗,雅歌娜做纺织活,抑或站在光亮的没有霜冻的窗户前望着外边的风景……她还需要些什么呢?……波瑞纳已逝的妻子的珊瑚现在全是她的了,还有那么多的裙子、手绢与亚麻布衣服。她也不用为什么事心烦,也不用辛勤劳作换取生活,就能吃饱喝足了!还有,听斯塔赫说过,雅固丝坦卡什么都替她做,她只要睡到天明,早饭还得喝杯茶,因为"她不喜欢吃土豆"!……老头子也是什么也不做,每天就是与她调笑,好像她是个小孩子一样……

一想起那些,她气愤异常,从矮柜上一下子站起来,挥着拳头。

"啊，骄傲的家伙、狐狸精、淫荡的女人！"她尖声嚷嚷着，白利特沙老头本来在炉火旁昏昏欲睡，也被她给吓醒了。

汉卡马上恢复了镇静。"爸爸，你去将土豆洞用干草盖上，然后再用积雪堆起来，马上又有霜冻了。"她说完之后，又继续去算账了。

不过老头儿的活儿好像还没有开始呢。雪太多了，他也没多大力气——并且他的情绪很不稳定。他替别人牵牛，那两个兹罗提是付给他的小费，他应不应该得呢？他很清楚钱就在餐桌上，亮闪闪的，看起来是十成新的。

他心里默默地想着："或许他们会将钱给我的。那些钱不就应该是我的么？克拉苏拉扯得那么用力，我牵着缰绳手都发麻了，可我还是紧紧地牵着……而且在卖牛的商人面前我说了它那么多好话！哦，是我让他们听我的话的……彼德那个孩子——一到当地的节日，我就得送给他一个口琴……还要给那个小的准备一份礼物……还有薇伦卡的孩子们，虽然他们不过是些顽劣、调皮的臭小子……我还要给自己买些鼻烟——浓烈一些的——更刺激一些的！斯塔赫的鼻烟一点都不顶用，嗅过之后甚至都没什么反应。"

这些想法让他不能好好干活儿，一个小时后汉卡再过来察看，发现干草上才只有薄薄的一层雪。

"哈，你吃的可不比一个成年男子少啊，可是干的活还没有一个小孩子多！"她讽刺道。

"噢，汉卡，我正在努力干着，只是这时候停下休息，我很快就会做好的——马上就好了！"他感觉很不好意思，断断续续地说。

"就快要天黑了，树林那边已经暗下来了，寒霜也就要降下来了，这个土坑就像被猪踩过一样。你还是去屋里看着孩子们吧。"

她自己动手，麻利地干着活，不一会儿就将土坑填好，在上面堆了个很好看的雪堆。

等她做完这些，天也完全黑了下来，屋子里也更加寒冷了。潮湿的地面被冻得僵硬，木鞋踩在上边嗒嗒作响，寒霜又在窗户上结成一层薄纱。小孩子也开始抽泣着，不过她没有去安抚他们，时间已经不够了。她还要给小母牛添加一些草料，给外边正饿得哇哇叫的小猪喂食，还要给家禽喂水。做完这些她还要重新把账算一算——算清楚她应该付些什么钱，还要还给谁。做完这一切，她准备出门去。

"爸爸，请你将炉火生起来，照看一下孩子们——如果安提克回家了，火炉旁边铁架上的锅里还有些卷心菜。"

"嗯，知道了，汉卡，我会做好的——卷心菜放在铁架上，好，我会照看好的。"

"噢！——牵牛的小费，在我这里。你应该不要的吧？你什么也不缺……还需要些什么吗？"

"嗯，汉卡，是的，我什么都不需要了。"他轻声应道，立刻转过脸对着孩子们，担心女儿发现他脸上的泪水。

她出门了，有些承受不住这股寒冷。暗蓝的天幕从四周向她靠拢，明朗干净。天空就像水晶一样明朗，天地交界处没有云，再高一些已经有几颗星星冒了出来，忽明忽暗的。

汉卡一路上不停地思索着。她希望给安提克找到一份不错的活儿，将他留在这里——只是一想到他最后与她说的，就异常地惊慌。这一生她都不会离开这个村子，去其他地方生活的。唔，她是不会与不认识的人在一起生活的！

她静静地看着道路，路边零零星星的房子，几乎被积雪完全掩埋的果园，还有在黄昏里泛着灰色的一大片田地。冷寂的夜晚一下子就来临了；天上的星星相继闪现，就像是有人在那里撒种子一样；晶莹洁白的雪地上，村民家里的灯火也相继亮起，炊烟的味道飘散到空中。人们慢慢地走着，声音好像从地面飘浮而过。

"这些都已经深深地埋在了我的心里，变成我身体的一部分了；我不想像风一样四处流浪。啊，绝不！"她使劲地自言自语着，此刻脚步也减缓了下来；因为她总是不小心踩在松软的雪块上，双腿埋入了齐膝深的软泥中。

"这是上帝赐予我的地方——是我的地方！我活在这里，死后也会在这里。我们只需要熬过这个冬天就可以了！……即使安提克不愿意去工作。罢了，我总不至于到行乞的地步。我需要一个纺纱——纺织——或者其他我能做的活儿，千万不能让这点困难击倒我。我听说薇伦卡凭着纺织挣钱，还能存些钱呢。"

汉卡一路上想着这些，走到了酒店里，颜喀尔依旧拿着一本书昏昏欲睡。一直到她将钱拿到他的跟前，他才看见她，接着友好地向她笑着，给她算清楚欠账，甚至请她喝了些伏特加。不过他没有告诉她安提克欠账的事情，压根就没说起他，一直到她快要出门了，这才问起她的丈夫在干什么。

她回答说在找活儿干。

"他也能在村子里干活的。他们就要在这里建一个木材厂，我也想找个经验丰富的人给我运木材。"

"我的丈夫是不可能给酒店干活的。"

"他就是这样的大男人吗？干脆去睡觉得了！不过你还有几只鹅的，请你养得肥胖一些，圣诞节的时候我想买了。"

"我是不会卖的，我还得留着它们孵小鹅呢。"

"你不如买几只小鹅仔，一直养到春天，等你养好了我就来买。如果你愿意，我也能让你在这里赊账，今后用你养的鹅来还。——我们来记下这些……"

"不行，我没想过要卖鹅。"

"哦，等你们将卖牛得到的钱花完了，你就会卖了……并且还是贱卖呢！"

"浑蛋！在你活着的时候是不可能等到这一天的！"出去的时候，她在心里说道。

这时候空气已经异常寒冷，刺得人的鼻子疼痛。天上的星星闪烁，一阵冰冷的寒风迅速从森林里吹过来。不过她始终在路中间走着，很有兴趣地打量着那些房子。教堂的旁边瓦尼克家的蜡烛都点燃了；从普罗什卡家的篱笆里传来低低的说话声和小猪的号叫声；神父家的窗户里透出亮光，几匹马在过道的前面烦躁地用前蹄刨着地面；在神父家前面的克伦巴家也是窗明几净，听着雪地上的嚓嚓声，她就猜到有人正准备去牛棚。再往前，村庄伸向教堂前边有个岔路，就像是伸开的两条胳膊，包围着一个池塘，除去白色的背景中的几家灯光之外，那里几乎看不见任何东西，偶尔有犬吠声传过来。

她打量着公公的房子，轻轻叹息着，从教堂前边转过去，走过克伦巴果园与神父花园之间的两道围墙，这两道围墙刚好形成一条通路，前边就是风琴师的家。这条通路几乎没什么人经过，两旁全是一些矮树，她不时地碰到树枝，上边的雪水就流在她的身上。

风琴师的家就在神父的庭院里。此外没有别的路可以去。

没一会儿汉卡便听到一阵叫嚷和抽泣声，发现门前的雪地上散落着各种东西和一只黑色皮箱——有被子、衣服……风琴师家的女仆玛格达靠墙站着，大声哭喊着。

"他们解雇我了！他们要将我赶走了！将我看作一条狗！像狗一样地将我赶走了！现在我能去哪里呢——我所有的东西都没了——啊，要让我去哪里呢？"

从开着的门里传来一个人的嚷嚷声："蠢东西，你这个蠢东西！不要在我面前大喊大叫！不然我就要动棍子，让你立刻说不了。马上给我滚出去，去你的法兰克那里，你这无耻的女人！——啊，你怎么样，汉卡？……啊，你碰到的这个情形我们在秋天的时候就预见了。我求过这个姑娘，跟她聊过，为她着想，不过谁能管得了一个骚货呢？趁着我们都睡觉了，她跑出去跟别人约会……她可逛得不错呢，居然都带了个私生子回来，身体都有反应了！——我三番五次地跟她讲，'玛格达，要小心一点，想清楚，他是不可能对你负责的'……她居然告诉我和他什么联系也没有！我观察着她的身材变样了，肚子像面团一样变大，又跟她说，'找个地方躲一阵子吧，不然让别人看见了会笑话的'。她会听吗？才不会。——今天她正在牛棚挤奶时，身体又不舒服了，将牛奶都打翻了；我的女儿法兰卡害怕她找到我，尖叫着玛格达不好了。上帝！真是丢人，我家居然发生这种事！——你现在就滚吧，不然我让人将你丢出去！"她站在房子前边，又尖声嚷道。

玛格达终于走了，一直在抽泣和低哼着，努力将地上的东西包在一起。

"快点进去吧，外边很冷的——但是你啊，你快走吧，什么都不要留下！"她一边说着一边走了进去。

她带着汉卡经过一条过道进了屋里。

那边是一个既宽大又低矮的房间，火炉里的火很旺，将整个房间都照得发亮。风琴师的脸热得发红，像是熟透了的龙虾一般，衬衣袖子卷起，坐在炉子旁烤着点心。隔一会儿他就拿勺子盛一些稀面糊，倒在一个铁质的模子里，然后盖上盖子，使劲地压着，一直到里边发出嘶嘶的响声。这是制作点心的工具。——波兰的风琴师在圣诞节在各教区巡游的时候，将这种点心一包包地发给居民，并为他们祈福，之后就接受他们的礼物。这样的习俗很显然遭到了居民的鄙视。之后他将模子放在火炉上，在一块砖上架着，打开盖子翻动着，将烤好的拿出来，放在一边的矮凳上。那里有个小男孩，正拿着剪刀修理着那些点心的边边角角。

汉卡向他们问好，并在风琴师妻子的手上亲吻了一下。

"过来坐坐，暖一下身子——啊，可有什么趣事？"

一时间她不知该说些什么，心里很过意不去，羞怯地往旁边的房间看去，在对门的长方形桌子上放着一堆白色的点心，压在木板下面。两个小姑娘正将它们包在一起，分别套上一个纸袋，便于发下去。在房间里一个看不清的地方不知道谁在用大钢琴弹奏着——突然一下子停止了，吓得汉卡不由得颤抖了一下，风琴师却大叫道：

"哎——弄错了，你是不是喝多啦？再从'圣婴歌'那里开始弹。"

"你们正在做圣诞节要用的那些点心啊？"她感觉不说话不太尊重，便说道。

"嗯。教区太大，而且又太分散；这些点心都要赶在圣诞节之前发完，我们不得不早点动手做。"

"这些都是用面粉做的吗？"

"你尝一个试试。"

风琴师的妻子从模子里拿出一个刚烤好的点心递给她。

"我都没有勇气吃下去呢。"她掀起裙角包着它，举到灯光下仔细看着，脸上透着一片虔诚。

"哎，这上边的图形真奇特啊！"

"最右边的那个图形里有圣母、圣约翰和天主；左边的是马槽、放草料的架子、马、茅草里的圣婴、圣约瑟夫和圣母；跪在一边的是三个智者。"风琴师的妻子向她解释着。

"唔，我看见了——啊，这设计得真是神奇！"

她用围巾将点心包好，放到衣服里。—— 一个农民走了进来，与风琴师说了些什么，他听完之后高声叫道："麦克！他们要去洗礼啦，拿上钥匙去教堂吧。他们已经告诉过神父了，不过安布罗斯要留下来招待人们。"

钢琴声又停了下来，一个高大的皮肤泛白的少年从里边走了出来。

"这是我哥哥的儿子，成了孤儿。在我丈夫这里学琴，是免费教授他的。我们是要做些牺牲，为了我们的亲人做些好事。"

过了不久，汉卡终于说话顺畅了些，慢慢诉说着她的遭遇和伤心事，不过说得断断续续，而且带着些忐忑不安。这还是她第一次在别人面前说出她的遭遇。

他们很用心地听着，与她说话时声音里充满怜悯；虽然极力不提到波瑞纳这个名字，不过却很真诚地表示了自己的同情，让她不由得放声大哭。风琴师的妻子是个聪明的女人，清楚汉卡需要怎样的帮助，便主动向她说出了自己的想法。

"听好了，我想你应该有空闲的时候吧——你是否愿意替我做纺织活？虽然库琳娜也能做好，不过我更希望你来做。"

"愿上帝保佑你！我很想做这份工作，不过又不好意思说。"

"没什么的，别说谢啦，我们都是邻居就应该互帮互助嘛。羊毛已经整理好了，差不多有一百磅。"

"嗯，就让我织吧，我的技术很好的。哦，曾经在父母家的时候，我不仅会纺纱，还会织布呢。我们都用不着花钱买了。"

"你看看，既柔软又干燥！"

"这些羊毛可真漂亮呢。应该是地主家的绵羊身上产的吧。"

"哦，如果你正好需要些面粉、燕麦或者豌豆的话，一定要跟我说；需要什么我都会拿给你的，在结算工资时我们再算账就行。"

然后她将汉卡带到仓库里，里面满是装在袋子里和桶里的谷子，墙壁上还有很多腌好的猪肉。房檐上挂着一卷卷织好的纱线，地上堆着大卷大卷的麻布。还有那些一串串晒干的蘑菇、干酪、装着各种美味的瓶子，放着一堆堆大面包的架子，还有其他的工具等等，又有谁数得清呢？

汉卡说道："不久你就会得到最柔顺的棉纱。让我再一次表达对你的感激。不过我担心我一个人应该拿不了这些羊毛。"

"我会让人送去的。"

"那再好不过了，我还要去村子里一趟呢。"

她又表示了感谢，不过此刻已经没有了刚才的真诚和爽快了，因为她的心里正燃烧着忌妒之火。

"他们家里所有的东西都来自村民，我们自己将东西送给他们，这些可都是我们自己辛勤劳作得到的……她家的仓库里满是我们送去的东西！并且，谁又晓得他们借给别人的高利贷又有多少呢？噢，

‘谁有羊毛可以剪，谁必定会有美味佳肴可以享用’……我们获得的这些，可是历经艰辛啊……罢了，罢了！”她一边想着这些，一边走了出去。女仆玛格达和她的物品早已消失不见。天也暗了下来，汉卡不禁走得快了些。

她又该去哪里给安提克找活儿，又该找谁呢？

从前在公公的农庄里时，她感觉每一个人都那么友好；人们常常到她家串门，有时是需要她的帮助，有时只是微笑着和她聊一聊。现在她立在这寒风中，竟然想不到该去哪里！

她站在克伦巴家的门外，又站在了西蒙家的门外；不过她不愿意进门，她想到安提克告诉她的，不论是谁家都不要去。“他们也帮不上什么，而且也没人愿意帮——只会给我们怜悯；即使是面对一条死去的狗他们也是会露出怜悯的！”他说道。

“噢，他说得不错，他说的一点都不错！”她又想到风琴师与他的妻子。

啊，如果她是一个男子汉该多好！她立马就去找工作，将所有事情都做妥当。这样她就不用哭诉，在邻居面前露出伤疤，希望得到他们的怜悯！

她很希望找到一份工作，一心一意地，就连骨头都坚硬起来，脚步也更加坚定和迅捷了。她希望走过公公家的门前，即使只是从外边瞧瞧那座房子，只是看看就好！不过在经过教堂时她转了过去，从一条小径走上结了冰的湖面去了磨坊。她脚步匆匆，直直地看着前方——小心翼翼地踏在冰面上防止摔倒，希望快点到达，不看任何东西，以免又想起以前的事情心里悲痛。不过她没有成功。不知为什么，经过波瑞纳家前面时她忽然停下脚步，眼睛直直地盯着窗户里透出的灯光。

"这本该属于我们的——属于我们的……为什么我们不在这儿了？……铁匠不久之后就会抢走它的。不！我不要离开这里。不管安提克愿不愿意留在这里，我都要像条守门犬，死守在这里！……他的父亲总有一天会死去的，况且说不定会有其他的事故……我不想看见自己的孩子被别人抢去，我不想离开这座村庄。"她呆呆地望着积满白雪的果园，房屋那朦朦胧胧的身影，银白色的房顶，黯淡的墙壁，还有棚子后边一堆堆的干草，头脑中不停地闪现着这些想法。

夜晚寂静冷清，黑暗阴沉，天空布满星辰，给雪地笼罩上一片银色的光芒。树枝也被积雪压得低低的，好像在这寂静里沉沉地睡着，变成这一片白色里的幻象，朦朦胧胧，却又如此僵硬。人们的声音渐渐消失，只剩下最后的声响——难道是那些陷入幻境又没有生机的树木的低沉呼吸吗？还是闪烁的星星在轻声细语？——有一个声音在天空颤抖着。汉卡站在那里，浑然忘记时间的流动，忘记身边的寒冷，眼里只是贪婪地望着那座房子，将全部的场景都牢牢放在心里，将她心里没有达成的愿望寄托在这里。

雪地里忽然响起了咔咔声，将她从梦中惊醒；有人也经过这条路走上了湖面，不久之后她认出那是娜丝特卡。

"哎，汉卡，真的是你啊？"

"这么惊奇干什么？不然你看见了我死去之后的灵魂？"

"你想些什么呢？这么长时间都没见过你，稍微吃惊一下而已。——你是要去哪里啊？"

"去磨坊。"

"我也是啊，我去那里给马修送晚饭。"

"他现在也在那里做起磨坊的活儿啦？"

"磨坊的活儿？不是的！他们在这里正抢修一个木材厂，连夜赶工呢。"

她们一起向前走着，娜丝特卡不停地说着话，不过很注意不提起波瑞纳这个名字；汉卡虽然很愿意听，不过又感觉不好意思打听。

"磨坊的老板给的工资怎么样？"

"马修一天可以赚到十五兹罗提。"

"工资这么高啊？"

"这很正常的，他是那里的工头，什么都做的。"

汉卡再也没什么好说的，路过铁匠的店铺时，从没有玻璃的窗户里透出红色的灯光，将雪地也映成了红色，这时她才嘀咕着："这个犹太佬，他可是不会没有活儿干！"

"他请了个帮工，自己倒四处奔波。他还和犹太人一起做着森林的买卖，与他们合伙欺骗人。"

"他们有没有砍掉开垦地那里的树木？"

"难道你是住在深山老林，竟然连这件事也没听说？"

"不是的，我只是对村子里的事情没什么热情而已。"

"哦，我跟你说吧，他们已经在砍伐他们买下的森林了。"

"的确，我们村里的人是不可能让他们砍伐我们自己的开垦地里的树的。"

"即使是这样的话，也没有谁出来阻止。乡长已经和地主们串通起来了，村长和那些有钱人也一样。"

"也是。谁可以与有钱人作对？谁斗得过他们？……也罢，纳丝特卡，有空去我们家里坐坐吧。"

“那就再见啦——好的，有时间我会带上纺锤和卷线杆去你家的。”

她们俩在磨坊老板家前边分开，娜丝特卡要去下边的磨坊，而汉卡经过院子去了厨房。她花了不少力气；许多狗在她身边，朝她狂叫，将她赶到了墙角。伊娃出门护着她，将她带了进去。此时，磨坊老板的妻子也出来了，跟她说道：“如果你找我丈夫的话，他此刻还在磨坊呢。”

在半路上她遇到正赶回家的磨坊老板；他们俩一起来到他家，她马上将从前欠下的面粉与燕麦钱还给他们。

“你现在还是靠着那点卖牛的钱生活吗？”他将钱放进抽屉里，问道。

她有些气愤，回应着：“不然又怎样呢？我们总不能靠着吃石头生活吧？”

“我实话实说，你的丈夫可真懒惰。”

“这只是你的想法。他又有什么活儿可以干呢？去哪里？帮谁做？你倒跟我说说。”

“村子里不是需要打麦子的人吗？”

“他对这样的工作不感兴趣，他从没想过做这种平凡的长工。”

“我真替他感到遗憾。他如此顽固，对父亲不敬，又像头狼一样凶恶。但是，我还是替他感到遗憾。”

“我——听人说——磨坊老板，你这里有些活儿，或许你可以雇上安提克……我恳求您……”说到这里，她忍不住失声痛哭，真诚地恳求着他。

“好吧——可是你要记着，可不是我求他的。是有些活儿，不过有些辛苦，要将树木砍成圆木——方便锯成木板。”

"这个工作他可以胜任，这村里还没几个人可以和他相比呢。"

"因此我才让他过来的嘛。——不过，你这个女人啊，你可没有照顾好他呢，一点都没有。"

她惊讶地站在一旁，不明白他为什么这么说。

"那个人自己有妻子儿女，却在追求别人的妻子。"

汉卡脸色苍白，这句话就如同一个响雷。

"我这些都是实话。他每天夜里到处晃荡，别人都见到过很多次了。"

她终于放下心来，重重舒出一口气。这些她也听说过……他心里的创痛折磨着他，让他不得不流落在外。啊，她很理解他！不过人们总倾向于以他们熟悉的颜色看待一切。

"如果他开始工作了，应该可以冲淡他想要找女人的念头。"

"他不过是个农民的儿子而已……"

"啊，可不是！还真像个阔老爷呢，是吧？就像一头猪对着面前满是食物的食桶，精挑细选。如果他真是如此挑剔，又怎么会与他父亲争吵？又怎么会去追求雅歌娜？一想到这些就该觉得是种罪过，多丢脸！"

她立刻惊叫起来："老板，你到底是想表达些什么啊？"

"我这可都是实话，整个丽卜卡村都听说了。不然你去问问好啦。"他忽然高声说道。由于他天性爱激动，总是口无遮拦地讲出实情。

"算了，他可以来这里吗？"她轻声问道。

"行的。他若想来的话，明天就可以——你是怎么了？怎么哭了？"

"没事……是因为寒冷。"

她拖着艰难沉重的步伐走出门，几乎迈不开腿了。外面一片黑暗，这时候雪花也变成了灰暗的，她没找见来时的那条小径，想拂去眼睫毛上冻成冰的泪水，可就是没擦下来。她就这样在黑夜里走着，脚步匆匆——心里非常难过——啊，上帝啊，这么难过啊！"他，在追求雅歌娜！……他在与雅歌娜恋爱！"她气喘吁吁，心就像被枪击中般不停地颤抖着。

"也许是谣言，是他胡乱说的！"她心慌意乱地这么想着，固执地守着这个想法。

"上帝啊，我已经承受了那么多的灾难与侮辱，为什么——为什么还会遭遇这样的事情？"她忍不住悲痛地大声埋怨着；然后，为了抵制心里的悲痛，她在雪地上狂奔起来，好像后边有一头狼在追赶她一样，到家里之后她气喘吁吁，脸色一片惨白。

安提克依然没有回来。

孩子坐在外祖父放在炉子旁的羊皮袄上，他正叠一个小风车逗他们。

"汉卡，他们送来了羊毛——一共有三包。"

她打开袋子看了看，有一袋里放着一大块面包，一些腌肉和两升左右的燕麦片。

她说："愿上帝祝福她，热心的人儿！"她很感激，用这些做了一顿丰富的晚饭，然后立刻让孩子们去休息。

此刻房子里很安静。薇伦卡家的人都已经休息了，她的父亲也在火炉旁的干草上沉沉睡去了。不过汉卡依然坐在火炉旁纺着纱。

她一直纺着，直到半夜，甚至听到第一遍鸡叫还没有停过，一边缠着线，一边想着磨坊老板的话："他在与雅歌娜恋爱。"——雅歌娜啊！

纺车轮不停地响着，匆忙、枯燥而又安静。冰冷的夜从窗户探进来，砰砰地敲响窗玻璃，重重叹息，靠在墙上。寒冷从屋角蔓延开来，延伸到她的脚下，在泥地上画出一个个白色的斑块；蟋蟀也躲在炉子的某处鸣叫着，只在小孩子梦呓或者翻动着身子时，才会安静一会儿。寒霜越来越浓，抓住所有能抓住的东西，用它的铁钳用力捏着；上方的木板不时地咔咔响着，隆起的陈旧墙壁上发出好像中弹的声响，墙面裂出一些小缝；有一根柱子的纤维也裂开了。冰冷的气息甚至蔓延至房屋的地底下；房子好像疼痛般地颤抖着，蜷缩起来，在这恐怖的寒霜中发着抖。

"为什么我就没想到过呢？的确，她——这么美，这么健壮，看上去是如此美丽！而我呢——我就像一只干瘦的猴子，瘦得只剩一层皮！我有什么能够让他着迷吗？我有勇气尝试吗？即使我付出我的心血，也没用的吧。他对我根本一点兴趣都没有。在他眼里我算得上是什么呢？"

一种孤寂涌上心头，那么安静，却又如此难受——太难受了！甚至难过到泪水都阻塞了，她觉得自己就是一棵被寒霜击垮的矮小的树，不可能逃过这个，她甚至都不知道如何寻求帮助或是保护她自己；这一切凝结成悲痛的念珠——就像是用鲜血融成的泪水。

在第二天起床之后，她的情绪也平复了下来。的确，风雨总有过去的时候。磨坊老板说的可能是真的，也可能不是；不过现在所有的担子——小孩、杂物、所有的烦闷与悲凉——都压在了她的心头，她又怎么可以在这里沮丧抱怨呢？

除了她来做这些，又有谁会帮忙呢？她难过地在圣母像跟前，虔诚地祷告着；希望上帝让这一切都恢复正常，她暗暗决定到春天之后就到钦斯托和瓦城，叫人给她做三台弥撒，并且——如果有富余的话她一定要带上一大块蜡烛送给教堂，捐给他们做祭祀时用。

做完这个决定之后，她的心情也更好了，又接着纺了很多的纱出来；不过，这一天虽然阳光明媚，她却觉得漫长得如此难熬，她更加思念安提克了。

他到底回家了，是在晚饭的时候回来的，看上去如此疲惫如此温柔，异常礼貌地问候了她！他为孩子们带了些干粮。

她都快要忘记心里的猜忌了。他出门去切割干草当饲料时，帮助她给牲畜喂食时，她心里非常感动。

不过，他绝口不提他去过什么地方，做过哪些事情，她也不敢问他。

吃过晚饭，斯塔赫来到他们家，薇伦卡是不让他来的，不过他依然经常过来。没多久，想不到老克伦巴也顺道过来探访。他们很是吃惊，在他们被驱逐出来之后，村子里还从没人来过他们家，看起来他好像有事。

不过他很明白地告诉他们，他之所以过来，就是由于没有人来。

他们从心底里感激他。

他们一起坐在火炉旁的矮凳上，很严肃地聊着天，白利特沙老头偶尔会往炉子里加些柴火。

"好一个冰冷的霜冻，是不是啊？"

斯塔赫说："真是严厉，如果不穿上羊皮袄，不戴双手套，就根本不能去打麦子。"

"最不好的情况是，这里还有狼群呢！"

他们都惊恐地望着克伦巴。

"啊，我可没骗你们。昨天夜晚它们就在乡长家的猪圈下打洞。

可能是有人将它们吓走了，结果半只猪也没有丢；不过它们挖的洞直达地基，中午的时候我还去瞧过。我猜想着恐怕比五头还多呢。"

"的确，可以想见这个冬天不好过啊。"

"嗯，霜冻才刚下来而已，瞧瞧，狼群这么快就来啦！"

安提克也起劲地说道："离弗拉村不远的地方，靠近磨坊的那条路上，我也发现了一大群狼经过的足迹，斜穿过去的；但是我还认为是哪个地主家的猎狗呢。很有可能就是狼群。"

"你去了这么远，都到了开垦地那边？"

"没有。不过我听人说他们只会砍靠近维奇多利那一带买下的树林。"

"守林员告诉我，那些贵族不会请丽卜卡村的人去工作，我想他们是因为村民维权想给他们惩罚。"

"汉卡啊，许多人正在找活儿、乞讨生活。弗拉村难道还少吗？路德卡庄会没有吗？德比沙村的穷苦人会比这里少？那些贵族们只需吭一声，一天里就会有成百上千个高大的农民来到他们身旁。如果他们只想砍伐他们买下的地方，那随便他们砍；那只是一点点，况且距离我们的村庄那么远。"

"如果他们真的开始砍我们这个地方的树木又该如何呢？"斯塔赫问了出来。

克伦巴简单郑重地回答道："我们是不会同意的！我们一定会抗争到底！让他们看看到底是谁厉害——是他们厉害还是我们的村民厉害。唔，一定会让他们看清楚的。"

说到这些，他们又转移了焦点，这件事实在是太激烈了，谁也不想继续说下去；不过老白利特沙颤抖着说道："我了解弗拉贵族们，我很了解他们，他们一定会想方设法抓住时机的。"

克伦巴说："就让他们试试好了。我们也不是好欺负的。我们不会让他们得逞的。"之后谁也没再说下去。

之后他们又说到了女仆马格连，还有风琴师赶走她的事情。克伦巴又下着结论：

"的确，对这种事不能太心软。但是玛格连和他们又没什么关系，谁也没有权力迫使他们将自己的家当作义务诊所呀。"

之后话题变得乱七八糟，他们一直待到很晚才走。克伦巴在走之前，用他那独特的简洁语言说道："如果你们需要什么，就告诉我，我会看在邻居的面上尽力帮忙。"

这时候屋子里只剩下安提克与他的妻子了。

汉卡心里一阵纠结，有些心虚地叹了一声气，还是问他有没有找到工作。

"没有。我去过一个大地主的庄园，在那里找过，还向很多人问过，不过什么也没找到。"他的声音很低，眼睛没有看她；事实上，虽然他确实去过不少地方，不过压根没问过关于工作的事。

他们俩都上床准备休息。此时孩子们早已呼呼大睡；为了保存温度，他们在床尾休息。周围一片漆黑，仅剩月光从结了霜的玻璃透过来，让房间里映出一道光线；不过他们都没有睡意。汉卡思前想后，思索着到底要不要将木材厂的事情跟他说，不然明天再说吧。

"嗯，我是去找过活儿。但是，即使找到了活儿，我也不可能离开这里的。如同一只被丢弃的狗一样四处漂流着，我可不愿意。"静了很久之后他终于轻声说道。

她欣喜地说道："啊，我这是这样想的——和你想的完全相同！

我们村子里也有不错的差事，何必去那么远讨生活呢？磨坊老板跟我说，木材厂有些工作可以让你干，明天你就能去上班了。每天可以得到二兹罗提加十五格罗希的工钱呢！"

他冲她吼着："你说什么？你在他面前乞求了吗？"

她惊慌地回答道："不是的，不是的，我不过是去还钱而已，他亲自说想请你的。"

安提克没再说什么，他们俩肩靠着肩躺在床上，异常静默，不过谁都没有睡意。两人的心里各自想着事情，不时地叹口气，抑或让心灵与周围的寂静融为一体。从远处传来村里的犬吠声，公鸡拍着翅膀在夜里的啼叫声，还有从上方传来的呼呼的风声。

"你睡着啦？"她凑到他身边问道。

"没有——简直一点都不想睡。"

他仰面躺着，双手交叉放在头后面。就在她的身旁！不过灵魂与思想都和她相隔那么远！他如此安详，就连呼吸声都细微得可以忽略，将所有的事情都抛在脑后；雅歌娜那双明亮的眼睛又在黑夜里闪闪发光——在月光下泛着蓝色的光芒。

汉卡更贴近了一些，发红的脸放在他的肩膀上。此刻她的心里没有了怀疑与后悔，即使是悲伤也没有；只剩下挚爱、忠诚、信任以及付出。她凑近他——凑到他的心上。

她真诚地问着他："安提克，明天你会去工作吗？"她非常高兴——非常期待着听到他的说话声，与他谈话，心贴在一起。

"可能会去吧。唔，我会去的，肯定去的。"不过他的心里却想着另外的事情。

"好啦，安提克，你就去吧。去吧，我希望你去。"她低声恳求着，伸出手抱着他的脖颈，找到他的嘴唇，热切地贴上去，他一动都不敢动。

他一点兴趣都提不起来，对于她的热情没有任何回应，压根就没有留意到她，此时他正瞪着双眼回忆着脑海中的那一双美丽的眼睛——那是雅歌娜的眼睛。

第三章

次日清晨，磨坊老板就让安提克去工作了。天已经大亮，他正在院子里面对着一大堆的树木，他刚想去找马修，马修正好让人将一堆木头送往木材厂，还开动了机器。磨坊老板与他说了些什么，接着就对安提克大叫着："你就留在这里工作吧，什么事都要听从马修的，这里由他负责。"说完之后他就出去了，这时候从河的那边吹过来一阵凛冽的冷风。

"你应该将斧头带来了吧？"马修过来，礼貌地问候了安提克，然后问道。

"我只带了一把小的，不知道……"

"你的牙齿都比它要锋利。这些木材很硬的，而且还像玻璃一样易碎。这种小斧头是不能用的，今天我可以借你用，但是你要先磨一磨。记着，要将斧子磨平——巴特克，带上小伯锐那一块儿干吧，早点将这些木材弄好，那一堆也要尽快弄好。"

一个高大瘦削有些佝偻的人从雪堆旁一大堆木材后站了起来，穿着木底鞋和红色的带着条纹的长裤，嘴里叼着烟斗，头上是一顶灰色的羊皮帽，身上穿着一件深褐色的皮袄。他靠着一把斧子，嘴里吹着口哨，愉快地说道："我们就一起干吧。唔，我们一定要愉快地相处，千万不要争吵或者斗争！"

"多好的树木啊。这些树笔直得就像蜡烛一样。"

"嗯，不过树节太多了。真恐怖……好像这些树木都是在石头缝里长大的一样。用斧子想不弄出裂缝是不可能的。你可不要将斧子磨得太锋利了，一定要在磨刀石上仔细缓慢地打磨，只能打磨一个面。是的，这样刀锋会更加牢固。对待铁器也和对待人一样——一定要明白应该从哪些地方说好话、怎么说，这样你才能随心所欲地控制他，就像控制一条狗一样——磨刀石就在磨坊里放燕麦的粮仓附近。"

没多久安提克便开始工作了，砍掉露出的短枝，然后再按照巴特克画的柏油标记将木材砍成长方形的。不过他一直沉默着，生自己的气——一个伯锐那家族的人——居然需要听马修那种人的差遣。

"不错！你的工作做得不错嘛！"巴特克说。

他的活儿确实做得很好，锯木材这种活儿他经常干的。不过这样的活儿对于没做惯的人还是很辛苦的，没多久，他就上气不接下气，汗流浃背，只好将羊皮袄脱掉。风霜依然凛冽。他需要长时间站在雪地上拼命地干活，两手已经麻木，好像与斧头柄粘在了一起，他感觉时间非常缓慢，恐怕坚持不到中午了。

不过午饭他什么也不想吃，只吃了点干面包，喝了些河里的水；他甚至都没有去过磨坊里面，不想与到这里加工谷物的熟人碰面。他站在冰冷的寒风中，坐在墙边吃着面包，偶尔抬头看看上方的木材厂的棚子。厂房就在河面上，一边与磨坊相连，那四个水车轮里流出的水是墨绿色的，一直流到了他的脚边，让河上方的厂房不断颤抖。

他都没有休息好，还没来得及喘喘气，在磨坊老板家吃完饭的马修就过来大喊着："干活了，伙计们！干活了！"

他万分不甘心，因为午休时间太短而生气，他强自抖擞精神，重新开始这必须要做的事情。

人们的精神气都很足，工作也做得心应手；天气更加寒冷了，马修不停地督促着他们。

水车依然在不停地转悠着，车轮上的水都凝结成了冰柱，如同一匹长着绿毛的马，车轮下的溪水依然在潺潺流淌。锯子咔咔地锯着木头，夹杂着一连串的断裂声，听起来好像是谁在用牙齿啃着玻璃，然后造出黄色的木屑。马修跑前跑后，很是活跃，精神饱满，总是高声督促着伙计们加紧干。哪里都能看到他的身影，像一只金色翅膀的麻雀啄食一样迅捷；他们在雪地上加工木材，他那红色条纹的短上衣和灰色羊皮帽在满是木屑的雪地上晃悠——指挥着、叫骂着、调笑着，或者吹着口哨，并且与其他人一样干着苦力活；但是他大多是站在锯子旁的台子上。这个木材厂没有围墙，只有一个房顶，里面的情况从外边可以看得很清楚。它就在河面上，用四根粗大的桩子支撑着，波浪不断地拍打着，房顶是用芦苇搭成的，因为它只用木桩作为支柱，经常像一根稻草一样在狂风中颤抖着。

安提克有些不承认地说道："那个小子，他还是个不错的工人呢！"

巴特克大叫道："他的薪水也不少呢！"

他们用胳膊拍打着胸脯，抵御这愈来愈严寒的天气，沉默地工作着。

工人的数量很充足。有两个管理锯木机，将刚加工好的木材滚出来放到院子里，然后拖着新的树木进去；有两个看着还没有加工过的木材的尾部，将加工好的木材堆好，承受不住霜冻的薄木材就搬到一个棚子里；还有两个人在给那些橡树、枞树和松树剥皮。巴特克经常嘲笑这两人："浑蛋，你们可扒得真顺手呢！你们之前想必扒过狗皮吧！"

不过他们对这样的嘲笑丝毫不在意，只是说从来没有干过杀狗的勾当。

马修督促着他们加紧干活，他们只好不时地躲到磨坊里，烘一烘冻得僵硬的双手，接着跑出来，这些活儿实在是太多了。

快要天黑时，安提克才慢慢往家里走去，他已经筋疲力尽，浑身酸痛。吃过晚饭马上躺到床上沉沉睡去，像具尸体一样。

汉卡不敢问他什么，只是尽力使他好过一点，让孩子们不要吵，让父亲不要让靴子发出太大的响声，她自己在屋里的时候甚至不穿鞋。天刚亮，他准备去干活了，她给他热了一锅牛奶和土豆，让他带去作为早饭，她尽力让他吃得好一点、温暖一点。

他说："糟糕！我浑身酸痛，都快动不了了。"

白利特沙老头回答道："这只不过是因为没做习惯，习惯了之后就没事。"

"我也明白会习惯，我明白的。——汉卡，中午你给我送饭行吗？"

"好的，我会送的！你没必要跑这么远回家吃饭。"

他立刻就出发了，在天亮之后他就得开始工作了。

然后一连几天都是这样辛劳的生活。

无论是寒霜将地面冻得僵硬，暴风雪狂吹不止，或者是融雪的时候，他们每一天都要站在泥泞中，让冰冷的空气侵袭全身，有时是安提克连手里的斧头都不能看见的暴雪天气——他们依然要工作一整天，累得全身上下不停地颤抖。四台锯木机工作得很快，工人们都快赶不上它的进度了；马修依然在不停地督促着。

不过，他感到最气愤的不是这些活儿，聪明的人会说："如果做着你喜欢的工作，即使是在地狱里你也会感到快乐。"不是的，他是看不惯马修的高高在上，以及不断的讽刺。

每个人都习以为常，而他却总是不由自主地气愤，而且多次愤怒地诅咒，让包工头马修对他很不满。马修总是故意给他找麻烦，不是在他面前说，而是对他的工作鸡蛋里挑骨头，让安提克很是不满，不由自主地握紧拳头。但是他极力压制，将心里的怒火熄灭，他清楚马修正想方设法地赶他走，因此想等到以后再跟马修计较。

现在，安提克并不是很在意这个工作，不过他不想让任何人将他打败。

就这样他们俩的仇恨日益深化，而雅歌娜就像是溃烂的伤疤，就是这些恨意的根源。到了春天之后，大概是从狂欢节之后，两人就轮流追求雅歌娜，都想胜过对方，虽然都是私底下进行，不过很明白对方的用心。但是，马修在众人面前公开宣称自己对雅歌娜的爱情，行动也更大胆，而安提克却要将爱情深埋在心底，让这种忌妒煎熬着他。

他们彼此没什么友谊可言，总是斜视着对方，在别人面前炫耀，认为自己是村子里最有作为的男子汉。现在，他们之间的仇恨在这几周里突然加深，到现在两人从不说话；当他们相遇时，就像两只敌对的野狼一般仇视着对方。

马修其实并不坏，而且修养也算不错的。不仅如此，他心地善良，还喜欢帮助别人。不过他最大的缺点就是自负，总是盛气凌人，还自认为没有女人抵抗得了他的魅力。他自觉所有的姑娘都会臣服于他，他的确这样说过，使劲夸耀着自己，将自己当成村子里最了不起的人物。现在他很乐意跟别人说安提克只是他手底下的帮工，对他尊敬有礼，害怕丢掉工作。

了解安提克性格的人发现他如此镇定、卑躬屈膝，很是诧异。不过也有人认为，这里边必定积蓄着某些罪恶；安提克是不可能任人欺负的，总有一天会报复的。他们还在打赌，马修嘴里的这个苹果酸着呢，很快就能知道了。

安提克从不会顺便去别人家里，因此对于这些打赌他压根就没听说过。下班后他总是径直赶回家，在路上碰见熟人也不会打招呼。不过，他也感觉到有什么变化，他很清楚马修的行为。

"我一定要将你揍得稀巴烂，你这个死人，我要揍得你连狗都不喜欢，看你还怎么吹牛！"一次正工作着，他忍不住这样咕哝着。巴特克听见了，于是说道："不要管他，他的工作就是督促我们，他也只能这样。"老人还没弄明白安提克为什么这样说。

"即使是一只狗毫无理由地乱叫，我都不会忍耐！"

"你将这件事看得太严重了，我觉得是你工作得太卖力，以致肝火太盛。"

"错了，我卖力干活，是被这寒冷的天气逼的。"他随便答复道。

"我们的活儿需要慢慢做，主耶稣也不是一天就将万物创造出来的，他都需要用一个礼拜，还用一天来休养生息。你又为何要为磨坊老板或者其他人如此劳累呢？有谁逼迫你吗？——马修不过是个守门犬而已，为什么要因为他的乱叫而气愤呢？"

安提克回答道："我只是将心里的想法说出来了而已。"然后他便丢掉这个话题，问道："夏天的时候你在哪里？我好像在村里没看见你。"

"我干些活儿，就去见识一下主创造的万物，看看外边的人情世故，充实我的心灵。"他一边淡然地回答着，一边砍着安提克手里木块的另一面，偶尔直起腰板，舒展一下手脚，将关节捏得咔咔响，嘴里老是叼着支烟斗。

"以前我与马修一块儿在新地主那里工作，不过他不停地督促我，那时候大地上春光灿烂，天气晴朗，万物复苏，所以我就走了。刚好有人从那里去卡伐利亚，我就和他们一起去了，见识一下乡下的景色。"

"到那里应该很远吧？"

"从克拉科就是了。——不过我没去那里。在我们住宿的地方有一个农民在建筑房屋，不过他一点都不懂建筑，就像山羊从没吃过胡椒一样！他让我很是气愤。我痛骂了他，他居然将这么好的木头给浪费了——之后我就住在了那里。过了两个月，我给他建起了一座城堡一样的房屋，然后他就想让我与他的妹妹结婚，她死了丈夫，在那里拥有五英亩的土地。"

"的确，已经有些老了，不过长得还真不错。虽然没有头发，是个跛子，眼睛还是斜着的，不过脸倒是光滑得很，就像是被老鼠啃了两周的面包一样。她人很亲切，对人很友好，做了许多好吃的招待我——什么腊肠炒鸡蛋啦，伏特加和猪油啊，和别的美味佳肴。她对我很不错，只要我想的话，不管哪天都可以与她睡。"

"那你怎么不想呢？五英亩的土地还是很值的。"

"啊，我对女人没兴趣。女人的滋味我已经不稀罕了。她们总喜欢嚷嚷，就像离开了树的喜鹊一样。你说点什么，她们总会叽叽喳喳一大堆，像豌豆一样撒下来。你想和她们讲讲道理，可她们只凭一张嘴。你和她们理论，想让她们了解你，她们既不懂也不愿意听，只是叽叽喳喳地嚷着。——据说上帝在造女人的时候，只放了半个灵魂。看来是这样的——魔鬼又将另半个灵魂放进去了。"

安提克悲伤地说道："或许有些女人是有思想的呢。"

"或许也有白的乌鸦呢，只是没人见过。"

"说实话，你有过老婆吗？"

"我有过，啊，当然，我当然娶过老婆！"忽然他停下了，舒展了下身体，灰色的眼睛迷茫地望着前面。他已经老了，像木屑一样干瘪，不过肌肉很多，并且身体笔直，只是稍微有些驼背，烟斗叼在嘴里晃悠着，一双眼睛不停地转悠着。

"快点加工下一根木材了！"看守锯木机的工人喊道。

"赶紧的，巴特克！不要想着偷懒！可别让锯木机停下来！"马修呵斥着。

"他这个笨蛋——事情怎么可能这么快！教堂里飞过来一只白嘴鸦，它嚷嚷着：'我就是神父！'它在讲坛上叽叽嘎嘎着，还以为自己在说教。"

巴特克不满地埋怨着，不过他似乎被别的什么情绪控制住了，时不时地停下来，叹息着，看着南方，等待着中午的到来。

幸好中午很快就到了，妇人们带上午饭的锅子过来了。汉卡从磨坊的后边走过来。锯木机已经停止工作了，伙计们都去房间里吃饭，安提克和磨坊老板的仆人相熟，便去了他的房里。这时候安提克既不躲开别人，也没有转过脸去，只是用怪异的神情真瞪瞪地看着他们的面孔，看得他们自己先不好意思了。

在一个热得都快闷死人的房子里，坐着的几个身穿羊皮袄的人正愉快地谈论着。他们都是从附近村子里过来的，带着谷物来磨面，都等在这里。他们早已将火热的炉子里填满了煤炭，此时一边吸烟一边谈论着，让屋子里既闷热又喧哗。

安提克来到靠近窗户的一个麻袋上坐着，饭盒放在大腿上，愉快地吃着饭，先吃掉卷心菜烧的大豆，再吃下另一个盘子里的土豆和牛奶。汉卡一直蹲在他旁边，温柔地注视着他。艰辛的工作让他瘦了，脸上一些地方还磨破了皮，不过在她的眼里，他依然是这世上最漂亮的男人。唔，的确是这样：身材挺直，四肢修长、柔顺，细腰、宽阔的肩膀，肌肉充满力量；面容是椭圆形的，鹰钩鼻，不过只是略微弯一点儿；一双墨绿色的圆眼睛，上面的眉毛简直像是用墨在两边鬓角之间画的一条直线，不高兴地皱起眉头时看上去让人惊惧；前额高高的，不过被前面的头发给遮住了大半，头发是纯黑的，像马鬃一样；上嘴唇按照当地居民的习惯刮得很干净，红色嘴唇里的牙齿雪白，那些牙齿简直就像象牙穿起来的饰物！啊，她永远都看不够他！

"你父亲不可以送饭过来吗？每天你都要大老远地过来！"

"他还要清理牛棚，况且我也很乐意过来。"

只是想多看一下他英俊的身影，她一直都愿意亲自过来。

午饭吃完后，他问道："有什么特别的事情？"

"没有什么可说的。我织好了一袋羊毛，将五袋纺好的线送去了风琴师家。她对我的工作很满意。——小彼德好像生病了，不想吃饭，身上发烫。"

"他不过是吃多了而已。"

"确实是吃多了——啊，颜喀尔想买走我家的鹅。"

"那你愿意卖吗？"

"当然不愿意！我们在春天的时候再多买几只吧？"

"你愿意就行。这些事你决定就好。"

"瓦尼克家又发生争执了，有人去找神父过来调停——据说帕奇斯家的牛犊在吃萝卜的时候被噎死了。"

"这种事，与我有什么关系！"他烦躁地打断她。

没多久，她又颤抖着说道："——风琴师来收我们家的贡品了。"

"收了些什么？"

"两束整理过的亚麻，还有四个鸡蛋。——风琴师跟我说，如果我们需要燕麦草的话，他会先借给我们一车，到了夏天再付账。不过我没有答应！我们为什么要借他的呢？况且我们也可以用你父亲农场里的草。我们只剩下两车了——牲畜这么多，好像太少了点……"

"我没有和他说过，你也不要去。你还是先向风琴师借一些燕麦草吧，用你纺纱的薪水抵账。如果你不想的话，也可以将我们的牲畜全都卖掉。在我活着的时候，是不可能向我父亲求助的——你知不知道？"

"我知道，我去求风琴师借给我们好了。"

"你的薪水和我的薪水加起来，应该够我们用的吧——汉卡，不要在这里哭，会被别人看见的！"

"我没有——安提克，请你跟磨坊老板说一下，赊一百斤大麦磨一下。如果我们买磨好了的，价格会更高的。"

"嗯，我马上就跟他说，改天晚上就守在这里看着他们工作。"

汉卡回去了，他继续坐在那里吸着烟。此时人们都在说着弗拉村的贵族和他的兄弟。

"他的名字是亚瑟克，我们很熟的！"巴特克来到房间里说道。

"那你应该听说过他从国外回来了吧！"

"没有，我压根没听说过。我还以为他已经死了呢。"

"他就在这里，两个星期前回来的。"

"的确，他是回来了，但是，听说他精神失常。他不愿意住在地主家里，而是住在了森林里，什么事都亲力亲为——做饭、缝补……人们对于他的这种行为感到吃惊。夜里他喜欢拉小提琴，人们经常在一些靠近树丛的道路上遇到他，他就坐在那里拉着小提琴。"

"据说他去了很多村子，寻找一个叫库巴的人。"

"库巴？——这种名字多得是！"

"他又没提起那个人的姓，只是说想找一个将他背出战场，救过他的库巴。"

安提克站了起来，说道："我们村子里就有一个叫库巴的，在上一次的起义时与地主们一同打仗，不过他战死了。"此时马修站在门外嚷嚷着："出工了，伙计们。你们难道想将午饭推迟到下午茶的时候？"

安提克异常愤怒，冲过去吼道："不要白费口水了，我们又不是耳聋！"

巴特克却回答道："他是吃肉吃多了，非得叫几句才好受。"马上又有人说道："他这么大声叫唤不过是想讨好磨坊老板罢了。"

马修依然嘀咕着："他们就想惬意地吃着饭，然后就一直闲聊——不是吗？——这些贵族绅士们，穷得连裤衩都穿不起的地主们！"

"你瞧瞧，安提克，他在骂你呢！"

"别说了，你再腻腻歪歪的，小心我剁掉你的舌头！"安提克大声喊道，此刻他会不惜一切代价。"还有，千万别再说一句地主！"

马修凶巴巴地瞪着他，不过什么也没说。他每天都在盯着安提克的工作，很苛刻地对待他，但是依然找不到他的碴儿。安提克的活儿干得非常漂亮，磨坊老板一天里也会来检查多次，一点毛病都没有发现，第一次发薪水的时候，就将他的工钱增加到了三兹罗提。

马修对此感到很不满意，想和磨坊老板理论，可磨坊老板却说："我对你们俩都很欣赏，只要是干活儿干得好的，我都欣赏。"

"你增加他的薪水，只是想让我生气吧！"

"我这样做，完全合乎道理，并且我想大家都明白我办事公正。噢，虽然他没有巴特克强，但也和他差不多。"

马修威胁道："这样的话，这该死的工作我还是不干算了。就由你自己来监督好了！"

"你想离开的话，随便你。我这里的黑面包你若是看不上，你大可以去别的地方去卖饼子赚钱。我想小波瑞纳很愿意顶替你的位置，并且一天只需要四个兹罗提。"磨坊老板微笑着说道。

马修马上镇定了，明白他这不是在说笑。他没有再挑剔安提克，但是心里的怒火依然在熊熊燃烧着。现在他不再像之前那么苛刻，在工人面前也极少盛气凌人。伙计们很快就感觉到了这些变化，巴特克立马就说道："他这条哈巴狗，咬了别人的鞋子，挨了揍之后，就开始向人摇尾求饶啦。嘿，他总觉得自己最受欢迎，现在应该明白：

有一天比他更棒的人出来了，他就该滚蛋啦。"

　　增加了薪水也罢，马修不再为难他也罢，安提克都毫不在乎；这些在他的眼里就如同时间的流逝，没什么可在意的。他在这里工作又不是因为薪水，而是不想惹汉卡不高兴，也想让自己的心里满足一些。如果他每天想懒散地躺在家里，他也会如此，不管将付出什么代价。

　　时间就这样一天天、一周周地流逝着，他不断地辛苦工作着，一直做到圣诞节的时候。慢慢地，他的情绪平复了下来——好像被冻住了，就像是成了另一个人。村里人都很惊奇，看待他的眼神也变了很多。但是他的变化只是表面上的，只是想做给别人看的，他的心里依然和从前没什么差别。现在他辛勤地劳动，将薪水全交给妻子，夜里回到家，态度要比之前温和、安静祥和。在家的时候逗逗小孩，给妻子帮帮忙，从不对任何人发火。不过他做的这些是骗不了汉卡的。的确，他的变化让她很满意，她因此感谢上帝；她守护着他，留意着他的眼色，观察着他的需要——她就像是最温柔体贴的下人。不过她总是在他的眼神里看见一种悲凉的神色，总听到他不由自主地叹气。于是她低垂着双手，垂头丧气，心里想着这即将来临的灾难将会是什么。她很明白他的心里正聚集着一个可怕的灾祸——他拼尽全力地控制着自己——但是秘密一直潜伏在他的心底，不断地汲取着他心灵的精血！

　　不管他心里想些什么，不管是好的还是坏的，他都憋在心里。下班后他径直往家走，他会绕到池塘的另一面稍远的一条路上，以免会走过父亲的门前，以免遇到……那个人。

　　那个人！

也因为这个，周末的时候他都是待在家里，汉卡想让他去教堂，他也不愿意。他担心会遇到雅歌娜，他深知自己承受不住，深知自己抵抗不了她。

况且，和他关系不错的芭提柯跟他说过，村里人总是因为他劳碌着，他们盯着他的所有行动，好像对待一个犯人一样。他也很多次碰见过角落里盯着他的双眼——好像要看透他的心灵，将里面的所有都看得清清楚楚一样。

"这些浑蛋！不过我是不会让他们得逞的，一定不会！"他悲哀地说着，更加愤怒，更不愿意与别人打交道。

克伦巴责怪他总是不去探访他们，他说道："我谁也不需要，我与自己相处得很好，都要吵架了呢。"

这是实话，真真正正的实话；这样下去他真的要忍耐不住了，他需要拼命压制，好像用铁链约束着自己的思想，拼命地压制着它。他已经感觉到异常疲惫，就快要撑不下去了；他非常想丢掉所有，将一切都交给命运——不管结果如何，他都不在乎。他讨厌人生，心里满是悲凉——这毫无止境的悲凉就像是一只吃肉的鸟儿，将锋利的爪子深深刺入他已经破碎的心里。

心灵受到如此强大的约束真的厌恶得无法用语言形容出来，他在这约束里就快要窒息了。他已经异常疲惫，就像是被系住的马，抑或是被铁链拴住的狗。

他觉得自己好像是一棵果树，在狂风中被折断，枯死是一定的，此刻他正在生气勃勃开满鲜花的果园中渐渐枯死。

但是丽卜卡村——丽卜卡村的生活依然如常。瓦尼克家的新生儿正在接受洗礼；克伦巴家刚有人订婚；还有一个巴特克刚举行过葬礼，他被女婿打成重伤，身体逐渐衰弱，不久就魂归天国。雅图丝坦卡又去法庭告自己的子女不遵守合约。除了这些还有很多其他的事情，每个家庭发生过不少事情，村里人有不少话题可谈，有各种欢笑忧伤的材料。在那漫漫长夜里，很多房子里都聚集着女人一起纺纱。天啊！她们笑闹着，争吵着，欢快的声音在大路上都听得清清楚楚！哪里都有人在斗嘴、交朋友、追求爱人、在房屋外幽会；到处都有人在争吵和谈情说爱，数都数不过来；村民们全都挤在屋了里喧嚷着，就像是蚂蚁窝或者蜂窝一样。

是的，所有人都是痛快地生活着，过着在他自己看来最好的生活，最适合自己也最适合邻居的生活，并且按照上帝的规矩生活着。

但是他——安提克——他只生活在他一个人的世界里，与所有人都毫无关联，如同一只离群的飞鸟，饥寒交迫又满心恐惧；或许在灯火通明的窗外扇动着翅膀，希望飞到谷堆旁边——但是却不可能飞进去，只能在它的周围盘旋着、祈求着、忍耐着饥渴，却靠近不了。

除非——除非上帝愿意彻彻底底地改造他，让他再世为人。

噢！但是这样的改造，只是想一想都让他觉得恐怖。

在圣诞节之前的某个早晨，他遇见了铁匠；安提克本想径自从他面前走过，但是铁匠却拦在他面前，伸出手礼貌而又带着悲哀的语气跟他说道："我觉得你总会去探访一下我的，到底我是你的姐夫。我的家里虽然也不富裕，不过我们也可以聊一聊，说不定可以帮上点什么。"

"你怎么不先去我家呢？"

"我去？去了你家，然后被赶出来？"

"不错。'没有尝试过艰苦的生活，是不会真正关心的。'"

"'没有尝试过艰苦的生活'？难道我心里的烦恼与你有什么不同吗？"

"你居然有勇气在我跟前说出这种毫无羞耻的话！在你看来我不就是个自负的笨蛋吗？"

"我尊敬天主，我说的都是真话。"安提克不屑地说道，"'狐狸，是最狡猾的动物，它奔跑、轻闻、转身，再用尾巴扫一扫，谁也闻不出它的味道。'"

"我了解，你因为我去参加婚礼而生气。是的，我的确没有回绝。但是我该怎么回绝呢？神父亲自告诫我，不要与上帝作对，不要让父亲与子女之间不和睦。"

"哦，所以你就按照神父所说的做了，是吧？你还是去跟那些信任你的人说好了，不用跟我说——啊，你要想方设法从老头儿那里榨取所有的东西，作为你对他仁慈的代价，他可不会让你一无所有地出来的！"

铁匠说了一句俗语："'送到面前的东西，只有傻瓜才会拒绝。'不过，我过来不是想和你谈论这个。整个丽卜卡村的人都会跟你讲——噢，不然你去问一下雅固丝坦卡好了，她总是与老头儿待在一起——是我逼着他与你讲和的。唔，这一天就要到来了……他已经冷静一些了……我们一直在想办法。"

"你还是为两只狗和解吧，不要管我们俩，知不知道？我不愿与你争吵，不过这个时候，你还是别打扰我的好，也别再提你的和解！——瞧瞧你！还真是个不错的朋友呢！如果你不是为了打劫我最后一件衣裳，你是不可能为我们和解的——我现在就跟你说好了，不要再烦我，不要再在我面前出现，一旦我控制不住，可是会扯下你的红头发，打烂你的骨头。是的，即使是你那些当过兵的朋友也别想阻止我。你听好了。"

他转身就走，再也没有看一眼铁匠，铁匠怔怔地站在路中间，目瞪口呆。

"真是个卑劣的骗子！——和老头儿关系那么好！还想和我谈友谊！他要是聪明点，肯定会让我们两什么都没有！"

在那次见面之后，他过了不久就冷静了下来。特别是那天早上每件事都不顺心。他才开始工作，树上的一个节子就将斧子弄出了个口子；快到中午的时候，一块木板掉下来砸到了他的脚，幸运的是还没有断，他只好脱下鞋，用冰块包在已经肿起的脚上。而且，这一天马修的心情也很不好，尽找他们的毛病，这个活儿没有做好啊，那个活儿要赶紧做啊，还不停地找安提克的麻烦。

什么事情都不顺心。就连法兰克早该磨好的那些麦子，虽然汉卡一直在为此担心，却还是没有开始工作，理由是活儿太多。

家里也是事事烦心。汉卡老是哭，因为小彼德的高烧还没有好，她只好请来雅固丝坦卡来给他看一看。

雅固丝坦卡是在晚饭的时候来的，坐在火炉旁，偷偷摸摸地四处张望着，很想扯开嗓子好好说一通，不过他们的反响不是很热烈，她只得立即给孩子看病。

安提克拿过帽子，说道："我去一趟磨坊，如果我不在那里看着，那些麦子恐怕永远都别想磨好。"

"可以让父亲代替你吗？"

"我都不知道能不能将那些面粉搬回来呢。"——他匆匆走出去，情绪不佳，精神不振，如同在暴风雨中一棵摇摇欲坠的孤树。况且家里的每件事都惹他不高兴——特别是雅固丝坦卡那一双探询的眼睛。

夜里很安静，没有下雾，不过天上的星星很少，只有几颗，在远处闪烁着，朦朦胧胧的。寒风从森林里吹出来，低声呻吟着，预示着就要变天了。守门犬在村庄中偶尔嗥叫几声，一路上飘散着炊烟，空气阴冷潮湿。

就要到圣诞节了，磨坊里来了不少人。自家的麦子正在磨着的农夫们都在过道里等着；那些没轮到的都在磨坊主的用人房里。他们围在马修身旁，听他说一件非常有趣的事情，时不时地发出大笑声。安提克不想进去，便去了磨坊里面找法兰克。

他们正在说着："他站在水边上，和玛格连争吵着，你应该明白——就是那个被风琴师撵出去的女仆。"

又有一个人插嘴道："磨坊老板威胁过他，他若是在磨坊里和玛格连在一起，就要将他也撵走；因为她老是在磨坊里过夜。但是，她也很可怜！她又能去哪里呢？"

又有人打趣道："在三月的时候真心追求的，到了十一月一定会懊悔的！"

安提克在上等面粉研磨的地方坐下，就在对着敞开的客厅门口的地方等待着。他在这里只能见到马修的肩部，还有一个坐在马修面前，听马修说话的农夫的后脑勺。如果不是机器轰隆隆地响着，他都能听见他讲了些什么，不过他并不感兴趣。

他一下子倒在那些麦子上，由于身心俱疲，不一会儿就打起了瞌睡。

机器依然在哼哧哼哧地响着，转动着，跳动着，所有的部件都在运转着。水车的轮子就像是上百个正在洗衣服的女人用力捶着衣服；流水哗啦啦地经过轮子，搅起一阵阵的如同雪花一样的泡沫，然后流向河里。

安提克足足在那里等了一个小时，最终还是去院子里找法兰克了，他强自振作，感觉自己昏昏欲睡。去外边就不得不经过客厅，他正想走出去，手已经放到了门上，便听到马修的话，不由得停住了。

"是的，那个老头子自己将牛奶加红茶煮好了，然后端到床上让她享受！据说他与雅固丝坦卡将奶牛全都照料得好好的，从不让她插手；而且，他还去城里给她买东西，以免她走到储藏室着凉感冒！"

然后就传出一阵大笑声，什么好笑的都说了出来。安提克不由自主地又转过身，坐回到刚才的那些麦子上，迷茫地望着半敞开的房间里映射出的红色光线。此刻他什么也听不到了，那些说话声已经被机器声掩盖。一阵灰色的尘雾飘在空中，让周围都变得朦朦胧胧；电灯是用绳子挂在房顶的，强烈的灯光透过灰色的尘雾，变成了黄色的猫眼一般，不断地晃动着。不过他的心情很不好，又坐不下去了；他站起身，踮起脚尖轻轻走到门边，仔细听着。

马修继续说道："她将一切事情都解释清楚了！多明尼克告诉过他，姑娘在匆忙间撞到围墙上摔倒……这种事是经常发生的……在她还是个姑娘的时候就发生过。可真是个不错的解释呢！那老头儿居然没有怀疑！如此理智的一个人，竟然会相信这种话！"

又一阵哄笑声响起，每个人都笑得很起劲，房间里异常吵闹。

安提克又走近了一些，这时候差不多要走进门去了，他的脸色像死人一样苍白，紧握着拳头，缩在门口随时准备给马修一拳。

他们笑完了之后，马修又说道："但是，听人说雅歌娜是安提克的相好，我刚好可以证明这是谎话，我亲自看到安提克像只可怜的小狗在她的房间外痛苦地徘徊，之后她拿起扫把将他赶走了！他老是纠缠她，就像粘在狗尾巴上的芒刺一样，不过她还是将他赶走了。"

　　此时有人插嘴道："是你亲眼所见？村里人好像不是这么说的。"

　　"我亲眼所见？——呵，那个时候我就在她的房间，她正跟我抱怨着他调戏她！"

　　"你这造谣的杂种！"安提克一边吼着，一边走进客厅。

　　马修立刻向他扑过去。不过安提克速度很快，一下子就给了他一拳。安提克一手捏紧他的咽喉，让他说不了话也透不过气，还有一只手抓着他的裤腰带，将他举起来，就像扯起一棵树一样，一脚踹开门，带着他经过木材厂来到河边，使劲扔下栅栏，那几根栅栏就像芦苇一样被压断，而马修就如同一截木头一样掉到了河里。

　　然后便引起了一阵极大的混乱。这里的河水很深，水流湍急。他们马上过去捞起他，将他放到岸上，不过他已经昏迷了。磨坊老板也很快赶到了这里，打发人将安布罗斯叫过来，没多久他就来了。村里人都围在旁边，之后人们将马修背到磨坊老板的家里。马修昏了好几次，吐了很多血，他们很担心他坚持不到明天了，赶忙将神父请到这里。

　　马修被抬出去之后，安提克一直镇静地站在火炉旁，与刚刚来到的法兰克一起聊天。当房间里安静了下来之后，安提克便开口了，大声地向每个人说道："如果谁再敢侮辱我、嘲笑我，我就会以相同的方式对待他，并且还不止！"

　　谁也不敢说话。他们全都用吃惊和尊敬的神情望着他。他怎么会如此轻易就将马修这种壮汉，当成茅草一样甩起来，然后提着丢到河里呢？谁也没有见识过比他更强大的人。如果是他们两人打架、互相攻击，然后一个人将另一个人打断了骨头，甚至没命，那也是很常见的，算不上稀奇。可是事情不是这样，他提着马修，就像我们提着一只小狗，将它扔进河里一样！栅栏将他的骨头折断了，这倒没什么，他总会好起来的。不过那种羞辱，马修肯定不能忍，这辈子他的脸都已经丢尽了。一个人不停地对其他人说着："真是，太强大了，好伙计，我还从没见过这样的事情呢！"

安提克并不在乎他们说些什么，在小麦磨好了之后，就在半夜里扛回家了。他发现磨坊老板家的一个屋子里依然亮着灯光，马修就在那个房间。

他只是向那边瞥了一下，气愤地在地上吐了口唾沫说道："狗东西！看你还怎么说大话，说你与雅歌娜一起待在她的房里！"

回家之后，汉卡还没有休息，依然在纺着纱；不过他没将这件事告诉她。第二天的早上他没有去干活儿，他自觉磨坊老板不会再要他了。不过他刚吃过早饭，磨坊老板就来了。

"去工作吧。你与马修的恩怨是你们的事情，和我并不相干。不过在他还没有好的时候，木材厂还是要继续工作——现在你就担任监工了，每天的工资是四兹罗提，还有一顿午饭。"

"我不会做的，除非按照马修的工钱我才会去；我相信我可以和他做得不相上下。"磨坊老板很生气，想再计较一番，可是不得不败下阵来，除此之外又能怎么样呢？他不得不请他做伙计，然后就离开了。

安提克并没有将昨天的事情跟汉卡说过，她觉得很不可思议。

第四章

圣诞节的前一天,整个村庄的人都在高高兴兴地准备着各种事情。

夜晚又有霜冻下来了，因为这两天天气温暖还有薄雾，寒霜就侵袭过来，树上都挂着一些绿色玻璃状的霜冻。太阳从云层里探出头来，在蓝色的晴空里闪耀着，天空中隔着一层极其轻薄透明的雾气；不过太阳的光线惨白冰冷，如同贡品桌上的点心，什么东西都温暖不了，时间慢慢地过去，霜冻也越来越厚，冰冷彻骨，几乎要让人窒息而死，万物的周围都围绕着一圈厚实的水汽。不过大地沐浴在这灿烂的阳光里，闪耀着晶莹的光芒，到处都是明亮耀眼的白雪，就好像是撒满了钻石的露珠。周围的土地都隐藏在白雪下，亮闪闪的，不过毫无生机，偶尔那些雪白的土地上方经过一只飞鸟，黑影贴着地面低飞，抑或飞过一些鹧鸪在满是积雪的矮树上咕咕叫着，胆怯地等在那里,悄悄接近人们的房屋和粮堆。还有某些地方有野兔出没，它越过雪堆，或者靠后腿立起身子，或者想方设法接近粮堆，但被狗的叫声给惊跑了，又迅速隐藏到树林里。树林中的树木都笼罩着白色的寒霜。

突然袭来一阵寒冷，带着凛冽的寒光，这时候覆盖了整个大地，让它沉入一种冷寂的状态里。

没有任何喧嚷破坏村庄里的宁静，没有说话声，也没有微风吹过晶莹雪地的飒飒声，只剩下一半掩藏在积雪中的大路上不时地响起轻轻的铃铛声和雪橇的滑轧声，如此朦胧，如此遥远，仿佛是幻觉，谁都听不出是从哪里传出来的，又要去往哪里，不一会儿这声响也消失不见了。

不过在丽卜卡村所有池塘边的道路上，挤满了吵嚷着的居民们。空气中洋溢着喜悦，人与牲口都欣喜万分。如同音乐般的号叫声通过冷空气这良好的介质传到四面八方，众人的欢歌笑语响遍了整个村庄，将一切的欣喜都唤醒了；狗在雪地上欢快地翻滚着，发出愉悦的吼叫声，驱赶着房屋周围的乌鸦；马儿在漆黑的马厩里嘶鸣着；母牛也在牛棚中发出低低的叫声。人们都觉得踩在雪地上的响声比平时更加响亮动听。雪橇走过坚硬平坦的道路，发出尖锐的声音。炊烟像是蓝色的柱子，像剑一样笔直。窗户上的玻璃在阳光下闪耀着金光，刺痛了人们的眼睛。哪里都有兴高采烈的孩子们，哪里都有嗡嗡的说话声，甚至还有鹅群在掘开的冰窟中游泳的嘎嘎声和人们的吵嚷声。道路上、房屋以及其他建筑的周围，到处都有人们的身影。在满是积雪的果园里不时有妇人们红色的衣裙从这一家飘到另一家，偶尔碰到旁边的树木，便浑身洒上银灰色的雪花。

这一天连磨坊都停止工作了。确实，在节日的时候，那里一片寂静，只剩下一条清冷寂静的小溪从水门里潺潺地流向远方；离磨坊很远的一处，一些野鸭徘徊在空中，它们从泥沼和荒地上飞过，传来阵阵鸣叫声。

所有的人家——麦克的，老西蒙的，乡长的，谁又数得过来有多少人家呢？——此刻都敞开大门使空气流通，清扫整理着，地面、过道甚至是门前的雪地上都撒上了墨绿的松针。有些人家里的火炉烧得漆黑，也趁此机会一次刷白。每户人家都赶着制作面包，特别是用小麦做的，在面包上撒一些罂粟；也有的将罂粟放到研钵中碾碎，用来做一些其他的更好吃的东西。

的确，圣诞节就要来临了，这是为了庆祝圣子，是神赐给人们欢乐的一天。人们忙碌了整整一年，在这个时候需要休息休息，让灵魂从麻木中苏醒，忘掉生活中的烦恼，是他们身心愉悦、带着快乐期待主耶稣诞生的那一天。

波瑞纳家也是如此欢愉，人们奔前跑后，准备着节日的一切。

老波瑞纳很早就去城里购物，库巴斯刚请过来的车夫彼德和他一起去。

家里的每个人都在忙碌着。幼姿卡一边唱着歌，一边用彩纸剪出一些很奇怪的画，贴到房梁或者相架上，让它们看起来好像多了层颜色。雅歌娜将衣袖卷得高高的，正在和着钵里的面粉，她的母亲在一边帮助她。她们要用小麦粉做出长面包，还有细面包，由于面团已经胀大了，她的时间快不够了，需要尽快将它们的形状捏出来。她不时地朝幼姿卡看一眼，不时地看看盖在温热的棉布下正在发酵的蜂蜜乳酪饼，马上就要上烤炉了，偶尔还要去看一下正燃烧着的烟囱旁。

牧童怀特克被安排照看灶火，随时添上柴火；不过大多数时候只能在吃早饭的时候遇见他，之后他又在哪里呢？——雅歌娜和多明尼克到处寻找、呼唤，就是找不见，他一声也没答应。这个调皮的家伙正在草堆的另一边或者田间的草丛里设下陷阱捕鹀鸹，将网藏在几层厚实的麸糠下，一个是想将网掩盖住，另一个是为了引诱鹀鸹。拉帕和他在一起，还有那个他一直照顾着、医治好了的、养在身边的鹳鸟波西克。他教会了它许多鬼把戏，他与这只鸟的感情很好，他只要轻轻一吹口哨，它也能像拉帕似的，乖顺地到他跟前——并且它与拉帕的关系也挺好，经常在马棚里一起逮耗子。

罗赫接受了伯锐那的邀请来他们家过节。他去了教堂，这时候还没回来，一个上午都在和安布罗斯一块儿拿着神父的用人送过来的松枝装饰着圣坛和四周的墙面。

快到中午的时候，雅歌娜将所有的面包都做好了，摆在木板上，有各种各样的形状，上面涂着一层鸡蛋清，以免在烤的时候开裂。此刻怀特克走进屋里大叫着："他们带着点心过来了！"

风琴师的那个在城里读过书的大儿子亚涅克从清晨开始就由弟弟陪着，去各家各户分发点心。

他们进门时说道："感谢耶稣基督！"在这时雅歌娜才发现他们，回头看了看。

因为屋子里非常脏乱，她感到很不好意思，一边将裸露的胳膊藏到围裙里，一边请他们俩坐下歇一会儿，他们提着笨重的篮子，弟弟的肩上还背了好几个包。

他们婉言谢绝了："我们还要走遍大半个村子呢，没空歇息了。"

"亚涅克先生，你还是休息一下，暖暖身子，外面实在是太寒冷了！"

多明尼克也提议道："你们还是先喝些热牛奶吧。"

他们谢绝了，不过最后依然同意坐下来歇息一会儿。亚涅克直直地看着雅歌娜，她立即将袖子拉下来盖好。因为这个，亚涅克的脸涨得通红，就像红菜根似的，急忙从篮子里拿出点心。他找到一包最大最漂亮的，外边包着一层金色的纸，里边放着一些彩色的点心，外形与圣餐面包差不多。雅歌娜只好将手从围裙下拿出来，接过点心，放到十字架下边的一个托盘里，之后又拿来一加仑^①的亚麻和六个鸡蛋送给他。

　　"亚涅克先生，你回来有多久了？"

　　"三天前回来的，就是周日那天。"

　　多明尼克也向他问道："在学校不无聊吗？"

　　"不太无聊啊，只是明年春天我就念完了。"

　　"你的母亲跟我说过——没记错的话是我结婚那天说的——她说你想做一个神父。"

　　他看着地面，低声回答道："嗯，是的——就在复活节之后。"

　　"上帝啊，这下你的父母应该很欣慰吧！家里有个人成了神父！这可是我们乡里的荣誉啊！"

　　"最近发生过哪些事情？"

　　"没什么。没什么事情就是最好的事了。这里的一切都很平安。农民们大都是这样。"

　　"雅歌娜，我非常希望参加你的结婚典礼，但是他们不同意。"

　　幼姿卡不由得嚷道："啊，那一次很精彩呢！哈，接连举办了三天舞会。"

　　"据说库巴是在那几天去世的。"

_____

① 加仑为容量单位，分英制和美制。1加仑（英）=4.546升。

"嗯，他走了，那个可怜的小伙子！流了很多血，神父都没来得及听他的忏悔，为他祈福，他就已经死了。村民们都说他的灵魂正在忏悔着——现在在十字路口处、在十字架的附近总有不明物体在盘旋呻吟着，期待着上帝的救赎。想必就是库巴的灵魂吧，除了他还有谁呢？"

"这是什么情况？"

"我说的都是实话。我没有亲眼看见，因此不敢随便发誓。但是这世上必定存在着我们无法看见的物体，即使我们的眼力再好也无济于事。世间的一切都出自上帝之手，而不是我们人类。"

"库巴死了，我也很难过。神父听说之后也忍不住流泪了。"

"他是我见过的最忠诚公正的用人，温顺、谦和、勤劳，从不会随便抢占不是自己的物品，不管什么时候都愿意与穷人共享哪怕仅剩的一件衣服。"

"丽卜卡村一直在变化着。每当我回家一次，都会感觉到——今天我去了安提克家。他的孩子生病了，他们家遭受到这样的不幸，他也改变了不少，瘦了很多，我都快要认不出了。"

对于这些没人说得上什么。雅歌娜立即转过脸，开始把面包放到铲子里，她的母亲不悦地瞪了瞪亚涅克，他才惊觉自己的这些话引起了不快。为了补救，他又找了个话题，此时幼姿卡满脸通红地喊了他一声，想让他再拿一些彩色的点心。

"我想将这些面包做成一个彩色的球挂在天花板上。本来有一些去年剩下的，不过婚礼上太忙乱了，将彩球弄破了。"

他当然愿意的，又拿给她一打还多，有五种不一样的色彩。

"给了那么多啊！啊，上帝啊！这些我不仅能做出球，就连月亮和星星都能做出来了！"她高兴地说道。雅歌娜对她轻声说了些什么，她便红着脸走过去，将面颊藏在围裙里，又拿出六个鸡蛋送给他。

此时老波瑞纳终于到家了，和他一起进来的还有牧童怀特克，以及跟着他的拉帕和波西克。

多明尼克立马大叫着："快关上门，不然蛋糕就要变凉了！"

老波瑞纳在火炉旁烘烤着自己冰冷的双手，打趣道："妇人们在家里整理一切，男人就要另外找地方住了，哪怕是酒店也行。外面的路像玻璃一样滑，雪橇在上边倒是很不错，不过天气太糟糕了，我们坐在上面快要被冰冻住了。——雅歌娜，快拿些吃的给彼得。他穿着一件大军衣，骨头都快要冻住了——亚涅克，你是要在家里住一段时间吧？"

"我会待到主显节的时候。"

"你肯定是你父亲的好伙计，既能演奏风琴，也能帮助他工作。这么严寒的天气，他也老了，应该很不愿意离开暖和的被窝吧。"

"他自己没来探望你们，并不是因为这个；我们家的母牛今天生产，他只好留在家照看着。"

"这可是好事情，这个冬天你们都可以喝到牛奶了。"

"怀特克，你不是要给小马喝水的吗，好了没？"

雅歌娜回答道："是我去做的，不过它一点都没喝，只是不停地蹦跳着，并且还一直挑逗母马，我只好将它牵到大马棚里了。"

亚涅克兄弟终于走了，不过亚涅克自始至终都不停地望着雅歌娜，感觉她要比秋天没有出嫁的时候更加漂亮了。

因此可以想见，她那年老的丈夫一定完全臣服于她，他的眼中只有她一人，其他的东西都看不见，也没什么可奇怪的了。村里人都说他喜欢他的老婆已经到了不可救药的地步！还真是没说错。对待其他人他都很苛刻，唯独雅歌娜能制服他；他什么都听从她的，什么事情都为她着想，听从她和她母亲的建议。其实他真的没什么需要后悔的。他的庄园井然有序，每件事都很顺利，他什么福都拥有了，有人可以抱怨也有人可以商讨；现在他的心中只剩下雅歌娜，将她作为神一样崇敬着。

就好比现在，他坐在火炉旁烤着火，深情的双眼紧盯着她，打算像结婚之前那样对她说些甜言蜜语。他全心全意想让她快乐。

而实际上，雅歌娜将他的一片深情当成去年的雪一样，压根不放在心上。现在她常常生气，对于他的深情很是厌烦。什么事都让她心烦，她来来去去，气愤和冰冷得就像是二月的寒风，将家务都丢给她的母亲或者幼姿卡，总是说一些不好听的话赶走丈夫。她住在房子的另一边，借口说想看着火炉，去马棚里照料小牛，而实际上她是想独自安静地思念安提克。

亚涅克在她面前提到她以前的爱人，现在安提克好像就站在她的旁边。她已经有三个月没见过他了——除去那一次坐在雪橇上经过白杨路时遇见他。的确，时间如行云流水：结婚、搬家、各种各样的家务活让她没空想到他。眼里没看见，心里就不会烦恼；她从前的朋友从不在她面前提到他。此刻不知怎么回事，他的形象忽然又来到她的身边，眼神悲戚，还带着一丝责备，她的灵魂感到无助和悲伤。——她心里想着："我又没有对不起你。为什么你总像个幽魂，像个鬼怪，老是缠在我身边呢？"她极力不再去回忆以前的事情。她也不知为何他的身影会出现在她的心里——她没想过马修，也不会想斯塔赫·普罗什卡，更不想其他的什么人——只是会想到他！

难道她被他施了爱情魔咒，让她陷入疯狂，让她历经折磨？

"那个可怜人，这时候在干吗呢？他在想什么呢？……这时候又不能联系到他，什么法子也没有！的确，这只不过是个悲哀的罪过。——主啊！这是触犯伦理道德的事情，当我在神父面前忏悔时他跟我说过。——啊，只是，我多想再和他说说话——即使还有人在场也没关系！——不行，不行！不可能的，绝对不可能，——不可能的！即使死去我依然是老波瑞纳的女人！"

她的母亲喊道："雅歌娜！快过来，我们得将面包拿出来。"

她走了出去，一阵忙活，想忘掉那些想法。不过她没有成功：无论她在哪里，她都能看到他的双眸还有那双浓密乌黑的眉毛——还有他鲜红的嘴唇……啊，多么热情，多么甘甜！

她不知疲倦地干着活，将房子收拾整齐；到了晚上她居然还去了从没进过的牛棚。不过还是毫无办法。他一直都出现——出现在她的面前——她的心里极度地渴望着，几乎心都要碎了；心灵饱受折磨，之后她来到一直在赶做彩球的幼姿卡的身边，坐在矮柜上，不停地流着泪。

她的母亲，还有她的丈夫都惊呆了，都哄劝着她；他们好像在抚慰一个被宠溺的小孩，极力安抚着她，轻轻触摸着她，用怜惜的眼神望着她。可都没有用，她只是不停地大声哭喊着。之后，忽然间，她的情绪就变好了，高兴地站起来，有说有笑，几乎就要手舞足蹈了。

老波瑞纳很诧异地望着她，她的母亲也觉得很不可思议。之后他们俩彼此交换了一个富有深意的眼神，去过道里轻声说着什么。再回来的时候都一脸喜悦，怜惜地抱着她，亲吻着她。

多明尼克焦急地喊道："不要碰那个盒子！不要动，就让马西亚斯拿吧！"

"啊，平日里我也拿过或者扛过比这还沉的东西啊！"

她不知道母亲是怎么了。

老波瑞纳也不让她拿盒子，他自己拿了过去。没过多久，她去了卧室，他趁势抱着她，与她说了一些不适宜让幼姿卡听到的话。

"我的母亲和你都弄错了，你们根本就猜错了，你们俩都想错了。"

"这种事情我们也懂一些的，不会有错的。——我算一算。此时正是圣诞节，嗯——应该会在七月生产吧。——噢，天啊，正是秋收的时候呢！——但是，不管怎么样，让我们感激上帝的恩赐吧。"他还想继续抱着她，可是她已经生气地闪到一边，来到她母亲的身边抗议了。但是，她母亲却也作证说不会有错。

"不对，不对！你们正在做白日梦吧！"雅歌娜极力否认着。

"好像你并不是很高兴？"

"我怎么会高兴呢？即使没有这回事，也够让我们心烦的啦。"

"不要抱怨，上帝可是会怪罪的！"

"就让他怪罪好了，让他怪罪吧！"

"你为什么这么不满？"

"我没想过生孩子，就是这样！"

"你听好了，雅歌娜，如果你生下孩子，在你丈夫死去之后，当然我也不希望发生这种事，孩子就可以作为他的遗产继承者，能够和他的子女一起继承财产；到最后或许他的全部财产都会归你的孩子所有……"

"财产，财产，财产！你总记挂着这些财产，可是我一点都不在乎！"

"那是因为你还是个小孩子，整天只知道说些胡话。一个人如果没有财富，那和没有了肢体没有什么不同，只能在地上爬，什么地方都休想去——不管怎么样，不要再对马西亚斯说出那样的话，他可是很气恼的。"

"我想怎么说就怎么说。我才不会在乎他！"

"你真的这么傻的话，那就说好了，去跟任何一个人说！快去干活儿吧，将水中的鱼捞出来，泡到牛奶中，这样能减轻鱼的腥味。去让幼姿卡多磨一些罂粟粉，还有很多活儿呢，今天就快要过完了。"

这话倒没错。夜幕要降临，太阳已经沉到树林的后面去了；夕阳就像红色的血液一样挂在天边，照得满地的积雪如同火焰一样，好像到处都是火红的煤炭。村庄里也安静了。有的居民去池塘边挑水、劈柴，雪橇偶尔如狂风般经过，男人们经过池塘，房门外的锁链发出咔咔响声，每一处都有人们的说话声。不过在太阳落下之后，行动便迟缓了下来，此刻大地笼罩在一片苍茫中，寂静也渐渐袭来，万物沉睡，街道上的人也越来越少了。四处的旷野都陷入一片漆黑中，冬天的夜晚遮掩了整个村庄。冰冷的气息更浓了，踩在积雪上的碎裂声也更响亮了，任何一扇窗户上都显示着奇特的窗花。

村庄渐渐变为一个灰色的影子，慢慢地融化，房屋、篱笆和果园都融为一体；只剩下几盏依稀可见的灯火，比平时更多一些，因为每家每户都在匆忙地为圣诞夜的大餐做准备。

不管家庭条件如何，每户人家都在匆忙地准备着；人们在东边的家具上摆上一些谷子；桌子上铺着干草，再铺一层雪白的桌布；他们期待地望着外面的天空，等待星星的出现。

天空与平时的寒冷天气差不多，夜幕降临之后就一片阴沉；当最后的光线消失后，天空里好比笼上了一层薄纱，掩藏在那些黑漆漆的灰雾中。

幼姿卡和怀特克虽然非常冷，但还是站在门外的过道上，等待着星星的出现。

怀特克忽然大叫着："看到了！看到了！"

的确，星星出现了，在东边的天空，透过周围的层层黑幕，从那一片深蓝中散发出光彩。他们仰望着，它好像更大了一些，越来越明亮，越来越靠近他们。罗赫突然跪在了积雪上，人们也跟随着他跪了下来。

他说："快看，那就是三智者金星，也被称为伯利恒星，天主耶稣就是沐浴着它的光辉诞生的。——让我们赞美天主！"

他们真诚地反复咏诵着他的话，用殷切的眼神仰望着见证圣子诞生的人——上帝悲天悯人、下访民间的见证。

他们的灵魂由于感动和信仰而激动，将纯真的眼神、圣洁的火——这些足以抵抗一切妖魔鬼怪的圣物——吸进心里。

星星好像还在涨大，大得如同一个火球，青色的光辉诡异地辐射着，将光明都射到大地上，光线穿透了黑夜。其他的星星——它的忠实的仆人——也相继出现，数量越来越多——填满整个天空，用点点亮光装饰着它，让夜空变成洒满银光的深蓝色帷幕。

罗赫说道："此刻耶稣已铸成肉身，我们可以享用晚餐了。"

他们走进屋内，在一个高高的长方形柜子旁坐下用餐。

老波瑞纳在首位就座，然后是多明尼克，他们两家说好一块儿享用圣诞夜的晚餐的；罗赫在中间就座，接着就是彼德、怀特克和幼姿卡，雅歌娜坐在最后，她还要负责端菜。

这时候房间里异常安静。

老波瑞纳画完十字之后，和在座的人们一起享用一块点心，每个人都异常虔诚，因为它是生命之粮的象征。

此时罗赫又说道："基督就是在此刻诞生的，因此要让所有的动物都吃到点心！"

虽然这一整天他们只吃了一点点的面包，这时候早已饿得不行了，他们依旧吃得缓慢，异常文雅。

接下来就开始上菜了。最开始是一份酸酸的甜菜汤，里边还有些蘑菇。然后是刷过面粉再在油锅里炸过的青鱼。第三道菜是一盘蘑菇炖的卷心菜，也是油炸过的。为了让这顿饭更丰盛，雅歌娜又做了一道很精致的菜肴——荞麦粉里混合着些许蜂蜜，然后放在罂粟油里煎炸！人们就着最普通的面包片吃这些菜肴；在斋戒日里最好不要吃糕点或者小麦面包，那些东西里都有奶油或者牛奶。

他们这顿饭吃了很久，期间几乎没人说什么；只听见勺子的咔咔声和嘴巴的咀嚼声。老波瑞纳本想站起身给雅歌娜帮帮忙，不过她的母亲不让。

她说："就让她做好了，对她不会有害的。这还是她第一次做圣诞餐呢。她还需要学习，习惯了就好。"

拉帕偶尔发成轻哼声，伸出脑袋碰着人们的大腿或者膝盖，它也想早点吃到东西。波西克这只鸟被关在过道上，不停地啄着墙壁，或者不停地发出怪叫声，鸡棚里的母鸡们也咯咯叫着。

晚饭吃到一半，听见有人在窗外敲打着。

多明尼克大叫道："别让那个人进屋，哦，也不要向那边看！肯定是魔鬼，他想进屋，想在这里住上一年都不离开！"

人们放下餐具，惊恐地听着，这时候又听见有敲门声传来。

幼姿卡轻声说道："一定是库巴的鬼魂！"

"不要这么愚蠢，说不定是谁来这里办事。今天没有人该忍饥挨饿或者露宿街头。"罗赫说完，便去开门了。

来人是雅固丝坦卡，她恭敬地站在门外，泪流满面，说想进来。

"啊，只需要让我待在这里，分给我一些狗吃的食物就足够了！求你们行行好，帮帮我这个老婆子！……我一直在等着我的子女接我一起过节，可是没等到，家里寒冷又饥饿……啊，上帝啊！如今我不得不成为一个乞丐。他们丢下我一个人，孤苦伶仃，连一点吃的都没有——都比不上一条狗……他们家呢，人那么多，又热闹非凡。我悄悄躲在那里，向屋角张望着，向窗子里看着……可是一点用都没有。"

"好吧，你就和我们一起吧。如果你早点来就更好啦，别再期望你的子女邀请你了——当他们将你棺木的最后一颗钉子钉上，肯定你再也找不了他们，他们应该就要欢欣鼓舞了。"老波瑞纳说道，然后礼貌地将自己身边的位置让给她。

虽然雅歌娜并不是一个小气的主妇，很真诚地邀请她吃些食物，但是她什么也吃不了。不会的，她很是沮丧，驼着背，垂着脑袋，一句话都说不出来，看看她发抖的身子就明白此刻她内心的悲痛。

这时房屋里既暖和又安详，弥漫着一种慈悲和真诚的气息，好像圣子就在他们跟前躺着。

不断地向炉子里加着柴火，此时熊熊烈火都要冲进烟囱，将整个房间照得异常明亮。陶瓷的圣像在火光下亮闪闪的，窗外的夜幕看上去一片漆黑。这时候他们在靠近火炉旁的长椅上坐着，正低声严肃地讨论着什么。

然后雅歌娜去泡了些咖啡，里边放了很多糖，他们闲适地喝着。

没过多久，罗赫取出一本用念珠捆绑着的书，饱含深情地轻声给他们念着："快看，今天有一件新鲜事发生，有一个处女生下了儿子，天主在一个犹太人的城市伯利恒以贫民的身份诞生，出生在一个破旧的牛棚的干草堆上，和牛羊在一起，今天晚上他们全是圣子的兄弟。此时闪耀在天上的星星也照耀着圣子，引领着三智者前进；虽然他们都是黑皮肤，而且还是异教徒，却有慈悲之心，从远方带着礼物来到怒海，赶来为真理作证……"

他又接着念了很长时间，声音仿佛在祷告，几乎就像赞美诗或者祷告的吟咏了。人们都静静聆听，认真而又虔诚，为那些奇迹激动不已，虔诚地感谢着上帝的恩赐。

"啊，敬爱的天主啊！原来你出生于牛棚，生在如此遥远的地方，和卑贱的犹太人和残忍的异教徒在一起——并且如此贫穷——还经受了如此凛冽的寒霜！啊，可怜的圣子，亲爱的圣子！"——人们的心里都在想着这些，心里因为怜悯深深感动，他们的心灵如同飞鸟一样飞翔在大地和海洋之上，飞到天主诞生的国家，飞到围绕着歌唱的天使的牛棚里——飞到天主基督的脚下。他们在那里降落，怀着对圣主的虔诚和信仰，将自己的所有都奉献给他——决定永远都是他忠实的仆人。阿门！

罗赫仍在念着，幼姿卡这个温顺、慈悲、多愁善感的姑娘，忍不住为天主的悲惨遭遇失声痛哭起来。雅歌娜也忍不住捧着脸哭起来，将脑袋躲到安德鲁的身后。安德鲁也一边听着，大张着嘴巴，为这个故事而感动，不停地扯着兄弟西蒙的衣袖说道："哎，听见了没，西蒙？"

当念完之后，人们不禁说道：

"不幸的圣子！居然连一个摇篮都没！"

"我很好奇他居然没被冻死！"

"天主竟然遭受过那么多的不幸！"

罗赫说道："只有在他历经磨难和做出牺牲之后，才有能力拯救我们；如果他不这样，撒旦必定会变成世界的主宰，控制我们每一个人。"

"罪恶成为我们的主人，邪恶的思想主宰着我们；这些全是撒旦的走狗。"

"啊，好了，不管怎么样，至少可以确定的是：灾难将降临全人类。"

"不要这么说，以免犯罪。你和你的子女不和，都已经没有理智了。"

这样的责罚很严重，他不知如何辩解。没有人再说下去，西蒙站起来想出去，不过他的母亲留意着一切，一下子便注意到了。

"这么早想去哪儿啊？"她气愤地说道。

"出去——屋子里太闷热了。"他惊慌得声音都颤抖了。

"是去娜丝特卡家呀——去聊聊天，是吧？"

"你是不愿意，还是想阻拦我？"他愤怒地喊道，却将帽子扔到刚才放的矮柜上。

"你和安德鲁回自己家，家里一个人也没有，都没人看着。去看看母牛，我一会儿就回来，我会去找你们的，我们再一同去教堂。"她吩咐着。不过小伙子压根没有听，她没有说第二遍，马上站起身，从桌子上拿过一包点心。

"怀特克，把灯点上，我俩去看一下牲口。圣诞夜里，任何牲畜都能听懂我们的话，因为天主就是在那里诞生的。没犯过罪的人和它们对话，它们可以用我们的话回答；这一天我们都是平等的，它们是我们的朋友。因此我们应该和它们共享点心。"

每个人都向牛棚走去，怀特克提着灯走在最前面。

母牛们躺成一列，正悠闲地反刍着；不过当灯光和人们的说话声靠近它们，它们便哼哼着，沉重地顿足，转过头避开亮光。

"雅歌娜，现在你是这里的主妇，就由你将点心分给它们吧！给它们吃好，长得更强壮，身体健康。不过在明天夜晚到来之前不能挤奶了，不然它就不会生出奶。"

雅歌娜将点心分成五份，又在每一只母牛的两角之间画十字，然后将小点心放到它们宽大粗糙的舌头上。

幼姿卡很想得知马是否可以分享点心。

"不可以，基督诞生之时，牛棚中没有马的。"

众人回去之后，罗赫说道：

"任何生命，哪怕是一棵最卑贱的小草，一粒最小的石子，甚或是不能用眼睛看到的星星——任何生物都能感知天主的诞生。"

雅歌娜感叹道："天啊！真的吗？就连泥土和石头也能感知到？"

"我说的都是事实，的确是这样。任何生物都存在灵魂。万物都有知觉，期待着耶稣告诉它们。"

"'啊，灵魂啊，快醒来吧，生活着，感激天国吧！'——的确，哪怕是一只小虫子，或者是脆弱的小草，都有自己特殊的价值，用自己独特的形式感谢上帝……今天夜晚，每一年的这一天夜晚，它们都会站起来，充满活力，倾听着、等候着天主的福音！"

"对于某些东西，福音来了，而对于另外的一些却没有；它们在黑夜里默默等候着，等候着日出；像是石块、水滴、泥土、树木，还有上帝指派的各种物体！"

他们静静地思考着他所说的，因为他用很机智的形式说出了这些令人感动的话语。但是老波瑞纳和多明尼克对他说的这些很是怀疑，他们越是思索，越是理不清这里边的疑点。虽然天主的能力是我们不可想象的，不过——任何东西都存在灵魂——这一点他们无论如何也想不明白。但是这时候铁匠那家人来了，他们只好先将这些想法抛到一边。

他说道："父亲，我们过来与你们一起守夜，之后再一起做午夜弥撒。"

老波瑞纳说道："过来坐。你们一起来，一定会更欢快的。我们一家人聚在一起，只缺了乔治一个人。"

幼姿卡有些气恼地盯着她的父亲，此刻她想到了安提克，不过她什么都说不出来。

他们又围坐在火炉旁的长椅上。彼德去后院劈柴了，为明天的安息日做好准备，怀特克将劈好的柴火送到过道上放着。

铁匠高声说道："噢，我差点忘了，乡长过来，让我来喊多明尼克尽快过去；他的妻子腹痛，还在惨叫呢，大概今夜就要分娩了吧。"

"虽然我也很想和你们一同去教堂，只是，你也说了她正在惨叫，我还是去看一下。"

她在铁匠妻子的耳边轻声说了些什么，便急忙出去了，在这种事情上她很专业，她为很多人帮过忙，做得比医生还要好。

罗赫说了很多关于圣诞夜的神话故事，其中有一个是这样的：

"在很早的时候——应该和天主诞生的那个时代差不多——有一

个富农在市场上转卖两头肥牛之后，将钱藏在皮鞋里，就从市场赶回家。他手里拿着一根很粗的棍子，身材健壮——大概是村子里最健壮的人啦。不过他想要在天没黑的时候就到家，因为那个年代树林中有很多土匪，专门劫持良民。

"那个时候是夏天，树林中香气扑鼻，树木翠绿健美。一阵风吹过树林，头上飒飒地响着。他疾步向前走着，眼睛到处张望，心里很恐惧。他只看见那些苍老或者年幼的松树、橡树，其他的什么也看不见。不过他心里异常害怕，因为他马上要走过一个十字架，在它的旁边是一个丛林，那个丛林非常茂密，土匪们经常躲在那里面。因此他就画着十字，高声祷告着，然后继续疾步向前走着。

"他很安全地走出了树林，走出低矮的松林和柏树丛，已经可以看见广阔的田野，听见溪水欢快地流着、麻雀在天空里歌唱，看见农夫们在耕耘着，一群白鹤从沼泽上方飞过；甚至他都能闻到从樱桃园里传过来的阵阵花香。但是想不到的是，土匪就在这个地方袭击了他！他们有十二个人，全都拿着刀。他英勇搏斗，即使他们不久就制伏了他，但是他还是没有将钱拿出来，还大声呼救。忽然，人们都安静了，并且一直保持着——身体佝偻到他的面前，手里高高地拿着刀，满脸凶狠，但好像石头般！——这个时候，万物好像都安静了。鸟儿也静止在天空里——溪水也不再流了——太阳也停止了移动——风也停息了——树木还保持着刚刚被风压弯的形态——那些稻谷也一样。鹳鸟也在空中静止，翅膀大张着……耕田的人手里拿着鞭子正要抽下去，就那样静止着……万物好像都惊呆了，如同一张画一样静止了。

"这样的静止保持了多长时间，没人听说过，但是，到最后有人听到一队安琪儿在唱着歌：'天主降临，万能的主降临，人们啊，敬畏他吧！'之后一切就都恢复过来了。不过土匪们听从了这神奇的一幕对他们的警示，将富农放了。人们追随着歌声，一直来到牛棚里，他们与万物一起在重生的圣子面前顶礼膜拜。"

他们听了这个故事之后感到万分惊奇，但是，老波瑞纳和铁匠不一会儿就聊起了其他事情。

没多久，一直都没说过话的雅固丝坦卡开口了，不过那些话并不是太好听。

"啊，你说了这么多！除了打发时间，又有什么其他的意义呢？古代若真的有天使从天国下来保佑那些不幸的人，让他们免受胁迫，那为何他们这时候不出现呢？这个时代的苦难、灾祸、不幸又比从前少得了多少？我们就像是不幸的飞鸟，羽翼还没有丰满，就被放出来历经劫难。秃鹰、食肉的鸟缺乏食物，就对它们下手，而我们人类终究逃不过一死。——你在这里空谈什么慈悲，许给那些笨蛋无数的承诺，愚弄他们，说拯救世界的天主就要降临，——哈！谁会来？——反而基督们已经来了！他们会主持公道，他们会怜悯众生，如同秃鹰对小鸡的仁慈一样！"

罗赫暴跳如雷。他大声吼道："女人，不要侮辱天主！不要相信魔鬼的诱惑，他会将你带去地狱，永世不得超生，永远活在火狱中！"——他又坐回长椅，气愤地什么也说不出，为她坠入深渊的灵魂惊恐和担忧，浑身不住颤抖着。等到心情平复之后，他又以虔诚的上帝的教徒的信念，向她讲述真理，尽力将她引上正途。

他跟她讲了很久——非常长的时间，谆谆教导，就像是在圣坛上布道的神父一样。

此时，怀特克听他们说在圣诞之夜母牛会说话，很是惊讶，悄悄将幼姿卡叫了出来，两人一起来到牛棚。

他们牵着手，虔诚得有些颤抖，不停地画着十字，钻到了母牛们中间。

他们来到最强壮的母牛跟前跪下，将它当成牛棚里的圣母，瞻仰着它。大口呼吸着，心里很是兴奋，眼眶里盈满泪水，心里满是敬畏，好像他们正在教堂里做礼拜一样——他们的心里充满了坚定的信赖和热烈的信仰。怀特克将嘴巴靠近母牛的耳朵，轻声说道：

"喂！阿黑！黑母牛！"

不过它只不清不楚地咕噜一下，转动一下舌头，动动嘴巴，又接着咀嚼胃里的食物了。

"它真是奇怪，一句话都不说！"

他们又跑到另一头母牛的身旁跪下，怀特克这次就要哭了，庄严地喊着：

"阿花！花母牛！"

他们俩盯着它的嘴，静静聆听着，但是还是没听到！

"噢！我们犯了滔天大罪，这才没听见它的声音。它只和没犯过罪的人说话，但是我们都犯过罪！"

"是的，幼姿卡，的确，我们犯过罪，我们背负着罪恶。啊，耶稣啊！的确！是的，有一次我悄悄拿走东家的绳子，还拿过一条旧的裤腰带，还有些……"他无法再说了，他为曾经犯下的错感到悔恨，不停地哭着；幼姿卡也像他一样，不停地流着泪。他们坐在那里不停地哭着，一直到所有的罪过都倾诉过之后，才好受了一些。

谁也没发觉他们的失踪，他们都在唱着圣歌——当然不会是圣诞颂，那首歌要在半夜之后才可以唱。

彼德在房间的另一边洗漱着。他身上的衣裳全都换过了，雅歌娜早就替他在仓库里拿出了另一套衣裳。

当他不再穿着一身灰色的军装，而是换上平常农民们穿的那种衣服，出现在人们的眼前，赢得了一片赞美声！

"人们讽刺我，喊我难听的外号，用'灰狗'称呼我。"他断断续续地说道，"因此我才换掉衣服的。"

雅固丝坦卡大叫道："你需要换的不是衣服，而是你的口音！"

"口音迟早会改回来的，毕竟他的灵魂还是在波兰。"

"在国外待了五年，从没听过波兰话，如果因为这样忘掉一些，也不足为奇。"

说到这里，大家忽然停了下来，响亮的弥撒钟声正传到房间里。

"我们要出发了，牧羊人已经敲响了弥撒的钟声！"

不一会儿，所有人都走了出去，只余下雅固丝坦卡，她要在这里看守，更是想借着这个机会抒发一下心里的苦闷。

此时弥撒的钟声不停地响着，响着，如同一只不断鸣叫的鸟儿，催促着人们去教堂。

人们纷纷从家里出来，时不时地从一开一合的门里射出一道红光，如同闪电一样明亮，还有些人甚至将炉火熄掉或者盖上尘土。漆黑的夜里，人们都向教堂赶去，人们的说话声、咳嗽声、积雪被踩压发出的嚓嚓声，还有人们打招呼的声音不时响起；人们一直向前走着，陷入这越来越漆黑的夜里，到最后只剩下脚步声在凛冽的空气中回响。

这时候他们从远处可以看到教堂灯火通明、敞开的大门里射出光线，还有不断涌进的人们—— 一群一群的，慢慢将那条圣诞树道填满。人们拥挤着来到白墙下，来到圣坛之前，不停地有人涌进，已经座无虚席。人们不停地拥挤着，呼出的气息凝结成水雾，异常浓厚，就连圣坛上的灯光都变得朦胧，都快要看不清了。

人们依然向里面拥挤着，毫不停歇。

波尼路德卡村的民众排成一长列走进来，他们都异常高大，身体强壮，很胖，不过脾气倒很温和，全是黄色的头发，清一色的蓝黑色头巾和外衣，妇女们全都很漂亮，系着两层围裙，红色的头巾下面还装饰着小小的帽子。

然后是德利沙的村民三五成群地进来，这些不幸而又多病的人们，虚弱无力，穿着满是灰色补丁的头巾和外衣，手里拄着拐棍，他们都是步行而来。在酒店里有一句很常说的玩笑：他们全靠捉鱼过活。因为他们的田地里全是烂泥，而且到处都是沼泽，衣服上全是他们烧过的泥炭的味道。

弗拉村里也来了一些村民，他们是一家家分开过来的，就好比一丛丛的柏树，没有特别高大的，都是普通身高，又粗又矮，就像是一袋谷物一样；不过很是活跃，很喜欢讲话，擅长打官司，还喜欢打架和破坏树木。他们全穿着带有黑色领子的头巾外衣，腰上绑着一根红色腰带。

来自尔兹浦吉村的那些地主们，贫嘴的人经常说"他们一个人只拿着一个麻袋和一个包裹，一头母牛分五个人家使用，一顶帽子分三个人用"。他们成群结队而来，沉默不语，看见别人低下眼睛，或者斜着眼看他们的妇女装扮得跟地主婆一样，很是骄傲、美丽，皮肤雪白，说话条理分明，在他们的男人经过时，总迎来最礼貌的待遇。

　　紧随其后的是普奇勒克村的村民们。他们高高瘦瘦，而且壮实，如同松树一样，装扮得很令人羡慕，白色的头巾和外衣，红色的马甲，衬衫上装饰着绿色的缎带，穿着带有蓝色条纹的裤子。他们径直往前挤着，丝毫不理会旁人，一直挤到了靠近圣坛的地方。

　　德比沙的村民是最后达到的。他们一个个如同大地主一样，没有多少人，都是各走各的，抬头挺胸，来到神坛边的座位上坐下。这是他们的特权，由于富有因此骄傲自大。他们的妻子们手里拿着祷告书，戴着白色的帽子，垂下的带子系在下颌上，身着深色的棉袄——还有一些来自更远的地方的村民，来自很多小村庄、木材厂和地主庄园里的人们——谁又可以数清楚呢？

　　在那些拥挤、沸腾、如同狂风吹过森林的簌簌作响的村民里面，来自丽卜卡村的穿着白色头巾外衣的男人和带着红色围巾的女人格外惹人注目。

　　教堂里拥挤异常，就连走廊上也站满了人，那些来迟了的人只好站在树下冒着寒风祷告。

　　这时候神父开始了首次的弥撒，风琴声响起，村民们摇头晃脑，低垂着脑袋，在圣像面前虔诚地跪着。

　　村民们全都安静了下来，热烈的祈祷声开始响起，所有人的双眼都望着神父，望着圣坛中间高处正燃烧着的烛火。从风琴里流泻出柔和的音乐，甜美迷人的乐章让人们的心灵震撼，神父不时地将手伸向村民们，高声吟咏着一些神秘的拉丁文；村民们也伸出胳膊，轻声叹息，低声忏悔，捶胸顿足，热烈地祷告着。

　　当首场弥撒做完后，神父走上圣坛，向人们讲述着关于这个神圣节日的意义，警示人们脱离所有的罪恶，神父的话如同圣火一样在人们的心里点燃，如同雷鸣般响彻整个教堂。有的人在叹息着，有的人捶胸顿足，有的人万分懊悔，甚至有人——特别是那些天性敏感的人——居然哭了起来。由于神父的满腔热情，谆谆教诲，每一句话都说进了人们的心里。教堂里异常闷热，很多人快要睡着了，不过即使是他们也不想错过他的教诲。

在第二次弥撒开始之前，风琴声又响起，神父唱起一首很有名的颂歌："快来恭候他呀——快来拜见他吧！"人们全都站起来，如同浪潮一般，齐声歌唱起来。一阵响亮的声音像旋风一样从人们的胸腔传出："耶稣在马槽里现身了！"

圣诞树在人们的声音里微微颤抖，蜡烛的灯光也在这如浪涛般的巨响中摇曳着。

人们的心灵、信仰和声音出奇地统一，所以听起来就像是一个巨人在大声唱着颂歌，带着人们的心一齐飞向圣子的脚下！

做完第二次弥撒之后，风琴师连续弹奏了好几首颂歌，旋律轻快活泼，人们极力压抑着想要和着乐曲翩翩起舞的冲动；不过，不管怎么样，人们还是全都望向风琴台，在音乐的伴奏下高声唱着颂歌。

只剩安提克一人依然沉默着。他与妻子还有斯塔赫家一同过来的，不过让他们在前面走，他只是站在椅子旁。他可不希望站在圣坛边的老地方，和农场主人站在一起。他去了另一个位置，此时他发现父亲和他的家人过来了，穿行到会堂的中间，雅歌娜走在他们之前。

他躲在一个小枞树的后边，然后视线一直放在她的身上。她走到临近过道的一排座位的最后坐着。他不由自主地用力向前挤去，一直来到离她不远的地方。做弥撒的时候每个人都跪着，他也跪了下去，身体向前倾着，将头故意撞向她的膝部。

刚开始她没看见他，她用来照亮祈祷书的蜡烛光线很暗淡。矮树枝又挡在他前面，因此没有谁看见他。一直到行圣礼的时候，她跪在地上捶胸时，才无意中朝他看了看——心跳忽然静止了，她惊喜地呆住了。

她不敢再朝他看去。她担心这只是幻觉，只是个梦境——"臆造出来"的而已。

她重新闭上眼，一直跪在地上，低着头，弓着身子——兴奋得近乎疯狂了。但是，最终她还是坐直身子，盯着他。

是的，的确没看错——安提克——古铜色的脸庞异常消瘦，那双勇敢而又狂妄的双眼此时正盯着自己，悲痛而又充满柔情，让她的心里满是怜惜和惊恐，无法克制地流出了眼泪。

她也像其他妇女一样直直地坐着，看上去正认真读书，事实上什么也看不下去，甚至连面前的书本都不见了。她只看得见他的面容——他的双眼。透着浓浓的痛苦，令她着迷，热情而又闪亮，如同星辰般耀眼。这双眼睛就隔在她与整个世界之间。她感觉迷茫和慌乱——此时他就跪在她的旁边；她听得到他炽热的呼吸，感觉热血沸腾，甚至能感觉到他的全身散发出的神秘的能量，抓住她的心，如同一根红绳将她的心绑在他的身体上，让她既觉得惊喜又感觉惧怕—— 一时间让她目眩神迷，期待着爱情，身体不停地颤抖，心扑扑地跳着，如同一只翅膀被钉在粮仓门上的不幸的鸟儿！

这时候第二次弥撒也结束了，人们一同唱着颂歌、祷告着、叹息着和哀泣着；不过他们俩好像超脱了，周围的一切都置身事外，听不见也看不见，彼此的心里只剩下对方。

惧怕——快乐——怜惜——回忆——迷茫——欲火——无数种情感在心里翻腾着，不停地流转，让他们融合在一起，他们感觉彼此相连，两个人的心跳也如此一致，两人的双眼中都闪耀着火花。

安提克又靠近了一些，用肩部靠在她的臀部上，她感觉到有股热流传遍全身，几乎让她晕厥，她再次跪在地上。他在她耳边轻声说着——如同烈火般：

"雅歌娜，雅歌娜！"

她浑身颤抖，都快要晕倒了，他的话语渗透进她的心里，给她带来无可比拟的快乐——无可比拟。

"哪天傍晚你出来吧……一下就行……去草堆的后边……我每天夜晚都会等在那里的……不用担心……我只是想和你说说话……很重要的话——你就去吧。"他靠近她的耳边，温柔地轻语着——温热的呼吸声就在她的脸旁。

她没有说话，喉咙里堵得厉害，什么也说不了，心跳也加速了，她感觉旁边的人想必也能听到。不过她比画了一下，好像无论何时都希望去他等她的地方，爱情不停地催促着她向那里迈步……草堆的后边。

教堂里的歌声如雷鸣般响亮，她终于清醒了一些，看了看周围的人们和厅堂。

安提克早已离开了，他悄悄地走了出去，缓缓向教堂外边的墓地走去。

他在寒霜下长久地站在钟楼下边，慢慢地平复心里的激动，呼吸着冷冽的空气。不过他的心里依然满是愉悦，洋溢着一种自豪和满足，就连教堂里边响亮的颂歌声都仿佛没听到似的，也没有听到上方的大钟传来的轻微的回声。不，此刻他什么也不在意……

他从地上抓起一团雪，狼吞虎咽着，然后翻过围墙来到大道上——狂奔向宽广的田野，就像是一股旋风般狂妄。

第五章

　　老波瑞纳和家眷从教堂回到家之后已经深夜了，不一会儿都上床去休息了，不久就响起雷鸣般的鼾声，唯独雅歌娜还醒着。虽然她很疲惫，但依然无法入睡，躺在床上不停地翻滚着，还将毛毯盖在头上，但是睡不着，周公好像忘记她了。可是，噩梦不停地骚扰着她，让她难以忍受。她简直快要窒息了，又不能喊叫，也不能从床上下来，就这么迷迷糊糊地躺着，迷茫，疲倦，心里不断地涌起往日的回忆。这些回忆让她满世界游荡着——飞上天空，沐浴着灿烂的阳光，但是她自己却无法行动，就好像是微风拂过的湖面上的影像。

　　噩梦就这样折磨着她。虽然她正在床上躺着，但是灵魂却已如同飞鸟，飞过那沉寂的过去，飞向那已逝去的年华，停留在回忆当中。她又飞回到教堂里，安提克在她的旁边跪着低语——低语——用火热的眼光盯着她，让她的心里充满了快乐又满是害怕！……然后，神父那张恐怖的红脸出现在面前，他的手伸向人们的头顶……

还有那黯淡的烛光……再然后便是另外一些回忆——很久之前的事情；她与安提克的约会……接吻——相拥；到最后她的心里无比激动，躺在床上极力压抑着……这时候她又想起他对她说的："快出来！出来见我！"她感觉自己仿佛在他的呼唤中起身，往前走着，在黑夜里从树丛间经过，心里满是恐惧，后边还有人在叫她，很黑暗的地方还吹过来阴冷的风。

噩梦就这样继续发展着……接二连三……多得都数不过来；她无法控制自己离开这些幻境，无法脱离。噩梦控制着她，或许……这是撒旦在引诱她，将她引向罪恶？

第二天醒来，已经天明了，她感觉自己好像是在刑台上折磨了一个晚上。全身酸痛，脸色惨白，疲惫不堪，看上去甚是可怜。

寒霜已经减小，不过天气依然阴暗。时常会下会儿小雪，然后就会起一阵疾风，将树木吹得左摇右晃，呼啸着吹过道路。但是村庄里的气氛很是欢快，很有圣诞节的喜气，道路上人满为患。有人坐着雪橇往前冲着；有的人在外面坐着聊天，或者探望邻居；小孩子在街道上嬉戏，到处洋溢着欢快的气氛。

雅歌娜却有些哀愁。虽然炉火如此温暖，但是她感觉到的只有冰冷；虽然周围洋溢着愉快欢乐，幼姿卡在房间里放声高歌，可是她一点都不快乐，虽然身旁有亲人陪伴，可她却如此孤独——孤独得难以忍受，她都没有勇气看向亲人们。

她的心里满是对安提克甜言蜜语的企盼，但是却又有一个声音也不断地击打着她的灵魂：

"这样的人一定会激怒天主的，将会堕落进地狱，永世不得超生！"——神父的话语清晰地回响在她的耳边。他那通红的脸颊，还有恐吓般伸出的双手，仿佛就在她的眼前。

看见这些幻象她不由得惊恐，感觉自己犯下了滔天大罪——她不停地告诉着自己："我不去好了，我不会去的！这可是滔天大罪，是要下地狱的！"她希望这些话可以抵挡住内心罪恶的涌动。可是因为太过痛苦又感到懊悔，事实上她愈来愈想见到他，如同被雪掩盖了一个冬天的树木对春日阳光的渴望。

不过内心里由于对罪恶的惊恐依然将她掌控，她想尽一切办法忘记——从此忘记他！……此时她正在家里，她害怕在房间周围走动，害怕听见他的召唤……到那时恐怕她再也无法控制自己，从而跟随他而去。

她想做些事情，可是什么事情也不需要她做，什么事情都被幼姿卡做好了，况且老头儿老是在她的身旁，不让她着手任何家务活。

"去休息吧，不要太累了，以免造成什么意外！"

因此她什么也不需做，只是无聊地在家里转着，有时看一看窗外的风景——事实上也没什么可看的——偶尔去过道上站一会儿。这时候她内心的期盼与想念更加强烈了，脾气也愈加暴躁。对于丈夫对她的注视很是生气，看见家里欢乐愉快的气氛也生气，甚至连鹳鸟波西克在房子里走来走去也感觉气愤，举着围裙将它赶了出去。最后，她终于忍受不了，便找了个机会回到母亲的家里。不过她径直走过池塘，惊恐地四下张望着，害怕他就在哪棵树的后边。

她的母亲还没有回来，母亲只会在早晨时回家看看，然后又去照料乡长的妻子了。安德鲁正在火炉旁吸着烟，西蒙正在房间里穿着衣服。

回到之前的家，看着从前用过的家具和房间，她的心情终于转变，没有那么生气了。她终于恢复到原来的她,不由自主地做着各种家务;去牛棚里,过滤一下清晨就放在桶中的牛奶,然后给家禽丢些谷子;打扫、清理屋子,和兄弟们聊聊天。西蒙戴上头巾穿上外衣,打算出门,在镜子前整理着头发。

"打扮得这么标致?——想去见谁呢?"

"我要去村庄,去普罗什卡家看看那些年轻人。"

"噢,母亲有没有同意啊?"

"我总不能这一生都向她请示呀,我自己也有头脑,我也有自己的想法。"

安德鲁胆怯地在一旁应和着:"是的,是的。"双眼盯着外边的道路。

西蒙勇敢地说道:"你得明白,我做的任何事不需要她的认可。我现在就去普罗什卡家,唔,还会去酒店,和一个年轻人喝酒。"

她嘀咕着:"'牛犊需要的只是母亲的奶头,却还到处寻找。笨蛋也是这样,他只被自己的意识掌控。'"她并不想和哥哥作对,事实上并没怎么听他说话。这时候她也应该回去了,只是有些舍不得,差不多哭着和兄弟们分别,缓缓地走出去。

丈夫家里比之前更欢快,更热闹了。娜丝特卡来探访,正和幼姿卡高兴地聊着天,雅歌娜在外边走着就听见了她们的谈笑声。

雅歌娜一走进房间,幼资卡便嚷嚷着:"你知道吗,我的植物已经开花了!"

"你的植物?什么植物?"

"就是在圣安德鲁纪念日的那天夜里,我砍下种在火灶上的沙盆里的植物呀——瞧瞧,都已经开花啦!昨天去看的时候,还没有开呢!"

她将盆子端到雅歌娜的面前，里边插着一枝很大的樱桃枝，已经开出了精致的小花。

"啊，这些粉红色的花朵真香呢！"怀特克很是羡慕。

"是啊，的确很香！"

众人都围过来，惊奇而又欢喜地看着那芳香的枝条。就在此时雅固丝坦卡进来了，她依然如从前一样，高声说话而且态度莽撞，总在寻找时机挖苦别人。

"的确，幼姿卡，这株植物是开花了，不过可不是因为你；你该得到的是一顿鞭子，或者棍子而已！"刚走进来她便说道。

幼姿卡不满道："它当然是为我，因为我才开的！这可是我在圣安德鲁纪念日的夜里亲自剪下的，是我亲手剪的！"

雅歌娜劝解着："不过你岁数还小，它开花想必是因为娜丝特卡就要嫁人了。"

幼姿卡固执地说道："这是我俩一同放到沙盆里的，可是它是我剪的，因此一定是为我才开花的！"由于她预言的权利被否决，她不由得哭了起来。

雅歌娜笑着对纳丝特西亚说道："幼姿卡，你还要再长大一些才能恋爱呢，到时候在围墙外边等候着他们！就让比你年长的人优先吧。幼姿卡，别再闹了——我有件事想告诉你们，风琴师家的女仆玛格连昨天夜里在教堂的走廊里生产了！"

"竟然发生了这样的事情！"

"当然啦。安布罗斯走出去敲钟，还在她身旁跌了一跤呢。"

"啊，上帝啊！她没有被冻坏？"

"噢，没有，不过孩子却冻死了。她也非常虚弱，他们将她带到神父家里，现在还在照看着呢。但是……他们最好还是不要多管闲事。她活下来有什么好的？现在她的处境不可能再好了。"

"马修跟我说过，风琴师将她赶出来之后，她时常去磨坊老板家里，在那里留宿，之后——可能是磨坊老板命令的吧——法兰克打了她，还将她撵了出去。"

雅固丝坦卡说道："得了，他又能怎么样呢？将她看成相片一样挂在墙上？法兰克和他们没什么不同，'说了一堆承诺，得到了他想要的——又不想留下。'虽然他是有错，但是风琴师才更可恶。在她还健康的时候，让她辛苦工作，简直像对待一头公牛一样！家里的事情都是她独自处理。她的身体一旦不行了，就将她赶出来！真是罪孽！"

纳丝特西亚也高声问道："可是她干吗要答应法兰克啊？"

"如果你可以肯定法兰克会娶你，你也会答应他的吧？"

娜丝特卡听见这话很是气愤，两人差点要吵架了，幸好老波瑞纳正好进来，她们便停下了。

"你们听说过玛格达的遭遇没有？她虽然没死，可还在昏迷着。安布罗斯说，如果她在走廊里再多待会儿没别人发现，可就没命了。罗赫拿过雪水揉搓她全身，还给她喝了一些，不过他们觉得这次她要病很长时间了。"

"真是不幸的人，那她该住在哪里呢？"

"柯齐尔家坚持要将她接走！他们是亲戚关系。"

"居然是柯齐尔家！啊，他们除了那些偷抢来的东西，一无所有，他们用什么照顾她？我们这里的有钱人和贵族多得是，居然没人肯伸出援手！"

老波瑞纳说："对，对，地主们的钱财无穷无尽，他们的东西都是上天丢给他们的，他们只需要帮助其他人就可以了！噢，我应该将路上的穷困人们都召唤过来，带到我们家，照顾他们，或许再给他们支付些医药费？——雅固丝坦卡，你已经老眼昏花了。"

"我又没说我们可以逼迫别人做好事，帮助别人；只是人又不是禽兽，谁又应该在外边忍饥挨饿、受尽严寒呢？"

"噢，这世上的事情原本就是这样，并且会一直这样，你又能改变什么。"

"很久之前，没有战争——在地主们统治一切时，我还记得村庄里有专为穷人建造的医院。唔，就是风琴师现在的家。我依然记得，每个人都捐钱维持医院的正常工作——根据土地的多少捐钱。"

老波瑞纳非常气恼，他不愿再继续这种问题，便总结道：

"谈论这样的事情就如同烧香让人起死回生一样，什么用都没有！"

"的确，是没什么用，在那些对穷苦人民没有同情心的人看来是没用。眼泪没有任何用处。自己不愁生活的人当然会认为世界很美好，都是上帝的安排。"

伯锐那没再说话，雅固丝坦卡便又看向娜丝特卡。

"马修的身体恢复得如何？应该好了吧？"

"马修？噢，他出事了吗？"

娜丝特卡惊讶道："不会吧？你们没有听说过？那还是圣诞节之前的事情……你们的安提克向他冲去，捏着他的脖子，将他提到磨坊外边，扔向篱笆外，都将栏杆给撞坏了。他掉进水里，差点没淹死。到现在他还病着，偶尔还会吐血，都动弹不了。安布罗斯说马修的骨头断了四根，心脏也移位了，虽然从科学上说不通。到现在他还痛得哼哼呢。"

她不由得哭了起来。

雅歌娜才听到几句，就不由得跳了起来，只感觉这场斗争是因为她。不过没一会儿她又坐回矮柜上，将嘴唇放到樱花上，想借此使发烫的嘴唇冰一冰。

房间里的人都很惊讶，虽然整个村庄里的人们都在谈论这件新闻，不过却从没在老波瑞纳家说起过。

他嚷嚷着："两个同样货色的人相互斗争——两个无赖之间的斗争而已。没什么！"

雅歌娜停了一会儿，问道："但是，他们是怎么打起来的？"

老婆子凶巴巴地吼道："当然是因为你！"

"是真的吗？"

"当然是真的。在磨坊里，马修在别人跟前说大话，说他和你曾单独在房间里……安提克听到这些，将他狠揍了一顿。"

"不要开玩笑了，我可没兴趣！"

"你说我开玩笑？那你去问村里随便一个人好了，他们肯定也会这么说的。难道我说了马修是对的？没有，我只是将村民们的话讲给你听而已。"

"他这个骗子……无耻的骗子和浑蛋！"

"又有谁可以保证你不被别人的长舌议论呢？即使别人都进棺材了，他们也会议论的。"

"嗯……很好……我也想狠揍他呢！"她生气地说道。

"哦！你这只小鸡瘦弱的小脚变成秃鹰的利爪了！"

"不错，他居然这样欺骗别人，如果我在场一定要让他去死，这个骗人的狗杂种！"

"我也告诉过别人他是骗人的，不过没人愿意相信，都在暗暗议论你呢。"

"啊，我想安提克一定会让他们收敛的——将他们的舌头撕烂！"

雅固丝坦卡饶有兴味地瞥了瞥她，说道："噢，难道他会为了你与任何人斗争？"

"啊，你这卑鄙的女人！你就喜欢误导和胡乱揣测，并且以别人的痛苦作为自己的快乐！"

此时雅歌娜的心情异常激动，或许这还是她第一次发这么大的火。如果不是听说了安提克的事情，心里的愤怒一定会喷涌而出。安提克对她的温柔热情、对她的爱护，让她很是感激。不过，对于家里所有的事情她更加暴躁了，总因为些很小的事情而责备幼姿卡和怀特克。老波瑞纳心里很志忑，来到她的身旁坐下，轻抚着她的脸颊，说道："亲爱的雅歌娜，你为何心烦？"

"我怎么会心烦？不——不要惹我心烦，你是想在人们面前展现你的柔情蜜意吗？"她粗鲁地将他推到一边。

她心里悄悄说道："他喜欢夸耀、引诱、抚摸别人，不是吗？这个干瘪的老头子，衰弱的老家伙！"她的内心充满了对他的厌恶。之前她从没觉得他年老，此时她忽然感觉如此厌恶、嫌弃他，甚至有些恨他。现在她心里非常鄙视他,因为这些日子里他确实老了不少,两手不断颤抖，步伐缓慢，身体也不再挺直。

"这个糟老头真是毫无生气！"

她异常厌恶他，也更加思念安提克。她没有再回避那些往事，也接受了他的甜言蜜语。

时间就这样缓慢地前行着，缓慢得好比折磨。她经常走过走廊，或者去房子后面的果园里，望着果园对面的乡野……或者靠在农舍间道路旁的围墙边。她期盼地望着乡野里——那覆盖着积雪的大地——天边的黑色树林……不过她什么也没有注意到，心里只希望着他对她的关心，对她的守护，因为这些而满心欢喜。

她心里充满了温柔和崇敬，暗暗想着："他一定会为我和任何人斗争的！他真是男子汉，真是个勇士！啊，要是他现在出现在我的面前，我一定拒绝不了！"

草堆就在道路旁边，不过有一小段延伸到田野里。一些麻雀在周围喳喳叫着，藏在草堆旁一个大洞里面。老波瑞纳本想让人爬到草堆上面，挖草的时候从上面开始，不过他胆小，害怕摔下来，一直都是从旁边挖的，之后就挖成了一个大洞，都能放下两个人了。

"快出来——到草堆后边！"她的心里不断回响着安提克对她说的。但是这时候响起了晚祷的钟声，她马上跑回家，想着马上去教堂里，有点希望可以在那里遇到他。

不过没有如愿，她在门外遇到了汉卡，便向她问好，后退一步，让她先在圣水盆里净手。想不到汉卡没理她，也没有将手放到圣水盆里，而是直接从她身旁经过，还怪异地看了看她——凶狠的眼光！好像要拿块石头砸死她一样。

雅歌娜忍不住泪流满面，汉卡居然如此蔑视她！在这公开场合里表示出对她的仇恨！不过，当她坐到座位上之后，又不由自主地看向汉卡那张惨白的面庞。

"安提克的妻子——真是消瘦，真令人恐惧！啊！"但是她的思想没一会儿就转移了。此时唱诗班在唱颂歌，风琴里流泻出甜美的乐曲，轻柔而又迷人，她全神贯注地听着。在教堂里她还从未体验过，从未体验过如此的欢快，如此的幸福！她甚至都忘了祷告，祈祷书就在她的面前，念珠就在她的手上，只是她没有动过。她好像做梦似的叹息一声，仰望着从窗户里透进来的影子，又崇敬地欣赏着那些声响、蜡烛的光辉、金色的木雕和很难看见的彩色装饰品。她的心灵徜徉在这些神圣的东西里，甚至飘向画像里的天空，飘到她耳边的祷告声和逐渐减弱的音乐声里。她的心里异常快乐，忘记了周围的一切事物，她的头脑中浮现出圣人从画像里走下来，笑容亲切地走向她，伸出手将祝福送给她和其他人的画面。

做完晚祷之后，风琴声消失了，她的幻觉也随之消失。寂静让她从冥想中回过神来，她有些不甘心地站起来，随着众人一起走了出去。再次在教堂外遇到汉卡，汉卡站在她的面前，好像有话要对她说——但只是愤恨地看了看就走了。

雅歌娜一边向家里走着，一边在心里想着："不会吧，那个笨女人居然如此凶狠地看着我，是想让我害怕吗？"

傍晚已经到了——祥和、沉重、纯洁。外面仍然阴沉。笼罩在浓雾下的天空，星星的光芒黯淡而又朦胧。天上飘下大雪，大片大片的，如同带着绒毛的长线，静悄悄地从窗口飘过。

房间里也寂静无声，有些阴沉。当天刚黑的时候，西蒙便来了——虽然他说是探访他们，事实上是想和娜丝特卡约会。两人坐在一起，轻声耳语。老波瑞纳现在不在家。雅固丝坦卡在火炉的另一边坐着，削着土豆。彼德在另一边演奏小提琴，声音柔和，不过音乐却很悲伤，老狗拉帕偶尔呜咽一声，或者嗥叫。怀特克和幼姿卡也坐在旁边。

没过多久，雅歌娜便被小提琴的声音搅得心神不宁，从卧室里喊道：

"彼德，别再拉了，这首音乐太悲伤了！"

小提琴声终于停下，不过一会儿又响了起来。此时是从马棚传过来的，声音低沉，很容易被人忽略，原来彼德躲到那里去拉了。琴声一直持续到天完全黑透了。老波瑞纳回来的时候，众人正在准备晚饭。

"啊，乡长的老婆今天生产，那里去了很多人，多明尼克将他们赶了出去，实在是拥挤。雅歌娜，明天你最好也去看看。"

她忽然显得很愉快而又心急，高声说道："现在就去——我现在就去！"

"嗯，我们一起去。"

"哦！或许我们还是明天去吧。"为了掩饰她这突然的转变，她又说道："的确，我更希望白天的时候去。这时候还在下着雪，天色已经暗了，你也说那里的人已经不少了。"

他点头同意，此时铁匠的妻子和孩子们走进门，他当然也更有理由同意了。

"噢，你的丈夫呢？"

"正在弗拉村，那里的打谷机出问题了，地主家的铁匠修不好。"

雅固丝坦卡很有深意地说道："也不知道怎么回事，现在他可是经常去地主家啊。"

"你难道有想法？"

"不是，我不过是留意到了一些事情，只是想知道结果如何而已。"

之后没有人答话，没有人想高声说些什么。每个人都有些困倦地和旁边的人小声说着什么，前一天晚上都没有睡足，人们都想去休息了。晚餐时间他们也心不在焉，都有些惊讶地看着雅歌娜，因为只有她还精神奕奕，在房间里忙碌着，催促着他们多吃点；甚至他们都将勺子放下了，她依然异常热情，忽然大笑起来，又突然停下，跑到房子的另一侧……走到过道上又忽然返回，谁也不明白她是怎么了。事实上她的内心悲痛而又恐惧，黄昏如此漫长，又如此乏味，她更加期盼着回到房间里——到后面的草堆里。不过她又无法决定下来。她担心被人发现——她害怕犯罪。她极力控制着自己，心里的挣扎让她深受折磨，她的心好像被锁起来的小动物，渴望着自由，她的心就要破碎了。不，不！她快要崩溃了！……或许他就站在那里……在那里找寻她……或许他正在附近闲逛着……或许他就躲在果园中，甚至正站在窗外看着她……低声乞求着……因为思念煎熬得憔悴不堪！此时她感觉自己应该跑到外面，不过只待一分钟……只说一句话，让他以后不要再找她，她也不会找他的，因为这是滔天大罪……她寻找着围裙，想系在身上……她来到门口……不过房间里的什么东西似乎正捏着她的脖子，想将她拎回去——雅固丝坦卡的双眼始终在她的身上，如同猎狗一样——娜丝特卡也怪异地看着她——还有那个老头儿！——难道他们已经知晓了？他们已经有所发现了？……"不，不可以，今天我不可以出去了。"

拉帕在外面不停地叫着，终于将她从幻觉中惊醒。此时屋子里空荡荡的。只剩下雅固丝坦卡坐在火炉旁昏昏欲睡。她的丈夫正在窗户旁向外看着，老狗的叫喊声更加响亮了。

"肯定是安提克要等不下去了，此时……"她害怕得不敢再想下去。

却是老克伦巴来到门外，后边还跟着文西奥瑞克、瘸腿的乔治、麦克·卡坂、法兰克·白利特沙——也就是汉卡的叔父，还有歪着嘴的互伦蒂和约瑟夫·瓦尼克，他们都在抖着落在身上和鞋子上的雪花！

老波瑞纳对他们的到来感到有些惊诧，不过并没有问出来，只是回复了他们的问好。他一个个地和来客打完招呼，然后搬来凳子，让他们就座，之后又取出鼻烟请他们抽。

他们坐在一边长椅上，都很高兴地吸着鼻烟；有的忍不住打着喷嚏，有的鼻涕也出来了，有的熏得眼泪不止，这鼻烟真的是太浓烈了……然后他们四处张望着，不时地有人聊几句——聊着天气啊，现在的生活太困难啊……还有些人表示同意，小声嘀咕着，表示认可。但是，每个人都很愉快，还是没说为什么来这里。

老波瑞纳坐在椅子上有些忐忑，盯着来客们，想方设法地打听着他们的目的。

他没有达到目的。那些人坐成一排，全是些白发的老头子，脸上刮得光溜溜的，年纪都相当，身体倒还强健；不过由于日积月累的辛劳，脊梁已经弯了，笨重得好像是田野里被苔藓覆盖的大石头，浑身肌肉，暴躁，难看，固执而且心眼多；他们不愿先说，总是绕来绕去，如同聪明的牧羊犬对付要进门的羊群一样，慢慢将它们赶进去。

之后，克伦巴咳嗽一声，再吐出口痰，很严肃地说道：

"我们还要再拖下去吗？我们是过来问你愿不愿意支持我们的。"

"你不在，我们很难做出决定。"

"天主赐予了你这么多的智慧。"

"虽然你不是官员，但你是我们的领导。"

"并且这件事关乎着我们的切身利益。"

所有人都开了口，所有人都夸奖了一番伯锐那。他激动得红光满面，伸手让大家放过他，惊讶地说道：

"我的好朋友啊，我甚至都没明白你们来找我的目的！"

"就是我们的树林啊！在主显节过后，他们就准备砍树啦。"

"我也听说了他们正在磨坊里加工木材。"

"你应该听说过吧，那就是路德卡庄犹太人的。"

"我还没听说过呢！我也没空四处打听。"

"不过，不是你最先去法院告贵族的吗？"

"那是我以为他将我们自己开垦地里的树木给卖了呢。"

"啊，那还有谁啊？又有谁！"卡坂也说道。

"那是他自己买下的土地，是他的。"

"的确，可是他也将维奇多利的树木卖出去了，现在已经在砍了！"

"那也要经过我们的同意啊！"

"不过那些树早就做好了标记，他们也测量过了土地，过了主显节就会去砍了。"

"要真是这样，"——老波瑞纳想了想——"要真是这样的话，我们就到政府里告状吧。"

卡坂嘀咕着："那些去上诉的人，'从播种等到结出果实，说不定就要饿死啦'！"歪嘴瓦伦蒂也接着说道："'人在将死的时候可不需要医生了。'"

"上诉通常只有这种结果：还没有等到政府下达禁令，树林中的树木就已经被他们砍光了——那是我们的森林——你不会忘记他们对德比杉采取的措施吧！"

"'那些豺狼只要知道了羊的味道，一定会将那群羊全都解决掉的。'那些地主们就是贪得无厌的饿狼。"

老波瑞纳也说道："这种情况一定要设法阻止。"

"马西亚斯，这话倒是不错。明天做完弥撒，农场主都会去我家碰面，商量措施，他们让我邀请你去，共同商量一下。"

"他们全都去？"

"对，做完弥撒就去。"

"就在明天？——我该如何是好？——你们要清楚，明天我一定得去弗拉村，我的几个亲人在那里因为分财产的事情正相互争斗，都上法院了。我已经承诺过会去评评理，好让那些孤儿们有个去处。所以我是一定要去的，我可以保证我会拥护会议上的决策的。"

他们不是很满意，也只好就这样离开了。虽然他对他们所说的都很认同，不过他们依然感觉到他并不是诚心赞成他们的行为。

他在心里暗暗说道："你们想做什么决策就去做好了，我是不会参与的。村长、磨坊老板和这里的达官贵人是不可能和你们站在一边的……如果贵族们知道了我并没有违抗他们，一定就愿意将母牛赔给我了，他应该会逐一跟我们所有人都和解的——他们可真是笨蛋，让他将这里所有的树都砍光最好——之后再上法院——告他们——取得禁令——这样还能得到更多的利益呢。"

其他人都去睡觉了，只有马西亚斯还坐在那里，看着木板上的算术题，脑海中闪过无数的念头。

次日清晨，刚吃完早饭，他便让人预备好雪橇。

"昨天夜里我跟你说过，我会去弗拉村的。雅歌娜，你照看着家，如果谁来找我，就说我是迫不得已的。——不要忘记去村长家里探访一下。"

她的心里暗自狂喜，问道："你要很晚才能回家吗？"

"可能会在晚饭的时候，也可能更晚一些。"

他将雅歌娜从储存室里拿出来的最漂亮的衣服穿在身上。衬衣上的扣子还没有钉上，雅歌娜替他找来一根丝绸带子穿了起来。她为他穿好衣服，还催促着彼德加快速度，希望马儿一下子就将马具戴好。她的手也飞快地动着，心里面很是欣喜：丈夫今天不在家，要到晚上才回家……或许会到半夜才回家呢！只有她独自在家里啦！——傍晚——傍晚——她就能独自出门——去后边的草堆里了！噢！……她无比兴奋，脸上笑容灿烂，昂首挺胸。她的身上不断地有一股刺激而又痛快的电流在奔涌着，将内心的那些极痛苦又甜蜜的过往唤醒……之后，她的心里又升起一种怪异的罪恶感，她忽然感觉心灵就像是濒临死亡一样庄严。她有些迷惑地看着老头伯锐那，他正将帽子戴在头上，顺便嘱咐怀特克一些事情。

"哦，等一下，我也一起去吧！"她轻声请求道。

伯锐那吃惊得话都说不清楚了："但是——但是家里怎么能没有你呢？"

"就让我一起去吧——今天又是神史蒂芬节，家里边也没什么需要做的。让我一起去吧,在家里我感觉很烦躁！"她不断地哀求着——他对她这突然的要求有些惊异——他只好同意了，没多会儿，她便收拾好了，他们一起走了出去，雪橇在马儿的大力拉扯下，向前摇摆而去。

第六章

伯锐那有些生气地说道：“你应该在这些雪堆里找不到方向了吧！”

“这么大的风雪天气，怎么可能加快速度？雪花不停地往眼睛里掉，眼睛都快看不见啦，我只能慢慢走。道路上满是浓厚的雾霭，几步开外就什么也看不见。”

“你的母亲在家里吗？”

“嗯。这样坏的天气，又能到哪里去呢？清晨时她去了柯齐尔的家里。玛格达生了重病，看情况可能要去天堂了吧。”歌瑞娜将落在衣服上的积雪抖下来，顺便说道。

他打趣道：“你可听到些什么闲话？”

“你去打听打听就行了，我可不愿意说别人的闲话。”

“你有没有听说贵族将要来我们村？”

“来这里？这样恶劣的天气，畜生都不愿意出门，他会甘愿来这里？”

“‘如果一定要来，哪里会顾忌什么天气。’”

"的确，是这么说那些必须得去的人的。"她的神情里带着疑惑。

老波瑞纳有些不高兴："他已经答应了会来的，又不是我们请他来的。"然后他将手上的捆水桶的竹编放在一边，站起来望向外面，但是现在外面只看得见那些肆虐的风雪，连一棵树也看不见，更不用说那些围墙了。

他的声音变得温柔了一些："我本来觉得不会再下这么大的雪了。"

雅歌娜回应道："错了，它们只是在天上横冲直撞，让我们看不见道路的方向而已。"她将手放到火炉上烤热了，然后将锭子上的纱线绕到线轴上。她的丈夫还在盯着外面，神情焦虑，仔细地探听着，然后才接着去工作。

"幼姿卡，她去哪儿啦？"他疑惑道。

"大概是去娜丝特卡的家里了吧，她经常去那里的。"

"这个姑娘老是在外边闲逛，就是不会留在家老实待着。"

"她觉得家里太烦闷了。"

"她也想出去消遣，这个小孩子！"

"不是的，她只是不想做事罢了。"

"你就不能阻止她吗？"

"阻止？我以前也做过的，但是只得到了她的批评。你应该自己去说，她是不会听我的话的。"

老波瑞纳并不将这些抱怨放在心上，他烦躁地打听着外边的情况，不过什么也没有听到，只有狂风在嘶吼着，拍打着墙壁，发出巨大的吼声。

"你要出门？"她很奇怪。

他没有回答，正听着开门声。不久怀特克就跑过来，气喘吁吁地嚷嚷着：

"贵族已经到了！"

"这时候才到？快把门关上，赶紧的！"

"我还听得到马具在乒乓作响呢。"

"他是单独前来的吗？"

"风雪那么剧烈，我只看见了马。"

"你现在就去查探一下他在哪里休息。"

她轻声问道："你想去见他？"

"我是在等他想见我的时候才去，我是不会在没有他的邀请下前去的。我很明白，他没了我，是做不成事情的。"

房间里安静了一会儿。雅歌娜正在缠着线，将它们捆绑好。她的丈夫正满心焦虑着，手里的活儿也干不下去了，便放在一边，正想出门的时候，撞见怀特克正冲进来！

"贵族这时候还在磨坊老板家的走廊里——马儿就放在了他们家的院子里。"

"为什么你的身上弄得这么脏？"

"风太大了，将我吹倒在了雪堆上。"

"你干脆说是和一群坏小子去打雪仗了吧！"

"没有，真的是风太大！"

"算了，算了，你干脆把你的衣服撕烂好了。我可会狠狠打你一顿，让你好好记住！"

"我可没有撒谎。狂风不断地吹着，我都站不稳。"

"不要站在道路两边，迟一些你再来暖一暖。现在你去看看彼德，让他去将麦子打好，你给他帮帮忙，别像条狗似的吐着长舌头在村庄里晃悠。"

牧童不高兴地说道:"我马上就去。但是我要先遵从夫人的指示,将柴火抱进厨房里。"他很想谈论一下村庄里的趣事。出去之前,他喊了一下拉帕,不过这条年老的狗依然卧在火炉旁边,压根没有搭理他。老波瑞纳换了套衣服等待着贵族的召唤,在房间里不停地踱着步,不时地动动木头,看两眼马厩,又向外面看看,焦急地等待着那个人的邀请,但是谁也没有等到。

"或许是他忘记了吧。"雅歌娜猜测道。

"忘记了——他会将我忘记?"

"大概是吧。你如此相信那个铁匠,可他不过是个骗子。"

"你这个笨蛋。不要谈论你不擅长的事情。"

她很是不高兴,不再说什么了。他不断地说些好话想哄她开心,不过没什么用,之后他也极是恼火,拿过帽子,大声带上门,快速走向外面。

雅歌娜将亚麻放到卷线杆上,坐在窗户旁边纺线,不过眼神总是不由自主地看一看外面的暴风雪。

狂风更加肆虐了。大片大片的雪花飘飘洒洒、零零散散的,向各个方向飘荡着,不停地撞向墙壁,房间里的屋梁都在颤抖着,橱柜里的餐具也砰砰作响,幼姿卡制作好的、挂在房间里的彩色球体和星星也在摇晃着。

一股寒冷的空气从房间的缝隙里钻进来,冷得雅歌娜只好用围裙将自己的肩膀包裹着,老狗拉帕也不停地走动着,想要换一个暖和一些的地方。

怀特克进来了,没有发出一点声响,有些踌躇地说道:

"夫人！"

"什么事？"

"你听说了没有，大贵族们的车子是用种马拉的呢！那些可全是拉豪华马车的，身体黝黑，身上的毛是网状的，像羽毛一样，身体两边还挂着风铃，外表金黄锃亮，就像教堂里的那些一样。他的车子速度真快！啊！就像风一样！"

"啊，天啊，这还是我第一次看见如此漂亮的马呢！"

"那些马又不需要劳作，每天都是吃上好的燕麦，当然漂亮结实啦！"

"不错，夫人——但是，如果我们也这样照顾我们的小母马，将它的尾巴剪掉，让它像村长的母马一样只负责拉车，它们会不会也这么漂亮结实呢？"

此时老狗惊慌地跳了起来，还不停地大叫着。

"谁来到了过道上，你快出去看看。"

怀特克正准备走出去，便看见一个满身雪水的人站在门外。他向上帝祷告了一声，将帽子摘下拿到大腿上拍打了几下，向屋子里看了看。

他气喘吁吁地说道："让我在这里歇一歇，暖和一下。"

她有些不知所措地说道："过来坐吧。怀特克，再加些火吧。"

那个不知道是谁的人径自坐到火边，拿出烟斗点了起来。

他拿出一份资料问道："这里是伯锐那——马西亚斯·伯锐那的家吗？"

她应道："正是。"很担心自己是不是惹上警察了。

"你的丈夫现在在家里吗？"

"我的丈夫现在正在村庄里面。"

"哦，让我在这里坐会儿等等他，暖和一下，我实在是太冷啦。"

"嗯，好的。我们也不会损失什么。"

他将羊皮大衣脱下，身上不由得发抖，很明显他已经冻得不轻，双手不停地搓着，又朝火炉靠近了一些。

他抱怨道："这个冬天真是不好过啊。"

"的确很冷——你需要些热牛奶吗？"

"不用麻烦了，真感谢你，我更愿意喝些茶水。"

"之前我们还有些茶叶的，那还是秋天的时候，我的丈夫身体有些疼痛，我就在城里买了一些让他喝，但是现在已经喝完了，我也不清楚我们村里还有哪些人喝茶。"

怀特克不由得说道："哦，我知道神父喜欢喝茶的。"

"那你去他那里拿一些好吗？"

"不用了。我也有一些的——如果你们能提供一些水的话……"

"我现在就去烧水。"

她拿了一个水壶放到炉子上，又坐回了织布机前，但是没有继续工作，看上去在转动着纺锤，事实上正在怪异地盯着他——这个人是谁？他有什么事情？他和警察有没有什么联系，手里都有些什么人的名单？他好像老是在盯着那份资料。——他的衣服看上去和她也很不一样，灰绿相间，如同地主家那些脚夫们上山打猎穿的衣服……不过，他居然又穿着和农民们一样的羊皮大衣和帽子！——或许他的精神不太好，或许他正在全世界旅游。

她悄悄地想着，不时地和怀特克交换一下眼神，怀特克借着添柴的机会，也在悄悄观察着这个人，察觉到他居然和拉帕成了朋友，很是惊奇。

"你要留意了，这只狗很凶的！"他下意识地提醒道。

那个人说道："不用担心！"而且还怪异地笑了笑，轻拍着拉帕的头，和它一起跪在地面。

没多久，幼姿卡也过来了，然后是瓦夫瑞克夫人和其他的一些邻居，这个人来到伯锐那家的事情他们都已经得知了。

不过他仍旧在烘烤着，并没有在意他们的眼光，对于他们的议论也丝毫没有在意。水壶中的水烧好了，他便拿出一个纸包里的一些茶叶，倒进里面，从柜子里拿出一个白色的杯子，便喝起了茶，还吃了颗糖。他在房间里不停地走动着，打量着房间里的摆设，或者就站在中间，用尖锐的眼神打量着那些人，让他们心里有些不舒服。

"它们是谁制作的？"他看着上方用威化饼做好的彩色球体问道。

"是我做的！"幼姿卡骄傲地大声说道，脸涨得通红。

他又走了起来，拉帕也紧紧地跟着他走着。

"这些画像是谁制作的？"他又看着相架上和墙上的几幅剪纸说道。

"这个不是用笔画的，这些是剪纸。"

"是吗？"他感到很惊奇。

"这都是我剪的。"

"这些图案也是你想出来的？"

"是的，但是这里甚至连孩子们都会做。"

他没有再说什么，又将杯子里添上茶水，端到火炉旁坐下。房间顿时安静了很长时间。邻居们也一个接一个地出去了，夜晚就要来临了，外面的风雪也停下来了，偶尔还是会刮过一阵狂风，不过已经没有很多了，风的力度也减轻了不少，如同在天上飞得疲倦了的鸟儿一样。

之后，雅歌娜将卷线筒收好，便去做今晚的晚饭了。

"你们这里有没有一个叫詹姆士·索哈的工人？"

"你说的是库巴吗？——的确，但是在上一个秋天的时候他就死了，真是个可怜人！"

"你们村里的牧师跟我说过。——上帝啊！我将这里的村子都翻遍了，不停地寻找着他，到头来他却不在了！"

怀特克非常感动，高声说道："你是要找我们这里的库巴吗？你肯定是弗拉村大贵族的兄弟吧。"

"你从哪里知道的？"

"农民们经常跟我说，他的兄弟从远方归来，在农村里到处找那个叫库巴的工人，不过没有人听说过库巴。"

"索哈是他的姓，直到今天我才听说他已经去世了，在他去世之前曾当过这里的工人。"

怀特克哽咽地说道："的确，他死在了战场上——是流血太多死去的！"

"他在这里当过很久的工人吗？"

"从我记事开始，他便已经是这里的工人了。"

他有些踌躇地问道："想必他肯定是个大好人吧？"

"啊，村里的人都会这么跟你说的。在他的追悼会上，每个人都忍不住哭了起来，就连神父也一样，连丧葬费都不收。——曾经他教会我祷告，如何使用枪支，就像我的父亲一样……偶尔他还会将一些五戈比的硬币给我——他是一个忠诚的信教徒，安静勤劳，神父曾经也不停地称赞他。"

"他的墓地在你们的教堂那里吧？"

怀特克说道："当然啦。我知道在哪里，安布罗斯在那个地方竖立了一个十字架，罗赫在上面写了碑文来纪念他。即使被积雪盖住，我也会找见的。"

"我们现在就去吧，在夜幕落下之间就赶到那里。"

那个人将羊皮大衣穿上，又站在一边想了一下。——他的年纪不小了，脊梁稍微有些驼，头发也半灰半白，看上去更老了；满是胡须的脸上一片灰暗，脸上有一个被子弹打过的痕迹，眉毛上也留着一个长长的红色的伤疤；长长的鼻子，胡子一撮一撮的，很稀疏；黑色的眼睛深深地凹进去，看上去很有神采；嘴巴里老是叼着一支烟，时不时地加一些烟丝。——之后他回过神来，想付给雅歌娜一些钱，不过雅歌娜将双手放在身后，脸色通红。

"你一定要收下，这世上没有什么是不需要钱的。"

她感觉心里很难过，不悦地说道："可能外面的确是这样。难道我看上去就像一个犹太女人或者一个做买卖的人，会因为这么少的柴火和茶水要你的钱？"

"那只好这样了，天主会因为你的好客赏赐你的。跟你的丈夫说一下，就说弗拉村的亚瑟克到他的家里来过。过些天我会再次探访的，但是现在我还要赶路，天色已经不早了。愿天主保佑你！"

"也保佑你！"

她本想亲吻他的手背以示尊敬，不过他很快将手拿开，匆忙地走了出去。

夜幕慢慢降临。风虽然停住了，从道路上的积雪那里依然吹来不少的粉尘，就像是从面粉袋里洒落出来的面粉一样。夜空下很安静，在一片模糊的青色光线下，可以清楚地看见房屋和旁边的花圃。

在下雪的时候，村庄就像睡着了一样，这个时候终于动起来了。道路上挤满了人，花圃中也满是人们的喧哗声，哪里都有人在清理着房前的积雪；还有人正挖着池塘上的冰，好提些水回家。房门都大开着，偶尔有几辆雪橇从雪地上经过。乌鸦——这个灵验无比的天气预言家也出来了，在人们的房屋周围徘徊着。

亚瑟克愉快地欣赏着周围的景色，一路上不停地问候着碰到的熟人和经过的房子的主人，并且步伐飞快，怀特克就快跟不上了。老狗拉帕也在跟前跑着，兴奋地不停地大叫着。

在教堂跟前，到处是一堆堆的积雪，将围墙都盖住了，那些雪堆都有树枝那么高了。他们只好从神父家门前绕过去，他家外面有一群小孩子在奔跑着，吵吵嚷嚷的，正在打雪仗。拉帕不由得对着他们狂叫了起来，一个小子过来提着它的脖颈，将它丢到了一个松软的雪堆里。怀特克上前将它救了出来，不过他们不停地用力向他扔着雪球，他都快出不来了。尽快地收拾了他们之后，他便又去追着前面的亚瑟克先生，那个人可不会管他的。

他们终于来到了教堂的墓地里。这边的雪堆也快有人那么高了，十字架的两边刚好从坟地的雪堆里露了出来。这一片没什么遮蔽的东西，偶尔刮过来一阵风。冰冷的风将粉尘似的雪花吹了起来，将一切都笼罩在一片白雾中。他俩什么也看不清楚了，只在这一片模糊的白雾中看见黑漆漆的树干上的残枝，周围的东西都变成了一个白色的圆环四散开来。风慢慢减弱，那些妇女鲜艳的红裙也能看清了，她们走在平原上，像一条线一样。

"那些人是干什么的？难道是从集市上回来的？"

"不是的，这些人被称作迪克，她们需要工作来换取住的地方。她们都是穷人，没有人看得起她们。她们这是去森林里捡柴火。"

"真的吗？她们是用肩膀背柴火？"

"是的。她们又买不起马，只能靠肩膀扛。"

"这个村子里这样的人多不多？"

"很多。只有贵族们买得起土地，那些不是贵族的，只能租赁房屋，外出工作，不然就去其他的村子里做工。"

"她们经常外出捡拾柴火吗？"

"地主们答应一周让她们去两次，带着镰刀，可以砍多少和拿多少的干柴，就能得到多少。只有地主们有资格带着马车进树林里，拿斧子砍柴……我和库巴经常去那里，驾着马车拖一大棵树回去！库巴很会砍树，将砍下的树藏到木柴里面，即使是看守员也不会察觉。"他很是骄傲地说道。

"他有没有生过一场大病？请你仔细跟我说说。"

怀特克很愉快地向他讲述着，亚瑟克先生偶尔会问一两句，不过这时候忽然停下了，手舞足蹈地高声叫喊着。年轻人感觉他很怪异，不明白他这是怎么了，慢慢地有些害怕了。夜幕已经降临，教堂的墓地好像被一张巨大的幕布包裹着。周围出现了不少奇怪的声响。他马上跪在地上，瞪大眼睛，仔细寻找着库巴的墓碑前的十字架。不久在篱笆旁边找到了，就在一堆暴动的烈士们的坟墓旁边。在圣灵节的时候他曾过来祷告过。

"啊，就在这边，十字架上刻着他的姓名：詹姆士·索哈。"——他慢慢地读了出来，伸着手指在上面比画着，"的确，这是罗赫写的，这个十字架是安布罗斯立起来的。"

亚瑟克先生拿出两兹罗提交给他,告诉他可以先回去了。他依照嘱咐走了出去,临走前不忘招呼一声拉帕,还回过头打量了一下那个人想做些什么。

他呆呆地说道:"上帝啊,大贵族的兄弟,竟然来到库巴的坟墓前跪下了!"天空马上就陷入了黑暗之中,树木的影子落在头上,怪异地摇头晃脑。他快速地向村庄里跑去,当经过教堂周围的时候才停下歇息了一会儿,看了一下手中的钱币。老狗也跟到他的身后,他们悠闲地向老波瑞纳家走去。

经过池塘的时候,他遇见正工作完准备回家的安提克。老狗跑过去向安提克欢快地摇着尾巴,兴奋地大叫着,安提克友好地摸了摸它的头。

"真是条不错的狗!——怀特克,你是从哪里过来的?"

怀特克将事情向他说了一遍,不过没说起亚瑟克给他小费的事情。

"什么时候来我家看看孩子们。"

"好的,好的。我给小彼得做了一个小车,还给他做了一个很有趣的鸟兽雕像。"

"不要忘记带过来。——我有些钱想拿给你。"

"过会儿我就去,但是我要先去看一下老爷有没有回家。"

"他不在家吗?"安提克很想装得不露痕迹,不过还是露出了破绽。

"他在磨坊老板的家里,和大贵族以及其他几位谈事情。"

"夫人在不在家?"他低声问了出来。

"正在做家务。我回去察看一下就过来。"

他应道:"嗯,过会儿就来我家吧。"原本还希望再问点什么,不过,虽然天已经黑了，还有不少村民在四处闲逛着；况且这个年轻人看上去有些愚笨，或许会将事情泄露出去。因此他快速向前走去，来到了教堂周围，转过身来察看一下有没有谁在盯梢，又拐进粮仓那边的小路。此时怀特克正向家里走去。

老波瑞纳这时候还在外面，房屋里一片漆黑，只剩下火炉里正燃烧着的木头。雅歌娜还在准备着晚饭，情绪很差。幼姿卡不知道又去了哪儿，还有这么多的事情需要做，真不知道要怎么做完。她没有仔细听怀特克的话，一直到他说起了安提克，这才让她回过神来，她将手头的工作放在一边。

"不要和别人说他给了你钱！"

"如果夫人不愿意，我当然什么也不会说。"

"我再付给你五戈比，你一定要记住了。——他现在回家去了吗？"

她还没有等年轻人回答出来，忽然就跑到了过道里，喊着彼德，还探寻地悄悄看着果园和庭院，有些惊慌。她还跑到马棚和草堆里看了看，不过没有看见谁……她的情绪稳定了下来，再也没有什么耐心了。她咒骂着幼姿卡还没有给母牛喂水，在外面游荡。那个小丫头既机灵又泼辣，口舌伶俐，立刻表示出不满。两人吵了起来，不停地咒骂着对方。

"叫吧，你继续叫吧！你的父亲就要回家了，他会拿出鞭子阻止你的！"雅歌娜恐吓着她，将灯点上，继续纺线了。幼姿卡还在抱怨着，不过没人理她。雅歌娜好像听到外边有谁在走动。

"怀特克，你快去看一下，我感觉猪圈里有一只阉过的猪跑了出来，去了果园。"

他马上说他早就将猪都赶进去了，而且猪圈的门已经锁好了。

幼姿卡去房子的另一边拿来盆子装水,彼德在一旁帮助她,他们俩拿着水去喂母牛,然后她又进去搬来盛牛奶的桶。

"待会儿我会自己去弄牛奶的,你已经忙了一整天,先去休息吧。"

幼姿卡咒骂着:"嗯,你去弄,你去啊!你一定会再一次将大半牛奶留在牛的乳房中!"

雅歌娜生气道:"别再说话了!"她穿好木拖鞋,将裙子提起来,拿着两只牛奶桶就去了牛棚里。

天色已经暗了下来,也没有风,白色的雪雾渐渐积淀了下来。不过天空里一片漆黑,就连星星都没有,只有一些低沉的云朵。田地里一片灰暗,天地里充满了冷寂。村庄中也没有了说话声,只剩下铁匠的铺子里传出来的铿铿锵锵的打铁声。

牛栏里阴暗闷热,母牛还在饮水,发出汲水的响声。

雅歌娜在黑暗中摸到挤奶用的小凳子,拿到一头奶牛的身旁坐下,找到它的乳房,擦拭一下之后,将头顶在它的肋骨旁,便开始挤奶了。

牛奶均匀地流到桶里面。旁边的马棚里传来马儿的蹄子踏地面的声音。幼姿卡嘟嘟囔囔的声音也从房子里传到这里,虽然隔着一层砖墙,还是听得很清楚。

雅歌娜嘀咕着:"的确,她只会聒噪,可是土豆皮一个也没有削!"她仔细地探听着,这时候房子外的雪地里传来了吱吱的响声——似乎有谁从马棚那边向这里走过来……又停了下来……然后又安静了下来……又继续向这里走着——雪地上的吱吱声又大了一些。——她转过头看着透着微光敞开着的大门,朦胧中好像是谁站在那里。

"彼德!"她喊了一声。

"哎，雅歌娜，别说话！"

"安提克！"

她再也动不了了，一看见他，一听见他的话语她就感觉身上没有了力气，什么也不能说了，甚至脑袋也僵硬了。她还在不自觉地挤着牛奶，不过奶水竟然流到了她的裙子上和地上。她感觉身上滚烫，就像烈火烧在了身上，她的眼睛里看见了闪电，让她的心里有一种甜蜜的疼痛。她现在好像被一种神奇的力量制服住，让她不能呼吸，她真希望现在就死掉。

他轻声向她诉说着："从圣诞节到现在，我就像一只狗一样，一直守候在草堆旁等着你的到来……但是你从没有来过。"

他的话语低沉、兴奋、充满了热情，不断地撄取着她的内心，就像是无法抵抗的火焰一样，她已经完全臣服了。他就在她的面前，靠着奶牛的一边，低下头注视着她——离她如此近，她都能感觉到他温热的气息喷到了她的脸上。

"不要害怕，雅歌娜。不会有人看到的，不要害怕……我就要控制不住了，不会的，你的身影无时无刻不出现在我的眼前。雅歌娜——你就没有什么要说的？"

"说——我又该怎么说呢？"她哽咽着说道。

然后两人都沉默不语。内心的感情让他们沉默着，两人的距离如此贴近，期盼了这么久，他们俩终于单独相处了，两人都没有了力气——这个时刻是如此甜蜜，却又如此令人惊慌。他们深深地感受到了彼此的爱意，不过什么也说不出口！虽然两个人的心里都充满了爱欲，不过没有谁伸得出手！

母牛还在喝着水，偶尔摇着尾巴，有几次还扫到了他的脸上。

他将牛尾巴紧紧地抓在手里，然后将身子靠近雅歌娜，轻声在她耳边说道：

"看不见你，我无法入睡——也不想吃饭——一件事也做不了，啊，雅歌娜！"

"我也好不到哪去！"

"雅歌娜！你是否想念过我？"

"怎么会不想念呢？你不停地出现在我的脑海中……我都不知道该如何是好。——你真的打过马修吗？"

"嗯。他撒谎，还损害了你的名声，我要让他住嘴……不管是谁，敢这样做，我都不会放过他。"

房门突然被大力关上，不知道谁跑到了庭院里，径直向牛棚走了过来。安提克立刻跳上马槽，躲在那边。

怀特克说道："幼姿卡让我将水盆拿走，我们还要将小猪的饲料弄好。"

"拿走吧——都拿过去！"她的嗓子有些沙哑。

"算了，来苏拉还在喝，过会儿我再来拿。"他又匆忙地跑了回去，不久他们便听到他大力拍打大门的声音。

安提克立刻从暗处走了过来。

"他马上又要过来了，这个小子，我去草堆后等你……你出来一下好不好，雅歌娜？"

"我担心……"

"过来吧，啊，过来吧……即使是一个小时也行——我就在那里等你。"他恳求着。

雅歌娜依然坐在奶牛的身旁，他来到她的后面，将她紧紧地抱在自己的怀里，然后将她的头扳向后面，亲吻着她的红唇，极力吮吸着，她感觉就像快要窒息了一般。她的手放了下来，盛牛奶的桶翻倒在地。她不由得挺直身子回应他的热吻，俩人就像在殊死搏斗一样缠绕在一起，完全融进对方的胸怀里。他们一直这样热烈地、如同做梦般地亲吻了好久。

最后他不得不站起来，溜了出去。

她真想也跟他一起出去，不过他像魂魄一样从门口溜了出去，身影隐没在夜色里。他的轻声细语好像还环绕在她的耳边，她感觉自己的身体被一股强烈的能量控制着。她向周围看去，已经没有了他的身影，不由得吃了一惊。不，他已经走了——只剩下母牛在咀嚼着，摇晃着尾巴。她又向庭院里看去，门外一片漆黑，安静异常，只有远处铁匠家里的打铁声传过来——不过他真的来过，她的心里忍不住呐喊着。——她呼唤着："安提克！"听到自己的喊声，这才冷静了一些。——她赶紧去继续挤着牛奶，不过有些神志不清，好几次在母牛的前腿间寻找乳头，并且心里有股疯狂的快乐，还不知道自己的脸上满是泪痕，就向房间里走去，冰凉的风吹在她的脸上。她将牛奶带到房间，却不记得过滤一下，又跑到了房屋的另一侧，总感觉还有什么事情没有做……究竟是什么事情，她没有想到，此时心里只有一个想法，安提克就在草堆旁边等着她去。她在房间里踱着步，将围裙遮在脸上……向外走去。

她快速地绕到房子后面，从窗下慢慢走着，走到果园和牛棚之间的那条小径上，满是积雪的树枝都要垂到地面上了，将过道阻拦住了，她只好低着头向前走着。

安提克就在围墙外等着她，他跳上前，如同饿了很久的狼一样，又是拉又是搂，将她带到道路附近的草堆里。

不过这一天他们只能是以失望告终。他们俩刚走进草堆里，刚准备亲吻对方，老波瑞纳那沉重的声音便传到了这边。

"雅歌娜！雅歌娜！"

他们好像突然被雷电击中，立刻放开对方，安提克蹲到地上从围墙旁逃了出去，雅歌娜急忙回到院子里。树枝将她刚包好的头发弄散了，她的身上满是积雪，不过她还没有留意到。她捧起一堆雪搓了一下脸颊，又从柴房里抱过一捆柴火，镇定自若地向房子里走去。

老波瑞纳在一旁斜视着她，神情里透着些怪异。

"我刚刚去看了席乌拉，它躺在马棚里不停地叫唤着。"

"只是，你的身上怎么落了这么多的积雪？"

"怎么了？——啊，屋檐上有很多积雪，就像胡子一样，稍微一碰，便落在身上了！"她愉快地说道，但是却将脸转了过来，不愿看向火光，以免丈夫发现她脸上异常的红润。

不过她还是没有骗过老波瑞纳。他不用看她的脸，就可以猜得出她的脸已经红透了，她的眼神透着异常的光芒，一种朦胧的疑虑闪现出来，忌妒在他心里燃起了火花，就像随时打算咬人的恶狗一样。他想了很久，这才肯定一定是马修和她见了面，将她推到了篱笆上。

这时娜丝特卡也走了进来，她刚打听到一些消息。

"噢！我刚才听到别人说了什么？——你们家那位马修，听说已经康复，可以起来了？"

"康复到可以起床了，是真的吗？噢！"

"听人说今晚还在村子里遇见过他。"

"真是一派胡言。马修到现在动都动不了，更别说是下床了。不过他倒是已经不再吐血了，安布罗斯今天给他放了血，还给他带来了一种饮品——掺杂着猪油的高度伏特加——他们俩痛快淋漓地喝那些药酒，行人们都可以听到他们愉快地唱着歌！"

老头再也没说什么，不过心里的疑惑仍在。

雅歌娜看着家里的一切感到又烦闷又寂寞，很是烦躁，而且被看得很不舒服，便向老波瑞纳说起了亚瑟克来家里的事情。

他很是吃惊，不明白那个人是为什么前来的，不停地询问着，思考着亚瑟克说过的每一个字。

之后他肯定这是大贵族派亚瑟克过来查探丽卜卡村的人们对于开垦地那件事的看法的。

"不过他就没有问过关于树林的任何事情！"

"他们做事情，好像是慢慢地将你用绳子捆绑住一样，一不留神你就会将所有事情都跟他们讲。对于那些贵族我可是很了解的！"

"他只是问库巴的事情，还有墙上这些剪纸。"

"'想要问出路，就要走路边。'的确，这肯定是贵族的那些人耍的小把戏。啊哈？贵族的兄弟居然会问起库巴？唔，有人说那个亚瑟克精神失常——总是在农村里闲逛，一看见圣像就开始演奏小提琴，说一些没人听得懂的话——他是不是说过还会来？"

"嗯，他还提起过你。"

"好了好了，他这样的人我可理解不了。"

"你是去和大贵族谈事情了吗？"她愉快地问道，想将他的心思转移到一边，让他忘掉刚才那件事。

他吃了一惊，似乎被人说中最不想提起的一件事。

"不是的。我一直都在西蒙的家里。"他没再说下去。

两人就这么沉默地坐着，一直到快要吃晚饭时，罗赫上门来了。他按照位置坐在火炉旁，不过什么也没有吃。等到他们都吃完饭了，他才轻声说道："我到这里并不是为了我一个人。据说大贵族对我们丽卜卡村的人感到很反感，不愿意雇用我们村里的人为他做事。我想问一下这是否属实。"

　　"兄弟啊，在上帝面前，我也只能告诉你，我还没有听说过。这还是我头一次听说这回事呢！"

　　"但是，今天他们在磨坊老板家里谈过，这事情就是从那里传出来的。"

　　"村长、磨坊老板，还有铁匠都在那里，我没参与这件事。"

　　"是吗？据说大贵族今天还来过你家，你们一起出去的。"

　　"我压根就没见过他，不管你愿不愿意相信，我真的没骗你。"

　　不过老波瑞纳没有说这件事情让他多么难过，受到忽视这件事真的让他很难为情。

　　一想到这件事情他就生气，不过他忍耐着没有说出口，只是仔细地品尝着这份痛苦和悲凉，拼命地压抑着自己，以免罗赫看出他心里的想法。

　　为什么？他等了那么久，但是他们的会议竟然没有邀请他前往！他是不会就这样放弃的——他们如此瞧不起他，他会让他们看看他在村里的地位……一定是磨坊老板暗中作祟！磨坊老板靠剥削农民发家致富，如今气焰嚣张，谁也不放在眼里。这个骗子！老波瑞纳可掌握了那个坏蛋不少把柄，已经可以将他送去监狱了！……还有我们的村长，嗯！他应该去放牛的。他怎么能够指挥比他还优秀的人呢——这个卑鄙的酒鬼！如果人们愿意，即使是安布罗斯也可以顶替他的位置，而且能做得和他同样好！……那个铁匠女婿也是个坏家伙！那个臭小子如果再敢来我家，我一定要好好收拾他！……那个大贵族——一条野狗，总是出其不意地出现，大肆掠夺农民的财产！一个地主，享用着农民的田地，还将农民的树林卖了出去，用农民的苦难换取自己的享乐，居然用阴谋对付农民们！这个笨蛋虽然傻，连枷可以打别人的脊梁，还可以打贵族们吗？——但是，老波瑞纳什么也没有说。因为这个他的心里满是痛苦，历尽煎熬，不过这是他自己的事，谁也帮不了。他终于想起来了，不应该在客人跟前沉浸在自己的心事里，便站起身说道：

"的确。但是，如果有哪一个伟大的人将村民们将受到的损失跟他说，或许他会改变主意。"

老波瑞纳冷冷地说道："我是不会管这件事的！"

"不过你要想清楚，我们村有二十个迪克，他们都急需工作。你是认识他们的，也很清楚冬天他们有多困难。还有人家里的土豆都冻坏了，还没有了工作。在春天没有到来的时候，他们的境况想必非常糟糕。现在已经有很多人的家里每天只能吃得上一顿饭了。他们全都希望大贵族在维奇多利砍伐树木时，每个人都有活可干。如今听说他已经承诺不会在丽卜卡村雇用工人，是由于有人去村委会告过他，他很不高兴。"

"是我去告他的，并且我决不会放弃的。没有经过我们的允许，他别想砍走一棵树。"

"如果这样的话，至少能保证我们的森林不会被砍。"罗赫哽咽道，"不过，那些穷人该如何度日呢？"

"对于他们我也没什么办法，我又不可以不要我们的权益，让他们可以去为贵族们工作。如果我支持那些人不被人欺负，又有谁来为我的损失出力呢？或许只有我的狗会安慰我吧？"

"我想你应该不是和大地主站在一起的。"

"我只站在我自己这边——正义的一边。我不会和任何人为伍的。我有很多事情需要思考，弗伊特克或是巴特克没饭可吃这种事——应该交由神父来考虑。与我无关！即使我想出力，也养不活这么多的穷人！"

"不过应该帮帮忙……多出点力。"罗赫有些绝望了。

"想想拿筛子装水，又可以装上多少呢？穷困也一样——在我看来，一些人拥有财富，那么另一些人只能忍饥挨饿了，这是上帝的旨意。"

罗赫只好出去了，心情很是低落。想不到老波瑞纳居然会对穷苦人民的遭遇如此无情。老波瑞纳将他送出门——按照以往的习惯——先在房子里查探一番，再去查看一下牛棚和马厩，然后才去休息。

雅歌娜正低声祈祷着，同时还在铺着床上的被子，马西亚斯·伯锐那这时突然进来，将一块布扔了过来。

他说道："这是你的围裙，掉在了篱笆旁，我刚才看见的！"语气很是平和，但是声音却很高，并且锋利的眼神不停地扫视着她。她被这突然的情况惊呆了，过了好一会儿才断断续续地解释道：

"一定是……是拉帕……这个顽皮的家伙！总将我的东西拿出去……几天前还将我的木拖鞋带到它的窝里了——总喜欢作弄我！"

"是拉帕吗？——我知道了——唔，不错。"他的声音里充满了嘲讽，心里很肯定她说的不是事实。

第七章

这一个主显节在周一，正在晚间祷告的时候，就有人逐渐从教堂里走出来。从酒店里传出音乐声，还有人的歌唱声，人们都忍不住向那些优美的音乐声走去。在耶稣降生之后，这是首次允许人们演奏音乐，玛格丽特·克伦巴和维生特·索哈也选在这一天订下婚约。虽然新郎和已经去世的库巴是一个姓，但他更为自己拥有的土地感到自豪，否认与工人库巴之间的亲缘关系。

而且，人们都在暗暗传说斯塔赫·普罗什卡（自从土豆收获以来，他便向村长的女儿尤丽西亚表达了自己的爱意）在那一天的夜晚请她的父亲一起喝酒，商量婚礼上的事情。据说村长并不同意这个婚事，他不想让自己的女儿和一个爱争吵、脾气暴躁，并且不尊敬父母的人结婚，而且还要求他们家拿出四英亩的田地或两千兹罗提的现金加上两头母牛作为尤丽西亚的嫁妆。

那一天村长家里有一个婴儿正接受洗礼，虽然他们家里需要举办庆祝宴，但是和他熟识的人都猜测，如果客人们希望热闹热闹的话，想必他就会请他们前往酒店喝酒了。

除去这些诱惑着人们，还有其他更为重大的事情将会提出来，那件事关系着所有村民的利益。

大弥撒过去了，他们也刚好听到邻近村子里的人们传言，大贵族们早已找到了砍伐地里的工人：十个来自路德卡村，十五个来自默德利沙村，还有八个来自德比沙村。尔兹浦吉的大地主们单独的村庄遍地都是，从不和别的村子交往，那里的风格与其他的地方很不相同，那里自负、落后，而且往往很贫困。在很久之前他们的祖上曾经在战争中立过大功被封为地主，获得了很多田地，他们大多是那些地主的后代，差不多有二十几个，但是没有在丽卜卡村的。确实是这样，林务官在大弥撒上也这样和他们说起过。

穷苦的人们很焦虑。

丽卜卡村确实有很多有钱人。那些不是很富有的人，却很看不起这样的赚钱方法。另一些人虽然很穷，不过他们并不承认这一点，很好面子，一直都和他们那些有钱的亲戚保持着联系。——不过也有不少迪克，还有一些人除了一间破旧的房子，什么也不剩了。那些人有的在庄园主的打谷场里干活儿，有的在木材厂里砍树，还有些什么工作都做的，依靠着上帝的帮助艰难度日。除去这些，村庄里还有五户人家压根就没有活儿干，他们原本打算在开垦地里找工作，来度过这个冬天的。

可是如今他们又该如何度过呢？

冬天是如此令人害怕。没有多少人有余款，还有些人他们储存的肉都快没有了，就要陷入饥荒了。他们只能苦苦等待春天的到来，没有谁会给他们帮助，他们的心里难免难受。他们聚在家里一起商量对策，之后决定一起去库伦巴家，让他和他们一起去神父那里，征询神父的意见。可是库伦巴说她的女儿就要举行订婚典礼了，没时间去。他们也想过求其他人，可是他们也总是找借口推托，就像鳝鱼一样跑得远远的，只在乎自身利益。看到这种情况，木材厂的巴特克异常气愤，虽然他自己有活儿干，不过他很体谅那些穷苦人。因此他叫上河对面的菲利普卡、白利特沙老头女儿的丈夫斯塔赫、巴特克·柯齐尔，还有歪嘴巴瓦勒，他跟着这几个人去神父那里，想说服他在大贵族面前说说话。

他们谈论了很长时间，过了晚间祷告安布罗斯才过来跟柯伯斯说，他们正在和神父商量事情，过段时间就会去酒店。

天色已经暗下来了，夕阳最后的光芒也即将消失，只剩下最后的一点晚霞映在空中，就像是闪烁不定的余烬。田野也逐渐被朦胧的雾气遮掩。这时候还没有月亮，不过僵硬结实的积雪地上倒映出一股冰冷的光辉，一切生物好像都笼罩在一块巨大的幕布之下。星星从深沉的夜幕中闪现出来——闪烁在天空里，白色的雪原上也照映出那闪亮的影子。浓重的寒霜刺得人的耳朵生疼，一个很小的声音就可以引起很大的回声。

居民的房屋里都燃烧着熊熊炭火，农民们都在干着昨天夜里没有做完的活儿。如果要出家门，走到庭院或是篱笆附近，也是匆匆忙忙的，寒冷的雾气就像烈火一样让他们的脸颊烧得滚烫，让他们几乎快要窒息了，大路上、小巷之中，没有任何喧哗之声。

但是酒店里却不是这样。音乐家们演奏着动人的乐曲，声音逐渐加大。舞会上已经来了很多人，差不多每家每户都有人过来，一些是纯粹来玩乐的，还有一些人不是来参加订婚典礼的，也没有什么其他的事情，只是为这里诱人的伏特加而来的。妇女们不喜欢一个人留在家里，女孩子们也想和小伙子们一起跳舞，听听音乐会。她们在傍晚时分偷偷跑出家，嘴里说是过来将自己家的男人接回家，实际上是她们自己都已经在酒店里流连忘返了。还有那些小孩子们，特别是那些十多岁的男孩儿，和父亲一起来到这里，在酒店周围叫喊着，成群结队地在酒店的过道上走来走去，寒霜浸染了他们的衣服，可他们一点都不在意。

酒店里人潮汹涌。一大束火光冲出烟囱，将那个大大的酒吧都映红了。来人一来到酒店门前，总是先在火炉旁跳一跳，将鞋子上的雪抖掉，然后烘一烘冻得僵硬的手，这才在人潮里寻找着和自己熟识的人。意料之外，房间里炉火通明，而且吧台上也有吊灯，但是依然有不少角落还是黑沉沉的。奏乐的师傅们就坐在黑暗里，偶尔弹上一曲，不过兴致不是很高。虽然已经有几对等不及的男女在跳着舞，但主人还没有宣布晚会开始。

靠近墙边的餐桌上已经坐上了很多人，他们三五成群地聚在一起。不过没有谁开始畅饮，他们聚在一起谈论着，不时地看一眼刚进来的客人，目光中有种期待的神色。

靠近吧台的地方人声鼎沸，从克伦巴过来的客人，还有索哈的亲人们都站在那里，他们大多在聊天，行为斯文有礼，很遵守规矩。

许多人都向靠窗的地方偷偷打量着，十五个来自尔兹浦吉村的人正围坐在那里。他们是最先到达这里的，并且一直坐在这里没有离开过。没有人对他们无礼，也没有谁向他们打招呼，不过安布罗斯立刻就和他们熟络了，并且喝了不少伏特加，还给他们讲了很多稀奇古怪的趣事。木材厂的巴特克和他的朋友们就在旁边，将神父的话告诉了他们，还大声咒骂着贵族。瘦弱的弗伊特克·柯伯斯也高声应和着，语气不善，还不停地捶着餐桌，气愤异常。他这是有意的，他以为坐在这里的尔兹浦吉人明天就会去砍树了。但是，那些尔兹浦吉村民根本就没有搭理他，他们依然在谈论着自己的事情，好像什么也没听见一样。

神父没有在大贵族面前帮他们的忙，那些"贵族农民"也毫不在意这件事情。事实是，他们越是喧哗，贵族越是躲开他们，一个个都避得远远的。这没什么难处，这里人又多而且喧闹，每个人都可以将邻居放在一边，转而和别人交谈。不过雅固丝坦卡却在这些圈子里转来转去，有时嘲讽几句，有时说个笑话，或许轻声自言自语着——不停地寻找着有更多酒瓶碰撞、酒杯相碰的声音的地方，好过去热闹一番。

没过多久，人们就开始玩乐了。这时候现场的氛围更为热烈，不时地有酒杯相撞的声音传过来。酒店的大门不时被推开，又有别的客人到来了。之后乐师们请克伦巴喝了很多美酒，就开始奏起了著名的舞曲玛祖卡，新郎索哈和新娘玛格丽特带头跳起舞来，接着又有一些男女跟着跳了起来。

没有多少人跳舞，大多数人都在欣赏着这里一些舞蹈高手——普罗什卡、史塔哈、瓦尼克、村长的弟弟等等，他们都坐在旁边说着话，宁可和他们说上几句话，或者嘲讽安布罗斯对尔兹浦吉的大地主的阿谀奉承。

之后马修也来了，他手里拿着拐棍，这还是他第一次下地出门。他一坐下就叫服务员给他一杯热的加有蜂蜜的伏特加，他也围坐在火炉旁，和熟识的人聊着天。忽然他停了下来。安提克也来到酒店门前，正看着马修，安提克骄傲地昂首挺胸，向他瞥了瞥，本想径直走远，假装没看见他。

不过马修却高兴地大声向他喊道：

"安提克！来这里坐！"

安提克粗鲁地回答道："如果你有什么要说的，就自己来好了。"他感觉马修一定是不怀好意。

"我也希望如此，不过我现在还得靠拐棍，不能走过去呢。"

安提克还是有些不相信，有些疑惑地走到他面前。马修却拉着他的手臂，一定要他在自己的身旁坐下。

"在这里坐吧。——你在那么多人面前修理我，可把我打得不轻呢，他们都将神父请来啦。不过兄弟，我不会恨你的，我们还是和好吧——噢，和我喝杯酒，兄弟！还没有人打得过我，我本想不会有人做到的——的确，你可要壮实得多啦！——就连我这样健壮的人都被你像稻草一样扔了出去……上帝啊！"

"在我干活儿时，你总是找我的麻烦……之后又说出那么卑鄙的话，让我很生气，我也不明白怎么会做出这样的事情。"

"的确，我明白你说的都是真的。我并不是因为怕你，我可是主动来认错的。——但是你确实将我揍得好惨啊！噢，我可流了不少血，身上的骨头也断了不少……算啦，安提克，我们来喝一杯。——兄弟！希望你原谅我，不要将这件事放在心上！我也会当作什么也没发生过……希望我们会和好如初！……但是，我很想知道，你是不是真的要比弗拉村的瓦夫瑞克还要健硕呢？"

"上一年的秋天，这里举行庆祝会的时候，我还将他狠狠地打了一顿呢！据说到现在他的身体还没有好。"

"打过瓦夫瑞克！虽然我也听说了，不过还是有些怀疑……噢，那些犹太人！香甜的美酒！赶紧拿点高浓度的酒过来，不然小心我的拳头！"

安提克低声说道："但是……你在这么多人面前说过的那件事，应该是假的吧？"

"是的，我只是因为一时气愤才这么说的。是的，那怎么可能是真的。"——他一边说着，一边将酒瓶举起来放到光线下，以免安提克从他的神情中看出异样。

他们喝完一杯，然后又喝了一杯，这次轮到安提克请他了，他们俩又喝了一杯。他们就这样坐在一起，如同兄弟一样和谐安静，看见这一幕人们感到很惊诧。马修喝多了，大叫着让乐师弹个快一些的曲子，大跳大叫着，然后又对安提克耳语些什么。

"的确，我很想拥有她。不过她的手指抓着我的脸，她将我的脸都挠花了。的确，相对来说你更受她的欢迎，我们清楚，即使不是这样，她也不会看上我的。想要将一头正在休息的母牛拉走可是很困难的。我很生气，异常气愤！我都快忌妒死了。那个女人如此美丽——恐怕找不到比她更美的人了。不过她居然和一个糟老头子结婚了——让你如此心痛——我很是不明白！"

"让我心痛？的确，也让我迷恋！"安提克说道。忽然又停了下来。心里不断地涌起回忆的浪潮，他暗暗咒骂了一句，没再说下去。

"别再说了，以免有人乱嚼舌根！"

"我说过什么啦？"

"虽然我没听到什么，不过其他人或许会听到。"

"真没办法——我都快要死去了！"

马修说：“我跟你说，你要尽量控制好自己！”他想方设法地让安提克相信他。

"我做得到？爱情简直比生病还要严重，我的骨头都要融化在烈焰中，心里已经满是创伤，我心里充满了期盼，寝食难安，无法专心做事，真想立刻就死掉算了！"

"啊，我能体会到这种感受。上帝啊，我曾经也疯狂地追求过雅歌娜！——不过，在爱情到来的时候，应该尽快做好一个事情：立马结婚，爱情可能稍纵即逝。如果不能和她结婚，噢，就找一个情人好啦，这样的话情欲很快就没有了，爱情自然也会消亡。我跟你说的全是实话，这可是我的切身体会。"他骄傲地说道。

安提克悲哀地说道：“若那时依然控制不住呢？”

他不屑地批评道：“像那样的人只能都到草丛里唉声叹气了，一直躲在外面的地洞里算啦，那种人一听到衣裙的摩擦声就浑身颤抖！"

安提克想了一下：“嗯，这话很有道理。”

"过来，兄弟，我们俩再喝一杯，我的嗓子都快干死啦。——将女人赶出去吧！女人啊，瘦弱得经不住一阵风，却能将男人控制得得心应手，就像将一头小牛犊牵在手里，让他丧失一切才能和智慧，让他变成人们的笑柄！我跟你说，她们全是魔鬼，每一个都是这样，她们全是撒旦的后代！——过来，敬我一杯！"

"嗯，喝吧，兄弟！"

"愿天主给你赐福！——算了，去她的魔鬼的后代！……但是你应该清楚她们的品性，应该十分了解。"

他们就这样边喝边聊。安提克喝得有些醉了，这还是他找到的第一个倾诉心事的人，他真想一吐为快。虽然很想控制一下，不过零零散散地说了些很有深意的话，虽然没有具体说出来，但是马修已经猜到了。

这时候酒店的表演也进入了高潮。乐队卖力地演奏着，舞曲连续不断，所有人都在开怀畅饮，每个人都大着嗓子，不停地有人争吵，因此酒店里到处都吵吵嚷嚷的，那些正在跳着舞的人的双脚就像连枷一样剧烈地敲击着地面。

克伦巴的那些人这时候已经转到一个独立的房间，不过里面还是很吵闹。不过索哈仍搂着玛格丽特疯狂地舞蹈着，偶尔还将她带到外面，两人紧紧地抱着对方。

木材厂里的巴特克那些人依然在原处，这时候又拿过来一瓶酒，弗伊特克·柯伯斯还在尔兹浦吉人的身旁故意嘲讽着。

"连一件好衣服都穿不起的地主，除去身上的包裹和衣袋，什么也没有！"

"一个村子里，共同享有两只母牛！"又有一个人尖锐地接口道。

"那些贵族们居然会留着如此肮脏的头发！"

"你们看看，这些犹太人的后代！"

"他们应该和地主庄园里的看门狗拴在一起，正好可以闻见对方身上熟悉的味道！"

"他们觊觎的那些，如今终于得到了！"

"他们居然将我们手头的工作抢走了！"

"什么都不会的蠢货！他们会来这里，大概是犹太人都看不起他们吧。"

一些人在尖声怪气地叫喊着，还手舞足蹈，大力挥着拳头逼到他们跟前。那些外来的客人不一会儿就被这群喝醉了的、已经陷入疯狂的农民包围了起来。不过他们仍然不发一言，他们紧紧地坐在一起，手里抓着拐杖，闷头喝着酒，吃着自己带来的火腿，勇敢而又倔强地望着那些农夫。

如果克伦巴没碰到这种情况，没有抚慰、哀求、说清事实，那些年长的人和安布罗斯也是这么说的，他们肯定会大打出手的。之后柯伯斯没有再为难他们，别的人也被劝阻，去吧台那里喝酒。乐队又换了一首歌，安布罗斯又开始大讲特讲那些神奇的怪事——说到了战争、拿破仑和波兰志士克修斯可——又讲了些笑话，将众人逗得哈哈大笑。

没过多久克伦巴那些人就从独立房间里出来了，一起跳起舞来，给晚会上增加了很多热闹，酒店里又是一阵喧哗，就连说话声也听不见了。

喝过酒之后，他们显得更加愉悦了，小伙子们欢快地舞蹈着。年长一些的尽量围坐在一起，那些跳舞的人围的圈子越来越大，不停地推着他们，将他们逼到了墙角。

此时乐师们充满了激情，跳舞的仍旧在热情洋溢地舞蹈着。不过跳舞的人太多了，都转不开了，人们推推嚷嚷，笑声震天，地板也发出吱吱呀呀的响声，吧台和酒杯也在他们的节奏里发出清脆的响声。

总而言之，这里热闹异常，每个人都热情澎湃。

这恐怕是这个冬天最热闹的时分。那些干了一整年活儿的双手，此时终于可以放松了，一直弯下的身躯，到现在终于可以挺直了！人们享受着一样的自由、一样的休息，感觉可以将自己完全释放出来。就连树林也是这样，在冬天的时候，树木都是一样的青翠，等到雪花将大地笼罩起来，一切树木——不管是橡树、铁树，还是白杨树——在这时候都可以看得清清楚楚。

这个时候，这个地方，所有的农民也是这样。

安提克和马修两人依然坐在原来的位置上，就像好朋友一样坐在一起，轻声谈论着。不时地过来几个人，和他们聊几句。斯塔赫·普罗什卡过来了，村长的弟弟巴尔塞瑞克也凑过来了，就连雅歌娜结婚那天做过伴郎的第一个年轻人也凑了过来。刚开始都有些难为情，不确定安提克是否会出言讽刺。不过他很和善地向他们问好，他们马上就围坐到他的旁边，听他聊天，又恢复到从前那样和谐，曾经他可是他们的老大呢。不过想起他们之前碰到他都唯恐避之不及，他不由得苦笑了起来。

普罗什卡说道："这阵子我们都没见到你！也不见你来酒店。"

"我一天到晚都在干活儿，又怎么来酒店呢？"

然后他们又说起了村子里其他的一些事——父子关系、女人啊，这个冬天的凄寒啦。安提克不怎么搭话，每当酒店的门被推开，他便向那里看去，期待着雅歌娜出现在眼前。不过在巴尔塞瑞克说到克伦巴的家里开会商量过森林的事情时，他猛然清醒，询问着是否做出了什么决策。

"噢，又能有什么决策呢？他们只会哀叹、抱怨、怨天尤人……然后再重申坚决不让他们砍树！"

普罗什卡说道："这些没用的家伙！他们还可以做出什么大事？他们开会，喝着酒，抱怨，再哀叹……最后得出的结论就像上一年落下的雪一样，而贵族们依然能够顺利地将所有的树都拖走。"

马修粗声说道："不可能这样的！"

"又有谁能阻止呢？"他们齐声问道。

"哪些人？噢，就是你们这些人嘛！"

普罗什卡说道："只是我们的行动被限制了。一次我想说些什么——我父亲却阻止了我。这件事和我没什么关系，只和那些农民有关。他叫我不要多管闲事，将自己的事情做好就可以。的确，他们是可以这么说的。他们紧握着财产，我们不过就像工人似的，什么说话的权利都没有。"

"真过分。"

"我们年轻人本来就可以享有土地的掌控权。"

"那些老家伙应该退下了，让我们伺候就行啦。"

普罗什卡又说道："我曾经是一名军人，现在我已经算是个中年人了，但是我的父亲依然将财产牢牢地掌控着！"

"我们有权利得到自己应得的东西。"

"我们都蒙受了巨大的损失。"

"特别是安提克。"

又有人嘶哑着声音说道："我们应该将丽卜卡村整顿一番！"这是雅歌娜的哥哥西蒙说出的，他刚才过来的，在他们的身后。他们吃惊地盯着他，而他向里面挤着，激动地诉说着他所遭受的痛苦。他勇敢地迎视着年轻人的目光，由于很少在这么多人面前讲话，而且也忌惮他的母亲，他的脸色烧得通红。

他们哄笑道："这肯定是娜丝特卡叫他这么说的。"听他们这么说，西蒙又不敢说下去了，只好躲到一个昏暗的角落里。村长的弟弟乔治·拉柯斯基虽然不是很会说话，而且口齿不清，这时候依然提出了自己的看法。

"父辈们将土地握在手里，不准子女掌管，这是不对的，也是不合法的。不过最坏的事情是他们做事没有头脑。如果他们和贵族们商量好的话，对于森林这件事早就妥善处理了。"

"是吗？一块大约十五英亩的森林，他只拿两英亩的田地作为交换，我们当然可以要求用四英亩来换取。"

"要求？这恐怕是政府的事情吧。"

"他们都和贵族是一伙的。""这可不一定。政府的官员们已经提醒过他们不要答应两英亩的买卖，这样的话贵族就只能多出一些了。"巴尔塞瑞克反驳道。

马修低声提醒道："喂，铁匠进来了，后面还跟着一个老头子。"

他们回头看去，发现铁匠正和一个老头子相互搀扶着站在酒店门口。他们都已经喝了酒，极力向前挤着，一直来到了吧台前面，但是只站了一会儿，就被犹太人请进了单间里。

"他们这是来参加乡长家的宴会的。"

"不会吧，他们家的孩子也在今天接受洗礼吗？"安提克疑惑道。

普罗什卡回答道："嗯，是这样。父辈们都被邀请了。村长是教父，巴尔塞瑞克的妻子是教母。据说那个老波瑞纳为此很生气。"

巴尔塞瑞克高声问道："但是，那个老头儿又是谁？"

乔治回答道："他便是弗拉贵族的弟兄亚瑟克！"

他们不由自主地站起身来望着他。亚瑟克先生这时候正向人群里挤着，看上去应该在找谁。之后他看到了木材厂的巴特克，便来到他的身边，和那些尔兹浦吉人靠墙边坐着。

"他怎么会来这里？"

"啊，他经常到各个村庄里闲逛，和农民们交谈——偶尔还会给他们提供帮助——演奏一下小提琴，或者教那些女孩子唱歌，可能他的精神有些问题吧。"

"算了，乔治，你还是接着说吧。"

"噢，是关于森林的？——刚才说到我们不能将这种事让那些老头子去解决，他们只会越弄越糟。"

安提克终于也提出意见："不错，但是我们可以这样做，如果他们开始砍伐我们的森林，我们便一同去将他们赶出去，一直到贵族松口了才行。"

"在克伦巴的家里他们也这么说过。"

"是说过，不然又该如何呢？没有谁愿意这样的。"

"我想农场主应该愿意。"

"不一定都会这样的。"

"一旦老波瑞纳出面组织，我想所有人都会的。"

"这可不一定。"巴尔塞瑞克高声质疑着，"我觉得，我们应该让安提克做我们的领头人！"

他的提议被大多数人赞同。不过乔治的经验丰富，也读过不少书，从一个学者的角度提醒道："战争是不能解决问题的，所有的事情都应该让法律判决，依法裁判。我们应该去城里请个律师。"

但是，没有一个人赞成他的说法，甚至有人感到很可笑。看到这种情况，他生气地说道："你们总是说那些老头子是些蠢货，可你们自己不也是如此！全是一堆蠢货，只知道说些废话，如同小孩子玩耍一样。"

此时有人喊道："瞧瞧，老波瑞纳进门了，后面还有雅歌娜和另外几个女孩子。"

安提克原本想跟乔治说话的，这样一来，又停了下来。

他们将近傍晚才出门，是在吃了晚饭之后出来的。老头儿实在是受不了幼姿卡的哭闹和娜丝特卡的乞求，她甚至还让雅歌娜也过来请求他。吃过午饭的时候，她也说过想来这里听听音乐，但是他却冷淡地说不准她踏出家门！

她再也没有说什么了，只是躲在房间里哀泣，还将门弄得一直响，不时地走来走去，就像是暴风雨要来临一样。在晚餐时间，她不吃东西，一直打扮着好像就要出门似的，从衣橱里拿出最漂亮的衣服穿在身上。

老头儿又该如何呢？他咒骂着，独自言语着，说他是不会出门的——可是最后他还是不得不向她求饶，无论如何，还是先去酒店吧。

他一进酒店的大门，一副盛气凌人的样子，只向很少的几个人问好，因为这里和他一个辈分的人不多，他们大多数都到乡长家里参加洗礼宴会呢。他寻找着这里面是否有他的儿子，可是人实在太挤了，他没找见。

而安提克却一直看着雅歌娜，她就在吧台边上，男孩子们都上前邀请她共舞一曲。她没有同意任何人的邀请，不过却很高兴地和他们说着话，眼睛偶尔快速地扫过什么。此时的她是如此让人着迷，他们全都爱慕地看着她——在场的女人中，她是最美的一个。娜丝特卡也在这里，她一身鲜红，就像一朵高傲的蜀葵花。而维纶喀·普罗什卡就像一朵艳丽的牡丹花，骄傲而冷漠。索哈的女儿只是个小姑娘，看上去瘦弱纤长，温柔甜美，可爱至极！还有很多漂亮的姑娘，皮肤紧致洁白，都是村子里很会跳舞的女孩。不过没有谁，没有任何人有雅歌娜那么优秀。

她漂亮的面孔，美丽的衣裙，还有一双神奇的淡蓝色眼睛，她比任何女人都要优秀。就像是玫瑰在月季、牡丹或罂粟花的身旁，总能令它们失去光彩。她也一样，将所有女人的光彩都夺了去。此时的她娇艳得就像还未出嫁的姑娘，下面是一件绿白相间的艳丽黄衣，上身是一件装饰着金丝的深蓝色小礼服，领口很低，将雪白的胸部露出了一半，亚麻布做成的内衣装饰着漂亮精美的花边。颈部和手上还戴了很多珍珠翡翠饰品，丁零零地响。头上戴着一块有粉色圆点的蓝色丝巾，垂下的一角落在背部。

　　因为她的穿着和佩饰，很多妇女都在背地里议论她。不过她并不在意这些，她早就发现安提克了。她兴奋得脸颊泛红，回过头看了她的丈夫一眼。他和犹太人说了一句什么，就走进单间去了，还没有出来过。

　　安提克等待的就是这个机会。他马上从人群里挤了出来，热情地向他们问好。不过幼姿卡却没有搭理他。

　　"你们是来这里听音乐，还是过来参加玛格丽特的订婚典礼的？"

　　雅歌娜兴奋得嗓子有些嘶哑："我是来听音乐的。"

　　他们一起站了没多久，两人都没再开口，有些喘不过气来，彼此只用眼睛相互望着。跳舞的人推搡着他俩，将他们挤到了墙角。西蒙已经和娜丝特卡回去了，幼姿卡也不知去了哪里，只有他们俩还在这里。

　　他对她耳语着："我每天都在等待……期盼着你出现！"

　　她不由得发抖了："我又如何出门呢？我已经被监控起来了。"不久两人的手不由自主地牵了起来，他们紧紧地靠在一起，背靠着背，脸色苍白，眼睛里充满了激动的泪水，心里边响起另外的不知道什么乐曲。

她低声请求着："请你放开我，离我远一点。"周围已经有不少人盯着他们。

他没有回答，紧紧地搂着她的纤腰，将人们推到一边，带着她进入跳舞的人们中间，对着乐师们说道：

"噢，奥伯塔舞曲，棒极了！"

他们马上演奏了起来，低低的提琴声很是悦耳。他们都很了解当安提克心情愉悦时，会很豪爽地给他们一杯酒和小费。

他的朋友们也应和着他的节奏——普罗什卡、巴尔塞瑞克、乔治那些人都追随在他的左右。马修的身体还没有完全恢复，只好坐在一旁，双脚踏地为他们喝彩。

安提克疯狂地跳着舞，不久便成了他们的领头人，不停地向前进，速度越来越快，脑子里什么也没有，什么都阻挡不了他。雅歌娜紧紧地贴在他的身上，不时地向他求饶，大口喘着气：

"继续，安提克！请，请你继续跳！"

他们不停地跳着，偶尔停下歇息一会儿，喝杯酒，之后再继续跳，压根没留意到不少人正看着他俩，暗暗或者明目张胆地嘲讽着。

安提克丝毫不在意这些，她已经在他的身旁，他紧紧地搂着她，兴奋的她将漂亮的淡蓝色双眼紧紧闭着，他已经忘记了自我——忘记了所有人和这个世界。他已经热血沸腾，忘记了一切。他带着她一起——宛如一条火龙！——她不想抗拒，也抗拒不了，他如此强横，紧紧地搂着她向前。她的眼前偶尔变得暗淡，除去年轻的幸福和难以言表的愉悦，将一切都抛在脑后。他的浓眉大眼，是如此深沉，鲜红的嘴唇不停地诱惑着她！

小提琴依然在不知疲倦地演奏着，乐曲就像夏天的风儿一样温暖，将血液燃烧了起来，让心也跳得更加欢快了；低沉的大提琴也咚咚地发出愉悦的曲调，让那些舞蹈者的双脚也为之唱和；而笛声悠扬，就像三月的画眉鸟一样迷人，让人不由得敞开心扉，欢呼雀跃，让你浑身战栗，大脑也迷糊了起来，像要窒息，让你既想大哭，又想大笑，很想大声地叫喊出来，很想抱起一个人狂吻——一起飞起来，飞到世界的另一边！

他们不停地旋转着，众人都被他们震撼了，乐师们旁边装酒的桶也摇晃了起来。

舞池里正在跳舞的有五十多对，都在疯狂地扭动着。房间的光线也摇曳不定，这时火炉中的木炭闪着红色的光芒，照射出那些稍纵即逝的人影，一片朦胧，就连是男是女都分辨不清。只能看到那些摇摆着的戴在头上的纱巾、衣裙、绸带、围裙、通红的面颊、闪亮的双眼，听到放肆的大笑声，还有歌舞声和尖叫声——那些旋转跳跃着的、大喊大叫着的人们融合成一团！

跳舞的人里安提克是最活跃的，脚底使劲跺着地板，像一阵风似的飞速旋转着——五体投地，人们都以为他是摔在了地上——不久他又大声叫喊着站了起来，让乐师们跟上他的节奏——他像飓风一样旋转着，谁也跟不上他的脚步。

他就这么跳了一个多小时，一点都没觉得疲倦。周围的人一个个地退下了，乐师们也累得不想动，他丢给他们不少小费，让他们跟上他的舞步弹奏起来。之后，只剩下他与雅歌娜还在跳着舞。

妇女们看到他的疯狂劲头都忍不住高呼起来，一边指责着，一边对老波瑞纳深表同情。幼姿卡听到那些，虽然表面上对于哥哥安提克的行为很不高兴，实际上是继母的行为更令她生气，她便跑去向她的父亲告状。不过老波瑞纳正和几个老头，还有他的女婿一起商量事情，根本就没有听清楚她说的话。

"就让他们跳好了，酒店里就是让人们跳舞的。"他回答道。

她生气地出去了，不过却在一边仔细地盯着他俩。这时他们正好结束一曲，和那些年轻人一起站在吧台附近。此时的氛围很是轻松愉悦，安布罗斯已经喝醉了，正在讲着一些稀奇古怪的事情，让那些女孩子们害羞地将脸埋在了围裙里，而男孩子们则哈哈大笑。安提克请他们喝酒——先和他们喝一杯，要求他们一定要喝，然后亲热地拍拍男孩子的肩膀，将糖果一堆堆地塞到女孩子们的手里——他是想也这样对待雅歌娜。

他们一直这样吃喝玩乐，每个人都很高兴。就连尔兹浦吉村的大地主也来到这里，与利普喀人言和，一起喝上几杯。他们之中还有不少人请姑娘们跳舞，她们欣然同意。这些人的行为可比丽卜卡村的小伙子们斯文得多，很有礼貌地邀请着女客。

和安提克一起的那些人自娱自乐，并没有和其他人搅在一起。他们都是些小伙子，而且又是丽卜卡村的上等人物。而他呢，虽然不停地和他们说着话，事实上是他自己都不明白他说了什么——他并不在意。他不想伪装，也不会伪装，此时他的行为全是发自内心的。反正在他眼里没什么区别！他不停地对着雅歌娜轻声耳语，逐渐将她推到了墙壁上，双臂拥着她的纤腰，手里是她的小手，他真想就在这里亲吻她。他的眼神蒙眬，透着野性的美，心里正掀起狂风巨浪，盯着那一双美丽的蓝色眼睛，明白了她对自己的爱意。他已经变得勇敢无比，他内心的自豪感已无以复加，心里充满了骄傲，真想大声呼喊出来。因此他不停地喝着酒，也让雅歌娜多喝点，让她醉得晕晕乎乎的，不明白是怎么了。有时音乐停下来，酒店里的喧哗的声音也低了些，她才会稍微冷静一下，惶恐而又疑惑地看着周围，好像在向谁求助——到底是在求谁呢，她也说不清楚。这时的她真想躲开，不过他就在旁边看着她，眼里的情欲将她点燃，一时间她的脑海中又是一片空白。

这样的状况持续了很久。安提克请在座的所有人喝酒，犹太人很乐意为他服务，每喝完一升酒就会在门板上记录下来。此时他们已经喝得有些神志不清，全都下去跳起舞来，觉得这样可以更清醒一点。安提克和雅歌娜在前面带头。

正在此时，老波瑞纳从房间里出来了，妇女们对于此时的状况很是震撼，便去将他拉了过来。他一下子就清醒了，非常生气。他戴上头巾，穿好外套，拿上帽子，挤到了雅歌娜的身旁。人们都给他留个通道，发现老头儿已经气得脸色惨白，眼睛凶狠地盯着前方，都感到畏惧。

安提克和雅歌娜跳到了这边，他高声命令着："回去！"本想抓住她的手臂的，不料安提克一个旋转就将她拉到了一边，她无法从他的怀里挣脱开。

看到这里，老波瑞纳一下子跳上前，挤进正在跳舞的那些人里，将她从安提克的怀里扯了出来，紧紧地拉着她，离开了酒店，他再也没有正眼看他的儿子。

乐队也停了下来，酒店里顿时安静异常，人们都像石像般一动不动。每个人都料到马上将发生一件很恐怖的事情。安提克这时已经追了出去，将人们如同麦子一样推到一边，跑进了黑夜里。不过忽然之间暴露在寒冷的空气里，他有些神志不清，撞到了房子前面的一个树干上摔倒了。但是，他很快就爬起来，在池塘的转弯处赶上了他们。

老头儿高声说道："滚远点，不要骚扰别人！"

雅歌娜大叫着跑回了家，不过幼姿卡却拿过一根粗大的木头塞给父亲，高声说道：

"将那个浑蛋打走，父亲！将他打倒！"

"放开她……不要为难她！"安提克精神不对头，大叫着，而且还捏着拳头想大打出手。

"我再说一遍，滚远一点，看在上帝的面上，我会将你看成一条狗收拾掉的，快滚！"老头儿高声嚷道，打算狠揍他一顿……安提克垂下双手，不由自主地向后退去。忽然内心里涌起一阵惧怕，让他浑身颤抖，就这样看着父亲向家里走去。

当父亲走远，他不想再追过去，站在一边浑身颤抖，思维混乱，疑惑地看着周围。一个人也没有，月亮挂在天空，照得雪地上一片晶莹，安谧的纯白色让一切物体显现了出来。他甚至不记得刚才是怎么一回事。没过多久，朋友们听到人们说起他和父亲大吵了起来，奔过来帮助他，将他带到了酒店里，到这时他才清醒了过来。

这时候节目已接近尾声，天也完全黑透了，人们逐渐向家里走去。酒店里空了下来，不过道路上却有许多人吵吵嚷嚷着。酒店里那些尔兹浦吉人还在，他们今晚将留在这里。亚瑟克先生又在众人面前弹奏着悲伤的乐曲，他们都安静地听着，将手放在餐桌上，头靠在手臂上，低声叹气。安提克独自郁闷地坐在墙角，虽然犹太人说酒店就要停止营业了，他却丝毫没有反应。他听不懂也没有听到他所说的。之后汉卡听说了他们父子吵架的事情，来到这里找他，他这才完全清醒了过来。

"你来干什么？"他大声吼道。

"快回去吧，已经很晚了。"她哽咽地请求着。

"你一个人回去。我不会和你回家的！——走，你快走！"他的语气中带着胁迫。然后他的心里忽然升起一种难以形容的冲动，来到她的身旁耳语着："即使让我进监狱，用铁链将我绑起来，将我的双手双脚全都束缚住，也要比和你在一起自由——不知道要自由多少！"

汉卡马上走了出来，难过地哭了起来。

此时月亮隐藏在云层里，一切明朗而又安谧。树木长长的影子映在地上，寒霜侵袭着路人，偶尔传来篱笆断裂的声音，亮晶晶的雪地上传来一阵阵安静的沙沙声。黑暗中只有这个微弱的声响，一切都安静无声。村民们早已上床休息了，人们的窗户里不再有灯光透出来，狗们也异常安静，磨坊里的水车也是静悄悄的。安提克还可以听到安布罗斯在路上高声歌唱，他喝醉了都会这样，就像是在幻境中，朦朦胧胧地传到耳朵里。

他慢慢地沉重地向前走着，走过水车旁，偶尔停一停，迷惑地从这里看向那里，惶恐地回忆起父亲凶狠的话语，父亲说过的话还在他的耳边回响着，那冰冷、凶狠、悲伤的双眼就在他的面前，如同一只锋利的剑刺向他的心里！他不由自主地向后倒退着，心里涌起一阵惊惧，情绪低落，汗毛都竖了起来。经过这种情况，他心里的冲动——顽固的爱情和热情——都冲淡了，心里只有对死亡的恐惧、一种令人颤抖的恐惧，还有一种悲哀的无力和绝望。

之后，他不由自主地向家里走去。没过多久，听见从教堂那边传来一个人悲伤的哭泣声和叹息声。有人倒在了雪地坟墓旁的石像下，双臂伸展着，如同被钉在了十字架上，不过石像挡住了光线，他看不清这是谁。他低下头察看着，以为是那些没有家的流浪汉，应该是喝醉了。上帝啊，那个人竟然是汉卡！

"快回去吧……天气太冷了……过来，汉卡！"他低声请求着，不由得有些心软。可是她一句话也不说。因此他扶着她，一起向家里走去。

一路上没有人说话，不过汉卡一直伤心地哭着。

第八章

过了主显节，老波瑞纳的家里就好像墓地一样冷清，没有人哭泣，没有人吵吵嚷嚷，更没有人吵架，只是在这些不安的沉默之下，隐藏着仇恨，还有压抑着的愤怒。

房子里没人愿意开口说话，氛围有些阴沉，好像随时都会发生一件恐怖的事情，他们好像住在一个任何时候都有可能倒塌的房子里。

那一天回到家里，一直到第二天，老波瑞纳都没有批评过雅歌娜一句。他也没有在多明尼克大妈面前抱怨，对于那件事他一句话都没有说。

不过他的心里却很是气愤，不久便气出了病，都病得无法下地了，不时地头晕，身体疼痛，并且经常发烧。

多明尼克大妈拿来烧热的水给他擦拭身体，并做出诊断："没多大事的，不过是肝炎而已，不然就是内脏有些移位了。"他没有回答，只是沉重地叹了口气，盯着天花板。

她说："这也不是雅歌娜的错，真的不是！"声音低低的，好像担心别人听到似的。他还没有说起过昨天晚上的事情，她感觉很是不安心。

"那又是谁的错？"他生气地问道。

"她有什么错？你将她丢下，一个人去房间里喝酒，乐师们演奏音乐，每个人都在大厅里唱歌跳舞。哦，她就应该独自坐在墙角吗？她还如此年轻健美，当然需要享乐。算了，是他强迫她的，她也只好同意啦。她又能怎么样呢？那里的每个人都可以自由选择别人和自己跳舞。他　　都是他的错！他偏偏挑中了她，不放过她……想必是因为对你的仇恨！"

"你继续给我揉一下，让我尽快好起来，我可不会听你这些鬼话。我很清楚这是怎么回事。"

"你真有这么聪明？那想必你很清楚年轻健美的女孩子都喜欢享乐的。她又不是块石头，又不是个老太婆，她有了丈夫之后，她的丈夫就有责任陪伴她。她又不是衰弱腐朽的退伍士兵，只能和一堆念珠相伴！不！她可不是这样！"

"那你又怎么会让我们结婚的？"他嘲笑道。

"怎么？当初是谁像只狗似的哀求我？难道是我逼你们结婚的？我是否欺骗过你……或者她？哦，丽卜卡村随便一个有钱人都愿意娶她，她的追求者可不少呢！"

"是有很多人追求她，可是愿意和她结婚的却不见得有几个。"

"真是条乱叫的疯狗！但愿恶魔撕掉你的舌头！"

"噢！说出这种话，你不觉得害臊？"

"这哪里是实话，这可是最肮脏的丑话！"

他将毛毯搭在身上，面对着墙壁，对于她激烈的争辩不置一词，最终她忍不住大哭起来。他轻声讽刺道："'女人啊，如果在话语上失败，便用眼泪做武器，并一心以为会战无不胜。'"

关于这个问题，现在他已经固执地坚持着自己的看法。他生病躺在床上，头脑中不停地回想着从前别人对于雅歌娜的议论，他一遍遍地思考着、总结着，做出结论——现在他很气愤自己只能躺在床上，每天只能在床上翻滚着，暗暗诅咒着别人，他那锋利的眼神一刻不停地看着雅歌娜的每一个动作。她脸色苍白，精神萎靡，如同做梦般在房间里走动着，好像被打了的小孩子似的，满眼渴望地看着他，不停地叹着气。他忍不住对她心生怜悯——但是她不断地叹息却让他的心里更加忌妒了。

这样的状况一直延续到了周日。她原本就是个很敏感的人，再也受不了这样的日子了，就如同第一次经受严寒的娇嫩的花朵，慢慢地萎靡下去。她的脸色也越来越差，寝食难安，什么事也做不好，不论做什么，总会出错，而且她的心里一直惶恐不安。老头儿仍旧躺在床上哼哼着，从不会好好和她说话，并且总是用阴沉的充满敌意的目光看着她，看得她再也忍受不下去了。她不禁觉得活着真是一种煎熬，并且她再也没有了安提克的消息，内心满是悲痛和惶恐。过了主显节，虽然她冒着危险，去过几次草堆，可是他并没有出现，而她又不敢在别人面前问起安提克。此时的她真厌恶这个家，在白天的时候数次出门回娘家去。不过多明尼克大妈总是在探访病人，抑或在教堂里，如果碰巧在家的话也是忧虑地看着她，凶狠地责骂她。年轻人也是阴沉着脸走来走去，因为西蒙主显节那天在酒店里花了四兹罗提喝酒，他的母亲用木棒子狠揍了他！因为无聊，雅歌娜也会去邻居家转转，不过在邻居那里，她还是觉得不好过；虽然他们没有将她赶走，而且很和蔼地和她说话，很小心地斟酌着每句话。他们对于老波瑞纳卧病在床都深表同情，并且不停地抱怨着现在世风日下。

幼姿卡也不断地招惹她，让她不好过。这段时间主人的情绪一直很差，怀特克也不再像之前那样聒噪了。因此谁也不搭理她，她一点安慰也得不到，更不用说有什么娱乐了。只有等到晚上，彼德将所有的活儿都做好了，就会在马棚里给她演奏提琴曲，老波瑞纳不让他在房子里面拉。

况且现在外面一片严寒，每天都是暴风雪，通常她走都走不出去。

又到了周日，老波瑞纳的身体虽然没有完全好起来，但可以稍微下床了，他穿上厚厚的棉衣抵御严寒，索性出来看看。

他到不少人家里探访，看上去是想过去烤火的，抑或说些正经事，还有一些之前他见了都不问好的人，如今却十分愿意和他们闲聊。他总是不经意地提起酒店里发生的那件事，将它说得十分好笑，他说那时候是他喝多了。

人们很是吃惊，只得顺着他的意，聪明地赞同着他的观点，不过谁也不会真的相信。他们很了解他的骄傲自负，即使被人就这么用火烤着，他也不会求饶的。

他们很清楚他过来是想告诉他们那已经传播开来的流言是假的。

不过村长老西蒙依然像平常一样，直截了当地跟他说道：

"一派胡言！——'一个谎话加上两个谎话就是三个谎话了。'流言就像野火，你不可能依靠双手将它扑灭——那样只会让你的手受伤。——我记得在你举行婚礼之前跟你说过，现在再告诉你一次好了，'要一个都可以做你女儿的妻子，只会招回家一个连圣水都不怕的魔鬼。'"

他气愤地回家去。雅歌娜原本想只要他能下床了，那么事情就能解决了，顿时轻松了不少，希望可以像从前一样和他说话，讲些笑话，愉快地面对他。不过他的回应却让她大吃一惊，听了那些她不由得浑身颤抖，而且他对她的态度并没有一点点的改观。如果做错了点什么，他便责备她，逼迫着她像一个下人般干活儿。

从那之后他亲自管理所有事情，什么都亲自动手，独自掌管着一切大小事情。身体好了以后，在白天，他便和彼德一同碾麦子，在粮仓里筛麦子，从来不离开家门。夜晚的时候也留在家里修补马具，顺便修理坏了的器具。她一出来，他便跟上她，还将她周日外出穿的衣服锁起来，将钥匙随身带着。

她很苦恼，特别苦恼！一点点的过错他便责备不休，不再赞扬她，再也不将她当成这个家的主妇。有什么事情他也只和小女儿幼姿卡讨论，向她说明那些她不懂的事情，嘱咐她掌管好所有的事情。雅歌娜好多天都待在房间里纺织，精神很是萎靡。她在母亲面前诉苦，虽然母亲也替她说了不少好话，不过没什么效果。

老波瑞纳说道："她是这个家的主妇，想做什么就去做好了，她什么都有了。只是她做的事对她的身份是个侮辱，如今只好让她做些别的！你记住了！去跟她说，我还能行动一天，我就会维护我的利益，以免成为人家的笑料，被人戴了绿帽子！你叫她好好记着！"

"噢，上帝啊！她又没有做过对不起你的事情！"

"哦，如果她对不起我，我也不会这样说，也不会这样做了！她居然和安提克纠缠不清，我已经觉得无法忍受了。"

"啊，那不过是在酒店里……跳个舞而已……而且在那么多人面前！"

"啊哈！只是酒店里吗？是这样？"他猜测上次找见她的围裙的时候，她必定是和安提克去约会了。

不，他不可能被说服的。对她的忠诚爱意已经渐渐消失，他已经知道如何对付她了。之后，他说道：

"在别人的眼里，我一直都是个好心肠的人……但是，'谁用皮鞭对付我，我一定会拿出棍子对付他'！"

"责罚那些做错事的人是没什么，只是要注意不能乱打人。蒙受了冤屈的人可是会报仇的。"

"我想捍卫我的权益，这很正确。"

"的确，只是你应该先了解一下你有多大的权益。"

"你是在威胁我吗？"

"我只是将我所想的说出来而已。你太自负了，小心一点，'诅咒别人的人，也会受到相同的诅咒'。"

"我已经听得够多了，你的那些名言警句！"老波瑞纳气愤地回应道。

多明尼克大妈明白他不会有所改变，只好作罢。她很想这场冷战会逐渐消退，事情会有所好转，不过他的态度依然没有丝毫转变，一如既往地严厉苛责，还能感觉到他从中得到的残忍的快感。在夜里偶尔他听到雅歌娜的哀泣声，他不由自主地走出去来到她的身旁——不过想了一会儿便又回到窗户边向外看着。

就这么又过了两周，事情还是没有丝毫转机。雅歌娜已经身心俱疲，神情忧郁，形容枯槁，一点都不想出门。在别人面前她丢尽了颜面，每个人都听说了老波瑞纳家的事情。

这样下去，老波瑞纳家越发地阴沉哀伤了，简直成了恐惧和沉默之所。

的确，已经没有几个人来他们家探访了。乡长对于伯锐那没出现在他儿子的洗礼典礼上很是生气，再也没来过他家。多明尼克大妈的儿子不时地过来探访一下，娜丝特卡也会带上卷线杆前来，但她只是想来看看幼姿卡或者与西蒙幽会。罗赫偶尔也会来，不过一看到他们阴沉着脸，立马就离开了。

不过铁匠是每天晚上都过来，并且总是很晚才离开。他一来就开始批评雅歌娜，因为这个他又获得了老波瑞纳的信任。多明尼克大妈也是每天都来，每次都是教导雅歌娜应该温顺谦和，重新得到丈夫的欢心。

可是没什么效果。雅歌娜不可能贬低自己，即使是让她去死，她也不会这么做的。与此相反，她越来越气愤，并且更加想和他的统治作对。雅固丝坦卡可是花了不少心思，让她加强这样的想法。

一次，她这么告诉雅歌娜：

"唉，雅歌娜，我真为你感到气愤——的确，我一直都将你看成亲生女儿的！那条疯狗居然这么对你，而你居然像头绵羊一样忍受着！如果是其他的女人，一定不会如此。哎，一定不会这样的！"

"那又能如何呢？"她也快受不了了，忍不住问道。

"你的善良是不可能制服恶魔的，只会令你的状况更加难堪。他将你视为下等的仆人，你居然也顺从了。据说他将你的物品都藏起来了，而且总是跟着你，总是对你恶语相加，但是你，你又是怎么做的？唉声叹气，等着上帝来拯救你。哦，你要知道上帝只会垂怜那些自救的人！如果我是你，我一定会有主意的。首要的，就是将幼姿卡揍一顿，让她不要再干涉家事。你不就是这个家的主妇吗？——再者，我一定不会什么事都迁就丈夫。他喜欢吵架？那让他吵下去好了。不错，就应该如此！如果让他压制着你，那么不久之后一定会对你动手……之后会怎样对待你，可就说不定了。"

"但是首要的——"她对雅歌娜耳语着，"要给他这条牛犊断奶。逼着他只能一个人生活，就像是进不了门的小狗。不久之后你就会发觉他变得温顺文雅了。"

雅歌娜转过头，想藏起羞红的脸颊。

"啊，你害羞了？小傻瓜！噢，每个人都会如此，并且一直会这样做的。这并不是我发明的。畜生总不会放过咸肉，就如同男人对女人的诱惑那样！特别是他那种老头儿，他越发放纵，而且又难以在其他地方寻得安慰。——就按我说的去办吧，不久你就会对我心存感激的。——对于那些你与安提克之间的传言，不要太在意，即使是纯洁的白雪，也会有人诬蔑为乌鸦的。但是这世上的事情就是这样的：善良的人只是动动手指，人们便不停地责骂；傲慢自大的人想做什么便做什么，却没有谁敢说一句话，还像狗一样地向他们献媚。这个世界是由那些强大、勇敢、坚决的人决定的——啊，当我还是个姑娘的时候，也有不少人诋毁我……你的母亲也是——那件事是关于佛罗瑞克的……村里的人每个人都听说过。"

"不要将我母亲扯进来！"

"哦，算啦！我倒希望她能永远是你心中的神……每个人的心里都需要一个神的。"

她不停地向雅歌娜灌输着新的理念。不久，她便主动说起了她和安提克之间的故事——不过都是瞎编的，还是挺神奇的。雅歌娜很仔细地听着，不过很小心地压抑着自己的心事。她每天都在回想着老太太给她的建议。这个晚上，在铁匠、罗赫、娜丝特卡面前，她对丈夫要求道：

"请你将衣柜的钥匙交给我吧！我要将柜子打开晾一晾。"

娜丝特卡在旁边偷偷笑着，他想拒绝又有些难为情。当她将衣服都收拾好了之后，他让她将钥匙交回来。

"衣柜里的衣服都是我的，钥匙就放在我这里吧！"她鼓起勇气说道。

这个傍晚，家里的情况终于有所转变，他们就如同生活在地狱里。她变得和老头子一样固执，当他骂她的时候，她便马上高声反驳，就连外面的行人都听得到；而且一逮着机会便教训幼姿卡，还痛扁了她几次，小姑娘只好哭着让父亲评理。可是什么效果也没有，之后如果幼姿卡还不服从的话，只会招来更厉害的惩罚。夜里她跑到过道的另一侧，将丈夫一个人扔下，还叫去彼德，让他给自己演奏小提琴曲，小提琴声一直响到深夜。周日的时候她便穿上最漂亮的礼服，先出门去教堂，将老波瑞纳丢在后面，路上不停地和工人们说着话。

对于她的改变他觉得很不可思议，而且很是气愤，不过却努力不让别人知晓。他不希望被别人制服，不久之后，他便装作看不到她的胡闹，希望宁静地生活。

某一天他在雅固丝坦卡面前吃惊道："噢，真是个不错的女主人，从前的她就像一头小绵羊——一头最温顺的小绵羊；但是现在，她居然变成了公羊，还学会了用羊角欺负人了！"

雅固丝坦卡气愤道："她也发福了，她吃的草料可不少呢！"哪个人和她站在一边，她便对他好。"我跟你说，你应该趁早拿起棍子将她的任性扼杀掉，以免以后即使拿起棍子对她也没有用！"

他骄傲地说道："伯锐那家族可没有这样的规矩！"

她凶狠地说道："只是我猜测，即使是伯锐那家族，迟早也会落到这种地步的！"

没过多久，圣火节刚刚过去，一天下午安布罗斯过来通知他们，明天神父会过来为他们祈福。

一个上午他们都在匆忙地清洁房屋。老头儿听到雅歌娜因为幼姿卡的一点过错不停地责骂着她，终于听不下去了，便去外面清扫着房屋周围的积雪。所有的窗户都打开透气，角落的蜘蛛网也被清理干净。幼姿卡将沙子撒在过道上，每个人都穿着最漂亮的衣服，因为神父将在附近巴尔塞瑞克家做祈祷。

没多久，神父便坐着雪橇来到了门前，他的袍子外面还套了一件法衣，风琴师的两个儿子也穿着唱诗班特有的衣服站在他的两侧，一同向房子里走去。老波瑞纳的手里拿着盛满圣水的碟子，在前面走着。神父一边用拉丁语念着祷告词，一边将圣水洒在屋子里，然后为这个房子和它的主人所有的财产祈福，在房子周围念着颂词。风琴师的儿子在他的两侧，齐声唱着圣诞颂歌，手里不断地摆动着一个小铃铛。老波瑞纳一直端着圣水在前面走着，别人都在他身后排成一列。

祈祷仪式完毕之后，神父在房间里休息，伯锐那在彼德的帮助下，将一百升燕麦和五十升大豆放在神父的雪橇里，神父正在房间里听着幼姿卡和怀特克向他重复着祷告词。

他们已经记得很牢了。谁教过他们？他很困惑。

男孩子鼓起勇气回答道："这是库巴教给我们的，罗赫还教我念过小祷告书里的教义问答！"神父抚摸着他的脑袋，分别给他们两人两张卡片，然后教导他们要遵从长辈的旨意，要时时祷告，不能犯罪。"不管我们去到哪里，撒旦都会仔细观察着我们的一举一动，稍不注意就会被他拉向地狱。"然后他提高了声调，严肃地警告着：

"你们记住了，没有什么事情，能够逃脱上帝的法眼。因此一定要记住，审判日和世界的末日终会来临的，在还来得及的时候，赶紧忏悔，弥补过错。"

两个小孩不禁哀声痛哭，就像去教堂里听布道似的。雅歌娜听到这些，也不由得心跳加速，脸色涨得通红，她很清楚这些话是说给她听的。当马西亚斯·伯锐那刚回到家里，她便借口走出了房间，没有勇气抬头看一眼神父。

房间里就剩下了他们两个人，神父说道："马西亚斯，有些话我想和你说一说。"他招呼主人坐在自己身旁，然后轻轻咳了咳，将鼻烟送到老波瑞纳面前，又拿出香香的巾帕擦一下嘴巴，将指节捏得咔咔响，接着平静地开口了："听别人说起——不错，马西亚斯，正是不久之前酒店里的那件事情。"

主人勉强笑着说道："的确，每个人都听说过，是有这回事。"

"不要去酒店，不要带着妇女去酒店，我可是和你说过不少次了！我不停地警告着你们，已经口干舌燥了……却没有效果！——哦，你终于受到惩罚了吧——但是，感谢天主，在那件事里，还好没有发生太严重的过错。我重申一次：没有发生很严重的过错。"

"真的没有？"老波瑞纳终于轻松了不少，他很相信神父的话。

"不过我也听人说因为这件事你对妻子进行了严厉的处罚。这是不对的，这也是种过错。是一种犯罪。"

"真的吗？我不过将她看守得紧了一些。我不过想……"

神父没让他继续说下去，激动地说道："这都是安提克的过错，不能责备她！他只是想让你生气，才会逼迫她和他跳舞，看上去他是在挑衅——挑衅。"神父很坚信这一点，对于多明尼克大妈的话他坚信无比，而这件事正是她告诉他的。——"我还想说件什么事情？——噢，想到了！你家的小母马在马棚里乱跑，你最好将它看好，不然的话其他的马就要将它踢伤了。上一年我家的母马就因为这样被踢断了腿……它是谁家的马生下的？"

"磨坊老板家的种马。"

"我猜就是这样——一看它的皮毛，还有脑袋上的白色斑点就明白——真是一匹不错的马！——但是，我们还是先说说安提克吧，你要和他最好和好，你们之间的矛盾可是会让他走上不归路的。"

老波瑞纳立刻拒绝道："又不是我先吵起来的，我也不会去哀求他结束这场战争。"

"我前来建议你，是出于我神父的使命。你是否接受，全看你的良心了。不过你要小心：安提克正在堕落，而你却不管不顾。他常常在酒店里喝酒，还带领着一群小伙子，煽动他们和长辈作对——我还听人说起——他们正准备对抗大地主呢。"

"我还没有听说过这些呢。"

"他这只羊将羊群都毒害了。他们正计划着和大地主对抗，到头来只会让村民们受害。"听了这些老波瑞纳一直没有说什么，因此神父又说道："亲爱的马西亚斯，现在我们只有紧紧团结在一起，这是唯一的对策。"他又吸了口鼻烟，然后拿起帽子戴在头上，说道："团结和友爱才能让这个世界正常运行，因此大地主才会愿意和你和解。地主已经和我说过，他并不是坏人，希望得到我们每个人的理解……"

"和豺狼住在一起，你就只好带上棍棒或者斧子和它相处！"

神父听他这么说，很是吃惊，牢牢地看着他的脸，发现他冰冷的神情和紧闭的嘴巴，马上将头调转开来，搓着手心，心里非常气恼。

"我该走了。请让我再提醒一次，你不应该如此严苛地对待你的妻子，你这是逼迫她做出对不起你的事情。她还正值青春——而且性格不是很成熟——你应该理智而且公平地对待她。对于某些事情最好假装看不见。只有这样，才可以避免一些难堪的事情发生，不然很有可能导致恶果。的确，天主会特别偏爱讲和的人。偏爱讲和的人——哦，这个是什么？"忽然他大跳着说道，刚才还静静站在矮柜上的白鸟，居然一下子飞下来啄着神父雪亮的鞋子。

"不过是一只鹳鸟而已，秋天的时候就待在这里，它的翅膀断掉一只，怀特克将它养了起来，保护着它，现在它已经完全好了。如今依然留在这里。倒是很会抓老鼠，本事可不比一只猫小呢。"

"是这样的？我还是第一次看见被驯服的鹳鸟。真是神奇！"

神父本想蹲下来摸一下这只鸟，不过它不愿意，伸长脖子准备再啄一下神父的鞋子。

"它真是讨人喜欢，如果你们愿意卖的话，我很希望买走。"

"卖掉它？不会的。但是那个臭小子想必不久之后就会将它送去你家的。"

"那我就让瓦伦丁上门取吧。"

"噢，但是，这只鸟只听怀特克的话，别人它一概不理。"

他们将牧童叫进来，神父拿出一兹罗提送给他，让他在晚上神父察探了教区之后，将鹳鸟送到神父家。怀特克痛哭起来，在神父离开以后，他将波西克带到牛棚里，不停地痛哭着，老波瑞纳前来劝阻他，告诉他鸟儿是一定要送走的。怀特克不情愿地同意了，心里难受极了，在房间里不停地走动着，眼睛都哭得肿了起来，就像一个白痴儿一样，时常跑到白鹳身边，将它亲密地抱在怀里，一直难过地哭泣着。

夜里神父回家之后，怀特克便取下自己头上的巾帕，将波西克包在里面，以免在外面冻坏；由于白鹳太沉了，他独自拿不起来，所以幼姿卡陪着他一起出门，将它带到神父家里。拉帕也跟在后面，一路上不停地大叫着。

老头儿又在认真思考着神父的建议和他真挚热烈的论断，心里也更加惬意舒服了。因此，在雅歌娜面前，他的态度也好了很多。

但是，虽然情况有所转变，但是那种恬淡心境、互相的信任已经回不到从前了。

就像是一个破碎的瓷器，即使绑上铁线修补起来，表面上看好像完好无损，可还是装不了水，只能欺骗眼睛而已。他们家现在的状况也正是如此，虽然看上去很和谐，只是心里的忧虑却从无形的裂缝里慢慢渗漏，仇恨没有之前那样强烈，可是心里的疑虑依然存在。

老头儿不停地尝试着，但是依然心存疑虑。他总是忍不住留意着雅歌娜的一切行动；而她也不会忘记他曾经对她的恶语相向，并且依然气愤不已，对于他的戒备她也有所觉察。

或许她察觉到丈夫紧盯着她不放，对她没有丝毫信任，这样一来她可能更加厌恶他，从而更加升起对安提克的爱吧。

在她的精心安排下，他俩经常去草堆里相见。怀特克成了他们的助手。在主人让他将白鸟送走之后，他压根就对主人不管不顾，毫不犹豫地站在雅歌娜这边。而她经常送给他一些好吃的，安提克还会时常送给怀特克一些钱。但是，完全说服怀特克的人却是雅固丝坦卡，雅歌娜很信任她，安提克也是，他们非常依赖她。她在两人之间承担着信使的重任，替他们做好防护，避免老波瑞纳察觉到，并且小心提防着他。她之所以这样，完全是出于内心对人类的仇恨。她曾经受过苦，所以现在要找一个人报复。虽然她对雅歌娜和安提克并没有什么好感，不过她更厌恶老波瑞纳，他可是这个村子里最富有的人之一。不过对那些穷人她也是一样厌恶，而且很看不起他们！

实话说吧，她就是个恶毒的女人……听村民们暗地里的传言，她简直是蛇蝎心肠。

她经常暗自低语着："终有一天他们会翻脸，然后像两条野狗一样厮打起来。"

冬天里没多少事可做，因此她时常带着纺织用具造访邻居家，和他们聊天，让他们互相怀疑，然后狠狠地嘲讽他们。到最后都没有人敢让她进屋了，一是因为她的舌头太毒了，其次是每个人都觉得她有双恶魔的眼睛。偶尔她也会去安提克的家里，但是大多是在他干完活回家的路上等着他，向他报告雅歌娜的情况。

神父离开之后，又过了两周，她发现安提克正从池塘旁走过。

"你听说了没有？老波瑞纳在神父面前将你说得很坏呢。"

"他只会乱叫，又有什么新鲜玩意？"他冷冷地问道。

"他告诉神父你教唆别人反抗地主，应该被抓进地狱。"

"让他等着瞧瞧！在他们来抓我之前，我就要在他家房顶戴个红色的鸡冠，将他的家化成灰。"他气愤地说道。

她马上来到老头儿面前，将这些告诉了他，老头儿想了一下说道："那个浑蛋，说不定还会这样呢！他可干过不少这种事。"

他没再说下去，没兴趣和女人谈论事情。夜晚罗赫来了之后，他将这些都和他说了一遍。

"千万别信雅固丝坦卡所说的！她这个恶毒的老东西！"

"的确，或许全是骗人的，但是从前还真有这样的事情。老普里契克因为他妻子的父亲没有公平分配地产，将他岳父的房子烧成灰烬。的确，他是进监狱了，不过房子也的确化成了灰……或许安提克也会这样。想必他真的说过些什么，她也不可能净瞎说。"

罗赫是个好心肠的人，心里很不好受，尽可能地安慰着他。

"还是和好吧。也分给他一些土地，他也是要生活的，也需要些财产。况且这样还能抚慰他，让他不再有什么借口和你争斗。"

"不可能！即使是我死了——或者变成要饭的——我也不会这么做！即使是讨饭我也会去的。只要我还有一口气，我就不会放弃哪怕一寸我的土地……他和我争吵打架，虽然狠毒，但我还能接受，但是他要是真的那么做……"

"你真的要相信这种传言吗？"

"不，我当然不信！——不过这也可能成为事实，一想到这样的情况，我真想疯掉，心脏都要停止跳动了！"

想一想可能会出现那种恐怖的事情，他呆呆地坐在一旁，紧握着拳头。他还没有证据证实雅歌娜已经失去了贞洁，不会的，他很愿意相信她还是纯洁的。不过他认为儿子不只是因为没有分得土地而怨恨他，安提克用那种放肆鲁莽的眼神看着他一定还有什么别的原因。他突然感受到他自己的心里也有这样的感觉——冰冷，怨恨，不能掩饰的复仇心理。他又看向罗赫，嘀咕着：

"我们俩是不能同时待在丽卜卡村的！"

"噢——你为什么这么说？"罗赫惊恐地说道。

"一旦我发现他做出这样的事情，但愿上帝保佑他别让我发现！"

罗赫努力安慰着他，希望他能改变注意，可是没有任何用处。

"啊，他是想让我失去家园，不是吗？——那就走着瞧！"

从这之后他的心里一直忐忑不安。每天夜里都会偷偷查看，躲在房屋角落，查看着房子周围，巡视着茅屋的下方，夜里时常醒来，一听就是好几个小时，然后下地，牵着老狗在房子周围检查着。有一次在草堆旁边发现了一个可疑的脚印，应该是有人来过。之后又在围墙附近发现了类似的脚印，更加确信安提克一定是来过这里，想逮着机会烧毁房子。他想不到安提克还会来干什么。

他在磨坊老板那里买回一条凶恶的猎犬，给它在茅草屋下安排了个狗窝，饿了它一段时间，然后用食物引诱它，将它训练得更加凶恶了。在夜里将它放出来，一遇见人便扑上去狠狠地咬，还大声吠叫，不久便将村里的一些人咬成了重伤，还有人为此举报过伯锐那。

长时间的戒备和防护，让老头子越来越虚弱了，但是双眼却愈加有精神了。

他已经决定不再在任何人面前抱怨，但是这样的话，他内心的苦楚也加剧了。

这样一来谁也不明白他为何如此狂躁。他耐心地警戒在房屋的周围，而且再次买回一条恶犬，每天晚上四处查探，让人很是费解，谁也不明白他这是怎么了。这个冬天，到处都是野狼，村子里差不多每天夜里都会有一群狼进来，人们经常可以听到狼群的哀号，它们不停地在牛圈下挖掘，将牲口拖走。并且，在春天来到之前，失窃案还越来越多。德比沙村有一个人丢失了两匹马，叙得喀庄丢失了一头猪，还有个地方丢了一头牛。因此丽卜卡村的大多数人都想办法换上好一些的锁，仔细查看着马棚，因为他们村的马是这一带最好的。时间就像钟摆，缓慢而又井然有序地向前走着——不过也没办法向前推，也不可以倒回来。

这个冬天格外寒冷，而且气候变化异常。这一年的寒霜即使是最年老的人都是第一次见到，偶尔会连下好多天的雪，然后就是几个星期的融雪期，下水道里装满了水，土地里一片乌黑荒芜。随后到来的便是暴风雪了——接着好日子就来了，天气晴朗宁静，孩子们都来到大街上，农民们满怀喜悦，老人们便在暖和的墙边享受着温暖的阳光。

丽卜卡村的一切还是按照从前的规矩持续着。年老的人死去，应该高兴的人也满怀喜悦，该生病的人也会承担病痛，等待着世界末日。他们都在上帝的指示下，就这样生生不息地生活着。

与此相同，酒店里每个周末都会响起喧哗的音乐声，人们来这里跳舞，不时地争吵，或者争斗，神父如果知道了这些就会在布道时责骂他们，并因此引起不少麻烦。克伦巴的女儿出嫁了，他们一连庆祝了好多天，光是唱歌跳舞就有三天。听说克伦巴还在风琴师那里借来五十卢布来填补开销。村长的女儿与普罗什卡氏举行订婚典礼那天，他也是大肆铺张。还有举行婴儿的洗礼仪式时也是如此，不过此时没有多少人，有不少妇女在春天的时候生孩子。

这时候老普里契克也去世了，在生病了一周之后便去世了！才活了六十四岁。村子里的每个人都来为他送行，因为他的子女们为他准备了一场很隆重的送别会。

村民们聚集在某些人的家里一起纺织，很多女孩子和年轻人都在，玩得很是愉快，欢声笑语的；特别是马修，他的身体好了之后经常出现在这种场合，不管他去哪里，都能将那里的气氛搞得活跃异常。

村民们都生机勃勃的，流言也是满天飞，不时出现一些吵架斗殴和一些有趣的事情。偶尔有些化缘的和尚来到村子里，他们见过不少新奇的东西，总能讲一些不同地方的风景和趣闻。这种人一来到这里就会停留几个星期。

偶尔政府会派人来接谁家的儿子应征。啊，遇到那种事情——人们你推我，我推你，抱怨着，议论纷纷，女孩子们伤感着，母亲也暗自哭泣，几个星期也停不了！

还有些什么事情呢？啊，玛达去酒店里当了一名女侍；伯锐那家的恶犬将瓦勒的儿子咬伤了，受害者扬言要将他告上法庭；安德鲁家的牛吃了过多的土豆，哽住了，身体胀大，安布罗斯不得已只能将它杀了；乔治在磨坊老板那里借来一百五十卢布，以一块草地作为抵押品；铁匠家又买来两匹马，村民们很是吃惊；神父大病一场，差不多一周了，苔木弗的一个神父过来为他祈福。除此之外人们还经常说起小偷，那些喜欢乱说的老婆婆编造着鬼话；还有很多人说到了野狼，据说大地主家有几头羊被咬死了；还有人说起了家里的琐事、国外发生的事情，以及一些闲言碎语——多得都记不下了。总会有那么多的话题可以说，让整个白天和漫长的黄昏有了些趣味。

老波瑞纳家的情况也是这样，不过他时常留在家里，他很少自已出去，也阻止家里人外出。因为这个雅歌娜很生气，幼姿卡也每天都气鼓鼓的，家里的日子让她快要发疯了。不过老波瑞纳并没有阻止她去没有男孩子的邻居家里做纺织活，不过也只能去这些人的家里。因此很多时候她们只能烦闷地待在家里。

某一个傍晚——在二月底的时候——来了一些人，一起围坐在房子的另一边，多明尼克大妈在灯下缝补帆布，别的人坐在火炉旁，这时的天气依然寒冷。雅歌娜和娜丝特卡在做着纺织活，纺锤发出嗡嗡声。晚饭已经拿到了餐桌上。幼姿卡正在房间里心不在焉地碾磨，老波瑞纳正坐在一边，叼着烟斗，一边吸着烟，一边思考着。

人们都感觉房间里静得可怕。只能听到炉子里的柴火发出噼里啪啦的响声，蟋蟀在墙角的鸣叫声，以及纺织机发出的声音。只是没有一个人开口说话。娜丝特卡终于打破了这片沉默。

"明天你是不是要去克伦巴家纺织？"

"罗赫说过会儿去那里，给我们讲一个关于古代君主的故事。"

"我很乐意去，只是不敢提出来。"她向丈夫看去，眼神里充满渴望。

"啊，父亲，就让我去吧。"幼姿卡也恳求道。

他没理她们。狗在外面狂叫起来，一个被叫作"颠三倒四"的亚斯叶克进门了，惊恐地到处查看着。

多明尼克大妈对他大叫道："你这个笨蛋，快将门关好！这里可不是牛棚。"

雅歌娜也说道："不要这么害怕，又没人要吃你。——你在看什么？"

"是因为那一只鸟……它可能躲在了哪个角落里，就要过来咬我了！"他断断续续地说道，惶恐地查看着每个角落。

怀特克气愤地大声说道："不用了，你再也不会被它欺负了，主人早已将它送出去了。"

"我真不明白为什么你要喂这样一只鸟，它除了捣蛋还会做什么！"

"快过来坐，别说这么多废话。"娜丝特卡将身旁的位置让出一个。

怀特克气愤地说道："噢！它不过是伤害了一些笨蛋和路边的野狗而已。它经常在房间里到处走动着，就像是高傲的贵族一样……它还会捉老鼠，而且从不妨碍我们……如今却被送出去了！"

"不要难过了，如果你真的如此舍不得那只白鸟，在春天的时候再养一只好啦。"

"我不会的！那只鸟会一直属于我的。等天气好转之后，我就会想办法将它弄回来的，想必它也很想回来。"

亚斯叶克本想追问一下怀特克想了什么办法，不过怀特克却粗声说道，他还没有想到的事，是不可能告诉别人的，只有笨蛋是总想知道人家的想法。

娜丝特卡为亚斯叶克打抱不平，所以呵斥起了牧童，她对亚斯叶克还是很看重的。

的确，他是个笨蛋，人们都这样讽刺他。不过他是家里唯一的儿子，拥有十英亩的土地，而西蒙也只有他的一半，而且西蒙的母亲很可能不同意西蒙和她结婚，因此她一定要和亚斯叶克拉好关系，如果西蒙改变主意，她还能找他。

他在她的身旁，紧盯着她，正想说点什么，此时乡长却跑来了，他早已与老波瑞纳和好如初了，在门外他便大嚷着：

"我有件事要和你说一下！明天正午你需要去一次法院。"

"是关于我的那头母牛的事情吗？"

"嗯，大地主想和你当面对质。"

"那我明天会早一点出门的，这段路可不近呢。怀特克，你现在就去跟彼德说一声，让他将东西都收拾好了。你明天也一起去作证——你有没有通知巴特克？"

"今天我已经将法院里所有的传票都拿过来了，你们去的人可不少呢。要是大地主有错，一定要让他们赔偿。"

"当然！——我那只母牛这么棒！"

乡长对老波瑞纳轻声说道："和我去另一个房间里，我有些话想告诉你。"

他们走了之后，很久都没过来，幼姿卡只好将晚饭给他们送了过去。

乡长已经多次告诫他不要与大地主抗衡，这一次又过来请求他，让他暂时将这件事放下来，等等看会出现什么情况，并且要注意不要和克伦巴那些人站在一边。老波瑞纳好像正举棋不定，心里盘算着成功的把握有多大。他并不排斥别人对他的建议，但是并不情愿和乡长站在一边，上一回大贵族来到磨坊老板家，很看不起他，他正为此生气呢。

乡长发现还是毫无结果，便想方设法地诱惑他。

"你应该听说过，我、磨坊老板，还有铁匠，早已和大地主商量好了，我们将木材运去木材厂，加工成木板以后，再运去城里。"

"唔，我是听说过。人们也经常说起，还说你并不想别人插手呢。"

"我怎么会在乎这个！我这就跟你说说我们几人之间的约定。你仔细听。"

老头儿看了看他，认真听了起来。

"我希望你也和我们站在一边。你也能运送一样多的树木。你家那两辆马车还不错，车夫只需要赶车就可以，利益还是很好的。工钱按照体积来衡量的。到了田地可以耕作的时候，你大概已经赚够一百卢布了。"

老波瑞纳认真地思考着。他又问道："你们大概什么时候开工？"

"明天就开工了。他们正在最近一块地里开始砍树了。路很顺畅，雪橇都能经过的。我的手下人周四就会去了。"

"真是糟糕！如果我可以知晓明天我会不会打赢那场官司多棒啊！"

"和我们一起吧，没什么难处的——我可以用我乡长的身份向你保证。"

老波瑞纳踌躇了很长时间。他紧紧地盯着乡长，拿着粉笔在凳子上比画着，挠挠脑袋，终于下定了决心：

"我加入你们吧。"

"嗯。在明天宣布判决之后你就去磨坊老板家，我们再详细商讨一下。不过我现在要先走一步，我要去铁匠那里取回修好的轮子，要上到雪橇上的。"

乡长兴高采烈地离开了，认为说服了老头儿和他们一起运送木材，就等于让他和他们站在了一边。

的确，磨坊老板能与大地主站在一起，他的土地又没有在本村注册过，因此对本村的树木没有什么权利。乡长差不多也是这样，他的土地是俄国人在教士那里抢回来的；铁匠也是这样。而伯锐那却不相同！他说："运送木头是运送木头，关于树林却是另外的事情。

想和解，抑或闹翻，还有很长的时间呢。我为什么不和他们一起挣些钱，同时维护我们的权利呢？反正我将会获得几十卢布的利润。不管怎样，我还是先雇个马夫，然后喂上几匹马。”

他愉快地笑了起来，搓着手，为他的主意而自豪地笑着。

“那些人的见识简直和羊群差不多，千万别将我当成一头愚蠢的小牛犊。他们才是一群笨蛋呢！”

此时他的心里非常高兴，和亚斯叶克、多明尼克大妈说一些玩笑话。同时期待着妻子回家来，心里又变得烦闷了。她已经出去有一段时间了。他沉闷地走到院子里。年轻人正在仓库里摆弄着雪橇，准备着明天的远行。他去查看了一下马棚、牛棚和围墙，却都没看见雅歌娜。他在漆黑的屋檐下站了一段时间。这是一个狂风呼啸的阴沉的晚上，大片大片的乌云飘荡在空中，偶尔落下一些白色的雪花。

没多会儿从围墙的另一侧的小径上出来一个模糊的身影。老波瑞纳赶紧冲上前去，跳过围墙，凶狠地说道：

“哦，你去哪里啦？”

雅歌娜虽然很吃惊，不过还是镇定地说道：

“我只是去散步而已。你什么事情都想问清楚吗？”

他没有再追究下去，夜里他们睡觉的时候，他回避着她的眼光，只是温柔地说道：

“明天你是否愿意去克伦巴那里？”

“嗯，我想和幼姿卡一起——如果你不愿意。”

“我要去法院一趟，就把我们的家让上帝保管吧。你还是待在家里吧。”

“不过，难道你在晚上不能回来？”

"可能是吧，或许要到半夜才会回来。看情况可能有场大雪，想回来的话有些难。但是，你想去的话，就去好了，我不会阻止你的。"

第九章

清晨的时候，就好像要下雪了。天亮以后，天上乌云密布，狂风怒吼，下起了密密麻麻的小雪，如同还没有筛过的小麦。风暴更加强劲，而且方向不停地改变着，发出阴沉的嘶吼声。

虽然天气不好，下午的时候汉卡还是与父亲跟着几位客人去树林中拾柴火。

狂风从田野里经过，大树被摇得晃动起来，树上的积雪又飘到天空里，呼啸着，然后又落向地面，如同一张被打开的白色亚麻布。在这飞舞的雪花里什么也看不见了。

他们刚走出村，便排成一列向田野中的小径走去，向森林里前进。此时在雪花的阻挡下，几乎都看不到森林了。

狂风愈加放肆了，从各个方向向他们袭击着，在他们身旁打转，不停地击打着他们，他们差不多要倒下来了。他们弯下腰看着地面，缓慢地向前移动着。狂风经过的时候，将地面的积雪和沙子带起来，吹打着他们的脸颊。

这一行人缓慢地向前挪动着，发出模糊的声响，用雪搓着手，因为严寒已经穿透他们单薄的衣衫。一些石头堆或者树木旁的积雪堆也时常阻拦着他们，他们只好从旁边走，行程也因此延长了很多。

汉卡走在最前面，经常转过身来等一下弯腰驼背、围着一块头巾的年老的父亲。他的身上是安提克已经穿旧了的羊皮大衣，腰上还有一条草编的腰带。他筋疲力尽地跟在他们后面，不停地喘着粗气，不多久就要停下歇息一会儿，搓揉一下被狂风吹出的眼泪，然后继续向前，大喊着："汉卡，我马上赶过来，别担心，我不会拖后腿的。"

的确，他是很想待在火炉旁。不过，她这个可怜的人啊！她在这样恶劣的天气下外出，他怎么能安心在家？况且家里面也是如此冰冷，孩子们冻得直发抖，他们用来煮饭的柴火也已经用完了，每天只能靠干面包过活。

汉卡紧咬着牙关，一直保持着领先——的确，她已经陷入这样的困境了：村子里最穷的人们，菲利普卡、克拉卡琳娜、老柯伯斯大妈、玛格达、柯齐尔大妈，她现在已经和这些人成为一伙的了。

一想到这些她便哀叹，但是，她已经和他们一同出来过多次了。

她艰难地自言自语道："随便他吧，随便他吧！"不断地忍耐和压抑着自己。

如果只能是这个样子的，罢了，她接受；她可以与这些迪克们一同去拾柴火，不哭，也不怨天尤人，更不会麻烦别人。

不过，又有谁会帮助她呢？或许他们会施舍一些东西给她，不过同时，也会讲一些同情她的话……那样的同情简直要刺穿她的心！……不，这一定是上帝在考验她的耐力，送给她一个十字架，或许没多久她便会得到恩赐……反正，现在她只能忍耐下去——坚决向前，不让任何人有机会怜悯或者讽刺她！

这段时间她受了很多折磨，筋疲力尽，全身各处都疼痛难忍。

之所以这样，不是因为家里的贫穷，被人嘲讽，忍饥挨饿，甚至孩子们都吃不上饭；也不是因为安提克与朋友们不停地去酒店里喝酒，将工钱都用完了，对家里不闻不问，每一次当他像条落水狗似的回到家里，她稍微劝阻他一下，他便对她拳脚相加。这些还是能够忍受的。"他心情不好，我只需耐心一些，他总会有所好转的。"——只是因为他背叛了她，这一点她是不可能忘掉的！

是的，她不会忘记的！自己已经有了妻子和儿女，却将他们放在一边，对另一个女人如此着迷！

这样的想法就像是古代的火钳一样，将她的心撕烂。

"他专情于雅歌娜，他爱她，这些都是因为她才发生的！"

她自己备受冷落、轻视和侮辱，羞耻、忌妒和想要复仇的热切愿望——这些不停地徘徊在她的脑海里，令她痛苦无比，她的心里就好像有锋利的牙齿在咬噬一般！

"啊，上帝啊，可怜可怜我吧！请你宽恕我，啊，天主啊！"她在心里祈祷着，红肿的双眼看着天空。

汉卡加快速度，狂风剧烈地吹过荒芜的小山坡，冻得她就快忍受不住了。和她一同来的那些女人却与此相反，此时都放慢速度，都落在她的身后——在雪白的田野里只剩下一些模糊的小点。马上就要到树林了，浓雾也消散了一些，树林就像是一堵厚厚的围墙一样，一下子出现在雪原上。

她急忙向身后喊道："快过来呀。到树林之后我们就歇息一会儿。"

不过他们依然不紧不慢的，偶尔还停下坐在雪堆上，歪着头躲避狂风，如同一群鹧鸪似的，叽叽喳喳地聚成一堆闲聊着。

菲利普卡有些不悦地回应道："汉卡多像一条疯狗追赶着乌鸦——还以为跑得快便可以逮着。"

克拉卡琳娜却很同情她，小声说道："真是个可怜的人儿！她已经很窘迫啦！"

"唉，罢了，在老波瑞纳家的时候她也已经暖和得差不多了，而且还见识过不少好玩意儿，如今也让她体会一下苦日子。别的人一生都忍受饥饿，还不一定有人同情呢。"

"从前她可从不向我们问候呢。"

"亲爱的，常言道：'富有时，眉毛上也能长出鲜花；穷困时，早就脚底抹油了。'"

"有一天，我想在她那里借用一个锤子，她却说那是她专用的。"

"不错，她很小气，而且自命清高，伯锐那家的人大都如此，但是我还是为她感到难过。"

"说实话，她的丈夫可真是个浑蛋。"

"如果是我的话，我必定会将雅歌娜拉到大路上训斥一番，我一定会大骂她、诅咒她，并且狠揍她一顿。"

"这样的情况很有可能发生——或许更糟糕呢。"

"那个女人是帕奇斯家的……简直和她母亲当年如出一辙。"

"我们还是赶紧走吧，风已经小了，傍晚来临之前应该还会小一些。"

不一会儿他们便走进树林，分散开来，不过隔得很近，回去的时候也好照应一下。黑夜已经将他们完全吞噬，没多久他们便看不到别人了。

这个大松林很古老，里面的树非常茂盛，而且颀长挺直强壮，树身上还覆盖着一层淡青色的苔藓，如同铜锈一般，在满目的苍翠里显露出来，还有一些灰暗的斑纹，浓密地排在一起，都无法看穿。脚下的雪地不时发出凄厉的响声，透过那一片如同草屋顶的锯齿形的树枝，可以望见上方的天空。

　　风还在上方怒吼着，不过偶尔也会沉寂下来，如同教堂里忽然停下的风琴声一样；人们也停止了歌唱，周围只余下一片深沉的哀叹声、人们的走动声，还有渐行渐远的祷告声。与此同时，树林也静止了，发出含糊的声响，如同远方的一声沉闷的雷声——听着从远方的田野里传过来的呼啸声，如同微弱的叹息一般。

　　但是，没多久，狂风再次用力鞭打着树林——打在茂密的树干上，打向深深的丛林里，在阴沉的角落里嘶吼，和一群巨人战斗——最后战败了，投降，被击倒，然后转向衰弱，渐渐在丛林里失去踪影。树林并没有因为胜利，便大肆张扬起来，每棵树都岿然不动地站立着。树林的深处更是冷寂得令人惊惧，只有几只鸟儿在那里扑棱着翅膀。

　　但是，不时地也会有一阵快速剧烈的如同闪电般的暴风吹进来，如同饿了很久的秃鹰发现了猎物的踪影，紧抓着树冠，用力摇晃着，猛烈地击打、折磨着它。而树林好像刚从睡梦中醒来，摇晃着身体，不停地颤抖着；它发动起所有的树木，顿时响起一阵阴沉的带着恶魔气息的嘶吼声。它终于站了起来，挺直身躯，发出让人不寒而栗的吼叫声，如同愤怒的盲人正在搏斗一般；这声嘶吼传到九霄云外，在深深的树林里又有一场战争发生了。那些躲藏或居住在树林里的人们全都恐惧地回到自己的藏身处，鸟儿们也惊慌了，惊恐地在满是积雪和断枝的丛林里乱窜着。

然后便是一阵难耐的寂静，从远方不时地有嘭嘭的声响传过来。

白利特沙老头仔细地听着这些声响，低声抱怨着："他们一定是在维奇多利砍树了，行动还真是飞快啊！"

"快一点！快一点！我们还要赶在傍晚之前回去！"

他们进入了一片满是高大树苗的丛林里，那里，低矮的树木与灌木相互缠绕着，阻拦着他们的道路。周围如同墓场般寂静，一点声音都听不到，就是光线也无法透过上方如同房顶般浓密的积雪。这个寂静的地方一片灰暗，也没有多少雪花降落在这里，地上满是掉落的树枝，有些都有膝盖那么深了；另一些地方还长了许多翠绿的地衣，已经枯黄的草莓树好像受到了惊吓，缩在角落里；这里还有不少干霉菌。

汉卡很是活跃，不停地到处走动着，尽量找到一些粗大的枝条砍下，然后剁成一样长，放在她铺在地上的帆布上。她满身干劲，身上也已经发热了，于是将围巾放在一旁。差不多过了一个小时，她的帆布上已经堆了不少，都快拿不了了。她的老父亲也拾来很多，拿绳子捆在一起，他正拖着这捆柴火寻找一根棒子，这样他就能轻松地将柴火背起来。

他们喊着其他的妇女，不过树林里的风太猛烈，叫喊声不可能传过去的。

"汉卡，我们应该从白杨路回去，那条路比田野里的小路好走得多。"

"好吧。你要看着我，不要走得太慢。"

他们便向左边走去，从一个古老的橡树林里穿出来。不过这里的积雪都没过了膝盖，很不好走；偶尔还会遇上更难走的路，那些树木几乎都有着大大的枝条，那些枝条上挂满坚硬的积雪；每个地方都有纤细的小树苗，上面落满柔软干枯的树叶，垂向地面，在冷冽的疾风里匍匐在地面。

疾风还在继续，天空里满是积雪，阻挡着前进的道路。白利特沙老头终于坚持不住了，站在原地一动不动。汉卡也累得不轻，她将干柴扔在树边，看看有没有好一点的道路。

"这样下去我们不可能走出去的，况且橡树林的另一面还有洼地。我们还是回头从田间的小道走吧。"

他们设法往树林里走去，那里的风小了一些，积雪也浅了不少。之后他们走到田间小路时，却遇见了暴风雪，几步开外便什么也看不见了。风不停地向树林里刮着，就像撞在了墙上，然后倒转回来，再次吹向田野间。风势仍然如此强劲，将地上的积雪吹起来，卷向天空，如同巨大的云朵，然后再次吹向树林。狂风就这样在树林中反复着，疯狂地转着圈，像鞭子一样抽向他们，阻挡着他们继续前进！老头儿摔倒了，汉卡也快要站不稳了，却还要扶着自己的父亲。

他们返回树林之后，在几棵树后躲避着狂风，商量着如何回去；他们也不清楚应该从哪边走。

"从这条小路往左转，到路口之后应该可以看到白杨路啦。"

"可是那条小路又在哪呢？"

他只好再详细解释一番，因为她很担心找错。

"你真的知道该向哪边走？"

"我猜，应该是向左。"

他们缓慢疲惫地向前走着，依着树林的边缘前进着，偶尔在里面去躲避一下暴风雪。

"快点吧，不然就赶不回去了。"

"我知道，马上就来，汉卡，只是我要先歇会儿。"

但是想要过去却很困难。那条小路几乎找不见，况且还刮着这么猛烈的狂风，将很多的积雪吹向头顶。他们在大树后躲避着，躲在柏树的身后，却没任何效果。刺骨的寒冷让他们难以忍受，特别是经过一个山谷的时候，更加难过。树木发出的声响被放大，简直就像是怒吼了。每一棵树都在摇晃着，树枝都要掉落在地面上了，不停地抽在他们的面颊上；偶尔还会有树苗被折断的声音，听上去好像树木都被风连根吹起了。

他们尽量加快速度，想要早一些走到大路上，在黑夜来临前赶到家里。此时田野上早已一片灰暗，雪原的上方是一圈圈灰暗的影子，好像烟雾一样。

他们到底是走上大路了，两人都筋疲力尽，跪在了十字架面前。

自己就在树林的旁边，在大路的附近，旁边生长着四棵高大的槐树，为人们提供躲避风雨的场所，白色的树干和枝条在风里摇晃着，就像纤长的秀发。在一个黑色树木制成的十字架上，有一个铁质耶稣受难像挂在上面，外面涂了一层亮丽的油漆。圣像已经被狂风吹坏了不少，只剩下一条手臂挂在那里，在十字架上摆动着，发出吱吱的声响，好像在向谁求救一般。那些历经风雨的桦树的枝条用力摇摆着，将它遮了起来；雾气笼罩过来，将它阻隔在浓雾之中。透过风雪还能看到耶稣淡绿色的身体和满是鲜血的面庞，在惨白的雾气里若隐若现，让看的人不禁心生怜悯。

白利特沙老头虔诚地看着圣像，默默地画着十字，不敢开口讲话；汉卡却一脸严肃、冰冷，让人捉摸不透，就像这时候的黑夜，刮过狂风，还夹杂着灰沉沉的雪花，有一种带着危险气息的神秘感。

他以为女儿没有看见、听到任何东西。她的确在思考着一件很悲痛的事情，心里一直在为一个事实纠结着——安提克背叛她了。她内心的苦楚简直不亚于基督所受的苦难——血液已经冻得僵硬，却还是将她烧伤了——内心的嘶吼，那种痛苦来源于她的生命深处。

"卑鄙！不畏惧天主！——居然爱上了她丈夫的儿子，真是天理不容——啊，主啊！啊，主啊！"

这些令人惊惧的事实如同暴风雪一样抽打着她。开始的时候她很惶恐，然后演变成了彻底的愤怒——如同面前在疾风里被压弯的树木，再次奋发图强。

她大叫道："快跟上来，我们赶紧走出去吧。"她将干柴背到后背，沉重的干柴让她不由得弯下了腰。走上了大路之后，没再去管老头儿，心底的愤怒让她全身充满了力量，不断地向前。

她的心里痛哭着："啊，我一定会为了这些而报仇的，不错，我一定会报仇的！"白杨树在暴风中低吟着，好像陪着她号哭一样。

"我再也不想忍耐下去了。即使我的心坚硬如石头，遇到这样的遭遇也是会碎裂的！……安提克喜欢在外面闲逛，去酒店逍遥，随便他好了。只是雅歌娜这样侮辱我，我不会放过她，我一定会报复的，统统都报复回去！是的，即使因为这样让我进监狱也值得——她那样的人如果还可以在上帝的土地里生活而没有受到惩治，这个世界还有什么公正可言！"这些念头不停地在她的心里徘徊着。只是没多久，心里的这些愤恨便自动消失了，就像浓雾结在玻璃上的窗花，一片苍白。此时她已经筋疲力尽，身上的重量终于将她压倒；干柴上的疙瘩压得她的背部疼痛难忍，简直像要她的命似的；挑着干柴的棍子沉重地压着她的脖颈，压迫着她的咽喉，简直让她喘不过气来，她的脚步更加缓慢了。

路上到处都是翻滚着的积雪，到处都刮着猛烈的冷风。两旁的白杨树望不到头，几码之外便什么也看不见了。狂风吹打着树干，刮弯了它们的腰，发出令人惊惧的嘶吼声，如同困在网中的飞鸟，不停地扇动着羽翼，却毫无结果。

从高处吹下的风减缓了一些，不过下面吹来的风却更加猛烈了。狂风贴着地面刮过来，从两边包抄，吹向田野里，吹向阴沉沉的远方。这里，疯狂的风如同一锅沸腾的开水，各种各样的疾风在这里舞蹈着，无数的雪堆从田野里卷起来，如同雪白巨大的纺锤一般；无数座雪峰往前移动着，越变越大，越变越高，好像就要穿透天空，将一切都遮挡住——不久之后便轰隆一声崩塌了。

村庄看上去就像一锅沸水，已经有白色的液体溢出，不断增多的泡沫翻滚着，发出巨大的响声；黑夜里不断地响起一些怪异的声响，吹过头顶，在远方爆炸：有如同鞭子在抽打着的声响，有树林里传出的乐曲好像教堂里风琴的低吟，还有怪异的好像鬼魂的哀泣声，不久又是一片寂静——之后，一阵狂风穿梭在两行白杨树中间，让积雪在阴沉的天空里飞舞起来，如同鬼影一般，向上伸直双手！

汉卡慢慢地向前走着，她差不多是扶着那一列白杨树向前摸索着的，时常停下来歇息一会儿，谛听着黑夜里怪异的声响。

来到一棵白杨树的身旁，她发现下边蹲着一只野兔，在白雪的映衬下看起来像黑色的。她一上前，野兔便急忙向风雪中逃走了，没多久它便消失在这一片风雪中，好像落入秃鹫爪子里的食物一样，发出凄惨的哀鸣声。汉卡悲痛而又怜悯地望着那只仓皇逃窜的野兔——此时她已经快动不了了，费尽全力向前迈出一步。背上的担子也快承受不住了，她不断地出现幻觉，以为背上的是寒冬、积雪、狂风——总而言之，一切重担都落在了她的肩上，她只能一直这么向前走，带着满腔的凄凉、哀泣，还有伤痕累累的心，就这样一直走到最终审判的那一天。这条路好像永远到不了头，肩上的重担几乎令她崩溃，她停下来的次数也更密集了，而且休息的时间也越来越久，心里已经近乎麻木。脸上已经滚烫，她不断地拿雪水洗脸，然后揉搓着双眼，希望更有精神一些，再次向着嘶吼狂叫的天气进发。不过她不停地痛哭着，泪水从满是凄凉的源泉——心脏里奔涌而下，已经伤得透彻的心里绝望地呐喊着。她时常默默祈祷着，用哀愁的声音念诵着祷告语，语句断断续续的。即使是一只冻得快要死去的飞鸟，也会拼命扇动羽翼的，虽然到最后毫无力气，只能在地面乱跳，发出微弱的鸣叫声，最终又陷入死亡的睡梦里。

她拼尽自己最后的力气向前迈进，有时摔倒在地，偶尔陷在雪堆的深处，不过还是努力向前，一想起自己的孩子，心里便是一阵恐慌。

这时从风里听到微弱的铃铛声、雪橇滚动的声音和人们的说话声，不过很模糊，虽然她屏息静听，还是一个字都没有听清。但是，前方必定有谁正向她这边走来，不久之后她便看见一只马头出现在这片白雾里。

她轻声说道："一定是安提克的父亲！"她看到了那匹马头上白色的斑点。此时她已经等不及了，不过却转身继续向前走着。

她猜对了。老波瑞纳还有怀特克和安布罗斯一起，正从法院里回家去。他们也是慢腾腾的，地上的积雪阻碍了他们，在某些路段他们不得不下来拉着马。他们好像喝过酒，正高声地聊着天，安布罗斯的嘴里不停地重复着几句歌词。

汉卡离开了他们正在走的那条路，将围巾围着脸，不过老波瑞纳从她身旁赶着雪橇，正想让马儿快跑的时候，依然发现了她。他们向前冲去，在前面的一个雪堆旁停了下来。然后他向后望去，将马勒住了。当她走上前来，正走到他的雪橇旁边时，他大声对她说道：

"将干柴放在雪橇后边，快上来，我会送你回去的。"

她已经习惯了按他的要求做，此时不由自主地便顺从了。

"白利特沙正躲在一棵大树后大哭着，巴特克已经将他接过来了，他们离我们不远。"

她没有回话，坐在前面，一半清醒着，一半昏昏沉沉，阴沉地看着放肆的黑夜和狂风暴雪。老波瑞纳细心地看着她。此时她是如此可怜，看着就让人心疼，黯淡的面庞经受了风吹雨打，一双红肿的眼睛，紧闭的双唇。她又冷又累，身体不停地颤抖着，想依靠围巾抵御严寒，一点用都没有。

"你应该小心点，这样下去身体会垮掉的。"

"又有谁可以给我帮助呢？"

"噢！居然在这样的天气里去树林里。"

"我们已经没有薪柴生火做饭了。"

"孩子们怎么样了？"

"小彼德生了差不多半个月的病，现在已经好了，现在吃的也比从前多了不少。"此时她已经安定了下来，不再垂头丧气。她将围巾甩向身后，安详地望着他，没有了从前的那种惶恐和温顺。老头儿也感觉到她的变化，很是吃惊，她已经不再是从前那个汉卡了。如今的她给人一种冷酷的沉默感，紧闭的双唇透露出一种坚强和勇敢。他也不能像从前那样威吓她了，在她面前，他就好像是和她一个辈分的陌生人一般，没有埋怨也没有怨恨，她的回答简洁明了。从她的声音里，他便可以想到她受过不少折磨，她的那种语气只有在经历过内心沉淀之后才能显现的，只是从她那双满含泪水的蓝色眼睛依然可以看出她内心的情感。

"你的确改变了很多。"

"在痛苦中得到了锻炼，如同铁匠手中的铁块——不过要比那快得多。"

他对于她的这种回答很惊异，不知怎么回答她，只好转过身和安布罗斯说起了和大地主的那件案子。虽然乡长已经说过他们一定会胜利，但是到最后还是失败了，还要承担一笔诉讼费。

他满怀信心地说道："我还会上诉的，我必定会胜利的。"

"可是困难重重呢。大地主人多势众，在哪里都不会失败的。"

"总能想到办法打败他们的——现在要做的就是等待一个不错的机会，会打败他们的。"

"不错，马西亚斯。啊，现在实在是太冷啦！我们还是去酒店里烤烤火吧。"

"嗯——已经用了那么多钱，索性再用些好啦——但是你得明白，只有铁匠才需要在铁还没有冷却时就开始打，想要打败别人还是要静下心来看待事情，要有所忍耐。"

此时他们已经回到了村子里，最后一丝余晖也消失了，天空阴沉沉的，他们经过的道路上，连近处的房子都看不清楚了，不过暴风雪倒是慢慢减小了。

在经过去往汉卡家的路口，老波瑞纳停住马，帮她将柴火拿到背上，在她下来的时候，他对媳妇轻声耳语着：

"有空回家拜访一下我——如果可以的话，就明天吧。我也明白你现在过得艰苦，那个臭小子将一点薪水都拿去喝酒了，却让你们在家里忍饥挨饿。"

"不过，我们可是被你赶出来的，我还能回去吗？"

"真是个傻孩子。——我让你来的，当然可以来啦！"

她感激涕零，握着他的手亲吻着，激动得不知道说什么好。

他异常慈祥地问她道："你会去吗？"

"我明天就去，我真是不胜感激；既然是你让我去的，那我一定会去的。"

他扬起马鞭，将雪橇驶向酒店。汉卡的父亲刚从巴特克的雪橇上下来，汉卡都没有等他一下，便匆忙地向家里赶去。

家里面一片漆黑，好像比外面更加寒冷。孩子都缩在鹅绒被中睡觉。她赶着烧火、准备晚饭，心里还在回想着她遇上老波瑞纳的事情。

"算了！即使他就要死去，我也不可以去那里的。安提克一定不会原谅我的！"她生气地喊叫着，不过却又有另一些想法涌上脑海——那是对于她丈夫的反抗。

这世界上还有谁像他这样折磨过她呢？

的确，老波瑞纳是将田地交给了那个浑蛋女人，还将他们赶了出来。不过，那是因为安提克先和他争斗，还总是对他大喊大叫，逼得老头儿忍不下去才这样的。他活着一天，就有权利按照自己的想法分配土地。——刚刚他还如此慈祥请她回家呢！……还关心着自己的孩子……的确，如果安提克和那个臭女人没关系的话，他们不可能会遭受像今天这种折磨和屈辱，即使是一半也不用……至少在那件事上，老头儿并没有什么错。

她还在想着这件事，心里对老波瑞纳的不满也渐渐消失了。

不一会儿白利特沙也回来了，他冻得不轻，都快累得动不了了。他在火炉旁至少坐了一个小时，这才能够开口讲话，说他那会儿就快摔倒了，幸亏老波瑞纳将他载回来，不然他一定会冻死在树下。

"他一发现我，便让我坐上雪橇；我还告诉他们你就在前面不远处，他便让巴特克带上我，自己亲自驾着雪橇找你。"

"是吗？他都没有告诉过我。"

"事实上他这个人并不是太冷漠，不过却宁愿别人这样看他。"

吃晚饭时，孩子们都吃了不少，吃过晚饭之后又去睡觉了。汉卡还坐在火炉旁给风琴师家纺纱，她的父亲还坐在火炉旁，有些胆怯地望着她，轻咳一声，壮着胆子开口了，虽然有些踌躇，但还是开口了。

"你还是和他和好吧。不要管安提克了，你应该多为你和孩子们考虑。"

"这可没有说起来这么容易。"

"老波瑞纳已经向下迈了一步……你仔细想想，他的家里现在就如同地狱一样……他迟早要将雅歌娜赶出去；虽然现在没有，这种事迟早会发生的……幼姿卡还小，管不了那个大家——若真的发生了那样的事情，而你又取得了他的信任，那就万事大吉了……你可以很好地帮助他，并且时机也很恰当……现在我们还不清楚会怎么样……或许他会让你重新回家的……"

她停下手中的活儿，仔细听着他的提议，将头靠在线轴上方，反复思索着父亲的建议。

这时候他想去休息了，不过还是亲切地问道："他和你说了些什么？"

她便将路上的经过详细地讲给了父亲。

"我的孩子啊，你就去拜访他吧，明天早一点去；既然是他请你去的，你就去吧，去他家探访他。你要多为自己还有孩子们考虑考虑；要留在老头儿的身旁，好好对他，做一头温顺的小牛。人们都说，温顺的牛儿'有福气，多喝奶，就会长得健壮'。你要牢记'仇恨不可能让人们成功'——至于安提克，他迟早会醒悟，会想起你的。如今他只是一时鬼迷心窍而已，被魔鬼控制了心智；不过不久魔鬼就会放弃他了，那时他就会回来了。上帝正在留心观察，让他在一个最恰当的时候将你从苦难中救出来。"

他费尽心思地劝说她，想尽办法让她听从自己的建议，不过她却一句话都没有说。他很是沮丧，没有再说下去，安静地上床休息去了。汉卡再次拿起手中的活儿，沉思着。

她每过一会儿便会站起身仔细听一下安提克回来没有，但是总是失望。

她不停地工作着，只是很不顺利，不是线断了，就是纺锤掉在地上，她的脑海中还在回想着老波瑞纳告诉她的那些话。

或许以后会变成真的，老头儿终于叫她回家了！

慢慢地，她的心里涌起一种期盼——刚开始还很渺小，然后不断地壮大，终于壮大到她要控制不住了——她希望与老波瑞纳和解，将从前的怨恨一笔勾销。

"如今我们一家三口贫困交加，不久之后又有一口人要降临……到那时该如何生活呢？"

她终于将安提克排除在外，只考虑孩子们和她自己了，她感觉她是该为家人们下定决心了——不得不这样了，她只能这样了。

　　她沉思着：一旦她在老波瑞纳家再次成为家庭主妇，在那里站住脚，她将完完全全而且认真地担负起自己的职责，没有人能够阻止她。心里的渴望愈加强烈，让她全身充满了能量和精力，一想到那些，她的双眼便闪闪发光，感觉身上也暖洋洋的。

　　她这样幻想了很久——大概就这样坐到了半夜里——她已经想好了，明天就去拜访老波瑞纳，而且将孩子们也带上，即使安提克不准，即使责罚她，她也不会放弃的。她不想再顺从丈夫的旨意，想趁这个机会出门看看；此时她感觉身上有种无穷大的力量，需要的话她可以征服整个世界。

　　她又出门看了看。此时已经没有风了，黑色的天空将雪地映成了灰色。天上飘浮着大片大片的乌云，就像是流动着的水流，从很远的森林里，从那些模糊的黑影中，有轻微的水流声传过来。

　　将灯灭了之后，做个祈祷，她便脱衣服准备休息了。

　　忽然从一片遥远的寂静中传过来一声沉闷的巨响，轻轻颤抖着——声音不断加大，有火光映入窗户。

　　她害怕得跑了出去。

　　不知道村庄的哪里发生了火灾，一道巨大的火柱夹杂着烟雾和火星，一直升上高空。

　　不久便响起了警报声，越来越响亮。

　　"起床！快起床！起火了！"她对住在房子另一侧的姐夫斯塔赫大声喊道，并匆忙穿好衣服向外跑去，这时候恰巧遇见安提克从村庄里跑回家。

"火灾发生在哪里？"

"不清楚。——快回家去！"

"大概是你父亲的家里……好像不远！"她被吓得不轻，颤抖着说道。

"狗杂种！快回家！"他一边大喊着，一边使劲将她往家里推去。

他的身上满是鲜血，没有带帽子，身上的羊皮大衣也被撕碎了，脸上黑乎乎的。他异常冷静，眼睛却如疯子一样闪闪发光。

第十章

就在这一天，人们干完了活儿，临近黑夜的时候，断断续续地有人来到克伦巴的家里，一起在这里纺织。

克伦巴的妻子邀请来不少年龄很大的女人，那些人大多是她的亲人或者伙伴，他们来得恰到好处，没有谁迟到，以免对不起主人家的热情。

按照以往的惯例，最先到来的是瓦尼克大妈，她拿了很多羊毛过来，胳膊下还带着不少的纺锤。然后到来的是马修的母亲歌拉布，照旧愁眉不展的，喜欢怨天尤人；之后来的是长舌妇瓦伦蒂大妈，她是一个喜欢生气的妇女，老是像母鸡似的叫唤；然后便是西科拉的妻子，她有一张恶毒的嘴巴，瘦弱得如同笤帚柄，很喜欢谈论邻居家里的争吵事件；再然后，普罗什卡的妻子也摇摇晃晃地进门了，她矮小肥胖，可能是红细胞太多了，气色红润，总是穿着很正式的服装，而且盛气凌人，口齿伶俐，所以人们都不喜欢她。之后巴尔塞瑞克大妈轻轻走了进来，她又瘦又小，骨瘦如柴，脾气暴躁，喜欢将人告上法庭，和村里一半的人争吵过，每个月都会去法院几次。这时候易特克的太太柯伯斯也在没有接到邀请的情况下来了，她也是个歹毒的长舌妇，而且还非常泼辣，人们都躲避着她。歪嘴乔治的妻子也喘着粗气赶过来了，她喜欢喝酒、骗人，喜欢开玩笑——特别是作弄邻居。接着到来的是克伦巴的岳母索哈大妈，她喜欢安静，是一名虔诚的信教徒，除去多明尼克大妈，就要算她在教堂里待的时间最长了。又来了些其他的人，不过很难形容，就像一群鹅一样，除去外表，没什么其他的特点。那些人都来到这里——那些年长或年老的妇女们，每个人都带着一些东西，有带羊毛、麻线来纺纱的，有带衣服来缝补的，也有带羽毛来缝制棉被的——不想什么也不拿，让人以为只是专门来聊天的。

她们围坐在房子里，形成一个大大的圆圈，好像一丛茂盛的、历经风霜的灌木，她们的年龄都很大，并且很接近。

克伦巴大妈友好地向她们问好，不过声音很小，她患有很严重的肺病，所以呼吸不很顺畅。克伦巴是个讲道理的人，愿意与各种各样的人交往，他殷勤地招待着每一位客人，为她们摆好桌凳。

没多久，雅歌娜、幼姿卡、娜丝特卡，还有其他的一些小姑娘们进来了，后面还跟着几个年轻的男孩子。

这次聚会很盛大。这个冬天异常寒冷，生活很是无聊。人们都不想这么早去休息，就像家禽也不想这时候进屋一样；还有那么长时间才到天亮，在床上躺久了身体也会疼痛的。

她们依次坐下来，有的在凳子上，有的在矮柜上。克伦巴的儿子还从院子里搬来几个木桩给男孩子们当椅子坐，这个房间很宽大，能够装下这些人。虽然房子不是很高，但是很宽广，形式很古旧，应该是克伦巴的高祖父修建的，距今应该有一个半世纪的历史了。因为很多年没有修理过，看上去快要倒塌了，就像弯腰驼背的老者佝偻的身躯；在某些地方房顶的屋檐都要挨着地面的篱笆了，只好用木棍支撑着。

没过多久，房间里的声音更加响亮了，而且说话的人也更多了，地面上传来纺锤转动的声音，纺车轮也在每个角落里呜呜作响。

克伦巴一共有四个孩子，如今都长大了，高大纤瘦，胡子才刚长出来，他们都在门边搓草绳。别的男孩子都在角落里吸着烟傻笑，作弄着那些女孩子，惹得他们咯咯地笑着，房子里热闹非凡。

之后他们等待了很久的罗赫终于来了，马修在他的后面。

有人问道："外面还有风没？"

"一丝儿都没，恐怕又要变天了。"

克伦巴说道："想必是要解冻了吧，我们都能听到树林深处的哭叫声。"

现在罗赫来克伦巴的家里讲课，在这里吃住，他正坐在另外一个餐桌旁用晚餐。马修正向一些客人问好，不过从不正眼看雅歌娜，虽然她就在他的眼前，他却装作看不见。她只是淡淡地笑了笑，眼睛看向屋外。

索哈大妈又开口了："啊，暴风雪都下了一天一夜啦，但愿天主保佑我们！那些女人从森林里出来，冻得不轻呢，据说和她们一起去的汉卡还有她的父亲不见了。"

柯伯斯大妈冷冷地说道："噢，的确，'穷人去向哪里，都有风吹向他的'。"

"唉！如今汉卡真是可怜啊……"普罗什卡大妈还想继续说的，

不过发现雅歌娜已经羞红了脸，立刻转变了话题。

"怎么没有看见雅固丝坦卡？"罗赫问着。

"没有人邀请她，我们可不愿听那些流言蜚语。"

"她就是个邪恶的巫婆。今天她还在乡长的妻子和村长的妻子面前瞎说，害得她们大吵起来，如果没人劝阻的话，可能还要大打出手呢。"

"还不是因为她们愿意听她的胡言乱语。"

"为什么没有谁因为她说的那些坏话和做的坏事责罚她呢？"

"只是每个人都清楚她是怎样的人，责罚她还有什么意义呢？"

"嗯，谁也猜不准她何时说真话，何时说假话。"

"人们太放纵她，随便她乱说，只不过是因为他们都愿意听她说别人的是非。"普罗什卡太太总结道。

一个士兵的妻子泰瑞莎大叫道："如果我知道她说过我的是非，可要给她点颜色看看！"

巴尔塞瑞克的妻子听她这么说，嘲笑道："啊，好像她每天都在别人面前说你的是非啊。"

她的脸不由得涨得通红，大声嚷道："无论你听到些什么话，你说出来——说出来！人们都听说过她与马修的关系不一般。"

"当你的丈夫从部队回来之后，我会告诉他的，而且会在你的面前！"

"你可得注意点！啊哈，你是想在这里搬弄是非吗？"

普罗什卡太太批评道："又没人说你什么，你这就嚷嚷起来啦？"不过泰瑞莎依然很生气，独自一人嘀咕了很久。

罗赫想改变话题，便问道："那个带着熊的人来村子里了吗？"

"他们已经到风琴师家去了，不久就来了。"

"谁来表演那些东西？"

"哦，除了古尔巴斯和菲利普卡喀的儿子那几个淘气的家伙，还能是谁？"

女孩子们大叫道："他们已经来了！"房外响起一阵悠长的大吼，然后便传来了各种动物的声音：公鸡的啼鸣，绵羊的咩叫，还有马儿的嘶鸣，全都伴随着短笛的节奏。之后大门敞开，一个年轻人来到屋里，羊皮袄反过来穿在身上，头上是一顶高大的带有绒线的帽子，脸上搽得漆黑，真像一个吉卜赛人。他的手里拿着一根绳子，另一头系着那只熊，它的身上满是蓬松的棕色藤蔓，只有满是软毛的头和能转动的纸耳朵露在外面，它的舌头向前伸出大约有一尺长，手臂是用木板制成的，上面用藤蔓缠绕着，看上去更像个爬行动物。它的身后还有一个人一只手握着长鞭，另一只手拿着满是尖钉的短棍，尖钉上是一些小小的油腻的咸肉、面包和纸包。风琴师的学生麦克在最后，里面还有很多年轻人，手里拿着棍棒，一边在向地面上敲击着，一边大声嚷嚷着。

拿着绳子的那个人正"感谢天主"，一会儿学鸡啼，一会儿学羊叫，一会儿又学马嘶，然后高声说道：

"我们是从遥远的国家来到这里耍熊的。我们的国家在海洋和无数森林的另一边，那里的人走路也是倒立的，围杆是用腊肠做成的，烤火使身体凉快，用阳光代替柴火做饭，我们那里的雨水便是伏特加，这只大熊就是来自我们那里！听说这个村庄有不少富有的农夫、性格和善的女主人——还有美丽的女孩子，所以，我们穿过多瑙河，从遥远的国度赶到这里，希望热情的人们能够款待我们，给我们提供一些必需品，让我们的辛苦有所回报！——阿门。"

克伦巴喊道："那就拿出你们的本事，或许储藏室有你们需要的东西。"

"马上就会开始了——嘿，短笛赶紧奏起来；黑熊，你也跳动起来吧！"那个人大声喊道。然后悠扬的曲调从短笛中流出来，年轻人用棍子敲击着地面，嘴里发出有节奏的叫声。那个人在模仿着不同野兽的叫喊声，而那只熊正趴在地上跳着舞，耳朵不停地摇晃着，舌头也不停地伸缩着，跑向那些小姑娘们。那个人好像要将动物往回拉，一边拿起鞭子抽打着他能打到的姑娘们，一边大声喊道：

"女孩子们，你们有没有丈夫啊？——过来挨打吧，女孩子！"

房间里热闹异常，有人奔跑，有人大喊大叫，而且声音越来越响亮；大熊也开始做恶作剧了，将气氛推向高潮，它在地板上翻滚、大叫、蹦跳着，将长手臂伸向姑娘们，让她们在麦克的短笛声里起舞；此时那两个拿着绳子的人正和守在他们身旁的人大笑着，这所古老的房子简直要在这一片喧哗声中倒塌了。

然后克伦巴的妻子便款待那些表演节目的人，之后他们便离开了，走出很远还可以听到他们高声大叫的声音。

待客人们都安静了下来，索哈大妈不由得问道："那只大熊是谁啊？"

"难道你没有看见？噢，就是颠三倒四的亚斯叶克啊。"

"他的头上顶着那么多的软毛，我当然没有认出啊。"

柯伯斯大妈也说道："亲爱的，耍这样的玩意儿，那个笨蛋倒是很适合呢。"

娜丝特卡有些不满："亚斯叶克还真是没有看上去那么笨呢！"

没有谁有异议，不过不少人都悄悄露出会心的笑容。客人们又围在一起聊开了。幼姿卡那些不害臊的女孩子们，也围在罗赫身旁，开他的玩笑，就像秋天的时候他在老波瑞纳家讲故事时一样。

"幼姿卡，你还记得曾经我讲给你的那些故事吗？"

"记得，那是关于天主和他忠实的狗布瑞克的事情。"

"如果你喜欢的话，我们现在就讲一下我们古代君主的故事吧。"

她们为罗赫在灯下放了张椅子，统统围坐在他的身旁，他坐在正中间，就像是一片田野里的一棵橡树，周围绕着一圈灌木。他平静地讲着故事，镇定自若。

人们都安静地听着，只有纺锤还在发出呜呜的声响，还有火炉中的木炭燃烧时碎裂的声音。罗赫跟她们讲了很多神话故事：说到了古老的君王和残酷的战争；说到了在深山野林中有一些中了魔法的士兵昏睡着，只要号角吹起，他们便会复活，和敌人拼杀，保护我们的国土；说到一个古老的城堡中有一个中了魔法的公主等待着别人的救赎，她会在月光下哭泣；说到一些地方的空房间在半夜会响起音乐声，还有人在那里跳舞，在鸡叫之后便会离开，重新回到墓地里。他们认真地听着，忘记了手中的纺锤，她们的心在那充满神奇的世界里飘荡着，双眼炯炯发光，不时地有喜悦的眼泪流出来，她们的心都要为那些憧憬和新奇而冲破了。

最后，罗赫又讲了一个君王的故事，他被地主们称为农民中的君王，他善良、慈爱，公平、友好地对待每一个人。罗赫说到那个君王发动的恐怖的战争，他装扮成一个农夫，在他的国家里到处走动，和农民们一起生活，情同手足，因此对于世界上险恶的事情他很了解，也纠正人们的错误。在出游回来之后他更加亲近农民们，还在离克拉科不远的地方和一个农民的女儿结婚了，她是苏菲亚。他将她带到那座城堡中，管理国家很久了，简直可以称为农民们的父亲，也是那个国家里最好的一个农民。

他们出神地听着这些神话故事，仔细地听着每一个字，甚至连呼吸都放轻了，生怕打扰了那些奇迹的源泉。雅歌娜也一样，手上的工作早已停下，手放在两边，耷拉着脑袋，将一边脸靠在卷线轴的上面，浅蓝色的眼睛紧紧地看着罗赫。雅歌娜幻想着他就是从相框里出来的圣人，如此神圣的外貌：灰白的头发，雪白而长的胡子，浅灰色的眼睛好像看着远方的什么东西。她凝神细听——用她柔软多情的心灵感受着——将他说的每句话都认真地放在心底，心里的激荡差点让她窒息。他说过的话就像一部电影一样展现在她的脑海中，他在前面引领着她，她倾尽全力跟随其后。——最让她感动的是关于君王和他农民妻子的故事，啊，真是太美妙了！

安静了一段时间后，克伦巴终于问道："君王真的会和农民一样生活——站在农民这边？"

"嗯。"

娜丝特卡轻声感叹着："天啊！如果国王和我说话，我一定会害怕的！"

雅歌娜也兴奋地感慨着："如果君王愿意和我说话……哪怕一句，我都愿意追随到全世界！"

然后，他们不断地向罗赫提问。那些古老的城堡在哪里？那支军队又在什么地方？那些珍宝和漂亮的玩意儿又在哪里？那些强大的君王啊——他们在哪里？

他一个个地回答着，语气却有些悲凉，不过还是充满了智慧，为她们指出故事中的深意和许多神圣的名言。人们都叹息起来，思索着天主在这个世界的所作所为。

克伦巴又说道："的确，今天是我们的，明天就交给上帝吧！"

不过，罗赫讲累了，想歇息一下。人们都说很喜欢刚才那个神奇的故事，最后每个人都分享着他们听闻过的奇妙故事，刚开始还是低声交谈，到最后便愈加响亮了。

一个人讲完了一个，接着另一个人又开始讲，这时候又有人想起其他的趣闻……每一个故事都让人感觉新奇。因此一个个故事就好像纺线似的不间断，温柔动听，如同照进幽深森林里的月光一般。——说到一个落入水中死去的母亲怎样被自己孩子的哭声吸引，回家为他喂奶；说到对付吸血鬼，一定要拿白杨树桩钉穿它的心脏，这样它才不能跑出来；说到田野里的小路上躲藏着恶魔，专门等着小孩子过来然后勒死。她们不断地谈论着那些可以说话的树、半夜里恐怖的鬼怪、被吊死的鬼、巫婆，还有那些到这世上赎罪的、无法超脱的灵魂——还有很多这样的怪事，让人不由得起了鸡皮疙瘩，心跳不由得慢了下来，听得汗毛都竖起来，直打哆嗦，身体的血液都要凝固了。之后她们便沉默了，恐惧地彼此望着，留心着周围的动静；她们幻想着某个鬼魂正在头顶上方飘动，或者正在窗外张望，从那里愤怒地望着她们；或者某个阴影藏在黑暗里。很多人不由得在胸前画着十字，牙齿颤抖着，念诵着祷告词。不过这样的恐惧没多会儿便过去了，如同阳光下一闪而过的阴霾，没多久便被她们抛到脑后，然后她们又聊了起来，边织起了手中的纱。罗赫认真地听着，不久他也说了起来，跟她们讲了一个关于马的故事。

"在一个很古老的年代，一个贫困的农民，他只有五英亩的土地，还有一匹马，但是那匹马很懒惰，而且生性恶劣。他对那匹马很好，不过不起作用，他每一顿都将它喂得饱饱的，但它从不知足。它什么事情也不做，还将马具撕烂，使劲摇动着尾巴，让人们无法靠近它……之后那位农民发现对它好一点用处也没有，很是气愤，便将耕田的用具套在它的脖子上，想让它去耕一块荒芜了多年的田地，让它劳累一次，以后可能就会温顺一些。但它不肯就范，因此农民使劲抽打它，想让它服从他的指令。不过它却认为自己被伤害了，很是气愤，希望有机会报复他。在某一天当主人低下身子给它解开腿上的工具时，马儿伸出蹄子，用力一踢，那个农民便一命呜呼了。它终于得到了自由，四处闲逛着。

"在那个夏天，它过得很逍遥。它不是在大树底下眯着眼睡觉，便是在别人家的田地里偷吃庄稼。不过冬天到来了，一阵暴风雪之后，它便找不到吃的了，而且还冻得浑身颤抖。因此它不停地向远方走着，希望找到些吃的。它每天都要奔跑，因为狼群已经盯上了它，不停地跟踪着它，甚至咬到了它的骨头。

"它不停地向前跑着，跑完了一整个冬天——来到了一个气候温和的草原上。那里的草都没过了膝盖，小溪被阳光染上一层金光，两岸的大树不停地移动着，上方是凉爽的微风。它已经饿得不轻，便走过去吃草；不过每当它吃下去，却总是碰到坚硬的石头上，青草居然消失了。然后，它想去饮水，可是溪水也不见了，变成了散发着恶臭的沼泽！它想去树底下睡会儿，大树的阴影也飘到一旁，强烈的阳光晒得它浑身发痛。——此时它想返回森林里，但是森林也消失了！那匹伤心的马儿发出一声哀鸣，居然听到有马匹在回应。它顺着那声音找去，终于，在走过一片草地之后，看见了一座农舍。

那座房子好像用银子打造成的，窗户上镶嵌着宝石，屋顶就像缀满了星星的夜空，很多人在那里走动着。它偷偷尾随着他们，此时它只需要一份工作，再苦再累都不怕，至少不用忍饥挨饿。然而它高兴地走了一天之后，也没有谁为它套上绳子。不过，黄昏时终于有人过来了，他就是这个农场的拥有者。他便是我们的天主，一个伟大的农民，最神圣的农民！

"他说道：'你这个懒惰的家伙，你曾经将一个人杀死了，我这里没有你可以做的事。只有等到别人停止咒骂你，并且为你祈祷的时候，你才能进入这个马圈。'

"'我杀死他，是为了报仇，是他先打我的。'

"'他鞭打你，已经在我这里接受了惩罚；这世间的赏罚自有我来掌握。'

"它痛苦地大叫着：'我已经饥渴难耐，痛苦得难以忍受了！'

"'我已经告诉过你。滚吧！我还要叫狼群追赶你、撕扯你。'

"马儿只好疲惫不堪地向冬天走去，慢慢地向前走着，饥寒交迫，而且心里满是恐惧。天主的猎狗——狼群——在它的身后追赶着，不时发出嗥叫恐吓它。终于，在一个春天的夜里，它来到了从前的主人家门前，哀鸣着，希望他们能够让它进屋。

"不过，寡妇和孩子们听见它的哀鸣，拿着棍棒、板子跑出来，痛斥着它的恶行，说它将他们逼迫到如今这种凄惨的地步。

"它不知所措，只好又返回森林里。狼群再次追赶它，这次它不再躲避，它已经没有了求生的欲望，这样活着还不如死去。但是，它们只是碰了碰它，狼群的首领说道：

"'你实在是太瘦了——只剩下一把骨头！我们没兴趣咬你，更

不想浪费力气……不过，我们倒是对你心生怜悯，想帮帮你。'

"它们将它带出森林，第二天将它带到从前的主人的地里，套在那里的一具耕地的机械中。

"它们告诉它：'会有人来和你一起耕地，给你提供食物，到了秋天的时候，我们就会帮你将机械拿下来！'

"之后那个寡妇来到田里，虽然对于它回来耕田这件事很是惊异，不过一想到它从前的恶行，便忍不住大骂它。第二天的情况依然是这样，而且之后也一再为它的恶行责罚它。那个夏天它每天都不辞劳苦地耕着地，明白这是它应得的惩罚。过了几年，那个寡妇找到一个男人结婚了，并且在邻居那里买来很多土地，这时她才怜悯地对马儿说道：

"'虽然你做过伤害我们的事，不过在你的帮助下，上帝让我们获得了大丰收；而且现在我又有了一个不错的丈夫，土地也增多了，我现在可以放过你了。'

"你们快看，那天夜里，人们正在为新生儿举行洗礼仪式时，耶稣的使者——狼群——将马儿带走了，将它带到天堂去了。"

她们听完这个故事很是震惊，并且忧心忡忡，认为天主总是在责罚恶人、善待好人，监督着世界上的每一件事，这个故事就很好地证明了。

"即使是墙壁里的蛀虫，都看在天主的眼里。"

罗赫也说道："的确，事实是最私密的想法和卑鄙的念头都会被天主知晓的。"

雅歌娜听过之后，很是惊慌，因为恰巧看见安提克走进门来，不过没有多少人注意到。此时，她们都在认真听着瓦伦蒂大妈讲述的一个关于中了魔法的公主的神奇故事，纺锤停在手中，全都呆呆地坐着，静静地听着。

她们就是这样享受着寒冷无聊的二月傍晚的。

她们的心里升起熊熊火焰，如同浇了油似的，轻轻地呢喃着——梦幻、期盼——如同一只只彩蝶，在房间里翩翩起舞。

她们沉醉在自己编织出的这张巨大的神秘的网里——如此闪亮而又充满了变幻的色彩——将她们心里的悲痛、阴沉、凄惨暂时都扫出心底。

她们就在那一片充满神奇光彩的黑夜下的田野里飘荡着，在那充满神秘乐曲、怪异的叫声和水流的汩汩声的溪流旁飘荡着。她们从树林中穿过，那些树林中充满了幻境，那里存在着会武功的人、高大的人、藏着魔鬼的城堡和会喷出烈火的龙。她们惊恐地站在十字路口，那里，吸血鬼向她们发出令人惊惧的大笑声，吊死鬼也在哀泣着，还没有接受过洗礼的孩子们的灵魂正坐在蝙蝠的翅膀上到处乱窜着。又路过一片阴沉沉的坟地，跟随在那些因为自杀而忏悔的鬼影身后；她们听见城堡中和废旧的教堂中有恐怖的声音传出来，看到一排可怕的鬼影无止境地向前走着；她们来到从前的战场上；还看见一群群燕子在水里面冬眠，等待着春天来临，圣母将它们唤醒，重新回到这个世界上。

她们经过天堂，也看见了地狱——从漫天的乌云中穿过，从天主慈悲的光辉中穿过，从难以言喻的喜悦、神奇、令人惊叹的地方和时代穿过，从那些在欢喜和梦境中才能出现的地方穿过——她们全都看得呆住了，头脑一片空白，好像痴呆了一般，不明白她们在这个世界上，还是已经轮回到往生。

这个时候的她们好像与现实的世界之间有一堵不能穿破的阻碍——那是屏蔽诱惑和神奇的一堵墙——好像汪洋大海般阻挡在面前，将这个世界的一切房屋、黑暗都统统消灭——她们心里的忧愁、苦难、委屈和不能实现的愿望暂时都统统消失，在她们面前的是一个宏伟而又美丽的无法描述出来的世界！

她们宛如置身于童话里，身边缠绕着无数的彩虹，梦见的那些场景出现在她们面前。她们的心里兴奋得筋疲力尽，好像得到了重生——又找到一种新的生活，精彩而又神奇，充满了奇妙，树木、石头都活过来，能够和人们对话，每一棵树好像都中了邪，所有的花草也具有了神奇的魔力，那些神秘而又伟大的隐形人就在这个世界上生活着——它们也有难以形容的高尚的生命。

她们非常期盼和渴慕那样的生活，希望用铁链将一切美好的事物——梦境与现实，奇迹与期盼——都牢牢地连在一起，连接成我们梦里的样子，她们已经历经艰辛、疲惫不堪的心灵希望过上这样的生活。

实际上，她们又过着怎样的生活呢？充满了痛苦、无聊，不是这样吗？她们的身边又发生着什么样的事情呢？正如病人眼里的世界，只看得到生活中的悲痛；只看得到黑夜，充满了痛苦和无趣的黑夜，亲眼见到的奇迹只有死亡。

啊，人啊！你们的生活不正像背负着重担的牲口么，只想着过完今天，从来都没有为别的事情考虑过，从没有想过那些神秘的香气，是从哪里的圣坛中传过来的，全世界都可以闻得到，他们从不考虑这世界上还有什么神奇的事情！

啊，人啊！你们就像是井底之蛙，只看得见里面的石头。啊，人啊！你在漆黑的夜空下耕种着，却只种下了泪水、悲伤和苦恼！

啊，人啊！看看你们那闪亮如星星般的灵魂，居然舍得让它们在泥淖中挣扎……

她们还在聊着天，罗赫也愉快地加入进来，他总是讲出一些很神秘伤感的故事，赚足了她们的泪水、叹息和悲泣……

有时候谈话忽然终止一段时间，在那个时候，就连心跳声都能够听到，她们的眼中都满含泪水，闪闪发光；她们惊羡着、期盼着，灵魂敬畏地拜倒在天主面前，在那神奇的殿堂里高声歌唱着。她们从灵魂里发出赞扬，欣喜着，激动着，与上帝进行交流，就像春天的阳光照耀在大地上；就像傍晚的湖泊，白天的浮藻退去，只剩下满湖的涟漪和闪烁的光芒；就像是夏初的小麦，轻声呼唤，缓缓伸出纤瘦的叶子和轻盈的麦穗，感谢着天主的恩赐。

雅歌娜好像升上了天主的乐园。她正深切地体验着那些神奇的事情，它们变成画面出现在她的眼前，她可以不费劲地将它们剪成彩色的剪纸。她们还发给她一些罗赫教孩子们写字时用的纸，她一边听着这神奇的故事，一边将故事中的人物剪出来，她剪了不少人物：幽魂、君王、吸血鬼、火龙等等神奇的人物。人物很是传神，一看就知道它们是谁。她剪了不少，都能将屋梁全都贴满，而且还拿出安提克送给她的蜡石给它们涂上了色彩。她用心地挥舞着剪刀，用心地听着那些神秘的传说，而安提克在一旁焦急万分，想让她注意到自己，可她什么也没感觉到。人们都在认真地听着，都没有留意到他的动作。

突然一只狗在外面狂叫了起来，好像被什么惊吓了，克伦巴的一个儿子连忙出门察看。回来的时候，他解释道，他发现窗户外站着一个农民，不过逃跑了。

没有人理他，之后狗也不再叫了，却有一个人的身影从窗户外面一闪而过，一瞬间就消失不见了，没多少人注意到；不过却被一个小姑娘发现了，她害怕得大叫起来，直翻白眼。

"刚才不知道谁从窗外经过——就在那里——就在外面的院子中！"

"嗯，我也听到雪地上有人刚刚走过的声音！"

"好像还擦着墙壁呢！"

"'刚提到魔鬼，魔鬼便出现了！'"

人们都惊慌了起来，害怕地坐在原地，不敢动弹。

一个人颤抖着小声说道："噢！大概是我们刚刚一直在谈论魔鬼——就将它给惊扰了——或许它正看着我们之中的谁呢！"

"上帝啊，圣母玛利亚！"每个人都害怕地叫出了声。

"男孩子们，我们不妨去外面察看一下吧？或许不过是一群疯狗在雪地上打架呢。"

"啊，刚刚我从窗户那里看出去，已经看得很清楚了——他的头有一只水桶那么大，眼睛通红，就像是烧红了的木炭！"

罗赫安慰道："你的眼睛看得不清楚。"他发现没人愿意和他一同出去，只好一个人出门了，好让她们不再惊慌。

回来的时候，他说道："我想和你们分享一个关于圣母的传说，我想你们就不会有那些幻觉了。"他又坐回刚才的位置，人们全都被他的平静传染了，纷纷安静了下来。

"这个传说很古老，只在很久之前的史书上才能查到。离克拉科不远的一个村庄里，有一个自由自在的农民，他叫卡西米尔，也被别人叫作'老鹰'。他的家庭还算富有，一直以来都住在那里，在那里拥有三十五英亩的土地，而且还有一座森林属于他。他的家和大地主家一样豪华，在靠近河岸的地方还修建了一座水库。受益于上帝的恩赐，他的每件事都很顺心，他家的仓库里堆满了食物，钱柜中的钱也是满满的，他儿孙满堂，有个非常优秀的妻子，而且他也是一个聪明而且善良的人，从不盛气凌人，平等公正地对待每一个人。

"他成了那个村子里的首领，就像是一个慈爱的老父亲，总是伸张正义，公正地处理每件事，对邻居们伸出友爱之手。

"他就那样淳朴、安详、愉快地生活着，上帝一直在他的心里。

"有一次，国王命令人民和异教徒打仗。

"'老鹰'很为这件事心烦，他不愿意离开家门去遥远的地方参加战争。

"只是那个时候，国王的部下已经来到了他家门前，让他立刻出发。

"那场战争很激烈。那些卑鄙的土耳其人已经杀入波兰，将每一座村庄、教堂都烧毁，不仅杀死了神父，还俘虏了不少人，将他们杀死，或者将他们捆绑着押送至他们那个没有信仰的国家里。

"跟敌人拼命是他们神圣的职责。如果一个人肯将自己的生命奉献出来，守护他的祖国和亲人，那么他的灵魂一定会永远活下来。

"因此，他将村子里的人都召集起来，尽可能地挑选出那些体格健壮、英勇神武的男子；次日，弥撒结束之后，他们便踏上了征途，有的是骑马前行，有的坐在马车上。

"所有的村民都赶过来送他们，村民们泪流满面、叹息不断，将他们送到了一个岔道口，附近是钦斯托合娲圣母的雕像。

"那场战争持续了很久，之后人们再也打探不到他们的情况了。

"其他人很早就回来了，可是'老鹰'却依然流浪在远方。人们都觉得他应该已成为土耳其人的俘虏或者早就没命了；并且，从那里经过的流浪汉也悄悄传送出不少消息，更让他们坚定了自己的想法。

"终于，在第三年快要过去的时候，他在早春的一天回到了村庄。但是，他是独自回家的，下人、马车，什么也没有，他只挂着一根木棍，如同流浪汉一样回家了。

"他再次来到圣母的雕像面前，忍不住跪在地上，感谢主让他平安回家，然后便急迫地向村子里走去。

"不过，没有谁对他表示欢迎，压根就没有人认出他；村里的狗也对他不善，他只得拿起木棍将它赶走。

"终于，他回到了自己的家里……他擦擦眼睛……画着十字……不知道到底是怎么了。

"上帝啊，圣母玛利亚啊！——他们的仓库、果园，就连篱笆，什么都不见了！一头牲畜都没有。——房屋也被烧毁了。——孩子们也都不见了！他的东西竟然统统消失了！他的妻子发现他回家了，从床上坐起来——她已经生病在床很久了——悲哀地哭泣着！

"他一动不动地站在那里，好像被雷劈了一样。"

"在他外出打仗的那段时间，在他为上帝与敌人作战的时候，他的家里却发生了瘟疫，夺走了他孩子的生命，后来他的房子又遭到雷劈，被彻底烧毁，不久他家的牲畜又被野狼拖走了。邻居们也来欺负他，将他们家的土地强行掠走，种的庄稼也在干旱中死掉了，别的作物又因为冰雹而损失殆尽，现在他已经失去了一切。

"知道了这些消息，他不由得在门外倒了下去，脸色一片苍白，好像一具尸体。傍晚的时候，晚祷的钟声敲响了，他一下子跳起来，开始冷酷无情地痛斥着神灵!

"'为了天主,我不惜挥洒身上的鲜血,而你又是怎么对我的?我在外守卫天主的教堂,居然会遭到这样的报应!'

"他的妻子劝告他要镇定一些,但是没有什么效果;她苦苦哀求着,甚至跪在他的身旁,也劝不动他,他依然在痛骂着神灵。

"'噢!我在战场上负伤、忍饥挨饿,我这么公正虔诚,竟然会有这样的下场!天主不管我做过什么,决意要抛弃我,收回我得到的一切!'

"他对上帝说出了最卑劣的话语,哭诉着说他愿意臣服于撒旦,撒旦才是那个在危难时刻不抛弃穷苦人民的圣人。

"他刚一说完,瞧,撒旦便来到他身边了!

"'老鹰'因为心里的愤愤不平,此刻什么也不顾地大声喊道:

"'啊,撒旦,如果你可以让我脱离困境,那就帮一帮我吧,如今我已经陷入了最困难的境地!'

"他这个笨蛋,还不明白这些不过是上帝在考验他的忠诚!

"撒旦发出危险的声音:'我当然会给你帮助,但是,我要收取你的灵魂作为代价。'

"'好的——现在就可以!'

"因此,他们便签订了合约,用卡西米尔的血作为凭证。

"自从签订合约之后,他家的一切都慢慢地好转了。几乎没什么事需要他亲自做,他只需发号施令和管理就行。魔鬼麦克勒替他干活儿,还有一些其他的魔鬼,他们打扮成工人或者德国人的样子,给他帮忙。一段时间之后,农场也治理好了,相较以前更加广阔兴旺了。

"不过他们依然没有孩子。当然，孩子们又怎么可能在这个被上帝抛弃的家庭里出生呢？

"对于这一点，农夫感觉万分难过。夜晚的时候，一想到他死后就得去地狱里忍受煎熬，心里更加难过了。

"不过麦克勒却很肯定地告诉他，那些有钱人——帝王将相、学问家，就连这个世界上最有权威的主教，都已经将灵魂出卖给撒旦了。不过他们可不担心死后会怎样，只要这辈子可以尽情地享乐，将这辈子的福都体验完就可以了。

"听了这话，卡西米尔便越来越安心了，慢慢地，他愈加放肆地和天主作对了。他亲自去树林里将十字架毁掉，还将家里的耶稣像拿出去丢了，甚至还想着将钦斯托合娲镇圣母的雕像搬到一边，因为它正拦着他去耕田的路。经他妻子的不断祷告、哭诉和恳求，这才让他勉强答应不搬。

"时间就像流水一样，渐渐流逝。他拥有的钱财也越来越多，权力也不断地增大；甚至国王都来到他的家里拜访他，请求他去朝廷里，还将大臣的位置赐给他。

"此时的他盛气凌人，看不起任何人，而且对穷人很不友善，从前的公正廉洁已经不复存在，他已经看不上这世上的所有人了。

"最最可笑的是，他居然不再考虑有一天他将遭到的惩罚。

"不过，最后的审判日终将来临。

"上帝终于不再给这个无情冷酷的罪人悔改的机会，他是不可能悔改的了。

"终于，他遭到了严重的惩罚。

"没多久，他便大病一场，受尽病痛的折磨。

"然后，一场瘟疫使他的牲畜全都病死了。

"接着，雷电劈坏了他的房屋，将它化为一片废墟。

"再之后，一次下冰雹，他的庄稼也全都被毁坏了。

"然后，又是一次严酷的干旱，他的一切都干枯了，烧成了灰，土地干旱得裂开来，树木也因为没有了充足的水分而干枯死亡。

"每个人都唾弃他，贫穷已经来到了他家门外。

"他的病情更加严重了，身上的皮肉渐渐脱落，骨头也慢慢腐朽了。

"他恳求着麦克勒和那些魔鬼来帮助他，一点效果也没有。如果天主发怒了，想惩治一个人的话，即使是撒旦，也没办法拯救。

"那些魔鬼不但不来帮助他，认定他必定成为他们的玩物，还在他受伤的地方点火，让他的疼痛加剧。

"如今除去天主的宽恕，没有谁能帮助他。

"在一个深秋的夜晚，狂风在外面呼啸，将房顶和窗户、房门都吹到空中，不久进来一个魔鬼，手里拿着一个草镰来到房子中间，使劲地舞蹈着，'老鹰'正躺在床上，好像快要死去了。

"他的妻子一心一意地守护着他。她将一个圣像放在他身边，还拿着在窗户、门上画着十字，将魔鬼赶跑了；不过她很担心自己的丈夫还没有来得及向天主忏悔，没有领到最后的圣餐便死去了。虽然到现在他还是执拗地不准她外出请神父来家里，虽然撒旦也在想方设法地横加阻挠，但她还是找准时机偷偷去了神父家里。

"不过神父正好赶着车想要外出，不想去帮助那个满身罪恶的人。

"'既然天主已经将他抛弃了……那么就让撒旦带走他吧……我也没什么办法。'神父说完，便去大地主家打牌了。

"她痛哭起来，来到钦斯托和娲圣母的雕像前，跪倒在地，虔诚地祈祷着，希望丈夫得到宽恕。

"圣母也被她的忠诚感动，于是回应了她。

"'女人啊，不要再哭了……我答应你的请求。'

"于是圣女走下圣坛，她的真身带着皇冠，身上是一件缀满星辰的蓝色斗篷，身上挂着一串念珠……圣母就像一颗闪亮的星星，闪耀着慈祥清和的光辉！女人忍不住拜倒在地。

"圣母慈爱地伸出圣手将她扶起，替她擦掉泪水，温和地说道：

"'虔诚的人啊，我现在就去你家，或许可以帮助你。'

"当她看见病床上奄奄一息的人，不禁也心生怜悯。

"'神父一定要在你丈夫去世之前出现，聆听病人的悔改和赦免罪人的过错这种权力，是上帝授给神父的，我只是一个女人，没有那样的权力。这里的神父也有罪，任由他的人民受罪。这一点天主会惩罚他的；但是现在只能让他来赦免罪过……我会亲自去大地主家将这个赌徒接到这里——这串念珠先交给你……在我回来之前，你可以用它阻挡魔鬼的攻击。'

"'不过，你可怎么出门啊？天已经黑透了，而且又有暴风雨，道路崎岖，况且路途遥远，想必恶魔也会一路给你设置阻碍阻止你前去的。'

"圣母却不害怕这些。她只需要一条宽大的毛毯裹着身体，就足以抵挡住暴风雨。她快步向前赶路。

"圣母赶到大地主家的时候，已经疲惫不堪，而且全身都湿透了。敲开门之后，她恭敬地请求着神父去给一个病人做最后的祷告；不过神父看她很像一个穷苦的农妇，而且外面风大雪大，便传出话来说他正在忙着工作，明天就会去了。他还在和地主打着牌，喝着香槟，和那些贵族们谈笑风生。

"圣母很遗憾神父糟糕的表现。不一会儿她便召唤出一辆豪华的马车和一群下人，身上穿着庄主妻子的衣服来到房间里。

"神父立马就跟着她走了，并且热情万分。

"他们终于及时赶回去了，那个农夫就剩下一口气了。在神父拿着圣餐赶过来之前，魔鬼们想方设法向屋子里冲来，想将他活活地拉进地狱里。

"在临终之前，'老鹰'终于对自己的恶行做出了忏悔，并且获得了宽恕。圣母亲手替他将眼睛合上，为寡妇祈福之后，便对还在出神的神父说道：

"'你和我出来一下！'

"他跟着圣母出来了，心里更加诧异，不过，当他发现外面那辆马车和那群用人都消失了，只剩下狂风暴雨和黑夜里的泥泞时——感觉到死神正紧紧地跟在他后面！他非常惊惶，跟在圣母身后来到了教堂里。

"现在，他亲眼看到圣母回归到圣坛上，披着蓝色的斗篷，头上是闪亮的皇冠，一群天使围在她身旁唱着赞美诗。

"现在他终于明白了她便是圣母，非常害怕。他跪在她的面前痛哭起来，请求她的宽恕。

"不过圣母只是愤怒地俯视着他，说道：

"'你必须在这里跪着悔过几百年，才能将你犯下的错抵消！'

"然后他便化成了一尊石像跪在地上，到了夜里便痛哭起来，伸出手祈求，希望圣母能宽恕他。他就那样跪了好多年。

"阿门！……

"现在，我们还可以在多姆布罗瓦城看到那个忏悔的神父。石像就在教堂外面，纪念着这个故事，警告那些有罪的人。"

她们认真地听着，温顺乖巧，心里满是崇敬和惊叹，她们全都沉默了。

此时她们又能怎么说呢——她们的灵魂就如同烈火中滚烫的熔铁，满是热情的光辉，一旦轻轻敲上去，便迸射出热情的碎屑，如同天上的彩虹一样。她们又能怎么说呢？

因此沉默依然在持续，静静地等待着心里的激动之火缓缓消退。

马修取出笛子，用灵巧的手指演奏着一首赞美诗："圣母保佑我们……"这首曲子美妙动听，没什么节奏，活泼明朗，如同落在蜘蛛网上的露珠一样，人们不由得轻声哼唱了起来。

然后她们便逐渐回到现实世界中来。

没过多久，一个小伙子笑了起来，然后是哈哈大笑，因为那个士兵的妻子泰瑞沙正让他们猜几个有趣的谜语。又过了一会儿，有人进来说老波瑞纳已经从法院回家了，正在与朋友们在酒店里喝酒。雅歌娜听说了之后，便偷偷跑了出来。安提克也跟着她偷偷出来，在外面的大门附近赶上她，牵着她的手，带着她一起走出院子，从果园里穿过，一直来到仓库的另一面。

第十一章

他们穿过果园，快速地在积雪上滑过，猫着腰从缀满积雪的树枝下走过，跨过一个个的仓库，来到一个灰蒙蒙的雪原上，来到这片星星都消失不见的寒冷的夜空下，来到这片冷寂的荒原里。

他们一直向前跑着，消失在黑暗中，不久便将世俗的一切抛在身后。他们伸出手臂彼此紧紧地抱着对方的腰，俯身向前快速走去。两人的臀部挨在一起——欣喜地跳着舞，心里却又装满惶恐，沉默着不说话，心里却在唱歌——穿越这一片灰暗的蓝色边界。

"雅歌娜！"

"亲爱的！"

"你确实在我身边？"

"你在怀疑吗？"

他们什么也说不下去了，没多久便歇息一下调整一下呼吸。

心脏在狂跳着，他们根本什么也说不了，只能拼命地压制着心里的激情，不然很有可能狂啸出声。他们彼此死死地看着，眼神安详却又饱含激情，两个人的嘴唇急不可耐地紧贴着，心里的渴求在叫嚣着，他们激动得快要崩溃了，不停地喘息着，好像脚下的土地要裂开了；而他们如同落进了深深的火海中——燃烧着熊熊火焰的眼睛里只有对方的身影，其他的什么也没有！——他们继续向前奔跑着——要跑去什么地方，他们也不知道，心里的希望让他们不停地向远方奔去——奔向那片漆黑的夜，奔向那最深沉的夜。

他们穿越了一块块的田野，奔向更加遥远深沉的地方——一直跑到前方一片漆黑——一直跑到他们将整个世界都抛在身后，跑到他们远离这个世界，进入一个梦幻之地，就好像进入了一个神奇的梦境，就好像刚才他们在克伦巴家清晰地梦到的那一切！——事实上，他们好像还能感觉到刚才那些神奇话语带来的魔力，朦胧而美妙，依然是那种充满奇迹和神奇的音调，那些奇妙的传说让他们的心灵中开满了这个世界之外的鲜花：惶惑、崇敬，还有销魂和让人沉沦的欣喜，以及无法抑制的欲望！

啊，他们还披着那奇妙和神秘传说的彩色斗篷，也可以当成跟随着头脑中的那些神奇的场面，跨过神秘陌生的国界，感受着那些令人不可思议的场景，那些神奇的、诱惑人心的、奇妙的咒语。他们可以看到黑暗处有阴影在晃动着，有时飘荡在半空中，好像弥漫开来，深深地拨动着他们的心弦，他们惊惶得无法呼吸，紧紧地依靠着对方，一言不发，心里满是惊慌失措，静静地窥视着梦幻中的无底深渊。这时候，从他们的灵魂中绽放了一朵美妙的花——那是坚定的信仰和美丽的爱情开出来的花……他们享受着爱情与忘我的极致。

没多久，他们再次回到现实世界中，疑惑地打量着这漆黑的夜，还不清楚自己到底是在哪个地方，难道是发生奇迹了，还是，不过是头脑中的幻觉而已。

"哎，雅歌娜，你害怕吗？"

"害怕？即使是跟随着你走到世界的尽头——即使和你一同死去，我也不会害怕！"她紧紧地靠在他身上，激动地说道。

没过多久，他又问道："你有没有在那里等我来？"

"亲爱的，我每次将门打开，都希望见到你！为了你我才会去开门的，我真担心你不来了！"

"可是我来的时候，你却又忽视我！"

"怎么会呢！只是旁边的人都看着我，我怎么敢向你看呢？——噢，一定是我太想你了，我居然没有晕倒在凳子上。"

"我的小心肝！"

"你就在我的身后，我感觉得到，只是我不敢向后看——更不敢开口；我的心一直在狂热地跳着，声音好响啊，我真害怕别人听得到。"

"我本来是想去克伦巴家找到你，然后一起出来的。"

"我原本是想快点回家去的……你却出来阻止了我……"

"你不想来吗？……告诉我，雅歌娜！"

"不是的……其实时常……我都感觉到会发生这样的事情！"

"你真的这样认为吗？真的吗？"他欣喜地问道。

"不错，安提克——况且……如果我们老是……在围墙后面……好像不太安全。"

"嗯——这里不会有人来干扰了。这里可只有我们两个人。"

"嗯，只剩我们俩了！这里真是一片漆黑！"她轻声说道，伸出手紧搂着他的脖颈，激动地将他抱在怀里。

此刻风已经停息，偶尔一阵轻风轻抚着他们，让他们灼热的面孔感受到一丝凉爽。天上没有星星，也没有月亮，一片阴沉，笼罩着厚厚的乌云，好像盖着一床破旧的棉被似的，云层是深棕色的，就像一群牛羊在荒原上啃着草。更远一些的地方一片朦胧，好像整个世界都笼罩着一层轻纱，将漫无边际的黑暗笼罩其中，周围奔涌着黑夜的巨浪。

　　空气中有某种声响——一种几乎察觉不到的、令人不安的颤动，好像正从树林里向前飘荡着，然后与夜色融为一体。

　　周围一片漆黑，在这恐怖而又令人烦躁的时刻，他们感觉到一种奇怪而烦闷的声响，一种不停歇的怪异的颤动声，好像有什么难以名状的鬼影在怪异地低语着！偶尔从那无边无际的幽暗中忽然出现一种苍白色，就像是积雪的颜色一样，在阴影另一边的盘山路上忽然升起几道冰冷、阴暗而又黏腻的光线，然后黑夜再次紧闭着双眼，整个世界再次陷入无边的黑暗，万物都消失在这片黑暗里。眼睛里什么也没有了，这时候也陷入这片危险的黑暗里，如同墓地般的寂静让灵魂沉迷，让它丧失知觉。——不过，这张巨网偶尔也好像是遇到了强劲的对手，被撕成两片，从那条深深的缝隙里，黑沉沉的天空就在眼前，庄严澄澈，缀满了星星。

　　此时——它是来自田野里还是乡村里？是来自上方的天空还是天地交界处的黑暗里？——谁能知晓呢？……不过它的的确确来到了……发抖着，低声细语着……向这边滑过来。它究竟是什么东西呢？人们的低语，微弱的灯光，好像连回声都没有——随便你怎么叫它吧，那个早已消亡的事物和声音的幽魂此时又来到这个世界上游荡着，好像排着队来回走动着，又在远方慢慢消逝，如同星辰湮

445

灭在天空里。

只是相爱的两人却很少留意到这些。两人的心里正刮着龙卷风，而且正逐渐加强，无法用语言表达出来的欲望、炯炯发光的眼睛、颤抖着的恐惧、滚烫的热吻、沉闷的断断续续而且模糊的话语、死寂般的瞬间、让人无法呼吸的抚摸和紧紧地拥抱着对方的热情，如同狂风一样在两颗心里交替着，他们将对方紧紧地抱在怀里，简直快要窒息了，他们彼此互相折磨着，又祈求着更深的伤害，他们的双眼好像被粘住了，将一切都置之度外！

他们在这种热烈的疾风中舞动着，对于其他的事物没有任何直觉，好像陷入了癫狂，将一切抛诸脑后，有一股烈火在两人的体内蹿升着，在这个漆黑的深夜，他们躲在这个荒寂的原野上，准备将自己毫无保留地奉献给对方，"只有死神才能让他们分离"，他们的心底奔涌着一种没有得到满足的情欲和饥渴，还有彼此的爱意。

现在的他们只有沉默，不过内心深处不自觉的呐喊，好像抽搐，又好像癫痫病发，好像火苗燃起的沉闷响声——不时地胡言乱语着，疯狂地呻吟着——眼睛里充满了渴求，一片迷乱中又带着惊惶，让内心的激荡展露无遗。——最后，他们俩一同剧烈地抽搐着，因为内心的渴求而不断颤抖着，理智完全丧失了，终于大喊了出来。……然后躺倒在地上！

世界也和他们一同旋转了起来，一同掉落进深渊里！

"啊，我肯定是发疯了！"

"别说话，亲爱的，别说话！"

"我控制不了，不然我真的要疯掉了！"

"我感觉心脏快要爆炸了！"

"我的血滚烫，好像血管也要被烧伤了！"

"噢，是死神要来了吗——还是我要晕倒了？"

"噢，亲爱的，亲爱的！"

"噢，我的安提克！"

就像是那些组成生命的有机体，在每年的初春时节复苏，而且在一种恒久的亲和力的压迫下，走遍所有的角落寻找着对方，直到彼此找见，在春天里相遇、结合，然后结出不可思议的神奇花朵，还有。在风里沙沙响着的葱翠树木。

安提克和雅歌娜也真是这样，他们已经被对方的思念折磨了那么久，这时候相遇在一起，所以抑制不了地叫喊出声，和对方结合在一起，紧紧地拥抱着对方，相互纠缠着，如同两棵被狂风吹倒的松树，玩命地拥抱在一起，拼尽全力反抗着，缠绕在一起搏杀着、旋转着、反复着——最终倒在地上死去！

黑夜编织起一层黑纱，将两人包围在里面，帮助他们更好地进行着这一切。

在阴影里，不时地有鹧鸪鸣叫着，好像就在面前，它飞翔的每个动作都能听得一清二楚。开始的时候，传来一阵急促的翅膀扇动声——沙沙作响，准备飞向天空了。还有一些其他的声音不时地响起，尖锐地将这片沉寂打破，附近的村庄里还有公鸡啼鸣的声音传来，不过好像被什么遮挡住了。

"现在一定很迟了。"她害怕地在他耳边轻声说道。

"啊，还不到半夜呀，不过是气候有异，所以它们才会提早啼叫。"

"积雪已经开始融化了。"

"嗯，雪已经变软了。"

他们来到一块岩石下坐着，附近忽然响起一群野兔嘀嘀咕咕的声音，好像在愉快地蹦蹦跳跳着，然后一同跑出来，从他们的身旁经过，吓得他们不由得向后退去。

　　"这正是它们交配的时候，那些小家伙真高兴，什么也不用担心……春天就要来临了。"

　　"我还以为是一群野兽冲着我们过来了呢！"

　　忽然他害怕地小声说道："别说话！将身子压低一些！"

　　他们慢慢向岩石爬去。由于积雪的反光作用，此时天空并不是一片漆黑，他们看见从阴影里窜出几个长长的影子，慢慢地向猎物靠近，它们俯在地面上缓慢地移动着，偶尔完全隐没了——好像消失在这片土地上一样，它们的眼睛好像是绿森森的磷光，如同森林里的萤火虫一样闪闪发光。它们和他们相距大概四十码，不过没多久便离开了，身影完全隐没在夜色中……此时，忽然有一只野兔亡命的挣扎声从不远处传过来……然后是脚步拖在地上的声音……野兽奔跑和呼啸的声音，咬断骨头的断裂声，凶悍的嗥叫声；不久，大地又恢复到难言的、令人不安的沉寂之中。

　　"狼群——将一只兔子活活地撕碎了。"

　　"如果它们发现了我们，那该如何是好？"

　　"不会的，风正往我们这里刮呢。"

　　"这里太恐怖了。我们还是回去吧，而且我身上已经快冻僵了。"她说道，还打了一个喷嚏。

　　他用胳膊将她拥在怀里。她用热情的吻回应他，使他将一切烦恼都抛在身后。他一只手放在她的腰上，两人肩并肩地往回家的小路上走着，左摇右晃的，如同一棵满是花朵的树木，在蜜蜂的嗡嗡声里惬意地摇曳着。

　　大多数时候两人都是沉默的，不过两人的热吻、轻叹和热烈的呼唤，他们甜蜜的轻声细语和扑通扑通跳跃的心脏，却在他们的上方和周围响起，就像是春风拂过田野的震颤。现在，他们就好比鲜花遍地的田野，充满了一种愉快的光彩和适意，他们神采奕奕，眼睛就像待放的花骨朵，他们的心灵在阳光下绽放，闻着草地上热烈的芳香，欣赏着小溪里流水的情影，聆听着小鸟轻轻的悦耳的鸣叫声。他们狂乱的心跳声与这些春天的景象交融在一起，他们几乎没有语言的交流，那些语句含糊不清，却又富含深意——那些从心底发出的声音，就像是初夏的早晨从树枝上生长出来的娇嫩的芽儿，他们的呼吸如同吹拂在稻田里的微风。他们的心灵如同春天的某个日子——如同生机勃勃的小麦叶子，像云雀一样永不厌倦地歌唱着，充满了光明、低声细语、闪耀的苍翠和无法违抗的对生命的感激！

　　然后他们忽然沉默下来，静止不前，对于将要发生的、无法预料的事情充满了恐惧，如同乌云遮挡着太阳，整个世界忽然一片悲凉的寂静，满怀着阴沉沉的疑虑。

　　不过他们没多久便摆脱了这样的情绪，心里又充满了热烈的愉快，幸福又一次溢满心底。他们简直要在幸福里飞翔起来了，控制不住地想要飞翔——忍不住地歌唱起来，歌声充满了激情，如同梦中的低语。

　　他们在歌声中摆动着身体，这歌声就像是长出了美丽鲜艳的翅膀，飞翔了起来，从那片孤寂的黑夜里飞过，飞向天空搜寻着星星的身影。

　　此时他们俩都疯狂了起来，不停地向前走着，身体紧贴在一起，内心里有一种无法抑制的冲动鞭策着他们，让他们得意地忘记了自己，将整个世界都弃之不顾，为这种梦幻般的感情而神魂颠倒，体验着极致的喜悦，唱着没有时间、没有形体，也不用言语的赞美诗表达着自己的爱恋！

那首赞歌简直就像是暴风雨般狂热，从他们滚烫的内心里奔涌而出，那种充满爱的节奏一投入这个世界，便征服万物！

歌声就像是混沌夜空里的一束火光！有时候，又像是荒原里熊熊燃烧着的树木，将大地照亮！

有时候，又像是汹涌前进的流水，将被寒冰冻住时的挣扎的低声嘶吼。

有时候，简直低不可闻——化成了甜言蜜语流泻到耳边，轻声细语着，就像沐浴着阳光满足地摇晃着的庄稼！

没过多久，它便像受到惊吓的小鸟扑棱着翅膀向太阳飞去，然后为大地唱着乐曲，那永远不朽的生命的赞歌！

安提克小声喊道："雅歌娜！"发现她就在身旁，好像被惊吓了一样。

"我就在这里。"——不过她的回应声很低，并且充满了伤感。

这时候他们正走在村子周围的小路上，就在那个仓库的附近，不过却走到了老波瑞纳农庄旁边的一个小山上。

雅歌娜忽然哭泣了起来。

"噢，你这是怎么了？"

"我也不明白了，我忽然觉得有些怪异，就不由自主地哭了。"

安提克很是苦恼，将雅歌娜带到一个房屋突出的仓库边上坐下，将她温柔地抱在怀里，放在胸前微微摇晃着，好像她是个小孩子似的。

她的泪水像断了线的珠子，不停地往下掉着，如同鲜花里不断渗漏的露珠，他小心地为她擦掉，可是她任由泪水不断涌出。

"有什么可害怕的呢？"

"你居然问有什么可害怕的？不过是我的心慢慢地静下来，好像正面对着死神一般；又有一种能量拉着我，我真想飞上天空，和云朵一样飘荡着。"

他不知道该说些什么。他们灵魂里的明灯忽然被吹熄了，心里有一道黑影闪过，将两人之间的沉默打破，突然升起一股神奇的渴望，这种渴望将他们两人紧紧相连，紧贴着对方，真诚地希望彼此支持，争相向那个神秘的世界里飞去。

风又刮了起来，树木如同鬼影般摇晃着，将积雪撒在他们身上，浓密的乌云也快速地开裂，然后飘向远方，低沉的呼啸声从田野里飘过。

"已经很晚了，很晚了，我们还是跑起来吧。"她向上抬起身体轻声说道。

"不用害怕，人们都还没开始休息呢！我听到了他们正走在回家的路上——应该是刚从克伦巴家出来吧。"

"不过，我将草料桶落在牛棚里了不拿出来的话，可能会让母牛折断腿的。"

他们静静地站在路上，耳边的声响先是慢慢提高，然后再渐渐减退。不过从另一侧——听起来应该就是刚才那条路——雪地里传来脚步声，一个高大的身影从黑暗中走出来，他们看得很清楚，不由得害怕得大跳。

"那里有人走过来，我们藏到树后面吧！"

"应该只是幻觉吧，乌云经常在雪地上留下这样能动的黑影。"

他们望着那个阴影处很长时间，仔细地探听着。

然后他在她耳边低语着："走吧，我们一起去草堆里，那里应该会舒适一些。"

没一会儿他们便焦虑地东张西望，屏住呼吸静静地听着，不过周围仍是一片死寂。因此他们继续向前走去，谨慎地俯下身子，终于到达草堆旁，钻进那个靠近地面的深洞中。

周围又陷入一片黑暗，天上的乌云一堆堆的，厚重得无法渗透。星星那惨白的光芒也消失不见，黑夜再次闭上双眼，陷入沉沉的睡眠中。深沉的寂静透着死亡的气息，只能听到缀满积雪的树枝在左右摇晃，遥远的地方还有流水声传来。

很久之后，积雪上又响起了人的脚步声——依然是如同野兽般轻轻悄悄的。一个黑影靠近围墙走来，然后俯下身子，绕过雪堆，越来越近……黑影越来越大……不时地停下一会儿……然后继续向前……黑影从草堆的另一边绕过来，悄悄来到洞穴周围，俯身倾听着。

然后黑影向围墙走去，消失在树木的阴影里。

没过多久，黑影又现身了，手里拿着干草，停下脚步细细聆听着，接着跳上草堆，将手里的干草堵向洞里，将洞口紧紧堵住……然后点上火。干草很快烧着了，吐着猩红色的火舌，不久便成了一片火的海洋，将草堆的一边笼罩起来。

老波瑞纳手里拿着锄头，低着头，在一旁观看着，他的脸色如同白纸一样苍白！

他们很快弄清楚了现在的状况，火光已经将他们藏身的洞穴照亮了，空气里布满了浓烈的烟味。他们不停地扑腾着，不知道从哪里出去，心里是疯狂的恐惧感，几乎就要窒息了。不过安提克的运气不错，刚好找见一块柏油的防水布，使劲地扯了下来，将布包裹着身体滚了出来。还没等他站住脚，老波瑞纳便举起锄头向他打去，想一举将他钉住。但是没有打中，安提克一下子跳起来，在老头儿刺出第二次之前，挥拳打在他的胸前——便向外逃去。

老波瑞纳一下子从地上爬起，向草堆冲去；不过早已不见了雅歌娜的身影，她早就逃走了，融入这片黑暗里。现在，他愤怒地大喊着："火灾啊！火灾啊！"从草堆旁走过，用力地挥舞着手里的锄头，在火光的照耀下宛如一个魔鬼——此时草堆已经整个地烧起来了——嘶嘶作响，偶尔发出爆鸣声，一道火柱冲向半空，烟雾弥漫。

人们匆忙地向这里跑来，火灾的消息已经传遍了整个村庄。有人发出了警报声，每个人都害怕得不得了。不过火灾却继续蔓延着，红色的斗篷从一个地方席卷向另一个地方，每个房子上都撒满了火星，整个村子里都撒满了火星。

第十二章

在那个难忘的夜晚过后，村里人便陷入了一种亢奋的状态，整个丽卜卡村的农民们倾巢而出，如同一个被顽劣的小孩子捣毁了的蚂蚁窝似的。

天刚蒙蒙亮，人们刚从睡梦中睁开迷蒙的眼睛，便不约而同地向发生火灾的地方赶去；甚至走在路上还不忘祈祷，以免浪费时间，就像去赶集似的。

天色阴沉沉的，罩着一层厚厚的雾霭，柔软的雪花大片大片地掉下来，给所有的东西都罩上一件潮湿、破旧的纱衣。但是，没人担心这样的天气，人们里三层外三层地围在发生火灾的地方，站了好几个小时，轻声谈论着刚才的事故，仔细倾听着别人的最新消息。

草堆早已烧成一片灰烬——整个都被烧掉了，只剩下了两个支撑的架子，此外就剩下一堆灰烬了。那两个支撑的柱子就像是烧了一半的柴火。牲畜们的棚子顶部也被烧掉了，只剩下一个架子。旁边的小路和附近人家的田地里满是烧焦的干草、烧断的木头、草木的灰烬和烧焦的木块，远至半亩田地上都撒遍了。

雪花依旧在飘落，没过多久，天地便笼罩在一片白色的闪闪发亮的雪雾里，不过有一些地方被没有烧完的灰烬融化了。四周都是一片浓浓的烟雾，不时地有微弱的火苗从草堆里窜出来，马上就有人将旁边的干草耙开，上前将余烬熄灭，然后拿起棍子敲打，将积雪压上去。

人们正忙着将一堆还在冒烟的干草熄灭，突然一个年轻人发现了一块烧得发黑的布块，高高地举在手中。

"这不就是雅歌娜的嘛，她身上的围裙！"柯齐尔大妈嘲讽道。他们很快明白了这件事的经过，至少蒙得也差不多了。

"年轻人，再好好找找，或许还能发现一条裤子呢。"

"啊，不会的！他早就穿上了……除非他将裤子落在半路上！"

"好几个女孩子都跟着他后面找着，不过有人抢先了一步，先下手了。"

村长发怒地大吼道："长舌妇，闭上你们的嘴！难道你们是在这里寻开心的，拿邻居的不幸开玩笑吗？——你们这些女人呐，赶紧滚吧，滚回家去，你们怎么会来这里？"

柯齐尔大妈立马反驳道："不要你来多事，你管好你自己的事情就行了……那才是你应该做的！"她尖锐的声音里充满了不满，村长盯着她的脸，嫌恶地吐了口唾沫，便向院子里走去。谁也没有退后一步，妇女们不停地踢着那块发黑的围裙，大声地发表着自己的意见。

柯齐尔大妈开了个头，她大声地说道："她这样的坏女人，就应该点起蜡烛，然后用火钳将她赶出村子——就像从前我们对待女巫那样！"

西科拉的妻子很赞成她的意见："嗯，这一切不都是她造成的吗？"

索哈大妈也温和地说道："感谢上帝，没有将整个村子都烧毁！"

"嗯，真是奇迹，的的确确是个奇迹。"

"的确，今晚没有刮风，而且也有人立即报警了。"

"并且听到警钟时，我们正准备睡觉。"

"那些带着黑熊的人正从酒店里出来，火灾大概是他们最先看到的。"

"噢，天哪，不是这样的！伯锐那刚把他们赶进草堆里，正准备将他们拆开，便发生了火灾。昨天夜里在克伦巴家的时候我还看见他俩一同出门呢，那个时候我便猜到会有这样的事情。"

"老头儿老早就想逮住他俩了。"

柯伯斯大妈也说道："我儿子也告诉过我，老波瑞纳在克伦巴家附近站了很久，等着他们出现。"

"肯定是安提克想要报复，所以将草堆烧毁了。"

"而且，安提克不也说过要放把火烧掉他的房子吗？"

柯齐尔大妈也肯定道："这样的情况是避免不了的，是无法避免的。"

此时，还有一堆女人也在低声议论着，不过声音压得很低，内容也更加逼真。

"你听说没有？老波瑞纳将雅歌娜狠狠地打了一顿，她被打得很严重，现在正在娘家呢！"

"是的，他一早便将她赶出门了，并且还将她的柜子和所有的东西都丢出来了。"巴尔塞瑞克太太终于也开口说道。

不过，普罗什卡的妻子却打断了她的话："不要瞎说，不久之前我才从他们家外走过，她的柜子还在呢。"

她提高了声音："不过，从她结婚的时候，我便已经猜想到这种状况了。"

索哈大妈张开双手，举起来说道："啊，老天啊！居然有如此可怕的事情！"

"噢，也罢，他会为此付出代价的，就等着蹲监狱吧！"

"这也是应该的，整个村子几乎都要被他给毁掉了。"

普罗什卡的妻子又说道："我刚准备睡着了，便听见那个一直跳来跳去的表演黑熊的人鲁克大力敲着我家的窗户喊着，'发生火灾了！'——耶稣玛利亚！我家的窗户都被大火映得通红……我害怕得都要晕过去了，浑身动弹不得……然后便听见了警钟，人们都在大声叫喊着……"

又有人补充道："我一听说火灾发生在老波瑞纳家，便明白这肯定是安提克做的。"

"虽然我没有看到，不过每个人都认为是他。"

"是啊，而且，在很久之前，雅固丝坦卡便悄悄地这样议论过。"

"他们肯定会给他戴上镣铐，然后将他带进监狱。"

巴尔塞瑞克大妈对于自己精通法律，很是自豪，她高声质疑道："不过他们又能对他怎么样呢？有谁亲眼见到过？谁可以证明是他做的？"

"噢，老波瑞纳不是就在火灾现场将他抓住了吗？"

"不错，不过不是抓住就可以的。——即使抓住了，他也不能作为证人的，谁都知道这对父子早就闹翻了！"

"这终究是法院该管的，和我们可没什么关系。""但是，在上帝跟民众面前，如果这些不是雅歌娜那个臭女人的错，又会是谁的错呢？"巴尔塞瑞克大妈大着嗓门，继续批评着。

"不错——噢，她真是一个邪恶又放荡的女人！"他们细数着雅歌娜过去做过的错事，纷纷发表着自己的意见，他们挤成一堆，声音也压得更低了。

她们纷纷斥责着雅歌娜的所作所为，嗓门不断地加大。此时，她们心里对雅歌娜所有的不满全都奔涌而出，她们不停地说着一些告诫、刁难、恐吓乃至狠毒的话，心里的忌恨已经上升到了无以复加的地步，如果她现在出现在这里，想必这些女人一定会狠狠揍她一顿。

男人们却刚好与此相反，他们都在谈论安提克，虽然表现还算镇定，不过厌恶之情丝毫不减。每个人都感觉愤愤不平和难过。很多人都挥舞着拳头，说着一些狠话。刚开始马修还假意为他说话，不过现在他也放弃了，只是说道："天哪，如果一个人能做出这样的事，那他一定是个疯子！"

然后，铁匠也加入了他们的队伍，愤慨地大声嚷嚷着，并且申明安提克早就放出过狠话，要将他父亲的房屋烧成灰烬，老波瑞纳也早已听说了他的阴谋，每天晚上都小心防备着。

"的确，我敢肯定，这件事一定是他做的。——况且还有人可以提出证明，他接受惩罚是肯定的——肯定的！他还一直跟工人们勾结在一起，怂恿他们与长辈抗争，还让他们干了不少坏事！——唔，我很清楚，"他的语气里带着些恐吓的意味，"那些工人里，我认识的也不少——我好像能看见他们就站在我跟前，正听着我说话……

不过，他们居然胆敢袒护这个浑蛋——这个玷污整个村庄声誉的浑蛋！……就让他去蹲监狱吧，将他发配到西伯利亚吧！天哪——居然和自己的继母厮混！再加上放火烧毁房屋，这样的罪过不严重吗？我们能活下来，真算得上是侥幸！……"他不停地嚷嚷着，激烈地吼叫着，人们猜测他肯定是另有目的。

罗赫和克伦巴也站在旁边，留意到这里的情况，便说道：

"你煽动人们和他作对，可昨天你们还一起在酒店里喝酒呢！"

"对我们村子有害的人，我都会反对他！"

克伦巴严肃地说道："不过，大贵族却不是你的敌人呢！"

铁匠不停地在人群中走动着，在民众间煽风点火，要他们去报仇，并且说了种种安提克暗地里做的坏事；那些人早就陷入激动的情绪里，没过多久便都已经愤怒透顶。这时有人高声喊道，应该将放火的人抓住，绑起来，送上法庭；还有些人更为暴躁，特别是从前被安提克打断了骨头的人，这时候也举着棍子，准备将他从家里揪出来，然后狠揍一顿，给他一个至死难忘的教训。

训斥、恐吓、咒骂和喧闹的声音逐渐增大，众人都激动起来，如同被狂风刮过的树林，在篱笆里翻滚着，随时准备着从里面向外冲去。乡长来劝告过，让他们保持镇定，不过没什么用；甚至是村长与村里的老一辈说的话，他们也不放在眼里。长辈们的奉劝的话被他们的叫喊声淹没，长辈们也被人群挤着向前，谁也不在乎他们说些什么，都径自向前冲着，喊声震天。每个人都被内心的仇恨操控着，如同被巫师控制了似的。

这时柯齐尔大妈也向前挤着，并且大声叫道：

"应该抓住这两个人，将他们带到犯罪现场来接受惩罚！"

已经结了婚的女人，特别是那些穷苦的妇女，都愤怒地吼叫着，两手伸向前，站在她的身边。愤怒的民众们向前闯去。

他们一边走着，一边大声号叫，一路上喊声震天。那条路两旁围着篱笆，很狭窄，他们只好放慢速度；众人拥挤着，就像是狂风下海面的波涛，大声叫喊着、挥舞着双拳，彼此撞在一起，凶狠的目光闪闪发亮；他们的内心正响起一种混合着凶悍的怒吼、悲愤的呼喊，他们加快步伐前进，准备一举拿下罪人——忽然前面有人叫了起来：

"神父！神父过来了！——他的手中还捧着点心呢！"

这群愤怒的人听见了，内心的决心不由得动摇了，好像被一条绳子束缚住——踌躇着，分散开来，速度慢慢减缓，然后几个几个地站成一堆，一时间都沉默了下来，谁也不知道该说什么——齐齐跪在地上，低着头。

神父真的过来了，他是从教堂那边走来的，手里捧着点心——这是送给临终之人最后的晚餐。安布罗斯在他之前，一只手不时地摇着铃铛，另一只手里提着一个摇来晃去的灯笼。

他迅速地从民众中穿过，不久便消失在飘飘洒洒的雪花里，渐渐地只看见窗外一个朦胧的黑色小点。众人这才起身。

"他是去菲利普卡家的。她昨天在树林中挨冻受饿，从今天早晨到现在都喘不过气来，看起来她好像熬不过今天晚上了。"

"据说他还要去看木材厂的巴特克呢。"

"这是怎么回事？"

"噢，你还没有听说？据说他被一棵倒下的大树压住了，受了很严重的伤，很可能好不了了。"他们轻声议论着，眼睛依然看着神父离去的方向，此时神父的背影也快消失不见了。

有几个老婆婆也跟在神父那群人后面，还有帮男人也跟着；后面的人都踌躇着该不该去，好像看到牧羊犬调离了方向而不知所措的羊群。他们内心的愤怒不一会儿便消失殆尽，这群愤怒的民众不久便解散，吵闹声也逐渐停下来。众人你看看我，我看看你，抓抓脑袋，断断续续地说着话；不少人都心生愧疚，向地上吐了口痰便跑远了。不少人就这样从队伍中溜出去，偷偷地跨过篱笆，向路边的房舍走去。最后只剩柯齐尔大妈独自一人，她只好也往家里走去，不过一路上都在咒骂着，针对安提克和雅歌娜说了不少狠话；不过没有谁再来迎合她了，她只好和罗赫争吵起来，因为他跟她讲了真实的情况，吵完之后也向村子里走去。最后还有一些人留在火灾现场看守着，他们担心还有未燃尽的余火。

铁匠还没有回家，依然留在这里，对于事情的进展很是失望。他一个人沉默着，不和任何人说话，偷偷地在附近晃荡着，察看着房屋的各个角落，拉帕在他身旁不停地叫着，他不时将它赶到一边。

这些日子很少见到老波瑞纳。据说当他还在熟睡时，幼婆卡就将眼睛哭红了，向门外偷看了之后，便不知跑哪去了。只有雅固丝坦卡在院子里忙活着，这天早上她的心情很不好。根本没办法和她说话，她老是回一些很伤人的话，因此没人再敢理她。

中午，一个书记带着一些士兵来到了丽卜卡。他们做了很多记录，仔细地询问着发生火灾的原因，旁边的人都迅速地溜走了，免得要他们作证。

因为正下着雪，路上一个人也没有；雪花飘飘洒洒，空气很潮湿，还没有落在地面就已经融化了，大地上铺满了一层泥浆。不过在家里的人热闹得就像蜂巢里的蜜蜂一样，因为这一天他们不用干活儿了；没有几个人出来干活儿，一些农庄里的牛饿得直叫唤。每户人家都在议论着昨天夜里那件事，不时有人去邻居家里做客，特别是那些年老的妇人，在这时候大说特说。因此流言就像乌鸦一样飞满天，在各家各户流传着，房前屋后有不少人在好奇地张望着，希望看到安提克受到法律的惩罚！

他们窥探的心理不断膨胀，不过却没有如愿以偿。时常有人跑到里面，匆忙地报告着安提克的家里来了几个士兵，而且还断定说他将士兵也打败了，并且脱下锁链逃出去了。然后又有人进来宣布别的结果，并且和前面的人一样笃定。

能够确定的一点是，怀特克出门去酒店里买过伏特加，并且有炊烟从老波瑞纳家的烟囱里冒出来，可以断定的是他们家里正在办酒席。

傍晚的时候，书记和那些士兵坐着乡长的马车回去了——而且并没有带走安提克！人们大失所望，异常吃惊，他们可都等着他被抓走呢。他们一起议论着老头儿说了些什么，不过依然猜不透。只有乡长和村长在场，不过他们是不会说的。村里人都很好奇，纷纷猜测着，有的猜测简直离谱。

黑夜逐渐降临，安静异常。这时候雪已经停下，看上去可能会有一层薄霜。天上的星星三三两两，不一会儿刮过一阵冷风，又将柔软的积雪冻得僵硬。房间里的灯火都亮了起来，人们都聚在一起，抚慰着白天的失望，并且依然提出了更多的猜测和疑惑。

各种各样的猜测都有。他们没有抓走安提克，这说明那场火灾不是他引起的。那么究竟会是谁呢？想必不会是雅歌娜，没人会这么认为。更没有人会猜到这是老波瑞纳干的。

因此他们就这样猜测着，云里雾里。所有人都在议论着这件事，而且所有人都陷入谜团。这场猜测过后，没人再怪罪安提克。即使是安提克的敌人，此时也都不再说什么了；他的朋友，马修那些人，也都纷纷为他说起了好话。不过，他们却对雅歌娜更加不满了！妇女们的毒舌都对准了她，好像要让她从荆棘里滚过一样。多明尼克大妈也因此受罪，并且还很严重呢，因为谁也问不出来雅歌娜现在怎么样了；这个年老的母亲将那些好事的人都赶了出来，像对待一群疯狗一般，因此人们对她更加不满了。

不过对于汉卡，人们纷纷表示同情，很为她感到难过，并且都来劝慰她；而且克伦巴的妻子和西科拉在那天晚上就去了她家，还带上了各种各样的礼物赠给这个悲哀的女人。

这值得纪念的一天终于结束了。第二天，生活又回到了原来的轨道。人们的好奇心和愤怒也逐渐平复下来，没有人再感到愤愤不平；人们重新开始了每天的工作，伸着脖子，套上缰绳，接受着上帝为他们安排的命运。

不过，人们偶尔也会说起这件事，不过已经很少了，而且也没什么兴趣。

转眼到了三月，天气还是那么糟糕，阴沉、烦闷、暴风雪不断，只能待在家里。太阳好像淹没在低沉的云雾中，时常一整天都看不见它。雪开始融了，更确切地说应该是变软了，绿得发暗，好像发霉了一样；田地里积满雪水，将低处的地面和农舍的外围都淹没了；晚上还会有霜冻，想在那光滑的田间小径上行走可不容易呢。

天气很差劲，人们更将那次火灾抛在脑后，况且老波瑞纳、安提克和雅歌娜也很少出现在大家面前，没有多少人再好奇那件事。因此那件事逐渐沉下去，就像是落入小溪里的石子，水面暂时地波动一下，然后继续向前流去。

这样的状况一直持续到四月斋戒之前的那一天，也就是星期二的忏悔日。

这一天很像是节日，人们从清晨的时候就开始忙碌了。差不多每户人家都要去城里买一些东西，特别是买一些肉——最差的也要买些腊肠或者咸猪肉。即使是那些最贫困的人，也会在犹太人那里赊账买回一条鱼，再弄上一些水煮盐土豆。

从正午到现在，那些富有人家的妇女一直都在做着煎饼；滚烫的油香、烤肉的香味和各种美食的香味弥漫开来，村子里到处都是浓郁的食物的香味。

玩熊的人也来了，在各家各户表演节目，那些同行的年轻人一路叫喊着，声音传遍了各个村庄。

傍晚吃完了晚饭，酒店里的乐队也开始演奏了，那些腿脚利索的人都出门观看，一点都不怕傍晚时候倾泻而下的冰雹。

那些人玩得很高兴，在复活节到来之前，这是他们最后可以跳舞的时候了。马修负责演奏笛子，伯锐那家的工人彼德正演奏着小提琴，"颠三倒四"亚斯叶克负责击鼓。

人们都高兴地舞蹈着，一直跳到午夜时分。教堂的钟声响起，预示着狂欢节已经过去了。

乐队立刻停止下来，跳舞的人也纷纷停止，人们解决完剩余的食物之后便回家去了——不过安布罗斯却没有，他已经喝醉了，站在酒店外大声歌唱着，每次喝完酒他都会这样。

人们都熄灯睡觉了，只有多明尼克大妈的家里还亮着灯，听说乡长和村长正在这里谈事情，一直谈到了公鸡第二次啼叫的时候。他们在让雅歌娜与老波瑞纳言归于好。

人们都陷入梦乡，大地也是如此，半夜里雨已经停下，那些开会的人还没有散。

不过安提克的家里却一点都没有狂欢节的气氛，没有人进入梦乡，甚至连安宁都没有。

自从汉卡在屋外看见她的丈夫，他将她拖进屋子之后，那些日日夜夜里，只有天主才能明白她的心里是怎么想的，此外没有谁看得出来。

就在那天傍晚，她从姐姐薇伦卡那里得知了所有的事情。

那种折磨将她的灵魂也扼杀了，它就像一具裸体的死尸，并且死状极其恐怖。最开始的两天里，她一直都坐在纺车前，不过什么活儿也干不了，只是愣愣地动着双手，好像还没有睡醒似的，心里不断地回想着，她细细审视着内心的悲痛，审视着那些痛苦的眼泪、自己遭的罪和受到的侮辱。她既不睡觉也不想吃饭，就连孩子哭闹起来她也不理不睬。薇伦卡很同情她，将她的孩子和父亲照顾得好好的，而且更糟糕的是，自从老父亲从树林里回来之后，就一直躺在火炉旁，低声呻吟着。

安提克总是早出晚归，跟不在家一个样。不过她也很清楚他们之间没什么可说的。这是不可能的了，她的心已经被火烤得僵硬，就像石头一样。

直到第三天，她才清醒了过来，不过发生了很大的变化！她好像是从噩梦中惊醒，看起来完完全全换了一个人，面色苍白憔悴，满是褶皱，好像老了很多岁，而且呆滞僵硬，好像变成了一个木头人。不过眼睛却更加闪亮了，透着锐利冰冷；而且总是牢牢地闭着嘴。——现在的她瘦极了，衣服穿在身上，好像挂在墙上似的。

她的重生就这样开始了。虽然从前的那个她已经在烈火中消亡，不过她还是感到她的体内有一种新生的力量——一种顽强的求生和抵抗能力，还有一种坚信自己能够胜利的自信。

她马上跑到哭闹的小孩子身旁，紧紧地搂着他们，甜蜜地亲吻着，亲到几乎要窒息了；他们一起流着幸福的眼泪，心里面顿时轻松了不少，而且也没那么痛苦了。

她很快地收拾好屋子，然后去姐姐那里谢谢她的帮助，希望她原谅自己从前的不对。这对姐妹很快就和解了，薇伦卡很愿意接受她的道歉。汉卡不是没有责怪安提克，或者哭诉自己的遭遇——这是无法否认的。

她这样说："如今我就像是个寡妇，我只能靠我自己了，还要为孩子们考虑，将所有的事情都做好。"

这天晚上她又去探访了克伦巴家，还有一些其他的老朋友，打听着老波瑞纳家现在的情况。她还记着上次老波瑞纳跟她讲的那些话。

不过，她没有立刻去他家，而是一直等待着，到了圣灰节那天，才穿上最漂亮的衣服，将孩子们交给姐姐照看，甚至连早饭都没有做，便准备出门了。

"你现在是想去哪儿？"安提克问道。

"去参加圣灰节的祈祷。"她躲躲闪闪地说道。

"你不应该先做好早饭吗？"

"你不妨上酒店吃吧，反正犹太人会让你赊账的。"不知道怎么她就这么说出口了。

他暴跳起来，好像被揍了一拳，不过她仍然若无其事地走出了家门。

现在，他的吼叫和生气，她都不会在乎了。她已经不认识他了，他们隔得那么远，一想起这点她都觉得诧异。虽然她时常想起从前对他的感情，不过一想到现在自己受到的侮辱，心里的情绪马上熄灭了。

当她来到白杨路时，那些信教徒也正往教堂里走去。

以这个季节看来，今天的天气很是不错。太阳刚升起来，在夜晚结的那层薄冰还没有消融。屋檐上还挂着一串串亮晶晶的冰柱，路面和冻成冰块的水面如同镜子似的发着亮光，落满寒霜的大树也在太阳的照耀下闪闪发亮。蓝色的天上飘浮着许多白色的云朵，亮闪闪的，就像在鲜花满地的田野里嬉戏的羊群似的。空气清澈洁净，凉爽而又舒适。村里到处都喜气洋洋的，池塘里波光粼粼；积雪如同镜子一样照出太阳金黄的身影，小家伙们在雪地上跑着，跳着，欢呼雀跃；年老的人在墙边享受着太阳的温暖；看门狗追逐着偷吃食物的乌鸦，高兴地狂吠着。

一走进教堂，汉卡便被那里严肃、虔诚而又静谧的氛围所感染。圣坛上正举行弥撒，人们都在用心祈祷着，教堂里人潮拥挤，上方的光线一条条地照下来。

汉卡不想和这些人站在一起。她一个人来到一条昏暗的过道里，那里一片漆黑，只有几道森寒的光线透进来，她希望敞开自己的心灵单独与上帝相会。她来到圣坛的侧面跪下，那是专为圣母玛利亚升天而建起来的，她俯身吻着地上的砖，伸开双手，虔诚地看着慈悲圣母温柔的面庞，然后专心地祷告着。

此时，跪在圣母的面前，在这个苦难人民的救赎者面前，她终于说出了自己的心事，用最恭敬的态度诉说着自己受到的侮辱，并且忏悔着自己的过错。在圣母——波兰的母亲——面前，她虔诚地忏悔着自己的所有过错。瞧！她的确做错了事，而且已经接受了天主的责罚！

"的确，我没有善待自己的邻居，而且看不起他们，时常和他们争吵，而且心地也不好，好吃懒做，而且懒于祈祷，这些都是我的错。"这些就是她那颗受伤流血的心发出的声音。她真挚地恳求着天主能够宽恕安提克。啊，她虔诚地恳求着上帝的宽恕！如同即将死去的鸟儿，疯狂地敲击着窗户，悲哀地鸣叫着，希望能保全性命！

她痛哭起来，身体不停地颤抖着。那些祈祷来自她的真心实意，如同从伤口中奔涌而出；眼泪如同沾上鲜血的珍珠一样不停地掉落，将冰冷的地面浸湿。

做完弥撒之后，人们都忏悔起来，来到圣坛附近，低着头接受神圣的香灰。神父正在高声朗诵着祈祷文，在他们跪下的时候，将香灰涂在他们的眉毛上形成一个十字。

仪式还没有完成，汉卡就出来了，她已经对上帝的宽恕充满了自信，感觉身上充满了力量。

她抬起头，一路上不停地回应着别人的问候声，然后勇气更加充足了，到最后居然还敢于直视别人好奇的目光。不过当她来到老波瑞纳家附近时，心里依然有些激动和忐忑。

上帝啊！她已经离开那么久了！不错，她曾多次满怀哀伤，在远处匆匆看上几眼！如今她可以好好地打量一下了——正屋、外屋、篱笆，涂上一层寒霜的树林——眼睛里满是留恋，好像这些已经融入了她的生命一样！

她很是高兴，一来到走廊里，拉帕便冲过来，跳到她身边，兴奋地汪汪叫；然后幼姿卡也走了过来，惊呆了，都不敢相信眼前的事实。

"汉卡！噢，是汉卡！"

"嗯，正是我，难道你忘记啦？——父亲在家吗？"

"在，在！——噢，你可算回来了，谢天谢地，汉卡！"小女孩喜极而泣地亲吻着她，好像对面的是自己的母亲似的。

老头儿听到她的说话声，也跑出来欢迎她，又问起了孩子们的情况，很同情她现在的遭遇。顿时她的心里镇定了不少，详细地向他说着自己的情况。不过对于公公的改变她很是吃惊，看上去他老了不少，而且弯腰驼背，更加干枯瘦弱了。他的表情同以往没什么变化，不过相比从前更加冷酷坚决了。

他们聊了很长时间，大约一小时之后，汉卡要回去了，老波瑞纳让幼姿卡拿了一大堆东西送给她。最后包裹实在太沉了，汉卡都拿不了，只好让怀特克用雪橇载回去。出门时，老波瑞纳又送给她几兹罗提，让她买些油盐，还说道："经常来看看——如果方便的话，每天都来吧。今后我会怎么样还不知道呢，你也好来照看着这个家，而且幼姿卡和你的关系也不错。"

走在路上她仔细回想着公公说的话，没有留意到怀特克说了些什么。他正在和她说乡长和村长每天都来劝主人和雅歌娜和解，主人还和多明尼克大妈去拜访过神父——昨天晚上他们还谈论了半夜——还说了些他认为汉卡喜欢听的消息。

回到家，她看见安提克还在，正在补鞋子。他都没有抬头看她一眼，发现怀特克拿着包裹进来，便骂道：

"我终于知道了，你是去讨饭了。"

"乞丐只能去讨饭。"

怀特克进来，安提克认了出来，很不高兴。

"狗东西！——我没让你去老头儿那里！"

"是他让我去的——我就去了；我又没有求他，是他自己给我的——我就收下了——难道我该让孩子们挨饿吗？——你不关心这些，我可不会。"

他嚷嚷着："把这些都拿走，我才不接受他的施舍。"

"你不接受，我和孩子们接受！"

"我叫你拿走，不然我亲自动手……嗯，我要将这些东西塞进他的嘴里，闷死他！你听没听见？我让你将这些丢出去！"

"你再说一遍！你敢动一下，就试试看！"她也大喊起来，拿起轧布机，准备誓死保护公公送的这些东西。此时的她凶悍异常，满怀愤怒，看到她居然反抗了，安提克惊愕地向后退去。

他大吼道："他如此容易就将你收买了。可真廉价呀——只需要一片面包，多像在唆使一条狗！"

她不由得说道："你背叛了我——还有你自己——还更廉价呢，只需要雅歌娜的……一条围裙！"——安提克被一刀刺中，暴跳起来。汉卡忽然疯狂了起来。她不断地数落着丈夫对她的伤害，将那些深埋在心底的事情一一抖落，丝毫不顾情面，不放过一点一滴。她用语言这个利器无情地鞭打着他，如果办得到，她真想将他打死。

面对她的盛怒，他不由得呆住了，心痛如割。低着头听着她的抱怨，心情沮丧，心里的羞愧令他疼痛难忍，只好拿过帽子跑出门去。

一直过了很长时间，安提克都没有明白汉卡究竟经过了怎样的改变。他仿佛是一只丧家之犬，狼狈地逃跑，压根不明白该去哪里，只好像往常一样，四处游荡着。

火灾过去之后，他的心里也起了很大的变化，应该说他已经发疯了。磨坊老板曾派人来叫过他多次，但他已经不愿干活儿了；每天都在村子里游荡着，经常去酒店里买醉，脑海中只想着如何报仇，其余的都不在乎。

就连被当成纵火犯他也不在乎。

"如果谁敢当面这么说……我倒要看看谁敢！"在酒店的时候，他在马修面前吼道，声音大得全场都听得到。

家里剩下的一头牛也卖给了犹太人，所得的钱都和朋友们拿去喝酒了。如今丽卜卡村的败类都和他做了朋友，包括巴特克、柯齐尔、河对面的菲利普卡、磨坊的工人法兰克这些无赖，甚至还有经常蹲监狱的古尔巴索思嫂子家的儿子们——那些人无时无刻不在想着尽情玩乐，就像一群狼似的在村子里游荡着，想方设法地偷点东西在犹太人那里买些酒喝。不过他并不管他们的品行，他们愿意陪着他，如同小狗似的对着主人撒欢。偶尔他也会揍他们，不过他也愿意和他们一起喝酒，在他们受人欺负时帮助他们。

这些人没多久就干了不少犯法的事，破坏了当地的治安，每天都有人去乡长甚至神父那里告发。

马修也奉劝他小心一点，不过没有用。克伦巴也好心地劝告他收敛一些，不要自毁前程，他也听不进去。他不将任何人放在眼里，而且更加放肆地做着坏事，酗酒伤人，成了村子里人人惧怕的人物。

总而言之，没多久他便堕入了万丈深渊。丽卜卡村的人都害怕怀疑地防备着他。对于纵火案，他们还不确定，不过很多人都亲眼看到过他干的坏事，对他的不满越来越多；并且铁匠也不停地煽风点火，引起众人对他的愤怒。就连从前的那些朋友也开始和他划清界限了；不过安提克一心想着报仇，对这些并不在意。

而且，好像要故意惹别人生气一样，他更加公开地和雅歌娜约会了。他是被爱情唆使的？还是其他的呢？没有人清楚。不过他们约在多明尼克大妈的仓库里见面，老头儿还蒙在鼓里，西蒙自愿成为他们的帮手，因为他想让安提克帮助他和娜丝特卡成婚。

雅歌娜很犹豫地接受了约会。丈夫给她的教训还历历在目，她的情绪不是很高，只是她忌惮安提克；安提克威胁过她，如果他叫她而她没有出来，他便会去她的家里，光天化日之下痛揍她，而且比老波瑞纳还要狠！

就像俗语说的："那些自坠深渊的人，根本顾不上谈情说爱。"只是她忌惮他的恐吓，只好和他幽会。

但是，这样的状况并没有持续多久。四旬斋的第二天，西蒙气喘吁吁地赶到酒店里，将安提克拉到旁边，跟他说，雅歌娜已经和丈夫和解，并且搬回家去了。

这个消息如同当头棒喝，令他大吃一惊。前一天他们还约会了，可她什么也没说。

他想："噢！是她不告诉我！"天刚黑他便向老波瑞纳家赶去。

在父亲的门外，他站了很长时间，不停地寻找着她，在篱笆旁苦苦守候着，不过她没有出来。他很生气，捡起一根木棍，跨过篱笆，准备拼尽一切——甚至想破门而入；此时，他已经走到过道上了，手正握着门把手……忽然心里升起了一种难言的恐惧感，令他不由得向后退去！忽然父亲的面容出现在他的眼前，他不由得又向后退去，想躲开这一幕。

他究竟是怎么了，他此时的状况就像从前在池塘旁一样，忽然就不敢上前了，他到死也不会想通。

接连数天，虽然他都守候在篱笆外，如同野狼一样在周围等候了数晚，依然没有等到她出现。

到了周日，他又去教堂等着，不过依然没有看见她。

他猜想着或许会在晚祷的时候看到她，和她说说话。因此他又去做晚祷了。

他很晚才到。此时已经在唱晚祷歌了。教堂里人满为患，而且阴沉沉的，落日的余晖只能照见高高的顶部，相隔不远便点着一根小小的灯芯草蜡烛，以方便人们看书；圣坛上亮丽堂皇，人们都围在周围。他挤到里面的围墙旁，转过身悄悄地寻找着雅歌娜；不过还是没有找到，却引来了不少奇怪的目光。

此时人们正唱着《耶利米哀歌》，这是四旬斋第一个周末必唱的一首歌。神父穿着法衣，手里拿着《圣经》坐在圣坛旁边，多次看向安提克，眼神锐利。

风琴里流泻出动人的乐曲，人们一齐唱着歌。不过合唱断断续续，音乐声也时停时续，从弹奏塔的高处传来暗哑的声音，朗诵着天主受难的感想文。

不过安提克什么也听不进去。慢慢地他都忘了自己在哪里，为什么会在这里，颂歌唱进他的心里，让他忘记紧张。他身上麻木起来，而且感觉很是安逸，好像他已经逃离到远方——飞向那个灿烂辉煌的地方。每当他清醒过来时，都会碰上神父的眼神，目光尖锐，安提克忍不住将昏昏沉沉的脑袋转过去，然后又继续发着呆。忽然，他听到了一首不算陌生的圣歌，瞬间清醒过来：

"瞧！耶稣深受重刑，为你们犯下的错流泪。啊，人啊，天主是为你赎罪才死的！"

响亮的圣歌好像是从一个巨人的喉咙里发出的，连同一片悲恸的叹息，高声地哭泣，就连墙壁也震荡起来！

他们唱了很长时间，墙壁上回响着哀伤的余音、悲叹和真挚的忏悔声。

安提克再也睡不着了，他的心里忽然悲哀至极，而且非常沉重，他只好极力忍住不让泪水掉下来。正当他想走出教堂时，忽然风琴声停止，神父从圣坛前站起来，讲起了话。

人们纷纷向前挤着，此时他也走不出去，还被挤到了围栏旁。人们都安静下来，神父的话都听得很清楚。他先讲到天主受到的磨难，然后痛斥着各种恶行，还挥着手恐吓着。安提克就在他前面，不过位置要低一些，神父时常瞪向他，他被神父那慑人的目光惊吓住了，都不敢移开自己的视线。

不久人群里便传出抽泣和叹气声，有人轻呼天主的名字，有人轻声呻吟着。此时神父提高了声音，口气也更加严厉了；人们都觉得他更加高大了，眼神里简直放出光来，嘴里的话语瞬间变成了石头，如同红色的铁块一样灼烧着他们的心。他说到了人们的罪恶，说到了那些不愿悔改的罪人，那些人不顾上帝的警告，时常打架斗殴和醉酒。他耐心地劝告着那些人，让他们心惊胆寒，每个人的心里都充满了悲伤，泪水不断地往下流着，每个人都痛哭流涕。祷告声此起彼伏。——然后神父忽然低下头看着安提克，大声斥责那些纵火烧毁父亲房屋的忤逆子，斥责那些勾引妇女和犯罪的恶人，并且说那些罪人是不会逃过修罗之火的惩罚的，即使是人间的法律也不会放过这些人。

人们听得不禁心生敬畏，连呼吸都不敢出声，并且目光都紧盯着安提克。此时他的脸色惨白，几乎要窒息了，呆呆地站在原地，神父的话伤害了他，就像是教堂在旁边倒塌。他很想求助于别人，可他身旁只是一片空地，旁边是一些凶恶或者惊慌的脸。人们都躲着他，就像躲避有传染病的人。——此时神父高声呼叫着让他忏悔，软磨硬泡地恳求他，然后又对着众人，伸出双手警告他们提防这个人，以免受害，不要同情他、救助他，——并且，也不要让他进自己家，"因为这样的人只会带给你们侮辱，一旦和他在一起，就会成为坏人。如果他坚决不改正错误，不忏悔自己的罪过，你们就只能将他当成野地里伤人的荨麻，连根拔出来，然后扔进地狱里"！

听完这些话，安提克转过头，人们纷纷躲开，靠向两边，他从中间向外走去，身后神父继续斥责着，如同鞭子一样，抽打着他，将他打得皮开肉绽。

这时，教堂里传出一阵失望的吼叫，不过安提克没有听到。他快步走出去，以免自己悲伤至死——他害怕那些犀利的眼神，害怕那令人敬畏的声音。

来到公路上，他向白杨路走去，时常惊恐地停下来，神父的声音依然在他耳边回响，就像是绵延不绝的丧钟声。

这个夜晚刮着寒冷的疾风，白杨树在风中摇晃着，脸上不时地有树枝划过，疾风减缓了，下起了淅淅沥沥的春雨，不时地钻进他的眼中。不过安提克毫不在乎，依然向前走着，心里满是疑惑、诧异，还有不可名状的惊恐。

他终于止步了,嘀咕着:"我现在真是糟糕透顶!是的,他是对的,他是对的!"

忽然他紧抓着自己的头,吼道:"啊,天主!敬爱的天主!"突然他发现了自己深重的罪恶,一种罕见的羞耻感涌进他的心里,令他痛苦不堪。

他站在树下,细细回想着,眼睛看着夜色,倾听着树木低沉喑哑的声音。

忽然他的心里涌起一股强烈的愤恨。"全是因为他——那个混蛋!"他大声吼道,心里积聚的怨气统统爆发,心里又一次充满了报仇的念头,乌云密布。

他怒吼着:"我不会放过他!一定不!"他的莽撞又回来了。他立马站起身,回到村子里。

此时教堂已经关门了,家家灯火明亮。当他经过时,看到了好多人,虽然下着雨,他们依然站在外面聊着天。

走过酒店门前,从窗口向里看去,发现客人不少,他便壮着胆子走进里边,权当什么也没发生过。不过当他和众人问好时,没有几个人搭理他,其他人都赶紧逃开。

不一会儿,酒店里就只剩下他这个顾客了,还有酒店的犹太老板和一个坐在火炉旁的乞丐。

他刚来,就将人们都吓跑了!这种滋味很苦,不过他只能默默吞下,然后买了一杯伏特加,放在那里动都没动过,就冲了出去。

他在池塘旁晃荡着,呆呆地看着别人家里的灯火,光线照在雪地上,照得结成冰层的水面上波光粼粼。

渐渐地，他心里的激愤慢慢缓和了下来。不过心里异常难过，他感觉自己真是孤独，真想找个人坐在火炉旁聊一聊，因此他径自向最近的普罗什卡家走去。

那里正举办一个盛大的晚会，不过他一进门，就将人们吓了一跳。斯塔赫也在那里，他也早已和安提克不相往来了。

他嘀咕着："你们这么看着我，我又不是犯人！"便去了旁边巴尔塞瑞克家。

他们对他更加冷漠，含混不清地回应着他，连请他坐下都没说。

安提克接连去了好几家，不过相差无几。他已经无处可去了，同时也为了尝尽所有的侮辱和悲恸，便去了马修的家里。不过没看到马修，他的母亲站在门前将他赶了出去，就像对待一条疯狗一样。

他一句话也没说，此时连生气也免了，所有的痛苦都远离了。他跛步在这个灰暗阴冷的世界，偶尔望一望周围的村庄，看着无数的灯火，眼睛里尽是迷茫，偶尔也看看那些矗立在各处的茅草屋，好像第一次见似的。那里的篱笆、果园、灯火，仿佛带着魔法，将他捆绑住，真是不可思议，总而言之他体会到一种无法违抗的魔力，紧紧地抓住他，将他束缚着——让他伸着脖子接受约束，但是心里却有一种不可名状的惶恐。

他看着那些明亮辉煌的灯火，心里充满了恐慌。他感觉好像所有人都盯着他，窥探着，追踪着，希望将他捆绑住送进监狱。他无法逃脱，无法动弹，甚至都无法出声。他靠着大树，难过到极致，他静静地听着……他听到了——家家户户，从各个地方都传来相同的冰冷的审判，而且受到了整个丽卜卡村的人们的认同！

他声音暗哑地说道："应该，应该！"语气非常卑微，这些话是从他受伤的心灵深处发出来的，他已经对万能的天主——多半人的声音——感到畏惧。

灯火逐渐熄灭，人们都睡觉去了。细雨仍飘飘洒洒，落在树枝上，然后再滴落下来。周围一片静谧，不时地有狗叫声响起。这时候安提克终于清醒了，一下子站起身。

"的确，他很公平，他没有说错。不过我绝对不会放过那个人的——绝不！狗东西！不管怎么样，他也有错！"

他像一条疯狗似的大喊着，挥着拳头向丽卜卡整个世界示威。

他拿起帽子戴好，又走向了酒店。

第十三章

春天就要来了。三月，是最让人难以忍受的时候——泥泞不堪、阴冷多雾，每天都是冰雹和厚重昏暗的雾霭，将一整天的光明全都掩盖，天地一片阴沉。即使阳光不时地从黑暗中透进来，若即若离，那也只是短短的一段时间；灵魂还没来得及为这难得的光明欢呼，身体还没来得及享受温暖，世界便又被黑暗遮盖，疾风再接再厉，整个世界都是浓厚的雾霭和污浊的空气。

人们沮丧万分，他们期盼着半个月之后春天就会来临，到时他们就不用吃苦了。而且房屋又漏水，就连墙壁和窗子也会渗进水来，雨水几乎无孔不入。他们望着田里的积水，沟渠里的水就快要溢出来了，失望透顶，就连路面也像水沟似的波光闪闪，积水从篱笆里流进来，积在院子里形成一个个的水洼。融雪、雨水不断，地面变得泥泞不堪，许多人的院子中满是水坑，只好架上木板或者填上干草才能出门。

夜晚也是一样难熬，下着大雨，夜里一片漆黑，让人有种光明不再的错觉。夜里没有多少灯光，人们对这种糟糕的天气很是厌烦，天刚暗下来便上床休息了——整个丽卜卡村一片漆黑。的确，还有少数人家里聚集着纺织的妇女们，那里灯火通明，人们齐声唱着《耶利米哀歌》，还有别的一些纪念天主受难的悲伤的赞美诗。为她们伴奏的，有窗外的狂风细雨，还有篱笆内在疾风中摇晃舞蹈的树木。

丽卜卡村会变成一片泥浆是有原因的，他们的房子低矮，比地面高不了多少，潮湿阴沉，可怜至极；并且田野、果园、道路，甚至是天空都是雨水，什么也看不清楚。

气候严寒，冷到了骨子里，没有多少人愿意出门。狂风怒吼着，冰冷的雨一直不停，树木在孤寂中左摇右晃；虽然到处都有声响，丽卜卡村还是死气沉沉的。不时地听到牛棚里牛饿得哞哞叫，公鸡突然打鸣，抑或母鸡正在孵蛋，公鸡愤怒地叫喊着。

白天变得漫长，这只是说明时间上的难熬而已。除去那些木厂里的工人，或者在树林中给磨坊老板搬运树木的工人之外，大多数人都赋闲在家。有的人房前屋后地跑着，在邻居家里消磨整个白天。那些年老的人已经开始着手收拾一些农具，为春天耕地做好准备，不过行动迟缓，基本没什么进展。每个人都诅咒着这糟糕的天气，并且满腹忧愁，因为秋天种上的那些庄稼很不妙——特别是那些低处的田地——有些都被冻死了。还有些人家的粮食快吃完了，就要陷入饥荒。还有的人家藏起来的土豆也被冻坏了。有些人家里甚至全都生病了。大多数人都面临着即将到来的饥荒。

很多家庭已经开始了一天吃一顿的日子。很多人都去磨坊老板那里借面粉，希望今后替他干活儿作为补偿。他的确算是个该死的剥削者，只是现在没有多少人有现钱，或者有货物可以抵账。还有些人只好流着泪请求颜喀尔，希望他施舍一些盐、面粉或者干面包，他们已经顾不得尊严了，常言道："最糟糕的时候，填饱肚子最重要。"

许多人都没有钱，而且又没有事情可做！有钱的农夫也没什么工作让别人做。大地主更不会让丽卜卡村人在他那里挣到一分钱，即使是很多人向他求情，他也不会让步。所以，那些迪克和贫农生活很悲惨，许多人都因为自己还有土豆可吃，还可以加些盐——不过多了些心酸的眼泪而已。

因此有很多村民都得了胃病，争吵和打架事件也增多了。人们惶惶不安，不知道明天该如何度过，心情有些激动。每个人都想方设法地从邻居那里偷点东西，减轻自己的饥饿。

更糟糕的是，不少人都生病了，这是春天到来时很常见的，因为雪融化时将很多毒气也带了出来。最开始是天花，如同扑向小鹅的秃鹰，带走了很多小孩的生命。乡长家的两个小孩虽然看过不少医生，还是被疾病夺走了。然后成年人也有不少得了重病，每隔一家都可以看见有人躺在床上哼哼着，等待他们的只有坟墓了，他们只能听天由命。多明尼克大妈需要照顾的病人也多了不少——这时候又到了母牛分娩的时候，而且很多妇女也要生产了。整个村子都陷入了一片悲伤混乱的状况。

每个人都希望春天快点来，等得急躁不堪。每个人都认为，雪融化后，大地就会干燥一些，然后太阳也会出现，他们就可以去耕种了，那么所有的苦恼和窘迫都会消失了。

不过这一年的春天却来得特别慢。雨一直没有停过，雪还没有化完，并且—— 一个不好的预兆，说明春天又要推迟了——母牛还没有开始脱发。

所以，每当天气有所好转，即使阳光只出来一个钟头，人们也全都跑出来，看着天空，猜测着这样的天气会不会持续下去。老人们都在阳光下温暖着冰冷的手脚，孩子们也一个个地在路上喧哗着，就像春天里第一次从棚子里来到草原上的牛犊一样。

　　此时他们是如此愉悦欢欣，一片喜气洋洋！

　　整个世界都笼罩在温暖的阳光下，水面波光粼粼；水沟里好像也洒满了阳光；池塘里的冰块被雨水冲刷干净，如同一个巨大的黑色铁盘；树叶上还没有蒸发的露珠闪烁着金光；一块块的田地向前延伸着，安谧深沉，已经将阳光的温度吸收，笼罩在春光里，到处都是闪亮的潺潺流淌的小水坑。积雪还没有融化完，肮脏得泛白，如同要拿去染白的麻布似的。蓝天终于从雾气中挣脱出来，出现在我们面前，此时人们都能看见蓝天的最深处，或者眺望着地平线，就可以看见远处森林里树木的影子。

　　人们都笼罩在一片喜悦的气氛里，春天的美好滋味四处飘荡，人们深深地为眼前的幸福呼喊着，灵魂乘着阳光在天空里飞翔，如同从遥远的东方飞到这里，在蓝天里游荡的飞鸟。每个人都欣喜地走出去，和别人分享着喜悦，即使是平时不相往来的人，此时也觉得亲切了。

　　这时候所有的纷争都已成为过去，所有的争吵也停顿片刻，相互之间都满怀深情。家家户户都传来欢欣鼓舞的声音，回荡在甜蜜的空气里。

　　现在，人们都将大门和窗户敞开，使空气流通，妇女们也将纺车搬到外面，甚至将婴儿的睡床也搬到外面让他们享受阳光。牛棚中，母牛忧虑地嘶吼着；马儿也嘶鸣起来，想从马棚中出来；公鸡在篱笆里啼叫；守门犬也狂叫了起来，疯狂地乱跑乱跳，和孩子们闹在一起在泥泞里玩耍着。

老人们都坐在篱笆里，在灿烂的阳光下眯着眼，愉悦地看着周围那些在阳光下闪耀着的田野。妇女们隔着篱笆说话，很远都能听见。她们议论着，谁已经听到了云雀的啼叫，谁看见白杨路那边有只鹡鸰雀——这时有人发现了天上飞着一群大雁，然后村里一半的人都跑出来观望——谁还说鹳鸟去了磨坊老板家的水潭里。不过没多少人相信，毕竟现在才三月中旬。之后有个年轻人给他们看了今年的第一朵鲜花，然后再送给每家观看，人们很喜欢这种白花，因为它看上去神圣纯洁。

梦幻般的灿烂阳光让人们误以为春天已经来临，他们正准备着耕种呢。可是接下来，天空阴云密布，太阳又消失不见了，大地又陷入一片阴沉，不久又下起了雨，人们心里的恐慌和沮丧骤增！到了晚上，雨过之后又迎来了一场雪，没过多久，天地又变成白茫茫一片了。

一切又要重新开始了，接下来的那些天又是泥泞不堪、潮湿脏乱，他们差不多要认为前几天的太阳只不过是他们的幻觉了。

人们心里的期盼、心愿和愉悦，转瞬便变成了绝望，所以理所当然地，安提克的罪行、伯锐那家的纠纷和别的什么事情——哪怕是死亡这种事——都如同石沉大海一般，没过多久便被人们遗忘了。每个人都满心忧愁，不知该如何支撑下去。

不过时间还是一样地溜走，不快不慢，不知道从何开始，也不知从何结束，如同海面的波涛。人们一起床就四处打量，只关心一两件事，接着便是黄昏，然后夜幕降临，然后又是另外一天，新的苦恼正等待着他们。他们循环往复地诉说着：天主的意旨终将实现！

大概在四旬斋过去一半的一天里，天气异常恶劣。的确，虽然只是下着小雨，不过却让那些疲惫不堪的人忐忑不安，如同着了魔似的到处走动着，严肃地看着阴沉的天空。乌云被风吹走，低沉得快要压在树梢顶上了。所有的事物都显得如此悲泣、冰冷、灰暗、潮湿，人们都烦躁不安。这一天没有争吵声，谁也不在乎身边的事情，每个人都希望找一个静谧的地方好好躺着，什么也不管。

一整天都是一片阴沉，如同病人睡醒了到处打量一番，然后又沉沉地睡着了。午间祷告的钟声一敲完，便有一阵夹杂着雨水的冷风刮了起来，吹向那些灰暗的房屋。

外面一个人也没有。狂风带着冷雨，扫荡过地面，带起尘土卷上半空中，然后如同扬尘似的将它们扔向晃动的树木和斑斑驳驳的围墙。池塘里破碎的冰块，不时地冲向岸边，低沉地吼叫着。

那天夜里，人们听说贵族们开始砍他们的森林了！

刚开始没有人相信，直到现在，大地主好像还没有这种想法；现在已经是三月中旬了，地面泥泞不堪，雨水又将树木淋得湿透，怎么可能在这个时候伐树？

的确，森林里是有人在工作，可他们都知道他们在干另一种活儿。

不管大地主的外号有多少，但也没人叫过他白痴啊。

他怎么会这么白痴，是希望趁着水流运送木材吗……并且在三月的时候？

但是，人们听到这个消息依然很气愤，不停地有人敲响房门，人们在泥泞的路上行走着，互相转告这个消息。他们站在路上议论着，去酒店里苦苦思索着……甚至向那些犹太人询问。不过那些奸诈的犹太佬却说什么也不知道。人们高声喊叫着、诅咒着，妇女们也叹息着，愤怒的火焰熊熊燃烧起来，心里的兴奋和恐慌也在逐渐增加。

之后，老克伦巴终于做出决定，不顾天气的阻挠先让自己的两个儿子去森林里查探一番。

很久之后他们才能返回。人们都站在外面，看着他们离去的方向。不过直到黄昏变成了黑夜，还是没看见他们返回。村子里一片安静，有一种被压抑住但是危险性更高的情绪正在悄悄酝酿。此时每个人都满怀愤怒，虽然谁也不相信这件事是真的，不过都朝相反的方向猜测着。人们不断地跑去看看那两个年轻人有没有返回，咒骂声、敲门声持续不断。

柯齐尔大妈东奔西走，如果有人乐意听她讲话，她便对他们发誓这个消息属实，并且以圣徒的名义保证，她亲眼看到不少人的树木已经被他们砍了。她请求雅固丝坦卡相信她，不过这段时间她们关系很好，相信她也是理所应当的，她这个悍妇最喜欢幸灾乐祸了！她又从人们那里打听到各种闲言碎语，然后去老波瑞纳家宣布了。

工作间的灯刚亮起来，幼姿卡在那里削土豆，怀特克在一旁帮助她；雅歌娜也在忙着干活儿。没过多久，老波瑞纳也进门了，雅固丝坦卡便将那些消息全都向他报告了，并且添油加醋了不少。可他什么也没说，却对雅歌娜说道："拿上铲子去帮一下彼德，果园里的水要疏导，不然会浸到土豆坑里。——听着，赶紧出去！"他提高了声音。

雅歌娜小声嘀咕着，不过老波瑞纳只是恶狠狠地看了看她，她只好向外跑去。他走在后面察看，不久，牛棚、马棚和土豆坑附近就传来了叫骂声。

"老头儿总是这样的坏脾气吗？"雅固丝坦卡一边拨着火，一边发着牢骚。

"对。"幼姿卡惊恐地听着老头儿的大骂。

的确如此。当他同意妻子回家后——他很爽快地同意和解，倒让人们惊讶不已——不过他的做法完全改变了。本来他就是个严苛顽固的家伙，如今真像是块石头了。的确，他让她回家了，从没训斥过她，不过她已经沦为他心里的女仆了——就是这样。她想讨丈夫的欢心，不过毫无用处。她的柔情并不会比普通女人管教丈夫的方法——一哭二闹三上吊——更为奏效。他丝毫不放在眼里，只当她是个不认识的人，而不是自己的妻子；虽然清楚她与安提克还在鬼混，也不再为此心烦。

而且他也不再盯着她了。和解了不久，他便驾车去了趟城里，次日才回家；人们猜测他是去公证人那里拟定一个文件；更有人说他已经将赠给雅歌娜的土地收回了。实际上，除了汉卡，没人知道怎么回事，不过她什么也没说。如今公公很信任她，老头儿什么事都跟她商量。她几乎每天都去探访公公，小孩子几乎住在了他们家，经常陪着公公一同睡觉，祖父很喜欢他们。

或许因为这些，老头儿的身体有所好转。他的背也挺直了一些，神情又恢复了从前的骄傲。不过现在他轻易就动怒，还经常揍人，而且下手很重，被打的人只能向他屈服，并且什么事都要听从他的。

他对待别人还是很公正的，不过他已经对温柔免疫了。他将所有的权力都握在手里，从不松手。他仔细地把守着粮仓和自己的钱袋，什么事情都亲自动手，以免浪费。对待家人很是严厉，特别是对待雅歌娜，从不赞美她，一味地命令她做事，如同对待懒惰的母牛似的。

并且他们每天都要吵架，他经常拿皮带抽她，甚至更严重，雅歌娜原本就口舌伶俐，更是经常惹他生气。

她什么都听从丈夫的，因为只得如此，她能如何反抗呢？"靠丈夫养活，就只能听从丈夫的。"不过他骂她一句，她便会顶上无数句。家里简直和地狱一样可怕，好像他们都乐意如此，双方各自奋战，希望战胜对方，而且两人一样的坚决和顽劣。

多明尼克大妈很想让他们停止，实现真正意义上的和解，不过毫无作用。不会的，他们都认为自己受到了侮辱、虐待，彼此的仇恨已经深不可测。

老波瑞纳的爱意早已如同去年的残雪，消失殆尽。他只知道她的背叛，无法忘怀那种侮辱，仇恨更是填满心间。现在雅歌娜也改变了很多。她已经痛苦到了极致，却还没发现自身的错误！此时她受到的惩罚相比其他人更为难挨，因为她本就是一个感情丰富的人，从小没有受过什么苦，因此相比别的女人更加柔弱。

雅歌娜如此痛苦，天啊，痛苦到极致了！

的确，她想方设法地让丈夫生气，没有到万不得已，决不后退一步，竭尽全力地保护着自己，动用一切可以防身的武器；不过身上的约束越来越重，令她痛不欲生，而且无法逃脱。她很想逃回母亲的家里，不过母亲却强烈反对，威胁说要用绳子捆着她，将她拖回丈夫家里！

她有什么办法呢？她不可能像其他相同境况的女人那样，为了和情人贪图享乐，愿意忍受家里的劳苦；白天里大吵一架，晚上又再次和解。

不，她不会这样的，想想都觉得恶心。不过她现在的情况越来越糟糕，她越来越希望有新的情况出现——究竟是什么情况，她也不清楚。

对于老波瑞纳，她以牙还牙。但是，她时常有种恐惧感，有一种委屈和心酸压迫着她，让她整晚哭泣，泪水将枕头都湿透了；白天被争吵填满，她很愤怒，希望逃离出去——逃离到很远很远的地方去！

出去！不错，可能去哪里呢？

的确，世界是如此辽阔，不过这个世界——又令人恐慌，它充满了未知和秘密，一想到这些她便惊惧不已。

而且因为这个，她依然和安提克约会，不过她已经体会不到爱情了，心里满是惊恐和失望。那场可怕的火灾发生时，她躲到娘家去了，或许在那场大火中，她心里的一种情感就已经被烧毁殆尽，如今她再也不会像以前那样，欢喜地向他奔去；每当他要见她时，她的心里不再会有那种愉快的紧张感了。她去约会只是因为只能这样——她还期盼着从前的爱情能够重回心里。在心底她已经厌倦他了。她此时的悲惨、痛苦、狼狈——都是因为他，并且她逐渐发现她对安提克的崇敬是多么盲目，更有一种梦想幻灭的痛苦。她总感觉他已经变了——从前的他用爱意带着她来到天堂，用善良感动了她——那时候她是这个世界上最幸福的人。如今她却感觉他不过是个普通的农民，甚至还不如他们；相比于她的丈夫，她更畏惧他。他的阴冷、悲伤的叹息，特别是野蛮的行为……如今让她心惊肉跳。他让人畏惧，她感觉他是如此凶狠疯狂，如同森林里的强盗。噢，神父都在教堂里当着众人的面训斥他，人们都躲着他，现在，他算得上是村里最可怕的人了；他背着深重的罪孽，一听见他说话她就害怕得仿佛要昏倒似的；她感觉他的心已经被撒旦奴役了，那些魔鬼就在他的身旁，她所感觉到的就如同神父讲到的坠入地狱的灵魂遭受到的折磨差不多！

不过她从没想过，这也有她的错，她从没这么想过！一想到他，她便感叹着他的改变，并且这种念头愈发强烈，她更加讨厌他了。有时，他抱着她的时候，她忽然全身僵硬，好像遭雷劈了。她不在乎他的吻——她实在是无法抵抗这个恶魔的侵袭。她也觉得自己年轻，富有活力，生机勃勃……并且他吻得那么激烈，让她快要喘不过气了。因此她什么也不管了，依然将自己的爱情献出来，就像期盼着细雨和阳光的土地；不过她的心不再臣服于他，不再像从前那样被一种莫名的冲动所控制，而且也不会沉浸在从前那种欲仙欲死的喜悦里，她不会再苦苦想念他了。幽会的时候，她经常想到她的家，想到要干的活儿，想到该怎么令她丈夫生气，甚至还会想着："这个家伙要多久才不会缠着我呢？"

当她清理土豆坑里的积水时，便会想起安提克。她的工作纯粹是掩人耳目，而且不得不这样。彼德很起劲地工作着，愉快地对着泥泞和坚硬的地面展开了工作；而她不过是想躲过老波瑞纳的监视而已。他刚转身，她便拿起围裙裹着头，小心地走到篱笆旁，就在普罗什卡家的仓库附近。

安提克就在那里。

"我都等了你一个小时了。"他生气道。

她也不好受，狠狠地说道："如果有人找你，你就去好了，不用等我。"

他紧紧地搂着她，狂吻起来。她却嫌恶地转过头。

"你的身上满是酒味，真像个装伏特加的水桶。"

"如今你这么娇柔，就连我的嘴都厌恶了？"

她的语气柔和了些：“我只是在说伏特加的气味而已。”

"我昨天也在这里等，你怎么不出来？"

"这么冷，而且我要干不少活儿。"

安提克大叫道：“你要讨好老头儿，还得服侍他休息！”

她生气道：“为什么不可以？他还是我的丈夫！”

"雅歌娜，不要激怒我！"

"如果我让你生气了，你为什么还要来？我可不会为你哭泣！"

"啊哈，你是讨厌我们的约会了吧。"

"你只当我是一只狗，只是责备我，我当然讨厌。"

他紧抱着她，乞求道：“雅歌娜，我也很心烦，如果不小心惹你生气了，也情有可原。”不过她依然面无表情，僵硬地回应着他的吻。每当他说话的时候，她就四处张望着，希望回家去。

他很快便察觉到了，即使荨麻刺进他的胸口，也没有比这更令他心痛了。他带着可怜责备道：

"从前你好像没有这么着急！"

"我很担心。家人都在房子里，或许他们发现我不在了会找到这里。"

"啊，是这样！但是曾经有些天你整个晚上都不回家也不害怕的。啊，你已经变了！"

"胡说八道！我哪里变了？"

两人都沉默下来，安静地相拥着，偶尔回忆起从前，忽然抱得更紧了，他们期望获得爱情，急切地将嘴唇贴出去，不过已经不管用了。两人的心已经越来越远，双方都心怀怨念，疼痛难忍，紧搂着对方的手臂不由得垂落了。他们站在一起，却像两根靠在一起的僵硬冰冷的冰柱；甜言蜜语刚到嘴边，便又吞了下去，心里的痛苦让他们发抖。

他轻声问道："雅歌娜，你还爱我吗？"

她逃避着："噢，我说过多少次，我没办法做到有求必应。"不过她将身体向他靠近了一些——因为心里的歉意和后悔，甚至因为自己对他没有了爱意而忏悔。他明白了她的心思，这些话凉透了他的心，让他难过得不住地颤抖，心里的愤怒奔涌着，化成了斥责一泻而下，他无法控制住自己，滔滔不绝地宣泄着。

"你不要骗我了！每个人都躲着我，你也是！——爱？的确，像狗一样对我吼叫着爱我！的确，我明白了，我很清楚：如果人们想绞死我，你肯定是第一个拿绳子的人；如果想将我砸死，你肯定第一个搬石头！"

她吃惊不已，不由得喊道："安提克！"

他严厉地说道："别说了，让我说下去！我只是实话实说……既然已经这样了——算了，现在我也没什么好在意的了！"

她慌乱不已，很想逃出去，断断续续地说道："我该回去了，有人在喊我。"不过他紧拉着她的手，让她动弹不得，依然恶狠狠地说道："你听好了……到现在你还是稀里糊涂的什么也不明白，我之所以落到现在这种状况，都是因为你——听清楚——是因为你！因为你，我被神父斥责，还被他赶出了教堂！因为你，人们都对着我，好像我有传染病似的……我一个人承受所有的过错……所有的……他——我的父亲——将本应给我的土地赠给你，我都没有报复你！

如今——如今——你居然不喜欢我！的确，你对我有所回应，随便你怎么样好了，你这个骗子！——你和他们没什么不同，也用那样的眼神看着我，将我看成杀人犯或者罪人！"

"你需要的是另一种男人，是的，你希望他每时每刻都围着你——如同发春的公狗一样——你啊！"他气愤异常，疯狂地大叫着。现在他将这些天里为她而受到的折磨和委屈统统发泄出来，将所有的过错都推给她，责备她给他带来痛苦，最后气愤得话也说不下去了，冲动之下，欲挥拳向她打去。不过及时收住了，一把将她推倒在墙上——然后走掉了！

"噢，天啊！——安提克！"她终于明白了他所说的，连忙奔到他身边，绝望地抱着他的头。不过安提克将她甩到一边，如同甩掉水蛭一样，沉默着走掉了；她摔倒在地，肝肠寸断，好像世界都崩塌了。

过了不久，她稍稍清醒了些，不过她觉得自己很是冤屈，这种感觉愈加强烈，令她心碎不已。她几乎要窒息了，希望对所有人大喊，不是她的错，她没有做错！

一直到他的脚步声消失，她还在大喊着他的名字；她提高了声音，依然没有回应。

她的心里悲痛不已，充满了哀伤，而且又加上一种他不会再回来的预感和忽然复燃的爱情……此时不断涌上心头，让她备受折磨。她向家里走去，放声大哭起来，毫不在意别人怎么看。

在门口遇到克伦巴的儿子，他正向门里张望着，而且大叫道："大地主已经在砍我们的森林了！"说完就急忙向隔壁跑去。

消息迅速在丽卜卡村传开了，每个人都不由得揪紧了心，异常愤怒。男人们走家串户地传播着消息，脚步飞快，不时地响起门开开合合的声音。

的确，这件事关乎村民的命运，而且充满了危险的气息，让人们惊诧不已——或者说像被雷劈了一样。他们满心惶恐，放低了脚步声，轻声交谈，忧愁地彼此看着，打听着最新消息。没有人敢大声疾呼，更没人抱怨和咒骂。每个人都明白，这已经变成了事实，而且很严重——女人尖酸刻薄的话是解决不了的，只能让全体民众一起商量对策。

到了晚上，没有人愿意去睡觉，甚至有人晚饭都吃不下去，更没心思干活儿。人们都来到路上，或者站在房前屋后。男人们在池塘边踱着步，夜色下他们低声交谈商量着，好像被惹怒的蜂群在嗡嗡叫着。

如今天气好了些，不再下雨了，天空也晴朗了些；天上的云朵飘浮着，地面刮过寒冷的风，将地面冻得僵硬，严霜也将树林染得漆黑。虽然说话声低沉，不过也听得清清楚楚。

消息早已传遍全村，还有不少人去乡长家商量对策。

这些人里，有文西奥瑞克、"跛子"乔治、麦克·卡坂和汉卡的堂叔法兰克·白利特沙、苏和、"歪嘴"瓦勒、约瑟夫·瓦尼克，卡西米尔也在里面，甚至西科拉和老普罗什卡也来了。但没见到老波瑞纳，不过也有人说他也在。

他们没见着乡长，这天下午他正好有事驾车去总署了，因此他们都去了克伦巴家，人群浩大，还跟着女人和小孩。不过他们将门关着，不让女人和小孩进来。克伦巴的儿子弗伊特克在大路和酒店旁守着，以防宪兵正好经过丽卜卡村……

人们从各个方向涌过来，很想知道这些长辈们会做出怎样的决策。他们的会议持续了很久——而且很保密。透过窗户只能看到他们满是白发的头，围坐在火炉旁，克伦巴站在旁边，正说着什么……没人能听见他的话，他不时俯下身子或者敲着桌子。

　　等在门外的人愈加焦急，之后柯伯斯、柯齐尔大妈和那些工人们小声嘀咕着，当着他们的面责备起房间里的人来，并断言他们绝不会做出什么好的决定，他们只顾自己的利益，不久便会和地主达成和解，不顾别人的死活！

　　柯伯斯、迪克和那些穷人听了，十分激愤，奉劝人们不要听从他们的决定，要为自己考虑，在他们还没商量好、将穷人出卖之前，先想个好办法。

　　此时马修出现了，他建议人们去酒店里，可以在那里畅谈——不用像一群疯狗似的在这里狂吠。

　　人们都欣然同意，便一齐涌进酒店里。

　　酒店早已关门，不过他们硬让犹太人开门营业。他惶恐地看着这些人走进酒店，虽然他们安静本分——房间里的桌椅板凳都被他们占满了，他们分别讨论着，等着谁最先发表意见。

　　希望发言的人不少，不过没人愿意第一个表态，都在踌躇。这时候安提克进来了，愤怒地大骂大地主。

　　人们都被他的话所感染，不过却依然斜着眼看他，表示自己的怀疑，甚至还有人走了出去。教堂里神父对他的责骂，还有他淫乱的生活，已经让他们印象深刻——不过他不管这些，此时他正着迷于一种探险和战斗的精神，他高声呼喊着："乡亲们，不要退缩，我们不是孬种，不要放弃你们的权益！现在，他们抢走我们的树木，我们不采取措施的话，总有一天他要将我们的土地、房屋和财产统统抢走！谁能够让他们停住？谁能够向他们大喊'不准动'？"

安提克的话正中要害。房间里顿时响起一片低沉的怒吼；人们骚动起来，眼睛里冒出愤怒的火光。上百个人高举着拳头，高声吼叫着："我们一定要阻挡他们！我们一定要去阻挡他们！"洪亮的吼声令墙壁都震颤了起来。

那些领头的需要的就是这个效果。马修、柯伯斯和柯齐尔大妈也冲到前面，怒吼着，咒骂着，点燃他们的怒火，不一会儿便响起了开战的口号，人们诅咒着，敲击着桌面、大声嚷嚷着。

每个人都大声喊出自己的建议，人人都贡献出自己的想法。

场面越来越乱，如同暴风雨的前夕；人们激动异常，很容易被激怒，来找旁边的人出气。没有什么建议能得到大家的认同，因为这里没有谁担当得起领导的重任，为他们报仇。

没过多久，他们便分成了几堆，那些声音最响亮的就在自己所在的人堆里发言。

"噢，森林都快被他们砍掉了一半——甚至还砍掉了那些五个人都抱不过来的老树！"

"这是克伦巴的儿子亲眼看见的！"

"他们会将我们的森林全砍掉，在我们不同意的情况下！"柯齐尔大妈向吧台这边挤过来，高声叫喊着。

"大地主总是和我们过不去。"

"那又怎么样？如果你是柔弱的小绵羊，随他们处置，他们当然会压迫你。"

"我们不能任人欺负，决不能！——我们一起冲向森林里，将那些砍树人赶出去，将我们的森林夺回！"

"将压迫我们的人杀死！"

"不错，杀死他！"

人们都挥舞着拳头反抗着，周围满是喧哗。每个人的心里都燃烧着愤怒的火焰。稍微安静下来之后，马修来到吧台旁，对他们说道："我们如同被捕的鱼，被困在渔网中！地主不停地向四周扩张着自己的土地，让我们无法生活——你想去田野里放牧吗？不行，因为土地已经被地主占领——你想养马？不行，那也属于大地主！——甚至你扔出一块石头，它都会落进大地主的土地里……而你，将会被告上法庭，等着接受牢狱之灾！"

人们纷纷应和："不错，就是这样！只要哪里有牧草，最后都会变成地主的地方，他们巴不得将所有的田地森林都占为己有。"

"我们这些人只剩下荒凉的沙地可以耕种，只有动物的粪便作为燃料……我们这些听从命运安排的穷人啊！"

"将大地主的森林、土地都夺回来！我们要坚守自己的权益！"

他们不停地吼叫着，如同波浪般不停地翻滚着，愤怒地咒骂和恐吓着。不久之后他们口干舌燥，全身发热，不少人去吧台边喝些饮料滋润一下；还有些人没吃晚饭就过来了，便在吧台里要了面包和鱼干。

他们吃吃喝喝了过后，心里也不那么激动了，便开始向家里走去，不过依然没做出什么具体的决定。

安提克一直都站在一边，沉浸在自己的复仇计划中。然后，马修叫上柯伯斯和安提克，一起向克伦巴家走去，他们找到克伦巴，谈论好明天的行动计划之后，便各自回家。

已经到了半夜，没有了灯火，村里异常安静，只听得到树叶的沙沙声，扰乱了这片沉寂——洒满寒霜的树木摇晃着躯干，彼此相撞，如同缠斗在一起的对手。天气严寒，篱笆上的霜凝结成一圈花纹，不过天上一颗星星也没有，很是阴郁。夜晚就这样出现，漫漫长夜让人厌倦，心里满是焦虑担心，可怕的噩梦缠身，疯狂的鬼影在眼前晃动。

不过天一亮，安提克便去钟楼里敲响了警钟，这时人们才刚刚睡醒，睡眼惺忪。

安布罗斯和风琴师想拦住他，不过没有用，他将他们大骂一顿，甚至想大打出手，然后继续敲着。

钟声缓慢，透着悲戚、哀伤，每个人都惶恐起来，他们从各处奔过来，衣服都没有穿好，不明白是怎么一回事，呆呆地站在家门外。天气寒冷，洪亮庄严的钟声继续响着，鸟儿们受到惊吓，都向树林中逃去，人们都感觉到危险即将来临，严肃地在胸前画着十字；马修、柯伯斯他们在村子里跑来跑去，拿木板敲击着篱笆，大声叫着："去森林吧！去森林吧！出来吧，都出来吧！都去酒店门前—— 一起去森林！"

他们急忙穿好衣服，甚至有人一边扣扣子，一边祈祷着；没多久便都赶到酒店门前，克伦巴和别的几个农夫已经站在那里了。

没多久人们都来到了酒店前面，这里变得拥挤不堪。孩子们吵闹着，妇女们也在果园里叫嚣着，骚乱得好比村里发生了火灾似的。

"去森林吧！——带上你们所有的武器——镰刀、连枷，甚至是锄头，都拿上吧！"

"去森林吧！"呼喊响彻村庄。

此时天已经完全亮了——天朗气清，春光灿烂，树上笼罩着一层如同蜘蛛网似的薄雾。路面的水坑结了一层薄冰，踩上去咔咔作响，如同玻璃碎裂般。清爽的空气刺激着人们的鼻子，喧哗吵闹声不绝于耳。

但是，人们慢慢安静下来，他们准备出发了；每个人的心里都涌起一种残酷、顽强的力量，让他们信心倍增，斗志昂扬。

人越来越多，他们相互问好，哪里有空隙就向哪里钻去；他们仔细观察着周围，或者向那些老一辈的人看去，他们正和老波瑞纳一同走过来。

伯锐那是村子里的头号人物，只有他才有资格领导他们，如果他不在，没有任何农民愿意移动分毫。

他们安静地站在原地，集中精力，如同密密麻麻的松树，倾听着森林深处的呐喊。时常有人开口说些什么或者挥舞一下拳头，他们的眼里闪耀着光芒，心情忐忑，甚至有人涨红了脸，然后继续坚定地站在原地。

铁匠匆忙地跑过来，想阻拦他们，用可怕的后果威吓着他们——并且说整个村子都会因此遭殃，他们都会被抓进监狱。磨坊老板也随声附和着。不过没人在乎这些，每个人都清楚他们是大地主的帮凶，反对也是理所当然的。

罗赫也过来了，哭着劝阻他们，依然毫无用处。

之后神父也来了，他也出声劝阻他们，不过依然没人听他说。他们坚定地站在原地，谁也不去亲吻神父的手，就连向他脱帽示意都没有，还有人竟然大喊着：

"这不过是他的工作而已！"

又有人嘲讽道：

"我们受到的损失，可不会因为他的讲道而有丝毫的好转！"

他们表情狰狞，神父看着他们，忍不住哭了起来；不过他继续努力着，希望用他们最崇敬的东西征服他们，请求他们停止行动。不过毫无作用，他只好停下，走了出去。老波瑞纳已经来到这里，他成了众人的中心。

马西亚斯·伯锐那一脸惨白，神情严厉而又冷酷，不过眼睛里却闪着如狼似虎般的光芒。他笔直地走上前，阴沉而又坚决，一边和熟人打着招呼，一边扫视着人们。他们给他让出一条通道，他站在酒店门前的一堆木头上，不过还没等他开始说话，人们便忍不住喊了起来：

"马西亚斯，带我们前进，带我们前进吧！"

"前进！向森林冲去！"

等他们安静下来，他向大家一俯身，张开手臂，坚定地说道：

"各位基督徒，波兰的兄弟姐妹，想要维护正义的人们——不管你们是农夫抑或是迪克！——我们的利益都受到了损害，而且相当严重，我们无法忍受，更无法忘怀！大地主的人将我们的树木砍走了……是的，那些不给我们工作的地主们……他们尽情地掠夺我们，让我们无法生活！我们遭受的种种损害、侮辱和欺压，已经数不胜数。我们想在法院讨回公道，可是结果呢？他们是怎样对待我们的申诉的？如今已经迫在眉睫，他们已经开始掠夺我们的树木了。朋友们，难道我们就这样任由他们欺负吗？"

人们都愤怒地回应着："不可能！不可能！我们一定要将他们赶出去，将他们全都杀死！"他们愤怒得脸色铁青，不过却闪耀着神秘的光彩，如同蕴藏着闪电的乌云；上百人举起拳头挥舞着，愤怒的吼叫声齐声响起。

老波瑞纳又说道："我们拥有的权益，却没有受到保护；那是我们的树林，他们居然来砍树！而我们却无法阻止，我们该做些什么呢？不会有人公正地对待我们这件事。不会！——亲爱的乡亲们，天主教徒们，波兰的儿女们，听着，我们只能这么做，亲自出手维护我们的利益，团结起来一同去反抗大地主，将砍树人赶出去——团结一心！团结一心！前进吧，所有丽卜卡村的村民们——当然，除去残废的人！——亲爱的伙伴们，不要害怕！前进吧，我们的权益，要靠我们自己来维护，我们是正义的。况且大地主总不会将我们所有人都抓去坐牢。——因此，前进吧，朋友们！带着勇气和坚强，跟着我——一————同向森林进发吧！"他大声呼号着。

"向森林冲啊！"他们一齐响应着。人们四散开来，大喊大叫地向家里奔去。然后便是种种准备工作。马儿嘶鸣着，孩子叫喊着，男人咒骂着，女人痛哭着；不过没多久，人们便都向白杨路走去。老波瑞纳坐着雪橇等在那里，身边还有普罗什卡、克伦巴和丽卜卡村一些重要的人物。

他们团结一致——就连农民、工人甚至是妇女和小伙子们都加入进来；有的坐着雪橇，有的骑马前往，还有人坐马车；别的村民步行前往。人们拥挤着前进，如同浪潮一般，又像是田野里摇摆着的麦子，妇女身上的红色衣裳鲜艳得如同红罂粟，手中坚实的木棍和锈迹斑斑的锄头，还有阳光下闪耀着光芒的镰刀，如同田野中的麦芒。人们好像赶去收获——不过此时却没有欢歌笑语。他们沉默地站在原地，冷漠，坚定，好像随时准备和敌人大战一场。

老波瑞纳坐上雪橇，扫视了一遍大家，再在胸前画个十字：

"以圣父、圣子、圣灵之名。阿门！"

人们也反复地念着"阿门，阿门"！——突然传来一阵铃声，神父在举行弥撒了。他们画着十字，脱下帽子扣着胸前，不时地响起真挚的哀叹；人们站得整整齐齐的，顽强而又安静——几乎所有村民都参与进来了。不过铁匠却溜了出来，偷偷向家里走去，然后骑着马抄小路赶往地主家。而安提克看见他父亲之后，便走出了酒店，在颜喀尔那里借来一杆枪，等到村民们都出动了，他将枪藏在外套里，径直向森林里走去，对村民们毫不理睬。

人们都紧跟着老波瑞纳，他坐在雪橇上正冲在最前面。

紧跟他身后的是普罗什卡一家，他们平时住在三处，此时由斯塔赫带领着；这些人看上去很瘦弱，不过声音洪亮，非常自信。

接下来是瓦尼家族，他们都长得矮小瘦弱，不过却像大黄蜂一样凶悍。

然后便是高洛姆家族，他们由马修带领，虽然没多少人，不过全都强壮勇猛，都能与半个村的人相比了。

在他们后面的是西科拉家族，他们如同树干，粗大矮小，健硕而又刚强，不过却牢骚满腹。

再下去便是克伦巴家族，他们都是些身材健硕的年轻人，身材高大，不过时不时地就争吵起来——他们由乡长的弟弟乔治带领着。

后面还跟着很多人，他们的姓氏多得都数不清。

在他们坚定的步伐下，大地也忍不住发抖。人们向前冲去，面色阴沉狰狞，如同蕴藏着闪电的乌云，时常电闪雷鸣，一旦爆发出来，便将下面的一切都销毁殆尽。

他们出发了，而那些等候在家里的妻子儿女、亲朋好友，又忍受着怎样的煎熬啊！

树林里静悄悄的，还沉浸在昨夜的严寒中，睡眼惺忪，一层灰暗的寒霜笼罩其上。

开垦地静静地躺在那里，埋没在浓雾当中。清晨的霞光将树梢染成红色，稀疏地散射在积雪上。

不过从维奇多利方向不停地有树木倒地的声音响起，伴随着斧子挥舞的声音和电锯的轰轰声。

他们在伐着村民们的树木！

那几十个人就像啄木鸟一样，不断地毁坏着树木，拼命地砍伐着。树木不断地倒下来。空地不断地扩大，巨人们卑微地倒在地面，愈来愈多。偶尔会在一些空隙里看到几株瘦弱的小树苗残存下来，如同高大的枯树孤零零地矗立在荒原上。它低着头，好像在为惨死的兄弟姐妹们哭泣——免遭罹难的灌木丛和一些畸形到没人愿意砍伐的树木，仿佛也在为受难者哀悼着。周围那些被践踏了无数次的雪地里，那些砍倒的大树僵硬地躺卧着，那些成堆的枝条——曾经是它们身体的一部分——如同被切碎的尸体，那些黄色的木屑仿佛树木的鲜血和积雪掺在一起。

那些没有遭殃的树木矗立在周围，如同守护着一处挖开的墓地，形形色色，高大巍峨，如同参加葬礼的亲戚，站在一旁默哀着、哀叹着，听着更多亲友倒地的声音，疑惑地看着命运之神肆意劫取着生命！

砍树人不停地忙碌着，从不休息，他们形成长长的一列，渐渐向森林深处进发。那里树木众多，如同一堵坚实的墙壁，将他们挡在面前。广阔的树林不一会儿便将他们吞没，消失在树木的阴影之下；

不过斧子在阴暗处闪着光,他们不知疲倦地砍伐着,锯子一刻不停地响着。一棵棵树相继摇晃着——如同落入网中的鸟儿——与同伴们分离,猛烈地挣扎一番后,哀叫着倒向地面。一棵棵树就这样不断地倒下!

他们砍倒了巨大的松树,它年代久远,身上的地衣都已历经几度春秋!砍倒了翠绿的枞木和繁茂的杉树,还有橡树,它的上面满是干枯的褐色树叶和须状的苔藓——闪电都没能击垮这个古老的树林,这座存了上千年的古老树林,现在居然屈服于几把斧子!而那些相对矮小的树木,砍掉了多少,又怎么数得清呢?

一棵接一棵的树倒下,树林痛哭着,慢慢失去活力。虽然它们依然如同战场上勇敢的士兵,密密麻麻,不辞扶持,然后依次被击垮,只能臣服在这股强大的力量之下,到最后终于一起悄无声息地落进死神的嘴中。

到处都是沉重的哀泣声;大树倒地的声音不断地震撼着树林;斧头依然在挥舞着,锯子仍旧在工作着,枝条在空中垂死挣扎,发出刺耳的声音。

森林里的树木就这样不断地被砍伐着,他们从树林中得到的战利品不断地增加,开垦地上堆满了树木的枝干,斧子和锯子喜悦地喳喳叫。

几只喜鹊躲在那些残存的小树苗上喳喳叫着,偶尔从这死地的上方飞过一群嘎嘎叫的乌鸦。时常从树林的深处探出一只雄鹿,闪亮的眼睛向空地那边看去,眼睛里燃烧着火焰;发现有人,便哀叫着跑开了。

工人们不停地砍着锯着,如同将羊群逼到角落里的狼群一样——

羊群可怜地蜷缩着，惊慌不已，不停地哀鸣着——眼睁睁地看着狼群将所有的羊吃掉。

砍树人吃完了早饭，太阳升上半空，寒霜也开始消融，几缕光线透进树林——此时他们才听到一片喧嚷声。

一个人将耳朵贴在树干上听了一会儿，说道："有人向这里来了，并且还不少呢。"

声音越来越近。没多久他们便听见一阵呐喊声和无数沉重的脚步声。过了不久，一辆雪橇驶进通往森林的道路上，一下子便开进了树林里。老波瑞纳站在雪橇上，后边跟着一群男女老少——有的骑马，有的步行，还有的乘坐马车——纷纷呐喊着往前冲着，要打那些砍树人。

老波瑞纳一下子跳下来，首先向前冲去，后面的人也紧跟着他，拿着各式各样的武器——强有力的胳膊舞动着锄头，挥舞着镰刀，拿着连枷，还有人只拿着树枝，妇女们的武器更不起眼——只能靠指甲和咒骂！——他们一同向那群惊恐的砍树人冲去。

"将他们赶出去！这是我们的森林，没有人可以随意砍伐！"他们齐声呐喊，没人知道他们想怎样。老波瑞纳来到砍树人面前，提高声音说道：

"你们这些默德利杉人、尔兹浦吉人，或者别的什么村的人，都听好了！"

等周围安静了下来，他又说了起来：

"带着你们的物品工具，赶紧走吧，愿上帝保佑你们！——我们不会允许你们砍伐这里的树木的，如果不听从的话，我们只好动用武力解决了！"

谁也没有反抗，他们发现这群悲愤的农民脸上布满阴霾，手里带着连枷、草耙和镰刀，害怕得不得了。他们互相叫喊着停下工作，将斧子收进皮带里，然后围在一起，生气地低声交谈着。特别是尔兹浦吉村的人，他们自恃高贵，很久以来都和丽卜卡村不相往来，不由得诅咒起来，挥舞着斧子扬言要报复。不过，虽然他们不愿意，也只能向这些武力强大的人屈服。丽卜卡村的村民不断恐吓着、叫嚷着，将他们赶出树林。

同时，还有些人将盖在空地附近的房子拆除，丢在树林周围，什么也没有留下。

他们很容易地就将砍树人赶出去了，老波瑞纳将农民们召集过来，引导他们向大地主报告，并且向他提出警告，在法院对农民的权益做出规范之前，不能砍伐树林；不过他们还没来得及商量好怎么说，便有尖叫声传过来，妇女们纷纷逃过来，后面跟着二十个骑兵追赶着她们。

原来大地主已经得到了消息，马上派出这些骑兵保护那些砍树人。

管家冲在前面，带领着一群工人。他们径直来到空地上，扑到那些冲在前面的妇女堆里，抽打着她们。管家身材高大，强壮得如同一只野牛，最先骑马向他们冲去，大声喊道：

"噢，盗贼，这些流氓盗贼！鞭打他们吧！将他们全都抓起来，抓去监狱！"

老波瑞纳大声喊道："快点集合，都到我身边来，伙伴们，跟他们拼了！"他这边的人都被吓住了，准备着逃命；不过一听见他的话，便向他的身边跑来，一边跑一边拿着武器防身。

老波瑞纳命令道："拿起棍子打死这些狗东西，待会儿再用连枷打他们的马！"他愤怒异常，拿起旁边的一个木棍，就向前冲去，又准又快地出手。农夫们就好像狂风吹过的森林，也跟在他身后向前冲去，锄头和连枷甚至都碰到了一起，他们向地主的人冲去，并且大声地呐喊着；他们勇敢地击打着，连枷不时地发出响声，就像一把把豆子掉在木地板上发出的声音。

周围一片恐怖，人们诅咒着，马儿受惊嘶叫着，人们受伤哼哼着，还有绝望的挣扎声和战士的呐喊声！

大地主的人誓死顽抗，他们的诅咒和打斗都和农民们一样凶悍；可最后他们还是被打退了，马儿被连枷打中，后脚站立，哀声嘶鸣着，带着骑马的人一同逃走。管家发现这样的情况，便让马儿站定，闯入伯锐那那批人中，直接向领袖发起攻击，但这也是他最后的挣扎了。面对着他的是二十多个连枷，二十多个对手马上靠近他，二十多双手全都伸向他，将他扯了下来。他如同被连根拔起的灌木丛，飞到空中，然后掉在他们前面的雪地上昏死过去。老波瑞纳竟花了很大力气抱住他，将他拖到一个安全一些的地方。

然后便是两人之间的肉搏战，骚乱声纷乱，那些民众实在太密集了，什么也看不清，只能看到一堆堆的勇士彼此缠斗着，在雪地上打着滚——举起恶狠狠的拳头攻击着对手——不时地有人从混战中出来，发了疯似的跑开——不过马上又奔回来，依然和刚才一样气势汹汹地呐喊着。

此时有两人的对战，也有群殴；有人被扼住了咽喉，有人被揪住了头发，如同野兽般厮打在一起。不过谁也赢不了谁，大地主家的工人们从马上下来，不再后退一步，这时候那些砍树的人也过来帮忙了；尔兹浦吉村的人非常凶悍，也一声不吭地前来帮忙了，如同疯狗似的，见人就打。此时带领他们的是刚刚来到的守林人：他身材高大，很爱打架，而且和丽卜卡村民之间有不少误会。他向前冲去，一个人就可以对付许多人，拿着枪托敲打着他们的头，吓得他们四散逃跑，他成了众人的灾星和祸害。

斯塔赫前面的那些人纷纷逃命，只剩他一个人在最前方；不过那些逃跑的人已经落入敌人的手中，已经被捏着脖子抛在了空中，如同一束碾过的麦子倒在地上，没有了知觉。——此时瓦尼克家有个人奔上来，用连枷击打着巨人的肩部——不过反而让自己的眉心处挨了打，他大叫一声"上帝啊！"便也昏死了过去。

马修再也无法容忍了，也奔上前和守林人厮打起来，虽然他和安提克的力气差不多，不过面对守林人依然毫无办法。守林人比他还要强大，一下子将他打倒，将他丢在地上不停打着滚，将他逼退了之后，又想去打老波瑞纳。不过还没有等他来到老头儿旁边，便遭到了一帮妇女的攻击，她们尖叫着向他扑来，用指甲撕烂他的脸，揪着他的头发，一个个地拉着他，将他拉倒在地：如同一群疯狗围攻一只牧羊犬一样，爪子抓挠着他的皮肤，将他扔过来扔过去。

这样丽卜卡村的人终于抢到先机。两拨人赤手空拳地打在一起，如同落叶一样彼此纠缠，每个人都寻找到自己的对手，将他拖向雪地；妇女们全都守候在战场旁边，纠缠着敌人，撕扯着他们的头发。

此时的场面一片混乱，都分不清楚哪些是敌人，哪些是自己的同伙……打到后来，地主的下人们终于被击溃了。有的被打倒在地浑身鲜血；有的受了伤而且疲惫不堪，向森林外逃跑；只剩下那些砍树的长工还在誓死顽抗着；还有的只好请求他们的原谅。不过村民们对那些砍树的人比对大地主的人更为生气，心里的愤怒就像是被狂风吹燃的火柱，没有谁愿意饶恕他们，拼命地狠揍着那些砍树工人。

这时候人们将手中的武器都丢掉，与敌人近身搏斗起来，面对面，用拳头抵挡着拳头，用自己的力量对抗对方的力量，倒在地上扭打着、翻滚着！没有人再发出嘶吼，只有低沉的呻吟、诅咒和搏斗时发出的沉重呼吸声。

这真是恐怖的一天，这是上帝发怒处罚罪民的一天。

人们因为彼此的矛盾激愤异常，几乎丧失了理智。特别是柯伯斯和柯齐尔大妈这两个人，就像两头野兽似的，都令人不敢直视，身上伤痕累累，洒满鲜血，还在与那么多敌人进行着肉搏战。

此时丽卜卡村的人们一齐大吼起来，冲向那几个残存的敌人，以一当十，追赶着那些逃亡的敌人。——这时候守林人一下子从妇女的包围圈里冲出来，全身酸痛，身上气血翻涌，大声嘶吼着帮助他们的同伙。这时恰巧发现了老波瑞纳，便冲到他面前！两人都使出全身解数紧抓着对方，如同两头搏斗的熊，推搡着，摇晃着，辗滚地移动到树林边缘，将对方的身子甩向旁边的大树……

此时安提克正走过来，他已经尽最快速度赶过来了，但实在是太累了，只得歇息一下，顺便查探一下父亲现在怎么样了，只是他已经耽误了不少时间。

此时守林人占得先机。事实上，他已经很不容易了，早就筋疲力尽，老头儿的表现又是如此凶悍。两人倒在地上多次，就像疯狗一样地纠缠在一起，将对方压在地上，被硬物擦伤。不过，打到现在，老波瑞纳越来越虚弱了，他一次次地被打倒在地，头上的帽子也不知去处，而且满是白发的脑袋多次撞到突出的树节上。

安提克看了看周围，从羊皮大衣里取出枪，俯下身子对准目标，然后——僵硬地在胸前画了个十字！——他居然拿枪对着他父亲的头！最终他还是没有勇气开枪。那两个缠斗在一起的人此时已经起身，安提克也站了起来，将枪指向自己的父亲……不过却没有开枪。——他的心里忽然涌起一种难以名状的恐惧……让他难受得快要窒息了。他的手就像钟摆一样，不停地颤抖着，甚至全身都颤抖了起来，眼睛里升起一层雾气。忽然，耳边响起一阵尖锐的喊叫声：

"啊，我要死了！我被人打死了！"

守林员手里拿着枪托，用力敲打着老波瑞纳。鲜血从他的头上喷涌而出，老头儿两手向上一伸，便倒在了地上。

安提克立即将枪丢下，快速来到父亲身旁，老头儿的喉咙里发出喘息声，他的头受了很重的伤，不过还没有死，眼神一片茫然，双腿不停地战栗着。

"我的父亲！啊，天主啊，我的父亲！"他大声呼喊着，将已经昏迷的老头儿扶起来，抱在怀里，绝望地大声呼喊着。

"啊，我的父亲！他们将他杀死了……他们将他杀死了！"他哭喊着，如同一只失去孩子的野兽一样。

旁边的人都跑来搭救老波瑞纳，将他抬上一个树枝做成的床上躺着，用积雪涂在他头上受伤的地方止血，想尽一切办法让他活过来。安提克坐在旁边，好像发疯了一样，用力扯着头发，大声喊道：

"他们将他杀死了……将他杀死了！"他不停地喊着，人们还以为他精神失常了。

忽然他停了下来。——突然间想到了什么，他大吼一声，向守林人扑去，眼睛里露出一种疯狂的凶狠光芒，吓得守林人忍不住颤抖起来，想逃出去。但是，他察觉到已经没地方可逃了，便转过身开了一枪，安提克几乎就要中弹了，子弹从他的脸旁擦过，将他的脸都擦黑了。真是侥幸，居然没有射中——心里的报复如同雷电般将他控制住。

此时守林人的心里充满了绝望和对死亡的恐惧，他想方设法地反抗，甚至想向安提克求饶，不过他的努力只是一片徒劳。安提克疯狂地逮住他，然后紧紧地捏着他的咽喉，将他的咽喉捏得咔咔作响，不一会儿就掐爆了，然后将他高举起来，扔向一棵大树，在这短短的时间里，守林人已经没有了呼吸。

然后他便去找别人战斗。他所到之处，人们都害怕地躲开。他的神情是如此疯狂，身上满是他自己和他的父亲的血，他光着头，头发乱糟糟的，脸色像死尸一样苍白——真是一个力大无穷的怪人！那些反抗他的人全都被他打败，然后赶出去，最后人们只好将他拉到一边，让他不要生气，不然可要让敌人全都丧命了。

这场战争终于结束了。虽然丽卜卡村有很多人负伤了，不过森林里却仍充满了胜利的喜悦。

妇女们照顾着那些受了重伤的人们，将他们放在雪橇上。有很多人都受伤了。克伦巴家有个儿子断了一只手。安德鲁·帕奇斯折断了一条腿，已经不能走路了，别人背着他，他还在大声呼痛。柯伯斯也受了重伤，已经动不了了。马修被打得吐血，腰上疼痛难忍。还有很多人也受了重伤。在这场战斗中，几乎每个人都或多或少地受了伤，不过——胜利终究是属于他们的！所以身上的这点疼痛，他们并不在乎，只顾着欢呼雀跃，欢喜地往家里走去。

老波瑞纳也躺在雪橇里，被人拖着缓缓向前走去，以免因为颠簸让他丧命。他还在昏睡着，身上的绷带里不时有鲜血渗出来，落入眼睛里，然后从脸上滑下，脸色依然如同尸体般苍白。

安提克默默地走在雪橇旁，惊惶地看着自己的父亲。当路面不平坦的时候，他便轻柔地托起老头儿的头。他时常悲伤地低声呼唤着：

"我的父亲！啊，天主啊！他是我的父亲！"

村民们都匆忙地向家里走去，三五成群地从树林间走过，大路上全是雪橇。人群里偶尔传出一声呻吟，不过人们的欢歌笑语、为胜利欢呼的声音还是占据了主导地位。他们一路上聊着天，谈论着刚才的那场战争，为这场胜仗欢呼着，大肆嘲讽着那些打了败仗的人。欢歌笑语响彻森林。他们都沉醉在这胜利的喜悦中，人们的脚步摇晃着，偶尔还撞到大树上。

他们神采奕奕，忘记了疲劳和身上的伤痛，为这场胜利激动着，备受鼓舞，他们甚至认为即使整个世界反抗他们，也会败在他们的手上。啊，即使是整个世界也会成为他们的手下败将！

他们吵吵嚷嚷地排成一列向前走着，望着森林——那个胜利之果，眼睛里闪烁着金光！——森林就在他们上方摇摆着，发出飒飒的响声，将已经融化的寒霜抖落在他们的身上，好像对他们流出了感激的泪水。

忽然，老波瑞纳睁开双眼，盯着安提克。很久之后，好像还不很确定眼前的事实。接着，他的脸上露出欣喜的神色，他多次想说些什么，最终挣扎了很久之后，轻声说道：

"是你吗，孩子？是你吗？"

没一会儿，他又昏睡了过去。

〔波兰〕莱蒙特◎著

王　冠　曹　晨◎译

农　夫

（下）

海峡出版发行集团　海峡文艺出版社
THE STRAITS PUBLISHING & DISTRIBUTING GROUP　Haixia Literature & Art Publishing House

第三部　春

第一章

春天来了。

好似一位因筋疲力尽而沉沉睡去的劳动者，能用来休息的时间根本不够，在天亮之前就必须起床，只好在一大早就匆匆出门赶去劳作，四月的清晨就这样懒洋洋地露脸了。

天仍旧没有大亮起来。

周围一片寂静，雾色弥漫，只听得到那从酣睡的大树上阵阵落下的露珠的滴答声响。

黑沉沉的大地上方，沉默而阴暗的天空，渐渐开始透射出微弱的白光，那感觉就像是从一块潮湿的泛蓝帆布里拧出水来。

所有地势低洼的草地上都笼罩着斗篷似的浓浓白雾，如桶里的牛奶泛起的泡沫一般。

公鸡们像是在接力一样，争着在雾里隐身的小村子里喔喔啼叫，此起彼伏。

坚持到最后的几颗零落星辰终于要谢幕了，闭上那困倦无神的眼睛。

此刻，遥远的东方有道红光燃起，就像有人吹旺了只剩星星之火的余烬一样。

于空中飘浮的雾气随着自己的性子到处翻滚，就像春天到来冰雪融化时形成的潮涌，肆意涌上灰暗的土地上空，又或者像熏香，稀薄，蔚蓝，螺圈一般飘上天际。

白昼正在与身处劣势的黑夜打着架呢，苍白的夜神蜷缩在地上，用他厚重而潮湿的斗篷覆盖着大地。

光明逐渐占据了天空，更有向地面逼近的态势，跟纠缠不去的浓雾进行搏斗。不远的高冈上已经看得见铺满露珠的地面从黑夜里露出脸来，几处带着微弱光亮又缺乏光泽的水坑静静地躺着，几条溪流更是选择在渐渐消融的雾气与越来越亮的曙光之间缓缓流动。

天色渐亮，东方的紫色潮涌也化为了熊熊燃烧般的烈焰之色。万物复苏，远处地平线上灰暗的森林边际，上坡路上排着队的长列白杨，几乎站不直身子，似乎爬得无比劳累。零落散布的乡村不久前还深深地隐在暗处，此刻也得以显露真身，就像本不显眼的石头突然从滚滚流水中冒出来一样。还有附近的树枝上挂满了银色的露珠，闪闪发光。

太阳仍然不知道在跟谁捉迷藏，但是看起来它就要从那一圈圈的红色光带中跳出来，将光辉洒向人间。而世界却才刚刚睁开蒙眬的双眼，虽然有小小的动静，但是仍处于休息中，似要补上一次懒洋洋的回笼觉。此时大地屏住了呼吸，只剩寂静在身边回荡，只留下一阵阵微风由树林而来，孱弱如新生儿的呼吸，却也拂下了树上的颗颗露珠。

清晨还在灰色的幕布当中，田野依旧酣睡，像一座挤满缄默信徒的教堂，而此时，暗色的天空突然响起了云雀婉转的歌声。

　　这只小云雀由地面向上飞起来，扑腾着双翅，用它悦耳的嗓音唱着动听的歌，仿佛弥撒的悠远钟声，又似春天的芳香绕成的圆柱子，直上云霄。它在神圣而寂静的高冈处向整块大地发起了呼唤。

　　须臾之间，其他云雀也不知道从什么地方赶来参与合唱，直飞向云霄，一边鼓动着翅膀，一边向每个有生命的事物宣告着白昼的大驾光临！

　　太阳忍不住要露脸了，它喷薄欲出。

　　终于，它安排自己在远处的森林上现身，就好像从深渊的最底部升上来。就好像有无数双隐形的神圣的手将它闪亮的大圆盘高高托着，昂然挺立在睡意蒙眬的土地上方，将其光明赏赐给了世间万物，无论是生是死，是迎接新生或是即将逝去。白昼神圣的赐福开始了，世间的一切都虔诚地在泥土间膜拜，在它神圣的威严之下闭上了自己卑微的双目。

　　此时，天真正大亮了。

　　那原本浓重的迷雾宛如熏香，从牧场飘上光辉灿烂的天空。由鸟儿率领，各类生物齐声唱出了赞歌，这是呼唤，这是充满谢意的祈祷，这是无比真挚的祷告！

　　如商量好了般的，太阳紧接着出现在了大片森林和数不清的村落上方，高高悬挂，身形巨大，源源不断地向下传输着温暖，这是天主慈爱的明眸带着和平的信念君临天下。

　　就在此时，克伦巴家年迈的亲戚爱嘉莎，出现在森林附近的沙丘上，旁边立着属于大地主家的草堆，堆放在散着车辙印的路边。

她在秋日伊始踏上了四处乞讨的道路，从那以后就依靠着吃"天主恩赐的面包"一直活到现在。

如今，她归家了，就像春日里努力寻找老家的归鸟一样。

她年纪大了，身体又不硬朗，干什么都气喘吁吁的，像在沙地上拼命生长的杨柳，干枯瘦弱，看起来马上就要枯萎了。她衣着破烂，在拐杖的帮助下缓慢前行，肩上扛着布袋，腰上挂着念珠。

她踏着急促的碎步在大地主的草堆间穿行，太阳已经出来了，她仰起历经岁月、布满褶皱的脸，注视着太阳，灰色的眼睛虽然充满血丝，但是同时也洋溢着欣慰。

啊！在熬过了漫长而寒冷的冬天之后，终于又回到了见证自己一生的故乡！回忆起这个来，她本不利索的步伐竟然明显轻快了许多。布袋在肩膀上来回晃荡，念珠在腰间叮当作响。可是，不大一会儿，她就感觉到喘不上气，肺部快顶不住了，于是不得不停下来，随后开始更加吃力地抬步缓慢前行。然而，她渴望的眼神不断投向四处，带着笑颜望着庄稼萌芽的田地由灰色泛出朦胧的浅绿。村庄逐渐从弥漫的雾气中解脱出来。树木仍旧光秃秃的，还没来得及长出新叶，作为马路的守护者严肃而安静地挺立着，在广袤的平原上却也显得些许孤单。

太阳此时已经升得很高了；它无私地将光芒洒向世间，不论远近。整个乡间都能看到玫瑰色的露珠。被耕耘过的田地黑黝黝的，在阳光下闪着亮光，污浊而又发光的河水从沟渠间流过，云雀那悦耳的歌声再次携着凉爽的空气传来。再过去一些，某些从崖壁上突出来的地方仍坚持闪着融剩的残雪。簇簇黄色的柔荑挂在树上，就像好看的玛瑙被悬挂着来回摆荡。某些躲在角落里默默沐浴阳光的小水潭里，金黄的草叶借助腐朽的枯叶中储存的营养长出了新芽，野花也跟着凑热闹，眨巴着黄色的眼睛。一阵轻风袭来，掀起了一股浓浓的奇特味道，那股属于原野的独特的味道。周围的景色是那样明亮，那样广阔，氤氲着甘美的芳香。爱嘉莎此刻打心底希望拥有一双翅膀，在欢呼中飞上云霄。

她不禁喘着气大喊道："噢，善良的天主！哦，敬爱的天主！"喊完便坐下来向远处眺望，放眼全景，好像是想将一切美好都吸入充满喜悦、怦怦跳动的内心深处去。

噢，春天在一望无际的原野上打着滚儿，云雀赞美的歌声向万物宣告着它的到来！别忘了，还有神圣无私的太阳！噢，还有春天特有的和风温暖又轻柔的抚摸，就像母亲的吻！大地用它神秘不可测的目光静静注视着，等待着锄头和庄稼汉！噢，到处涌现着生命活跃的迹象，静谧的和风此刻还孕育着片片生机，在不久的将来就要冒出新叶，继而开花，再长成颗颗饱满的谷粒！

噢，春天来了，像沐浴着阳光的年轻美妇，面带玫瑰色的曙光，好似不断逝去的流水！春天来了，从太阳出发，直飘而下，在四月清爽的清晨，翱翔在麦田上空。她摊开放着许多云雀的手掌，鸟儿们唱着愉悦的歌，饱含赞美！接踵而至的是排排白鹤，鸣声清亮而干脆，还有成群结队的野雁，时而人字形，时而一字形，掠过淡蓝色的天空。鹳鸟顺着沼地的痕迹寻来，燕子们则在屋旁欢快地聊着天儿，所有的飞禽都唱着歌飞出来了。当春天的宽敞的斗篷刚刚碰到大地的时候，嫩草萌芽，随风摇曳，花骨朵儿在黏性的胶质下闪着光芒，小叶子们低着头小声呢喃。一切是那样的充满生机。

噢，春天，女神般地用她温柔的手爱抚着直不起身的破旧茅屋，她将无限慈爱的目光投向屋檐，唤醒了人们冰冷而麻痹的心灵，他们终于收获了已经等待太久太久的安慰，此刻把满心的委屈扔在一边，梦想着能够拥有更幸福的未来！

无垠的大地响彻生命之声，仿佛在漫长的时间里默默无语的钟声重新有了铿锵音韵。那是神圣的太阳赏赐的礼物，欢快回响的恢宏钟声，不断唤醒着那些终日躲藏的胆怯心灵，为世间最奇特之事物歌颂。终于得以在灵魂的最深处找到了回响与共鸣。泪水充溢在所有人的眼眶。人类永垂不朽的品质振奋起来了，带着喜悦的笑脸拥抱着无垠大地，属于他们自己的广阔天地每一片孕育着希望的泥土！每一株树木，每一块石头，每一次气息，还有他们所珍视的一切！

爱嘉莎拖着沉重的步伐缓慢前行。内心如周围的景色一般愉悦，她无比贪婪地将那无数次出现在梦中的故乡收入眼底，有那么些瞬间，她感觉到了晕眩，就像喝多了烈性的酒一样。

在尖尖的钟塔又一次响起弥撒钟声的时候，她结束了神游，恢复了常态，扑通一声双膝跪地，开始祈祷。

"噢，天主啊，在你神圣的指导下，我终于又回到了家乡。"

"你永远能保护我们这些老无所依的人！"

就连这些话她甚至都差点没办法讲出，泪水决堤般从眼眶涌出，沿着满是皱纹的双颊不断往下流淌。她觉得很感动，感动到连原本挂在腰间的念珠都摸索不着，连话都说不清楚，只能断断续续吐出几个无法连在一起的字，就像零星的火花陆续从灵魂深处迸发。她竭尽全力终于站直了身子，接着向前走去，目光不离遍布周围的小小村落。

此时，天已经亮得很彻底了。整个丽卜卡村都呈现出来，村子围绕着中心的池塘形成一个完整的圆圈，在薄纱似的白雾的映衬下，池水显现出一种别致的深蓝色，就像有一面镜子在那儿闪耀着亮光。房屋静默地守护在岸边，如主妇一般，坐落在还没长出新叶的果树之间。有些烟囱升起了股股炊烟形成的柱子，窗上的玻璃在阳光的照射下闪闪发亮，近来才粉刷过的白色墙壁，在暗色的树干间隐藏着，给人无比鲜明的对比之感。

如今她已经能够认清所有的屋子。在行进的过程中，磨坊传出的噪声也越来越清楚了，厂房建立在村子一端，靠近她正在行走的这条马路，而对面的另一端则矗立着教堂，纯白色的高墙在果树之间错落有致，远远就能看见尖塔那儿的金色十字架闪耀着光芒，甚至也能清晰地看到附近神父屋顶上的红瓦。继续往前，远处可望而不可即的地平线那里排布着郁郁葱葱的森林、广袤的麦田、静静隐藏在果园中的小小村庄。从崖壁突出的怪石、蜿蜒曲折的道路、斜斜立着的树木、无序排列着杜松的沙丘，还有小溪里的潺潺流水，欢快地淌入池塘里，在屋舍之间自由穿梭。

在她附近的，是属于丽卜卡村的耕地，像是平铺着的布匹，为不同角度的斜坡涂抹着丰富的色彩。它们呈现出一种弯弯曲曲的带状，彼此之间紧密连接在一起，其间只有羊肠小道作为隔断，长势茂盛的梨树伫立在小径边，还有那鲜艳的野蔷薇和伴随的荆棘，或者以堆着黄泥的犁沟为界限，在微微泛黄的晨曦中显得很清晰。那些已经在秋天耕种过的土地，如今也渐渐泛起绿色，去年大获丰收的种着马铃薯的土地、新近耕耘过的田地、如融熔状态下的玻璃状的暗色低洼点缀着整幅风景画。磨坊那边是泥炭色的牧场，鹳鸟肆意地在其上来回走动，"克里克"地叫着。紧接着是一个卷心菜田，全被水淹了，只剩下田畦的顶部像是池塘边浅滩上的鱼，只将头浮在水面上。白色肚皮的田凫在空中来回掠过。可以见到十字架或者圣徒像立在交叉路口。太阳暖洋洋的，悬挂在这片土地上方，悬挂在遍布着小村落的幽谷上方。云雀仍旧在唱着婉转的歌。牛棚里传出阵阵哞哞的叫声。白鹅在大声尖叫，人们在互相呼唤。风儿承载着这一切声响，并选择将其带向远方，大地也宛如沉溺在孕育着希望的恬静喜悦之中。

然而，此时的田地里还没有很多农忙的人。少数妇女在紧靠着村庄的田地里撒粪施肥，不可避免地，几缕臭味直接侵入了她的鼻孔。

"真懒！这大好的天气，正适合进行耕种，可他们都跑哪里去了呀？劳作的人怎么会这样少？"她感到十分不高兴，低声咕哝着。

她想更贴近田地，便走下了大路，踏上了一条横过沟渠的田间小道，阴沟边的杂草长势极其茂盛，还有雏菊花，此刻正迎着太阳张开它们粉色的睫毛。她清晰地记得，过往的那些岁月里，春天的田地里到处都是红色的衣裙，女孩子们的对唱此起彼伏，让人应接不暇。她也清晰地记得，这样好的天气正应该用来施肥、耕作和播种。可眼前的情况到底是因为什么啊？咦，有一个农夫正在田野里走来走去，手臂划着半圆形，看起来是在播撒种子。

"春天才刚刚到来，他正在种的肯定是豌豆。如此看来，他肯定是多明尼克太太的儿子，"她又全心全意地补充道，"哦，敬爱的劳动者啊，愿天主能赐予你最丰厚的回报！"

这条小路坑坑洼洼，到处都是新做成的鼹鼠窝和为数不少的水洼。不过她正专注于每一寸田地，丝毫没把这些放在心上。

"这是属于神父的黑麦田。长势不错啊！还记得我当初外出漂泊时，长工们就是在这里耕田，而神父就坐在旁边。"

她依旧困难地前行，不断喘着粗气，眼含热泪注视着四周。

"这是属于普罗什卡的黑麦田，要么是因为抽芽过晚，要么是因为根已经在地里坏掉了。"

她弯下身去，这对她来说绝对不是一件简单的事情！轻轻抚摸潮湿的麦叶，就像正爱怜地抚摸孩子的小脑袋，布满皱纹的手止不住地颤抖。

"啊，这是属于波瑞纳的小麦！真是一块好地。确实，他堪称丽卜卡村最出色的农夫！只可惜田里被冰霜损害了一点。冬天实在冷得让人受不了。"她在心里想着，同时极目眺望那些在去年秋天已经耕耘过的土地，麦叶被深深地埋在了泥土里，裹满了烂泥，由此可以看出，去年冬天的大雪和融化的雪水是多么厉害呀。

她不禁叹一口气："哦，原来村里的人也是吃了大苦头的呀。"她双手合上放在额头，挡住阳光，看见了两个从村里走过来的少年。

"一个是风琴师的学生，一个是风琴师的儿子。那么大的篮子！他们现在肯定是要到佛拉庄去呈递每年一次的忏悔人名册。对了，他们一定是去完成那个任务。"

当他们走到她面前的时候，她向他们问候，并且很想与他们多说说话，可是他们只是含糊地咕哝着作为回复，就迅速离开了，他们两人之间却相谈甚欢。

她心里不禁感到失落："从他们开始蹒跚学步的时候，我就已经见过他们了！还是算了吧！他们如何还会记得我这个老太婆呢？可是，麦克确实英俊潇洒，这个年纪肯定能为神父演奏风琴了吧。"

很快地，她走到属于克伦巴的土地旁。她喊道："天主啊！这儿怎么一个男人都见不到。"她已经很靠近村子了，能感受到炊烟的味道，能看到晒在果园里的床褥。此刻，她满怀感激之情，庆幸自己能坚强至今，庆幸自己能回到故乡。正因为她怀着这样的期待，才能在外熬过漫长的冬天，正是这个期待使她一次次变得坚强，而没有被严酷的冬天、无助的贫困和难以面对的死亡打趴下。

她在几株灌木丛那儿坐了下来，开始打理身上的衣衫，可是一直整理不好。她内心的激动让她止不住地颤抖，心儿就像濒临死亡的鸟儿一样乱跳个不停。

"这儿毕竟还是有善良的人存在的。"她紧紧盯着肩上的布袋，小声对自己说。她清楚自己这些年来的存款已经足够拿来完成死后的安葬。

这么多年以来，她满心里只有一件事：当天主希望她离开这个世界时，她一定在故乡离去，躺在茅屋铺着羽毛被的床上，床头的墙上挂着圣像，就跟其他主妇一样死去。而就是为了那无比神圣的最后一瞬间，她省吃俭用，存钱至今！

她记得自己在克伦巴家里有个柜子，里面存放着一大条羽毛被，还有被单和枕头，甚至还有崭新的枕套。一切都是干净利落的，之前绝对没有使用过，做好了随时离去的准备。那些东西也确实没有其他地方可以存放，她哪里有真正属于自己的屋子和床铺呢？平时都是睡在房屋角落里的稻草堆上，有时候还睡在牛棚里，这还是视情况而言的，家人让她在哪里睡她就在哪里睡。她从来都不会主动去争取什么，也不愿意抱怨，因为她明白，这个世界上，所有的事物都必须遵照天主的意旨，罪孽深重的世人是没办法改变什么的。

然而，她也希望天主能宽恕她的狂妄，她默默地梦想着：希望自己的葬礼能够跟其他主妇一样，她因为这个梦想已经诚惶诚恐地祷告过很长时间了。

因此，当她再次回到故乡的时候，就知道离自己的最后一刻不远了，于是她开始自然而然地思量起她是不是疏忽了什么重要的事情。

不，她准备好了一切。她时刻带在身上的圣烛节时用的蜡烛，那是她当初为死人彻夜守灵才得到的。加上圣水，崭新的用来洒圣水的毛刷和钦斯托合娲圣女像，她决定在死前手里握着圣像以及作为丧葬钱的几十兹罗提，说不定她还能用这些钱做弥撒呢，包括点亮蜡烛，在教堂门口举行洒圣水的仪式。她从来都不敢祈求神父会把她的遗体送往墓地。

那根本就是完全没有可能的事情。并不是任意一个地主都能够获得那份殊荣。况且，单单只是那笔费用就可以耗费掉她的全部财产！

她沉重地叹息一声，直起身子，感到自己的身子比原来虚弱了许多。肺部一阵阵地疼痛，咳嗽时尤为难受，差点就要走不动路。

她暗自想着："如果我能熬到翻晒干草或秋收季节，那就真是太好了！哦，到那时，我一定会服服帖帖地躺下等待死亡的降临，敬爱的天主啊！等待死亡啊！"

她忽然醒悟到这种想法其实是有罪的，于是想着为自己找一个合理的借口。

然而，她心中又升起一个更加让人不安的想法：有谁愿意收留她，允许她在自家等死呢？

她告诉自己："我一定要找到一个善良的人家。如果我许诺付钱，他们或许能答应我的请求。确实，任何人都不希望有一个完全陌生的人来家里招来麻烦的。"

至于去找她的亲戚克伦巴，她做梦都不敢想。

"他家的孩子可不少！茅屋没有空间。况且这个时节，鸡鸭正在下蛋，肯定不能占用它们的地儿。更何况，作为一个有头有脸的农夫，如果允许作为乞丐的亲戚留在家里，也实在太丢面子了。"

她考虑着这一大堆事情，心里倒真的没有什么怨恨，同时也徐步踏上用来保护牧场和卷心菜田的防水堤边的马路。

在她的左边，池塘反射着光芒，深蓝色的水面映着金子般的太阳。岸边排布着倒垂的赤杨，大鹅叫嚷着扑腾双翅。愉快玩耍的小孩子们在泥泞的道路上呼叫着四处奔跑。

丽卜卡村就立在池塘的两方岸边，而且似乎从世纪伊始就已经存在，农舍在枝叶并不茂盛的果园和邻近的低矮树丛中半遮半掩。

爱嘉莎继续缓慢前行，目光迅速扫过一切。磨坊的老板娘正坐在门口，照看着旁边一群一直不停吵闹的小鹅，鹅身是一种少见的蜡黄色。爱嘉莎跟她问候了声，便飞快地离开，很庆幸那几只在墙边懒洋洋地晒太阳的狗完全没有注意到她的动静。

她走过了一座桥。流水不歇地奔往池塘，桥下的路面又分成了两条小路，以环抱的姿势围绕着整个村庄。

她稍稍迟疑了一会儿，因为实在渴望能够接触到每样事物，所以她选择了向左转弯，这样的话，她就能走稍长一点的路了。

铁匠铺是她经过的第一个地方，那里安静得没有任何声响，让人觉得了无生趣。被烟熏黑的墙边倚靠着半截货车，还有几具早已长出锈迹的耕田工具，看起来铁匠并不在家，只有他的老婆穿着衬衣和裙子，在忙着翻果园里的泥土。

爱嘉莎绕了过去，在几乎每个人家门前驻足，她轻轻倚着低矮的篱笆，带着好奇的目光扫视屋内。总有家养的狗走上前来嗅嗅，好像闻得出她是本地人，就又回到原地晒太阳去了。

她发现所有的地方都是静悄悄的。

此时，她走到了教堂，对自己说着："男人们要是都不在家的话，要么是在打官司，要么就在什么地方聚会去了。"

弥撒仪式之后，神父端正地坐在忏悔室里。十几个从遥远的外村赶来的村民留在自己的座位上，时不时地发出几声深深的叹息，有时还高声做几句祷告。

挂在高坛前的那盏灯，总是不间断地透出一缕缕泛着淡蓝色的烟雾，从高高的窗口那儿投射进来的阳光中袅袅升起。麻雀在外面聒噪地聊着天儿，时不时地衔着稻草飞进过道。时而也有那么一两只燕子在教堂外啁啾鸣叫，低飞过冰冷的墙边，再绕个圈儿，就回身飞向阳光灿烂的蓝天去了。

爱嘉莎做了个简短的祷告，便急急忙忙赶出来，内心只想着奔去克伦巴家，却在教堂门口遇上了雅固丝坦卡。

"怎么，你回来啦？爱嘉莎！"她惊奇地喊道。

"没错，好太太，我回到这里了，我仍然活着。"她低下头去亲吻对方的手背。

"哦，我听他们谈论过你，说你在遥远的异地他乡死掉了呢。这样看来，'天主恩赐的面包'就算得来容易，也并没有什么太大的益处。坟墓正期待着你的归去呢！"老太婆用饱含嘲弄的目光上下打量着她说道。

"对极了，好太太。所以我差一点就带不回我这老胳膊老腿了。"

"你这是要去克伦巴家，对吗？"

"是的。难道他不是我仅有的亲人吗？"

"看起来你的布袋里装满了某种东西，他们一定会很善良，好好款待你的。大胆地说一句，你的烂布头里肯定还藏着琐碎的零钱呢。没错！他们哪里不会接受你作为他们的亲戚呢？"

"他们一家人都还好吧？"爱嘉莎因为她故意的嘲笑而感到十分难过，于是不禁插嘴询问着。

"都好着呢。不过除了汤玛士，他原本的身体并不太好，后来竟然在牢里养得越来越好了。"

"汤玛士！他怎么会在坐牢呢？你别跟我开玩笑了，我认为一点儿都不好笑。"

"那些话我不想再说一遍。不过补充一句吧，他在监狱里的伙伴多了去了。所有的村民都在里面陪伴着他呢。法律出面的话，监狱和铁窗可不会在意你有没有田地。"

爱嘉莎傻愣愣地站在那里。她呜咽着："天主啊，圣母啊，约瑟啊！"

"你现在还是赶紧找到克伦巴太太吧。你很快就能从她那儿知道真相的。哈哈！男人们正在休假呢！"她带着十足的恶意，尖声笑着说。

爱嘉莎这才缓慢抬脚离开，她根本就没办法认同这个消息的真实性。一路上她遇上了几个之前认识的妇女，她们和善地跟她问好。可是她装作什么都没听到，下意识地走得更慢一些，内心还是希望不要这么早就证实雅固丝坦卡刚才跟她讲的事情。她犹豫了很长时间，东张西望着，不愿意面对那可怕的真相。

然而，她最终还是鼓励自己踏进了面前的克伦巴家。她全身都在发抖，用惊异害怕的目光扫视着果园及其背后的房屋。在窗户旁边的母牛正低着头饮水，发出很大的声响。处于屋子正中央的长长的走廊那边，母猪和小猪仔们在一片泥泞中打着滚儿，一边的家禽埋头在粪堆里翻找吃的。供他们喝水的盆子已经空了。她上前拿起了空盆（手上无论拿着什么东西，都可以给自己勇气），抬步走进几乎没有光亮的大房间，口中喃喃地说道："赞美天主。"

"站在那儿的是谁呀？"内室传来一个可怜巴巴的声音。

"是我，爱嘉莎。"她在讲出这句话的时候，发现自己的声音是哽咽的！

"爱嘉莎！哦，我没想到！"克伦巴太太在门槛那边出现了，她的围裙兜着许多小鹅，还有几只母鹅不停地叫嚷着，并围绕着她转来转去。

"啊！感谢天主！我们听说你早就在去年的圣诞节时去世了。只不过没有任何人清楚到底是在什么地方，我丈夫曾经还去警察局问过。过来坐坐吧，想必你现在很累了。你瞧，鹅儿都开始孵了小鹅。"

"真好的品种！而且数量也不少哦！"

"对啊，一共五十五只小鹅。你到房子这边来吧。我先得给它们喂食，避免大鹅一不注意就踩到它们了。"

她将围裙里的小鹅放了下来，它们四处跑着玩耍，绒毛蓬松，就像是黄色的柔荑花一样。母鹅们也走上前来，高兴得嘎嘎直叫，并伸直长长的脖子盯着小鹅们看。

克伦巴太太拿出用破碎的禽蛋、荨麻叶和燕麦片制成的饲料，搁置在近旁的木板上，并且还蹲下身来为它们形成一个保护屏障。它们的爸爸妈妈气得直叫嚷，拼命想要上前去抢夺，甚至不惜将小鹅们踩倒，并且还用嘴巴不停地啄。

爱嘉莎在屋前找了个合适的位子坐下。"好像所有的鹅翅膀那儿都有一个特殊的灰色记号呢。"她说。

"这是用来标记品种的，是一块很大的花纹。我的鹅蛋都是来自风琴师太太那儿，我用自家的三个蛋换她家的一个。真高兴你来这儿了。我有好多事情要做，都快要不知道先做哪一件了。"

"我立刻来帮忙，立刻！"

她本来是想赶快起身，并做些琐碎的杂事的。无奈现在没什么力气了，只好靠着一边的墙壁缓解晕眩。

克伦巴太太注意到了她苍白的脸色，浮肿的脸庞，开口说："看来你的身体正在变得衰弱，已经不适合再来帮忙做事了。"

看到她这个样子，克伦巴太太觉得很懊恼："如此看来这个老太婆不但起不了什么作用，反而会给我们带来很大麻烦呀。"

爱嘉莎心里已然猜测到她的想法，用胆怯而又抱歉的语气说道："不要担心，我绝对不会给你添麻烦的，更加不会白白浪费你家的粮食。我来这儿只是想稍作休息。只是希望来看望你们，顺便问问你们过得好不好。"她满含热泪。

"哦，我可没有要赶你走呀。坐下来吧。直到你自己想离开的时候再离开。"

她抓着这个时机赶忙问道，"年轻的小伙子们呢？是跟着汤玛士一起去田里了吧？"

"你难道没有听别人说过他们都在监狱里吗？"

爱嘉莎痛苦得扭紧了双手，默不作声。

"雅固丝坦卡刚才跟我说了，可是我不愿意相信她。"

"啊，她跟你说的全都是真的，全都是真的！"

她不禁想起了整件事情的经过，瞬间僵硬地直起身子，眼泪哗啦啦流下。

　　"那天完全称得上丽卜卡村的灾难日。在那一天，他们全都被抓走了，全都被抓走了，所有人啊！我是如何活到如今的，我自己都不明白。虽然那已经是三周前的灾难了，但是在我的脑子里面仍旧像昨天才发生一样，历历在目。最后村里只有马西克、在田地里劳作的姑娘们和我这个苦命的老太婆！"

　　突然，她对着大鹅大声嚷道："滚开！难道你们要学母猪那样把自己的子女弄死吗？是这样吗？"

　　小鹅跟在母鹅后面走进院子里面，于是她唤起了小鹅。

　　爱嘉莎说："没关系的，就让它们随便走走，这里没有凶猛的老鹰，而且我能照看它们。"

　　"你自己都不太方便行动，如何能管得住大鹅呢？"

　　"我在走进了你家之后，感觉舒服多了。"

　　"那么你就试试看吧。我现在去帮你做些吃的。你需要喝牛奶吗？"

　　"谢谢你，太太，不过今天是四旬斋的星期六，我一向不喝牛奶的。你还是给我来点儿开水吧。我自己带着面包，只需要弄碎就能吃了。"

　　没过多久，克伦巴太太送过来一碗加了盐巴的开水，爱嘉莎开始享用她的碎面包大餐。同时，对方把关于那场战争的一切一五一十地告诉了她：老波瑞纳的脑袋被守林人打坏了，安提克为了替父亲出气，又返过去把守林人打死。而那老头子到现在仍然不省人事。除此之外，还有其他人受了重伤，不过他们根本就没放在心上，我们的村民打了一场漂亮的胜仗呀。

　　她接着讲述："可是就在那天的下一个星期天，距战争那天还不满四天，下着漫天的大雪，大得人都出不了门，我们正准备去教堂的时候，古尔巴斯的小孩跑过来大声呼叫着'宪兵进村了！'"

"他们来了一共三十人，另外还加上法官和推事几乎整个法院都来我们这儿了，他们住在神父的家里。接着就开始一个个问话，一个个做笔录，一个个调查。没有人想过拒绝，每个人都踊跃地发言，像忏悔那样毫无保留地说出事实，直到黄昏时才全部完毕。法院原本打算要把全部村民都抓回去，甚至连女人都不能例外！可是，胆小的孩子们害怕得哇哇大叫，于是男人们四处寻找棍棒，准备做顽强的抵抗。后来可能是因为神父的关系，他们放弃了抓我们回去。就连科齐尔太太用难听的话咒骂，他们都装作没听到。只是把男人们送去坐牢了。老波瑞纳的儿子安提克呢，他们是按照命令，用手铐脚镣来困住他。"

"都用上了手铐脚镣！哦，天主啊！"

"他们最开始是用绳子的，结果被他一下子就挣开了。所有的人都觉得他很可怕，就像因发烧而发狂了一样，完全疯了。他就那样立在他们跟前，死死地看着他们，大喊着：

"'你们最好还是用手铐脚镣来锁住我，严密地监视我。不然的话，我一定杀光你们，最后再杀掉我自己！'

"他被父亲的严重伤势震慑住了，顺从地任别人给他戴上刑具。于是，他被他们带走了。

"我永远都不会忘记他们抓走他时的情景，永远都不会忘。因为他们也同样抓去了我的丈夫、我的孩子和其他村民，算起来大概有六十人。

"灾难性的那一天，村里所遭遇的一切到处充斥着无助的哭声与恶毒的诅咒。我现在跟你讲不出来!

"春天来了,储存一冬的积雪已经快消融殆尽,每家每户的田地还需要耕作,耕耘和播种的时机已经来到。只是留在村里的,没有谁能承担起这些!

"村里现今只留下了乡长、铁匠和几个年老体弱的老汉。仅有的年轻的男人却是一个白痴,颠三倒四的亚斯叶克!

"而今也是牛羊繁衍后代的时节,还有很多妇女都在这段时间分娩。我们不仅需要牵挂监狱里的男人,还要时不时地送去些吃食、钱币和几件干净的衣裳。还有,村子里的事情也多得数也数不完,在其他地方也招不来帮手,每个家庭都快连自己家的生活都顾不上了。"

"他们也有可能很快就可以出狱吧?"

"谁知道呢!神父之前去警察局询问过,乡长也去过。说是等到审问调查完了就进行宣判,可是已经过去了三个星期,却还是一个人都没有回来。罗赫也在上个星期四去询问了。"

"老波瑞纳还在人世吗?"

"嗯,但是他现在也跟死人一般无二了。他像木头一样静静地躺着,没有意识。汉卡找过附近最好的医生来医治,可是好像束手无策。"

"想来医生能怎么办呢?像这种几乎快死掉的毛病,医生也是不管用的。"

克伦巴太太继续讲述了去年冬天发生的其他事情,爱嘉莎因为才回来,什么都不知道。

她越来越觉得害怕听到这些,双臂无力地垂在身旁,表情痛苦不堪。

"噢，天主哪！我在心里时刻挂念着丽卜卡村，可是无论如何都想不到我活到现在都没听说过这样的事。难道是魔鬼撒旦降临在村子里了？"

"或许吧。"

"肯定是的。天主为安提克和他的继母乱伦而把惩罚降临给所有人。肯定还有其他不为人知的罪恶，一下子全部爆发，摆在世人的眼前。"

爱嘉莎当然没这个胆量问她究竟还有哪些罪恶。她只能抬起不断颤抖的手，于胸前划了个十字，喃喃地做着最虔诚的祈祷。

"对啊，每个人都必须为他们接受惩罚。老波瑞纳还躺在家里，像个死人一样。"忽然，她压低了声音，"听她们说过，雅歌娜之前勾引过乡长。现在安提克不在，马修也不在。她已经没有身体健壮的年轻人，因此是个男人她就去勾搭！这到底是个怎样的境况，天主啊！"克伦巴太太拧着双手叹息道。

爱嘉莎没去答她的话。她所听到的一切让她觉得无力，先前抑制住的疲倦又排山倒海般袭来，而且比之前有过之而无不及，于是她默默地去牛棚找地方睡了。

黄昏时分，她起来了，出去绕了一圈儿看望熟人。当她再次转回克伦巴家时，他们已经开始吃晚餐了。

桌子上摆好了一把汤匙，显然是留给她的，虽然并不是什么好座位。不过她此时也不想吃东西，更乐意跟他们讲讲在外漂泊时的所见所闻。

夜幕降临，睡觉之前，他们燃起了蜡烛，她在大家好奇的目光下拿出了布袋，所有成员都围着她坐下，她不慌不忙地拿出她给每个人的礼物！人手一份圣像。女孩子们人手一条项链（哦，她们排着队照着镜子，看自己戴起来有多么漂亮，像火鸡一样把脖子伸到最长）。男孩子们人手一把锋利的小刀。给汤玛士的是一大盒烟草，给女主人的是一条扇形的花边，其上还缀有彩色刺绣，简直美得离谱，好主人看了过后，禁不住高兴地拍起手来！

每个人都感到心满意足，双眼几乎不肯离开礼物。爱嘉莎一边分享着她们的快乐，一边讲述每一件礼物在哪儿买的，花了多少钱。

他们一直坐到深夜，谈论着当时不在场的亲人。

等到大家都说完的时候，四周陷入了长久的默默无语中，爱嘉莎终于开口说道："村子里实在是太安静了！这让我感到好像有东西在喉咙里哽住了！我记得去年的此时与现在是完全不同的！到处都是笑闹声，那声音响彻云霄。"

克伦巴太太沮丧地附和着："是的，你看现在，村子就是一座巨大的坟墓。在我们死时，只需要立个墓碑，再加上个十字架。"

爱嘉莎试探性地问道："没错，太太，我可以去楼上睡觉吗？走了这么多路，我这一把老骨头都快散架了，眼睛也快睁不开了。"

"你愿意睡哪儿就睡哪儿，现在家里有很多空房间！"

可是当她正准备上楼梯的时候，克伦巴太太从敞开的房门那儿说道："哦，我差点儿忘记跟你说，我们把你放在柜子的羽毛被拿出来了，狂欢节那段时间，玛奇哈冒出了天花，当时的天冷得很，我们再也不知道有什么东西可以保暖了，于是只好拿了你的那床被子，现在已经晒过了，明天就给你拿到楼上去。"

"我的羽毛被吗？好的，随便你们。既然是你们需要的，那么也就无所谓了。"

她真的没办法继续说下去了，在黑暗中摸索到柜子边，打开柜门，双手用力地掏出她用来陪葬的东西。

　　没错，她崭新的羽毛被不在那里！她之前从来都不舍得用的呀！那是她慢慢亲自从牧鹅场捡回来的羽毛，填在里面，打算作为死时的被褥！她不禁号啕大哭，这绝对是一个残酷的打击。

　　她为此祷告了好长时间，流着充满辛酸的眼泪，向敬爱的天主倾诉她经受的委屈。

第二章

第二天是棕榈主日，在复活节前的最后一个星期天。

汉卡大清早就起床了，只穿了一件衬裙，觉得有点冷，就又加了一件披肩。

她向周围扫视了一圈，甚至还看到了围墙的边界和更远的马路。大路上十分空旷，感觉不到丝毫生气。只有那干燥的曙光，落在还没长出新叶的树梢上。

她转身回到门廊里，花了好大劲儿才能跪下来（还有差不多一个星期她就要分娩了），并开始进行早晨的祷告，惺忪的睡眼望向一切。

白昼急速来到，黎明时分的那片红晕转变为东方耀眼的金色光芒，像一层光滑的绸缎覆盖着圣体匣，而圣体匣就躲在里面呢。

前天晚上有轻微的霜冻。篱笆、房顶、屋舍都顶着洁白的头发，树的姿态就像羊毛般的云朵一样。

浓重的白雾萦绕着地面，村子仍旧沉睡。那几栋邻近路边的屋舍此刻已经露出了雪白的墙壁。磨坊昼夜不息地运作着，听得见汩汩的水声，可是却看不见。

公鸡高声啼叫，果园里的鸟儿叽叽喳喳的，像约好了一起做晨祷似的，就在这时候，汉卡又出现了，认真查看每一处，并唤醒还在睡梦中的人。

她最先打开猪栏的半截小门。大肥猪本来是想站起来的，无奈长得实在太肥胖，健壮的后臀把它坠得向后倒，它只好把猪鼻子对着她，发出吼吼的声音，她看看饲料槽，随后添加了些新鲜的饲料。

"它的后臀膘很厚实，重得让它都撑不起身子了。是的，那厚厚的油层最少也有四英寸！"她兴高采烈地摸着猪的胸侧。

接下来，她走进了家禽栏，随手撒了一些猪饲料，想把家禽招过来。鸡群急急忙忙从休息的地方冲过来，公鸡们昂头喔喔啼叫。

鹅群也侵袭过来，于是她大幅度地挥着手臂将它们赶走，她一个个地仔细查看鸡蛋，并将之举起在阳光下看个清楚。

她想道："大概再要一个小时小鸡们就能孵出来了！"因为她刚好听见蛋壳里传来小鸡轻啄的声音。

此时，拉帕丢下胡乱叫嚷的公鹅，钻出它的狗窝，慵懒地打了一个好大的哈欠。

一瞄见主人，它就兴奋地汪汪叫，摇着尾巴从母鸡群中穿过，跑到了主人跟前。母鸡的羽毛被它搅得乱飞。它快速地向汉卡扑过去，用自己的脚掌按着她，用舌头舔舔她的手，作为回应，她则轻轻拍打它的头。

"啊，这个不会说话的畜生竟比大多数人更懂得感情！唉，彼德，太阳晒屁股啦！"她敲打着马厩的大门向里面喊道，许久之后传来不满的抱怨声和拔开门闩的声音。之后，她又接着打开牛棚的大门，母牛在饲料槽附近躺成了整齐的一列。

"啊呀，怀特克！你怎么还能睡得着，还不起来？小鬼，快起来啦！"

少年终于醒来，从茅草堆成的床铺上起身，准备穿裤子了，咕哝着不知道在说些什么。他还是很怕女主人的。

"给母牛喂些草，再过一会儿我就要去挤牛奶了。在那之后就迅速过来削马铃薯。可是，你千万要记着，绝对不要喂给莱苏拉吃！"她用冷冰冰的语气补充道，"莱苏拉是雅歌娜的私人财产，这吃食得让它的拥有者自己准备！"

"噢，她当然会来喂的，而且喂得还不错，可怜的牲口没人管，饿得直叫唤，只能吃垫在它身下的茅草！"

"就算它最后会饿死我也管不着，这损失算不到我头上！"她满含怨恨地说道。

怀特克含糊不清地说了些什么。在汉卡走了之后，又躺回稻草铺上，接着睡了一会儿。

仓库那边的打麦地上此时铺满了茅草，放着的是经过挑选确定用来做种子的马铃薯。她上前去瞧了瞧，也扫视了一下旁边摆放农具的棚子。她跟以往一样做了完整的巡视，并确认了前天晚上并没有丢失或损坏什么东西，就走去了小麦田，接着做之前中断的晨祷。

此时，太阳完全出来了，果园里似乎穿梭着一股炙热的火焰。露珠从树叶上滑落，微风使得树枝作响，云雀高声唱着赞美的歌，而声音更有越来越响亮的趋势。村民们活动起来，池塘的水冲刷着塘岸，大门嘎吱嘎吱地陆续打开，白鹅开始叫嚷了，狗儿汪汪地叫着，时不时地有人的声音传出。

人们起得没有平时早。今天是星期天，他们愿意让紧张的身躯得到放松。

汉卡嘴上不停地祷告，思绪却已经神游到很远了

她凝望着广阔的田地，那边是以森林形成的一整块儿为分界线，东方的烈焰撒向那里，让新生的枞木在泛着蓝色光芒的矮树之间显得尤为明显，如琥珀一般。凝望着摇曳的黄色光芒照射下的另外一些田地，地里长出饱含水分的泛着新绿的谷子。凝望着银线一般四处流淌的河水，带着湿气的凉风一阵阵迎面拂来，周围一片寂静，万物在此刻都充满了生机。

然而，她对眼前的一切似乎没有任何感受。

她回想起曾经那些饥饿、贫困、委屈的时光，回想起安提克对她的不忠，回想起她那么沉重的悲哀与痛苦。她几乎想不明白自己怎么还能承受这些，等待着天主会安排给她更好一些的命运。

是啊，她重新回归了，踏上属于波瑞纳家的土地！

而且，还有谁能有那个能力将她赶走呢？

在过去的六个月里，她遭遇了大多数人一生都难以遇到的苦难。此时她能承受一切，无论天主怎样对待她，她都要等到安提克恢复过来，田地永远掌握在他们手里的时候。

她不禁又想起了村里的小伙子们出征的整个过程。

她必须留在家里。从她的情况来看，参与那场战斗无疑是既艰难又危险的。

听别人说，安提克并没有跟随众人。她感到很担忧。她猜测丈夫可能忘不了对他父亲那件事的恨意了，也可能是跟雅歌娜一起鬼混！

后者让她心力交瘁，可是，若是要去跟踪他，她可做不来！

快到中午的时候，古尔巴斯家的儿子冲过来喊着："赢了！我们打垮了地主那边的人！"说完就远远地跑开了。

她特意跟克伦巴太太约好一起去迎接英雄们回家。

然后帕奇斯来了，在很远的地方就开始大叫："老波瑞纳被打死了，安提克被打死了，马修和其他很多人都被打死了！"他拍打着手倒在了地上，嘴里还咕哝着一些叫人没办法理解的话。牙关不知道咬得有多紧，完全没有知觉，他们只能选择用小刀撬开他的牙齿，给他喂些水。

所幸，在小伙子清醒之前，余下的人就从森林里回村子了。他们完整地讲述了全程。不久之后，安提克也回来了，安静地在他父亲的车子边走着。可是身上到处是血迹，脸色比死人还苍白，人们已经看出他的精神不大正常了。

她很难过，眼泪都快流出来了，却死死地克制住了自己。她父亲白利特杉拉她到旁边说，

"你一定要小心，老波瑞纳看起来活不了多久了，安提克的精神也错乱了，没人守护波瑞纳家。如果被铁匠占据了，还有谁能把他赶出去呢？"

她赶紧跑回家，领着自己的孩子们和其他所有能捎上的东西，快速地搬到老波瑞纳家对面那个她之前居住的房间去了。

安布罗斯用绷带给老人包扎伤口，村民们都站在外面，全村都在得意于这场胜利。当受伤者的呻吟声四处响起的时候，汉卡已经默默地溜回了住处，决定住下来，谁来都休想赶走她。

她警惕地守护那里，原因在于田地是属于安提克的，他父亲出

气多进气少，活不了多久。她明白先下手为强的道理。谁都赶不走先占据遗产的人，就算打官司的话自己也绝对能胜诉。

铁匠为她先下手的举动感到很生气，不断地威吓和咒骂她。可是她对此不屑一顾。

她需要征求他或其他人的允许吗？她继承所有的家产，如看门狗一般忠心耿耿地守护着这一切，此外没有人有权利这样做的。她清楚老头子活不长久，正如罗赫给她提醒过的那样，安提克也会留在监狱里。

到了那时，她还能期望得到谁的保护呢？不如为自己早做打算，或许上帝也会站在她这边。

当安提克被捕的时候，她只能顺从。她再想不出其他办法了。

更何况，所有的家务和农活儿都需要她来承担，她无暇去埋怨命运。

在敌人面前，她绝对不会偷懒也绝对不会沮丧（尽管她孤立无援，手无寸铁）。雅歌娜和铁匠夫妇都把她看作敌人。乡长喜欢雅歌娜，自然站在她那边。就连神父也因为多明尼克太太的闲言碎语而反对她。

尽管如此，他们仍旧拿她没办法。她毫不让步。她一天比一天熟练地管理家业，两个星期之内，整个家业都被她牢牢地握着，服从她的任何命令。

确实，她必须吃得少睡得少，从大清早一直忙到半夜三更。

她生性怯懦，以前一直活在安提克的冷落和压迫中，她本干不来这样困难的事，也负不起如此重大的责任，作为当家人，她在很多时候都显得尤为艰辛，日子都变得难熬起来。可是她害怕被别人赶走，心里充满了对雅歌娜的恨意，如此才能苦撑至今。

不去追寻她的动力来源，她依旧坚守岗位。过不多久，人们表现出对她的惊异和尊重。

丽卜卡村最能干的主妇谈论着："啊呀！之前的她那么怯懦。瞧，如今的她甚至超越了最有本事的庄稼人！"普罗什卡太太等人有时候甚至还会向她取经，也心甘情愿地给她提供建议和帮助。

她接受了这些，并怀着一颗感恩的心，可是她又回想起自己之前受到的那些瞧不起的目光，因此并不愿意主动与人来往。

再说了，她根本就不爱闲扯家常，也不喜欢邻居间的闲言碎语。

是的，自家的麻烦事都没有解决完，她根本对邻居的琐事更加提不起任何兴趣。

想到这些的时候，雅歌娜又出现在她脑子里，她默默对抗着的雅歌娜。这个想法像锋利的匕首一样插进她胸口。她被自己吓到，于是赶紧结束祈祷，划个十字，狠狠地捶着前胸。

她气恼地进屋去，却看到所有人都还在睡觉，免不了更加生气。

她大声责骂怀特克，又把彼德赶下了稻草铺，还骂了幼姿卡，说她"太阳都晒屁股了竟然还赖着不起来"！

她一边手上生着火，一边嘴里还在抱怨："我根本就离不开，只是祈祷了一会儿，他们一个个地就都在角落躲着偷懒！"

火生好后，她把孩子们带去外面，给他们切了些面包，然后唤来老狗拉帕看着他们，她则去另一个房间伺候老波瑞纳。

房子里面什么声音都没有。她感到气愤，把房门砰的一声关上。可还是没有吵醒雅歌娜。老人的睡姿跟她昨天离开时没什么两样，苍白的脸颊被短须占据着，从布满红色条纹的被褥下露出。衰弱，憔悴，就像木雕的圣像那样丝毫没有生气。他的双眼瞪得很大，一动不动，目视前方。头上裹着绷带，手臂无力地垂着，像树上的断枝。

她动手整理被褥，抖开他腿边的被子（房间闭得严严实实的，很是闷热），再喂他清水。他缓缓喝着，却没有别的动作了，如砍倒在地的树干一样安静地躺着，只是双目时不时现出些微弱的光芒，像昼夜之间短时间变弱的河水微光。

她面对老人发出叹息，随后用无比怨恨的目光看了睡得很熟的雅歌娜一眼，一脚踢上了木桶。

这样的噪声还是没能吵醒雅歌娜。她侧身躺着，由于天气太热的关系，被单从胸口处滑开，露出光光的肩膀和脖颈。樱唇半启，看得到她纯白珍珠般的贝齿。蓬松的头发可以媲美晒干的上等亚麻，自然地披散在被单上，直垂下地板。

"哦！我真想用我的指甲划伤你无与伦比的脸蛋儿，让你更美丽一些！"她厌恶地低声说着，一阵难言的痛楚突然袭来。她傻愣愣地抚摸着头发，从挂在窗边的镜子里看到自己那苍白的五官和红肿的眼睛，被自己吓到了。

"她！她什么都不用担心。吃多穿暖，又没有生孩子，哪里会不漂亮呢？"

她大力合上房门向外面走去。

这次的关门声吵醒了雅歌娜。老波瑞纳还是一如既往地躺着，目视前方。

从那次战役大伙儿抬他回来之后，他就保持这个样子。有时候看起来是要清醒，拉着雅歌娜的手想说些什么。到最后又还是晕过去，一句话都没有说出来过。

罗赫从城里面带回来一位医生，做了检查之后，就开了张药方，竟然要了十卢布的出诊费。药同样是昂贵的，效果却是跟多明尼克太太不收钱的咒语一样。

人们终于发觉他是没办法康复的，于是便也不再愿意管他。

他们所能做到的，只不过是帮他更换湿掉的绷带，喂些白开水或牛奶。他不能吃硬东西。

村民和对这种事情颇有经验的安布罗斯都说：如果老波瑞纳再醒不来的话，他就活不成了，当然在他死的时候也不会伴随着痛苦。所以，大家都在等着结局的到来，可是结局却迟迟不出现，这种拖延是很惹人烦的。

照顾病人是雅歌娜不可逃避的权利和责任。可是她，她连一小会儿都熬不过去，怎么能指望她来照料呢？她很早就对这个丈夫感到厌烦。再说了，她一直在跟汉卡明争暗斗，也累了，汉卡抢夺了她作为女主人的身份，把她扔在一边。所以她宁愿待在外面，晒晒太阳，散散步。她把照顾丈夫的责任交给了幼姿卡，自己则经常到处闲逛，没人知道她去哪儿了，反正就是到傍晚时分才回家。

于是就由幼姿卡来伺候父亲。只是仅限于有外人在场的时候这样，她还只是个小姑娘，愚钝，喜欢闲逛，汉卡不得不一个人照料濒临死亡的老人。尽管，铁匠夫妇一天会来看上好几次。然而，他们只是过来监督她的，怕她拿走屋里的任何东西，而且也总是期望老波瑞纳能醒过来，把财产分给他们。他们围着老人大声争吵，就像几只恶犬为了垂死的小羊而争斗，每个人都想着叼走最好的一块肥肉。与此同时，铁匠总是趁机牵走一些东西。必须强硬地从他手上抢回来，而且得时刻注意他。几乎没有哪一天不跟他吵架的。

常言道："上帝总是赐福给和太阳一起起床的人。"这话绝对有道理，铁匠可是在天没亮的时候就起床了，甚至有时候还会半夜起来，只要他觉得有便宜可占，哪怕是跑到十个村庄以外的地方。

现在，雅歌娜才刚刚起床，穿上衬裙的时候，门吱呀一声开了，铁匠悄悄地溜进屋里，径直走到老波瑞纳躺着的地方，偷偷打量着他。

"还是没能说出话来吗？"

"之前是什么样子，如今还是什么样子！"雅歌娜毫不遮掩，把头发团着包在头巾下。

她还赤着脚，衣服都没整理好，还带着浓浓的睡意。浑身上下散发着迷人的魅力，如炙热的光芒一般。他半眯着眼，用色眯眯的目光盯着她。

他到她旁边说："你应该知道，老家伙肯定藏了很多钱在这里！风琴师跟我说过，去年圣诞节以前，波瑞纳打算借一百卢布给德比沙的某人，不过他要的利息不怎么低，那人就没有借呢。他肯定是放在这里的某处。因此你也要防着些汉卡！你要是有时间不妨多转转。"

"有必要吗？"她感受到了铁匠盯着她的目光，就把围裙搭在裸露的手臂上。

他在屋内踱来踱去，偷偷瞧着挂在墙上的画像后方。

他又看到了旁边紧闭的小门间，"你有那里的钥匙吗？"

"在窗口那儿的十字架旁边吧。"

"大概在一个月之前，他从我这儿借了一把凿子，我赶着要用，哪儿都找不到。可能被他放在杂物间了吧。"

"你要找自己找吧。我可不会帮你。"

他忽然听到汉卡从过道里过来了，急忙远离小门，重新放好了钥匙。

他拿起自己的帽子说："我还是明天再来吧。罗赫有没有来过？"

"我哪儿清楚？你去问汉卡呀。"

他短暂停留了一小会儿，挠挠自己满头的红发，贼一般的眼睛到处乱瞅。随后带着满脸的喜悦走了出去。

雅歌娜扯掉身上的围裙，开始整理床铺，时不时地将目光投向她丈夫，可还是避免直视他那双瞪得老大的双眼。

由于丈夫之前加在她身上的种种暴行，她发自内心地厌恶他、害怕他、怨恨他。他呼唤她，伸出又脏又老的手，她就觉得异常的恶心和恐惧，他散发着不可抑制的属于死亡和坟墓的气息！可是即使这样，在内心里最期望他不要死去的或许就只有她了。

她终于醒悟，如果他死了，她得承受巨大的损失。他还活着的话，她就会觉得自己仍是女主人的身份。别人都会服从她。无论她们是否愿意，头把交椅还得是她的。为什么呢？就是因为她是老波瑞纳的妻子。马西亚斯·波瑞纳就算再怎么喜欢发脾气，在家里如何如何虐待她，在外人面前他却总是少不了对她的关怀体贴，这让她获得了大家的尊重。

直到汉卡闯进家门占据优势了，她才明白这些。她终于觉得自己没有依靠饱受苦待了。

她对田地没什么想法，土地对她有用吗？完全没有。尽管她已经习惯了对别人发号施令，习惯了自己的不俗的身份和不少的财富，可是她仍能过着舒服的生活，并不会为那些财物的损失而感到过分伤心。最让她不能接受的是，她如今必须服从汉卡——安提克的妻子。这都快把她逼疯了，燃起了她心灵最深处的憎恨。

她的母亲和铁匠夫妇也不断地鼓动她。否则她可能早就放弃了。那闲言碎语让她无比心烦，她真想舍弃掉这里的一切回到娘家去。

可是多明尼克太太严厉地对她说："他还没有死，你绝对不能回来！你必须去照顾你丈夫。那里才是你的归宿！"

于是，她只能留在这里，只是难掩心中的烦躁，没有人能跟她交谈和微笑！

这里，躺着个濒临死亡的老头。汉卡又随时做好了吵架的准备，战争，真让人难以接受！

很多次，她带着纺线杆去邻居家逛逛，可是那样的日子也极为难熬。村子里只剩下了女人，百无聊赖，垂头丧气，眼泪汪汪，又或者像暴风雨时的三月天，吵吵闹闹。能听见的全都是抱怨声，劳作的小伙子一个也看不到！

此时，她的思绪又飞回到安提克身上了。

的确，在那场灾难降临前的一段日子里，她跟他已经疏远了不少，每次出去偷偷与他幽会，都感到了痛苦和恐惧，而最后他竟然还责骂她，真让人恼火。然而，她想见他的时候，就会让他深夜里在草堆后候着，虽然总是怕被人瞧见了，怕他频繁的责怪，可是她还是心甘情愿地去幽会，他一把拉过她搂在怀里，也不问她愿不愿意，他堪称烈火般的情种！她霎时忘掉了一切。

而现在呢，她孑然一身，孤单感不断袭来！那个真心追求她的人，那个坚持等候她的人，那个专横跋扈的情人再也不在身边。确实，乡长藏在树篱间拥抱过她、调戏过她，有时候还带她去酒店喝酒，满心念着取代安提克。可是，这也是她的底线，因为这样也只能算作寻欢取乐罢了，她的眼里不可能有其他男人。他才比不上安提克！

更何况，她这样做隐藏着另一个好处：与全村人作对，包括安提克！

啊！在那次战争回家的最后三天里，他根本不把她放在眼里！他彻夜守着老人，甚至还会睡在他的床上，基本上不会离开房子，而她，日夜伴随在他身边，像狗一样对他摇尾乞怜，可是他却好像看不见她似的。他从未把目光放在她身上，眼睛只盯着他的父亲，看看汉卡，看看小孩，甚至还会去看那条狗！

也许就是这个表现让她的爱情死了。当他被套上脚镣手铐的时候，她觉得自己根本不认识他，他是一个完全陌生的人。她没有感到丝毫难过。反而用幸灾乐祸的眼神瞧着汉卡，看她扯头发，头撞在墙上，像母狗面对着自己淹死的孩子一样，号啕大哭。

汉卡的伤心难过，让她感到很兴奋，她厌恶地转过头去，故意忽略掉安提克可怕的疯狂表情。

她甚至不记得安提克现在长什么样子了，所剩的印象不过一个只有一面之缘的陌生人。他们之间已经疏远到如此地步！

然而，深深印在她脑海里的，是过去的安提克，那些情意绵绵的日子，那些幽会和深拥、热吻和欢愉的日子。她在清醒的夜里不断想念着他，在既热情又悲哀的心里，大声呼唤着他的名字，在疯狂之中哭泣着，渴望着。

她在心里只呼唤过去的他。然而，过去的他早已从这个世界消失了。

此刻，浮在雅歌娜心中的安提克，已经渐渐化为甜蜜的泡沫，汉卡特有的尖厉嗓音彻底赶走了眼前的幻影。

幻影于是消失不见了，她不禁咒骂道："聒噪的女人，像一只被人活活剥皮的狗！"

太阳斜斜地落在屋内，照亮了原本阴暗的房间。小鸟轻轻地唱着歌儿。温度越来越高，前天夜晚形成的白霜此时也开化了，水珠由屋顶滴滴坠落，她听见池塘里的大鹅尖叫玩耍。

她接着整理房间，今天是星期天，她待会儿还要去教堂，仪式要用到的棕榈枝也得准备好。她有提前砍回来的红柳嫩枝，上面还长满了银色的嫩芽，正在水瓶里插着。她刚准备进行细致的捆扎和修饰，怀特克就站在门口大喊道：

"女主人让我转告你，你的母牛到现在都没吃东西，饿得直叫唤，要你过去喂点吃的呢。"

她高声回复："跟她讲，我的母牛不用她管！"并注意着对方的回答。

她心里暗暗想着："噢，随便你怎么叫唤，这个时候休想让我生气！"

于是她慢慢悠悠地挑选待会儿去教堂要穿的衣裳。突然一股悲凉的思绪涌上心头，使她的世界顿时黯然无光。她还有必要打扮吗？难道打扮好给那些烦人的女人们看吗？她们的眼睛会计算每一条缎带的价钱，她们的嘴巴会肆意地辱骂她！

这个让人不安的念头，使她没有挑选艳丽的衣裳，她于是开始梳她浓密的头发，心怀伤感地凝望着窗外阳光明媚、露珠闪亮的村庄；凝望着果园间若隐若现的白色墙壁和屋顶上的袅袅炊烟；凝望着妇女们摇曳的红裙和岸边的绿树一齐倒映在水中；凝望着成群结队的鹅群宛如从蓝色的天空游过，搅起了半圆形的波纹，像蛇徐徐伸展盘曲的身躯；凝望着白色肚皮的燕子在水面上忽高忽低地飞着。

然后，她又把视线移向湛蓝的天空，朵朵白云如绵羊一般在广阔的草地上踱来踱去。鸟儿在云端飞翔，高不可见，只听得见它们悠长连续的鸣叫。这让她觉得难过，泪水模糊了眼眶，她又垂下头来看着周围的景色，看起伏不定的水面和摇曳不停的树木。只是模糊的视线让她什么都看不清，只是觉得不可抑制的难过，眼泪滴滴落下，沿着苍白的面颊往下淌着，如断线的念珠一般，从内心深处不间断地滚出来！

她到底是怎么了？她弄不清楚。

她感受到有某种力量紧紧地抓住她，举起她，带着她越飞越高、越飞越远，是一种难以抑制下去的渴望。是的，她愿意跟着它，无论天涯海角。于是她止不住地哭泣，但心里说不上有多么难过，正如一棵沐浴过阳光的开满鲜花的树，在春天清晨的轻风中簌簌摇动，带下许多闪亮的露珠，从土壤里汲取生命的汁液，然后满足地伸展枝丫与花簇。

汉卡的尖嗓门又响起来了："怀特克！你去问问里边的贵夫人是否需要过来一起吃早餐。"

雅歌娜赶紧收回自己的神游，抹掉眼泪，梳好头发，然后跑进去吃早饭了。

大家都是在汉卡的屋子里用餐的。大盘子里的马铃薯冒着热气，幼姿卡放了大量的奶油，炸过之后又撒上洋葱作为调料。大家吃得特别带劲儿，汤匙几乎没有停过。

汉卡坐在居中的首位。彼德坐末位，怀特克则蹲在旁边的地板上。幼姿卡站着吃，负责给大家添菜。孩子们坐在靠近火炉的地方，抱着满满的一碟不放手，拉帕试探着也想分一杯羹，他们就用汤匙把它赶得远远地。

雅歌娜的座位靠近房门，正对着彼德。

一顿饭吃得异常沉闷，大家都跟没睡醒一样垂下眼睑。

幼姿卡仍旧很聒噪，可是没有得到大家的回应。彼德时不时地说两句，汉卡被雅歌娜若有所思的样子所触动，想跟她谈话。可是对方没有答复。

"怀特克，谁把你的脸打肿了？"汉卡问他。

"噢，是我自己没注意撞上了饲料槽！"不过说这句话的时候他的脸却红似鳌虾，掩饰性地揉揉伤处，同时满含意味地看了一眼幼姿卡。

"你把棕榈枝拿进来了吗？"

"我饭后立刻出去拿。"他加快了吃饭的速度。

此时，雅歌娜放下餐具，离开了。

"她发生了什么事吗？"幼姿卡一边给彼德舀酸菜汤，一边压低声音说道。

"有的人可不跟你一样聒噪，她挤过牛奶了吗？"

"我看到她带着一个桶去牛棚了。"

"对了，幼姿卡，我们一定要给'阿灰'弄点油饼吃啊。"

"是啊是啊，早上我发现它的奶变稀了。"

"照这样说的话，它可能在两天内就会生小牛。"

"你要去教堂参加棕榈枝降福仪式吗？"幼姿卡问她。

"你还是跟怀特克一起去吧。如果马匹都照顾完了，彼德也能跟着去。我必须留在家里伺候病人。而且罗赫估计也会来，给我带回安提克的消息。"

"要去叫雅固丝坦卡明天过来种马铃薯吗？"

"那是必须的，我们实在是人手不够，况且要赶着尽早挑选种子。"

"粪肥呢？"

"彼德在明天中午之前会都运到田里去的，午饭过后会跟怀特克一起下田施肥。如果你有空的话，也要去打下手呀。"

外面响起了响亮的鹅叫声，怀特克冲进屋子，喘气喘个不停。

"怎么回事！你在欺负鹅吗？"

"它们过来咬我，我只能把它们赶过去！"

他丢下一大捆布满柔荑的柳枝，上面还沾着露水，湿漉漉的。幼姿卡立刻动手，用红毛线一小捆一小捆地扎好，并轻声问他，

"是那只鹳鸟弄伤了你的额头吗？"

"没错，可是你不能告诉别人。"他悄悄瞥了女主人一眼，看见她正忙着把漂亮的衣服从柜子里拿出来。"我全都跟你说吧，我发现它总是在神父家的门廊里过夜。所以我就趁大家都休息的时候，悄悄溜进去。虽然它用嘴巴啄我，但是我还是牢牢逮住它了，正准备用短袄把它裹好带回来。几只狗发现了我，我没办法，只能快速地跑开。虽然我的裤管被扯撕了一根，但是我还是要把那只鸟弄回来了。"

"要是被神父知道了怎么办呢？"

"那又不是他的？它是属于我的！而且没人会告诉他的。"

"可是你能把它藏在哪里而不被人发现呢？"

"我知道藏在哪里，保证连宪兵都发现不了。等这段时间过去了我再把它带回来，让别人觉得我又另外抓到了一只鹳鸟。没人会发现那其实是同一只的。只要你不告诉别人，我就会送给你几只鸟，又或者送给你一只小野兔。"

"我又不是男孩子，要鸟干吗？你这个傻瓜！快点儿去换衣裳吧。我们一起去教堂。"

"幼姿卡，能把棕榈枝给我拿着吗？"

"胡说八道些什么啊！你知道的，只有女人才能带去接受神的祝福啊。"

"我是说在路上我替你拿着。进教堂之前，再还给你。"

在他真诚的恳求下，她终于还是答应了，转身朝着身着盛装、手拿棕榈枝的娜丝特卡。

"有关于马修的消息吗？"汉卡赶紧问道。

"目前只有乡长昨天说的那句话：他较之前好些了。"

"乡长也是什么都不知道的，净会编些好故事让我们开心。"

"但是神父不也是这样说的吗？"

"那他怎么完全没提起安提克呢？"

"肯定是因为马修是跟其他人关在一起，而安提克被隔离了。"

"乡长总是乱说一气。"

"那他给你带来了什么消息吗？"

"他倒是天天过来，只不过是来看雅歌娜的。他每次都说跟她有私事要商量，所以根本避开了我们，在庭院里交谈。"

她特意压低声音，强调自己说的每一句话，同时眼睛盯着窗子外面。这时，雅歌娜出现在了门口，打扮得很漂亮，一手拿棕榈枝，一手拿祈祷书。汉卡看着她走出门去。

"村里的人都赶去教堂了。"

"还早吧，钟声不是还没响吗？"

就在她说这句话的时候，钟声大作，召唤者人们去教堂。

要不了几分钟，村民们都走光了。

只剩汉卡一个人留下了，她把水壶放在炉子上烧，然后把孩子们带到户外，认真给他们梳洗。平常日子里她是没空把这件事做好的。

接着，她和孩子们一起走去了铺在马铃薯坑上的茅草堆上，让他们自己在那儿玩耍。然后回到屋里，检查所有的锅与罐，嘴里念着玫瑰经，因为祈祷书对她来说很困难。

时值正午，丽卜卡村正沉浸在假日的宁静中，气候宜人的早春里，麻雀兴奋地聊着天儿，屋檐下筑窝的燕子啁啾鸣叫。万物之上，悬挂着一层尤为惹眼的淡蓝色天幕。果树伸出长满花苞的枝丫，河岸上的赤杨轻轻挥舞着黄色的柔荑花，铁锈色的白杨嫩枝抽出黏性的新芽，正对着太阳伸展开来，就像一窝刚出生的雏鸟张大嘴巴求食一样。

扰人的苍蝇在温暖的墙壁上聚集，时不时有蜜蜂在雏菊或吐出绿色火舌的灌木间飞来飞去，伴随着嗡嗡的声音。

从更远处的田地和森林里吹来了一股潮湿的风。

算起来弥撒大概已经进行到一半了。遥远的颂赞声和风琴声不断交织在一起，偶尔伴随着铃铛的脆响，在安谧的春风里显得尤为清楚。

时间缓缓走着，四周一片寂静，只有一只鹳鸟在低低地飞过原野时发出的略略叫声，或者是有那么几只乌鸦企图偷走小鹅，在飞过塘面的时候，被公鹅怒吼着赶走了。

汉卡继续做着祈祷，同时注意着孩子们的动静，或者进屋瞧瞧病人，他还是躺在那里，一动不动，依旧双眼无神地盯着前面。他正一步步走向死亡，就像阳光下逐渐成熟的麦穗，只能等待收割者的镰刀。他认不清谁是谁。甚至在他呼唤着雅歌娜,抓着她的纤手的时候,他的目光也落在了远方。可是,汉卡觉得他听到了自己的声音,所以抿着嘴巴,从他的眼睛里也可以看得出他想要说话。

她进屋去看他的时候,就在心里暗想着:这种场景真叫人难受。

"天主啊!以前谁能想到,这么能干的农夫,这么聪明、这么富有的人物,如今就像一棵被天雷劈下来的大树,沉默地躺着,枝叶没有掉落,可是却在接近死亡!还没有死去,却也算不上活着了。"

"真的,虽然天主是万能的,但是人类的命运依旧残酷,谁都躲避不了。"

已过正午,要去挤牛奶了。她深深地叹息一声,做完祷告。叹息归叹息,工作还是要完成,而且得最先完成。

她提着挤好的满满几桶奶汁回到家里,看到所有人都回来了。幼姿卡给她讲了布道的情形和参与的人物。屋里立刻就热闹起来了。幼姿卡带回来几个与她年龄相当的姑娘,她们开心地吃起之前用来供奉的棕榈枝花苞来,因为据说这个东西能预防喉咙疼痛。她们大笑起来,好几个人都认为毛茸茸的柔荑实在是难以下咽,让她们剧烈地咳嗽起来,需要喝些水,或者有人来拍拍背,才可能会吃下去。怀特克可是很乐意给她们捶背的。

雅歌娜没有回来吃午饭。有人见到她跟她的母亲还有铁匠一起出去了。大家才刚刚吃完饭,罗赫就来了。所有人都对他表示欢迎,感觉到他们的关系比自家人还亲密。他祝福每一个人,亲吻每个人的额头。不过他不愿意吃东西。他觉得很累,视线不安地落在屋子里,汉卡跟着他的目光打转,却不敢先说话。

他的眼睛不去看她,压低声音说道:"我见到安提克了。"

她从坐着的柜子上跳起来，难以掩饰激动的情绪，这让她什么话都讲不出来。

"他身体好着呢，精神也不错，我们旁边有狱卒守着。不过我还是跟他谈了一个多钟头。"

"他还套着脚镣手铐吗？"她用近乎窒息的声音问道。

"怎么会呢？他跟别人一个待遇啊，他没有受到虐待。你不要自己吓自己。"

"可是，科齐尔不是说他们在监狱里挨打吗？而且还被铁链锁在墙边。"

"如果是别的案件可能会这样，但是安提克跟我说了没人动他的。"

她高兴得合起了双手，满脸容光焕发。

"我在临走之前，他说在复活节以前你一定要杀头猪，他也想尝尝'福佑大餐'呢！"

"哎呀！肯定是他在里面饿着了。"她悲伤地说道。

幼姿卡壮着胆子插嘴说："可是爹要我们把猪养肥了就卖了。"

汉卡毅然决然地说："他是这么讲过。可是现在安提克说要杀猪，他的话取代了爹的话。"

罗赫继续说："他叫我带话，叫你做必要的农活。我对他说你已经做得很不错了。"

"那他是怎么回复的？"汉卡充满期待地问。

"他说，你打算做的事情，总是能做得很好的。"

"是的，我能做得很好的，一定做得好！"她大声宣示着，眼神洋溢着光彩。

"但是他们会马上释放他吗？"她又焦急地问起来。

"可能复活节以后就会放人了，但是也有可能更晚一些。反正调查完了就会放人的。拖了这么长时间，"他故意避开她的目光，讲出能说的那一部分事实，"实在是因为被告太多了，全村的人都是。"

"那他有没有问起家里的情况，孩子们或者我？"

她其实很想补充一句："或者雅歌娜？"但是她没办法如此坦白地发问。她又不知道该如何套话，让他自己说出她想知道的那些事情。更何况，现在提问已经来不及了。罗赫来的消息已传到全村了，晚祷的钟声还没敲响，妇女们都涌进来打听在监狱里的亲人的消息。

于是，他坐在屋外的围墙边，把他所知道的每个人的情况都讲出来了。他完全没说什么不好的事情，但是现场的妇人们都呜咽起来了，甚至有人还放声大哭。

后来，他又到村子里去，几乎每一户人家都拜访过。凭借着他那圣徒般的外貌和白色的长胡子，再加上他安慰的话语，似乎每一家都感受到了光明与希望。尽管如此，他们的眼泪更加汹涌，难言的悲痛袭扰着心灵，过去的苦涩充斥回忆。

之前克伦巴太太对爱嘉莎说过，现在的丽卜卡村就像一座暴露在光天化日下的坟墓。她说的完全是实话。这里，就像当年瘟疫流行的时候，大多数村民都被送进了坟墓，又像田地受战争摧残的时候一样。整个村子一片荒凉，只听得到女人的哀泣，孩子们的哭声，不间断的牢骚、悲叹和折磨让人回想起往日的所有痛苦。

事情已经过去了整整三个星期。丽卜卡村不但没有沉静下来，悲伤和委屈之感反而一天比一天加深，不，甚至随着每天早晨、中午和日落的到来而加重。四处回响着愤懑的吼声，复仇的心像魔鬼撒旦撒下的属于地狱的草，在每个人的心里扎根、萌芽和成长。许多人握紧了拳头，吐出了狂妄的话语，不间断的诅咒声雷鸣般地传来。

所以罗赫安慰他们的话，正如一块木柴不经意地丢入将熄未熄的余烬中，指不定什么时候又重新燃起熊熊火焰的效果，激起了闷在心中无限的痛苦和蒙受冤屈的难过。那天晚上，基本上没人进行晚祷。她们成群结队地，或者聚集在围墙内，或者站在马路上，甚至聚在酒店里，心中充满了哀怨，满脸凶狠地诅咒。

只有汉卡稍微得到些许安慰。她丈夫对她的认同让她对未来充满了希望，她迫切地要做事情，让丈夫看看她完全有能力应付危机，迫切得无以复加。

其他妇人都离开了，铁匠的老婆跑到老波瑞纳床边。汉卡跟幼姿卡到猪圈去。她们把那头猪放出来。它的身体太胖了，躺在泥地中打着滚，不愿意再挪动一步。

"今天就别再喂饲料给它了，它的肠道该清一清了。"

"那正好，我下午还真没喂它。"

"好，那么，我们明天就把它宰了。你叫了雅固丝坦卡过来吗？"

"我叫了。她只说明天傍晚过来。"

"你再换件衣服去通知安布罗斯吧。告诉他最迟必须在明天做完弥撒再马上来这里，顺便把所有必要的东西都带着。"

"他来得了吗？神父说明天有两个教士来村里听忏悔。"

"他若是知道我为他准备了不限量的伏特加酒，他就一定能来的。论起杀猪、切肉、腌肉，这里没人能超过他，雅固丝坦卡也帮得上忙的。"

"那我是不是要一大早去镇里买盐和其他作料啊？"

"你这个野丫头，倒不如说是去溜达。不用去镇里了，用得上的东西在颜喀尔家都买得到。我现在就去。还有，幼姿卡！"她在小丫头背后喊着，"彼德和怀特克呢？"

"我觉得他们肯定在草地上。彼德还带上了小提琴。"

"你要是碰到他们的话，就叫他们马上来这儿。得让他们把外面的水槽搬到屋子前面去。明天早上我们要把猪用开水烫一烫，再用刷子刷一刷。"

幼姿卡高兴地蹦到户外，直接跑去找娜丝特卡，然后两个人一起去找安布罗斯。

但是，汉卡当时并没有去酒店，她父亲悄悄过来看望她。

她给父亲做了点吃的，并兴高采烈地把罗赫带回来的安提克近况转述给他。突然，铁匠太太玛格达闯了进来，大声喊道：

"爹看起来不太对劲，你快过来！"

老波瑞纳坐了起来，两腿伸在床铺外面，视线环顾房间。汉卡赶紧跑过去扶着他，怕他跌倒。他仔细地盯着她，然后盯着意外出现的铁匠。

"汉卡！"

他提高嗓门说话，虽然听得清楚，但是语气着实让她吓一跳。

"我在这儿呢。"她全身止不住地发抖。

"屋外，怎么样了？"声音听起来很奇怪，陌生又嘶哑。

她结结巴巴地回答道："春天到了，天气也很暖和，"

"他们还没有起床吗？到了下田的时候了！"

所有人都感到无措，不知道说什么。玛格达突然放声大哭。

"守护你们的财产，乡亲们！千万别屈服！"

他的大喊转化为狂啸，接着突然停了下来，在汉卡怀中挣扎着，铁匠夫妇要来接替她。虽然，她的手臂和背脊都生生发疼，但还是紧紧扶住了他。三个人呆呆地望着他，等着他的下一句话。

"得先种大麦。赶快来援救啊，乡亲们！到我这里集合！"他突然用听起来很瘆人的嗓音尖叫道，身子直挺挺地倒向后方，闭上眼睛，喉咙发出咕噜咕噜的声响。

"噢，天主啊！他快要死了！快要死了！"汉卡大声喊叫着，只知道用力摇晃他的身体，完全没有意识到自己在做什么。

玛格达在老人手上塞上一根圣烛，并燃起了烛火。

"麦克！快去请神父来！快去！"

但是，在她丈夫还没踏出房门的时候，老波瑞纳又醒了，圣烛从他手中滑落，摔断了。

麦克俯身低语道："危机过去了，瞧，他好像在找什么东西。"但是老人现在已经完全清醒，一下子将他推开，大叫说：

"汉卡，把这些人赶出去！"

玛格达眼含热泪，跪在老人跟前。但是他好像根本就不认识她似的。

"别给我来这一套没什么用的，把他们赶出去。"他十分坚持。

"请你们出去吧，至少到走廊那边去。不要惹他生气。"她恳请他们。

铁匠咬牙切齿地说："玛格达，你出去。我不能离开这里。"他暗想，老波瑞纳肯定是有很重要的事情要告诉汉卡。

可是老人听到了他说的话，从床上坐起来，用可怕的目光扫了他一眼，又指着房门的方向，麦克骂了一句，就跟痛哭的玛格达一起走了出去。但是，他迅速冷静下来，悄悄溜到靠近老波瑞纳床的窗户外边，尽可能离得近一些，近到他能偷听到里面的谈话。

铁匠出去之后，老人对汉卡说："来吧，在我这边坐下。"她大为感动，照他的话坐下来。

"你可以在杂物间里找到些钱。一定要藏好，不然会被别人抢走的。"

"放在哪里了呢？"她激动得以至于颤抖起来。

"在麦堆里。"

他吐字很清晰，一字一顿。她压抑住满腔的恐惧，盯着他格外发亮的眼睛。

"把安提克保释出来，宁愿用一半财产来换，绝对不能不管他啊！"

他不再说下去了，身子又倒回到枕头上，他还想结结巴巴地说几句话，还想直起身来，但全都是徒劳。此刻他的眼睛已经失去了光泽，变得黯淡无光。

汉卡吓慌了，大声叫了起来。铁匠夫妇赶紧冲进来，伺候病人，给他喂水。但是他这次没有醒过来，一动也不动，僵硬的身体躺在那里，直视的目光好像什么都没有看到。

他们陪他坐了很长时间，两个女人都闷声不响落着泪。暮色降临，房间昏暗下来，他们于是走出了屋子。白日将尽，只留下西边的余晖给池塘染上了大片紫光。

铁匠转过身子，对汉卡问道："老头子都跟你说了些什么？"

"就像你们听见的那样。"

"可是，他还单独跟你说些一些话"

"他也没说什么。"

"你最好别惹我生气，汉卡，不然的话我一定叫你后悔！"

"我还害怕你的威吓吗？"

"老头子给了你什么东西？"铁匠试探性地说道。

"那你自己到粪堆里去翻翻看好了。"

铁匠于是冲向了汉卡，想打她，幸亏雅固丝坦卡这时候过来了，仍旧用她那尖酸刻薄的腔调说道："哇唔！你们两个真和睦，怪不得全村的人都在讨论你们！"

他咒骂了一句就离开了。

黑夜降临没有星星，夜风扰得树林簌簌作响，看得出将要变天了。

汉卡的房间里点起了灯，很明亮，很热闹，噼啪作响的火炉上正在煮晚餐，年长的妇人跟雅固丝坦卡一起谈论着各种各样的话题，幼姿卡和娜丝特卡及被称作"颠三倒四"的亚斯叶克坐在房子外边儿。彼德用小提琴演奏着悲伤的曲子，也让大家感觉到了满心的哀愁。只有汉卡一个人坐立不安，她还在想着老波瑞纳告诉她的话，再三回头看向老人休息的房间。

她烦躁地嚷道："彼德，够了！圣礼拜一马上就要到了，你还在这儿拉你的小提琴！这真是一种罪过！"

她这样骂彼德，纯粹是因为心里不舒服，很想大哭一场。彼德于是也不拉提琴了，大家都默默地走进大房间。

就在那天晚上，她有好几次都听见家里养的狗在院子里汪汪叫，于是就给它们打气：

"咬他，拉帕！咬他，布瑞克！咬他啊！"

不过，每次的结局是狗吠声突然中止，然后它们满意地摆着尾巴走了回来。

这种情况已经发生很多次了，她心里升起了一丝不安。

"彼德，注意把门窗都锁好。有人在房子边悄悄地走动，而且肯定不会是不认识的人。因为看起来狗对他并不陌生！"

最终，大家都回屋休息了，唯独汉卡还醒着。她得去确认门窗都锁好了，并站着仔细听着外面的动静，就这样站了许久。

"在麦堆里！大概是在哪个麦桶里吧！哎呀，要是被别人抢先一步的话该如何是好呢？"

想到这里，她的心跳猛然加速，额头也沁出冷汗。她，一夜无眠。

第三章

"幼姿卡，把火生好。把水壶加满，搁在炉子上烧开。我要到颜喀尔家去买调料。"

"那你赶紧吧。安布罗斯一会儿就要过来了。"

"不用担心。他不会这么早过来的。他在教堂那里还要做事情。"

"只不过是在弥撒时敲敲钟罢了。其余的事情，罗赫会帮他的。"

"好的，我尽快回来。你去督促一下男孩子们，让他们加紧清洗水槽，并搬去屋子外面。雅固丝坦卡就要来了，让她帮忙洗木盆。把杂物间的空桶也拿去池塘滚一滚，泡涨木板，免得漏水。别把孩子们吵醒了。让他们多睡会儿，免得起来影响我们。"她把事情一一安排好后，就用头巾裹着脑袋，急急忙忙出门去，踏进了潮湿沉闷的晨雨中。

天还是很阴暗的，冷风吹得人不怎么畅快。灰蒙蒙的水雾弥漫着，积水的道路变得湿滑，茶褐色的屋舍在雨中隐约可见。岸边的树木无精打采地垂着头，看起来如飘荡的鬼魅一般，在水雾中显得模糊不清。在这样恶劣的天气里，什么都看不见，也无人在外。一直到弥撒钟声敲响的时候，才出现了几个身着红裙的人，在湿滑的泥泞中，向教堂走去。

汉卡加快了步伐，她满以为自己会在转弯处遇见安布罗斯。结果，却没有见到他。只遇见了神父的盲马，在这个跟往常一样的时刻里，用雪橇将一个水桶送去水塘边，它几乎会在每条车印子处停下来或者被绊住，但最终仍能凭借嗅觉摸索到目的地。躲在灌木丛中的牧童，此时正点着纸烟躲雨呢。

这时，一辆由两匹壮硕的栗色马拉着的马车，停在了神父家的大门口，拉兹诺夫教区的牧师跨下马车，面色红润。

她在心里暗暗想着："他是来跟史露匹亚教区的神父一同过来听忏悔的吧。"她继续寻找着安布罗斯，最终还是没有找到他。她走在白杨大道上，穿过了教堂，大道上的泥泞更多了，树木在一片水雾中只剩下了模糊的影子，就像是透过一扇布满水汽的玻璃窗户向外瞧见的人影。她走过酒店，踏上了去姐姐家的小路。

她算了一下，发现自己还有足够的时间去看望父亲，与姐姐聊聊天，现在她搬去波瑞纳家了，她与姐姐的感情很不错。

"昨天，幼姿卡跟我说，爹的身子不大好！"她一踏进娘家门就大声说道。

"唉，有什么办法呢？他搭着羊皮袄躺在床上，一直哼哼个不停，说自己病了。"薇伦卡不太高兴地说着。

"这里这么冷！我才来就觉得冷气直往膝盖上蹿！"

"我上哪儿去找柴火呢？也没有人能帮我去找，家里还有一大堆事情等着我来做，我哪儿能抽开身去森林拾柴呢？你瞧，这一桩桩、一件件都得我一个人来解决。"

于是，两个人都开始慨叹起命运的不公来。

"斯塔赫在家里帮忙做的那些事情，我刚开始觉得没什么大不了。可是一旦丈夫离开了，我才真正意识到他是最好的帮手！你要去镇上吗？"

"当然啦！我老早就想去镇上了，只是罗赫告诉我要等到复活节过了才允许亲属探监。因此我决定星期天就去，给我那可怜的丈夫带点儿'福佑大餐'过去。"

"其实我也想给我丈夫送去点儿东西，就是不知道带什么，难道带那一口就能吃完的面包吗？"

"你不用担心。我可以多准备一份。我们两个人一起送过去。"

"天主保佑善良的人。我可以帮你干活儿来报答你的好意。"

"别跟我说什么回报。这是我自己愿意送给你们的。"她的声音变得低沉，"我体会过一无所有的感觉：就像一条咬人的狗，让人难以承受。"

"更何况，它还是一条格外忠诚的狗，到死都不愿意离开！我本来是想用自己辛苦攒下的钱在春天买头猪饲养，到了秋天就能赚不少钱。可是后来，我只能将所有积蓄交给斯塔赫，我变得一穷二白。这就是他帮忙维护村子权益的结果！"

"不，你不能这么想。他是自愿出来维护大家的，将来总有一两英亩森林是属于你们的。"

"将来！的确如此，俗话说'草还没长齐，马儿就饿死了'，'只有出得起钱的人才能享受乐师的演奏'，可是，'穷人要挣钱得用血汗交换，有饭吃就该知足'。"

"你是不是很缺钱啊？"她犹豫着问。

她姐姐满是绝望地伸出双手："我只能依靠从犹太人或磨坊主那儿赊欠的东西来生活，除此之外，我一无所有！"

"要是我帮得上你的忙该有多好啊！只是现在我住的房子并不是我的。我受够了，身边总是不缺狗一样的人物，我必须时刻警惕，担心自己被赶出家门，我都快被逼成了神经病！"

昨天夜里的感触顿时袭上心头。

她姐姐插嘴说："可是看起来雅歌娜倒是什么都没放在心上。她狡猾得很，正在好好地享受生活呢！"

"怎么了？"

她腾地站起身子，惊慌地看着姐姐。难道雅歌娜已经找到并拿走了那笔钱吗？

"哦，她不过是一味地享乐罢了，打扮得漂漂亮亮的，看望一下她的好朋友们，天天休息，没见过她做事儿。昨天就又有人瞧见她跟乡长一起，他们在酒店单间喝酒，犹太人拿酒都拿不及！"

"任何事情总得有个了断。"汉卡气愤地说道，并再次裹住头巾，打算离开。

"说得对极了。不过'已经享受过的乐趣是抢不走的'，她深深地明白这个道理。"

"像她这样根本不用操心任何事情的人，总是很精明的！薇伦卡，我家今天晚上杀猪，你待会儿过来帮帮忙吧。"她打断了姐姐止不住的抱怨，向门外走去。

她父亲如今就躺在她之前的房间里，声声哀叹，几乎被茅草盖住了身子。

"爹，你犯的什么病啊？"她来到父亲的床边。

"不是什么大病，亲爱的女儿，不是大病。只不过在打摆子，扯得内脏很难受。"

"那是因为这里跟外面一样寒冷潮湿。你现在起来吧，跟我一起回我家。你能帮我照看孩子，而且我家今天杀猪，你想吃肉吗？"

"吃肉？好啊，吃一点。他们昨天忘记拿东西给我吃。我一定来，汉卡，我一定来！"于是，他竭力从茅草铺上爬起来，叹息一声，只不过是充满喜悦的叹息。

汉卡满脑子都是关于雅歌娜的事情，她加快速度赶去酒店。

这一次，犹太人没有让她先付钱，反而殷勤地照她说的准备好一切，除此之外，还拿出了好多其他的物品吸引她。

她却无礼地回复道："颜喀尔！请你只拿我需要的东西。我不是个孩子，我清醒地知道自己想要什么。"

不过，犹太人还是用笑脸相迎。她最后买了十几个兹罗提的东西，还买了复活节要用到的伏特加酒。还有几十个面包卷儿，几条优质的面包，八条咸青鱼，甚至还买了一瓶朗姆酒。付完钱后，她才发现自己快拿不动了。

"哼！雅歌娜那么会享福。我这么辛苦地工作，难道吃穿用度要连狗都不如吗？"

但是，她只是开始这么想，后来很快就后悔了。没必要花这份钱。若不是怕被嘲笑，她肯定会退回那瓶朗姆酒的。

到家的时候，大家都脚不沾地地忙着做准备。在火炉边坐着的安布罗斯正在跟雅固丝坦卡争辩着什么，而雅固丝坦卡正在清洗即将派上用场的器具。房间里冒着热气。

"大家都在等你呢，等着敲你的小猪脑袋！"

"你们来得好早啊！"

"我让罗赫帮忙管理圣器室。神父的帮着拉风琴的风箱，玛格达打扫教堂。我把一切都安排好了，要不然会叫你们失望的。神父们要到早饭后才开始听忏悔，不过，这天气真冷！都快冷到骨髓里去了。"他有些抱怨。

"你不是在炉子边坐着吗？你怎么还会冷？"幼姿卡惊讶地喊道。

"你真傻。我是五脏六腑都冷，就连我的木头假腿都冻麻木了！"

"很快就有东西让你暖和起来的。幼姿卡，你赶快去泡一条咸青鱼。"

"不用泡了。就这样给我。伏特加是最好的去盐分的东西，只要足量。"

雅固丝坦卡挖苦他说："你是江山易改本性难移，即便是三更半夜有酒杯的声响，你还是会迅速爬起来喝上一杯的。"

"你说得对极了，善良的妇女。不过，难道你不也是口干舌燥吗？你不也想用伏特加解解渴吗？"他讪笑着搓着双手。

"我的老祖宗啊！我什么时候都能跟你一杯对一杯地喝。"

这时，汉卡插嘴了。他们一直喋喋不休地暗示伏特加酒，让她觉得很烦。

为了不再围绕这个话题，她说道："现在去教堂的人还不多呢！"

"现在还早得很。过不了多久他们就会争先恐后地去忏悔的。"

雅固丝坦卡附和道："对啊对啊，这样会消磨时光，增长见识，然后琢磨下一次犯罪！"

幼姿卡尖锐的嗓门响起来："姑娘们昨夜就做好忏悔的准备了。"

雅固丝坦卡说道："那是因为她们绝不好意思面对自己村里的神父忏悔。"

"老太婆，你要在背地里讲别人的坏话，倒不如拿着念珠去教堂门口忏悔！"

"木头假腿，我一定会去的！不过你得来陪我一起！"

"哦，我倒是不着急的！我还想着先为你奏响丧钟，再用铁锹送你进坟墓呢！"

这样的说法彻底激怒了她。她大声吼道："你最好别惹我生气，不然的话叫你后悔都来不及！"

"我会用拐杖敲碎你的牙齿。要是一颗都不剩那就惨啰！"

她放弃了还嘴。汉卡见机给他们俩各倒了一杯酒，幼姿卡递给安布罗斯一条咸青鱼，他将鱼在木头假腿上敲了敲，去皮，烤了一会儿，就开始大快朵颐。

"动手干活儿吧！我们浪费太长时间了！"他抬高嗓门喊着，边说边脱外套，卷起袖子，用磨刀石将刀磨得无比锋利。随后，捞起一根原本用来掏马铃薯的粗棍子，急匆匆地赶去外面。其他人都在后面跟着。

彼德给他打下手，虽然那头猪闹得厉害，但是仍旧被拖去了院子。

"快！把盛猪血的盆子拿过来！"

所有人都围着这儿，看着它肥胖的身子和几乎下垂到地上的肚子。厚重的水雾里夹杂着细雨，潮湿的地面弄湿了它的肚子。两三个女人在院子外面瞅着，还有几个个子小的孩子，爬到了木桩上去看热闹。

安布罗斯划了个十字，把棍子斜藏在身后，徐徐向那头猪走去。

然后，突然停下来，迅速地举起手来，身子猛地扭过，把脖子边的纽扣都崩飞了，棍子落下，直敲上猪的双耳。猪的两只前蹄一软便瘫倒在地，不断哀叫着。他赶忙补上一棍子，两手并用，力道大了许多。猪滚到了一边，四蹄胡乱踢着。见此情景，安布罗斯上前骑坐在猪身上，把他那磨得锃亮的刀锋插进了猪的心窝。

他手边就搁着一个放血的盘子。血从猪身喷射出来，如温泉里的水一般汩汩地冒个不停。

"滚一边儿去，拉帕！你这只恶狗！四旬斋都没过，你就跑来舔舐猪血了！"他气愤地赶开老狗，不停地喘着粗气。他已经算得上是百岁老人了，刚才这一番折腾可让他花了不少力气。

"我们在过道上用开水烫吗？"

"倒不如把水槽搬去待会儿割肉的房间。"

"房间里面不会太狭窄了吗？"

"可以去大些的房间，你公公躺的那个房间就够了。不会影响到他的。不过我们还是要加快速度。猪身凉了就不好拔毛了。"

他一边跟她们讲着，一边忙着拔猪背的长毛。

猪身泡好之后，拔掉猪毛，清洗干净后就挂在了老波瑞纳房间的屋椽上，并用木板撑开。

雅歌娜大清早就去教堂了，并不在家，她怎么都想不到他们会这样无所顾忌。她的丈夫仍旧躺在床上，仍旧是那一双毫无光泽的双眼，直直地望着前方。

他们在开始的时候还尽量安静地做事，时不时地回头瞧瞧他。后来这头比他们想象中还要肥胖的猪完全吸引了他们，于是，他们都忽略了老波瑞纳还在那儿。

"我们哄它安眠了，已经把它弄进来了，现在是用伏特加酒庆祝庆祝的时候了。"安布罗斯边在水槽边洗手，边大声吆喝着。

"来享用早餐吧，真的有酒招呼你呢。"

的确，他还没开始吃早饭的时候，就已经喝了不少伏特加，尽管早饭是马铃薯和酸菜汤。他吃得不多，因为还得继续干活儿，同时也在催促别人，特别是雅固丝坦卡，她在腌肉和放调料方面丝毫不逊于他，知道的东西也不比他少。

汉卡尽可能地多干活儿，幼姿卡也一样，她更希望在屋子里面照看刚杀的猪，压根儿不想到外面去。

可是，汉卡大声对她嚷道："快点让他们把粪肥运去田里，你也要帮着一起施肥。一群偷懒的家伙！我都怕今晚完成不了。"

幼姿卡心里一万个不愿意，于是跑去院子教训另外两名雇工，骂了好久。

那些平时喜欢说些闲言碎语的人，一个接一个地来到这里谈论，对这头肥胖的猪拍手称赞，房间里的气氛越来越热闹。

"真是一头健硕的猪，满身肥膘！连磨坊主或风琴师家里养的猪仔都没有它好！"

汉卡为大家的称赞而感到很得意。虽然她不太舍得自己的伏特加酒，但还是依照以往的习惯，拿酒、面包和盐巴招待大家。村民们接二连三地来屋里瞧那头被宰的猪，就像是去教堂里领圣餐似的，汉卡对所有的来客都表示欢迎。孩子们也聚过来了，从窗口向里面不断张望。

除此之外，整个丽卜卡村开始出现了越来越多不同于以往的活动。村民们愿意在泥泞中前行，从其他村子开进来的车子也都纷纷涌去教堂，去做复活节的忏悔，完全忽略掉这难行的道路与恶劣的天气。有时候下些小雨点，有时候吹过阵阵暖风，树上的积雪像燕麦片一样向下倾洒，有时候又会出大太阳，把金色的光芒洒向大地。早春的气候一向是这样的，像一个情绪无常的小姑娘，连她自己都不清楚为什么会这样。

不过，这个时候围绕在汉卡身边的人们对这样的天气毫不在乎，因为天气的好坏丝毫不影响他们的工作和笑闹。安布罗斯这边帮帮，那边忙忙，又一直不停地讲些笑话，让现场的氛围很热烈。然而，他还是得常回教堂，瞧瞧事情的进展是否顺利。每次回来的时候就会满口抱怨天寒地冷，需要点喝的让身子暖起来。

"我已经在每个神父周围安排了，许多要忏悔的人，就是说，中午之前他们是脱不开身的。"

雅固丝坦卡先把拉兹诺夫教区的神父挖苦了一番，这让安布罗斯很不高兴，又接着说道："那个史露匹亚教区的神父，据说总是随身携带香水瓶，他讨厌普通村民身上的味道，每回听完忏悔过后都会用自己的手帕在身子周围扇走气味。"

"不要说了，神父不可以被背后议论！"安布罗斯生气地喝道。

"罗赫在教堂吗？"汉卡赶紧询问。她也讨厌老婆子的刻薄的言论。

"他从清早开始就在那里了，帮忙做弥撒，清理物品。"

"那麦克呢？"

"跟风琴师的儿子一起去尔兹浦吉编忏悔的名单了。"

"'用鹅毛做的笔杆耕耘，把沙粒播种在纸上，比翻耕田地挣钱多多了！'"雅固丝坦卡喃喃地说着。

"的确是这样的。他每登记一个名字，就可以获得至少一个鸡蛋。"

"忏悔符现在一个半戈比一张！怪不得他的布袋里塞满了好东西。上个星期，风琴师的老婆卖出了差不多一千五百个鸡蛋。"

"据说，他们当初来这儿的时候还是靠双腿走过来的，只带来了一个小小的包袱。如今，他家的财产连四辆大货车都装不下。"

安布罗斯想帮他说话："要知道，他在这里居住并工作了二十几年。教区又这么大。他勤劳节俭，又会理财，肯定会存钱啊。"

"会存钱？那都是他从村民身上榨取的钱！他在替别人演奏之前，总会去了解一下能榨取多少钱。哼，只不过是一场葬礼他就收取三十卢布。是他做了很了不起的事情吗？只不过是演奏风琴，叽里呱啦地念上几句颂歌！"

"不管怎么样，他确实擅长那个，尽心做好他的工作。"

"没错，没错，他精明得很呢：他清楚该何时尖着嗓子，清楚何时该粗着声音，特别是清楚该如何榨取村民们的钱。"

"要是其他人，可能会把赚来的钱拿去买酒喝。但是他正在把儿子培养成将来的神父。"

"那全都是为了他个人的脸面与好处。"老太婆愤恨地反驳道。

说到这个好玩的话题时，他们的言论突然收住了。雅歌娜回来了，在门口站住愣着。

雅固丝坦卡讪笑着问："莫不是猪太肥了，吓到你了？"

她的脸像芍药一样红，不怎么利落地说："难道你们没地方干活儿了吗？把我的房间全弄脏了。"

"那你就自己动手清洗一下啊！你可是闲得很。"汉卡用凉飕飕的语气加重了后面那句话。

雅歌娜做出了那个表示愤怒的姿态，但最终还是什么都没说。

她在房间里面找到那本《耶稣受难经》，把围巾扔在一团糟的床铺上，安静地走出去，旁人却能感觉到她压抑的怒气，嘴唇止不住地发抖。

幼姿卡在过道里遇见她，说着："你倒不如来帮我们干点活儿，大家都忙着呢！"

她用几句责骂作为回答，疯子一般冲到外面去。怀特克留意了她前往的方向，她是去了铁匠家。

"她干吗不去呢？她可以倾诉受到的委屈，减轻心中的苦闷。"

雅固丝坦卡低沉着嗓音说："可是，铁匠就要来了，一场大战即将来临啰！"

汉卡淡定地说："好心的女人，我这一生若没有吵架就什么都没有了。"不过，她认同老太婆的话，一场喧天大战即将到来。

"他转眼间就会到的。"雅固丝坦卡有些同情汉卡。

"不用担心，我抵挡得住的。"

雅固丝坦卡生出些敬佩之情，同时饱含意味地瞄了一眼安布罗斯，他停下了手上的活儿。

"我现在要到教堂瞅瞅看了，要敲打午祷钟。我一会儿就过来吃午饭。"

他果然很快就回来了，跟大家说神父们也在吃午饭，磨坊主送去了一筐鱼，他们下午要接着听忏悔，还有好多村民等着呢。

午饭吃得很快，但是伏特加是充足的，安布罗斯还是发着牢骚：像咸成这样的青鱼得配上更加浓烈的伏特加。然后，他们继续忙着，他把猪肉切成几部分，再特意切下适合做灌肠的部位。雅固丝坦卡则卸下一块门板当作砧板，把肋肉搁在上面，切成小块，认真腌制。就在这时，铁匠来了，满脸一副拼命克制的表情。

他用一种讽刺的口吻说："我之前还不知道你买了一头如此肥硕的猪呢。"

"哼，我不仅买了，刚刚还宰了它呢。"汉卡觉得有点儿慌。

"这么肥的猪，估计你为它花了三十卢布吧。"他仔仔细细地打量着猪肉。

"膘这么厚的猪是很少见的。"老太婆笑着拿腌肉给他看。

"这是属于老波瑞纳的猪！"他没办法再压抑住怒火了，大声喊道。

雅固丝坦卡嘲笑道："猜对了！从猪尾巴就可以看得出来是属于谁的！"

"你哪来的权利宰了它？"他觉得不公平。

"请你别这么大声。这里又不是酒店。要说权利的话，那就是安提克让罗赫带话回来允许我杀的。"

"安提克有权利这么说吗？猪又不是他的！"

"当然是他的！"她回答。此时的她没有丝毫畏惧了。

"不对，猪是我们共有的！你要为这件事情负重大责任。"

"我没必要为你负责。"

"没必要？那你准备对谁负责？"

"闭嘴！别叫唤了！猪的真正拥有者就躺在这里。"

"可是吃猪的是你们，而不是他！"

"无论如何，你连闻闻的权利都没有！"

他于是转换语气说："猪肉得分我一半。你也不想我在这儿闹吧？"

"一根猪蹄你都别想抢走！"

"那么，你就拿四分之一出来再加一条肋肉。"

"安提克让我给我就给，不然的话，连骨头你都别想摸着。"

他真的愤怒了，嚷道："安提克！安提克！难道这猪是安提克的？你发疯了吗？"

她仍旧坚定地回答："是属于爹的，不过由安提克代为管理。再往后的话，天主要赏赐给谁就赏赐给谁。"

"就让他在牢里代为管理吧！他要是喜欢农耕的话，他就去西伯利亚当庄稼汉吧！"他尖声叫着，嘴里喷出了白沫。

她虽然还在担心安提克，心如刀割，但还是凶狠地反驳："他可能会到那儿去，不过，就算你再怎么施诡计，你也别想得到丁点儿土地。"

铁匠气得走来走去，双手像抽筋一样搭在外套的口袋上，恨不能上前去掐死她。不过，他还是尽力压抑住怒气。这里还有其他人在。此时的她什么都不怕，手里挥动着本来准备切肉的刀，淡定而鄙夷地瞧着面前的这个人。没过多久，他就坐下来了，点燃一支烟，用气得发红的眼睛环视着屋里的一切，同时心里还在打着算盘。然后，他站起来，平静地说道："我们到房子那边去吧。我觉得我们在某些方面能达成一致。"

她擦干净手，走了出去，却记得让房门留个缝隙。

他抽了一大口烟，说："我觉得我们之间可以没有官司，没有吵架。"

"那是因为打官司吵架都没有用。"她还嘴说。

"昨天老丈人是不是告诉你什么事儿了？"

这时的铁匠格外和善，满脸笑意。

"哦，他什么都没说。他跟现在没什么不同，一句话都不说。"汉卡小心回答着，带着满心的疑问，谨防泄露不该说的。

"那头猪其实没什么大不了的。我们不要纠结于这个，把猪肉切好你自己吃吧，只要你愿意，对我来说无所谓。一个人总是会冲动地说出一些之后又后悔的话。请你忘记我刚才无礼的话。我现在是想说一件更要紧的事。你应该听说过了，这栋房子里藏着大量的现金，"他停下来，注意着汉卡的表情，"如今得赶紧找出来，要是他哪一天突然死了，那笔钱就可能再也找不到，也有可能落到不相干的人手里。"

"可是，他会告诉我藏钱的地方吗？"

"你只需要放精明些，用话套他，他可能就会说出来了。"

"好的，我尽力一试。前提是他要再次醒过来。"

"如果你能保密的话，等我们找到钱了就五五分。不，要是一笔大数目的话，我们还能拿出一些去把安提克保释出来。千万不要告诉别人，他们有必要知道吗？雅歌娜拥有的那份赠予文书已经让她很富裕了。我们或许能打官司，让那文书作废。至于乔治，想想看，他还在当兵的时候寄给了他多少钱！"他越说越靠近汉卡。

"你说得不错，很不错，很不错。"她有些结巴，尽量让自己不说出不该提起的秘密。

"我猜他是不是把钱藏在了房子里的某处，你觉得呢？"

"我哪儿清楚啊？他根本没有跟我提过。"

"可是，他昨晚提到了麦子，对吗？"铁匠引诱她说出来。

"对的。他说是该播撒种子的时候了。"

"不是还说到了木桶吗？"他对她的话紧追猛赶。

"当然说到了。种子就是放在木桶里啊。"她故意装作不明白这句问话的用意。

他在心里咒骂一句，同时觉得大失所望。不过，他越来越相信汉卡肯定是知道什么的。她的表情是僵硬的,眼睛也似乎在掩饰什么。

"不要让其他人知道我刚才讲的那些话。"

"难道我像那种喜欢讲些闲言碎语、不知所谓的人吗?"

"那就好,我不过是给你提个醒儿。你要好自为之。老头子既然醒过那么一次,那么他什么时候都有可能恢复意识。"

"祈盼天主的保佑!"

他的目光不离汉卡。最终还是摸摸自己的胡子,丢下她当先出去了,她用鄙夷的眼神瞧着他的背影。

"狡诈的家伙,奸细,恶贼!"

她气愤至极,在他后面走了几步。他今天也不是头一次提及西伯利亚的矿山了,他以前在汉卡面前讲过,安提克的将来可能会是被拴在手推车上,做最劳苦的工作!

她并没有相信他的那些言论。她觉得那是铁匠故意用来攻击她的,用以恐吓她、让她害怕被夺取财产。

不过,她还是很惊惶的,她曾细细打听过安提克会受的刑罚。她不指望他能无罪释放。

的确,他是因为要保护自己的父亲才动手打架的。然而,打死了守林人绝对不是一件小事,他肯定会受罚的!

有点见识的人都是这样认为的。她曾经拿着神父的介绍信,去镇上向律师咨询。别人告诉她,最终的刑罚可重可轻。耐心是必要的,花钱也要舍得。不过,她还是被村民的说法吓到了,他们跟铁匠一个态度。

所以,铁匠最初的话让她感到很压抑。她接着做事儿,可是做不下去,更不要说聊天说笑了。况且,铁匠离开之后,他的老婆玛格达就过来了，说是要替病人驱赶苍蝇，可是，哪儿来的苍蝇呢？其真实目的只是来监视汉卡罢了。

显然，玛格达不久之后就开始感到厌烦这样守着，表示要帮她做事情。可是，汉卡说："不用了，我们不需要帮忙。你自己家的事情都不少呢！"

汉卡的语气不留余地，于是玛格达也不再坚持，只是时不时地、有点胆怯地插几句话，她一直是一个胆小而缄默的人。

想不到，那天的傍晚时分，雅歌娜竟然又出现了，跟她的母亲一起。

她们亲切地跟汉卡打招呼，表现得和善而殷勤，好像她们之间根本没有什么隔阂似的，气氛十分融洽。汉卡深受感染，也转变了态度，虽然免不了有些戒备，但还是说着好听的话，并拿出了伏特加来招待她们。不过，多明尼克太太把酒杯推开了。

"哎呀！我怎么会在复活节前的一个星期喝酒呢？"

汉卡执意劝酒："难得有这样的机会，而且又不是在外面，喝点酒也没什么的。"

多明尼克太太哼了一声："人啊，总是不断地给自己找到看似合理的理由去放纵与享受！"

安布罗斯提高嗓门喊道："女主人，这杯酒敬给我吧，我可没有风琴师的那些规矩。"

多明尼克太太一边替病人包扎绷带，一边在嘴里咕哝着："酒杯的碰撞声对于你就是莫大的诱惑了。"

她对病人感到同情，嚷着："可怜的人啊！就这么躺着，感受不到天主的世界！"

"再也吃不上腊肠，喝不上伏特加了！"雅固丝坦卡附和着她的话，语气转化成了讽刺。

多明尼克太太严厉地责骂她："你什么东西都能嘲笑，你！"

"眼泪有什么用呢？能避开苦痛吗？只有笑声才是根本。"

安布罗斯接着说："只有那些做坏事结恶果的人才会心存悲哀，依靠忏悔来赎罪。"这句话直接指向了多明尼克太太，她报以更冷的眼神，驳斥道：

"大家都没说错，安布罗斯虽然是在为教堂工作，但是自甘堕落，与罪恶为伍，来换取生活上的安逸！"她继续用低沉的声音恐吓道，"只有那些不顾忌以后会遭到惩罚的人，才会远离善良的人，逢迎罪恶的人。"

大家都开始沉默不语。安布罗斯一脸气恼，但还是接着做自己的事。他本来想出了一句绝妙的话，却终究没有说出来。因为他所说的每句话，最迟不过第二天做完弥撒，都会被她报告给神父的。多明尼克太太天天去教堂，自有她的道理。况且，村里的每个人都害怕她那双夜枭般的眼睛，甚至唬住了惯于刁钻刻薄的雅固丝坦卡。

是的，整个村子都是这样。不止一个人受到了那双毒眼的迫害。不止一个人被她诅咒过，至今都还睡不好觉，呻吟不止，或者患上了罕见的绝症！

所以，他们只能埋头做自己的事。整个屋子都只看得见她那皱巴巴的脸，苍白可怖，在人群中昂得高高的。她也不跟雅歌娜说话。她们娘俩只是很殷勤地帮忙做事，汉卡见了也不敢不接受她们的好意。

神父的仆从把安布罗斯召回教堂之后，只有她们还在忙着把腌制好的肋肉和新鲜的猪肉分别装进盆子和木桶。

"把猪肉放在这边的杂物间里可以凉一点，这儿离炉火远着呢！"

老太婆这样想着，就动手和雅歌娜一起将木桶滚了进去。

她们的动作很迅速，汉卡根本没时间否定，东西就已经被放进去了。她心里有些不舒服，就叫来了彼德和幼姿卡，让他们帮忙把余下的猪肉送去她那边。

傍晚的时候，她们点着灯灌腊肠，做猪血布丁和五香猪肉。汉卡仍旧生着气，手里不停地剁着肉。

"把猪肉放在这里，留给她吃还是让她拿走？我可不同意！可是，她真是个狡猾的母夜叉！"她龇着牙齿说道。

"等她明早去教堂了，就悄悄地把木桶搬回来。她肯定不可能再抢回去的！"雅固丝坦卡这样提议，她正在灌腊肠。那根肠就跟一条大蛇一样在桌子上盘曲扭动着，她还时不时地把腊肠挂起来在烟囱里熏一熏。

"哎呀！这一切都是有计谋的，她们是故意的！"她大为恼火。

"在安布罗斯回来之前，腊肠就都能做好了。"老太婆说道。

汉卡没有答话，认真地干活儿，心里还在想着该怎样把火腿和腌肋肉弄回来。

炉子的火哔剥地蹿起了烈焰。照得屋子一片红光，用来做猪血布丁的材料在锅里翻腾着。

"天哪！它散发的味道都让我垂涎三尺了！"怀特克吸了好大几口气，叹息着说。

汉卡大声喊道："不要再在这里嗅香气了，不然的话小心我责罚你！快去给母牛饮水，加些草料到食槽里，再去找些干草给它们铺着。天也晚了，你准备何时做完？"

"等彼德过来。我自己完成不了。"

“他干什么去了？”

“啊？你不知道吗？他在那边帮她们收拾屋子。”

“噢噢！喂，你，彼德！”她朝着过道那边喊着，“去看着点儿牲口过夜，快点！”

她说这话的口吻很严厉，这让彼德不得不立刻跑去院子了。

汉卡边倒着一锅冒着热气的猪肝和猪肠，一边生气地说着：“她至少得动手打扫自己的屋子啊！瞧她那样子，整个一贵妇人，不愿意弄脏自己的双手，还必须请男用人来伺候她呢！”此时，屋外传来了铃声和车声，正好转移了她的注意力。

原来是神父去某个人家派送临终圣餐了，这是她刚进来的父亲白利特杉跟她说的。

“可能是谁啊？仔细想来，最近也没有重症病人嘛。”

“他刚从乡长家门口经过！”怀特克喘着粗气，从窗子外面朝里喊着。

“是去某一个科莫尔尼基家吗？我觉得不太可能。”

“也有可能去你亲戚普利奇克家啊，雅固丝坦卡。她家就在那边。”

“哦，他们这些恶人一直都健健康康的。噩运与他们无关！”她的语气还是有些惊慌。即使她总是跟她家的孩子吵架，她仍会觉得担心。

“我去瞧瞧吧，一会儿就过来。”她赶紧跑过去。

那天到很晚了她还是没过来。安布罗斯告诉她们，神父是被请去看克伦巴家的亲戚爱嘉莎的，她在上个星期六才从外面漂泊归来。

“发生什么了？她应该住在克伦巴家啊！”

“不。她迁移出去了，准备等死，要么在柯齐尔家，要么在普利奇克家。"

之后，就没人再谈论了，要做的事情实在太多，而且幼姿卡和汉卡有时候不得不放下手里的活儿，去牛棚或马厩看看。

屋外一片漆黑，屋里困顿沉闷。

一阵寒冷的大雨倾盆袭来，凉风拍打着墙壁，迅速掠过果园，惹得树木间发出簌簌声响，偶尔有风灌下烟囱，把柴火吹得东倒西歪。

所有事情都做完的时候，已经到了半夜，雅固丝坦卡仍然没过来。

"天气这样恶劣，她肯定是不想摸黑来这里！"汉卡一边想着，一边巡逻，准备睡觉了。

的确，像这种寒冷的夜晚，都不舍得把狗赶出家门！猛烈的狂风摇得屋顶嘎吱作响。天上厚重的乌云聚集在此，泻下瓢泼大雨。看不到丁点闪烁的星光。其他人一早就去休息了。凉风吹得田里的作物像波浪似的此起彼伏，在池塘里也掀开了一片一片的水。

因此，大家都没有等她过来，各自睡觉去了。

雅固丝坦卡在次日清晨才出现，脸色不怎么好看，跟着潮湿泥泞的天气有得一拼。她在炉子边上站了一会儿取暖，就径直到仓库的打谷场上去挑选马铃薯种了。

她得独自干这个活儿，幼姿卡要去施肥，彼德一大早就把粪肥送过去了。彼德昨晚被汉卡教训了一顿，此时更是卖力，大骂怀特克，又带着满腔怒火鞭打马儿，赶得它们在泥泞中快速行进。

老太婆喃喃地说："这坏蛋，自己因为偷懒被骂，现在倒来跟马儿过不去！"

幼姿卡过来与她讲话，她没回答，只是郁闷地坐在那里，用围身布裹着头，用来挡住自己哭红的双眼。

汉卡进来过，只一次。她本来是想等雅歌娜自己出来，好趁机把那桶猪肉搬回来，顺便看看放麦子的桶。不过，雅歌娜好像知道她的想法，终日不踏出房门一步。

汉卡忍不住了，终于主动去看老波瑞纳，随后，假装是要找什么，就踏进了杂物间。

雅歌娜大声嚷道："你来找什么，我来帮你找！"一看到汉卡进去，她赶忙跟上，汉卡才把手探进了麦桶，没钱。或许钱被埋在了最底层。她走开了，因为她知道此时的雅歌娜肯定在盯着她，决心下次再找机会进来找。

她悲戚地看着挂在竿子上的一排腊肠，默默想着："看来我们必须要给别人送肉了。"波瑞纳和其他体面的大户在家宰猪后，都会送些腊肠或者别的好肉给亲近的人和要好的朋友。

白利特杉揣摩出了女儿的心事，劝告她："说良心话，是很舍不得。不过你必须得送，不然的话别人会说你小气的。"

因此，虽然她内心里不愿意承担这个义务，但还是把礼物用不同大小的盘子装着，时而大块换小块，时而小块换大块，时而加上一块猪血布丁，时而减下来一块。当她把所有的礼物都准备好的时候，她觉得心疼而疲惫，就叫来了幼姿卡。

"回去换上最漂亮的衣服，再把这些礼物送出去吧。"

"啊，天主啊！要送去这么多肉！"

"我能怎么办呢？必须得送。我们以后还要跟别人交往。'连枷能只要一个人挥，舞确是不能一个人跳的。'这一份给婶婶，她不喜欢我，总是责骂我，可是我也没办法；这一份给乡长，他是个坏蛋，可是跟公公关系不错，况且以后还得指望他帮忙；给铁匠夫妇送去一整块猪血布丁、一条腊肠和一大块腌肉。这样他们就不会说猪是被我独吞了。当然，他们还是会嚼舌根子的，不过会少一些。给普利奇克太太送去一根腊肠，她又莽撞又刻薄，却是我的好友。最后一份给克伦巴太太送去。"

"没有多明尼克太太的一份吗？"

"下午再安排。肯定是有她的份的。要把她当作垃圾一样对待，小心一些，更远一些，马上把这些分送出去吧，别只顾着跟其他姑娘聊天，家里还有好多事儿要做呢！"

幼姿卡恳求她说："请您也分给娜丝特卡家一点儿吧。他们太穷了，连盐都买不起！"

"让她过来吧，我会给她一份的。爹，把这块肉带给薇伦卡。她本来昨天就该来的。"

"她下午要去磨坊主家打扫卫生。他家可能有客人。"

汉卡送走幼姿卡后，加了一件暖和的衣服，就出去监管长工们做事，给雅固丝坦卡帮忙。

她对沉默的老婆子说："我们昨晚还等着你回来吃晚饭呢。"

"看到了那样的场面让我失去了一切胃口，我的胃到现在都不舒服。"

"我猜是因为爱嘉莎吧？"

"是的，可怜的人儿！就躺在柯齐尔家里等死！"

"她怎么不是在克伦巴家里呢？"

"那些人，只有看别人没太大的要求，还带来了钱财，才会把别人当作亲戚。不然的话，就放出看门狗赶人，谁在乎是不是至亲呢！"

"什么？难道他们把她赶出去了？"

"罢了，她上星期六去了他们家，当天晚上就生病了。据说克伦巴太太把她的羽毛被都抢走后就赶她出去，她甚至没穿什么衣服。"

"克伦巴太太？不会吧？她是一个好女人！不会的，肯定有人污蔑她。"

"反正不是我编的，我刚才说的都是亲耳听见的。"

"在柯齐尔家里！他家的女人有那么好心吗？"

"'为了钱虽然有点奇怪，但是没错，连神父都不会亏待你！'柯齐尔太太收到了爱嘉莎二十兹罗提的现金。因此，她会收留爱嘉莎直至去世，她几乎随时都会死的，当然，葬礼费是另外的。她就会在这两天咽气的，等不了的。哦，不要！"

她的情绪很激动，终于大哭了起来。

"你怎么了，亲爱的？"汉卡亲切地问。

"我体会够了人们的悲哀，真的受够了！我的心不是石头做的啊。我对别人发脾气，尖酸刻薄，是想让自己的心变硬一些。可是一点用都没有。将来总会有那么一天，我的感情承受不住这一切，就会痛得粉身碎骨！"

她就在这一瞬间涕泪横流，身体止不住地发抖。不久之后，她接着讲述着，可是她的每个字里都包含着无尽的辛酸和气愤，直接烧灼着汉卡温柔的内心。

"那些悲惨的事情永无止境简直没完没了！神父从爱嘉莎身边离开之后，我就留在她那里。然后，住在河对岸的菲利普卡太太跑来说，她的大女儿不行了，我又跑过去瞧她。天哪，那么破旧的一间房！比冰窖还冷！窗子上塞着一团茅草，用来代替玻璃。她家只有一张床，其他人都睡在草铺上，就像家里养的狗睡在狗窝里。没错，那个姑娘不行了，为什么呢？因为饿！她家连最后一个马铃薯都吃没了，还卖掉了羽毛被。每一升燕麦片都是从磨坊主那儿乞讨来的，还没到秋收的时节，没有人愿意借钱给她们熬过去。她们有能力还钱吗？菲利普卡跟其他人一起在监狱啊。我才从她家出来，乔治太太就跟我说，弗洛卡·普利奇克太太刚生完孩子，希望得到帮助，虽然她们不是好人，之前也欺骗过我，但我还是跟着过去了。她家也是家徒四壁！一大群孩子，弗洛卡在床上躺着，一分钱都没有，而且也没有人帮助她。是的，她家有田地。可是她们能去啃土地吗？没有人帮她们种，她家的田还没耕，因为她的丈夫亚当也在监狱里待着。她才生了一个儿子，一个很壮实的小孩子，可是拿什么来养活他呢？弗洛卡消瘦得像根细木板，没有奶。她家的母牛才生了小牛。一片凄惨。没有人做事儿，也没有事儿干。到处都借不到钱，也得不到任何帮助，但愿天主让那些贫困至极的人安静地死去吧！活着遭罪！"

汉卡说："村子里没有人还能有能力资助别人，所有人都穷，到处都是叫苦声。"

"'没有善心的人总是逃避他们应该承担的责任。'我说这话不是针对你的。我理解你的处境。可是还有人能做点善事啊，磨坊主、神父、风琴师、其他人。"

"如果把这些苦痛跟他们讲的话，他们可能会施以援手的。"汉卡为他们讲话。

"善良的人不用其他人去倾诉，他们自己就能感受到的。亲爱的，他们了解穷人的苦难，而且他们就是依靠穷人才变得如此有钱。啊，如今，村民们只能找磨坊主买面粉和燕麦片，一直到分文不剩。要么去借高利贷，再靠长期给他打工来还债，磨坊主就是靠这个赚大钱。

就算要把床褥卖给犹太人那也得卖，吃饭的钱总是最重要的。"

"的确，没有人愿意白白地把自家东西送给别人。"汉卡想起不久前的事，深深叹息。

雅固丝坦卡接着说道："我在弗洛卡身边坐了很长时间，来了不少女人，讲述着丽卜卡村最近发生的事情。她们说……"

"老天保佑！"汉卡忽然跳起身来。一大股强劲的风直灌进来，门板差点就支撑不住，从铰链上脱落下来。她小心把门关好，拿木桩顶在后面，用来抵抗如此强烈的风。

"起这么大的风，估计是快要下大雨了。"

"在外面的车子，可能连车轴都没入泥泞了！"

"可是，只要太阳稍微露几天脸，地上就会干得很快。这个季节是春天嘛！"

"啊，我们要是能赶在复活节之前把马铃薯种下去就好了！"

她们继续边聊天，边做事儿，马铃薯被咕咚咕咚地扔在地上。块头太小的聚一堆，坏了的聚在另外一堆。

"这些可以拿来当饲料喂猪，煮的水可以拿来喂母牛。"

不过汉卡基本上没听到，她正在想着该如何把公公的钱拿到手。她偶尔从门缝里看外面，树枝随风摇曳，湿冷的风掀起了近旁粪堆的恶臭气味。院子空荡荡的，只是时不时地有几只小鸡竖起羽毛四处跑。大鹅都躲在篱笆那边的角落里，在它们翅膀下的小鹅们咯咯地叫着。彼德时不时地拉着空车进来，双手直拍着两肋。喂草给马儿吃，并在怀特克的帮助下装满一车粪肥，然后推着车子越过车辙和孔洞，又回到田里去。

幼姿卡也总是冲回来，高嗓门，大声音，脸通红，喘着粗气，又要去另一户人家送礼，在来回的路上几乎住不了嘴。

其实没人问她，是她自己喋喋不休，手上拿着早已用毛巾包好的礼物出门去了。

"这姑娘喜欢说话，但不是傻子。"雅固丝坦卡说。

"她确实不傻。只不过整天想着整别人和打闹。"

"你能希望一个小丫头怎么样呢？"

汉卡突然喊着："怀特克，好像有人去屋里了。你去瞧瞧是谁。"

"是铁匠，他刚进去。"

一丝不安涌上心头，她快速走进公公的房间，他还是一如既往地躺着，雅歌娜坐在窗户边缝制衣服。屋里再没别人。

"麦克呢？"

"在不远处吧，他在找前阵子借给马西亚斯的钥匙。"她这样解释着，没有抬头看汉卡。

汉卡穿过过道，走回自己的住处，白利特杉正在跟孩子们一起坐在炉火边，手里还做着玩具风车。她甚至连院子里的偏屋都去了，还是没看见铁匠。所以，她径直跑向公公房间的杂物间，虽然门没开。

等她看到铁匠的时候，他正在麦桶旁边站着，双手插进麦堆里，没入了手肘，奋力地寻找着什么。

她失声喊道："怎么！难道你的钥匙被丢进了麦堆里了？"她气势汹汹地站在那里。

"没有，我只是瞧瞧麦种是不是好的，能不能做种子。"他吓着了，有些口吃。

"那也不关你的事！说吧，你到底是来干什么的？"她朝他喊道。

他满心的不情愿，缓缓抽出手来，几乎抑制不住气恼地压低声音说："你在调查我，你把我当作小偷！"

"我哪儿知道你是来干什么的？有个不速之客，不请自来，干什么呢？我瞧见他把手伸进了我家的麦堆里。有谁能保证他不会撬开柜子呢？"她快接近于尖叫。

"我昨天不是说了我们要合力寻找的东西吗？"他强装镇定。

"你说的话都是拿来蒙我的。你想麻痹我，然后却在找其他什么东西。不过现在，我看穿了你的诡计，你这个偷盗贼！"

他提高嗓门，想威吓她："汉卡，住嘴！不然的话我就要堵住你的嘴！"

"你敢？你要是碰我一下，我就把半村子的人都吵过来，一起瞧瞧你是什么样的坏蛋！"

在她大声威吓的时候，铁匠再次看了看周围，接着咒骂了一句什么，就出门去了。走出去之前还瞟了她一眼，他真想把她的心戳穿！

汉卡经历了这一切，心里跟一团乱麻似的，不过在喝下一杯水后恢复了镇定。

她向杂物间走过去，暗自想着："一定要找出来！而且要转移到更安全的地方去。要是被他找到的话，他绝对一分不留给我们。"走到半路了，她又停下重新回去屋子，打开门对雅歌娜说道：

"你在这里守着，为什么让陌生人进屋间去了？"

雅歌娜轻蔑地说："他又不是陌生人，他在这儿的权利跟你一样。"

"你放屁！你们俩肯定是之前谋划好了的。不过你听着，要是家里遗失了什么，我对天发誓，我会告你同谋的。你给我记住！"她生气极了。

雅歌娜拿起手边的东西，当作武器，从椅子上跳了起来。

"你这是要跟我打架吗？试试吧。我要打烂你这漂亮的脸蛋儿，抓得它血红，让你亲娘都认不出你！"

她尖叫着，恶狠狠地咒骂着，尽力贬斥对方。

没人知道接下来会发生什么。她们正要打起来的时候，罗赫恰好来了。这让汉卡清醒过来，闭上嘴巴不说话。不过，她从那个房间跑出去了，砰的一声重重关上房门。

雅歌娜沉默地伫立了好久，心里七上八下，嘴唇也是止不住地颤抖着。终于，她将手里握着的小绞肉机丢下，扑到床上去大哭起来。

此时，汉卡在跟罗赫讲述刚刚发生的一切。罗赫耐心地听着，可是她的话断断续续，同时还伴随着她的抽噎声，他几乎什么都没听清，他严厉地斥责她。罗赫气愤地推开汉卡递过来的食物，便伸手去拿自己的帽子。

"如果你们还是这样为人处世的话，那么我就离开吧，再也不要回到这里！哦，魔鬼就是喜欢看到这样的场景，没错，那些瞧不起基督徒的犹太人，估计正在叫我们傻瓜呢！哦，救苦救难的天主啊！这里怎么会有无止境的苦难、病痛和饥饿？女人们竟然也来跟着起哄、打起架来！"

他说完就喘起了粗气。汉卡的心里此时都是悔恨，担心他就这样抛弃她们，就吻罗赫的手，恳请得到他的宽恕。

她接着说："啊，你不知道跟她一起生活是多么不容易的一件事！她的存在就是为了让我气恼，让我难受，她当初嫁来我家，我们就吃了大亏了，公公给了她那么多土地！况且你还不明白她是怎样的女人！她跟村里的青年们有什么见不得人的关系！"（她没办法把安提克也讲出来）她压低声音接着说："我才听说她又跟乡长厮混在一起！因此，每次我看到她的时候，心里就很狂躁，恨不得杀了她！"

"天主说：对罪人的处罚由我来实行！她同样是人，要是有人对她不利的话，她也会觉得难过。她总有一天会为自己的罪过付出代价。所以，你不要欺负她。"

"啊？我怎么能被算作是欺负她？"

她很诧异，不明白自己是怎么欺负雅歌娜了。

罗赫咬了一口面包，静静地望着远方苍茫的景色发呆。最终，他拍了拍跑到他面前的孩子的小脑袋，就告辞离开了。

"我会在某一天傍晚过来。不过我只能告诉你：不要去招惹她，做好你自己的事就行了，剩下的事情天主会来解决的。"

第四章

罗赫出门后就漫步在池塘边，满心都是对村里近来遭遇的事故的同情。的确，丽卜卡村如今的境况很糟，糟糕透了。

疾病频发，更多的人饿死，村子内部总是争吵个不停，死亡率节节攀升。这都不算很严重。因为村民们都是逆来顺受的，他们不为他们觉得无法避免的事情而抱怨。最严重的是，田地没有人来耕种，一个都没有。

春天近了，小鸟们回归旧巢。地势高的田地也干燥起来，积水早已被排走。田地需要人来耕作，需要人来施肥，需要人来播种作为赏赐。

可是，有人种田吗？男人们都在监狱里。留在村里的只有女人，没大力气，没大智慧，什么都完成不了。

况且，这时候是出现新生命的时节：一部分女人要分娩，母牛要生小牛，鸡蛋要破壳，母猪要生小猪。这时候也是播种的时节：要挑选优质的马铃薯种，要给田里运去粪肥，要把地里融雪的积水排出去。这些事情如果没有男人帮忙的话，女人们哪怕是胳膊都断了也干不来。除此之外，还要给牛喂食、饮水、割草，抡起斧头劈柴或者去森林里面捡枯树枝，还有别的一大堆事情（比如照看喜欢到处乱跑的孩子），唉，说都说不完！简直能把人累死，哦，天主啊！每到晚上全身都痛得要死，可活儿连一半都没完成呢！

田地安静地躺着，满怀希冀。它沐浴着温暖的阳光，和煦的春风吹干了它的身子，再喷洒点儿滋润的雨点和甜美的露珠，开始冒出浓密的青叶和快速萌芽的小麦。云雀仍旧喜欢在平原唱歌，鹳鸟游荡在潮湿的草地里，沼泽里的花儿们此时也昂起头直面天空。天空就是一大顶越来越高、越来越远的美丽的帐篷。如今，那些渴望的眼睛，能够辨得清森林的轮廓和村庄的边缘，这在暗沉的冬日里是没法儿分清的。整块土地都像是从昏迷状态清醒过来，像是准备结婚的新娘，兴高采烈地打扮自己。

丽卜卡村附近，只要是你双目所及的地方，都见得到农民们在辛苦地劳作。不管天气怎样，那里总会传来愉悦的歌声，用来耕田的犁在田里闪着光芒，男人们在田间走来走去，马儿在嘶叫，车子在轰响。只剩下属于丽卜卡村的田地被扔在那里，沉默着，任由自己被荒废，就像一大片凄凉的坟场。

除此之外，村民们还在担心身在监狱的亲人们，那种担忧厚重而无力。

基本上每天都会有为数不多的几个人经过长途跋涉去镇上，背着带给监狱里的亲人的吃食，陈述他们应该无罪释放的请求，不过那是完全没用的。

总的来看，村里的境况很不乐观。村子附近的人慢慢发现：自己的邻居遭遇了迫害，也就是整个农民阶级遭遇了迫害。他们觉得：只有猴子之间才会相互仇视，而我们是人类，我们必须站出来维护邻居，要不然以后会遭遇到一样的境况。

附近的村民曾经因为村界和与之相似的原因，又或者看不来丽卜卡村民自诩高贵，与他们吵过架，如今也抛下了那些不快，总是偷偷来到村里打探事情的进展。他们有的来自路德卡，有的来自佛卡或德比沙，更有甚者，连尔兹浦吉的"贵族"也过来了。

前一天，他们来村子做复活节的忏悔的时候，就热切地关注监狱里的情况，听完讲述后，脸色就变得不好看了。他们责骂这种不公平的处罚，并对深受苦难的村民表示同情。

罗赫正在考虑这件事情，想到一个关键性的步骤，他总是停下步子回避大风，用他深沉的目光注视着远方。

如今，天气不断变得更加晴朗，更加温暖，不过风力也在不断加强，在村子到处肆虐。纤细的小树苗根本直不起身子，不时用它鞭子一样的枝丫抽打水面。暴虐的风把铺在屋顶的茅草都掀开了，小树枝在它面前孱弱无力，纷纷折断，几乎一切都随着狂风的劲道晃个不停：果树、篱笆、房屋、孤立无援的树木，万物似乎都在摇晃中。不，甚至连躲在云层里的苍白的太阳也在天空中快速前进着。教堂上空，一群野鸟张开双翅，顺着风向滑行，却也仍然无法挡住这样强烈的风势。

虽然如此狂风把灾难降临给村子，但是同时也做了好事，它风干了土地，除掉了路面积水，泥土的颜色越来越浅。

一阵喧闹的吵架声，打断了罗赫的思绪。他加快步伐走过去。

他急急望过去，只见一大群身着红裙的妇女聚集在池塘对岸，那是村长的家门口，还有人站在近处的院子里，包围着一群男人。

他快步走过去，想赶紧搞清楚情况。不过，当他发现那是乡长和一队宪兵的时候，他迅速拐到了旁边的一堵围墙后面，他挨着群众，很小心地在果园间穿过。不知为何，他是不愿意跟警察打交道的。

场面越来越乱。女人占据主体。孩子们也越聚越多，他们拥挤地站在大人之间的小空间里，站不下的就出了围墙，一直排到马路上，他们也毫不在意满地的泥泞和被风抽到脸上的树枝。大家都喋喋不休地议论着。有时候会突然出现一句响亮的话，不过也没人听得清楚到底说的什么。风太大了。罗赫从树丛那儿望出去，发现普罗什卡太太在最前面站着。那个总是红着脸的胖女人，大着嗓门，愤慨地向乡长挥舞她的大拳头，乡长畏惧地缩着，其他人就大叫着响应，活像一大群暴躁的火鸡。柯伯斯太太站在外围，她想冲到宪兵那边去，可是挤不动。许多人都冲着宪兵挥拳头或者棍棒、脏扫帚之类的东西。

此时的乡长万分狼狈，极力想控制大家的情绪，狠命地挠头，以自己为饵，让宪兵们离开包围圈，逃去磨坊那边。乡长跟着宪兵撤退，同时应对着大家的谴责，还吓唬那些往他身上甩泥巴的小孩子。

"他们是来干什么的？"罗赫询问道。

"他们要求我们村子提供二十辆大车、马匹和壮丁，去森林那边帮忙修路。"普罗什卡太太跟他讲。

"有个官职很高的人要从这里过，所以他们想要把路弄得平坦。"

"我们一直在讲，我们这里没有大车，没有马匹，没有男人！"

"难道村里还有人能去驾车吗？"

"让他们先释放我们的村民，然后我们才有能力一起商讨这个问题。"

"那些地主们！把他们抓去驾车吧！"

"否则就不要来找我们，自己干吧！"

"啊！这群走狗，烂死尸，浑蛋！"大家一起这样骂着。

"他们一整个早上都是跟乡长一起的，在酒店里面交头接耳。"

"没错！他们一起喝着伏特加，商量完后就一户一户地抓壮丁！"

罗赫插话说：“可是乡长是了解我们村子的境况的。”他极力想吸引大家的注意，不过收效甚微，“他肯定已经向上面反映过了。”

"乡长！他是敌人的好朋友！"

"他眼里只有钱！"她们又开始喧闹起来。

"没错，他要我们每家每户献上二十个鸡蛋或一只鸡，这样的话才会放过我们，去别的村子找苦力。"

"倒不如给他二十块石头！"

"不要说了，善良的女人。你们不能这样讲话，会被判罚的。"

"我才不怕，就让我去蹲监狱吧。哪怕遇到再大的官儿，我也要申诉我们承受的冤情。"

普罗什卡太太喊道：“乡长么？我会怕他？那个十足的坏蛋！他连田里的稻草人都不如！他早就忘了在我们的支持下他才是乡长，现在我们要罢免他了。”

"他会惩罚我们的吧？我们按时交税，把孩子送去当兵，从不违逆他们的要求。甚至连我们的男人都抓走了，这样还满足不了他们吗？"

"每次只要他们一出现，就会有灾难降临。"

"去年秋收的时候，他们在田里打死了我家的狗！"

"我家的烟囱起火了，他们竟然送我上法庭！"

"可怜的小古尔巴斯朝他们扔了块石头，就被皮鞭狠狠地抽了一顿！"

所有人都围绕着罗赫，叽叽喳喳说个不停。他大喊一声："你们这样吵闹有什么用吗？安静下来吧！"

"那么，你就把我们的话带给乡长！"脾气火爆的柯柏斯太太提出建议。

"不然的话，我们就自己去，当然，会带着扫帚去！"

"我肯定是要去的，不过你们得先解散。就是现在，请你们都回家吧。家里正有很多活儿干呢！我会当面跟他商讨的。"他很诚恳，担心宪兵们再回来。

教堂传来午祷的钟声。她们渐渐离去，成群结队地站在家门口，议论时的情绪仍很激动。

罗赫那时候住在乡长家里，他的职责之一是在酒店那边的西科拉家的空房子里教书，此时他赶忙去找乡长。不过，乡长并不在家，开车去区里上交税款了。

索哈太太讲述了事情的前因后果，不过她故意压低声音。后来补充了一句："愿天主保佑我们不会因为这场骚乱招致灾祸！"

"这不是乡长的过错。宪兵们只是听从上面的命令。不过，他明知村里只剩女人，自家的田地都顾不上，哪还有能力给政府干活呢？我去跟他谈谈，不然村里又要遭到罚款了。"

"这似乎是为上次森林的纠纷而起的报复呢！"她说。

"可是是谁在报复？是大地主吗？好太太，大地主跟政府扯在了一起吗？"

"有权势的人之间总是能搞好关系的。况且，他以前说过要对丽卜卡村报复的。"

"天哪！竟然连一天太平的日子都没有，灾祸不断降临！"

"只希望我们以后不会更糟糕，我祈求天主！"她做着虔诚的祷告。

"她们一直不停地叫嚷着，像喜鹊一样，上天保佑！她们的话太多了！"

"身上痒起来了都会去挠的！"

"可是这样会帮倒忙啊！"他感到惊惶，担心会有更糟糕的事情发生。

她问他："你还要回去教小孩子们学习吗？"

他已经站起了身。

"我让他们各自回家了。复活节放假的时间到了，况且他们家里还有好多活儿要干，他们可以帮帮忙。"

"我今早去佛拉，准备雇人回来干活儿，都已经开价日薪三兹罗提加包食宿了，还是雇不到人。大家都要先顾自家的田。他们允诺会过来，可是要等到一两个星期之后。"

他长叹一声："唉！没人有三头六臂，他能帮得上什么呢？"

"啊，可是你对村民的帮助不小啊。要是没有你那聪明的头脑和善良的内心，我们如今都不知道会混到什么地步呢！"

"如果我能心想事成的话，这个人世间就不会有任何苦难了！"

他摊开双手表达自己的无奈，之后急忙向乡长家赶去。可是，这个路途花了他很长时间。好多户人家转移了他的注意力。

村子此时已经平静了些。几个脾气不太好的女人还停留在门外大声谈论着，还好，大多数妇女都回家做饭去了。只留下狂风呼啸，刮过路面，穿过树枝。

吃完午饭，虽然屋外的大风仍旧强势，但是村民们又都出现了。菜园里，院子周围，房屋前，过道里，房间里，女人们聊天的声音越来越大。村里只有妇女和姑娘能干活儿，仅有的男性就是小男孩了。

因为昨天神父来听忏悔，大家有半天没有做事，今天又因为宪兵的到来荒废了一上午，所以，她们赶忙认真干活儿。

复活节即将来临，圣礼拜二也已过去，还有很多事情没有做完！她们还要给家里做大扫除，要给孩子们缝制新衣，有时候也为大人缝制。麦子还没磨成面粉，"福佑大餐"必须准备好！每个家庭主妇都在想着怎样安排工作才能完成这些事。她们在储藏室里认真寻找着可以变卖的东西，或者去镇上换些钱。甚至有几个妇女午饭过后立即动身出门的，车子的草荐下面就是她们找出来的准备变卖的物品。

罗赫提醒古尔巴斯太太，说道："但愿你一路平安，不会有飞来横祸！"她的马车前套着的是一匹老马，压根儿就抵抗不了这样强烈的风。

他说完后就进了她家的院子，几个女孩子正在补墙壁上的裂缝，她们的身高只能够得上窗户上边沿，再往上就完全无计可施了。他过去帮忙，把石灰调成糊状作为粉刷的原料，又用草自制了一把刷子作为工具。

然后，他去了瓦尼克家，姑娘们正在用车运送粪肥，拉着那匹不听话的马儿的笼头，可是她们笨手笨脚的，几乎洒了一半在地上。罗赫走上前去，把洒落的粪肥铲回车上，都安排妥当后，就用鞭子赶着马儿，让它老实拉车。

再那边就是巴尔塞瑞克家，除雅歌娜之外，他家的女儿玛丽是公认的最美丽的姑娘。此时，她正在篱笆边肥沃的黑土地上播撒豌豆的种子。不过,她的身子别别扭扭的,就像是被困在树脂上的苍蝇,因为她的头巾没有缠好,又罩着父亲长长的外套,直拖到地上。

他走到她身边,微笑着说:"你可以不必这样赶忙的,时间还早!"

"啊,你没听说吗? '豌豆若在圣礼拜二播下,每加仑会收获一蒲式耳①。'"她回答道。

"可是还没等到你播种完,之前种下的都已经发芽了。玛丽,你把种子撒得太密。以后长出来了就会缠在一起倒伏的。"

他教她怎样利用风势来撒种。这傻姑娘原来可不知道种子得撒均匀。

"瓦夫瑞克·梭哈告诉我你是个聪明的女孩子。"他像是漫不经心地开口,同时沿着田畦走回这边。

"他是这样说的吗?"她不禁驻足,似乎有些透不过气。

她的脸几乎红到了耳根,可还是羞于再次问话。

罗赫只对她微笑。不过,在即将离开的时候,他说:"复活节我会告诉他你干劲十足。"

他又走到了普罗什卡家的土地上,看到两个小男孩在大路边的一块马铃薯地里。看起来一个是在赶马,另一个在试图耕地,不过他们甚至连马尾巴都够不着。他们没什么力气,犁头就像一个喝醉酒的大汉一样摇晃个不停,母马又动不动就想回到马厩去。于是,他们兄弟俩只能拼命追赶它,用鞭子打,用言语骂。

哥哥急忙为自己辩解:"我们做得来的,罗赫,我们做得来。就是这些讨厌的石头把犁碰歪了,母马又总想着回去。"罗赫握住把手,在田里犁出了一道笔直的泥畦,之后又教他们怎样让马儿听话。

①蒲式耳为英制计量单位,通常1蒲式耳≈36.27升。

男孩信心倍增，喊道："这样的话，我们在天黑之前就都能完成了！"说完就张望了一遍，瞧瞧是否有人看到罗赫帮他们了。等老人离开后，他在犁头上坐了下来，学父亲以前的样子，背对着风，点起烟卷儿。

罗赫接着往前走，只要有人需要帮忙，他都会前去帮把手。

他会劝架，并帮忙解决矛盾，提出合适的建议，不论是谁需要援手，不论是多麻烦的事，他都愿意前去帮助。克伦巴太太没力气劈下多节的硬木头，他帮忙劈。多明尼克太太需要用池塘里的水，他帮忙提。就连小孩子的调皮都能被他制住。

他是一个虔诚又充满智慧的人，他比常人都要敏锐，只需一眼就知道什么话可以说，该怎样说。他知道怎样用玩笑赶走悲痛。他知道该怎样跟一个人大笑，怎样跟一个人祈祷，怎样用认真的巧妙的话或者严厉的警告的话去责备一个人。

他是个心地善良的人，饱含同情之心，经常会主动陪伴病人过夜。他给他们帮了大忙，他们敬重他更甚于敬重神父。

越来越多的村民把他看作上帝派下人间的圣徒，赐予劳苦大众无限的慈悲和安慰。

唉！难道他能抵御所有的灾祸吗？难道他能阻挡所有的不幸吗？难道他能使世上没有饥饿与疾病吗？难道他能顾得上所有需要帮助的人吗？

说实话，这不是一个小村庄。光是住的房子就有六十间，大片土地环布四周。还有许多家禽家畜等着喂养，除此之外更有不少饥饿的人们。

而且，从男人们被抓走的那一天起，村子的一切就只能听天由命。

所以，她们的烦恼忧愁和抱怨牢骚就越来越多。

罗赫心里其实早就想过会出现这样的情况。可是当他真正走过了整个村庄时，他才领悟到真实情况是多么可怕。

到处都是还没耕种的田地，有些土地只留下了妇女们如同儿戏一样的劳作的痕迹，这些还只能算作小事儿。不管你去哪儿，满眼都是逐渐衰败的景象：篱笆倒下了，房屋的横梁和木橼都露在了屋外，门上的铰链脱落下来，就像悬着的折断的翅膀，不断碰撞墙壁。许多屋子由于缺少足以支撑横梁的柱子，都变得歪歪扭扭。

屋子周围有很多积起来的死水，墙壁外沿高高地堆起了淤泥和垃圾。走过去不是一件容易的事。每前进一步，村里的破败就看得更清楚一分，让人无比难过。母牛们饿得直叫唤，可是没有草料喂它们，马儿身上裹着粪土，可是没人给它们刷洗。

到处都是这样的情景。小牛没人管，在路上胡乱跑着，溅了一身泥。家具在雨里腐朽，犁头被锈蚀，母猪在运货的马车上产仔。那些歪倒了的、破损了的、折断了的东西，就原地扔着：有人修吗？

妇女们吗？唉，她们甚至都没有时间和精力去完成最紧要的事情。啊！要是男人们能回来的话，那么这一切颓败就会扭转！

于是，她们祈盼着男人们的归来，祈盼着天主的恩赐。她们靠着这份祈盼度日，拼命忍耐。

可是，男人们还是没有回来，也没办法知道他们什么时候回来。

暮色沉沉，罗赫离开葛拉布家，那个教室另一边的最后一户人家，前往乡长所在之地。

狂风依旧呼啸，还是在跟大树进行激烈的搏斗，时不时就会有折断的枝丫掉下来，所以，步行是很危险的。

老人佝偻着，沿着篱笆慢慢前行，在这像涂过粉的玻璃一样的暮色中，什么都看不清。

"你是过来找乡长的吗？他在磨坊主家里。"雅固丝坦卡突然出现，说道。

他快速转弯，向磨坊那边走去。他不喜欢这个总是恶作剧的女人。

可是她跟上来了，与他并肩而行，并低低地说道：

"请你去普利奇克家瞧瞧吧，还有菲利普卡家，我恳求你。"

"如果我能帮得上忙的话。"

"她们求我过来找你，请你一定要去看看！"

"好的，可是我得先去找乡长。"

"谢谢，愿天主保佑你！"

他感觉到她吻他的手的时候，嘴唇在发抖。他很诧异：平时的他们是很不对盘的。

她说："每个人都会有那么一天，像一只被驱赶的野狗，这样就会乐意被慈悲的手抚摸了。"他还没来得及作出答复，她就赶忙走开了。

他又被告知乡长离开了磨坊主家，跟宪兵们一起坐车去镇上了。法兰克把他请到自己的小房间里，那里有几个本村和邻村的村民坐着等麦子碾好。罗赫原想就在这里等着，可是跟大家坐在一起的士兵的妻子泰瑞沙，有点胆怯地走过来，向他打听马修·葛拉布的消息。

"你去监狱瞧过，肯定知道情况的。他的身体好吗？精神好吗？什么时候能回来呢？"她低垂着眼睑询问道。

他用一种严肃的悲哀的眼神瞧着她："你丈夫在部队里还好吗？即将要退伍回来了吧？"

她的脸变得通红，转身逃进了磨坊里。

他摇摇头，心想着："盲目的可怜的人啊！"同时，起身去找她。可是，在模糊的灯光和漫天昏暗的面粉尘里，他搞不清楚她躲去的方向。水车轰轰转动，流水哗哗淌向车轮。狂风在屋外呼啸，像一大袋子面粉一下子倾泻出来一样，一切都在止不住地颤抖，仿佛即将粉碎。所以，罗赫放弃找她了，履行诺言去瞧瞧那些穷苦的人们。

此时，黑幕已落下。灯光躲在随风摆动的树叶里闪烁，就像狼的那双发着绿光的眼睛。不过，周围倒是很明亮的。远处茅屋的轮廓显得格外清晰。深蓝色的天空上，只有几朵如零落的雪花般的飞云。天上的星越来越多，强势的风也越来越猛，席卷整个大地。

狂风呼啸着，猖狂了一整晚。几乎没人睡得着。狂风掠进了民居，在屋外指使树枝撞击墙壁，在屋内打碎窗上的玻璃，像攻城略地一样猛烈地进攻，让人觉得它是想将整个丽卜卡村都卷向天空。

风势在天亮之前弱下去一些。可是当公鸡刚打鸣、村民刚入睡的时候，天空突然响起了闷雷声，道道闪电划出红光，瞬时，大雨倾盆而下。之后才知道森林里某地被雷电击中。

天亮之时，天空竟然又放晴了。在经历过风雨的田地里涌起了暖流，小鸟快乐地鸣叫。太阳还不愿意露面，不过低垂的洁白云朵却让开了蔚蓝色的天空。村民说，这预示着好天气。

此时，村里不断充斥着叹息和哀号。这是一场灾难性的狂风。路面上到处都是倒下的树木、卷过来的篱笆和被毁坏的屋顶残片，人根本没办法从这儿前行。

普罗什卡家的鹅全被倒下的猪栏砸死了。看不到一栋完好的房屋。妇女们站在围墙里泪流不止。

汉卡准备出去看看农舍是否有什么损失，恰好遇见西科拉太太冲进来。

"啊！你不知道吗？斯塔赫家的房屋塌了！她们都还活着，这真是奇迹！"她远远喊道。

"耶稣玛利亚！"

这消息让她愣在了原地。

"我是来找你的。她们现在都快吓疯了！"

汉卡用围裙把脑袋一围，就跑向出事地点。

没错。斯塔赫的家就只留下了那么几面墙。没有屋顶，只是还挂着两根断椽。那像断牙一般的烟囱，只剩下一小段杵在那里。地上到处都是木板和茅草。

薇伦卡抱着孩子，坐在墙外那堆废品上哭个不停，孩子也跟着一道哭起来。

汉卡挤到她身边，安慰她。可是她什么都顾不上，只是哭着。

"哦，我可怜的不幸的孩子们啊！"她呜咽着，引得旁边几个女人也流下泪来。

"这是要让我们这样穷苦的人去哪儿呢？睡哪儿呢？"她拥紧孩子，哭诉道。

此时，瘦骨嶙峋、面色憔悴苍白的白利特杉老头，围绕着废墟转个不停。时而召唤起家禽，时而拿草料给系在樱桃树下的母牛喂食，时而缩在墙角用口哨呼唤老狗，时而瞪着别人，就像一个疯子一样。

其实，大家觉得他真的疯了。

忽然，所有人让开了道路，弯腰鞠躬。原来是神父出乎意料地来到了这里。

"安布罗斯刚才给我讲了这场灾祸。斯塔赫太太呢？"

她们让出空间，便于神父过去看望她。不过她满眼泪水，没看到现况。

汉卡低声说："薇伦卡，神父亲自过来瞧你了！"

她听到了，万分诧异。见到神父，她扑到神父脚下，眼泪更汹涌了。

"冷静，冷静下来吧。别哭。怎么办呢？这是，没错，这是天主的旨意！"他重复了一遍，也为之悲痛，擦掉流下来的泪水。

"我们只能离开村子，去外面乞讨了！"

"不要，不要这样悲观。这里有善良的人们，他们不会冷眼旁观的。况且，天主会保佑你，用他自己的形式。有人受伤吗？没有吧？"

"天主慈悲，没人受伤。"

"是的，像奇迹一样，大家都没受伤！"

有人接道："幸亏没像普罗什卡家的鹅一样无一幸免。"

另一个人说："没错，全都死了，一个不留。"

"有人损失了家禽家畜吗？"

"天主保佑，家禽家畜都在院子里面，没有损失。"

神父拿起鼻烟嗅了一口，注视着废墟——房屋曾经存在的证明，眼里涌上了泪水。

"没错，这是因为天主慈悲。你们本来可能会被压死的。"

"要是真被压死的话，如今也不需要面对这废墟，不需要亲眼看着家就这么没了。哦，天主，我的天主啊！我和孩子没有家了！我怎么活下去呢？我该到哪里去呢？"她又号了起来，猛抓自己的头发。

神父局促地来回走着，双手摊开，这是一个犹豫不决的姿势。有人拿了一块木板垫在他脚下说："不要把鞋子打湿了！"是的，泥浆深及脚踝。他站在木板上再次吸了一口鼻烟，心里想着该怎么安慰她。

汉卡正忙于对姐姐和父亲的安慰，其他女人就围着神父，不停地打量着他。

女人和孩子不间断地赶过来，木底鞋跋涉过泥浆。每个人都压低自己的声音谈论着，薇伦卡和她的孩子仍旧在哭泣，只不过没之前那么大声了。女人的头巾虽然都快拉到了眉毛顶上，但是还是可以看出每个人脸上都呈现出乌云般的悲伤和关心。许多人流下了同情的泪水。

不过，她们的悲伤和关心也只是在脸上，心里是没起多少波澜的，对天主降给邻居的天威是不会反驳的。"要不然呢？要是太过于关注别人的遭遇，哪还有精力处理自己的事呢？"

沉默了好久，神父对薇伦卡说："现在最要紧的是，感谢天主保全了大家的生命。"

"是的，哪怕是把猪卖掉，也要做一场弥撒。"

"没必要。你的钱还有大用处。等复活节过了，时间允许的话，我会代你做弥撒的。"

她遵循农民的规矩，吻他的手表示感谢，抱住他的腿。神父则划了十字给她祝福，又像慈爱的父亲一样拥住了围过来的孩子们。

"哦，给我讲讲具体情形吧。"

"情形？唉，灯里没有油，我们也没有木柴点火，所以很早就回屋睡觉了。风把屋子摇得晃起来，可是我并不担心，因为它以前扛过了更猛烈的风。袭进屋内的寒风扰得我睡不着觉，可能后来睡着了。突然响起了东西的破碎声和墙壁的断裂声。哦，天哪！我以为整个世界都崩塌了！我赶忙跳起来，刚把孩子抱过来，头顶的东西就开始往下掉。我跑去门廊，屋顶完全塌下来了。我还迷糊的时候，烟囱也倒了，那声音极其可怕。院子里风太大了，我们根本就站不稳，那一层茅草也散开了。我在黑夜里向村子跑来。大家都在熟睡，没人听得见我的呼救。我只能回来，带着孩子躲在马铃薯坑里，直到天亮。"

"天主保佑你们了。系在樱桃树下的母牛是谁家的？"

"我们家的，我们靠它生活，是用来活命的。"

"无疑是一头好奶牛，腰挺得像脊柱。还怀着小牛吧，我猜？"

"过几天就会生小牛了。"

"把它牵到我家的牛棚里去吧。那儿大得很，它可以等到青草长出来了再离开。那么，你们准备住在哪里呢？跟我说吧。"

此时，一只狗叫着冲出来，凶猛地袭击附近的人。被赶走后，又坐在门口哀号。

神父赶紧向后退去，问道："这狗疯了吗？是谁家的？"

"这是我家的克鲁契克。没错，这场灾难让它疯了。它原本是只不错的看门狗。"白利特杉老头结巴地回答，同时赶忙让它停止狂吠。

神父跟大家招呼一声就要离开，还让西科拉太太与他同去。他向挤过来的妇女们伸出双手，给她们亲吻，他慢慢前行着，有时候还会跟路边的妇女们聊一会儿。

妇女们对遭遇灾祸的邻居表达了恰到好处的同情，又记起来早饭和好多没干的活儿，便都赶忙离开了。

除了亲人，所有人都离开了。他们正打算去废墟里找回一些有用的东西，西科拉太太气喘吁吁地跑了过来。

她急急地说道："你们可以先在我家住下来，就在罗赫教书的那边。当然，那里没有炉子。不过能临时做一个灶头，作为救急用。"

"可是，善良的太太，我哪里有房租给你呢？"

"不用担心。你如果有钱，给多少是多少。如果没钱，就帮忙我干点活儿，或者道一句谢就可以了。反正房子空着也是空着！我很真诚地邀请你来。神父给你一些钱买救急的用品。"

她摊开一张三卢布的钱币。

薇伦卡亲吻钞票，大声喊道："愿天主保佑他健康长寿！"

汉卡说："他是世界上最好心的人！"白利特杉老头接着说："我们的母牛在他的牛棚里肯定可以得到很好的照料！"

她们即刻动手搬家。

西科拉家在离这里不远的路边。她们把抢救出来的物品搬去。汉卡把彼德喊来，之后罗赫也来了，大家手脚都快，薇伦卡一家在午祷钟声敲响之前就在新家安顿好了。

她看看周围，哀叹道："如今的我就是一个老乞丐婆！只有四堵墙和一个火炉。没有圣像。连一个破碗都没有！"

汉卡安慰道："我给你圣像，只要是能腾出来的器皿我都拿给你，斯坦赫就要回来了，大家可以帮忙把房子修好。爹呢？"

她想把父亲接到波瑞纳家。可是老头子坐在残破屋子的门槛上，替老狗整理伤处。

她说："你跟我回去吧。薇伦卡住的地方太小了，你住到我那儿去。"

"不，不行。我要待在这里。我生在这里，死也要在这里。"

不管怎么劝导，怎么求恳，他就是不改主意。

"我在过道用茅草搭个铺子就行了，你要是同意的话，我白天过去照顾孩子，在你家吃的三顿饭可以作为酬谢，不过你要把这只受伤的老狗带回去,它能帮忙看家,它是一只不错的看门狗。"

她说:"可是过道的墙有可能会坍塌,压到你怎么办?"

"不,不会的。这几堵墙比人活得还长久,你把老狗带回去。"

她最终妥协了。波瑞纳家的确没什么多余的空间,不好给老人安排。她让彼德在克鲁契克的脖子上套根绳子,便于牵它回去。

"布瑞克不知道去哪儿了,克鲁契克正好能顶替。哦,你真没用!"她大声喊着,因为彼德应付不来那只狗。

白利特杉老头帮助彼德把狗拉走,严厉地骂它:"你这只傻狗!这里连吃的都没有。那里有好多吃的,还有舒适的睡觉的地方!"

她当先离开,想在回家之前去瞧瞧姐姐的新家。

她意外地看见薇伦卡又在哭了,旁边还有好几个女人。

"我哪有资格值得你们对我这样好?"她啜泣道。

"我们也只有这么一些了,家里也穷。但是那些送来的东西你要接受,我们都是发自内心地愿意送给你的。"克伦巴太太边说边塞给她一个大包裹。

余下的人也随声附和道:"这场灾祸太大了!"

"我们能够理解你的悲痛,我们又都不是石头做的心肠。"

"我们的男人都不在家里。"

"这样的话,你的日子更加过不下去了!"

"天主降给你的考验远远难于我们。"

她们计划过,尽量拿出所有能腾出来的东西,有豌豆、珍珠麦、面粉这些东西。

"哦,善良的太太们啊!你们对我就像亲娘一样啊!"她紧紧地抱住她们,止不住哭泣,她们也跟她一起流眼泪。

不过汉卡得赶紧回家了。她真高兴世界上还是好人多，转身向家里走去。

太阳还没露脸，不过天气倒很明朗，阳光从云间的缝隙透出来。朵朵白云就像是破碎的手绢，点缀在蓝色大帆布似的天空上。眺望田野，一览无余，青翠色与茶褐色界限分明，那呈现茶褐色的地方是收割剩下来的麦梗或还没耕耘的土地，不时还会看见玻璃般闪亮的溪流。

云雀高声欢唱。从原野传来春天的气息，含着夹带湿气的芬芳，还有白杨嫩芽独特的甜蜜味道。

和煦的春风阵阵飘来，那么轻柔，就连树上新抽出的嫩芽都纹丝不动。

教堂周围聚起了为数不少的燕子，都蹲在枫树和菩提树的粗大枝丫上，煤烟似的黑压压一片，村里响彻了它们的喧闹声。

平滑明亮的池塘里，公鹅守着小鹅嘎嘎叫着，塘边不断响起女人们的捣衣声，她们洗衣的数量就可想而知了。

每个人家的房门和过道都敞得大开，衣物晾晒在篱笆上，被褥则搭在了果园里，还有人家在粉刷墙壁。猪被狗惹恼了，在附近的沟渠了到处嗅着。总有那么几头母牛在篱笆后边扬起头，哞哞叫着，似在哀叹。

车子热火朝天地驶向城镇，人们要去采购复活节的用品。不过，正午刚过，老贩子尤德卡就赶着他的长长的火车过来了，还带着他手持一根橄榄嫩枝的太太。

他们赶着车子挨个儿推销，其后是一大群见不得陌生人的狗。老尤德卡几乎是不会空手走过的。他并不同于酒店老板那样近乎欺诈的做法。他出的价格合理，如果有人赊账，等到秋收时再还清的话，他也一般会通融。他很精明，知道怎样跟村里不同的人做生意。他总是会在车后面套一头小牛，或在车里装上半蒲式耳的优质谷物离开。他的犹太人老婆也是做生意的料，用的是另外的方式，大多是货品交换。村民们会用鸡蛋、公鸡、脱毛母鸡换取她的花边、缎带、别针和其他吸引女性眼球的华丽服装，其中的利润大得吓人。

他们来到了波瑞纳家门口，幼姿卡嚷着冲进来："啊，汉卡，买些红色缎带吧！我们还要用来涂复活节彩蛋的树木！我们也要用到线！"

她的声音听起来已经变成了哀求。

"可是这些你都可以明天去镇上买啊。"

小姑娘想起了自己明天要去城里，兴奋地喊道："对啊对啊，城里的还便宜一些，能少被他们骗一些！"她立刻出去答复，自己不需要他们的东西，也没什么好换的。

汉卡把身子往外面探去，对着她的后背喊着："把家禽聚起来，别让它们跑去他车上了！"

士兵的妻子泰瑞沙向汉卡这儿跑来，她是从那犹太女人那里过来的，那女人还在对她说着什么。

她冲进屋子，嘴里咕哝着，满脸通红，表情也很气愤。修长的睫毛上悬着两滴眼泪。

汉卡不禁好奇道："哦，泰瑞沙，发生了什么事？"

"哦，这么新的羊毛裙，那女人竟然只出十五兹罗提，可是我又正好缺钱。"

"给我瞧瞧，这个很昂贵吗？"她是真心想把这裙子买下来的。

"最少也要三十个兹罗提，还这么新。七腕尺加半拃那么长，我用的纯羊毛绝对不止四磅，还另外花钱染了色呢。"

她把裙子在桌上摊开，那斑斓的彩虹色在亮光下格外耀眼。

"我第一次见这么漂亮的裙子，不过，我现在肯定是买不起的！复活节还要花那么多钱。你能留到复活节过后的那个星期天吗？"

"哎呀，可是我急着要用钱啊！"

她赶紧收好裙子，不好意思地把头扭开。

"乡长的老婆可能会买的，她总是有现金。"

汉卡再次把裙子拿在手上，比比长度，万分舍不得地还给她了。

"你是要寄钱给部队里的丈夫吧？"

"对啊！他给我来信诉苦说是很缺钱。再见！"

她赶紧跑开，雅固丝坦卡正在捣盆里的马铃薯，忽然间笑了起来。

"你害她跑得这么快，还得小心裙子会不会掉下来。她这样是为马修，又不是为丈夫！"

"怎么会？那么他们是相好啰？"汉卡惊诧地问道。

"你到底住在哪儿？是住在森林里吗？"

"可是，我为什么非得知道这样的事情呢？"

"哦，这是真的，泰瑞沙每个星期都会去探视马修，一天到晚像狗似的在监狱外面转悠，送进去所有她能弄过来的东西。"

"天主啊，怎么会？她不是有丈夫吗？"

"是的，可是她丈夫总在部队里，天晓得他何时能回来，这个女人孤单寂寞了，刚好有个年轻力壮的马修，她何乐而不为呢？"

汉卡联想到安提克和雅歌娜，不知不觉陷入深思。

"所以呢，马修被抓走之后，她就跟他的妹妹娜丝特卡交上了朋友。两个人关系不错，总是相约去镇上。娜丝特卡说是要去探望哥哥，事实上是去探望多明尼克太太的儿子西蒙。"

"真是料想不到，你会知道这么多！"

她用讽刺的口吻说："根本就不难猜测。那些傻瓜瞒得住我吗？回想起来，她竟然要卖掉她最后一件裙子，就是为了给马修买好东西吃！"

"的确，人总是会做些不合常理的事。我准备去看安提克了。"

"路途远着呢！就凭你现在的处境，去得了吗？对你百害而无一利吧。幼姿卡不能替你去吗？或者其他人呢？"雅歌娜的名字都已经冲出喉咙管了，不过她终究还是没有说出来。

"天主保佑，我不会有事的。罗赫说复活节的时候可以探监，我要去看看他。啊，快点把那些腌肋肉搬来我们这里。"

"没错，已经浸了三天盐水，足够了。我现在过去拿。"

雅固丝坦卡过去了，不过很快就跑回来，激动地告诉她一半肋肉都不见了！

汉卡冲去杂物间，幼姿卡紧随其后。两个人都惊慌地看着大盆子，想不出肉会去哪儿了。

汉卡嚷道："绝对不是被狗叼走了，那儿还有明显的刀痕。要是陌生人来偷的话，肯定全都拿走了。是雅歌娜干的！"她旋风一般冲进雅歌娜的房间。可是她不在，只留下老波瑞纳依旧两眼无神地瞪着前方。

幼姿卡回想起来了，雅歌娜早上出门的时候，围裙下面裹着什么东西，她当时觉得那是跟巴尔塞瑞克的女儿一起缝制的、准备在复活节穿的衣服。

雅固丝坦卡推测道："她肯定是把肉带回娘家了。贪婪的人才不会在乎东西是属于谁的。"这句话让汉卡的心中燃起了怒火。

"幼姿卡，喊上彼德。把剩下的全都搬回我那边！"

他们马上行动起来。她原本也想把麦桶都搬回来的，方便自己好好查看。之后又想到数量太大，会引起铁匠的注意。

整个下午她都在等着雅歌娜，雅歌娜在傍晚回来了，汉卡当面对她破口大骂。

对方表现得不冷不热，回答道："没错，我全都吃掉了，我们有同样的权利处置它。"汉卡一整晚都在咒骂她。不过，对方像是有意激怒她，保持绝对沉默，甚至还像没事人一样过来吃晚饭，面带笑容地瞅着仇人。汉卡战胜不了她，就更憎恨她了。

那晚，什么事情都能让她发脾气。她很容易发火，最终使得大家都提早休息了。第二天是复活节前的星期四，他们得做好过复活节的准备。

她比平时更早睡觉，可是过了好长时间才开始入睡。听到了外面的狗吠声，她起身出门。

雅歌娜的房间灯还亮着。

汉卡从过道里对她大声吼着："这么晚了。你还点着灯，是觉得灯油不用花钱吗？"

雅歌娜反驳道："你以前点一晚上灯的时候，我都没说什么。"这句话让她的心情顿时奇差无比，瞪着眼睛一直到第一声公鸡打鸣。

次日清早，以往总是赖床的幼姿卡最早起床，满心想着去镇上。她赶忙把长工们唤起来，让他们把拉车的马匹备好，可是汉卡竟然让彼德准备了那匹栗色母马，她气愤地与汉卡吵了起来。

她哭着喊道："我才不要坐那匹瞎马拉的破车，我是乞丐吗？出个门还要坐装过粪肥的车子？镇上谁不知道我是波瑞纳家的女儿！要是爹醒着的话，他肯定不会让我就这么出门。"

她哭着闹着，最终还是遂了心意，换了更大的马车，还用上了两匹好马，按照农场女主人的规格，让车夫在前面驾车，出发去镇上。

怀特克还在菜园里，吆喝着："买些金纸、红纸和其他各色的纸。"他一早就开始翻土了，汉卡在当天要播下卷心菜的种子。可是，过了好长时间也不见她来。于是，他就跑去跟其他男孩子一起在篱笆下玩"地黄牛"。（复活节前的星期四按例是不敲钟的。）

风势比前一天小得多，不过也没那么宜人了。晚上积着寒气。晨间夜露深重，白雾弥漫，寒气逼人，直到近正午才慢慢回暖。屋檐下的燕子畏畏缩缩地呢喃，被赶下池塘的大鹅发出响亮而难听的叫声。不过，村民们都在天亮之前就起来干活儿了。

还没到吃早饭的时候，四处便响起了人们工作的嗡嗡声。大人担心小孩子们添麻烦，就让他们出去玩游戏了，弄得满巷子都是旋转的"地黄牛"的呼呼声。

今天的弥撒没有钟声和风琴声，参加的人也不多。

没人有空去教堂。现在得抓紧完成过节前的准备。最重要的是把面包和蛋糕烤好。每家每户的门窗紧闭，利于面团的发酵。炉火烧得很旺，炊烟袅袅升起，直上云霄。

所以就能看见牛面对着空空的食槽饿得哞哞叫，猪在菜园里刨着土找吃的，家禽在大路上走来走去，孩子们肆意地玩耍打架，爬到树上掏鸟窝。所有妇女都专注地揉搓面团，制作面包和蛋糕，或者其他与之相干的事情，至于别的活儿，她们早忘干净了。

每个家庭都忙碌着，洋溢着相同的喜悦氛围。磨坊主家、风琴师家或神父家是这样。地主家、农民家或科莫尔尼基家也是这样。为了这一年一度能把肉和其他美食吃个饱，哪怕家里条件再不好，也要借钱或是卖掉最后半蒲式耳小麦，来准备"福佑大餐"。

　　并不是人人家里都有烤炉，所以也有人在果园里搭起了灶台，姑娘们忙着添柴火。总是能看到有女人满身面粉、万分谨慎地端出橱柜和揉面槽，里面排满了待烤的、被严密遮盖的糕点，就像在游行时被捧着的圣像一样。

　　教堂也是很忙的。神职人员从森林里带回来许多枞树的嫩枝。风琴师、罗赫和安布罗斯一起装饰天主的圣冢。

　　临近复活节前的星期五，大家更忙了，基本上没人察觉到风琴师的儿子亚涅克回来了。他是回来过节的，不时在村里走走，往别人家的窗口瞧瞧。

　　根本不可能走得进去。过道上，就连果园的小路上都堆满了衣柜、卧床和其他家具。因为这一天还要抓紧粉刷屋子，清洗地板，把圣像搬出去擦拭干净。

　　整个村子都忙成一片，乱哄哄的。大家似乎都在跑着干活儿，同时还催促别人加快步伐，更加重了忙乱的程度。孩子们也帮忙清理屋子周围的烂泥，并撒下黄沙。

　　按照古老的习惯，星期五到星期天之间是不吃热食的，人们自愿为天主挨点儿饿，只食用干面包和之前烤好的马铃薯。

　　波瑞纳家同样也在忙这些，只是因为家里能干活儿的人很多，也不用担心钱不够，所以能够早些准备完毕。

　　星期五那天天刚亮，汉卡就和彼德一起把正房和偏屋粉刷好了，之后赶紧梳洗完往教堂赶去，已经有其他女人聚集起来了，共同参加把圣体抬去圣冢的仪式。

家里面，炉火很旺，直往烟囱上蹿，炉子上架着一口两个男人都难扛起的大锅，里面煮着一整个猪臀连后蹄，旁边小锅里的腊肠已经煮得翻滚起来了。满屋飘香，怀特克正在帮孩子们制作玩具，此时也不禁深吸这香气。

雅歌娜和幼姿卡靠近炉子坐着，在火光下和气地为复活节准备彩蛋，双方互相比赛，不愿意讲出自己的方法。雅歌娜先把蛋放在温水里过一遍，抹干，再用熔蜡点上圆点儿，陆续放进沸水里。这种活儿做起来实属不易。时不时地，蜡质会脱落，蛋会被捏破或煮破。不过她还是完成了大概三十枚。哦，看起来真是漂亮极了。

幼姿卡哪里会是雅歌娜的对手！她是用黑麦穗和洋葱皮煮的水，给蛋着上了红棕色，再添上各种白与黄的图案，也是很好看的。不过，当她扫视到了雅歌娜的作品，顿时惊异地张大了嘴巴，气恼接踵而至。啊，那叫人看花眼的红、黄、紫和亚麻花田的蓝点缀在鸡蛋上，再加上那美得让人窒息的背景图：公鸡昂头立在篱笆上喔喔啼叫。几只鹅对着在泥泞中打滚的母猪嘎嘎叫唤。一群鸽子飞过绛色的大地上空，像冬天玻璃窗上的霜花一样的美妙花纹。

她万分惊奇，目不转睛。汉卡和雅固丝坦卡从教堂归来，都盯着看了半天，不过汉卡没作声，倒是老太婆看完过后，惊叹道：

"你是怎么想出来的呢？真是了不起啊，了不起！"

"有什么吗？哦，我只是这样想着，顺手就这样做出来了。"

雅歌娜自己也是很满意这些作品的。

"你给神父送去几枚吧。"

"我会送去的。他很有可能会收下呢。"

雅歌娜出去之后，汉卡不无讽刺地说："神父当然会收下！他以前也没见过这么漂亮的彩蛋，肯定会很惊讶的！"

外面一片漆黑，乌云满天，万籁俱静。只是水车仍旧哗哗运转，村民们家里的灯亮到了很晚，屋里透出的灯光也照亮了小巷和起着波澜的池塘。

星期六到来了，天气更加温暖，虽然有薄雾，但是仍旧比前一天明朗。最难做的活儿终究做完了，大家满心欢悦地迎接崭新的一天。

教堂外面很喧闹。按照早时候的风俗，他们得在四月斋的最后一天清早赶来为"祖尔"和青鱼送殡，这些是他们在四月斋期间吃的食物。此时，丽卜卡村没有成年男子，就只能由小孩子们组成队列，颠三倒四的亚斯叶克作为领队。他们的那瓶"祖尔"不知从何而来，里面还有好多肮脏的东西。

他们都怂恿由怀特克背那个瓶子，所以，他的肩头挂着套在网子里的瓶子，还有一个拖着木刻青鱼的孩子与他同行。他们俩带头，其他人随后跟上，那叫喊声响彻四周。

亚斯叶克指导队列前进，他的呆头呆脑并不影响他玩这种胡闹的游戏。他们围绕池塘和教堂行进了一圈，又转到即将举行葬礼的白杨路。突然，亚斯叶克挥起铲子，打碎了那个瓶子，"祖尔"汤和其他脏东西全都洒到了怀特克身上！

这样的恶作剧逗得全场大笑，当然不包括怀特克，他向亚斯叶克扑过去，跟他和其他孩子打了起来，后来实在是寡不敌众，便哭号着跑回家了。

可等回家过后又被汉卡打了一顿，因为衣服弄得乱七八糟。他接着又去树林里收集装饰房间要用到的松枝。

除此之外，彼德对这件事也大肆嘲弄。甚至连幼姿卡都觉得他活该。她正在把黄沙从房子四周撒到大路上，这些从教堂墓地运过来的沙是最黄的。她撒下的沙子连同屋檐下的一起，看起来像是给屋子围上了一条番红花色的沙带。

此时，波瑞纳一家要摆出请神父赐福的食物了。

大房间已经被仔仔细细地清洗过，铺上细沙，窗户明净，墙上圣像身上的蜘蛛网也被刷掉了。雅歌娜的床上甚至还铺上了一条美丽的大披巾。

汉卡、雅歌娜和多明尼克太太一起忙活着，不过三人都不作声，她们把一张大桌子移到了靠窗的角落，与老波瑞纳的床平齐，桌子上罩着洁白的桌布，还有雅歌娜做的红色剪纸缀边儿。对着窗户正中间处竖起了一个点缀着纸花的十字架，前面一个翻转的碟子上，放置着雅歌娜亲手做的栩栩如生的奶油绵羊。它的眼球用念珠代替，尾巴、羊蹄和头上的小旗子都是用的红羊毛。其后第一排是大面包和大小不一、颜色各异的点心。有的撒上了葡萄干（有些是专为幼姿卡和孩子们准备的）。有的是很讲究的用凝乳制作的食品，或是点缀糖粉，或是撒上了罂粟子。最后一排有个装满香肠的大碟子，几个已剥壳的水煮蛋点缀在中央。另一边是一个平锅，里面盛放着整只火腿和一大块猪头碎肉冻，跟周围放置的彩蛋搭配得很美。不过，这一切得等到怀特克把松树的嫩枝带回来装饰好才算大功告成。

她们的摆放即将完成，这时，好几个邻居都送来了用碟子和篮子装着的复活节食物，就搁在桌子旁边的长凳上。神父来不及家家户户都顾到，于是就让村民们把复活节的食物拿到几个大户家去。

他住在丽卜卡村，所以总是把本村的祈福留到最后，基本上都会等到天黑才回村子。于是，村民们会提前做好准备，先熄掉自家的灯火，赶去教堂参加"圣火圣水祝福仪式"，再用新的圣火点燃家里的灯。

幼姿卡正是为了这个而去了教堂。不过她等了好长时间，到家时已经快正午了，她小心地保护着那根在教堂里用圣火点燃的蜡烛。除此之外，她还带回来一瓶圣水。汉卡赶紧接过，用蜡烛点燃了提前准备好的木柴，再喝上一口圣水。据说这样可以预防喉咙出问题。随后，她让每个人都喝上一些，把剩下的洒向牲口和果树，祈祷牲口顺利生产，果树多结果实。

之后，她看到雅歌娜和铁匠太太根本没有照顾老波瑞纳的打算，就准备了温水给他清洗一番，再梳理好他那蓬乱的头发，换好衣服和床褥。他仍旧那么躺着，茫然的目光瞪向前方。

正午一过，就有了一些节日的氛围了。虽然还是有些人忙着做完那讨人厌的活儿，但是大多数人都在准备过节了，给孩子们打扮着，到处都是孩子的笑闹声。

直到暮色降临，神父才从附近的村庄赶回来。他身着白色法衣，身后跟着风琴师的学徒麦克，麦克手里拿着圣水瓶和洒水刷。汉卡去大门口迎接他们。

因为还要赶去其他人家，所以他很快地做祷告，洒"天主的恩赐"，再瞧瞧老波瑞纳长满胡子的青色面孔。

"还是那样吗？"

"是的，虽然伤口处已经痊愈，但是他的病情没有丝毫好转。"

"把颧鸟卖给我的那个男孩他在哪儿呢？"

怀特克的脸红到了耳根，被幼姿卡推上前去。

"你把鸟教得真听话。它守着菜园子，没有家禽敢进去。给，这是五戈比。你们有人明天要去探视丈夫吗？"

"最少有一半人会去的。"

"好的。可是你们要注意言行，不要吵起来。要记着来做复活节的礼拜。十点开始。十点，别忘了！"他临出门的时候还严厉地补充道，"要是有谁在教堂里睡着的话，我就会让安布罗斯把他赶出去的。"

好几个人把神父送去磨坊主家。

怀特克把铜币拿给幼姿卡看，还愤愤地说："我的鹳鸟不会长久地替他守菜园子的，不会长久的。哦，不！"

天暗了下来，暮色沉降，房屋、果园和田地都隐藏在半透明的泛蓝黑幕里，只有低矮的屋墙若隐若现。果园那边灯火摇曳，半轮苍白的月亮静静悬挂。

村子里洋溢着复活节前的安详。教堂的窗子高耸在全村之上，在夜色当中洒下大片光芒，而从大敞的大门里倾泻出明亮的洪流。

此时，有几辆车子轰轰地最先进村，在教堂的墓地前停下来。不断有人从别的村落里徒步走过来。也有许多本村的屋舍。屋门一次次打开，透出的光亮直射进漆黑的池塘，温暖多雾的空气中传递着不同的脚步声和呢喃的低语声。大家在路上互相问候，一起去做复活节的礼拜，人群汇起了一条此起彼伏的河流。

波瑞纳家只留下了看门狗、老波瑞纳和怀特克。怀特克与克伦巴的儿子马西克一起赶着完成一只公鸡的模型，不久之后，它就要展现出惊人的实力了。

汉卡让幼姿卡先把孩子们和彼德带去教堂。她说她自己随后跟上。

不过，等她打扮完毕过后，又不见她出发，也不知道还在等什么。她总是不住地走去过道瞧着大马路。终于，她等到了雅歌娜和玛格达离开，铁匠和乡长边聊天边前往教堂，她赶紧返回屋子，给老头子一个暗号。于是，老头儿立刻跑出去望风，她自己则轻手轻脚地进到公公的杂物间，她在里面待了半个钟头有余，终于出来了，把一样什么东西谨慎地藏在胸衣里，扣好扣子。她的双眼闪着奇异的光芒，双手止不住地颤抖。

她嘴里说着不连贯的话语，出发去教堂做复活节的礼拜了。

第五章

　　小巷里面一片漆黑，没有谁家里还亮着灯火。平时慢腾腾的人此时也去了教堂。教堂外面排满了马车，套在马身上的器具已经卸下来了，它们的刨地声和呼气声不时从黑暗里传出来。还有几辆地主家的马车停在了钟塔旁边。

　　汉卡走进教堂过道，把胸衣里的东西藏好后，松开了裹得很紧的围巾，尽量往前几排挤。

　　教堂确实十分拥挤。座位间的过道上挤满了信众，祷告声、谈论声、咳嗽声此起彼伏，甚至连座位上的小旗子和装饰教堂的枞树嫩枝也随着这些声音波动起来。

　　汉卡刚刚挤到她的位子上，神父就准备开始做礼拜了。

　　信众随之跪了下来，使得场面更加拥挤了，大家跪在一堆，活像一块由脑袋构成的土地，一片由人群构成的丛林。大家的目光被高坛吸引，那里站着复活的耶稣，四肢赤裸，手持圣旗，着红色斗篷，露出了他身上的五处伤口！

大家的祷告越来越热烈。嘴里吐出的话语与叹息，像打在树叶上的雨滴。此时他们把头垂得更低，双手充满渴望地伸向高坛，发出了压抑许久的哭声。教堂大厅和高大柱子落下了阴影，于是矮树丛一般的信众就像身处于原始森林。虽然圣坛上的火光很亮，但是因为教堂本来就很灰暗，而黑暗的洪流也从窗口与大门静静地倾泻进来。

不过，汉卡根本没心思做祷告。她浑身颤抖，心中的激动更甚于之前在杂物间的时候。

她战栗着，似乎感受到自己的双手又埋进了冰冷的麦堆里。她把肩膀稍稍向前合拢，探到了那东西还好好地藏在胸口。

她的心被愉悦和惊恐搅成了一团乱麻。手没抓好念珠，祈祷的词记不起来。灼热的目光到处瞄着，可是谁都认不出来，尽管幼姿卡、雅歌娜和她母亲就在一旁。

坐在圣殿两边的来自卢尔德卡、摩德利沙和佛卡等地主家的贵夫人们，正在诵读祷文。几位大地主正站在圣器室门口交谈。磨坊主太太和风琴师太太身着华丽的衣裳站在高坛两边。不过，放置圣餐处的栏杆外面以前一直是丽卜卡村大户人家的专属位子。每次做礼拜时，他们都处于显著位置，游行时，他们替神父撑着宝盖，与他同行。此时在那边跪着的大部分是别村的农民，男信徒中只剩乡长、村长和红头发的铁匠能作为丽卜卡村的代表了。

除汉卡之外，所有人的目光都注视着那边，她们想起了不在这里的亲人，心痛至极。他们曾经是教区的头等人物，可此时此刻这里唯一缺失了他们，再想到他们被迫离开村子的场景，村民们感到很伤心，把头垂得更低了，几乎贴到了地板上。

啊！今天是一年当中最重要的复活节啊！来的都是其他教区的信众，他们神采奕奕，只不过因为四月漫长的斋戒而有些消瘦。他们身着华裳，学着贵族的模样想在教堂的好位置上出尽风头。可是，丽卜卡村可怜的汉子们他们在哪里呢？在监狱里忍受着饥寒交迫，思念着家中亲人！

除去他们不算，今天的确是应该普天同庆的。其他人马上就会回去好好享受生活、休闲和美味的食物，好好享受明媚的春天和喜气融融的对话。可怜的丽卜卡村村民可没办法享受这些！

她们只能慢慢挪回冰冷的家，孤独，叹息，悲伤，流着眼泪吃复活节的食物，再带着沉重的烦心事和没法实现的美好希冀上床睡觉。

汉卡周围升起阵阵低沉哽咽的哀叹声，"哦，天主啊，哦，天主啊！"她的神思终于飞了回来，看到了那些熟悉的脸庞和含泪的眼睛。甚至连雅歌娜都对着祷文哭得悲怆，她母亲拿手肘撞了撞她，她才恢复平静。不过，她哭泣的原因与旁人不同，是无论如何都没办法消解的。圣诞节那天，她就是在这个座位上听着安提克那火热的情话，感受着他的头俯靠在她的膝上。回想起来，她都觉得心快碎了。

就在此时，神父准备布道了，信众都站了起来，尽量靠近神父，每个人都想认真听取神父的言语。他最先讲到了耶稣受难，他为了拯救世间被压迫的贫困的劳苦大众，被卑鄙的犹太人钉死在了十字架上。他生动地重现了耶稣的苦难，使得现场大多数人都为之愤懑不平，握紧拳头想去复仇。女人们则哭了一大片。

然后，他面对信众，从高坛上探出身子挥舞拳头，大声宣告：天主每时每刻是被我们犯下的罪恶钉在十字架上的，他承受了因为我们作恶、对神不敬、蔑视天主戒律所带来的责罚。我们自己在心里钉死他，因为我们不记得他为拯救我们所受到的伤害和流下的圣血！

听完这些话，大家陷入了一片痛哭声中。狂风似的号哭激荡在过道和内堂，神父不得不暂时停一会儿。之后，他接着讲，不过语气轻松多了，还讲了好多安慰的话，讲到基督的复活。天主慈悲，给有罪的人们送来了春天，知道审判日的降临。那一天，他会来审判所有的活人和死人，贬斥骄傲的人，把罪恶的人投进地狱的烈焰中，把善良的人留在他身边，享受永久的光明。没错，那一天过后，委屈将不复存在，一切罪恶终将受罚，一切泪水终将抹去，一切邪恶灾祸终将被铁链拴住，永不复出！

他诚恳地说着，心地那样善良，所以他的话传递到了大家的内心，带去了温暖的阳光。所有人都获得安慰，除了丽卜卡村的听众。她们难过至极，满心只有深重的苦难。她们哀号和呻吟，伸开双臂倒在地上，衷心祈求天主大发慈悲，把她们从苦难中解救出来。

这样的情绪感染了整个教堂。其他人跟着一起哭。不过他们立即醒悟到自己在教堂，赶紧扶起身旁的丽卜卡村妇女，并安慰她们。神父也被感染了，用法衣的袖子拭去泪水。他告诉大家，天主只是在考验他垂爱的人们；又说虽然犯了错，但是天主就要结束他的处罚了，"只要你们相信天主，你们的丈夫很快就能回家了"。

他做着这样的劝导和安慰，使她们重拾信心。

不久之后，神父在高坛上诵读《复活赞美诗》。风琴随之奏响。钟鼓大作。神父捧着圣体，在袅袅的青烟中，在铿锵的钟声里，走向了台下的信众。每个人都吟诵着赞美诗。人潮涌动，人们对天主的狂热，烤干了眼泪，把每颗心送上了天堂。大家跟随神父前行，就像移动着的丛林，同时还一齐高声颂赞。神父把圣体匣高高举起，像金光闪耀的太阳燃烧在他们的头顶。四处响彻着颂歌，闪烁着烛火，圣体匣被掩在了青烟里每双眼睛、每颗心都重视它！

游行队伍稳定而又缓慢地经过内堂，穿过过道，所有人都挨在一起，歌声洪亮。

哈利路亚！哈利路亚！声声铿锵，连柱子和拱门都一起颤动，内心与嗓子合起来赞美。那些天生神秘的呼声，像火鸟腾上云霄，飞进暗夜，到人们灵魂的高空寻找太阳。

做完仪式后，大家陆续回家，此时已近午夜。汉卡留在那里没有离开。她在进行着虔诚的祷告。她从神父的告慰中找到信念，而且加上当天的成果，她觉得很高兴，她希望能在复活的耶稣面前把一切倾诉出来。不过，安布罗斯带着叮当作响的钥匙过来，提醒她该离开了。

她走出去的时候，心里那份时不时出现的对安提克的担忧也在突然之间消失不见了。

她远远地看见家里其他人正往家走去。车子连绵不绝，徒步的人只能三三两两地靠近路边，此时，月亮落下去了，周围一片漆黑，甚至看不清路人。

温暖而宁静的夜里，露水深重，来自田野的轻风里夹杂着潮湿的泥土味儿。白杨树和桦树嫩芽的芬芳时时飘过，村民们在黑暗里结队前行。几个脑袋在夜色薄弱处露出来，若隐若现。到处都是脚步声和人的交谈声。被惹怒的狗在栏杆后面边跑边吠。陆续有人家亮起灯火。

汉卡一进门就去查看牛棚和马厩，随后立刻回屋睡觉。

她边脱衣服边想着："只要他能回来撑起这个家，我就对之前的事绝口不提。"她听到雅歌娜打开另一边的房门，又想着："啊，要是他放不下她该怎么办呢？"

她在倾听与思考里静静地躺了好久。外面安静下来，人声远去，最后一辆马车的声音也沉寂下来了。

"要是那样的话，这个世界上便也不存在上帝与天理了！"她愤恨地想着。浓重的睡意涌上来，她也不再继续深想了。

次日，村民们很晚才起来。

晨光睁开它青色睡眼的时候，丽卜卡村的村民还紧闭着双眼。

太阳继续上升，池塘和沾满露水的草地闪耀着光芒，阳光从苍白的天空落下，向全世界唱起了哈利路亚属于它自己的温暖与光明之歌。

这歌声愉快又嘹亮，穿透薄雾，四处激荡。鸟声啼啭，河水汩汩，树林呢喃，微风吹拂，树叶晃动，就连泥块也按捺不住。起伏不定的麦苗上，晶莹的露珠如眼泪般掉落在地。

啊！快乐的日子即将来临，

在这复活节的早晨，

死亡的征服者基督，复苏了！

哈利路亚！

没错，基督复苏了，为人类的罪恶而受苦受难的他复苏了。受万众敬仰的耶稣，犹如光明战胜黑暗，站起来了。挣脱死亡的枷锁。为人类的幸福，他战胜了所向披靡的魔鬼。看吧，在这个春天里，他隐藏在神圣的太阳之中，向人世间播撒幸福的种子，唤醒沉睡的人，救活离去的亡者，扶起跌倒的人们，耕耘肥沃的田地！

634

大地齐呼：哈利路亚！为天主创造的伟大节日而欢呼！

仅仅是丽卜卡村的人们才没有往年的欢乐。

她们沉沉地睡着。直到太阳升到了果园上空，村里才渐渐活跃起来，大门嘎吱作响，乱蓬蓬的脑袋从门里面探出来，眺望远方。云雀在阳光下高歌，田里一片绿意盎然。

波瑞纳家也在沉睡中。唯独汉卡起得早一些，因为她还要让彼德准备马车，然后给每个人分好"福佑大餐"。

幼姿卡很兴奋，嘴里念叨个不停，着手给孩子们梳妆打扮，换上最好的衣服。彼德和怀特克在院里的井边洗澡，白利特杉老头在门口逗弄老狗，时不时用力嗅嗅汉卡在切的香肠。

按照老习俗，他们那天是不点火的，只能吃冷的"福佑大餐"。汉卡刚刚从老波瑞纳的房间里拿出食物，分给每个人等量的腊肠、火腿、奶酪、面包、鸡蛋和糕点。

她先打扮好自己，之后叫大家都进屋，也叫了雅歌娜。她立刻就来了，看起来很漂亮，就像朝阳，蔚蓝色的眸子在光滑的金色发丝下闪耀着光芒。每个人都换上自己最好的衣裳。怀特克虽然光着脚，但是他穿了一件新外衣，纽扣还反着光。扣子是跟彼德要的。彼德修理过胡子，连头发都新剪过，穿了一套全新的衣服：一件深蓝色开襟外套，一条黄绿条纹相间的裤子，一件系着红色缎带的衬衫。他踏进门时，大家都惊呆了，幼姿卡乐得直拍手。

"哦，彼德，你这样打扮着，恐怕连你亲生母亲都认不出来吧！"

白利特杉老头说："他只要脱下了那件狗皮似的制服，就成了潇洒帅气的大农户了！"

彼德扬扬自得，满脸笑容地看着雅歌娜，不自觉地挺起胸膛。

汉卡在胸前划了个十字，让所有人坐到桌子边上，她要依次给大家敬酒。就连胆怯的怀特克都有一席之地。

他们细细地品味美食，在这安静而虔诚的氛围里，用力嗅着好长时间不曾感受过的美味。当时肯定放了好多大蒜在腊肠里，蒜味重极了。这味道充盈在屋内，引得狗儿们也闯进来吸取这扑鼻的香气了。

等大家稍稍填了些食物在肚里之后，有人开腔了。

最先开口的是彼德："我们立刻就动身吗？"

"没错，吃完早饭就该出发了。"

幼姿卡提醒汉卡："雅固丝坦卡说是要与你一同去镇上。"

"她如果赶来了，我们就可以一起。不过，我是不会特意去等她的。"

"需要带些草料吗？"

"只带一顿的量就够了。我们在天黑之前要赶回来。"

接着，他们又开始享用圣餐，个个吃得脸色通红，满眼放光，甚至把衣服都吃撑起来了。他们吃得如此慢，完全是因为要享受这个过程，直到吃个饱。汉卡吃完站起来的时候，桌上竟然还有剩菜。彼德和怀特克还特意将自己没吃完的食物包起来，放到马厩去，等着之后饿了再吃。

"现在马上去把马套上！"汉卡命令道。她为丈夫带去了一大包连自己都扛不动的食物和生活用品，随后换好衣服准备起程。

马儿已经在刨地准备出发的时候，雅固丝坦卡喘着粗气跑来了。

"我们还想着你可能赶不上了！"

"唉！你们吃完福佑大餐了？"她很懊恼，用力地闻闻那残留的香气。

"还是剩下了一些的，坐下吃吧。"

可怜的婆子饿极了，根本都用不着别人催促，立刻如饿狼般横扫了整张桌子。

她猛咽下几口，大声感叹道："天主在创造猪的时候，肯定非常明白自己正在做怎样的一件好事！"之后又说笑道："倒是奇怪着呢，人类还在养着猪仔的时候，随它怎么把自己弄脏，而等到宰了它之后，却很乐意用伏特加给它泡澡！"

"不要感叹啦！这儿还剩些伏特加。为了我们的健康，干杯吧。快点儿，赶时间呢！"

没过多久，她们就起程了。汉卡已经坐上马车了，还不忘提醒幼姿卡时刻记着照料老父亲。幼姿卡立马给老波瑞纳端去了一大盘肉，还想着能跟他聊聊。他没有答话，眼睛照旧瞪着前方，不过，女儿喂给他吃的肉他都能咽下去。或许，他还能吃下好多。可是幼姿卡觉得厌烦了，撇下他，转身跑出去看女人们带着大批物品，有的徒步，有的赶着马车去镇上了，数起来竟达二十多辆。

然而，这样的喧闹并不能持续多长时间，村里又透着一股沉重。

是的，的确很沉重。虽然艳阳高照，池塘似倒映着烈火，树木沉浸在浓郁的芳香和清新的嫩绿里，到处都充满春天盎然的生机：蓝色的雾飘浮在广阔的平原上，云雀高唱赞歌，邻近的村庄在强烈的阳光下微微晃动，气枪声和欢闹声不绝于耳！

只有被人遗忘掉的丽卜卡村一片悲戚。时间过得缓慢而惨淡。

已近正午，罗赫前往波瑞纳家看望病人，他坐在阳光下跟孩子们聊天。他读了会儿书，时不时抬眼望向马路。没过多长时间就看见了铁匠太太，她带着孩子们进屋看望父亲后来到屋外坐下。

"你丈夫在家吗？"罗赫等了一会儿才问道。

"哦，不在，他跟乡长一起去镇上了。"

"今天几乎全村人都去镇上了。"

"是啊，那些在监狱里的可怜的人们终于能吃上几口福佑大餐了，再怎么说这也能算作一种安慰。"

此时，雅歌娜正准备外出。

他很惊讶："你怎么没跟你母亲一同去镇上啊？"

"我为什么要去啊？"她回答着，没有停下脚步，目光直视马路，若有所思。

玛格达长叹一声："她穿了一件崭新的裙子呢！"

幼姿卡面带不善地说道："那是母亲的衣服，你没发现吗？还有，她佩戴的珊瑚和琥珀哪一样不是母亲留下来的？恐怕只有她的头巾才是她自己的！"

"没错儿。他过世的妻子们留下了好多东西，他总是防着我们。如今全都到她手上了，让她打扮得这么神气！"

"前几天还听她跟娜丝特卡抱怨说衣服发霉了呢！"

"哦，但愿她能感觉到衣服上沾染的魔鬼气味！"

"等到爹醒过来了，我立刻就跟他讲珊瑚的事情，一共五串，串串长似皮鞭，粒粒饱满如豌豆。"玛格达讲完心里话，叹息一声便不再出声。幼姿卡跑开了。怀特克在马厩外边，继续忙着完成他那公鸡模型。孩子们在门廊里逗狗玩，白利特杉老头看着他们，就像母鸡时时刻刻照料着小鸡们。

"你们田里的农活儿干完了吗？"罗赫问白利特杉老头。

"豌豆和马铃薯的种子都已经撒下去了。也仅仅完成了这些。"

"你们人少却能做到这样，已经很不容易了。"

"听说，情况马上就会好转了，大家下个星期天就都能回来啦。"

"谁知道呢？况且这也只是传言吧？"

"会众们都在这样说着。柯齐尔太太要去请大地主帮忙！"

"她傻了吧，不就是大地主把他们送进监狱的吗？"

"大地主去求情的话，成功率会高很多。"

"他以前说过一次，不过没有成功。"

"要是他真心帮忙就好了，不过我丈夫说他讨厌丽卜卡村，是不会愿意帮我们的忙的。"玛格达突然停止说话，她的心思更多地放在孩子们身上，罗赫已经打听不到其他消息了。

他迫切地问道："柯齐尔太太准备什么时候去找大地主呢？"

"很快，一过正午就去。"

"哦，她唯一的收获可能就是散散步，呼吸些新鲜空气罢了。"

她没接话。这时，被大家认为脑子有问题的阿瑟克先生从大路上走过来，他是大地主的哥哥。他的黄色胡子已经很长了，眼神也在不断游移，他的头低着，如往常一样叼着烟斗，腋下夹着他的小提琴。罗赫起身迎上，他们肯定是相互熟识的。两个人一路走着，坐在池塘边畅谈了一下午。不过罗赫回到门廊的时候，心情是相当烦躁的。

白利特杉老头说："那位先生瘦了好多，我差点儿没认出他来。"

"这么说，你以前认识他？"罗赫看了一眼铁匠太太，降低嗓音。

"当然认识，曾经的他是个花花公子，擅长玩弄女孩子。据说佛拉庄的女孩子们全都对他着迷。对了，我还记得他骑的一匹匹好马，他的确是一个浪荡子，嗯，没错，我记得清楚着呢！"老头子喋喋不休。

"如今的他对此只剩下忏悔，深切的忏悔。你不是村里年纪最大的老人吗？"

"不是，安布罗斯肯定比我大。从我记事开始，他就是一个老头子了。"

铁匠太太插话："他自己也曾说过，死神可能已经忘掉了他。"

"不会的，死神不会忘掉任何人。只是把他留在最后，直至他醒悟忏悔。因为他现在毫无悔意。"

白利特杉老头静默了许久才开口："我记得当初村里的农户不足十五家。"他迟疑地碰触罗赫的鼻烟壶，罗赫立刻递给他说："现在已经有四十户了。"

"所以土地得不断分割。即使收成再好，人们也只会越来越穷。田地不可能跟着增长啊。等到再过几年，可能连给我们居住的土地都不够了。"

铁匠太太说："其实我们现在的土地已经不够了。"

"是的。等到我们的孩子成家的时候，他们每个人能得到的土地都不会超过一英亩。"

罗赫说："所以他们都去国外了。"

"在国外干什么？难道准备空手抓西北风吗？"

他有些懊恼地说："不过，几个德国移民买下了史露匹亚大地主的田地，此时已经在耕种了。每一笔七十英亩。"

"我也知道这事。不过德国人又有钱又精明。他们跟犹太人做买卖，从别人的苦难中获得财富。即使把那些土地交给我们，像我们这样两手空空的，也种不了那些地。我们自己没什么空间。而大地主呢，到处都是他的被荒废的土地！"他抬起手臂，指向磨坊那边地主家的土地，一直延伸到森林边缘，种着一片黝黑的羽扇豆。

他接着说："那些土地跟我们的是连在一起的，完全足够分成三十份。可是他不愿意卖给我们。他根本瞧不上我们的银钱。"

铁匠太太插话进来："他瞧不上我们的钱？他正缺钱，就像泥鳅需要泥土。唉，他不得不跟大农户借钱。如今，犹太人正在迫切地向他讨钱，他曾用森林做抵押，森林又不能卖出去。他还拖欠税款和工人的薪资，他们甚至连新年该领的东西都没有得到。他到处欠钱。政府又禁止他在未经农民允许前就砍树，他哪来的钱呢？他作为佛拉庄主人的日子已经到头了！据说他还在寻找买主呢。"这时，她又出乎意料地住口了，罗赫还想再问些话，不过她坚持不说了，随便用几句话应付，便带着孩子离开了。

白利特杉老头暗自想着："她丈夫肯定给她讲了好多事，只是她不敢讲出来，的确，靠近村子的土地很肥沃，草地也茂盛得很，即便是这样。"他默默想着，打量着森林那边的土地和大地主的庄园。这时，罗赫看见柯齐尔太太和其他几个妇女在池塘边，就赶忙过去找她。

白利特杉老头考虑道："我们已然战胜了大地主。我们农民就该趁机发挥自己的优势，当然，我们可能会找到另外的村庄。有足够的土地和劳作的人手。"不过，他的思索被跑去马路的孩子们打断。

晚祷钟声被敲响了。

太阳徐徐落到森林那边。马路上和池塘里的影子越来越长。四周一片沉静，传来远处哒哒作响的马车声，间或夹着树丛里小鸟的鸣叫。

有几个女人从镇上赶回来了。大家都聚过去打听消息。

晚祷一过，神父马上驾车前往佛拉庄。安布罗斯说他是去参加大地主举办的晚宴的。风琴师携全家拜访磨坊主，他的儿子亚涅克打扮得英俊潇洒，陪着母亲前行，见到躲在篱笆后面的姑娘们，他也会主动打招呼。

这个黄昏似乎很长，晚霞在夕阳的映照下显得格外红艳，就像四处散落的烧灼的木块。池塘和玻璃窗上也被映上了闪闪红光，好多人从镇上回来了，村里渐渐热闹起来。

虽然汉卡还没到家，但是她家门口同样很喧闹。一群和幼姿卡差不多年纪的姑娘们来找她玩，她们在她周围像雀鸟似的叽叽喳喳说个不停，还总是捉弄颠三倒四的亚斯叶克。幼姿卡拿出了节日里的好东西来招待这些客人。

娜丝特卡比其他姑娘都大，自然而然就成了孩子王。她正在嘲笑亚斯叶克，因为他总是傻傻的，却喜欢摆架子。那时候他穿着一件崭新的短上衣，戴的那顶尖形帽还歪在脑袋上，两手叉腰，神气地站在姑娘们面前说："你们必须尊敬我，是村里独一无二的大男子汉！"

"那可不一定，跟你一样的人都在放牛呢！"一个女孩说。

"还有可能正在给孩子擦鼻涕！"另一个女孩接话道。

亚斯叶克依旧抬头挺胸，骄傲地说："你们这种未成年的丫头，甚至只能照看鹅，我才瞧不上！"

"咳，不知道是谁去年还在放牛，如今倒装作是大男人了！"

"他之前因为躲一头公牛，跑得那么快，连裤子都掉落了！"

"去吧，跟犹太人家的女仆玛格达结婚吧。就她能配得上你。"

"你照看犹太人的孩子，肯定也会帮你擦鼻涕的！"

有人更加尖酸刻薄地补充道："要不然的话，你就去娶爱嘉莎吧，跟她一起出去要饭。"

他立即驳斥道："哦，无论我派人跟你们当中的哪个人说媒，她都会在之后的每个星期五吃斋，借此来感谢天主的恩赐！"

娜丝特卡说："不过，你娘能同意你把谁娶回家呢？你家还需要你洗盘子呢！"

"你不要用激将法，不然的话我就去跟玛丽·巴尔塞瑞克结婚！"

"好啊，去找她吧，随便你。我保证她会拿扫帚迎接你，也许还不止呢！"

"去吧，小心点，不要又弄丢什么东西！"娜丝特卡笑着说，轻轻扯了扯他的裤子，他的衣服果然都大太多了呢。

"那是他爷爷以前穿过的衣服！"

如冰雹一般的嘲笑径直砸向他，可是，他还是那样没心没肺地大笑着，还偷偷伸出手想搂住娜丝特卡纤细的腰身。有个女孩故意伸出脚把他绊倒，并且一群人拥上来推他，他根本就站不起来。

幼姿卡赶忙替他解围："伙伴们，不要再捉弄他了，大家怎么能这样？"同时将他扶起。他虽然是个傻子，但也还是大农户的儿子，是她母亲那边的亲戚。

接下来，她们一起玩"瞎子抓人"的游戏，他的眼睛被蒙上了，不管他怎么抓，都抓不到任何一个女孩。她们飞快地躲着他，跟燕子一样灵活。欢乐的打闹声越来越响。

暮色降临，游戏被推向了最高潮，这时候传来家禽们的狂叫声。幼姿卡赶忙冲去，却看到了是怀特克在那里，手背在身后，旁边的犁头没掩住黄发的小古尔巴斯。

怀特克惊慌失措："没什么，幼姿卡，什么都没有！"

"你刚刚杀了一只母鸡。这里有这么多鸡毛！"

"没，没有！我只不过在公鸡的尾巴上拔些羽毛，用来做我的玩具。况且，幼姿卡，这不是我们家的公鸡，不是的，是小古尔巴斯送过来的。"

"拿出来瞧瞧！"她的语气十分严厉。

他拿出一只差不多没毛的可怜兮兮的公鸡，举到她面前。

她说："嗯，这的确不是我们家的。"其实她也确认不了。

"现在把你那了不起的玩具给我看吧！"

于是，怀特克拿出了才做好的"公鸡"。主体是木制的，在外层抹上面糊，再把羽毛插上，棍子上还有一个嘴巴完好的真的鸡头，整个看起来就跟活的一样！

"公鸡"被安装在一块红漆的木板上，用独特而精巧的方式连上一辆小车。怀特克操纵车轴，"公鸡"立刻扇动翅膀跳起舞来，再加上小古尔巴斯在旁边模拟公鸡的啼叫声，引得一旁的母鸡咯咯做着回应。

幼姿卡俯下身子，用崇拜的眼神注视着这罕见的艺术作品。

"天哪，我长这么大还从没见过这么精巧的玩意呢！"

"很完美吧，幼姿卡？我做得不错，不是吗？"他无比自豪地说道。

"这全部都是你自己想出来的？"她都不敢相信。

"没错，都是我的杰作，幼姿卡！这位颜德瑞克帮我抓了只活公鸡。没错，都是我的杰作！"

"天哪！天哪！简直就跟活的一样！虽然它原本只是块木头。怀特克，把这个拿出去，姑娘们看了会疯狂的！拿出去吧，怀特克！"

"哦，不行。这要留到'丁格斯'的，那时她们肯定都能看到了。我还要给它做个用来防护的栏杆。"

"那你把母牛安置好了，就来我们明亮的大房间做嘛。"

"好的，不过我还有另外一件事得先完成。"

她回自己房里，客人们已经做完游戏准备各自回家了。天已经黑下来了。农家亮起灯光，天上的星光闪烁，从田间吹来阵阵晚风。

大家都从镇上回村子了，只有汉卡还没到家。

幼姿卡准备了一顿丰盛的晚餐：加了腊肠的酸味甜菜汤，加了炸咸肉的马铃薯。她把菜安放在餐桌上。罗赫在桌边坐着，孩子们哭闹着，雅歌娜也时不时进来瞧瞧。此时，怀特克沉默地溜到冒着热气儿的盘子旁边。他的脸憋得通红，也没吃多少东西。牙齿哆嗦着，双手也抖个不停。饭还没吃完，他就又溜走了。

幼姿卡不知道发生了什么事，后来在猪圈那边遇到他，便准备严厉地对他进行盘问，手里还不忘从食槽里掏出渣滓。

他本来是不打算告诉幼姿卡实情的，刚开始便撒谎应付。不过后来还是告诉了她真相。

"哦，我去神父那儿把颧鸟弄回来了！"

"天哪，没被人瞧见吧？"

"没有。神父外出了，看门狗忙着吃东西，我的颧鸟就在门廊那边。是马西克看见之后告诉我的。为了防止被啄，我就用彼德的外套套住它，把它藏在一个隐秘的地方！可是，幼姿卡，你有一颗金子般的心！你不要告诉别人。几个星期之后，我就会让它在门廊前光明正大地踱步。没人看得出那是以前的那只。只要你不泄露我的秘密！"

"泄露秘密？我什么时候干过这种事情？不过你也的确够大胆

的，天哪！"

"我只不过是拿回自己的东西罢了。我说过不会让颧鸟一直待在那边。瞧，我做到啦。我自己辛辛苦苦地训练，最后却让别人享受我的劳动成果，哪有这样的道理？"说完便吹着口哨离开了。

没过多久，他又回来了，跟孩子们一起在路边坐着，继续完善他的杰作。

此刻的房间安静，却也叫人感到无聊。雅歌娜回自己屋了，罗赫与白利特杉老头在屋外坐着，老头觉得有些困倦。

罗赫说："你回去吧，阿瑟克先生还要跟你交谈呢。"

"阿瑟克先生？跟我交谈？"他很惊讶，话都说不清，又全无睡意。"等着我吗？好的！"他很快就跑开了。

罗赫停留在原地，看着没有尽头的天空喃喃祈祷，满天繁星，月亮露脸了，这点缀在黑暗里的半弦之月。

农户家的灯陆续熄灭，像是紧闭的睡眼。四周一片寂静，只听得树叶的沙沙声和流水的潺潺声。只剩下磨坊主家里灯火通明，屋内一直欢腾至深夜。

波瑞纳家也没有声响。大家都熄灭灯火上床休息了，只有炉子上有点点火光，蟋蟀在不知名的地方鸣叫着，罗赫仍旧在屋外等汉卡回来。快接近零点时，磨坊附近的桥上响起了马蹄的嗒嗒声，马车随之回到村里。

汉卡难过至极，沉默不语。待她吃完晚饭，彼德去马厩了，罗赫才大着胆子问她是否见过她丈夫了。

"探视了一下午。他身体很好，精神也好，还让我转达对你的问候，我也见到了其他小伙子。他们会被放回来的，只是不确定时间。

我也见到了替安提克辩护的律师"

可是，如巨石般压在她心上的那件事，她绝口不提，总是讲些不相干的话。最终还是没坚持住，失声痛哭，眼泪止不住地往下掉。

他说："我明天早上再过来，你得去睡觉了。这样强烈的情绪波动对身体不好。"

她立即回嘴："要是直接让我死掉就好了，就不需要再承受这样的痛苦！"

他低垂着脑袋，什么话都没说就离开了。

汉卡立刻去孩子们旁边躺下。她已经很疲劳了，但就是无法入睡。啊，安提克瞧着她就像是瞧一只纠缠不休的恶狗。他的胃口倒是不错，吃完了福佑大餐，还收下了她的钱，却绝口不问钱的来源，也不问候一下一路舟车劳顿赶来的妻子！

她原原本本地讲了自己做过的活儿。他却以无数次责备作为回应。然后他就问起了村里其他人的情况，完全不问自家的儿女！她是那么热切地赶去见他，渴望得到他的爱抚！难道她不是他的妻子，不是孩子们的母亲吗？可是他什么都没有做，没有吻她，甚至没有问她的身体是不是还好。她完全不认识这样的他，而他也只把她看作陌生人。她终于忍不住，眼泪啪嗒啪嗒流下来，可他竟然对她嚷嚷："你这么远跑过来，难道只是要哭给我看吗？"哦，她的心痛极了！她不顾一切、奋不顾身地为他做了那么多，如今竟是这么个结果！没有任何回报。甚至连一句关切的话语都不曾有过！

"哦，天主啊，可怜可怜我吧，我真的承受不了这些！"她哽咽着，把头埋在枕头上，不愿意吵醒孩子们，她满心都是伤痛与委屈。

那些在安提克面前，之后在别人面前都没有表露出来的心声，此时都倾吐出来，她那无力的绝望，让她流下了世界上最辛酸的泪水。

第二天早晨，是复活节后的第一个星期一的早晨，天气格外晴朗，晶莹的露珠、青色的雾气、明媚的阳光和弥漫的喜气笼罩着村子。鸟儿的歌声嘹亮。温暖的春风拂过林间，引得树叶轻颤，像一场平静的祷告。那天，人们也比往常起得早些，打开门窗迎接上帝创造的万物：郁郁葱葱的果树，春意盎然、璀璨生光的原野，耕耘过的田地，如水波般随风摇曳的茶色嫩叶绵延至农舍。

男孩子们拿着水枪到处跑去喷别人，嘴里还叫着"丁格斯"，大家身上都湿透了！有些人还躲在池塘岸上的大树后，只要有人经过，他们就会用水枪袭击别人，或者只要有人从家里探出头来，他们也要喷那人一身水。好多人家门口甚至都形成了水洼。

道路和篱笆周围到处都是男孩子们的打闹声，他们把小姑娘们当作目标四处追赶，因为女孩们同样也喜欢这样疯闹。她们装满一桶桶水直接往男孩身上倒，被反击时就躲在果园里。因为她们当中有好多大姑娘，所以很快就占据有利地势，把男孩子打得措手不及。颠三倒四的亚斯叶克拿水龙头袭击娜丝特卡，却被巴尔塞瑞克家的姑娘抓住，不仅全身湿透了，还被扔进了池塘。

这下他真的生气了，他受不了这样的耻辱，于是就叫来彼德。两人做好埋伏，抓到娜丝特卡后就把她拉到井边，用凉水浇得她乱叫。接着，怀特克、小古尔巴斯和年纪大些的少年们过来协助他们，专攻巴尔塞瑞克的女儿玛丽，浇了她满身水，引得她母亲拿着棍子将他们赶走！他们还喷了雅歌娜一身水。就连幼姿卡也不能例外，她向他们求饶，含着眼泪跑去向汉卡告状。

他们大声嚷道："随她去吧，是她自己乐意玩的。瞧，她两眼冒光呢！”

雅固丝坦卡对他们吼道："臭崽子！喷了我一身水。"她走进屋子，心里倒还是欢愉的。

幼姿卡换上一身干衣服，抱怨道："他们谁都不会放过的。"不过，她还是禁不住诱惑跑到门廊那边看热闹。外面吵吵闹闹的，充斥着整个村子。男孩子们玩得更疯了，成群结队地疯跑着，尽量不接近大水龙头的射程。最后村长觉得这样大家都不能外出了，就让他们各回各家，停止了这场打闹。

"昨天累了一天，你身子还好吧？"雅固丝坦卡在炉子边坐着问汉卡。

"不太好，肚子里的孩子很不安分，我几乎要晕过去！"

"你要躺着，喝点熬热的野百里香草汤。你昨天确实是累到了。"

她很关心汉卡的情况。可是炸猪血糕的香味一传过来，她立刻就跑去吃早饭了。

"太太，你好歹吃口饭啊。不能饿着肚子，这样不好。"

"我受不了肉的油腻。我去泡杯茶喝就行了。"

"茶可以清肠胃。不过加入猪油和香料煮的伏特加是有奇效的呢！"

彼德笑着说："那是，这药肯定也有起死回生的奇效呢。"他挨着雅歌娜坐，时刻注意她的动向，她要什么他就赶紧递过去，还竭力想跟她说说话。不过，雅歌娜没准备搭理他。没办法，他只好转向雅固丝坦卡，向她打听在监狱的村民的消息。

她说："我见过他们所有人了。因为他们都被关在同一间大牢房里，就像大地主的庄园一样，不仅光线充足，地板的材质也是很不错的。只不过窗户上全都安置了铁丝网，是用来防止犯人越狱的。至于他们的三餐嘛，也不算太差。我试着吃他们中午喝的豌豆粥，那完全就是用旧皮靴煮的，还带些机油的味道！还有炸玉米，就算是老狗拉帕看到了也不会愿意吃的，不，连闻都不会闻的！他们要想吃得好点儿的话只能自己掏钱了。要是有人没钱的话，他就只能祈祷天主帮他改善伙食了。"她用的依旧是她那尖酸刻薄的语气。

她接着说："据说，有些人在下个星期天就能被放出来了。"她把声音放低，同时瞅了汉卡一眼。雅歌娜听到后，噌地一下站起身，出门去了。于是，她讲起了柯齐尔太太正在尝试做的努力。

"她们没有成功，直到很晚才回到家里。不过她们倒是好好地游览了地主的豪华公馆，包括那些到处挂着的腊肠。她们说就连那儿的味道都跟我们自家的不同！地主说他也无能为力，这些都归政府部门管。而且，就算他能帮上忙，他也会袖手旁观的。他才是最大的利益受损者，都怪丽卜卡村！想想看，政府不让他随意变卖森林，犹太人又催着债说要告他。他满嘴都是怨恨的咒骂：要是他因为村民们变得一无所有，他就会祈祷一场瘟疫，叫全村人都病死！柯齐尔太太给大家传播这个消息，还说绝对要报复回去。"

"她怎么这么傻，威吓能管什么用呢？"

"亲爱的，俗话说得好，即使是最弱的人，也能有办法找到对方的要害的！"她突然住口，赶忙跑到汉卡身边扶着她，因为汉卡正无力地靠在墙上。

她吓坏了："天哪，不会是要流产吧？"她把汉卡送到床上去。汉卡已经昏过去了。她一脸汗水，映出一块块浅色斑痕。她的呼吸也变得不太通畅，老婆子拿醋蘸在她的太阳穴上，轻揉着，接着又找了些辣根凑到她鼻子边，终于，她睁开眼睛清醒过来了。

家里其他人各自干活儿去了，只有怀特克还在汉卡旁边，他趁机请求汉卡能同意他把那活动玩具送去村里。

"好的，我同意了。不过你要时刻注意自己的言行，不要弄脏了衣服。把狗拴好，不然它们会跟着你出门的。你什么时候动身？"

"晚祷过了再去。"

此时，雅固丝坦卡从窗户边上探进头来说：狗在哪儿呢，怀特克？我拿出食料了，不过一只狗都没看到。"

"对啊，早上我在牛棚里都没见到拉帕。布瑞克，过来！"他到处唤着狗儿，可是连声狗叫都没听到。

他说："它们肯定都跑远了。"

没有人知道两只狗的去向。可是没过多久，幼姿卡就隐约听到一声呜咽，像是从院子里传来的。她什么都没看到，就以为只是怀特克在惩罚闯进来的野狗，便进了果园。那儿还是一个人影都没见着。周围很静，听不到呜咽声了。可是，她在回来的路上被布瑞克的尸体绊倒了。它就躺在房子旁边，头已经被打扁了！

她尖叫起来，家里人迅速冲过来了。

"布瑞克被打死了，家里肯定进了小偷！"

雅固丝坦卡叫道："没错，肯定是这样！"她瞧见了边上的一堆泥土，宅基下面还有一个大洞。

"他们把这个洞打通了，直通爹的杂物间！"

"啊，这么大的洞，连马匹都能通过！"

"而且四周都是麦粒！"

"哦，天哪，强盗有可能还在家里面呢！"幼姿卡大喊道。

他们跑进老波瑞纳的房间。雅歌娜不在家。老头照旧没动过。杂物间之前是很暗的，此时光从大洞里投射进来，看得出地上乱糟糟的。麦粒胡乱倒在地上，竹竿上的衣物被扯下来了，还没纺织过的羊毛和完工的毛线纠缠在一起，变成一团乱麻。可是，到底被偷了什么呢？没有人能有个明确的说法。

汉卡觉得这是铁匠的"杰作"，她满脸通红，暗自想道：如果自己再拖一天，钱肯定就不在她这里了。她低头瞧着这洞，不想被人发现自己满脸的得意。

她装出一副很着急的样子，说："牛棚里有没有丢东西？"

上天保佑，那里什么都没丢。

彼德说："门是锁好的。"他几步走到马铃薯坑，拽出洞口的茅草，把拉帕救了出来。

"很容易看出，拉帕是被小偷推进去的，可是它怎么会轻易被人制服呢？"

"而且昨天晚上也没听见狗叫啊！"

有人去报告村长，消息迅速蔓延开来。村民们涌进果园，大洞周围围满了人，就像教堂里的忏悔室一样。每个人都看过大洞，查看布瑞克的尸体，谈论自己的看法。

罗赫也过来了。幼姿卡的情绪很激动，含泪将发生的事情告诉大家，罗赫让她稍微平静一下，就去看望重新躺在床上的汉卡，说："我担心你伤心过度。"

"怎么会呢？天主保佑，家里什么都没丢。"她又低声补充道："因为他来晚了。"

"你已经知道是谁了？"

"是铁匠，我拿自己的性命保证！"

"那么，他此行是有专门的目标的？"

"没错，只不过是他没找到罢了。我只跟你说是他干的。"

"当然。除非他被当场抓住，又或者有目击证人。算了吧，钱财能让人入魔！"

她恳求道："好人，不要告诉安提克，他不应该知道。"

"你清楚我是一个怎样的人。况且，杀个人比生个孩子容易得多。虽然我一直知道那家伙不是个好人，但始终没料到他会做出这样的事来。"

"哦，他有什么事做不出来呢？我看清了他。"

乡长和村长一同前来，准备做全面的调查，便仔细询问幼姿卡情况。

他咕哝着："要不是柯齐尔还被关在监狱的话，我肯定首先怀疑他。"

村长悄悄推他："小声点儿，彼德，他太太过来了。"

"小偷肯定是被吓跑了。家里什么都没丢。"

"我们要报告给宪兵，当然，还有好多事等着我们做！撒旦竟然连这样神圣的节日都不放过我们。"

村长弯下腰，捡起一根布满血迹的铁棍。

"小偷就是用这东西打死布瑞克的。"

大家纷纷把那凶器拿在手上瞧。

"这是用来做叉齿的铁条。"

"有可能是从铁匠铺子里偷出来的。"

"铁匠的铺子从上个星期五就关门不营业了！"

"这是小偷过去偷的，之后带到这里来。这是我作为乡长的推断。铁匠又不在家，怎么能阻止事件的发生呢？都跟大家无关，由我和村长负责！"他大声喊着，让大家各自回家，不要站在这里浪费时间。

他们根本就不怕乡长的怒喝，只是到了去教堂的时间。很快，大家都解散了，外村的信徒们正在赶过来，桥上的马车声可响了。

等到大家都离开了，白利特杉老头就去果园里，轻声对狗说着什么，祈盼它能活过来。

汉卡一个人孤零零地在空空的屋子躺着，大家都去教堂了。她做了一会儿祈祷，脑子里出现了安提克。之后，老头子把孩子们带出去玩耍了，没人吵闹，她很快就睡着了。

时间静静流逝，将近正午了，她还在沉睡，风儿送来了风琴声和信众的合唱声，举行圣体仪式的钟声无比浑厚，震得窗户都抖起来了。终于，汉卡被越过车辙和坑洞的车子噪声吵醒了。那是因为这一天有个传统活动，看看大弥撒过后谁能最快回到家里。马车和行人都涌上大路，鞭子声连绵不绝，他们迅速穿过果园。他们那惊人的速度和笑闹声，让她感到房子也在跟着一起晃动。

她本来是想起身出去看看热闹的，不过家里人此时都已经回来了，雅固丝坦卡开始准备午饭。她形容着教堂的盛况：半数人都站不进去。大地主全家人都来了。弥撒过后，神父把农户们召集起来去圣器室开会。幼姿卡则只关注地主家的少妇小姐们的衣着打扮。

"你知道吗？佛拉庄的小姐们屁股上鼓起来的东西，就跟火鸡的尾巴一样！"

老妇人回答说："那是垫的茅草或碎布料。"

"她们的腰那么细，跟黄蜂似的，一鞭子抽下去估计会断开。她们的肚子去哪儿了呢？我离她们那么近都没见着！"

"她们的肚子？哎，裹在紧身裤里了。我有个认识的人，她曾在摩德利沙一位地主家做女仆，她告诉我：有些小姐为了保持身材，就总是饿着肚子，就连睡觉也要把腰束紧，她们那样的人家流行瘦子，而只需要臀部翘起来！"

"我们这里可不同。男孩子们都嘲笑瘦得像排骨的女孩儿！"

"她们也有她们的想法。我们觉得姑娘就该圆鼓鼓的，匀称，像烤炉一样散发热气，这样男人才会感受到她们的温暖。"彼德嘴里说着话，眼睛却是瞧着雅歌娜的，此时，她正把锅子从炉灶上拿下来。

雅固丝坦卡骂道："咦，你这个丑八怪，才刚得空休息，吃了点肉，他就对其他东西起贪欲了！"

彼德接着说："像这样的女人，在干活儿的时候，胸衣不绷开才怪！"他还想继续说下去，但是多明尼克太太过来照顾汉卡，直接把他赶了出去。

他们在屋子外面的门廊吃午饭，光线充足又暖和。青色的嫩芽在树梢颤动，还泛着光，就像正在拍打翅膀的蝴蝶。果园里传来鸟儿的歌声。

多明尼克太太叫汉卡不要下床。薇伦卡一吃完午饭就带着孩子们过来了。她们放了一条长板凳在床边，幼姿卡端来一些复活节的食物和一瓶蜜酒。按照往日的习俗，汉卡强打精神请姐姐和过来看望她的邻居享用，她们边吃边喝，聊着各式各样的话题，特别是打通杂物间的那个大洞。

屋外有人来跟家里人探听消息，无比疑惑地在大洞周围转着圈儿，乡长不允许他们把洞填平，直到文书和宪兵过来。

雅固丝坦卡向别人介绍事情经过已经不下百遍了，这时，几个小伙子带着那只活动公鸡来到院子里。在前面领路的怀特克打扮得像模像样，不仅穿上了马靴，还歪斜地戴着老波瑞纳的帽子。其他几个人跟着他，有马西克、克里伯斯、小古尔巴斯、颜德瑞克、库巴和歪嘴乔治的儿子。他们手里都拿着细细的棍子，背上扛着旅行袋，而怀特克的腋下则夹着彼德的小提琴。

他们大摇大摆地走着，按照惯例，先去神父家。他们勇敢地踏进果园，在房前排好队形，活动公鸡在前面卖弄着，怀特克则在一旁拉提琴。然后，古尔巴斯给鸡上好发条，学公鸡的鸣叫，所有人边跺脚边用棍子敲打地面打节奏，高声吟唱几首打油诗，最后直接唱出了要礼物的要求。

他们唱得卖力，唱了好长时间，声音反而越来越大。神父终于出来了，首先对他们的公鸡表示赞赏，然后给他们五戈比，他们心满意足地离开了。

怀特克忐忑得很，唯恐神父提起颧鸟的事。不过这里人那么多，神父也注意不到他。离开之后，神父还派女仆给他们送了几块甜糕。他们高唱感谢的歌，继续游行，先去风琴师家，再依次拜访其他农户。一路上，他们都小心照料着机器，担心被别人弄坏了。

领头人怀特克留心周围的一切动静，顿足表示要唱歌了，颔首则表示要提高或压低嗓门。总的来说，这次"丁格斯"是很成功的，村里响彻他们的高歌，大人们惊异于他们扮作大人的能力。

夕阳快要落下去的时候，普罗什卡太太过来看望老波瑞纳，之后也去瞧汉卡。

"哦，天哪，他怎么还是老样子？跟他说话都没有一句回应。阳光照进来,落在他的手上,他倒是像个小孩子一样在跟阳光玩耍。唉,他这样的人如今变成这副模样,叫我如何能不伤心!"她在汉卡床边坐着感叹道,不过,她还是高高兴兴地拿甜糕吃,拿蜜酒喝。

"他现在吃东西吗? 好像长胖了一些。"

"是的,他能吃下点东西。或许,他的身体正往好的方面转变。"

幼姿卡冲进屋子,大喊:"他们带着公鸡去佛拉庄了!"一瞧见普罗什卡太太在一旁,就转身去告诉雅歌娜了。

汉卡对着她的背影喊道:"幼姿卡,是时间照顾母牛了!"

普罗什卡太太说:"是的,'就算是放假,也要记得填饱肚子!'小伙子们也去过我家里了。怀特克是个聪明而又有眼光的小伙子!"

"不过,他倒是只记得玩耍,之后才是干活儿!"

"亲爱的,用人能干什么呢?磨坊主太太跟我说,她没有留过任何一个女佣超过半年。"

"她们在她家吃了太多面包学坏了吧?"

"有可能。不过,总会有人给他们帮忙的,包括她家那个上学的偶尔回家的儿子。据说,磨坊主也总是折腾她们,不让一个人闲着也确实,用人越来越胆大。我丈夫不在家里,我家那个看牛的家伙的脸皮就很厚,下午非要喝牛奶,有人听过这种奇谈吗?"

"哦,我知道他们的脾气,我家也有长工。不过我还是得尽量满足他们的要求,不然的话,他在我最需要人手的时候离开了怎么办?我家田地不少,没有他的帮忙,我能做些什么呢?"

"小心点儿,不要让别人把他抢走了!"她悄悄提醒汉卡。

汉卡有些担心:"你知道有谁要挖走他吗?"

"听到些风声,也有可能是谣言,我不知道。说了这么多,我都忘记自己来这里的初衷了。有些人要来我家聊天，你也一起来吧，都是些体面的人，小波瑞纳的太太不可能不来加入我们。"

这是奉承的话，不过汉卡身子实在不舒服，只能推辞。普罗什卡太太很恼火，就跑去邀请雅歌娜。不过，她也说自己跟母亲约好有事。

雅固丝坦卡不禁嘲讽道："雅歌娜，你原本是想去的，只不过你喜欢年轻的小伙子，而普罗什卡太太那里只有安布罗斯那样的老家伙。没问题的，他们的紧身裤跟年轻人毫无差异！"

"你，你哪一句话能不伤害别人，真是一辈子都改不了的毛病！"

她冷笑着回复："我生来就是一个爽快的人，我祈祷每个人都心想事成。"

雅歌娜气得浑身颤抖，她走出门外，望着遥远的前方茫然无措，热泪盈眶却努力不让它掉下来。是的,她快要承受不住心里的欲望了。

村子里弥漫着节日的喜庆，到处都是村民们的笑声，以远处灰色土地为背景的一群红衣妇女高唱着歌儿，与村里的热闹交相辉映，可是，那又怎么样呢？她从早上开始一直难过到现在。为了赶走这些忧愁烦恼，她不止一次地邀请熟识的朋友去大路或草地上散步，甚至连衣服都换了两三套，可是没有丁点儿作用。她很想去到某一个地方，完成某一件事情，去探寻她也不清楚自己到底想要什么。

此时，她已经来到白杨路了，注视着落日的余晖下，路上的条条阴影。

春日的黄昏总是充满凉意的，不过，从平原上拂来的暖风让人感觉很舒服。耳边仍旧是村里的笑闹声，而那低泣似的提琴声，扣人心弦。

她继续往前行进着。至于要去哪儿、前进的动力是什么，其实连她自己都不知道。

她时而呜咽呻吟，时而比画手势，时而突然驻足，用她惹人怜爱而又有神的目光环视四周。她继续前行，心中所想如游丝般难以捉摸，又像是水面上的一缕光线，无法触及。她抬头瞧瞧太阳，什么都没有。在她视线里的白杨隐隐约约，仿佛只存在记忆当中。不过，她强烈地感觉到"自我"的存在，似乎有什么东西把"自我"抓住了，让它伤心难过。又似乎有什么力量要把她带离这里，远走高飞。她感受到这力量有着火一样的柔情，让她不得不流下眼泪，不得不燃烧起来她在路边采摘白杨树抽出的新芽，抹擦自己干涸的嘴唇与火热的双眼！

她偶尔在树下坐下来，双手撑着下巴，静静地幻想起来。

也许是春天在她的心里高唱着赞美的诗歌，占据了她整个心灵，控制了她的想法，就像春天影响了多果的田园，也影响了抽出嫩芽的树木，阳光一照上去，汁液就蓬勃溢出。

她蹒跚前行，眼睛感到阵阵刺痛，四肢无力，快要支撑不起她的身体。她的心里又涌现出一股新的欲望：她想大声哭出来，想翩翩起舞，想在还沾着露水的柔软麦田里打滚儿。她还想冲进灌木丛中，在荆棘中狂跑，感受别样的刺痛之感！

突然，小提琴的声音传来，她转身奔过去。啊，她的心是躁动的，压抑着的兴奋就要迸发出来，她想跳跃起来，到人潮涌动的酒店放肆狂欢，更不怕醉生梦死，她有什么可放在心上的？

落日的余晖洒在教堂墓地通往白杨路的小道上，有个拿着书本的人驻足在一丛银色的桦树底下。

那是风琴师的儿子亚涅克。

她只是透过树丛的缝隙瞧见了他，没想到他也注意到了她。

她想转身离开，可是两只脚像灌了铅一样挪不动，两只眼睛魔怔一般地盯着他。他微笑地走过来，唇红齿白。他的身材高大而修长，皮肤竟跟牛奶一样白皙。

"你还认识我吗，雅歌娜？"

他的声音富有磁性，紧紧地吸引着她。

"哪里会不认识呢？不过，你还是改变了很多的，亚涅克。"

"那是当然啊，人在成长的过程中总是会发生改变的。你要到布迪去探望人吗？"

"不，我只是随便走走。复活节明天才结束呀。"她触摸了一下他的书，问道："这是宗教书吗？"

"不是的。这书里写的是遥远的异国他乡和环绕四周的海洋。"

"天哪，还有大海的描写？这样来说，里面没有画圣像啰？"

"你瞧瞧！"他摊开书本，把插图翻给她看。他们低头靠在一起，肩并肩，臀对臀，挨得很近。他有时会跟她解说某一张图片。她心神荡漾，用崇拜的目光盯着他看，甚至连呼吸都压抑下来。此时，两个人靠得更近了，太阳已经落山，书上的图片也变得模糊不清。

突然，他打了一个哆嗦。把身子缩了一点，低声说："天晚了，该回去了。"

"那么，我们都回家吧。"

于是，他们沉默地往回走，在这样昏暗的情况下两个人好像彼此看不见。此时，没有一丝光线，田野上飘浮着淡蓝色的暮霭。那天，落日的景象并不壮观，透过高大的白杨树，可以看到金色的日光渐渐消退。

"书里描述的都是真实存在的吗？"雅歌娜停下脚步，问他。

"是的。每一件事物都是真实存在的！"

"天哪！那该是多辽阔的海洋，多美妙的国度啊，真是难以置信！"

"可这都是真的，雅歌娜。"他喃喃道，温柔的目光直看进她的心里，两个人靠得越来越近，她都快要无法呼吸了，身子不自觉地战栗。她把身子往前靠，一副任人摆弄的模样，心里渴望着他的拥抱。她的背已经贴到树干上，双臂伸开，可是他突然退回去，说："天太晚了，我得回家，雅歌娜，再见！"他瞬间远离了她的视线。

雅歌娜在原地站了好久，终于也转身离开。

"怎么了，他是给我下了迷药吗？我现在到底是怎么了？"她一边反思着一边往前走着，脑海里面一团乱麻，全身升起一股奇妙的刺激感。

她在经过酒店的时候，隐约听到了墙内的音乐声和谈话声。她从窗口朝里面望过去，大地主的哥哥阿瑟克正在大堂中央演奏小提琴。安布罗斯在吧台旁边跄跄着走来走去，跟科莫尔尼基们大声说着话，时不时地伸手要酒。

这时，不知道是谁突然出现搂住了她的腰。她吓得尖叫起来，竭力想挣脱开来。

"我好不容易抓到你了，说什么你也逃不走的。过来陪我喝酒吧！"原来那人是乡长，他把她搂得紧紧的。两人从侧门进去。

没有一个人看见他们，因为这么晚了，路上几乎没有行人。

此时，村子一片寂静。一切声响渐渐沉寂，房子周围很空旷，更显沉静。每个人都在家里，用来休息的复活节即将过去。狰狞的明天向人们伸出了利爪。

于是，此时的丽卜卡村显得格外阴郁。只有普罗什卡家里举办了一个比较大型的聚会。邻近的太太们都过来了，正正经经地谈着话。乡长的太太被安置在上位。其次是大嗓门的巴尔塞瑞克太太，她身体健壮，正在为自己的言论做辩护。再其次是西科拉太太，她还是那么瘦削。波瑞纳的堂妹是个话痨。铁匠太太抱着孩子。村长太太正压低嗓门，虔诚地说着什么。总而言之，来的都是村里最体面的人。

她们正襟危坐，看起来身子格外不自然，就像一群皱着羽毛的笨母鸡。她们身着自己最好的衣裳，围巾是按照丽卜卡村的流行趋势半披在身后的，领子的花边要竖得比耳垂高，珊瑚项链什么的全招呼在身上。不过，她们以一向缓慢的节奏喝酒，兴致渐渐上来了，脸颊也越来越红。不多会儿，为避免弄脏裙子，她们就卷起裙摆，彼此越靠越近，气氛迅速活跃起来。自称刚从镇上回来的铁匠也加入了，场面更加热闹。这家伙特别擅长活跃气氛。喝得七荤八素的，竟还能讲出好多搞笑的段子逗她们开心。整个屋子热闹极了，他的笑声更是传进了波瑞纳家。

聚会持续了很长时间，普罗什卡家不得不多次去酒店买伏特加。

波瑞纳家的人都在院子里坐下。汉卡也起床加入他们中间，她披了件羊毛衫保暖。

光线还充足的时候，罗赫给大家念书。等暮色降临了，他又讲了好多大家都感兴趣的见闻。再后来，天实在太黑了，只看得见他们映在白墙上的模糊身影。外面有些寒冷，天上一颗星星都没有。到处都是静悄悄的，只听得见汩汩的流水和时不时出现的狗吠声。

她们围坐在罗赫脚下，娜丝特卡、幼姿卡、薇伦卡母子、克伦巴太太和彼德。汉卡在一边的石头上坐着，离她们有点远。

罗赫给大家讲了好多波兰的历史事件和神奇的见闻，他讲了那么多奇事妙事，基本上没有谁能全部记得。

她们静静地坐着聆听，啜饮着他那生动的言语，就像干涸的大地竭力汲取温暖的雨水。

他的身影在夜色中有些模糊，他用自己独特的低沉端庄的语气说着：

"凡是学会主动祈祷，用劳动做好充分准备等待春天的人，春天在冬日离去时一定会降临在他面前。

"被压迫的人最终总是能摆脱困苦的，你们要满怀坚定的信念。

"人类的幸福好比是一块土地，你必须把血汗与牺牲播撒下去，才能得到你心中所期盼的收成。

"不过，那些整天只吃不动的人，是没有资格坐上天主的餐桌的。

"对于罪恶只会耍嘴皮子的人，只能助长罪恶的气焰。"

罗赫讲了好多充满智慧却又难以记住的话语。越到后来，他的声音越低沉，语气越亲和，直到他的身形完全被掩在黑暗之中。这种感觉就像是从地底传出了圣灵的说话声，波瑞纳家的老祖宗在复活节得到了天主的特许，隐在夜色中的断壁和树木里，对后人们进行嘱托警醒。

她们回味着这些话语。这醒世名言就像洪亮的钟声在心中激荡，唤起了一种难以言表的情绪，一种独特的、古怪的欲望。

她们陷入深沉的思考当中，以至于没有人注意到村里的狗的狂吠声和人们到处奔跑的脚步声。

"失火了！波德莱西失火了！"有人在果园外边对她们喊道。

是的。波德莱西那儿坐落着大地主家的农舍，浓烈的火焰照亮了漆黑的夜色。

雅固丝坦卡说："真是不得了啊！"她回想起柯齐尔太太关于复仇的言论。

"这是上帝在对他进行审判！"

"他该为欺侮我们付出代价了！"从黑暗里传出许多类似的话。

屋门被摔得砰砰响。村民们衣服都没穿好就迅速跑出来了。人们都聚集在磨坊边的桥上，围观那边滔天的火势。不一会儿，全村人都聚齐了。

那个农场就建在靠近森林的一个小山坡上，离丽卜卡村只有几公里的路程。火势越来越大，从丽卜卡村望去是很清晰的。在黝黑的森林背景下，火舌张狂得很，浓浓的暗红色烟柱直往上升。因为无风，大火笔直升起，越升越高。房屋就像油脂丰盛的柴火，越烧越旺。颤动的火光照亮黑夜，携带着不断往上冒的浓烟。

空中传来声声绝望的低吼。

"他们的牛棚着火了。那里只有一个出口，救不出来多少牛的！"

"啊，现在谷堆烧起来了！"

立即有人惊慌地补充道："谷仓也着火了！"

神父、铁匠、村长和已经喝得东倒西歪的乡长来到事发地点，召集村民去救火。

没有一个人动弹。大家只是狂吼着："只要把我们的男人们放回来，他们就一定会去救火的！"

她们软硬不吃，甚至无视神父含泪的苦苦哀求。她们只是那么站着，紧绷着脸，不挪动一步。

柯伯斯太太还对身旁的地主家的仆人挥舞拳头，大骂道："狗娘养的！”

直到最后，也只有乡长、村长和铁匠跑过去救火。他们没有任何救灾用具，因为村民们连一个水桶都不给他们。

她们一齐喝道："谁要是敢动水桶一下，我们就拿棍子打死他！"

全村老少都聚在那里，女人们忙着哄孩子，几乎没人讲话。大家只是默默地观望着，满足内心的幸灾乐祸，因为她们觉得大地主罪有应得，连上帝都在帮她们。

大火延续到深夜，可是没有人离开。她们无比有耐心地看大火把一切烧尽，整个农场都烧着了，茅草和屋顶板燃烧着，就像一场罕见的红雨落到地上。火舌在黑暗中跳跃，照亮了树梢和磨坊主家的屋顶，又微弱地映在池塘水面上，好似铺满了一层将熄未熄的火炭。

车轱辘的滚动声、人们的喊叫声、动物的骚动声和死亡的脚步声响彻全村。村民们仍旧堵在那里一动不动，让复仇的心灵得到满足和宽慰。

可是，从酒店那边传来了安布罗斯沙哑的酒醉的声音，不断重复着同一首歌曲！

第六章

次日早上，汉卡听到了一个奇怪的消息，让她差点儿从床上跳起来。还好有雅固丝坦卡在身边，一把按住她，让她躺回去。

"镇定点，房子着火了吗？"

"可是他讲了那样的话，他一定是疯了！"

白利特杉老头深吸一口鼻烟，弯腰打起喷嚏："不，不，我清醒得很，我为自己的言行负责。从昨天开始，阿瑟克先生就是我的房客了！"

"你听见了吧？他完全就是疯了！请你去看看她们回来了没有。我那刚出世的孩子肯定饿极了！"

老太婆继续清理房间，撒下沙粒。

汉卡的父亲又连续打了好几个喷嚏，身子几乎要仰贴在凳子上。

"你的声音跟市场上报时的喇叭一样响。"

"啊，这种鼻烟力道足着呢。阿瑟克先生送给我一整包哩！"

天色尚早。明亮而温暖的光线投进屋内。果园里的树木摇曳生姿。

几只大鹅长长的脖颈和珊瑚色的尖嘴出现在半开的门缝中。一大群脏兮兮的聒噪的小鹅试图跨进门槛。一只狗低声汪汪吠着，鹅儿吭吭唤着，吓得在过道上孵蛋的母鸡咯咯叫，直扑腾翅膀。

"请你把它们赶到果园里去吧。至少那里有青草可以吃。"

"是的，汉卡，我就去，而且也要注意不能让老鹰接近它们。"

"长工们在干什么呢？"过了一会儿，她又问道。

"哦，彼德在犁山边的那块马铃薯田，怀特克在耙那块亚麻田。"

"那块地还很潮湿吧？"

"是的，恨不得都能粘上木底鞋。不过，耙了过后就能干得快些了。"

"也许在播种之前，我就能下床干活儿了。"

"哦，你还是要照顾自己的身体。别担心别人做了你的那份事！"

"牛奶挤过了吗？"

"是我挤的，雅歌娜把桶子往牛棚外一丢就走了。"

"她就像条野狗四处闲逛。我们指望不上那个无用的女人。跟柯伯斯太太说我把卷心菜圃让给她种。彼德会把肥料送去的，还会先把地犁好。不过她必须每个星期在每块田里工作四天。一半的工作在我们播种马铃薯的时候完成，另一半要等到收获的时候完成。"

"柯齐尔太太也愿意按这样的条件租那块亚麻田的。"

"她做不到，她那么懒。让她自己再到别处去找吧。去年她到处说爹的坏话，说他对她不公平。"

"你想怎样就怎样吧，土地都是你的。啊，昨天你分娩的时候，菲利普卡过来了，说是为了马铃薯的事。"

"她用现钱买吗？"

"不，用做工来偿还。她家没钱，全家人都在挨饿呢。"

"先给她一蒲式耳。她要是觉得不够，就让她等到我们播种完了再说。我不知道我们最后会剩下多少。让幼姿卡称好一蒲式耳给她，虽然她干活儿实在不怎么样。"

"她哪有力气干活儿呢？吃得不多，睡得不够，还年年生孩子。"

"形势太不乐观了。收成远在山那边，饥荒却是在大门口的！"

"在门口吗？不，它已经进屋了，都快把每个人都掐死了！"

"你把母猪放出来了吗？"

"就在墙边上躺着，这一胎猪仔真不错，都是圆滚滚的。"

此时，白利特杉老头出现在门口。

他说："我把鹅儿赶到醋栗丛里去了。啊，复活节的时候，阿瑟克先生竟然来拜访我，说，'白利特杉，我来当你的房客跟你一起住，付给你高租金，怎么样？'我还以为像他那种高等人物是瞧不起我们这样的农民的。于是，我就说，'哦，我乐意收点儿租金，反正我是有屋子空着的。'他大笑起来，递给我一包很棒的来自彼得堡的鼻烟，看着我的破房子，'你可以在这儿生活，我也可以。我帮你修修，就会变得像样一些了！'"

老婆子惊讶地说道："真是怪事！这样一个大人物大地主的亲哥哥呀！"

"所以，他就在我的草铺旁边又搭了一个草铺。我过来的时候，他就坐在门口的台阶上，边抽烟，边扔谷粒给麻雀吃。"

"可是他自己吃什么呢？"

"他随身带着锅罐，时不时地泡茶、喝茶。"

"这背后肯定是有什么原因的，像他这样高贵的人，不可能无缘无故这么做。"

"原因就是他疯了！每个人都在想着提高自己的地位，而他为什么反其道而行之呢？只能说他确实是疯了！"汉卡说着便抬起头来，院子里有人说话。

是带婴儿去教堂洗礼的人回来了。幼姿卡把孩子抱着走在最前面，孩子被裹在枕头里面，外面还盖了一条围巾。多明尼克太太在旁边护着他。在后面是充当教父的乡长和充当教母的普罗什卡太太。安布罗斯蹒跚地走在最后。

多明尼克太太进屋之前，先把婴儿抱在怀里，再在胸前画了个十字，抱着婴儿环绕屋子一周，按照古老的仪式，在每个墙角吟唱着：

风自东来。

寒自北来。

夜自西来。

暑自南来。

"哦，人之魂灵，要时刻防范周围的恶魔，要虔诚地相信上帝！"

乡长笑着说："哼，看来多明尼克太太倒是一个很虔诚的人，不过同时也是一个有名的会法术的人呢。"

普罗什卡太太接话道："的确，做祷告是大有好处的。可是，要是加入些法术的咒语的话，倒也没什么影响。"

他们一同进去。多明尼克太太帮婴儿脱掉保暖的衣物，把光溜溜的孩子递给他母亲，孩子的身上呈一种类似于龙虾的红色。

"哦，孩子的母亲啊，我们给你带回来一个天生的基督徒，他在仪式中被赐予'罗赫'的名字。希望他能健康成长，作为对你的安慰！"

"希望他能再生下十几个小罗赫，他的嗓门大极了！洗礼的时候，根本不需要掐他，他把圣盐都吐出来了！"

小家伙的两只小短腿在空中乱蹬，躺在羽毛被上大哭起来。多明尼克太太用几滴伏特加擦拭完他的眼睛、嘴巴和额头之后，才让汉卡给他喂奶。他迅速靠近母亲的乳房不松嘴，当下就不哭了。

之后，汉卡向教父和教母表达了真诚的谢意，亲吻他们和在场其他宾客。她还为洗礼的草率向大家表示歉意，因为这与波瑞纳家的身份不相称。

乡长调侃道："那你明年再生一个吧！"他摸摸胡子，因为酒杯传到他面前了。"下一次可以弥补这一次的缺憾。"

安布罗斯脱口说出一句不经大脑的话："洗礼的时候父亲若不在场，就相当于犯了罪却没有经过忏悔赦免。"

这句话一说出来，汉卡的眼泪便涌了上来，妇女们赶紧给她敬酒，并给她深深的拥抱，以此作为安慰。没多久，她的心情平静下来了，便向大家表示歉意，让她们随意吃点东西。是的，满屋子都飘着腊肠炒蛋的香气。

雅固丝坦卡上菜招待客人，幼姿卡给婴儿唱着催眠曲，之前的旧摇篮坏掉了，所以他正睡在揉面的木盆里。

汤匙叮叮当当响个不停，不过没有人在这时说话。

外面聚了越来越多的小孩子，他们探头探脑地观看屋内的情况。乡长干脆向院子里扔了一把硬糖，引得他们的大吵和争夺。

"咦，竟然连安布罗斯都安静下来了！"雅固丝坦卡当先开口。

"啊，他在琢磨着给我们的新生儿盘算着一块肥沃的田地和一位可以结婚的对象！"

教父说："那块田地该他父亲负责，至于对象嘛，我们肯定可以帮帮忙。"

"姑娘多得是，不会缺的。你要是选中谁的话，还会有一份嫁妆呢！"

"我想，乡长太太希望再生一个孩子吧，我之前看到她在篱笆上晾晒夭折的孩子的衣服。"

"也许乡长答应她在秋天给孩子洗礼了。"

"他是个优秀的官员，肯定会记得履行诺言的。"

他严肃地说："嗯，没错，一个家庭必须要有孩子才会热闹！"

"孩子确实很会招麻烦，不过他们也带来了希望和慰藉。"

"对极了！"雅固丝坦卡嚷道，"不过，就连黄金也有贵贱之分！"

"的确，有的孩子不听话，对父母也不知道尊敬。可是话说回来：'有什么样的母羊就有什么样的小羊。''种瓜得瓜，种豆得豆。'"多明尼克太太说道。

雅固丝坦卡感觉到这几句话是故意说给她听的，大为恼火。

"你当然能放肆地嘲笑别人，你家的儿子多斯文啊，纺纱、挤牛奶、洗锅子，丝毫不输给训练有素的姑娘们。"

"那是因为他们的家教好，小时候就知道要听话。"

"他们很像他们的父亲，要被别人打了还会主动把脸颊凑过去。没错，'有什么样的母羊就有什么样的小羊'。你说得没错。我可没忘记你年轻时候跟小伙子们的风流事，怪不得雅歌娜学你学得这么好。"她在对方耳边静静地说着，"即使只是一个戴上男人帽子的木桩对她有所求，她也绝对会接受！"多明尼克太太的脸色越来越差，近乎苍白，她把头深深地低下，沉默不语。

这时，雅歌娜从过道里穿过。汉卡喊她进屋喝点酒。她应着话，却丝毫不转头，径直进到自己房间去了。

乡长盼着她再次出来，可是半天都没动静，他失望极了。

他对其他人也无话可说。他的目光跟着她出门到院子里去了。

大家渐渐没什么话可以聊了。两个老婆子坐在那里相互瞪眼，普罗什卡太太在汉卡耳边说着什么。只有安布罗斯一个人守着酒瓶子，讲着一些不可思议的事情，尽管根本没人搭理他。

乡长很快就告辞了，借口要回家。事实上，他从果园悄悄溜进了院子。雅歌娜正坐在牛棚外的台阶上，一头花斑母牛在舔舐着她的手指。

他谨慎地看了看四周，往她怀里塞了几颗硬糖。

他说："收下吧，雅歌娜！今晚来酒店雅座，有更好吃的东西等着你呢。"

没有等她的回复，就赶紧回到屋子。

他大声地说："啊，我看到你家的那头很不错的小公牛了，肯定能卖个好价钱。"

"不，我们还指望它育种呢，它有着来自大地主家的良好血统。"

"你们肯定能赚不少钱。磨坊主家的公牛已经大不如前了。安提克要是看到了滚滚而来的财富，指不定有多高兴呢！"

"哎呀，也不知道他什么时候才能看到，什么时候呢？"

"要不了多长时间了。我跟你讲，你要相信我说的话。"

"我们一直这么等着，都快等不下去了！"

"他们很快就会回来，全都回来的。我是知道些内幕的。"

"可是田地没法儿等了，真是糟糕透了。"

"啊，当我想着秋天的来临……"

一辆马车咔嗒驶过。幼姿卡伸出头去张望，说是神父和罗赫要到什么地方去。

安布罗斯解释道："他们要去买弥撒用的酒。"

雅固丝坦卡冷笑着说："他为什么让罗赫去帮忙选酒，而不叫上多明尼克太太呢？"

多明尼克太太还没来得及辩驳，铁匠走了进来，乡长举起酒杯。

"麦克，你来得这么晚。快点过来补上吧！"

"我一会儿就能赶上你。他们叫你过去呢！"

他正说着，村长喘着粗气跑过来了。

"走吧，乡长。文书和宪兵找你。"

"狗娘养的！怎么就不能让人放松放松？也罢，工作第一！"

"赶紧忙完你的事，回来一起喝酒。"

"有可能吗？不仅有波德莱西失火的案子，还有关于那个大洞的调查。"

他跟村长离开了。汉卡紧盯着铁匠。

她说："他们会过来查清楚的。麦克，跟他们讲实话吧。"

他挠挠胡子，假装只关心婴儿。

"我能讲什么实话呢？我就是比幼姿卡知道得多那么一点点。"

"我不打算让她去见官吏，那会不像样。但是，你告诉他们，据我们查看，杂物间什么东西都没丢。事实究竟怎么样，可能只有上帝知晓了，而且……"她的话突然中止，剧烈地咳嗽起来，遮住了她脸上的嘲讽。他只是耸了耸肩膀出去了。

"哦，只会撒谎的浑蛋！"她腹诽道，脸上露出一丝笑意。

"这次洗礼规模不大，她们就都散去了。"安布罗斯一边埋怨，

673

一边拿帽子准备离开。

"幼姿卡，去切块腊肠来给他，让他在家里庆贺洗礼仪式。"

"难道我只是个吃干巴巴的腊肠的人吗？"

"那你赶快多喝点酒润润肠子，不要再抱怨了。"

"俗话说得好：'下锅的谷粒可以数一数，不过干活儿的时候别数手指，吃喜宴的时候也不要数喝了多少酒！'"

他们继续喝酒，还聊着天。之后，村长依次到农户家去，让她们到乡长家见文书和宪兵。

这样一来可把普罗什卡太太惹恼了。她双手叉腰，大骂起来。

"我才不管乡长的命令呢，跟我们有任何关系吗？是我们要他们来的吗？我们哪有工夫去参加宪兵们的招待会呢？别人只要一召唤，我们就得听命行事吗？我们又不是狗，才不愿意这样呢！他们要是真想调查，就自己过来询问啊，这样才是正确的行径，我们不会去的！"说完就跑去马路上，对着那群聚集在水车池边的惊慌失措的妇女们喊道：

"邻居们，去田里做农活儿吧！他们应该知道到哪儿去找主妇们！我们干吗要逢迎他们，就好像一条狗似的，只要一听命令，就抛下一切守在他们门口。他们都是浑蛋！"她尖声叫喊，顿时觉得浑身充满力量。

除开波瑞纳家的女人不算，她称得上是丽卜卡村的头面人物，妇女们都把她当主心骨，就都听她的话各自离开了。多数人在天亮伊始就下田劳作，村里空荡荡的，只留下一些在池塘边玩耍的小孩子和坐在门口晒太阳的老人。

文书被惹恼了，把村长臭骂一顿。不过，他还是得亲自去田里。

他转来转去，向村民们打听关于波德莱西失火的案子。她们讲的都是他之前已经掌握的信息。有谁会把心里的秘密讲给宪兵听呢？

他的一上午时间就耗在了这条糟糕透顶的马路上，有时候甚至会被污泥溅到腰上，田里的泥浆就更不用说了。

所以，当文书到达波瑞纳家的坑洞做记录时，他的恼怒到了极点。他破口大骂，又恰好在过道里看见了白利特杉老头，便冲上前去挥舞拳头，继续骂着：

"你这狗东西！小偷都到你家挖了个大洞了，你难道不会好好看门吗？"他甚至连白利特杉的母亲都带在一起骂了。

"做好你分内的事，我又不是你的仆人，你听好了！"老头愤怒了，插话说。

文书听了大吼道："你最好跟官员客气一点，要不然的话，我就去告你藐视政府，让你蹲牢房去！"

不过，老头子的火气也都涌上来了，他挺起胸膛，怒目圆睁，骂道："你以为你是谁呢？你是一个大家出钱养着的公仆。按照乡长的指令行事，不要来招惹我们这些自由自在的农民！瞧瞧，这个只会胡乱涂写的家伙，一直靠我们给的面包生活，此时倒对我们呼三喝四了！不过你上面还有上司，他们会给你惩罚的！"

乡长和村长过来劝解，不过他的情绪实在激动，正哕哕嗦嗦地去拿身边的东西当武器。

"你，罚我一笔钱吧，我愿意付钱。如果我乐意的话，我还可以扔给你一枚硬币当酒钱。"他大声嚷道。

不过文书沉默了下来，他仔细勘查这里的一切，并记录下来。老头子到处踱步，嘴里不知道在嘀咕些什么，眼睛时不时瞥向墙角。

他很难让自己平静下来，甚至还把老狗踢了一脚！

做好笔录后，他们说肚子饿了。不过汉卡叫人传话说：家里现在没有面包和牛奶，只有早上留下来的马铃薯。

他们只好奔赴酒店，路途中还不忘大骂丽卜卡村。

老头子说："做得棒极了，汉卡，这样他们也拿你没办法。咦，我还当过老地主家的农奴，他骂过我，却从不侮辱我！"

下午有话传过来，他们还在酒店里，村长说是要把柯齐尔太太带过去见他。

"他还不如去草原上捕风捉影呢！"雅固丝坦卡不无鄙夷地说。

"她肯定在森林里面捡柴火。"

"不，她昨天就去华沙了。说是要去养育院领养两个孩子，可能都是被抛弃的孩子吧。"

"是啊，然后他们就跟着她饿死，两年前不是死了几个吗？"汉卡说。

"可怜的孩子们，或许这样对他们也好，因为他们不用苦熬一辈子了。"

"没错，可是就算是私生子也是别人的骨肉，她必须在天主面前对他们的生命负责，这可不是一件容易的事。"

雅固丝坦卡辩护道："可是她又不是故意不给食物的。她自己也总是吃不饱，哪里有吃的再分给他们呢？"

"她去领养那些孩子，并不是因为她善良，而是因为那样可以领钱！"汉卡嘲讽地说。

"一个孩子每年只给五十兹罗提并不算多。"

"的确没多少，她能一次性把钱花光，然后让小孩子们挨饿。"

"也不全是。你家的怀特克和默德利沙的一个农户家的小伙子都还好好的。"

"哦,怀特克还在蹒跚学步的时候,神父就把他接过去了。另一个孩子也是一样的。"

"我是在替柯齐尔太太说好话吗?不,我只是告诉你我知道的。那个可怜的女人饿成那样,找机会赚点钱也是无可厚非的。"

"我不否认,她丈夫不在家嘛,没有人能偷东西给她。"

"她收留爱嘉莎也不是一笔合算的买卖。老家伙竟然没死去,还把身体养好了离开了她。如今她到处嚼舌根子,说柯齐尔太太怨她没死掉,害自己亏本了!"

"她肯定是要去克伦巴家的,不然的话,她哪儿来的安身地?"

"她正在为她们的所作所为生气呢!克伦巴太太念及她的羽毛被和现钱,说要收留她。可是她才不愿意呢,把柜子寄放在村长家,说是要找一个房子静静等死。"

"她死不了的。哪儿都是她可以干的活儿,看鹅什么的。咦,雅歌娜到底去哪儿了?"

"可能在风琴师家吧,帮他的女儿绣花边。"

"她是觉得这里没有她做的事吗?"

幼姿卡抱怨道:"从复活节起,她就总是在那边。"

"我一定要给她点永生难忘的教训。把孩子抱来给我瞧瞧。"

她把孩子放在床上,吃完午饭后,就让大家各自干活儿去了。不大一会儿,房间里就只剩下她了。她仔细听着由白利特杉老头照料的孩子们的笑闹声,又想起了老波瑞纳此时肯定又用手指去抓落在床单上的阳光,跟咿呀学语的婴儿一样说些别人听不懂的话。

村里空荡荡的，因为这是个适合做农活的天气。

自复活节起，天气日渐明朗。

白日渐渐长了起来。早晨有薄雾，中午温暖而多云，下午的夕阳美轮美奂，真是一个典型的春天啊！

有几天的日子是凉爽的，明朗、清新、平静而美丽，黄色的蒲公英、白色的雏菊占据了柳树间的空地，树上也抽出了嫩芽。

有几天的日子是炙热的，潮湿、明媚、芬芳而盎然，晚间，鸟儿归巢，村民沉睡。在树根和麦苗中洋溢着生命的气息。花苞在压抑的声音中绽放，一切生命都在萌动。

不过，还有一些与之完全不同的日子。

天色灰蒙蒙的，没有阳光的照耀，到处呈现土灰一般的颜色，厚重的乌云压得很低，让人几乎喘不过气来。树木不停摇摆，万物似乎在渴望着什么。人们只想着打哈欠，大喊，在草地上打滚，就像他们养的愚蠢的狗儿一样！

有时候还有雨天，从天刚亮就开始下雨，就像给人世间蒙上了麻布湿衣。看不清楚道路和隐在果园里的房屋。雨不停下着，很均匀地下着，就像是被一个无形的纺锤制造出来的，万物沐浴在雨水中，很耐心地低头聆听小溪里的冒泡声和淌过田野的汩汩声。

然而，这也没什么大不了的，没有人在乎。人们照样一大早出去做事，傍晚时分才归家，甚至来不及吃口饭、喘口气。

丽卜卡村整天空荡荡的，只留下几个老人看家。偶尔会有乞讨的老汉拖着年迈的双腿经过，偶尔也会有车辆一路颠簸地往磨坊前行。除此之外，渺无人烟。

时间在果园的绿色日渐浓郁的进程中流逝。人们每天都生活在辛劳中，天气也并不总是那么温暖，偶尔会下点小雪。没有人会为村里突然消失的争吵而奇怪，因为大家甚至无暇为些小事磨蹭，每个人都被沉重的工作套住了。

清晨的睡眼刚睁开，第一只云雀的歌声响彻云霄，村子就热闹起来了：孩子们的哭声跟白鹅的嘎吱声汇聚，被套上犁具的马儿拉着一袋袋马铃薯往田里赶去。瞧，村里又安静下来了。甚至连做弥撒都少有人前去，她们总是在远远听到教堂里传来的风琴声和当当的钟声时，跪在田间做着晨间的祷告。

每个人都铆足了劲儿干活儿，可是田地也没有大的改观，跟之前没什么不同。只有那些认真察看的人才会发现田里有犁过的痕迹，马儿艰难地拉着犁，运载用的板车在小径上挪动，还有那些红衣女人如毛毛虫一般在田间掘地。

而在她们周围的村落，在果园顶部冒出了头，白色的墙壁在蓝灰色的背景里格外醒目，风儿传来了劳动者的叫喊和歌唱。视线所及的山冈上，一大群农民或播种或犁地，还有人在种植马铃薯，耙具经过沙土的时候总会扬起一阵烟尘。

只有丽卜卡村的田地像是闹灾荒了，变成了与众不同的悲剧。啊！到处都是待耕的田地，因为对于这种农活儿，十个女人都抵不上一个男人。

现在只有她们能做事情，可事实是她们也做不了什么。只能松土、锄草、种植马铃薯或亚麻。剩下的田地上，鹧鸪放肆地唱歌，无人侵扰。野兔从容不迫地经过，人们甚至能数清它短尾上的白毛。乌鸦扑腾着翅膀掠过斜坡和山冈。

虽然天气异乎寻常的好，阳光普照，就像金色的圣体匣浸润在银色的光芒中，但是，那又怎么样呢？虽然春意弥漫，满地芬芳，伴着小鸟优美的歌声，蒲公英遍布沟渠，田埂上绿意盎然，草原上万紫千红，但是，那又怎么样呢？虽然树木抽出嫩芽，气温回升，万物复苏，但是，那又怎么样呢？

丽卜卡村原本肥沃的田地照样荒废着，就像健壮的小伙子懒洋洋地晒着太阳。这样好的土地五谷不生，倒是慢慢长出了野生的茉沃刺那，蓟刺长势迅猛，红褐色的酸模冒出了头。之前犁过的田地里此刻长满了野芥子，残梗间更是长满了毛蕊花和牛蒡。这些寄生植物不再畏缩，都大胆地伸出头来侵占田野。

这片荒芜的田地真叫人泄气！

那高踞山上睥睨一切的森林，那怯生生的在田间东穿西绕的小溪，那已经长出白色花苞的黑刺密林，那在田埂上排布着的野梨树，那从外地来的孤独行动的候鸟，还有那矗立路边的十字架和圣像。这一切都诧异地望着，向晴好的天气和荒芜的田地质问着：

"农夫们去哪儿了？他们的笑闹声去哪儿了？丽卜卡村发生了什么事？"

仅仅是妇女们的哭泣就可以解释一切现象。

时间就这样耗下去，情况不但没有改善，反而变得更糟了：因为女人们连家务事都顾不过来，所以下田的时间也越来越少。

的确，波瑞纳家还是正常的，虽然速度慢下来了，成效也不那么出色，彼德一向不愿意做这种活儿，但是好歹一切顺利，家里的人手还是足够应付的。

汉卡在床上运筹帷幄，她精明能干，精力充沛，就连雅歌娜都被她发动了，跟大家一起劳动。汉卡把各方面都顾及了，牲口、病人、耕田的时间、播种的地点，还有孩子们，白利特杉老头自从在新生儿洗礼那天生病倒下后，就没有来照顾孩子了。她整天一个人在家躺着，只有在吃饭的时间点才能见到家人。多明尼克太太每天都过来看一次，邻居一个都看不到，就连铁匠太太玛格达也没有来过。罗赫不知道去哪儿了，从那次跟神父出门去就没回来了。她再也不想就这样躺在床上了。为了加快康复的进程，她不再舍不得吃肉和鸡蛋。她甚至还叫人杀了一只母鸡炖汤喝！是的，那只鸡已经老到不能下蛋了。不过，拿去卖的话还能值两兹罗提呢！

　　果然，她很快就康复了，在复活节之后的那个星期天下床了。她没有把大家的劝阻放在心上，坚持要做产后的还愿礼拜。于是，她在大弥撒之后就跟普罗什卡太太去教堂了。

　　然而，她的身子毕竟还是不太好，只能倚靠在同伴身上。

　　"春天的香味太浓了，我都快晕倒了。"

　　"过几天就不会晕的。"

　　"咦，不是才过了一个星期么？怎么感觉发生了一个月的变化？"

　　"春天骑着一匹骏马，没人追得上它的速度。"

　　"到处都是绿色，天哪，怎么那么绿！"

　　的确，果树的冠盖就像一层绿云，整个房子都掩在绿云里，只露出白色的烟囱。绿云深处，鸟儿歌唱着。由田野拂来的微风使得篱笆下的杂草摇曳起伏，连水车池都起了涟漪。

　　"樱桃树的花苞长得可大了，很快就能开花。"

　　"如果没有很严重的霜冻，今年的水果收成就一定很好。"

　　"有一句老话：'作物歉收日，水果丰硕时。'"

　　她叹息一声："丽卜卡村可能就要应这句老话了。"她看着荒芜的田地，眼泪模糊了眼眶。

还愿礼拜没用多久就做完了，婴儿哭个不停，把汉卡累得全身瘫痪，只好一到家就去床上躺着。不过，她没躺多长时间，怀特克就冲进屋子大喊道："太太，茨冈人来啦，茨冈人来啦！"

"真是个瘟耗，难道还嫌我们的麻烦少吗？叫上彼德，把家里的门窗锁好，防范他们抢东西。"汉卡慌慌忙忙地跑出去。

没多久，村里到处都是茨冈人。他们的皮肤黝黑，衣衫褴褛，还背着婴孩。他们极端难对付，在村里横行，还硬要帮人算命，甚至想硬闯进民居。一共来了十个人，可是却把村子闹得鸡犬不宁。

"幼姿卡，把家禽赶回院子，看好孩子，不要被他们偷走了！"

汉卡坐在过道里守着门，看见一个想要闯进围墙的茨冈女人，赶紧放狗去咬她。

拉帕凶狠地攻击入侵者，乞丐婆子拿棍子驱赶它，嘴里不知道念叨着什么乱七八糟的咒语，不过还是没能赶走拉帕。

"你的破咒语对我一点用都没有，你这贼婆娘！"

"你要是让她进来的话，她也就不会胡乱施咒了！"雅歌娜有些生气。

"她倒是不施咒了，可是会偷走我们家的东西。就算你目不转睛地盯着她，她也有办法顺手牵羊，如果你真的想算命，你就跟她出去。"

她猜到了雅歌娜没说出口的想法，雅歌娜便出门，一路上跟着茨冈人。她控制不住心中的恐惧，也克制不了对未知的好奇，总是在屋里屋外徘徊。夜幕降临，茨冈人进了森林，她就跟着他们当中的一个妇人进了酒店，她在胸前画了十字，请那人给她算命，全然不顾旁人的围观。

晚上，在波瑞纳家，彼德大谈关于茨冈人的事情。他说他们有一个披着银盾的王，所有人都顺从他，甚至他随口叫一个人自杀，那人也不会反抗！

怀特克压低声音说："小偷儿的王！所有人都该放狗去咬的大人物！"

老太婆附和道："该死的异教徒！"她接着讲述茨冈人到处拐走小孩的手段。

"他们为了把孩子的皮肤弄成黑色，就让孩子泡在赤杨树皮煮的水中，直至孩子的亲娘都不认识。之后用砖块磨去他们在洗礼时抹过圣油的皮肉，直至露出骨头。把孩子们变成小魔鬼了。"

有个姑娘尖声说："据说，他们还擅长施咒！"

"嗯，没错。他们只需对你吹口气，你就会长出两尺长的胡须来！"

"据说，有一个史露匹亚教区的人放狗咬他们当中的妖婆，那妖婆只拿出镜子在他面前照一照，那人就瞎了！"

"这是有可能的，完全随他的心意，甚至还可以把人变成畜生！"

"哈哈，谁的酒喝多了也会变成猪的！"

"那么，默德利沙那个跟狗一样吠叫、用四肢爬行的农夫是怎么了呢？"

"他被恶魔缠身，神父已经替他驱逐了。"

"天哪，难道这些事是真的？真让人胆战心惊！"

"的确，魔鬼隐藏在我们周围，就像饿狼围着羊栏打转一样！"

她们觉得很害怕，相互靠得更近一些。怀特克吓得话都说不连贯："说不定这里晚上也闹鬼呢！"

雅固丝坦卡立刻骂他："傻瓜，不要胡说八道！"

"我没有乱说。我感觉到晚上总有什么东西在马厩里，把草料都抖出来了，马儿止不住地惨叫，然后它就去草堆后面了，拉帕先是狂吠，之后竟然对它摇着尾巴讨好它。可是我什么都没看到，肯定是库巴的魂灵！"他压低嗓门，惊恐地环视四周。

"库巴的魂灵！"幼姿卡被吓着了，在胸前不停地画着十字。

大家都被这样的气氛感染，后背发凉。这时，房门嘎吱一声开了，把所有人吓了一跳，原来是汉卡过来了。

"彼德，茨冈人今天晚上在哪儿过夜？"

"听说是在森林里，波瑞纳立的十字架那边。"

"那你们今晚得守夜，以防他们进行盗窃。"

"离他们住的地方那么近，应该不回来吧。"

"毕竟还是有可能的。两年前，他们也住在那里，但是带走了梭哈家的一头母猪！"汉卡提醒他们。

睡觉之前，她先检查牛棚和马厩是不是已经锁好。回屋之前还去公公的房门瞧了一眼。

"幼姿卡，出去把雅歌娜叫回来。我可不会为了她不锁门！"

幼姿卡很快就回来了。多明尼克太太的窗口灯熄着，整个丽卜卡村都在沉睡中。

"夜游神！算了，我不能让她进来了，她大可以露天睡觉。"汉卡关好门闩说。

夜深了，她被一阵推门声吵醒。原来是喝得醉醺醺的雅歌娜回来了。她摸索着插上门闩，进屋后又撞倒了不少家具，然后躺在床上一动不动。

"就算是赶集的日子，也不能喝得这样醉啊！算了，不管了！"

那天晚上注定会有麻烦的。天还没破晓，一阵哀号惊醒了整个丽卜卡村，人们抓上衣服披着跑出去，以为失火了。

巴尔塞瑞克母女正惊慌失措地边跑边喊，她们的马儿被偷走了！

村民们很快聚集到她家门口，她们的衣服都没穿好，哭诉着说玛丽去放草料的时候发现马厩是空的！

"天主，发发慈悲吧！乡亲们，帮忙想个主意吧！"老妇人尖叫着扯住自己的头发，身子不停地磕着墙壁。

村长先赶来了，立即派人去找乡长。乡长随后就到了，可是已经醉得站不直身子，嘴里咕哝着乱七八糟的话，还下令让村民们走开，村长不得不让人把他送走。

这场横祸让人悲伤，所以也基本上没人关注他的醉态。每个人的内心都忐忑着，在马路和马厩间徘徊，相互议论着，完全不知所措，失了主意。忽然有人嚷出来：

"肯定是茨冈人干的！"

"没错，他们现在在森林，昨天还来村里了。"

古尔巴斯太太高声喊道："我们赶紧过去堵住他们，让他们把马儿交回来，再把他们臭揍一顿！"

她的话引起了大家的共鸣，此时太阳正升起来。她们从篱笆下拔起木桩,握着拳头相互激励,准备出发。突然，事情又有了新的变化。

村长太太哭着跑过来，说她家的马车也被偷了！

这个消息震惊了大家，她们惊慌失措地站了好长时间，彼此对望。

一匹马和一辆马车同时失窃，前所未有！

"丽卜卡村遭难了！"

"而且越来越严重！"

"这一个月来的灾祸竟比以前一年还要多。"

"哦，不知道还会发生些什么！"她们相互小声嘀咕着。

大家相继赶到巴尔塞瑞克太太的果园里，很明显可以看到潮湿的草地上留下的马儿的蹄印。接着，她们顺着蹄印来到了村长家的谷仓。马车是在这里套好的，然后经过磨坊附近的小路，往佛拉庄的方向去了。

半村的人沿着痕迹继续走着，然而，痕迹却完全消失在了波德莱西烧毁的谷堆那边，就这样，线索断了。

这桩案子让大家垂头丧气，虽然天气依旧晴好，但是很少有人有干劲了。大家都沮丧地走来走去，双手揉捏着，劝导完巴尔塞瑞克太太后，又在心里担心自家的财产安全。

至于遭祸的老婆子，她站在马厩外，就像站在灵柩前，大哭特哭，嘴里还念叨着"悼词"。

"哦，我的栗色马啊，我唯一的马，你是我的宝贝，是我最忠实的仆人！唉，它才不过十岁，从一出生就被我养到现在，跟我的孩子一样，跟我的斯塔赫是同龄的！要是你不在了，我们怎么活下去啊。唉！"

她家没有男劳动力，所以她的哭诉是发自内心的，没有了马，就像被斩去了双手。

于是，大家纷纷上前去安慰她，并且都夸赞她丢失的马儿。

"那匹马棒极了，虽然是壮年，但是跟小孩子一样听话！"

"邻居，它曾经踢过我的孩子，但是，这不影响它是一匹好马。"

"虽然一条腿上患了肿块，但是仍然可以卖四十卢布。"

"它跟小猫一样顽皮，曾经还把晒在篱笆上的床单扯下来了！"

"我们很难再次遇到这样好的马儿！"大家一起赞颂着，就像在赞颂一位死去的基督徒。巴尔塞瑞克太太一看见马槽，心里就万分悲伤，因为空荡荡的马厩看起来就像新掘的坟墓，让她不由自主地想起了自己遭受的损失和迫害。后来。她听说村长已经派波瑞纳家的彼德、神父家的瓦勒和磨坊主家的伙计去追茨冈人了，她才稍稍宽心。

有人说："倒不如去草原上捕风捉影呢，'会偷盗的人自然会藏好赃物。'"

果然如此，他们深夜至家，说那些人就像投进水里的石头，再也找不着了。

乡长终于出现了，虽然天黑得很彻底，但是他还是跟村长一起去警局报案了。巴尔塞瑞克太太则跟玛丽一起去附近的村庄打探消息。

她们什么线索都没找到，只是说其他村庄也丢了很多东西。这样一来，新的烦恼又困扰着大家：要小心自家的财产。乡长决定组织村民守夜，可是因为男人们几乎都不在，所以只能每次派上一个稍微年长的少年和两个姑娘一起巡逻。不仅如此，姑娘们还得到牛棚和马厩里睡觉守夜。

这些措施还是没有成效。头天晚上，几个小偷潜到池塘对面的菲利普卡卡家，偷走了快要生小猪的母猪！

老妇人伤心至极，就像是失去了自己亲生的孩子。她还想依靠这头母猪熬到秋收，她的呼喊充满绝望，并不停地用头磕着墙壁。她跑到神父面前哭诉，神父给了她一卢布，并且承诺他家的母猪生产时送给她一只猪仔。

她们根本不知道该如何应对这样的盗窃案，每个人心里都在敲打着小鼓，唯恐夜里再生事端。

幸亏傍晚的时候，罗赫回来了，还带回来一个让人难以相信的好消息：后天，也就是星期四，邻村的农夫们要帮丽卜卡村种地啦！

不，叫她们如何相信。可是连神父都说这是真的，她们都高兴得手舞足蹈。那天，雨过天晴，夕阳下的水洼泛着红光，村民们兴奋地挤上大马路，奔走相告。盗窃的事情完全被抛到脑后，这出乎意料的帮助让她们欢喜，几乎没什么人愿意费心守夜了。

第二天一大早，村民就开始了紧锣密鼓的待客准备：打扫房屋，烹烤面包，停好马车，切好即将播种的马铃薯，肥料也都运到田里去了。家家户户都认真地给他们从未谋面的客人准备吃喝的东西。每个人都知道她们得尽地主之谊好好招待客人。她们不仅杀掉了原本打算卖掉的鸡鸭，而且还向酒店老板和磨坊主借了钱。总之，此时的丽卜卡村就像在准备一个盛大的节日一样。

最兴奋的非罗赫莫属。他四处看看，帮大家做准备，他神采奕奕，健谈起来。他去了波瑞纳家，汉卡身体不适躺回床上了，看到他不禁说道：

"你的眼睛这么亮，像发烧的症状呢！"

"那是兴奋得发亮！这是我一生之中最兴奋的时候了。想想吧，这么多农夫过来帮两天忙，就可以缓解一切紧迫，叫我如何能不兴奋呢？"

"可是，他们为什么会愿意免费帮忙呢？仅仅只用一句'愿天主保佑你'换吗？"

"没错，就靠这句话来换，他们才像真正的波兰人和真正的基督徒。真的，之前是不会有这样的事的，所以罪恶遍地滋生，一切都会好起来的。你瞧着吧，人们终将意识到我们只能自救，在苦难中相互施以援手，外人只会冷眼旁观。你瞧着吧，那一天终将来到！"他大声呼喊，精神焕发，伸出双臂，似乎要拥抱所有的村民，用爱的力量让大家团结起来。

然而，当村民们问起是谁创造了这个奇迹的时候，他慌忙离开了，在村子里到处逛着。他看到姑娘们正在准备明天穿的衣服，衣服那么漂亮，是在期待还未成家的小伙子的到来吧。

清晨的第一道光洒向村子的时候，全村已经就绪：烟囱冒着青烟，姑娘们这屋那屋地忙碌着，男孩子爬上屋顶眺望远方的道路。一切都那么宁静和谐。太阳不大，天空有些许阴沉，不过还是很温暖，空中飘荡着些许忧郁气息。鸟儿啁啾，不过人们的声音并不大，与这潮湿的天气相对应。

她们等了好长时间，终于，在弥撒举行之前，轰隆隆的马蹄声来了，一列马车也出现在遥远的蓝色雾霭中。

"他们来啦！从佛拉庄、尔兹浦吉、德比沙、普奇勒克来啦！"

她们边喊边跑向马车停下的地方，就在教堂附近。不多会儿，这块土地上挤满了人潮和马车。穿得漂漂亮亮的农夫们跳下马车，跟从四处挤进来的妇女们打招呼，连小孩子们都热热闹闹地对客人表示欢迎。

仪式马上就要开始了，农夫们先进教堂去观礼。

做完弥撒，大家都不约而同地聚集在钟塔周围，主妇们站在最前方，姑娘们分立两侧，稍稍靠后。科莫尔尼基们站在一处，不愿在神父面前失礼。神父很快就出现了，他真诚地向大家打招呼，与罗赫一起给大家分配田地，尽量让最富裕的农民代耕最好的田地。

工作在半个钟头之内就都分配好了。教堂门前只剩下几个泪流满面的科莫尔尼基站着，原本是想分到几个帮忙的农夫的，结果希望破灭了。此刻，家家户户都忙碌着，在屋前摆出长凳，把丰盛的早餐端上餐桌，把伏特加拿出来招待她们最好的朋友。姑娘们利索地忙着，因为客人们大部分是未婚的小伙子，穿得漂漂亮亮的，完全不像是来帮忙干农活儿的，倒像是来订婚的。

他们赶紧吃完饭，也没有多作逗留，因为，他们也客气地说对这些款待愧不敢当呢！

所以，在主妇们的带领下，他们赶紧下田了。

这是庄严肃穆的一天。以前荒芜的土地，如今焕发生机。每一户人家都有车子拉出来，每一条小路都有人扛着犁头。田埂上不断有人穿梭着，隔着篱笆相互叫喊。马儿嘶嘶地唤着，狗吠叫着追逐小马驹。生命的喜悦洋溢在人们心间，洋溢在整个大地上空！马铃薯田和麦田里，空地和长满杂草的待耕地里，不断传出欢乐的笑声，就像在舞会前的舞厅里一样。

之后就安静下来了，只听得见皮鞭的嗖嗖声和马具的哐啷声。马儿用力拉着已经生锈的犁头，田里翻起了第一道黝黑的犁沟。人们长叹一口气，在胸前画了十字，看看四周的田野过后便弯下腰开始辛勤的劳作。

就像是刚开始做礼拜的教堂！人们虔诚地面对大地，撒下希望的种子，祈祷大地母亲回馈他们丰硕的果实。

他们像一群勤劳而沉默的蜜蜂。云雀隐住翅膀，在高高的天空唱着歌儿。春风拂过，树枝摇曳，麦苗起伏，在调皮地吹起女人的衣衫后，笑嘻嘻地躲进森林里去了。

他们一口气忙了好几个钟头，只是时不时地伸伸臂膀喘喘气。甚至中午都没回去吃午饭，而只是坐在田埂上，吃着妇女们送到田边的食物。马儿一吃完草料，男人们又回田里劳作了，一分钟都不浪费。直到暮色四合，他们才收拾东西回村子了。

此时，村内灯火辉煌，每家每户都大亮着灯光，屋内的人忙着准备晚餐。吵闹的声音越来越大：孩子们叫嚷着，马儿嘶鸣着，房门嘎吱开合着，小牛哞哞叫着，白鹅嘎嘎啼着。整个丽卜卡村成了一片喧闹的海洋。

晚餐时，村里安静了下来。客人被以贵宾的礼仪邀至上座，主人殷勤地请他们享用最好的食物，大酒大肉好生招待。

从敞着的门窗里看得到围在桌子周围的脑袋，听得到汤匙叮当作响，而炸咸肉的香气一直溢到了大马路上。

罗赫依次走进农户家，给他们留下了美好的话语，就像一个对田地充满关切的勤俭农夫，不过，他内心的愉悦丝毫不逊于任何人。

汉卡家也同样洋溢着那天的喜悦。虽然她家人手充足，不需要帮忙，但是为了奉献出自己的力量，她邀请了从尔兹浦吉过来的两人享用晚餐，他们分别在薇伦卡和葛拉布家帮忙。

之所以选择了这两个人，是因为据说尔兹浦吉人有贵族的血统。

的确，丽卜卡村村民嘲笑这种"贵族血统"。不过，他们一踏进屋子，汉卡就感觉到他们行为中的与众不同。

他们体型不大，跟城里人一样穿着稍微紧身的黑色外套。他们亚麻色的胡子又硬又僵。他们的仪态端正，说起话来就跟绅士一样。他们的言谈举止极为得体，对什么都是客气地赞美，让人觉得心里很舒坦。

汉卡时刻注意他们是否有什么需要，她准备了丰盛的晚餐，更在餐桌上铺了一层干净的白布，家里人也都热情地招待他们。至于雅歌娜，她特意打扮了一番，心里十分欢跃，她的目光落在其中一个年轻的客人身上，再也移不开。

雅固丝坦卡悄悄地说："他心仪的只有他们那里的淑女，对光着脚丫子的姑娘可没什么想法。"雅歌娜的脸瞬间通红，赶紧逃回房间里去。

这时，罗赫进来了，看着桌上的丰盛晚餐说："要是村里的男人们知道尔兹浦吉人也来帮忙了，会感到多么诧异啊！"

年纪大一点的客人说："我们以前在森林里和你们有过争端，也不是因为个人的利益，所以我们之间不存在私怨。"

"鹬蚌相争，渔翁得利啊！"

"是的，罗赫。要是鹬蚌做了朋友，渔翁就不会有什么好果子吃了。"

"你的话真妙，先生！"

"丽卜卡村今日遭受的苦难，难保以后不会落到尔兹浦吉去。"

"如果村子间争来斗去，不知道团结一气的话，最后受益的一定是村子的敌人。聪明而善良的邻居如铜墙铁壁一般可靠，就像有了篱笆后，猪仔休想逛进园地里捣乱。"

"罗赫，这些我们都懂。可是年轻一代没意识到这些，真是莫大的遗憾。"

"啊，高贵的先生，他们很快就能领悟到了，他们越来越聪明了。"

他们边说边走到过道里，彼德正在拉小提琴逗姑娘们开心呢！

那天的夜很安详，只有阵阵轻风拂过。白色的雾霭笼罩着大地，田凫在沼泽中尖声叫唤着，水车轮一如既往地咔嗒转个不停。不过丽卜卡村的热闹持续了很久，水车池边响起了欢声笑语，年轻的男男女女一边散步一边聊天，长辈们与年长些的客人坐在门口一边闲谈一边吹着凉风。

次日清晨，东方的天空还没有红起来，人们都已经下田了。

天气依旧晴好，夜晚降的霜使得风景在清冽的寒气中泛起银色的光芒。鸟儿啁啾，树木低语，流水潺潺。大风吹得树林沙沙作响，似在喧闹，在怒吼，也带走了去干活儿的姑娘们的歌声。

很长的一段时间里，曙光下的田地冻结在白霜里，静静孕育生命。可是，当勤劳的人们占据每一块土地的时候，酣睡的土地在阳光中醒来。此刻，每一块土壤，每一棵树，灰蓝色的天空，潺潺的流水，红色的太阳，世间的一切都散发出叫人迷恋的春日气息，人们屏息凝视卑微的小草顽强地渴求生命的希望，那感觉让人流下幸福的眼泪，让人不禁屈膝膜拜，连胸膛都起伏不定了。

于是，大家都心怀敬畏，默默凝望，在胸前画着十字。晨祷过后立即去干活儿，弥撒的钟声还没敲响的时候，大家已经在劳作了。

浓雾在阳光的照射下很快散去。此时已经绿油油的小麦被田间的小路隔开，一眼望过去，到处都是红色的裙子和闪闪发光的犁头，其间还有姑娘们用的耙具和种植马铃薯的妇人们用的锄头。时常有农夫从一列列黑土边走过，从腰上缠着的大块帆布里取出种子，虔诚地撒在充满希望的土地里。

每个人都认真工作，根本没注意到一做完弥撒就来到自家长工身边的神父。大家都很惊奇神父的到来，他到田边跟教区的信众打招呼，请他们嗅嗅鼻烟，说些友好的话语，摸摸孩子的小脑袋，跟年轻的妇女们说说笑笑，拿起树枝帮忙驱赶田里的麻雀，向第一把即将播下的种子赐福，自己还播撒了一把！他精神焕发地鼓励大家辛勤劳作，简直比世界上任何一个监工都当得好！

午餐过后，他又来过一次，他跟女信徒们说：虽然今天是圣马可的节日，但是仪式要在八天后，也就是五月三日才进行。

"我们决不能影响干活儿，因为帮忙的人将要回去了。"

他一直在田边坚守着，法衣高高卷起，由于臃肿的体形，他拄了一根拐杖，不停地走来走去，只是偶尔停下来擦去秃顶上的汗水。

大家对他的行为而感到十分高兴。也不知是否是他过来的缘故，大家干活儿的进度加快了不少，农夫们也为之感到荣幸。

太阳即将降落时，他们已经做完了最紧迫的农活儿，因为他们想在天黑前赶回自己的家。

有一部分人甚至不愿意留下来吃晚餐，只是草草吃了两口饭。有些人飞快地吃完准备好的菜肴。因为他们的马车已经就绪，等在屋外。

神父和罗赫挨家挨户地感谢客人们的无私奉献，特别感谢了尔兹浦吉人的友好帮忙。

"你们帮助贫穷的人，也就是帮助了天主耶稣。是的，虽然你们在弥撒时做的捐献并不大，没有顾及教堂的困难，虽然找时常提醒你们教区的神父家屋顶漏水，但是，因为你们对丽卜卡村无私的帮助，我会为你们祈祷。"他真诚地讲出这些话，流出了眼泪，他依次亲吻在他面前低垂着头的农民们。

神父和罗赫经过铁匠家，走向村子另一边的时候，被柯齐尔太太带领的科莫尔尼基们拦住了去路。

"请原谅，神父。我们就是来问问有没有人来帮我们的忙呢？"

她壮起胆子大声问道。

"我们还在期待着轮到我们呢。"

剩下的人也都附和道："难道我们这些贫困的人就不值得获得帮助吗？"

神父大窘，面露尴尬，脸都涨红了。

他回答："我能怎么办呢？人手不够分，他们已经辛辛苦苦干了两天，而且，而且……"他望着她们，话都说不连贯了。

菲利普卡卡哭着说："没错，他们的确过来帮忙了，可是帮的都是有钱有地的人！"

"没有人愿意关心我们这些让人厌烦的穷鬼！"

"不，我们的马铃薯田根本就没有人去过！"她们面色不善，不停地抱怨。

"可是各位，他们已经离开了，是的，我们会想办法帮助你们的。没错，我们都体谅你们的难处，你们的丈夫也在监狱里，我向你们承诺会想办法的。"

古尔巴斯太太大声嚷道："你的办法要多长时间才想得出来呢？要是来不及把马铃薯田种完，我们干脆现在就去上吊！"

"可是，我跟你们讲，我一定会想办法的！我可以把我的马借给你们，甚至给你们用一整天，但是请你们别累坏了这可怜的牲口，我会去找磨坊主商量。波瑞纳家有可能也愿意伸出援手。"

柯齐尔太太说："有可能青草还没长出来的时候，马儿都已经饿死了！走吧，妇女们！所有的一切都只是为了有钱有田的人，像我们这样穷苦的人就只配吃石头、喝眼泪了！这个牧羊人只在乎那些有毛可剪的羊，我们可没有羊毛给他！"

然而，神父早已掩住耳朵落荒而逃了。

她们怒气冲天。罗赫只能尽己所能去安慰她们，并承诺会给予帮助，终于把她们劝走了。此时，那些提供友好帮助的人们正驾着马车离去，家家户户门口都是感谢赞颂的声音。

"愿天主保佑你们！"

"祝你们健康快乐！"

"终有一天我们会回报你们的大恩大德的！"

"每逢星期天就来看看我们。现在大家都成亲戚啦！"

"替我们问候你们的父母，下次把你们的妻子带过来！"

"你们要是有什么需要的话，尽管来找我们！"

"亲人们啊，愿你们财源滚滚！"

她们叫喊着，挥舞着手中的帽子。

姑娘们和孩子们一直送他们出村庄。

此时已经是傍晚了，夕阳的余晖还映在波光粼粼的水面上，呈现鲜艳的橙红色。寂静渐渐降临，不过青蛙却齐声唱起了歌。

她们把客人送到了十字路口，分开的时候，两相欢笑。马车离开的时候，一个姑娘唱起一首歌：

亚西奥，
你现在可否愿意来娶我？
哦，我爹的马车驶过来了，
一路飞奔，
嗒，嗒嗒，
一路飞奔！

有小伙子回过头来，以歌作答：
天太寒冷，人太麻木。
谁喜欢冰冷的亲吻？
让我们在五月结婚吧！
嗒，嗒嗒，
让我们在五月结婚吧！

清亮的歌声响彻露水晶莹的草地上空，渐渐消逝在远方。

第七章

"我们的男人们就要回来啦！"

这个消息如闪电般，如野火燎原般迅速传遍整个丽卜卡村。

他们真的要回来了吗？如果是真的话，那么什么时候到家呢？

没有人知道。

唯一可以确定的是：区里的警察曾经向乡长家送去一份文件，对在附近赶鹅的克伦巴太太提及此事。她迅速跑去邻居家传讯。巴尔塞瑞克家的女儿又向邻近的居民传递消息。不久之后，全村就出现了一片喜气洋洋的景象，到处都沸反盈天了。

那还是五月初的清晨，阴沉的天空下着毛毛细雨，淋湿了开花的果树。

"他们快回家啦！"每一户人家都在欢呼，每颗心都被温暖包裹，每个喉咙都发出大声的呼喊。

大家的兴奋之情越来越高昂，门砰砰地开合，孩子们屋里屋外奔跑着，女人们忙着在屋里好好打扮自己，有时还透过开花的果树注视雨丝。

"大家全都会回来的，农民、长工、小伙子，全都会回来！从森林里走过来了！踏上了白杨路！"她们相互呼喊着，沉不住气的人都已经冲到外面去了，近乎发疯。

木底鞋跋涉过泥浆，她们从教堂奔去了白杨路。可是哪里都没看到男人们的身影？路面上只有深深的车辙印和厚厚的泥滩。

她们万分失望，又赶紧跑去村子的另一边，他们也许会从那边回来。

可是，那条路也渺无人迹。薄纱似的细雨里，路面上只剩下坑坑洼洼。路边沟渠的污水流进附近的田畦，激起一堆泡泡。绿色麦田旁边站着几株黑莓丛，鲜花在寒风中瑟瑟发抖。

她们继续往前走着，看见一个从波德莱西的废墟中走出来的人，越来越近。

原来只是一个瞎了的乞讨老汉，大家都知道他是谁。他牵的那条狗疯狂吠叫着，想挣脱绳子扑过来。他仔细聆听声音，手里的拐杖呈现戒备的状态。一听出她们的声音，就赶紧喝住身旁的狗，以天主的名义跟大家打招呼，高兴地说：

"你们是丽卜卡村的人吧？好像人数还不少哩！"

姑娘们围着他，争先恐后地说起话来。

"是的，我被一群叽叽喳喳的喜鹊围攻了！"他一边嘀咕，一边注意到她们越走越近。

于是，她们跟乞讨老汉一起回村子，他拄着拐杖一瘸一拐，变形的双腿悬在下方，瞎眼的大脸往前面探着。他有些矮矮胖胖的，脸颊红胖，眼睛蒙上了白翳，灰色的眉毛格外浓密，大鼻子也是通红的。

他耐心地听着她们的话，终于明白了她们出现在那儿的原因，便说：

"我正是为这件事而来！有个不信教的人悄悄跟我说，你们村里的男人明天就能到家了。我想赶快通知你们。更何况，丽卜卡村是个值得别人来的好地方。咦，在我身边的都有谁啊？"

她们讲出了几个名字。

"哇，都是丽卜卡村的鲜花啊！哈哈，你们本来是去接年轻的小伙子却看到了我这个年迈的瞎乞丐，是不是啊？"

她们齐声嚷道："不是的，我们是来接父亲的！"

"啊呀，我的眼睛是瞎了，耳朵可没聋呢！"

"我们只是听说他们要回来了，就出去迎接。"

"你们出来得太早了。当家的人能在中午到家就算快的了。小伙子们到天黑了还不一定能到呢！"

"如果是一起释放的话，肯定会一起到家啊。"

"哦，可是镇上有那么多好玩的，姑娘多了去了，他们还会记着赶紧回来吗？哈哈！"他故意取笑她们。

"让他们玩去，我们才不在乎呢！"

娜丝特卡绷着脸说："对，镇上到处都是奶妈和犹太人家的女仆。他们要是喜欢的话，就让他们去好了。"

"他们要是喜欢镇上那些乱七八糟的地方，那也就配不上我们了！"

有人问："老爷子，你是不是很久没来丽卜卡村了？"

"的确很久了。事实上，从去年秋天开始就没来过。我跟善良的人度过了整个冬天，一直住在大地主家。"

"啊？在佛拉庄吗？我们的大地主家里？"

"是的。那儿的老爷和家犬都欢迎我,他们都认识我,对我很不错。我在炉子边有一席之地。一直在那边搓草绳。感谢天主，我和狗都长了不少肉。哈哈，大地主是个精明的人，他跟乞讨老汉们处得不错，因为他知道他们会跟他分享一切。哈哈！"他大笑起来，还俏皮地眨了眨眼睛，补充道：

"不过，天主让春天降临在人间，我就不愿留在他家的公馆了，我还是喜欢农民的茅草屋和广阔的世界。啊，这样的毛毛雨，下的是金子，温暖而又肥沃，浸香了满地嫩草。姑娘们,你们要去哪儿啊？"

他发觉她们的脚步声越来越远，他被留在了磨坊旁边，他喊了一声，可是没人应他。姑娘们看到几个妇人去了乡长家，于是也迅速跟上了。

此时，半个村子的人都聚在那里了，都想知道确切的消息。

乡长似乎刚刚起床。他只穿着衬衫和裤子坐在门口的台阶上，让妻子把皮靴拿过来，不穿袜子，直接用裹脚布代替。

大家冲到他面前，喘着粗气，满心的急切难以言表。

他不顾她们的话语，只是在穿上擦过鞋油的皮靴后去过道那边洗脸了，然后在敞开的窗户前梳头一边懒散地说：

"你们就那么急切男人们回来吗？不用担心，他们马上就会到家了。孩子的娘，把警官送来的文件递给我。就放在画框背面。"

他把文件翻来覆去，手指轻弹，说：

"看吧，写得很清楚呢。'查台慕夫区丽卜卡村之基督徒居民'，给，拿去自己看，乡长跟你们说他们会回来，他们就一定会回来的。"

他把文件扔给她们，她们以一种喜悦却又忐忑的心情相互传递着，虽然谁都不认识上面写着什么，但是她们知道这是官方的正式文件。最后传到了汉卡手里，她隔着围身布接住文件，再还给乡长。

她畏畏缩缩地问道："乡长，他们全部都会回来吗？全部？"

"公文既然这样写了，那就肯定没错了！"

乡长太太说："亲爱的，不要站在雨里了，进来吧！"可是汉卡无心逗留，她把围身布遮在头顶，当先离开了。

不过，她走得很慢，喜悦与忐忑的心情交织着。

她默默对自己说："安提克，安提克很快就会回来了！"她不知怎的突然有些晕眩，只好靠在墙边，免得跌倒。难受了好长时间才稍微舒服些，全身似乎被抽去了力气，站都站不稳。"安提克快要回来了，快回来了！"要是心中没浮现出那些莫名的恐惧与不安的话，她肯定会大喊出来。

她沿着篱笆缓慢前行。整条马路上都是高兴得满脸通红、笑闹不断的妇女们。有的人宁愿在屋外淋雨，也要一起分享心中的喜悦。有的人就站在池塘旁边，异常兴奋。

雅固丝坦卡在路上遇见了汉卡。

"你终于得到确切的消息了？嗯，这是个好消息，我们等这个消息等得太久了，如今反倒有一种不真实的感觉。你看到乡长了吧？"

"看到了，他说消息属实，还给我们看了公文呢！"

"既然如此，一切都会好起来的！感谢天主，可怜的人们终于要归家了，我们的农夫终于要回到我们身边了！"她双手合十，万分虔诚。

雅固丝坦卡那双苍老的眼睛泪流不止，汉卡觉得有些奇怪。

"咦，你对什么事都是愤慨的，我还以为这次也一样。没想到你却哭了，真奇怪！"

"你在想什么呢？谁在这样的情况下还会气愤呢？没错，很多时候我是因为自己觉得辛酸，才会出言讽刺。可是心里有另外一个声音让我跟别人同喜同悲。不，一个人是没办法与别人隔开而生活的。"

她们已经走到了铁匠铺附近，里面传出起起落落的铁锤声，熔铁炉里迸发出桃红色的火焰，铁匠正在转动一个炽热的车胎，让它在墙边的一个车轮上慢慢冷却。一看到汉卡过来，铁匠立刻停止工作，挺直身子，紧紧地盯着汉卡看。

"哦，丽卜卡村终于可以真正高兴起来了吧？听说有些人可以回来了。"

雅固丝坦卡纠正他："有些？不，是全部，乡长那儿的公文不是这样写的吗？"

"全部？他的话可没包括重罪犯。不，犯了重罪的人肯定逃不了责罚的。"

听到这些扎心的话，汉卡感到一阵强烈的晕眩。她心情万分沉重，离开前对铁匠说道：

"真心希望你那恶毒的舌头坏到腭顶！"

他狰狞的嘲笑如狼牙般刺穿她脆弱的心，她快步离开，赶紧逃离那声音的魔爪。

直到走到家门口，她才镇定下来。

雅固丝坦卡说："今天下雨了，估计田地不容易耕。"

她倒不觉得这是什么大问题。

"'早晨的小雨，就像老太婆跳舞，坚持不了多长时间的！'"

"我们还得赶紧锄地种马铃薯呢！"

"我还在等那几个妇女过来帮忙呢。她们肯定还在为好消息高兴，不过她们会来的。昨晚我让人带话给她们，她们承诺过会过来的。"

屋里火光闪耀，温暖而明亮。幼姿卡正在削马铃薯皮，婴儿在旁边饿得哇哇大哭。汉卡在摇篮边跪下来，给孩子喂奶。

"幼姿卡，彼德必须把粪肥从佛罗卡的棚子运到我们靠近帕奇斯家麦田的那块地里去。雨停之前，他最起码可以运五六车的。"

"你总是丝毫不放人偷懒！"

"因为我自己从不偷懒！"她一边拉下衣服，一边驳斥幼姿卡。

"哦，说起来，今天还是半个节日呢！圣马可的仪式延迟到今天了！"

"什么？这种仪式只能在圣徒祈祷日举行！"

"神父说了是今天，我们只是到路边的圣像那儿为村界祈福，不举行仪式。"

幼姿卡对着刚进屋的怀特克大喊："哈哈，为了让你们这些男孩子记住村界，你们会挨上一顿鞭打的。"

"帮忙的妇女们来了，你去监督她们，我在家里准备早餐，幼姿卡和怀特克把马铃薯运去田里。"

汉卡一边安排，一边瞧着外边的科莫尔尼基们。她们身着罩衫和围裙，挎着篮子，手拿锄头，依次在墙边站着敲掉木底鞋上的污泥。

很快，她们已经开始干活儿了：两个人一组，每块长形地两组人。她们面对面地站着，一个人先用锄头刨一个坑，另一个扔进马铃薯，原来的人再用土埋好。就这样顺着种下去。

由雅固丝坦卡监督，大家都没有偷懒。

可是，进度仍然快不起来。她们的手都冻僵了，木底鞋里又浸了水，虽然下的只是小雨，但是因为雨一时半会儿也停不下来，她们的衣服也都淋湿了。

多亏天气很快放晴。天空渐渐显现出蓝色。象征阳光的燕子到处飞着。乌鸦也飞离屋顶，在地面上低飞。

女人们继续弯着腰干活儿，看起来就像一堆破烂的湿布。她们不紧不慢地种地，在很长的休息时间内互相聊着天。没过多久，在马铃薯间隙播撒扁豆种子的雅固丝坦卡望望四周，喊道："今天没多少妇女出来干活儿呀！"

"哦，是的，因为她们的丈夫就要回家了。她们哪里还会记挂着田里啊？"

"没错，她们只想着准备丰盛的食物和温暖的被褥！"

柯齐尔太太说："你们别顾着笑她们，你们自己还不是一样！"

"的确，没有男人的丽卜卡村完全不能生活。我的年纪虽然大了，但是坦白说，他们有的人确实无赖、暴躁，可是，哪怕是他们中最粗鄙的人一出现，整个世界就变得欢乐。谁要是不承认谁就在撒谎！"

有人叹息道："真的，我们盼望男人回来，就像纸鸢盼望着雨天啊！"

"嗯，多少女人欠着相思债呢，尤其是我们的姑娘们！"

"明年开春之前，神父肯定又要进行没完没了的婴儿洗礼的仪式了！"

"老太婆，你又开始说废话了。天主既然创造了女人，那么生孩子算是犯罪吗？"歪嘴乔治的太太总是喜欢唱反调。

"死性不改！你这是在为私生子辩护吗？"

"当然，直到我死我都不会改这话：不管是不是私生子，孩子是无辜的，他总该有生存的权利。天主一定会公平对待他们，只依照他们的善恶而评判他们。"

所有人都嘲笑她的言论。可是，她只不过拍拍掌点点头而已。

汉卡从篱笆这边喊过去："天主愿你们加快速度，干得怎么样了？"

"多谢关心，一切都好，只是地还是太潮湿了。"

"马铃薯够吗？"她在篱笆边的横木上坐下来。

"够了，不过我认为它还可以切得更小。"

"不，切成两半就行了。磨坊主家还把稍小的马铃薯整个种下去呢。罗赫说，这样做的话收成会增加一倍的。"

古尔巴斯太太生气地说："德国人肯定是那么做的。丽卜卡村建村以来，我们总是秉承着有多少芽就切多少块的原则。"

"好太太，人总是越来越聪明的。"

"是的，所以鸡蛋教训母鸡，还想掌管整个养鸡场。"

"你说得不错。可是，有的人的智力并没有随着年龄的增长而增加，这也是的确存在的。"汉卡边说边走开。

柯齐尔太太眼睛斜瞪着她，嘀咕着："她太自以为是了，真把自己当成波瑞纳家的女主人了！"

雅圄丝坦卡大声反驳："不要讲她的坏话，她比寻常女人强太多，她的心是金子做的。我从来没有见过比她更优秀的女人了。我天天同她在一起，是非黑白我都看得清清楚楚。哦，她心里是有多苦啊！"

"是啊，她还有更多的苦要承受呢，她不是跟雅歌娜住在同一个屋檐下吗？等安提克回来了，烦恼和心酸又会袭来了。"

菲利普卡淡淡地说："据说雅歌娜跟乡长之间还不清白呢，也不知道是不是真的。"她们嘲笑她：连叽叽喳喳的麻雀都在谈论的事情她竟然还在打听。

雅固丝坦卡责备她们说："不要再随便嚼舌根了，小心春风把你的话送到不该送到的地方。"

她们继续干起活儿来，锄头闪着银光，偶尔会磕到石头。不过，她们一边工作一边还谈话，几乎涉及村里的每一个人。

汉卡要去院子瞧瞧，俯着身子走过樱桃树，因为那挂满花苞和嫩叶的潮湿树枝蹭到了她的头，落下一阵水滴。

复活节后的那次还愿礼拜以来，她的身子一直不大好，很少出门。今天的那个消息让她不得不下床。虽然她觉得精神提不起来，但还是到处看看，不过，她越看越恼火。

母牛没有照料好，体侧还沾着一块块粪便。乳猪蔫蔫的，无精打采。就连白鹅都不叫唤了，似乎是因为没吃饱。

她对着正在运送粪肥的彼德大喊道："为什么！你难道不会给马儿擦擦吗？"可是他也不出声反驳，径直走出去，只是嘴里在咕哝着什么。

接着，她又发现了让人恼火的事。雅歌娜的小猪正在谷仓里吃着马铃薯种，鸡群啄着一堆早该清理的劣质谷物。所以，她把幼姿卡痛骂了一顿，又揪住怀特克的头发，不过被他挣脱了，而幼姿卡则边哭边埋怨地溜了。

"我这么辛苦地干活儿，你却总是骂我。雅歌娜整天在外面闲逛，你却不管！"

"好啦好啦，不要哭了，傻丫头。你应该清楚现在的状况！"

"我怎么可能每一样都顾到呢？怎么干得来？"

"不要哭了，听我说，你现在把马铃薯送去田里，要不然她们就得停下来歇息了。"

她发现再怎么骂都不会起作用。"的确,这也难为小丫头了。至于雇用的人,老天保佑,中午还没到,他们就在想着快点到天黑了,想让他们多干点活儿,比让一匹狼去看羊还难。一群没有良心的家伙!"

汉卡把心里的苦闷都撒到猪仔身上,小猪边叫边逃窜,拉帕恶狠狠地吓唬它。

她到马厩那边就更加气愤了,母马正在啃着空食槽,脏兮兮的小马驹正在翻找茅草。

她说:"要是死去的库巴看到了该有多么难过。"边说边给食槽添加草料,顺手拍拍它们柔软温暖的鼻子。

到了这个时候,她终于坚持不住了,满心的沮丧让她很想大哭一场。她干脆坐在彼德的矮床边,泪流满面,她不知道自己为什么要哭。

所有的精神支柱都倒塌了,心沉到了谷底。她承受不住这样不幸的命运,却也无法反抗。她觉得自己完完全全被孤立了,就像长在多风地带的一棵树,躲不开任何一次暴风。没有人能听她诉苦。噩运也终止不了。只留下无止境的委屈和烦恼。也许,情况还会越来越糟!

小马驹用舌头舔舐着她的脸。她把头倚在它脖子上,又放声大哭起来。

农场管理得不错,大家都敬佩她。如果心里连一丝幸福感都没有的话,那么活着又有什么意思呢?

她回到屋内,婴儿又饿得哇哇大哭起来,她给孩子喂了奶,便隔着模糊的玻璃眺望窗外。

可是，婴儿还是止不住地哭闹着。

"不要哭了，小东西！爹爹回来会给你带好多玩具的，还能让你骑在他的腿上，只要他一回来，我们就能过上幸福的生活！"她抱着孩子在屋里来回走着，还唱着催眠的歌儿。

"或许，他真的很快就能到家了！"她对自己说着，却突然停了下来。

她的脸涨得通红，挺起胸膛，想去杂物间切块火腿准备着，又想去酒店买伏特加，可是，铁匠的话让她十分不安，就像被老鹰的利爪抓烂了心脏。她吓住了，看看四周想寻求点帮助，她不知道自己到底该怎么做，该怎么想！

"哦，天主，要是他再也回不来该怎么办呢？"她双手抱头，哽咽道。

她嫌孩子们太吵，把他们赶出去了，自己着手准备早餐。幼姿卡一次又一次地把头探进来，期盼早饭快点做好。

所有的委屈得吞回肚子里去。每天成堆的不能拖延的事情让她无暇再顾及其他。

虽然站不稳，但她还是苦苦支撑，只是偶然间会落下滴滴眼泪，静默地望着远方。

"雅歌娜会去帮忙种马铃薯吗？"幼姿卡从窗子外面喊道。

汉卡把一锅甜菜汤放在炉子上，就赶紧跑到房子那一边去了。

老头子侧身躺在床上，似乎正在瞧着雅歌娜。她正照着安在橱柜上的镜子梳头发。

"你什么事情都不做。今天是圣徒纪念日吗？"

"我从来不会披头散发地出门。"

"从天亮开始，你都不知道可以梳多少次头发了！"

"你的确梳得好，可是我不行。"

"雅歌娜，我不喜欢被人捉弄，你自己注意点儿！"

她凶狠地驳斥："注意什么？注意不要被赶出家门，不要被解雇吗？我没有必要听你的使唤，也没在你的屋檐下生活！"

"那么，请问你住在谁的家里？"

"你不要忘了，这也是我的家！"

"要是公公不在了，我倒要看看你还有什么权利！"

"可是他现在还活着，我可以叫你滚！"

"什么？你刚才说了什么？"

"你真是叫人无法忍受，我没跟你说过什么废话，可是你却总是喜欢跟我吵架。"

"你应该感谢天主保佑，因为我没有什么更过激的行为。"她的态度十分强硬，身子却稍显虚弱。

"你尽管放马过来吧，虽然我只是一个人，但看看到底谁更有本事。"

雅歌娜把头发甩到脑后。两个人的眼睛就像刀子一样，在对方的身上刮来刮去。汉卡经不起这样的挑衅，挥舞拳头，大骂起来。

"你这是在恐吓我吗？那么，动手吧，你这个受伤最重的人！没错，全教区的人都清楚你的那些丑事。你跟乡长去了多少次酒店了？前天夜里我给你开门，你又去偷情了吧，喝那么多酒，醉得跟头猪一样！俗话说得好：谁不好好过日子，谁就会被嚼舌根子。可是，等你的魅力没了，乡长和铁匠才不会把你放在心上！你！"

汉卡向雅歌娜骂出了在心里憋了很久的话。

"我不否认我做过的事，不过你们却是管不着的，都给我小心点儿！"雅歌娜疯狂地叫喊着，把她漂亮的亚麻色长发披散在双肩。

她的愤怒达到顶点，真想跟谁打上一架，双手在臀部附近不受控制地挥舞着，眼里充满了仇恨。汉卡有些退缩了，她沉默着一脚踏出房门，甩手把门砰的一声合上了。

这场骂战让她筋疲力尽，她只好抱着孩子坐下，让幼姿卡去准备早餐。

等雇工们都离开了，她才觉得精神恢复了些，就想把手头的工作放在一边去看望父亲，他已经病了好些天了。然而，她终究是身体不好，走到半路又折返回来了。

过了一会儿，她的体力有所好转，就拣些轻省的活儿干，即使这样，她做起事情也是无精打采的，因为她满脑子都是安提克。

天气慢慢转晴，大家都期待着中午太阳就能出来。燕子飞上天空，飘荡的云彩被金色镶好了轮廓。果园里开着白色的花儿，鸟儿放声高歌。

丽卜卡村像蜂巢一样慢慢地热闹起来了。每家每户的烟囱里都升起了一股股炊烟。屋内正做着喷香的美食呢。喜悦的气氛在妇女们无休止的谈论中蔓延开来。姑娘们把缎带当作发饰，认真地编进了辫子中。有些人赶忙跑去酒店买伏特加。犹太人是很乐意男人们回来的，只要有人要求，他就愿意赊账。时不时地就有人搭梯子爬上屋顶，眺望那一条条从镇上回来的道路。

基本上没有人去田里干活儿，因为大家都忙着等男人们回来。她们甚至不记得把鹅群赶出去放养，对它们的叫嚷不管不顾。也不记得照顾孩子，任他们到处乱跑，玩些捣蛋的把戏。年长些的孩子窜上白杨树，用竹竿捅乌鸦的窠。小乌鸦全身漆黑的母亲只能在周围环绕，不断哀啼着。其余的男孩子则跑去追逐神父的瞎眼老马，老马身上套着一辆汲水车，他们以把它推下池塘为乐趣。老马挣扎着反抗了许久，可是一闻到火烟的味道，它就惊慌地乱冲乱撞，最后撞到波瑞纳家院子的大门，却被横档绊住了。于是，调皮的孩子们都冲上来打它。

它拼命挣扎着，差点把脚都弄折了。多亏雅歌娜过来把孩子们轰走了，把这可怜的老马解救出来。她发觉孩子们不甘心地等在外面，就决定亲自送马去神父家。

她走到了神父家花园和克伦巴家之间的那条狭窄的小路，这时，风琴师家的马车刚好就在前方。亚涅克在门口的台阶上跟他的家人告别，他的母亲正坐在马车上。

她装出一副很郑重的表情，说："有群调皮的孩子虐待老马，我来把它送去神父家。"

风琴师太太喊道："孩子他爹，让瓦勒把马牵过去吧。"瓦勒过来了，她又说："你这个懒家伙！不好好照看着马，要是真摔断腿了怎么办！"

亚涅克看到雅歌娜，又看了一眼父母，便把手伸向雅歌娜。

"雅歌娜！天主与你同在！"

"你这是要回学校吗？"

他母亲自豪地说："我是要带他去学习怎样做神父。"

"神父！"

雅歌娜用一种崇拜的目光看着他，他在马车前面的座位上坐下来，却是背对着马儿的。

"我这样坐着，就能多看几眼丽卜卡村！"他叹息了一声，并且眷恋地瞧瞧他家布满苔藓的屋顶和沾满露水开出鲜花的果园。

马儿踏着轻快的步伐出发了。

雅歌娜跟在马车后面，亚涅克再次跟在门口哭泣着的姐妹们告别，眼睛却牢牢锁在雅歌娜那双水汪汪的蓝眸，那比五月的蓝天还美的眸子也正在盯着他。他望着她那金黄的头发，辫子盘了起来，只留鬓角的一撮撮卷发。他望着她那白皙水嫩的脸蛋儿，就像一朵野蔷薇。

她一直跟着，沉浸在他含情脉脉的眼神中。她的嘴唇因为颤抖而合不拢。她的心快要跳出来了！她恭顺地目送着他，心里的甜蜜让她近乎晕倒！她的心中升起了一股莫名的慵懒，一阵似乎起着催眠作用的芳香让她的感官渐渐模糊了。

直到马车拐到了白杨路上，他们的视线没法交会了，她才猛然惊醒，不再跟着马车。亚涅克挥了挥帽子，作为最后的告别，马车随即消失在浓荫里。

她揉了揉眼睛，才觉得整个人精神了些。

她感叹道说："天主啊，那样的眼睛会让我万劫不复的！"

"风琴师的儿子！本来应该像个地主家的少爷！他要当神父，神父！他或许会被派到丽卜卡村吧！"

她再次把眼神投向远方，虽然还听得见马车行驶的声音，但马车是再也看不到了。

"这样一个年轻人，甚至还只能算作一个小男生！可是，每次我被他瞧着的时候，就像被他拥抱着，让人晕眩。"

她的身子有些战栗，舔舔猩红的双唇，那狂热的想法让她身子僵硬。

突然，她打了个冷战。这才发觉自己的脑袋和双脚都是光着的。她身上也没穿多少衣服，只穿了一件衬衣，还裹着一条破旧的围巾！

她觉得有些羞愧，便沿着那条鲜有人烟的小道回家了。

"你知道男人们都要回家了吗？"妇人、姑娘和孩子在院子里跟她分享喜悦。她们连绵不绝的欢乐让人有些透不过气来。

"回来了又会有什么不同吗？真傻！"她咕哝着，并不为她们的喜悦而高兴，反倒有些懊恼。

她决定先回娘家。只有安德鲁在家。那是他第一次下地，折断的腿上还绕着绷带。他就坐在门口的台阶上一边编织竹篮，一边对着蹦蹦跳跳的喜鹊吹口哨。

"雅歌娜，你知道吗？村里的男人都会回来了！"

"除此之外，我什么都没听到！"

"娜丝特卡为西蒙的回归简直要乐疯了！"

"为什么？"她的双眼射出跟她母亲一样冷冽的光芒。

他不愿意泄露出什么，就掩饰说："哦，没有为什么！我的腿又疼起来了。"他把一根细棍扔到几只叫个不停的母鸡旁边，喊道："安静些，该死的！"

接着就假装轻揉受伤的腿，目光却焦急着观察雅歌娜的表情。

"娘去哪儿了？"

"去神父家了。雅歌娜，关于娜丝特卡的事我讲了不该讲出来的话。"

"你真蠢！还以为我真的不知道吗？只要他们将来结婚了，就不会有什么问题的。"

"可是，娘会同意吗？娜丝特卡只有一英亩地。"

714

"他若是去征求她的意见，她必定会不同意。不过他已经长大了，他应该懂得该做什么、该怎么做。"

"他懂得的，雅歌娜。如果他违背娘的意愿，执意要结婚的话，那么他会依靠自己的那份土地生活的。"

"你自己爱怎么说就怎么说，只是不要让娘听到了。"

她觉得很窝火。凭什么啊？娜丝特卡竟然也有情人，也跟别人一样高兴！就在今天，男人们都要回到心爱的女人身边了。她想想就烦。

"是呀，是呀，他们全都会回来的！"

可是，一股喜悦感涌上心头。她留下对她畏惧的安德鲁，转身径直回家了，她像那些为情人细心打扮的女人一样，给自己描了精致的妆容，心里万分焦急地等待着，嘴里还哼着思念的歌，时不时跑出门去眺望远方的路。

"你在等谁啊？"有人不解地问道。

她的双臂无力地垂下，像一只断了翅膀的小鸟，心里很焦躁。

是啊，她到底在等谁呢？没有人要回到她的怀抱。"或许还有安提克吧！"她轻轻地对自己说，之后又叹息一声，回想起了许多过往，就像是一个美好的梦境，却也是很早以前的梦境了！

"不过，铁匠说了，这次他肯定不会被释放出来的，他还会继续坐好几年的牢。"

"可是，他要是真的回来了该怎么办呢？"当她说着这句话的时候，突然觉得自己的心里是否也在期待他的归来。然而，她并不为此感到兴奋，反倒有些许厌烦。

她任性地说："就算他回来了又如何？他在我心里已经没有地位

了！"

这时，老波瑞纳的嘴动起来了，含糊不清地说了些话。她知道这表示他饿了，要吃东西，可是她转过了身去背对着他，心里充满了厌恶。

"还不如死了算了！"她突然恶狠狠地说，接着就去了门廊，她不想看到她的丈夫。

池塘边，在绿枝映衬下身着红裙的浣衣少女们，认真地捣着衣裳。柳树在干爽的微风中摇曳。太阳似乎在跟人捉迷藏，时隐时现，小水洼反射着银色的光芒，而水面上是一阵波光粼粼。雨歇雾散。低矮的灰色石墙上，被点点鲜花点缀的果树耸立着，看起来就像一个巨大的花束，散发着芬芳和小鸟啁啾的活力。

"或许我会见到他的！"她好似身处梦境中，并迎风站立着，盯着滴滴落下的露珠。

幼姿卡从院子里往这边喊："雅歌娜！你要去田里帮忙种马铃薯吗？"

是的，她觉得无所谓，甚至是发自内心地愿意去帮忙，以摆脱自己满心的烦躁。只不过此刻的她仍沉浸在这一片忧郁之中，热泪盈眶。她认真地劳作着，快速赶超雇工们。她埋着头，对雅固丝坦卡的讥讽置若罔闻，对其他妇女尖锐的目光视而不见，她们的眼神一刻不离她，就像是一条条作势咬人的恶犬。

是的，她偶尔会挺直身子，就像被风压弯腰的梨树，重新挺起胸膛展示自己芳香的花朵，再回想一下过去的冬天的风暴。

她会想到安提克，但更多的时候她想到的是亚涅克那迷人的眼神、樱红的嘴唇和磁性的嗓音。她回忆起这些的时候，心里是很温暖的！她天生就像酒花藤，必须依靠攀附别的植物才能生存下去。如果失去了支撑，就会倒地枯萎。

科莫尔尼基们聊天聊了个够，温度已经上升了，她们便扯下了头巾和围裙。她们大声地交谈，伸伸懒腰，打打哈欠，只等午休时间的降临。

"柯齐尔太太，你个子高，请你看看白杨路上是否有人回来。"

她踮起脚尖，答复道："一个人都没有！"

"他们哪有那么快啊？路那么远，估计黄昏时分才会回来。"

雅固丝坦卡依旧用她刻薄的语气说："再说了，路途中可是有五家酒店啊！"

"他们那么可怜了，哪儿还会想着去酒店？"

"他们这段日子过得那么苦！"

"哦，是的！温暖的被褥和足够的粮食也算过得苦吗？"

"他们的条件并不比睡荨麻、吃麸皮好！"

"况且，以自由身啃马铃薯也比住最好的监狱强！"乔治太太说道。

雅固丝坦卡沉吟道："说来还真是奇怪！我们说的自由只是一种不用交罚款、不被宪兵抓的自由，却还是在挨饿。"

"没错，亲爱的。可是坐牢毕竟是坐牢啊。"

雅固丝坦卡学着对方的语调回答道："一盘豌豆咸肉毕竟不是一碗白杨木栓汤啊。"引得大家哄笑起来。

雅固丝坦卡又趁势大骂磨坊主："他借给别人的面粉都是已经坏掉的，而要是别人付现金的话，他就缺斤少两。"之后就联合柯齐尔太太，攻击了村里的每一个人，就连神父也没有放过。

乔治太太想为某些人辩护，柯齐尔太太嚷道：

"就连教堂的强盗你都会为他辩护的！"

她温和地说："我们每个人都需要别人维护的！"

"你举起碾肉鸡面对乔治的时候，他还需要别人维护呢！"

"不关你的事，你这巴特克·柯齐尔的老婆！"她严厉地驳斥道，尽量显出气势。

旁观者都觉得她们会打起来，不过她们只是怒目瞪着对方。此时，怀特克喊她们吃午饭，并交代说可以把篮子带回去了，下午不用做事。

汉卡把餐桌安排在屋子外边，大家的话都不多。太阳高高挂着，遍地都是白色的花朵，一切都显得那么美。

天气依然晴好，微风轻拂树梢，就像母亲慈爱地抚摸孩子的脸。

那天已经没人干活儿了，牲口都被赶回家去。只剩下几个家里条件最差的村民牵着家里的命根子母牛，去田埂或水沟附近放养。

太阳下的影子慢慢变长的时候，人们聚在了教堂前压低声音交谈着，就像高大的枫树和菩提树上传下来的小鸟啁啾声一样。

虽然早上飘了一阵雨，但是此时的温度依旧有些灼人。女人们穿着节日的华服，成群地站立，不停向白杨路那边眺望着。瞎眼的乞讨老汉跟他的狗一起守在墓园的门外，呜呜地吟唱赞美的诗歌，注意聆听每种声响，并向过往的人们伸出乞讨的盘子。

没过多久，神父就穿着法衣、披着圣带出来了，因为没有戴帽子，光光的脑袋在太阳下反着光。

路途太远，于是，彼德帮安布罗斯拿着十字架。乡长、村长和几个最健壮的姑娘拿着旗帜，旗子迎风飘扬，显出闪耀的色彩。风琴师的徒弟麦克端着圣水钵，向周围洒水。安布罗斯负责分发小蜡烛。神父身边站着手持《圣经》的风琴师。他们沉默着前行，穿过遍地鲜花的村庄，经过倒映着游行队伍的池塘。

路途中又加入了好多女人和孩子。最后磨坊主和铁匠硬挤到神父身边。年老的爱嘉莎止不住地咳嗽，落在了队伍的最后面，瞎眼的乞讨老汉拄着拐杖，蹒跚跟上。不过，他在桥边就转去酒店了。

她们在经过磨坊过后才燃起了蜡烛。神父戴上了四角法帽，画着十字，嘴里诵念着《诗篇》第九十一篇："凡住在……"

后面的队伍跟着诵念。她们经过河岸，穿过积水的草地，一次次陷入泥淖中。她们以手挡风，沿着狭窄的小路前行，女人的红裙连成了一串冗长的念珠。

河面映射着阳光，在开满或白或黄花朵的草地上蜿蜒流淌。

旗帜高高飘扬，仿佛鸟儿拍动的红色或金色的翅膀。队伍前方的十字架缓慢前移，吟唱的诗歌由空气传递过来。

河岸上遍布金盏花，河水潺潺流淌，就像是诗篇的回响声，河水一直延伸到远方的地平线上，延伸到高冈上的别处村庄。村落隐在白色花朵遍布的果树间，在淡蓝色的雾霭之中显得更加模糊。

神父和他的侍从行走在十字架之后，与大家一起诵念诗篇。

他瞧了瞧右方，低声说道："好多野鸭啊！"

磨坊主回答说："那是水扎。"他低头看着河滩，那里都是去年干枯的芦苇和赤杨，时不时会有笨重的野鸭扑腾着翅膀出来。

"颧鸟比去年多呢。"

"它们在我的草地上找到了好多吃食，所以都过来了。"

"对了，我的颧鸟丢了，大概在复活节的时候不见的。"

"可能是跟过路的同类一起离开了吧。"

"你的这块泥地能种什么呢？"

"种了一亩地的玉米。这里的土壤很潮湿，据说夏天时会干的。因此，我可能还会有些收成。"

"但愿不是跟我去年种的玉米一样！根本都不值得花气力去收割。"

磨坊主吃吃地笑起来："只能留给鹧鸪了，那些玉米可以喂饱好几群呢。"

"的确，可是鹧鸪后来出现在大地主的餐桌上，而我家可怜的牲口却没什么吃的。"

"要是玉米能长出来的话，我就给神父送去一车。"

"谢谢。我之前种下的苜蓿要是碰到干旱了，恐怕也会一无所获！"神父长叹一声，继续吟诵诗篇。

此时，他们到达了第一个界标，那是一座长满山楂树的小土丘，树上开满白花，还有蜜蜂嗡嗡采蜜，这个画面看起来美极了。

她们用蜡烛绕着土丘围成一个圈。十字架耸立其中。旗帜迎风飘扬。人们跪在四周，把眼前的土丘当作圣坛，神圣的春神就立在这片美景之中。

接下来，神父进行了祷告，祈求不要降下冰雹，又把圣水洒向了四个方位树木、土地、水面和信众的脑袋上。

之后，人们又唱起了另外一首赞歌，向前走去。

这次，他们偏向左边，经过一个坡度不大的上坡路后就横穿草地。孩子们却在后边多停留了一会儿。古尔巴斯家的几个男孩子协同怀特克，按照传统习俗，把几个孩子痛打一顿，引起了不小的骚动，神父只好出来制止他们。

此时，他们来到了教区边界的广袤的牧场，边界上长着不少柏树丛。这个牧场就像一条蜿蜒的河流，开满鲜花的草地在风中起起伏伏，就连陈旧的车辙上都长出了雏菊和蒲公英。有些地方还有被荆棘围绕的大树，让人无法靠近。开满鲜花的野梨树高高耸立着，蜜蜂殷勤采蜜，显得格外神圣。让人忍不住想跪下亲吻这片大地！

还有白桦树呢！披着银色树皮的树干呈一种妖娆的弧形，绿色的树冠就像浓密的头发，让人忆起初次领圣餐、激动到浑身颤抖的少女！

他们慢慢走上斜坡，从北边绕着丽卜卡村，沿着磨坊主家的黑麦田前行。最前面的是十字架，紧随其后的是神父，然后是姑娘和妇女，再后面是三三两两相互搀扶的老人，边咳嗽边蹒跚而行的爱嘉莎走在队伍的最后面。

他们走上平原，风势不再那么猛，显得越发寂静。旗帜软趴趴地垂下，队伍延伸了将近两百米，女人彩色的衣服在绿草的映衬下，更显鲜艳，蜡烛的火焰就像一只只金色的蝴蝶不停地拍打翅膀，明亮而又闪烁。

湛蓝的天空上，羊毛般的白云朵朵飘浮着，就像无垠的蔚蓝海洋上散布着羊儿，炙热的太阳占据着一席之地，让世界缤纷而又温暖。

从人们嘴中诵念出的赞美诗篇越来越响亮，近乎喧闹，惊得鸟儿从丛林中飞了出来。其间，时而会飞出几只惊惶的鹧鸪，时而会蹦出几只小兔子。

神父小声说："去年秋天种下的庄稼长得不错。"

磨坊主说："麦田里已经抽出麦穗了。"

"那是谁家的田，怎么耕得乱七八糟的？田畦那儿竟然还有那么大一堆粪土！"

"某个穷困的阿莫尔尼基家的马铃薯田吧,应该是用母牛犁的地。"

"也有可能是神父家的雇工犁的!"铁匠不无恶意地插话。

神父气愤地把头转向铁匠,但终究什么都没说,而是跟信众一起高唱赞歌。他时不时地扭头去看广阔的土地,地面处的隆起就像母亲的乳房,养育万物。

夕阳的余晖将麦田染成了金色,开花的树木投下越来越长的影子。白花点缀着的果园形成一个框架,池塘在画里熠熠生光。村子坐落在果园下方,就像个大盘底似的,花草丛生,灰色的谷仓隐在其中。唯一明显的就是教堂的白色墙壁和闪闪发光的金色十字架。

"这么安静!希望今天不要再下雨了!"神父说。

"不会下雨的。天空那么澄澈,而且还有凉风。"

"早上还在下雨,现在倒是一点雨水都看不到!"

"春天里的雨水干得很快。"铁匠附和道。

此时,他们来到了另一个界标,也是一座土丘。不过这个土丘大一些,据说在"起义战争"里牺牲的人都被埋在这里。上面插着一个似乎随时会倒下的木质十字架,周围摆放着陈年圣像和花环,还挂着许多布条。旁边有一棵树干开裂腐坏的柳树,新抽的嫩芽遮住了朽去的缝隙。这里看起来荒凉而凄清,没有鸟儿安家的痕迹。从这里往四周延伸的土地都很肥沃。而那突起的土丘却是块不毛之地,黄沙铺在上面,冒出了肮脏皮疹似的石莲花,除此之外就只剩去年的毛蕊和龙葵干茎了。

他们为杜绝瘟疫而祈祷,之后便快速离开,左转穿过白杨路,踏上了一条狭窄的、车辙印很深的小路上。

爱嘉莎在后面逗留了一会儿,从十字架上扯下了几块布条。跟上队伍的时候，她就把破布埋在了田间的小路边，这是一种迷信的做法。

现在，风琴师又开始做起连祷了，不过没几个回应，声音听起来有气无力。

此时，神父已经累得筋疲力尽，不停地擦着额上的汗水，放眼瞧着村民们的田地，对乡长说道：

"这里的豌豆长得不错。"

"肯定是早就收割之前的庄稼再立即种上豌豆的，这样的土壤很肥沃。"

"我家的豌豆在复活节前一周就种下去了，现在也只不过冒了点儿头。"

"因为神父家的田地势比较低，而且面朝北边。"

"哟，这儿的大麦长势真整齐，就像是用播种机种的！"

"默德利沙的农夫很擅长这个，简直比大地主的人还强！"

"哦，我们的田地耕得实在是太差劲了，愿天主宽容我们！"神父有些悲戚地说。

铁匠冷笑回应："我们的田地是靠着别人的慈悲来耕的，所以没办法挑剔啊！"

"你们这些小浑蛋！要是再不走的话，我就去扯你们的耳朵！"神父吼着几个向鹧鸪扔石头的调皮孩子。

谈话就此打住，风琴师在铁匠的伴唱下开始唱诗，妇女们的合唱显得很忧伤。连祷声像一群倦了的鸟儿，缓缓向远处传递。

他们经过一片绿色的海洋，默德利沙人立即停止劳作，脱帽行礼，就连远处的人都跪了下来，牛儿昂起头哞哞叫着。

在走到离第三个界标和白杨路大约两百米地的时候，有人喊起来：

"从树林里走出了几个农民！"

"可能是我们村里的人呢！"

"是的，是我们村里的人！"她们兴奋地大叫，往那边涌过去。

神父厉声喝道："站住！我们必须先完成天主的仪式！"

她们遵命了，可是一直焦急地跺着脚。此时，每个人都站在神父后面，他把她们喊回来了，自己的步伐却是在不断加快的。

轻风拂过，蜡烛熄灭，旗子飘扬，就连路边的黑麦、灌木丛和开花的乔木都在向他们行礼。唱诗的声音更加洪亮，人们甚至跑了起来，在树林的间隙里寻找男人们的白色外套。

神父责备道："他们回来了就走不了的！"因为有人在拥挤中踩到了他的脚跟。

汉卡在队伍当中，看到他们的白色外套，也一齐叫了起来。虽然她已经做好了看不到安提克的准备，但是这样的情景仍旧让她异常欣喜。

雅歌娜跟她母亲并肩前行，此时也忍不住想冲过去。她的心中突然浮起了一股热切的期待，嘴唇颤抖着合不上。其他女人对爱人的期盼丝毫不亚于她。不少姑娘小伙再也承受不住，顾不上命令，直接抄小路往马路奔去，身影在树木间时隐时现。

很快地，队伍来到了波瑞纳立的十字架边，那里就是丽卜卡村与大地主领土的边界。

也就是在那里，在掩住十字架的桦树下，站着她们的丈夫，她们的爱人！他们在看到行列的时候就已经脱下了帽子，她们的丈夫、父兄和儿子消瘦的面容呈现在她们的眼前，那种喜悦直冲上天！

"普罗什卡一家！""西科拉一家！""马修！""克伦巴！""可怜的亲人！""我们的爱人啊！""哦，天主啊！""哦，圣母啊！"空气中回荡着爱的召唤和低语。每一双眼睛都洋溢着喜悦，每一双手都伸出来拥抱，每一张嘴都吐露出最真诚的话语。可是神父大喝，制止了这一切，他走到十字架前祷告，"从烈火中"他的速度实在快不起来，只能频频同情地看着那些憔悴的脸庞。

他终于念完了，把圣水洒到他们低垂的头上，真诚地说：

"赞美上帝！乡亲们，你们还好吗？"

他们一齐高声回复问候，并且像小羊围着牧羊人一样把神父围着，有的亲吻他的手背，有的拥抱他的双膝。他全力抱紧每个人，抚摸他们的面颊，询问他们的身体是否安好。最后，他已经没有力气了，便在十字架下坐下，擦着额上的汗水和眼里慈父般的泪水。

周围的信众也敞开心扉，抒发内心的情感。

接着是不间断的欢笑与泪水，孩子们叽叽喳喳的叫嚷，大人之间热情的耳语，都如喜悦的歌声般从心灵最深处迸发。妇女们把她们的丈夫拉到一边，男人们摇摇晃晃地站在女人和孩子围成的圆圈里。说话声和哭泣声连绵不绝。就这样过了好长时间，神父看天色已经不早了，嘱咐大家可以离开了。

他们走到森林附近道路上的最后一个土丘，那里种了很多稚嫩的松柏。

神父念道："哦，尊敬的圣母！"大家是真心实意地齐声颂赞，那声音就像是春天的暴风雨，夹带着冲天的喜气传进森林。

森林在高处俯瞰他们，摇曳着树梢向他们致意，森林深处却是静谧的，甚至能听见啄木鸟的笃笃声和杜鹃、野鸟的叫唤声。

有时候，人们需要经过耕地。农夫们沉默地从沟渠边踏过，俯视这一大片绿色的田野，看着落日的余晖中璀璨的开花果树、长长的麦田和随风鼓起的麦浪。他们的眼睛牢牢锁定着大地，那是养育他们的母亲！有的人摘下帽子肃立，他们在心里向这块土地下跪，默默地表达对神圣的她的崇拜与思念！

经过最初的兴奋与激动，此时的他们已经能平静下来好好聊天了。不少人甚至想跑去森林里大喊大叫，或者立即在田间躺下流一把幸福的眼泪。

只有汉卡是这个世界之外的人。男人、女人和小孩在她周围愉快地交谈着，走动着，一家团聚的景象到处都是。只有她根本没有人来关心一下。每个人都快乐地大声叫喊，她虽然身处在人群之中，但是也只能一个人暗自伤悲，就像她见过的被灌木丛环绕的大树，自己渐渐枯萎的时候，没有一只鸟愿意把巢建在这里，就连乌鸦都不屑于来！只有少数的几个人会问候她。是的，大家都只顾得上围着自己的家人。被释放回家的人那么多，就连会让人不得不守好屋子、锁好猪圈的柯齐尔都回来了！带头打架的乡长的弟弟乔治和马修也都回来了。唯独安提克没被释放。或许，她这一辈子都没机会再看到他了！

这个想法沉重得让她难以承受，她恨不得连路都走不动。不过她还是坚持着挺起胸膛，昂首前行，表现出跟以往一样的勇敢与坚强。他们唱赞美诗的时候，她跟着一起唱。神父诵念祷文的时候，她第一个跟着念，虽然难掩嘴唇的苍白。只是在静默的时候，在听着周围愉悦的笑声的时候，她就把眼睛牢牢锁在闪亮的十字架上，大踏步往前走，尽量不让涌到眼底的泪水流下，不让她的掩饰功亏一篑。她甚至还克制住自己想要打听安提克消息的冲动，就怕自己一时激动，让满心的痛苦暴露出来。不！她已经忍受了这一切，她一定可以继续撑下去的。

还有一个人跟她一样难过，那就是雅歌娜。她在人群中像一只受惊的野兽，胆怯地走着。最开始，她也同样欢呼雀跃，甚至第一个冲上去迎接男人们，可是没有人给她拥抱，给她亲吻！她很远就看到马修了，那个高大的男人，她闪亮的双眼注视着他，心中升起一股久违的热情，拼命往他那边挤。可是，她对他来说似乎是个陌生人。她还没挤过去的时候，他就被他的母亲搂住了，他的妹妹娜丝特卡和其他兄弟姐妹都拥了上来。士兵的老婆泰瑞沙饱含热泪，紧紧地抓住他的手，根本就不把别人的目光放在心上！

瞬间，她觉得被泼了一盆凉水，心中的火焰消失无踪。她是那么想让自己成为这欢闹人群中的一员，成为这广大人群中的一员。跟别人一样热情地迎接亲人，跟别人一样幸福快乐！是的，她内心的热度丝毫不逊于任何人，期待着来自爱人的柔情问候。可是，她终于意识到自己被隔离在幸福的门外，觉得自己就像一条讨人嫌的癞皮狗！

她感到了前所未有的心酸难过，却仍旧拿出所有的坚强来抵制眼泪。她继续往前走，脸上阴云密布，似在酝酿一场倾盆大雨。

她总会冒出溜走的念头，不过还是做不到。擅自离开行进的队伍可不是一件容易的事情！所以，她还是跟大家待在一起，心里却十分烦躁，就跟拉帕在人群中寻找主人的心情一样。她不愿意走在母亲身边，也不愿意去她哥哥西蒙那儿，西蒙拉着娜丝特卡躲到路边的柏树丛里去了。眼前的一切让她气愤不已，差点儿就准备拿石头砸向大家，砸向那些在她眼中的狰狞笑脸！

等到所有人都走出森林的时候，她的心情稍稍平复了一些。

最后的土丘在一个可以通往磨坊的十字路口上。

夕阳西下，凉风拂过。瓦勒赶来一辆马车，准备接神父离开，于是，神父加快了仪式的进程。他们仍旧唱着赞歌，只是已经失了那份气势。男人们则在私下里打听起复活节时的那场大火，因为剩余的残骸就摆在眼前。他们好奇地瞧着近旁大地主的土地。

大地主骑着栗色马在田间走来走去。还有几个人拿着长竿，像是在丈量土地。十字路口停着一辆黄色大马车，背景就是那烧坏的大草堆。

"他们在干什么？"有人出声。

"在丈量土地，可他们不像是勘测员。"

"我觉得他们是商人，农夫绝对不是这个样子的。"

"很可能是德国人。"

"是的，是的。身着深蓝色的带兜外套以及长裤，嘴里还叼着烟斗。"

他们睁大眼睛好奇地谈论着，心里不免有些直觉的不安。又因为太投入眼前的境况，丝毫没人注意到铁匠悄悄溜了，沿着沟渠往大地主那边去了。

"他们或许是来收购波德莱西庄园的。"

"我在复活节时确实听说过大地主要把庄园卖了。"

"天哪，但愿不要让德国佬来做我们的邻居。"

此时，整个游行都已结束。神父跟风琴师一起坐马车走了。村民们结成自己的小队伍，踱步回家，一部分人走大路，一部分人列成长长的纵队走田间小路，反正都是取最短路径。

暮色笼罩大地，夕阳映照下的红霞渐渐转为一片苍茫。磨坊那边升起了团团羊毛似的白色水蒸气。整片田野都归于沉寂，只剩下鸥鸟尖锐的"喀啦喀啦喀啦"叫声。

那里再也没有人们的谈论声，因为大家已经渐渐远离那块土地。

不过，村子里的盛况才刚刚开始：人们从不同的方向回到村里，嘴里还止不住地交谈着。男人们都在远离太久的家门前祈祷，拜倒在圣像前哭泣，那些都是发自内心的行为。

现在，到处都是相互间的问候，女人麻雀似的话语，婴儿模糊不清的语音，大家都在倾诉离别时的真情实意，其间还夹杂着数不清的亲吻和欢笑。女人们脸色嫣红，给受尽苦难的亲人送上可口的饭菜，期待他们能多吃一些。

他们对于全家团聚的兴奋早已掩盖住之前的苦难与长久的离别，总是把亲人紧紧地拥着，不断地热情寒暄。

吃完晚饭，尽管天色已晚，他们仍旧要求去院里和果园瞧瞧，摸摸牲口与树枝，就像爱抚自己惹人怜爱的孩子一样。

丽卜卡村在那天的盛况实在是笔墨所不能描述的。

可是，还存在着一个大大的例外——波瑞纳家。

那里听不到一个人说话。雅固丝坦卡回家看望儿子。幼姿卡和怀特克去凑热闹了。汉卡怀抱着哇哇大哭的婴儿，在漆黑的屋子里流下了强忍许久的泪水。

然而，并不是只有她一个人是这种境况。雅歌娜就坐在相邻的屋子里，她的难过不下于汉卡，就像是一只被困的小鸟用翅膀猛烈地撞击牢笼的栅栏。

莫名的命运同时降临在她们两人身上！

雅歌娜是最早到家的，尽管脸色还是那样阴郁，却立即动起手来干活儿，挤牛奶，给牛饮水，甚至连猪都喂了。汉卡对眼前的一切不敢相信。不过雅歌娜是不会在意的，仍旧做着手头的工作，用忙碌掩盖悲伤。

可是，不起任何作用。她都累得手臂发酸，直不起腰来了，眼泪却还是止不住地掉落在脸颊，愈加悲伤。

泪水模糊了双眼，她没有注意周围的情况，彼德从她一回家开始就紧跟着她，目光锁在她身上，并时时想上前帮忙。他总是往雅歌娜身边靠，雅歌娜也总是不自觉地挪开身子，丝毫不以为意。最后，在他们一起把切好的草料收进篮子的时候，他突然搂住她纤细的腰身，并把她推向墙边，嘴里喃喃地说着什么，就来探索她的唇。

她的心里满是心事，只把它当作是长工的玩笑，还暗暗为自己得到了关注而高兴。可是，当他把她推倒在草堆上，用湿润的嘴唇覆在她的唇上时，她终于醒悟了。她迅速起身，把他像扔茅草一样扔到了打谷场上！

她顺手抓住一个铁耙，气喘吁吁地说："你这下流的东西！你这流氓！你这看猪的讨厌鬼！你要是敢再碰我一下，我就打断你全身的骨头！叫你再调戏女人，非得给你一个教训，让你头破血流！"

不多会儿，她已经忘了怀特克，干完活儿后就进屋了。

她在门口遇见了汉卡。四目相对中的悲戚与泪水无法掩饰，却还是擦身而过。

只是，双方的房门都没有合上，在灯火的摇曳中，两人偶尔会对望。

之后，两人一起去准备晚餐，虽然她们之间的距离很近，但是彼此都没有作声。她们领悟得了对方的伤心难过，却总是用仇恨的目光看着对方，默然不语的嘴巴像是在说：

"你真是活该！活该！活该！"

可是，很多时候她们之间还有相互的同情，如果有人愿意打破僵局先开口的话，她们没准儿还能聊起来。她们还会用期待的眼神斜斜地彼此看着，不愿离开。彼此间的怨恨一点点消逝，因为相同的命运让她们的距离越来越近。不过，也只是仅此而已。总会生出些阻碍，要不是孩子突然哇哇大哭，要不就是心中存在的屈辱感或之前相互对抗的记忆。不多久，她们的距离再次拉开，对对方的恨意重新燃起。

"你活该！活该！活该！"双方的眼睛里冒出了火，恨恨地骂着，甚至有打起来的架势，只为排解心中的激愤。

所幸两人都没有进一步行动。雅歌娜吃完饭后就回她母亲家去了。

这是一个漆黑却充满暖意的夜晚。几颗稀疏的星星点缀天空。白蒙蒙的雾霭笼罩在沼地上方。青蛙止不住地聒噪，偶尔还伴有田凫受惊的叫声。夜空之下，挺拔的大树正在酣睡，灰白色的果园就像蒙上了一层石灰，又像香炉一样散发着芬芳。那些来自樱桃树、紫丁香花苞、流水和布满露珠的泥土的香气四处缭绕。不同的香气混杂在一起，又产生了更醉人的奇特香味。

此时的村子仍然有人在门口的台阶或者隐秘的空地上聊着天。人们聚集在马路上，大树在窗口透出的灯光照射下形成了斑驳的影子。

雅歌娜最开始打算去看望母亲，不过后来转去池塘边了，一路上总会时不时止步。因为她遇见了那些相互说着甜言蜜语的男男女女。

她的哥哥正和娜丝特卡在那边热情地拥吻。

她还出乎意料地撞见了玛丽·巴尔塞瑞克和瓦夫瑞克在篱笆边亲吻得忘我。

还有些人她听声音就知道是谁。隐在池塘和围墙暗处的地方，总会传出压抑的耳语，热情的叹息，衣裙撕扯的窸窣声和抗拒声。整个村子都沉浸在这一片热情似火的氛围中，就连未成年的男孩女孩也躲在巷子里玩着相似的爱情游戏。

她瞬间觉得有些恶心，即刻转身去母亲家。在路途中遇见马修，不过她直接被无视了，就好像她只是路边的树桩。他跟泰瑞沙紧紧贴着前行，说着好听的言语。擦身而过的时候，她甚至听到了他们吃吃的闷笑声。

她仓促间转身狂奔，仿佛后面有一群追逐她的野狗，迅速跑回自己家去了。

那天的夜晚就这样静静流淌，浓浓的春意和团聚的喜悦让空气洋溢着幸福。

夜空下，从遥远的果园或者田野里传来了长笛演奏的恋歌仿佛是在为所有的低语、亲吻和欢乐伴奏。

泥沼地里，青蛙的叫声时断时续，从布满水汽的池塘里传出与之附和的另 阵困倦的、微弱的蛙声。巷子里，顽皮的孩子跟着它们歌唱，用拟声小调与它们竞赛：

颧鸟真坏，
坏，坏，坏！
愿它被噎死，
噎死，噎死，噎死！

随它去啰，
啰，啰，啰！
这有多乐，
乐，乐，乐！

第八章

这是一个温暖而爽朗的日子,十分宜人。农夫们在一晚上舒适的睡眠之后充满了干劲儿,先做祷告,再去干活儿,丝毫没有倦意。

红艳艳的太阳缓慢升上天空,稀疏的薄雾之上,朵朵柔软而洁白的云彩点缀着莫测的苍穹。

凉风四处吹拂,就像清晨催促家人起床的农夫一样。它让无力低垂的麦穗精神抖擞,让薄雾渐渐消逝在空中,让果园里的树枝随风摇曳,让最后的樱花如雪片般掉落一地。

丽卜卡村也随之活跃起来。越来越多头发蓬乱、睡眼惺忪的人起床了。有人在洗漱,有衣服都没穿好的妇女从屋外提水,有男人在劈柴,也有人把货车开到大路上。炊烟袅袅升起,呈现出奇特的花彩状,晚起的人被狠狠骂了一顿。

天色尚早。太阳在东方升得不高,比一个人还低,红色的光芒洒进果树之间。不过,每个人都是兴奋的。

风不知道跑到什么地方去了。大家都沉浸在这让人陶醉的宁静的舒适早晨。阳光洒在水面上，露水由屋檐滴下，就像粒粒珍珠，燕子掠过清澈的天空，鹳鸟外出觅食。公鸡立在篱笆上，拍打着翅膀喔喔啼叫，公鹅带领小鹅赶去玫瑰色的池塘。牛棚里，牛哞哞叫着。牛棚外，人们在挤牛奶。每个人家都把公牛赶上了大路，它们倦怠地踏着沉重的步伐前进着，身子还总会擦到树枝和篱笆。过往的羊群对着它们咩咩叫唤，往尘土飞扬的路中间挤。所有的牲口都聚集在教堂前的宽阔空地上。年纪大些的农夫骑在马上，挥舞手上的鞭子，号召胡乱奔跑的家畜，驱赶落在后面的赶紧上前。

不多久，看鹅的孩子把嘎嘎叫的鹅赶过来了，还有人牵着母牛或跛脚马到未耕的地里寻草吃。

不过，这混乱的场面很快平静下来，剩余的村民都是要去赶集市的。集市在男人们回来之后的一个星期开。丽卜卡村慢慢恢复常态。

也不是完全恢复了常态。他们仍然没有改掉惰性，总会睡过头。一部分人会经常跑去酒店，他们声称这样可以获取最新消息。一部分人闲逛胡侃，白白浪费一天的好时光。一部分人马马虎虎地只完成最紧要的事情。被迫在监狱无所事事那么长时间，现在重获自由，要重回轨道真的不是一件容易的事。然而，情况是在往好的方向发展。工作日里上酒店的人日渐减少，饥饿贫困扼住了男人们的咽喉，让他们不得不辛苦劳作。

可是，那天台慕夫开了集市，他们更乐意扔下手头的工作过去瞧瞧。

除此之外，还没等到收获的季节来临，贫困已降临，这样的窘境让大部分人叫苦连天。只要是能拿去变卖的物品，他们都毫不犹豫地送到集市上去。也有一部分人只不过是去跟邻居聊聊天，凑凑热闹，或者喝点伏特加。

每个人都有属于自己的苦恼。只有从集市或当地的节日才能获取些安慰、发出些抱怨或听取些建议。

因此，牲口都被赶出去吃草，有人驾车，有人徒步。

家境最贫寒的人最先出发。菲利普卡卡神色黯然地赶着六只老鹅。她只能选择把它们卖掉。她的丈夫从回来那天开始就病倒了，她甚至连吃的都没有。

有些科莫尔尼基们牵着刚出生的小牛犊出去。贫困滋扰着大家。歪嘴的乔治家虽然拥有八英亩之多的田地，但是也只能先把乳牛卖掉。他的邻居约瑟夫·瓦尼克正准备卖一头母猪和一窝小猪呢！

他们必须尽最大的努力生活下去。被迫卖掉最好的马匹的绝不止一人。就古尔巴斯来说，他借了巴尔塞瑞克太太的十五卢布，被她告上法庭，打输了官司。于是，他不得不在家人的泪水泛滥下带着栗色马出去兜售。

马车结成一个紧密的队列前行。家里宽裕些的农民也准备了一些东西变卖，因为乡长说过，到他们纳税的时节了。妇女们也同样准备了些东西去集市，围裙里的母鸡咯咯叫个不停。徒步而行的人则用小包住鸡蛋或奶油。还有人带上节日漂亮的衣服或布料去集市。

弥撒举行得比之前早而仓促。士兵的妻子泰瑞沙想要跟神父说什么，可是她刚到，神父就准备出去吃早餐了。她不敢前去打扰，只能在花园的栅栏外静静等待，可是还没等到她赶去神父那儿的时候，他就已经登上去台慕夫的马车了。

她叹息一声，悲凄地看着车子拐上白杨路，飞扬起的尘土渐渐散去。马车仍旧咔哒咔哒前行，红色的衬裙在树木的间隙中忽隐忽现。

不多一会儿，丽卜卡村归于沉寂。磨坊和铁匠铺都关门了。路上已经杳无人烟，留在家里的人要么在菜园里忙活，要么在院子里瞎忙。

泰瑞沙满怀心事地往家里走去。

她家在教堂那边，就在马修家附近，说是屋子，其实也只是一个大房间和半个过道。分家时，她的哥哥将房子一分为二，把自己的那一份移到另外的地方盖成了新屋。被锯断的横梁和墙壁，像是一根干瘦的肋骨，顶着被煤烟熏黑的烟囱。

娜丝特卡在自己家门口看到她，她们之间只有一个小果园。

"怎么了？他帮你看信了吗？"娜丝特卡跑过来问道。

泰瑞沙讲出了她沮丧的原因。

"我觉得风琴师肯定能看懂的。他识字。"

"是的，可是我不可能空手去找他啊！"

"带几枚鸡蛋过去。"

"我只剩下鸭蛋了。鸡蛋被我娘带去卖了。"

"这就够了，他不会拒收的。"

"我很想去，可是又害怕去！我要是认得信上的字那就好了！"她从怀里抽出那份昨天由乡长递给她的来自丈夫的信，"信里到底说什么了？"

娜丝特卡把那封脏脏的信握在手里，于篱笆的横槛上细细研究着。泰瑞沙则坐在最边上，双手支撑下巴，有些惊惧地瞄着娜丝特卡正在纠结的字符。可是她仅仅认出了第一句"赞美耶稣！"

"没用的，我认不出来了。可是马修肯定认得出来。"

她的脸涨得通红，压低声音说："哦，娜丝特卡！求求你，千万不要跟他说这件事！"

"如果是印刷出的字体就好了！那样的话我就什么都认得了。这些东倒西歪的笔画和弯钩就像浑身浸满墨水的苍蝇胡乱在纸上创作出来的。"

"娜丝特卡，你不会跟他讲的，对吗？"

"我昨天就承诺过，不会跟任何人讲。可是，要是你的丈夫回来了，事情就都瞒不住了！"她站直身子说。

泰瑞沙无言以对，强忍的泪水压抑得让人无法呼吸。

娜丝特卡有些郁闷地离开，嘴里唤着家禽。泰瑞沙准备了五枚鸭蛋，往风琴师家走去。

这一路走了很长时间，她总是在树荫下顿步，看着那些看不懂的字符发呆。

"或许，是他要回家了吧。"

她感到恐惧，心里万分挣扎，两腿止不住地发抖。双眼迷蒙，就像一个亟待扶持的病人一样站不稳，需要倚靠身边的大树。

"也有可能只是让我给他寄钱！"

她的脚步虚浮，这封信压得她呼吸都难过起来。她都不知道该把信收到哪儿去，一会儿放在手心，一会儿收进怀里。

风琴师家看起来没人。房门是大敞的，但是房间里都没人。只是从一扇由衬裙充当窗帘的窗户里传出了鼾声。她一边畏缩地往过道走去，一边回头瞧向院子那边。一个女佣在厨房门口搅奶油，并不时用树枝驱赶苍蝇。

"太太在哪里啊？"

"果园，你很快就能听到她的声音了！"

泰瑞沙紧紧捏着手里的信站着，把头巾拉起一些来挡住高悬在棚屋上的太阳。

只间隔一道篱笆的神父家院子传出家禽的叫声：鸭子在水洼里嘎嘎叫嚷，小火鸡在篱笆边哀号。低垂双翅的大火鸡，愤怒的公鸡，在泥巴里打滚的小猪仔。鸽子就像一团白雾，时而在空中盘旋，时而停在红色的屋顶。

泰瑞沙的眼睛都被泪水打湿了。她扭头问：

"风琴师在家吗？"

"不在家能在什么地方？神父一走他就进屋睡觉了。"

"神父是去集市了吧？"

"是的，他家需要一头公牛。"

"啊？他家还不够富裕吗？"

"有些人永远不会嫌钱多！"女佣嘀咕着。

泰瑞沙静默许久。她如此贫穷，别人的富足刺痛了她的心！

女佣开口说："太太来了！"她使尽全力搅着奶油，奶油差点儿就溅起来了。

风琴师太太正在教训人："都是你的错，懒家伙！就因为你不想去远处的休耕地，才把马儿牵进苜蓿田里去，竟被吃了六十平方米。我得把这些跟你的叔叔讲，你这个没用的家伙，等着挨揍吧！"

"是我亲自把马儿牵去休耕地的,而且还拴得好好的,我没骗你！"

"不要扯这些假话了，你去跟你叔叔讲吧！"

"可是婶婶，我真的没有把马牵进去。"

"那你说是谁，神父吗？"她讥讽地说。

"没错，婶婶。神父在那边放过马。"小伙子高声说。

"你疯了吗？不要再说了，小心被人听了去！"

"不行！我就是要对神父说！今天天刚亮的时候我出去牵马回来，红棕色那匹马就在地上躺着，公马在吃草。它们都在原地没动过。我松开拴着它们的绳子，爬到红棕色马的身上，就看见了苜蓿田里有马在吃草。天色还暗沉，我往神父家的果园走去，打算从克伦巴家那边的小路斜穿过去拦住它们。就在这时，我看到了神父手里拿着做祈祷的那本书，四周瞧了瞧，就拿鞭子把马儿往苜蓿田里赶！"

"小声点，麦克！简直闻所未闻！神父那样一个人！我是说去年的干草，不要吵，有个女人过来了。"

她赶紧回屋里去，躺在床上的风琴师朝麦克喊了一声。

泰瑞沙把鸭蛋递给她，拥抱了风琴师太太的膝盖，希望对方能告诉她信里写了些什么。

"你稍稍等一会儿。"

不多久，他们让她进去。风琴师的穿着很凌乱，只穿了一件衬衫和内裤，在喝早晨的咖啡。他已经准备好给她念信了。

她越听越绝望。没错，她的丈夫在收获季节来临的时候就要回来了，跟佛拉庄的库巴·牙契克和老波瑞纳的儿子乔治一起回来！心里的话很亲热，他想更早见到她，他问候了家里的每个亲人，为自己很快就能回家而感到无比兴奋。乔治还让她转告他父亲他即将归乡。可怜的人啊，他还不清楚村里发生的一切！

丈夫这些亲密的话语宛如鞭子抽打着泰瑞沙的心灵。她不知道该如何对待这骇人的消息，眼泪不自觉地流了出来，这样无疑泄露了她内心的想法。

"她丈夫就要回家了，瞧她高兴成这样！"风琴师太太恶意调侃。

听到这样的话，她的眼泪更加汹涌了，只能赶紧离开，以免受不了崩溃。她躲在篱笆下，蜷缩了好久。

"我该怎么办？该怎么办啊？"她的心中充满绝望，哀号着。

她的丈夫只要一回家，就会知道所有的事！她不敢想下去。她丈夫亚斯叶克的确很亲切，可是脾气很暴躁，普罗什卡家的人都是那样的。他绝不会容忍这种事情，他会杀了马修的。她哭着祈祷："主啊，求你大发慈悲！"她根本没想过自己该怎么办。不多久，她挂着泪水去了波瑞纳家里。汉卡一早就出门了。雅歌娜回娘家帮忙。只有雅固丝坦卡和幼姿卡留在家里，把衣物晾晒在果园里。

她把乔治的话转述了，就准备转身离开。可是，老婆子将她留下，语重心长地说：

"泰瑞沙，你要懂得控制自己，明白事理。总会有人把这件事议论出来的，你丈夫亚斯叶克一回来就会知道一切。你自己好好考虑，情人只能维系一个月，而丈夫却是你相伴一生的人。这是我的忠告。"

"你说的这些话我听不懂！"她假装不明白，话都说不连贯了。

"你不要装不懂。我们谁不知道你们的私情。只是如今趁事情还能挽救，把马修打发掉吧。这样的话，亚斯叶克就不会认同别人的闲言碎语。他那么想念你，肯定会选择信任你！马修只是喜欢跟你同床共枕，并不一定愿意守护你，趁还来得及赶紧撇清关系，就像昨天不会再来一样，瞬间就消失了。即使你再怎么努力，也无法挽留，私情就像节日里的美食，对天天吃的人来说不算珍品。常言道：'爱情让人年轻好几岁，可一旦结婚，一切都变得毫无生气！'或许这句话是对的，可是宁愿跟丈夫子女平静地过生活，也不要为追求自由而做出违背情理的事。不要哭了，在来得及的时候就赶紧采取措施吧。如果你的丈夫因为你的不忠而恨你，将你逐出家门，你该怎么应对呢？去哪里呢？那你的一切都没了，你会沦为一个笑话！傻孩子！只要是男人就都穿裤子，马修和库巴也没什么不同。每个人都会许诺言，感情还在的时候对你甜言蜜语。你仔细考虑一下我的话吧。我是你的姑妈，我总是为你着想的。"

泰瑞沙不愿意继续听下去了。她奔去黑麦田，在那里将心中的苦闷全都发泄出来。

她想仔细考虑雅固丝坦卡的话，可是没用。她对马修的爱太浓烈，一想起要跟他一刀两断，她就如挣扎的野兽般无比痛苦。

没过多久，她听到了一阵吵闹声，她赶紧起身。

就在乡长家门口，一场争吵正在上演。

乡长太太和柯齐尔太太正恶狠狠地相互攻讦着。

她们正对对方，身着衬裙，隔着双方之间的马路和院墙大骂着，气愤地喘着粗气，还挥起了拳头。

乡长正在把物品运上车子，时不时地瞧着那个从默德利沙来的农民，他正坐在门口为两个争吵的女人加油助威。

吵架的声音响彻整个村子。很多人都从篱笆后的屋角探出头来。

天哪！她们闹得那么厉害！别看乡长太太平时总是一副好脾气的样子，此时正在气头上，脾气暴躁。柯齐尔太太蓄意挑衅，总想着怎样惹怒她。

她大声嚷着："说呀，继续说呀，乡长夫人！随便你怎么说，也比任何一条狗的声音大！"

"我家总是莫名其妙地遗失东西！下蛋的母鸡、小鸡，甚至连老鹅都不知道哪儿去了。是的，我家的菜园和果园不知道丢了多少东西！啊，真心希望我的损失能把你毒死、噎死！"

"真不错！继续嚷啊，老母牛！继续嚷啊，乡长夫人！这样你就舒畅了！"

她望着大路上的泰瑞沙说："早上我去果园里晾晒几件衣服，等我吃完饭后出来洒水的时候，我发现少了一件！我到处查看，可衣服就像是被土地吸进去了！你瞧瞧，我当时拿石头压着，而且还无风！那么好的亚麻成品啊，细亚麻！哪儿都买不到的好成品，就这样凭空消失了！"

"你的眼皮被厚重的皮脂遮住了，所以找不到！"

"我找不到是因为衣服被贼婆娘悄悄拿走了！"她高声嚷道。

"我是贼婆娘？你有本事再说一次！"

"贼婆娘！贼婆娘！我要向大家指证，到你被套上刑具抓去监狱的时候，你就不会否认了！"

"她！她说我是贼婆娘！乡亲们，你们都听见了吧？我发誓我要把她告上法庭。你们都是听见的。你这蠢驴，我偷了什么？有谁看见了？"

乡长太太没等她说完，就抓起一根木棍，气冲冲地跑去大马路，尖声嚷道："等你挨上这木棍你就知道谁是证人了！我会找到证据的！"

"来吧，乡长夫人！哼！你敢碰我一下吗？你这母猪！碰我一下，你这母狗！"她也嚷着冲上前去。

她丈夫本来是想阻拦她的，结果反而被推到一边，双手叉腰，两腿分立，冷言冷语地说：

"打过来呀，乡长夫人，那样你就给我去吃牢饭吧！"

乡长插话说："闭嘴，娘们！不然的话我先把你送去吃牢饭！"

柯齐尔太太气得发疯，大声嚷着："做好你分内的事，把那疯狗拴住，再用绳子绑好，否则她会到处乱咬人的！"

他威胁着说："娘们！请你时刻记住我的官职！"

"我去你的官职！"她的话更加放肆，"你知道我想说什么吗？他竟然威胁人！瞧瞧他那样子，很可能是自己拿了那件衣服，去给他的情妇换衬衣呢！啊，公款都被乡长那样花光了。估计还换成了不少的伏特加，你这酒鬼！不过，我们早就知道你的那些破事，所以不要放在心上！是的，乡长大老爷，你也去吃牢饭吧！"

再也忍不下去了，夫妻俩人像饿狼一样冲过去。乡长太太先拿棍子把她的脸胡打一通，之后狂吼着拿指甲抓过去，乡长则是用手乱打一气。

巴特克·柯齐尔赶紧冲过来保护他的太太。

四人就像恶犬一般缠斗在一起。几乎看不清那是谁的拳头，谁的脑袋，谁的声音。他们从篱笆打到大路，从大路打回篱笆，就像被风掀起的麦束，摇摆个不停。打到正酣时，四个人甚至都在地上打滚了。

尘土飞扬，只听得见他们恶毒的咒骂。不多久，他们的战场又回到人路上，卯足力气打架，提高嗓门尖叫。

一会儿有人摔倒了，一会儿都站起来了，然后揪住对方的头发，掐住脖子，抓住脊背继续缠斗。

然而，这场闹剧终究引起了全村的关注。女人们只能无奈地看着眼前的情景，只有等男人们过来才拉开了这几方"豪杰"。

可是，咒骂、哀号和呵斥是停不下来的，无法形容。邻居们尽快溜走，担心到时候会被传去问讯。到处流传说乡长夫妇把柯齐尔夫妇痛打了一顿。

几分钟以后，被打肿脸的乡长和被抓伤的乡长太太一起坐马车，准备去把仇人告上法庭。

大概过了一个小时，柯齐尔夫妇也踏上行程。老普罗什卡自愿免费带他们去镇上，为乡长总是站在大地主那边而报复他。

他们现在去镇上，也没想过稍加整理一下衣服，看起来就跟打完架时一样。

他们缓慢前行，路途中对乡长夫妇声泪控诉，还露出了身上受的伤。

柯齐尔的头甚至已经见骨了，他的脸上、脖子上和破衬衣的胸脯上都是半干的血迹。事实上，伤口算不上严重，只不过他总是时时压住腰部痛苦呻吟。

"天哪，我快死啦！他把我的骨头都打断了！帮帮我们吧，乡亲们，不然的话我真会没命的。"

他太太紧接着哀号起来：

"他们用很粗的棍子打他！啊，真可怜！你不用担心，虽然遭受了不公的待遇，但是正义会战胜邪恶的，一定会的！没错，我丈夫就快被他们打死了，多亏乡亲们的舍身相救。大家会为我们辩解的。"

她边陈述边哭泣。说实在的，她现在的这副模样很难叫人认出来。光着脑袋，很明显被扯掉了几撮头发，耳朵和眼睛处都有血迹，脸上满是伤痕，就像是田里耕出的犁沟。虽然大家对柯齐尔太太的为人都心知肚明，但是这样的情景也着实让人同情。

"天哪！这样恶毒的行为他们都做得出来，简直太过分了！"

"真是不要脸！非得把他们打得没命吗？"

"是的，他们竟然被打成了这样。就算是这样有头有脸的人物也不能对村民下此狠手啊！"普罗什卡恶狠狠地插话道。

他们被这些话搞得很无措，直到柯齐尔夫妇离开好久了，他们还在恼怒。

泰瑞沙看见他们的打斗便躲了起来，等到没人了她才出现。

巴特克跟她沾亲带故，所以她决心去柯齐尔家瞧瞧。他家没人，只有柯齐尔太太从华沙领回来的三个孩子缩在屋外，疯狂地吞咽着那些半熟的马铃薯，还不时用汤匙驱赶或吼叫想上前来抢食的猪。他们那可怜的小模样惹得她的同情心泛滥，她把他们带到过道，这样可以躲开动物。然后她跑出去传布消息了。

葛拉布家里，只有娜丝特卡一个人待在家里。

马修还没吃早餐就去白利特杉老头的女婿斯塔赫家里查看房屋的破损情况，看是否能够修补。老头儿随他一起，偶尔说几句不连贯的话。阿瑟克先生跟往常一样坐在门口抽着纸烟，不时朝樱桃树周围的白鸽吹口哨。

时近正午。

燥热的空气就像水面的波纹一样在田野上颤动。田地和果园在阳光下静静享受。白利特杉的樱桃树上偶尔会翩翩落下一朵白蝴蝶一般的花儿。

等马修把所有的情况都检查完了，时间已经过了正午。他指着拨动的木头说：

"都已经腐朽了，很容易碎裂。不可能用它来造房子，什么用都没有。"

斯塔赫很着急："我们能不能只买一部分新木头，再……"

"必须买整间屋子的木头，因为这里的木头全都不能再用了。"

"天哪！"

白利特杉老头忐忑地说："也许下梁还能用，只需要买上梁就够了，用木架把它固定好，用来支撑就可以了。"

马修边穿外套边驳斥："要是你这么聪明的话，你完全可以自己完成嘛！我才不会用一点就着的朽木造房子！"

薇伦卡抱着孩子，哀叹个不停。

"唉，我们该如何是好啊？"

斯塔赫面露难色，说："整个屋子的花费算起来大约是两千兹罗提。或许我们能去森林找点木材，剩余的再想其他办法，或者向政府部门提出申请。"

马修劝阻道："森林现在是法院的，他们不可能随便提供木料。而且，就连废柴都不让捡！只能等到法庭判决之后再考虑重建房子。"

"是吗？那样真是太好了！那么，我们要怎样熬过今年冬天呢？"薇伦卡的眼泪又控制不住了。

没人作声了。马修整理工具，斯塔赫猛挠头，白利特杉老头难过地在角落里擤鼻涕。

就在这时，阿瑟克先生起身宣布：

"薇伦卡，不要哭了。一定会弄到盖屋子的木头的！"

大家都惊得目瞪口呆。马修最先反应过来，纵声大笑。

"聪明人许下的承诺，只有傻瓜才会相信！他自己都无处可去，现在还说什么要给别人盖房子！"马修暴躁地嚷道，皱着眉头瞪着对方。可是，阿瑟克先生又回归他的坐姿，抽纸烟，摸胡子，目光投向远方。

"过不了多长时间他就会承诺给你们建一座农场呢！"马修大笑而去。

他立刻左转，踏上那条直通偏屋的小路。

那天，没什么人在菜园里干活儿，只能时不时看见穿红色衬裙的女人和或修屋顶或在谷仓门口溜达的男人。

马修慢慢朝前走。他觉得日子不能过得太忙碌。跟邻居议论议论乡长夫妇和柯齐尔夫妇大打出手的"光荣事迹"，跟姑娘们快活地谈天说地，或者跟在菜园干活儿的妇女们讲讲笑话，反正总会逗得她们哈哈大笑。他走远了，许多人望着他的背影深深叹息。

毫无疑问，他是个英俊小伙。他体形健壮，称得上丽卜卡村年轻人中的"王"。他的力气仅排在安提克·波瑞纳之后，位居第二。他的舞技绝对不比斯塔荷·普罗什卡差。除此之外，他什么都会做：做马车，造烟囱，盖房子，吹得一手好长笛。因此，虽然他的田地不多，为人又慷慨，几乎没什么储蓄，但是，仍然有很多母亲请他喝酒，希望他跟自己的女儿结婚，哪怕是花掉一头牛的代价！不知道多少姑娘允许他的接近，等待他的婚讯。

可是，没什么用。他跟母亲们喝酒，跟姑娘们调情，但是只要一提起结婚，他就像鳝鱼一样溜掉了。

"选不出来，各有各的长处。另外，还有姑娘们正在长成，比现在的强得多。我还要再等等。"每次媒人上门，他就如此答复。

去年的冬天，他竟然又跟泰瑞沙勾搭上了，甚至公然跟她住在一起，完全无视外界的议论和劝告。

"亚斯叶克回来的时候，我就会把人交给他了，他或许还会为感谢我的照顾之情而请我喝酒呢！"在从监狱回来之后不久，他笑着说过这样的话。他慢慢对她厌倦了，疏远了。

此时，他就是在绕远路回家，路上不断跟姑娘们开玩笑，如果对方不介意的话，他就进一步地调情。

如此，他出乎意料地跟雅歌娜相遇，她正在帮母亲给菜园子拔草。

"啊，雅歌娜！"他惊喜地叫道。

她突然站直身子，高挑而美丽，仿佛一株绝美的蜀葵花。

"你看到我了？哦，好快啊！你回来还不足一个星期呢！"

"哦，你越来越迷人了！"他感慨着说。

她的裤腿一直卷到膝盖上，红色的头巾在下巴那儿打上了结，越发衬托出那蓝色眸子的清澈迷人，樱桃小嘴里偶尔露出几颗雪白的牙齿，整个脸庞都洋溢着苹果色的光彩，真是美极了，就好像在索吻。

她大胆地两手叉腰，给了他一道亮闪闪的眼神，让他感到全身极致的兴奋。他环顾四周，向雅歌娜靠近。

"我都寻了你一个星期了，怎么都寻不见！"

"对狗说这句话，看它信不信。哈哈，你哪天傍晚不是在菜园间闲逛，跟其他的姑娘眉来眼去？你倒是说说，是不是这样呢？"

"唉，雅歌娜，这就是你的待客之道吗？"

"难道要我跪下来感谢你还记挂着我吗？"

"去年你可不是这样的！"

"今年也不是去年！"她转过身去，把自己的脸隐藏起来。他立刻上前，赶紧搂住她。

她气愤地挣脱了他的拥抱。

"不要再来惹我了。泰瑞沙会为了你挖出我的眼睛的！"

"雅歌娜！"他叹息一声。

"继续跟那位士兵的妻子偷情吧，趁还有时间就多献献殷勤。你还在监狱里的时候，她可为你付出不少，你是做出回报的时候了！"

她那鄙视的话语一句一句敲打在马修身上，让他无言以对。

他觉得万分窘迫，涨红了脸，即刻垂下头跑开了。

雅歌娜只不过是讲出这一周来的心里所想，此时倒有些懊悔。她没料到马修会生气跑开。

她悲戚地瞅着他离去，心里想着："傻瓜！我只不过是在气头上！你怎么也生起我的气来了？马修！"

他用逃命般的速度跑了好远，根本听不到雅歌娜在唤他。

他生气地大吼："黄蜂！母老虎！"他径直走回家，满腔的怒气和诧异无处排解。从前的她是那样温顺而多情，现在倒把他看作垃圾了。他感觉什么面子都没了，忍不住回头瞧瞧是否有其他人听到。

"她竟然跟我提泰瑞沙！傻丫头！泰瑞沙在我心里什么都不是，我只不过是玩玩罢了！她的眼睛那样明亮，她的叉腰也是那样迷人！啊，我宁愿为以后的蜂蜜，现在被蜜蜂蜇一下。"看到家就在前方了，他的速度慢了下来。

"她为我提起过去的事而生气。可是，有什么错吗？泰瑞沙！"一想到这里，他的表情就变得很古怪，跟喝了一瓶醋似的，"我受够了那个爱哭鬼。我没有说过要守她一辈子吧？牛尾巴才粘在母牛身上，我又不是那尾巴！再说了，她是有夫之妇，我到时候还会被神父当着众人面训斥一顿的，这样的女人只可能毁掉男人。去他的，女人！"他的心情极度恶劣，只总结出这样一句话。

午饭还没准备好。他责怪妹妹偷懒，又进屋看泰瑞沙，她正在果园里挤牛奶，眼泪汪汪。

"又是为什么哭呢？"

她向他道歉，可怜巴巴地看着他。

"用点儿心，牛奶都溅到你衣服上了。"

他今天的态度怎么这样粗暴呢？她不明白。发生什么事了？她尽可能地温顺，可是无论她说什么，他都是凶狠地打断她的话。

他好像要在果园里找东西，可是眼睛又时不时瞟过来，心里在琢磨着。

"我的眼睛长哪儿去了？怎么挑了这样一个微不足道、杳无生气的女人？既不美丽又没风情！那么瘦，实在叫人厌恶！还有，那皮肤就跟吉卜赛人一样黑，一点儿风度都没有！"

是的，可能只有那双眼睛能跟雅歌娜有得一拼。眼睛大大的，跟蓝天一样清澈，与那一道黑色的眉毛相得益彰。只是，每当他跟那眼睛对视时，他总是偏过头，暗暗骂着：

"她的眼珠子跟牛犊一样乱转！"

她的眼神只会让他厌烦和恼怒。

"我才不会看你！随便你怎么抛媚眼，就是吸引不了我。"

他们在一张桌子上吃饭，可是他自顾自吃着，不说话，不抬头。是的，他跟娜丝特卡说过话，但是也不是什么好话。

"这样的燕麦片连狗都不会吃，焦成这样！"

"只不过焦了一点，更香了。"

"不要还嘴！你搁在里面的苍蝇绝对比肉多！"

"咦，你现在这么介意苍蝇吗？不要苛求了，又没有毒！"

然后，他又发牢骚说卷心菜是拿臭猪油煮的。

"或者你可以用机油来煮菜！"

"你没尝过那个味道吗？我不知道，更不会尝试。"她严厉地驳斥。

不过，他还是继续抱怨这个抱怨那个。泰瑞沙沉默不语。终于在饭后看到她的母牛在角落里摩擦身子，他就直接骂出声：

"它那么脏，浑身都是粪便，你就不能清洗一下？"

"我们的牛棚是湿的，它在那里弄脏了身子。"

他大吼道："潮湿，是的！森林里那么多的干松树枝，你难道不会自己去捡吗？牲口的体侧粘了粪便会烂掉的。这里有好几个女人，可是没一个爱干净的！"

泰瑞沙并不还嘴，她不敢，于是只能做出哀求的表情来。

她内敛而乖巧，如蚂蚁一般勤劳。看到他对自己严格要求，她还会感到高兴！这样惹得他更加恼怒了。那含情脉脉的眼神让他受不了。那轻盈的脚步、谦卑与百依百顺的态度让他受不了。他就快喊出声："滚出去，不要出现在我面前！"

他终究是吼出来了："狗东西！全都去死吧！"然后带上工具，没稍作休息就去克伦巴家了，那儿需要一些整修。

克伦巴一家人都在院子里吃午饭。

他坐在靠墙的地方抽烟。

他们正在谈论乔治·波瑞纳快要回来的消息。

"啊？回来得这么快啊？"他问出声。

老克伦巴回答说："咦，你竟然没听说过？他跟泰瑞沙的丈夫亚斯叶克，还有佛拉庄的牙契克一起回来。"

"他们在秋收的时候就会回来的。今早，泰瑞沙请风琴师帮忙看信，风琴师跟我说的。而且，你肯定需要知道，亚斯叶克就要回来了！"

他一骨碌全都说了出来。

紧接着是一阵沉默。所有人的眼睛都茫然地望向远方，妇女们努力忍住想笑的冲动，憋得脸颊通红。他毫不在意，反而为这个消息感到欣慰，无比镇定地说：

"他回来就好了，这样就没人对泰瑞沙指指点点了。"

大家的动作都定住了，汤匙停留在空中，十分诧异。马修瞧瞧大家，自顾自地说：

"所有人都对她评头论足。其实我们之间什么都没有，她是我家的远亲。不过，要是有人在背地里嚼舌根子，那么我会想办法让他说不出话来，让他终生难忘！特别是女人们，糟糕透了。她们不会放过任何一个别的女人的。即使她是无辜的，也总会找机会污蔑她。"

他们垂下头盯着盘子说："是的，的确如此。"

"你们有人去过波瑞纳家吗？"他有些着急。

"我很早就想过要去了，可是总被些乱七八糟的事情耽误。"

"他为我们所有人付出那么多，我们竟把他给忘了！"

"你去过他家吗？"

"我吗？要是只有我一个人去，别人就又会说我是为了雅歌娜才去的。"

"就跟失足过的姑娘一样谨慎！"老爱嘉莎坐在篱笆边，把一个小碗搁在膝盖上说道。

"哦，我受够了这样的讽刺。"

克伦巴笑了起来，说道："没有牙齿的恶狼，自然会改变生活的方式。"

马修补充道："也有可能是因为他想安定下来。"

"哈哈，这么说你不久之后就会向某位姑娘求婚了？"小克伦巴兴奋地说。

"没错，我还在细细考虑中呢！"

"赶紧选出来吧！马修，让我去当伴娘！"老克伦巴的大女儿凯特说。

"啊，很难选的。每个人都很不错，甚至一个比一个强。玛格达最富有，可是她缺牙烂眼。尤丽西亚是个美人，可是她的臀部不对称，而且可能只有一桶泡菜作为嫁妆。法兰卡还带着个孩子。玛丽对所有的小伙子都一样好。伊娃有一百兹罗提铜币，可是她太懒了，一天到晚都在床上一动不动。没有谁不想吃香的喝辣的，还不用工作。哦，她们都是金子般的姑娘！除此之外的姑娘，的确长得漂亮，可是还没长成呢！"

他们哈哈大笑起来，把屋顶的白鸽都惊走了。

"我难道说错了吗？女孩子在长成之前，无论长得有多漂亮，我都不会心动的。"

克伦巴太太指责他说出了这样的话来。

"哦，我只不过开开玩笑罢了，姑娘们不是对这种笑话情有独钟吗？"

几个姑娘被惹怒了，像火鸡一样红着脸，气愤地反对他的话。

"他那么优秀，没人能跟他匹配的！"

"要是在丽卜卡村找不到合适的人选，就去别的村里找啊！"她们叫嚷着。

"找得到啊，找得到啊！在村里找一个老处女比找出一枚兹罗提银币简单多了。那么多！她们每逢星期六就早起装扮，梳好头发就去果园里捉小鸡，然后去酒店跟犹太人换酒喝，下午就等着别人上门求婚。啊，我记得我是见过她们在屋顶向我挥舞手帕大喊：'马修，快来求婚，快啊！'母亲们也会附和：'马修，先考虑凯特！我保证会补充她的嫁妆，一块奶酪和八枚鸡蛋。马修，考虑考虑凯特吧！'"

男人们被他的幽默逗得仰头大笑。可是女孩子为此感到不满了，吵个不停，老克伦巴不得不插嘴说：

"不要吵了，姑娘们！你们简直比雨前的喜鹊还会叽叽喳喳。"

可是，聒噪声终究止不住。为了让她们安静下来，他问：

"马修，乡长他们打架的时候，你看到了吗？"

"没有，不过据说柯齐尔夫妇受伤很严重。"

"是的，被打得不轻！看起来有些狰狞。不过，乡长也确实够肆无忌惮了。"

"大家养着他，如今倒跟我们作起对来了！"

"没错，没人值得他害怕的。有谁会挺身而出呢？要是别人犯了这事，肯定会受到严惩；而他，什么事都不会有。他跟官府的人那么熟，早就无法无天了。"

"那是因为你们都是温顺的绵羊，放任他胡作非为。所以他才一步步爬上你们的头顶！"

"他是我们选出来的，只能最大限度地屈就他。"

"可是我们能选他就能撵走他。"

"小声点，马修！不要被旁人听见了。"

"听见了就把我的话转告给他，让他知道我心所想。他要是不怕的话，尽管来跟我作对！"

"能跟他作对的只有马西亚斯了，可他还在生死间徘徊。没人愿意触这个霉头，惹祸上身。"老人说完，就从座位上站了起来。

大家随之站起身来，一部分人去午休，一部分人伸伸腿松松皮带。姑娘们去池塘清洗碗碟，作为小小的消遣。马修立即动身，架支柱，打木桩，克伦巴则坐在门口的台阶上抽烟。

他回想起之前的话题，愤怒地说："凡是挺身而出的人，都会惹来大麻烦！"

太阳高悬，空气燥热。果园里很安静，阳光在树影间轻晃，草地上落英缤纷。蜜蜂在苹果树间忙碌着。谷仓那边的池塘波光粼粼。鸟儿静寂无声。这轻松的午后让人昏昏欲睡。

克伦巴为了赶走瞌睡，就起身到马铃薯坑那边溜达。

不久他就返回了，使劲儿吸着那已经熄灭的烟斗，吐口唾沫，把额前的一撮头发捋上去。

"你看了吗？"他太太从门内探出脑袋说。

"看了。即使我们一天只吃一顿，也只能挨到收获的时候。"

"一天只吃一顿？"

"要不然呢？家里人太多了！十张嘴，还都是大胃王！我们得想其他出路。"

"不管怎么样，都不能打小牛犊的主意。我跟你强调过了，我是决不会卖掉它的。你想其他办法吧，唯独不能卖牛！"

他挥挥手，就像是赶走一只嗡嗡惹人烦的黄蜂。一等她走，就又燃起了烟斗。

"比母猪还蠢的婆娘！真到了绝境时，也不能为了小牛犊饿肚子啊，它又不是什么宝贝！"

此时阳光直射进他的眼睛。他背过身去，继续抽着烟斗。因为吃马铃薯把肚子都吃撑了，他松了松皮带，就开始打瞌睡。屋顶的白鸽咕咕啼叫，树叶也似乎疲倦不堪。

"汤玛士！"

是爱嘉莎在喊他。他睁开双眼，发现她正以一种焦虑的眼神瞧着他。

她说："从现在起到收获时节的这段时间是最难熬的。我这里有些小钱，你要是需要的话，尽管拿去用。我本来是留着给自己办后事的，不过看你们这么着急用钱，那我就先借给你们用。哪里需要卖小牛犊呢？我看见了它出生的过程，那是一头好乳牛。如果天主庇佑的话，我大概能挨到收获时节呢，那样的话，你们就有钱还我了。即使是农夫，在危急时接受亲戚的救济也不是什么难堪的事。喏！"她拿出三卢布银币给他。

"不用，收回去吧。我自己再想想其他出路。"

"喏，我还可以再给你半卢布，你拿好。"她小声恳求道。

"不用。但是我仍然感谢你。你的心很善良。"

"我还有钱呢。一共三十兹罗提。你全都拿着吧！"她盯着钱袋，数着一个个五戈比的硬币，泪水不止一次地要落下。这对她来说真的是一个很艰难的过程，因为每个硬币都是她的心血。

阳光下的硬币闪闪发光，充满诱惑。他的眼睛也随之放射出贪婪的光芒，这全都是能晃花眼的新钱呀。不过，他还是强忍住内心的波动，叹息一声，说道：

"把钱藏好吧，小心被别人看见了偷了去。"

她仍旧恳求他收下，可是他坚持不要，她只好默默地收回自己的财产。

"你怎么不和我们一起住呢？"没过多久，他开口问道。

"那怎么能行呢？我没什么用，就连看鹅这么简单的事情都办不好。我身子一天比一天差，只能等死。是的，能死在亲戚家里挺好的，即便是牛栏里也好。我存了四十兹罗提办后事，或许还有多余的钱做弥撒，这也不算辱没农夫亲戚的身份，我的羽毛被会留下的。不用担心，我只在你家静静地等死，而且肯定死得很快，很快。"她说着不连贯的话，心里十分忐忑，就只等他回复一句："你就留下来吧！"

可是，他什么都没说，故意装出一副听不懂的样子。伸懒腰，打哈欠，他不安地在屋前、谷仓和草垛之间踱个不停。

她抽噎着："是的，这根本行不通。他是有头有脸的农民，而我只是一个讨人嫌的乞丐！"

于是，她在村里到处寻找一个体面的地方，期待能像受人尊敬的农妇一样死去。

她艰难地寻找着，就像风中的游丝无依无靠，无处可归。

村民们取笑她，说她应该去亲戚家，并假装亲昵地对克伦巴一家人嘲讽说：

"啊，她是你家的亲戚，而且自己存有钱办丧事，根本算不上是个麻烦。况且，如果不来你们家的话，她能去哪儿呢？"

那天晚上，克伦巴将爱嘉莎的打算告诉妻子，克伦巴太太回想起村民们的议论。此时，他们已经躺在床上了，传出孩子们的鼾声，她小声劝丈夫：

"其实我们有多余的地方的，她愿意睡干草堆的，要不然我们也可以把鹅赶进另外的棚子。至于吃的，她吃的又不多。况且她的时日不多了，她自己又准备了后事钱。这样的话，别人也不至于对我们指指点点，再说了，那么好的羽毛被也说留给我们呢！"她急不可耐地给丈夫分析利弊。

克伦巴没有做任何回复，只是鼾声响了起来。次日清晨，他说："要是爱嘉莎的确很贫困的话，我们可以收留她。我们不得不按照天主的旨意行事。可是，现在这样的情况，别人只会说我们是图她的财产。以前我们还被指责放任她外出乞讨而不管不问。不，我们不能收留她。"

无论什么事，克伦巴太太都会听从丈夫的意见的，不过她还是为那上好的羽毛被感到惋惜。她起床催促姑娘们出去干活儿。那天她们必须把卷心菜种下地。

那是五月最好的几天。微风吹过，麦浪起伏。果园的低语摇落阵阵花雨。紫丁香与樱花的香气弥漫。风儿送来了田野的欢唱，铁匠铺里传出吭当的铁锤声。一大早路上就热闹得很，人声沸反盈天的，女人们提着一筐筐菜秧往卷心菜园里去了。

早晨的露水还没有干透，黑色的土地犁沟排布，积水反射着太阳的金光，红色的衬裙随处可见。

克伦巴太太跟女儿们一起下田，她的丈夫和儿子们则去给马修打下手，他们要修房子。

然而，老克伦巴没干什么就觉得太阳炙热，就邀巴尔塞瑞克一起去看望老波瑞纳。

他从巴尔塞瑞克的烟盒里拿出一撮鼻烟说："这真是一个晴朗的天气，朋友。"

"好极了。可是，温度不要持续这样高就好了。"

"周围都是雨天，差不多到我们这儿了吧。"

"可是，也许会遭旱灾。树上这么多昆虫。"

"蔬菜抽芽的时间也比往常晚了！旱灾一来什么都没了。愿上帝保佑，不要走到那一步。"

"哦，集市有什么情况？你的马有消息吗？"

"我送了警官三卢布，他答应想办法了。"

"我们最缺少的就是安全感！每天都惊惶度日，就像野兔一样，也不知道该怎么办。"

巴尔塞瑞克小心地低声说："乡长其实只是个傀儡。"

克伦巴严厉地说："我们得重新挑选一位出来。"

巴尔塞瑞克给了一个警惕的眼神，不过他还是克制不住自己往下说：

"他让村子承受了这么大的耻辱。你知道他昨天干了什么吗？"

"哦，吵架吗？不是什么大事。还有更需要注意的大事呢，他在政府的所作所为会让我们承受巨大损失的。"

"但是政府有人约束他：出纳、文书和政府的其他官员。"

"这不就是让狗守肉吗？没错，他们能守，但最终还是我们来为他们的玩忽职守埋单。"

"能怎么办呢？还有其他消息吗？"

巴尔塞瑞克啐了口唾沫，扬起头，他的性格很倔强，喜好沉默，又是怕老婆的代表，所以话更少了。

他们来到了波瑞纳家。幼姿卡正在门廊里削马铃薯。

"你们进去吧，爹一个人在房间里躺着。汉卡去种卷心菜了，雅歌娜回娘家帮忙去了。"

屋子看起来很空阔。偶尔会有紫丁香从窗外伸进来，阳光透过树的绿影照进屋内。

老人跟往常一样，只不过更瘦了，苍白的脸颊长出了花白的胡子。他的头上还绑着绷带，失色的嘴唇颤动着，像是要说什么。

他们跟他打招呼。他不作声，连动都不动。

"你不知道我们是谁？"克伦巴执住他的手问道。

他好像什么都不知道，只陶醉在屋檐上麻雀的叽叽喳喳声和树叶擦过墙壁的沙沙声里。

"马西亚斯！"克伦巴轻晃他说。

病人收回神思，眼皮微微颤动，偏头望着他们。

"你听到了吗？我是克伦巴，他是巴尔塞瑞克，我们都是你的朋友，你认识我们吧！"

他们注视着他，等了一会儿。

他突然用高亢的嗓音喊道："乡亲们，只有我一个人在这里！快来帮忙！打爆他们，狗娘养的！打爆他们！"他作势抬臂挡住别人的拳头，然后跌倒，躺回床上。

幼姿卡闻声冲来，重新在他的脑袋上裹上湿绷带。他回归那打死不动的架势，眼神里充满了恐惧。

他们带着心酸失望而离开。

克伦巴说："唉，他已经算不得活人了，是个死尸！"

怀特克的鹳鸟在果园里大摇大摆地踱步，从窗口被春风吹进来的树枝抵挡住了阳光。

他们悲伤而沉默地回家，就像刚上坟回来。

"我们以后也会变成这样的！"克伦巴打破沉默。

对方感慨说："是的，别人从他的死亡中获得好处。"

"'一只羊只能死一次，因为死了就不会有第二次了！'"

"我们很快就会追随他的脚步的。"

他们淡淡地看着身边的一切，看那起伏的麦田，看那远处清晰可见的森林，看那渐渐转绿的田野，看那温暖而明亮的春天。他们的心是冷漠的，服从上帝的一切安排。

"不，人是战胜不了上天的。"

两人就此分别。

那几天很多人都来看望濒临死亡的老人，可是他对谁都不记得，终于，也没人再来了。

神父曾说："我们能做的就是祈祷他早日离开人世。"

每个人都有自己的烦心事，忘记他是理所当然的，或者大家已经把他视为死人。

是的，有人真心想着他吗？

有几天，他连水都喝不上，要不是怀特克心肠好，总是尽己所能地拿东西去喂"老爷"，有时候会偷偷地挤些牛奶，他可能早就饿死了。他对苦难中的人们总是关切而尊敬的，同时还会不安。最终，他问彼德：

"没经过忏悔就死去的人只能下地狱吗？"

"是的。啊，神父在教堂就是这么告诫我们的。"

"那么老东家也会下地狱吗？"他赶紧在胸前划了个十字。

"他跟其他人是一样的！"

"啊？他跟其他人一样？"

彼德气愤地说："你简直比卷心菜头还笨！"因为他发现怀特克不相信他说的话。

波瑞纳家的日子，就这样慢慢过去。

现在，整个村子都因为乡长打人的事件热闹起来了，双方都在急切地寻找维护己方的证人。

这件事情本身其实不那么重要，可是乡长却全副武装。他在村里的势力很大，大部分的人都站在他那边。人们知道他不是什么好人。可是他是乡长，谁要是反对他，谁就没有好果子吃。因此,他依靠威胁、讨好和伏特加拉拢了许多人。

柯齐尔重病卧床，神父还给他送去了临终圣餐。至于生病的原因，每个人都有不同的意见，甚至有人说他的病是装出来的，只为给乡长添堵。可是，没有人知道到底该怎么看待。

柯齐尔太太在村里到处跑，跟村民们说她把母猪和小猪都卖了，就是为了给丈夫买药。她每天都堵在乡长门前不停地咒骂，声称自己的丈夫巴特克活不了多久了，呼吁正义站在她这边，为她作证。

然而，只有最底层的民众和小部分善良的女人站在她这边。包括那个三流的农夫柯伯斯在内，他平日里就是喜欢打官司打架。有人不愿意听她的说法，有人毫不在乎；也有人为她着想，让她跟乡长重归于好。

因此，数不清的纠纷四起。柯伯斯说话没个顾忌，又爱打架。妇女们说话也是尖酸刻薄。她们无比气愤，因为她们不知道怎样才有可能打败富裕的农夫和乡长的联盟。

之后，犹太人也看不起柯齐尔夫妇，不愿意再赊东西给他们了。

接下来的一个星期，没人再想听那段故事和相关的抱怨与感叹，大家都烦了。

不过，这样的关头又出现了新的转折，村子又活跃起来。

普罗什卡和磨坊老板合起来，当众强烈声援柯齐尔夫妇。

其实他们才不在乎事实如何，只是每个人都在积极寻找最大利益。

普罗什卡阴险却有大野心，以自己的财富和聪明为后援。磨坊老板可以为钱舍命。

如此，两方的战火蔓延开来，激烈却又客气。他们在表面上还是好朋友关系，依旧谈天说地，甚至还会手挽手去酒店潇洒。

敏锐的丽卜卡村村民看出了端倪，这样的联盟并不仅仅是为柯齐尔泄愤，更有可能是在夺乡长的权。

年长的人赞同道："他能靠做官挣钱，别人也想这样！"

时间就这样一天天消逝，纠纷也日渐增多。

大概就在这个时候，大家都听说有德国人在酒店住下了。

村民们猜对了，他们就是要去波德莱西的。

人们的好奇与不安到处蔓延，从这个果园到那个果园，人们在篱笆周围议论着，也有人赶去酒店就为看个明白。

消息不假。五辆黄蓝相配、配有铁轴的带篷大马车就在酒店门口停着。车上应有尽有，妇女在里面坐着。吧台那边有十个德国人在喝酒。

他们的体格相当健壮，满脸胡须，身着深蓝色的带兜外套，肥胖的腰上挂着银链，脸上焕发红光，显然吃得很好。

农夫们成群结队地站着，与他们拉开些距离，叫点酒就侧耳听他们的谈话，可是完全不知道他们在说什么。马修会说依地语，就尝试跟他们说话，话很顺畅，酒店老板惊讶地瞧着他。德国人只是瞅他几眼，并不答话。乡长的弟弟乔治跟他们讲了几句德语。他们听完，就像猪槽边的猪一样互相咕噜几句，就转过身去背对大家。

马修感到很恼怒，嚷道："让我们把他们的猪鼻子打烂！"

"没错，或者拿棍子给他们挠挠痒，让他们开口说话。"

脾气火暴的小伙子亚当·克伦巴大喊道："我去揍最近那家伙的肚子，他要是还手的话，大伙儿就能大打一场了。"

不过有人拦住了他。德国人可能感受到来者不善，就提了一桶啤酒走开了。

"喂，穿长裤的家伙，别急着离开啊，小心裤子在路上掉下来了。"

他们赶着马车离开，农夫们在后面大骂："猪养的！"

他们一离开，犹太人就告诉大家他们把波德莱西买下来了，十五户人家会在那儿定居。

"我们被围困在这狭小的范围内，拥挤不堪。他们却在那广阔的空间里扩大耕种，繁衍后代！"

斯塔赫·普罗什卡对之前发言的乔治说："那么我们花更多的钱，把他们赶出去吧！你不是总觉得自己聪明吗？想想办法吧！"

马修用拳头使劲儿锤着吧台，骂道："狗娘养的！这还让不让人活了！要是他们在波德莱西定居的话，我们就很难在丽卜卡住下去了。"他对此深信不疑。他是见过大世面的人，深知德国佬是什么样的人。

听到这话的人刚开始还不相信。可是他们还是觉得不安，开始思考：波德莱西的邻居那儿的灾祸，怎么转移到了丽卜卡村呢？

随时都有牧人和过路人过来通知说波德莱那儿已经量好了土地，立好了界碑，挖好了水井。大家都往佛拉庄那边走去，看到的情境也印证了消息的真实性。

可是，事情到底是怎么回事呢？没人能确定。

他们让铁匠去打听，因为他跟德国人打过交道，替他们打过马蹄铁。不过他拒绝了，不愿意去打听消息，也不愿意告诉他们什么消息。

最后，乔治打听到了事情的原委。

原来，大地主借了一个德国人一万五千卢布，但是没钱还。那德国人就要求用波德莱西来抵债，中间的差价就用现金来补。大地主假装同意这样做，背地里却在找其他买主，因为德国人每英亩只出价六十卢布。

乔治说："他必须应下来。他家都是来讨债的犹太人。林务官跟我说，他家的母牛都被拉过去抵税钱了。他哪来的钱还呢？能卖的都卖了！而且跟我们的事情还没完结，也没办法去森林伐木。不，波德莱西农场非卖不可。"

"啊，一英亩可以值到一百卢布的！"

"那你就以这个价买了吧，他会很乐意卖的！"

"哎呀，没有现金！我上哪儿变钱出来？"

"这样的话，德国人就会都买走的，我们什么都没有！"

他们想象着以后的悲惨处境。他们没办法拿到那些土地，太失望了。那么近，那么肥沃，最适合儿子和女婿耕种了！他们能在那里建起一个新的村庄，牧草茂盛，水源充沛可是说什么都没用了！德国人只要一定下来，他们就会处于被动的地位，穷苦的农夫拿什么生活？

老人们悲戚地嘀咕道："让这些孩子将来去哪儿呢？"他们看着那在黄昏里大路上奔跑的孩子，那么多，原来的房子都不够容纳。"可是，我们自己的生活都过得艰难，哪里有能力买地呢？"

他们想尽办法，甚至请来神父帮忙拿主意。可是他有什么办法呢？"空壶里倒不出水来！"

"'有钱能使鬼推磨。''穷人在哪儿都是逆着风的！'"

再怎么发牢骚，再怎么感叹都毫无意义！

火上浇油的是这燥热的天气，还是五月里，却跟七月一样热。东方升起的太阳就像一个巨大的火球悬在湛蓝的天空上。所有的高冈和沙土里的蔬菜都干枯了。未耕的田地里青草都烤焦了。马铃薯最初抽芽时长势很好，此时却比地面高不到哪儿去。只有去年秋天种下的麦子好受一点，抽穗之后保持得不错。立在中间的矮屋在高大的麦秆中显得更矮了，只露出屋顶。

夜晚闷热难熬，在屋内根本没法儿睡觉，村民们都去果园睡了。

这样炙热的天气，烦恼的事情接踵而来，又加上是比往年更难熬的那几个月，丽卜卡村格外得不平静。邻居间的吵架司空见惯，生活变成了折磨。天还没亮村子里就有人吵架，随时都会出现新问题。最开始是柯伯斯夫妇打架，由神父从中斡旋才解决。之后就是巴尔塞瑞克太太为跑进她的胡萝卜田里的一头猪跟古尔巴斯打架。接着普罗什卡太太因为小鹅们弄混了跟村长吵架。除此之外，到处都是因为孩子，因为不好的言行，或者因为其他能引起谩骂和打架的小事情而激起的矛盾。村子就像被诅咒了一样，一件件吵架、失和、诉讼的事情络绎不绝。

安布罗斯甚至当着陌生人的面嘲笑这样暴躁易怒的脾气。

"天主慈悲，我能更轻松地挨到收获时节！没人生，没人死，没人结婚。可是他们还是会给酒我喝，讨好我，因为他们需要证人！像他们这样持续个几年，我就可以喝到老死了！"

丽卜卡村的情况的确一塌糊涂。多明尼克太太家里更甚。

西蒙跟大家一起回来了，安德鲁的腿也差不多痊愈了。他们的生活应该能步入正轨，得到改善。才不是那么回事呢！儿子们没人听她的。他们总是跟她对着干，挨打了会反抗，也不愿意做女人做的活儿！

他们尖酸地说："你去请个女佣，不然的话你就自己做。"

多明尼克太太一直以来都是用铁腕政策对他们。此时看到孩子们忤逆她，感到万分诧异。

"由不得你们！"每到这时，她就发起脾气，尖叫着抽出棍子准备打人。可是他们跟母亲一样倔强，坚持反抗。几个人没有哪一天安静的，天天你追我赶，以邻居出来斡旋结束。

神父亲自叫去多明尼克太太的儿子们，劝导他们要与母亲和睦相处。他们毕恭毕敬地听完，礼貌地吻他的手，谦卑地抱他的膝盖。可是回去了还是跟以前一样，没什么改变。

"我们又不是不懂事的孩子，我们为自己的行为负责！娘得向我们妥协。村民们都在笑话我们呢！"

这些烦心事惹得老太婆面色蜡黄，跟橀梓一样。她已经尽力了，可他们还是不听她的话。如今她已经不能跟往常一样每日都上教堂或者跟别人闲聊了，一大堆事等着她做呢！虽然雅歌娜总会过来帮忙，但是这女儿也不让她省心，让她蒙羞和失望。

乡长时常过来，表面上是来跟她学习的。实际上，他总是在菜园里跟雅歌娜调情。

村子里什么事情都是公开的。大家都明白真相。他们两个做得也越来越过分，几个好心肠的人已经来找她谈过了。

可是，她能做什么呢？不管她怎么祈祷，怎么恳求，雅歌娜就是无动于衷，仿佛是故意让母亲生气的。因为她觉得，再深重的罪恶、难堪的恶名，也比待在讨厌的丈夫身边更容易接受。

汉卡也不曾试图阻止，反而当众说过这样一些话。

"只要乡长滥用公款的行为还存在一天，雅歌娜便能爱怎么样就怎么样。他对她什么都舍得，总是从镇上给她带东西回来。他要是承担得起的话，可能还会把她放在金色的画框里供起来呢。随他们去吧，我对结局拭目以待！反正不关我的事！"

是的，她自己的烦心事都处理不过来。她给律师送过去一笔高额现金，可是仍然不确定安提克会受到怎样的判决，也不确定将来会发生什么。现在，他在监狱里受苦，愿天主保佑他。除此之外，家里的处境也堪忧。

彼德最近越发目中无人了，显然，铁匠在拉拢他。他爱做什么就挑什么做。有一回她去镇上了，他在外面玩了一天，她就威胁他说等安提克回来了要他好看。他冷冷回复：

"等他回来了？土匪哪会这么容易释放！"

这句刺耳的话让她的脾气瞬间上涨，就差上前给他一巴掌。可是，即使这样做了也没有什么能改变的。她克制住自己心里的屈辱，默默等待合适的机会。要不然他走了，家里就更忙不过来了。实际上，这段日子难熬得很，况且她的身子一天不如一天。"纯钢会被铁锈腐蚀，岩石只经得起一季就会风化。"这么柔弱的女子是如何能一直扛下这份家业呢？

五月将尽的某天，神父跟风琴师一起赶车去参加一个小宴会。安布罗斯跟德国人去酒店喝酒，他们最近总是在一起，所以也没人敲响晚祷的钟声，没人打开教堂的门让大家做五月的礼拜！

所以，大家只能在墓地举行仪式，那里的祠堂上供着一尊圣母像。每逢五月，女孩子们就会用彩带和金冠把它装饰起来，再撒上野花，让它看起来不像废墟。祠堂经过漫长的岁月，已是破烂不堪，随时都会倒塌，就连鸟儿都不愿意把家安在里面。牧童避雨也只会在秋雨滂沱的时候。墓地的乔木、老菩提树、细长的桦树和几根歪斜的十字架替它扛住了冬日的风暴。

　　人们聚集在这里，用红花绿叶装扮神龛。他们在圣母像的脚下摆放了一根蜡烛和几盏小灯后，便跪了下来虔诚地祷告。

　　铁匠就跪在那满是郁金香和野玫瑰的门口，领唱圣歌。

　　太阳已经下山好久了，暮色降临。不过西边依旧有或金或红的光芒，高空里则是浅绿色。四周寂静无声。桦树的枝丫瀑布般垂下，麦子也弯下了腰，就像在细细聆听蟋蟀颤抖的叫声。

　　牲口该回家了，隐在昏暗中的田野、村庄和小道上传出牧人响亮的歌声，其间还夹杂着低沉的哞哞牛鸣。信众注视着圣母慈悲的脸和那普度众生而伸出的手，高唱赞歌。

　　晚安，哦，纯洁的百合！
　　晚安！

　　空气中弥漫着小桦树的幽香，夜莺时断时续地开始施展歌喉，渐渐地中气足了，化为流水般的美妙歌曲拉长的乐音和珍珠落玉盘的韵律。附近的阿瑟克先生也奏响了他的小提琴，甜蜜、温柔，有力的琴音就像自发摩擦的麦秆，或者土壤吟诵的五月诗篇。

　　人声，鸟鸣，小提琴音，配合得十分默契。在他们稍作休息的间隙，数不清的蛙鸣又开始催促他们继续。

赞歌持续不断，时而是这些歌唱家，时而是那些歌唱家。

仪式进行了很长时间，铁匠一次又一次地提醒大家："快点儿，不要把调拖得这样长！"因为一部分人的确把音符拖长了。

他对马西亚斯·克伦巴恶语相向："不要这样唱，牛叫都比这个好听！"最后，大家终于找到了节奏，一起高唱，声音如鸽子般飞向遥远的暗夜。

晚安，哦，纯洁的百合！
晚安！
我们衷心爱戴的玛利亚！
晚安！

此时头顶一片漆黑，温暖而宁静。几颗星辰就像空中的露珠闪烁。

姑娘们两两相邀，搂着对方的腰，唱着歌儿就朝家里走去。

汉卡抱着孩子单独走，沉浸在自己的思绪中，铁匠上前来与她并行。

她一直沉默，直到快到家了，他还跟着，就说：

"你要进来吗，麦克？"

他低声说："到门廊那边，我有话跟你说。"

她的内心掀起了波澜，难道他又带来坏消息了？

"你已经去探望过安提克了吧？"他问。

"是的，可是别人不让我进去。"

"我就担心这个！"

"那你就谈谈你掌握的情况吧！"她觉得有些无力。

"我能掌握什么消息呢？只不过在警察那里打听到点消息。"

"说什么了？"她紧紧抱住孩子。

"安提克是不可能在审判之前回来的。"

她颤抖地说："不可能呀，律师跟我讲的是完全相反的。"

"那是防止安提克逃跑。像这种类型的案子，犯人是不可能提前释放的。记住，我是作为一个朋友告诉你这些的。过去的事不需再提，你终究会明白我说的是都真的，记好我说的，我的话跟忏悔时一样一点都不掺假。安提克的处境不乐观，受到的处罚决不会轻，可能会被判十年监禁呢！你听见了吗？"

"听见了，不过我全都不相信！"她瞬间镇定下来。

"等你见到了，你就会知道我说的都是实话。"

"那也是照你的套路说的实话。"她嘲讽地笑道。

他似乎被惹怒了，一再保证自己没有恶意，只是单纯来给她忠告的。她边听他说话，边不耐烦地四处张望：还没给正哞哞叫的母牛挤奶，白鹅还没赶进去，小马驹和拉帕在院子里打闹，孩子在谷仓玩耍。她对他说的话没有一句是相信的。她暗自打算着："可是，我得让他说下去，这样我就知道他想干什么了。"她时刻警惕着。

她傻傻地问："那我该怎么办呢？"

"有办法的。"他低声说道。

她迅速直面他。

"多花些钱，让他在审判前被释放，然后离开这里。哪怕是跑到哈美利加去！他们不可能追过去抓人的。"

"天哪，哈美利加！"她害怕地大叫起来。

"哦，这是秘密！是大地主告诉我的。他说：'让他离开吧，在西伯利亚充军十年还不如不活了。'这是他昨天的原话。"

“什么？离开我们的村子、我们的子女、我们的土地？”在她看来，这也是噩运。

“拿出他们要的足数的钱，剩下的安提克知道该怎么办。把钱送过去吧！”

“可是，要我怎么筹够这么多钱呢？哦，天主！那么远！离我们那么远！”

“他们说是要五百卢布。啊，岳父的钱在你手上，你先挪用了。之后再想其他办法补救，安提克是最重要的！”

她终于知道他的目的何在了，立刻跳了起来。

“固执的东西！总是在同一个问题上纠缠不休！”说完就准备离开。

他没耐心了，大喊道：“你不要那么傻！我只不过是说顺了嘴，你却为这句话恼怒！你丈夫还在监狱里受苦受难，他终究会知道你付出了多少救他出去的！”

她重新坐下，不知道该怎么办。

他又跟她讲了很长时间，说到哈美利加，说到他那边有熟人，说到他们还写信甚至寄钱回家呢。安提克可以立即动身。麦克认识的一个犹太人带过很多人逃出边境。汉卡以后也能去，没人会注意到。等乔治回来，用他继承的那部分遗产还债。如果还不了，也不用担心家产变卖不了。

他总结性地说：“就算你去请教神父，他也会赞同我的主意。我只不过是为你着想罢了，不关我自己的事。但是，这件事要保密，被宪兵知道就不好了。那样他不但出来不了，反而会被戴上手铐脚镣。”他淡淡地说道。

"可是我上哪儿筹保释金呢？"她哀叹。

"我认识一个默德利沙人提供贷款，不过利息很高。这样能筹到钱！我保证我能筹到！"

接着，他又劝导了一番，就突然溜走了。她沉浸在自己的思绪中，没有看到他离开。

所有人都上床睡觉了，只有怀特克好像是在等候女主人。月亮高悬，银色的弯钩横过天际。白雾在草地上升起，金色花粉落在黑麦田上。池塘的水面在树影的间隙里闪着光，就像一块冰场。夜莺时不时划破这寂静，让人的耳朵不得清净。

"天哪！离开从小长到大的村子、田地和一切！"她越想越觉得害怕，本就忐忑的心突然狠狠地抽了一下。

这时，拉帕突然吠了起来。鸟儿止声，大风在树枝间穿梭。

"拉帕见到了库巴的灵魂！"怀特克咕哝着，害怕地在胸前画了个十字。

"傻瓜！快去休息吧！"汉卡说。

"他确实经常过来，拿草喂马儿。真的，已经很多次了！"

她没把怀特克的话放在心上。此时万籁俱静。她静静地坐着，对苦痛已经麻木了，不断重复着："逃离这里！一辈子都不回来，慈悲的天主啊！一辈子都不回来！"

第九章

圣灵出世节用来装饰门口的绿枝还未枯萎，罗赫在某个清晨出人意料地来到村子。

他之前先去听了弥撒，与神父畅谈后才进村的。空闲着的人很少，多数人都在马铃薯田里干活儿。可是村里的消息从来都传得很快，他离别了许久，所以很多人都来对他表示欢迎。

他仍旧穿着那件灰白色的带兜外套，脖子上系着那串念珠。虽然拄着拐杖，但还是昂起了头，徐徐走来。

他环顾周围，欣慰地笑对万物，亲切地向每个人问好。摸摸小孩子的脑袋，跟妇女们打招呼，感觉就跟昨天一样，他很宽慰。

他们很好奇他这段时间的去向，他回答："在钦斯托合娲城，祈求天主的饶恕。"

大家为罗赫的归来而喜悦，赶忙跟他讲述了村里的情况，希望得到他的建议，还有人对邻居的所作所为发牢骚，每个人都想跟他单独地促膝长谈。

他说自己很疲倦，大家需要等他缓过来。他会在丽卜卡村待一两天的。

刚说完，每个人都踊跃地恳求他住在自己家。不过他说他以前答应过汉卡了，若是之后还有人留他，他就多待几天。所以，他就往波瑞纳家去了。

汉卡自然满心欢喜。他把拐杖和布袋放下就立即去看望老头子。

"把爹移到果园里去了。屋里热得不能睡人。我们给你准备了些牛奶，你要是愿意的话，就来吃几颗蛋。"

罗赫迅速往果园走去，弯下身子走过低垂的枝丫，就来到了病人旁边。病人躺在篮子似的吊床上，身上还盖着一件羊皮外套。拉帕在他脚边守着。怀特克的颧鸟在果树之间大摇大摆地走着，就像在给他们站岗。

果树长势茂盛，树枝与树叶几乎把阳光全都隔绝了，只在间隙漏下几个金蜘蛛般的光点。

马西亚斯仰面躺着。深色的树枝像一件罩衣在他的头顶晃动，轻声说着自己的语言，微风拂过，湛蓝的天空在枝叶间出现，把阳光洒落在他脸上。

罗赫在他旁边坐下。病人迅速转过头来。

"啊，马西亚斯，你还记得我吗？记得我吗？"

老波瑞纳的脸上浮现出一抹笑容，他的眼皮和苍白的嘴唇都在微微颤动。可是什么都没说出来。

"如果天主的旨意就是要你康复，你也有可能好转的。"

他也许明白这句话的意思，轻微地摇摇头，把脸朝向另一个方向，凝视着摇曳的树枝和时隐时现的阳光。

罗赫叹息一声，对着病人画了个十字，就走回屋内了。

汉卡问道："哦，爹是不是好些了？"

沉默许久之后，他严肃地用低沉的嗓音说："灯在熄灭前的最后一刻总会突然亮一下。马西亚斯估计不行了。他能活到现在已是意料之外。"

"他没吃什么东西，连牛奶都不愿意喝了。"

"你做好办后事的准备吧。"

"是的，安布罗斯前两天也这样对我说过，还让我快些把棺材打造好。"

他难过地说："还是都准备好吧，马上就用得着棺材了。没人拦得住将要离世的灵魂，哭也没用。不然的话，可能有人都活了几世纪了。"他一边喝着牛奶，一边询问村里的情况。

她讲的他之前在路上都听说过了。直到后来，她终于倾诉起自己的烦心事。

"幼姿卡去哪儿了？"

"田里，跟阿莫尔尼基们和雅固丝坦卡一起在马铃薯田里干活儿。彼德去森林了，帮忙斯塔赫运载木头盖房子。"

"啊？他要盖房子吗？"

"是的，阿瑟克先生免费送他十棵松树。"

"免费送给他？别人之前说的时候我还不怎么相信。"

"的确难以置信！刚开始也确实没人相信。他只是口头承诺。许诺谁不会啊？常言道：'只有傻瓜才相信诺言。'然后，他让斯塔赫带上他写的信去找大地主。就连薇伦卡都出来阻止，没必要跑坏一双鞋子，还白白被大地主嘲笑。不过斯塔赫坚持要去。他把信带过去后，大地主请他进房间喝伏特加，还对他说：'你把车子赶过去，林务官会为你挑选十棵好树的。'他向克伦巴和村长借了车，我就把彼德派过去了。大地主果然在空地等他，然后亲自选了十根最好的木材，那堆木材是在冬天砍下的准备卖给犹太人的！如今，斯塔赫已经在建造那栋漂亮的屋子了。他如何感谢阿瑟克先生就不用叙述了。我们一直把他当成穷人和傻瓜，没人知道他是哪儿来的钱。他喜欢在圣像下或者麦田里拉他的小提琴，偶尔说出的话也没什么逻辑，就像精神失常一样。谁都没有料到他真正是个有头脸的人物，甚至大地主都会按他的要求行事。谁敢相信这是事实呢？"

"判断一个人的好坏不能依靠外貌，而要看其行为。"

"可是，他送的这些木料，马修估价最少值一千兹罗提，却只需要对方的一句'谢谢'！啊，真是听都没听说过！"

"据说他想在那栋旧屋子里度过剩下的人生。"

"荒谬！那栋破屋子比一只破鞋子强不了多少。大家一直觉得另有隐情，薇伦卡还去向神父讨教，被神父骂傻女人。"

"这就是了。安心地接受别人的馈赠，感谢天主慈悲。"

"话是没错，可是就这样收下了这么贵重的东西感觉很奇怪，更何况是来自大地主的馈赠！怎么可能发生这样的事啊！没人因为善良而赠送东西给农夫吧！就算是最简单的请教，别人也都得先瞧瞧我们愿意奉献什么。你能空着手去找官吏办事吗？他们肯定会说：'明天再来'或是'下个星期再来'！哦，安提克的事情让我学会了不少那方面的事，我已经在那上面花了好多钱了。"

"你的话让我想起了安提克。我去过镇上。"

"看到他了吗？"

"不，我没时间。"

"我前段时间也去过，可是没见着面。也不知道何时才能再看到他。"

他微笑着说："可能比你想象中的还快。"

"天哪！你确定？"

"是真的，我在警察局里听说，只要交上五百卢布就可以让安提克在审判前开释。"

"铁匠也说是这么多！"她把铁匠的主意细细讲述一遍。

"的确有道理。可是既然是他说出来的，你就得提防！他肯定是为了某种利益。先别变卖东西。'人骑骏马离开，却要衣衫褴褛地徒步归家。'有人愿意代交保释金吗？总要找出这个人。要是手头有足够的钱就好了！"

她畏畏缩缩地说："可能有吧。我有些现钱，不过我不会算。"

"拿过来，我们一起算算。"

她迅速走开又回来，把门关好，在他膝上放下一包东西。

里面有纸币、银币和金币，还有六串珊瑚项链。

"这是他亡妻的遗产。他起先给了雅歌娜，可能后来又要回来了。"她低低地说着，蹲在罗赫坐的椅子边，看罗赫估算价钱。

"一共四百三十二卢布五兹罗提。是马西亚斯给你的吧？"

她涨红了脸，结巴地说："是的，是的，他在复活节的时候给我的。"

"虽然还不够，但是你能卖点牲口。"

"这能办到。母猪能卖，不会生产的母牛也能卖。犹太人之前就说要买了。或许还可以值几蒲式耳的麦子吧。"

"那么只靠自己就能把安提克保释出来了。还有人知道这笔钱在你手上吗？"

"爹让我用这个把安提克弄出来，不让我跟别人说。你是最先知道的，要是被麦克……"

"不用担心，我不会告诉别人的。时机一到，我们就一起去把安提克保释回来。云开雾散，雨过天晴，亲爱的孩子！"他说着亲吻她的头顶，她跪着道谢。

她的泪水也是充满喜悦的，哭着说："即使是我的亲生父亲也比不上你。"

"你丈夫很快就能回来了，天主保佑！雅歌娜去哪儿了？"

"一大早就跟她母亲和乡长去镇上了。据说多明尼克太太要去寻一个公证人，把全部土地都让给雅歌娜继承。"

"全都给雅歌娜？那她的儿子们呢？"

"他们要求她把土地分了，她故意气他们的。她家现在就是地狱，乡长站在多明尼克太太这一边。当家人临死之前指定要他当孩子们的监护人。"

"真的吗？我知道的则是另一番事迹。"

"那是真的。他的确是喜欢雅歌娜的，只不过那行径让人不齿。他已经过了壮年，不过精力旺盛。我曾亲眼看见他们在果园里。"

"我能在哪儿躺躺吗？"

她让他去幼姿卡床上睡，不过他说宁可去马厩。

"你把钱藏个好地方！"他临走之前嘱咐道。

一直到午餐时间了他才出现。吃完饭后说要去村里看看，汉卡畏畏缩缩地提出一个要求。

"罗赫，你愿意帮我们装饰圣台吗？"

"哦，是的，明天是圣体节。你准备把圣台立在哪里呢？"

"跟以前一样，立在门廊外。我现在就让彼德去森林捡装饰用的枞树和松树枝，让雅固丝坦卡和幼姿卡采回花朵做花环。"

"蜡烛和圣台准备好了吗？"

"今天早上，安布罗斯同意我从教堂里拿些过来。"

"还有哪些人家要立圣台呢？"

"池塘这边有乡长家，那边有磨坊主家和普罗什卡家。"

"我一定会帮忙的。不过我要先去找阿瑟克先生，天黑前回来。"

"那么请你转告薇伦卡，让她明天早点过来帮忙。"

他点点头，往斯塔赫的破屋子走去。

阿瑟克先生跟往常一样坐在门口抽烟，摸摸胡子，注视着在随风起伏的麦浪上空拍打翅膀的小鸟。

屋子前面的樱桃树下放着几根巨大的木材。老白利特杉不知道到底要干什么，时而拿斧头敲敲树，时而用斧头削着突出的木节，嘴里一直不停地说着话。

"哈哈，感谢你们来了这里！马修会让你们物尽其用，绝对不会降了你们的位份。没错，你们就要在这里安家了，不会受日晒雨淋了，不用担心。"

"他把木头当活物，在跟它说话！"罗赫惊奇地说。

"坐下来吧。他今天可高兴了。听！"

老头儿轻柔地摸摸布满斑驳树脂的树皮，接着说："可怜的受苦人，你们之前住在森林里。如今该好好休息了，再也不会有磨难了！"

然后，他走到最大最粗的那根木材旁边，蹲下身子，陶醉地看着那锯得平整的黄色年轮，咕哝道：

"那么大的一棵树，不是依旧会被砍倒吗？犹太人本想把你们送去镇上，不过天主保佑，让你们留在了农夫身边。他们会把圣像挂在你的身上，神父还会给你洒上圣水。真的！"

阿瑟克先生的嘴角泛起了笑容，跟罗赫说了几句话就带着小提琴，从田间往森林走去。

罗赫接着听薇伦卡讲话，天色渐暗。

第二天是个节日，所以村民们提前归家。妇女们在屋外编花彩，孩子们则一捧一捧地搬翠绿的菖蒲和灯芯草。普罗什卡家和磨坊主家门前堆满了枞树和桦树枝，以便在立圣台的地点插上去。姑娘们则用绿叶点缀墙壁。她们甚至还用沙砾填上了路上的坑洞。

罗赫跟薇伦卡告别，正准备踏上白杨路，有人骑着马飞快地奔跑着，扬起一阵尘土。那辆给斯塔赫运木材的马车挡住了去路，他就打算从田里绕过去。

"你跑得这么快，马儿会受不了的。"他无视人们的劝告。从人们旁边绕过，继续前行着，只听得马儿喘粗气的声音。

罗赫大喊："亚当！等等！"

小克伦巴稍作停顿，就大声嚷道：

"知道吗？有两个人死在了森林里。哦，天哪！我怕极了！我只是过去照料马儿，再准备跟古尔巴斯这家伙一起回家，然后在波瑞纳立的十字架那边，我的马儿怎么都不愿意走了。我上前查看，发现柏树丛里躺着两个人。我喊他们起来，可是他们跟死人一样对我不理不睬。"

"傻瓜，你在说什么傻话啊？"所有人都嚷起来。

"不信就自己看吧，他们还躺着！古尔巴斯也看见了，不过他去找阿莫尔尼基们了。"

"天哪！快去通知乡长。"

"他去镇上了，还没回家。"有人说道。

"那就通知村长！他在铁匠家旁边，跟别人一起修路呢。"他驾马离去，人们还在叫喊。

这关乎人命的消息飞速散开，大家都害怕地在胸前画十字。有人跑去告诉出来打听消息的神父。大家都忐忑地等着村长的归来，他跟克伦巴和另外几个人驾车去现场了。

他们等了很长时间。他回来的时候天已经全黑，还意外地带着乡长的马车一起回来了。他的心情很糟糕，大骂着抽打自己的老马，竭力从人群中穿过。有人抓住了马笼头，迫使他停下来，他于是大骂道：

"这几个调皮的小鬼！这是他们的恶作剧。没人死，别人只不过在那儿睡觉。哦，要是让我抓住小克伦巴的话，我一定好好教训他一顿，狠狠地教训一顿！路上遇见了乡长，就把他载回来了就是这样！走吧，马儿！"

有人瞥到了那敞开的车子里面，问道："可是，乡长出什么事了？像个病人一样趴着！"

"他只是在睡觉而已！"村长鞭打马儿，催促它快些离开。

"这么调皮的小鬼！竟这样造谣生事！"

"都是小古尔巴斯的主意，他最擅长恶作剧了！"

"欠棍子揍！让他们尝尝这样做的后果！"

他们一边骂着，一边各自回家，在路上遇见了由柯齐尔太太带头的阿莫尔尼基们，肩负沉重的木柴，被重担压弯了腰。瞧到了大家，就站直身子，倚在木柴上。

她累得直喘粗气，但还是冷冷地说道："村长把你们大家都骗了！哈哈，森林里的确没看到死人，可是发生了比死人更严重的事。"

她的话吸引来了不少人。见状，她干脆讲出了她的版本。

"小古尔巴斯冲过来找我的时候，我正在森林的小道上往十字架那边走，他说他在柏树丛里看见了死人。我觉得还是眼见为实。于是他领我去了，的确，很远就能看见两个人在那儿躺着。菲利普卡卡胆怯地不敢上前，乔治太太也一直不停地祷告，我也被吓住了，不过我还是借助着画十字的力量上前了，结果你们猜我看到了什么？乡长没穿外套，雅歌娜·波瑞纳就躺在旁边。他们都睡得死死的，还有一阵酒气！她衣衫凌乱，我反正是没那么厚脸皮说出来的，乱得像是罪恶之都！我年纪这么大了，之前却从未有如此见闻。等村长过去了，雅歌娜就逃开了。不过乡长像一摊烂泥，花了好长时间才上车！"

有人感叹道："天主慈悲！这是丽卜卡村前所未有的事情！"

"如果两个人只是长工和女佣倒也罢了！只是他是大农户，是父亲，还是乡长！"

"波瑞纳就要不行了，甚至连水都喝不上。可是她　　　"

"我真想点上圣烛把她驱离出境，这个荡妇！不，我想拿教鞭在教堂前抽她！"柯齐尔太太嚷道。

"多明尼克太太在哪儿呢？"

"他们在镇上扔下她了吧，她不是碍事吗？"

"哦，这是可耻的罪恶！连带着我们也没脸了。"

"那个雅歌娜，那样一个荡妇，以后还是会胡来！"

他们回到家了还在咒骂，心中全是恐怖与愤怒，有些胆小的女人已经哭了起来。担心天主将罪罚降临给所有人。整个村子都是议论声和哀叹声。

几个年轻人把小古尔巴斯拉过去询问细节。

亚当·瓦尼克说："我们的乡长可是一个出了名的色狼。"

"他不会有好果子吃的，他妻子会把他的头发都给扯了！"

"而且半年内是不会跟他相处的。"

"哦，他才不会在意这个！"

"的确，为了雅歌娜这样的美人，男人们什么事做不出来？"

"是的，就算是大地主的女儿也比不上她，她的眼神会让男人着迷的！"

"那么甜蜜！难怪就连安提克·波瑞纳都……"

"大家不要再说了！古尔巴斯骗人的。柯齐尔太太也没说实话。他们肯定是在报复乡长，事实如何我们还都不清楚。"马修关切地说。不过他的话被到来的乡长的弟弟乔治打断了。

"怎么样？乡长醒了吗？"村民们问道。

他说："他是我亲哥哥。不过出了这样的丑事，我眼中的他只是一条恶犬！"他突然提高嗓门："但是，都是那个荡妇的错！"

波瑞纳家的长工彼德冲向乔治，大喊道："胡说八道！这样的话都说出来了，你不是就跟那汪汪乱吠的野狗一样吗？"

人们被这突发的状况吓住了。他握紧拳头接着说：

"除开乡长不算，有谁觉得自己是无罪的？难道是雅歌娜给乡长送珊瑚？是雅歌娜带乡长去酒店？是雅歌娜整夜在果园里等乡长过去？乡长总是调戏她，对她穷追不舍！我对这个最有发言权了！乡长曾经还想过给她下迷药呢。我会不知道吗？"

"你这个只知道维护她的畜生，给我闭嘴，小心你的裤带掉下来了！"

"不过她会知道你为她所做的一切，给你丰厚的奖赏！"

"也有可能送给你一条马西亚斯之前穿过的短裤！"

他们恶毒地嘲讽道，恨不得笑破了肚子。

"她的丈夫此刻也不能为她辩护了，那么我来帮她，所以我就是要说。没错，我必须帮她，狗娘养的！你们谁再说她的坏话试试！哦，只会乱吠的野狗们，如果你们的妹妹或妻子这样的话，你们铁定什么都不说！"

斯塔赫·普罗什卡大声吼道："闭嘴，马夫！谁给你的权利在这儿大呼小叫？管住你的马尾巴吧！"

瓦尼克附和道："小心点，不然的话可不只有一顿骂等着你哦！"

他们离开之前，还一齐嚷道："不要管我们大农户的闲事，你这肮脏的睡草铺的家伙！"

"哦，你们这些让人恶心的家伙！没错，我是马夫。可是至少我没有偷过一斗麦子去卖给犹太人！你们懂什么？"他对着那群人的背影吼着，他们自知不如，没人再骂回去，径直往家里走去了。

那天晚上的天气出现了异常：风很大，但又很明朗。太阳落山许久之后，天空仍旧悬着一道红艳的光缝。村里笼罩着一股不安的氛围。狂风怒吼着，却也只摇晃着高空的树枝。也不知道是怎么了，白鹅在院子里闹个不停。家犬屋里屋外地到处乱跑。很少有人留在家里或坐在门口的台阶上。大家都成群地聚集在屋子附近，跟邻居谈话。

汉卡跟几个特意过来安慰她的朋友一起，她们顺带着问了些关于雅歌娜的消息。当她们把话题绕过来的时候，她鄙夷地说：

"这既是耻辱，也是罪恶，同时更是一个不幸！"

"是的，这件事很快就会传到全教区！"

"我们还会被人说是最糟糕的村子。"

"全丽卜卡村的女人都会蒙受这个耻辱。"

雅固丝坦卡冷笑道："如果大家都跟雅歌娜一样受男人们的欢迎，那么这样的事恐怕就不止一件了。"

"不要说了，现在怎么还有心思嘲笑！"汉卡严厉地骂道，她不敢再说了。

汉卡因为家丑感到很难堪。不过最开始的愤怒已经渐渐消退。等拜访的人都离开了，她就去了屋子的另一边，表面是去看望马西亚斯。她看到雅歌娜穿着整套衣服沉睡着，就关好门，在黑暗中替她把衣服脱下来了。

很快，她的心中浮现起满腔的怜悯之情，暗自想着："但愿天主可怜一下她的命运吧！"

雅固丝坦卡感觉到她态度的转变，勉强说道：

"雅歌娜毕竟是有错的，不过最大的过错是由乡长造成的。"

"是的，就是他！他得为这一切承担责任！"汉卡表示同意，彼德感激地看了她一眼。

感受到这件事引起了大家的公愤，普罗什卡和柯齐尔夫妇就到处去宣扬乡长的过错，鼓动村民反抗，一直到半夜也不停歇。普罗什卡在别人家里像开玩笑似的说：

"哦，哦，我们的乡长可真是了不得，全教区没有比他更棒的了！"

他发现大家听不出来他的潜台词，就把他们请去酒店，已经有些小农户聚集起来了。他热情地请他们喝酒，等他们喝到脸色通红了，就开始批判起了乡长。

"我们的乡长办的事可真了不得，不是吗？"

柯伯斯谨慎地说："而且这也不是第一次干这种事。"

"他的破事我全知道，我知道！我知道！但我不告诉你们！"西科拉喊道，他喝醉了，身子倚靠在吧台上。

"你的事我也知道，我知道，可是我还是不告诉你们。"他接着咕哝着。

普罗什卡又要了些酒。"我们能做的就是不让他当这个乡长。我们自己选的，我们就有权利让他下台。他的所作所为给村子带来了莫大的耻辱。他还做过比这个更恶劣的事。他跟大地主勾结，不断夺取我们的利益。他想建立一个只教俄文的学校。他也劝告大地主卖掉波德莱西，让它落到德国人手里。他总是大吃大喝，他建谷仓、买马。他每个星期都有肉吃，他还喝茶呢！我想说，他的钱是从哪儿来的？总不会是他自己的吧！"

西科拉插话道："我明白的，乡长是猪，但是你同样想在这猪槽里分 杯羹！"

"他喝多了，不知道在说些什么乱七八糟的！"

"我也明白，你不是当乡长的料！"

因此，他们扔下了西科拉，出去在黑暗中继续探讨。

第二天，乡长的丑闻被更加夸大了。就连神父也取消了往年的在他门口搭设的圣台。神父清晨就让人去找昨天深夜才回家的多明尼克太太。神父是真的发脾气了，他骂了风琴师，还用长烟管敲了安布罗斯一下！

圣体节如期而至，天气仍旧那么闷热而宁静。太阳一出来就是炙热的。空气干燥，树枝和麦子都无力地垂下。滚烫的沙地恨不得让人的脚底冒烟。树脂大滴大滴地从墙壁往外面渗。

这样热的天已然成为灾祸，不过村民们忙着为仪式做准备，倒也没把热天放在心上。被安排着捧圣物、圣龛和圣像的姑娘们到处穿梭，梳妆打扮，忙个不停。年长的人则加快速度布置圣台，磨坊主家、代替乡长的神父家和波瑞纳家门前分别有一座。天还没大亮，汉卡和家里人就忙着干活儿。

他们最快把圣台布置好，而且相当精美，受到了比磨坊主家更多的称赞。

的确是更胜一筹的。他们用桦树枝编了一个小型的教堂，立在门廊外，再拿几块彩色的羊毛罩着。小教堂里面的平台突出的地方就是圣台，用白色的餐布和细亚麻布打底，用小蜡烛和插有鲜花的瓶子作为装饰，幼姿卡还特意在花瓶上贴了镀金的格式图纸。

圣台上方悬有一幅巨大的圣母像，旁边还挂着几张小型画像。为使整个场景更加和谐，他们还把娜丝特卡带过来的画眉鸟放在圣台上悬着的鸟笼里。

他们还用枞树枝和桦树枝交替铺出了一条小路，再撒上均匀的黄沙掩好，外加一层菖蒲。

幼姿卡采了好多花：矢车菊、燕草和野豌豆花。做成了不少花环，只要能挂花环的地方都被挂上了，圣像也好，烛台也好，就连圣台前的空地上都撒上了花瓣。房屋也沾光了。墙壁和窗户都缀有绿叶，屋脊上插满了摇曳的菖蒲。

每个人都努力地做好自己的事，除了雅歌娜，她一大早就出去了，不知所踪。

　　她们最早完成，不过此时的太阳也已经完全升起，越来越多的邻村人进村了。

　　她们赶紧梳妆打扮，准备去教堂。

　　怀特克单独在家。一群群孩子挤进来观赏圣台，对着画眉鸟吹口哨。他本想拿大树枝拦住他们，可是没有用。因此，他把颧鸟放出来了，它悄悄溜过去啄他们光溜溜的小腿，他们一下子就散开了。

　　弥撒钟声第一次响起的时候，她们一起出门了。幼姿卡穿着纯白的衣服走在最前面，手拿《圣经》，鞋子上还饰有一个大红色的蝴蝶结。

　　"怀特克，你看我的打扮好看吗？"她在怀特克身前旋转一圈。

　　"你比最白的白鹅还要美！"他称赞说。

　　"你的见识绝不比你的皮靴强多少！汉卡说我是全村里打扮得最好看的。"她止步，把她的短裙往下扯了扯。

　　"我能透过裙子看到你通红的膝盖，就像透过羽毛看到白鹅的肉！"

　　"傻家伙！"她凑过来警告说，"把颧鸟藏起来，小心神父来这儿游行的时候认出它了。"

　　"哦，可是女主人打扮得真美，就跟火鸡一样！"他兴奋地想着，看着她们远去。然后他还是依着幼姿卡的劝告，把颧鸟关进了马铃薯坑，让拉帕出来看守圣台。接着他去看望马西亚斯，病人还是那样在果园里躺着。

　　村子里杳无人烟。教堂里的仪式开始了。神父主持弥撒，风琴奏得声很大。布道完了的时候，浑厚的钟声响起，屋顶的白鸽都逃离了。然后，信众从大门涌出，圣烛的火焰闪烁着，身着白衣的姑娘们抬着圣像，顶着大红华盖的神父走在最后，手里还捧着金色的圣龛。

他们列队，人群中开出了一条狭窄的通路，手捧着闪耀的圣烛守护在两边，神父高歌：

主啊！我站在你的门外！

人群跟着齐声唱和，那声音响彻云霄：

我的灵魂恭候你的意旨！

他们边唱边行，墓地狭窄的大门附近挤满了人。那是整个教区的人数。大地主的家人都来了。几个地主老爷簇拥着神父，或捧着圣烛紧跟着神父。扛着华盖的是教区的大农户，可能由于近期的丑闻，其间没有一个丽卜卡村村民。

他们从阴暗的墓地走到耀眼的、燥热的空地，艳阳高照，人们恨不得连眼睛都睁不开，钟声之中，人们继续前行。歌声响起，香烟随尘土飞扬，圣烛的火焰闪烁着，鲜艳的花瓣徐徐落下，在神父身边四散。

密密麻麻的人群发出沉重的脚步声，高声歌唱，就像一条活跃的彩色溪流。红色的华盖则是一叶扁舟，从中跌宕。圣旗在蒙着薄纱、缀有鲜花的画像和雕像边招展。

他们继续前行，摩肩接踵，每个人都唱得起劲儿，号召整个世界都来赞颂天主，号召这高大的菩提树、深色的赤杨、波光粼粼的水面、纤细的桦树、低矮的果园、翠绿的田野和所有瞧不见的远方，都来给颂歌伴奏。燥热的空气挡不住那震天的歌声，歌声飞向清澈的蓝天，飞向炙热的太阳！

这歌声惊扰了树叶，震落了最后几个花瓣。

神父在波瑞纳家的圣台前诵读了第一篇福音，稍做停顿便转往磨坊主家。

此时的天气已经接近人不能忍受的程度了。大家的喉咙都干得跟尘土一样。太阳表面像蒙上了一层纱。明朗的天空飘浮着长长的云翳。万物的轮廓在这过热的空气中似乎是颤抖的。一场风暴就要到来。

仪式花了整整一个小时，神父身上湿透了，脸红得像甜菜根。不过他还是坚持着那分肃穆，每个圣台都去到，听着信众诵读福音，吟诵赞歌。

有时，人们的歌声会停顿，云雀就接上去"布谷，布谷"！其间，浑厚的钟声不止。

虽然歌声再次响起，农夫们的大声音、女人们的尖嗓子和孩子们的童声，加上铃铛的叮叮声和地面脚步的砰砰声混在一起也抵不了纯澈的钟声，那钟声欢乐而宏伟，就像铁锤敲上了太阳锣，强大的旋律响彻整个村子。

人们再次回到教堂，继续冗长的礼拜。风琴的演奏悠扬，人们高声歌唱！

最后，人们终于散了。天色突然暗沉下来，远处传来滚滚雷声，干燥的飓风袭来，树枝剧烈地碰撞，地面掀起了厚重的尘土。

外村的人赶紧驾车回家。天空飘下一阵毛毛细雨，使人觉得更加闷热了，太阳则丝毫不收之前的热浪。蛙鸣渐渐归于沉寂。那股灰暗越来越近，已经看不清远方了。雷声骤起，道道苍白的闪电在青黑色的东方落下。

暴风雨由东而来，厚厚的乌云以新月之势逼近，包含着雨水，甚至冰雹。狂风呼啸，掠过树梢，吹向麦田，鸟儿聒噪地躲到屋檐下避雨，狗儿也狂奔回家。在外的牲口匆匆离开田野。灰尘卷起的旋涡跳着舞，雷声也在不断逼近中。

没过多久，太阳完全被铁锈色的蒸汽遮住，就像隔着一块半透明的玻璃窗。雷声快到村子上空了，时不时刮起的狂风似乎能撼动大树。第一个霹雳落在森林里，天空变得乌黑，太阳完全消失了，狂风呼啸，雷霆万钧。地面似乎在雷声之中颤抖，乌黑的天空劈下的道道闪电把人的眼睛都晃花了。

房屋也在这一片混乱中颤抖，万物生惧。

所幸的是暴风雨绕过这里离开了。闪电落在远方，狂风还没到最盛时就已退下，天空再次晴朗起来。晚祷前还下了好大的雨，带来的洪流把麦子都弄倒伏了，池塘的水位升高了不少，每条沟渠、田埂和犁畦都积起了直冒泡的污水。

直到黄昏时分，万物才回归常态，雨过天晴，太阳像鲜红的火球高悬。

此时，丽卜卡村终于透过气来了，村民们看着远方，充满感激地吮吸这清爽的、带有泥土气息的空气，小桦树和薄荷的芳香尤为突出。路上坑洞里的积水反射着夕阳的红光，树叶和青草翠绿发亮，冒泡的积水喧嚣地向池塘奔流而去，像液态的火焰。

轻风拂过，搅起倒伏的麦子，森林和田野里散发着清新的凉意。孩子们兴奋地跑去小溪和沟渠玩水，鸟儿啁啾，家犬闲逛。神父的珍珠鸡立在篱笆上啼叫。到处都是惬意的聊天声和欢快的叫喊声。

不大一会儿，从磨坊附近传来情歌声：

> 好久，好久，我一直等候，
> 我全身被露珠湿透。
> 爱人，爱人，
> 让我来把你守候！
> 在田野那边牛群的哞哞声中响起了牧人的歌声：
> 亲爱的，你一早承诺，
> 等到黑麦收割，就跟我成婚，
> 不会拖延一分。
> 黑麦、小麦和燕麦全割了，
> 也没等到你跟我成婚！
> 哦，嗒哪，嗒嗒哪！

躲避风雨的马车渐次离开。不过也留下了一些邻村的农夫在前不久来帮忙种地的朋友家做客。大农户以好酒好肉招待他们，小农户则带上他们的朋友去酒店，宾主尽欢。人越多越玩得尽兴。

来了几位乐师。晚祷后，酒店里响起了小提琴的悠悠声、低音提琴的隆隆声和打鼓的嘭嘭声。

复活节之后，大家都无暇娱乐，如今恰是寻着了一个好时机。

由于人太多，酒店容纳不了，许多人只能坐在外面的木头上。不过，天气放晴了，金色的天空蔚为壮观。他们成群地坐着，叫酒来喝。

酒店里多是年轻人，他们迅速跳起了奥伯瑞克，不停地旋转，拥挤的人群和整齐的脚步震得墙壁和地板都抖了起来。跟娜丝特卡一起带头起舞的是谁？当然是多明尼克太太的儿子西蒙。他弟弟安德鲁在一旁扯他的袖子，让他不要一起跳，他才不会听他的。他的心情好极了，不仅自己放开了喝酒，还非要娜丝特卡和朋友们一起喝，又扔给乐队五戈比，让他们再加把劲儿。他搂住娜丝特卡的腰，大喊："来吧，大家，跳起来！按照波兰人的一贯作风用力跳起来！"

他像脱缰的野马在屋子里飞转，叫喊着，狠命地蹬着地板。

安布罗斯嘀咕着："他的靴子里连半根稻草都没有，浪荡小子！"他看着人们因喝酒而起的喉咙抽动。"他的腿甩得跟连枷似的，但愿不要甩脱臼了！"他加大嗓门，走近了去。

马修恶毒地反驳："小心别让你自己的腿掉了。"他说的是老头的木头假腿。

"哦，真心希望能跟你同饮！"他想和解，笑着说道。

"喝吧，酒鬼！只是不要连酒杯都吞了！"马修给他倒了一满杯酒，就转过身去了。乡长的弟弟乔治正在跟周围的人小声说着什么。他们聚精会神地在吧台边听着，没有在意身边跳舞的人和眼前的伏特加。他们六个人家里的条件都是当地最好的，对正在讨论的事情很关切。但是酒店的喧闹更甚了，人也越来越多，他们干脆去了犹太人的私人客厅。

这个房间实在太小了，放满了酒店老板的孩子的卧床，桌子周围几乎没有空地。屋椽上挂着一个铜烛台，一根牛油蜡烛正在散发迷蒙的火焰。

乔治给大伙儿倒酒倒了两圈了，还是没人提起之前被打断的话题，终于，马修有些玩味地说："乔治，继续吧，大伙儿都听着，就像乌鸦盼望下雨呢！"

乔治还来得及张嘴，铁匠就进来了，跟所有人问候一声后就开始四处找空地。

"呸！黑面孔来了，总是在没播种的地方抽芽！"马修不假思索地说。但是，为了避免引起对方的愤怒，他赶忙又说："敬你一杯，麦克！"

铁匠一口气喝完，想作出一副什么事都没有的样子来，笑说："我并不是一个爱好偷听秘密的人，可能你们这儿不希望我来吧？"

小普罗什卡答复道："对极了！你跟德国人的关系不错，每逢星期五就跟他们一起吃咸肉，享受咖啡。这大好的节日，你不应该陪着他们吗？"

"你的话就跟喝醉了的人说出来的一样！"

"我说的全都是众所周知的事实。你跟他们的关系很密切。"

"谁请我工作，我就替他干活儿。天经地义。"

瓦尼克暗示着说："工作？你们的交情远不止工作吧。"

普利奇克饱含深意地补充："就跟你和大地主对森林所做的是一样的工作。"

"哈哈！原来我面前的都是审判官呐！你们什么都知道！"

乔治淡淡地看着铁匠躲闪的目光："随他去。每个人都有办事的自由。"

"要是有宪兵在窗外偷听的话，会把你们当作谋逆者抓走的！"他想挑衅，不过嘴唇已经气得抽筋了。

"就算我们有什么阴谋，也不是拿来对付你的，麦克。不值得。"

他听完，戴上帽子就出去了，房门震得山响。

"他估计是听到了什么，现在过来打探实情。"

"也有可能还在外面偷听。"

"随便，他同时还会听到一些关于他的他不会乐意听到的话！"

乔治严肃起来：“大伙儿听我讲！我之前就说了，德国人还没有把波德莱西买下来，不过契约任何时候都有可能生效。据说是下星期四。”

"我们都知道，只是得找出有效的办法！"马修很急躁。

"乔治，出出主意吧，你有学问，又经常读报。"

"你们看，要是德国人成了我们的邻居了，事情就会变得跟‘高尔卡村事件’一样。我们丽卜卡村就永远没有翻身的机会了。"

"我们的父辈只会叹气，根本不知道怎么应对。"

"即使这样，他们也不愿意把土地交到我们手里！"几人齐声叫道。

另一个人嚷道：“德国佬们算什么？有些住在莉西卡，我们把他们的最后一亩地都买回来了。是的，高尔卡村确实不同，但那是我们自己的原因。我们只顾喝酒，不停地打官司，直到最后不得不都出去要饭。"

"那么也能以后再把波德莱西买回来！"安提克的堂兄弟颜德瑞克·波瑞纳建议。

"说起来容易。我们现在连一英亩六十卢布都付不起，将来一百五十卢布又如何承担？"

"要是我们的父辈能把我们的财产提前交给我们，事情就好办多了。"

"确实。那么立即就能找出方法补救。"

乔治插话道：“哦，傻家伙，傻家伙们！维持土地的完整尚且只能勉强度日，只凭一小块土地能干什么呢？"

他们惊得无话可说，因为他说的确是事实。

他接着说："不，错不在于我们的父辈抱住土地不放，而是丽卜卡村地少人多。我们的祖辈当初用来养活三个人的土地现在要养活十个人。"

"分析得真好！是的，你说得对！"他们都赞同这样的说法，同时也觉得自愧不如。

有人说："那么我们把波德莱西买下来，大家平分。"

"你甚至可以买下整个村子，可是，钱呢？"马修不屑地说。

"等等，也许我们能想出对策。"

"你们愿意等就等下去吧，我受够了！我要离开这里，去镇上！"

"随便你。不过，我们要坚守，争取做好应对措施。"

"真是见鬼！既然那么挤，那么吵，一个家里住那么多人，也没看到谁家的墙壁裂了。附近确实有足够大的空间，可那是别人的。不，就算是不吃饭，也没有那么多钱买地，借都没地方借。去他的！"

乔治就把他知道的国外的情形说给大家听，他们悲伤地听着，马修打断了他的话：

"别人的富足是别人的事，与我们有关系吗？只把菜碟给饥饿的人看，他就能饱了吗？其他地区的人们得到了保护，我们有吗？这里的人都像荒地里的野树，无论成功与否，只要愿意缴纳税金，服兵役、服从官员，还有谁来管是死是活？"

乔治沉默地听着，然后开口道：

"要把波德莱西弄到手的方法只有一个。"

此时，大家都凑过来，因为酒店大厅突然哄闹起来，乐声中止，连玻璃窗都震起来了。有人看了情况回来告诉大家，原来是多明尼克太太抓着棍子来找儿子，把所有人都吓着了。她要把他们都赶回去。

不过他们反抗了，反而让她离开。如今西蒙喝够了，安德鲁醉糊涂了，对着烟囱吼什么。他们不愿意再听下去了，乔治继续说着那办法，就是让村民们跟大地主私下达成协议，用一英亩森林换取四英亩农场！

这种方法是可行的，他们感到很惊喜。乔治说普洛兹克有个村庄之前有类似的协议，他从报纸上学来的。

"这法子对我们农民有好处！犹太人，上酒！"小普罗什卡对着门口喊道。

"没错，三英亩森林换十二英亩麦田，谁也不吃亏！"

"十英亩森林就能换好大一块地了！"

"但是，大地主得同意我们进去捡些木柴！"

"另外，还得赠送森林周边的一英亩牧场！"

"还有盖房子要用的木材！"

每个人都想加上附加条件。

马修冷笑着说："再要一套马车和一头母牛好了！"

乔治喊道："不要吵了！现在得给农民们开个会，再去跟大地主讲条件。有可能会成功。"

马修插话说："要是不拿把刀顶着他的脖子，他是不会同意的。他急需用钱，德国人就能给得起。反观我们，我们的农民开会，太太们再补充些意见，要花一个月。那时候地主的地早就卖出去了，没必要理我们，抓着钱只等官司打完。乔治的办法不错，不过得反过来。"

"马修，继续，给大家出主意。"

"不在这里空想，也不用开会，而是行动起来，就像以前保护森林一样！"

乔治嘀咕着："行动起来也不是时时有效的。"

"我觉得可行，不同的方法，但是可以达到同一目的。我们去告诉德国人，不要轻易把波德莱西买回去！"

"他们又不是傻子，会怕我们听我们的话吗？"

"他们要是拒绝了，我们就威胁：不准播种，不准造房子，也不准走出他们的土地。你觉得他们不会担心这些吗？咦，他们就会像被烟熏出来的狐狸一样。"

乔治突然说："天主在看着我们，这样的威胁又会让我们进监狱的！"

"我们也不会在监狱里不出来。等到我们出狱的那一天，他们就没有好果子吃了。他们不蠢，会把自己的利益放在首位。若是没有了买主，跟大地主谈条件就容易得多，不然的话……"

乔治不能再闷不作声了。他起身劝大家不要铤而走险。因为这样做会被告上法庭的，又给大家惹来一场灾难，也有可能会被判定为谋反投入狱中，一关就是几年！他补充道，跟大地主通过和平的方式谈判也不失为一个好办法。他接着说，脸色涨得通红，亲吻大家，劝他们不要这么做。可是，没人听他的话，终于，马修说道：

"你这是在讲道，跟一板一眼的书上说的一样。可是我们不需要这样的言论！"

听完他的话，大家都拿拳头猛敲桌子，议论纷纷：

"万岁！万岁！赶走德国佬！赶走长裤仔！我们要遵循马修的话，谁要是做胆小鬼，就干脆躲着不出来吧！"

他们被激动冲昏了头脑。

此时，犹太人送进来一瓶酒。一边抹着桌上洒落的酒，一边听他们说话，之后犹豫着说：

"马修给你们的建议不错。"

"什么？颜喀尔跟德国人对着干？这是真的吗？"他们惊讶地问。

"因为我宁愿帮助当地人。我们在这里的日子本就不好过，生活艰苦，不过天主保佑，我们仍旧能生活下去。如果德国人过来了，不仅我们穷苦的犹太人，就算是狗也会饿死的，真希望他们死光！来场瘟疫灭掉他们！"

"哇，犹太人支持我们！真的没听说过！"他们惊得愣住了。

"没错，我是犹太人，但是我不是住在森林里的野人。我跟你们没太大的区别，我也出生在这里，父辈和祖辈也出生在这里！我不应该是你们的一员吗？你们好我也就好了。你们的财产越多，我的生意就越兴旺。我也赞成你们的计划，送你们一瓶酒，愿你们身体健康，哦，波德莱西的大农户们！"他大喊着，敬乔治一杯酒。

之后，他们继续欢快地畅饮，恨不得亲上犹太人长长的胡须。他们把他纳入自己的队伍，重新整理好计划，细节也商量得格外细致。不久之后，连乔治都宽慰了许多。

不过，会议就快结束，马修站起身对大家嚷着："伙计们，去外面的大厅吧，让我们伸展伸展拳脚！商量得差不多了。"于是他们一起出去。

马修把泰瑞沙从别人的怀里扯过来。其他人也有样学样，拉出在角落里的姑娘，邀请乐师开始演奏，然后就跳起舞来。

乐师们起劲儿了，他们了解马修，那是一个赏钱和揍人都毫不犹豫的主。

酒店里的人都兴奋地舞动起来，热得汗水直往外涌。喧嚣声、跺脚声、音乐声和叫喊声一直传到外面，就像是从沸腾锅里的裂缝挤出去的一般。外面的人也尽兴了，觥筹交错，聊天的声音越来越大，越来越激动。

夜色降临，星星在天空闪烁，树木在地上低语。泥沼那边青蛙的叫声似乎变得沙哑，时不时有些小虫子飞来飞去。夜莺在果园里唱着悠扬的歌，萦绕着热气和香味。人们乐意沐浴这清爽的风，偶尔会出来一对相互搂着的情侣，慢慢在黑夜里没影了。外面的说话声又大又快，所有人一起混着说话，很难听得清楚说了些什么。

"我一松手，那猪还没来得及把鼻子拱进马铃薯堆里，哇！她就大喊大叫地冲过来！"

"把她赶走！不要让她回来了！"

"我记得年轻时就有过赶人的事。她在教堂门口被打得流血，之后就被赶出来村界。之后一切太平。"

"犹太人，来一满杯，快点！"

"让我们重新选出一位乡长吧。大家都赞成。"

"遏制住罪恶的根源，否则根越扎越深！"

"你敬我一杯酒吧。找就跟你说！"

"紧紧抓住牛角，不倒地不罢休！"

"两英亩加一英亩等于三英亩。三英亩加一英亩等于四英亩！"

"喝吧，兄弟，就像我的亲兄弟！"

暗处不断涌现出不连贯的话，弄不清是谁在说，是谁在听。之后安布罗斯喝多了，到处乱绕，哼哼唧唧地讨酒吃，可是他几乎站不稳，摇晃着身子。

"你，佛依特克，你的洗礼还是我做的。为你敲结婚的钟声时，手臂都震得酥麻。来，兄弟，只要一杯！或者，你愿意请我喝一打兰？我会为她敲'安息钟'，方便你娶第二个年轻的、有像大头菜一样结实皮肉的妻子！兄弟，请给我一打兰吧！"

年轻人依旧跳着舞，不知疲倦。屋子里到处都是飘动的女裙和带兜外套的窸窣声。人们跟随音乐的节奏唱起了歌。大家玩得尽兴，就连老婆子都跳起来唱起来了。雅固丝坦卡挤到舞群中央，双手叉腰跺着地板，伴着打油诗的拍子，唱道：

我不怕恶狼，不怕，
二十多只也不在话下。
我不怕敌人，不怕，
就算跟一百个人打架！

第十章

马修、乔治他们那群人觉得从圣体节到星期日的那段时间太难熬了。马修为斯塔赫盖房子的活儿得搁置了，其他人也丢开了手里的事情，天天鼓动大家反抗德国人，让他们树立起把德国人赶出波德莱西的决心。

酒店老板不知疲倦地劝导大家，还请反对这个计划的人喝酒，不惜赊账。可是，没有什么成效。年长的人挠挠头，深深叹息，说是要跟家里的女人讨论过后才能拿主意，而女人们则全部反对抵制德国人。

她们尖声叫道："你们傻了吗？我们为森林所受的惩罚已经够多了，这一件还没了结，又要掀起下一件吗？"村长太太平时文文静静的，可这一次她竟然抄起了扫帚追赶乔治！

"你们要是再煽动大家，我就去告诉宪兵！那么懒！不愿意做事就四处闲逛！"她在家门口对他大声喊着。

巴尔塞瑞克太太也恶狠狠地咒骂马修。

"你们这群无业游民！再闹就放狗赶你们！没错，还要准备一锅开水！"

她们联合起来反抗马修的计划，再怎么恳求都无济于事，他们也听不进去。她们跟男人们吵架，还一直哭个不停。

"我决不让我丈夫去！我要揪住他的外套，就算手被打断了，也不会松开！我们遭受的灾祸太多了！"

马修恼怒极了，万分失望地公开说："真希望来自地狱的雷霆劈在你们身上！就像下雨前的喜鹊叫个不停！跟女人们讲道理，倒不如教小牛犊讲人话！"

他叹息道："不要管她们，乔治。你是不可能得到她们的支持的。你的太太还有可能听从你的话。要不然你收到的只能是一闷棍！"

乔治说："不，高压政策是没用的。我们还得另找方式说服她们。最开始不能直接反对她们，要表示赞同然后再诱导她们支持我们。"

他不希望前功尽弃。虽然最初的他也不赞同这个计划，但是，只要他认定了这是唯一出路，就为之全力以赴。他勇敢又固执，只要确定了的事就一定要做到，决不放弃。她们紧闭着大门，他就透过窗子向里面说话。她们恐吓他。他也不恼怒，只说她们的好话，赞美她们的儿女和良好的生活习惯，然后引入正题。这边败下阵来了就去那边。那两天里，村里哪儿都是他：民宅、菜园、甚至田地，先是随便乱扯，然后回归正题。对那些不了解情况的人，他就在地上画出了波德莱西的分布图和划分的方法，深刻讲解这个计划的利益所在。虽然这个方法是找到了，但要是没有罗赫的支持，一切都是空谈。星期六下午，他深感难为，就把罗赫请到波瑞纳家的谷仓附近，尽管内心还是有些忐忑，也还是讲出了他的看法。

他沉默了一会儿，就说："这样做虽然违法，但是时间紧迫，我们别无选择。我愿意帮你们的忙。"

他迅速赶去教区找神父。神父正在花园里坐着，用人在收割草料。仆人告诉大家，神父最开始是不愿意听罗赫的话的，到了后来却一起谈论了很长时间，罗赫肯定把神父说服了。傍晚时分，村民们都从田里忙完回来，神父假装在外散步，依次走到每家每户，先是随便聊些话题，然后转移到劝导她们：

"大家的本意都是好的。因为必须在时间允许的情况下采取措施。你们还是尽快决定吧。我要去找大地主，尽量获取他的同意。"他最终说服了女人们，农夫们也觉得事有可为。

他们那天晚上还争论了许久，不过星期天早上他们就决定好了：晚祷后，由罗赫带领大家去跟德国人谈判。

罗赫答应大家会去谈判。他们高兴地跑回家。他坐在波瑞纳家的门廊上，静静地数着念珠，陷入沉思中。

时间尚早，他们收拾好餐桌了，彼德还在吃。气温刚好，不冷不热，燕子像子弹一样掠过天空。太阳悬挂在屋顶之上，树荫里青草上的露珠熠熠生光。一股麦子的香味从田野飘来。

星期天的村庄跟往常一样安静。妇女们打扫屋子，孩子们在屋外大碗地喝粥，挥舞着汤匙，叫喊着赶走拉帕。咕噜叫唤的母猪躺在墙边沐浴阳光，小猪仔用鼻子探到它的肚子那儿要吃奶。颧鸟不让母鸡靠近，还到处追赶院子里玩闹的小马驹。果树低语，树枝摇曳，蜜蜂在田间嗡嗡叫着，云雀在天空中唱着歌儿。

星期天异常安静，听得见鸭子在池塘里嘎嘎叫和游泳的少年的嬉闹声。

阳光照射下的马路明晃晃的，也冷清，几乎没什么行人。姑娘们在门口的台阶上梳头发。牧羊人的风笛声也呜呜响起。

罗赫默数着念珠，所有的声音都收入他耳中，但是他的神思大部分停留在雅歌娜的事情上，他听到她在屋里瞎忙活，时而在他身后，时而在院子里，但是只要一对上他的眼睛，她就立刻垂下眼睑，脸色通红。他为她伤心。

"雅歌娜！"他扬起头，亲切地喊她。

她屏息顿足，等他的下文。可是他突然间不知道说什么好，嘴里咕哝两句就沉默下来了。

她走进屋子，在敞开的窗口坐下，身子倚在窗台上，悲凄地望着阳光下的景色，望着大雁似的白云行走在清澈的天空。她发出沉重的叹息，发红的双眼流下了一次又一次泪水，顺着脸颊落下，她那美丽的脸颊此时万分憔悴。啊，这些日子是多么难熬啊！无论她走到哪里，女人们都不愿瞧她，还有人向她吐口水。她的朋友转过头去背对她。小孩子们轻蔑地嘲笑她，古尔巴斯家的小儿子曾经向她扔泥巴，骂道：

"你这个乡长的姘妇！"

这句话让她心如刀割。她恨不得找个地缝钻进去。

可是，天主在上，这全是她的错吗？他故意把她灌得不省人事！可现在他们把责任全都推到她身上。整个村子都把她当作传染病源，避之不及，直到最后都没人为她辩护。

现在叫她去哪里呢？他们不会为她开门，他们会把狗放出来咬她。不可能回娘家，母亲对她的痛哭视而不见，甚至还要赶她走。若不是汉卡，她会自暴自弃的，没错，只有安提克的太太愿意为她抵挡一切！不，都是乡长的错！是他引诱她的，可是罪魁祸首是他！是那老鬼！（她是说她丈夫！）"他让我这一辈子都失去了自由，要是我是自由之身，就不会遭受这样的苦难！是的，不会，我嫁给他一点都不幸福，没有活力，没有自由！"

她接着往下想，渐渐恼怒起来，在屋子里走来走去。"是的，我的痛苦都是他带来的，如果不是他，我就能跟别人一样平静度日，是魔鬼派他来挡我的路，我母亲被他的田地诱惑了，如今苦痛都降落在我头上！哦，真希望蛆虫把你吃了！"

在最生气的时候，她从窗口看见了在树下睡觉的丈夫。她跑到他身边，恶狠狠地嚷着：

"去死吧，老家伙，去死吧！死得越快越好！"

他的眼睛翻动着，嘴里不知道在说些什么。不过，她也已经转身离开了。这样的发泄让她心情舒畅。居然还有人让她发泄心中的愤懑！

她进屋时，铁匠在门廊里，无视她，抬高声音跟罗赫说话：

"马修跟大家宣布，你会带领他们去跟德国人谈判。"

"他们求我了，所以准备一起去瞧瞧我们将来的邻居。"他故意把最后几个字重读。

"丽卜卡村只不过又在为自己打造新的手铐脚镣。跟大地主较量的事把他们逼疯了，所以觉得拿着棍子冲去德国人那儿就可以解决一切。"

铁匠气愤得全身颤抖。

"他们也有可能自愿放弃不买了，这谁也说不准！"

"哦，真的吗？量过地了，招来家眷了。掘井、打基也正在进行中！"

"我知道，可是合同不是还没生效吗？"

"相当于生效了，他们跟我保证过。"

"我只是说出我知道的实情罢了，大地主也有可能找到最佳买主。"

"那也不会是丽卜卡村。看起来这里没人有那么多钱。"

"乔治仔细算过，我觉得……"

他不耐烦地打断："哦，乔治！他的多管闲事只会害了村民们！"

"那么，我们就对最终结果拭目以待吧。等着瞧！"

罗赫微笑，就这样回答他，铁匠气得恨不得把胡子都扯掉了。

看着递信的人进来，大声说道："警察局的保罗过来了！"

保罗说："有一份给汉卡·波瑞纳的公文。"同时从公文包里抽出信封。

汉卡十分忐忑地将信翻来覆去，不知所措。

"我给你念。"罗赫说。

可是，铁匠站在他身后偷瞄，罗赫迅速收起信，假装淡定地说："这是允许你每周探监两次的公文。"

等铁匠离开了，他们才进屋。

"我刚才是胡乱编的，因为肯定不能让铁匠知道里面写了什么。公文上说，只要你有充足的担保或上交五百卢布，安提克就能被立即释放。你怎么了？"

没有回答，她没办法说话，呆呆地站着，脸上红白变换，热泪盈眶。她伸出双手，长吸一口气，就俯伏在圣像前。

罗赫在门廊上坐下，掏出公文又看一遍，嘴角浮起微笑。等了好长时间，他才再次进去。

汉卡跪着，激动得面色生光，心几乎要跳出来了。时不时地叹息和喃喃的低语让房间燃烧起来了，烧着她的热血，蔓延到圣母面前。她快要承受不起这份激动，眼泪哗哗流淌，带走了昨日的悲伤。

终于，她起身抹泪，对罗赫说："我现在什么都不怕了。因为事情再坏也比不得过去。"

罗赫惊奇地看着她的心态转变。她的眼睛重启光芒，脸色不再憔悴，反倒红润起来。她直起了腰身，似乎年轻了十岁。

他说："快点把东西卖了吧。等钱凑齐，我们明天或星期四就去接安提克回来。"

她懵了，嘴里不停地念着："安提克就要回来了！回来了！"

"不要告诉别人！等他回来了大家自然都会知道的。在他回来之前我们必须保密，要不然铁匠就会发现保释金的来源。"

他小声嘱咐，她同意，可是却还是告诉了幼姿卡，不吐不快。汉卡一个人承受不来。她就像喝多了一样到处走着，不断地亲吻孩子，跟小马驹说话，跟猪仔聊天，跟颧鸟打闹。拉帕始终跟着她，又定下来注视着她的双眼，似乎看透了什么，她悄声说：

"千万不能对别人说哦，傻家伙！这个家的男主人就要回来了！"

她哭哭笑笑，跟马西亚斯讲述了一切，他的眼珠骨碌转着，好像害怕她说出了什么。她什么都忘记了，幼姿卡不得不提醒她是去教堂的时候了。

她的兴奋难以言表，甚至邀请雅歌娜一起。雅歌娜拒绝了。

没人跟她说什么，不过她听过只言片语，又看到汉卡异乎寻常的兴奋，她就猜出来了。她由衷地高兴，也暗自燃起了希望。她也不介意遇到村民，直往娘家跑。

进屋的时候，那场争吵正在高潮之中。

吃完早饭，西蒙在窗前抽烟，乱吐唾沫，沉思了好长时间，看了弟弟好几眼，开口道：

"娘，给点钱我，我要请教堂公布结婚预告。神父让我晚祷后就去做宗教审查。"

"你要跟谁结婚？"她冷冷地说。

"娜丝特卡·葛拉布。"

她沉默了，只顾着看管炉上的锅子。安德鲁加了些柴火，虽然炉火已经很旺了，但是他害怕卷入，还是一味地在那儿吹火。西蒙等着母亲的回答，可是一切如石沉大海，他又重复一次。这次的口吻更加坚定。

"我需要五卢布，还要准备订婚典礼。"

"哦，你派人去说媒了吗？"

"克伦巴和普罗什卡已经去过了。"

"她肯定答应了？"她咯咯笑着，下巴直发抖。

"当然。"

"'瞎母鸡闯进谷堆了'，是不是？她这穷鬼，怎么会不答应呢？"

西蒙皱起了眉头，任她继续往下说。

"你，去池塘提些水回来。你，安德鲁，放猪出去，它在号叫呢。"

他们只能照办。可是当西蒙提水回来，弟弟回到炉边的时候，老太婆又严厉地命令他们：

"西蒙，给小牛饮水！"

"你自己去吧，我又不是你家的女用人！"他大胆说着，然后在长椅上瘫坐着。

"你没听见吗？我不想在安息日惩罚你！"

"那你听到了我要钱吗？"

这时，她终于怒了："我没钱给你，也不同意这门婚事！"

"你不同意我也照样结婚！"

"西蒙，别随便发脾气。我不想冒火！"

他突然拜倒，谦卑地抱住母亲的脚：

"娘，我求你，恳求你。我像狗一样伏在你身边！"

他泣不成声。

安德鲁也俯伏下来。亲吻她的手，可怜巴巴地求她。

她怒不可遏地拒绝他们，还挥起了拳头。叫道：

"你们要是不听我的话，我就叫你们自己出门闯天下！"

她的话激得西蒙不再犹豫不决，而是热血上涌。帕奇斯家天生的固执被完全激发。他笔直地站着向前走。

他吼道："把钱给我！我不想再等了，也不想再求你了！"

"想都不要想！"她一边吼回去，一边回头找称手的武器。

"那么，我自己来找！"

他跟野猫一样敏捷，一步就跨到柜子边，掀起盖子，把里面的衣服都掏了出来，随手扔下。她尖叫着冲过来，最开始准备把他拉开，可是他稳如泰山。于是，她又一手揪住他的头发，一手扇他的脸颊，嘴里尖叫着，脚还不忘踢打他的身子。他一下子把她甩在一边，接着找钱。可是外阴部被狠狠踢了一脚，他用力把母亲推到地上。但是，她立刻起身，抓起火钳就向他冲过去。他不愿真跟母亲动手，只是自卫，就来抢火钳。这样的动静太大。安德鲁在一旁哭着围着他们打转，哭喊着：

"哦，娘！不要这样！"

此时，雅歌娜刚进来，赶忙冲上去拉架，可是拉不开。多明尼克太太跟水蛭一样缠着他不放手，愤怒地打他，他则竭力回避。她越打越猛，他痛极了，只好还手。

他们就像两只恶狗相扑，在屋里摇摇晃晃地打来打去，不时地撞上墙壁和家具。

邻居们都过来了，还是拉不开他们，恶斗仍在进行，母亲痛打儿子，儿子尽力回避母亲。终于，他不愿再这样缠斗，全力将母亲甩在一边。她像段木头一样摔到了那剧烈燃烧的火炉前和几锅沸水之间，眼看着这个炉灶就要塌下来！

他们赶紧将她从砖堆里扶出来。她被烫得很严重，可是她忍住疼痛，无视着火的衬裙，就想继续扑过去！

她疯了似的大喊："不孝的东西！真让人厌恶！滚吧，你滚吧！"大家冲上前来抓住她，迅速把火都扑灭。给她的伤口缠上湿绷带，她还不放弃冲到儿子那儿去。

"滚吧！不要再出现在我眼前！"

西蒙则喘着粗气，说不出话，全身挂彩，流着鲜血，既狼狈又担心地瞪着母亲。

这纷扰才稍稍平息下来，她又挣脱人群，冲到灶头后面挂着西蒙东西的竿子那儿，一把扯下来，扔了出去。

"滚吧！不要让我再看见你！这里的东西都是我的，我的！哪怕是你要饿死了，也没有一块地、一口粮食是你的！"她尽全力喊着。再也忍不住疼痛，倒地呻吟起来。

于是，他们抬她到床上。

那么多人进来了，屋子顿时显得拥挤，过道上也全是人，就连敞开的窗户那儿也全都是。

雅歌娜完全不知所措。母亲哀号成那样，也是无可厚非的。她的脸上脖子上都被烫得那么严重，手臂灼伤了，头发烧焦了不少，眼睛也差点失明了。

西蒙在外面靠近果园墙壁的地方坐下，拳头支持着下巴，如死尸一般僵硬，身上青一块紫一块，脸上还有血结的痂。他听见母亲的呻吟。

不多久，马修来到他身边，牵着他说：

"来我家吧。这里已经跟你无关了。"

"我决不离开！先辈的土地，是留给我的。我要守在这里！"他固执地喊着。

无视对方的劝导和恳求，他沉默地坐着不动。

马修也无措了，只好在他身边坐下。不过，安德鲁把母亲扔出来的东西打包好，递到哥哥面前，踌躇着说：

"走吧，西蒙！我们一起走！"

西蒙猛敲着墙，喊道："母狗！"安德鲁被吓到了，"我发过誓不离开，就绝对不会离开半步！"

他们默不作声，屋子里传出令人毛骨悚然的叫喊。安布罗斯过来给老太婆包扎伤口。他先敷上一层新鲜的无盐奶油，然后铺上草药，再涂上一层凝固的牛奶后，用湿绷带缠好。弥撒钟声此时响起，他让雅歌娜时刻注意多滴些冷水，就赶紧回教堂去了。

的确是弥撒钟声。路上人潮拥挤，马车咔嗒而过，很多旧识过来看望病人，雅歌娜不胜其烦，只好把门关上，只留下西科拉太太跟她一起。

屋里终于安静下来。多明尼克太太什么都不说。听得见远方低沉的琴音和悲哀颤抖的合唱声从果园里传过来。

两个年轻人还在外面坐着。马修小声说着什么。西蒙点点头作为回答。躺在草地上的安德鲁望着哥哥抽的香烟如游丝般往上无序地飘着。

终于，马修起身告辞，说是下午再过来。他本想去教堂，不过看见了在水滨坐着的雅歌娜，就朝她走过去了。

水桶盛满了水，就放在一边。雅歌娜正在池塘边洗脚。

"雅歌娜！"他从赤杨树下轻轻叫着她。

她赶紧扯下裙子盖住膝盖。回头望着她那水汪汪的眼睛满是痛苦与委屈，他的心也骤然疼了起来。

"怎么了，雅歌娜？身体不舒服吗？"

树枝的摇晃使得她的头顶时不时落下阳光，像金绿交接的阵雨。

"不是，可是最近诸事不顺，诸事不顺。"她转过头去，不再看他。

"要是我能帮忙或者提建议的话……"他诚恳地说。

"咦？每次在我的菜园里不是你转头故意不跟我说话之后更加疏远我吗？"

"那是因为你赶我走啊！我哪儿敢呢，雅歌娜？"他说的话轻柔而饱含同情。

"没错，可是我在你身后喊你，你连听都不听！"

"你在后面喊我？这是真的吗，雅歌娜？"

"是的。我甚至想过自杀，没人愿意靠近我。我被抛弃了，任谁都能羞辱我、欺负我！"

她的脸在发烫。她烦躁地转过去，用脚拍打着水面。马修在思考着什么。

接下来的那段沉默里，叮咚作响的风琴带来了沁人心脾的感觉。池塘水面熠熠生光，波纹一圈一圈往外扩展，就像彩虹色的巨蛇。他们的目光纠缠着，传递温柔。

马修越来越沉醉。他多想抱住她，像疼小孩一样温柔地抚爱她，紧紧地抱住不放手。

"我还以为你不顾我们的情谊了！"她轻声说。

"你知道，我不是那样的人。"

她说："你可能去年不是那样的，"又果断地补充，"可是现在你跟外人一样看待我。"

他突然想起了一件事，心中燃起了火热的愤怒和妒忌。

"因为，因为你之前，你是……"

他没办法讲出她的坏话，尽量控制住自己的嘴巴，只说了一句："再见了！"

他转身离开，他怕自己说出她跟乡长有奸情的难听话来。

"你又要离开！可是怎么了？我做了什么对不住你的事吗？"

她感到万分的难过与震怒。

"没有，没有，可是……"他急忙辩驳，看着那深蓝色的迷人眼眸，担忧、愤怒、温柔渐次出现。"不过，雅歌娜！不要再跟那丑恶的家伙在一起了！不要！"他诚恳地说。

"真可笑！我什么时候说过他的好话？什么时候拉住他不放手了？"她气愤地嚷道。

马修犹豫着站定，心中满是疑惑。

她抽噎着，泪水如泉涌。

"是他害了我！他把我灌醉，没有谁愿意帮我谴责他！没有谁以一颗善良的心看待我。你们只知道喊'让她滚'！"她悲凄地哭诉。

"浑蛋！我去收拾他！"马修握紧拳头愤怒地大喊。

"是的，收拾他，马修！收拾他！这样你就能……"她急切的求助慢慢消失在嘴边。

马修什么也没说就赶忙去教堂了。她在池塘边坐了很长时间，也不确定他是否真会为她出气，不让任何人欺负到她头上。

"或许只有安提克会！"这个想法在她脑中一闪而过。

她回到家里，心里隐隐有些期待与兴奋。

村民们离开响着钟声的教堂，空中弥漫着喜悦。只是在经过多明尼克太太屋前的时候，大家都沉默了，暗暗传递着担忧和莫名的眼色。

午餐时家家户户的欢笑声，她家里是听不见的。她在床上哀叫着，可是没人赶着去瞧她。雅歌娜不愿意一直在母亲身边待着，那样让她不舒服。她在门廊和门口走动着，或者透过窗口看外面的景色，转换视野。西蒙在屋外稳稳坐着，安德鲁想起到午餐时间了，就动手做饭。

吃完饭后，汉卡过来探望。她格外活跃，一会儿问这个一会儿问那个，表现出极大的关心，但偶尔瞥向雅歌娜的目光却是不安的，之后就是一声长叹。

不久，马修也过来看望西蒙了。

"你要跟我们一起去德国人那边吗？"

"我不能离开这里。这是我祖上的土地，将来也是我的。我半步都不走开！"他的心里只有这一个想法。

"你这只蠢驴！要是这样的话，你就坐到明天去吧！"马修被西蒙的愚蠢行为气得破口大骂。这时候，雅歌娜把汉卡送到门口，他跟汉卡一起离开，谁都没看一眼。

他们走在池塘边的那条路上。

"罗赫离开教堂了吗？"他问。

"离开了，大家都在等他呢。"

他一回头就发现雅歌娜还在门口看着他们。赶紧转过头来，低声问汉卡：

"神父真的在讲坛上批评谁了吗？"

"有必要问吗？你听到了的。"

"我来晚了，错过了布道。听他们讲了一些，但我觉得他们骗人。"

"他批评的人不是只有一个。哦，他的拳头紧紧握住！对犯罪的人不能心软，任何人都有权拿石头砸他们。可是谁都阻挡不了罪恶的发生！"她为家丑感到羞辱，心情很激动。她小声补充道，"可是，关于乡长的事，他一句都没有提。"

马修凶狠地咒骂着。他原本还想问什么，却踌躇了，两人继续沉默地前行。汉卡对此很伤心，她暗暗思考着。没错，雅歌娜做得确实不对，她理应被处罚，可是神父这样当着大众的面批评，甚至点着名批评，也着实让人难以接受！她是老波瑞纳的妻子，不是那普普通通的荡妇。他没有指出玛格连和磨坊里的姑娘们，可是谁不知道她们的所作所为？还有葛鲁荷夫的地主太太，几乎所有人都知道她跟好多农夫相好！为什么他对此连只言片语都没有？她觉得自己作为波瑞纳家的主妇，尊严受到了挑衅。

"神父提到了泰瑞沙吗？"马修终于问出心中所想，虽然声音小得她难以听见。

"是的。他只说有两个人。可是谁都知道他说的是哪两个人。肯定有人故意在神父面前挑拨。"

他快气爆了。

"人们都猜想，幕后之人是多明尼克太太或巴尔塞瑞克太太。前者是因为西蒙和娜丝特卡的事报复于你，后者可能是希望你能跟她的女儿玛丽结婚。"

"哇哦！还会有这样的事？我真是长见识了。"

"男人们只关注鼻子以下的事。"

"哦，巴尔塞瑞克太太可能要失望了，可能还会被泰瑞沙记恨。而为了让多明尼克太太不得安生，西蒙肯定会跟娜丝特卡结婚的。我要推波助澜一下。这可恶的老婆子！"

"她们在背地里策划阴谋，让正义之士蒙羞。"她悲哀地说。

"每个人都只想着怎样害人。这样的日子真是叫人受不了。"

"我公公马西亚斯健康时，能够约束他们，他们也对他唯命是从。"

"没错。乡长万事不懂，只知道背地里坑害大家，村民们忍受不了了。哦，如果安提克回来了该有多好！"

"会回来的！差不多了！"她的眼睛射出了光芒，"可是大家愿意听他的话吗？"

"愿意。我跟乔治商量好了。只要安提克回来，我们就跟随他把村子整顿好。你瞧着吧。"

"这个时机正好。村里就跟没了轴承的车轮一样松散一片。"

他们走到波瑞纳家门口的时候，好些人已经聚集在门廊上了，十几个农夫带着最优秀的长工。不过，就跟上次森林事件一样，全体村民都一致要求过去决不退缩！

有人剥掉了棍子上的表皮，说道："我们的乡长也应该去吧。"

另外有人回答："更大的官儿把他叫到区里去了。文书说他去开会，叫丽卜卡村和默德利沙投票建校。"

克伦巴笑着说："他们开他们的会，我们才不投票建什么学校！"

"要是建校了，我们还得按土地面积多交税款。就跟佛拉庄一个情况。"

村长赞同道："是的，可是上面的决议，我们不得不遵循。"

"什么决议都该遵循吗？要是上面让宪兵跟强盗一样来洗劫村子呢？"

村长严厉地说："乔治，你越发无礼了。之前就有人因出言不逊被流放在外，比我们的预期还远不少！"

"你不用吓我。我了解双方的权利，根本不怕什么大官儿。像你们这样无知的人才会在见到官员时跟绵羊一样瑟瑟发抖。"

他的声音那样响亮，大家都被他的无所顾忌吓到了，很多人都觉得毛骨悚然。

克伦巴说："可是，我们真没必要建这样的学校！我儿子亚当在佛拉庄念了两年书。老师每年收取三蒲式耳的马铃薯，除此之外，圣诞节和复活节时还让他太太给他送去鸡蛋和牛奶。有什么成效吗？他还是不会念波兰文的祈祷书，也认不清最基础的俄文！而小儿子从去年冬天开始就由罗赫带着学习，既会写字，也会读上等人的书了。"

乔治说："我们就聘请罗赫当孩子们的老师。"

村长跨出几步，小声说：

"罗赫的确是合适的人选，我也赞成，我儿子也跟着他学习过。

可这是行不通的。警方已经发现了线索，正在调查他的行踪。警察局长见我的时候，再三地询问关于他的事，说是已经确定罗赫在当老师，还下发波兰文的书籍报纸给大家。我们必须提醒他谨慎行事。"

老普罗什卡说："这就严重了，他是个虔诚的好教徒。不过要是全村人被他连累，没错，我们得做点什么，赶紧！"

乔治气愤地说："什么，难道你想出卖他吗？懦夫！"

"如果他鼓动人们跟政府作对，让我们不得安宁的话，我们就该采取措施。你还年轻。不过我牢记独立战争时的惨烈，我们农民总是因为一些小事情就会被痛打。我们与他们不是一路人！"

"原来你是想当乡长啊！看起来你比那破洞的皮靴强不了太多！"

他们停止说话，因为罗赫从屋里出来了，看了看大家，就在胸前画了十字，喊道：

"出发吧！以天主的名义！"

他迈着大步领头，农民们走在中间，几个妇女孩子跟在最后。

白天的炎热已经平息，晚祷的钟声正在敲响，太阳往森林下方落去。天气明朗得很，地平线清晰可见，看得清最远处的村庄。

为了让大家提起精神来，有人用棍棒击打地面。有人在手心吐了口唾沫，摆出一副万事不惧的模样来。

女人们只跟到磨坊，男人们则爬上斜坡，掀起漫天尘土。

他们沉默地前行，露出坚毅刚强的表情和毫不屈服的眼神。

队伍就跟游行时一样正式，想说话的嘴巴会被其他人严厉的目光堵住。此时最好不说话。每个人都在心里酝酿着即将派上用场的勇气与力量。

他们在十字架和村子的界碑处停下休息。他们还是不说话。静静地看着四周的景色：隐在果园里的丽卜卡村房舍，教堂镀上金色的圆顶，广阔的绿色草地。他们沉浸在远处牧羊人的风笛声中，安宁而又欢愉，很多人心里都感受到了沉重，忧心忡忡地看着波德莱西。

罗赫起身呼唤大家："走吧！在这里只能白白浪费时间！"他觉察出大家的心在慢慢动摇。

他们起身，径直朝牧场的建筑物走去。路上，土地杂草丛生，黑麦田里开满了蓝色的矢车菊，晚种的燕麦田黄灿灿，小麦田里稀疏却长满了红色的野罂粟，马铃薯田抽的芽不比地面高多少。每走一步，都看得到懒惰与疏于管理。

"犹太人种的地都比这个强！真是让人看瞎了眼！"一人吼道。

"连最差的长工都不如。"

"虽然是地主，但是对属于他的土地却满不在乎！"

"不，他对待土地，就跟人们只知道索取牛奶，却不给母牛喂食一样。他的田地颗粒无收都不会让人奇怪！"

此时，他们走上了休耕地。就在不远处散落着火灾时的废墟。果园里的树都被烧得黑漆漆的。屋子围在周围，有些屋顶已经塌了，黑色的烟囱孤独地立在那里。一群德国人在屋子旁边，地上有一桶啤酒。有人在门口的阶梯上演奏长笛，还有几个人在板凳或草地上懒懒地躺着，惬意地休息，穿着衬衫，叼着烟斗，用陶壶倒啤酒喝。小孩子们在屋外玩耍，强壮的母牛和马儿就在旁边啃草。

德国人看见有人来了，就站起来，用手抵在额上挡住太阳光，用他们自己的语言喊了起来。可是其中的一个老人只说了两三句，他们就又恢复原样了。长笛的声音甜美动听，头顶上的云雀高声歌唱，麦田里传来蟋蟀急促而连续的叫声，其间还夹杂着鹌鹑的啼声。

农夫们踩着的地已经被太阳晒焦了，脚步声听起来很响亮。走近时，还有钉着平钉的鞋踏在石头上的声音。德国人无动于衷，充耳不闻，继续享受凉风与美酒。

村民们的脚步缓慢而沉重，抓紧手中的棍子，越走越近，尽量让自己呼吸平静。可是剧烈跳动的心脏出卖了他们，背上燥热，喉咙干渴。不过，他们还是提起精气神，狠狠地怒视德国人。

罗赫停下来，用德语说："赞美天主！"大家在他身后排成了新月的架势。

德国人整齐地回应了罗赫，却并不起身。只有那胡子白的老头站起来，看看周围的形势，脸色微微白了一些。

罗赫先开口："我们是为某件事而来拜访的。"

"那请你们先坐下吧。我知道你们是丽卜卡村村民。让我们和气地交谈吧。约翰！福利兹！给我们的邻居把椅子搬出来。"

"非常感谢，但是我们谈事情很快的！站着就行了。"

老头儿用波兰语喊道："很快，全村的人都来了，快得起来吗？"

"那只不过是因为这件事关系到所有人的命运。"

乔治暗含潜台词，说道："留在村里的人是这里的三倍。"

"好吧，很高兴见到你们。既然大家都来了，不妨跟我们一起喝点酒。"

好几个人都喊道："这么大方！可是我们也不是来讨酒喝的！"

罗赫用眼神示意他们不要说话。那老头冷冷地说："那就说吧！"

紧接着是一阵死一般的沉默，呼吸清晰可闻。丽卜卡村村民聚集着，激动得颤抖。德国人也站起身，列成一队跟他们面对面站着，恶狠狠地瞪对方，拧着胡须，低声嘀咕着。

女人们站在一边，被这阵势吓到了，孩子们躲到过道那里，墙边几只黄褐色的狗狂吠起来。男人们沉默地对峙了至少够念一篇"万福玛利亚"的时间，就像两群公羊，瞪大的眼睛骨碌转着，背脊硬硬地挺着，脑袋微微低垂，做好随时打架的准备。罗赫在这紧张中开口，用清晰响亮的波兰语说：

"我们作为丽卜卡村的代表，诚恳地请求你们，不要进行交易。"

"是，是的！我们就是为这事来的！"他们表示赞同，用棍子击打地面。

这句话惊得德国人措手不及。

"他说他们想干什么？我怎么完全听不懂？"他们话都说不清楚了，只觉得自己听错了。

于是，罗赫用德语再次重申。他一说完，马修就怒吼："你们都滚吧！带着你们的长裤子滚吧！下地狱去！"

这句话他们听明白了，就像被泼了开水，直接跳了起来。激烈的吵架开始了，甚至越来越厉害，因为他们舞拳踢腿，大叫着双方都不懂的话，使得情况难以控制。有人做出一副挥拳扑向农夫的样子，可农夫坚定地站好，咬紧牙关无畏地看着他们，拿着短棍的手在颤抖。

老头儿举起手说道："你们都疯了吗？你们哪里来的权利不让我们买地？"

罗赫心平气和地分析了形势与细节。可是气愤的德国人不买账，大嚷：

"谁愿意花钱，谁就能拥有土地。"

罗赫严肃地说："我们不这么想。我们觉得土地是为有需要的人准备的。"

"准备？怎么准备？难道打算不花一分钱，去偷去抢吗？"

"我们双手就能创造财富！"罗赫回复道。

"看来没必要在这说笑了。我们买定了波德莱西。现在是我们的，将来还是我们的。不愿意的话就不要过来，离得远远的！够了，你们还想怎么样？"

乔治说："怎么样？我们还想告诉你们，别碰我们的土地！"

"是你们别碰吧，你们！"

有人叫道："记住，在这之前我们都是客气地请求你们！"

"你这是在威胁吗？那我们法庭见吧！哦，总有办法制服你们的。看来你们为森林事件坐的牢还不够。再进去待一阵儿吧，两个刑期一起执行，多好！"老头想嘲笑他们，不过心里却很烦躁，大家都冒火了。

"你们这群下贱的人！"

"强盗！强盗！"他们用德语大骂，扭动如惊起的毒蛇。

马修怒吼："狗娘养的！别人说话的时候，你们安静点儿！"可是德国人才不管他说了什么，一齐走上前来。

罗赫担心他们打起来，就把村民们聚起来，让他们冷静。可是，此时的他们哪还控制得住，越来越大声。

"谁要是敢靠近，我就给他一巴掌！"

"他们想挂彩呢！"

"怎么，兄弟们，就这样任由他们辱骂吗？"

其他人附和："不，绝对不行！"他们齐齐上前，马修把罗赫推到一边，往德国人逼近，恶狼一般咬牙切齿。

他紧握拳头吼道："听好了，德国佬！我们为人坦诚，真心来跟你们洽谈。你们不仅不领情，还叫我们都去坐牢污蔑我们！可以，可是以后我不知道自己会对你们做什么。你们无视我们的请求。那么我现在在天主面前起誓，你们永远也不可能在波德莱西住下来。我们和和气气的，你们偏要打架。好啊，打吧！你们获得了法庭和官员的维护，有金钱做后盾。我们呢，我们只有赤手空拳。到底谁会获胜呢，瞧着吧！除此之外，你们记好我的话，以后会用到的。烈火可不管你是谁，茅草、砖房、粮食都逃不了。牲口会突然倒下，何况人呢？记着，白天打仗，晚上打仗，处处打仗。"

"打仗！打仗！天主庇佑！"他们齐声高喊。

德国人有的去抓靠在墙边的长棍。有的去拿枪支弹药，搬石头。女人们则在混乱中尖叫。

"只要响起了枪声，全村的人都会过来的！"

"长裤仔，杀一个试试，看我们不把你们全部打烂，就跟打疯狗一样！"

"哦，史瓦比亚人！不要跟农民作对，要不然等待你们的就是灭亡。"

"饿狗都不屑于吃你们的尸体！"

"碰我们一下试试，长裤仔！"他们大声地挑衅道。

此刻，双方都做好了打架的准备，他们瞪着眼睛，跺着脚，拿棍子击打地面，不断地咒骂侮辱对方，更想扑上去厮打。罗赫终于把人扯到后面，他们转过身去，保护着侧翼后退，德国人在他们的身后挑衅。

"从我们这里滚出去吧，可恶的猪！"

"或者等到半夜，大红公鸡把你们吵醒！"

"我们还会顺道找你们的姑娘们跳舞呢！"

村民的话越说越难听，罗赫叫他们安静些。

此时，夜色降临。麦田上飘过一阵清爽的风，湿草地上布满银灰色的露珠，万物安详而芳香。

村民们往家中走去，白色的衣服在身后摆动。他们说着唱着，树林里到处是他们的声音，他们偶尔停下脚步，对着波德莱西的田野景色吹口哨。

"这些土地很好划分。"老克伦巴说。

"没错！这样可以划分为完整的农场，既有草地也有牧场。"

"要是德国人能妥协就好了！"村长叹息一声。

"不用担心。他们肯定会妥协的。"马修担保。

"我要路边尽头的那块。"亚当·普利奇克说。

另一个人说："我要中间十字架附近的这一块。"

第三个说："我要靠近佛拉庄的那一块。"

第四个叹息着说："哦，那个菜园给我就好了！"

"你们都聪明，都要好地界！"

"不用争了，够所有人分的。"乔治劝道，因为大家就要吵架了！

罗赫说："要是你们得到波德莱西了，还有好多事要忙呢。"

"我们会尽力的！"他们高兴地喊道。

"种自家的地，哪来的辛苦一说？"

"按照这样的条件，谁都乐意把大地主的田地收入囊中。"

"等到时候土地到手了，你们就会明白的！"

"啊，我们要学大树，在地里扎根。任谁都拔不走我们！"

他们边走边谈。后来加快了脚步，因为女人们出来迎接他们了。

第十一章

黎明时分，整个村子被笼罩在深色的雾霭中，就像熟透了的梅子，汉卡赶着马车回来的时候，家里人还没起床。车轮的声音响起，拉帕兴奋地冲过来，围着马儿跳。

"怎么样了？安提克呢？"幼姿卡把裙子从头上套下去，站在门口的台阶上喊道。

"再过三天就能回来了。"汉卡平淡地说，亲吻着孩子们，还拿出点心分给大家。

此时，怀特克从马厩里跑出来了，小马驹跟着他，叫唤着走向马车前的母马。彼德则从车子上往下搬东西。

她问道："他们动手割草了吗？"同时在门槛坐下给孩子喂奶。

"是的，昨天中午就动手割了。共五人。菲利普卡、拉法尔和柯伯斯是为还债，亚当·克伦巴和马修是被雇过来的。"

"啊？马修·葛拉布吗？"

"我也很奇怪。可是他非要来。说是木匠活儿总是弯着腰，他得

828

挺着身子挥镰刀。"

这时,雅歌娜把窗子打开往外瞧着。

"爹还在睡觉吗?"汉卡问她。

"是的,在果园里睡着。屋里太热,我们让他在外面睡。"

"你母亲身体恢复了点儿吗?"

"还是那样,也可能好些了。安布罗斯在照料她,昨天带着佛拉庄的牧羊人过来了,用烟熏法为她消毒,还涂上油了,说是在家好好休息,第九个星期天就能完全康复的。"

汉卡说:"这正适合治疗烫伤!"她把婴儿放到另外的房间,然后听着她不在时发生的那些事,不过没听多长时间。天已经全亮了,嫣红的天空上闪着耀眼的光。露水从树叶上滴下。鸟儿在巢里啁啾。村里响彻了牛羊的叫声,还有锤子敲在镰刀上尖锐的叮咚声,直上云霄。

汉卡脱下外出时穿的衣服,就赶忙跑到老波瑞纳身边,他正躺在树下那篮子似的吊床里,盖着绒毛被褥酣睡。

她轻轻拉了他的胳膊,说:"听好!安提克三天之后到家。他被移送到政府的牢房里。罗赫带着保释金跟着他。之后他们会一起回来。"

老人突然坐直,揉着眼睛,似是表示他在听。却又迅速躺回床上,拿被子掩住头睡着了。

已经不能再交谈了。况且,割草的工人也刚刚进到院子里去了。

菲利普卡跟汉卡说:"我们昨天把卷心菜田附近的草地割了。"

"今天要过河,到村界的市场那边去。幼姿卡会告诉你们的。"

"那是'鸭子窝'吧。那块地很大呢!"

"青草都长到齐腰了,翠绿而茂盛。跟昨天的大不相同。"

"那儿的草那么糟糕吗？"

"没错，全干枯了，就像割毛刷似的。"

"那么今天就挺方便割的，露水快干了。"

他们即刻动身。马修在雅歌娜的房间里抽烟，走在最后的他还不忘回头瞧瞧，就像是一只被抢了牛奶的猫。

其他农户家里也走出了一批批割草的工人。

又大又红的太阳没出来多大一会儿，天气就暖和了，之后便是炎热。

工人们列成一队前进着，幼姿卡走在最前面，还拖着一只长竿。

他们走过磨坊。草地上还笼罩着薄薄的雾气，赤杨像缕缕黑烟在雾里现形。河流也在雾中现出模糊的样子，还闪着光。青草被露珠压弯了腰，东方传来田凫的啼叫和芬芳的花香。

幼姿卡把他们带到界标那边，丈量好她家土地的范围，用竹竿做好标记，就蹦蹦跳跳地回去了。

他们脱掉上衣，卷起裤腿，排成队伍，把镰刀柄插进地里，就磨起镰刀来。

马修说："这青草，比羊毛还厚。总有人会累趴下的。"他在最前面站着，挥舞着镰刀。

相邻的人说："又厚又高！好，肯定能割下不少草料！"

第三个望着天说："没错，如果这是一个好天气的话。"

第四个咧嘴说："这个季节，什么时候都有可能下雨。"

"今年就不一定了！来吧，马修，动手吧！"

他们在胸前画了十字。马修紧一紧腰带，在手心吐一口唾沫，深呼吸一下，大步往前就开始挥起镰刀，速度飞快。后面的人紧跟着，斜斜的一列，避免有事故发生。他们速度一致，稳步向前，一直砍到了草地深处，镰刀反射着冷光，挥舞的飕飕声都听得见，草上的露水还挂在刈痕上。

微风从青草处吹过。田凫的哀鸣越来越清晰。他们的身体不停地前进，充满干劲儿，一步一步占据空地，时不时有人止步磨磨镰刀或舒展身子，之后又继续苦干，割下的草料越来越多。

太阳还没升到最高，草地上到处都是割草工人制造的声响。到处都是钢制镰刀的蓝光，到处都是磨镰刀的声音，到处是割下的青草味。

今天很适合割草。古语说："开始割草，当天有雨。"不过今天完全不是那么回事，不仅不下雨，反倒出现了干旱。

早上的露水此时已经干得没影儿，就像发烧一样。晚上的闷热会让人透不过气。有些水井和溪流都已经没水了。麦子和草木都在渐渐干枯。森林被昆虫袭击，果实还没成熟就落下地来。母牛吃不到青草，也挤不出奶。大地主又禁止人们去他的开垦地放牧，除非每头牲口交出五卢布来。

很少有人能交得出这个数。

抛开这些不说，收获时节前的这段难熬的日子，今年会过得更加艰苦。

他们期待六月能下些雨，滋润一下庄稼。他们还掏钱做了求雨的弥撒。真有人家没东西吃了！

还有更糟糕的，连年纪大的村民都不知道怎么会有如此多的官司：森林事件还在搁置，乡长的事就闹出来了，然后是多明尼克母子的大吵，村民与德国人的对抗，村子内部互相的矛盾。那么多，而正是因为这些事，人们暂时忘记了现实的逼仄。

当然，割草的季节一来，大家都能缓口气了，贫困人家赶紧去大地主的农场找事情做，富足的农户则不顾其他，只是专心割草。

可是，他们才不会忘了德国人的存在，每天都会派人前去察看他们的动静。

德国人还住在那里，不过已经停止了掘井、搬石头盖房子。某天，铁匠告诉大家，德国人告大地主欠债不还，又以"威胁阴谋罪"状告丽卜卡村村民。

农民们听了，哈哈大笑。

那天吃午饭的时候，让大家议论纷纷的就是这件事。

正午的炙热让人受不了，高悬的太阳把天空都映得发白，空气都热得发焦，一丝风都不曾吹起过。树叶低垂，鸟儿沉默，稀疏的树荫什么都挡不住，青草都被蒸出了芳香。麦田、果园和屋舍就像笼罩着一层白色的火焰，一切都在空气中消融，空气又像沸水一样颤动。河水流得越来越慢，就像熔融的玻璃一样清澈透明，看得清每一条白杨鱼、每一粒石子、每一条缠斗的鳌虾。那完全的寂静惹得人昏昏欲睡，万物都提不起精神来。除了那嗡嗡绕个不停的苍蝇。

割草的工人在岸边高大的赤杨树下吃午饭，马修的饭是娜丝特卡送过来的，其他人的则是由汉卡和雅固丝坦卡送来的。她们面对着艳阳坐下，拿头巾裹着脑袋，认真听他们说话。

马修一边刮着碗底一边说："我总觉得德国人这几天就会离开。"

"神父也这么说。"汉卡说。

柯伯斯说："只有大地主叫他们走，他们才愿意走吧。"他总是喜欢跟别人辩驳，此时躺在树下稍作休息。

雅固丝坦卡冷笑着说："什么？他们怎么没被你们的叫嚷吓走啊？"

大家都不在意这个嘲笑。有人说：

"昨天，铁匠告诉大伙儿，说是大地主会对我们妥协的。"

"怎么会？麦克竟然跟我们在同一战线上！"

老太婆骂道："因为这样他能获取更多的利益。"

"据说磨坊主也去找大地主为村里说好话。"

马修说："这些所谓的好心人！现在都来为我们说话了！图什么呢？我跟你们讲。如果调解成功，大地主承诺给铁匠一大笔钱。磨坊主担心德国人在波德莱西也建磨坊。酒店老板是为自己的利益跟大家交好。他明白自己是赚不到德国人的钱的。"

"大地主想要调解成功，是不是因为怕我们啊？"

"老妈妈，你说得对。这些人当中，最怕我们的就是他了。"

马修突然闭嘴。怀特克正飞速往这里跑。

他老远就在喊了："女东家，快回来！"

"怎么了，家里着火了吗？"她被吓得话都说不连贯。

"是老东家，他忽然就大叫了起来，好像要找什么东西。"

汉卡飞快地跑回家。

事情是这样的：从一大早起，马西亚斯就反常了，总是扯被单，好像在找什么。汉卡出门之前，还让幼姿卡注意时刻照料着，幼姿卡经常去看。可是他一直安静地躺到了午饭时间，突然就叫喊了起来。

汉卡一到家，老人就坐了起来，大喊道：

"我的皮靴在哪里？快拿过来给我，快！"

为了迁就他，汉卡说："我去杂物间找！"因为他似乎很清醒，眼神尖锐地四处查看。

"混账！我起晚了！"他张嘴打哈欠。

他继续吩咐："你们竟然大白天在家睡觉！叫库巴把耙子带着，我们出去耕种。"

他们愣愣地站在他身前，他突然失力，摔倒在地。

"不用担心，汉卡，我只是有点晕。安提克出去干活儿了吗？出去了吗？"他们把他扶回床上，他不停地问道。

她结巴地说："出去了，天一亮就出去了。"她顺着他的意思说。

他的眼睛打量着周围的一切，说了不少话。不过十句里只有一句听得懂。他又想起了要起床出门，让人把他的靴子拿过来，然后双手捧住头，哀号着。汉卡察觉到他快不行了。于是让人把他抬到屋里去，下午把神父请过来。

神父带着圣餐迅速过来了，不过他只能做"临终涂油礼"了。

神父说："他这样的情况，别的都不需要了，几个小时之后就去见祖先了。"

眼看他就要不行了，傍晚家里来了不少人。汉卡点上送终的圣烛放在他手心。没过多久，他就安静地睡着了。

第二天也还是这样。他认得人，说话也清楚，但是却像死人一样一睡睡好久。

铁匠太太总是守着他。雅固丝坦卡也是，她甚至还想用烟熏法给他消毒呢！

他出人意料地说："没必要。不然把我家烧着了怎么办？"

中午，铁匠过来了，打量着他那半睁半闭的眼睛，他古怪地笑说："不用看了，麦克。我很快就能熟睡，很快！"

说完就转过身，面壁而睡，不再吭声。看起来他的身体状态恶化得很快，所以每个人都小心地照料。特别是雅歌娜，她突然像转了性一样。

"我单独照料他！这是我的权利。"她果断地向汉卡和玛格达提了出来，她们也没什么意见。

她再也不出门了，心里泛起了恐惧。

整个村子的人都聚集在草地上，天一亮就得开始割草。天空的第一缕微光亮起的时候，他们就动身去草地了。到处都是穿着衬衫的农夫，看起来就像是一排排颧鸟。他们磨好镰刀，奋力割草，铁锤天天在敲打镰刀，姑娘们把割好的草堆起来，还唱起了即兴的歌。

拥挤的人群站在闪着青翠光泽的平地上，喧嚣声直上云霄。歌声和笑声伴着飕飕的镰刀声，所有人都干得起劲儿。太阳每天往森林下方落下的时候，空中散布着鸟儿的鸣叫声。青草和麦叶也随着蟋蟀的节奏跳跃，泥沼里的青蛙齐声演奏夜曲，大地馥郁芬芳，到处都是拖着干草的大车。割草人唱着歌儿往家里走去，干枯而被践踏的草地上堆起了一个又一个不同形状的草堆，就像胖胖的主妇们在那儿蹲着聊天。颧鸟大摇大摆地走着，田凫在空中飞来飞去，叫声戚戚。白雾从泥沼里向外弥漫。

人们和自然界的声音飘进波瑞纳的屋内，生命与劳作的欢乐，麦田、草地和阳光的芬芳。可是雅歌娜完全不在意这些。

房屋周围的灌木丛挡住了最强烈的阳光，形成一股幽暗的薄暮。苍蝇嗡嗡乱绕。拉帕守在主人身边，偶尔还会打个哈欠，对雅歌娜摇摇尾巴。她每次可以坐好几个小时，一动不动，满脑子空白，就跟雕像一样。

马西亚斯既不说话，也不呻吟。只是安静地躺在那里。眼睛骨碌碌转着，他的眼睛明亮得像玻璃珠，冷冷的，似一把刀刃随时刺穿她的心脏。

她背过身去，想要忘掉这眼睛。可是没有用，没有用！那双眼睛似有魔力，全方位地监视着她，悬在空中，明亮而可怕，她抵抗不住，只能正对他的目光，就像看进了深渊。

有时，她宛如被噩梦惊醒，会求他高抬贵手："请不要那样看着我，会吓死我的。不要那样！"

他肯定听得到，全身颤抖，面容扭曲，似乎立刻就会哭出来，目光却更加深邃，大滴大滴的眼泪从那苍白的脸颊流下。

于是，她就会被吓到跑出屋子。

她躲在树荫里，悄悄地看着那拥挤的热闹的人潮。

这个场景让她觉得心酸。

于是，她往母亲家跑去，一看到漆黑的屋子，一闻到刺鼻的药味，她又赶紧转身离开。

她再次哭了起来。

她到处走着，用渴望的眼神向远方广阔的田野望过去。反倒让她觉得更加委屈、悲凉和痛苦。她感叹自己无福，像没有翅膀的小鸟被同伴丢下。

时间就这样慢慢过了。汉卡跟大家一起忙于割草工作，只在第三天从一大早就待在家里。

"星期天了，安提克就要回来了！"她高兴地打扫起屋子，准备迎接他的归来。

中午很快就过去了，他还是没到家。汉卡跑到白杨路上去等。

村民们装好草料就往家里赶,看样子很快就会变天了。空气闷热,公鸡啼叫,乌云厚重,狂风呼啸。

大家都准备迎接一场暴风雨,可是却仅仅下了一场短时间的大雨,很快就被干渴的大地吸收了,只是空气稍微凉快一些。

傍晚的闷热稍稍减退,空气中是青草和雨后灰尘的味道。雾霭在路上弥漫,月亮还没出来,几颗稀疏的星星点缀在漆黑的夜空中。透过果园,屋内的灯火像闪烁的萤火虫,落在水面的倒影更是成千上万。大家都选择在屋外吃晚饭。风笛声掀起了空气的震动。田野里传来了蟋蟀微弱的鸣叫和秧鸡、鹌鹑的啼叫。

波瑞纳家也不例外。干草已经运回来了,汉卡以丰盛的晚餐招待他们。盘子和汤匙的碰撞声响个不停。总是听得到雅固丝坦卡尖锐的声音和满堂的欢笑声。汉卡时不时往盘子里加菜,并时刻注意路上的情况。她总是往院子里跑,看安提克回来没有。

哪里有他的影子?只是有一次看到了泰瑞沙靠在篱笆上,显然是在等谁。

马修没找到机会跟雅歌娜说话,她的脸紧紧绷着,心情很差,还恶狠狠地跟彼德吵起架来,安德鲁刚好来叫雅歌娜回娘家,母亲找她。

大家就这么散了。不过马修磨蹭了好长时间才离开。

之后,汉卡又跑到外面去等着,望着漆黑的夜空,却听到了池塘边传来的马修的怒骂:

"你为什么非要黏着我?我不会逃走,我们被别人指指点点的,我受够了!"他接着讲了些更残酷的话,引得对方止不住地哭泣流泪。

可是,汉卡对这些一点兴趣都没有,她在等丈夫归家。雅固丝坦卡帮她做家务，她自己照顾惹人烦的孩子。她抱着婴儿去看公公。

"安提克就快回来了！"她在门口的阶梯上喊着。

老波瑞纳只是紧紧盯着炉上冒着黑烟的灯火。

她在老波瑞纳耳边说："他今天被释放了，罗赫去接他。"她的眼睛看着他，瞧他是否听明白了。他似乎没明白，一动不动。

她暗暗想着："或许他已经进村了。很有可能！"她时常跑出去等。她深信丈夫今天回来，兴奋得不知道在嘀咕什么。她连走路都是飘飘然的，跟醉鬼一样。她告诉黑夜她的期待，边挤牛奶边对牛说话，跟它们讲男主人就要回家了。

她坚持等着。可是精力和耐心慢慢被磨光。

入夜，村民们都睡下了。雅歌娜从娘家一回来，就去休息了。家里人很快也都上床睡觉。汉卡在屋外守到了深夜。终于，等待和哭泣让她疲倦不堪。她还是进屋熄灯睡下了。

大地沉睡在一片寂静之中。

屋舍里的灯光渐渐熄灭，就像入睡时合上的眼睛。

此时，繁多的星辰亮闪闪的，装饰着漆黑的天空，月亮慢慢升高，就像一只拍打着银色翅膀的鸟儿往虚无的天空飞去。稀疏的云彩卷成洁白的绒球安睡。万物都卸下了身的疲惫，沉沉睡去。只剩下一只偶尔唱出美妙歌声的小鸟。只剩下疲倦的低语的潺潺流水。大树时不时地在月光下晃动，仿佛重复白天的梦。有时，一只狗突然狂吠，一只蚊母鸟拍打着翅膀飞过。贴近地表的水汽此时弥漫在田野上，慢慢地，就像累极的母亲怀抱着她的孩子。

从隐在暗处的果园和屋舍里，传出平稳的呼吸声，村民们住在屋外，因为他们深信不会再变天了。

老波瑞纳的屋子也是宁静而困倦的,只有在炉子边聒噪的蟋蟀,雅歌娜的呼吸不太均匀,就像蝴蝶鼓动翅膀一样。

　　大概是半夜以后的某个时间,最勤快的公鸡已经打鸣了,老波瑞纳动起来了,那时银色的冰冷月光透过窗子,倾泻在他脸上。

　　他在床上坐起来,咳嗽一声清喉咙,想要叫人过来,可是除了咕噜咕噜声之外,他什么话都说不出来。

　　他就这样坐了不久,茫然地望着周围的一切,拿手去触摸那落在被子上的月光,好像要把那刺眼的光亮攥在手里。

　　"天亮了,是时候了。"他终于讲出了一句完整的清晰的话来,笔直地站在地板上。

　　他从窗户向外望去,就像一个从酣睡中苏醒的人,把黑夜错认为是白天,而自己却睡过头了,还有一大堆紧迫的事要赶忙做完。

　　他重复着说:"我要起来,是时候了。"又不断在胸前画着十字,做起晨祷来,之后就去找自己的衣服穿。没找到,他也就忘记了找衣服这事,只是空拿双手从头上套下来,做出一副穿衣服的姿势。晨祷不得不中断,他的喉咙只能喃喃讲出一些杂乱的话来。

　　他的脑海里突然闪现出他即将要做的事情,过去发生的事情和他躺在病床上时身边的事情。那些隐隐约约的记忆虽然存在心上,可是之前一直觉得是虚幻,就像收割过的田畦一般看不清,此时变得格外清晰与鲜明。那些记忆的画面每次即将成功形成的时候,都会猛然出现新的幻影,他还没来得及看清楚就像绢纱粉碎一样消失得无影无踪。所以他的心此刻极不安定,就像寻不着燃料的流动焰火一样,只能选择四处飘荡。

　　所以,他现在的行为都基于以前养成的习惯,好比一匹拉着打谷机转圈的马，很多年一直这么转着，即使哪一天还它自由，它也还是会继续转圈。

他打开窗户凝视外面，看着杂物间想了许久，拿棍子拨了拨炉火，之后就只着衬衣光着脚出去了。

房门开了一半，过道上尽是月光。拉帕原本趴在门槛上睡觉，突然被脚步声惊醒，跳起来就准备狂吠，结果发现是老主人，就跟随着他走了出去。

马西亚斯在屋外驻足，挠挠耳朵，使劲儿想着待会儿该做什么最紧迫的事情。

老狗兴奋地对主人蹦蹦跳跳地，似是在撒娇，他习惯性地摸摸它，并且疑惑地看向周围。

外面亮如白昼。月亮悬在屋顶之上，把深蓝色的阴影投射在白色的墙壁上，池塘的水面闪着银光，宛如一面明镜。丽卜卡村依旧沉寂。只有几只鸟儿在丛林里扑腾着翅膀。

他猛然想起什么，赶紧跑回院子。他把门全部敞开，男人们在谷仓的阴暗处打着鼾。他环顾马厩，摸摸马儿。它们立即嘶叫起来。随后，他伸出头查看了牛棚，母牛排成一队，月光下只能瞧见屁股。

然后，他想从小屋子里拉出一辆板车。可是猪圈旁边那闪着银光的犁头似乎更吸引人，他朝那儿走去还没到达目的地的时候，又把它忘掉了。

他突然在院子中央止步，往周围回望，他好像听到了有人在喊他。

一根长篙出现在他视野中，落下长长的影子。

他问："这是什么呢？"并且默默地等待别人回答。

印着月光的果园好像堵住了他的道路。闪光的树叶对他轻声说着悄悄话。

他撞上了一棵大树，问道："是谁在喊我？"

拉帕在他身后紧紧跟着，它哀号了一声。他听到后止步，长吸一口气。随后兴奋地说："是的，好狗！到播种的时节了！"

这个想法转眼从他的脑海消失。一切都远离了记忆，就像干燥的沙粒从指缝间滑下。

总会出现新的想法让他行动下去，让他烦不胜烦，就像纺锤被缠绕着的线牵引着旋转，却始终围绕着同一个点。

他重复着说："是啊，是啊，是播种的时候了。"他赶紧跑到屋舍附近的田野。在那里，他看见了那个让他心酸的干草堆，那是去年冬天烧掉后又重新堆起来的。

他本想上前，可是突然惊惶地退了回来。往事瞬间在他眼前浮现，生动而真实。他伸手把围墙那边的木桩拔了起来，像挥干草叉似的挥动木桩，凶狠地往前冲，甚至想打人杀人。可是还没来得及动手，木桩就从失力的手上掉了下来。

干草堆那边，是一块已经犁好的长方形田地，跟马铃薯田附近的大路相平行。他停下脚步环顾四周，目光显示出困惑。

月亮已经行了一半路程，朦胧的月光笼罩着大地。地面似乎沉醉在晶莹的露珠中。

从高地袭来一股难以渗透的静谧之感，由遥远的天地相接处而来。草地上笼罩着一层水汽，弥漫在麦田之上，温暖而又潮湿，覆盖一切。

高大苍黄的黑麦俯下身子仔细地瞧着田埂，它被麦穗压住了。麦穗就像那出生不久的小鸟的红色尖尖小嘴。小麦如柱子一般直立，昂起乌油油的脑袋。燕麦和大麦还没有抽穗，原本绿油油的颜色被月光染成了银白色，在雾色中隐约可见。

公鸡已经开始第二次打鸣了，黑夜将尽。大地酣眠，偶尔出现的窸窣声就像是白日里劳碌和烦躁的回声，偶尔出现的叹息声更像是母亲哄孩子睡觉时的轻声叹息。

老波瑞纳迅速跪地，把泥土装进衬衫兜里，跟把种子装进播种袋一样，装得那么多，让他差点儿站不直身子。他画了个十字，估摸着手伸出去能达到的范围，就开始播种了。

泥土太多，把他的腰都坠得弯下，他徐徐前进，用半圆的方式挥撒种子，就像神父赐福时一样。

拉帕跟在他后面。如果有被惊起的鸟儿，它就会撒腿追上一会儿，之后再次跟上老主人。

在这迷人的春季夜晚，老波瑞纳紧紧地凝视前方，穿过一块块麦田，像赐福的精灵一样祝福每一抔泥土，每一支麦穗。他接着播种，一如既往地播种。

他在田沟里摔过跤，在洼地上绊过脚，偶尔会直接跌倒。可是他根本没放在心上，只是继续一心一意地播种。

如此，他走到了尽头。泥土已经用完了，他弯腰拉了些，接着播种。如果被树木或荆棘挡了路，他就转过身子回头继续。

他走了好多路，直到没有了鸟儿的啁啾。村子不再在视野里，周围只有褐色的麦田。他就那样站着，孤单而茫然，就像一具灵魂出窍的死尸。之后，他转身往村庄走去，鸟儿的叫声回来了，人们活动的范围内此时暂时一片宁静。他是个没有归属感的流浪者，被起伏的麦浪推回生存的岸边！

时间慢慢流逝，他接着播种，不知疲倦，只是偶尔会止步让手脚休息一下。之后又继续光着脚丫劳作，做这无用的重复动作。

　　天快亮起来了，他的速度慢了下来，歇息得越来越频繁，已经不记得捡起泥土当作种子，只是空着手播撒。仿佛在把剩余的寿命播撒在这祖祖辈辈传承的土地里，他生活过的时光，他接收到的东西，此时都当作神圣的丰收归还给永存心中的天主！

　　在他生命的最后一刻，奇异的现象出现了。天空变成寿衣一般的灰色，月亮躲回家了，所有的光亮全部消失，大地沉入了黑暗的深渊。此时，一个不可思议的东西好像从不知道是什么地方上升，在黑暗里沉重地前行，震得大地晃动。

　　这时候，森林里吹过来一阵飓风，说着不吉利的话。

　　田地里的树晃动着。麦子和青草颤抖着。战栗的大地呻吟着，那声音极度恐怖：

　　"哦，东家！东家！"

　　大麦青色的嫩穗抖动着，好像在哭泣，还俯下了身子亲吻他累极了的双脚。

　　"哦，东家！"黑麦田的声音在发抖，它拦住他，抖落眼泪似的露珠。鸟儿叫声悲戚，风儿悲声啜泣，潮湿的薄雾围绕着他。一切声响逐渐变得大声，变得哀怨，不断重复着："哦，东家！东家！"

　　他终于愿意仔细聆听了，轻声说："你看，我在这里。可是，你要什么呢？"

　　没有任何回答。不过他还想继续前行，用无力的双手播种，大地浑厚的声音响了起来：

　　"留下来吧！留在这里！留下来！"

他惊讶地愣住了。万物以他为中心聚拢，青草匍匐前进，麦子波浪似的卷过来，田地把他围在中间，整个村子腾空而起，向他压来。他害怕得想大叫，可是喉咙根本说不出话来。他想离开，可是身上没有一丝气力。土地拽着他的脚，麦子将他缠住，田沟绊住他，坚硬的土块阻住了他的脚步，树枝飞过来拦在前方。荆棘刺伤了他，石头砸痛了他，呼啸的狂风不舍不弃地追赶，夜神诱惑他走入迷宫，万物齐齐喊出同一句话：

"留在这儿吧！哦，留下来！"

突然，他停止了动弹，一切都归于沉寂。他的目光慢慢变得无神，可是他仍旧看见了那道光亮。天堂出现在他面前，永生的天主坐在麦叶宝座上，向他伸出神圣的双手，温柔地说：

"来我这里吧。哦，人类的灵魂。哦，劳碌的农民，来我这里吧！"

老波瑞纳被这些话弄得头昏眼花，他用举扬圣体的姿势伸出了双手。

他喊道："哦，天主，感谢天主！"随后就在最神圣的天主面前趴下了。

他倒在地上，死了，在天主最慈悲的那一刻。

天慢慢亮了起来，拉帕守在他身边，哀号了很久。

第四部　夏

第一章

马西亚斯·波瑞纳就这样离开了这个世界。

拉帕非常激动，它声嘶力竭地叫着，拼尽全力向门撞去，发出巨大的声响。今天是安息日，但屋子里睡觉的人们都被拉帕弄出的声响给吵醒了。它用爪子使劲抓拉着他们的脚，拉扯他们垂下来的衣角，然后向外面跑，跑了几步便回过头来看看他们，像是带路的人看着身后的人有没有跟上自己的脚步一样。

最后汉卡看着拉帕的举动非常奇怪，拍了拍旁边的幼姿卡说道："幼姿卡，咱们去瞧瞧，不知道这只狗为什么总是折腾？"

幼姿卡欢欢喜喜地跟在拉帕后面，一蹦一跳地跑了出去。

拉帕带着他们跑出屋外。

幼姿卡老远就看见一个人躺在地上，走近才发现，竟然是她父亲！她抱着父亲的身体才发现他双臂打开，呈十字形，看得出是在做最后的祈祷，全身僵硬，冷冰冰的，早已没了呼吸，幼姿卡惊慌失措，尖叫出声。

大家闻声跑了出来，搀着他的身体往屋里面走，做着急救措施，可一切皆是徒劳的，他们不得不接受马西亚斯·波瑞纳死去的事实。

啜泣声渐起，大家围着他的尸体开始哭泣。汉卡号啕大哭。幼姿卡揉着胸口哭得上气不接下气，仿佛要晕了过去。怀特克跟小家伙张大嘴哇哇地哭叫着。拉帕趴在地上看着马西亚斯·波瑞纳的尸体呜咽着。屋子里一片混乱。而在屋子外面，唯独彼德独自转悠着，他抬头看了看太阳，便转身回去睡觉了。

房间里，马西亚斯的尸体被人搬到床上，如枯死的树枝，没有生机，硬挺挺地躺着，僵硬的手里握着一团泥土。从他僵硬的脸部能看见极度惊喜的表情，他睁大的双眼，似乎透过房顶看到了天空最深处那叫天堂的地方。

但是，他的身体却与他的脸上发出截然不同的气息，隔得不远便能感觉到他尸体散发出浓郁的悲凉感觉，如地底常年不见天日的枯树叶，让人感觉很难受，所以他们给尸体盖上白色的罩布。

很快，马西亚斯去世的消息便在村子里传开来。阳光刚刚才从天边出现，斜斜地落在屋里，马西亚斯的院子已经是人来人往。来访的客人们在尸体旁边祷告。也有人掀起罩布看到了马西亚斯睁大的双眼，被这眼神震撼了，双手在袖子下绞着。

愁云惨淡的气氛笼罩着院子，哀号声、祷告声充斥着整个空间。

随后安布罗斯回来了，把这些看起来很伤心的访客请出了院子，锁上大门，便跟在雅固丝坦卡与爱嘉莎的身后，跪在尸体旁做着最后的祷告仪式。安布罗斯向来爱说俏皮话，这种事也经常做，但是此时他感觉有些压抑。

他一边给尸体换衣服，一边在那小声嘀咕着："再快乐又能怎样！

要是死亡之神不愿意放过你,照样可以折磨你、杀死你,把你丢到'神父的围栏'里,你却是反抗不了的!"

此时雅固丝坦卡都感觉到很伤心,用她那略带哽咽的喉咙说道:"太可怜了!当他还活着的时候,要是被谁冷落了,他便觉得很难过!"

"竟然是这样?是不是他被谁伤害过了?"

"不是,那些人对他就算好吗?"

"谁都有不开心的事吧!就算是国王,也会有忧愁和苦痛。"

"不过这样他再也不用受冻挨饿了。"

"好阿姨,肉体的痛苦不算什么,精神上的折磨更痛苦!"

"也没错,雅歌娜伤害了他,而他的子女们对他也不好。"

爱嘉莎本在祷告,听见他们的谈话便忍不住插嘴道:"他的儿媳子女对他还算不错的!"

雅固丝坦卡瞪了她一眼:"好好祷告!"

"行,但是你看,要是他的子女不喜欢他,还会这样伤心么?你看看她们哭得多难过!"

"要是他那么多的遗产有你一份,你也会这样哭吧!"

安布罗斯看他们快吵起来,说道:"别说了,雅歌娜过来了。"

雅歌娜冲了进来,看着他们在给马西亚斯换衣服,愣了神,好半天才从喉咙里挤出来几个字:"真的……去了?!"

安布罗斯看着她的样子问道:"没人告诉你?"

她颤抖地走近他,说道:"我之前在娘家住,怀特克刚才叫我去,他真的去了?"雅歌娜觉得自己的血液都冻结了,浑身发冷,心脏紧缩着。

"这样子给他换衣服打扮,不是进棺材难道还是去结婚吗?"安布罗斯边给他换衣服边说道。

听见这话，雅歌娜像被人抽空力气一样软了腿，扶着床沿。

本来她觉得是自己睡得太死了，现在还在梦里面，可现在她不得不让自己清醒了。她来来回回地走着，每当脚迈到房门口，又收回来。她想避开遗体，可又选择了守护亡灵。然后又走到窗户边望着外面，其实却什么都没看进眼里去。她又转身坐在门边。

旁边就是幼姿卡的房间，在周围的啜泣声中能听见她凄厉的哭喊声：

"啊！父亲就这样去了！我没有父亲了！"

泪水的味道似乎到处都是，只有雅歌娜，看起来伤心欲绝，但是她的眼眶是干涩的，没有湿润的痕迹，喉咙里没有一点呜咽声。她的腿在颤抖，蹒跚着步子走来走去，一脸敬畏，偶尔望向不知何处，眼睛里闪着忧伤的神情。

还好汉卡没多久就从慌乱中走了出来，双眼含泪地安置着家里的事情，当铁匠夫妇赶到的时候，她的心情早已平复。

玛格达大声哭着。铁匠问着事情的细节，汉卡一一作答。

"还好，他走得这般安逸。"

"真可怜！为了躲避死亡之神竟然到田地来！"

"我看到他昨天还是如以往那般安静。"

"他就没有说话吗？"

铁匠抹了抹自己没有流泪的眼睛说道："是的，都没开口。我给他拉了拉被子，倒了杯水就离开了。"

"都没有人在旁边照顾他，不然的话或许就不会死了。"玛格达哽咽着。

"雅歌娜住在她娘家，老太婆病得太厉害了，她是经常这样的。"

铁匠说："还是来了啊！这些日子，他这样垂死的状态很难受的，上帝这样带他走了也好，不用再受罪了！"

"对啊，他那样花了大把钱看病都没点效果。"

玛格达叹了口气说道："他是个能干的好农夫！最让我伤心的是安提克回来的时候，他却不在了。"

"他是懂事的人，长大了，不会那般痛哭流涕的，你现在还是打算一下葬礼的事吧。"

"没错。噢，可惜了，罗赫不在！"

"不用什么事都依赖他，放心，我能处理好的。"铁匠答道。

铁匠的表情看起来很是难过，略带浑浊的眼睛却不断闪烁着意味不明的光，似乎有什么想法。他在折尸体衣服的时候双手在枕头下摸索着什么，尔后爬上楼梯，在仓储式里翻了许久，他说他在找皮靴。翻箱倒柜地找了好一会儿，他累得气喘吁吁，喘气的声音都盖过了爱嘉莎祷告的声音，嘴里叨念着死者生平做的好事，但是一双眼睛还没闲着，这里瞧那里看的。

雅固丝坦卡看他这样发觉不对劲，厉声说道："你在找什么！"

他搓了搓手，答道："除了对整个房子搜查，不然不可能找到！"说完他便明目张胆地搜查起来。麦克带着风琴师的命令过来和安布罗斯谈话。

"安布罗斯，得快点，教堂那还有四个孩子等着接受洗礼。"

"让他们再等会吧！我这里的事得先处理完。"安布罗斯摇摇头说。

"不行，你现在还是跟他走吧。"铁匠迫切希望现在安布罗斯离开。

"这是我自己要求做的，就得做完。再说为这样的人物安排丧事，机会也不多。"他回头对麦克说，"你先代我安排一下，让神父端着蜡烛围着圣坛走一圈，他们会给你很多赏赐的，你不会？！你不是相当风琴师么，这都不会？"

马修跟着汉卡走了进来，准备做棺木，拿着尺子在那量波瑞纳的长度。

安布罗斯一脸哀痛地说道："给他做的大一些吧，让他这永远的一觉睡得舒服些。"

雅固丝坦卡搓着手嘟囔着："敬爱的主，他生前的田地已经够多了，如今四块木材就够了！"

爱嘉莎停下祷告，双眼泛着泪光说道："地主就该以地主的形式下葬，别像那些可怜人一样死了就随便埋在哪棵树下，愿上帝眷顾你，愿……"她又哭了起来。

马修听着他们的话不作声，点了点头，量完收好尺子之后双手合十祷告一声便出去了。

今天是周末，但他现在就得开始做了。在果园旁边搭建一个临时做工棚。做棺材要的工具都放在另一个屋里，还有几块早就准备好的橡树木材。马修开始卖力干活，彼德奉命一起帮忙。

此时已经接近中午了，太阳悬挂在头顶散发出炙热的温度，庄稼和果园里甚至感觉得到蒸发的水蒸气。

树上的叶子微微颤动，绿油油的，反射出耀眼的阳光，偶尔能瞧见在树上休憩的鸟儿。礼拜天，一片安宁笼罩着村子。偶尔有车辆停在波瑞纳家门前问候一句，叹息一句，抬起头向院子里面望。

安布罗斯把事情安排得有条不紊，叫人准备下葬的事。把波瑞纳尸体躺过的床和被褥铺在太阳下。让汉卡拿杜松果来烟熏消毒尸体躺过的屋子。

汉卡没有去，她的心思全在家门口的那条路上，她盼望着安提克的出现。

过了许久，都没有看见路上出现安提克的身影，她想让彼德去城里打探一下消息。

白利特杉老头刚从薇伦卡家出来,听见汉卡这样的想法便阻止了。

"没必要，去城里除了累死一匹马儿什么都得不到。"

"我想警察局一定有人知晓一些情况的。"

"你说的是没错，但事实上，周末警察局关门，而你要想从他们嘴里挖到消息，不给他们点好处是不可能的。"

汉卡很苦恼，向姐姐抱怨着："不行! 我忍不下去了!"

铁匠在波瑞纳家没有找到钱，很是不爽，听汉卡这样说，便瞟了她一眼，不正经地说道："哟，他还让你烦恼呢! "随后看了一眼栅栏旁的雅歌娜，"他戴着脚镣行动不便，怎么会这么快就回来了呢? "

她没理他，抬眼又往马路上看。

弥撒钟的钟声传来了。

皮靴太干，穿不进脚，安布罗斯去教堂之前便叫怀特克多用些油擦一擦，给死者穿上去。

铁匠和马修去了村子里，只剩下女人们和怀特克在院子里。怀特克一边忙着擦皮靴，一边注意着幼姿卡，听见她的哭声减小。

大家都去了教堂，马路上看不见寥寥几人。波瑞纳家除了爱嘉莎念悼词的声音，便是鸟儿的叫声。

礼拜天的中午是安静的，到了时间便能清楚地听见教堂里传来的颂歌声，伴着风琴动听的起伏声。

汉卡念完悼词便坐不住了，跑到栅栏那低声念着："他死了，死了！"手指摩挲着十字架，她脑子里有许多念头。

"房子和饲养的牲口，三十来英亩的田地，还有一些草地和林地！"

她爱怜地看着不远处的田地，想着要是出得起地价，把所有的田地完整保存下来多好，这样她便能成她父亲那样的大人物了！

"有一半的财产都该是我的！土地，房子，还有牲口，就算是一匹小马儿也不能放手！"欲望和野心不断膨胀着，占满了她的脑海。

她在那站了很久，一边祷告着，一边睁大眼睛看着不远处那片庄稼地。麦穗以优美的弧度向下垂着，随着微风的节奏晃动着，田地边上长着一些黄色的小花。另一边的草地上被薰衣草点缀着，一片紫色的花海，天空偶尔掠过一只鹰，盘旋着飞远了。隔得不远的葡萄架上长出了葡萄，淡淡的紫色显示着它开始成熟，在阳光下晶莹剔透的散发着诱人的气息。

一切都那么祥和美好。"这片神圣的土地！生我养我的土地！"她感叹着，蹲下身来摸了摸泥土。

教堂的钟声传来，惊起了树上的鸟儿。

"噢，伟大的上帝，你创造了一切！"她举起手中的十字架，激动地说着，便开始祷告。

忽然耳边传来一阵轻微的脚步声，回过头看见雅歌娜靠着桃树下的围栏边上，一脸忧郁。汉卡看到她这样子，心头一阵涩意涌上来，有些不满道："这是什么？就不能消停会吗！"

"竟然送了一块地给她！六英亩啊！那个强盗！"汉卡转身不再看她，没了祷告的心情。

太阳慢慢偏向西边，树和房屋的影子渐渐拉长。田地里隐约响起虫子的叫声，为这宁静的夏日增添了一丝活力。瓢虫围着小花朵飞着，知了的叫声缓缓弱下来。

在教堂的仪式完毕，女人们都走了出来，地面都晒得热起来，脱掉鞋子让汗湿的脚透透气，踩在暖洋洋的泥巴上。路上车轮轱辘的声音渐渐嘈杂起来，混着人们的交谈声一起热闹了整个大街。汉卡收拾下心情转身回去。

老波瑞纳的葬礼在人们的祷告声中落下帷幕。

屋子中间用燃烧的蜡烛围着一个宽大的木台子，用白色的大桌布铺着，波瑞纳的遗体就摆放在上面。身上早已换了上好料子做的寿衣，脚上是擦得锃亮锃亮的皮靴。僵硬的手指里被塞进圣母的雕像。惨白的面容上被刮干净了胡渣，下巴上粘着一小片白色的纸条掩盖着下面的伤口，那是安布罗斯在帮他刮胡子的时候不小心划伤的。

屋子里淡蓝色烟气袅袅绕升，带着杜松果的香味盘旋在整个房间，给遗体增添了一丝丝神圣的气息。

这一天，一个虔诚的教徒，一个耿直的地主，一个勤恳的农夫，一个善良的人，一个村里的伟大人物，马西亚斯·波瑞纳，离开了这个世界，带着对上帝的忠诚，带着上帝对他的眷顾，去另一个世界开始了他的新旅程。

波瑞纳家的院子周围围满了村民，大家站在路的两侧，或摇头叹息，或洗头垂泪，或一脸忧郁地望着某处，抑或是面无表情看不出情绪。

太阳依旧那样热烈地散发着自己灼人的温度，但院子里沉闷的气氛让人感觉温度都降低了好几度。屋子里面，一些妇人陪着汉卡、幼姿卡，还有玛格达，说着安慰的话，拿着帕子拭泪。雅歌娜一个人在那，大家看了她几眼，但没有人过来安慰她，同她说话。雅歌娜有些难受，虽说她觉得自己不需要大家的安慰同情，但是看见大家如此冷落她，心里终究是不太舒服，便走到果树下看马修做棺材。

村长夫人看着她的背影，挤着细长的眉毛说道："还敢来！真不要脸！"旁边的一个妇人拉了拉她的衣服说："算了，今天就别说这些了！"

"上帝会惩罚她的。"汉卡一脸虔诚地说道。铁匠听见她们的谈话，冷笑一声说道："你们说这话，村长知道了可是会好好赏赐她的！"他说完便大笑一声跟着磨坊来找他的人小跑着走了，免得承受村长夫人的怒火。太阳垂在不远处的树梢上，来访的村民们都慢慢离开了，剩下寥寥几人在那说话，沉重的心情和躁人的温度使得大家的谈性都不大。

一声悲怆的哞声从不远处传来，大家朝那看去，只见一位农夫用尽全力地拉着牛鼻绳从小池塘经过。雅固丝坦卡道："我想他一定是想去找神父的公牛。"没有人搭她的话。

晚祷的钟响起，村民人纷纷告别回家，汉卡让怀特克叫铁匠和她一起去教堂找神父商讨葬礼的费用，牧童跑回来说铁匠现在在跟磨坊的主人商讨事情。汉卡有些奇怪，不知道铁匠和磨坊主有什么事情好商讨的，但是她等不下去了，便叫玛格达收拾一下，换件正式点的衣服随她去教堂。

她们到了教堂的院子里等着见神父，看见围墙的大树下拴着一只强壮的大公牛，旁边一个农夫牵着一头母牛围着它转。神父走了过来，摸了摸公牛的头说道："瓦勒！别急！等它准备好才行。"神父转过身，摸着自己光秃秃的头顶向汉卡她们走去，问了关于波瑞纳的事情，顺便说了几句安慰的话。汉卡说起关于葬礼经费的事情，刚开口便被神父打断，严肃地说道："先别说这事！我可没想着他的财产！波瑞纳是村里最伟大的地主，必须要风风光光地下葬！"汉卡缩了缩脖子，不敢再说下去。

"嘿！你这些小坏家伙！小心我收拾你们！"神父突然转头看着篱笆旁正在那偷瞄风琴师的孩子大声呵斥道，然后迅速收起表情对汉卡她们说："你们看，我这头公牛怎么样？"

"一看就非常不错！磨坊主的那头牛完全比不上！"

"没错！简直是一个天一个地嘛！"

"真有眼光！你们看它这身材，这骨架，这结实的肉，这牛角！"他满脸自豪地拍着牛。

"没见过这么好看又厉害的公牛呢！"玛格达眨了眨眼睛说道。

"你当然没见过，这可是荷兰牛，纯种的，当初还花了四百卢布呢！"

"竟然要四百卢布？！"她们不可置信地叫起来。

"当然，一个戈比都没少。瓦勒，可以了，放开它，不过得小心点，你这母牛太小了。它们现在就可以交配了……对，就是这样。我这牛可是贵得很呢，村民要是想从我这得到一头优良品种的牛，需要付给我一卢布，付给我的长工十戈比！那个磨坊主看不过我这样，我还看不过他那样呢！他那出来的牛品种太差了！"他说完转过头看着她们羞红的脸庞，说道："你们可以走了，别忘了明天把遗体弄到教堂来！"

"没多久，你就有一头好品种的牛了，比别人的都要好！"他拍了拍袖子大声说道。

汉卡和玛格达准备去和风琴师商量一下。她们到了风琴师的房子，喝着咖啡谈事情。回去的时候，农夫们牵着牛群往回走。不远处便看见阿瑟克和马修在那说着什么，两个人点着烟。

阿瑟克是过来让马修去斯塔赫做建筑的，但是马修好像不怎么愿意接这个活儿，没有做出肯定答复。

"我平时都是做锯木材的活儿，做房子这样的大工程，我不一定做得好。而且这个地方我待得腻味了，想到别的地方去，我想我接不了。"马修说着，看了一眼在牛棚挤牛奶的雅歌娜。

"等我明天做完棺材再说吧。"说完他便转身离去。

阿瑟克在灵堂里祷告了许久，抹着泪对汉卡说："希望他的子女如他那般！他是一位勇士，曾经还跟我们一块为自由而战斗过！那个魔咒……其实不该这样死去，该死的是我们。"他说着便遥望远方仿佛回忆着什么。

汉卡不太理解他的话，但能感觉到他的善意，便对着他双手合十鞠了一躬。他默默地看了一眼波瑞纳的遗体，点上烟斗，告诉汉卡不必这样便走了。

阿瑟克经过铁匠身边，无视铁匠对他的问候便走了。铁匠有些纳闷，不过却没有因此感到不满，坐到他夫人旁边悄悄说道："玛格达，大地主希望咱们村民退一步……他想我帮他一把，我还可以从里面赚一大笔。这事你得保密！"他找了几个人去住店谈谈这事。

晚霞染红了西边的天空，太阳藏匿在云彩后面发出金色的光芒。收拾完家里的琐事，大家围着波瑞纳的遗体。木台子四周的被整整一大圈的蜡烛围住。安布罗斯不停地剪着烧长的烛心，拿着书带大家唱着挽歌，哀婉的曲调让许多人又开始哭泣。隔壁的村民都过来了，他们不太能适应这过于沉重的悲痛氛围，便跪在院子里一起唱着。

直到深夜，仪式结束，大家都辞别回家。安布罗斯和爱嘉莎留下来守夜，一起朗诵了几首诗歌，凌晨的夜晚无声无息，这般的寂静催眠了他们俩。四周只有很隐约的光线，夜空没有月亮或是星星的光辉，烛光在夜风中摇曳着，感觉马上就要被吹灭一样。蓝色烟雾依旧缭绕着，在遗体的四周，安布罗斯他们无意识地歪在遗体边上睡得正香。

四周的小蜡烛燃尽了，只剩下一团蜡油，灵堂正中央最大的蜡烛伴随着第一缕阳光在屋子里跳跃着、摇曳着，映在波瑞纳的面容上，给人一种他将要在清晨的鸟叫声中睡醒的感觉。

在礼拜天过后和大事忙碌过后，这时候醒来的村民很少。

天色渐渐亮起来，活泼的鸟叫声伴着晨曦，似乎把昨天那般压得人难以喘息的气氛给冲淡了些。山坡上的山羊啃着草，发出咩咩的满足声，荷塘边妇人们打水洗衣服，传来流水涓涓的声音。拴在树边的马儿踩了踩蹄子吁了几声。一切看起来似乎生机勃勃。而此时，波瑞纳家还没有动静，或许是前一天的情绪失控加上葬礼的事忙累了，都还没睡醒吧。

波瑞纳枯白的头发被窗户边吹来的风吹得微微颤动，风掠过他皱纹横布的脸，悄无声息。他这一觉是睡不醒的了，不会再赶早起床去田地里干农活，不会再催促着工人们做事，不会再捂着嘴发出咳嗽声，再也听不见他的声音了！院子里的野花吸引着昆虫们飞来飞去，偶尔有几只调皮地飞进波瑞纳的屋子。鸟儿停在窗户上歪着脑袋看着屋子中间的木台。嗡嗡的声音从屋里传出来，"他死了"！

太阳逐渐上升，却不如昨天那般把地面都晒得烫脚的温度。厚厚的云朵挡住了金黄色圆盘般的太阳。没多久，天空找不到太阳了，接连不断的小水滴从云中掉下来，落在大地上。不一会儿水滴越来越大、越来越急，滋润着果园和庄稼地，喂养着干渴的池塘，安抚着干枯的树叶，地面泛起一层水雾，溅起许多的小水珠。

汉卡被窗外的雨声吵醒，雀跃地起床跑到马棚那叫起彼德："彼德，快起来！你看，下雨了！感谢上帝啊！不过，快点把薰衣草收到里面来，不然淋湿了就发霉了！"她到另一处叫起怀特克让他你去把牛赶到外面去，自己去鸽房打开笼子。

铁匠过来到屋门口问明天的丧席要去城里买些什么，接过汉卡给的钱。走之前他对汉卡悄悄说："只要你给我一半的财产，我就不告诉别人你偷那个老头钱财的事情。"

汉卡涨红了脸，愤声说道："随便你！别以为别人都跟你一样！"铁匠抿了抿嘴使劲瞪她，捋了把胡子驾着马车走了。

汉卡忙得不可开交，整个院子里都听见她吩咐的声音。遗体盖上了一条崭新的白色布罩，周围摆上了新的蜡烛。

爱嘉莎过来继续祷告，偶尔给炭炉子里面加几个杜松果。雅歌娜吃完早餐就过来，但是她不敢跟尸体待在一起，便没有进屋，去院子里看马修的活儿，棺材完成了一大半了。

马修注意到她一言不发，一脸忧愁地看着那漆了十字架的棺材盖，出声道："你现在是没了丈夫的人！是寡妇了！"

"你说得对。"雅歌娜闷声答道。

马修看着她如被人折磨的孩童那般的憔悴、无精打采，用略带安慰的口吻说道："这也没什么，现在成了寡妇的人也不少。"

她嘴里喃喃念着寡妇这两个字，湛蓝色的眼睛升起一层水雾，转身跑到屋檐外号啕大哭着。汉卡拉她进屋，出声安慰："别哭了，大家都很难过，不过对于你来说，以后独自一人，确实是最难受了。"

雅固丝坦卡有些刻薄地说道："现在就尽情地哭吧！过不了几年，你就会在新的结婚舞曲下跳得很开心的！"

"现在别讲这个笑话！"汉卡呵斥她。

"我可没讲笑话，你看她有钱又漂亮，年纪轻轻的，不知道多少男人追着呢！"雅固丝坦卡说完便离开了。

汉卡拎着饲料桶往猪栏走，拧着眉头思索着，前天不是就该出狱了吗，怎么到今天还没消息呢？到了猪栏，汉卡收敛心神给母猪喂食。

晌午过后教堂的人过来了，手里端着一根蜡烛，吩咐着人把波瑞纳的遗体放到棺材里去，马修捶捶打打地把棺木盖钉上，神父拿着十字架祷告了几句，围着棺材走一圈滴了些圣水，最后安布罗斯敲着丧钟，大家排成两队架着棺材去教堂。

接近天黑他们才回来，送走了遗体，清理一下屋子，顿时就显得空荡荡的。汉卡有些感叹地说道："前段日子他那般被病痛折磨，难以动弹，但家里他还是主事人，可现在……"

雅固丝坦卡连忙说："等安提克回来，就有新的主事人了！""希望他能尽快回来。"她叹了口气说道。

难得逢上这么好的雨，很多事需要处理。汉卡收拾下心情，朗声对村民们说道："我亲爱的农夫们，我们敬爱的大地主离开了，但是，我们的生活得继续，庄稼不等人，咱们得快点去干活儿了！"说完她便拎起农具，带着大家出去了。

幼姿卡还没从悲伤中缓过来，便一个人留在家照顾小孩子。拉帕趴在她旁边时不时抬头看一眼她。怀特克养的那只白鹤撑着细长的腿守在门口。

这场雨下得很是痛快，似乎前好几个星期被太阳蒸发的水汽都回来了。空气里都是雨嗒嗒落下的声音，还有鸭子欢快地扑棱着翅膀，欢快的嘎嘎直叫。天色渐暗，农夫们都从地里回来了，有些高兴地说道："这场雨真是下得太好了！再下几天就好了，这样庄稼会长得更好了，不然咱们地里的红薯就枯死了！"雨一直下，大家站在屋檐下享受着雨水带来的凉意。

这段日子是点"苏伯特基"圣火的日子。圣火就是纪念圣约翰的火。但是下雨了，不容易燃起来，燃了也很容易熄。怀特克想让幼姿卡和他一起去点圣火，但是幼姿卡拒绝了，"不想去。我现在没有心情去玩乐，我做什么的心情都没有。"他还在催促她去，幼姿卡吓他说汉卡知道了会弄斥责他的，但最后他还是去了，夜幕完全降临之后才回来，一身泥泞。

第二天，雨停了，但是天空还是灰蒙蒙的，没有炙热的阳光烤着，不远处的草地和田地显得翠绿翠绿的。荷塘溪流不再干涸，泡过雨水的泥巴软软的。路边的野草洗刷掉了灰尘，绿意盎然的。

教堂里，牧师做了一场安魂弥撒，然后跟神父和风琴师一起用拉丁文唱颂歌。波瑞纳被安放在高高的灵柩台上，被一片烛光包围。全村人都神色恭敬地跪下，听着冗长的颂歌。歌声时而如凄厉的呼唤，听得他们全身发麻；时而如轻声细语的诉说，让他们心中不自觉升起一阵哀愁；时而如一首庆祝曲，一个小时之后，这般折磨人心的颂歌终于结束了。

安布罗斯去拿灵柩台四周的蜡烛，分给每个人一只。几个村里较有地位的农夫架起棺材抬到铺满茅草的板车上去。

此时哭声瞬间充斥着整个教堂，雅固丝坦卡偷偷地在棺材下面塞了一包面包。丧钟响起，斯塔赫一脸虔诚地举起手中的十字架，神父立刻吟唱道："最尊贵的上帝啊，他的苦难应该结束了吧……"，队伍最前面的人举着黑色的旗子，上面印着白色的骷髅头与交叉的骨头，在雨后凉风中飘扬。在他后面的是握着十字架的神父，他的身后是两列端着蜡烛的人。再后面就是漆黑的棺材。队伍的后头跟着的是满脸悲伤的村民们。

天空的云朵是灰色的，偶尔有风吹过，树叶洒下几滴水，如同在为之垂泪。地里的麦穗低垂着头，似在对主人致敬。村民们的情绪在队伍中逐渐激动起来，一个个脸色发白，蓝色的瞳孔因为沉重的心情显得更蓝了。他们把颤抖的双手放在胸口，摇头叹息。难以言说的悲伤和失落在他们心头萦绕着，他们低头沉思着人类的命运无法挽留，到最终都是一片空白，一辈子的努力，所得到的财物、心中的奢望，到最后都是一场空。之前努力着想做最有身份地位的人，可最终还是和波瑞纳这般死去，曾经的执着有何必要呢？这样活在这世上有什么意思呢？想到这，他们忍不住哭出声来。

他们拖着沉重的肉体前行着，精神上满受折磨。在他们心中清楚地明白，唯一的解脱就是上帝的仁慈。"因为您无上的仁慈之心……"拉丁颂歌唱到这，钻入他们的耳朵，在他们脑海里不断回荡，让他们沉下了脑袋，等着上帝的审判。

就这样，一行人来到了墓地。沉闷而凄凉的丧钟声回荡在墓地，白杨树林、十字架形的墓碑、挖好的墓地呈现在眼前。到了墓地的小路那，有小地主追上他们，下了马车和他们一起走在棺材旁边。

小路不是很宽，两边是整齐的白杨，还有一望无尽的麦田。

颂歌在神父最后一声长叹中结束，由雅歌娜搀扶着多明尼克，低头盯着地面行走着，她不停地唱着圣歌："天堂的那个神圣的地方……"村民们一起吟唱着，显示对上帝的忠诚。

到了墓地，农夫们抬着棺材走向长满绿草的小路，经过十字架墓碑和礼拜堂，来到新挖的墓穴。墓穴四周插满了黑色旗帜，大家都围着墓穴，棺材放了下来，大家又啜泣起来。

神父走上一个小土坡，高举手中的十字架放开嗓门说道："上帝！你的子民！丽卜卡村民！"

大家都安静下来，听着丧钟声与神父的声音交织着，夹杂着幼姿卡难以自控的哭声，她趴在棺材上肩膀耸动哭个不停。神父深吸了一口气，掏出帕子擦了擦眼睛，严肃地说着：

"我亲爱的村民们，告诉我此时躺在棺材里的是谁？你会告诉我，是马西亚斯·波瑞纳，我告诉你们，是我们村最伟大的地主，最勤恳善良的农夫，他这一生，帮助过无数的穷苦人。"他停下来望了一眼大家，哭声渐起，比之前送葬时声更大了。

他语气沉痛地说道："我们伟大的地主，可怜的人，离开了我们，不会再和我们一起干活了！死神看中了他，我们这群人中最优秀伟大的人！我们阻止不了，但是，作为虔诚的教徒，我们知道他飞升去了云朵深处的天堂，在雄伟的天堂大门前敲着门，圣彼得会问他，'你是怎么到这儿的？是谁？为什么要敲我的门？''我叫波瑞纳，是丽卜卡村的大地主，望上帝给予我恩惠……''大地主？是不是村民们害得你死去的？'马西亚斯会说，'请您打开门让我感受一点天堂的温暖好吗？我会把缘由告诉您的。'圣彼得打开了门，但把他挡在门口，说道，'坦白告诉我，在这里不允许欺骗。告诉我怎么来这的？马西亚斯双手合十跪下，听着门里传来天使的美妙动听歌声，双眼含着泪说，'我实属无奈啊，看呐，他们那般邪恶，为了利益相互伤害，泯灭了善良淳朴的本性。亲人不再顾及血缘相互对抗着，仆人都不再遵守本分。他们忘了何为尊老爱幼，抛却了对高位人的尊敬。他们的人性被心中的邪恶所侵蚀着，道德败坏的事情每天愈演愈烈，真理和善良消失不见。他们放任自己的牲口毁灭草地。一旦有空闲的土地，他们就去争抢种下自己的东西。哪家的家禽不小心跑了出来他们就不管不顾地抓走。他们整天不务正业，不停地喝酒过着糜烂的生活，犯着难以饶恕的罪责。他们抛弃信仰，不再忠诚于上帝，他们自甘堕落为异教徒！'圣彼得听不下去了，说道'有那么糟吗？''我不知道别的地方是怎么样的，但是我只知道那儿是我这辈子见过的最不堪的地方！'圣彼得左手紧握住右手的拳头，愤声说道，'你们村民这般坏，堪比那德国的士兵！上帝给了他们广阔的田地耕种，肥沃的土地让他们丰收，还有牲畜跟绿林草地，他们竟然不忠于上帝，竟然还自甘堕落！他们这是太享受了吧，我得禀告上帝让他们吃点苦头才行！'马西亚斯听见他这样说，连忙求情。可是圣彼得怒火难消，'别想让我放过他们！他们这些人在三个星期之内还不思悔过的话，我就惩罚他们，让他们尝尝饥饿、病痛和灾难的滋味！'"

神父毫不留情地诉说着他们的罪过，诉说上帝对他们的失望与愤怒，所有人都不敢说话，泪水在他们脸上肆意流淌着。话题一转，神父说着死去的他是为众人而死的，他苦口婆心地劝大家好好生活，不要再荒唐地过日子了，因为他们不知道站在天堂大门前下一个被审判的是谁。许多人幡然醒悟，捶着胸口发出悔恨的叹息。

农夫们架着棺材缓缓把它放在墓穴里，拿着铲子把泥土盖上去，泥土落在棺材盖上，发出咚咚的响声。所有人都为之难过，围在墓穴四周哀号着，有人痛哭流涕，像幼姿卡、汉卡和玛格达；有人低着头啜泣，像远房亲戚和村民们。最引人注目的便是雅歌娜，她趴在地上号啕大哭，细细的嗓子里发出如尖叫般的哭声，捂着胸口好像心都快碎了一样。

"瞧瞧！她现在哭得多惨，不过在波瑞纳在世的时候可看不出这么有感情！"普罗什卡大妈掏了掏耳朵说道。"不装装样子怎么行，不然会被扫地出门的。""他们可不是笨蛋，哪这么容易上当！"风琴师夫人搭腔道。雅歌娜当作没听见，继续躺在地上哭着，满脸泪水，她有种错觉，似乎泥土盖在她身上一样。丧钟的声音清晰地在她脑海里回荡着，仿佛大家的哀悼是对着她的。

葬礼结束了，神父跟着地主离开，村民们也慢慢回去。有的人留下来拜祭离世的家人。有的人带着满腔忧伤在周围踌躇着。有的人注意到汉卡和铁匠在邀人去参加丧宴，便亦步亦趋地走着，时不时回头看看他们。

墓穴已经填好，地面上鼓着一个小土山丘，顶部竖着一根大十字架。大部分人都回去了，有的到波瑞纳家去吃丧宴。院子里已经收拾干净，屋子两边摆放着桌椅，有人已经到了，低头喝着桌上准备好的伏特加，吃着面包。风琴师在中间念着祷文，大家附和着，间歇了一会，铁匠拿着酒杯向大家敬酒，雅固丝坦卡加了一些面包。妇人们和汉卡在另一个房间里面，吃着甜点，饮茶。风琴师夫人带着大家唱哀婉凄凉的调子。客人们一边吃着喝着，一边流着泪唱颂歌。

汉卡很大方地拿出很多美酒佳肴给大家分享，到了中午很多人都准备回去，汉卡命人端来一大碟牛奶做的美食，还有香喷喷的烤肉和生菜卷。波乐斯劳斯夫人跟旁边的人悄悄说道："这菜比别人婚礼上的菜还要好呢！""那是！波瑞纳可有不少遗产。""不止田地屋子什么的，听说还有一大笔现金。铁匠说屋子里面藏了一笔钱，但是莫名其妙地不见了。""他还抱怨过没找着，他可是知道藏哪了的。"

　　风琴师喝得有点多了，端着酒杯走到人群处，大声地说着一串拉丁文来夸赞离世的波瑞纳，大家随声附和着，其实他们根本就没太听懂他说的什么。众人的声音越来越大，夹杂着酒杯碰撞的声音。有的人晃晃悠悠地拿着酒杯，满脸红色的酒意，勾着旁边人的脖子，不利索地说着胡话。有的人一脸难过地拉着旁边的人唱着哀怨的歌，不过别人都不搭理。大家都拉着熟识的人说话，谈天说地，碰杯喝酒。

　　有几个人注意到安布罗斯有些不对劲，他不停地喝酒，一个人坐在角落里低头叹气。有人给他说些开导的话，他不耐烦地打断："别跟我说这些有一搭没一搭的，我没心情！我快活不下去了，快死了！除了我的狗没有谁会为我难过了！倒说不定有哪个老婆婆为我敲破铁锅。"他说着说着便哭了起来："想当初，马西亚斯出世的时候，受洗我在场，他头一次举行婚礼，我还闹过，而现在，我埋葬了他父亲，那情形我到现在都还记得。上帝啊，我把多少人送进了坟墓，举行葬礼，到如今，我的报应来了！"他猛地起身，摇摇晃晃地跑到院子的果树下，后来听怀特克说他听见他老人家哭了好大一会。

　　不过他并不是个多愁善感的人，在晚霞渐消的时候，神父和地主来家里做客。

　　神父用慈悲的话语安慰着小孩子们，说久了觉得口渴便尝一口幼姿卡泡的茶。地主跟大家谈话，拿过铁匠递来的酒杯敬酒，而后跟汉卡说话："最为遗憾的，莫过于我了，如果他没有走得这么早，说不定我能和村民们谈妥。"他起身环顾一圈，提高嗓门说道："我有可能会答应你们所有要求，不过，谁来和我谈呢？总不可能是俄国政府委员会的代表吧。就目前，你们中还没有谁能作为丽卜卡村的代表。"

大家注意听着，暗自思索着他话里的意思。他接着说了好多，指出了一些问题，但是没有人作声，他们只是挠挠脑袋，不断地点着头，不知到底听懂了没。看他们这般反应，地主就没有说下去了，转身和神父出了门。

等地主们走了之后，他们立即活跃起来："天呐！地主大人竟然过来参加葬礼了！"

普罗什卡插嘴道："他这话是什么意思呢？好像在向我们示好，肯定有什么事要我们做。"

克伦巴出声道："他干吗要用地主的身份来说话呢？用朋友的身份不是更好吗？""这么大把年纪你白活了，人家身份地位高，怎么可能愿意降低身份跟我们这些农夫当朋友？"

"他这样做，肯定有什么见不得人的事！"

"这事我们也着急，不过他似乎更着急。"

西科拉晃了晃手里的酒杯结结巴巴地说："咱们先拖着。"村长的弟弟翻了他一眼生气地叫着："你当然能拖，我们可拖不起！"吵了起来，醉醺醺地互相掐着，大家拉开他们，各有想法。

"除非他把林地和木材交出来，否则就没得商量的余地！"

"其实没必要这样，到时候法庭会把这些判给我们的。"

"他就是只疯狗！应该去讨饭！"

"瞧瞧他被犹太的债主折磨得不行了，才这样委曲求全地找我们帮忙！""想当初他是怎么对待我们的！拿着鞭子威胁着叫我们滚开！"

一个醉醺醺的声音插进来："别听他的鬼话！依我看，他可没这么好心，肯定是想害我们！"

铁匠打断他们的声讨："伙计们，听听我的建议吧，我认为是不错的建议，地主想跟我们谈条件，我们可以尽力去争取利益，有句俗话说，柳树上可摘不到梨子。"

乔治连忙顺着他的话说："他说的可是大实话！咱们到酒店去谈这事吧！跟我走。"

一行人吵吵闹闹地离开了院子，鸭鹅和牲口们在路边昂起脖子叫唤着，还有吹着悦耳的笛声回家的放牧人。有好几个人步履蹒跚地走着，面朝天空扯开嗓子吐出不成调的词儿，打着酒嗝，一脸惬意地回家了。

这时，波瑞纳的院子已经整理干净了。四周很安静，天空被乌云占满，院子里显得有些阴沉沉的。

雅歌娜在房间不停忙碌着，如笼子里上下扑棱着翅膀的小鸟那般。她看了看大家写满难过的僵硬的脸，抿了抿嘴，没作声便出去了。

此时安静得像不远处波瑞纳的坟墓那般。一天的忙碌后，大家都有些疲惫，撑着脑袋犯困，但是没有谁回自己的房间去睡觉。大家围着火炉坐，眼睛一眨不眨地盯着将要燃尽的柴火，竖起耳朵注意周围的每个声响。风呼呼地进来，经过窗户边的缝隙发出飒飒的声音。树叶哗哗作响，篱笆吱吱呀呀地摇晃着。窗子时不时碰撞着墙壁，发出沉闷的咚咚声。拉帕有些不安地抬起脑袋，喉咙里发出不明的咕哝声，耳朵不停地转动着，甚至能看见它背上柔顺的毛都竖了起来，之后又是无边的寂静。

这样的氛围下，大家有些不安地坐正身子，脸色惶恐地环顾着四周，在胸前比画着十字，嘴唇哆哆嗦嗦地默念着什么。阁楼上的声音清晰地传到每个人的耳朵里。什么东西在移动着，屋椽被这动静弄得吱吱作响，声音传到房门口，伸着脑袋打量他们一般，拉开门栓，绕着整个屋子走着，发出沉重的脚步声。

一声马的嘶叫声忽然从马棚传来，拉帕猛地冲到门口，使劲撞击着房门。幼姿卡激动起来，哭喊着："是父亲！啊！感谢上帝！那是我的父亲！"

雅固丝坦卡第三次忍不住伸出手指，郑重说道："停止你的哭声。亲人的哭声会让灵魂心生留恋，舍不得离去。打开门，让灵魂飞升到上帝美好无忧的乐园里去吧，愿他走好，远离苦难，安宁无虑。"

大家连忙打开房门，没多久周围便安静下来。他们睁大惊恐的双眼环顾四周，拉帕低着脑袋在角落里嗅着，喉咙里不时哼一下，似乎对着某个人，一个大家看不见的"人"，卖乖讨好着。他们有了更强烈的感觉，死者还在某个地方流连着没有离去。

汉卡不禁想起那首《黄昏赞歌》，她用颤抖而嘶哑的嗓子唱起来：

我所有努力的成果，
我脚下的丰收，
一切都奉献给你……

第二章

今天是夏日里最好的一天。

早上十点左右，太阳挤在东方和南方之间，散发着炙热的光芒，丽卜卡村的钟楼上传来嗡嗡的钟声，震人耳膜。

声音最大的一口钟名字叫"彼德"。它张大嘴放开喉咙喊着，和喝醉的庄稼汉一般，在路上歪歪倒倒地走着，扯开嗓子表达心中的快活与得意，仿佛要让所有人都知道。

仅次于彼德的钟，安布罗斯给它取的名字叫"保罗"，它发出的声音是轻快的，像活泼的小姑娘，飞舞着裙摆跑到田地里，踏过黑色的泥土，欢笑地向蓝天白云倾诉自己的快乐，捏着嗓子放声高歌。

排名第三的叫作"席娜卡"，它的声音叮咚清脆，如清晨的鸟儿使劲鸣叫着，想用自己美妙的声音盖住彼德和保罗的声音，不过这是白费力气。

三口大钟同时唱起来，一个如低沉的簧，一个如婉转的小提琴，一个如快活的铃，它们三个一起组成了一曲壮丽、恢宏又动听的曲子。

今天是当地的节日，圣彼得和圣保罗纪念日，所以它们才这般尽情地呼唤着大家，这是一个值得庆祝的日子。

人们感受着太阳刺眼的光线和灼热的温度，小贩们日出前就在教堂前撑起凉棚，摆放着桌椅和柜子。

欢快动听的钟声在乡间回荡，各种板车马车驶进村子，掀起一阵灰尘，还有许许多多走路的人。大马路、小巷子还有田间小径都是穿着红色衣服的女人以及头戴白色围巾的男人。

音符在钟声中飘扬，在太阳下大声吟唱着它们的赞歌和祷文：

"上帝！上帝！我最爱，尊贵的上帝！仁慈的天主！圣母！圣母！我最圣洁的圣母！"

"上帝！我对您最崇高的敬意！给您真诚的呼唤！"

这个神圣的大日子里，每户人家都用鲜花绿叶装扮着，看起来非常赏心悦目，有种喜庆的氛围。每条马路上都是人头攒动，板车和马车在人群中艰难地前行着。来观看的人们在车上欣赏这美丽的风景。

每条小路上都被各色鲜花装扮着，喇叭花和野菊花在天边伸着脑袋眺望着，白色的百合占据了田野的每一个缝隙。溪流边积水的坑洼现在长出了好多薰衣草，远远看去，整条溪流像一条紫色的缎子。一片广袤的水仙夺人眼球，和小草兰还有香堇争奇斗艳。还有满天星和铃兰一起嬉戏着……还有无数不知名的野花在阳光下晃悠着脑袋，整个一片清香醉人花海。

观光的人吸吸鼻子，享受着令人通体舒畅的花香，不过马上就挥着马鞭走了，这里的天气实在是热得人难以忍受。

不多久，整个村子被人群挤满，有的甚至被挤到了林地里去。

村子里只要是有一小块空地，就被人们的马车占领了。教堂前面的广场远远地只看得到不停攒动的人头，每个人都被身边的人挤着向前或向后，简直是水泄不通。

　　在荷塘边，许多女人脱下鞋子清洗自己沾满泥灰的脚，然后穿上精心挑选的鞋子，衣冠楚楚地去教堂。成家的夫妇们彼此寒暄。年少的小姑娘和小伙子，眼神炙热而渴望地彼此望着，一起经过凉棚下的摊子，有的则跟着人群挤在演奏风琴的人边上，和大家一起观赏那风琴边上坐着的一只海外小怪兽，它全身被红色的布料包着，看起来像缩小版的德国老人，在演奏者的身边对着众人做出各种活泼搞怪的动作，引得众人一阵发笑。

　　演奏者弹奏的音符很轻快，大家聆听着甚至忍不住想跳起舞来。但是曲调中夹杂的伴歌是完全不同的风格，乞丐们向路人乞讨时唱着歌。他们分成两列坐在教堂广场边到林间墓地，墓碑那儿有个人独自坐一边，是个带着狗的胖子，他的声音最突兀又响亮。

　　一声巨响，弥撒的钟声响起，所有人如开闸泄洪般往教堂里面涌，眨眼间里面就被挤满了，拥挤得太厉害，有的人甚至听见自己胸腔肋骨断裂的咔咔声，有的人被挤得疼了跟身边的人吵闹着。

　　从附近的教堂来了好几位神父，他们赶忙到树荫下的赎罪室端正坐好，一脸庄重地听人们向他们忏悔，请求救赎。

　　强烈的高温热得人非常难受，一丝风都没有。可是大家还是耐着性子围在赎罪室周围或是聚集在教堂的墓地那，有的人想寻觅一个阴影处避太阳，但是没有找到。

　　汉卡与幼姿卡一起匆匆赶来，弥撒刚刚开始。看着这么多的人，想进教堂是根本不可能的，她们便站在离墓地不远的地方。

风琴的声音从教堂传出来，大弥撒正式进行，所有人都跪在地上或坐着祈祷。已经是正午了，空气都热得仿佛要沸腾，天空罩在头顶，像洗得发亮的白瓷砖刺着眼睛。土地和墙壁吸收了太阳的温度，散发着炽热的气息。可怜的民众都跪在地上，不能动分毫，头顶与脚下的温度一起快将他们无情地烤干。

　　风琴声伴着人们低沉的祈祷声飘扬着，时不时有人说话的声音从圣坛上传来，交织着清脆叮咚的铃铛声，或是风琴师沙哑的歌声。教堂中间的大香炉幽幽地飘着熏香，萦绕在整个广场上，汇成一缕缕芳香的淡蓝色烟带。

　　然而，在这光线刺眼、温度慑人的大太阳下，一眼望去教堂里里外外都是各色鲜艳的衣服，看起来就像一个五彩缤纷的大花园。这些人们跪着身子匍匐于大地之上，忠诚于上帝。而上帝则在七彩阳光般的笼罩之上俯视着这些善男信女。

　　就连高歌的乞丐们都安静下来，不再拉着人们要求救济。不时有个乞丐从昏昏欲睡的状态中清醒过来，说了声"万福圣母玛利亚"，便打开嗓门叫唤着要救济。

　　热气充斥着整个空间，灼热的仿佛要烧了起来，庄稼和果树甚至觉得要在这温度中燃烧殆尽。

　　整个场地寂静下来，使人更没精神，脑袋垂下去打着盹儿。有的人低着头传来轻微的鼾声，有的人则想保持清醒，退出去喝水，嘎吱嘎吱的摇桨声从井里传出来。

　　当民众的歌声附着钟声响起来时，所有人都清醒过来。旗帜在空中微微飘扬着，神父在大红色的幕布下，由几位贵族大地主一起挽着，手里端着圣盒，领着全村的民众往外走，开始游行。圣歌响彻天际，游行的人汇成了一条宽广流淌的人河，从教堂的围墙边流出，洁白的墙壁在阳光下闪闪发亮。大红色的幕布在人河中漂流着，被香炉飘出的烟雾笼罩着，烟雾不时露出一些缝隙，从中能看见堪比太阳发出金色光芒的圣盒。幕布如庞大的雄鹰在人们头顶盘旋着。圣盒蒙上一层蓝雾般的薄纱，安放在神父手上向前行。风琴声悠扬，钟声浩荡，又有人放声歌唱，心神荡漾，觉得自己的灵魂都要飞升上那最光辉的太阳！

所有的仪式终于完成了。几位地主们出了教堂，环顾四周想找个阴凉地方歇脚，可是没有找到。安布罗斯在树下腾出一些位置给他们，还搬来椅子，这样他们方便了不少。

佛拉那边的大地主也过来了，不过没有跟他们坐一起，四处晃悠。一看见丽卜卡村熟悉的面孔便凑上去跟人友好交谈。他看见了汉卡，于是挤过人群到他身边。

"你的丈夫还没回家吗？"

"对啊，还没回来！"

"你应该去接过他吧？"

"父亲的葬礼结束后我就赶过去了，但是那里警察局的人说要一个星期才能出来，就是下个礼拜六。"

"那保证金你都给了吗？"

"罗赫现在还在想办法解决这个。"汉卡有所保留地说道。

"如果你没办法解决，我可以帮忙为安提克做保证人。"

汉卡诚恳地说道："非常感谢您！"对他深深地鞠了一躬，"说不定罗赫可以自己解决，不然他也会自己另想法子的。"

"记着，需要的话我会帮忙的。"

他说完便往前面走，看见坐在墙边的雅歌娜，她跟她母亲坐一起，正在祈祷。他不知道拿什么和她说话，对她微笑点点头，便回去自己那边了。

雅歌娜的目光跟随着那些千金小姐，她们是贵族子女，身上光鲜靓丽的衣服让她心生赞美，白皙的脸庞还有如扶柳般纤细的腰肢令人赞叹不已。天啊，连她们呼吸吐出的气都是馨香的，比得上香炉了。

她们手里轻摇着扇子一样的东西，一大簇毛茸茸的，跟火鸡尾巴似的！不远处的大地主家的公子调笑着向她们暗送秋波，引得她们一阵娇笑，声音却大得吓了周围人一跳！

这时，不知是村子后面还是水桥上传来马车驶过的声音，哒哒哒的马蹄声和车轮滚过地面咕隆咕隆的声音，在车尾飞扬起一阵灰尘。

"应该早点来的，现在弥撒都要结束了。"彼德有些失望地对汉卡低声说道。

"现在吹蜡烛还是来得及的！"有人调笑道。

大家的视线纷纷转向荷塘边的马路上。

一阵犬吠声响起，一辆由好几匹白色骏马拉着的大马车出现在大家的视线里。

"这是德国人的车子！是波德莱西农场的！"有人大声叫道。

没错，的确是德国人的车子，一共有十五辆，每辆车都由五匹强壮的骏马在前面拉着车子奔跑，里面坐着孩子和女人，从绑紧的帆布里面还能看见整套家具。在大马车的边上是好几个红头发的德国人，有着壮实的身躯，他们手里拿着烟斗往前面走。几只大狗在他们身边站着，张大嘴露出尖利的犬牙对丽卜卡村的狗凶猛地叫着。

村民们围过来看他们，有的人甚至还从教堂的墓地跑出来想看个清楚。

他们驾着车在拥挤的人群里缓缓前行，路过教堂，他们之中没有一个人行礼。他们瞪大的眼睛里满是凶狠的神情，胡子都要竖了起来，他们心里肯定满是恨意，用像要吃人的目光死死盯着大家。

"哈哈哈！长裤汉……"

"你们就是马匹一样的畜生！"

"猪狗不如！"

各种难听的叫骂纷纷袭向他们，如暴雨冰雹一般。

马修对着他们叫唤道："如何？谁赢了？不是德国佬吧！"

"谁被逼得跑开滚蛋了？是你们这些长裤汉还是我们？"

"咱们的拳头硬得很！是不是？"

"多留一会！这是我们地方庆祝的节日，来酒店我们跟你们玩玩！"

他们当作没听见一样，理都不理他们，扬起马鞭催促马儿快走。

"慢点跑！你们的裤子要掉了！"

有个小男孩对他们扔石头，其他孩子也跟他这样做，大人们赶紧阻止。

"孩子们，让这些倒霉蛋离开吧，离得远远的！"

"对上帝不尊重，你们会得到报应的！"

一个村妇捏紧拳头对他们晃了几下，叫骂道："你们会死得跟疯狗一样！"

他们的马车渐渐走远，身影在马路上越来越远，直到车尾掀起的灰尘湮没他们的身影。

丽卜卡村的人们非常兴奋，没法静下心来祷告，大家聚在一起往大地主身边凑，围着的人越来越多。大地主很是高兴，欢快地和他们说话，还拿出鼻烟请他吸。

他朗声说："噢！他们终于被你们给赶走了！"

乔治嘲讽地说："他们可受不了我们羊皮的味道。他们可娇贵得很，住我们这肯定受不了，要是我们的人跟他们的人打起来，一下子就能把他们的人撂倒了。"

大地主有些惊奇地说："你们竟然还没有打架过？"

"是的，没真的动手过，不过马修跟他们中的一个念道'赞美上帝'，那个人不搭理，马修就用拳头轻轻推了他们一下，那个家伙竟然马上一身是血地倒地上了，虚弱得就剩一口气。"

马修连忙献媚道："他们不像我们粗手粗脚，看起来跟村子里十年八年的树一样壮，实际上一拳头打出去跟拍棉被一样！"

"再说他们住在波德莱西那鬼地方，连牛群都快死光了。"

"没错，看他们现在一头牛都没带上！"

"说不定柯伯斯知晓一些内情……"那人没说完便被克伦巴严厉打断了：

"谁都知道那些牛是因为瘟疫病死的！"

大家一阵闷笑，铁匠凑过来说："那些德国人走了，咱们该去感谢大地主了！"

大地主精神饱满地说道："我甘愿把我的土地卖给你们，不管什么条件。"然后说自己的祖父跟曾祖父曾经跟农夫们是要好的朋友。

西科拉听见他这样说，嘴角一弯，嗓子低沉地说道："的确是这样，他的地主父亲还用马鞭抽过我！背上的鞭痕到如今都没消，提醒我牢记他的恩典呢！"

不过大地主可没听见他说的，他正专心跟农夫说他如何费尽力气才摆脱了德国人。农夫们都微笑着点头附和，但对于他这般费心的好意却在心里另有打算。

西科拉不禁冷笑一声，说道："咱们恩人到嘴里的东西可不会吃下去的。"克伦巴碰了他一下让他别说了。

在他们彼此称赞恭维时，一个身披长袍、手里拿着盘子的年轻人走了过来。

"那是亚涅克，风琴师的儿子吧？"

没错，他穿着神父的袍子，组织募捐。他向每个村民问好，得到的捐款成果还不错。他是村里面大家都认识的人，所以不可能什么都不捐点，让他从自己面前空手离开总是不好的。于是大家都拿出自己的钱袋，有的人捐铜币，还有的人捐银币。大地主拿出一卢布，佛拉庄的小姐们给了一大堆碎银子。亚涅克热得全身流汗，脸蛋被太阳烤得通红通红的，但满脸喜悦，兴高采烈地走到教堂墓地那去募捐，对每个人都顾及，对每个募捐的人说着夸赞的话。他来到汉卡这，满脸和善地对她问好，汉卡拿出二十戈比。亚涅克走到雅歌娜面前，对她晃动手里装钱币的盘子。雅歌娜抬眼看他，顿时便愣住了，他瞧雅歌娜这般呆呆的模样，有些惊吓，没有说话便走开了。

雅歌娜看着他的背影怔愣出神，连捐款都忘记了，她看他就和圣坛边上壁画里的圣徒一个模样，意气风发的面容，纤长的身体，看起来如此美好！他那璀璨的双眸仿佛带了魔法吸引着她。她定了定心神，在胸口不停地画十字，想把他的身影从脑海消除，可是没有效果。

周围的人开始低头互咬耳朵："只是风琴师家的子女，穿得还这么讲究！"

"他可是他母亲的骄傲，得意得不得了！"

"上次复活节过了之后，他读的可是神父学校！"

"今天他来募捐肯定是神父指示的。"

"那个守财奴老头子对他儿子还是挺大方的！"

"那是，神父这光环也能让他得意啊！"

"没错，好处也不少！"

雅歌娜注意力都放在他身上，这些话她完全没听见。

仪式到了最后，所有人慢慢散去。汉卡往大门口走，巴尔塞瑞克阿姨过来告诉她一个重要消息：

"多明尼克的儿子西蒙和娜丝特卡刚刚订好婚约的事你知道吗？"

"啊？多明尼克要说些什么呢？"

"肯定又是大吵一架。"

"她要吵也没用，西蒙都成年了，这样没错。"

雅固丝坦卡插嘴道："现在家里面肯定吵得不可开交。"

汉卡感叹道："这些烦人的琐事和冒犯上帝的事情还算少吗？"

普罗什卡扶着硕大的肚子一脸浮肿地凑过来问她："最近听见村长的消息吗？"

"前几天的葬礼我操了许多心，这几日别的烦心事也不少，对于村里的事不太了解。"

"唉！镇上的审查厅的人跟我丈夫讲村里的账目不对，缺了一大笔。村长最近到处招人借钱解决，不过厅里面准备调查这事。"

"公公在世的时候经常说最后总会成这个结果的。"

"没错，谁让他以前总是那样骄傲，一副很了不起的样子，现在报应来了吧！"

"那他名下的田地会被审查厅充公吗？"

"那是肯定的，如果他的田地补不上他拿走的，那他得去监狱里过了。这个家伙跟流氓一样花天酒地地享受够了，得受点罪责才行！"

"我想不通为什么我们家做丧事他都不来参加葬礼。"

"啊，去世的波瑞纳他可不关心，波瑞纳的子女们才是他关心的！"

雅歌娜挽着她母亲经过这，她们立刻停止了谈话。雅歌娜的母亲老得背都弯了，眼睛包着厚厚的纱布，但是雅固丝坦卡还是禁不住开口，有些刻薄地说：

"不知道西蒙结婚定的什么日子？刚才在圣坛那得到这个消息，真是太令人惊讶了！说实在的，少年们如今不喜欢做少女的事情了，而是更喜欢做个大男子汉，"她讽刺地撇了撇嘴角，"少女该做的事情现在娜丝特卡可以帮他完成了。"

多明尼克忽然摆正脸色，对雅歌娜严厉地说道：

"快点带我离开这，不然这条毒蛇可不会放过我！"

她呜咽着离开了，普罗什卡捂着嘴哈哈大笑。

"就算她看不见了，也知道你是哪个！"

"她没有全瞎，不然可没那么容易一把就抓住西蒙的头发。"

"噢！希望她不会把其他人伤到！"

讨论没有继续下去，她们几个走到教堂门口，拥挤的人群集中在这，汉卡被人群挤得独自一人，这样也好，至少她们说别人坏话她听不见。她拿着钱袋给每个乞丐一戈比，到那个带狗的胖瞎子那，给了他五戈比，又回过来对他说："你可以到我家吃午饭，就是波瑞纳家。"乞丐抬起瞎了的眼睛看着他,诚恳地说道:"我没记错的话,安提克的夫人就是你吧,上帝眷顾你!我肯定会去,很快就到的……感谢你!"

出了教堂门口就没那么拥挤了。外面的乞丐更多,他们分成两列在路边坐着,自言自语般跟路人倾诉自己的可怜经历。坐在最后的有个头上戴着绿色眼罩的人,年纪很轻的样子,在那里拉着小提琴,悠扬婉转的曲子配着他动听的嗓音,一首《前代国主》引得周围人一片叫好,还有的人把钱币往他地上的帽子里丢。

汉卡在教堂墓地周围走来走去,寻找着幼姿卡的身影,视线内看到一个熟悉的身影,竟然是她父亲!

他在一群乞丐中间,和他们一起向路人乞讨,像乞丐那般卑微地乞讨!

她本以为自己眼花了认错了人,拿出帕子擦擦眼睛又仔细看了一眼,天啊!竟然真的是他!是她的父亲!

"我的父亲竟然和乞丐们混在一起!上帝啊!"她被这羞耻得抬不起头来,拢了拢围巾,一张脸几乎全隐在围巾下面,蹑手蹑脚地从边上的马车那往他那走。

"我的天!你这是在做些什么?"她尽量把自己的身体藏在他后面,不想被别人发现。

"女儿!汉卡……我……"

"快点跟我回去!在这多丢人!上帝啊!你快跟我来。"

"不,我不走,这种事我想了很久了……说不定能遇到一个善良人愿意救济我,这样我也不会拖你们后腿了……要是别人带我离开,我还能去看看外面的世界,还能参观更雄伟的教堂……可以知道很多新事物，我还可以带钱还有很多东西给你们，全是丽卜卡村里没有的！我这还有一银币，还可以给小家伙买个玩具逗他开心，你瞧！"

汉卡打算动手解决，她死死攥着她父亲的衣领准备把他拉出去。

"现在立刻和我一起回去！听见没，你就不觉得很羞耻吗？"

"拿开你的手！不然我就生气了！"

"把你手里那个救济囊赶紧扔了！快点！被别人看见多不好！"

"你听清楚了，这是我自己的事情，我有自己做主的权利，干吗要觉得羞耻？'与饥饿为伍的人，衣食父母就是救济囊'。"他话音一落便使劲挣开汉卡的手跑开了，不一会就消失在人群和马车中。

现在教堂周围的人实在是太多了，要去把他追回来根本就不可能。

火热的天气让大家热得脑袋都晕乎乎的，一个个汗流浃背，掀起的灰尘呛进喉咙里非常不舒服，但是这些丝毫没有影响他们欢乐嬉戏的心情！

风琴发出的音乐声大得刺耳。乞丐们扯着嗓子哭天抢地。小家伙被他们买的玩具小鸟吸引着注意力。天气原因引来很多烦人的苍蝇围着马儿们，它们烦躁地在树边喘粗气，使劲甩尾巴。男人三五成群地聚一块交谈，或是眼睛朝围在摊位边的少女们瞧着。少女们结伴在摊位边讨论，跟蜂箱周围的蜜蜂一样嗡嗡嗡的。

小贩们卖的东西种类很多，和过新年的时候差不多：圣教徒画像、食物、衣服、首饰、布料、玩具……每个摊位都被路过教堂的人们围满了。

过了几个小时，有的人回酒店休息，有的人直接回去，还有些人累得要睡着了，就在凉棚下休息或者是去院子边上吃点东西歇息。高温热得人将要窒息一般，大家都没有兴趣交谈。有些人呆呆站着，差点没坚持住晕倒了。到大家吃饭的时候，村子里总算是安静了。

神父早就准备好了佳肴来盛情招待大地主和教堂的高职教徒，大开的窗户里面露出他们的脑袋，能听见他们大声交谈的声音，杯碗碰撞着发出清脆的叮叮声，飘出来菜肴的香味勾得路人吞了吞口水。

安布罗斯把自己最好看最体面的衣服拿出来穿上，把所有的军衔徽章戴在身上，迈着步子在廊道里来来回回，时不时在入口那怒骂着："你们这些小兔崽子快滚开！不然小心我打你们！"可是孩子们一点都不害怕他的威胁，在廊道周围像活泼的小雀儿一样尽情玩耍，有个胆子大的甚至还偷偷爬到窗户下面。他只能拿神父的教鞭恐吓他们，不断叫骂。

这时汉卡还在寻找她父亲，过来问他是否瞧见了老头的身影。

"白利特杉？嗯……现在这么热，估计他在哪个凉快地方乘凉睡着了吧，嘿！小坏蛋！"他突然侧过头叫一声便跑开追赶那些小调皮鬼去了。

汉卡满心烦躁地回了家，碰巧她姐姐过来吃饭，汉卡便把这事告诉了她姐姐。

薇伦卡耸了耸肩膀。

"他去做了乞丐又不会怎么样，不过这样可以帮我们省些负担。再说，好些地位处境比他好的人最后不也是做了乞丐么！"

"上帝啊！咱们的父亲竟然去当乞丐，这事多么让人羞耻啊！安提克会怎么说？还有左邻右舍的村民，他们一定会说是我们把他赶出家门的！"

"随他们怎么说去！他们都可以闲言碎语地说，不过谁肯出面帮他一下？没人！"

"不管怎样，我都不能让父亲去乞讨！"

"既然你这么有骨气，那你把他接回来养啊！"

"我会这样做的！倒是你，你连饭都不给他吃，啊，我知道了！他这样一定是被你逼的！"

"你这是怎么说话的！就我家里这个条件，难道要我从孩子们的碗里分给他吃吗？"

"可是你要知道，你继承了他的田地，在法律上你家就要赡养他。"

"就算掏出我的肚子，那里面也是空空的，什么都没有。"

"把肚子掏出来也要给！父亲的生命是最重要的！原来我就经常听他抱怨你们连饭都不给他吃饱，对养的几头猪的关心都比对他的多！"

"没错！是我让父亲饿着肚子，自己却好吃好喝地过着！我长得满身肥肉，所以连上衣都要掉到屁股底下去了，我胖得都走不动了！"

"你别这样说，不清楚情况的还以为你说的是事实。"

"我没有说假话啊！如果不是颜喀尔去借钱，我家连买土豆和盐米的钱都没有！看来真是跟俗话说的一样：'饱人怎知饿人苦。'"

她越说越来劲了，一个眼睛瞎了的老头牵着狗路过这里，是那个乞丐。

汉卡说："院子边上你可以坐。"说完便匆匆离去给他拿餐点。

他的鼻腔里飘进饭菜的香味，它们已经被摆在树荫下的椅子上。

"牛奶蒸熏肉，真是太美味了！祝愿你们有好收成。"乞丐闻着香味吧嗒着嘴，口水直流地说道。

他的狗蹲在墙边张大嘴呼呼直喘气，舌头都伸了出来。这天气真的快热得受不了了。

"啊，要是有一杯酸奶的话那真是太凉快了！"乞丐好似叹息一样说道。

幼姿卡赶忙说："放心，我给你拿。"

"嘿，你今天一个劲儿装可怜，有不少收获吧？"彼德敲着碗懒洋洋地说。

"上帝很仁慈地宽恕罪徒，完全忘记了他们残忍地对待乞丐。收获不少？这话还真是不假呢！那些人看到我们，要不就立马抬头看天空装作没看见，要不就拐个弯离开，再有的就是掏出一枚小得可怜的钱币，恨不得让我们给他找五戈比！我们都快活活饿死了！"

薇伦卡辩解道："要知道，今年收获季节之前的那段艰辛日子快把我们累得呼吸都困难了。"

"你的话没错，不过，可没看见谁离开了伏特加。"

幼姿卡递给他一碗粥，他喝了起来。

他喝完擦了擦嘴，说道："我听消息说丽卜卡村的农夫今天要跟大地主谈判条件，这是真的吗？"

"如果他们能保障自己的利益，那说不定能谈判成功。"汉卡说。

怀特克突然说："德国人已经出了我们的地盘，你知道不？"

"哼！希望他们都被瘟疫折腾死掉！"乞丐一脸怒气地说道。

"这样看来他们还对你做过坏事？"

"昨天黄昏的时候我路过他们那，他们竟然让他们那大狗追着我咬！人渣！畜生！我听别人说村民都叫他们滚出去，哈哈！活生生地撕了他们那张烂皮才能解我的气！"他一边说话，一边喝光杯子里的酸奶，接着给他那只狗喂了点吃的便准备走。

彼德讽刺他："今天可是你丰收的好日子呢，你去一趟才行。"

"你说得对，我要去一趟才行，上一年这里才五个乞丐，现在多了四倍，他们乞讨的声音吵得我耳朵都发麻了。"

幼姿卡出声道："我邀请你留宿在我们家。"

"噢，你们还惦记着可怜的饥饿汉，上帝一定会保佑你们无病健康的。"

彼德冷眼看他牵着狗在路上，用拐杖摸索着缓慢前行，说道："瞧瞧这个饥饿汉，大肚腩肥得都要走不动了！"

他们几个又出去了，去听晚间祷告，聆听风琴的乐音，在教堂里面哭泣流泪，接着去逛逛小贩们的摊位，瞧瞧那些精美的商品也是不错的。

西蒙给娜丝特卡买了很多饰品：琥珀串成的珠链、几条颜色艳丽的缎子、漂亮的围巾，她立马就把这些全部穿戴在身上。之后西蒙搂着她的细腰往摊位那边一个个地逛下去，两个人都高兴极了。

幼姿卡在他们身后逛，买什么都跟小贩讨价，希望便宜一点，总价才不过一银币！

雅歌娜在人群四周一个人走着，心中难过又孤独，她装作没注意到她哥哥也在这。鲜艳飘扬的缎子她丝毫没有兴趣，就连风琴的乐声和喧闹的人群都不能引起她的注意。

她放任自己的身体被大家推挤着，被人挤到哪她就停哪，毫无目的，不知为何要来、又要去何处。

马修小心翼翼地穿过人群来到她身旁，低声细语地说道："不要把我赶走！"

"我什么时候做过这样的事了？"

"有过一次，你凶巴巴地骂我让我走！"

"谁让你自己乱说话的，我不得已才这样。有人！"

她猛地噤声，亚涅克正穿过人群朝她走来。

马修压低嗓门说："他怎么在这？"说着还用手指了指亚涅克。有村民想亲吻这位教士的手背，被他微笑着拒绝了。

"你瞧瞧他这举手投足看起来跟地主公子一样！不过我前些日子还看见他在放牛呢！"

"他放牛？不，不可能的！"她一想到这就心里难受。

"那可是我亲眼看见的。记得那天他去放牛，自己睡在葡萄架下面，牛群们跑到普利奇克的庄稼地里吃草，风琴师因为这事情责怪他，把他狠狠打了一顿。"

雅歌娜向前面走，离开马修，满心忐忑地走向那个面容青涩的教士。他弯着嘴角微笑地看着她，后来发觉许多人看他，便马上转移视线，到摊上买了些圣徒画像，送给想要的人。

她像失了魂一样站在那不动，双眼热烈地围着他打转。涂了胭脂般的唇瓣向上弯起，美好、漂亮、如蜜糖一般的甜美笑容。

"雅歌娜，这会保佑你的。"他走来给她一张圣教徒的画像，两只手瞬间触碰一下又瞬间分开了，像被蜇了一下。

她觉得自己全身都麻了，一个字都说不出来。他接着说了几句，她仍旧呆呆的没有言语，双眸陷在他的眼里。

人群拥挤着把他们分开，雅歌娜把画像收进衣服里面。她环顾周围，没发现他的身影，他早就走进了教堂，新的仪式在进行。然而她的脑子里还幻想着他的身影。

"他简直和圣坛旁边画上的圣教徒一个模样！"她鼓起勇气表达心里的想法。

"不然少女们干吗都要注意他，都是些笨少女。'熏肉可不是用来喂狗的。'"

她听见这立马转过头，马修竟然过来了！

她嘴里嗫嚅地说不出清楚完整的话，思考着怎么把他甩开，可做不到，他一个劲儿跟着她。后来，过了好一会，他才壮着胆子说：

"西蒙结婚的消息，雅歌娜，你母亲说了什么吗？"

"她有什么好说的？西蒙结婚就结婚，这是他自己的事，有自己做主的权利。"

他拉下脸，再三迟疑说道：

"你说，那些本属于他的土地她会给他吗？"

"她又没告诉我这事，我不知道，他会自己问的吧。"

这时西蒙带着娜丝特卡走过来，安德鲁也出现了，五个人聚在一块。西蒙先开了口：

"雅歌娜，你别帮着母亲，她会损害我的利益的。"

"放心，我是站在你这边的，上帝！你这段日子变化真大，真是太好了！"就事实来说，现在她哥哥算是一个标致帅气的男人了，原本乱糟糟的胡子现在剃得一干二净，挺直了腰杆，头顶是故意戴歪的帽子，身上是一件白净的外衫。

"那是由于我再也不是母亲的奴隶了！"

"如今自由的日子应该比之前舒坦多了吧？"她注视着他意气风发的脸问道。

"你回去问问你放飞的鸟儿就明白了。对了，你听见结婚消息没？"

"准备什么时候办婚礼？"

娜丝特卡一脸娇羞地靠在他怀里，手搭在他健硕的腰间回答：

"就在收割季节的时候，三个星期之后。"她脸上升起一片红晕。

"举行婚礼是必须的，就算借用酒店的地方。我是不会找母亲借地方的！"

"那你准备让她住哪？"

"我打算和她一起搬到母亲对面那间属于我的房子里去，不再去村民那租房了。只要我能从她手里得到我应得的那份土地，我就可以让一切好起来！"他信心十足地说。

马修大声道："娜丝特卡不会空手出嫁，我们会给他一千银币带着！"

突然铁匠过来拉着马修到一边说着什么秘密，然后马上离开了。

他们在那接着聊天，脑海里幻想着美好的未来。西蒙两眼炯炯有神，想着自己一旦拿到土地，一定会勤勤恳恳地干活，努力做个好农夫。嘿，不用过多久他们就会明白他到底是个怎样的人！娜丝特卡抬头看着他，愣愣地不知道说什么好。安德鲁跟他的话说得没什么差别，唯独雅歌娜在那出神，听他们说话只听到一半，他们说的事情也吸引不了她。

马修大声叫道："雅歌娜！来酒店看乐队的表演吧！"

她难过地说："这类活动我再也不喜欢了。"她双眼含着泪。

他朝她看了眼，整了整帽子便离开了。他去了神父家里，碰到泰瑞沙。

"你这是去哪？"她畏畏缩缩地开口问他。

"铁匠在酒店开了个会，我要过去。"

"我愿意陪你去。"

"我可以带你去，那里也有多余的位置，不过你得管好你的眼睛，别到时候别人又说你坏话！"

"他们早就说过了，还要像野狗撕开动物的尸体一样撕扯我。"

"那你干吗要让他们有机会说你呢？"他有些没耐心了。

"你还要问为什么吗？啊？你是最清楚不过的！"她哑着嗓子大叫。

他急匆匆地往前面走，她都跟不上他的脚步。

他忽然转身看着她，嚷嚷着："你自己瞧瞧！你又跟刚生下来的一样哭闹！"

"不是！没有，刚才是沙粒进了眼睛。"她急忙应声。

他出乎意料减缓速度，慢下来和她一起走，用近乎温柔的语调跟她说：

"这些钱给你，到摆摊的那去买些像样的东西，然后到酒店里来，我邀请你跳舞。"

她此刻甚至想深深鞠上一躬感谢他！

"我不在乎钱，不过实在是太感谢你的好意了！"她有些吞吞吐吐，脸红得像要烧起来一样。

"可以，你过些时间再来，日落前我有很多事要忙。"

他站在酒店大门前朝她微笑，便转身进去了。

酒店里人满为患，空气不流通更是热了。大厅里面有很多客人，他们碰着酒杯聊得尽兴。小包间里面坐的是以铁匠跟村长弟弟乔治为首的村子里的有为青年。还有些年长的农夫，普罗什卡、克伦巴、村长和老波瑞纳的堂兄弟亚当。柯伯斯没有接到邀请，但想法设法地想混进来。

马修推门进来时，乔治在全神贯注地演讲，桌上还有他用粉笔写的字。

根据他们拟定的合约，大地主向村民承诺，用波德莱西那边的农场里的三英亩地换村里的一英亩林地。村民买土地可以分期付款。村民们修房子可以向他先借用木材。

乔治把这些协商结果条条罗列出来，计算着每个人可以得到多少田地。

普罗什卡嘀嘀咕咕："承诺是笨蛋才相信的玩意！"

"这可不是承诺，是事实，他要去公证处那儿签字！我们将要分到好多土地，村里每个人都能多一份田地！农夫们，你们想想看啊！"

铁匠把大地主让他重述的话说了一遍。

大家认真听着，眼睛牢牢锁住桌上粉笔写的数字。

"我觉得可以，这是难得一遇的好机会，不过，委员会他们不会揣着什么意见不同意吧？"村长用手指扒拉一下头发最先开口道。

乔治大声叫喊："他们必须同意！我们现在讨论出结果来，不去询问委员会的意见，我们就这样，他也拿我们没办法！"

"不管同不同意都别大吼大叫。谁出去瞧瞧警察有没有在外面偷听？"

"我来的时候看到他在大厅喝酒。"马修出声保证。

有人出声问道："什么时候大地主才去签字？"

另一个人回答："你们要是同意，明天就可以。我们一旦答应，他就立刻签字，接着就可以丈量土地了。"

"收割完成之后，我们就有土地了？"

"秋天的时候就能开始耕种了？"

"噢！太好了！到那时事情肯定会很顺畅的！"

所有人都兴奋起来，议论纷纷，认定那会顺利完成。他们两眼放光，好像期盼已久的土地就在眼前。

有的人哼起小曲儿，有的人让老板来几瓶伏特加庆祝一下。有的人开始眯着眼睛幻想，大声谈论着自己将要拥有的那份新田地，将要到来的滚滚财富和美满幸福。

他们跟喝醉的人一样胡说着，握着拳头捶桌子，用皮靴噔噔地跺地板，吵吵闹闹的。

"噢！那时候村里的地方节日就算是一个重大节日了呢！"

"往年狂欢节结婚的人有多少？"

"嘿，整个村的姑娘都不够呢！"

"要不咱们到城里请些回来？"

老普罗什卡用力地捶了一下桌子示意大家安静，朗声说："别闹了，农夫们！别跟礼拜天聚一起的犹太人一样，我要提醒你们，大地主这么好的条件，难道没阴谋吗？"

房间里猛地静下来,他的话如一缸井水一下子泼熄了他们的热切。

村长最后打破安静说道："其实我也不知道他怎么突然这么大方了。"

有年长的农夫搭腔："没错，这里面肯定有什么问题，不然他怎么舍得这么做？"

乔治动怒了，吼道："我看你们就是一堆胡说八道的笨蛋！"

他又一再声明，解释得非常费劲，累得汗流浃背。铁匠也附和他一再解释，可老普罗什卡听不进他们的话，微笑着不停地摇头，一脸怀疑。乔治最后捏紧拳头朝他冲过去，气得浑身颤抖。

"你们既然不相信我说的，那就把你们想的说出来啊！"

"我说，那些狡猾的人我了解得很。我的看法是：在没有看到公证处的签字的情况下，什么都不相信。那些人总是在欺压我们，从我们这捞钱，现在肯定又是想方设法陷害我们！"

"你要是这么想，你可以弃权，但请你不要干扰别人的选择！"克伦巴冲他叫嚷。

"你！你以前和大家一块为了林地跟他对抗，如今居然站他那边！"

"我确实抗争过，也许将来我还会再去抗争。我并不是站他那边，我只是认同这个对大家有利益的谈判结果。要是没看出来这个协议对村子有好处的人，那才真是大笨蛋！笨蛋才会拒绝别人送到嘴边的肥肉！"

"你们这些人才叫笨蛋！你们会为了换一条背带而去卖掉裤子，翻倍的笨蛋！大地主既然肯拿出这么多好处，那他兴许还会再多拿出一些来。"

他们在房间里面继续吵吵嚷嚷，大家都认同克伦巴的话，争论的声音震得耳膜发疼。颜喀尔走了进来，拿了一瓶伏特加放在桌上。

"来吧！你们这些好农夫！向波德莱西，新丽卜卡村敬一杯吧！祝福你们能成为那里的主宰！"他大声说道，向大家敬酒。

房间里比刚才更加吵闹了，但是大家都同意协议，除了老普罗什卡。

铁匠想着自己完成了这项工作，应该有一笔不菲的酬金，所以他使劲扯开嗓门称赞大地主的善良心意。他点了些啤酒和伏特加请大家喝，还有些甜酒。

大家都玩得很尽兴，有的人几乎高兴得过了头。之前不作声的柯伯斯忽然从椅子上蹦了起来，尖着嗓子骂他们：

"这对我们大家又有什么特别的好处呢？我们就只是像一颗棋子一样，没有反应？为什么有人反对，因为他们没有地。然而，有些人撑得走路都困难，有的人却饿得快死掉！土地一定要平均分配给大家，你们都成了饿莩和地主！瞧瞧他们的马儿，抬着脑袋，看起来像对我们不屑一顾！"他叫喊着，说的话不堪入耳，被大家赶了出去。到了酒店外面他还在不断叫骂。

农夫们散开来，一部分回家，还一部分留下来随着音乐起舞。

傍晚来临，天空被晚霞渲染得艳丽多彩，在彩色的霞光下，树叶和麦子染上了一层金黄色。夜风吹拂，荷塘里的青蛙呱呱叫着，各处的虫儿发出吱吱的叫声，麦田里麦子如浪潮般波动发出沙沙声。农夫拖着板车回家，车轮磨着地面嘎嘎作响。偶尔有喝醉的人在路上高歌。

渐渐地，这些声音慢慢消失了。有村民搬了把椅子坐到院子里，感受这傍晚的美好安宁。

少年们在农田边的水车周围玩水，彼此泼水嬉闹。少女们聚在一起唱着村里的歌谣。

波瑞纳家基本上没人。汉卡抱着小家伙出去了。彼德不见人影。雅歌娜从晚间祷告后就没回来。

唯有幼姿卡在忙碌着家务活，顺便陪陪那个瞎子乞丐。他靠着门口坐着，感受凉快的夜风吹过他的脸庞，嘴巴张张合合默念祷告，怀特克养的那只白鹤走近他，还用它尖尖的喙啄他的脚。

"噢！你这只浑蛋！别这么使劲啄我！"他嘴里念叨着，把脚盘到腿下面，在白鹤面前胡乱晃悠他手里的十字架。白鹤退了身，忽然又从另一个方向靠近啄他。

"哈，我听得出来你在哪，你别想再啄到我了，不过还真是只聪慧的鸟！"他嘀嘀咕咕。他听见院子里传来别人拉小提琴的声音，便更用力地甩了甩手中的十字架想把白鹤吓走，好来安心聆听这琴声。

"幼姿卡，是谁拉得这么好？"

"怀特克！彼德教他的，学会了就一天到晚地拉琴，听得人烦死了，耳朵都要起茧子了。怀特克！别拉了！去给小马们喂饲料吃！"她扯开嗓子叫道。

琴声停了下来。不过，老乞丐倒是突然有了一个想法。

当怀特克走进来，他亲切地说："这给你，你拉得这么好，应该给你赏五戈比。"

怀特克高兴极了。

"那些教堂里常常演奏的曲子，你会吗？"

"一般我听过的我都能拉出来。"

"噢，是'狐狸都喜欢自己的尾巴'，你拉这首吧。"他用乞讨时的腔调断断续续地哼出来，声音尖细，嗓子都在颤抖。

乞丐哼到一半，怀特克就拿过小提琴拉了起来，先照着他哼出来的曲调拉一遍，接着结合他在教堂里学到的演奏技巧拉了一遍，乞丐极度吃惊。

"天呐！你有做风琴师的才华呢！"

"我会拉很多曲子，比如贵族们经常听的曲子，他们在酒店里面唱的歌我都会。"怀特克一边吹嘘着自己有多厉害，一边接着拉乞丐哼的曲子，鸡棚里的鸡鸭们听着咯咯直叫。汉卡从外面回来了，叫他帮幼姿卡干活去。

到后来汉卡坐在乞丐旁边，一边给小家伙喂奶一边同乞丐说话，听他说些难以想象的传说，她没有反驳，只是安静地听着，看着夜色满眼伤心。

雅歌娜到现在都没回家。她跑出去到几个朋友家串门，但整颗心颤动着，惹得她坐立不安，这样说不清道不明的情绪让她实在待不住，只好一一告辞，独自一人在村里晃悠。她目不转睛地盯着荷塘的水面看，虽然黑乎乎一片，但是那月亮反射的光辉却能让她看到自己清晰的倒影。她抬头望了望不远处，注意到磨坊边上的草地上腾起一片白雾。

她在溪流边倾听水在白杨树下流过的声音，想象这是难过的呼唤、带着哭腔的凄美。

她由村子的这头逛到那头，像荷塘里没有出口的水，找不到方向，总是在看不到出口的岩洞里穿行。

她的心此刻被一种很难受的感觉吞噬，不是难过，不是渴盼，不是爱意。弱弱的光芒从她眼里散发出来，被压抑的哭泣在胸腔不断膨胀着，几乎要爆开来。

过了些时间，她发现自己莫名其妙地到了神父家周围。大门外停着一辆马车，马匹被拴在旁边的大树上，有些烦躁地用蹄子挠地面。从外面看去，只有一间房是亮的，透过烛光能看见客人们打牌的身影。

她漫不经心地看着，之后便拐进了克伦巴的田地与神父家花园之间的那条巷子。她躲在山楂树边上，心里非常忐忑。树叶沙沙摇晃着，树叶上的水滴都落到了她脸上。她拖着脚步木然地往前走，没想过要到什么地方去……到最后，风琴师家的院子挡在了她面前。

院子里的房间都亮着，烛火亮堂堂的。

她弯着身躯悄悄靠近，透过窗户往屋里瞧。

一盏大灯悬挂在天花板上，他父母在下面和子女们一起喝茶。亚涅克在房间里徘徊着，一边走来走去，一边同他们说话。

他说的每个字句她都能听见，地板随着他的脚步发出嘎吱的声响，摆钟永不停歇的摆动声，就连风琴师喘息的声音都能清楚地传到她耳朵里。

亚涅克讨论的事情她一句都听不明白。

她的视线牢牢锁着他，那热烈的眼神就像虔诚的信徒膜拜圣使徒一般，他每个音节深入她的脑海，散在她的味蕾上，是堪比蜜糖的香甜。她来回踱步，有时走到窗户看不见的地方，过一会又走回来，吊灯的烛光散落在他身上。他不时地走到窗边，她赶紧缩了缩身子生怕被他发现。他站在床边抬头仰望星光满布的夜空，感叹着抒情的话语，眼睛里散落着璀璨的星光。到后来他在他母亲旁边坐下来，小女孩嬉笑着爬到他身上，亲昵地钩着他的手臂，他微笑着拥抱她们，逗她们玩，房间里满是童真的笑声。

摆钟嗒嗒地响起来，他母亲起身说道：

"你说个不停，该去睡觉了，明天一大早你就要出发。"

"是的，母亲，唉，感觉今天过得特别快。"他有些不满地嘟囔着。

雅歌娜心中一阵钝痛，眼泪瞬间模糊了眼睛。

"但是快放假了，校长允诺我，要是神父对我有什么要求，我就可以早些回来。"他补充道。

他母亲应道："放心，我去央求他，他会写的。"边说边在窗户边上给他铺床。

告别绵长又亲昵，他母亲拥抱他、亲吻他的额头。

"我的宝贝，现在去床上美美地睡上一觉。"

房间里除了他之外没人了。

他们小心翼翼地放轻手脚在自己的房里整理，说话都把嗓子压低，生怕吵到他了。他们锁上窗户，整个院子都非常安静，希望亚涅克能睡得安稳些。雅歌娜本打算回去，却被眼前的画面深深吸引住，站在原地不动。她像入了魔一般，默默注视眼前唯一一个没关上的窗子。

亚涅克抱着一本厚厚的书看了许久，接着下床跪在窗户前，双手在胸口画十字，合十祷告，仰望天空，嘴巴张张合合默念着什么。

已是深夜，一片寂静，夜空的星星调皮地眨巴着眼睛。一阵麦香从田地里吹拂来，树上的叶子随风颤动，夜莺婉转歌唱。

雅歌娜越加深陷其中。她心跳如擂鼓一般，眼神热烈得快生出火光，饱满的唇瓣发热，更加红艳。她忍不住朝他的身影伸出手去，尽管她认为自己这样不对，但被心中那种热烈渴盼支配着，最后她只能靠着篱笆瑟瑟发抖，篱笆因她的颤抖发出吱吱呀呀的声响。

亚涅克向窗外看了几眼，回过来专心祷告。

她这辈子都不能理解自己心里的那股冲动。像一阵炙热的暖流吞噬她的身躯，蔓延到内心深处，灼热的感觉让她很舒畅，几乎要叫出声来。她的身体剧烈颤动，如被雷电贯穿。如飓风席卷着身体，如海啸涌过她的心房。她剧烈喘息，心中难以言说的渴望充满她的脑海。她想离他更近些，想把自己热烈的唇瓣贴上他的健硕的手臂，跪在他身前向他膜拜，如教徒膜拜上帝那般！可是她没有勇气再往前，有种说不出的敬畏在她心里。

"啊！上帝！仁慈的上帝！"她忍不住低声感叹。

亚涅克突然起身在窗子外张望，好像看见她了一样：

"是谁？"

铺天盖地的慌张朝她席卷而来，她连呼吸都屏住了，只能听见自己心跳将要因为对某种神圣的畏惧而停止了。灵魂在她身体里蠢蠢欲动，在强烈的喜悦和巨大的不安中饱受折磨！

窗外只有篱笆晃动的影子，他没有发现她。他关上窗户，过会房间里一片黑暗。他换了衣服睡觉去了。她在那停了好长一段时间，两眼痴迷地盯着紧闭的窗户。深夜的凉意围绕她，露珠冷却了她沸腾的血液，熄灭了她的热烈，一种畅快感在她全身散开来！灵魂里一片祥和，像等待晨曦已久的花儿。她不禁默念祷文，表达心中的幸福，如冬日里的阳光那般惬意。她脸上被一滴滴泪珠沾满，那是她为上帝奉献的感恩念珠！

第三章

幼姿卡在教堂座椅上躺下来，央求道："汉卡，求你了，我不回去可以吗？"

"可以，不过你别跟没人管的野牛一样瞎跑！"汉卡停下没数完的念珠斥责她。

"我觉得好累啊，脑袋晕乎乎的！"

"快点坐好，仪式快结束了。"

神父在做波瑞纳离世八天后的祷告弥撒。

波瑞纳的近亲坐在教堂两侧的座席上，雅歌娜跟她母亲两人跪在圣坛前。爱嘉莎在某个地方唱诗歌祷告。

教堂里很凉快，没什么杂音，大开的殿门外流泻出一束阳光，落在屋子里。

风琴师的徒弟麦克在帮着做祷告，依旧是使劲摇铃铛，依旧是抬头盯着燕子飞来飞去。

弥撒结束后，他们一起来到墓地，路过钟楼的时候，安布罗斯上来打招呼。

"神父有话对你们说。"

神父在他身后走上前，胳膊夹着祷文书，摸了摸他光秃秃的脑袋，和蔼地说道：

"伙计们，我想夸赞你们，为离世的人做弥撒真是非常好，有助于他的灵魂安息。我说，这确实有作用。"

然后他使劲抽了一口鼻烟，打了个喷嚏，询问那天是否要分遗产。有人说一般都是在丧事后的第八天。他接着说：

"我要告诉你们，记住在分遗产时，每个决定都要征得大家同意，一定要公平决断。最好别让我听到有什么吵吵闹闹的事情。波瑞纳这一生都在努力让自己的业绩丰收繁荣，要是你们像狼群撕扯着羊的尸体那般哄抢，辜负了他的期盼，那他在棺材里都会翻身难眠。还有，上帝决不能容忍你们亏待那些孤儿！幼姿卡还没有长大，乔治现在远离家乡。每个人都要能得到他们应得的财产，一分一毫都要算清楚！分遗产一定要按照他在世时的意愿，说不定他的灵魂此时正盯着你们看呢！我时常教诲你们，以和为贵，纷争只会让事情变坏，甚至出现犯罪行为！再说一句，你们可别把教会抛在脑后了。他一向慷慨，不克扣香火钱，还有其他一些用钱的地方，所以上帝才如此保佑他万事顺利。"

他又说了好久。大家都跪下来感谢他，幼姿卡号啕大哭，跪下来亲吻他的手背。他抱起小女孩，慈爱地吻了吻她的额头，安慰道：

"小女孩，你不该流眼泪，要知道孤儿是上帝特别照顾的人。"

汉卡看着非常欣慰，柔声说："连她父亲都没有这般慈爱。"他自己也不禁有些感动，拿出帕子抹了抹眼角的泪水。他请铁匠抽了口鼻烟，说着别的事情。

"你们跟大地主谈判了？"

"没错，选了五个人去大地主那边。"

"感谢上帝！我决定自己举行一场弥撒。"

"依我看大家都要正式地做一场弥撒来还愿。大家都要拥有一块新田地了，总得庆祝一下。"

"麦克，你的话没错。我以前向大地主说你们的好话，走吧，记得要和平且公平！"

铁匠准备离开，他叫道："麦克等会！你等会有时间来看看我的马车，右边的弹簧弯折了，车轴会刮伤的。"

"啊，应该是拉兹诺夫那个胖神父给压成这样的。"

众人都往波瑞纳家里走，雅歌娜搀着她母亲走在最后面，她母亲都快迈不动脚了。

今天是属于工作的日子，水车旁边那条路上没什么人，偶尔有小孩子在那里玩闹。天亮没多久，太阳却热了起来，还好有一阵阵凉风吹来，葡萄架上的叶子被风吹得左右晃动，葡萄散发着诱人香味，麦浪一波波拍打着田地。院子都大开着，篱笆上搭着被褥透风，村民都去田地里干活了。有些人在装运茅草，青草的清香沁人心脾，堆满东西的板车从路上推过，后面残留着散落的草叶，像老人的胡须在风中晃动。

歌声在风中飘荡，或许是种土豆的人唱的。水车轱辘转动的声音从磨坊传出来，和着妇人在河边的石板上洗衣服的声音。他们走在路上讨论着怎样公平地分家。

玛格达说："磨坊这段日子很忙。"

"没错，收获前的日子是磨坊里最赚钱的时候。"

"唉，"汉卡叹气道，"今年没去年好，好多人都叫苦连天，那些乞丐们饿得快死了。"

"柯齐尔他们到处溜达，能偷的就顺手偷走。"铁匠说道。

"也不要这样说，他们这样的生活也很艰辛。昨天柯齐尔大妈把鸭子卖给风琴师夫人才换了来一点粮食钱。"

玛格达搭话道："没多久他们的钱就没了。我不会说他们什么，不过，父亲葬礼的时候我们家有只鸭子不见了，我儿子在他们家的牛棚后面发现了鸭毛，这真怪。"

幼姿卡也插话进来："那天被褥是谁偷走了？"

"村长跟他们之间的官司还没出解决办法吗？"

"还有些日子。不过普罗什卡站他们这边，村长他们估计得有的受了。"

"普罗什卡总是这样。"

"他的目的是当社区长，现在到处拉拢人呢！"

颜喀尔路过这边，使劲拉着一匹跛脚马，它剧烈地反抗着。他们看他的笑话。

"嘿！你们竟然还笑！这头畜生花了我不少力气呢！"

"塞上些干茅草，接上条尾巴，拉到街上去卖，不能骑还能当母牛卖啊！"铁匠大声朝他叫。众人笑成一团，那匹跛脚马挣开颜喀尔冲到荷塘里去，无论他怎么威逼利诱它就是不起来。

"这匹跛脚马还不错呢！是在吉卜赛人手里买的吧？"

"给它一大瓶伏特加，兴许能把它哄上来！"风琴师夫人跟着凑热闹说。她在荷塘那观看那一群跟小黄猫一样的小鸭仔，周围一只公鸡都被赶跑了。

"这群鸭子是好品种，是柯齐尔卖的吧？"

"没错，但是它们总是溜到荷塘来。"她打算引它们回去，往水里丢了好几把麦子喂它们。

她看它们往对岸又过去了，急急忙忙赶去追。

大家都回来了之后，汉卡忙碌着早饭。铁匠在院子里面每个角落查看，连土豆坑都不放过。汉卡最后忍不住问他：

"你以为土豆没了？"

"我可不盲目找东西。"他回答。

她弄了些咖啡，硬邦邦地说："屋子里的东西放哪了，你比我还明白。多明尼克阿姨，雅歌娜，来吃吧！"

她们母女俩一回来就待在对面的房间里没动静。

大家都没说话。汉卡小心翼翼，客气地叫她们吃东西，还弄了好多咖啡来。她的眼睛始终锁定铁匠，他坐着东张西望，眼神扫视着屋子每个角落，不时地清清嗓子。雅歌娜苦着个脸呆坐着，眼睛里一片水泽，似乎哭过。多明尼克跟她说着悄悄话。只有幼姿卡依旧跟以前一样嘴不停地说话，跑来跑去看看每口锅，都是水煮土豆。

压抑的气氛久久不散，最后铁匠开了口：

"想想，遗产要怎么分？"

汉卡被他吓了一跳，不过很快便平静下来，思索了一会儿才说：

"我们要怎么分？我只是帮丈夫看守他的财产，没有分配的权力。安提克回来之后会分配的。"

"到什么时候他才能回来？这事拖不了了！"

"拖不了也得拖！父亲病重期间都熬过来了，如今得等到安提克回来才行。”

“合法继承人可不止他一个。”

“没错，但他身为长子，父亲的田地是给他继承的。”

“他和我们是一样的，没什么特权得到更多的东西。”

“要是安提克同意，也可以分一块田给你。我现在不跟你争这个，我没有权力决定。”

“雅歌娜！你有什么想法？”她母亲急忙问她。

“有什么好说的？这大家心里都明白。”

汉卡涨红了脸，发泄似的踹了一脚趴在她面前的拉帕，咬牙切齿地说道：

“没错！吃的亏我们永生难忘！”

“你爱怎么说就怎么说，但是那六英亩地是雅歌娜死去的丈夫留给她的。”

“合约在你那，没人能抢！”玛格达怒气冲冲地吼道。她之前在给孩子喂奶，没说话。

“没错，我们都签了字，请了公证人的。”

“行了，连雅歌娜在内的你们都必须等。”

“那是，然而，她现在就可以拿走属于她的财产了，母牛和小牛、马匹、猪……”

“不行！这些属于共同财产！要大家平均分才行！”那人没说完便被铁匠的叫喊打断了。

“谁说平分这些？你？这是我给她的嫁妆谁都别想拿！”她扯开嗓门继续说，“是不是连她的衣裙和鸭绒被你都想拿走？啊？”

“我只是随口说说，你冲我发什么火！”

他又说："说真的，我们在这争吵不休没意义，汉卡，你的话是对的，大家要等安提克回来再说，我现在要走了，别人等我一起去见大地主。"

他起身准备离开，眼角看见他岳丈的羊皮棉袄在角落挂着，便过去说要拿下来。

"这棉袄我拿着正好。"

"不要动这个，这是放这晾着的。"汉卡阻止他。

"算了，那给我这双皮靴可以吧，它都坏了。"他一边求情一边去拿那双靴子。

"这里的东西你一件都别动。你要是拿走一些，他们就会说你拿走了一半的遗产。我们要先列个清单出来，在列出来之前，就连篱笆的一根木头我都不允许拿走。"

"嘿！不过父亲消失的被褥可不会在清单里。"玛格达说道。

"这事我已经解释过了。波瑞纳离世之后，被褥我便拿出去晒了。晚上天黑了就被人偷走了，我不可能样样兼顾。"

"那真是太巧了，小偷就在旁边？"

"你这意思是我在骗人，自己偷走了？"

"玛格达，别吵了。被褥谁偷了谁就去做寿衣！"

"哟，那被褥里的鸭毛都要三十英镑呢！"

"我告诉你别说了！"铁匠回头对他夫人吼道，接着让汉卡带他到屋前的院子，他说想瞧瞧猪栏里的猪。

汉卡带他出去，心里却响起警铃。

"我得跟你说些忠告。"

汉卡认真听他说话，却不知道他打算说些什么。

"列清单之前，选个晚上你牵两头牛到我那儿，可以把母猪给熟悉的亲戚帮忙照看。我可以教你把东西都存放在哪。你可以在清单上说明一下，稻谷全卖给了颜喀尔，只要你给他两蒲式耳，他会给你作证的。可以把一匹小公马寄在磨坊主那里，那儿还有绿草可以吃。那些陶瓷品之类的，你可以在土豆坑里面藏一些，黑麦田也是个不错的藏匿点。我这是很善意的提醒，那些人都这样做的。你想想你为这个家忙得半死不活的，多得一些是理所当然的，只要你把这些分给我一点点就可以了。放心，这些事我会帮你的，而且，你还可以拥有全部的土地！只要你采纳我说的，我说的建议，没有人会比我说的更好。嘿，大地主都认可我的想法呢！我说，你怎么觉得？"

汉卡满眼不屑地看着他，慢条斯理地说：

"行了，是我的我一丁点都不会放过，不是我的我也不会拿！"

他感觉灵魂被人抽了一下那般，连站立都困难，稳了稳心神怒声说："还有，你拿老头子遗产的事我不会告诉任何人！"

"随你怎么说！你想怎样就怎样！不过，我会把你的忠告跟安提克说说，他会跟你谈谈的！"

他几乎要骂出声来，最后他只是朝地上呸了一口唾沫，急急忙忙走了，在外面隔着窗户对他夫人叫道：

"玛格达！把财产守好了，别让别人偷了！"

他走出去时，汉卡很瞧不起地盯着他。

他差点被汉卡的表情给气疯了，怒气冲冲地走了，村长夫人刚进院子，他跟她说了会话，握紧了拳头。

她拿了一份公文来。

"汉卡，这是给你的。警察进村子里面来了。"

"应该是有安提克的消息了！"她赶忙在围裙上擦干手去拿，心里很激动。

"我看是关于乔治的。村长去了警署，只听见警察说乔治出事了，又或许……"

"噢！上帝！"幼姿卡出声尖叫。玛格达吓得从椅子上跳了起来。

大家心里非常害怕，但又不知所措，把这份带来坏消息的公文反反复复地看。

汉卡央求雅歌娜："说不定你看得懂。"

大家都围过来看着她，不安和恐惧压得他们一个字都说不出来。雅歌娜盯着公文看了好久，最终无可奈何地叹气：

"我没办法理解，这不是用我们这的字写的。"

村长夫人冷笑一声说："这可不是当着她的面写的！但是，其他的事情她还是挺懂的！"

多明尼克吼她："你快回去吧！别招惹本本分分的人！"

可是村长太太并不放过这个损她的机会。

"你倒挺会管村民的，但还是先管好你的乖女儿吧！让她别在床上等别人的丈夫过来！"

汉卡眼看她们就要吵起来，出声劝阻："好夫人们，少说两句吧！"

村长夫人的怒气更大了。

"哈！现在我就要把压在心里的话都说出来，就算再也不能说！她，扰乱我的家庭，就算死我也不会原谅她！"

多明尼克吼叫："行！你就尽情地说吧！疯狗都比你的声音大！"

她看起来没什么情绪波动，可是雅歌娜的脸色红得跟樱桃一般。尽管雅歌娜心里觉得很羞耻，但倔强地寻求安慰，好像为了故意气村长夫人一般，把下巴抬得高高的，一脸傲慢又有些恶意地面带笑容瞧她。

她的笑容和神情刺激了村长夫人，一个劲骂她不知羞耻。

她母亲上前帮她发泄心中的怒气："你完全胡说八道，被怨恨夺去了理智！因为我女儿的悲哀，你丈夫会受到上帝的惩罚的！"

"她悲哀？哈，没错，他对一个天真懵懂未经人事的少女做了这般侮辱的事情！嘿，还真是一个和每个男人在林地里……的贞洁烈女呢！"

"把你那张臭气熏天的嘴闭上！不然别怪我不客气了，就算我瞎了我也肯定可以一把扯住你的头发！"她母亲用拐杖敲打地面，出声威胁她。

"哟，那你要不来试一下？动我？你有那胆子吗？"她傲慢尖锐地叫道。

"凭仗欺负村里人来给自己人赚好处，如今还不要脸地跟他们过不去，像癞皮狗一样甩不掉？"

"我欺负过你吗？"

"你想知道的话，就等你的丈夫见死神再说吧！"

社区长夫人拎起拳头扑向她，被汉卡拉住了，呵斥道：

"夫人们！好了吧，众位是把这里当成酒店了吗？"

她一说这话，她们俩都不再折腾，站直身体深呼吸。多明尼克被绷带缠住的眼睛里流出眼泪，不过她很快就收拾好了心情，坐下来双手在胸前合成十字，沉重地叹了口气：

"希望上帝能宽恕我这样的罪人！"

村长太太满身火气地跑出去，但突然又转身回来，在窗户边跟汉卡说话：

"我跟你说，最好快点把那个不知羞耻的放荡女人赶出去，不然到时候想反悔就迟了！她要是在这院子里多存在一会儿，就会跟恶灵一样危害你！啊，汉卡，要保护好你自己，不要对她留情！她准备引诱你家安提克呢！你都没发现她准备把你推向什么样的地狱吗？"她往房间里伸了伸脖子，伸手指着雅歌娜，咬牙切齿地叫道：

"不用多久的！你这地狱里的恶灵！在你被赶出村子之前，我死都不会放过你的！我不会参加最后的赎罪礼！哈，现在你怎么还不去找你的汉子！淫娃荡妇！那种人才适合跟你一起！"

她说完就走了，留下满屋寂静。多明尼克被她气得快哭不出声来了，浑身颤抖。玛格达哄着小婴儿睡觉。汉卡低头整理脑海里纠结的想法。雅歌娜的表情还是像刚才那般自大和固执，挂着让人发麻的微笑，然而她的脸却苍白得跟收获季节田里雪白的棉花一般。村长夫人最后说的话如尖刀狠狠刺进她的心头，她觉得自己的灵魂像被地狱里的恶鬼折磨，心中的伤口涓涓地流着鲜红的血液，精神上的痛苦叫她难以忍受，几乎要用脑袋去撞雪白的墙壁好来缓解心中的痛苦，可是她尽力忍着，扯了扯多明尼克的衣角，沙哑的嗓子发出沉闷的声音：

"母亲，咱们走吧，快点离开这个地方！"

"没错，我已经不抱希望了。可是你必须看好属于你的财产。"

"我不要留在这个让我厌恶的地方！我没办法让自己待在这，何必留下？就算成了瘸子也不要待在这！"

汉卡淡淡地对她说："你受够了是吗？"

"连养着的看门狗都比不上！下了地狱的人都没我受罪！"

"那还真是奇怪，你受了如此长的时间，为何不走呢？可没人不让你走呢！"

"我现在就走！你这样一个人，希望瘟疫缠上你！"

"不要说诅咒的话，不然我得当着大家诉说我受的苦了！"

"为何你们，所有村民，都不让我过正常的生活呢？"

"你要是好好地过日子，没人会说你什么！"

"雅歌娜，别说了！汉卡没有恶意！"

"随她去和其他人一起瞎叫吧！跟疯狗一般，他们瞎叫的吠声在我眼里和茅厕里的大粪一样！我又做了什么坏事了吗？我抢劫杀人了吗？"

"你还有脸问做过什么事情？"汉卡在她面前神情恍惚地叫道，"别逼我说出来！"

"你说啊！我还就怕你不说呢！"雅歌娜激动地嚷嚷道。她感觉自己胸腔有一团火焰在燃烧，她甚至做好了最坏的打算。

说到安提克，汉卡猛地泪水横流，他的不忠是她最伤心的事情，她嘴唇哆哆嗦嗦，说话都很困难：

"你对我的安提克做了什么？啊？你死死纠缠他，跟发情的女人一样巴着他！"她说完更觉得难以呼吸，忍不住号啕大哭。

雅歌娜如困兽一般疯狂，猛地跳一大步，在捆绑的空间里摧毁一切她能摧毁的东西。怨恨在她心里不断膨胀，混着铺天盖地的怒气让她要发了疯，把带着倒刺的鞭子化成一字一句抛出嘴唇：

"你确定吗？我巴着你丈夫不放？谁告诉你的？怎么没人告诉你是他一直纠缠我的！他像看见肉的野狗一样缠着我，苦苦哀求，只为了能瞧我一眼！没错，他对我暴力夺取，冲击我的理智，让我头晕目眩，没有能力抗拒他的蛮力。此刻就由我来给你挑明事实，他对我的无尽爱意，无法用言语形容的爱意！他逃避你的身影，对你都是厌恶的。真是可怜啊，你的爱意只会让他觉得恶心，让他忍不住朝地上呸口水！他甚至用伤害自己来躲避你，你还为他费心尽力地忙活，你明白了吗？现在牢牢记住我告诉你的，就算你给他舔鞋，只要我一句话他就会一脚踹开你，追着我到天南地北！用你那脑子好好想想，你配跟我做敌人吗？"

她越说越大声，越来越理直气壮，主导权握在她手里，她无所畏惧，脸上带着妖艳的美丽。多明尼克瞪大眼睛朝她望去，心中既惊讶又惧怕，这个女人不是雅歌娜，是一朵沾着毒的罂粟花，美丽而危险。

汉卡被她的话伤得心碎，整个人都要失去了生机。一字一句堪比镰刀割在她心上，她觉得自己连站立的力气都没有了，如雷雨天被闪电劈倒的树，麻木地瘫坐在地上，粗糙的地面磨砺她的掌心，她毫无感觉，连呼吸都微弱起来。她的灵魂被剧烈地撕扯，疼得她浑身颤抖。眼睛黯淡得毫无光彩，干涩得没有眼泪流出来，嘴唇和脸庞苍白成一个颜色。无尽的折磨让她差点支撑不住，像在狂风中死死扛着没有贴在地面的稻谷。

雅歌娜和多明尼克早出去了，走到院子的另一边。幼姿卡和水池边的鸭子玩耍着。汉卡瘫在原地不能动弹，她像被人逮住的母鸟，看着死去的雏鸟失去了希望，没有反抗的能力又不甘放弃，扑棱着翅膀哀戚地叫着。

上帝仁慈地给她慰藉。她冷静下来，对着圣像悲泣，许下誓言：要是她刚才听见那些恶毒的话是胡说八道，她就让钦斯托合娲去城里参拜教堂。

汉卡收敛心中对雅歌娜的怨气，但却害怕她，隐隐约约听见她的声音，就在胸前合十祷告，像抵抗邪灵一般。

她开始干活。

虽然脑子里一片混乱，但是她还是像往常一样有条不紊地做着手上的活。但是她忘了那天她把小家伙们带出去过，还收拾过房间。终于，她忙完了，做好午饭，用送饭的盒子装着，让幼姿卡给农夫们送去。

房间里只剩她一个人，她静下心来回味雅歌娜说的话。虽说她是个善良又能干的女人，但是她作为人妻的尊严和地位受到威胁，她无法释怀。她越想越恼火，心被怒火和难过折磨得万分痛苦，反复浮现着报复的决心。

到最后，她理清了自己的思绪：

"无可奈何，我比不上她的美貌，可我是他明媒正娶的妻子，是他孩子的母亲。"想到这，她又有了信心。

"不管他再怎么喜欢她，最后也得回到我身边来！"她抬头看看窗外，轻声安慰自己，"不管怎样他都不能把她娶回来！"

到黄昏时，汉卡忽然想起她该做一件事情。她靠着门框想了一会儿，便按了按太阳穴快速走过廊道，到雅歌娜门前一把推开门，声音洪亮又平稳地对她说：

"现在，从这里滚出去！"

雅歌娜从椅子上站起来，站她面前盯着她看了半天。后来汉卡退后两步到门槛那，嘶哑着嗓子说：

"立刻滚，不然我让工人们把你拖出去，现在就滚！"她又强调一遍。

多明尼克想出面缓解一下，打算为雅歌娜说话，但她只是歪着脑袋耸了耸肩膀。

"别跟这个可怜的稻草人讲话！我明白她这样是想干什么！"

雅歌娜从床底的箱子里翻出一份文件。

"你不就是想要合约和六英亩的土地吗？喏，给你，吞下去吧，填饱你的肚子！"

她把文件扔在汉卡面前，满脸不屑地说道：

"小心点，别噎死了！"

之后她无视她母亲的劝阻，麻利地收好自己的东西出去了。

汉卡两眼发晕，就像被人暗地里打了一拳。不过她迅速地捡起掉落的文件，出声威胁雅歌娜：

"动作快点！不然我叫看门狗来咬死你！"

但她心里确实非常震惊，竟然把六英亩田地像丢垃圾一样丢掉！这怎么回事？她觉得面前的这个女人肯定脑子出问题了，满眼奇怪地盯着雅歌娜看。

雅歌娜无视她，只管去把自己的画像摘下来，突然幼姿卡闯进来大声叫嚷：

"把琥珀项链拿过来，那是我母亲给我的，是我的！我的！"

雅歌娜正打算从脖子上解下来，又突然放下手。

"这是马西亚斯送我的，就是我的了，为什么要给你？不行！"她回答。

幼姿卡不服气地大发脾气，汉卡连忙叫她住嘴。房间里渐渐安静下来，雅歌娜不言不语，也当作听不见任何话。她把她的东西先拎出去之后，便匆匆离去叫她哥哥过来帮忙。

多明尼克没有再出声劝阻，但对于汉卡和幼姿卡的话充耳不闻。当雅歌娜收拾好东西上车准备走时，她握紧拳头说道：

"你们家一定会有最可悲的结局！"

听到她的咒骂，汉卡鸡皮疙瘩一下子就起来了，但她装作没反应，对着雅歌娜远去的背影叫道："待会怀特克回来之后，我让他把母牛牵到你那去，再叫人把其他东西装好运到你家去。"

她们就这样走了，经过荷塘，她望着她们的马车好长一段时间。现在她没空去想那些烦心事，工人们很快就到了，她把合约和地契藏在带锁的抽屉里。但是她整晚都有些情绪低落，就连听见雅固丝坦卡夸奖她，心里都没有什么快乐情绪。

工人们回去继续干活，她和幼姿卡一起去庄稼地里除草，农作物的间隙里都长出了白色的小野花。她全身心地投入到工作里面，希望能暂时抛开多明尼克的诅咒，但都失败了。她最担心的是，安提克回来之后会说些什么话。

"我把地契拿给他看，他眉头都皱起来了！哈，笨蛋，六英亩地几乎是一个农场的面积了。"

"啊，汉卡！"幼姿卡突然叫道，"那份和乔治相关的公文被我们忘了！"

"对，咱们都忘了，幼姿卡，现在不干了，我要去神父那请他瞧瞧这公文。"

神父不在教堂，她看见他在田地里和农夫们一起忙活，袍子放在一边。她怕他会在别人面前教训她之前的举动，心中想着："现在他一定知晓了！"便准备去找磨坊主人，他和马修一起正在锯木头。

"刚听我夫人说你把你那个继母赶出去了。哈，你看起来挺温和的，没想到有这么犀利的一面！"他同她说笑着，看了一眼公文，没一会儿就惊叫起来："啊！真是噩耗！乔治在复活节的时候就淹死了！公文上说你可以去警署里申请领走他的遗物。"

"乔治……竟然死了？他这般健壮的人，这般年轻，才二十六岁啊！原本今年收获时节过了之后就可以退伍回家了，淹死了！啊！上帝！"听见这个消息她哀号着，手指把手帕绞得变形。

马修心怀不甘地说："现在可好了，你手握财产继承权，要是你把幼姿卡赶出去，整个波瑞纳家就是你跟铁匠两个人的了！"

她打断他："你现在和泰瑞沙做了了断，去追求雅歌娜了是吗？"马修听见他这话骤然收声，弄机器去了。磨坊主人大笑出声。

"哈！真是一来必有一往啊！真是个有勇气的主妇！"

回去时，她把噩耗告知了玛格达。玛格达伤心流泪，哀声道：

"这是上帝安排的吧……唉，这个强壮的农夫，全村人都没几个能跟他齐名的！啊，这是多么可怜的命运啊！昨天还活生生的，今天就不在世上了，他留下的遗产归他亲人所有，麦克明天要去警署领回来。可怜的人啊！他心心念念的家乡啊！"

这都是上帝一手安排的。他和水犯冲，以前就差点淹死在荷塘里面，还是克伦巴把他救起来的，他是被安排好会死在水里的！

她们抱着为他悼念哭泣，过了一会儿就各自离开了，她们有很多事情要处理，特别是汉卡。

没多久消息就传开了。从田地里农作回来的人都在对乔治和雅歌娜的事情议论纷纷，一些妇人们都为汉卡说话，对雅歌娜有很大的敌意。男人们虽说没有明确态度，但看得出来是为雅歌娜说话的。

为这件事情以至于有的人都发生了口角。

马修从磨坊那回去，听见他们在路上说这件事情。他开始朝地上呸唾沫以表达自己的不屑，有时默默地咒骂，而当他在普罗什卡院子周围听见妇人们的谈话时，终于憋不住说话了：

"汉卡可没有赶她出去的权力，那里有属于她的财物。"

普罗什卡妇人转过臃肿的身子回头对他说：

"这可不一定，大家都明白汉卡默认了她继承的田地。可汉卡担心的不是这个，安提克就要回来了，家贼怎么防得了？难道她要安安稳稳地坐着装作没发现他们的所作所为吗？"

"简直是胡说八道！这两件事可没关系。你们在这议论纷纷的，可不是为了讨论出个公平而是因为你们的忌妒！"

当你在蜂巢那欺负了一只蜜蜂，整个蜂巢的蜜蜂都要攻击你，对女人也是一样的道理。

"哈！真是好笑！我们忌妒她什么？忌妒她这般恬不知耻地当好多男人的床伴？忌妒你们跟野狗追赶肉包子一样追她？还是说忌妒她一个人就能把我们整个村的名声和气氛给毁了？这些是我们要忌妒的吗？你说啊！"

"这可没准，男人们对你们难以理喻。你们跟枯萎的花朵一般，阳光是你们厌恶的！要是她长得和玛格达一样，那就算她做了更加可恶的事情，你们也不会这般怨恨她，可她是村里最漂亮的女人，所以你们无法原谅，因为你们忌妒她的美貌！你们甚至想把她按在荷塘里淹死！"

他的话像炸弹的导火索一样，他说完就兴奋地跑开，边跑边大声嚷嚷道：

"你们这群长舌妇，你们的舌头肯定都会发臭腐烂的！"

他路过多明尼克家，伸着脑袋往打开的窗户里面看。房间里烛光闪烁，没有雅歌娜的身影。他没有走进去的想法，便闷闷不乐地回家了，在中途碰见薇伦卡。

"嘿，我才去了你家。斯塔赫已经把地桩打稳了，准备好树干，你就能锯木头了，你何时过来？"

"应该在提伯纪念日前几天。这个村让我难以忍受了，说不定我哪天就抛开这一切跑到外面去了！"他走过那，怒气冲冲地说。

薇伦卡朝波瑞纳家走去，心中纳闷："他这是受什么刺激了？出什么事了？"

晚饭之后，汉卡慢条斯理地给她解释。对于雅歌娜被赶出去的事情她很好奇。知道了乔治的消息，她淡淡地说：

"他不在了，财产就可以少分一个人了。"

"对，不过我可没想到这上面去。"

"这些再加上大地主合约里承诺的交换土地，那每个人都要有十七英亩呢！瞧瞧，死了的人对有钱人都有益处。"她感叹。

汉卡认真说道："我怎么会在乎钱财的事情呢？"可当她晚上躺床上的时候，把事情在心里梳理了一下，暗自高兴了好一会儿。

不久后，她起身跪下做祷告，有些顺其自然地说道：

"他都死了，这定是上帝的安排。"她强烈渴盼他能安息下去。

翌日中午，安布罗斯过来了。

她问他："你去哪儿了？"

"去柯齐尔家了，有个孩子死了，烫死的。她请求我过去帮忙，但也帮不上什么忙，棺材和泥土就够了。"

"哪个孩子？"

"华沙开春时带回来两个孩子，死的是小些的那个。他不小心掉到一大桶滚烫的开水里面，几乎要活活烫熟了。"

"这样看来，孩子们和她一起过得不太好。"

"确实是这样，可她也不用花费什么，有人出葬礼的费用，我现在找你是因为另一件事情。"

她心中有些忐忑，抬头看着他。

"告诉你，多明尼克和雅歌娜去法院了，我想是状告你把她们赶出家门。"

"她要告就去告，我无所谓。"

"她们今早去教堂祷告，之后和神父谈了好久的话。我隔得太远没听清楚，但我看见神父听完他们说的生气得不得了！"

她脱口而出："神父竟然还去管她们的事情！"

一整天她都心神不宁，脑海里被这件事占据，她不知所措。

太阳下山时，家门口有辆板车停下来。汉卡心中猛地一紧，急忙跑出去看，原来是社区长。

村长跟她说："乔治的事情你都知道了。这件天灾人祸我就不说些什么了，我是带给你一个好消息的。在明天之前，安提克就会回来了。"

"这是真的吗？"她有些不可置信地问道。

"社区长告诉你的，你可以相信。这消息是警察局的人告诉我的。"

"这时候他回家真是太好了。"她不动声色地说道。村长思索一会儿之后就用朋友一般的口气和她说话。

"对于雅歌娜和你的那件事情现在状况很不好，她把你告上法庭，你有可能因为赶她出门这件事情被起诉，你没有赶她出门的权力。现在安提克要回来，说不定你们俩都得蹲监狱！现在听听我善意的建议吧，尽量挽回。我也帮你劝劝她们撤诉，但是你要给她补偿。"

汉卡端端正正地站在他对面，毫不掩饰地说：

"你这样是为了受害者，还是为了你的情妇？"

他闻言转身就走，奋力抽打马儿飞快地走了。

第四章

各种烦恼折磨着汉卡，她整夜都没睡着。她总感觉院子周围、马路上有人在不断地来来回回。她凝神去听，家里人都睡着了。漆黑的天空下只有树叶沙沙的声音，偶尔星星在厚厚的云朵下露出脸来。

房间里很闷热，混合着床下小鸭子的味道更让人觉得难受，可汉卡没有打开窗户的打算。她觉得被褥和枕头都冒着热气。她在床上辗转反侧难以入眠，无数的想法在心中不断翻滚，她越想越是心神不宁，出了一身汗，不知是热的还是吓的。终于，她受不了心中不断膨胀的惶惶不安的情绪，一下子坐起来，鞋都没穿就急忙下床跑出门外，找了一把斧头，壮着胆子往院子里面走。

院子里面好几扇门都开着。马棚那里传来彼德的鼾声，有的马在吃草料，摆动脑袋把链子弄得哗哗作响，没有拴起来的母马在院子里晃悠，低着脑袋在地上嗅，微弱的月光下能看见它潮湿的鼻子，还有抬起头望着汉卡的大大的黑眼睛。

她转了一圈就回床上躺着了，睁大眼睛屏息听着外面的动静，总感觉有人的脚步声时隐时现的。

　　她安慰自己："说不定是邻居家还有人没睡下，在谈话呢。"当天色蒙蒙亮的时候，她就立马起床，披上安提克的羊棉袄出去了。

　　怀特克养的白鹤在院子里睡着了，单着一只腿，另一只蜷在羽毛下。鸭、鹅在禽舍里面啄食，远看成了一大团白色。

　　隔着篱笆能望见不远处的田野，一片灰蒙蒙的，只有高大的树木清晰可见。

　　荷塘如一只巨大的人眼，水面反射出的光成了它的闪闪发亮的眼神，周围茂密的小草是它浓密的睫毛，水面上有些雾蒙蒙的，它像没睡好一般。

　　汉卡搬了把椅子在院子里面打瞌睡，当她醒来时，能隐约看见太阳的金光，朝霞如熊熊燃烧的火焰一般明亮艳丽。

　　她望着马路的尽头，默默念道："他要是出发得早，应该快到了的。"才打了个盹儿，她精神了不少。她把孩子们的衣物用桶装到荷塘边去洗，以此打发等待的时间，太阳的温度越来越高了。

　　公鸡的啼叫声传来，整个村子都能听见。村民偶尔还能听见麻雀的歌声。马路在露水蒸发中越来越清晰了。

　　汉卡在洗衣服，被一阵窸窸窣窣的脚步声勾起好奇心，她回头看见有个人偷偷摸摸地从巴尔塞瑞克家出来，然后闪入丛林不见了。

　　"肯定是玛丽的客人，可这是谁呢？"人影迅速消失了，她没看清楚。"哈！这样倔强又自诩美丽的少女，请情郎夜晚过来，真是难以想象啊！"她有些鄙视。

　　她又在周围看了一圈，注意到磨坊的工人往村子另一边小心翼翼地走路。

"那个人肯定是从玛格达那出来的！这些整天跟野狗一样不务正业的男人，都做了些什么好事！唉！"她忍不住叹息，心神不宁，情绪有些激动。但荷塘里冰凉的水很快就让她冷静下来了。她略带沙哑的嗓子里发出热烈的歌声：

晨曦从火红的天空浮现，

啊，向我最敬爱的上帝祷告，

歌声伴着滑落的露水，和朝霞融合。

到了起床时间，陆陆续续有窗子打开，拖鞋嗒嗒地响，有人在吆喝，村民们都开始起床了。

汉卡把洗好的衣服晾在院子围墙边，然后去叫他们起床。大家都没睡够，听见她的叫唤睁开眼睛看了一眼又闭上继续睡。

彼德毫无动作，冲她吼："你这只母狗！这么早！太阳出来之前别想叫我起床！"把汉卡气得不轻。

小家伙哇哇大哭，幼姿卡不满地说：

"好汉卡，再等会儿吧，我才忙完到床上呢！"

汉卡便把小家伙哄睡着，然后把禽舍里的家禽放出来，望着天空，等一会儿，太阳就要出来了，整个东边都像烧着的炭一样红，水车池的水面都映上一片绯红。她转身又去催人起床，大声叫唤，大家没办法只能起床。怀特克半眯着眼，靠在门框上蹭痒痒，汉卡严厉地呵斥了他。

"我给你一巴掌你肯定立马就清醒了！还有，你真是只野狗！为什么昨天晚上不把母牛拴起来？你是想它们半夜互相斗来斗去踹破肚子吗？"

他努力为自己辩解，汉卡凶神恶煞地教训他，他狼狈地跑开了。

她又去马棚教训彼德：

"马槽里都没草料了！你还不起床吗？真是懒得要死！"

他吼道："你就跟院子外面大树上的麻雀一样叽叽喳喳不消停！哈！整个村子都能听见你那烦人的声音吧？"

"听到又怎么样？听到正好！让别人都知晓你这个好吃懒做不务正业的家伙！哈，家里管事的男人就要回来了，让他来管管你吧！"

她在院子里前后穿梭，朗声叫道："幼姿卡！现在阿花的乳房发胀变硬，你挤奶的时候当心点，别又跟上次那样才挤一半出来。怀特克！快点吃完了去干活，要是牛群和昨天那样到处撒野，你小心点！"她一边亲自干活一边吩咐人做事，她给家禽喂食，给猪栏里放饲料，给初生的牛犊提了一桶奶油粥，舀了几碗煮好的燕麦片给破壳没多久的小鸭子，然后把它们赶到荷塘里。怀特克背上被拍了一巴掌，卷起救济囊里面的食物就走了。连白鹤也被照顾到了，她装了满满一碗昨天煮熟的土豆放在它面前，它伸长脖子叫了几下，就低头张开细长的嘴兴致勃勃地吃起来。汉卡在院子里忙前忙后，把所有事情都照顾到了。

怀特克把牲畜赶出去了。汉卡去找彼德，受不了他无所事事的样子。

她吩咐他："把牛栏里的粪便清理干净！不然脏兮兮的，会让母牛臭烘烘的跟猪一样！"

红红的太阳在斜上空照耀着他们，有些工人来干活，以此来抵消他们种田的租金。

幼姿卡被她叫去削土豆，她亲自给小家伙喂奶，把围巾套在头上，说道：

"把这里的事情照料一下！要是安提克回来了叫个人去通知我，我现在去菜园子。农夫们，走吧！现在温度还没升起来，正好不热呢！我们先去把菜种好，吃了早饭再接着昨天的工作。"

他们经过荒废的煤田，有几只老鹰在天空盘旋，还有鹳鸟迈着细长的腿在田野里漫步，脚步轻轻的，偶尔低下头啄泥土。破败的煤田已被各种翠绿的植物所占领，陈旧的泥土味掺着绿草的清香。

到了之后他们开始忙活，一边干活一边谈论他们亘古不变的话题——天气。他们用泥土盖住苗根，菜苗的长势很好，不过菜地里长了很多杂草：弯弯下垂的狗尾草，还有反枝苋。

"'人类未刻意培养的东西，反而更是繁荣。'"有位妇女用小铲子挖了挖野草说道。有人搭腔说："这就和罪恶一般，不需要人传播，却存在于世间每个角落。"

雅固丝坦卡表达自己的想法："越是邪恶就越是顽强生长！人类和罪恶同起同灭，不是有句俗话说，'罪恶消失，则快乐殆尽'，还有，'若没有罪恶存在，则无人类存在'，虽然是罪恶，但也是有它自己的用处，这正反两面都是上帝创造出来的！"

汉卡板着脸呵斥他们的想法："说什么胡话！上帝创造罪恶！那都是人类愚蠢，把事情都弄糟了。"大家便没有再说。

太阳悬挂头顶，露珠雾水都蒸发干净了，其他夫人们一群群地走来。

汉卡看着她们想笑。

"她们还真是讲究！来这么迟，怕露水把鞋打湿了！"

"不是所有人都跟你一样勤快的。"

"不是人人都不得不这么忙碌的。"汉卡叹息道。

926

"没事啦，到时候你丈夫回来了，你就不用这么辛苦了。"

"我许诺过：要是他回家，我就去钦斯托合娲城里面过圣母节。村长说今天他就会到家了。"

"警署的人肯定知晓些消息，那么消息肯定是真的。听说今年钦斯托合娲会很热闹，很多人都去那儿！风琴师夫人都要去上香，她说神父要和上香队伍一同去。"

雅固丝坦卡有些讽刺地笑了，说道："他那大肚子谁帮他拖着？他自己可不行，他只是说说而已。"

"以前我偶尔和别人一起去那，每年都能去一次就好了。"家住村尾的菲利普卡卡说。

"谁都希望生活不这么辛苦。"

她无视他们的嘲讽，接着说："啊！上帝！这一切真是美妙极了！路边的树木野花，看起来生机勃勃的！长见识，开眼界，一路祷告……没多久就感觉自己超脱世俗，宛若新生！"

汉卡接话："没错，我听见不少人说过这样的话，尤其是受到上帝眷恋的人。"

不远处出现一个少女的身影，她急急忙忙跑过来，穿过白杨树林。汉卡抬手遮在眉毛上远望，是幼姿卡，她还没到就大声喊叫：

"嘿！汉卡！安提克到家了！"

她立刻丢下手里的铲子，向前大跳一步，几乎要欢呼雀跃了。可她忍住自己满心的激动，解开绑在腿上的长裙，尽管心中的兴奋要将她淹没，心跳如擂鼓一般，激动得难以言语，但她看起来还是比较冷静，沉着说道：

"我过去了之后你们接着做，到时间了就到家里吃饭。"

农妇们瞠目结舌地彼此看着。

雅固丝坦卡出声道："她看起来这么平静，其实是怕太激动了，怕别人笑她这般思念丈夫，换作是我可没这么厉害！"

"我也是，希望安提克以后不会干这种错事了！"

"如今雅歌娜没在他家里，说不定他会好好做人。"

"哈，我的圣母玛利亚啊！那些男人可以闻着她的裙摆追她老远！"

"这倒是。有些人比野兽还要贪心，为了满足欲望宁愿伤害自己。"

他们聊起天来，手里的活渐渐放慢了速度，几乎要停下来了。汉卡向前面赶，路上还要跟遇到的熟人聊天。他们和她彼此谈话的内容都不知道。

"罗赫和他一起来了吗？"她再三问幼姿卡。

"我都说了好几遍了，是的！"

"他看起来怎么样？"

"我没办法跟你形容。他一进门就问我，'汉卡呢？'我说你在菜地，然后就来通知你啰。"

"他第一句话就问我！噢，仁慈的上帝，希望他……"她兴奋得难以自己，说话都有点语无伦次了。

隔老远她就看见罗赫在门槛上坐着，他看到她的身影，立马迎上来接她。

她走路的速度越来越慢，双腿都没了力气站直，扶着院子的白墙才能勉强站稳。她喉咙里有低低的呜咽声，两眼发晕，自言自语般地说道：

"你回来了啊，总算回家了！"高兴的泪水模糊了她的眼睛，嗓子发紧，她不再言语。

"是啊，我总算回来了！我的好汉卡！"他把她紧紧抱在怀里，满是柔情蜜意。她心中一阵激动，脸蛋贴着他的肩膀，幸福的眼泪流下来，沾湿了他的衣裳。她唇瓣直哆嗦，如孩童般纯真地献给他自己的所有。

好一会儿之后，她才能说话，可她又能说什么呢？什么样的言语才能传达出她的心呢？她甚至想跪下来亲吻他因奔波而沾满泥土的鞋。她断断续续地说不出一句完整的话，但那也像芬芳四溢的花儿般在他面前呈现。她满含深情，如最忠心的小狗一样，活着只是依赖主人的宠爱。

他满脸柔情地摩挲她的脸庞，说道："我的好汉卡，瞧你这脸色真差！"

"忙活那么多辛苦事，等待那么长的时间，在所难免的嘛！"

罗赫说道："真是可怜！她做的比她这身体能承受的多得多了。"

"噢，罗赫也在这，我差点忘了！"她高兴地对他表示欢迎，亲吻他的手背。

他微笑："那是肯定的！我盼望能带你丈夫回家，如今，他回来了！"

"对！他回来了！"她说完便走到安提克面前，满眼欣赏地看着他。他的皮肤变白了，行为举止都优雅起来，那般尊贵，像是换了一个人！她有些疑惑地看着他。

"我变了很多吗？你这样看我。"

"也不是，只是跟以前的那个人大不相同了。"

"嘿，只要我去干农活，没多久就会跟以前一样了！"

她突然转身跑进屋，抱着一个小婴儿出来。

她抱起哭得带劲的小家伙送到他面前，说道："安提克，你还没见过他吧？瞧，他跟你长得多像啊！"

"可爱的小家伙！"他把头套取下来包着他，逗弄他。

"罗赫，这是我给他取的名字。嘿，小彼德去父亲那。"她把另一个儿子带上前，他挪着小身子爬到安提克身上，咿咿呀呀地说着儿语。安提克慈爱地抚摸他。

"我的小宝贝，小彼德身体长得真快，都会说一点点话了呢。"

"嗯，他开始明白事理了，好聪明的！要是能抓住马鞭，他就立刻去赶鸭鹅！"她蹲在他们父子身前，"乖，彼德，叫'父亲'。"

他口齿不清地发出一个近似的音节，又咿咿呀呀地自言自语，把玩安提克的头发。

"幼姿卡，怎么不正眼看我？来这。"安提克说道。

"我怕。"她低声说。

"笨丫头，过来。"他像哥哥那样给她一个拥抱。

"如今你听我的话，就像之前你听父亲的话那般。放心，我会对你好的。"

她潸然泪下，不由得想起来离世的父亲和兄长。

安提克难过地说道："村长告诉我他的噩耗，我真是太伤心了。他跟我很亲近，我没想到……我本来都想好怎么给他分田地，连给他找个妻子的想法都有！罗赫想换个话题，让他们别再想伤心事了，于是站起来说：

"说得很不错，但是肚皮空空的可不行！"

"噢！我都忘记了，幼姿卡，去抓住那两只红色公鸡，啾啾，别跑，鸡蛋你们要吗？还有刚烤好的面包，涂上点昨天的奶油也很不错的，要吗？噢，对，把它们的脑袋切下来，放开水里面……我马上就好，啊，我竟然不记得了，太笨了！"

"汉卡，这没什么的，等会也可以弄公鸡。我有些想念家常小菜了，村子里自己种的东西，在城里待了那么久，那里的我都吃腻了。现在我最想吃土豆和甜菜汤！"他眯着眼开怀大笑，"但是要再做些东西，罗赫要吃。"

"谢谢，但是我和你的喜好差不多。"

汉卡过去做饭。土豆已经熟了，现在去储菜房拿些甜菜做汤就可以了。

"安提克，我专门给你留的食物，复活节的时候你传消息来让我宰的那头猪，是用它的肉做的。"

"好大一块啊！没上帝帮助的话我们还吃不完呢！噢，罗赫，礼物呢？"

有人上来搬上一个大行李包，安提克从里面拿出不少玩意。

"汉卡，这个是我特意给你的，出门用得着。"他拿出一条黑色带红绿碎花的羊毛大披肩给她，和风琴师夫人的相同！

"啊，安提克，难得你还没忘记这些！"她感激地说。他笑答："这还多亏罗赫给我提了个醒，这是我和他一起去买的。"

他们带了许多东西给大家：汉卡还有一双鞋、蓝色的方格头巾；幼姿卡分到了一条差不多的绿色头巾，还有几条珠链；孩子们的是零食和玩具。有一样东西没有拿出来，是给铁匠夫人的。

连怀特克跟长工都有礼物。大家对他们带回来的礼物啧啧称奇，仔细端详。汉卡热泪盈眶，幼姿卡满心欢喜地叫出声来！

"带给你们这些礼物是必须的。罗赫跟我说了，家里的事情都被打理得井井有条，你们可不用谢我！"大家围在他身边道谢。

汉卡在试刚得到的新鞋，心中很是感动，说道："我没想过我会有这么好看的鞋。之前一直打赤脚，现在穿着鞋有些小，到了冬天就合脚了。"

罗赫询问村子最近的情况。汉卡在忙活做早饭，漫不经心地回答着。没多久，她就摆上了桌：满满一大碗的土豆，里面放了好几块腌肉，还有一大锅甜菜汤，汤面上有一根大腊肠，像荷塘里漂浮的车轮子一样。

他们吃得津津有味。

他畅快地说："我最爱的菜啊！腊肠用葱蒜做调料真好吃，吃下去才感觉肚子里有货。想想在监狱里面的菜……去死吧！"

"噢！真是受苦了！你都饿坏了吧！"

"没错！后头的日子我吃什么都没兴趣了！"

"有人跟我说，除了饿疯了的狗之外，没人咽得下他们送的伙食，是这样吗？"

"这差不多有一半是真的。但是被关在里面才是最不好受的。冬天还好，可一旦天气变暖后，我都能闻到泥土的味道，啊！真是气死我了！我都想扯掉窗子的铁链，但他们不允许我这样做。"

"他们是不是会揍人？"汉卡有些颤抖地说道。

"没错。但是监狱里面也有很多不老实的家伙，打他们是必须的，哈，没谁敢动我！谁要是动了，我可不会客气！"

"那是！你这样厉害的人，没人能打败你！"汉卡迷恋地看着他，他每一个动作都深深地映在她眼里。

很快他们就解决了早饭，到粮仓里面休息，汉卡已经在里面准备好了棉被和枕头。

"我估计待会我们会睡得天昏地暗的，舒服极了！"安提克开心地说道。

汉卡合上粮仓大门后，心中一直克制的澎湃心情就喷薄而出。她不想让别人看见，就到红薯地里拔草，偶尔抬起头环顾四周。她热泪盈眶，流下幸福的眼泪。为何眼泪直流？因为阳光温暖地照耀她，因为树叶生机勃勃地在头顶舞蹈，因为鸟儿在悦耳地歌唱，因为花儿发出芳香醉人的气味。她感觉自己都要沉醉其中了，内心一片祥和，被喜悦填满了，就像刚从教堂做完祷告回来，也许那时候都比不上现在的喜悦。

她自言自语："仁慈的上帝，谢谢您的恩泽！"她用她湿热的眼眶看向天空，对上帝的恩宠满心感激。

她满心欢喜："事情都好起来了！"他们睡着了，她却像在美梦里一般照看他们，如母马护着自己的小马一般。孩子们被她带到果树下，生怕他们会把睡得正香的人吵醒了。牲畜被她赶出院子，即使猪会把刚种的土豆刨出来。

黑夜久久不到来，漫长的白日却没有办法不等待。吃午饭的时间都过了，他们还没睡醒。家里人都被她派出去干活了，她也没去监督别人是不是偷懒了，老站在门口张望着，或是在粮仓周围徘徊。

她好几次都把安提克给她的礼物戴在身上，骄傲地大声说：

"这世上还有谁比他更善解人意？"

到后来，她在村子里转悠，遇见熟识的妇人就跟别人搭话：

"你知道我丈夫回家了吗？现在在粮仓里面睡得正香呢！"

她神采奕奕，眼睛明亮，脸色红润，举手投足间都显示她的喜悦，把她们都看愣了。

"那浑蛋给她下了什么迷药？哟，瞧她这兴奋劲。"

"没多久她就扬扬自得，非常自以为是，不信你们就等着瞧吧！"

"哈，要是安提克本性不改跟以前那样，她可没这么得意了！"她们开始七嘴八舌地议论起来。

汉卡没听见她们的话，她回去做午饭了。荷塘里有鸭子嘎嘎直叫，她跑出门扔土块吓跑它们，磨坊主夫人都要跟她为这事吵起来。

她刚给农夫们送午饭回来，他们俩就从粮仓里走出来。丰盛的午饭摆在院子的树荫下，供他们享用。

"这么丰盛，跟别人的婚宴一样了！"罗赫眯着眼笑。

她搭腔道："男主人回家，这可是头等的庆贺！"她一直给他们夹菜，自己没怎么吃。

午饭过后，罗赫回村子里去了，说黄昏时分会再过来。汉卡跟安提克说：

"要去农场瞧瞧吗？"

"当然要！我'休息'的时间够多了，如今得开始做事了，上帝啊，想不到这么短的时间我就继承了父亲的田地了！"

他长叹一声，和汉卡一起去了。

她先把他带到马棚里看了下，四匹骏马和一匹出生没多久的公马甩着尾巴，然后他们去了牛棚。安提克还在猪栏里面瞧了瞧，还有置放各种农具的地方。

"得把那辆马车弄到谷厂里去，现在天气热，油漆都掉了。"

"我交代过彼德好多次，他完全把我的话当耳旁风。"

她把家畜都唤来，看着它们数量多，暗自骄傲。之后她给他说田地的事情，作物的种类、地点、收成，一一向他汇报。说完后，他夸赞她：

"我真没想到你一个人能管好这么多的事情！"

他的夸赞让她满心欢喜，说道："因为你，我再多的事都能做好！"这是她的真心话。

"汉卡，你真是太有出息了！我都难以想象。"

"没办法嘛！我必须扛起来。"

果树、葡萄架、菜地，他都一一看过。来到老波瑞纳的住处，他伸长脖子往里瞧：

"怎么没看见雅歌娜？"看着空荡荡的房间，他惊奇地问道。

"她在娘家，是我赶出去的。"她坚决地告诉他，眼睛一眨不眨地注视他的脸庞。

他皱眉想了一会儿，点燃一支烟，看起来漠然置之地说道：

"她母亲可是坏点子多得很，她被赶出去，肯定会告上法庭的。"

"我听人说昨天她们就去法庭上诉了。"

"没事的啦，现在离判决还很久。但是我们得做好准备，免得她耍把戏。"

她把事情的经过跟他说了一遍，省去了某些情节。他静静听着，眉头紧皱。汉卡把合同给他看，他嘲讽地笑道：

"这东西差不多一毛钱都不值！"

"不会吧？这是父亲给她的啊！"

"断掉的拐杖还有用处吗？要是她去公证处那里解除合约才行。她给你完全是讽刺！"

他摊了摊手掌，把小彼德抱起来，走出门口。

"我去庄稼地里瞧瞧，很快就回来。"他又对她说。她听这话，尽管想和他一起去，但却待在家里。他路过休整一番的草棚，抬起眼皮扫了一眼。

她在门口对他喊道："那是马修整的！弄个棚顶就用了好几大捆干茅草呢！"

"嗯。"他发出个鼻音应声，阔步走过土豆田，对左右的小玩意不再注意。

村子这头的庄稼地里是今年秋季的作物，所以没什么人在这。他扯着嗓子跟偶尔遇见的人打招呼，然后接着往前走。渐渐地，他的速度放慢，小彼德抱久了也还有些重量。炙热的微风影响着他。

他止住脚步，蹲下来察看地里的作物。

种着亚麻的田地里，地里长满了野花，他忍不住说道："亚麻都要被野草赶出去了！"

"她买的亚麻种子都没有筛过就直接种了！"

他在麦田那停下来，里面满是狗尾草、反枝苋，麦子被淹没在杂草里面，长势很不好。

"耕种的时候土地湿度太大了，这些猪一样的笨蛋，真是把这块土地给浪费了！竟然把它耕作成了这样子，我得好好教训一顿。真是太烂了！麦子的影子都难得见到！"他不悦道。

之后，他到黑麦田这里。饱满的麦穗在金色的阳光下波浪般地滚动着，发出悦耳的哗哗声，像画里的情景一般，粒粒饱满的麦子压弯了腰，结实的麦梗支撑着它。

"多么像松树林啊！不愧是父亲种出来的，就连贵族地主那都没有比这更漂亮的农作物了！"他扯出一株麦子，粗糙的手摩挲着饱满的麦粒。不过麦子都还不够成熟，很容易受到灾害。

他起身观望这片麦海，有些参差不齐，这里一大株那里就几根，不过颗颗饱满，散发着好看的色泽。

"最上等的作物，就算被种在这干涸的坡地，也看不出缺水的样子，像纯金一般！"

走到田地最边缘，他转身看见远处的教堂墓地那有农夫在收割苜蓿，手里锋利的镰刀闪闪发亮，如夜空的闪电。空闲的田地上有家禽散落着吃食，农夫们远远看去就像爬行的蚂蚁散落在周围。站得高一些还能瞧见几栋房子，老树在院子边站立着。屋后连绵不断的田地，接着天际线消失在一片蔚蓝中。

一片安静，只有麦叶沙沙的晃动声。被烤热的空气在周围不断膨胀开来，像火焰外层的热气流。有时能看见几只白鹤在田地里啄食，或是扑棱着翅膀飞过去。

晴朗的天空被蔚蓝色填满，偶尔能发现几丝云朵飘过。带着热气的风在天空下嬉戏，有时学着喝醉酒的人那样东倒西歪地晃悠，有时欢快地跳着脚步，有时又躲起来不见踪影，然后又从麦田里冒出来，把麦子弄得站立不稳晃来晃去，像玩恶作剧的孩子一般又躲起来。麦子们低着脑袋窃窃私语，像在讨论哪个坏孩子。

安提克走到林地那属于他的未耕田，怒气又升起来。

"都还没有拉犁，连施肥都没有！家里马匹的粪便丢到角落里浪费掉！这关他什么事情呢？真是个没出息的流氓！希望所有……"他凶神恶煞地诅咒着，向白杨树下竖着的一个大十字架走过去。

他累得两眼发昏，连嗓子里都吸满了尘土，便坐在那个刻着波瑞纳的十字架边上休息。小彼德正睡得香，他把他安放在外套上。抬手抹去额头上的汗珠，抬头远眺，在思考着什么。

太阳慢慢向西边垂，树木的影子慢慢拉长，落在麦田里。树木顶端的叶子被阳光晒得发亮，摇着脑袋互相咬耳朵，旁边的桑树像摆钟一样不停地左右摇摆。有知了藏在某个看不见的地方嘶叫，有时能看见翅膀五彩斑斓的鸟儿飞过林地，如流窜的彩虹。

树荫层层的大森林里偶尔窜出一阵凉爽的风，带着树脂和蘑菇的香味。

从大森林里飞出一只雄鹰，撑着翅膀在广阔的田地上空不断盘旋，然后猛地俯冲下去。

安提克正打算阻止它，但迟了几步，几片羽毛从田地里飞舞起来，雄鹰飞去，地里传来鹧鸪啾啾的哀号声，有只野兔被吓坏了，到处逃窜，雪白的短尾巴一翘一翘的。

安提克坐下，暗暗嘀咕："速度可真快！真是个嚣张的强盗！不过也是，鹰也是要吃东西的，这是常理！"他边想边把头巾脱下来盖住小彼德，周围有好多蜜蜂嗡嗡地飞来飞去。

想想之前在监狱里的那段日子，他非常想家，恨不得跑到田野里去。

"我被他们欺负得太难受了，那群恶棍！"他骂骂咧咧。然后他又静下来，注视着不远处的野鸡，它们嘀嘀咕咕，小心翼翼地抬起脑袋，望着树上停歇的麻雀，看它们扑棱灰溜溜的翅膀，叽叽喳喳地啄另外的麻雀，这些野鸡就把脑袋马上低下去了。突然，所有的鸟儿都静下来不动了，雄鹰又过来盘旋着，就离它们不远，它的影子落在麦田里。

"吵闹的小东西，它一来就把你们吓得乖乖地不敢动、不作声了！人不也是这样吗？好多人只要一个威胁，就马上变成哑巴了！"安提克暗自感叹。

路上有几只小鹧鸪停着，离安提克很近，他一挥手过去，几乎就要抓到一只了。

"差点就可以抓到一只笨鸟给小彼德当玩具了！"

有几只乌鸦从大森林里出来，一路啄个不停。它们闻到人的味道，谨慎地抬头望，迈着小脚围着安提克，越来越靠近他，咂巴着尖利的喙。

"嘿！我可不是你们的美食！"他咧嘴一笑，捡起一块石头扔过去，它们立马就飞走了。

之后，他抬头望着这片田野，眼神痴迷，专心致志地把每个影像映在脑海里，周围的动物慢慢壮着胆子靠近他。蚂蚁顺着他的腿往上爬，彩蝶在他头顶飞舞，瓢虫在他发间爬来爬去，翠绿的毛毛虫在他的靴子上爬动，小松鼠躲在树干后面偷看，毛茸茸的尾巴在空中舞动，好像在思索要不要去靠近他。但是，他一心注视田野，心中被一股莫名的幸福感填满，如做美梦一般，并没有察觉到这些小东西。

他感觉自己化作了田间的微风，缩成了绿叶上反射出的光亮，汇成流淌过清香草地的小溪。他感觉自己在和天空的鸟儿一起飞翔，和鸟儿一起向天空歌唱……他好像融入了麦田沙沙的波浪里，大森林树叶哗哗的舞动里，所有生命的源泉变成孕育大地的那股神圣力量。他了解自己是这万种生命之一，它囊括了他所有的智慧和感触，还有他半知半解的东西，只有在灵魂脱离肉体的那一刻才能感受的东西，还有的东西只是隐约在灵魂中飘浮着，把他的精神抬升到某个境界里，在那神圣的领域里流淌出自己最虔诚的喜悦的眼泪，但被那不满足的欲望弄得疲惫不堪。

无数念头掠过他的脑海，当他还没能仔细回味时，又被一个新的想法所吸引，比之前的更美丽，却更难领悟。

他的人是清醒的，但脑子却萎靡不振，莫名地被带到了神圣的领土上，像在教堂做弥撒一般，灵魂脱离出去，飞向天空最高处，来到天使的大花园，一个无忧无虑的地方——天堂！

他性格理智坚强，不是那般感性，但此时此刻，他愿双膝跪地，给大地母亲一个热烈的吻，给她一个温暖真诚的拥抱！

他揉了揉眼睛，皱着眉头，为自己被感性占满的心情找理由："我肯定是被这空气所感染的，不是别的原因。"不过，确实是有一股超脱自然的神秘力量流过他的脑海……此时满身舒畅和满心祥和的感觉是不能不承认的。

他知道现在他已经回到了自己的土地上，没错，就是他父亲的地方，祖先们的地方。他很兴奋，在心里对所有人呐喊："我回来了！"不知道为什么这么激动。

他挺起胸膛，振作精神，准备开始新的生活，按照父亲的方法，学习他们弯下腰辛勤耕作，坚持不懈，到小彼德继承他为止。

"仁慈的上帝啊！晚辈继承前辈，长子继承父亲，一代接替一代，照您的旨意延续下去，此为世间法则。"他叹息道。

他低下头盯着自己的双手，心中的念头不断翻滚，忏悔的心使他想起来各种难堪的往事，他不得不承认自己犯下过许多错误，残酷的事实让他对自己心生鄙视。他万般忏悔，仍旧觉得良心不安。不过他用理智压下这些心情，重燃信心，对往昔的事情忏悔祷告，严格公证地评判自己的每个举动。

他苦涩地一笑，自嘲道："我就是一个臭名昭著的坏蛋！万事万物都有它的规则，父亲的话是对的，'当所有车辆行驶在同一条道路上，从车上掉下来的人就完蛋了，后面的车辆会把他碾在车轮下'。可是要真正领会这个道理，是要付出很大代价的！"

渐渐地，大森林里传来哞哞的牛叫声，牲畜在踏起的漫天灰尘里赶回去。除了牛群，还有牧童带着的羊群，有马匹，有咩咩找母亲的小羔羊，有骑着马的牧羊人，还有拿棍子赶牲口的人，他们一起玩闹。

安提克抱着小彼德站在路边上给他们让路，怀特克瞧见他，走过来吻了一下他的手背。

"我发现你这些时日身体还不错呢。"

"是的，去年秋季的裤子现在穿短了一大截呢。"

"那没事，家里的妇人会做一条新的给你的，这些绿草够母牛吃吗？"

"唉！不够呢！草都枯死了。如果没有管事的妇人给它们喂家里的草料，它们都没奶。把马借我和小彼得骑吧！"他请求怀特克。

"可别让小家伙掉下来了！"

"哈，不会的！我以前经常抱着他骑着小母马溜达，而且我会紧紧抱着他。他一骑马就很高兴，还咿咿呀呀地叫唤呢！"他把小彼德抱到一匹马儿上面，它低着脑袋踱步前行。小彼德的小手扯住它的鬃毛，小脚夹在它两侧晃动，咧着嘴兴奋地大喊大叫。

安提克笑着夸赞："真是可爱啊！我的儿子呢！"

他转身拐进另一条直接可以到他家的粮仓的一条便捷小路上，

夕阳把天空染成金黄色，风不再顽皮了，麦子们都弯下了腰。

他缓慢前行，脑海里被回忆充斥，其中就有雅歌娜，她的身影在他脑海里变得鲜活。他晃了晃脑袋，想赶走她的影子，可做不到。她的身影在他脑海里那般明亮动人，让他的血液一阵沸腾。

"或许汉卡赶走她是个正确的决定！她就像我胳膊上难以治愈的已经发炎的伤口！可是不能回到以前了。"难以言说的痛苦在他心里蔓延。当他走进院子时，他狠狠斥责自己："你不能再这样下去了！"

院子里一片忙碌：家里人在收拾，幼姿卡蹲在牛棚那挤牛奶，嘴里还哼着小曲儿，汉卡在厨房做牛奶燕麦粥。

安提克去父亲的房间里瞧瞧，汉卡跟了上去。

"忙完这些事之后，我们搬过来住这里，要重新粉刷墙壁吗？"

"要，我上街去买些回来。叫斯塔赫明天过来帮我们弄，那样我们肯定会在这住得更好。"

他把屋子里每个地方都看了一遍，心中暗自思考。

"你去田里看了？"她紧张地问他。

"嗯，都被打理得很好。汉卡，你真厉害，我自己都没法做这么好。"

听到他的夸赞，她开心得脸蛋都红了。

"但是，"他补充了几句，"彼德那个百无一是的笨蛋只能去养猪，没资格种我的田地！"

"这点我也知道，我还想过再找一个长工来。"

"可以，我去打发他，他要是不依，就让他滚蛋！"

孩子的哭声传入汉卡耳朵里，她赶忙跑过去瞧。安提克进了院子，对每个角落都认真观察。实际情况他都很了解：虽然很少说话，彼德却一副惶恐不安的样子，怀特克隔得老远，小心翼翼地徘徊。

幼姿卡在给第三头母牛挤奶，歌声越来越响亮：

"别说话了，美丽的姑娘们，让我把这一桶挤满吧！"

安提克对她抱怨道："你的歌声可真是难听，耳膜都要被你撕破了一样！"

她闻言便停下来了，不过她天性活泼开朗，立刻又开始唱，但是声音没那么大了。

"母亲说你今晚要守诺！别说话了，美丽的姑娘！"

"你就不能消停一会吗？家里的主事人在呢！"汉卡过来给母牛倒水喝，斥责她。

安提克笑着接过她手里的水瓢，舀了一瓢水倒在母牛的槽里，说道：

"你就继续唱吧！幼姿卡，没多久，周围的耗子都会被你吓走了！"

她气得想和他吵起来，板着脸说道："我想怎样就怎样！"不过等他们离开后，她没有接着唱了，鼓着腮帮子瞪着安提克。

汉卡在给母猪喂食，提了满满几桶土豆泥到猪栏，他心疼她这么吃力，说道：

"你提这个这么辛苦，应该给男人做的。还有，我要再雇一个女佣给你。雅固丝坦卡像只苟延残喘的母狗，什么都帮不上你！她人呢？"

"她去找她的孩子们谈话议和了，请个女佣？呃，请了确实是给我减负担，不过要花好多钱！我自己一个人也可以做完的，还是按你说的做吧！"她心中非常感动，激动得都忘记亲吻安提克的手了！她兴奋地说："那样我就可以再养一些家禽，还可以多养一头猪卖钱。"

他想了一会儿说：

"如今我们有自己的土地和庄园，行为举止得符合身份地位，还要按照先人们传下来的要求来做。"

吃完饭之后，他去院子里面接待来看望的亲友，他们都是来欢迎他归来的。

"我们一直都在等待你，像禾苗期待雨水一般。"乔治说道。

"噢！算了吧！我被他们关在那里，那些凶恶的狼！想逃出来基本上不可能！"

大家靠着屋子墙边的影子里坐下，周围有烛火的光亮，还有天空的星光。水车嘎吱嘎吱地响，村民们在荷塘四周感受这份舒适。

罗赫转变了话题："行政区长官决定两周之后在这里开会，商量捐一所学校的事你们知道吗？"

小普罗什卡咕哝道："咱们不用管这个，长辈们会去解决的。"

乔治反驳他："所有的事情都推给长辈们，自己什么都不管，这是很轻松的！但是村里的状况这么糟糕，就是因为我们什么都不管！"

"他要是把田地给我，我就去管！"

马上就要吵起来，安提克出声打断他们。

"我们村确实是需要一所学校，可是我们一个铜币都不应该出，来出钱让他们给我们建那种学校！"

罗赫非常赞同他，撺掇大家一起反抗。

"大家每人都出一银币，但是却要出一卢布，资助修建法庭楼房这事现在如何了？依靠咱们的钱把他们的口袋填得满满的，油水把他们的肚子都养肥了！"

乔治说道："反正我是同意不赞助的。"他拿书坐到罗赫旁边读起来。后来便不再说话了，就连马修都有些沉默寡言，眼睛看着安

944

提克。他们准备回去的时候，铁匠过来了。他说自己刚从贵族地主那回来，还对村民们骂骂咧咧的。

"出什么事了？"汉卡从窗户里伸出脑袋问他。

"什么事？我都没脸说了！咱们村的人都是没见识的笨蛋！他们都没弄清楚自己的想法，大地主当他们是农夫和庄稼汉，他们自己呢？就像呆头鹅一样！合同都拟好了，签个名就行了，结果有个人突然挠着脑袋问我该不该签，另一个人说要再去问问村长太太，第三个家伙说自己家旁边的草地，让大地主给他。对这些没脑子的家伙我能怎么办呢？大地主非常不悦，不愿意再说合同的事情，而且都不让我们村把牛群放到他的田地上去，要是谁赶过去了，他就对谁不客气！"

意料之外的结果让他们惊慌失措，没法为自己辩解。马修充满情绪地说：

"这都是因为我们没有一个领头人，像迷途的羔羊！"

"麦克没有跟大家说这个吗？"

"哈，麦克？哪里有好处哪里就有他，他跟贵族大地主的人很熟，所以大家都不相信他。大家都只是听他说，说照他的话做，那就……"

"我发誓，他关心的是大家的利益，而且还不惜花费心血时间来忙这件事，只是为了合同能签好。"铁匠大声说道。

马修立马反过来吼他："现在你就算是在教堂里对着上帝保证，大家都没人信你！"

他反唇相讥："那么你就找别人去试，让大家看看他能做好吗？"

"没错，应该让别人来试的。"

"谁来试？神父？磨坊主人？"有人嘲讽地说道。

"谁？哈，安提克·波瑞纳啊！要是他都没办法领导大家，我们肯定死心。"

安提克有些措手不及，吞吞吐吐地说道：

"我？我？大家会听我的话吗？"

"会的！你是我们这些人中最主要又最有能力的人！"

"没错！就是你！你最合适了，我们会听你的！"大家一起说道。铁匠看起来不太乐意，他转动身体，捋了捋胡须，不太友善地笑着。

安提克说话了："好吧，那我就试一下吧，俗语说得好，'死马当活马医'，我们选个日子再商量一下这件事。"

有几个人走之前和他说话，表示自己还会听他的，让他安心接受。

克伦巴说道："我们需要一个有智慧、有体魄、有正义感的领头人。"

马修笑道："海盗能发号施令，在特殊情况下不惜动用武力。"院子里只有铁匠和安提克，罗赫正在大门前祷告。

他们谈了很久的话。汉卡在房间里进进出出，给被子套上干净的被单，郑重其事地沐浴，好像迎接什么重要节日一样。然后在窗子边上的梳妆台上编头发，偶尔瞧瞧窗户外两个谈话的男人，心中越来越躁动不安。铁匠在劝说安提克别接下这么重的担子，因为农夫们不会全部都听他的，而且大地主对他有些敌视。她都听着。

"骗人！他曾经主动跟我说要为你做法庭担保人呢！"汉卡在窗户里面喊道。

"你要是都知道，那我们就没什么好谈的了。"铁匠板着个脸闷声说道。

安提克站正，伸了个懒腰。

最后铁匠跟他说："我可得提醒你一句，你现在只是暂时释放，以后的事怎么样还不知道呢！这样的情形，你怎么可以接下这件事呢？"

安提克又转身坐下，低头想事情。铁匠没等他回话就离开了。

汉卡好几次都伸出脑袋看他，但是他出神想事情没有发现。最后她忍不住求他：

"安提克，今天你一定累了，去睡吧。"

"好，汉卡，我来了。"他一脸怔愣地起身回答她。

她一边换衣服一边颤抖着祷告。

可是他进来的时候心里忐忑不安，有些烦躁，一个念头不断在脑海里盘旋："要是我被审判到西伯利亚去了该怎么办？"

第五章

汉卡在门口喊彼德："搬几捆木柴过来！"她在厨房做面包，浑身都沾着面粉，脏兮兮的。

烤炉的火很大，她拿火钳把煤炭散开，又跑去揉面粉，做成面包的形状，然后拿到院子里的木板上摊开晒，让它能快些发酵。她忙活着，面团因为被单盖着发热，都要满出来了。

"幼姿卡！烤炉那边都黑了！快去加点火！"

幼姿卡没在这附近，彼德听她的话也没马上行动，他在院子外面拖马粪，在板车上装好，一边还跟瞎眼的乞丐谈话，那个乞丐在粮仓那编草编。

午后的阳光越发强烈了，大树的树干都分泌出许多透明树脂，风像灶里的热气，人越发懒散不想动了。板车受到一大群苍蝇的围攻，把马儿惹得快要发狂了，为了躲避它们的叮咬，躁动不安地想挣脱缰绳。

院子的热气要把人蒸熟了一样，夹杂着粪便的臭味，就连一直在树上停歇的鸟儿都不动了，母鸡在树下窝着不动，鸭鹅在荷塘里玩水。老乞丐突然打了一个喷嚏，一阵令人作呕的臭味从牛棚传来。

"父亲！上帝眷顾你！"

"我明白这味道可不是熏香，尽管我闻惯了臭味，不过这味道太浓了。"

"习惯就好了。"

"笨蛋！难道你认为我只闻过粪便的臭味？"

"我只不过告诉你军官抽我的时候，曾祖父告诉我的话而已。"

"哈哈！那你被打习惯了吗？"

"我忍受不了那样的训练，有天我把那个坏蛋拉到一个偏僻的地方谈话，把他揍得鼻青脸肿，他就再也没抽我了！"

"你在部队里待了多久？"

"五年整！我买不起退役文书，就只能去搬武器。开始我没什么见识，所有人都欺负我，我只能忍着，到后来有人教我要拿自己需要的东西，或是同意跟某个女佣结婚，让她拿给我需要的。俄国兵还给我瞎起些难听的外号！而且还对我的祷告方式出言侮辱！"

"他们竟然敢笑这个？这些该死的外徒！"

"没错，于是我把他们每个人都收拾了一顿，让他们闭嘴！"

"你肯定很会打架！"

他有些自夸道："不一定。不过我可以一人对他们三个人！"

"你看过有关战争的东西吗？"

"那肯定有。和土耳其作战。我们还狠狠地打他们！"

"彼德！让你搬的木柴呢？"汉卡又叫他。

"就在老地方。"他小声嘀咕。

"主妇叫你过去呢。"乞丐对他说。

"让她叫！我凭什么给她洗碗添柴的！"

"你没听见吗？"汉卡出了厨房向他喊。

"我才不去搬木柴，那可不是我该做的！"他向她大叫。

汉卡对他骂骂咧咧。

他不甘地顶嘴，她马上就一句话戳中他的痛处，他一下子把耙子丢在地上，怒吼道：

"我可不是雅歌娜，你这套威逼的法子可吓不倒我！"

"我马上要做的事，你很快就会知道了，而且这辈子都忘不了！"

她接着对这个目中无人的长工恶语相向，顺便一边把面团捡回来，给烤炉加了些木柴，还去照看一会儿小家伙。劳累和炎热让她精疲力竭。院子里热气蒸腾，廊道上的烤炉衬得更加热了。每一堵墙上面都爬满了苍蝇，她拿扫帚赶，衣服都被汗水浸湿了，心里面更是烦躁不安，眼看工人们手脚越来越慢，她气得不轻。

她把最后一块面团放进烤炉，彼德正上车准备出门。

"等会儿！先把午后餐点吃了。"

"噢！真不错，我得吃一些，午饭之后肚子都空荡荡的！"

"你还嫌弃给你吃的太少？"

"食物太差了！吃到肚子里像过筛子一样。"

"你还真不知足！还想吃肉？你瞧过我自己躲在一边偷吃腊肠吗？现在这时节有哪家的主人还会给你这样的伙食？你去瞧瞧打工的乞丐都吃些什么！"

她在门口端上一大碗酸奶和好几块面包，他狼吞虎咽。白鹤从果园那跑过来，像等食的狗一样看着他，他偶尔撕下一小块面包给它。

"真是垃圾一样的东西，比兑水的还稀！"他吃完不满地说。

"细奶酪才符合你的口味是吧？你等着！"

他的肚子装不下了，拉起缰绳准备走，她出声讥讽："去雅歌娜家做活，她可以把你养得胖胖的！"

"那肯定！她在这里当主妇的时候，家里每个人都吃得好好的！"他抽打马儿，行驶起来走远了。

他的言语完全伤到她了，可是没等她想好该怎么反驳，他的身影早就在远处化成一个点了。

屋檐下的燕子叽叽喳喳叫着，还有好几只鸽子飞落在篱笆边上，她出声赶走它们。突然听见啰啰的声音，她生怕是小猪溜到菜地里去了，急急忙忙跑出去瞧。还好是隔壁的猪在院墙脚下刨土。

"要是你的猪跑我们家的院子里，我就狠狠收拾你！"

她刚转身回去干活，白鹤就跑到院子的树下站着不动，脑袋左摇右晃地四处张望，然后开始对还晒着的几块面团下嘴，一口一口地啄。

她一声吼地冲过去。

它张开翅膀逃走，还一边咽下嘴里的面团，扑棱一下飞上屋顶，站在上面继续啄叼上来的面团，久久不下来。

"啊！坏家伙！臭小偷！要是让我抓到你，我就掐死你！"她出声恐吓它，顺便把它啄出来的洞抹平。

幼姿卡进来了，汉卡满身火气都朝她撒出来。

"你到处瞎跑什么？跑去哪儿了？你这野丫头！跟小野猫一样到处瞎窜！我得跟安提克说说你是怎么做事的！现在去把土灶里的灰扒出来！快点！"

"我刚才是去普罗什卡家去陪凯特了。她家的人都去农作了，留下可怜的她喝水都困难！"

"她出什么事了吗？"

"她全身发烫，脸色通红，我看像痘疮的征兆。"

"你要是被她传染了，我得送你到医院去。"

"怎么会呢？我在床边上照顾过，什么事都没有。你忘了那时候你坐月子我还在你旁边照顾你吗？"她依旧那般大大咧咧不假思索地絮絮叨叨说话，一边挥手赶苍蝇一边拿工具打算把烤炉里的灰扒出来。

她还没做完，汉卡突然叫道："啊！你要去给庄稼地里的人送饭！"

"哦！我马上就去，我可不可以先给安提克煎鸡蛋？"

"可以，不过你得注意别把油放太多了！"

"你舍不得？"

"瞎说！油太多他不爱吃的。"

幼姿卡高高兴兴地跑出去了，很快就做完事情了。烤炉的门还没被汉卡关上，她端着一大碗酸奶，用包袱装了几个面包走了。

汉卡在窗户那叫她："去瞧瞧外面晾着的麻布干了没，回来的时候用水洗一下，日落前肯定能干。"

可是少女早就出了院子，哼着歌蹦蹦跳跳，长长的亚麻色头发在空中飞舞。

大森林旁边的土地上，做工的乞丐们在给田地施肥，用彼德拖来的粪便。安提克正在耕田，尽管这片土地几天前都耙过，但毒辣的太阳把土地晒得跟石头一样硬邦邦的，耕牛在田里拉得很费劲，犁都要断了。

安提克和耕犁融为一体，弯着腰卖力干活，偶尔握紧鞭子抽一下马，不过大部分时间都是说着些安慰的话鼓励它，耕田的确是非常累的活儿。他粗糙壮实的大手握紧犁，一条条田沟被他挖掘出来，这是麦田要耕作出来的。

田地附近有乌鸦在徘徊，走在耕作过的土地里找蚯蚓吃，停在田边正在给小马喂奶的母马旁边嘎嘎叫，像要奶喝。

安提克一阵吼叫："你们这些不小的家伙还要喝奶！"说着过来用鞭子挥过去，它们扑棱扑棱跑了。他便接着去耕田，时不时和女人们说几句话。他精疲力竭又怒气冲冲的，彼德一来就成了他的出气筒。

他咆哮道："那些女人因为你没来就慢吞吞地干活，结果你到现在才到，跟收破烂的老头一样慢！我早就看见你在大森林那边了，怎么在那停了这么久？"

"原因就在那里，你可以去瞧瞧，它在那儿等着你。"

"你这笨拙的嘴！哈！臭老头！"

马儿的脚步越来越慢，累得跪下蹄子直喘粗气。他身上热得只留下一件外衫和裤子，全身都被汗泡着，手也使不上劲。抬头瞧见幼姿卡过来，不由得叫出声来：

"来得太是时候了！我们饿得不行了！"

他把一道长长的田沟耕完，就把马匹身上的农具卸下来，把它们带到大森林里面去吃草。他坐在大森林边缘歇息，吃着幼姿卡带来的食物，听她喋喋不休地说话，听得很是厌烦。

"你别跟我说这些，我不喜欢听！"他不满地出声。她应了他几句，就跑进森林里去摘果子。

松树林很安静，水分都被蒸干了，树叶的清香扑鼻而来，但在骄阳下开始枯萎，只可以隐隐约约看见一些绿意，森林里吹来一阵带着树脂香味的风，伴着鸟儿的歌声在空中荡漾。

安提克在柔软的草地上，点上一支烟，仰着头看远方，隐约可见大地主骑着马经过波德莱西的土地，有几个人在他身后拿着一根长长的竹竿测量土地。

松树仰头看像一根大大的柱子，在他头顶矗立，躯干上可见晃动的影子。他眯着眼快睡了，一阵急促的车轮声把他惊醒，风琴师的用人把木材运到锯木厂，接着听见一声耳熟的声音："伟大的上帝！"

有些干活的乞丐从森林归去，挑着一些木柴。雅固丝坦卡在队伍的最后面磨磨蹭蹭，肩上的重量将她的腰都压弯了。

"你先在这里歇一会，哟，小心你的眼珠子掉下来了！"

她坐下与他面对面，把木柴卸下来放在树下，累得难以喘息。

"这种累人的活儿不适合你做。"他有些可怜她。

"确实，我现在累得要死。"她答道。

他转头对彼德喊话："把那些堆得近些！"继续跟她说话："怎么不叫人帮你做呢？"

她表情僵硬地扭开脸，泛红的眼睛里满是痛苦。

"你变化太大了。如此丧气、低落，和之前的你完全不一样了。"

她苦涩地说道："就算是岩石也被磨平了啊。再说，'苦难的磨砺，比铁具生锈快得多了'。"

"现在这时节，就算是有钱的地主都过得很不容易。"

"不容易？要是谁有野菜吃，就没资格埋怨艰辛。"

"上帝！你晚上来我家吧，我们还可以留一些土豆给你。收获季节后，你可以通过干活来抵消。"

她顿时哭了起来，感动得难以言表。

他友善地对她说："也许汉卡会给你别的好吃的。"

"如果没有她，我早就饿死了！还有，你们要是需要人帮忙，随时都可以叫我过来。上帝会给你们恩赐的！我并不是替我自己说好话，我已经习惯饥饿了。可有时候有小孩子望着我说：'婆婆，给我们一些吃的吧！'我什么都拿不出来！我跟你说实话，就为了养他们，我甚至伤害自己的手，或是去圣坛那偷东西，然后卖给犹太人。"

"你现在和你儿子儿媳一块儿住吗？"

"我可是他的亲生母亲，如今境况这么不好，我如何离得开他们？不过他们今年好像很倒霉，所有的土豆都发霉坏掉了，粮仓顶棚被大风吹垮了，就连儿媳妇生孩子之后身体一直不好。他们自己都需要上帝的垂怜。"

"没错，可是有什么原因呢？就是你家佛依特克每天都喝得烂醉如泥，只在乎酒店的事。"

她维护儿子的名声，说道："他现在偶尔喝醉，都是被这霉运给逼的。在他有工作的时候，就没去过犹太人的酒吧。可是，对于没钱的人来说，一杯都很奢侈了。啊，上帝很亏待他们！让他对一个没钱又没脑子的老头巴着不放有什么道理？这是为何？他有犯了什么不可饶恕的罪吗？"她喃喃自语，抬头盯着天空，满是挑衅和不满。

安提克有些耐人寻味地说："你不也对他们咒骂过吗？你还经常这样做的呢！"

"噢！上帝肯定不会听我胡言乱语的。"心中却暗暗担忧，"即使母亲对子女们叫咒骂，实际上不是真想让他们很倒霉啊。'激动的情绪让人口不择言！'是这样子的……"

"你知道佛依特克把草地出租给别人了吗？"

"磨坊主人愿意出一千银币，不过我不同意。只要东西到了虎豹手里，谁都拿不回来！也许会有别的人同意出现金呢。"

"那块草地是很不错，一年能收两次绿草。要是我现在手里有足够的现金就好了！"他哀叹，热烈的渴盼让他舔了舔唇。

"要是马西亚斯还在的话，肯定会愿意租下来的，那里离雅歌娜这么近。"

听见她的名字，他吓了一跳。但是很快他就收拾好情绪，做出一副无所谓的表情说道："多明尼克阿姨家怎么样了？"她看出他心中的念头，勾起嘴角贴着他说："她家里现在活像人间地狱！所有人都苦着脸，屋子里像闹鬼一样，让人汗毛竖立。他们面容惨白，等待上帝的决定！特别是雅歌娜……"

她虚构雅歌娜过得非常不好，受尽苦难折磨，还附加一些具体细节，想试探他的反应。可是安提克没有说话。他心中对雅歌娜的思念越发深刻，让他全身战栗不止。

还好幼姿卡摘果子回来了，谈话就此中断。她把摘到的果子全倒在哥哥的帽子里面，挎着空篮子一蹦一跳地回去了。雅固丝坦卡没等他说话，起身走了。

安提克吩咐彼德："用板车带她回去！"

他又抓起犁耙，一下一下耙着干硬的泥土，如听话的耕牛拉着犁架勤恳干活一般，但他心中的一片滚烫的思念却难以自制。

他感觉时间过得好慢，好多次抬头看看太阳有没有到西边。他丈量土地，还有一大块田地没有耕作完。他满心忧愁，躁动不安地抽打马儿，对工人怒吼叫他们快点。他心情澎湃激动，许多念头在脑海里充斥，手都抓不住耙子了，总是耕不准地方。到大森林边上，犁刀都脱落了。

他做不下去了，把农具都搬到拖车上面，用马拖回家。

房子里空荡荡的，面粉沾得到处都是，汉卡在果树那和邻居争吵。

"这个女人！总花时间来吵架！"他怒吼出声。到院子里面他更加有怒气了，凉棚那里拿来的犁又不能用。他在那修理半天，汉卡还没有吵完，刺耳的叫骂声让他很是受不了。

"你要是给我赔偿，我就还你母猪，不然我就告你上法庭！它春天撕坏的麻布，它刚才吃掉的土豆，你都要赔偿！我还有证人可以做证明！哈，真是有脑筋的女人呢！妄想用我的东西来喂饱她的猪，对吗？不过我可不会放弃属于我的权利的！"

她不停地吵闹，邻居也不甘心地骂回去，两个人越吵越凶，在篱笆两边互相挥舞拳头。

安提克带上犁，喊道："汉卡！"

她马上喘着粗气跑过来，愤怒得像炸毛的猫咪。

"嘿，你叫那么大声干吗？整个村子都听见了！"

她继续说道："我这是捍卫我自己的利益！凭什么我就要忍受别人把猪放到我自己的院子里吃菜！我就不能吭声吗？"不过安提克一句话就打断了她。

"去把衣服整理一下，让自己看起来像个教徒。"

"怎么了？难道我做事还得穿得跟上教堂那样？"

她那样子就像一把乱糟糟的扫帚，他很鄙视地瞧了她一眼，转身就走了。

铁匠忙活着，远远地就能听见他手里铁锤敲打的声音，起起落落当当作响。铁铺里面热得让人受不了，风箱拉上拉下，涌出一阵阵热流，屋子里很喧闹。

麦克和工人们一块干活，打造出长长的铁块。他的脸黑得像熄灭的煤炭一样，像泄愤一样不断狠狠敲打铁块。

"这些车轴是谁订的？"

"普罗什卡的。他要给锯木厂运货。"

安提克坐在门口，点上一支烟。铁锤不停歇地敲打，反复捶打烧得火红的铁块，一点点敲出形状，把它打造成被要求的样子，整个铁鸥都像在晃动。

麦克问道："你没有运木材的想法吗？"他塞一根铁块到火炉里，使劲拉风箱。

"我想是磨坊主人不愿意。听人说他和风琴师合作，和犹太人很熟。"铁匠献殷勤地说道，"不过你有马，还有所有马儿需要的东西。你们家彼德一天到晚无所事事，他们价钱出得很高。"

"在作物丰收前赚些钱是个好主意，但是，我要去找磨坊主人让他帮帮我？"

"不用，直接去和交易商谈话。"

"我并不认识他们……要是你愿意帮我说好话……"

"你都这么说了，我愿意帮你，现在就准备出发去找他们吧。"

安提克赶忙出去。他正在敲打铁块，火星子到处飞溅。

"我去去就回来，要先去瞧瞧他们准备运什么样的木材。"

在锯木厂做工的人都很勤快。长长的圆木头被锯成一段段的，大锯子卖力地锯着木头，河塘的水从水车那流到河里，涓涓流淌，在小山谷间回荡着声响。松树木头的枝叶都还没有割掉，一使劲被推下板车，一声巨响。有六七个工人握着斧头，忙着把树干修理得大致笔直好送去锯木厂。其他人把锯好的木头搬到阳光下晒干些。马修是工头，安提克发现他特别忙碌，一边亲自干活，一边指挥别人做事。

大家热情地和他打招呼。

"咦？怎么没看见巴特克？"安提克环顾四周说道。

"他忍受不了我们村子，自己走了。"

"有的人就是习惯四处漂泊，这里的事情太多了，要做好长一段时间呢，这么多木材！"

"说不定要做一年都不止呢！要是大地主和我们村签好合同了，他就会把一半的木材砍掉卖出去。"

"噢！我又瞧见他们在波德莱西那量土地。"

"对啊！如今每天都会有几个人和他签合同，笨蛋！之前他们都不想一块来谈合同，就想让大地主能开出更诱人的条件。到如今他们一个接一个背地里签合同，都不甘落后。"

"有些人就跟要人拉尾巴的笨驴一样，不然不会往前面走。没错，他们就是一群蠢羊，现在这样得好处最多的是大地主。"

"你得到属于你的那份财产了吗？"

"还没，不过父亲离世不久，我们不应该就分财产。不过我已经把所有的财产清查过了。"

此时河岸另一面的白杨树林里显出一张脸，在安提克眼中看见的是雅歌娜的脸。如此一来，他更加忐忑不安了，即使和别人说话，却心不在焉地不停朝河岸那边瞧。

不久后他说道："我得回去洗个澡，实在是太热了。"说完便转身往河的下游走，装作去找个地方方便一下。可当他一离开众人的视线，便突然加快速度向另一边跑。

没有错，的确是她。肩膀上扛着一把锄头，往菜地那边走。

他快步跑到她旁边，和她说话。

她紧张地转头看去，认出来是他，就忽然停下不走了，看着他愣愣的，手足无措。

"怎么了？不认识我了？"他放柔声音说道，想去对岸，但过不了河。

她嗫嚅地说："怎么会不认识你呢？"她害怕地看着不远处的菜地，几位农妇的身影化成了小斑点。

"你躲哪去了？我都找不到你了。"

"躲哪？你妻子把我扫地出门，我住娘家。"

"对于这件事情，我认为要和你谈一谈。雅歌娜，今晚去教堂墓地那里和我见一面吧,我想跟你说些事,你一定要来！"他柔声请求她。

"诶，要是被别人看见了怎么办？还有，以前的一切我没法再忍受了！"她说道。可他不断恳求，她有些心软了，对他很同情。

"你有什么要说的？叫我干什么呢？"

"雅歌娜，难道现在的我成了你眼中的陌路人了吗？"

"不算陌路人，但也不是我的人！我不想再去为那些事伤脑筋了！"

"就去一下而已，没什么的！噢，墓地那种地方你有些害怕吧？那神父的果园怎么样，那个地方你还记得吧，雅歌娜？"

她扭开脸，脸上泛起一片潮红。

"别说这种话，你让我感觉很羞愧！"她张皇失措。

"你就来吧，来吧！雅歌娜！你不来我会一直等的！"

"那你就等好了！"她说完就转身像逃跑一样跑向菜地。

他眼神热烈地看着她的背影，心中有强烈的渴盼，血液都要沸腾了，甚至想直接在别人面前冲上去抱住她，费了很大力气才忍住这想法。

"没事，这热死人的天气让我躁动不安。"他低声告诉自己，赶快脱了衣服到河里。

冷水平息了他的炙热与躁动，凉意清醒了他的头脑，他冷静思考起来。

"我还真不坚强呢，就这些小事还不知所措。"

他心生羞愧，抬头环顾四周，生怕别人瞧见他和雅歌娜一起说话了。接着便开始回味雅歌娜对他说的话。

"你的确是个美丽的姑娘！"他心中想着，有些不屑又有些难过。不过，他在树下停留的时候，眼前浮现出她那漂亮的脸蛋，美得他心神荡漾。他心中呐喊：

"所有人都比不上她的美貌！"

他心中思绪翻滚，迫切想再看她一眼，把她紧紧搂在怀里，品尝她诱人饱满的唇，汲取她的美好！

"啊！仅此一次了，雅歌娜，最后一次！"他朝前面大喊，好像她在他面前站着一样。然后他揉了揉眼睛，环顾四周的大树，好久之后才打起精神回铁铺。铺子里只有麦克，忙着修理安提克带来的农具。

铁匠走进来问道："木材那么重，你的车载得动吗？"

"我只要求有木材可以给我载！"

"那我应下来，运木材就交给你了。"

安提克找来一支粉笔在门上算账。

他兴奋地说道："这样一来，我在收获之前就可以赚到三百银币左右！"

铁匠搭腔："刚好够你对付你法庭的事情。"

安提克马上就没了精神，眼中一片难过。

"这真是我难以摆脱的麻烦！一想到就难受，都没有活下去的希望了。"

"这点我能理解，但是我不能理解你为什么不想办法解决。"

"我能怎么办？"

"必须想些法子。哎呀！兄弟，你难道要像牛一样伸着脖子等着被抹吗？"

"可是这就像鸡蛋碰石头一样啊！"安提克深深叹息道。

麦克接着做事。安提克一个人在边上思考着那些让他难以安心的事情，表情很惶恐，脸色变幻莫测，最终他猛地起身，一脸不安地看着外面。他姐夫在边上看着他坐立不安，眼中一片狡诈之色，过了好久才对他说：

"默德利沙村里的那位卡西米尔有解决的方法。"

"你是说逃跑去了美国的那个人？"

"没错，真聪明。的确，还要很果断，想要做什么就去做！"

"警察局有证据说他杀了士兵吗？"

"他等了没多久。他可不是笨蛋，愿意在那监狱里死掉！"

"他能逃跑，他是一个人。"

"人得依靠自己。瞧，我没让你去做什么，我不过是告诉你别人是怎么做的。佛利特沙村里的佛伊特克·盖达直到上个复活节的时候才出狱，十年的牢狱之灾。不过这没到一生，慢慢就熬过去了。"

"我的天！十年！"安提克使劲扒了扒头发，不禁叫出声来。

"没错，过了十年的苦日子！"

"什么样的生活我都受得了，除了坐牢！我的上帝！这几个月的监狱生活都快让我发疯！"

"反过来，大半个月之后就能去另一边的海岸生活，你去问下颜喀尔。"

"可是那太遥远了！我如何能抛下妻儿、故乡、田地，抛下所有逃走呢？这一逃就是一辈子。"

他惶恐万分。

"但是有不少人都想去呢，想留在这里的人一个都没有。"

"一想到这我就难受！"

"没错。可你瞧瞧佛依特克，去听听他口中的刑罚，你更加难以忍受吧。唉，他现在四十岁都没到，头发都是花白的，脊梁骨都弯了，走起路来步履蹒跚的。他还吐血，行动困难，大家一看就知道过不了多久他就会到上帝那儿去了，我不说太多，你自己有想法，会做决定。"

他沉默了一会儿，一颗烦恼的种子已经被他撒到安提克的心田里，放任它成长，最后去摘取意料之中的硕果。因此，他修理完农具，语气轻快地说道：

"我马上出发去找交易商。你把车辆准备好运货，现在别去纠结其他的琐事了。要发生的事情是怎么也逃不掉的，仁慈的上帝啊，我明天黄昏再过来见你。"

他刚才说的话在安提克的脑海里一直挥之不去。表示友情的钓钩被安提克吞下去，在喉咙里卡住，就如吃了鱼饵的小鱼一样。痛苦缠绕他，万分难受！

"十年！天啊！十年！我如何能熬过去？"这个想法使他虚弱不堪。

到家之后，他拖着板车去粮仓，以备明天早上使用。可是心中那不断蔓延的无力感，使不出半分气力，于是叫在井边给马儿喂水的彼德过来。

"给车轴上些油，明天要用。明天你去大森林那把木材运到锯木厂。"

这种费力活彼德最讨厌了，听见他的吩咐，使劲地对他骂骂咧咧。

"你最好客气点，听我的吩咐。汉卡，明天用燕麦给马匹当食料。彼德，你去割点新鲜草料来喂马儿，让它们吃饱。"

汉卡问些问题，他只是简短地回答，然后到马修那儿去了，如今这两人情谊颇深。

马修才干完活儿回家，在院子里畅饮酸奶，以解白天的燥热。

四周有呜呜咽咽的声音传入安提克耳朵里，听着就觉得是伤心的哭泣声。

"谁在那哭？"

"我妹妹娜丝特卡，不然还有谁呢？她谈情说爱的事我可受不了！都宣布要结婚了，时间都定好了，在下周末，看看！多明尼克让村长给我们带话，说财产都是属于她的。西蒙一分都没有，还不准进家门！那老妇人可是说得出做得到的，她这个人，我可是很了解的！"

"西蒙说了什么吗？"

"他有什么好说的？大清早开始就在果树下傻坐着，跟门梁柱子一样一动不动，就连娜丝特卡跟他说话他都不理。我真怕他会疯了！"

他朝果树那边喊道："西蒙！过来。安提克过来了，或许他可以提些好建议。"

没多久西蒙就过来了，没和他们打个招呼就一屁股坐下来。他的样子很是萎靡不振，身板瘦瘦的跟枯木一样。但是他的眼睛散发神采，干瘪的脸蛋上出现一种不顾一切的表情，看起来是打定主意豁出去了。

马修温和地问他："哎，你有什么打算了吗？"

"扛起一把斧头砍了她，跟宰疯狗一样！"

"笨蛋！这些胡言乱语还是去酒店那说去吧！"

"上帝明鉴，我得杀死她。不然，不然我还能怎么办呢？她赶我出家门，不允许我在父亲的土地上，连一个铜币都不给我，我该怎么做？我是个孤儿，无依无靠被人抛弃。我能去哪里？到哪去？我的亲生母亲这般虐待我！"他一边哭诉一边抬起袖子抹掉泪水。之后他忽然叫喊起来："不行！我向所有的母狗许下誓言，此事我决不罢休，即使会坐牢，我也不善罢甘休！"

他们说话尽量平息他激动的情绪。他坐在一边闷不作声暗自气恼，娜丝特卡眼泛泪花，和他说话他不理她。大家在讨论用什么法子能帮助他。可是多明尼克这个人实在是太固执了，她从中作梗，大家想不出什么有用的办法。到最后娜丝特卡拉着她哥哥的衣袖到一边，给他提了一个建议。

回来时他很高兴："她想出来了个好办法！她的提议是，她在大地主那以分期付款的方式买些波德莱西那的田地，真是个好办法，是吗？"

"的确是个好办法，可是……哪来钱买呢？"

"首期可以用娜丝特卡那一千银币的应急存款。"

"这可以，但是哪来的牲畜、住所、农具和种子呢？"

"哪里？这里！"西蒙骤然出声，跳起身挥舞双手。

"这个说起来很好。可是你能做到吗？"安提克不太相信。

"只要有田地，我们有能耕作的田地……你就拭目以待吧！"他意气风发地说道。

"那我们去和大地主商量一下买田地的事。"

"等会吧，安提克，这件事的细节方面我们还得仔细想想。"

西蒙赶忙说道："我工作的能力你们大家都是有目共睹的！谁为我母亲耕地？谁为她收获？噢，都是我独自完成的！工作效果怎么样？我是个好吃懒做的人吗？你们说说？整个村的人都知道，连我那个母亲都能证明！唉……要是我有田地就好了！你们帮助我得到田地吧！啊，我亲密的兄弟朋友，我对你们的感恩之心至死都会存在的！"他大笑却流出眼泪，好像为即将到来的希望而兴奋不已。

过了一会，他情绪平复下来，大家一起讨论计划这件事的具体方案。

娜丝特卡忧心忡忡，叹气说："要是，要是大地主愿意接受分期付款的话就好了。"

"要是马修和我来担保，保证西蒙能还清，我觉得他不会拒绝。"

娜丝特卡满心感激，都想弯腰亲吻他的手了。

安提克站起来准备回去，说道："我经历过苦难，能理解别人经受苦难的感觉。"此时大地一片灰暗，唯有天空一片灿烂，彩霞染红西边的天空。

安提克思索了好久，决定不了走哪边，最终走上了回家的路。他慢悠悠地走着，最后到了家门口附近。烛光从窗户中透出，小家伙哭闹不停，汉卡骂骂咧咧的，幼姿卡扯着嗓子顶撞。他下不了决心，然后拉帕兴奋地跑过来朝他摇尾巴撒娇。此时，一阵不悦的情绪闪过，他一脚踢开这只狗，往村庄那边走，到神父果园旁边的小巷子里。他悄无声息地走过风琴师的院子，守门的狗都没叫。他小心翼翼地在神父院子门口溜过去，很快就到了克伦巴和神父田地分界线的那条田埂上。

黑漆漆的树影掩藏了他的身影。

夜空挂着镰刀一样的弯月，在黑暗的夜空中发出微弱的光芒，星星们也渐渐露出脸。尽管太阳落山之后还是很热，草丛却有露水。鹌鹑的身影从麦田闪过，甲壳虫挥着翅膀四处飞舞，绿草的味道还有沉闷的气氛让人昏昏欲睡。

没有雅歌娜的身影。

相反，村里的神父在离他不远的地方，身上披着白色挡灰尘的袍子，一边行走一边祷告，样子很是专心致志，没发觉他那两匹马儿离开他的瘠薄土地，溜到克伦巴的草地上去了。茂密的苜蓿丛在田埂对面，长得很高，黑乎乎的一大片，繁星般的小花朵点缀其中。

神父接着向前走，时而出声祷告，时而抬头看星星，时而静止不动听听周围的动静。每当听见村子另一边传来轻微的说话声，便转头装作教训马儿。

"你这灰马，偷溜到哪去了？去了克伦巴的田地吗？嘿，就惦记别人的东西是吧？噢！你非得让我把你打一顿才行吗？"他的语气听起来很不客气。

可是这马儿吃得可欢了，就算大片草地都被它们啃坏了，他都狠不下心制止。他放眼四周，劝慰自己道：

"值得怜悯的马儿，允许它们再吃些吧！我会给他补偿的，比如为老克伦巴阿姨再祷告一曲，或是其他方式。啊！不知足的牲口！这么喜爱苜蓿！"

他不断徘徊，一边嘴里念着祷告，一边看着马儿，他怎么都不会想到这些都被安提克看见了。他注意着周围的动静，万分期盼雅歌娜的身影出现。

这样的状况持续了好久。终于安提克打算把这些烦心事和神父诉说。

他暗自思索："他这么学识渊博的人肯定有办法解决！"于是偷偷到粮仓的影子下面，壮着胆子经过房子边，走到田垄上，大声地清嗓子。

神父察觉有人，连忙呵斥马儿道：

"你们几个捣蛋的牲口！坏东西！我一会儿不看着你们，你们就偷跑到别人的地盘上去了？啊！蠢马，快滚，灰毛马！"他撩了撩长长的袍子，急忙把马儿赶走。

看到走近的人影，他朗声道："是你啊，小波瑞纳！还好吧？"

"我想和你说些事情，去你家里找过你。"

"嗯，我带马儿溜达一下，顺便祷告，瓦勒去贵族的区域政府了。可是我拿我这两匹畜生没办法，它们真是不得了。瞧克伦巴种的苜蓿长势真好……看起来都像森林！我种的一样的种子，可是……我地里的苜蓿真不好，都被狗尾草和野菊草占满了。"他叹了口气，坐在一块石头上。

"我们坐下谈一谈。最近的天气很好，三个星期之后就能看见田地里镰刀闪耀了。我跟你说……"

安提克坐在他旁边倾诉心中的烦忧，神父认真倾听，偶尔叫唤下马匹，或是使劲抽几口烟斗，直打喷嚏。

"跑哪儿去！跑哪儿去！那里可不是你们的地盘，瞧瞧它们真是些蠢马！"

安提克的倾诉没多大进步，说话吞吞吐吐的，字不成句。

"我瞧你现在的状况很不好，现在向我坦白吧，原原本本地告诉我，如此也能缓解心情！你们连神父都不告诉，还能告诉谁呢？"

他安慰般地摸了摸安提克的脑袋，给他抽几口烟斗。一经鼓舞，安提克总算能把他心中的苦闷和盘托出。

神父很有耐性地听完，深呼吸一下说道：

"森林的管理人员被你杀死，我的想法是你要按照教规去做忏悔。你为了父亲而打人，而且那个人还是个异教徒和流氓，这不算什么。可是法官是不会放过你的，最少你也要被判刑四年！而逃跑的话……也可以，美国也有逃难过生活的人。他们也是逃过刑罚，可是，这两种苦难相比之下，不好下决定！"

他时而同意安提克逃跑的主意，时而又建议他干脆留下接受刑罚。最终给他一个决定："这件事你必须做：遵守上帝的意愿，等他大发慈悲。"

"可他们要用刑具把我绑到西伯利亚去！"

"欸，还是有人从那归来，我就目睹过几个人。"

"没错，可过了这好几年，我的田地都成什么样了？我妻子如何有能力负担这全部的事务呢？等我回来所有的东西都破败不堪了吧！"

"我很诚心想帮助你，可没什么好办法。等会儿我可以去圣坛那帮你做弥撒！请帮我把这两匹马牵回马棚去。到时间了，没错，该睡觉了。"

安提克心乱如麻，雅歌娜的事情被他抛到九霄云外去了，等到他从神父家出来，才记起来，赶忙跑去找她。

她蹲在粮仓的影子下等他。

"唉，等了好久呢，好长时间！"

她的声音都有点沙哑，可能是露水的原因吧。

他反问道："在神父旁边我怎么脱得开身呢？"他张开双臂准备抱她，却被她躲开。

"这时候我可没闲情做这些！"

"你变得太多了，我都快认不出你了！"她的举动让他难过。

"我还是你离开的时候那个样子！"

"即使我眼前的这个人是别人，变化都不会这么大！"他一步步逼近。

"你把我一个人丢一边这么久，还对我的变化感到惊讶吗？"

"我从未丢下你，可我怎么能从牢里逃出来见你呢？"

"我孤苦无依，独自悔恨，还要每天和一个半死不活的人待一起！"她不禁打了个寒噤。

"你就没想过来看望我吗？哈，你满脑子都是其他的想法！"她不信，大喊道："啊，安提克，你盼望过我去看望你吗？"

"我的渴盼都无法用言语形容，我如傻瓜一般，每天在铁栏里希望能出现你的身影。"他猛地住嘴，烦恼得浑身颤抖。

"上帝啊，草丛后面你对我说的咒骂呢？之前的埋怨呢？当你被抓走的时候呢？你和我说话了吗？就连瞧上我一眼都没有吧？你对每个人说保重，连看门狗都交代了，却完全忽视我！"

"雅歌娜，对于你我并无怨恨。可在精神上饱受磨难的人是不会记得包括自己在内的所有东西的。"他们无言以对，并肩站着，臀部相贴，脸庞被月光笼罩。他们的呼吸都是深沉的。他们在为过去而难过，晶莹的泪水溢满眼眶。

"你以前都不是这般对待我的。"他板着个脸说道。

她猛地号啕大哭，和被欺负的小孩子一样。

"那你说我要怎么对待你？现在在所有的男人眼中我就成了一条母狗，我的人生被你毁掉，这样还不够吗？"

"我毁了你？这都是因为我吗？"他怒不可遏。

"没错，都是因为你！如果不是你，那个女人，那个半死不活的人，怎么会把我扫地出门！如果不是你，我怎么会被整个村的人耻笑！"

"是吗？你没有和社区长再私会了吗？还是说换人了？"他不禁马上说出这些话。

安提克的话深深伤害了她，她哽着嗓子说道："这所有的事情都是起源于你！你何必要像强迫一只母狗一样强迫我呢？你不是有妻子吗？我懵懂无知，你就愚弄我，造成我眼中只有你的局面。而后你又为何抛弃我，不管我被其他男人欺辱？"

他痛苦万分，咬牙切齿地说道：

"难道是我逼迫你去做我的继母吗？之后是我去强迫你去勾引所

有男人吗？"

"哈，那你怎么不出手阻拦我？你心里若是爱我，就绝不会抛弃我，放任我进火坑……你和其他男人都一样！"她的指责一句句如此明白，一句句直指要害，他都说不出借口来为自己开脱。内心的怨恨不满被心中翻滚而来的爱意所驱逐。

"嘘，我亲爱的雅歌娜，我的小宝贝！"他温柔说道。

"这种冤屈降到我身上，而你，你居然和其他人一块指责我！"她依偎在粮仓边上，低低啜泣。

他牵着她到田埂上，把她抱在怀里无限怜惜，蹭了蹭她瀑布般的长发，抹掉她的泪水，低头亲吻她颤抖的唇瓣，还有泪光闪烁的眼眸，美丽又哀伤的眼睛！他对她的无尽温柔让她慢慢停止哭泣，把脸埋在他的怀里，双手勾着他的脖子，如找到依偎的小孩子。

可安提克觉得全身的血液都在发烫，他的吻越来越霸道，拥抱她的双手越来越用力。

她本没有察觉，更没感觉到自己身心的变化。当她感觉难以继续承受他热烈的亲吻时，才准备挣扎，脸上挂着惊恐的眼泪央求他。

"别这样，安提克！求求你，放开我吧，我喊人了！"

可是没有逃脱的可能，抗拒的想法抵不过他的狂热，他赢了。

"就这一次，最后的一次！"他喘着粗气哑声道。

整个世界都以他们为中心旋转，他们在这个旋涡中难以自拔。他们如曾经热恋一般，彼此都被吸过去，脑袋都晕乎乎的。

如以往，曾经，回忆里的时刻。

一切都被他们抛诸脑后，心中的热情融化了他们，唯一能感觉到的就是未满足的欲望。像冰与火的交融，冰灭了火，但自己融化蒸发了，他们彼此陷入热情中。如烟火为了最后一刻的绚烂，他们为这最后一次而绽放，激情回到过去。

不久之后，他们又回到并肩坐的姿势，心中一阵低落。他们偷偷瞟了一眼对方，像被吓了一跳一样：他们彼此都在逃避对方充满惭愧与后悔的眼神。

他又低下头来想要亲吻她的唇瓣，可失败了，她满是嫌恶地扭开脸。

他贴着她的耳朵亲昵地叫他给她取的昵称，毫无作用。她仰视夜空的弯月，沉默寡言。她这样的行为让他很不满，一腔热情被浇熄，很快就被烦躁不安的情绪所取代。

他们一起坐着，不说一句话，被对方的存在而影响，躁动不安地等待另一方起身先离开。

雅歌娜热情的火焰被冷却，独留灰烬。她尽力掩盖脑子里澎湃的敌意，先出声道：

"事实上，你就和劫匪一样强占我，只会用蛮力。"

"行了，雅歌娜，你是我的人，难道不是吗？"他又伸手去抱她，却被她一把推开。

"错！我不是谁的！不是任何人的，包括你！你得清楚这点！"

她的眼泪又流出来，可他没有过来给她安慰。过了一会儿之后，他语气严肃地说道：

"雅歌娜，你愿意和我私奔吗？"

"去哪里？"她说道，水汪汪的眼睛注视着他。

"美国怎么样？雅歌娜，你愿意吗？"

"那你妻子要怎么办呢？"

他如被蜜蜂蜇了一下，突然跳起来。

"跟我说说你的真实想法，要杀死她吗？"他抱着她的细腰，不停地亲吻她，恳求同意他带她走，去某个地方，和他长相厮守。他侃侃而谈，关于对未来的期望和计划，他说了很长时间。他猛地有了这个念头，带她私奔，和醉酒的人一样扶着墙才能站稳。连他说话的样子都像醉酒的人，高兴得晃悠悠的。她听他说完，不屑又冷漠地说道："你不就是想让我也做犯法的事吗？你以为我笨到会相信你的信口开河吗？"

尽管他指天对地发誓，表示自己说的是真心话，可她不相信，从他手下逃开，说道："我从来没有想过要离开。我没有必要离开吧？就算很孤单，可我的日子还是过得很好的，不是吗？"她把头巾弄下来遮住脸蛋，紧张地望了望四周。"很晚了，我要回去了。"

"干吗这么着急呢？难道你家里人会来找你吗？"

"是找你的才对，汉卡早就铺好床等待你半天了！"

这句话让他万分愤怒，大声吼叫。

他刻薄地说道："你可别忘了酒店里还有人在等你呢，这不用我提醒吧？"

她满是不屑地对他说："你得清楚，等我的人可不止一个，没错，都要等到太阳出来呢！你别妄想只有你这一个男人！你也太异想天开了！"

"那你现在就离开！到那个老犹太人那去都可以！"他的话如利箭一般对她射过去。

可她只是安静地站在那。他们都喘着粗气，满是怨恨地狠狠盯着对方，用最难听最恶毒的话对另一方叫骂。

"你还有什么话要说的，现在就说，以后我可不会再见你了。"

"放心，我是不会再请求你的！"

"要是你抱着我的脚苦苦哀求，我照样不会理你！"

"那是肯定的，你每晚都这么忙，要去和这么多的男人幽会。"

听见他这样说，她哭喊道："希望你死得和野狗一样惨！"说完便越过篱笆，向田野跑去。

他站在原地不作声，就这样看着她的身影慢慢消失在田野里。他擦了下眼睛，似乎想让自己清醒点，面无表情地嘀咕道：

"我真是疯了！上帝！一个女人怎么能让男人这样堕落呢！"

回到家里之后，他有一种惭愧的感觉。他无法宽恕自己的所作所为，那件事在他脑海里挥之不去。

房间里非常热，蚊子苍蝇到处飞舞，简直是难以忍受，果树下早就给他铺好了一张床。

可是他难以入眠。他仰身望着夜空闪烁的星星，聆听深夜的脚步声……接着……把雅歌娜的事情做好打算。

"即使没有她，我也难以活下去！"他小声咒骂她，难过地叹气，在床上辗转反侧，掀开棉被，把脚踩在沾满露珠的草地上，想能凉快些。可还是没有一丁点睡意，他被心中的忧愁不停地折磨着。

房间里传来小孩子的哭闹声，还有汉卡低声说话的声音。他抬头望过去。但是院子里很快就安静了。慢慢地他脑袋里被各种各样的想法给充满了，曾经的快乐时光浮现在眼前，如带着花香的春风。还好他没有被这些想法影响：如今的他可以抗拒诱惑，沉着思考，并对它们做好打算，就像"圣告解"那般。

"必须要停下来，不能再重演！不能违抗上帝的意愿，难道我要再成为村里人的议论对象吗？难道我不是有田地的农夫，不是家里的主事人和一位父亲吗？没错，我一定，绝对得把这所有的都结束。"

尽管他觉得要把这个想法付诸实践很艰难，可他还是下了这个决心。

他开始深刻地检讨："人要是踏上了歪路，有可能会对这种走歪路的感觉产生依赖，一辈子都难以解脱！"

此时已经是黎明了，天空不再黑漆漆的，透出一丝丝光亮，安提克依旧难以入睡：天刚刚亮汉卡就过来了。他难得那般温柔地注视着自己的妻子。汉卡告诉他昨晚铁匠过来要传达的话，他抬手抚摸她乱糟糟的头发。

"运木材的活儿如果能赚到钱，我就给你从街上买些东西带回来。"

他对她如此大方，让她很兴奋，想说服他买一套瓷做的餐具回来，"和风琴师家里的那套一样"。

他微笑对她说："用不了多久连贵族的皮沙发你都想要！"不过他还是应允了汉卡的请求，尽快动身准备开始干活。

他又和铁匠谈话，吃完早饭就让彼德把粪肥运到田地里，自己则牵了两匹马去了树林那。

耕地的活很快就做完了。许多人都帮忙锯开冬天时砍伐的树木。斧头不停歇地砍伐，锯子不间断地锯，这场面让人回想起了整天啄树的啄木鸟。宽敞的空地上，村里的马儿四处啃草料，燃烧木材的烟雾缭绕上升。

回想曾经在这里发生过的事情，再看看此时村民和尔兹浦吉的贵族合作干活，忍不住点头感叹。

"折磨是他们必要的教训，没错吧？"他和菲利普卡说道，菲利普卡是雅固丝坦卡的儿子。

菲利普卡板着脸叫道："只有大地主和有田地的农夫有必要这样，不然还有谁？"他接着砍树枝。

安提克说道："说问题的根本是无知的怨恨比较合适！"

他在自己以前把林务官杀死的地方停下来，低声咒骂自己。他都能感觉到曾经翻滚的情绪又回来了。

"王八蛋！如果不是他我怎么会成现在这样，我应该对他再残忍些！"他满身火气地呸了一口唾沫，开始干活。

他花了一整天才把木材运到了锯木厂，像是在用整条命来干活一般，可脑海里仍然被雅歌娜的身影和未知的审判所充斥。

几天之后，他从马修那得知大地主接受了他们分期付款的条件，而且还给他们木材使用。所以娜丝特卡的婚礼决定在西蒙定居在新到手的田地之后才举行。

如今别人的闲事安提克没有兴趣了。铁匠差不多每天都过来看望他，老是恐吓他，把他的处境说得非常惨，还说要是他没有足够的钱，可以给他一些钱帮他逃跑。

那时安提克有不顾一切逃跑的冲动，可是，他望了望这片村庄，想着逃跑就要和这里的一切永远隔绝，他心中就有种巨大的不安，甘愿在监狱里受刑罚。

可一想到监狱，他就很沮丧。

心底压抑的矛盾让他难以忍受，人渐渐憔悴，性子也变得刻薄起来，对家人的苛责更甚。他出什么事了？不管汉卡怎么问都没有得到答案。她马上就怀疑是不是和雅歌娜有关。她不断追查，还有雅固丝坦卡（她因忠诚获得了很可观的酬劳）和其他人帮忙，得到的事实是他们现在毫无联系。这样她放心多了。可是，不管她如何温柔忠贞，每天给他做美味的饭菜，把家里所有的事情都打理得井井有条，都是徒劳。他总是板着脸不苟言笑，经常对她大吼大叫，从不夸她一句。他要是不说话在院子徘徊，阴森的凉意会充满屋子，如秋日那般萧瑟，不动怒，且没什么坏情绪，仅仅沉重地叹气，那情况就更不好了。夜里总是和朋友们在酒店里玩乐。

她没有胆量去当面质问。罗赫说他真的没有瞧出是什么原因。或许这是事实。如今只有在晚上，老人才会在她家露面。他一天到晚拿本书四处晃悠，告诉农夫们怎么对"耶稣圣心"做祷告，俄国政府已经明令禁止这个仪式了。

晚餐时大家都在一起，水池边传来犬吠声。罗赫停下吃饭的动作专心听。

"有不认识的人，我去瞧瞧。"

他很快就回来了，脸色血色尽失，非常苍白。

"在路上就看到军刀反射的光亮，要是有人询问我的下落，就说我回村里去了。"

他说完便从果树旁边跑了。

安提克脸上没有丝毫血色，万分惊恐地从椅子上跳起来。狗在院子外面不断狂叫。那些人迈着沉重的脚步，很快就到了院子外面。

"难道他们是来抓我的吗？"他被吓坏了，说话都不利索了。

所有人都愣住了，宪兵正站在家门口。

安提克看着打开的窗户，愣愣地没有动作。还好汉卡比较冷静，搬来椅子请宪兵坐下。

他们用很客气的语气说话，还隐约说要在这吃晚饭，汉卡只好去给他们做了些炒蛋。

"我们是来执行任务的，有很多事情等着我们做呢。"宪兵队长看了眼周围说道。

安提克出声道："肯定是来抓强盗的吧！"他稍微放了点心，从仓库里拿了一瓶酒过来。

"抓强盗，还有其他的人……家主，我们来喝一杯。"安提克依他说的做了。

然后他们开吃，吃炒蛋，把汤都喝得精光。

大家都坐着不出声，如忐忑不安的小羊。

把食物吃完之后，他们还喝了些伏特加。队长捋了捋胡子，用沉重的声音说道：

"你从监狱里出来多久了？"

"我想你是最明白的。"

他有些躁动，转来转去。之后忽然问道：

"罗赫去哪里了？"

安提克突然就懂了，放下了心，说道：

"你说的是哪个罗赫？"

"我听人说你们家里有个罗赫。"

"你是说村里那个到处跑的乞丐吗？是的，他叫罗赫。"

宪兵有些犹豫，惊慌又恐吓地说道：

"你别装了，所有人都知道他在你家！"

"的确是这样，他一会儿住这里，一会儿又住那里。他在哪里停留就在哪里住下来，他的一贯做法就是这样。他睡房间里，睡牛棚，有时候还睡在篱笆旁边，你们找他有事？"

"我可没什么事，就随便问问。"

汉卡插嘴道："他可是个很正义的人呢，没做过什么坏事。"

"我们明白他这个人怎么样！"宪兵强调道，接着又想尽办法探他们的口风，甚至还给他们烟抽，就是想得到一些有用的消息。可他们的答案都非常绕弯子，问不出什么有用的消息。终于，宪兵受不了这样的情况，出声吼道：

"我知道他就在你们家！"

宪兵凶巴巴地说道："波瑞纳！我们是带着命令过来的，这点我想你会清楚！"但是，他们走的时候可没这么强硬，因为他们带着家中送的十几个鸡蛋还有好大一块奶酪走了。

怀特克跟着他们，等事情过后告诉家里人宪兵还去过神父家和村长家，还伸长脑袋往村民没有灭灯的窗子里张望。但是看门狗凶狠地冲他们叫，他们没发现什么有用的线索就走了。

安提克被这事弄得心神不宁，当房间里只有他和汉卡时，他把自己的忧愁告诉了妻子。

她安静地听他说，最后他跟她说，唯一的出路是把所有财产变卖了，逃到外国去，或许是美国。

听到这，汉卡的脸色惨白得没有血色。

她皱着眉头说道："我不会走的！孩子也不能走，不能踏上这条不归路！我决不同意！你要是强迫我这样做，我就用镰刀割破他们的脖子，然后自己跳井。我句句属实，帮帮我吧，啊，仁慈的上帝啊！"她匍匐在圣像前叫喊，如最真挚的许愿那般。

安提克说道："小声点，亲爱的，我那是随便说说的！"

她深吸一口气，艰难地把眼泪憋回去，说道：

"你就去服刑吧，刑满回家。放心，我能照料一切的，一分田地都不会从我手里遗失。你还不了解我吗？不会的，家里所有的事我都能控制在自己手里。上帝都会助我度过这段难熬的时期的。"她说完就静静流泪。

他默不作声，过了好久才说道：

"就遵从上帝的旨意吧！我就等待审判的最后结果。"

这样一来，铁匠筹划的诡计不能实施了。

第六章

"安静地躺一边去，别来惹我！"马修大声吼道，满身火气地挪到另一边去。

西蒙消停了一会，不过马修一开始打鼾，他便下去往粮仓后面偷偷走去，有些农具被他碰到地上，咣当作响，马修在梦里都骂骂咧咧的。

地上一片黑暗，星星的光亮慢慢隐去，东边有微光透出来，公鸡开始了第一轮的啼叫，使劲扑棱着翅膀。

西蒙推着那辆装着他所有家当的推车，小心翼翼地从院子边上走过，路过河塘，除了水闸流水的声音，便无其他声响。

马路笼罩在树的影子下，有的地方黑漆漆的连白色墙壁都看不清楚，看着反射出的星光才能辨认出那是水池。

路过她母亲院子那，他放慢脚步仔细倾听。围墙那有人走来走去，喋喋不休地说着什么。

"谁在那儿？"他听出来是她母亲的声音。

他停下来站在一边，一动不动，连呼吸都放缓了不少，过了一会儿，他母亲没听见有人搭话便走开了。

"她跟受折磨的游魂一样，半夜还出来晃！"他感叹一下，立马惊慌地溜走了。

他能看见她的背影，在树下走来走去，拄着拐杖摸索前面的路，边走边哼唱祈祷歌谣。

他在心中说道："她这般刻薄对待我，良心正受到啃噬呢！非常痛苦吧！"他心中放松了些，到了坑洼的大路上。一到那他就加速前行，好像被什么追赶一样，不去管车子经过坑洼颠簸得要命。

他一刻都不停歇，很快就到了往波德莱西的岔路上。天色太暗了，不能开始干活。他便在十字架旁边坐下歇息。

"现在这时间点是最惹人烦的了，田地和树木都叫人难以看清！"周围一片黑暗，看起来让人心慌，唯独头顶显出一些微弱的金色光线。

"坐着干等是很容易让人烦躁的，所以他打算晨祷，可他不断地伸手去触摸地上满是露水的泥土，难以抑制心中的兴奋，现在是在属于自己的田地上，是属于他的！脑海被这份喜悦占满，都忘了祷告要说什么了。"

他心中想道："如今我拥有你，那便再也不会放手！"他心中被恋爱触动的勇气、兴奋、豪情万丈的决心所充满，眼神热烈地看向这大片土地，这是他刚从大地主那里买到的六英亩田地，等待着他的劳作呢！

"我爱怜的孤独田地，你在我的心田里，我生命延续一天，你就在我手里一天！"他一边呢喃着，一边把身上破旧的羊皮袄披紧。晚上总是有些凉意，他靠着十字架很快就进入了梦乡。

当他醒来，放眼望去刚刚能看见田野的样子，跟灰暗的水面连成一片难以辨认，饱满的麦穗沾着露水朝他点头打招呼。

他说："天亮啰！要开始做事了！"说着还起身伸懒腰，活动一下身体，对着十字架跪拜。然而这次可没那么不专心了。今天有些不同，他抱着满腔热情对着上帝祷告，希望上帝可以给予帮助。他全身心地抱着十字架上的上帝，注视他饱受苦难的脸庞，苦苦哀求。

"帮帮我吧，啊，仁慈的上帝啊！我的亲生母亲如此苛刻地对待我，我是个无依无靠的孤儿，而我是你忠实的教徒，求你给我力量吧！没错，我有罪，可是我请求你的救赎。啊，仁慈的上帝！我会帮你做一场，不，两场大弥撒！并且捐赠香烛，要是我能做到这些，那么我肯定会为你塑一座雕像！"他虔诚地亲吻十字架，许下诺言。接着跪着行走，绕十字架一圈，满怀尊敬地亲吻大地，站起身来神清气爽、意气风发的。

然后，他向着自己刚刚得到的土地热烈歌颂："瞧瞧！嘿！瞧我的新土地！"那块田地坐落在大森林外缘，另一边是和丽卜卡村的土地接壤。然而，上帝啊！这是一块什么样的地啊！看起来非常荒凉，满是沙子和废土，到处坑坑洼洼的，被杂草占满了。凸起的地方生长着可以砍回去做柴火的树枝和野草，四周稀稀落落地长着几棵长势不好的松树和白杨。低洼的地方则满是蒲苇。总的来说，这是一块"看门狗看了都嫌弃的土地"。就连大地主自己都建议西蒙别买，可是他已经下定了决心。

"这最适合我了！我一定会做出成绩给所有人看的！"

马修被这如此荒凉的土地吓到了，劝西蒙别买了。"这地方是瘠薄的沼泽，让家里的狗来做窝还差不多。"可是西蒙铁了心要买下来，很坚定地说道：

"我都下定决心了，只要双手是健全的，什么样的地都可以耕作！"

他买下这块地是图它便宜，一英亩才六十卢布，除了这样，大地主还同意给予他木材。

他喊道："我还是坚持我当时的想法和决定！"他目光带笑地环顾四周，把推车停靠在田埂上，绕着田地走一圈，在边界处插上树枝。

他缓慢行走，非常兴奋，在心中盘算着耕作的计划：要做些什么，又该怎么做。他这般干活一方面是因为自己，另一方面是因为娜丝特卡，同时也是因为想要振兴将来的帕奇斯家族。他都想立马开始干活，迫切的心情就像刚刚得到美食的狼一般。

然后他开始认真考虑房子要建在哪里。

"村子对面靠近森林的那边是最好的位置了：一来可以挡风，二来搬运物资的距离还算近。"

他在心中做好决定，把石块放在四个角落做记号，把羊皮袄脱下来，神情恭敬地在胸前合十祈祷，然后吐了一口口水在手掌心，就开始干活：拔掉野草树木，把地面尽量修整平。

天空亮起来了，满天霞光，牛儿抬头哞哞叫，水车吱呀作响，麦田里清风吹拂，路上车子和人群的喧闹声老远都听得见。这些事情西蒙一点都不在乎，他全身心都投入到工作中，时不时停下伸展下筋骨，抹掉头上的汗滴……之后他接着干活，像水蛭那样倔强和贪婪，并且像原来那样把每一个东西当作是活生生的，并和它们说话。

要是他从地里面挖到一块大石头，他就会跟它说：

"你待在这里休息了这么久，现在正是时候来帮忙建造我的房子。"

要是他割掉一株稗草，便冷冷一笑，说道：

"蠢蛋，你没有能力抗拒我的。啊？难道我就放任你侵占我的土地吗？"

野生的梨树也成了他谈话的对象：

"你们彼此靠得太近了，不得不挪开。但是你们能成为我未来房子的牛棚地板，这比波瑞纳家里的好呢！"

他偶尔停下歇一会，满是怜惜地注视着这片土地，然后轻声说道："这是我的土地，啊，是属于我的财产！"

这块杂草丛生的瘠薄土地、无人愿意耕作、无人愿意购买的土地让他满怀同情，如安慰小孩子那样说道：

"再等一段日子，我会用我的劳作让你和别的田地一样长出累累硕果。不用担心，你一定会满意的。"

此时太阳悬挂在天空，阳光直射他的眼睛。

他眨了眨眼睛，惊讶地感叹道："感谢上帝啊！"接着说："还有一个干旱炎热的时期等着我们熬呢！"太阳鲜红鲜红的。

弥撒的钟声从远处传来。村子里炊烟袅袅。

他对自己说道："你现在没胃口吃饭呢，是吗？"说完便勒紧了腰带，低头默默叹气。"不过母亲是不可能给你送食物的！"

波德莱西农场那边来了很多农夫，和他一样卖力地耕作着刚到手的新土地。斯塔荷·普罗什卡的身影进入西蒙的视线里，他正在牵着两匹马犁地。

他心中想着："上帝啊！如果我拥有一匹马我就满足了！"

约瑟夫·瓦尼克运石头来做房子的地基。克伦巴父子俩围着土地挖掘水沟。村长的弟弟乔治忙着用竹竿丈量公路岔口的地面。

西蒙暗道："那里建个酒店最好不过了。"

乔治在打算好的地方插上树桩，接着过来和西蒙打招呼。

他张大眼睛很是惊讶地说道："哟哟，瞧瞧你这拼劲儿，和十个人干的活差不多了！"

"我除了这样做还能怎么样？除了身上这条裤子和这双手之外我还有什么呢？"

西蒙心中烦闷，不想停下手里的活儿和他聊天，乔治给了他一些意见便走回自己的田地上去了。另外有人陆陆续续地走来，有些人说些鼓舞夸赞的话，有些人只是说些闲聊的话，还有的人点燃一根烟笑笑便走了。可是西蒙没有耐心听他们说这些，最后普利奇克来的时候他忍不住发脾气了，说道：

"你还是去忙自己的事吧，不要在这里影响我！拿干活的时间来玩乐，真是想得不错啊！"

这样一来，他们没有再跑过来，他独自一人。

阳光太明亮了，晃得人眼睛都睁不开，同时还热得要命。阳光给大地蒙上了一层金色的薄纱。他默默对太阳说道：

"哈，想这样就把我吓跑，这可不是这么容易的！"之后看见娜丝特卡端着食物过来，连忙赶去迎接她，急不可待地接过食物。

娜丝特卡不怎么高兴，默默观察这片土地。

"天啊，这样的荒地有可能种出果实吗？"

"什么都能长，你等着瞧吧。连做面包糕点的小麦都会给你种出来的！"

"哈，没错，'长草时，马饿死'！"

"怎么会呢？娜丝特卡。如今我们有永远属于自己的田地。生活会好起来的，六英亩呢！"他一边安慰她一边狼吞虎咽地吃早餐。

"冬天我们要怎么度过呢？吃泥巴吗？"

"这是我该操心的事情，你就放心吧。我有自己的打算，有办法解决的。"他放下空碗，舒展自己的身体，引导她到处瞧瞧，同时给她解释。

他兴高采烈地说道："我们的家就在这里造起来。"

"我们的家？我看肯定和鸟巢差不多，是用泥巴做的吧？"

"树木和泥土之类的，看我有什么材料能用就用什么建，先住上两年，到时候我们条件好些了就重新建一个。"

她很不悦地说道："瞧你这样估计还想做一个贵族那样的大院子吧！"

"就算住自己的茅草破房子，也不愿意寄人篱下。"

"普罗什卡阿姨说真心愿意帮助我们，冬天的时候给我们一间房过冬。"

"真心，我清楚得很，她们俩合不来，要是能气到我母亲，让她做什么她都愿意。娜丝特卡，你就放心吧，我会努力为你建造一栋有各种各样你所需要的东西的房子给你住。你就等着瞧吧：三周之后，即使我胳膊累得断掉，我也会把房子建好的，就好比一定要说'阿门'向上帝结束祈祷一样。没错，肯定可以把房子建起来的。"

"那你肯定要一个人干活呢？"

"马修答应了会帮忙的。"

她吞吞吐吐地说道："难道你母亲不会给你帮助吗？"

他马上反驳道："让我求她帮忙不如让我去死！"看她那么低落，他有些不忍心，于是和她一起在麦田旁边坐下，支支吾吾地对她解释。

"娜丝特卡，我怎能向她寻求帮助呢？我被她扫地出门，而且她对你说了很多难听的话！"

"可是，上帝啊！如果她愿意给我们一头母牛的话那是多好啊！现在我们什么都没有，和乞丐的状况差不多了！想想就太惨了。"

"但是，娜丝特卡，我都做好打算了，会有母牛的。"

她哽咽说道："房屋……牲口……一无所有！"他抚摸她埋在自己胸前的脑袋，帮她抹眼泪。这段让他难过的日子，竟然没有让泪水流出来，还真是不可思议，他猛然站起来，一把拿起铲子，装作发怒说道：

"作为女人，要知道遵从上帝！这么多事情等着人忙，你又没出点力，就会抱怨！"

她很是惶恐，也站起来，可是她觉得自己的心被无数烦恼的蚂蚁啃噬着，说道：

"如果我们没有饿死，那也可能被野狼当作食物。"

这次他是真正发怒了。走过去准备干活，嘴里说着有些伤人的话：

"你还是安安分分地待在家里，不要跑过来胡言乱语，唉声叹气的！"

她希望能让他冷静下来，却被他推开。

他心中想着："上帝啊！明明男人和女人流着相同的血液，可女人没有男人的理智。想要过富裕的生活可不是整天垂泪就可以了，必要亲手劳动才行，她们却和小孩子没两样，时哭时笑，不是唉声叹气就是一肚子鬼点子，上帝啊！"

他还在抱怨，之后认真干活才把心思放下来。

他每天就这样干活，早出晚归，好久都不和别人交谈。如今娜丝特卡去了神父的土豆田里干活，是泰瑞沙或者其他人给他送饭。

村里人都过来看他干活的样子。不过由于他不想和人说话，所以他们只是远远地站着看。他这么拼命地干活，休息的时间都很少，这让所有人都很诧异。

"都想不到他这么精力充沛，能这样坚持下来吧？"克伦巴轻哼一声说道。

有人带着笑意说道："他可是多明尼克阿姨的儿子，是吧？"不过乔治关注他的一举一动很久了，出声道：

"说实在的，他这样勤恳干活，和公牛有的一拼了。我们应该给他一些帮助。"

大家都同意这说法："我们的确应该这样做，帮他是应该的。"可没人主动去给他帮助，大家都在等待他向他们寻求帮助。

西蒙不愿意求别人，连这种想法都没有在他脑子里存在过。一天大清早，当他看见有一辆车子往他这边开过来，他很是诧异。

车上的赶车人是安德鲁，他兴高采烈地叫道：

"没错，就是我！跟我说说你还有哪些地方要犁的？"

愣了好一会儿，西蒙才敢相信他的眼睛。

"你还真是有勇气啊，可怜的人，你就等着吧，你这样会被揍的！"

"我才懒得理这些呢。要是她揍我，我就跑你这来躲着，再也不回去了！"

"你是这样想的？"

"没错，是我的决定！要不是她们之前老盯着我，我早就过来了，连雅歌娜都叫我别来。"

他一边做准备一边和他说事情的细节。后来他们俩一起工作了整整一天，走的时候还说好明天再过来。

翌日清早他又来了。西蒙在他脸上看见了一些瘀痕。后来那天等到忙完了才仔细询问。

"她下手是不是很重？"

他看起来有些难过，说道："呃，她眼睛都瞎了一半了，没那么容易就逮到我。再说我还下了些功夫躲开她了的。"

"是雅歌娜说的吗？"

"不是这样的，她不会做这种事情。"

"噢！没几个人能弄明白女人整天想些什么吧？"他感叹道，还让他别过来了。

"这段时间我自己就可以做完。你到播种的时候再来帮忙吧。"

他重新回到独自一人的状态，整天勤勤恳恳地干活，和拉磨的驴一样不停歇，炎热的天气和一个人的孤独都影响不了他。现在天气热得像在火炉里面一样，基本上都没有人去地里干农活，太阳散发的温度要把人都快烤熟了。听不见鸟儿的啼叫，人们的交谈声都没有，太阳往西边慢慢下垂，给大地留下无尽热气。

可是西蒙每天还是一如既往地干活，夜晚还在田地里面过夜，以节约走路的时间。马修劝了他好久都没有效果。他很果断地告诉他：

"到礼拜天我就可以歇一歇了。"

周末晚上他回到家中，累到瘫软，吃着饭竟然就睡了，第二天睡了整整一天。直到中午过后才起床整理着装，穿戴整齐后，西蒙像个大人物一样被家里人围着，大家特别关注他的一举一动，还做了满满一桌的美味给他享用，使他感受到了极大的满足。他松了松皮带，如同大官员一样伸着懒腰，高兴地说："谢谢大妈，我要带她们出去玩一下！"然后他带着娜丝特卡去了酒馆，马修和泰瑞沙打了招呼后也一同去了。

酒馆里的伙计对他恭敬有加，连忙将酒端上桌，称呼他为"老爷"，西蒙万分骄傲。西蒙端起酒杯浅尝辄止，在那些权威人物的讨论中，还抢着陈述了自己的观点。酒馆里的顾客越来越多，晚会并没有拉开帷幕，只有一支乐队进行着演奏。人们相互交谈喝酒，不停地埋怨着天灾人祸。

波瑞纳一家与铁匠家也到了酒馆，他们预订了一间包厢，在里面好像玩得非常愉快，犹太人不停地为里面的人倒酒，热情地招待。安布罗斯小声地说道："安提克的眼睛就没有从他夫人身上离开过，如同狗紧紧看着肉骨头一样，他还是以前的安提克吗？"说话的同时还不忘向包厢里望，包厢里传来欢快的说笑声。

雅固丝坦卡对他说："那是由于他喜欢属于自己的木鞋，也不愿意穿每个人都可以穿的皮鞋。"

另外一个人附和道："确实，但是皮鞋却是刚好合适，不磨脚咧。"整个酒吧里哄堂大笑，对于话题中的主人公，大家彼此心照不宣。

西蒙对此一无所知，他并没有跟着哄笑。微醉的西蒙用双手吊着安德鲁的脖子说：

"你要听从我，谨记我现在的地位！"

安德鲁沮丧地答道："我……我了解，但是，母亲嘱咐……嘱咐……"

"母亲的话不要听，我才是财主，你必须听从我的！"

一支舞曲打破了这样的争吵，参加活动的人开始跳起舞来，一双双舞伴在音乐中翩翩起舞，西蒙的手搭在娜丝特卡纤细的腰上，他扔掉了裹着的头巾，换上斜斜的一顶礼帽，对着非常会跳舞的姑娘喊道："达达娜，用力跺脚吧，融入舞会，转到眼花目眩吧，一起向前跳跃、欢呼、旋转——如同迅猛的河流。"

可惜，西蒙仅仅跳了一会舞就被纳斯特卡送到了马修家。他的意识恢复得很快，在房子外面和雅固丝坦卡一起聊天，后来光线渐渐暗下来，西蒙不愿意回到家里，他悠悠闲闲地围着娜丝特卡踱步，不停地发出感叹。

后来女孩的妈妈对西蒙说："你就留在这里吧，晚上在粮库里睡觉，为什么要那么劳累地赶路呢？""现在我就去帮他整理一张床。"娜丝特卡跟着回复。

雅固丝坦卡挤眉弄眼地笑道："娜丝特卡，你也太不近人情了！"

"又胡说……看你在打什么歪主意？不可理喻！"娜丝特卡很慌张地反驳着。

"哟，他是你将来的丈夫，迟早要结婚的，哪里在乎这点时间……他就像耕牛一样勤勤恳恳做农活，理应有些奖励！"她笑道。

"啊，是啊，娜丝特卡！娜丝特卡！"她飞快地跑开，他奔去拉住她，使劲地吻，抱着娜丝特卡不松手。

"亲爱的，你就这么狠心吗？在这种情况下，难道还让我走吗？"

女孩的妈妈因事离开了，雅固丝坦卡也借机离开。

"不要太拘束了，娜丝特卡！我们高兴的时间不多，仅仅一小段时光而已，就如同小猫抓到死老鼠一般困难，不能错失机会！"

之后她在后院里遇到马修，马修想到了结果，对房间里的西蒙说："如果是我，早就成功了。"

次日，西蒙又不停地做事，没有丝毫的倦怠，娜丝特卡给他拿吃的时，他并不着急吃饭，反而更想亲她。

"如果你辜负我，你就惨了！"虽然出言恐吓，但是却偎依在他的怀里。

他颤抖地说："娜丝特卡，我不会放手，你是属于我的！"看着她迷人的眼眸又说了一句："咱们肯定会有一个儿子。"

"傻瓜，总是说些乱七八糟的胡话。"她说着连忙起身，满脸通红地跑了。亚瑟克从旁边的小路走出来，嘴里叼着大烟，怀里抱着一把琴。亚瑟克先生和他打招呼还说了几句恭维的话，使得西蒙骄傲起来，炫耀他做的房子，然后立刻打住，疑惑地看着眼前的一切。亚瑟克先生居然把琴放在一边，拿起铲子就开始翻土，西蒙惊呆了，困惑地不敢相信这是真的。

"为什么这么惊讶？"

"上帝啊，亚瑟克先生要与我一起工作？"

"没错，我会和你一起修房子。难道你觉得我只是养尊处优，不会劳动吗？你仔细瞧着。"后来大家一起干活，虽然他年纪不轻，也没有适应这种劳动，但是他会很多小窍门，因此做房子的工序非常快。西蒙恭敬地向他学习，偶尔还说一两句："上帝啊，没看到过这么有身份的人来做工。"亚瑟克先生微笑着与他聊起天来，讲述了很多前所未闻的稀奇事。如果西蒙再大胆一点就会匍匐在他脚边。他决定把这一切都对娜丝卡特说说："每个人都觉得他不正常，事实上他是最聪敏的。""有些人讲道理很在行，办事却很缺心眼。假设这人是真正的睿智，那么他还会来这里吗？"

"对于你所说的，我琢磨不透。"

"也许有的人脑子不正常。"

"不管怎么说，他肯定是个善良的人。"

因为这件事情，西蒙激动不已。但是，即使天天在一起做相同的事情，分享一样的美味，在一张床上休息，他们也难以建立非常深厚的感情。

西蒙每天都对着上帝感恩，对自己说："他是个有地位的人，是他帮助我把房屋修得那么好。"很多人都过来帮他整理材料，做些力所能及的事情，这使得工作进展十分顺利。没过多久，房子就建得差不多了，马修总是任劳任怨地工作，并且帮助他人安排事情。在周末那天，他们终于做好了，他在房顶上放了几根橄榄枝，希望给他带来好运，然后又急急忙忙去做别的事情。

西蒙对他的新房子做了最后的清理工作，亚瑟克也非常高兴地祝贺他并对他说："建好了鸟巢，只等着母鸟回巢了啊！"

西蒙说："安息日的晚上就是我迎娶娜丝特卡的时候。"一边说一边对亚瑟克表达了崇高的敬意。

"啊，天下没有免费的午餐，万一我遭到驱赶，我可是会找你的！"亚瑟克含着雪茄踱着步子走开了。

所有的事情都变得井然有序。西蒙还在收拾，他揉了揉酸痛的胳膊，高兴得简直要疯掉了："啊，这些都属于我！太美好了。"西蒙感觉自己还在做梦，直到新房里特有的味道才让他稍稍安定一些。直到夜晚，西蒙才回到村子里，准备第二天的事情。

每个人都知道他要有个新家庭了，多明尼克大婶在别人口中得知这个消息，但是她总是故意装傻。

周末那天，雅歌娜很频繁地从家里拿东西送给娜丝特卡，她母亲也就睁一只眼闭一只眼，并没有训斥她，只是在屋里忙自己的事情，有些恼怒但是也默许了她的行为。安德鲁在安息日结束后才胆战心惊地走到母亲面前，却也没有走近。

"妈妈，我可以出去吗？"

"你最好去喂马吃草。"

"妈妈，难道你不明白吗？……我要到西蒙的婚礼上去观礼。"

他的母亲悲切地说："我的主啊，并不是你迎娶新娘。也罢，万一你回来的时候成了醉鬼，你就等着受惩罚吧！"她一边警告，一边往隔壁走去。他赶紧穿了一套新衣服。

他像狂躁的雄狮一样吼道："啊，让我醉得不省人事吧，我要让她下不了台。"他马不停蹄地找到了马修，大家一起去婚礼现场。只是教堂很安静，一点喜气洋洋的感觉都没有，唯独新娘在默默流泪，西蒙十分恼怒地看了看为数不多的来宾。庆幸的是，在婚礼结束后，乐队奏起了欢乐的曲子，大家就开始跳起了舞，显得十分活跃。

一切结束后，雅歌娜迅速走了，时不时来探望一下。大伙演奏着自己熟悉的乐器，载歌载舞，开始在屋里跳舞，然后人们转到了屋外，跳着跳着又转回了屋里，在餐桌附近穿行。人们吃些点心，喝着伏特加，举杯庆贺或是聊天。一片安详的氛围，白天大家都非常清醒，没有人来吵吵闹闹。

西蒙把自己的妻子带到偏僻的位置，不停地亲吻。来宾都善意地笑话他，唯独安布罗斯恶狠狠地骂了一句，同时还惦记着桌上的酒杯。

这个婚礼一点也不活跃，大部分人保持着自己的风度，对食物都是浅尝辄止，当天色开始暗下来的时候就有人离开了。因此并不热闹。但是马修是个豪爽的开心果，唱歌、喝酒、邀请女孩子跳舞。雅歌娜出来的时候，他就围着她转，不停地献殷勤，和她聊天，丝毫没察觉到泰瑞沙的伤感。

雅歌娜的态度十分冷淡，却又苦于找不到脱离的借口。她十分无奈地听着马修一个人演说，眼睛却在搜寻波瑞纳家的踪迹，她讨厌波瑞纳一家，庆幸的是，她担心的事情并没有发生。其实，按现场的情况来看，那些有身份地位的人没有参加，不过送来了不少贺礼。

当人们对这些大地主的缺席而感到无奈时，雅固丝坦卡照旧说道：

"如果有非常多的美食美酒，那些人肯定会争先恐后地跑过来，赶都赶不走，那些人可不喜欢这样的酒和食物的宴会。"

此时的她说话毫无顾忌，就像醉了一样。她看到亚斯叶克孤独叹气，就鼓励他去跟新娘说说话，跳个舞："虽然在你母亲的干扰下，你们没有结婚，但是没有人会拒绝别人的好感，即使她有了丈夫。"

她陆陆续续说了很多难听的话语，安布罗斯也醉了，这两个醉鬼凑在一起聊天，竟然开始捧腹大笑，欢乐的时光总是短暂的，没多久这场聚会就接近了尾声。

当所有的来宾散尽了，留下来的都是些至亲，除了一个贪杯的醉鬼以外。这对小夫妻就要开始自己的生活了，西蒙找了一辆车，把家用物品都放在车里，新娘坐在里面，在接受了亲人的祝福后，离开了岳母的家，走向了他们新的生活。

当他们走到一栋房子旁边时，看到有大鸟围绕他们飞行。岳母非常高兴地说："吉兆啊，多子多福啊。"娜丝特卡有点害羞，而西蒙则显得很喜欢听这样的话，整个人显得精神了不少。

最后当所有的人都离开了，新娘面对这么简陋的婚房，为自己的处境感到伤悲。

西蒙对她说："这有什么呢？你比其他人幸福多了。"

西蒙疲惫不堪，带着微醉倒头就睡，不久还发出了呼噜声……这个房子的女主人看着别人家的房子默默地伤心哭泣。

村子里的人都很善良，总是默默地接济他们。常常有人来看她，并且都会带些礼物来帮助她。这些家庭主妇的好意让她感到非常的温暖。

娜丝特卡有些不好意思："亲爱的邻居啊，真不知道怎么感谢你们啊。"

西科拉太太说："我就只要你的道谢就好啦。"说着送给她一块麻布。

普诺什卡太太在篮子里拿出了一块熏肉。

"如果有一天，你们富裕了，你们可以传递这份爱心。"

她又陆陆续续收到了大家送来的东西，对贴补家用都有很大的帮助。有一天接近黄昏的时候，"疯疯癫癫"的亚斯叶克把自己最喜欢的狗也送给了她，把狗拴在她家周围就急急忙忙地跑了，像有人在后面追赶他一样。

有人将这些讲给娜丝特卡听，大家都捧腹大笑，唯独她觉得十分无奈。

"娜丝特卡，其实他希望可以拿些树莓给你，但是被他的妈妈都收起来了。"

第七章

　　雅固丝坦卡带了一篮子新鲜的蓝莓送给幼姿卡。她在门口对汉卡说着娜丝特卡受到了邻居们的帮助，并且得到很多有用的东西，这让在院子里收集牛奶的汉卡停了下来。雅固丝坦卡说："也许那些人的用意是在故意针对多明尼克大妈。"汉卡反驳道："其实大家也都是互相帮助，看来我也应该有所表示了。"雅固斯坦对她说，"刚好我要过去，顺路帮你带些吧。"房间里传来一声声细微的呼喊声，仔细听是幼姿卡在呼喊："汉卡，麻烦你了，把我的小猪也带过去，我活不了多久了，希望这些善事能保佑我上天堂。"汉卡想想也觉得很有道理，于是在猪圈里牵出了一头小猪。路过幼姿卡的房间，又听她喊道："怀特克，小羊羔送她之后让她来瞧瞧我，我就快要死了。"幼姿卡的脾气越来越怪，总是喜怒无常。她已经一个多星期没有起床了，高烧，身上都是结痂和皮屑。在她的请求下，家人将她安置在树下躺着，结果一点用也没有，后来只有移到阴暗的地方去，免得阳光把病毒赶到身体深处去。她不得不一个人在地下室里痛苦地挣扎。几乎没有人去同她聊天，她感到了前所未有的孤独。

雅固丝坦卡最近总是来照顾她，并且不许任何人来靠近这个屋子，有人想进来，她就用木棒驱赶。她和汉卡聊了一会儿，喂幼姿卡吃了点蓝莓，就开始帮她调制药水，都是新鲜的鸡蛋和牛奶混合好了，然后用麻布包裹着贴在伤口的位置，膏药敷得有些多，就用一大块湿布罩着。幼姿卡听从雅固斯坦的话没有丝毫的不乐意，只是有些担心，害怕之后会留下不能复原的伤痕。"不要用手挠，就会恢复得很好，就像娜丝特卡那样。""上帝啊，敷药的地方好疼啊，太难受了，请你把我捆起来，我控制不住了啊。"她不停地哀求，伤口痒得她只想挠。雅固丝坦卡低声为她祈祷，又用干石莲的烟熏给她消毒，最后用软布把她的手裹起来，出门做事去了。

幼姿卡一个人睡在床上，无聊地听着各种鸟叫虫鸣，还有些奇奇怪怪的声音在耳边作响。她就像在一个虚幻的世界里。她可以感觉到有人来看她，有人对着她说话，一切都静悄悄地进行着，让她分不清是否真的发生过。她又看见了鲜艳的果子，却离她忽远忽近，又看到羊群在她周围直叫唤。不多久，怀特克来看她了，这时她却是特别清醒："你来了，我真高兴，她喜欢我的小猪吗？"——"哈哈，她兴奋得不得了，就差去亲吻猪尾巴了。"——"小调皮，就知道开娜丝特卡的玩笑。"幼姿卡虽然这么说，但是却显得非常高兴。"娜斯卡特说了，她一定会来探望你的。"不知道出了什么事，只听见幼姿卡大声呼喊道："把那些羊群赶走，不要追赶我，快走。"一瞬间又安静下来，就如同从来没有醒过来一样。怀特克一会走一会回来，来来回回走了好几趟。幼姿卡总是突然醒过来问时间："什么时候了？大家在干什么，是不是睡了？"——"是的是的，大家都休息了。"——

"总感觉，那些刚出生的小鸟喳喳乱叫。"他正准备说这个事，幼姿卡却突然疯狂地喊道："阿灰在哪里？管好它，不然会出事的。爸爸最讨厌看到它瞎跑了。"她又拉着怀特克，小声地说："汉卡不允许我参加娜丝特卡的婚礼，我才不理会呢，我可是一定要去的，换上蓝色的衣服和那件在狂欢节时穿的裙子。怀特克，帮我去偷偷拿些苹果来，不要被发现了。"说完幼姿卡就一点声音都没有了，就像从来没有醒过来一样。怀特克一直在床边坐着，为她忙前忙后，尽心尽力地照顾着她。汉卡还嘱咐他要仔细照顾，连同家里的小牛童也被父亲留在家里看管两家的老牛。小孩子习惯了自由的生活，这样呼吸不到林间的空气让他觉得难受，但是他又希望幼姿卡可以快点康复，大家都说也许他会把天扯下来送给幼姿卡，只要能让她高兴起来。他特意抓了一窝鹧鸪来给幼姿卡玩。"快看看，多可爱的小鹧鸪，它们在和你说话呢！""我摸不了。"她哼哼道。小牛童悄悄地为她解开了软布，她柔弱的小手捧着小鹧鸪，贴在她的额头和眼睛旁。

"看啊，这群小家伙吓得不轻，我可以听到它们的心跳声。"——"你居然想把小鹧鸪放飞，不要，这可是我辛辛苦苦才逮回来的。"他固执地把小鸟放在怀里，就像怕它飞走了一样。不过，最后小牛童还是让小鸟飞走了。之后又抓了一只小兔带给她，她把小兔子放在床单上，拉着它的长耳朵说："可爱的小白兔，漂亮的小白兔，离开了兔妈妈。"一边说一边像抱孩子一样，紧紧地贴在胸前，轻轻地抚摸它。只是小兔子好像受到了惊吓，跳了出去，躲进了鸡鸭群里，惊扰得鸡群乱糟糟的，它直接跑出了走廊，从迷迷糊糊的拉帕面前跑过，躲进了果园。家里的狗一阵猛追，怀特克在后面叫嚷，一片喧闹声。汉卡从院子里跑了出来，幼姿卡笑得前仰后合。"那狗抓住它了吗？"她赶紧问道。"没有呢，老狗就看到了一截兔尾巴，兔子躲到田里去了就像水里的小沙砾，寻不到任何踪迹，跑得真快。不要难过了，有机会再逮一只送给你。"他不论发现什么新奇的东西，总是送给她玩。有时候是一只带有金色羽毛的鹌鹑；有时候是一窝没长羽毛的燕子，惹得燕子夫妇追到屋里哀鸣，幼姿卡让他把小燕子还给燕子夫妇；还有许许多多不寻常的东西。有时还会带来新鲜的水果。两个人一起偷偷背着家里的大人吃了好多好多。只是，渐渐的这些东西不再能引起她的兴趣，她总是对小牛童抱怨，希望能给自己带些没见过的东西来。一只长脚鹤时不时用嘴这里啄一下那里探一下，连这些也引不起她的兴趣了。忽然有一天小牧童拿了一个东西捂在手里神神秘秘地给她看。原来是一只色彩斑斓的蜂鸟，她高兴极了。"这可是个狠角色，它的嘴啄人可疼了，你要小心啊。""但是它没有一点想挣脱的意思，看来是个好养的鸟。"——"哪里有小鸟不想飞的呢？只是我用了点小方法让它不能飞了而已。"蜂鸟终于缓解了幼姿卡苦闷的生活，但是好景不长，没过多久这只蜂鸟就开始绝食，然后渐渐瘦了下来，连彩色羽毛也失去了光彩，最终死去了。全家都觉得很遗憾，对这个小生命的死感到惋惜。时间没有丝毫的停留，夏天的热浪席卷了整个村庄，日日夜夜都像生活在一个巨大的火炉里面，让人无法外出务农。太阳炙烤着一切生物，眼看这水分都要被大火炉蒸发完了。牛都饿得乱叫，从草地到牛棚，已经没有什么可以吃的了。

土豆只长到坚果大小就不生长了，还在慢慢枯萎。稻谷叶也开始打卷，还没有抽浆的颗粒变得瘪瘪的。所有人都是心急如焚，每天望着白花花的太阳看不到一丝下雨的迹象。万里无云的晴空真让人们感到绝望，村子里的人都陆陆续续地到教堂里去乞求神的庇佑，但是堂上的神灵依旧微笑地望着大家，没有一点点启示。地上已经渐渐开始出现了细小的裂纹，也许过不了几天就会变成大裂口。庄稼逐渐枯死，果园也变得光秃秃的，连河流也接近干涸。附近的工厂都大门紧闭，这座被烈日笼罩的村子显出死一般的寂静。于是所有的人都开始一起祷告，捐钱办圣体展览，相互劝勉希望他们的诚意能感动上天，事实也确实使人为之动容。好像是他们的祈祷被上帝所接受了一样，虽然大清早就热得不像话，连天空都没有小鸟愿意飞翔了，强烈的日光让所有的生灵都躲到了稍微阴凉的地方。突然神奇的一幕出现了，天空中传来轰隆隆的声音，就像有万千鼓手在一同打鼓一样，乌云迅速汇集，不一会儿就灭掉了肆虐已久的大火炉。黑压压的云层越来越厚，就像下一秒就会塌下来一样厚重。

村民被这景象惊呆了，所有的事物都没办法出声，这种压抑的感觉就像越拉越紧的弦，一触即发。像龙卷风一样的气流直冲云霄，渐渐太阳的光芒暗了下来，直到一条条耀眼的闪电像火舞银蛇一样在空中长啸而过。一声天雷炸响，倾盆大雨落了下来。一道道密集的雨帘让人看不清眼前的事物，这样的暴风雨持续了一个多小时。庄稼被雨打得东倒西歪，四周有不少雹子散落下来，直到雨渐渐变小，光亮重新显现。就在这时，天空传来巨大的声响，又下了一场声势浩大的雷雨。

村民惊恐地望着这雨，开始在家里点亮了灯，一起在灯下祈祷，一起唱着在教堂里神父教的那些歌。他们拿着十字架放在门口，希望可以阻挡那些看不见的鬼怪。眼看着这些可怕的景象渐渐消散，忽然闪电直击社区长的粮库，里面的粮食都烧了起来，人们还来不及抢救就看着一堆堆的谷子像一滴水落入了大海，消失了。这时人们只有努力地抢救周围的屋子和粮食，希望把损失减到最小。但是那个着火的粮仓却像是故意作对一样，四处迸发火星，连累了周围的屋舍。社区长出差了，家里只有一个妇人。看到这幅景象，妇人痛苦不已，像被火烧了屁股的猴子到处跑到处窜。终于扑灭了所有的火，大家都散去了。柯齐尔骂骂咧咧地向社区长夫人走来："你们家事做了多少恶事，连上帝都要降罪于你们，遭到报应了吧，这就是报应。"前一分钟还在痛哭的妇人现在像一个泼妇一样向大妈扑过来，扭打在一起。安提克费了好大的力气才把两人分开。然后为了平息这场纷争，他狠狠地指责了大妈，她就像丧家犬一样，灰溜溜地走了，嘴里还不住地吼叫："等着吧，我会找你算账的。"

　　大雨渐渐转移，天空像被洗过一样瓦蓝瓦蓝的。不同的是之前的燥热一扫而光，花香鸟鸣，到处都是生机勃勃的景象。大家开始做善后工作，修修补补。安提克在路上向迎面走来的雅歌娜问好，但是拿着农具的雅歌娜却显得很气愤的样子，弄得安提克莫名其妙。幼姿卡的病也快痊愈了，看着下过雨就出门走走，结果被家里人责骂，唯恐病情恶化。好在她身上的皮肤开始变得和正常人一样，也没有留下伤疤。汉卡觉得再用那么多好东西在幼姿卡身上是浪费，就停下了那些药膏。只有雅固丝坦卡还在好好照顾她，默默地为她弄药膏。幼姿卡的情况一天天好转，只是仍旧显得很寂寞。怀特克去忙自己的工作了。时不时会有几个姑娘来看望她，也都是坐一会就走。爱嘉莎常常说她一定会在麦子进仓的时候，像吹灭的蜡烛一样上天堂。唯独家里的狗总是陪伴着她，看她喂鸟。不多久，雅歌娜拿了点奶酪给她，还没有说两句话，汉卡就出来了，雅歌娜急急忙忙地离开，远远地对她说：“希望你吃了可以快点好起来！”

雅歌娜准备了一些粮食拿给她哥哥，她却惊奇地看到娜丝特卡在照看一头牛喝水，西蒙则在不远处做事。她走过去，摸着牛问道："真是意外啊，这么快就买了牛。""哈哈，它很健壮！"娜丝特卡骄傲地回答。"天啊，这肯定是牛里面最优秀的，你们花了多少钱？""我们没有花一分钱，是上帝赐给我们的。也许我说了，你会觉得我是一个疯子，但是就这么发生了。黎明的时候，我听到隔壁草棚有些奇怪的声音，开始我以为是猪在滚泥浆，就没有在意。结果听到了微弱的牛叫声，我打开门一看，多么漂亮的牛啊，就站在我家门口。我还以为是幻觉，结果真的是活牛，还用头碰了碰我的手呢。我觉得应该是它走丢了，就去村里一家家地问，结果都说不是。我只好把牛拴在牛桩上等待它的主人来找，结果一直没有听到消息。有人说也许这是盗牛人的把戏，这个牛应当给警察。但是很抱歉，我并不想这么做。后来，罗赫到我们家来，看了看这头牛，他觉得是我们的善事做多了，感动了上帝，所以上帝赐给我们的牛，没有人会来抢走它。我们高兴坏了，想到有可能就是罗赫送给我们的，所以我们就对他行大礼表示感谢。结果吓得他直往后面倒。他微笑着告诉我们，'你们要是看见了阿瑟克先生，不要这样表示感谢，他有可能打人的呢。'于是我们想阿瑟克先生那么热心，很有可能是他送给我们的。以后我们会天天为他祈祷，愿主保佑这样的好人。"

西蒙要为他们刚得到的牛建一个好住处，在这期间娜丝特卡天天把牛放在自己睡觉的地方守护着，还专门让自家的狗帮忙守着牛。"啊，我心爱的宝贝。"她总是对牛显示出前所未有的热情。当牛发出一点声响，看家的狗就跟着大叫，惹得其他牲畜也跟着闹腾。西蒙一声长啸，这些声音就安静下来了。雅歌娜看着这一切感慨道："变化太大了，之前那个懦弱无能，谁都可以欺负的西蒙，现在是这样有魄力，勤奋刻苦，而且还显得很聪明，完全就像是另外一个人。"这样感慨了一会儿，她对着面前的娜丝特卡说："你们的土地呢？"娜丝特卡就告诉她，把自己规划种的庄稼品种一一指了一遍，在雅歌娜疑惑怎么弄到种子的时候，娜丝特卡高兴地说："西蒙一定会想到办法的，他从来都是说话算数的。"看到自己的哥哥现在如此厉害，雅歌娜不免有点戚戚然。"你们旁边的土地是谁家的呢？""安提克家的，他们家的土地都是空闲的，也许分了家产之后会好一些。""这样这家人不仅会有固定的土地还可以找些佃户，把土地租出去，又是一笔收入啊。""啊，都是善良的好人，希望上帝能赐给他们更多的福分！安提克在行政区长那里为我们证明，使得这块田地能够分期付款，除了这些还给了我们很多帮助。"

"安提克，他居然做你们的证明人。"她感到惊讶极了。"是啊，汉卡还送了我们一头猪，等这小猪养大了，我们的生活就更好了。""天啊，你说的这些都令我惊奇。"大家一起来到了房间里，雅歌娜拿出十卢布塞到娜丝特卡的手里。"我的钱也不多，这些是我卖鹅赚的。"这使得两人都非常感激她，雅歌娜说："希望过段时间母亲会回心转意把家产留些你们。""哼，让她带着钱财去见魔鬼吧，我不稀罕，我讨厌她之前如此伤我的心。"由于西蒙的情绪变得十分激动，雅歌娜不好说什么，只得失落地回家去。"对他们来说，我只是个多余的人，只会对他们造成伤害。"雅歌娜越想越觉得凄凉。就在这时，她遇到了去看妹妹的马修，马修看她情绪不好就陪着她一直走，听着她说心里的那些想法。"不一定任何人都能这样的。"他默默地说道。他们一路这样交谈，只是马修显得有些踌躇，每次话到嘴边又咽下去了。"在这个一成不变的地方，我快要疯了。"马修突然说出了这么一句话。雅歌娜用困惑的目光看着马修。"你好像比我还烦闷，出什么事情了吗？"他把他对这种枯燥日子的厌恶统统说了出来，他想有一种新的生活环境。雅歌娜说："那，你可以找一个妻子，然后有个自己的家，就像西蒙一样。"

马修看着她的眼睛，对她说道："如果我娶的那个姑娘，刚好也爱着我，那该有多好啊！"这话使得她有点不安，她看着远方的景色说："那你可以去告诉那个姑娘，你希望和她一起生活，我们这里的年轻姑娘可都是暗暗喜欢着你啊。""我害怕那个女孩有喜欢的人了，我怕得到一个坏消息。这该怎么办？"马修问道。"你可以让你的媒人去找其他没有结婚的女孩。"

"这不可能，我是非她不娶。""原来是这样，其实女孩们都差不多，你也不必太固执，多和其他姑娘接触就好了。"

马修没有反驳，却是换了一种方法。"雅歌娜，你应该知道，你结束守丧之后，就会有人带着酒和礼物来求婚。"她说："都是妄想，我才不愿意嫁给他们。"她说话的神情十分坚定，让马修陷入了沉思，原来雅歌娜的心只属于亚涅克，从来都没有改变过，她只会默默关注着亚涅克的消息。马修有些难过，自顾自地回去了。而雅歌娜望着天空，想象着自己惦记的那个人在干什么。忽然，旁边冲出来一个人，把她搂在胸前。她用力挣脱。"我的处境困难，你都不会同情一下我吗？"社区长疯狂的眼神让雅歌娜害怕，她拼命地逃脱社区长的手臂。"如果你再动，你的丑行就会让村子里所有的人知道，让你颜面扫地。""小声点，你不要激动，你先看看这个。"说着社区长拿出一个漂亮的手镯。"雅歌娜，你拿着，好好拿着。"

"废物，这些都是肮脏的。"雅歌娜气急了。"你，你这是什么意思？"他不可思议地问道。"你这头蠢驴，不要再靠近我。"她愤怒地撞开社区长，飞快地向家里跑去。雅歌娜的妈妈在做晚饭，安德鲁在院子里挤牛奶。她一边收拾房间一边咒骂着那个无礼的家伙。当晚霞开始弥漫在天边的时候，她准备出门去散散步。她在亚涅克家附近观察着他家的动静，仔细地看着亚涅克住的房间里透出灯光，麦克在灯下写字，而风琴师夫妇俩在院子里乘凉。

这时，风琴师夫妇看到了她，很高兴地对她说了亚涅克回家的日期，就在次日。雅歌娜兴奋极了，又有点惊慌失措，还有些莫名的羞涩和紧张。出于礼貌，她努力控制着自己的情绪，和他们说了会话，就急急忙忙地走了。像后面有猛兽一样，她跑得飞快。她兴奋地在森林里奔跑，高兴得一边哭一边笑，有种难以言语的幸福感让她头晕目眩。"亚涅克，我的亚涅克终于要回来了啊！"等她回去的时候，整个村庄都在一片宁静中，黑漆漆的没有光亮，除了波瑞纳家。她看着窗外的月亮只希望可以快点变成太阳，这样亚涅克就回来了。整个晚上她翻来覆去，听到妈妈的鼾声。她决定在水塘边等待黎明的到来，或许可以让她安下心来去睡觉。偶尔对面会传来说话的声音，那家人的影子映在窗户上。她望着那个影子，慢慢进入了自己的世界，种种想法像一张巨大的网，缠绕着她心里的一切。

在寂静的夜里，云层渐渐遮住了月光。忽然一颗流星划过天际，让雅歌娜受到了惊吓。河塘边时不时吹来一阵满是稻香的风，让她十分享受这样的清凉与宁静。这一夜，时间悄悄地溜走，她注定难以入眠。这夜安提克过得也并不寻常，由于第二天有行政区长主持的会议，他必须把所有参加会议的二十多个农夫召集在一起，同意乔治观点的人都来了。罗赫详细地为大家说明修建俄文学校会带来的影响，乔治则是告诉大家应该怎样投票，大家统一意见后在会议上一起表决。甚至他们还设想了行政区长会提出怎样的问题，他们应该怎样回答，都事先做了一次排练，对于不同的意见也都商量后统一了起来。最后一切无误，大家才纷纷离开。天快亮了，黎明的曙光渐渐划破天际，雅歌娜就这样在河塘边坐了一夜，还在幻想着亚涅克回来时的情景。她已经迫不及待地想看到高升的太阳，这样就可以早点看到她时刻惦记的那个人。

第八章

快到中午了，天气也越来越热。

参加会议的人和看热闹的村民都围在办公楼的楼梯上，可是主持会议的大人物还没有到场。侍从官去看了好多遍，都没有盼到行政区长的出现，路上除了两排挺拔的行道树就是坑坑洼洼的水沟，连个人影都没有。大家只有默默地等待。社区长却是手忙脚乱的，显得烦躁不安，时不时探探路，又让工人们快点做完铺路工作："效率，效率，你们的时间可要抓紧一点。"这时有人故意开起了玩笑："别这么紧张啊，万一吓出病来就不好了啊。""哎呀，我不是和你们闹着玩，这是正事，大家都行动起来。""大家都知道，社区长唯独害怕神明，大家说是不是啊？"有个村民站在旁边说道。

听到这话他更加恼火了，大声嚷嚷着："哼，你们再说这样的话，就等着去监狱开玩笑吧。"然后一口气登上了一个小山坡，开会的办公楼就在不远处的一个山坡上，视线穿透树林可以看见行政区长必经之路，路边还有一个做礼拜的教堂。等了很久不见人来，社区长很无奈地独自一人进了会议室。接着有些小地主也陆陆续续进去了，书记员借这个机会告诫那些没有交完赋税的人们，说道："这办公楼的款项也没有完全交清。"甚至还有些更加紧急的提示。从别人口袋里面掏钱总归是件困难的事情，加上正是农田里面青黄不接的季节，怎么可能拿得出来多余的钱？进去的小地主和农民只有在言语和行为上对他示好，其他的免谈。大家都知道这个人，真是个黑心肠，对待不同的人总是有相对应的办法让人们就范，或者说他就是油滑的老鼠、凶狠的狼，盘剥着人们不多的钱财；还常常用一些大官员的名目，来弄走一些他认为有用的东西，谁不知道最后是落入了他自己的腰包。但是，能怎么办呢？他总是有办法来压制你，大家也只有忍气吞声了。今天他又拉着普罗什卡让他同意为了教育捐钱，否则就要解除他的土地契约。普罗什卡听后大吃一惊，表示这个消息不可信。结果检察官意味深长地说："这个世界上只有永远的利益，没有永远的朋友。"

普罗什卡怅然若失地走了，接着书记员站在门口，继续用各种各样的理由来威胁进门的人，让大家捐钱给政府。随着时间的推移，广场上的人越来越多，来自同一个地方的人围成圈在一起交谈，熟悉的、有交情的又围成一个圈交谈。整个广场就分成了好几块。后来，当所有人都明白过来是为了教育事业捐钱的时候，开始互相交流，从这个圈子聊到那个圈子，显得十分和谐。唯独尔兹浦吉的人觉得自己高人一等，不愿意和这些普通人一起交流。很快混熟的人开始扎堆往凉快的地方转移，帐篷里，树荫下面，还有对面的小酒馆，人们也都愿意去那里喝上一杯。旁边就是书记员的家，有人往里面看，不多时就听到书记员夫人吼叫的声音："你怎么做事的，效率，效率，慢得跟乌龟一样，再这样就打死你。"然后又传来仆人的跑动声，震得地板咚咚作响，混杂着婴儿的哭闹声和鸡鸭的鸣叫声。人们议论纷纷："看这样子，是要迎接行政区长来用餐的架势。""是啊，有消息说他可是运回了半车的美酒。"

"就像以前那般疯狂，酣畅淋漓，不醉不归。""哎呀，那么贵的酒，可能都是我们的钱啊，又没有人能监督这些人，要把我们的捐款用到正事上去才好。"马修提出了自己的意见。"别说了，快停下。看！有好多穿制服的人过来了。""那些凶狠的警察，像黄蜂一样，走到哪里，哪里就遭殃。"这些穿着制服的人无比神气地列队，大家都惊恐地往后退，只有那些谄媚的人才一个劲地往他们旁边挤。"看那些像看门犬一样的人，真让人倒胃口。"现在安提克、马修、克伦巴分别在不同的圈子里面发表演说，或者是给人们提出意见。虽然他们的方式都是不一样的，但是都为了一个共同的目的，就是为了反对那些打着教育的幌子来搜刮钱财的行为。民众都只是听，或是暗暗地同意，他们都不敢公开与那些官员和穿警服的人斗争，只有站在人群里左看看右转转，或是小声地说些无关紧要的话；同时也观察着那些大地主的意见，毕竟，有谁会愿意把自己辛辛苦苦赚来的钱扔到水里去呢？那些有钱的财主们，好像生怕宪兵看不到他们一样，在宪兵附近走来走去。安提克向财主打招呼，财主把头一扬，盛气凌人地说："我们要尊重自己的内心，投票的事情可不能马虎。"然后就去和铁匠说话。铁匠四处打听别人的决定，和检察官以及各个意见领袖聊天，但是从来不说自己是站在哪一边的，像保守的老人一般，努力寻找对自己有利的形式。最后，大家都达成一致，几乎没有人愿意当这个冤大头。

人们依旧在自己的地盘上高谈阔论，似乎把炎热的天气根本就不放在眼里。书记员突然对着群众高声呼喊："来帮个忙！"谁都不理会他。"你们找个人去弄些羊肉来，急着用呢，快，快，你们谁跑个腿。"检察官粗声粗气地喊道。"谁是你家的仆人就该谁去，我们可没领你家的工钱。"一个小伙子回道。"他没有腿吗？还不能自己去拿？哦，他有个啤酒肚像个大肚婆。"听了这话，大家都哄笑起来。检察官气得脸色涨红，不多久就自己穿过小路，自己去拿羊肉了。"你们猜他在屋子里做什么，肯定是洗马桶，看来啊，他是被臭味熏得不行了啊。""哈哈哈，我想书记员太太也不希望家里脏兮兮的。""不过这书记员太太肯定还有别的家务指使他干。"人们突然发现少了一个人，这村里最富有的人怎么没有来？铁匠意味深长地笑道："他可是个聪明人，这可是要花钱的事情，何苦去和书记员与行政区长争这口气呢，躲着不来就没事了！"

"麦克，你难道不表明一下你的立场吗？"马修连忙问麦克，希望得到一个他期望的回答。这时候的麦克像火烧屁股的猴子一样，抓耳挠腮，含含糊糊地说了些什么，就赶忙离开了这里。磨坊主走近了，面对着普罗什卡故意大声地说道："目光短浅的人们啊，你们听着，现在你们不愿意捐款的行为就像是以卵击石。他们总会有办法让你们拿出钱来，到时候，你们不仅出了钱还得被扣个不合作的罪名，把你们抓起来，这可是得不偿失啊。我劝你们还是听行政区长的话吧。"他又回过头来对更多的村民说："你们可不要认为这是在开玩笑啊！这次比以往任何一次都重要，你们面对的可不是一个小头目，而是行政区长大人啊。"有些人被说动了，开始认可了这种观点。普罗什卡思考了一下他的话，突然大声说："罗赫真狡猾，他蒙蔽了我们。"又有人说:"罗赫是大地主那边的人,因此怂恿我们来反对这项提议。"周围的人都开始声讨他,但是他一点也没有退缩,而是抓住空当就开始演说,自顾自地扫视了一圈说道:"与他为伍的人都是呆头鹅,你们不和我站在一边就会倒霉的,真是些不明真相的人。到最后那些有钱的人倒戈,受到迫害的都是农民。军队来镇压谁,收缴谁的财产?还是农民,为什么呢?因为我们就成了炮灰,成了他们的替死鬼。谁会愿意做这样的傻事啊?""那些贵族不可能怜悯你,帮你解决问题,一旦发生大事,他们跑得比兔子还快。说不定你在受苦的时候,那些人还在自己的城堡里吃喝玩乐。""就是,贵族从来不把农民放在眼里,怎么会出面来帮助你呢?"有一个人附和道。乔治说:"有人提出,'让政府教我们本土的语言,否则不会拿出一分钱'。这句话本没有说错,不过有一个问题,当仆人炒了老板的鱿鱼,可能拍拍屁股就可以走人,运气好的话还能报复一下老板;但是,我们是有土地有屋舍的农民,我们闹翻了之后可以跑到哪里去呢?我们的田地又该怎么办?如果捐钱教俄语,我们最多损失一些钱而已,代价要小得多,又不是教了俄语就会变成俄国人。""自己的利益才是最重要的,管他是官员还是地主,我们都不参与进去,要打要闹也不关我们的事。"这些话明显是激怒了旁边的人,开始有人制止他,让他闭嘴。即使那些少得可怜的人来维护也没有用,场面开始变得混乱起来,两边的人眼看就要动手了。普利奇克突然喊起来:"别闹了,这警察还在旁边听着呢。"这话一说,场面立刻控制下来。普利奇克借这个机会继续说道:"不管怎么样,大家记着这句话,'要维护自己的权利,不能被别人欺负了去'。该说的都说了,谁还想讲点什么?"

"那些大嗓门的人总以为自己很有道理，其实这并不能代表什么，难道声音大就显得自己很聪明吗？大家都围着看热闹，只是这些看热闹的人又有多少了解实情的。之前那些大财主做出反击又是为什么？贵族领主说过，只要我们的国家没有被毁灭，我们就应该是国家的主人，所有的土地和树木都在我们的管理范围内。现在呢，我们最好还是听那些人的话，这样才对大家都有好处。"闭嘴，滚下来，这个叛徒。"周围的人叫嚣道。但是他却毫不理会："目前我也是一个大财主，肯定会维护自己的利益，没有人能找我的麻烦。"说话间，就被大伙的哂笑声包围了。"大家看，这个人喝了两口酒就开始满嘴胡言，给点甜头就在这里疯狂地替贵族卖命。""这头蠢猪，等着哪天被拖到开水里面烫开了，就知道死亡是什么滋味了。""真是好笑，前两天就被人打得满地找牙，居然还在这里吹嘘。""这就是财主，充满铜臭味，还鼓吹着民权。""直肠子的麻雀都比这糟老头有头脑。"这时他不说话了，在周遭的一片骂声中，他气得胡子都翘了起来。"没教养，真不懂礼数！看到我这么大的年纪，你们就不会尊重一下吗？""真是好笑，难道一头老驴就该被人们礼待吗？"大家又开始嘲笑这个老头。没多长时间，人们发现书记员爬上了房顶，他站在最高处，尽力远眺，突然兴奋地尖叫："不要闹了，闭嘴，闭嘴，小心有东西掉到你的嘴里！"一大群鸽子在他的头顶飞来飞去。

所有人都不说话了，大家安静下来，都眼巴巴地望着来的那条路。书记员赶忙回家换上制服，这时传来了书记员太太的呼喊声，盘子打碎的声音、磕磕碰碰的声音不绝于耳，就像有很多人在屋里跑来跑去一样。没过多久，检察官走出来，像刚刚跑完一百米一样，抹着额头上的汗水，张着嘴大口大口地呼吸空气，生怕有人和他抢一样。"大家不要说话了，保持秩序。""彼德，你听着，有事安排你做。"克伦巴回答道："站在这里的是一个宪兵，不是你的随从。"对于这个反击，现场的农民是非常满意的，看到蛮横的检察官出丑，总是一件让人觉得高兴的事情。没过多久，行政区长的车出现了在大道上，两旁的人都伸长了脖子想看看行政区长的样子。书记员赶紧守在路口，在车停下来后，殷勤地为他开门，随时伺候着为行政区长提供服务。所有的宪兵都行着军礼，行政区长对这个排场和待遇还比较满意，脱下了自己的外套，昂首阔步往书记员指引的方向走去。书记员就像哈巴狗一样，满脸堆笑。他打发人安排了车夫，又赶紧跟在行政区长身边。大家都在会议室里等着开始，只是行政区长迟迟没有出现在最尊贵的那张椅子上。这时，从书记员的餐厅里飘出阵阵酒香和谈笑声，让这些等了很久的农民馋得不行，肚子咕咕直叫。

　　大伙又累又饿，在这炎热的天气里实在是难受极了。有些人拿了些酒，准备吃点东西。"一个都不能走，小心把你们关到拘留室里面去。"话一出口，就没有人敢偷偷溜走了，但是大家怨声载道，恨不得把行政区长从屋子里拉出来。"大官们吃吃喝喝，我们在这里受苦，这是什么世道？我们可都馋得不行了，真想回家去吃顿饱饭。"这时候，有一个穿制服的人从会议室旁边走了出来，想把马拉到外面去，可是这个马似乎不愿意被牵着，挣脱了缰绳，用蹄子踢翻了那人，奔了出去。"大家快抓住它，它会伤人的，不能白白让这畜生跑了。""哎哟，这马的胆子可不小，居然这么横，它也不怕书记员判它死刑吗？哈哈哈哈！"围观的人们嘲讽道。最后在那些好心人的帮助下才制服了这个家伙，把它关进了马厩。这才刚刚消停，社区长亲自过来，吩咐看守人把监狱清理干净，为了尽快完成，自己也拿起了工具和大家一起动手。生怕这个时候上面来人检查。"这恐怕还不行吧,那些人稍稍一看就知道谁是惹事的家伙。"

"没事,这人喝多了酒,自然就糊涂了。"站在那里的人们想着用一切惹人恼怒的话来嘲笑社区长,把他气得吹胡子瞪眼睛的。时间越来越长,饥肠辘辘的人们再也忍受不了这种无穷无尽的等待了。即使是看着社区长生气也不能使他们继续站下去,人们都散开了,有的去了茶铺,有人去了小饭馆,都想着能歇一歇。乔治朝着看管的人吼道:"谁愿意做跟屁虫,谁就站着,我们才不遭这个罪。"说完,率先走出了划定区域,然后到其他人身边又一次宣扬他的主张。最后他向大家说道:"那些强行加在我们身上的条款,我们是坚决不接受的,我们要捍卫自己的权利。"不巧的是,大家才休息了一会儿,喝了点小酒刚开始吃东西,村长就开始催着大伙去开会。大家都不情不愿地起身跟着村长。"我们刚刚舒服一点,可以填饱肚子就这样折腾我们,凭什么让我们看着他们吃饭?这次,他们也该候着。"所有的人都按安排好的位置坐好,但是大家并没有看见行政区长的身影,这可真是令人遗憾。一声长哨过后,社区长就开始充满傲气地喊道:"大家好好听着,不要漏掉一个字。"检察官看现场安静下来,不紧不慢地拿出文件开始念。

安静的会场突然响起一个声音:"这是什么意思,我们是波兰人,我们不听俄文。""对,用波兰话读,用我们自己的语言。"越来越多的人同样喊起来。宪兵开始维护秩序,书记员也恶狠狠地瞪了大家一眼。然后用本地的语言开始念文件。现在没有人发出一点声音,都非常认真地看着书记员。"经商量一致决定在当地修建一所学校,提供给这个地区所有的村子使用,让在学龄期的孩子们可以接受良好的教育，以免被恶势力所影响。所有的村民都应当共同承担学校的建设费用以及老师的教学费用。政府也会适当地出些钱来赞助，希望这里的人民能够积极地响应，造福后代。"说完，书记员还特意说了一句："如果大家积极一点把钱交齐，那就可以尽快开始建学校，你们的孩子下半年就可以在教室里面读书了。"这个时候，没有一个人发表意见，似乎在思考这件事的可行性。"既然你们没有异议，那就这样决定了！希望大家能好好配合。""大家又不是傻子，听懂了你的意思。""既然这样，你们谁不愿意的，站出来说话。"这时，大家心里暗自嘀咕却又不敢作声，推来推去，没有人站出来说话。书记员很满意地看了众人一眼，"既然没有人反对，那就是同意了。""反对，反对！"不少人同乔治一同喊起来。"这个学校对我们一点用处都没有，村民已经承担不起这样的费用了，我们反对。"

"反对，反对！"这个时候提出异议的人越来越多，眼看就要控制不住局面了。行政区长从房子里走了出来，看了看这个场面。人们也发现了行政区长，慢慢安静下来。"你们还好吧？"行政区长问候着大家。站在前排的人说道："谢谢大人惦记！"不停地有人往前面走，希望能站近些看看行政区长大人。行政区长大人站在门柱旁边，用俄语发言，但是由于他不停地打饱嗝，让人们觉得很失望。警官大声喊道："拿下你们的帽子，拿下来。"一些人开始大声喊道："离开我们的土地，我们不需要你来指手画脚。"虽然行政区长讲话显得比较谦虚，但是他那种命令的口气让人们很不舒服。"你们最好是同意这项提议，然后马上准备捐款，我可没精力和你们耗着。"行政区长威严的语气让人们有了一种惧意。人群中传来低声的讨论："这可怎么办？我们捐不捐呢？""洛克，你说怎么办？你们捐吗？"这些不肯定的语气越来越多。"大家安静安静，没有异议了吧，来，大家进行表决！"这时候，乔治挤到了前排说："不，我们拒绝这项提议，大家不需要教俄语的学校。"这话就像投下一枚炸弹一样在人群中炸开了锅，不愿意的人纷纷响应。"拒绝，不同意，坚决不拿出钱来。"人们的呼喊声不绝于耳。行政区长不满地瞪着他，社区长连忙维持秩序，而那些胆小的官员就往后面躲。像是这些人下一秒就会撕碎他们一样。乔治一点也不畏缩，而是坚定地盯着行政区长。这个时候，普罗什卡转到行政区长身旁，一副小人的嘴脸说道："我恳请大人能让我用波兰语和您交谈，其实我是乐意赞同这个提议的，但是今年的收成确实不好，而且我们已经交了很多赋税了，实在没有多余的钱来修学校。再退一步说，您这要求的金额也太大了，少一点也许还可以的。"首长没有说话，沉默地望着下面叫嚣的民众，不时地点头又揉了揉眼睛。

终于有人妥协了，社区长就是需要这些支持建学校的人。他的同党都站了出来，一齐以各种荒唐的理由来支持这个决定。他们高声地发表着自己的看法，完全不理会乔治和大众的声音。乔治眼看场面更加混乱了，就高声说道："你们这是强盗行为，怎么不直接搜刮我们的财产，这样更加直接。"乔治跑到最前面，大声质问："这些钱将用在什么样的教育里？""当然是教小孩子读书写字，每个学校都是这样的。"社区长回答。他反驳道："我就知道，但是我们只需要教波兰语的学校，其他的都免谈。""是的，是的，那种俄语学校会把孩子越教越傻的，我们不能建那样的学校。"人群沸腾起来，每个人都说着自己的看法，他们渐渐分散开来，一个个的小团体活跃在会场，眼看局面越来越难以收拾。社区长和书记员走到人群中间去，对着人们解释，希望得到人们的理解，甚至恐吓人们。但是会场的人群像是被惹怒的野马，难以驯服。行政区长似乎一点都不担心接下来会发生什么，悠闲地看着这群闹哄哄的人，并教人把社区长和书记员都喊了回来，让他们坐在那里。行政区长说："闹吧，让他们吼叫吧，等精疲力竭了，这些人自然就会乖乖地停下来。"过了一会儿，大家看行政区长不说话，都自然而然地不争论了。突然书记员吹起了哨子："大家停下来，现在宣布决定，这次的捐献势在必行，不可更改，反对无效。"

书记员说得十分坚决。可是人们都不理睬这话，克伦巴还反驳道："波兰人誓死捍卫自己的权利，波兰语是耶稣给波兰人的恩赐，你们不能违背神的意愿。"社区长吼道："安静，安静！"可惜他的话并没有起到什么作用。"波兰人是不会屈服的，除非孩子们可以学习波兰语。"社区长想去找些宪兵把这些捣乱的农民抓起来，走过去才发现农民已经把他们团团围住。"只要有一个人敢对大伙动手，我们这些农民兄弟可不是闹着玩的，敢不敢来试试？"大家渐渐形成一个包围圈，留出了行政区长面前的空地。人群里充满了愤愤不平的声音，就像一场蓄势待发的暴雨一样，气氛低沉。偶尔会有人大声地说出来："连动物都有自己的语言，为什么我们要受到制约？""只会独断专行，总是这样对我们吼叫，让我们交钱、交钱、交钱。""也许以后下地还要交个走路钱呢，真是荒唐。"安提克也说道："尊敬的大人们，你们能让鸡学会熊的叫声，我们就愿意捐钱。"

"或者你们可以同鸟交谈，这样我们才能心甘情愿地来修学校啊。""长官说要钱，交钱；长官说要粮食，交稻谷；长官说要打仗了，要交人；可是这语言……""我们的君主已经说过，在所有的正规场合，都要使用俄语，谁要是敢不听，就是和君王作对，这个罪名谁承担得起？"听着行政区长侃侃而谈，安提克气愤问道："凭什么？"行政区长用眼睛斜着看了他一眼："就凭我手中的权力，你们要听我的。"书记员走过来，悄悄对行政区长说了几句话，行政区长略带喜悦的眼角舒展了一下。紧接着检察官宣布："安提克还在官司当中，不具有表决权和发言权。"安提克恼怒地看着书记员，被两个宪兵拉出了会场，他不甘地向远处走去，还时不时回头瞪几眼。经历了这个小插曲，人们更加不安，又开始了新一轮的吵闹。那些人像着魔了一样，开始了不停地咒骂。凡是看不顺眼或者是有怨言的事情，统统拿出来说。乔治喊着让那些人理智起来，但是没有什么效果。两派的人都疯狂了，没有一个人愿意停下来。这时一个村长实在看不下去了，就拿着手中的铁棍在一个铁柱子上敲了起来。人们被这声音吓住了，稍微降低了一些吵闹声。行政区长终于开始发火了："你们这些蛮横的人，都停下来，我说你们要捐款，你们就得捐。"人们一下子都被吓着了，行政区长发怒了，人们可是从来都没想过和行政区长对抗啊。这可怎么办，难道就要捐款了？人们心里各自暗暗揣摩着。"看来这事情是敲定了。""也是，你看行政区长大人都生气了，真是吓人啊。"检察官拿出一份名单，一一点名，点到的都应了一声。

在点名之后，书记员让同意的人站到一边，不同意的站到一边，可是没有人愿意听他的指挥。他又拿起手上的名单，让人们排成长队，一个一个地表决，说这样才能做出最公平的判决，人们都开始害怕起来。乔治叫道："你们这样不公平，这是威胁。"书记员没有理会他，而是做起了登记。现场的人很多，大家都一个一个地进行着表决。等了好长时间，书记员终于做好了所有的事情，把票数统计了出来。

"公布结果如下：同意票两百张，反对票八十张。最后的结果是，同意修建学校。""不，这不公平，我明明看到他们把反对票都写在了同意那边，他们作假。"人们都开始反对，并且一齐涌到书记员旁边想拿走统计单。刚好这会行政区长的马车阻挡了人们，书记员快速签好了文件交给行政区长，行政区长又在另外几份上签了字，然后站在马车上向大家宣布最后的结果。大家都无奈地沉默了，无声地送走了行政区长。乔治的伙伴说："那个人看起来仁慈，却是这样的蛮横黑心肠。""你说得真对，如果不是这样，那些领主怎么会这样压制我们，就是因为我们太好欺负。"

乔治转过身，对身边的朋友说："真是可惜，对这样的结局我觉得有些失望，乡亲们没有一个坚定的信念真是让人无奈。""看来，这种抗争会是一个长期的过程，现在农民们还很懦弱。""上帝啊，行政区长怎么这样专横？他不懂得法律吗？""别开玩笑了，法律是来管束这些在土里刨食的人的，不是管那些高高在上的贵族的。"说话间，有位老人走到乔治旁边，搭着乔治的肩膀带着歉意说道："从始至终，我都是不同意建学校的，是他恐吓我，我吓得无法写字，书记员就自作主张把我的选票放在他们那边，真是卑鄙。"马修站出来对着大家说："既然这个结果并不是我们所乐意的，不如大家一起去法院，让审判长来做判定。"同时有另外一个人站出来说："你们难道忘记了行政区长走的时候说的那些话吗？他说我们都是可怜虫，连畜生都不如，只有顺从才能好好活着，不然就会被折磨得生不如死，就像被剥皮的老鼠一样。"说完打了一个寒战。大家对这样的话感到愤愤不平，开始骂骂咧咧的，就像行政区长能听到一样。突然远方来了一辆板车，大家的目光都注视着这车，像看稀奇玩意一样目不转睛。"啊，是亚涅克，亚涅克回来了。"有人喊道。大家都走过来和他打招呼，乔治也对他说了些关于提案的内容。亚涅克听完后，表示有些无奈，然后和大家一一告别，坐着板车回家去了。剩下的农夫们决定再去喝一杯，马修也在酒馆里面，在酒精的作用下，他开始骂起来："那些大财主也不是好东西，助纣为虐，他们也有责任。"普罗什卡也跟着吼道："一群凶狠的狼，就是这些人总是让我们没有好日子过，压榨农夫，欺骗农夫，连一点点的油水都要挤压干净，真是卑鄙！"

"行政区长好像很了解我们的情况，所以才会想出办法来对付我们，这样说来，我们中间有叛徒。会是罗赫吗？""有道理，如果行政区长不知道，怎么会那么有把握呢？"乔治担心地望了望外面问道："穿制服的都到哪里去了？""哦，我看到他们往西边走了。"乔治走出去，看似不经意地走走瞧瞧，在没人注意到他的时候，悄悄向西边走去。

第九章

　　安提克被赶出来之后，仍是愤愤不平。安提克还在想着也许他应该反抗一下，再去和那些魔鬼抗争。他发现有个宪兵在他后面，就想到了一个鬼点子。安提克爬到树上，选了一根孩儿手臂粗细的树枝，砍下来后将一头削得尖尖的，砍去了多余的枝丫，看起来就像一支标枪。那宪兵好像是有心与他保持距离，走得不紧不慢，安提克干脆就坐在树上等他们。安提克斜眼看了看其中一位胡须花白的长者，问他："您这是要做什么去？""我们去完成上面派下来的工作，你也是去前面那个村子吗？""真不凑巧，我们的方向不一样，不过我乐意陪你们走一段。"安提克观察一下周围的情况，附近只有他们三个人，只是靠近政府的办公楼，是没有太远的距离的。年长的宪兵一直都非常和气地同安提克说话："我们很早就过来了，只是闻到食物的香味，却吃不到，真是饿得腹中难受。"安提克拿着削好的棍子说道："你放心吧，书记员那里有丰盛的美食，也许他们吃不完的，会给你留一点，你有什么好担心的呢？"

安提克继续说道："像我们这些穷乡僻壤，没有什么可口的饭菜，不适合给你们这些高贵的人吃。"他故意用调侃的语气来刺激他们。另一个宪兵开始对他怒目而视，像是准备动手，被年长的给拦了下来。安提克一边羞辱他们，一边飞快地向前走，两个宪兵在后面追得气喘吁吁，磕磕绊绊地走过水塘，跌倒了又爬起来赶路。周围一望无际的农田，连个歇脚的地方都没有，毒辣的太阳在他们头顶上直"喷火"，土地也被烤得滚烫。有时会看到几个做农活的人，但是大家对这些宪兵都没有什么好脸色。放牛的牧童则是好奇地盯着他们的制服，还会有几只狗朝着他们吼叫。年长的宪兵喝了口水，感叹自己不该做这份工作，拿不到钱还跟着受苦，天天风里来雨里去。"是吗？看来现在剥削我们也成了一个苦差事。"年长的终于被惹怒了，破口大骂，连他的家人也都被骂一遍。安提克并没有回击，而是举起了自己手中的棍子，指着宪兵说："你们这些吸血鬼，在各个村庄里收取钱财，人们对你们的评价只有咒骂，偶尔会有一个头脑发热的人才会施舍给你们一分钱，你们有什么好得意的？"年长的宪兵努力控制着自己的情绪，但是他额头上暴起的青筋已经说明了一切。他握紧了手中的剑，在走到村尾的时候，向安提克扑了过去。可惜他这样的举动并没有成功，反而被安提克的棍子给狠狠打了两下。

　　安提克靠着墙壁，双手紧握木棍指着他们，断断续续地说："浑蛋……你们这些吸血鬼，休想打倒我……你觉得自己很厉害吗？来啊，即使再多几个人来，我也不怕……想和我动手，你们最好去买好棺材，不然我怕没有人来给你们收尸……来啊，你们过来啊，让我看看你们的身手有多好。"安提克怒吼着，不停地挥舞木棒，像一头暴怒的狮子，在寻找着可以吞吃的目标。木棒与空气摩擦产生的声音，听起来让人不寒而栗，如果这打在人身上，那该有多疼。

两个宪兵被吓得不轻，年长的看形势对他们不利，连忙改变了策略，嬉笑着打圆场。"你的身手真好，我们也就是和你开一下玩笑，现在我们见识到了啊。你真了不起，是个英雄。"他一边安抚着安提克，一边向后退。这个老家伙可真会变脸，一走出安提克的范围就开始破口大骂："你个小犊子，你等着，我不会放过你的，等死吧。"安提克也不甘示弱："真希望你们立刻就被野狗咬死，你不是想和我比试一下吗？来啊，我就在这里，我们来打一架试试看。"两个宪兵看了看这架势，都怕这家伙蛮横起来会发疯，连滚带爬地跑了。"胆小鬼，还敢和我动手，蠢货！"——他靠在墙边想了一会："肯定是那些官员对我的发言很不满意，所以才这样的。"安提克走到一个威严的城堡后面，观察着这个气派的建筑，找了块干净的地方歇脚。从围栏往里面看，一排排的窗户显得格外好看，旁边的高大的梧桐树使墙壁的颜色更加突出。里面可能有人在用餐，不断地有仆人端着盘子走来走去。不时传来一阵阵音乐，还有食物的香味。"有钱人真会享受，哪里是我们比得上的。"说着他拿出了口袋里的干粮，一边咀嚼一边思考。

吃东西的时候，安提克看了看那周围的环境。木棉花都开了，像云彩一般挂在绿叶间，引得蝴蝶在四周翩翩飞舞，淡淡的香味让人神清气爽。一群鹅在水面觅食，荷叶上的青蛙呱呱地乱喊。树林里偶尔有一阵清风拂过，绿油油的叶子也跟着沙沙作响。没过多久，随着阳光越来越强烈，这些小家伙也停止了叫声，不知道躲到哪里去乘凉了。整片大地显得寂静而孤寂，只偶尔会有一两只燕子从树林飞过。白色的太阳光让安提克睁不开眼睛，在阴凉处也不能缓解暑气。地上升腾起蒸汽，烤得人受不了。田野里吹过一阵裹挟着热气和干干的细小沙粒的风，就像是从火堆里吹出来的一样。安提克吃饱了，又坐了一会，他想到对面的森林里去。虽说这草地很热，但是突然的暴晒让他实在是受不了，就像被烈火烧灼一样难受。他快速跑到一棵大树下，拿掉了帽子，脱掉了身上早已汗湿的外套，不透气的皮鞋也被他扔到一边。这里并没有想象中的凉快，他不得不继续往前面走去。光着脚板走在地上简直是一种折磨，所有的植物都无精打采地垂着头，天上没有了飞鸟，池塘里没有戏水的鹅，连木棉花都是半开半合。安提克独自在烈日下走着，他的步伐越来越艰难，想着今天发生事情，觉得有些滑稽，有些气愤，又有点失落。"我们能怎么办呢？懂得反抗的是少数人。只要长官们一开口，大伙就吓得不敢说话，都是温顺的绵羊，这可真是悲哀。"他自言自语地说着。

"唉，又能怎么办呢？这个村子里的人已经习惯了受压迫，每个人都只想着可以活下去就可以。好在他们也没有别的心思，安贫乐道倒也生活得自在。只是我心里常常不忍罢了，但是我又有什么办法呢？我可没那么大的本事去改变人们的内心。不能真正捍卫自己的权利真是一件悲哀的事情。"安提克自己在心里默默想着人们被欺压却不敢站出来反抗的情景，不免觉得很可怜，又为这样的现状感到可悲。安提克一边想一边自顾自地出神，完全沉浸在自己的世界里。"我真想帮助那些可怜的人，但是什么才是可怜呢，也许在他们心里会觉得自己是幸福的。而我才是一个不折不扣的可怜鬼。"他无奈地耸了耸肩，好像这样就可以驱走他的烦恼一样。他在沙地上走着撞到了一个推车老汉的板车上，"哦，对不起，老兄！"那人没有说什么，只是停下来拿着帽子不停地扇风，希望能有一丝的清凉。安提克望了望前面那条路，除了白花花的阳光什么都没有。"老兄，你也要歇歇脚吧。"安提克说道。老汉看了他一眼，眯着眼睛说："这天气简直不能让人活，我感觉自己走在火堆里，这是老天的惩罚。"说完，老汉站起来拍了拍裤子上的灰，把帽子盖到头上，开始推他的板车。车上都是些不知道从哪里收来的旧东西，什么东西都有，看上去像是个齐全的旧货仓库。也许是太重了，也许是长时间的暴晒让老人已经没有了力气，老汉不停地喊着号子，像是在给自己加油打气，喊了一遍又一遍，那沙哑的声音像是在沙地里淘砂砾一样干涩，听着难受。没走多少步，老汉耗尽了最后一点体力，气喘吁吁地跌坐在地上。老汉看着走在前方的安提克，大声地喊道："好心人，我真希望你是上帝派来拯救我的，请你帮我推一下车吧，我会给你钱的。可怜我这个老人吧，我没有力气了。"说完就像中了暑一样倒在车边。安提克没有丝毫的犹豫，转身把自己的东西放到了车上，然后去拉这个堆满了旧货的车。小车也像是受到了鼓舞一样，嘎吱嘎吱轮子转得飞快，老汉只有快步走才能跟得上小车的速度。老汉不停地挑起话题，想和这个年轻人说说话、解个闷，好像这样会让安提克减轻一点压力一样。"哎呀，如果没有那些森林就好了，这样我们可就方便多了。"老汉眯着眼睛说。"这段路也不是很远，这样吧，工钱就算五戈比，怎么样？""不稀罕，你以为我是为了你的钱吗？真是践踏了我的好意。""您不要动怒，那给你一些家用的东西吧——拒绝吗？——或者是吃的……那酒也可以的啊。年轻人，也许你对雪茄感兴趣呢，这好东西我可是只给尊贵的人。"话音还没有落，老汉就剧烈地咳嗽起来，感觉他已经不能呼吸了。

安提克为了照顾老人的步伐，稍稍停顿了一下。老汉跟着一步深一步浅地扶着车把走。"看样子，下半季的大麦可以卖个好价钱，这样农民就有收成了。""那当然，如果这麦子长得不好，那下半年的日子可不好过啊，这对我们来说可不是什么好事。""真是感谢上帝的眷顾，这庄稼都长得好好的。"说着他在田边扯了几颗麦粒，扔进嘴里嚼了嚼。"真是好东西，只是上帝把我们的大豆都给弄死了，估计收不了多少了。"他们谈着收成，谈着村里的趣事，然后就说起了今天的提案会议。这个老汉说起这事的时候，一脸神秘的样子，好像他对这个结果早就预料到了一样。老汉靠近安提克，小声地说："其实你们今天的反击是绝对不会成功的，结果早就定下来了。之前行政区长就和建学校的人达成了协议，所以这个事情是一定会成功的。"安提克吃惊地看着老汉。老汉一副了然于胸的表情。"按你的意思，那合约早就定好了，那为什么还通知大家来开会？你是胡说的吧。""年轻人，这你就不懂了吧，行政区长就是这片土地的管理员，他做的决定要大家来商议吗？这些都是做给你们看的，你们被蒙在鼓里罢了。"安提克又说了些觉得蹊跷的事情，老汉都耐心地说给他听，而且还陆陆续续说出了很多不为人知的内幕。然后拍了拍安提克的肩膀说："其实这样也很正常，每个人都有自己的老本行，有人来管理这块土地就得有人服管，就像每个人都扮演着不同的角色一样。不然这个社会不就乱套了吗？""可是，这样是不公平的，辛辛苦苦赚的钱就要被贵族抢去吗？""这样的情况我们见得还少吗？他们也得生活不是吗？""人们也常说，自扫瓦上霜，莫管他人家的闲事，自己有饭吃就好了，不要管别人怎么可怜。"老汉虽然没反驳什么，但是他还是觉得自己的看法是对的。过了一会儿，可以看到路口了，安提克把车子放在较为平缓的地方，在车上买了点小东西准备和老汉告别。老汉正准备感激他，他豪气地说道："我只是帮助一个老人而已，不用这么谢我，感谢上帝吧！"说完就进村子里去了。

现在村里有大片的树林，抬头望望头顶都是绿荫一片，让人觉得凉爽了不少。偶尔有一丝阳光渗透下来也不觉得热。各种各样的树重重叠叠地生长在一起，地上的灌木和小树苗也争先向上生长。满眼的翠绿和下过雨的水坑都让人感受到了少有的凉意，树林里非常安静，一排排的树木努力地向上生长，那些光线在树叶的过滤下也显得可爱起来。地上背阴的地方，还长着蘑菇和吸满了雨水的青苔。一颗颗树莓点缀在草地上像红宝石一样耀眼。安提克喜欢上了这片难得的安宁，靠在一棵树下休息起来。突然响起的马蹄声搅扰了安提克的好梦。安提克眯着眼睛仔细一看，才发现那是财主的马。

大家像往常一样打招呼，财主下马摸了摸马的鬃毛说："今天这温度高得让人透不过气来，是吧？""听说旁边的村子早就开始收割了。""噢，他们的土地被破坏得太厉害了，不得不提前收割，我们的地也差不多了。"财主突然想起今天的会议，就问安提克会议的情况。"上帝啊，你可真勇敢，居然能够当着行政区长的面要求建立我们自己的学校？""这难道有什么问题吗？我们是波兰人，我们就应该学习我们自己的文化和语言。而且沙皇也承诺过，我们有自己的权利。"这时财主惊讶地瞪大了眼睛继续问道："是什么让你这么执着？""很简单，我不能让我们的后代忘记自己的语言，我不能改变整个波兰，但是我要努力改变我们这个村子。""真不可思议，你这是被谁洗脑了？"他正色地回答："不单单是我，有很多人都持有这样的观点，虽然这次我们失败了，但是我们是不会放弃的。""难道让你和你的那群伙伴来教育后代吗？"安提克听到地主这番略带嘲讽的言辞，猛地抬头直视着财主的眼睛，有种让人不寒而栗的感觉。财主连忙说着刚听来的新鲜事，试图转移他的注意力。安提克没有被影响，继续说着农夫们的意志不够坚定，太容易被掌权的人控制。"这都是不可改变的，你看神父教给他们那么多新的思想，对他们进行教化，结果呢，他们还是没有任何改变，不是吗？""神父的观点并不能代表一切，谁能保证他就一定是对的，就像一杯圣水不能拯救一个垂危的病人一样。""那谁是正确的？是你这个犯过事在牢房里忏悔过的人吗？"财主不怀好意地问他。这句话彻底激怒了安提克，看上去就像马上会爆发的火山，但是安提克努力地控制着自己的情绪说道："在监狱里我想通了一件事情，如果不是那么多官员和贪婪的人……人们的苦难都是他们造成的。""真是愚昧，他们对你有什么影响？""影响——我们已经亡国了，这个影响还不够大吗？我们辛辛苦苦地在土地里找食物，赚的钱要交沉重的赋税，我们以为这些都是给了军队，实际上呢？都是被那些掌权的消耗掉了，现在不得不像寄居蟹一样生活在外邦人的统治当中。""愚昧的人，真是愚昧，你们只适合在土里刨食，你们不配和贵族们相提并论。你会得到惩罚的，等着吧。"财主说完就上马扬起马鞭，怒气冲冲地向前面的大道奔去。安提克也气得不行，在地上直跺脚，把地上的青苔踩得乱七八糟。"真是可恶，平时需要农民帮忙的时候就好言相劝，像对待自己的朋友一样说笑。现在就像对待奴隶一样恶语相向。"安提克怒气冲冲走出了树林，这时突然看到一个熟悉的身影，仔细一看原来是雅歌娜和亚涅克站在树荫下，相隔不远好像在说什么。

安提克不敢相信自己看到的一切，确实是他们两个人，两个人相互望着对方，有一种说不出来的感觉。他集中注意力想听听他们在谈什么，但是都只是些普通的内容，并没有说出什么不恰当的话。也许是雅歌娜在树林里采蘑菇，他们刚好遇到了而已，但是安提克觉得疑惑的是，为什么雅歌娜要盛装打扮来采蘑菇？她看亚涅克的眼神温柔得可以滴出水来，也许是因为激动，她的呼吸都显得不太顺畅。雅歌娜拿出自己的小篮子递给亚涅克，亚涅克自己拿了几颗树莓，又给雅歌娜喂了几颗。两人还会心地笑着，脸上满是红晕。安提克看着他们，妒忌得眼睛都红了，要知道他是多么喜欢雅歌娜。"亚涅克已经是神父的预备人选了，怎么还能这样不庄重？"

　　安提克看不下去了，他赶忙回家，望着太阳下山的方向就知道已经是吃茶点的时间了。"唉，每次都以为自己可以忘记她，本来已经没有感觉了，只是碰到她才会想起那些事来。现在的女孩子也太不矜持了，怎么可以用那么热切的眼光望着小伙子？只怕是稍稍地勾搭，就会让她自动投怀送抱。她看到我就像看到仇人一样躲避我，真是令人伤心。还好她爱上了亚涅克，这注定是没有结局的爱情。好了，我也不要理会了，看她怎么收场。"他想着这些问题往家的方向走得飞快，也许是太过于投入，连村里的人向他打招呼都没有听到。他走到水塘边，看到亚涅克的妈妈正在洗菜，一群鸭子在周围觅食。"夫人，你把鸭群放到这里来了啊？""是啊，我在这里等着我儿子呢，他就要回来了。""这样啊，我刚刚看到他在树林里和别人说话。""太好了，他已经到树林了，这孩子就是心肠好，肯定是和认识的人打招呼。亚涅克遇到不认识的狗也会摸摸它的，亚涅克在和谁说话？""这个……我看不太清楚，好像是雅歌娜。"亚涅克的妈妈听到这个名字皱了皱眉，有点不满意的样子。"也许是太热了，他们才躲到树林里去了，至于做些什么，我们可就不知道了。""上帝啊，怎么会这样？我们的亚涅克怎么能和这样的人说笑？"亚涅克的妈妈越想越觉得可怕，前几任神父的那些流言让她有些心神不宁。"这可不成，我们的亚涅克就要成为神父了，不能和这个不三不四的人做朋友。"她把东西都收拾好，想仔细问清楚，却发现安提克不知什么时候离开了，她只好一边想问题，一边等亚涅克回来问个清楚。没过多久，路上过来一辆马车，到了水塘边，亚涅克跳下车，紧紧地抱着自己的妈妈。"这孩子，力气大得我都不能呼吸了，快放开，真是的！"风琴师太太嗔怪道。夫人眼睛牢牢地盯着亚涅克，仔细观察他的样子。"我的孩子，他们是怎么折磨你的，你都瘦了，看来你过得并不太好。"亚涅克看着妈妈说："妈妈，我是去学习了，粗茶淡饭怎么可能长肉呢？"说完把他亲爱的弟弟抱在怀里，逗得小弟弟咯咯笑个不停。"没事，我会天天把你喂得饱饱的，那些肉很快就会长起来。"一边说一边还了捏他的脸。

　　"我们回去吧，我已经迫不及待了。""天啊，这些可恶的小鸭子，真是会搞破坏。"亚涅克也帮忙把这些鸭子赶到了水塘里，然后扶着妈妈上马车，又把他的小弟抱了上去。"这孩子怎么脏兮兮的？""这个馋嘴猫，看到树莓就抓着吃，吃得满脸都是。我在树林看到了雅歌娜，她就分了一些给我。"亚涅克有些不好意思地说。"安提克看到了雅歌娜和你在树林里说话。""是吗？可能没有注意到，不然我肯定会打招呼的。""你啊，也要注意点影响，有些事情就是空穴来风，知道吗？"他妈妈生怕他发生什么不好的事情。亚涅克好像没怎么在意妈妈在说什么，而是看着头顶上拍着翅膀的鸽子："那肯定是神父的，肥肥壮壮的。""小声点，不要乱说。"她坐在车上，就像自己的儿子已经成为一个尊贵的神父，而自己也有无限的荣耀，村民都会对她客客气气。"菲利克普也要回村子了吗？""啊，妈妈，他不能回来了，他被抓起来了。""我的上帝啊，为什么？以前就说他的结局不会好的。真是个让人不省心的孩子，如果他成为一个书记员就没有那么多麻烦了，只可惜他那个父亲一定让他去读书。原本以为他们家会发达的，现在好了，被抓进去了，真是可怜。"虽然嘴里惋惜着，但是风琴师夫人却有些暗暗高兴。"妈妈，他并不是犯了罪，而是政治原因。""什么？那可是个麻烦事。"亚涅克并没有解释，而是沉默着继续赶路。"你不要参与这些事情，会害了你的。""其实也没多大的问题，他并没有做什么，只是聊了几句而已。""神啊，你要时时刻刻保持警惕，如果你被学校赶了出来，你将来不能做神父，我们家人都会非常失望的。我们为了让你能上好的学校，已经耗尽心血，把希望放在你的身上。近年来的收成又不好，每次有演奏的机会，神父就自己去谈价格。还说你的父亲总是要得太多，这样下去我们就没有收入养活这个家了。你可要努力才好啊。""我觉得，父亲的酬劳是有些离谱。""你这个孩子真不懂事，哪里有胳膊往外拐的。即使事实是这样，他也是为了养活我们。"风琴师夫人有些失望。

亚涅克想安慰一下自己的母亲，却听到了一阵阵的摇铃声，就喊他的母亲："妈妈，听到这个声音了吗？一定是神父去看望病人了。""这可不一定，也许只是为了驱赶想逃跑的蜜蜂，现在他的心思全部都在他的后院和他的牲口上，哪里有心思来管弥撒的事情。"就在这时，一大群蜜蜂向这边飞过来。"快快，把马给拉好了，不然被蜇了就麻烦了。"那些小东西到处飞，寻找着一切可以附着的地方，确实有些恐怖。神父追着那群蜜蜂，跑得上气不接下气，还不停地用喷雾朝那些蜜蜂淋水。安布罗斯帮着神父驱赶那些蜜蜂。他们丝毫不敢懈怠，接连转了好几圈，终于让那些蜜蜂停歇在了一根木桩上，被吓到的孩子们都飞快地跑回了家。然后所有的蜜蜂又一窝蜂地飞了起来，直接冲向亚涅克的马车。风琴师夫人连忙用帘子遮住自己，那些鸭子也受到了惊吓，歪歪扭扭地跑开了。亚涅克冷静地看着越来越近的蜂群，大声向神父吼道："喷水，来啊，快来喷水，它们还没有飞走。"神父冲过来一个劲地向蜂群喷水，蜜蜂都粘在了一起，掉在地上。"安布罗斯，快拿梯子和筛子过来！"

"动作要迅速，免得这些家伙跑了。你好啊，亚涅克，帮我找点香料来，我可要让它们晕头转向的。"神父大声地叫道。神父继续对着落在地上的蜜蜂不停地喷水，不到念一篇经文的时间，所有的工具都准备齐全了，然后亚涅克点起炭火。带着香味的白色气体渐渐升起来，蜜蜂又开始飞起来。"感谢上帝，它们应该飞不了多远了，只是这分开了可不好抓，亚涅克，把熏木炭拿到底下开始熏。"神父在蜂群里寻找蜂后，右手去抓蜜蜂，还一边抓一边和蜜蜂讲话。很多蜜蜂停在神父的身上，或是在他周围飞来飞去，但是他一点也不在意。反而提醒其他人要注意不要被蜜蜂蜇了。神父周围布满了白烟和蜜蜂，他可不管这些，他从梯子上下来小心谨慎地捧着装满蜜蜂的筛子，就像捧着圣物一般用心。

亚涅克摇着香炉紧紧跟在神父身后，安布罗斯也尾随其后，手上动作不停，一会儿摇铃，一会儿用水洒那些不怀好意想要蜇上来的蜜蜂，以此来保证自己不被蜇伤。他们一面摇着手中的器物来驱赶围在自己附近的蜜蜂，一面小心翼翼地朝着目的地——神父住宅后面的养蜂场前进。养蜂场建在独立的围院中，大约二十个蜂房中熙熙攘攘的蜜蜂聚集着，发出繁忙的嗡嗡声，听起来就像蓄势待发，准备振翅高飞一样。

等到神父将所有蜜蜂全都安置到了新的蜂房后，亚涅克只觉得浑身像要散架了一般，肚子也顺势唱起了"空城计"，趁着神父没有注意，他悄悄地溜回了家。

见他回来，家里人显得格外高兴，每个人都围绕在他身旁，问东问西，忙上忙下，就像是养蜂场中那团杂乱的蜜蜂一般在耳朵旁边嗡嗡作响，凌乱的问话叫本就疲惫不堪的亚涅克难以应对。好不容易坐到餐桌上，亚涅克迎来了第二波狂轰滥炸。每一个人都瞬间化作最为热情好客的主人，个个都拿出最好的东西半是规劝半是逼迫地要他吃下，甚至每个人都抢着想要坐得离他最近，与他多说那么一句话，替他多做那么一件事。就在一家人其乐融融又显得有些杂乱的环境下，社区长的弟弟乔治突然来访，满面焦急地询问他们是否见到过罗赫。一家人都摇头。

乔治显得十分忧心，他垂头低语："找了好些地方也没见到他。"说完又马不停蹄地去往下一家，想要从其他人那里找到罗赫的踪影。乔治刚走，亚涅克一家又迎来了神父派来的找亚涅克的人。亚涅克自是不愿前往，脑海中寻了千百个借口想要往后推延，甚至想要推辞掉，可还是不得不去一趟。

他到的时候，神父正坐在门廊上等着他，一见他来立刻给了他一个慈父般的拥抱，笑容和蔼可亲地拉他坐下。

"啊，亚涅克，你能来我真是太高兴了，来吧，我们一起做每日祈祷。对了，我有没有告诉过你今年我养了几群蜜蜂？啊，十五群，一共有十五群！它们比起任何老蜂都更要有活力，甚至有些已经完成了蜂房四分之一的蜂蜜采集，瞧，它们该是多么棒的蜜蜂！说起来以前的群数更多，可替我照看蜜蜂的安布罗斯竟然半途睡着了，说起那个白痴，简直气死我了！现在那些蜜蜂可都在树林里，还被磨坊主偷走了一群，那个可恶的盗匪，竟然说'既然是落在他的梨树上，自然也就是他的蜜蜂'，多么荒谬可笑的逻辑，他竟然以此为借口不肯归还我的蜜蜂。我敢打赌，他一定还在为公牛的事情怀恨在心，想要以此报复，该死的盗贼！还有啊，亚涅克，你有没有听到菲利克的消息……啊！这些可恶的苍蝇，蜇起人来就像一只只硕大的黄蜂！"话题蓦地被围绕在他秃头上的苍蝇打断，他怒吼一声，掏出手帕去驱赶头顶上的那群不速之客，神情显得极为不耐烦，就像颇为恼怒这群家伙打断了自己的问话。

亚涅克忍住笑，规矩地回答道："我听说他在华沙出现过。"

"哦，华沙，最好是这样。我可警告过他，可那个家伙笨得活像一头驴，不听我的劝，现在弄得处境这么艰难……他老爸又是一个大嗓门的野猪，我真为菲利克难过。唉，他是多么聪明的家伙，流利的拉丁文堪比任何一位主教！俗话说得好：'不该碰的东西千万别碰，不该犯的罪千万别犯。'还有一句怎么说的来着？'听话的小牛长得好，如同是吃的双倍奶长大的'，对，没错，就是这样，一点没错……"他仍旧挥舞着手帕赶着盘绕在他头顶上的苍蝇，声音却渐渐低下去，"记住，亚西奥（'亚涅克'的正式称呼），记住……"说着说着，手上动作一收，身子顺势往大扶手椅子里面一倒，闭起眼睛打起瞌睡来。亚涅克站起身来告辞，神父却又睁开眼睛，声音带着浓浓的睡意，听起来含含糊糊的："这些蜜蜂真能折腾我，简直累死了。亚涅克，记得改日来陪我做每日祈祷。啊，啊，对了，忘了提醒你，别和那些农夫走得太近，那句老话可别忘了，'成日混在谷壳堆里，终有一日会被猪当作谷壳吃掉'。好了，我的话已经带到了，你可要记好了。"说完他将那张手帕摊开盖在脸上，不过片刻就传来他均匀而细小的呼噜声，看来他已经累得睡着了。

别和农夫走得太近？亚涅克沉思了半晌，记忆中父亲似乎也这样说过。长工赶着马群从放牧的草原回来，亚涅克心血来潮跳上　匹，那老头子就冲他忙喊道：

"下来，赶紧下来！你见过教士骑无鞍马或者跟我这样的放牧人结伴而行的吗？这简直太荒唐了！"

见他这样，即便亚涅克再如何喜爱策马奔驰也只好暂时打消这个念头，毕竟他的神情实在叫人在马背上多待一秒都如同芒刺在背一般难受。天色渐沉，亚涅克来到花园做晚祷，但他无法专心致志，因为他的耳朵正接纳着来自四面八方的声音。他听见有位姑娘在唱歌，声音很近，听起来似乎就在附近；他听见有几个女人在旁边果园闲聊，那些语句伴随着草叶上的露水一同钻进他的耳朵；他听见孩子们在水塘洗澡嬉闹的笑声和叫喊；而另一边则传来了笑声、牛叫声，甚至还夹杂着神父饲养的那只珍珠鸡清脆又短促的啼叫，各种各样的声音融汇交杂，最后化作杂乱的嗡嗡声一同传入他的耳朵。这些声音折磨着他拼命想要静下来做晚祷的思绪，这让他颇为恼怒。而当他终于定下心神跪倒在那黑麦田时，他虔诚地抬起头颅看向那无边无际的天幕，似是想要透过那渐黑的天空看见那高高在上的上帝，与他对话，让他看见自己的虔诚信仰。一切是多么和谐美好，却被一阵刺耳的尖叫和哭喊声破坏得干干净净。亚涅克被这突如其来的噪音惊得浑身冒冷汗，他尚来不及与上帝告别，脚已经自动跑向家中。刚好来喊他吃晚饭的母亲见他心神不宁地询问是否有人打架，忙安抚地回答道：

"噢，没事的，是约瑟夫·瓦尼克从警察局回来了，他好像多喝了些酒，与他太太发生了口角，打起架来了。说起他太太啊，那个女人早就该被狠狠揍一顿了。不过亚涅克，这些事你不用担心的，他太太不会有事的。"

"可是她叫得那么凄惨，就像被人活生生地割肉剥皮一般！"

母亲安慰地摸了摸他脑袋："她一贯是这样折腾的，如果他拿着棍子打她，想来她就安分了。但第二天她就马上恢复了精神，会去找约瑟夫算账的，一定！——好了，我们该下去吃晚餐了，再不吃凉了可就不好了。"

亚涅克浑浑噩噩地吃完了晚餐，说起来也就只吃了一点点，少得近乎没吃一样。他躺到床上的时候只觉得莫名地疲惫，很快就睡过去了。第二天一大早，亚涅克就早早起来出门散步了。沐浴着清晨干净的阳光，呼吸着清新的空气，他昨日内心囤积的郁闷一扫而空，心情好得似乎要飞起来一般。他甚至难得地拿了苜蓿喂马，蹲下身去与神父的火鸡玩耍，逗得它们竖起羽毛几乎要"怒发冲冠"，看门狗对他友好地摇着尾巴，跃起身子想要与他玩耍，却无奈身上束缚着铁链。他行走在田间，时而撒出谷粒喂雪白的鸽子，时而帮着小孩子赶牛，遇见麦克还好心地替他劈了柴；路过果园，他像个好奇的孩子一般，探着脑袋去观察梨树上的梨是否成熟；见着奔跑的小雄驹他也忍不住上前同它嬉闹，四处奔跑。他似是第一天见到这世间美好的幼童，又像是看遍一切对世间充满爱怜的老人，他问候着盛放的鲜花、沐浴着阳光的小猪、野草甚至荨麻。他的母亲见他这样，不由得微笑起来，语调温柔又慈爱：

"他发疯了——完全疯了！"

亚涅克就这样四处走着，四处看着，目光中装满对这个世界的赞美和爱怜，笑容明媚如同七月艳阳，晴朗温柔，热情温暖，不偏不倚地将整个世界纳入自己的怀抱之中……弥撒钟敲响的那一刻，亚涅克这才回过神来，脚步匆匆地赶去教堂。

这场弥撒是别人前来还愿、感激上帝助他实现愿望的。亚涅克穿着配有红缎带的新袈裟，领着神父有模有样地走出圣器室。风琴奏响，人们开始低声歌唱，那低沉又虔诚的歌声使圣坛燃烧的烛火都像受了感染一般，随着歌声抖动着火苗。琴响歌起，弥撒开始，虔诚的信徒跪拜在圣坛四周。

亚涅克一边帮着神父他们做弥撒，一边还要负责唱圣歌和祷告等事宜，忙得简直不可开交。而即便是在这种分身乏术的情境下，他仍旧忍不住去看雅歌娜，看她那双深邃明亮的深蓝色的眸子，看她挂着和煦柔美笑容的嘴角。

弥撒终于结束，神父没给亚涅克回家的机会，直接将他带回了自己家里，在一系列抄抄写写后，时间已经走到了中午，神父这才结束了那些抄写的任务，让亚涅克去村子里访问朋友。

亚涅克决定先去拜访离自己最近的邻居克伦巴一家，可偌大的家中没有一个人影，似乎谁也不在。亚涅克转过身子，长长的走廊上蓦地现出一个挪动的黑影，亚涅克吓得一跳，却听见那个黑影低哑的说话声：

"我在这……我，爱嘉莎在这儿！"她艰难地爬起来，皱巴巴的脸上带着些惊讶和喜悦，"天哪，原来是亚涅克少爷！"她伸出手来，动作极为吃力。

亚涅克忙阻止她："不用，不用起来，就这样躺着吧……你怎么了？身体不舒服吗？"他问话声音轻柔缓慢，似是害怕吓着她一样。他就坐在他带来的那截树桩上，低着头就近察看她的面色。她的神情极为憔悴，双颊深陷，消瘦不堪，让他几乎无法确认面前这人就是那个爱嘉莎。

"我在等待主的荫庇，期待他赐予我无尽恩泽。"她面色蓦地严肃起来，连同说话都一起庄重肃穆。

亚涅克愣了愣："你到底生了什么病？"

"哦，没病，只不过是死神正等待着我逐渐衰竭的身体，好心的克伦巴一家收留我在此，让我得以死在亲人身边，所以我才躺在这里——等待着死神收我，企盼着天主恩泽……等到死神来敲门说一句'你这疲惫的灵魂，跟我走吧'！啊，那时，我就该随他一起走啦。"

"你怎么不躺在里面？嗯，我的意思是屋子里？"

"啊，亚涅克少爷，我已经够麻烦他们了。如果要为我腾出空间他们就得费力地牵走那头小牛，这得多麻烦他们啊……更何况，他们已经答应我，在我离世之前的最后几个钟头他们会妥善地将我送回室内——让我躺在圣像之下，双手握着蜡烛，让我沐浴在圣主的光辉之下离去。对了，他们还说会替我请来神父，给我穿上最好的衣服，替我举行一个真主妇的葬礼！啊，这该是多么荣幸的一件事情，我听他们这样说心里别提有多么高兴呢。我交出了所需的一切费用，只需要这样静静地躺在这里等待着我盛大又光荣的葬礼。克伦巴一家都是正直的人，他们一定不会欺骗我这个孤零零的老太婆才对吧——啊，我不会麻烦他们太久的，他们一定不会欺骗我才对，更何况还有证人呢，他们曾在证人面前保证过的！"

亚涅克看着她苍老衰败的脸有些不忍心，再开口说话声音竟似带着泪水一般湿漉漉的："可是，你一个人躺在这里，难道不无聊吗？"

"无聊？当然不会。亚涅克少爷，你瞧，顺着这道门看过去，我能看见来往的行人，能看见相互交谈的村民。时不时会有人进来瞧瞧我，会有人与我说上一会子话，我都不用出门不用动，就能瞧见这整个村子的人呢，简直就像走遍全村一样。当他们都去劳作的时候，我又可以去看看那些扒拉着垃圾的家禽，看看跳进走廊的麻雀，有时候哪个顽皮的孩子会朝我这边扔一团土块，啊，他是哪家调皮的小家伙，这样看着想着，一天很快就过去了……到了晚上……他们就会来看我——好多人，他们都会来看我……"说到这里，她神情终于有了些许愉悦的影子。

亚涅克被她这分愉悦所感染，禁不住好奇地凑近她，看着她那双几乎已经失明的双眼："他们？你说的他们是谁啊？"

"那些去世很久的亲戚朋友——啊，亚涅克少爷，我可不是胡说，我真的见到他们了！——还有呢，还有一次，"她的愉悦蓦地转换成更大的狂喜，连同那张老脸都一并泛起笑容，"有一次我见着钦斯托合娲的圣母了，真的是她，单单从她缀满金珠子和珊瑚珠子的冠冕和斗篷，我就一眼认出她来了。她还亲自与我说了话了呢，'躺着，爱嘉莎，耶稣会嘉赏你'，她是这么说的，表情是那么慈善爱怜，她甚至还摸着我的头发，像我母亲一样温柔，她说：'寂寞的爱嘉莎，不要害怕，你人世的贫穷被欺不会带去天上，你去了天庭会成为最高贵的夫人，再也不会有任何人能够随意地看轻你，不要害怕，爱嘉莎。'"

她的声音渐渐低下去，似是力气渐渐用完，又似是沉浸在她美妙的梦境一般。亚涅克仍垂头看着她，她的面庞消瘦疲惫，却因着心中那份企盼和渴望变得那般教人移不开眼，她的声音明明是这样的有气无力，却因为语言中透露的希冀和虔诚变得那般动听。便是这样一个生命衰竭，似是枯萎的花朵一般的垂垂老人，内心竟包藏着不输于任何生命的希冀和愿望，她企盼着的是重生和荣显的生命，与她现在卑微又低贱的现状形成了这般鲜明的对比。亚涅克不由得觉得恐惧，但更多的竟是不忍。他第一次如此清晰地接近一个人的命数，他亲眼看到了她的衰败，也亲耳听见了她的愿望，他不由得内心骇然澎湃。他满心悲哀，却又满心赞叹。他哀叹着老爱嘉莎此刻的卑微和悲惨处境，不由得流下泪来。他虔诚地跪倒在地，为这老人献上自己最诚挚热烈的祈祷。他企盼着她愿望的实现，企盼着她在天庭摆脱此刻难挨的处境。

爱嘉莎艰难地爬起来，抬头啜泣欢呼：

"亚涅克少爷，你是多么纯洁的青年，多么伟大的神父！啊，我贴心的亲人！"

祈祷结束，他仍舍不得走开。他就那样安静地站在墙边，任那阳光懒懒地洒在身上，细细的呼吸伴随着周遭生命安静祥和地蔓延滋长。

他仔细地感悟着，品味着，甚至觉得身旁还有一个老爱嘉莎在死神手中哀哀挣扎也觉得无伤大雅。

这个世界有更多值得去关注的，不是吗？麦田沐浴着阳光，在微风中轻摇慢晃，洁白云彩宁静地徜徉在天际看着地上玩耍的孩子们那红通通的苹果也早已成熟等待着人们采撷。微风带来遥远的铁锤敲打之声，铁匠们在做些什么呢？是在打造一辆出行的篷车，抑或是在锤炼一把锋利的镰刀用在收获上？鼻子闻得到香甜的烤面包香气，会是哪家勤劳的人？又是哪些笑声清脆的女人围聚在一起，说了些什么有趣的话题？啊，这个世间充满数不尽的忙碌，每个人都在时间的长河中熙熙攘攘、汲汲营营。算计、忧虑、喜悲困苦，夹杂而生，又会有谁知道，此刻天堂般宁静，下一刻又会迎来怎样恐怖的情境呢？

谁都不知道。亚涅克甩甩头，将脑袋中盘旋的思维一并清空，他还有任务没有完成，实在不应该在此刻想这些似有似无的东西。

村子里，马修那堵墙已经垒得相当高了，普罗什卡大妈正勤劳地漂着衣服，幼姿卡仍旧卧病在床，社区长太太一如既往地喜欢发牢骚，铁匠铺的铁匠果然在打造一把镰刀，锋利的锯齿在淬硬的刀身上显得格外骇人。菜园中妇女和姑娘们在辛勤地劳作，每个人都笑脸盈盈地同他打着招呼，每个人都将他视作亲密的兄弟朋友，因为他是他们中间的一分子，每一个丽卜卡村的村民都以他为荣，对他悉心爱护。

最后他来到多明尼克大妈的家中，她正端坐在门外纺纱，明明双眼蒙上了绷带，她的手法却依旧那么娴熟。

听见亚涅克的疑问，她微笑起来，摆出一双手给亚涅克看："你瞧，我用手指一摸就能知道那线好不好、有多粗，一下就能摸出来的。"说完她又开心地冲着院子里喊出正在干活儿的雅歌娜。

那穿着罩衫和围裙的姑娘一看见亚涅克顿时红了脸庞，她局促不安又万般羞涩地垂着头，手都不知道该往何处放。

"雅歌娜，去端些牛奶过来，亚涅克少爷走了一路想必口渴了。"

多明尼克大妈的一句话恰到好处地解决了雅歌娜的尴尬，她几乎是小跑进了屋内，再出来的时候她肩头已经披上了一条围巾，仍旧垂眼低眉，提着一大桶牛奶还带来一个杯子。但她神情仍旧十分尴尬，垂着眼兀自倒着牛奶，不敢看亚涅克一眼。但她颤抖的双手出卖了她内心的紧张。

即使他在场时她没敢开口说一句话，但她仍旧悄悄尾随在他身后，送他到大门口，甚至目光一并追随那个远去的身影直至它消失。

这便是她思慕的人啊，他是多么吸引她、诱惑她！她甚至要狂奔至果园，紧闭着双眼使劲抱住一棵树，只有通过这种方式，她才能勉强压制住要追随他而去的冲动。此刻呼吸都变得困难，内心聒噪的喧嚣教她觉得既满足又幸福，她就这样安静地将自己藏在苹果树枝下，半闭着眼睛品味此刻的心潮。可内心深处，除却满足幸福，还隐有一丝不安，那种悸动来得又迅速又热烈，恰如春日那晚她隔着窗子看他一般，既教她心生愉悦，又教她觉得害怕。

而雅歌娜不知道的是，她迷恋着他，而他也被她深深吸引。只是这种吸引，连亚涅克本人都不知晓。他喜欢来她家稍坐片刻，因为那样的片刻会教他觉得快活；他喜欢在教堂中观察这个虔诚的信徒，每每见着她的侧脸他都忍不住心生愉悦。他甚至同他母亲提及雅歌娜的虔诚之心，

他母亲似笑非笑地回答道："是啊，她确实需要祷告祈求天主宽恕，没错！"

这句语焉不详的话叫亚涅克不解其意，他心灵宛如世上最干净的花朵。在他看来，经常来他们家劳作的雅歌娜是那么讨人喜欢，加上她又是那么虔诚的一个人，他实在想不出母亲话中的深意，可

自从他回家以来，就没怎么见到雅歌娜，这事让他费解。

他母亲回答道："我刚才已经派人去找她过来了。家里要烫的衣服可不少。"

雅歌娜来了，她穿着那么漂亮的衣服让他觉得惊艳又诧异。

"怎么，你该不会是要去结婚吧？"

有位姑娘附和着他的话，调侃道："是啊，看来她已经接受了某人的求婚。"

雅歌娜红着脸大笑："谁敢向我求婚，我一定叫他滚蛋！"她的话听起来那么奇怪，教在场的每个人都盯着她看，直看得她面红耳赤。

亚涅克的母亲上来解围，喊了雅歌娜去熨衣服；他的姐妹们也一起去了，亚涅克于是也跟着去了。不一会儿，大家相处得相当愉快，甚至一点小事也引得他们哈哈大笑，而煞风景的老太太终于开口骂道：

"简直不成体统，你们吵得就像喜鹊一样聒噪！——亚涅克，我建议你去花园坐坐，这里实在不是你应该待的地方。"

噢，多么扫兴，可亚涅克只好听从。他走出那些喧闹，按照往日习惯来到宁静的田野漫步，一直走到丽卜卡村的边缘，时而看书时而凝思。

而雅歌娜素来知道他喜欢去的地方，她围着他转，如同围着烛火的飞蛾一般不由自主，甚至观察着他的一举一动。她内心似有激流，而她心甘情愿被那激流卷入其中，她甚至不想思考是否能够脱身，如同被激流推着行进，而她甚至也不在乎会被冲到哪里，这一切又该如何收场，她享受着这一切。

不论昼夜，不论做休，只要心在跳动，她的爱恋就一并跳动：

"我想见他——见他——再一次见他！"

就连在教堂做弥撒，所有人都虔诚地吟唱，只有她，用她那双深蓝色的眼睛忠诚又专注地凝望着亚涅克，只有他一个人——他穿着白色的衣裳是那样优雅有礼，就像自画卷中走出的天使，浅笑吟吟地向她走来。她甚至觉得可以通过他看到天庭，他就是那样高高在上，教她想要亲吻他走过的每一寸土地。她就这样看着他，口中同别人一样唱着圣歌："神圣，神圣，神圣!"却感受着独属于自己的那份幸福激动。

这种幸福甚至持续到弥撒做完，别人都离开了，安布罗斯前来关门，她仍跪在那里凝视着教堂——这个亚涅克方才来过的教堂，她呼吸着他方才呼吸的空气——心中神圣又安详，那种喜悦浓得醉人，也几近痛苦——雅歌娜仰着头，流下眼泪。

而现在，她的每一天都过得像是节日一样庄严盛大，她每日虔诚地膜拜着圣主，与人一起吟唱圣歌。她为所见一切歌唱，为乡野、为麦穗、为泥土、为果园、为森林、为云彩，甚至为那轮光芒永绽的太阳——她赞美一切，歌唱一切，所见所闻都凝结成她内心最最宏伟的一首圣歌："神圣，神圣，神圣!"

她不禁想："此时此刻，人的情感何其有力，甚至可以与上帝抗争——甚至可以同死神对抗——甚至可以抵抗命运！这时候的人对任何生命都是礼赞，哪怕卑微如同虫子，他也一样可以公平以待。清晨他跪谢天主赐予的一天，晚上他赞美天主逝去的一天；他可以交出一切，可内心仍旧富足如初；每一天每一刻，他的爱都会随着时间不断累积增长。

他的灵魂因为这份爱而不断上升——上升——上升至世界的最

上空！他能同在人世察看周围事物一样轻而易举地看到星辰！祈求永恒不灭的幸福，他只需要大胆地向着天庭伸出手去，这世间再不会有任何力量阻挡他对于人和物的热爱，也不会有任何力量能够超越、能够摒弃！"

　　每天都过得如此乏味，在忙东忙西准备收割的日子中，雅歌娜仍旧如同一只云雀一般喜爱唱歌，笑脸盈盈，像一株瑰丽的玫瑰，像一只华丽的蜀葵，不，这些都不足以形容她浑身散发的喜悦光彩，她就像是天国花园中开放的花朵，是那么的迷人。她的双眼是那样的光彩夺目，她的笑容是那样的甜美可人，甚至连老头子的眼光都被她吸引，更不用提那群成日聚集在她门外的年轻小伙了。可她拒绝了每一位追求者。

　　她的态度高傲，说话嘲讽："愿意站多久就站多久吧，反正我是不会答应的。"

　　追求者们同马修抱怨道："她是那么高傲，宛如贵族领地的夫人一般瞧不上我们任何一个！"马修心中一声叹息：他又能好到哪里去，自己除了能和她母亲说说话，趁这机会看看雅歌娜忙碌的身影，听听她的歌声之外，她对自己也一样没有半分好颜色。只能偶尔看看她，偶尔听听她，这种郁闷叫他每每回家都心情不快，喝闷酒，拿身边的人出气，特别是在对着泰瑞沙的时候。泰瑞沙为此深受折磨，觉得生活是如此的无望，甚至有一次遇见雅歌娜都忍不住背对着她吐口水，以此来表明自己的恨意，却不想对方直接无视她，瞧也没瞧她一眼径自离开了。

　　泰瑞沙简直要气疯了，她开始搬弄是非：

　　"你瞧，她就这样不可一世，不论对谁都不屑于看上一眼呢！"

另一位姑娘附和道："看看那打扮，又不是什么大节日，穿成那副德行！"

"是啊，她每天单单打理头发都要打理到中午！"

"还老是去买缎带和头饰！"她们满眼怨恨地附和道。不知从什么时候开始，雅歌娜一露面村子里的女人就会目光恶毒地瞧着她，锐利又恶毒。女人们总会想出各种各样的话语来批评讽刺，像她路过之时，主妇们就会围聚在普罗什卡的院子里交头接耳：

"她有什么了不起，瞧瞧那副自视甚高的模样。"

"她怎么穿得起那么好的衣服，钱是从哪里来的？"

"咦，你不知道么，她啊，很得社区长欢心呢。"

"我听说安提克对她也是出手大方得很。"

雅固丝坦卡打岔说："怎么会，安提克对她才没兴趣呢，谁见过老狗还会想要第五条腿的，她现在巴结上的可是另一个人！"女人们好奇地询问，雅固丝坦卡故作神秘地笑了笑：

"我可不能乱说话，你们都有眼睛，一定看得出来的！"

于是更多的人比起以前更加严密地探察雅歌娜的一举一动，连最最细微的动作都不会放过。

而可怜的当事人还浑然未觉，不过，即便知道了，她也不会去在乎这些事情，在她看来，只要能够天天看见亚涅克，别的事情都不重要了。

她天天趁着亚涅克在家的时候跑到风琴师家里。有好几次他都刚好坐在她身边，不用抬头都知道，他看着她，这种凝视教她羞涩不已，浑身烫得如同火烧，连同身子都一齐打起颤来。当他在隔壁房间教导妹妹时，她会全神贯注地去搜寻着独属于他的温柔嗓音。

而当亚涅克母亲见她神情专注忍不住问她之时，她会一本正经地回答道："啊，亚涅克教导的东西实在太难了，我听得这样认真也完全不明白呢！"

老夫人半是骄傲半是讽刺地笑起来："你很想学吗？你也不瞧瞧我儿子念的是什么学校！"毫无疑问，在她心中，儿子便是最骄傲的所在，所以她相当乐意与雅歌娜多谈论一会儿。她无疑是喜欢这个心灵手巧的女孩子的，更何况她还会经常带些东西过来，像是梨啊、野草莓啊、越橘啊，有时候是一块新鲜的奶油。

雅歌娜会相当认真地听她说话，前提是亚涅克在家；而当亚涅克一离开家门，她也会立刻起身告辞。她喜欢站得远远的，偷偷地注视亚涅克。有时候会躲在麦田和大树后面，就那样看着他，神情痴痴，不觉就流下泪来。

她最喜爱短暂又热烈的夏夜，每当母亲熟睡之时，她可以将床移到果园中，就那样静静地仰望着天空，观赏着天上的星辰，思绪飘出很远很远。闷热的夜风轻轻拂过她的面庞，而星星落在她清澈的眼眸里，静谧的空气将人声，树叶沙沙声，人和动物睡梦之中的叹息、呼喊和笑声一并放大，在她耳中融汇成一支独特的乐曲，足以教她屏息凝神，颤抖倒地，就像那成熟的果实落在地上圆圆滚滚地翻上几个圈。她就这样，浑身无力地被大自然的雄伟所控制，如同田野的庄稼成熟等待镰刀收割，如同树枝上的累累果实等待小鸟停驻，如同金色麦田等待疾风来袭，她趴在那里，静静地等待着可能到来的一切！

七月热烈又短暂，清爽又温暖，雅歌娜就在这美梦一般的日子中变得一天比一天美丽。

她就那样走着，如同在梦中漫步，无关外界是白天还是黑夜。

多明尼克大妈自然察觉到了自己女儿的不正常，可她说不上具体是哪里不正常，她只忍不住为女儿这意外的虔诚高兴，甚至常教导女儿说：

"雅歌娜，我告诉你吧，虔诚之人，主必临之！"

每当这时，雅歌娜就会安静地笑着，面上神情幸福又谦卑。

某天，她无意间遇到了坐在村界土丘上的亚涅克，他正在看书。她就那样盯住他，脚下挪不开一步，面红耳赤。

亚涅克抬头与她打招呼："咦，你在这里做什么？"

她随便扯了个理由结结巴巴地说出来，生怕对方知道了她的心意。

"坐下吧，瞧瞧你，看起来那么热。"

见她犹豫，亚涅克索性伸手抓住她的小手，将她拉到身边坐下。雅歌娜忙将裙子下赤裸的双脚藏起来。

而亚涅克也显得有些尴尬烦恼，他漫无目的地四处看着想要以此来缓解尴尬情绪。

附近空无一人，丽卜卡村隐约可见的房顶像是掩在麦浪之下的小岛，在起伏的麦浪中若隐若现。空气中飘来野麝香草混合着黑麦的香气，一只小鸟在他们头顶欢快地打着转。

亚涅克率先开口打破这尴尬的寂静："天气热得可怕。"

雅歌娜点头："昨天也很热。"她嗓音中带着些许沙哑，因为高兴和害怕酿就的沙哑。

"马上就要开始收割了。"亚涅克又说。

"是啊。"她轻声说着，眼睛却不自觉地看向亚涅克的脸。

亚涅克笑了笑，装作无意地赞美道：

"雅歌娜，你真是越来越漂亮了。"

雅歌娜脸红了，说话变得磕磕巴巴："我，我漂亮么？不会吧。"话中透着怀疑，却丝毫不能改变她内心的狂喜，她的眼睛因为他的赞美闪闪发亮。

"对了，雅歌娜，介意告诉我你打算再嫁吗？"

"再嫁？绝不可能！单身是多么快乐！"

"难道你没有喜欢的人吗？"亚涅克又问。

"没有，没有！"她支吾着，双眼却痴痴地锁住他。亚涅克看进那一双蔚蓝的眼眸，他看见她的祈求，看见她的信赖，就如同在教堂中听见那些信徒对主最真挚的呼喊。她的灵魂震动不已，如同阳光洒向田野，如同鸟儿振翅飞翔、放声歌唱。

亚涅克愣了愣，身子往后退开，不由得有些心烦意乱。

"我得告辞了。"他站起身来与她告别，走向村子，一边走一边翻书，企图平复自己内心的躁动。可当他忍不住回头看去，赫然发现雅歌娜就跟在后面，与他距离不过两三步。

雅歌娜颇不自在地解释道："我回家，这条路最近。"

亚涅克故作严肃："不如我们一起走吧。"

他大声念着书，模样看起来极为不耐烦，当然这些也是他故意的。

雅歌娜看向他手中的书，好奇地问道："书上讲些什么？"

"你要想听，我可以与你念几句。"

亚涅克瞧见不远处有棵大树，于是两人坐到大树底下，亚涅克开始念，雅歌娜面向着他蹲着，双手支着脸颊听着，神情认真地看着他。

那视线实在灼热，不一会他就抬头询问道："你喜欢吗？"她被他看得满脸通红，移开视线羞涩地说道：

"怎么说呢——这好像不是国王的故事吧？"

他微微皱了皱眉，接着往下念，为了让她听得更清楚，他甚至刻意减缓了语速，将每一个字都咬得极准。故事提及田野麦田，桦树林中的贵族领地，回到家乡的地主少爷，和一个跟小孩子坐在花园的少女。文章写得极为优美，就如同虔诚的祈祷书一样，音韵雅致如同神父布道时吟唱的颂歌。每一句都教她心动，她甚至想要虔诚地跪下，为真主流泪。

当然，前提是他们所处的位置不这么热的话。围绕在四周的黑麦如同一道高墙，将凉风全数阻挡在外，也隔绝了所有的喧嚣。除了微微摇晃的麦穗和偶尔吵闹的麻雀以及嗡嗡飞过的蜜蜂外，再也听不见别的声音了。亚涅克的嗓音温柔又和谐，雅歌娜看着他，如同在看一幅美丽的画卷，而耳朵里也静静地流淌着他甜美的嗓音，一切和谐得像是一首催眠曲，让她觉得睡意侵袭而来，想要保持清醒显得格外地难。

而亚涅克恰到好处地停下了，他看着她：

"这文章不美吗？"

"不，很美，就如同祷告文一般。"亚涅克显得高兴极了，为此他还引证了好几段描写田野和森林的诗句，来向雅歌娜详细讲解这首诗。

可雅歌娜突然插嘴道："可是每个孩子都知道树长在树林里，水流淌在河里，种子撒在田里，这样显而易见的事情又何必将它们写在书上呢？"

亚涅克闻言跳起来，神情惊愕。

而雅歌娜还在继续："我还是喜欢国王、龙、鬼怪的故事，那些惊悚刺激的故事叫人听得浑身热血沸腾……对了，罗赫偶尔会同我说起这种故事，我一听可以听整日整夜！你呢？你有没有这方面的书？"

"谁会去看这种书？那些都是垃圾，都是荒唐的传说！"他怒吼着，语气中尽是轻蔑。

"荒唐的传说？不会吧，罗赫念给我们听的明明都是印在书上的！"

"那他读的都是些妄语和毫无意义的废话！"

"怎么会！那些奇迹、那些故事都是妄语和虚构的传说？"

"没错！"

"那午间幻影呢？火龙的故事呢？"她显得极其失望。

而亚涅克渐渐失去了耐心："假的，全是假的！"

"全是假的？那耶稣和圣彼得旅行的故事呢？"

他没有机会回答她，因为柯齐尔大妈像是突然从地底下钻出来一样，她笑得不怀好意。

对亚涅克说道："亚涅克少爷，他们到处找你呢，都找了整个村子。"

"到底出了什么事？"

"有三辆装满宪兵的车开进村里了。"

亚涅克心里一堵，立刻起身离开了。

雅歌娜也满脸担心地往村子走去，柯齐尔大妈走在她旁边笑起来：

"我怕是打断了你们的，嗯，祈祷！"她发出蛇一样的嘘声。

雅歌娜忙辩驳道："才不是你想的那样，他只是在念一本书上的文章给我听。"

"哦，原来是这样啊，我还以为……他母亲让我出来找他，我远远看着这棵树下，嗯，有两只斑鸠在谈情呢，这棵树可真是个好地方，不会被任何人发现，没错，我确定不会被人看见！"

第十章

雅歌娜气恼地跑开，一边跑一边咒骂道："小心你这脏舌头哪天再也说不了话！"柯齐尔大妈笑着叫道："你放心，如果你想忏悔，听的人可多了去了！"

雅歌娜回到村子的时候马上察觉到了气氛的异常。狗叫得很凶，而小孩全都躲在果园里偷偷从树后面瞧过来；明明还不到收工的时间，可村民们都回来了；女人们聚在一起满面忧色地说着悄悄话，看过来的眼神都是恐慌又疑虑的。

雅歌娜摸到巴尔塞瑞克身边，低声问道："出什么事了？"

"我也不知道，好像是有军队进村了。"

"天哪，军队！"她不由得发起抖来，想要尽快逃离这个地方。

在经过普利奇克家的姑娘的时候，她听见那姑娘说："小克伦巴说是从佛拉庄来的哥萨克兵。"

雅歌娜惴惴不安地赶回家中，她母亲正坐在门槛上，一边纺纱一边与几个女人聊天。

"我们俩都看到了，士兵就坐在门廊上，队长和神父就待在屋里。"

"他们还派风琴师的学徒麦克去接社区长了！"

"社区长！那事情一定大了，天哪，看来要出大事了！"

"该不会是来收税的吧。"

"收税要这么多人么？我觉得他们是有别的事情。"

"或许吧。不过，肯定不是什么好事！"

雅固丝坦卡缓步走过来："要不要我告诉你们这些人来的原因？"

大家纷纷停下手上的活计，巴巴地抬头看着她。

"他们一定是来征我们这些女人去当兵的！"她大笑起来，别的人却笑不出来。多明尼克大妈低声喝道：

"别总开这些无聊的玩笑！"

"是你们太紧张了好吗？瞧瞧你们，紧张得牙齿都要掉了，像是每个人都想听到出大事的消息。我一点都不担心！"

她一说完，普罗什卡大妈立刻挺直了腰板："我一见着那些车子就知道要出事了……"

"嘘，快看，乔治和社区长来了，正往神父家里去呢。"

不远处水塘另一边有两个移动的背影，她们紧密地关注着。

"咦，乔治也被叫去了！"有人惊叫道。

她们都猜错了，乔治其实只是推自己哥哥进去，而自己则留在外面看着门外的板车，顺带盘问坐在门廊上的车夫。盘问完了，他又赶紧去找马修，神情忧愁又紧张。马修正在忙斯塔赫的房子，他跨坐在屋梁上举手准备安插屋椽，瞧见乔治，他漫不经心地问道："他们还没走吗？"

"还没，更糟糕的是我们连他们是来抓谁的都不知道。"

"看来要出大事了。"白利特杉老头吓得磕磕巴巴。

"会不会是为我们的大会来的，毕竟当时行政区首长恐吓过我们，宪兵这次来肯定是想搞清楚是谁在煽风点火。"马修落下地来说道。

"那他们岂不是来抓我的？"乔治吓得脸色苍白。

"不对，我觉得应该是来抓罗赫的！"斯塔赫猜测道。

"是啊，我怎么没想到，他们还问起过他的。"乔治松了一口气，却又马上担心起罗赫来。

"现在可以确定，他们要是来抓人，一定就是来抓罗赫了！"

马修大叫起来："不行，我们不能眼睁睁地看着他被捕，他算得上是我们大家的父亲。"

"可是，我们对抗不了那些宪兵，绝对不可能对抗。"

"不如叫他先找个地方躲起来，当然，我们现在得去告诉他这件事。"斯塔赫顿了顿，"或许他们是为了别的事情来的，例如说社区长的案子。"

乔治下决断："不论如何先去警告他。"

说着径直跑入麦田，转过几个菜园就来到了波瑞纳家。

安提克正坐在门廊上摆弄他的镰刀，听见众人来意不由得吓得跳起来。

他急急喊道："他刚刚才到。罗赫，快点出来，我们有事找你。"

罗赫自窗口探出脑袋："发生什么事了？"他们等不及回话，风琴师的弟子麦克已经气喘吁吁地冲进了屋里：

"安提克，快点，宪兵已经走到水车池了，他们就要来你家了！"

"看来是来找我的。"罗赫叹息道。

"天哪。"汉卡尖叫一声，已恐惧地流下了眼泪。

安提克压低了嗓音："安静，我们得想想办法。"

麦克折下一根树枝，双目圆瞪："罗赫，要不我们直接告诉他们我们坚决不交出人！"

"别干傻事！罗赫，这样，你赶紧躲在草堆后面然后趁机溜进麦田，藏到田畦里面等我喊你。快，趁他们还没有来！"

罗赫抓起他放在屋里的文件递给床上的幼姿卡说：

"藏在衣服里，千万不要交出去！"他低声说完这句话，连帽子头巾外套都没有穿戴就匆忙冲进果园，迅速地没了踪影。他们只看见草堆的那头有黑麦微微起伏。

"乔治，你快离开，汉卡，该做什么做什么去！麦克，走吧，不要多说半句话！"安提克吩咐道，顺带捡起他中断的活计，四周扫视一眼，只听见狗吠声越来越响，越来越近的还有独属于宪兵的沉重脚步、军刀的铿锵声以及说话声。

他的心简直要跳出来了，连带着双手都在发抖。他强自镇定，动作没一丝紊乱，连眼睛都不抬一下，直到那群人在他面前站定，这才抬头看过去。

"罗赫是不是在你家？"社区长问道，心里怕得要死。

安提克极为镇定地扫一眼来人，回答道："他？我从早上开始就没见着他了，不过我猜他一定还在村子里。"

"把门打开！"领头的军官吼道。

"门本来就开着嘛！"安提克站起身来。

军官领着几名宪兵进屋,留下的人监视着果园和外面的风吹草动。

此时村里将近一半的人就站在路边沉默地看过来，宪兵们要求彻底搜查波瑞纳家，安提克不得不替他们一一指明家里的每一处，汉卡则抱着孩子坐在窗前。

理所当然，搜查一无所获；他们找遍了每一个地方，甚至是床底下都没有放过！

桌上放着几本绑在一堆的小书，军官眼睛一亮，快步过去打开书查看起来。

"你们怎么会有这些书？"

"谁知道呢，可能是罗赫放在那里的吧，都没有人动过。"

"这家女主人不识字。"社区长解释道。

"那你们有谁认识字吗？"

"没有，"安提克回答道，"学校教得那么好，我们甚至连祈祷书里面的字都不认识。"

军官将书交给手下，踱步至屋子另一边。

"这是怎么回事？孩子生病了吗？"他走近幼姿卡。

"对，她已经病了两个星期了，得了天花。"

军官立刻退得远远的。

他扭头看向社区长："罗赫经常住在这家吗？"

"这家住一会儿，那家住一会儿，随他自己的意，老乞丐是这习惯吧。"

宪兵们搜查每一个地方，窟窿角落都不放过，甚至连圣像后面都看了一遍。幼姿卡目光惊恐地看着他们，身子瑟瑟发抖。有个宪兵走向她，她立刻大叫起来："噢，难道我会把他藏在身下了？那就来搜搜看吧，来啊！"

当宪兵们搜查结束后，安提克走到军官面前恭敬地问道："请问，是不是罗赫偷了什么东西？"

军官瞪大双眼，抵到他眼前，一字一顿地说道："只要发现你藏匿他，你们就都会被捕，你们两个人！听到了吗？"

"听到了，可是我还是不明白这是什么意思。"他模样苦恼地抓了抓脑袋，装出一脸的茫然不知。

军官瞪他一眼，转身离开了。

宪兵们又搜查了许多人家里，问了许多话，一直到日落时分，回家的牛羊将路挤得满满当当，他们仍旧一无所获，只好离开。

村民们悬着的心终于放下来，他们开始谈论起宪兵搜查的路径——克伦巴家——乔治家——马修家，一家比一家更处事不惊，反倒个个胆大无比，甚至敢激怒宪兵、嘲讽宪兵。

当人都离去，只剩下安提克和汉卡的时候，安提克压低了嗓子嘱咐汉卡说："这件事情看来相当棘手，现在恐怕不能让他继续住在我们家了。"

"什么，要赶他走吗？这么一个圣人，他做过那么多善事啊！"

"简直烦死我了！"他实在想不出来有什么好的办法可以解决目前的难题。等乔治和马修也来了，三人便聚在谷仓里面商量对策。因为住处实在太吵闹了，来来往往的都是来打探消息的人，实在不是一个说话的好地方。

他们出来的时候天色已经很黑了。汉卡已经挤完牛奶，彼德也从森林回来了。安提克准备好了马车，乔治和马修一走，他就立刻赶着车子，煞有介事地去村子里寻找罗赫，其实是故意要迷惑村民。

村民本以为罗赫定是藏在了波瑞纳家里的什么地方，现在见着安提克赶车来问，显得极为惊讶。乔治和马修也四处放出风声，说是罗赫吃完午餐就离开波瑞纳家了，然后就没有消息了。

"还好他走了，不然就要被人抓走了！"

于是按照他们的计划，村民们现在都知道罗赫从中午开始就没有出现在丽卜卡村了。

村民显得很高兴，交谈道："他肯定知道会有人来抓他了，提前逃到'种胡椒的地方'去了。"

"让他不要再回来了，我们可不欢迎他！"老普罗什卡大吼道。

马修一听大怒："他惹着你了吗？他做过对不起你的事吗？"

"他扰乱治安，给我们村子招来不少麻烦，我们可能会被他连累。"

"既然这样你怎么不去抓他，把他交给宪兵？"

"我要是知道，一定早就这么做了！"

马修怒不可遏，就要捏了拳头去揍他，被大伙儿好不容易拉住。

天色已晚，众人纷纷回了家，大路上没有一个人，每个人都在家里吃晚饭，空气中弥漫着炸猪肉的香味，夹杂着谈笑声和餐具碰撞的声音一同飘到外面。安提克等待的时机到了。他将罗赫带到幼姿卡睡觉的房间，没有点蜡烛。

罗赫匆忙地吃了一顿晚餐，穿戴齐整，和女人们告别。汉卡伏在他脚边，幼姿卡忍不住大哭。

"主与你们同在，终有一天我们会重逢的！"他哽咽着将她们抱住，如同一个慈父一般亲吻她们的额头；安提克催促他，他再次给她们送上祝福，自己也在胸前画了个十字，慢慢走向栅门。

"马车就等在波德莱西农场的西蒙家，马车夫会负责替你驾车。"

"我还得来这里一趟，我们在哪里碰面呢？"

"就在森林那边的十字架吧，我们可以马上赶到。"

"那就好，我还有很多事情要交代给乔治。"

不一会儿就再也看不到罗赫的影子了，也没有听见半点声音。

安提克给马车套上马，顺带装上了一蒲式耳黑麦和一整袋马铃薯，和怀特克单独商量了一下，然后大声说道："怀特克，赶紧驾车去西蒙家一趟，然后马上回来，听懂了吗？"

小家伙双眼晶亮，飞也似的出发了，安提克大叫道："慢点，你这家伙要把马的腿跑断吗？"

罗赫留了许多东西在多明尼克大妈家里，他不得不悄悄去那边，在内室收拾东西。

安德鲁在路边把风，雅歌娜时不时地探出围墙张望，老太太坐在外室听着动静，因为惊惧浑身发抖。

罗赫很久才出来，他与多明尼克大妈单独说了会儿话，就拿着包袱准备离开。雅歌娜坚持要替他拿包袱，说是至少要送他到森林。罗赫答应，与众人一一道别，走到外面田野狭窄的小道上，屏息凝神，不敢发出太大声响。

夜色晴朗，星光斑斓；大地安静地沉睡着，只有隐约两声狗叫。

接近森林的时候，罗赫突然拉着雅歌娜的手停下。他语气温柔慈爱："雅歌娜，用心听我说，记住我说的。"

雅歌娜神情认真，内心却隐隐浮起一层不愉快的感觉教她心情起伏不定。

罗赫像是神父听人告解一般，提起她、安提克、社区长，尤其是她和亚涅克的交往。

她转过羞红的面庞，恭敬地听着，但一听到亚涅克的名字，她就不服气地抬起头。

"我和他又没有做过什么坏事！"

罗赫仍旧语气温和地指出他们俩此刻所面临的诱惑……以及魔鬼会伺机引起的罪恶和丑行。

可雅歌娜已经听不下去了，她一心只有亚涅克，那情绪让她不由自主地自艳丽的红唇中吐出痴狂的情话："亚涅克，亚涅克啊！"

她双眸如火，目光放得很远，脑海中却一直想着亚涅克。

"我情愿跟着他去任何地方，无论天涯海角！"她甚至情不自禁地说出这句话来。罗赫听着不由得打了个冷战，他看一眼雅歌娜睁大的双眸，然后就沉默了。

森林旁边的十字架可以看见几个穿着白色外套的人影。罗赫警惕地停下脚步："谁在那里！"

"是我们，自己人！"

"我累了，想要休息一下。"罗赫说着就走到他们中间坐下。雅歌娜将包袱交给他，走到不远处的十字架下树枝浓重的阴影里坐下。

"啊，希望你们的烦恼就到此为止吧！"

"你离开后，恐怕情况会更不好。"安提克说道。

"不过，我可能会回来的，就在某一天！"

马修生气地叫道："狗东西，这样死命地追捕，简直就是一群癞皮狗！"

乔治叹息道："天啊，这是为什么啊！"

罗赫神情慎重又庄严："因为，我在替人民寻求真理、寻求正义！"

"每个人的命运都是艰苦的，而追求正义的人，命运会遇见更多苦难。"

"别难过了，乔治，一切都会好的。"

"我也这么觉得，我才不相信我们的所有努力都是徒劳无功的。"

"我们正等着夏天的来临，可此刻野狼会吃掉我们的马儿。"安提克叹息，望着黑暗中的那片白影，正是雅歌娜的脸庞。

"不过我要告诉你们的是：'谁拔下野草播撒好种子，谁就会收获大财富！'"

"万一他失败呢？也不是没有这种例子。"

"是啊，每个播种的人都渴望得到一百倍的利润。"

"当然，没有谁愿意白费力气。"

说到这里，他们不由得沉默下来沉思这件事。

起风了，桦树在他们头顶沙沙作响，森林被风掠起一林的飒飒声，麦浪也随风摆动，声音自田野那边飘过来。月亮在两道白云之间徜徉，月光透过树枝洒下斑驳的树影，夜莺静静地从他们头顶飞过。而此刻，他们心中满是忧伤。

雅歌娜毫无理由地流着眼泪。

"不要伤心。"罗赫温柔地抚摸着她的头，声音轻柔。

可每个人都很难过，他们满目忧伤地看着罗赫，将他视作上帝的使者。他就那样坐在十字架下面，被缚在十字架上的基督似乎也俯下身来，在他苍苍白发上低语祝福。

罗赫开口了，满怀希望和信心："嘿，不要为我担心了。我只是一个小小的个体，就像果实累累的田野中小小的一片麦叶。即便我被抓住，即便我死去，那又如何？我们还有很多人，这么多的人都愿意为事业而牺牲！只待时机成熟，千千万万的人，从城市，从乡村，从民宅，从贵族领地，会有千千万万的人前赴后继，不惧献出生命，将自己的身子垒做砖墙，堆砌起一座我们理想中的圣教堂！让我告诉你们吧，那种教堂将巍然耸立，万世长存，它不会被任何恶势力打倒，因为它是用血、用泪、用爱的牺牲建筑而成的！"

接着他又告诉他们：不会有一滴血，甚至是一滴眼泪白流，也不会有任何努力白费；每个人的力量汇聚起来，形成最肥沃的土地，这块土地里会萌发新的力量、新的保卫者和新的牺牲者，他们所期待的幸福之日一定会到来的——那是神圣的，可以叫他们民族复兴，可以叫他们冤屈昭雪，可以叫他们寻得真理的日子！

他所说的是那么激情澎湃，即便他说的话很多地方他们无法完全明白；但那种激情将他们一并点燃，也叫他们心潮激荡，对他所说心生向往。安提克终于说道："天哪，你做我们的领袖吧！让我们誓死追随你！"

"我们愿意追随你，扫平面前所有的障碍！"

"谁能阻挡得住我们？有的话就让他来试试看！"

他们纷纷叫喊着，群情激奋，罗赫只好安抚他们让他们安静下来，他让他们坐得更近些，低声告诉他们梦想中的生活是怎样的，而他们又该为此如何行动。

他说出许多他们从未想象过的事情，而他们神情认真，听得既害怕又兴奋，他的每一句话都强有力地激起了他们的信念。他打开天堂，将乐园呈现在他们眼前；他们忍不住拜倒在地，双眼舍不得从那些新奇的事物上移开，心中尽是美妙的希望。

"你们可以实现这一切的。"罗赫总结道。他已经疲惫不堪了。云遮住了月亮让天空变得灰暗，一切风景都不明媚，森林仍旧呢喃低语，麦田沙沙作响似是被吓到。远远传来狗叫，而他们默默坐在那里倾听这一切，脑海中还回荡着罗赫方才说的话，就如同刚刚发过誓的人一样。

"到时候了，我该走了！"罗赫站起来拥抱他们，将他们用力抱紧在胸口。他跪下做起祷告来，张开双手匍匐在圣母——也许他再也见不到的土地——的胸膛上，他们忍不住泪流满面。雅歌娜大哭起来，其他人也思绪激荡。

他们就这样分别了。

安提克跟雅歌娜直接回村子里，别的人都走入森林的暗影里消失了。

他们一路安静地走了很久，直到安提克开口说："你不要将你听到的告诉别人。"

"我才不是那种长舌妇！"雅歌娜生气地回答道。

"更何况，"他严肃地说，"上帝也不会容许社区长听说这件事。"

回答他的是雅歌娜匆匆离去的背影。但他不想这样放她走，快步追到她身旁，再三地看她流泪的面庞。

月亮自云后出来，将他们的路照亮，树影斑驳地洒在他们脚下。安提克的心突然跳得厉害，他的双手因为内心翻涌而起的贪欲颤抖起来，他慢慢贴近她——几乎要将她搂在怀中。但他没有——他不敢，因为她的蔑视、她的沉默都教他不敢乱来。他心酸地开口道："你好像很想躲开我。"

"的确如此！要是有人看见我们在一起会乱说话的。"

"你是急着奔去什么人身边吧？"

"是又如何，谁能阻止我？我不是寡妇吗？"

"听说（我觉得也不是无稽之谈）你准备替某个神父管理家务。"

雅歌娜闻言像是一阵风一般迅速跑掉了，大颗大颗的眼泪顺着她面颊淌下来。

第十一章

村民们已经开始收割土质较松的土壤上的庄稼，而土质较密的地方，他们正准备着收割的事宜。

罗赫已经走了几天了。丽卜卡村民有的整理着备用的篷车，清理谷仓，敞开门通风；有的坐在果园树下的荫处拧着草绳；女人们在家里忙着为收割的人准备烤面包。一切看起来是那么热闹，就像是处于大节日前夕一样。

邻近村庄也来了许多人，来来往往，磨坊间的路堵得像是市集日一样。大部分人是来磨谷子的，可河水却半点不合作，流得很慢很缓，弄得只有一个石磨能够运转，而且还有气无力的。每个人只好耐心等候，毕竟大家都希望谷仓里的谷子能够赶在"收获节"之前磨完。

也有很多人去磨坊主家里拿面粉和燕麦，甚至是面包。

磨坊主卧病在床，但一切还是由他指挥。他经常对着在窗外坐着的太太大嚷道："不要赊一分钱的东西给尔兹浦吉村的人！他们都维护神父的公牛，让神父赊给他们去！"

无论别人怎样求他，他也丝毫不松口；只要是"维护"过神父公牛的人，他连半夸特的面粉都不赊。

"让你们都维护神父的公牛，不帮我说话，现在你们都去找神父帮忙好了！"他大声嚷嚷道。

他太太相貌丑陋又喜欢发牢骚，脸上还绑着绷带，听着这话她也只好无奈地耸耸肩；暗地里偷偷赊东西给许多人。

克伦巴太太来赊半夸特小米。

"给现金！我一点也不赊给她！"

克伦巴太太很尴尬，因为她没带半分钱。

"你们家汤玛士不是和神父很要好么，让神父借小米给你们啊！"

克伦巴太太生气地反驳道："没错，他和神父要好，而且会一直要好下去，而且他永远都不会踏足此处！"

"'蔑视困境，使人悲哀！'你去别的地方借小米吧！"

克伦巴太太离开的时候觉得十分无措，她家里没有一毛钱。走到打铁铺的时候她遇见了铁匠太太，于是和她抱怨磨坊主的行为，铁匠太太笑起来："我跟你说，他得意不了多久的。"

"哎，这样有钱的人谁对付得了呢？"

"等风车磨坊建起来，我们就可以啊。"

克伦巴太太睁大眼睛盯着她，神情困惑。

"我丈夫准备造一架风车，"她解释道，"他和马修去森林里面搬木料了，就准备建在波德莱西那个十字架附近。"

"哇！麦克造风车！我从来没想过这种事情……天哪天哪——这样一来可以挫一挫那个剥削家的锐气了，他贪得太多了。"

克伦巴太太的心情好了许多，神采奕奕地回到家中，见着汉卡就在屋外的水盆旁边，于是上前告诉她了这个意外的消息。

安提克正在一旁整理着他的马车，听见这话插嘴道："玛格达说的可是真的，铁匠确实在波德莱西买了二十英亩的土地，就在十字架附近……我猜磨坊主会气疯的！谁让他对我们这样坏，谁也不会同情他的。"

"有罗赫的消息吗？"

"没有。"他边说边转开脸。

"真是奇怪，我们已经三天没有听见任何关于他的消息了。"

"过去他不也常常这样么，然后又突然回来了。"

"你们有人要去钦斯托合娲吗？"汉卡问道。

"有啊，伊娃和玛蒂要去。——今年去巡礼的人还挺多的。"

"我也准备去。现在洗的衬衫就是准备路上穿的。"

"我想别的村子去的人也很多。"

"他们可真会挑时间——现在农活可是最辛苦的。"安提克咕哝着，不过他没打算阻止汉卡朝圣，毕竟他知道她的目的所在。

这时，雅固丝坦卡走过来了。

"你们知道吗？"她嗓门很大，"约翰退伍回来了，就在一个钟头以前！"

"泰瑞沙的丈夫！可她明明说得等到秋天啊！"

"不会错，我刚刚还看到他，穿得端端正正的……肯定是因为太想家了！"

"约翰人不错，就是脾气倔了点……泰瑞沙在家吗？"

"不在，她在神父家帮忙拔亚麻茎。她还不知道呢。"

"看来村里又要有麻烦事了。街坊们一定会告诉他，而且会立刻告诉他。"

安提克认真地听，模样关切，却一言不发。汉卡和克伦巴大妈都实实在在替泰瑞沙难过，担心会生事端。这时候雅固丝坦卡插嘴道：

"这叫什么公理！她丈夫一丢下她就是好几年；可怜的泰瑞沙，她要是犯上一点错，他就可能会杀了她！公理何在？他想做什么做什么，甚至可以胡闹，也不会有人说他半句。——世上的事情乱七八糟，实在叫人气愤！——好啊，男人是人，女人难道就不是人吗？她难道是石头，是木头吗？如果她要被惩罚，那就叫同样犯罪的男人也一起被惩罚吧。为什么他可以纵情享乐，而她却要承担罪责呢？"

"好了，亲爱的，"克伦巴大妈安抚道，"开天辟地以来就是如此，即便世界末日想必还是这样。"

"是的，永远都会这样——真叫人伤心，却叫魔鬼快乐，不过我却巴不得改改规定。那些霸占邻居妻子的人就应该养她一辈子……不然的话，就叫人用棍子抽他，把他这个浑蛋关进大牢！"

安提克见她义愤填膺的模样不由得笑起来，于是引得她怒气冲冲地扑过来。

"你认为这很可笑？是啊，对你而言确实好笑！噢，你们这些坏蛋，喜欢的女孩子一旦弄到手就不稀罕了……更有甚者还要事后嘲笑！"

"下雨之前的喜鹊也不像你吵得这样厉害！"安提克也有些生气。

雅固丝坦卡愤愤离去，晚上的时候又哭着回来了。

"发生了什么祸事？"汉卡惊讶地问她。

"什么祸事？我尝到了人世间的苦楚，如同灌下苦酒，昏昏沉沉，浑身无力。"她哭着说，"柯齐尔大妈把一切都告诉约翰了。"

"啊，这样啊，算了吧，即便她不说，也一定会有别人说的。"

"可我告诉你，那家里一定会出可怕的事！我去了一次，谁都不在。方才我又去，他们俩就坐在那里痛哭流涕。桌子上放着他买回来的礼物——全都开着。天哪！我看得浑身发抖，感觉像是看到坟墓一样。他们就那样沉默地流泪，一句话也不说。马修的母亲什么都告诉我了，我听得汗毛直竖。"

"他提到马修了吗？"安提克急急问道。

"他咒骂着那个浑蛋，他永远都不会放过他的，永远！"

"难道你觉得马修会哭着求饶吗？"安提克生气地堵住了话，紧接着就跑到娜丝特卡家里去给马修送信了。

马修正和妹妹聊得开心，于是安提克将他拉到路上，将一切原原本本地告诉了他。

马修艰难地呼吸着，还咒骂了一阵。

他们又一起回到村子，一路上马修显得十分郁闷沮丧，连着叹了好几口气。

"我看得出来，"安提克一字一顿地强调道，"你心情很烦躁。"

"为了她？才不是！她就如同卡在我喉咙里的骨头，非要吐出来才畅快。我的烦恼另有其他原因。"

安提克很诧异，但他什么都没问。

"我没有时间为遇到的每个女孩子难过。她自己送上门来我就接受了，换作别人也会这么做的。但我的那场欢喜还不如一只掉到井里的狗，她天天哭，泪水多似十个女人的量。我想逃离，她就死死跟随。现在约翰回来了，就让约翰和她一起吧！——我再也不会渴望恋爱了，我向往的是别的事情。"

"没错，你该娶个老婆了。"

"娜丝特卡方才也是这么劝我的。"

"我们村里的姑娘多如罂粟花，选择的机会多得是。"

马修不假思索地脱口而出："我早就选定了。"

"那就让我去替你做媒，等到收获完了就结婚吧。"

不知怎么，马修却因为结婚这个主意不太开心；他更进一步问起约翰的事，又提及西蒙的农场，而且漫不经心地透露了一个消息：根据安德鲁所说，多明尼克大妈似乎想要控告安提克侵占老波瑞纳留给雅歌娜的遗产。

"没有人否认他爹将遗产留给了雅歌娜，"安提克说，"我不会放弃那块土地，但我能够补偿她那块地的地价。那个好斗的老巫婆纯粹只是喜欢打官司才起诉的。"

"雅歌娜真的把地契还给汉卡了吗？"

"当然，不过那又怎么样？她又没有去公证人那里取消登记。"

马修颇感安慰——现在他已经掩盖不了心里的情感了——不自觉就说了雅歌娜几句赞美之词。

安提克立刻就明白了他心思，带着嘲笑说道："你就没有听到别人说的那些批评她的话？"

"噢，那些老太婆一向与她为敌！"

"她好像是在追求风琴师的儿子亚涅克吧，而且相当厚颜无耻。"为了加强效果，他补充道。

马修立刻就发怒了。

"你亲眼所见吗？"

"当然不会，我才不会去侦察她的行动，我和她又没什么关系。不过，倒是有人天天见着她去和亚涅克约会……森林……或者是麦田……"

"使劲地教训那些人，这些流言就会停止的！"

"试试看吧，兴许能够吓到她们。"安提克回答得十分从容，可他一想到马修可能娶到雅歌娜就觉得忌妒，这种念头折磨着他，如同被疯狗的利齿噬咬。

马修话语恶毒，简直让人愤怒，但他没说话，生怕将内心的苦闷表露出来；分开之时，他仍旧忍不住冷笑着挖苦道：

"谁娶了她，一定也会多出很多……关系微妙的亲戚……"

于是他们十分不愉快地分开了。

马修走了一会儿，心情逐渐变好起来。

"她对他冷淡，所以他心里才不舒服！那就让她喜欢亚涅克好了——反正他不过是个小孩子；而且比起亚涅克，她更喜欢神父一些。"

他心胸开阔，他从安提克那里得知关于地契和雅歌娜相赠土地一事，他更加坚定要娶雅歌娜。他放慢了脚步，心中估算着应该给安德鲁和西蒙多少钱，自己才能保留二十英亩土地。

"虽然老太婆难对付，但她不会活多久了。"

对于雅歌娜那些不雅行径，他虽然觉得苦恼，但自我开解道：

"那些都已经过去了，她再想做别的好事，我立刻叫她停手！"

此刻他母亲正站在屋外等他。

"他回来了！——约翰全知道。"

"那倒还好！我也不用编谎话了。"

"泰瑞沙来过好多次了，说是要跳水自杀。"

"恐怕她真的可能会这么做！"一想到这个他忍不住担心起来，甚至连晚饭也没吃一口，只竖着耳朵听约翰家那边果园有没有动静，毕竟两家的果园之间只有一条小路。他越想越觉得不安，一把推开碗碟，一根接着一根抽起烟来，想要压下心中的焦虑，却还是没用。他咒骂着自己和全世界的女人，他竭力想要将这件傻事付诸一笑，却也不行。只有那不断加深的恐惧让他难以忍受。他几次三番站起身来想要去找朋友——但最终还是留在了家里，连他自己也不知为什么！

天色渐晚，他听见有脚步声渐近，泰瑞沙从外面冲进来，紧紧抱住他脖颈。

"马修，救救我吧，救救我！天哪！我一直等你来，到处找你！"

他让她在身边坐下，但她却像个小孩子一样黏着他不放手；只一个劲地流着眼泪，声嘶力竭地叫着他。

"别人都告诉他了！我想不到他竟然真的回来了！……别人告诉我的时候，我还在神父的亚麻田里劳作……我当时绝望地想要立刻死去，回家时都已经心如死灰了。你又不在家……我四处找你，几乎找遍了整个村子也见不到你……我四处游荡，还是回了家。他就站在那里，脸色苍白，他甚至攥紧了拳头来找我……问真相，真相！"

马修手脚发抖，颤巍巍地去擦脸上的冷汗。

"所以我告诉他了，说谎也没用啊……当他拿起斧头时，我以为我死定了……我冲他大吼：'杀了我吧！我们都好过！'可他却没有碰我一下——只是看我一眼，然后就站在窗边流泪。现在我该怎么办啊？我应该去哪里？救救我吧，不要让我去跳井，也不要用别的方法自杀……救救我！"她尖叫着哭倒在他脚边。

"可怜的女人……我怎么救得了你？……我怎么救得了？"他深感屈辱，结结巴巴地说道。泰瑞沙疯了一般大叫一声，跳起来。

"你为什么要看上我？又为什么要引诱我？为什么引我犯罪？"

"嘘，别吵！再吵全村的人都来了！"

她又一次将头伏在他胸膛，痴迷地拥抱他、亲吻他，将自己满心的情意、恐惧和绝望一一道出：

"我唯一的爱人，我千里挑一的爱人，杀死我吧，但是不要拒绝我！说你爱我，你说啊！你爱我吗？安慰我一次吧，就最后一次！抱住我吧，不要让我痛苦毁灭！这世间，我只有你了，是啊，只有你了！只要能让我跟你厮守……我愿意像狗一样忠诚于你……没错，我宁愿当你的奴仆！"

这情话混合着她滚烫的眼泪，每一句都自她破碎的心底涌上来。

马修像是被老虎钳钳住的人，挣扎着想要摆脱这束缚。他不正面回答，只用亲吻、抚摸和温柔的话语来安慰她，一面附和着她的话，却又一面偏过头去，一脸的不耐烦和惊惧，他害怕约翰就在门外看着他们。

片刻过后，泰瑞沙终于恍然大悟；她狠狠地推开他，破口大骂：

"骗人的饭桶！你过去总是对我撒谎，但是你再也休想骗我了……你怕——你怕约翰揍你，你简直就是一只被人踩到的虫子，扭扭捏捏！亏我还这么信任你，将你当作好人！天哪，天哪，约翰对我是那么好！他给我买了那么多礼物，那么多礼物！他从未对我说过一句不好的话，我却是怎么回报他的？居然相信一个恶棍、一个忘恩负义之人！你去找雅歌娜吧！"她尖叫着，握紧了拳头冲向他，"去吧！让绞刑吏为你们主婚！天作之合！荡妇配小偷！"

她发出一声可怕的叫声，然后晕倒在地。

马修不知所措地站在她旁边，而他母亲靠墙坐着哭泣。就在这时，约翰从果园快步走向他妻子身边，温柔又悲伤地安慰着她。

"回家吧，被抛弃的人！我不会伤害你的，不要害怕！绝对不会！你也受了不少苦了——来吧，我的妻子！"

他搀扶着她，领着她出了栅门；然后转头看向马修，怒吼道：

"不过你侮辱她这件事，我不会罢休的！只要我有一息尚存，我就决不罢休！天主保佑我吧！"

马修羞愧难当，语塞无言。他心头愁苦，只好跑到酒店，喝了一晚上的酒。

这件事很快全村皆知，每个人都对约翰的行为充满钦佩和尊敬。

"他是这世上独一无二的男子汉！"女人们感动得流泪，与此同时也不忘严厉地责备泰瑞沙；只有雅固丝坦卡十分例外地为泰瑞沙激烈辩护。

"泰瑞沙没错，"听见果园院子里的一片责骂声，她大嚷道，"约翰离开去服役的时候，她还是个天真寂寞的小丫头，她想要个朋友陪着。而马修就像一条猎狗，嗅到了这气息；他百般讨好，爱抚她，带她去听音乐会……然后得到了这个可怜的傻姑娘！"

有人叹息道：

"为什么没有法律可以惩罚这种欺骗女人的骗子呢？"

"他都已经有白头发了，还在不断追求女人！"

"单身的男人不去占别人的老婆，怎么活得下去呢？"有个小伙子讥讽道。

斯塔赫·普罗什卡说道："如果她没错，那马修也没有错。没有送上门的就没有接受的。"因为这句下流话，他几乎被女人们痛揍一场。

这件事也没有让大家谈论许久，毕竟快要收割了，天气也很好。高地上的黑麦仿佛在邀请别人前来收割一般，而大麦也是如此，村民们天天去察看。富裕的农户已经在雇用人帮自己收割了。

风琴师家里率先雇用了十多个割麦女干活，他太太和女儿也帮着一起收割，他在一旁神情专注地监督众人。亚涅克做完弥撒也过来帮忙，但做不了很久；到中午的时候，他母亲就怕他被太阳晒得头痛，于是将他喊回了家中。柯齐尔大妈在一旁小声嘀咕：

"他自会去雅歌娜家里选个阴凉的地方——他一贯会这样做！"

然而，家里不仅热，苍蝇也极具攻击力，叫人气恼；没办法他只好去村子里转转，经过克伦巴家的时候听到敞开的屋门里传来呻吟声。

原来是爱嘉莎躺在门槛边的走廊上，别的人都下田干活去了。

他将她扶到屋里躺下，给她倒了杯水，不一会，就见她迷迷糊糊醒过来了。

"少爷，我的大限到了。"她笑起来，模样像个小孩。

亚涅克想要去找神父帮忙，可被她拉住了，她并不想让他去。

"圣母今天告诉我：'疲惫的灵魂，准备明天出发吧！'现在还有时间呢，少爷！明天！天哪！谢谢慈悲的天主！"她说话断断续续，声音也渐渐低下去，直至沉寂，唇角还带着一丝笑容；她就这样合拢双手，目光看向远处，一脸虔诚地祈祷着。亚涅克想着她的大限快到了，于是出发去找克伦巴家的人。

直到下午他才回来。爱嘉莎神志清醒地躺在床上，身边的板凳上放着打开的箱柜，她双手冰冷地从箱子里拿出她一直为临终准备的物品：一件用来铺在身体下的干净布，新的寝具，圣水和完好的圣水枝，一大段临终前用的圣烛，一个死后要放在手上的钦斯托合娲圣母像；一件新的衬衫，一条漂亮的条纹裙子，一只额前缀着花边的帽子，一块系在帽子上的方巾，一双新的还没穿过的鞋子。这些入殓物品全是她生前乞讨而来的，现在就散列在她身边，每一件都教她心情愉悦，她曾向身边人称赞过这些东西的好质量；甚至偷瞄过镜子，高兴地悄悄说：

"肯定相当好看！我看上去就像一个有名的主妇。"

她让他们第二天天亮之际给她换上这套华丽的衣服。

没人反对，也没人阻挠；每个人都试着让她临死之前的时光过得好受些。

亚涅克坐在她床边直到傍晚，口中大声念着祈祷文，她也一并跟着念，时而露出虚弱的微笑。

众人坐下来吃晚饭的时候，她也要了一点杂煮蛋；可吃了一两口就推开了盘子，就那样躺了一晚上，直到睡着之前才将老克伦巴叫过来。

"一切顺利，"她语气焦急，"不会很久了……我不会麻烦你很久了！"

第二天早上，她穿上了自己一直梦想的衣服，被众人抬到了克伦巴大妈的床上，铺着自己的被子。她就这样看着众人将一切都安排就绪，颤抖着手指亲自抚平薄薄的羽毛被子，倒出圣水，将圣水枝放到水盆里；等到一切安排妥当，她托人去喊神父过来。

神父带着天主像过来，在给她做好临终准备后，要求亚涅克陪在她身边，为她送终。

亚涅克就陪在她身边坐着，时不时地诵读着祈祷文。克伦巴一家也留在房间里，雅歌娜不久也来了，安静地坐在角落。众人都沉默着，像影子一样掠动，眼睛都看着爱嘉莎，她捏着念珠躺在床上，神情依旧清醒，与进来的每一个人告别。几个孩子好奇地从门口和窗户看进来，她给了他们几戈比。

"这是给你的，"她神情愉悦，"不过你得替爱嘉莎祈祷啊。"

她像个主人一样盛装躺在床上，头顶上还挂着圣像——正是她梦寐以求的死法！她心情愉悦又幸福，内心甚至带着几分得意，那喜悦的泪水顺着面庞流下。她深深凝望着天空，凝望着那闪烁着镰刀银光、成堆放着麦子的麦田——凝视那用心才能看到的深渊，唇角挂着一缕虚弱又欣喜的笑容。

此刻，白天就要结束了，夕阳的余晖洒满屋子，她突然颤抖得厉害；她坐起身来，伸开双臂，变了一种嗓音大喊道：

"我的大限来了——来了！"

她倒下身去。

众人爆发出一阵响亮的哭声，大家跪在她床边，亚涅克为她念着祷告。克伦巴大妈点燃了临终圣烛；爱嘉莎紧握住蜡烛，随着亚涅克一同祈祷；她的声音渐渐低下去，最终消失了，双眼似将要结束的夏天，疲惫不堪，愈加晦暗。永恒的晦暗暮色罩满了她的面庞，圣烛从她手中掉落在地上，她死了。

这个可怜的乞食老妇死了——如同丽卜卡村首屈一指的主妇一般死去了。安布罗斯及时赶到，给她合上了眼睛；亚涅克为她的亡灵热烈地祈祷着，整个村子里的人都熙熙攘攘聚在她身边，祈祷着、哭泣着、惊叹着她竟是这般幸福平和地死去，语气中甚至带着羡慕。

然而亚涅克却不一样，他看着那双已经没有生命光彩的双目，看着那张被死神抓得沟壑纵横的土色脸庞，惶恐不定。他起身逃跑，逃到家中倒在床上，将脑袋埋到枕头里面大声哭喊。雅歌娜紧随着他出来。她也再没有半点勇气，号啕大哭的同时，还安慰着他，替他擦眼泪。亚涅克像看待一个母亲一样转身看着她，将疼痛的头靠在她胸前，抱着她的脖子痛哭。

　　他大叫道："天哪！死亡多么可怕，多么恐怖！"

　　而亚涅克的母亲就在这时走了进来，她见着这场景禁不住满肚子火。

　　"这叫什么样子？"她责骂道，疾步走向他们，好不容易才勉强站住了，"瞧瞧我们温柔的保姆！可不是吗？可惜亚涅克已经长大了，他已经不需要保姆了！"

　　雅歌娜双目含泪地抬起头来，慌乱地告诉了她爱嘉莎的死讯。亚涅克也走上前来，慌忙解释，说是他方才心烦意乱、难过郁结。可他母亲之前就听说了不少流言，心中早有怒气，所以她现在冷漠地打断了儿子的话。

　　"你这头蠢笨的牛犊子！最好不要说话，免得遭殃！"

　　她大步走到门口，猛地推开门，厉声喝道：

　　"至于你这个女人——给我滚出去！永远不要再来这里了，不然我就放狗咬你！"

　　"我犯了什么错？"雅歌娜断断续续地问道，因为羞愧她几乎快要疯了。

　　"立刻滚出去，不然我就放狗了！——我可不想像汉卡和社区长太太一样为你流泪！你这个疯丫头，你这个荡妇！我要教训你——

我要叫你知道跑来这里谈情说爱的下场—— 一定会让你记住这个教训！"她尖着嗓子嚷道。

雅歌娜流着眼泪跑出房门……亚涅克震惊地愣在原地。

第十二章

突然，他抬脚想要去追雅歌娜了。

"你想去哪里？"他母亲拦住他，不让他过去。

"为什么——为什么要撵她走？是不是因为她对我太好了？这不公平——不公平——我绝不同意——她犯了什么错？你说啊？"他在他母亲的掌控下奋力挣扎。

"给我安静坐下，不然我就喊你父亲过来了……她犯了什么错？好的，我现在就告诉你。你是要当神父的人，我可不希望看到你与我共处一室养一个婊子，也不能容忍你蒙受耻辱，甚至在路上走都被人戳脊梁骨！这就是我撵她走的原因！你现在明白了吧！"

"天哪！你在说什么？"他惊诧又愤怒地叫道。

"我说的全是我知道的真相。我知道你和她幽会；对天发誓，我从没觉得你会做坏事，我觉得我的儿子要是穿上了神父衣袍，就绝对不会让袍子沾染污泥，他不会让我诅咒他一辈子，不会逼迫我从心里将他狠狠割舍，虽然我也会因为这份割舍而心碎！"她说着，双眼燃烧着火光，亚涅克震惊无比。她接着说："柯齐尔大妈最先让我知道真相，现在我亲眼见着了，见着这荡妇想要勾引你！"

他泪如雨下，一边哭着，一边断断续续告诉她母亲他们会面的事情，心中埋怨他母亲不应该怀疑，他坦陈一切让他母亲恢复了对他的信任。她将儿子抱在怀中，替他擦着眼泪，轻声安慰。

"我只是担心你，你不用奇怪。毕竟她是整个村里品行最败坏的妓女！"

"雅歌娜……是最坏的……"他无法相信自己的耳朵。

"谈起这些事我都觉得羞愧，可为了你好，我不得不说。"然后她说出了那些关于雅歌娜的流言丑闻，一个不漏地和盘托出。

亚涅克惊呆了，他跳起来，大喊道：

"不会的，我绝不相信她会这么卑鄙无耻。"

"注意言辞，与你说话的可是你母亲，这些我可捏造不来。"

"这种话一定是骗人的！如果是真的，那就真的太恐怖了。"他绞着双手，神情绝望。

"你为什么这样拼命维护她？回答我！为什么？"

"我得维护每个人——每个无辜的人。"

"你简直是个十足的傻瓜！"她生气了，自己儿子的不信任让她十分心痛。

"你认为我傻，可以，但是，雅歌娜如果真的那么坏，你为什么会让她来我们家劳作呢？"他因为愤怒脸涨得通红，像一只小火鸡。

"我怎么做无须向你解释，你这蠢货是不会了解我说的话的。可我奉劝你：离她远点！我要是撞见你和她在一起，我会——我一定会，甚至就在全村人的面前，我会拼命揍她一顿，让她一个月都恢复不了！而对你，也会一样！"

她说完怒气冲冲地离开了，顺带着用力摔上了房门。

亚涅克压根没想过雅歌娜的好名誉为什么对他而言是那么宝贵，他反复想着母亲所说，反省着自己，心里的难受几乎让他作呕。

"她是这种人吗？她，雅歌娜？"他痛苦地叹息着，内心对此异常厌恶，如果她现在出现在他面前，毫无疑问他一定也会立刻转头不搭理她。唉，他从没想过这些事情！而现在他必须想，而越想内心就会越发痛恨！他几次三番想要跑去当面指责她的罪恶和不端。"告诉她村民的流言，如果可以澄清就让她去澄清。让她告诉别人，这些都是假的！"他苦苦思索，也越来越相信她极有可能是被冤枉的……他禁不住替她难过，然后悄悄想着她……想起之前的约会，些许甜蜜浮上心头……他眼前浮起一层朦胧喜悦的雾霭，心脏不知缘由地疼着，他跳起身来大喊大叫，如同要告诉全世界：

"都是胡说八道——不是真的——不会是真的！"

吃完饭的时候，他一直低着眼睛看盘子，避开母亲的视线，大家都在谈论爱嘉莎的死，他也一言不发。他觉得东西难吃，看妹妹都觉得厌烦，又觉得家里太热，晚饭刚刚吃完他就急不可耐去了神父家里。神父正坐在门廊上抽烟，和安布罗斯谈论着一些琐事。他避开他们，怀着满心痛苦的思绪在树下兜圈子。

"也很有可能是真的啊！母亲不是信口开河的人啊！"

光柱拉得长长的从窗口射出来，落在草地和花坛上，看门狗叫嚷着在那里玩耍。门廊那边突然传来粗浊的说话声：

"你去猪坑看过大麦吗？"

"麦秆还是青的，谷粒干瘪像是胡椒。"

"你该晒晒祭司服了，都要发霉了——把我的袈裟和僧衣拿到多明尼克大妈那里，让雅歌娜洗吧——今天下午谁把母牛牵过来了？"

"一个默德利沙过来的人，磨坊主在桥上遇见他，他就吹嘘自己家里的公牛，还说可以免费传种，可这个人更愿意选我们的公牛。"

"他的选择是对的。只需要花一卢布就可以受益终生……还能生出一等的母牛。克伦巴一家会出爱嘉莎的葬礼钱吗？你知不知道？"

"没有，她自己留了十兹罗提的安葬费下来。"

"她完全可以像村里的任何一个主妇一样庄严肃穆地举行葬礼！噢，对了，告诉慈善会的兄弟们，我可以将没漂白的蜡卖给他们。他们要是需要漂白蜡就得去别的地方买。明天轮到麦克照料教堂了。你去催催收割工人。晴雨表提示说'天气易变',可能会有暴风雨——去钦斯托合娲朝圣的人什么时候出发？"

"他们要求星期四举行一场还愿弥撒。"

这种谈话让亚涅克反感，他走到隔开果园和养蜂场的篱笆边，沿着树木之间的小路走来走去，果实累累的苹果树枝时不时会碰到他的脑袋。

这个晚上十分闷热，附近散发着蜂蜜和收割下来的黑麦气味；空气热得让人窒息。刷了白洋灰的树干在阴影中闪着微光，像是衬衫被晾在那里。从克伦巴家的方向传来了低沉哀婉的挽歌。

亚涅克思索着他的忧愁，疲乏又厌烦，正要回家，突然听见养蜂场传来窃窃私语声。

他没见着半个人影，只好停下脚步，屏息凝神去听。

"走开……别缠着我，不然我就叫人了。"

"为什么要挣扎呢？我做的又不是坏事！不是坏事啊。"

"会被人听见的……放手，求你了……你要折断我骨头了！"

亚涅克能够辨认出来这两个声音，原来是波瑞纳家里的长工彼德和神父家里的女佣玛莉娜。他悄悄走开，对他们的谈情觉得十分有趣，但走出几步又折回来仔细听。灌木浓密，加之天色漆黑，所以什么都看不见，但他还是很快就听清楚他们断断续续的说话声，此时更加清晰又热烈，如同喷发的火焰；甚至有时候还夹杂着扭打声和深长的喘息。

"简直比得上雅歌娜……你瞧，玛莉娜……只不过……"

"能相信你吗？我是这种女人吗？你，先让我喘口气！"

有重物倒地的声响，灌木被折断发出啪嗒一声，紧接着他们似乎又爬了起来，如同先前一般耳鬓厮磨，欢笑怡然和亲密地接吻。

"现在我完全睡不着了……都是因为想你，玛莉娜……想你，啊，亲爱的！"

"你和每个姑娘都这么说！我等你等到半夜，你却去追求别的姑娘……"

亚涅克颤抖得如同白杨叶，浑身上下都打着哆嗦。风起，吹得树木沙沙作响，如同梦呓；养蜂场浓烈的蜂蜜甜香一并飘来，教他闻得难受，险些窒息；他湿着双眼，一阵暖流弥漫全身，教他隐约觉得快活。

"她对我而言，如同天上的星星一样遥远！她如今思慕着亚涅克呢……"

亚涅克竭力压下心头激荡的情绪，在围墙边伏低了身子听着，心神越发澎湃。

"没错，她每天夜里都出去与他幽会……柯齐尔大妈在树林里一不小心撞上了他俩……"

他只觉得眼前一片漆黑，天地都一同旋转起来，他整个人险些晕倒在地。男女的亲吻、低笑和低语在此时仍源源不断地传到耳朵里。

"如果你……我会用开水烫你的头……啊，彼德……彼德！"

他没办法继续听下去了，风一阵地跑开，一路上不断拉扯着他身上的祭司服，回家的时候脸像甜菜根一样红，浑身上下都是汗，而且心情激荡无法平静，还好没有人注意。他母亲坐在炉火边，低声吟唱着黄昏颂歌：

"吾等今日所为，噢，主啊！一切皆呈至您足下！"

她一边吟唱一边纺纱，他妹妹唱，正在擦拭教堂烛台的麦克也跟着一起唱。他父亲已经睡下了。

他走进房间，做起定时祈祷来。他逼迫着自己专心致志朗读拉丁文，脑海中却止不住地回忆起刚才听到的亲吻和低语。最后，他趴在书上，不自觉地想着那些飓风一样袭上心头的遐思。

"是这样吗？事情是这样的吗？"他沉思道，越来越惶恐害怕，却又伴随着一股刺激的愉悦。他突然大声重复起来："事情竟是这样！"为了摆脱一直盘旋于脑海的遐想，他把祈祷书夹在腋下去找他母亲，告诉她他想去为爱嘉莎的遗体做祷告。

"去吧，亲爱的，一会儿我来接你！"她目光慈爱地看了自己儿子一眼。

克伦巴家里几乎空无一人。只有安布罗斯在遗体身边低声念着一本书，遗体上裹着布，床头点着的临终圣烛插在一个小罐子里。果实累累的苹果树枝从窗口探进头来，偶有夜归的行人往里面扫一眼。看门狗在走廊上小声叫着。

亚涅克就紧靠着圣烛跪下，十分热忱地做起祷告，甚至连安布罗斯什么时候起身一瘸一拐地走回家去的他都毫不知晓。克伦巴一家已经在果园里躺下休息了。第一声鸡啼叫过，他母亲才想起他来，匆匆赶来接他回去。

他毫无睡意。每每闭眼打盹，眼前就会出现雅歌娜的身影，惟妙惟肖，如同本尊，他吓得从床上跳下来，揉着眼睛四处张望——只见房子内外安安静静，只有他父亲响亮的鼾声。

"啊！……或许……或许她渴望的仅仅如此？"他回忆起她火热的亲吻，如同火焰燃烧一般明亮的双眼和嘶哑的嗓音。"我……我还以为是……"羞愤交集，他忍不住跳下床来打开窗户，去窗台上坐着，沉思自己无意间犯下的罪孽和受到的引诱，苦苦思索，直至天明。

第二天早上举行弥撒的时候，他不敢抬眼去看人，但他越发热情地为雅歌娜祈祷着，如今他已经完全相信她的罪孽深重，可要恨她和讨厌她，他是做不到的。

弥撒结束，在圣器室神父问他："你怎么了？连连叹息，险些把蜡烛都吹灭了！"

"我穿着祭司服，热得厉害！"他撇过头去，并不正面回答神父的问话。

"等你习惯它，它就像自己的皮肤一样教你自在了！"

亚涅克吻过他的手就回家吃早饭，他沿着池塘挑有阴凉的地方走，热气叫人难以忍受。半路他遇见了玛莉娜，她正拉着神父那匹瞎眼母马的鬃毛大声唱着歌。

想起玛莉娜昨天晚上的举止，他不由得生出满腔怒火，大步朝她走去。

"玛莉娜，什么让你这么高兴？"他盯着她，因为那份好奇心又有些害羞。

"因为我青春活力啊！"她笑容灿烂，牙齿雪白，说完她揪着母马的鬃毛继续往前走去，歌唱得越发大声。

"是啊，高兴！在做了那种事之后！"他急忙转身离开这个姑娘——她的裙子卷得高高的，几乎露出了雪白的膝盖——往克伦巴家里走去。爱嘉莎的遗体还留在房间中间任人瞻仰，她穿着假日才穿的华美衣裳，头戴便帽，帽子上的装饰落在眉毛上方，脖子上挂了好几串念珠，下身是一条崭新的条纹裙子，脚上穿着的是一双红边的鞋子。她面色苍白如同漂蜡塑成，却又奇迹般地带着喜悦。些许歪曲的圣像被她僵硬冰冷的手指抓在手上，床头点着两支蜡烛。雅固丝坦卡正拿着根树枝驱赶苍蝇。火炉烘烤着杜松果，烟气弥漫整个屋子。期间或有人走进来为她祈祷，小孩子们在外面玩耍。

亚涅克惴惴不安地看着一片漆黑的房间。

雅固丝坦卡压低了嗓音："克伦巴一家进城去了。爱嘉莎给他们留了一笔不少的钱，他们理应在她葬礼上打扮妥当才是。她不是他们的亲戚吗？当然是啊！不过，遗体要到今天晚上才能抬出去，马修还没有做好棺材呢。"

屋里闷热，爱嘉莎那蜡黄的脸色和不带半点变化的笑容看起来让人毛骨悚然，他只好在胸前画着十字，急急走出了房门。走到门前台阶上的时候，雅歌娜和她母亲进来了。雅歌娜看着他便停了下来，而他却沉默着与她擦肩而过，连平日说的"赞美主"都没说一句。直至走到围墙他才回过头来，雅歌娜还站在他们擦肩的地方，悲伤地看着他远去的背影。

回到家里，他推说头痛，不想吃早饭。

"出去转转，很快就好了。"他母亲劝他。

"母亲！我上哪儿散步去？你马上就会怀疑我的……天知道会怀疑到什么奇怪的事情上面？"

"亚涅克，你怎么能这样说话？"

"母亲，你难道没有把我锁在家里吗？要不是我必须和人说话，又怎么出得了门？"

他神经绷得太紧，以至于让他母亲也颇为苦恼……但是，她还是用醋泡了一块压缩绷带替他包扎脑袋，让他在遮暗的房间里好好休息，这样才好了些。她将院子里的小孩子轰走，像个护崽的母鸡一样守着她儿子，亚涅克好好睡了一觉，又饱餐了一顿。

"现在去散散步吧，走白杨路那边，那里有树荫，比较凉快。"

他没搭话，却发觉自己母亲竟注意到了自己习惯走那条路，于是故意往另一边走去。他在村子里闲逛，去打铁铺看着铁锤敲在铁砧上咣咣作响、震耳欲聋；去磨坊张张望望，他进过一处又一处菜园，路过亚麻田，只要有红色裙子出现的地方他都要去一看究竟。然后他在田埂上坐下与为薇伦卡放牛的阿瑟克先生聊天，接着又去了波德莱西农场的西蒙家里，西蒙夫妇请他喝了牛奶，直到下午很晚了他才回到家中，可仍旧到处都没有见到雅歌娜。

他见到雅歌娜是在第二天参加爱嘉莎葬礼的时候。举行葬礼仪式的过程中，雅歌娜一直紧紧盯着亚涅克。亚涅克只觉得书上的字句在他眼前跳起舞来，害得他连圣歌都唱错了。尸体运往教堂墓地的途中，她与他几乎齐肩而行，完全没顾及他母亲看过来不悦的眼神和扬高声调的叫嚷，她只觉得自己要在他面前融化掉，就像被阳光融化的春雪一般。

棺材被放到墓穴之中，大家按照习俗放声大哭的时候，他听见了她的哭声；可他明白那哭泣并非是为了爱嘉莎，而是真正地出于那颗痛苦受伤的心。

"我必须——必须跟她谈谈了！"

葬礼结束回来，亚涅克已下定决心要同雅歌娜谈一谈，但他一时不得空。到晌午时分别村来了许多人，甚至有许多人从附近的教区赶过来，想要加入朝圣的队伍。

朝圣的人第二天清晨做完还愿弥撒就要出发了，现在成员从各处慢慢聚集而来，板车挤满了池塘边的路面。来神父办公室的人也很多，所以亚涅克不得不留下来帮神父解决各种事情。一直到了傍晚他才得空拿着书窜到了谷仓后那棵他曾与雅歌娜并肩坐过的梨树下。

他压根没有打开过书，反倒将书扔到地上；环顾四周，他举步踏进了黑麦田，偷偷地，几乎四肢着地爬到了多明尼克大妈家的菜园。

雅歌娜恰好就在那里挖马铃薯。她浑然不觉有人在盯着她看，她时而疲惫地伸伸懒腰，用忧伤的神情四处瞧瞧，发出一声长叹。

"雅歌娜！"他怯怯地唤了她一声。

她脸色骤然苍白如同一块白帆布，几乎不敢相信自己的眼睛，险些以为自己看见的他是神奇的幻影。

亚涅克眼中神采四溢，心中甜如蜜糖。他竭力地控制住自己的情绪，只静静坐下来注视着她，心头却是掩不住的欢喜。

"亚涅克少爷，我还以为再也见不到你了！"

恰如从草地吹来的带着香气的微风，她的声音飘进他心中，让他一颗心被喜悦之情浸染得怦怦直跳。

"昨晚在克伦巴家外面，你都没看我一眼！"

她怯生生地站在他跟前，面色红润恰如一株盛放的玫瑰花树；恰如一串太过繁盛而低垂下来的苹果花，是那般标致，那般迷人。

"一想到这个我只觉得心都碎了！"她那钻石一般的眼泪挂在长长的睫毛上，挡住了那双蔚蓝色的眼睛。

"雅歌娜！"他大声喊着她。这是他发自内心的呼唤。

她在附近的一道垄沟跪下来，身体贴紧他的膝盖，那双神采飞扬的深邃眼眸深深看着他——那样一双眼宛如天空般澄澈，又深不可测——那样一双眼，当它注视你时宛如亲吻，宛如爱抚——那样一双眼，生来拥有那妙不可言的诱惑力，却又显得极其单纯无邪。

他极力想要从她那惑人魔力之中脱身出来，故作严厉地与她说话，仔细地转述了他母亲同他讲的关于她的所有罪过和淫行。她十分热情地聆听着他说的每一个字，双眼眨也不眨地看着他，却全然没有听懂他的意思，她的思想感情全都集中于一点——她用灵魂千挑万选的那个人，就在她面前！她只听得见他说话，只看得见他明亮的双眼；觉得她跪倒于前的，是一尊圣像，她满怀对爱情的信仰向他祈祷！

"现在你说吧，"他强烈地请求道，"雅歌娜，告诉我这一切都是胡说！"

"都是胡说！都是胡说！"她反复说道，态度真诚得让他不得不相信。接着，她俯身前倾，胸口贴着他的膝盖……嗓音低沉地颤抖地向他倾诉着她的爱意……她对他敞开了心魂，就像对着神父告解，她拜倒在他面前，如同迷路的鸟儿疲倦不堪倒地不起；她的恳求宛如祈祷一般热烈，将自己所有一切毫无保留地奉献给他……愿意让他随意支使。

亚涅克浑身颤抖得如同在暴风雨中飘摇的树叶，他想要推开她，想要逃走，但他脑袋里面迷糊糊一片，只好无力地开口道：

"别说了，雅歌娜，别说了！不要说这种话，这是多大的罪孽啊！"

她安静下来，精神显得困乏疲惫。他们就这样沉默着，不敢去看对方的眼睛，身体却贴得很近，几乎可以感受到对方的心跳和胸口滚烫的喘息声。双方都感受着无休的欢喜愉悦，泪水从他们苍白的脸庞簌簌而下，但即便如此，他们还是笑着，灵魂深处皆是安详幸福。

此刻夕阳西沉，大地布满夕阳余晖，如同金露泼洒，万籁俱寂，世间一切都沉默着，仿佛皆在聆听祈祷，又似祈祷——祝福过去了的这一天的和平幸福——这时候，他们穿过黑压压的田野走上长满野花的小路，一边走一边拨开成熟低垂的麦穗，横穿过了成熟的麦田；他们凝望着西方天穹火焰一般的晚霞，凝望着深邃辽阔的金色天际，一直往前信步走着，此刻天堂就在眼前、就在心里，连身边都围绕着天堂般的光晕。

他们就这么沉默着，一言不发；但他们时而交接的视线宛如闪电般缠绕，将彼此烧得筋疲力尽，也不知道对方感觉如何。

他们也没有意识到自己正唱着神圣的赞美诗，歌声源自他们的灵魂深处，然后往四面八方飞去，穿过黑暗的田野。

他们甚至也不知道自己身在何方，将去何处，有何目的。

突然，一个嘶哑刺耳的声音将他们的美梦打破了：

"亚涅克！跟我回家去！"

亚涅克蓦地回过神来，发现自己已经走到了白杨路上，而他母亲阴沉着脸站在他们面前，神情狰狞又冷酷——面对这种情况，他结结巴巴地说了几句无关痛痒的话。

"回家去！"

她不容抗拒地抓住儿子的手，将他往前拉走，他温顺地跟着她走。

雅歌娜好似中邪一般，紧紧跟着他们。亚涅克母亲捡起路边的石头，狠狠扔向她。

"滚！你这条母狗，滚回你的狗窝去！"她语气尖锐，脏话连连。

雅歌娜甚至不知道这句话说的是自己，她茫然地向后看去。直至他们走得没影，她还在小巷之间流连徘徊，灯光全都熄灭了她才回到家里，一直坐在屋外直至天亮。

时间就这样慢慢过去了，村民们一个接一个起床进行日常的工作，雅歌娜仍痴痴地坐在那里，心中想着亚涅克，想着他对她说的话，想着他们对视之时彼此了然的神情——他们离得那么的近！想着他们去过的地方、唱过的歌……尽管她已记不起来内容……但她一而再再而三地重复着同样的梦境，无休无止！

她母亲喊醒她，也唤醒了她的美梦，汉卡的到来更让她清醒过来。汉卡穿着的是准备去朝圣的服装，她怯怯地伸手，道明来意——她是来和她们和解的。

"我就要去钦斯托合娲了。要是有任何对不起你们的地方，还请原谅我。"

老太婆咕哝道："你倒是说得客气，我多谢你，可你做过的事已经不能挽回了。"

"我们不提这个了！我是真诚地来乞求原谅的！"

"我心里对你并没有怨恨。"多明尼克大妈叹了口气。

"我也没有，尽管我吃了不少苦。"雅歌娜严肃道。这时候弥撒钟声敲响了，她换好衣服准备去教堂做弥撒。

"你们知道吗？"汉卡过了一会儿说道，"风琴师的儿子亚涅克说是要跟我们一起去钦斯托合娲，这可是他母亲亲口跟我说的，说是他坚持要去朝圣。"

雅歌娜闻言，衣服穿到一半就冲了出去。

"有小神父做伴，想必我们的旅途会更加愉快体面了……好啦，再见吧！"

她们友好地分开了，汉卡先去了教堂，一边走一边沿路宣布这个消息。大家都颇感意外，老雅固丝坦卡摇头道：

"这事可不像表面看上去那么简单。他要是去，绝对不是自愿的。绝对不是！"

现在并不适合讨论这事。半村子的人现在都在教堂里面，朝圣弥撒已经开始了。

亚涅克仍旧如同以往一样协助做弥撒，可他脸色看上去比以前更加苍白，表情也显得极其痛苦。他的双眼都变了颜色，饱含泪水，他隔着朦胧泪眼看着教堂，看着双臂摊开躺在石板上面的泰瑞沙，看着眼神惶恐的雅歌娜，看着坐在位于地主座位上的母亲，看着进来领取圣餐的巡礼成员：一切都透过朦胧泪眼被他纳入眼底，撕扯着他的内心让他痛苦，让他悲痛到难以忍受。

神父站在圣坛上与巡礼成员告别，他们熙熙攘攘走出教堂时，他往他们身上洒圣水，为他们祝福。旗子被高高举起，闪亮的十字架在前方为他们开路，众人唱响圣歌——巡礼成员们踏上了旅途。

雅歌娜和她母亲以及其他村民一同为他们送行。她脸色不好，心中更是因为痛苦而抽搐绞痛。那些心酸的热泪被她咽下，双眼却舍不得从她生命中最重要的男人身上移开；可如今她只能远远地看着他，因为他的母亲和兄弟姐妹都紧紧地围绕在他身边，以至于她都不能好好地看看他，更不要说与他说上一会子话了。

　　马修母子还有其他几个人与她打招呼，她都置之不理。她脑海中只有一件事：她的亚涅克就要永远离开了，她永远都看不到他了！

　　众人一路护送直至森林附近的十字架，成员们接着往前行，歌声撒了一路，最终从众人视野里消失，只留下一溜烟尘让人们知道他们此刻在何处。

　　"这到底是为什么？"她拖着疲惫不堪的身子走回村里，忍不住叹息道。

　　"我要倒下了，我要死了！"她内心的苦楚让她失去了所有精力和力气，让她觉得她真的快要死了。

　　"啊，我该怎么办呢？现在该怎么办呢？"她看着那刺眼的烈日，觉得是那般凄楚悲凉，又是那般可惜。

　　她内心极度渴望到来的寂静黑夜，却半点安慰也没有带给她。整个晚上她都游荡在房子附近和路上，一直游荡到黎明将至，她的脚步甚至远到了波德莱西和她与亚涅克最后一次会面的十字架附近；她双眼刺痛地深深凝视着那长又宽的沙砾小路，如同在寻觅他的足迹，他影子滞留的地方——甚至是他踏过的一块泥土。

　　唉！一切都没了——于她而言什么都没有意义了——没有爱情——也不会再有希望！

　　她神情凄凉又绝望，眼泪流干的眼睛如同不知深浅的忧愁之泉闪闪烁烁。

　　甚至在她祈祷之时，她也偶尔会发出哀怨的控诉："天哪！为什么？为什么要让我如此痛苦？"

第十三章

多明尼克大妈家里日子已经过到了一种无法忍受的地步。雅歌娜俨然成了一个四处乱逛，不关心任何事情的疯子。安德鲁做事吊儿郎当，离家去西蒙家玩的时间越来越多。农田基本上无人看管。有时候，母牛还没挤奶就被赶到牧场上了，小猪每天饿得直叫唤，马儿也百无聊赖地啃着空的饲料架。老太婆半瞎着眼睛，又蒙了绷带，只好借助拐杖摸索道路，更不可能照顾一切活计。她因为担心又觉得耻辱，基本上都要疯掉了。

她请来一个帮她干活的"地客"，加上自己的辛苦劳作以及施加给儿女的压力勉力支撑。可雅歌娜对于她的请求和训斥完全无动于衷，安德鲁甚至在受到训斥之时，蛮横地顶嘴道：

"你既然赶走了西蒙，那些活你就自己做吧。他离开了你，反而无忧无虑，又有房子，又有钱，又有老婆，又有母牛——简直是个出色的好地主！"他说着这话的同时，总能有法子不被他母亲逮住。

"是啊，是啊，"她苦闷地叹息道，"那个不孝子却还事事顺利，飞黄腾达了。"

"没错,他做得很好,连娜丝特卡都为之惊叹!"

"我必须雇个人定期来帮工,或者找个长工。"她大声说出心里的打算。

安德鲁挠挠头,语气迟疑地开口道:

"你找人干活,告诉西蒙一声不就行了,又何必去找个陌生人呢?"

"没人问你,你就不要开口!"她怒吼道。可她仍旧认为这是她必须得咽下的一剂苦药——不论早晚她终得让步,和西蒙重归于好。

但最让她担心的是雅歌娜的情况。她问不到半点线索,经过不断琢磨,不断想那些不快的事情,在某个星期六的下午她实在忍不下去了,她带上一只鸭作为礼物,来到了神父家里。

到了傍晚时分她才激动地回到家中,晚上的秋风萧瑟如同悲鸣。她一直没有说什么,直至晚饭吃完屋子里只剩下她和雅歌娜两个人时,她才开了口。

她说:"你可知道,村子里在说你和亚涅克之间什么流言?"

"我不喜欢听说这些流言蜚语!"她模样十分不情愿,双眼却迸发出灼热的神采。

"可你必须知道这件事……更加要明白的是,没有什么能够瞒过邻居的眼睛——'你悄悄做的事,别人正大声议论着'。他们议论了你做过的最坏的事。"

于是她仔仔细细将她从风琴师太太和神父那里听到的事情告诉了雅歌娜。

"那天晚上,他们审问了亚涅克,他父亲将他打了一顿,神父也补了几下长烟斗,他被送去钦斯托合娲,就是为了避免被你引诱!

听懂了吗？天哪，想想你做的好事！"她愤怒地嚷嚷道。

"神呐！亚涅克被打了！被打了！噢，天哪，噢，天呐！"她跳起来，疯了一样想要做些什么……却又重新坐下，咬牙切齿地咒骂道："诅咒他们的手臂萎缩，诅咒他们双手腐烂，诅咒他们在发瘟疫的时候全部死去！"紧接着她又号啕大哭起来，泪水从她红肿的双眼中流淌而下，恰似鲜血从新伤口中流出来。

多明尼克大妈并不在乎她的痛苦，仍自顾自地骂着她，字字句句似针直刺心窝。她不留余地，毫无遗漏地数落着女儿的罪过和淫行，还告诉了她自己长期以来忍受的所有痛苦。

"难道你看不出来一切都该结束了吗？你看不出来你不能继续这样生活了吗？"她话语越发锋利无情，自己的眼泪也没停过，将脸上的绷带都打湿了。"你还想要被人视作下贱女人？还想要所有人对你指指点点吗？啊，天呐！我的晚年过得多么耻辱！啊，多么耻辱啊！"她绝望地哀叹着。

"我听说你年轻时候比我现在好不到哪里去！"

一语中的，多明尼克大妈霎时不吱声了。雅歌娜开始动手烫起第二天要戴的花边。这个傍晚起风了，树叶沙沙作响，月亮在白云之间穿梭。村子里传来姑娘们的歌唱声，还有小提琴的伴奏声。

她们听见正走过的社区长太太所说的话。

"昨天他去了一趟警察局，然后就没消息了。"

"昨天晚上，"答话的是马修，"他去行政区官署了，村长说是行政区首长派人来找他还有书记官。"

他们走开之后，老太婆又说起话来，只是语气缓和了不少。

"你为什么要把马修撵走，甚至不让他来看望我们？"

"我讨厌他，所以，他就不必坐在这里了。我又没有找男人，更何况也不需要男人！"

"可你也该找个丈夫了！有了丈夫，别人就不会这样攻击你了。至于马修——你也不该瞧不起他，他很聪明，人也正直。"

她在这个话题上谈论了许久，意见诚恳，可雅歌娜忙于手中活计，满心又都是忧伤，根本没理会她。最后她只好闭嘴，拿起了念珠。深夜，万籁俱寂之时，只有树木轻摇，水车转动；月亮都藏在厚重的云后面，给云朵边缘镀上了一层银白，略微露出些许光芒。

"雅歌娜，你明天必须去忏悔了。等你摆脱了你犯下的罪孽，你心里会舒畅些的。"

"为了什么呢？不，我不想去！"

"不去忏悔？"她母亲因为惊吓而声音发颤。

"不去。快速惩罚，缓慢助人，说的就是神父这种人。"

"嘘，别说了！小心天主因为这句坏话降下惩罚！我告诉你：去忏悔，去认错，请求上帝原谅，这样或许就不会再发生什么坏事！"

"忏悔！我受的苦还不够多吗？我到底做错什么了？毫无疑问，是因为我的爱恋，因为我的痛苦，才受到这种报应。对我而言，最坏的事情已经发生了！"她语气愤愤，继续为自己痛哭。

哎，可怜的姑娘！她丝毫没有预料到那即将到来的沉重责罚——丝毫没有预料到，那种她想都不曾想过的、极为严酷的惩罚。

第二天是星期日，在大弥撒举行之前，村子里已经传遍了社区长因为亏空村子里的账目而被逮捕一事！

一开始谁都不相信，即便每个小时都会传来新的更加恐怖的细节，可仍旧没有人当真。

比较严肃的村民说：“都是吃饱了撑着的人编出这些故事来骗人为乐。”

然而，铁匠从城里回来——证实了一切，颜喀尔又告诉村里人：

“是真的！村里少了五千卢布。现在他的农场要充公用来抵债，要是不够，其他的债务要由丽卜卡村偿还！”

大家终于相信事情是真的了。大家都出奇的愤怒，甚至连连抗议。这叫什么事啊！大家都已经这么穷，处境这么艰难，甚至连吃的都没有，纯粹靠借钱支撑到收割结束，现在竟要他们为盗用公款的强盗还债！简直忍无可忍！整个村子都气疯了，诅咒、威胁和脏话像是四处乱飞的冰雹一般。

“我又不是他的搭档，我才不替他还债！”

“我也不会出钱的！他酗酒、玩乐、大吃大喝，我却要替他受罪，还要替他的胡闹付款吗？”不少人神情苦恼，甚至快要流泪了。

“我早就留意他了，甚至还警告过你们。可你们不听我的劝告，瞧，现在好了吧！”老普罗什卡别有用心地说道。他和他的太太简直就是天生一对，夫唱妇随，别人愿意听几遍就说上几遍。

这消息太劲爆了，大家都没怎么去教堂，只留在家里讨论这件事。每个人都觉得既悲哀又愤怒，所以他们全都聚集到屋子里和园子里特别是水塘边，一起发着牢骚。大家都为一件事备感费解，那就是：社区长把这么大一笔钱都花在哪里了？

“他一定把钱藏在哪个地方了，他用不了这么大一笔钱！”

“不对，他信任书记，而我们知道书记的德行。”

“可怜的人！他把大家都拉下去了，可自己陷得更深。”几个老成的村民严肃地说道。就在这时普罗什卡太太挪着肥胖的身躯挤上前来，她擦了擦眼中根本不存在的泪水，故作同情地说道："我说啊，社区长太太真可怜——她是那样端庄高贵的夫人——她现在该如何是好啊？田地和房屋都充了公，看来她只能租房子住了，还得替别人做工。看来她没有享受到那些钱带给她的好处呢！"

柯齐尔大妈也来帮腔，但攻击的方式不同。她大声道："她，她的日子过得那么好！他们都像大地主，都是快活的无赖！不仅天天吃肉，喝的咖啡里面得放半罐子糖！喝的甜酒都不掺水，而且得用大杯子喝！我可亲眼见着他们从城里带回来不少好东西——满满的半车！不然他们怎么长成这么胖的！斋戒肯定不可能吧！"

虽然她所说的荒谬可笑，但每个人都默默听进去了。风琴师太太却改变了村民们的看法。她正路过此处（至少看起来像是偶然），听到他们所说，故作漫不经心地开口道：

"咦，你们真不知道社区长的钱花到什么地方去了？"

大家团团围住她，再三向她询问。

"很清楚不是吗？花在了雅歌娜身上！"

答案叫人意外，众人面面相觑。

"从春天开始，整个教区都在说这事儿呢。我一句话也不说，你们自己去问问，甚至可以去默德利沙问问……你们就会得知真相的！"

她像是无意多说，装出一副要离开的样子，可村民都紧跟着她，几乎逼得她走投无路。于是她只好告诉他们一个不能声张的秘密，说是社区长买了好几串纯金项链，好多上等丝绸围巾给雅歌娜，还送给她许多珊瑚项链，甚至是许多钱！这些很显然都是假的，但他们却全盘相信了，除了雅固丝坦卡，她激烈地大喊道：

"伟大的圣徒啊，这家伙原来是假慈悲和伪君子，为我们祈祷吧！

太太，你是亲眼所见吗？"

"没错，我亲眼所见！我可以赌咒发誓，甚至在教堂里发誓，他盗用公款就是为的她；没错，也有可能是她唆使的！她可是什么坏事都敢做，她心中压根就没有一块地方是纯洁的，这个不知廉耻、没有良心的女人！放荡的妓女，游荡在村子里，一路走一路播撒耻辱！她甚至想要勾引我儿子呢，他才只是个单纯的少年，天真得像个孩子！幸好他逃脱了她的魔爪，还将一切都告诉了我！想想看，这个不要脸的女人连未来神父都不放过！"因为愤怒，她的语速很快，说完这才喘着粗气停下来。

这番话如同落在炸药上的火星，将平日里村民对雅歌娜的所有不满，所有忌妒、敌意和怨恨全都点燃了……在场的每一个人都严厉责骂她，现场混乱不堪。每个人都想压过其他人的声音，嗓门越喊越大。

"我们基督徒的土地上怎么能容忍这种妖孽？"

"是谁害死了老波瑞纳？你们忘了吗？"

"原来她竟妄图勾引一名神父！啊，天哪！"

"多少酗酒、打架和罪孽都是因她而起！"

"她是村子的烂疮，就是因为她，整个村子受尽歧视！"

"她在我们村里一天，罪孽、恶性和淫风就一天不会消失。今天社区长为了她盗用公款，明天或许也会有别的人做出这种事！"

"把她赶出村子！就像麻风病人一样赶出去——赶到森林里！"

"把她赶出去！没有别的办法了——把她赶出去！"群情激奋，他们怒气冲冲地叫唤道。在风琴师太太的建议下，他们全都来到了社区长的家里，而社区长太太满脸泪水，看上去是那么可怜、那么伤心，他们抱着她，陪她流泪，柔声安慰。

过了一会，亚涅克的母亲提起了雅歌娜。

社区长太太悲痛欲绝地哭喊着："啊，一点不错。这一切都起源于她……啊，她的罪孽，我的屈辱，我的惨况，诅咒她如同母狗一般死在阴沟里被虫子吃掉！"她倒在椅子里，伤心哭泣，悲痛欲绝。

大家陪着她一起伤心流泪，一直到日落西山之时，他们才各自回家去。只有风琴师太太留了下来……这两个人就关起门来商量可行的对策。紧接着她们挨家挨户地奔走，游说着每一个村民，为她们计划好的秘密任务进行准备工作。

普罗什卡的妻子和另外几个别有用心的女人也过来加盟，参与任务，她们一起来到了神父家里。然而，神父摊手表示无能无力：

"我可不想掺和这事，但我也不会阻止他们，我也不想知道，明天一整天我都在扎诺夫呢。"

晚上完全静不下来，有人在为什么吵架，有人在反对着什么，有人在暗地里策划着什么阴谋。暮色四合，参与阴谋的人都来到了酒店，风琴师在这里请他们吃饭。紧接着他们再度争论商议，地主农夫中的重要人物和村里大部分的已婚妇女都来了。他们商讨了好一会，普罗什卡太太突然嚷道：

"安提克·波瑞纳呢？我们都在这里开会，作为最重要的一员，他不来，我们的决定可就不能生效啊。"

"是啊，"他们应和道，"我们去请他来，他一定要来！他没来，决定不能轻易下。"

"要是他袒护雅歌娜怎么办？"有人问。

"他敢反对我们——整个公社吗？我们都下定决心了——全体一

致，下定了决心！"

安提克已经睡下了，村长来将他叫醒了。

"你必须去告诉大家你的想法了。你要是不去，他们就会认为你偏袒她，不服从我们大会！女人们绝对不会原谅你以前犯下的过错的！来吧，让我们去结束这一切的纷争！"

他去了，不得不去，可他心情十分沉重。

酒店挤满了人，人声鼎沸，风琴师站上了凳子，如同布道演说一般开了口。

"没有别的办法了！整个村子好比一座房子，要是小偷拿走一根大梁，另一个人就会偷走屋椽，第三个人拆掉墙里面的木头；不要多久房子就塌了，将里面的人全都压死！你们想想：要是我们中有人乱偷东西，随意杀人做坏事，行为淫荡，这个村子会面临什么？我告诉你们，那就不是村子了，而是每一个正直之人的耻辱所在！每个人都会避而远之，听而耸之！是的，上帝的惩罚会降临这样的村子，就如同《圣经》里描述的罪恶之城！没错，它会坍塌将我们全部压垮，因为我们是罪人，我们做了坏事以及容忍了罪恶滋长！《圣经》里不也说了吗，'手犯罪就砍掉，眼犯罪就挖了喂狗'——更何况，我告诉你们，雅歌娜比起瘟疫鼠疫更为恶劣；她传播的是道德败坏的种子，违背了上帝的戒律，会给我们带来上帝严厉的处罚。趁着现在为时不晚，我们将她赶出去吧！她做了这么多坏事，我们该算算账了！"他怒吼着，脸色涨得发紫，双目圆睁，宛如一头愤怒的公牛。

"没错，没错！是时候了！我们有执行赏罚的权力！将她赶出去！"大家高喊着，神情越来越激动。

乔治等人也讲了话，但没人听进去了。风琴师太太正讲述着亚涅克的事情，社区长太太也在一边同别人诉苦，其他人也叽叽喳喳吵作一团，整个酒店都是怒吼咆哮，掺杂一起，万分混乱。

只有安提克一言未发。他就站在吧台旁，绷着脸咬着牙，面色苍白，内心痛苦。他甚至想要操起一把椅子将那些叫嚷的人打成肉酱，狠狠踩在脚下，他恨透了这些人！可他竭力克制着自己，一杯又一杯地喝着酒，往地上吐着口水，低声咒骂。

过了一会儿，普罗什卡叫安提克，他用大家都听得到的声音开口道："我们一致认为要将雅歌娜驱逐出村子。来吧，安提克，告诉大家你的看法。"

大家静静地盯着他，一言不发，他们认为他一定会反对。然而，在他深吸一口气之后，他耸了耸肩，声音响亮地说：

"我和社区同进退。你们要驱逐就驱逐吧，要奖励就奖励吧——对我而言，没什么不同。"

他分开人群走出了酒店，没看任何人一眼。

他们接着辩论，一直到凌晨下了最后的决定，把雅歌娜赶出村子。

有几个人想要为她辩护，却在大伙的严厉斥责下偃旗息鼓。只剩下马修一个人诅咒着周围的每一个人，痛骂着整个村子，最后他离开了酒店，去找安提克想法救救雅歌娜。

黎明已至，马修脸色惨白浑身颤抖地问道："你知道他们做了什么决定吗？"

"我知道。他们有法律和习俗为后盾。"安提克一边在井口洗脸，一边回道。

"去他的法律！都是风琴师夫妇的诡计……这么不公平我们怎能

忍受？她做错了什么？他们说的那些全是假的！天哪！他们当真要将她当作野狗一般赶出村子吗？"

"难道你想对抗整个村子吗？"

"听你语气，你是支持他们的！"马修语气严厉地责备道。

"我不支持任何一方。她对我而言，只是一块石头。"

"安提克，救救她吧！求求你想想办法！我简直要疯了——疯了！想想吧：她该如何是好？她又能去哪里？……啊，这些浑蛋，这些狗崽子，这些恶狼！……我要用斧头砍死他们，一个也不放过！"

"我不会帮你的。他们已经下了决定，一个人的反抗在整个村子面前是那么无力——没有用的！"

"哈哈！你也恨她！"马修怒极而笑。

"恨不恨都是我自己的事，和别人没有关系！"安提克漠然回答道，他靠在井盖上神情茫然地看着天空。对于雅歌娜的爱慕即便长期压抑在心中也没有丝毫减退，这爱慕此刻就在心中燃烧，掺杂了醋意的酸气，让他意志摇摆，如同狂风中呻吟的大树。

他向四周看了看，马修已经离开了。而村子在他眼中变得陌生、嘈杂，又让人憎恶。

这样难忘的一天，天气也有些不寻常和古怪。太阳像是发肿的圆盘散发着苍白的光芒，空气是从未有过的闷热叫人窒息，天空像是罩着一层低垂又狰狞的蒸汽，一阵接一阵的狂风呼啸而至，卷起灰尘盘旋飞舞。暴风雨将至，闪电落在远处丛林繁茂的地平线上。

众人的喧闹也到了沸点。他们像是疯了一般四处奔跑，几乎家家户户都听得见咆哮声，水塘边有女人在打架，狗也一刻不停地叫着。基本上没人下田了，牛被关在牛房里痛苦地哀鸣。神父一大早就离开了，所以那天也没有弥撒可做。大家心中的不安情绪随着时间的逐渐流逝越发强烈。

安提克见大家都围绕在风琴师家附近，于是扛着镰刀去森林边的田地了。风势太大以至于他的动作受阻，谷物被吹得四处摇摆，甚至吹到他眼睛里；但他站稳了脚跟，努力收割着，同时还留意着远处的声音。

"也许他们这会儿已经动手了！"他脑海中闪过这个念头，心中顿时怦怦跳得厉害。愤怒席卷心头，他站直身子，想要丢下手中镰刀去救雅歌娜，但他很快又制止了自己。

"做坏事的家伙必定受到报应！罢了！罢了！"

黑麦自他膝盖处荡漾出一层又一层如同汹涌潮水一般的涟漪，狂风带动他头发乱舞，也吹干了他脸色的汗。他眼前一片黑，只觉得自己站在雅歌娜身边——唯有那劳作的手臂，有条不紊地收割着，镰刀狠狠挥下去，一行又一行的黑麦也随之倒下！

然而，当他听见一阵尖锐的长啸声随风自村子那边飘过来时，手中的镰刀落地，他颓然坐在黑麦围就的高墙之中。他匍匐在地，紧贴着土地，拼命克制着自己，虽然他看着村子方向，虽然他的心已经吓得尖叫，虽然他浑身上下不停地颤抖，但他还是竭力克制着，没有丝毫倦怠。

"凡事皆有自己的规律，必须如此！我们之所以犁地是为了播种，而播种则是为了收获；遇见困难之时，就将那视作野草连根拔起！"

他心底传来一个冷酷又历史久远的声音——是谁？……难道不是大地和生活在上的居民的心声吗？

他仍犹自反抗，可此刻他却乐意顺从。

"没错。每个人都有自卫的权利、躲避威胁的权利……每个人都有！"

残留的些许遗憾，和几分不着边际的想法仍似疾风刺骨，包围在他周身，催促他起身采取措施。

但他却站起身来，擦了擦镰刀，在胸口画了个十字，然后往手心吐了口唾沫……又卖力收割起来，一行行的麦子被空中飞舞的镰刀割得发出飒飒的声音。

而此刻，村子里恐怖的审判和惩罚到来了。那儿发生的事情实在难以描述。整个村子的人都像是发了高烧，精神恍惚如同疯子。那些比较理智的人都留在了家里，或者逃到田间。其他村民聚集在水塘边，被憎恨迷惑着（我们可以这么说），在去找雅歌娜报仇雪恨之前就已经开始用恶毒的话语相互对骂起来，满腔的怒火汩汩流淌而出。

过了一会，村民们停止了叫骂，如同奔涌的洪流一般向着多明尼克大妈家里前进了。社区长太太和亚涅克的母亲走在最前面，后面领着愤怒地号叫着的村民。

他们风暴一般卷进屋里。多明尼克大妈想要拦住他们——瞬间被踩倒了。安德鲁上前去救她，也立刻被人打倒了。最后的是马修，他站在内室门口拼命阻拦着人们，但是不管他怎样用力甚至挥着棍棒打人，在不到半分钟的时间内他也被人打得头破血流，昏倒在墙边。

雅歌娜将自己藏在凹室之中，将门闩锁得严严实实。当他们把门撞开的时候，她就背对着墙站着，不反抗不叫嚷。脸色像是死人一样惨白，她颤抖着瞪大双眼，等待着死亡降临。

成百只手伸过来将她抓了出去，每一个人都对她怀着满腔的仇恨，她就这样，像一棵被连根拔起的树木，被人拉扯着，拖到院子里。

"绑住她，不然她会趁着我们不备逃跑的！"社区长太太嘱咐道。

路边停着的是一辆装满猪粪特意为她准备的板车，车头套着两头黑牛。他们将绑得牢牢实实毫无反抗可能的雅歌娜扔到粪堆上；然后，在众人的喧闹声中——嘲笑、辱骂和诅咒声交杂一起——他们出发了。

板车在教堂前停下，柯齐尔大妈咆哮道：

"就在这里扒光她的衣服，将她放在门廊上用鞭子抽！"

"没错，她这种人就应该在教堂门前挨鞭子抽。"另一个人尖叫道。

"务必将她打得头破血流！"

可安布罗斯已经将教堂坟场的大门牢牢锁住，他甚至拿着神父的长枪站在入口，当他们终于安静下来的时候，他冲着他们大吼：

"谁敢率先冲进来我就一枪崩了他！我会像杀一条野狗一样宰了他！"他模样凶悍可怕，又拿着枪随时一副要开火的模样，他们只好强忍着愤怒，掉转方向往白杨路那边去。

他们脚步匆匆，因为暴风雨快要来了。天空阴霾密布，高大的白杨树在狂风中摇摆不定，而他们脚下飞舞起团团浓重的尘埃，远处天空传来阵阵响雷。

他们喊道："快些，彼德，快些！"他们内心不安，一直瞅着天空，这时吵声稍微小了些，路中央灰尘太多，所以他们选择了走路边；只有那么寥寥几个最憎恶雅歌娜的人走到板车旁边大骂道：

"你这猪仔！你这荡妇！滚到军营去吧！你，你这浑身溃烂的妓女！"

没有人愿意驾车，波瑞纳家的长工彼德充当了车夫。他走在车边，使劲地抽着母牛，趁着没人注意，他悄悄安慰了她几句：

"不会遥远的……你一定可以报仇雪恨的，所以现在忍耐这些苦楚吧！"

雅歌娜浑身是伤，血流不止地被人绑在粪车上，脸面尽失，名誉扫地，凄惨无状，她听不到也无法感受到身边发生了什么，可那受伤的脸上始终挂着两行眼泪。那时而鼓胀的胸口，像是要发出一声大吼——但她始终没有张口，所有都在心里闷着化作顽石。

他们大叫道："快点，彼德，再快点！"催促声一直响着，也稍稍给他们的疯狂找了个宣泄的出口，缓解了那些焦躁，他们小跑着，来到了村子边界的土丘处。

走到这里，他们拖着一边板子抽出，将雅歌娜像是扔垃圾一样跟猪粪一同抽了下去。砰的一声巨响，她仰面朝天地跌在地上，身子没有丝毫动弹。

社区长太太上前踩着她，嘘声道："你要再敢回来，我们就放狗把你撵出去！"说完又捡起一块像石头一样硬的泥巴狠狠砸她："这是感激你让我儿女受苦！"

另一个人也跟着打她："这是感激你带给丽卜卡村的羞耻！"

"诅咒你永世不得翻身！"

"诅咒你永无葬身之地！"

"叫你饿死渴死！"

他们叫骂着，将土块、石头和泥沙砸在她身上；她就那样静静躺着，仰头看着头顶摇晃的枝丫。

夜色降临，暴雨已至。彼德故意拖延着时间，借口要整理马车，于是大家都不再等他，各自结伴回家去了，心情沮丧又压抑。回家的路上他们遇见了浑身是血、衣衫褴褛的多明尼克大妈，她拄着拐杖哭泣着走来。当她发现自己身旁经过的是谁时，嗓音尖锐又可怕：

"牛疫、瘟疫、火灾和洪灾——诅咒你们都逃不过！"

众人闻言，惊恐着低头逃窜。

这是一场猛烈的暴风雨。天空变成猪肝色，灰尘变成可怖的乌云；白杨树在暴风中剧烈摇晃，甚至连根部都止不住地颤抖；狂风咆哮，纠缠着麦子，声势浩荡地卷向颤抖呜咽的森林。雹云纠结成块状，颜色浓重像是岩浆、像是铜板，它们散落在头顶，然后被齐亮的闪电劈开，稀稀疏疏的冰雹打在树叶和树枝上。

这天气持续了整整一天，几乎没有停歇，直至黄昏来临，然后就是漆黑、凉爽的夏夜。

第二天的天气格外好，天清气爽，露珠洒满大地。

这时的村子已经恢复了老样子。太阳刚升起来，村民们便不约而同地下田收割起来，田间小路和大路上都传来隆隆的行车声。

弥撒钟声从教堂方向传来，大家都静静地站在田中倾听，离教堂近些的地方甚至可以听见微弱的风琴声。有人跪下来做早间祷告；有人虔诚地低吟想要以此获得劳作的精神和力气；但每个人，都至少在胸前画了个十字……然后又铆足了劲做起事来。

最辛苦又最有收获的劳作礼拜进行了整整一天。没有人留在家里。家家户户敞着门，无论老幼病残都下田了，连看门狗都挣脱了绳索的束缚，冲到了收割的地方。

没人懈怠，没人干站着看别人劳作，全村人都弯腰劳作，孜孜不倦，连眉毛上都挂上了汗珠子。

没有人收割的田地只有多明尼克大妈家的——像是被人遗忘了

一般，谷粒落在地上，麦穗干旱地枯萎。没有人来这里，路过的人甚至撇开了头，不忍看那处荒凉。不止一个人为之同情，却在看到隔壁劳作的邻居后又埋头越发努力地干起活来。这可不是他们打量废墟和荒芜的时候。

收割真是忙碌，日复一日，即便是做着最累的事，但大家仍旧觉得快活。

天气持续晴朗，人们将收割下来的麦子捆成一堆，八捆一堆摆放在田里，以便运回村子。每一块田里，每一条小路都开过来沉重的货车，向着村子里的每一座谷仓驶去。金色麦粒一路漏下些许，撒在打谷场上。偶有一两根麦梗漂在水塘上，挂在路边的树上，整个村子成了金色的海洋，洋溢着秸草和新麦的气味。

不少打谷场已经开始打麦子，村民们急着将谷物做成面包。外边收割过的广袤田地上，踱着几只白鹅在啄食剩余的麦粒，几群牛羊在悠闲地吃着草。田边生起了火堆，姑娘们在唱歌笑闹，夹杂着呼喊和车行响声，村民晒黑的脸洋溢着微笑。

黑麦还未收割完成，高地上的燕麦也成熟了，以几乎肉眼可见的速度，大麦迅速成熟，小麦也渐渐变得金红，村民没有时间休息，甚至连悠闲吃饭的时间也没有。他们疲乏不堪，有时候吃饭吃着吃着就睡着了。不过当他们劳作完，傍晚回到家中之时，整个村子都充满了笑声、歌声和乐音。

是啊，青黄不接的时候已经过去了，现在谷仓充盈，屯粮丰盛，无论穷人富人大家都自豪地抬着头，充满信心地希冀未来，对他们渴望已久的幸福生活充满信心。

在一个金黄的收割日，当村民们正在收割大麦之时，一个牵着狗的瞎眼老乞丐路过。天气炎热，但他坚持走着，一刻不停地往波德莱西农场那边急急走去。他歪歪扭扭的双腿拖着大肚子，模样十分辛苦；他不得不走得很慢，但他伸长了脖子，仔细听着周围的声音。他时而在收割的人附近停住，说声"赞美天主"，还请他们吸鼻烟，当别人给他钱时他会低声做个祷告，语气漫不经心地开口问起雅歌娜的消息和村子的事情。

不过，大家似乎都不是很愿意回答第一个问题，也不想说出他们心中的想法，所以他得到的消息很少。

在波德莱西农场的十字架附近，他遇见了在不远处加工风车所需用料的马修。

"请带我去西蒙家吧。"老乞丐拄着拐杖，步履蹒跚地请求道。

"去那里你会不快活的，那里只有哭泣和忧伤！"马修回答道。

"雅歌娜还在生病吗？听说她脑袋出了问题。"

"她脑袋没事。但她像几乎忘却了所有一切一样一直躺在床上。看着她那样子，即便是心如铁石的人都会为她难过……唉，人到底是什么样的东西啊？"

"是啊，竟然这样损害一个基督徒的心灵……听说她母亲准备控诉整个村子。"

"她赢不了的，惩罚雅歌娜的决定是整个村子下的，他们没有僭越。"

"唉，群众的愤怒是多么可怕！"老人说着，不禁打了个哆嗦。

马修怒道："可怕，可不是吗？而且还愚蠢、恶毒、不公平！"

他带老头来到西蒙家，自己率先进了房子，却一分钟就出来了，出来的时候还悄悄擦了擦眼泪。

娜丝特卡坐在屋檐下纺着纱。老头在她身边坐下，取出一个蓝色的圆瓶子。

"瞧，这是圣水，每天往雅歌娜身上洒三次，揉揉她的脑袋，一个星期后，受伤的地方就会淡化。是普奇洛夫的修女给我的。"

"愿神嘉赏你！事情过去两个礼拜了，她仍旧躺在床上什么都察觉不到。除了偶尔会露出想要逃离到某个地方的样子……哭喊着、唤着亚涅克的名字外。"

"多明尼克大妈还好吗？"

"除了经常坐在雅歌娜床边外，她就像个死人了。唉，她也命不久矣了！"

"这么多生命蒙受灾难，啊，天哪！那西蒙好吗？"

"他现在在村子里。只是他要照顾两个农场，工作负担很重。"

她给了老头五戈比，但老头推辞了。

"我给她这瓶圣水，是出自自己意愿……还有我会在'天主变貌坛'为她祈福！她一向心善，很少有人像她一样关心穷人了！"

"是啊，她人很善良……否则也不会受这么多苦了。"

村里传来奉告祈祷的钟声，伴随着辚辚车行声、镰刀摩擦在磨刀石上的声音，还有远处传来的短歌声一并传来。薄幕来临，西边的天空金黄一片，房屋、田野和树林的轮廓在其笼罩之中渐渐模糊了轮廓。

老乞丐拄着拐杖站起来，赶走一旁的狗，整理好自己身上的乞食袋，临走之前说了句："亲爱的同胞，愿天主与你们同在。"

附录一　莱蒙特年表

1867 年　莱蒙特生于波兰的皮奥特考村(现名柯毕罗·维尔基村)。
　　　　父亲除务农外，兼任村中风琴师。

1876 年　到城里做报童，却因读报太投入而误了事，只得回农村
　　　　务农，平生第一次体会到城里人比乡下人冷血无情。

1880 年　爱上了流动剧团的女演员"莲花"，为了爱情加入了该
　　　　剧团，做一名小丑。

1882 年　和莲花分手，莲花劝他学习一技之长，于是他开始进
　　　　学校补习。

1893 年　发表了六篇短篇小说，以最熟悉的农民、流动演员为题
　　　　材。参加了圣城切斯托科娃的朝圣团，为一本华沙杂
　　　　志描写朝圣过程中的故事。

1895 年　出版游记《光明山朝圣之旅》。

1896 年　出版小说《小丑》。

1897 年　出版小说《酵母》，并出版短篇小说集《偶遇》。

1899 年	出版小说《天堂》(上、下），及两部小型作品《莉莉》《在正义的曙光下》。
1902 年	乘坐火车发生事故受伤，获高额赔付，终于摆脱了经济困窘的情况。
$\dfrac{1904}{1909}$ 年	陆续出版了小说《农夫》，以《秋》《冬》《春》《夏》四册为序先后发表。
1910 年	发表小说《行刑者》和《梦想家》。
1911 年	发表小说《吸血鬼》。
1913 年	出版小说《1794 年》三部曲。
1924 年	出版一部动物寓言《防卫》和《日记选集》。因《农夫》一书，获诺贝尔文学奖。
1925 年	12 月，莱蒙特与世长辞。去世后，有人为他出版一部短篇小说选集《克罗斯诺瓦与世界》。

附录二　诺贝尔文学奖大系书目

1901 年　　苏利·普吕多姆（法国）　《孤独与沉思》

1902 年　　特奥多尔·蒙森（德国）　《罗马史》

1903 年　　比昂斯滕·比昂松（挪威）　《挑战的手套》

1904 年　　何塞·埃切加赖（西班牙）　《伟大的牵线人》

1904 年　　弗雷德里克·米斯特拉尔（法国）　《米赫尔》

1905 年　　亨利克·显克微支（波兰）　《你往何处去》

1906 年　　乔苏埃·卡尔杜齐（意大利）　《青春的诗》

1907 年　　拉迪亚德·吉卜林（英国）　《丛林故事》

1908 年　　鲁道夫·奥伊肯（德国）　《人生的意义与价值》

1909 年　　拉格洛夫（瑞典）　《尼尔斯骑鹅旅行记》

1910 年　　保尔·海泽（德国）　《骄傲的姑娘》

1911 年　　梅特林克（比利时）　《青鸟》

1912 年　　霍普特曼（德国）　《织工》

1913 年　　泰戈尔（印度）　《新月集·飞鸟集》

1915 年　　罗曼·罗兰（法国）　《约翰·克利斯朵夫》

1916 年　　海顿斯坦姆（瑞典）　《查理国王的人马》

1917 年　　彭托皮丹（丹麦）　《天国》

1917 年　　耶勒鲁普（丹麦）　《明娜》

1919 年　　卡尔·施皮特勒（瑞士）　《伊玛果》

1920 年　　汉姆生（挪威）　《大地的成长》

1921 年　　法朗士（法国）　《泰绮思》

1922 年　　贝纳文特（西班牙）　《不该爱的女人》

1923 年	叶芝（爱尔兰）《当你老了》

1923 年　叶芝（爱尔兰）　《当你老了》

1924 年　莱蒙特（波兰）　《农夫》

1925 年　萧伯纳（爱尔兰）　《圣女贞德》

1926 年　黛莱达（意大利）　《邪恶之路》

1927 年　亨利·柏格森（法国）　《创造进化论》

1928 年　温塞特（挪威）　《新娘·女主人·十字架》

1929 年　托马斯·曼（德国）　《布登勃洛克一家》

1930 年　辛克莱·刘易斯（美国）　《巴比特》

1931 年　埃里克·卡尔费尔德（瑞典）　《荒原与爱情》

1932 年　约翰·高尔斯华绥（英国）　《福尔赛世家》

1933 年　伊凡·亚历克塞维奇·蒲宁（俄罗斯）　《阿尔谢尼耶夫的一生》

1934 年　路易吉·皮兰德娄（意大利）　《六个寻找剧作家的角色》

1936 年　尤金·奥尼尔（美国）　《进入黑夜的漫长旅程》

1937 年　马丁·杜·加尔（法国）　《蒂博一家》

1944 年　约翰内斯·延森（丹麦）　《希默兰的故事》

1945 年　加夫列拉·米斯特拉尔（智利）　《葡萄压榨机》

1946 年　赫尔曼·黑塞（瑞士）　《荒原狼》

1947 年　安德烈·纪德（法国）　《窄门》

1949 年　威廉·福克纳（美国）　《喧哗与骚动》

1954 年　海明威（美国）　《永别了，武器》

1956 年　希梅内斯（西班牙）　《小毛驴与我》

1957 年　加缪（法国）　《局外人》

1958 年　帕斯捷尔纳克（苏联）　《日瓦戈医生》